KB206681

지식과 조선

사회를 읽는다

KNOWLEDGE IN CHOSŎN
An Interpretation of Chosŏn Society

First published in 2025 by Sungkyunkwan University Press
25-2, Sungkyunkwan-ro, Jongno-gu, Seoul, Korea
http://press.skku.edu

지식과 조선

사회를 읽는다

진재교 지음

성균관대학교
출 판 부

책머리에

1995년 대학에 부임하고 1996년 무렵인 듯하다. '근대 전환기, 우리는 왜 세계 흐름에 적실하게 대응하지 못했을까?'라는 의문에 이러저러한 생각이 시작되었다. 지식과 지식인들의 행보에 초점을 두고 자료를 찾아보기로 계획한 게 그때부터다.

먼저 연구실 서가에 꽂혀 있던 홍한주(洪翰周)의 『지수염필(智水拈筆)』이 눈에 들어왔다. 훑어보다가 그때껏 예상치 못했던 풍부한 내용과 채 정제되지 않은 당대 지식·정보의 편린들에 놀랐던 기억이 있다. 아울러 지식 생성의 주체와 유통 공간의 의미를 역사 흐름 속에서 읽어내야겠다는 생각이 깊어졌다.

곧바로 필기(筆記)와 유서(類書)를 정독하기로 마음먹고 『지수염필』을 읽어나가기 시작했다. 저자의 폭넓은 독서 범위와 그에 토대를 둔 다양한 탁견들이 새삼스럽게 다가왔다. 이 책의 내용은 당시 나라 밖에서 들어온 서적과 사행(使行)을 통해 형성된 결과들이었다. 나는 이를 계기로 조선조 후기 필기와 유서를 비롯해 사행록의 의미를 재인식하게 되었다.

본격적인 독서는 그렇게 속도가 붙었다. 이후 제자들에게 학위논문 주제로 추천하기도 했고, 못다 한 연구는 그들과 함께하기도 했다. 번역에도 힘을 기울여 적잖은 연구 논문과 함께 관련 번역서도 여럿 펴냈다.

그러고 보니 이제 '지식'이라는 화두를 붙들고 온 지 어언 30여 년이다.

이 책은 조선조 후기 지식의 주체, 지식의 생성과 유통, 그리고 그 사회사적 의미를 나름의 시각으로 재구성해본 연구서다. 그간 틈틈이 발표했던 글을 해체한 뒤, 자르고 깁고 새 살을 덧붙여 『지식과 조선, 사회를 읽는다』라는 제명으로 새롭게 엮었다. 2023년 9월부터 대만에서 보낸 일 년여의 시간은 대부분 이 책을 위해 쓰인 것과 다름없다.

책은 전체 6부 구성이다. '전란과 사행', '장서와 저술', '견문 지식과 체험', '지식·정보', '이(異)문물과 신지식', '지식·정보·유통과 공론장' 등 지식·정보의 탄생과 소비를 두루 거론하고, 그 생성과 주체, 행보와 향방 등에 주목하면서 시대적 의미를 따져 물었다.

기왕의 논문들이 밑그림이 되어준 책이어서 구성상 아쉬운 부분이 없진 않다. 애당초 책을 염두에 두고 쓴 글이 있는가 하면, 그렇지 않은 것도 더러 있는 터라 재구성 작업이 마냥 순탄치는 않았기 때문이다. 무엇보다 동아시아의 시각에서 일국 안팎의 상황을 살펴 논지를 전개하고 전체적인 서사와 서술의 균형을 유지하려 노력했던 이유가 여기에 있다.

상재를 앞두고 비로소 오랜 마음의 빚에서 벗어난 느낌이다. 한편으로 홀가분하지만 뭔가 아쉽기도 하다. 이 책이 나오기까지 많은 이들의 후원과 도움이 있었다. 본디 이 책은 '知의회랑' 기획위원으로 있을 때 선두로 낼 요량이었지만, 약속을 어긴 채 시간만 지나고 말았다. 출판부 현상철 선생께 미안한 마음 그지없다. 책의 전체적 구성에 도움을 준 한기형 교수께도 감사를 표한다. 교정과 윤문을 도와준 임영걸 교수와 여러 제자에게도 이 자리를 빌려 감사드린다. 끝으로 언제나 믿음과 넉넉함으로 후원해준 아내 이정민과 가족에게도 고마운 마음을 전한다.

2025년 새봄, 명륜동 연구실에서

진재교 쓰다

목 차

제2부 장서와 저술, 문명의 이기

제3부 견문 지식과 체험, 새로운 기록 방식

일러두기

1. 서명, 작품명, 인명, 지명 등의 고유명사는 각 장마다 처음 등장할 때 원문 한자를 함께 밝히고, 이후 가독성을 위해 한글만 표기했다.
2. 중국 인명은 한자음대로, 일본 인명은 가능하면 일본어 표기법에 따라 표기했다.
3. 이해를 돕기 위해 인물의 생몰년을 함께 표기했으며, 생몰년 미상의 경우 따로 밝히지 않았다.
4. 인용 시 대체로 한글 번역을 본문에 먼저 제시하고, 한문 원문과 출처는 아래 각주에 밝혔다.
5. 인용문 가운데 판독이 어려운 한자는 ■로 표기했으며, 원문의 원주는 【 】로 묶어 구분했다.
6. 책 뒤에 전체 참고문헌을 따로 두어 참고한 원전, 저서, 논문, 번역서 등을 모두 정리했다.

서론

지식·정보[1]의 생성과 축적, 유통과 확산은 역사를 움직이는 원동력의 하나다. 지식·정보의 변동과 그 과정을 찾아 나서는 것은 역사의 변화 과정을 읽는 방법이다. 일찍이 베이컨은 새롭게 경험되는 사실을 바탕으로 끊임없이 새로운 지식을 도출해 낼 수 있다고 믿었다. 그는 직접 관찰을 통해 추론하는 귀납법은 물론 지식을 경험의 축적이라 생각하고, 이상적

1 지식의 정의는 철학자들의 오랜 논쟁거리 가운데 하나다. 정보 역시 정의가 쉽지 않다. 시대나 학문 단위에 따라 그 개념이 제각각인 이유다. 사전적 개념에 따르면, 지식은 어떤 대상을 두고 배우고 연구하며 실천을 통해 알게 되는 명확한 인식과 이해로서 보편타당성과 사고를 거치는 것으로 정의된다. 반면 정보는 수동적으로 입력되거나 견문한 것을 단순히 기록하는 것이다. 다른 설명으로 지식은 '익힌 것'을 사고 과정을 거쳐 가공하거나 체계화하는 것이라고도 한다. 그런가 하면 정보는 관찰이나 측정, 체험 등을 통하여 수집한 자료를 실제 문제에 도움이 되도록 정리한 것이라 하며, 또 '날 것'으로 구체적이며 실용적인 것으로 정의하기도 한다. 이처럼 지식과 정보는 시기에 따라 학문 단위에 따라 그 정의와 개념이 각양각색이다. 그리하여 이 책에서 지식은 '익힌 것'을 사고 과정을 거쳐 가공되거나 체계화한 것으로, 정보는 '날 것'으로 구체적이며 실용적인 것으로 정의하기로 한다. 이러한 지식·정보의 개념은 피터 버크 지음, 박광식 옮김, 『지식의 사회사』, 민음사, 2016, 26면 참고. 다만 이 개념을 조선조 후기에 적용하면 꼭 적실하다고 할 수는 없다. 지식과 정보가 구별되지 않는 경우가 많고, 구별된다고 하더라도 둘의 개념이 명확하지 않고 넘나드는 경우가 많기 때문이다. 따라서 필요에 따라 구분해 사용하지만, 대부분 지식·정보를 묶어 사용했다. 물론 거시적으로 지식·정보를 묶어 사용할 때도 그 지향은 현재의 지식 개념에 가깝다. 이러한 지식과 정보는 당대 지식인의 사유 내용이기도 하고, 지식인의 사유를 거쳐 생성된다는 점에서 지성사와 사회사적 의미도 함께 지닌다.

인 학문 협력 시스템을 토대로 한 추론법을 제기하기도 했다. 이러한 문제의식은 학자들 상호 간의 협력과 소통을 강조한 것이기도 하다. 특히 경험 과정에서 기존 지식과 어긋나는 새로운 것의 발견은 기존 지식의 갱신과 새로운 지식을 가져왔을 뿐만 아니라, 새로운 지식의 추구는 근대 과학의 형성과 발전에 원동력이 되기도 했다. 경험의 축적에서 형성된 지식이 근대 과학과 접속하듯이 다양하고 새로운 경험과 지식의 축적, 생성과 유통 및 소비는 새로운 가치와 질서를 향한 여정을 보여준다.

하지만 이 글은 '과학'을 향한 지식의 여정과 추적, 나아가 그 의미를 탐색하는 것은 아니다. 경험의 축적과 지식이 근대 과학의 여정에 역할을 한 것처럼, 조선조 후기 경험(체험)과 지식·정보가 사회 변동에 어떠한 역할을 하고 그 사회사적 의미를 탐색하려는 데 있다. 오히려 독서와 체험을 통한 지식·정보의 축적과 기록, 이를 토대로 새로운 지식·정보의 생성과 유통 공간 등의 문제에 관심을 가지고자 한다. 이는 조선조 후기 지식·정보를 둘러싼 당대 사회와 그 관련 양상을 찾아가는 방법이자 시각이며, 조선조 후기 사회의 독법이기도 하다.

지식과 정보란 과연 무엇인가? 사실 이 질문의 대답은 매우 힘들다. '과거의 시공간으로 옮겨 조선조 후기의 지식과 정보는 무엇인가?'라 되물어도 답하기 어렵기는 마찬가지다. 지식·정보는 시간과 공간에 따라 개념도 다르고 의미도 다양하기 때문이다. 따라서 이러한 지식·정보의 개념과 성격을 추적하기보다 지식·정보의 생성과 사회와의 관련 문제를 중심에 두고 그것을 검토하고자 한다.

이를 위해 이 책에서는 세 범주로 나누어 서술하고자 한다. 하나는 직접 보고 들은 견문 지식과 체험을 통한 지식·정보의 문제며, 다른 하나는 서적을 둘러싼 지식의 유통과 확산의 문제이다. 그리고 마지막 하나는 지식·정보가 유통되는 사회적 공간의 문제다. 사실 이 세 가지 문제는 서술을 위해 분리해 서술하지만, 기실 상호 연결되어 있다.

견문 지식과 체험은 주로 지식·정보의 형성 및 유통과 관련 있는 담당 계층의 문제다. 이를테면 어떤 계층이 국내외의 다양한 지식·정보와 어떤 관계로 역할을 하고 있으며, 이들이 견문한 지식과 체험은 어떻게 새로운 지식·정보로 생성되어 다시 유통되고 있는가 하는 점이다. 또한 지식·정보의 생성과 유통의 다른 길은 서적을 통해서도 확인할 수 있다. 이때 서적은 주로 다양한 독서와 그것을 기록한 것과 연결된다. 독서 대상과 방법, 독서를 통한 지식·정보의 획득과 이를 기록한 방식, 여기에 축적한 지식·정보의 분류와 배치 등의 추적에도 관심을 둔다.

그런가 하면 새로운 지식·정보의 유통과 소비는 사회적 공간의 문제와도 관련이 깊다. 새롭게 형성된 지식·정보가 당대 사회의 신분 질서와 가치 지향 속에서 어떤 방식으로 유통되고 어떻게 소비되느냐도 중요한 사안이다. 예컨대 조선조 후기 사회 질서와 정치 상황 속에서 지식·정보의 유통 공간은 어떻게 존재하고 있는가를 문제 삼아, 유통의 범위와 그것이 지니는 사회적 의미를 추적해보고자 한다.

여기서 견문 지식과 체험은 주로 전란과 조선조 지식인이 사행을 통해 보고 듣고 경험한 데서 획득한 지식·정보를 중심으로 거론한다. 특히 이국과의 전란은 이국 문물이 교차하고 예전에 없는 새롭고 특이한 견문 체험의 총집이다. 그렇지만 전란과 사행 체험의 지식·정보의 구체적인 확인은 기록을 통해서만 알 수 있다. 기록에서 확인할 수 있는 이국 체험과 서적의 유통 문제를 통해 지식·정보의 생성과 유통의 문제를 확인해 볼 것이다.

대체로 조선조 후기 지식·정보의 이동과 축적, 그리고 변모 양상을 가장 구체적으로 확인할 수 있는 것은 서적이다. 조선조 후기 다양한 서적의 유통과 독서 문화, 독서를 둘러싼 지식·정보의 변화 양상의 구체적 모습의 파악은 당대 사회를 읽는 유효한 방법의 하나다. 이는 몇 가지 관점에서 접근할 수 있다. 독서의 경우, 경화세족의 사례를 통해 확인하고자 한다. 조선조 후기 다양한 서적의 구입으로 독서 문화를 견인하고 필기 저술을 남긴 경화세족은 지식·정보의 축적과 정리를 어떻게 하고 있는가? 축적된 지식·정보는 가공을 거쳐 어떻게 분류되어 저술로 정착하는가? 지식·정보의 주요 메신저는 누구이며 이들의 활동과 저술을 어떻게 평가할 것인가? 또한 다양한 지식·정보의 생성과 유통은 과연 개방적 공간에서 확장성을 확보하여 지식·정보의 분화를 촉진하고 지식·정보 보편화의 길로 나아가는가? 등과 같은 문제를 제기하고 그 문제의 답을 모색하고자 한다. 이러한 문제 제기는 지식·정보 생성과 그 주체, 지식·정보의 유통과 확산, 지식·정보의 기록과 분류, 지식·정보의 위계화의 양상과 그 의미가 무엇인지를 확인하는 것이기도 하다.

그 확인을 위해 먼저 견문과 체험, 서적을 둘러싼 지식·정보와의 관련 문제를 생각할 수 있다. 흔히 보고 듣고 경험하며 누군가와 대화하거나, 책을 읽고 생각하며, 이를 정리하여 기록하는 과정에서 새로운 지식·정보를 생성한다. 이 과정에서도 서적을 통해 생성한 지식·정보가 가장 많은 부분을 차지한다. 조선조 후기 상황에서는 더욱 그러하다. 지식·정보의 생성 방식은 예나 지금이나 차이는 있지만, 본질에서 그 원리는 같다.

조선조 후기 지식·정보의 생성은 서적, 당대 현실, 이국 등 다양한 방식으로 이루어진다. 여러 계층의 인물은 견문과 체험을 통해 지식·정보를 획득하고, 한편으로 서적을 통해 지식·정보를 획득한다. 여기서 서적과 견문 및 체험의 두 범주로 거론하는 것은 다른 이유가 아니다. 하나는 서적을 배경으로 하는 지식·정보의 생성과 확산, 다른 하나는 견문과 체험을 통한 지식·정보의 생성과 확산이 논지의 배경이 되어서다. 서적은 역사적 지식, 독서와 사회적 관계 등과 관련된 것이며, 견문과 체험은 당대의 다양한 정보와 관련된 것이다. 두 경우 모두 다양한 기록을 통해 전달되거나 유통되기도 하지만, 말로 유통되거나 전파되기도 한다.

사실 견문과 체험을 통한 새로운 지식·정보의 형성은 사행과 관련이 깊다. 조선조 후기 사행에는 사대부를 비롯하여 중간계층 및 잡역에 종사한 상민층 등 다양한 계층이 참여한다. 중간계층과 상민층 등은 사대부 계층보다 수적으로 많을 뿐만 아니라, 견문과 체험의 양상도 참여한 사람 수만큼 다양하다. 이들은 이국에서의 체험과 견문한 내용을 글로 남기는 것보다 말로 전하는 경우가 많다. 견문 지식의 내용은 타자에게 말로 전할 경우, 전파나 유통 속도도 훨씬 빠르고 그 범주도 훨씬 넓다. 문제는 이는 기록이 아니면 확인할 수 없다는 점이다. 견문과 체험의 다양한 축적이 지식·정보의 양을 늘리고 질적 수준을 높이는 것은 충분히 이해할 수 있지만, 기록으로 남기지 않으면 이를 확인할 방법이 없다. 이 점을 고려하여 기록으로 확인할 수 있는 지식·정보를 갈무리하여 논의의 장에 올릴 것이다.

다음은 지식·정보와 관련한 자료의 문제다. 조선조 후기 지식·정보를 가장 풍부하게 담고 있는 것은 필기류와 이국 너머의 견문과 체험을 포착한 사행록이다. 기본적으로 필기는 사대부 지식인의 자기 정체성을 확인하는 양식이며, 독서인의 성격과 사대부 계층 내부 소통을 위한 글쓰기로 존재한다.[2] 필기는 본디 잡다하게 견문하고 체험한 것, 서적을 읽으

---

2 필기는 흔히 필기(筆記), 만필(漫筆), 수필(隨筆), 만록(漫錄), 유설(類說), 잡록(雜錄), 필록(筆錄), 잡지(雜識), 사설(僿說), 신필(信筆), 산필(散筆), 방필(放筆), 염필(拈筆), 소설(小說) 등으로 불렸다. 그 명칭도 필기, 잡기, 잡록 등의 명칭을 사용하고 있을 정도로 필기의 개념 규정은 명확하지 않다. 기왕의 연구에 따르면 필기·잡록의 개념 규정은 필기의 하위분류로 '시화(詩話)/야승(野乘)/소화(笑話)' 등을 배치하거나(임형택), '일화(逸話)/야사(野史)/시화/변증(辨證)' 등을 배치하기도 하고(임완혁), '패설(稗說)/야사/시화/변증(이래종)'를 배치하거나 '시화/일화/야사/변증을 배치하는가 하면(신상필), 유서·총서의 하위분류에 '역사/필기/전고/의학/농학/고증/기문/야담/인물록' 등을 배치하는 등(심경호는 주제로 분류), 다양한 시각으로 필기를 바라보고 있다. 이러한 다양한 개념 규정은 필기의 개념과 분류가 어렵다는 사실을 보여주는 사례이거니와, 조선조 후기에 한정하면 더욱 복잡한 양상을 띠고 있다. 여기서는 범박하게 사대부의 자기 정체성을 확인하는 글쓰기라는 사실, 독서인으로서 사대부의 성격을 확인할

면서 기록한 단편 내용을 모아 놓은 것이 많다. 잡다하게 모은 지식·정보의 뭉치를 체계적으로 분류하여 편집한 것은 유서(類書)다. 유서는 넓게 보면 사대부 지식인의 독서와 자신의 경험세계에서 나온 것이어서 그 성격은 필기에 가깝다. 하지만 조선조 후기의 필기는 전대와 다르게 사대부의 주변 경험세계보다 오히려 독서를 통한 지식·정보를 기록한 것이 많다. 독서를 통해 새로운 지식·정보를 담아 이를 체계적으로 분류하고 재배치하는 것 자체가 학술 행위이자, 이전 필기에 없던 양상이다. 이는 조선조 후기 필기의 새로움이자 지식·정보와 밀접한 관련을 지니는 지점이다.

사행록은 풍부한 이국 체험과 견문 지식을 담고 있다. 사행록은 필기와 기본적으로 다른 양식이지만, 더러 기록하는 방식과 내용에서 비슷한 측면이 없지 않다. 조선조 후기 사행록은 견문 지식과 이문물(異文物)의 이채로움을 다양하게 기록한 지식·정보의 보고다. 사대부가 사행 체험을 기록으로 남긴 것도 있지만, 역관이나 서얼 등 중간계층이 남긴 사행록도 많다. 통신사의 경우, 중간계층이 남긴 사행 기록이 훨씬 많다. 중간계층은 연행과 달리 에도 막부〔江戶幕府〕를 오가면서 이국에서 체험한 이문화(異文化)와 이국 인사와의 교류, 이문물 관련 지식·정보를 기록으로 대거 남긴 바도 있다.

그런데 필기와 사행 기록은 새로운 지식·정보를 탐구하기 위해 축적된 시간과 다른 공간에서 형성된 다양한 지식·정보를 담는다. 이때 저자는 견문하고 체험한 것이나 서적에서 수집한 내용을 그대로 기록하지는 않는다. 대개의 경우, 대조와 분석의 과정을 거치거나 저자 개인의 사유

수 있는 양식이라는 점, 조선조 후기에 오면 다양한 장르의 풍부한 내용은 물론 학술과 문예와 관련한 새로운 지식·정보를 다양한 방식으로 담고 있다는 사실을 주목하여 서술한다. 더욱이 이 필기는 거시적으로 보면 유서나 총서, 총집류 등을 포함할 수 있다.

와 접속하여 자신의 견해를 표출하는 방식으로 정리한다. 그 과정에서 저자는 직·간접의 견문과 경험은 물론 숱한 서적을 동원하여 자신의 견해를 밝히기도 한다.

특히 조선조 후기 필기의 경우, 전기와 달리 기록 과정에서 차기 내지 차록 방식을 거친다. 이는 조선조 후기에 출현하는 수많은 유서 역시 마찬가지다. 그렇다면 조선조 후기 필기와 유서의 서술 방식에서 집중적으로 등장하는 차기란 과연 무엇인가? 또한 독서와 경험을 통해 수용한 지식·정보가 기록을 거쳐 필기로 정착할 때 처음 수용한 지식·정보와 같은 것일까? 아니면 차기 방식을 거쳐 기록하는 과정에서 처음 수용한 것과 다른 새로운 지식·정보로 탄생하는 것일까? 이러한 몇 가지 의문을 제기할 수 있다. 사실 이 문제에 답하는 것은 조선조 후기 필기와 유서의 성격과 함께 그 사회사적 의미를 밝히는 것이기도 하다.

그런가 하면 지식·정보와 직접 관련이 있는 서적, 지식·정보의 확산과 유통의 매개, 메신저와 발신자의 문제도 소중하다. 조선조 후기 지식인은 견문과 체험을 통해 획득한 지식·정보를 어떻게 생성하고 기록으로 남기고 이를 유통하는가? 이들은 지식·정보의 저장고 역할을 한 수많은 서적을 어디서 어떻게 구하고, 무엇을 읽고 어떤 방식으로 기록하는가? 조선조 후기에 새로운 서적에 가장 깊은 관심을 가지고, 중국 서적의 수입에 가장 민감하게 반응하던 존재는 누구던가? 특히 오랜 기간 책을 읽고 이를 통해 수많은 지식·정보를 확장하고 축적하는데 그치지 않고 축적한 지식·정보를 기록으로 남길 수 있도록 역할을 한 도구는 무엇인가? 이렇게 축적한 지식·정보를 어떤 양식으로 기록하고, 그것을 어떻게 분류하고 정리하는가? 역관과 서얼 등의 중간계층은 지식·정보와 어떤 관련을 지니며, 지식·정보와 관련하여 어떤 역할을 하는가? 사대부 지식인이 이러한 지식·정보를 전유하던 당대 현실에서 중간계층은 어떠한 역할을 하고, 그 역할은 어떤 의미를 지니는 것일까? 이렇게 다양한 계층이 생성한 지식·정보는 어떻게 소비되고 유통되었던가? 사대부 지식인이 아닌 중간계층이 생성하고 발화한 지식·정보를 어떻게 평가할 수 있을까? 사실 이처럼 다양한 질문의 갈래는 여러 가지인 것처럼 보이지만, 결국 지식·정보의 생성 주체와 지식·정보의 축적과 유통, 지식·정보의 발산과 영향력 등으로 귀결된다.

조선조 후기 하나의 지식·정보라 하더라도 사회적으로는 하나가 아닌 복수의 형태로 존재한다. 예컨대 필기와 사행록에는 다양한 경험과 시선이 교차하는 다중 시선을 확인할 수 있다. 그런데 이러한 다중 시선에서도 지식·정보의 보편적 지향의 확인도 소중하다. 그런가하면 조선조 후기 수많은 서적의 유통의 결과로 지식·정보가 늘어난 만큼 같은 사안을 두고 상충하는 상황이 발생하기도 하고, 어슷비슷한 지식·정보로 인하여 가치 판단을 할 수 없을 만큼 혼란스럽기도 하다. 같은 서적을 읽고서도 생각을 달리하거나, 같은 시공간에서 같은 것을 두고 체험하고 견문하는 데도 견해를 달리하기도 한다. 이는 지식·정보를 획득하여 기록하는 주체가 다른 탓도 있지만, 새롭게 생성된 수많은 지식·정보가 반드시 절대적이거나 객관적이지 않기 때문이기도 하다. 또한, 특정 공간과 시간에서 출발한 지식·정보가 도착한 시공간에서의 지식·정보와 같지 않아 그렇기도 하고, 지식·정보가 메신저를 통해 타자에게 전달되는 과정에서 달라져 그렇기도 하다.

이렇게 특정 사안을 복수의 시선으로 바라보게 하고, 복수의 지식·정보를 존재하게 한 것은 지식·정보의 축적과 분화의 결과다. 하지만 그 이면을 들여다보면 다양한 관점과 개방적 인식을 가능하게 한 필기와 사행록의 내용에서 이미 그 인자를 확인할 수 있다. 이수광(李睟光, 1563~1628)의 『지봉유설(芝峯類說)』 이후 여러 필기와 유서 및 사행록은 저자의 의도와 관계없이 특정 지식·정보는 일국적 시야를 넘나들며 기존 가치와 질서에 충격을 가하는 지식·정보를 그 내부에 이미 내장하고 있다.

그렇다면 이러한 점을 어떻게 바라보아야 하며, 지식·정보와 관련한 복수의 존재 방식이 지식·정보의 위계화와 그 변화에 어떤 방식으로 개입하고 있으며, 어떻게 이바지하는가 등의 문제를 파악하는 것도 의미가 없지 않다.

다른 하나는 조선조 후기 지식·정보가 생성되고 유통되는 방식의 문제다. 그것이 수직적인가? 수평적인가? 수직적 유통은 지식·정보의 사회적 위계화를 의미한다. 조선조 후기에 지식·정보의 유통과 확산은 수평적 사례도 있지만, 수직적으로 이루어지기도 한다. 과연 조선조 후기 공간에서 지식·정보의 유통과 확산에서 수평적 이동과 수직적 이동은 어떤 방식으로 일어나는가? 사실 이 문제는 조선조 후기 사회의 내부 질서와 사회적 가치 형성 과정을 파악하는 중요한 사안이다.

대체로 사대부 지식인 상호 간의 지식·정보의 생성과 소통은 수평적이지만, 사대부 지식인과 이외의 계층에서는 수직적으로 일어나는 것으로 알려져 있다. 이러한 현상은 사실일까? 아니면 지식·정보의 유통과 확산 과정에서 신분 질서를 뛰어넘는 위계화의 지식·정보의 체계에서 역전 현상도 일어나고 있었던가? 특정 계층의 지식·정보의 지배력은 어디서 오는가? 어떤 지식·정보가 지배적인 것이 되고, 어떤 지식·정보는 종속적인 것이 되는가? 이처럼 조선조 후기 지식·정보의 유통 공간에서 지식·정보와 당대 사회가 관계 양상을 두고 숱한 의문을 제기할 수 있다.

대체로 조선조 후기 사회에서 종속적 지식·정보는 배척되거나 무시당하기도 하고, 특정 지식인이 주목할 수 있는 호기심을 유발하지 못하고 잊히기도 한다. 이러한 문제 역시 지식·정보의 위계화와 관련한 중요한 이슈다. 이 문제를 파고들어 밝히는 것도 여기서의 과제다.

흔히 지식·정보란 본디 정치적이라고도 한다. 정치와 연결되는 지식·정보는 조선조 후기 사회의 신분 질서와 사회적 가치를 거쳐 형성된

산물로 이해할 수도 있다. 당대 사회의 지배 질서에서 잉태된 가치와 지식·정보의 위계화 역시 정치적이기 때문이다. 당대 지배 질서와 신분에 따른 지식·정보의 위계화의 실상이 무엇인지 아는 것도 조선조 후기 사회를 읽는 방법의 하나다.

끝으로 주목하고자 하는 또 하나의 이슈는 조선조 후기 사회체제에서 지식·정보가 생성되고 유동되는 사회적 공간의 문제다. 어느 시대나 마찬가지지만, 지식·정보는 권력을 지속적으로 창출하고 유지하는 데 결정적 역할을 한다. 이 점에서 지식·정보를 선점하고 장악하는 것은 권력의 향배와 깊은 관련을 지닌다. 그렇다면 지식·정보가 무엇인지 판단하고 이를 결정할 권한은 누가 가지고 있느냐? 이 질문이 가능하다면 조선조 후기 지식·정보의 생성과 유통은 정치·사회적 배경과 무관하지 않다. 왜냐하면 조선조 사회에서 지식·정보의 가치를 판단하고 결정하는 존재는 사대부 지식인이기 때문이다.

사대부 지식인은 학술과 문예장에서 지식·정보를 정의하고 판단하는 주체다. 이들은 조선조 사회의 신분 질서 내에서 지식·정보를 생성하는 상위 주체가 되어 자신이 생성한 지식·정보에 권위를 부여하고 오랜 기간 이를 관행화한 바 있다. 이를 토대로 그들 스스로 사회에서 유동하는 가치체계를 정하고, 다시 이를 사회에 확산함으로써 지식·정보를 전유했다. 사대부 지식인의 지식·정보의 전유는 하위 주체를 향해서는 자신이 생성한 지식·정보의 수용을 강제함을 의미한다. 신분 질서 내에서 강제는 지식·정보의 위계화를 고착화한다. 사실 이러한 위계화는 제도나 사회 구조가 강제한 것이라기보다 사대부 계급의 역사적 등장과 함께 이들이 구축한 관행의 결과임은 물론이다. 마침내 이들은 자신이 구축한 위계화의 틀 안에서 지식·정보를 생성하고 확산했다. 하위 주체들은 사대부 지식인이 생성한 지식·정보를 수용하고 이를 소비하는 방식으로 지식·정보의 생성과 유통에 참여하게 된다. 조선조 후기 사회체제 내에서 지식·정보의 수용과 생성의 불균형은 이러한 방식으로 진행되어 왔다.

그런가 하면 사대부 지식인은 자신들이 생성한 지식·정보를 서로 소통하고 전유하며 아래로 유통하지만, 밑으로부터 올라온 지식·정보의 경우, 그대로 수용하지 않는다. 자신이 구축한 가치 기준과 사유에 부합하는 것만 일부 받아들이고, 그나마 받아들인 지식·정보마저도 자신이 구축한 기준과 사유를 잣대로 판단하고 비평한다. 그리고 자신들이 구축한 기왕의 지식체계 안에 재배치하는 방식으로 소비함으로써 본디 지녔던 지식·정보를 축소 왜곡하기도 하고, 그 내부에 잠재한 활력을 억제하기도 한다. 사대부 지식인은 이런 방식으로 지식·정보를 독점하고, 사회에서 자신의 지위와 권위를 실현하기에 지식·정보는 권력을 상징한다고도 할 수 있다. 푸코가 말한 "늘 지식은 권력의 효과를 낸다"라는 명제를 소환하지 않더라도 지식·정보의 독점은 권력 그 자체를 전유하는 것이다. 이는 이 책에서 주목한 주요한 논점의 하나다.

그런데 조선조 후기 사회에서 사대부 지식인이 정치적으로 형성한 지식·정보의 독점과 그 권위를 어떻게 형성하고 장악하였던가? 이렇게 형성한 지식·정보를 정치권력으로 행사하면서 가치 질서와 지식·정보의 위계화를 어떻게 굳건하게 구축해갔는가? 반면에 어떤 계층이 이러한 시스템과 구조에 영향을 미쳐 그 권위를 해체하고 지식·정보의 위계화를 변화시키려 했는가? 이러한 질문은 사실 지식·정보의 유통 공간과 깊은 관련성을 지닌다. 이를 위해 조선조 후기 사회 체제 내에서 지식·정보의 유통 공간의 문제도 함께 규명해보고자 한다.

사실 앞서 제기한 많은 의문은 거창하며 희망사항에 가까우며 두서도 없고 매우 거칠다. 누구라도 이러한 질문에 쉽게 답하기 어렵다. 하지만 이러한 거친 질문은 조선조 후기 지식·정보의 생성 공간에서 누가 어떻게 지식·정보를 생성하고 소비하며, 어떤 방식을 거쳐 다양한 지식·정보로 확산되는가에 답하기 위한 학술적 시좌다. 일종의 지식 사회학적 관점과 같이 지식의 여러 양상과 형태를 당대 사회의 다양한 조건과 연결하여 제기하려는 시도라는 사실이다.

이 점에서 이 글은 지식·정보의 시작과 끝을 다루는 것이자 지식·정보를 생성하고 소비하며 재생산하는 주체와 그것과 관련한 다양한 문제를 시야에 두고 서술하는 거친 분석이다. 특히 지식·정보와 관련하여 떠 올릴 수 있는 여러 문제를 제기하고, 그 답을 제시하기보다 실마리를 찾아가고자 한 시도다. 좁게는 조선조 후기 사회에서 생성·유통된 지식·정보로 내부의 이모저모를 훑어보는 전경(全景)이자, 조선조 후기 사회를 읽고자 하는 방법이며 시선이기도 하다.

제 1 부

전란과 사행, 현장과 서재

| 제 1 장 |

전란과 사행, 견문과 서적 유통

1

1. 전란 체험과 지식

전근대 동아시아에서 개인이 자국의 공간을 넘어 타국 인물과 교류하는 것은 흔한 일이 아니다. 사대부 지식인이 일국 넘어 교류하는 경우는 사행(使行)에서나 볼 수 있다. 사행에 참여한 인사들은 사적으로 이국 인사와 만나 교류하고 이국 문물을 견문하기도 한다. 이러한 견문 체험과 이국 인물과의 대규모 접촉은 전쟁을 통해 이루어지는 경우가 많지만, 그 실상을 기록한 경우는 적다.

조선조만 하더라도 연행사[1]와 통신사[2]를 통해 이국에서의 견문 체험과 지식인 간의 교류가 있다. 사행에서의 견문 체험과 인적 교류를 제외

1 연행사 관련 논의는 '연행록'이 영인·간행된 이후, 그동안 많은 성과가 있었다. 최근에는 그동안 발굴되지 않았던 연행록이 지속해서 발굴되는 등 연구의 외연을 더욱 넓혀 나가고 있다. 여기서는 일일이 거론하지 않는다.

2 통신사의 개별 연구와 전체적인 연구의 성과는 그동안 많이 축적되었다. 여기서 그 성과를 모두 거론할 수는 없고, 최근의 통신 사행 문학 전체를 거론한 성과는 다음과 같다. 이혜순, 『조선통신사의 문학』, 이화여자대학교출판부, 1996; 한태문, 『조선 후기 통신사 사행문학 연구』, 부산대학교 박사학위논문, 1995; 구지현, 『계미통신사 사행문학 연구』, 보고사, 2006; 신로사, 『원중거의 '화국지'에 관한 연구』, 성균관대학교 석사학위논문, 2004. 또한 홍학희, 김보경, 김경숙·박재금 등이 성대중, 남옥, 원중거의 계미통신사행 기록을 번역하여 학계에 적지 않은 도움을 주고 있다.

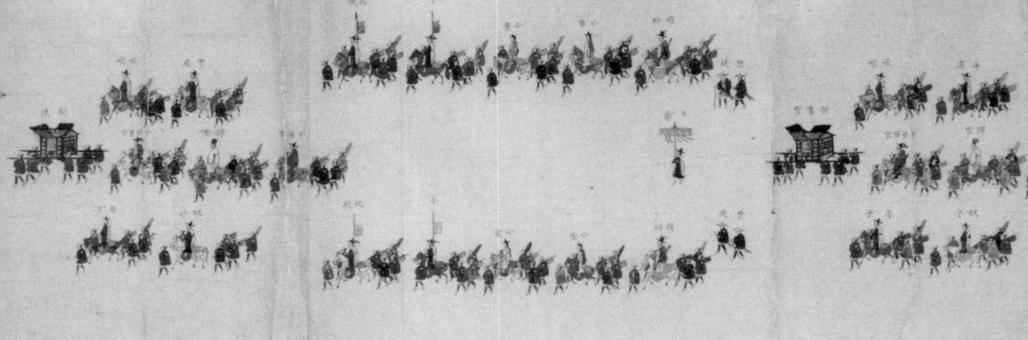

「조선통신사행렬도」(국립중앙박물관 소장)

하면, 서적을 매개로 이국 문물을 간접 경험하거나 이국의 지식·정보를 체득하는 경우가 일반적이다. 사행에 참여하지 않은 대부분의 사대부 지식인은 서적을 통해 이국의 지식·정보를 섭취하고, 섭취한 지식·정보를 가공하여 이를 유통하고 소비한다.

그런데 전근대 동아시아에서 대규모의 인적 교류와 서적 유통은 물론 이국 문물의 체험에 결정적 역할을 한 것은 전쟁이다. 더욱이 국제전 양상의 전쟁이라면 이문화(異文化)와의 상호 교섭과 소통은 매우 광범위하게 일어나게 마련이다. 임진왜란이 그 경우이다.[3] 1592년부터 1598년까지 2차에 걸쳐서 일어난 왜란은 동아시아의 질서에 충격을 가하는 한편, 새로운 국제질서의 싹을 틔우는 데 결정적 역할을 하였다. 일본이 한반도의 앞마당에서 전쟁을 일으켰지만, 한반도의 전장에 명나라와 함께 여진족 등이 참전함으로써 그야말로 국제전 양상을 띠었다.

임진왜란은 전쟁 과정에서 여러 나라 인물이 참여함으로써 인적·물적 교류도 다양하게 일어난다. 이를테면 원군으로 참여한 명의 장수와 다수의 문관은 물론 참전군인은 조선의 다양한 계층과 만나고, 이국의

3 임진왜란을 둘러싸고 벌어진 한중일의 관계에 대해서는 한명기, 『임진왜란과 한·중 관계』, 역사비평사, 1999 참조. 그리고 임진왜란의 전체적 성격과 개별 사항의 성과에 대해서는 정두희·이경순 엮음, 『임진왜란 동아시아 삼국 전쟁』, 휴머니스트, 2007 참조.

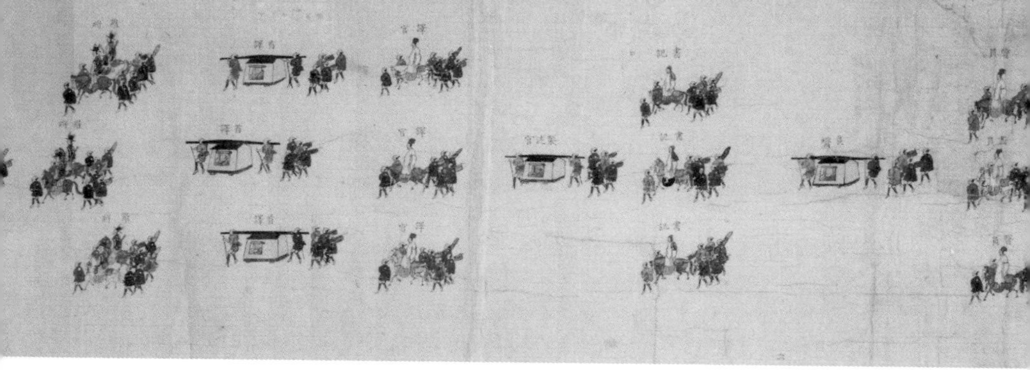

현장과 이문화를 접촉하게 된다. 조선조 지식인과 참전군인, 전쟁을 겪은 조선 백성도 이문화와 이국 인물 등과 접속하며 여러 방식의 체험을 겪는 것은 마찬가지였다. 일본군 역시 한반도에 발을 들여놓은 시기부터 이국의 다양한 계층 인사와 만나고 이문화를 체험한다. 7여 년의 적지 않은 전란기간 동안 동아시아 삼국의 각 계층의 인물이 만나 직·간접의 방식으로 교류하고 이문화를 체험하는 것은 상상을 초월할 정도로 다양한 방식으로 이루어진다. 특히 일본군은 임진왜란을 통해 많은 서적과 문화재를 약탈하거나 수집하였음은 물론 도예공과 같은 전문 기술자를 납치하여 이문화를 접속함으로써 자국 문화를 일군 바 있다.

전근대 동아시아에서 임진왜란처럼 삼국이 참여하여 상호 접촉한 것도 드물지만, 전란을 통한 상호 접촉은 이전에 경험하지 못한 이문화를 체험하고 새로운 지식·정보를 견문하고 체득하도록 했다. 이 점에서 임진왜란은 매우 이례적인 사건이다. 무엇보다 수년간의 전란 과정에서의 인적·물적 교류는 새로운 지식·정보의 생성과 이의 유통과 소비에 더할 나위 없는 조건이 되었기 때문이다.

이 국제전 이후에 동아시아 국제질서는 재편하게 된다. 중국에서는 명·청의 교체, 일본에서는 도쿠가와 막부〔德川幕府〕의 성립으로 귀결하게 된다. 하지만 조선은 중·일과 달리 조선조를 재건하는 방향으로 나아갔거니와, 그 과정에서 만주족의 등장으로 얼마 지나지 않아 병자호란을 겪게 된다. 호란 이후 조선조는 청과의 관계를 재정립하면서 본격적으로 국가를 재조하는 방향을 잡고 실천한 바 있다. 국제 외교에서도 조선조는 새로운 동아시아 국제질서에 대응하기 위해 에도 막부와 외교 관계를 정상화하게 된다.

조선조는 청조에 연행 사신을 보내고 청조는 칙사의 형태로 조선조를 방문함으로써 새로운 동아시아의 국제질서 안에서 조공책봉 관계를 이어가고, 에도 막부와는 통신사행의 파견을 통해 교류를 재개하게 된다. 당시 연행사와 통신사를 통한 인적 교류의 규모는 상당한 수준이었다. 청조의 사행은 정기적 사행 형태로 이루어지고, 에도 막부의 사행은 부정기적으로 이루어진다. 연행은 주로 육로를 통해 통신사행은 해로를 통해 진행되었다. 이 두 사행은 규모나 사행의 형식과 내용에서는 차이를 보여주지만, 사행의 규모 면에서는 어슷비슷하였다. 두 사행 모두 사행 기간과 사행의 경로, 참여 인원 등을 고려하면, 인적·물적 교류를 통한 직·간접의 견문 체험과 새로운 지식·정보의 획득은 적지 않았을 것으로 보인다. 더욱이 기록으로 남겨져 있는 것 이상의 활발한 접촉과 교류가 있었을 것임은 미루어 짐작할 수 있다.

그렇다면 임진왜란을 기점으로 그 이후에 동아시아 삼국의 지적 교류와 서적 유통을 통한 지식·정보의 상호 교섭과 유통은 어떠했던가? 이 점을 주목하고 거시적인 시각으로 살펴보고자 한다.

2. 견문 지식의 착종과 이문물의 교류

일찍이 연경에 다녀온 사람이 이런 말을 했다. 말로는 이루 다 말할 수 없고, 글로도 이루 다 적을 수 없으며, 그림으로도 이루 다 그릴

> 수 없다고 하기에는 지나친 말로 생각했는데, 직접 체험한 후에야 그것이 넘치는 말이 아님을 알았다.[4]

유만주(兪晩柱, 1755~1788)의 언급이다. 연행에서의 견문과 체험은 말과 책, 심지어 그림을 그리더라도 생생한 현장을 표현할 수 없다고 했다. 실제 현장에서 획득한 느낌과 강렬한 울림의 감동과 리얼리티는 말이나 서책, 심지어 그림을 훨씬 뛰어넘는다는 것이다. 현장 체험을 통한 다양한 견문 지식과 정보의 체득은 서적을 통해 얻는 것과 확실히 다르며, 획득한 지식·정보의 양과 느낌 역시 다르다. 그런데 서적이 아닌 체험으로 얻을 수 있는 이국 관련 지식·정보의 최대치는 이문화를 직접 견문하고 체험한 것에서 확인할 수 있다.

전근대 개인은 예외적으로 이문화와 접속한다. 대부분의 개인은 이문화와 접속하는 것 자체가 불가능하고 그럴 기회도 거의 없다. 다수의 인물이 전면적으로 이문화와 접촉할 수 있는 계기는 이국과의 전쟁을 통해서다. 역사적으로 보더라도 전쟁을 통해 이민족과 접촉하고, 이문화와 만나는 경우는 적지 않다. 대체로 전쟁을 통한 이문화와의 접촉과 이국과의 교섭은 서적과 여행을 통한 것과 비교 불가능할 정도로 강렬하고 전면적이다. 전쟁을 통해 이문화와 접촉하고 만나는 과정에서 다양한 지식·정보가 길항·착종하며, 유통·소비도 일어난다.

드물기는 하지만 전쟁과 사행 외에 전쟁 포로가 되거나 표류를 통해 이문화와 만나기도 한다. 그런가 하면 가끔 특수 목적을 띤 월경도 있지만, 이는 아주 예외적이다. 그런데 자국사를 보면 국가 간 전쟁을 통해 이문화와 접촉하거나 인적 교류를 하는 사례는 많지 않다. 전쟁은 이국민(異國民)과 이국 문화와 원치 않은 접속의 기회를 얻지만, 그 역기능도

4 兪晩柱,『欽英元本』,「甲辰部」, '閏三月記初八日', "曾聞遊燕者言, 言不能盡道, 文不能盡記, 畫不能盡形, 以爲過矣, 逮身履而後, 知其非溢語也."

만만치 않다. 국가 간의 전쟁은 일국 문화의 파괴와 약탈, 심지어 사람을 포로로 잡아가기 때문이다. 전쟁은 민의 삶과 생존을 근저에서부터 파괴하고 국가의 인적 물적 토대를 파괴한다. 요컨대 국제전은 그 폭력성과 야만성에도 불구하고 다양한 인적 교류와 함께 문화의 전면적 교류를 하는 계기를 주는 것도 사실이다. 이를 전쟁의 긍정적 요인이라고 한다면 이는 분명히 역사적 아이러니다.

(1) 전장에서의 다양한 교류

7여 년의 임진왜란 기간에 동아시아 삼국은 다양한 방식으로 인적·물적 교류를 하게 된다. 명나라군은 1593년부터 전쟁이 끝날 때까지 한반도의 각 지역에 주둔하면서 조선조 관료와 의병, 학자와 일반 민에 이르기까지 여러 계층과 접촉한 바 있다. 이들은 조선의 여러 계층과 접촉하는 과정에서 다양한 방식으로 교류할 수밖에 없다. 이러한 교류는 일본 역시 마찬가지다. 전쟁에 참여한 여러 계층의 인물도 전쟁 수행 과정에서 명군은 물론 조선의 여러 계층과 만나고, 그 과정에서 이문화와 접촉하게 된다. 새로운 이문화의 지식·정보를 견문하고 체험하면서 이국의 서적과 문화재를 약탈하거나 이러저러한 전리품을 획득하여 본국에 보내기도 한다.

특히 조선조 지식인은 명군을 만나 예전에 몰랐던 이국의 다양한 지식·정보를 견문하는 기회도 얻는다. 이를 계기로 경세와 국가 운영에 유용한 제도를 체험하고 새로운 서적을 획득하며, 그것을 현실 문제의 해결에 활용하거나, 국가에 유용한 제도로 정착시키기도 한다. 다음은 그 사례 중 하나이다.

전에 평양이 수복되었을 때 상이 도독(都督) 이여송(李如松)에게 가서 사례하고 명나라 군사의 전후 승패가 다른 점을 물으니, 도독이 말하기를, "전에 온 북방의 장수는 항상 호적(胡敵)을 방어하는 전법을 익혔기 때문에 싸움이 불리하였고, 지금 와서 사용하는 것은 바로 척장군(戚將軍)의 『기효신서(紀效新書)』인데, 곧 왜적을 방어하는 법이라서 전승하게 된 것입니다" 하였다. 상이 『기효신서』를 보여 달라고 하니, 도독은 깊이 보관하고 내놓지 않았다. 상이 비밀히 역관으로 하여금 도독 휘하의 사람에게 사 오게 하였다. 상이 해주(海州)에 있을 때 『기효신서』를 유성룡(柳成龍)에게 보이면서 이르기를, "내가 천하의 서책을 많이 보았지만 이 책은 실로 이해하기 어렵다. 경은 나를 위해 강해(講解)하여 그 법을 본받게 하라" 하니, 유성룡이 종사관 이시발(李時發) 등과 토론하고, 또 유생 한교(韓嶠)를 얻어 낭속(郎屬)을 삼아 명나라 장수의 아문(衙門)에 질문하는 일을 전담케 하였다. ……중략…… 10일에 걸쳐 수천 사람을 뽑아 척씨의 삼수연기(三手練技)의 법으로 가르치는 한편, 파총(把摠)·초관(哨官)을 두어 군사를 나눠 실제 척씨의 제도대로 연습시키니, 몇 달 만에 군용이 갖추어졌다. 상이 습진(習陣)에 친림한 이후로 도감군(都監軍)은 항상 숙위(宿衛)와 호종을 하게 하였는데, 나라에서 이 군대의 힘을 많이 의지하였다.[5]

임진왜란 중에 선조의 명으로 척계광(戚繼光, 1528~1588)의 『기효신서』를 획득한 후 군사 훈련에 활용한 저간의 사정을 서술한 대목이다. 원군으로 참여한 명나라 장수 이여송이 병서인 『기효신서』를 보여주지 않자, 역관을 시켜 구득한 후에 조선 군대에 맞게 이를 적용해가는 과정을 보여준다. 선조는 『기효신서』에 기술한 일부 내용을 명나라 장수에게 배우도록 지시하는 한편, 『기효신서』를 교범으로 삼고 칼과 창을 비롯한 다양한 병장기 사용법을 익히도록 조처한다.[6] 이후 조선조는 전란 중에 이를 활

5 『선조수정실록』 선조 27년(1594) 2월 1일 경술조. 번역은 한국고전번역원, 한국고전종합DB 참조.

용하는 데 그치지 않고, 과거 시험에까지 반영하여 국가 제도에 안착시키자,[7] 위정자들은 『기효신서』의 효용 가치를 더욱 주목하게 된다.

전란 이후에도 『기효신서』의 국가적 활용과 효용성은 그대로 유지된다. 김좌명(金佐明, 1616~1671)이 세월이 지나 구하기 힘들어진 이 병서의 내용을 보완하여 재편집하고 이를 간행한 것은 구체적 사례다. 그는 당본(唐本)의 내용 중 일부를 분리해 별집 2권으로 만들고, 본래 본과 합쳐 한 질을 만들어 인쇄한 후에 삼남(三南)의 각 진영에 보내기도 한다. 이어서 기존의 것을 보완해 만든 『기효신서』를 임금에게 바친다.[8] 김좌명의 진상 이후 『기효신서』는 군영에 다시 보급되면서 일부 계층의 독서 대상을 넘어, 국가 방위의 중요한 병서로 재발견되어 주목받게 된다.

요컨대 전쟁 과정에서 유입된 『기효신서』는 일반 서적과 달리 국가 방위의 필수적인 지식·정보를 담고 있는 병서로 주목받은 이후, 무과 시험에까지 반영되는 것은 물론 국방의 필독서로 정착한 것이다.[9]

그런데 『기효신서』는 조선조 후기에도 여전히 국방의 필독서로 주목

6 선조 대에 수입된 『기효신서』의 전반적인 논의는 노영구, 「선조대 『紀效新書』의 보급과 진법 논의」, 『군사』 34, 국방부 군사편찬연구소, 1997 참조.

7 『선조실록』 선조 27년(1594) 2월 11일 경신조.

8 金佐明, 『歸溪遺稿』 卷上, 疏箚, 「進紀效新書箚」, "願得紀效新書全本以相憑閱云, 臣問于本曹, 則元無此書, 問於他局, 亦無所有. 遂求得唐鄉本各一件, 令能麼兒堂上及武官中, 曉解兵書者, 再三讎校, 正其訛誤, 且以唐本所載新增八陣圖式及練兵實紀中車騎營陣登壇口授等篇, 以爲別集二卷, 合成一帙. ……중략…… 癸巳之後, 卽設訓局軍兵, 而其所制置, 實遵此書, 且命印頒於國中, 今垂 七十年矣. 屢經變亂, 自底散逸, 幾乎泯絶, 誠爲可惜. 語其爲書, 則乃聖祖之所嘗眷眷於匡復舊物之際者, 而論其爲用, 則目今中外大小將領之臣, 所不可一日無者也. 今以所印若干件, 分送于三南各營鎭, 而先將五件粧績投進, 以備睿覽, 取進止."

9 척계광의 『기효신서』는 1560년 처음 간행되었고(18권), 기간행된 내용으로 1588년에 다시 출판(14권)되었다. 임진왜란을 전후해 유성룡의 건의로 이 서적을 적극 주목하여 획득한 이후 훈련도감(訓鍊都監)의 교범으로 삼았고, 17세기에는 필요 부분을 발췌하여 훈련도감자(訓鍊都監字)로 간행하였는데, 바로 『기효신서절요(紀效新書節要)』다. 그만큼 이 서적은 조선조 후기까지 중요한 병서로 주목받은 바 있다.

받은 것으로 보인다. 관찬서인 『만기요람(萬機要覽)』은 물론, 장유(張維)의 『계곡집(谿谷集)』, 윤휴(尹鑴)의 『백호전서(白湖全書)』, 이익(李瀷)의 『성호사설(星湖僿說)』, 홍대용(洪大容)의 『담헌서(湛軒書)』, 정약용(丁若鏞)의 『여유당전서(與猶堂全書)』 등 개인 저술에서도 국방 정책을 논의하는 과정에서 『기효신서』를 인용하며 국방의 구체적인 안을 제시하는 것에서 알 수 있다. 특히 이유원(李裕元)은 『임하필기(林下筆記)』에서 『국조보감(國朝寶鑑)』에 실려 있는 『기효신서』의 내용 일부를 전재(全載)하여 그 중요성을 주목하는 한편, 『기효신서』가 전래된 이후 그 내용이 조선의 국방 정책으로 채택되는 과정과 역사적 의미를 다시 강조하고 있다.

이처럼 조선조 사대부 지식인은 16세기 말에 『기효신서』를 처음 접한 이후 19세기에 이르기까지 국방에 필요한 지식·정보를 담은 중요한 병서로 주목하고, 이를 다양한 방식으로 기억하고 이를 호출하고 있다. 그런 점에서 『기효신서』는 조선조 사회에 유입 이후, 단순한 지식·정보의 유통과 소비 차원을 넘어 국가 정책으로 연결되면서 국가 방위의 동력으로까지 기능한 것으로 보인다. 이는 특정 서적의 유입과 유통이 지식의 생성과 유통을 넘어 사회 변화를 추동한 사례라는 점에서 주목할 필요가 있다.[10]

한편, 임진왜란은 조선의 국고 문헌이 중국과 일본으로 유입되는 계기를 주기도 한다. 전쟁에 참여한 명나라 인사 중에는 문인도 적지 않았다. 명나라 지휘관을 비롯한 관속 중에 절강과 산동 지역 출신의 양명학자들도 다수 있었다. 임진왜란 초기 명나라 지휘관이던 송응창(宋應昌)을 비롯한 그 소속 문관들이 대표적이다.[11] 문무를 겸비한 이들은 전쟁 중임에도

10 『국역 임하필기』 권19, 「문헌지장편(文獻指掌編)」, '삼수(三手)의 교련' 참조, 한국고전번역원, 1999.

11 임진왜란 시기 명나라 장군 중에는 양명학자 출신이 많았다. 이들이 조선 정부와 지식인에게 주자학 중심의 학문 성향을 버리고 양명학으로 전환할 것을 촉구하여 마찰을

불구하고, 서적과 학술과 문예를 두고 토론하는가 하면 송응창은 양명학을 존신하는 자신의 학술적 견해를 조선조 관료에게 밝히기도 한다.[12] 상황이 이렇다 보니 조정에서도 송응창의 저술을 구득해 읽고 그의 개인 성향과 함께 이렇게 하는 명의 정치적 포석을 알고자 했다.[13] 왜냐하면 전란 중에 원군 지휘관이 제기하는 학술과 문예적 관심은 단순히 한 개인의 관심 차원을 넘어서는 데다, 당시 원군으로 참여한 일부 명나라 인사는 조선조 학술과 정치적으로 민감한 속내까지 속속들이 알고 있었기 때문이다.

> 본국이 평소 명나라에 알려지기 꺼렸던바, 예컨대 묘호나 경연에서 임금의 의중과 같은 문자를 임진왜란 이후에 명나라 장수들이 보고 알지 못하는 것이 없었다. 본국의 서책이 중국에 흘러 들어간 것 또한 어찌 한량이 있겠는가?[14]

전쟁을 거치면서 국내의 다양한 서적은 물론 기밀에 가까운 정보가 명으로 흘러 들어간 내용을 언급하고 있다. 조선 정부가 대외적으로 숨기고자 한 속사정을 누출하여 명나라가 알게 된 것은 조선의 국고 문헌이 대량 명으로 유입된 결과라는 것이다. 전쟁으로 국고 문헌이 불타거

일으킨 적도 있다. 이에 대해서는 윤남한, 『조선시대 양명학 연구』, 집문당, 1982, 173~197면.

12 李廷龜, 『月沙集』 附錄 卷4, 「墓誌」, "經略宋應昌, 請與我國儒臣講學, 公與黃文敏公, 應選就幕. 宋主陸學, 而以大學講義. 公推演朱子說, 著數十篇, 宋大加稱賞曰; 各尊所聞, 無傷也."

13 임진왜란 당시 조정에서 명과 일본의 화의를 대비하기 위해 회의하는 중에 유성룡이 "왜적은 끝내 중원을 침범할 수 없을 것이다"라는 말의 출처를 묻자 이덕형(李德馨)이 송응창의 저술인 『복고요편(復古要編)』에 나온다고 하며, 송응창의 의도를 의심한 바 있다. 이는 『선조실록』 선조 31년 무술(1598) 6월 23일 병자조.

14 『迎接都監賜祭廳儀軌』, 己酉 4月 14일(奎월 14556), 서울대학교 규장각 영인본, 1998, 130~131면. "本國平日所諱於天朝者, 如廟號經筵聖旨等文字, 亂後天將無不見知. 本國書冊, 流入於中國者, 亦何限耶?"

나 유실된 것도 적지 않았을 뿐만 아니라, 전쟁에 참여한 명나라 지식인이 국내의 다양한 서적을 수집하여 중국으로 가져간 규모 또한 상당하였음을 보여준다. 조선 측에서 국내 서적이 명으로 대량 흘러 들어간 것과 국가 기밀 정보의 해외 유출은 원치 않은 일이지만, 이는 전쟁이 가져다 준 인적 · 물적 접촉과정에서 생겨날 수밖에 없다는 점에서 어쩔 수 없는 일이기도 했을 터다.

그런데 대규모 인적 접촉을 통한 서적과 지식·정보의 교류는 임진왜란 이후 명·청 교체기에 명나라 유민의 조선 유입도 관련이 있다. 청의 등장 이후 명나라 유민이 대거 조선으로 오면서,[15] 이를 통한 인적 교류

15 『영조실록』 권74, 영조 27년 10월 8일 신축, "是日, 上召見宮門外居人, 教曰: 唐人子孫出來者, 孝廟朝使居本宮洞內. 今過其處, 欲見其村, 低設布帳, 以便望見. 又教曰; 門外居人, 卽皇朝遺民, 聖祖愛恤者, 匪風之心, 追慕之懷, 益切于中. 其令惠廳, 從厚顧恤, 以示予意." 명나라 유민인 황조인(皇朝人)이 스스로 조선에 정착하면서 남긴 내용은 왕덕구(王德九)가 지은 『황조유민록(皇朝遺民錄)』(서울역사박물관 소장)에 상세하게 실려 있다. 『황조유민록』은 명나라가 망한 뒤에 봉림대군을 따라 조선으로 유입된 인사의 전기이다. 여기에 수록된 인물들은 왕덕구의 선조인 왕이문(王以文)을 비롯, 양복길(楊福吉), 풍삼사(馮三仕), 왕문상(王文祥), 배삼생(裵三生), 왕미승(王美承), 정선갑(鄭先甲), 황공(黃功), 유계산(柳溪山) 등 9명인데 대체로 모두 지식인이다.

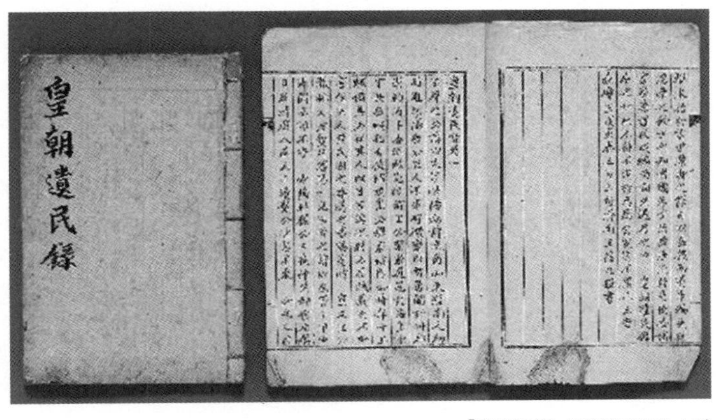

『황조유민록』(서울역사박물관 소장)

도 상당하였기 때문이다. 이 또한 서적 유통과 지식·정보의 상호 교환의 토대를 제공한 것으로 보인다. 명나라 유민의 조선 유입은 당시 정치적 문제를 불러왔음에도 불구하고, 이들의 국내 정착으로 조선조 사회와 사대부 지식인에게 다양한 지식·정보를 전해주었을 것임은 물론이다.

주지하듯이 명나라 유민의 조선 유입은 박지원(朴趾源)이 「허생전(許生傳)」에 이미 등장한다. 허생은 북벌의 실무 책임자 이완 대장에게 '시사의 어려운 세 가지 계책〔시사삼난(時事三難)〕'을 북벌의 중요한 계책으로 든 바 있거니와, 허생이 제시한 '세 가지 어려움' 중의 하나가 명나라 황족과 유신의 후예들과 조정 대신의 자제들이 혼인시키고, 이들에게 조정 대신의 거처를 빌려주라는 것이었다. 이러한 언급은 명나라 황족과 지식인을 비롯한 수많은 명나라 유민이 국내로 유입되었기에 가능했을 것임은 물론이다. 그런가 하면 유득공(柳得恭, 1748~1807)이 숭정(崇禎) 이후 조선으로 유입한 대표적인 15개 가문을 구체적으로 적시하여 그 후예들의 국내 생활과 정황을 제시한 것도 같은 맥락으로 이해할 수 있다.[16]

16 유득공은 당대에 살고 있던 명나라 후예 중 대표적 사례로 이름난 열다섯 가문을 예시하고 있다. 유득공은 이들의 이름과 사는 지역과 국내로 유입한 저간의 사정을 함께 기술해두었다. 유득공, 『古芸堂筆記』 권5, 『雪岫外史 外 二種』, 「崇禎後東來人」, 아세아문화사, 1986, "李應仁鐵嶺人, 提督如松孫. 崇禎甲申來居. 淮陽李成龍, 摠兵如梅孫. 從劉綎, 戰深河師覆, 來居湖西. 黃功杭州人, 擧進士, 官守備, 在瀋陽事孝廟. 崇禎甲申, 與王鳳崗等八人東來, 居朝陽樓下. 朝廷授嘉善階, 王鳳崗, 一名以文, 濟南人按察使楫孫, 在瀋陽事孝廟, 崇禎甲申東來. 馮三仕, 庠生, 山東人, 在瀋陽事孝廟, 崇禎甲申東來. 裵三生, 庠生, 山東人. 崇禎甲申東來. 鄭先甲, 琅邪人, 吏部左侍郎文謙曾孫. 崇禎甲申東來. 陳鳳儀, 萬歷己酉, 配堂邑王第一女, 寶慶縣主, 亂後流落東來. 康世爵, 湖廣人, 祖霖, 從楊鎬東征, 死於平山. 父國泰, 從劉綎, 戰死深河. 世爵, 隨父在軍中, 脫身走遼陽, 及遼陽陷, 奔鳳凰城, 糾合潰卒, 拒城守戰敗東來, 流寓慶源鍾城之間, 扁其堂曰楚冠. 贈參議文克也. 吏部尙書士袁後孫, 其先卽文正公安國也. 自登州, 漂至海西之鳳山郡, 流寓北關, 田好謙, 字遜宇, 廣平府人, 兵部尙書應楊孫, 嘗入椵島, 崇禎丁丑, 淸人破椵島, 好謙與其徒十餘人, 東來. 朝廷命之官, 辭不拜施文用. 萬曆中, 從遊擊藍芳威, 東來征倭, 仍去星州之大明洞, 當宁癸丑, 贈參判, 潘騰雲·墨萬銀二人, 隨李應仁來居金化, 揚福吉, 隨王鳳崗等來 丙辰夏, 內閣撰進皇壇陪臣錄, 崇禎後東來人,

명나라 지식인이 조선조로 대거 망명함으로써 조선조 사대부 지식인은 명나라 문물제도 및 문예의 동향은 물론 다양한 중국 서적의 관련 정보와 풍물 등도 쉽게 획득하게 된다. 이처럼 병자호란 이후에 벌어진 동아시아의 국제질서 재편기에 발생한 명나라 유민의 국내 유입은 조선조 학계와 사대부 지식인에게 적지 않은 지적 영향은 물론 이국 문화의 뒤섞임을 통한 새로운 문화 형성의 배경을 제공하였을 법도 했다.

전란에서의 이국 체험과 이국의 지식·정보는 포로로 잡혀갔다가 생환한 인물을 통해서도 널리 전파되기도 했다. 최척(崔陟)[17]과 김영철(金英哲)[18]의 사례는 널리 알려진 사건이다. 이들 인물처럼 당대에 널리 알려진 사건을 서사로 포착하기도 하지만, 포로로 잡혀가 생환한 인물 중에는 잘 알려지지 않은 경우도 적지 않다. 천안의 아전으로 태어나 병자호란

知名者, 十五家."

17 이덕무가 족질 이광석(李光錫)에게 보낸 글에서 "오직 심계만은 어우(於于)의 병통을 잘 지적하는구려. 또한 그것은 와전되고 누락된 것이 아주 많네. 거기에 말한 '남원정생(南原鄭生)'이란 자는 바로 최척(崔陟)이니 정(鄭)이 아닐세. 그의 며느리는 홍도(紅桃)이고 그의 아내는 옥영(玉英)이네. 내가 소옹(素翁) 조위한(趙緯韓)의 최척전(崔陟傳)을 한 번 읽어 보았기 때문에 자세히 아네〔惟心溪者, 善中於于之病也. 且訛漏滋甚, 其所稱南原鄭生者, 是崔陟, 非鄭也. 其子婦紅桃, 其妻則玉英也. 余嘗讀素翁崔陟傳而詳知也〕"라 하여, 유몽인(柳夢寅)의 『어우야담(於于野談)』에 나오는 '남원정생'의 이야기가 「최척전」에 나오는 최척임을 밝히고 있다. 대체로 당대 다양한 계층이 전란 중에 최척 가족이 이국땅에 포로로 잡혀갔다가 생환하고 극적으로 재회하는 서사를 담은 『최척전』의 이야기를 알고 있었다. 또한 최척 가족도 귀국 후에 체험한 이국 문물과 다양한 이국 지식·정보 등을 여러 계층 인물에게 전하고 그 결과 국내에까지 널리 알려지게 되고, 유몽인이나 조위한의 작품도 그러한 과정에서 탄생한 것임은 물론이다.

18 洪世泰, 『柳下集』 卷13, 「讀金英哲遺事」에서 홍세태는 "金永哲, 平安道永柔縣人. 戊午深河之戰從軍, 陷虜中有妻子, 逃入皇朝, 居登州亦有妻子. 後潛附我使船東還, 則家業一空, 爲慈母山城守卒而死, 年八十餘矣. 余甚悲之, 爲立傳"라 하여 후금 전투에서 포로로 잡혀갔다가 귀환하고, 그 뒤에 늙어서까지 자모산성(慈母山城)의 수졸로 삶을 마감한 그의 기구한 삶을 담고 있는 「김영철유사(金英哲遺事)」를 읽고 「김영철전(金英哲傳)」을 지었음을 밝히고 있다.

에 포로로 끌려갔다가 여진족·몽고족 사이에서 용맹을 날리다가 다시 고국으로 돌아와 출가해 이화암(梨花庵)의 스님으로 살아가는 인물도 그 중 하나다.[19] 오랜 기간 이국에서의 체험과 관련 지식·정보를 기록으로 남기지 않았지만, 주변 인물과 만나는 사람에게 자신의 이국 경험담을 두루 전달했음은 미루어 짐작할 수 있다.

전쟁으로 인한 이국 관련 지식·정보와 교류는 일본과의 관계에서도 마찬가지다. 일본은 임진왜란 과정에서 상당한 서적과 문화재[20]를 가져가거나, 적지 않은 일반 민을 포로로 잡아가기도 했다. 이들 피로인 중에는 전문 기술을 가진 숫자도 상당했다. 전란 이후 일부 민은 쇄환하는 경우도 있지만, 외국 상인에게 팔려가거나,[21] 끝내 귀환하지 못하고 타지에서 살아야만 하는 경우도 적지 않았다.[22] 특히 피로인 중에서 스스로 역경을 이기고 귀환한 사례도 있다.

임진왜란과 정유재란 때 일본에 잡혀갔던 사대부 지식인 강항(姜沆, 1567~1618)과 동래(東萊)의 양인 양부하(梁敷河, 1581~?)가 대표적이다. 강항은 일본에서의 견문 체험을 기록한 『간양록(看羊錄)』을 남기고, 양부하는

19 최성대(崔成大, 1691~1762)는 이 기구한 인물의 삶을 서사 한시인 「이화암노승행(梨花庵老僧行)」(『두기시집(杜機詩集)』 권2)에 담은 바 있다.

20 안견(安堅)의 「몽유도원도(夢遊桃源圖)」가 대표적이다. 「몽유도원도」를 약탈해 간 이는 임진왜란에 참여한 규슈(九州) 녹아도(鹿児島)의 호족 시마즈 요시히로〔島津義弘, 1535~1619〕라 알려져 있다.

21 조위한(趙緯韓)의 『최척전』의 여주인공 옥영(玉英)도 일본군에 잡혀 상선의 노예로 팔려 갔다. 또한 안토니오 코레아(Antonio Corea)도 정유재란 때 일본군에게 잡혀 노예로 팔려 갔다. 이탈리아 무역상이자 선교사인 '카를레티'가 조선인 노예 5명을 사서 세례를 받게 한 뒤, 1606년 1명을 피렌체로 데려갔다고 알려졌는데, 이때 팔려간 5명의 조선인 노예 중 한 명이 안토니오 코레아라고도 한다.

22 이들 피로인의 숫자는 정확하게 알려진 바는 없다. 피로인을 데리고 오는 쇄환은 1604년 이전 강화를 요청하는 대마도 사절에 의해 주도되었고, 이후에는 탐적사(探敵使), 회답 겸 쇄환사(回答兼刷還使), 통신사 등의 사절단이 주도하였다. 쇄환된 피로인은 6천 명을 넘지 않는 것으로 알려져 있다. 피로인 문제는 민덕기, 「임진왜란 중의 납치된 조선인 문제」, 『임진왜란과 한일관계』, 경인문화사, 2005 참조.

이국에서 체험한 구술 자료를 남겨 당시 일본 관련 지식·정보를 생생하게 전하고 있다. 강항의 『간양록』은 널리 알려진 사례지만, 여기서는 잘 알려지지 않은 양부하의 경우를 언급해보기로 한다.

임상원(任相元, 1638~1697)은 포로로 잡혀간 양부하의 삶과 일본에서의 견문 체험한 내력, 그리고 그의 특이한 이력을 「동래양부하전(東萊梁敷河傳)」에서 상세하게 밝히고 있다. 그는 전란을 겪은 실제 인물을 만나, 적국에서 견문 체험한 행적에 남다른 관심을 가지고 이를 입전하게 된다. 임상원은 양부하라는 인물이 피로인에서 스스로 귀국한 인생사를 들은 뒤, 적국에서의 특이한 행적을 중심으로 서사로 포착하고 있다.

다음 내용은 임상원의 언급인데, 전(傳)의 서문에 해당하는 것으로 자신이 입전(立傳)한 경위를 밝히고 있다.

> 동래의 양부하는 만력 연간 임진년에 왜적에게 포로로 잡혀가서 돌아온 사람이다. 만력 연간 신사년(1581)에 태어나서 지금 95세인데도 움직임에 무엇에 의지하지 않았고, 마시는데도 흘리거나 지체하지 않았다. 사람을 대하면 자기 일을 말했는데, 왜의 말투가 조금 있었고, 가끔은 듣지 못하기도 하였다. 나에게 일러 말하기를 "나는 이 땅에서 태어났으나, 해외에서 성장하였고, 생사가 불행하여 유리하며 두루 돌아다녀 스스로 기이하게 여기고 스스로 놀라지 않음이 없었다. 나는 일자무식하여 두서가 없지만 우선 말하려 하니, 누가 글로 작성할 수 있는지요?" 내가 그 늙음을 불쌍히 여기고, 그 뜻을 이기하게 여겨 드디어 차례대로 서술한다.[23]

23 任相元,『恬軒集』卷30,雜著「東萊梁敷河傳」,"東萊有梁敷河者, 萬曆壬辰, 倭俘而得還者也. 生萬曆辛巳, 爲九十五歲. 行不用扶, 飮不留瀝, 對人自敍, 微有蠻音, 唯暫聾也. 語余曰:"吾生於此土, 長於海外, 生死險釁, 流離穿歷, 未嘗不自奇而自駭. 吾不識一丁, 無爲次焉. 第且言之, 孰能文者?" 余憐其耄, 奇其志, 遂爲序焉."

위 내용을 이어 임상원은 양부하의 구체적인 일본 체험과 자신이 양부하로부터 들은 구술의 내용을 구체적인 서사로 포착한다. 여기서 저자가 포착한 서사의 내용은 강항이 일본의 이문화를 『간양록』에 담은 것과는 다르다. 양부하는 양인의 신분이었기 때문에 스스로 자신의 이국 체험을 기록으로 남길 수 없는 데다, 피로 과정과 피로 이후의 일본에서의 체험과 견문한 지식·정보도 사대부 지식인의 그것과 다를 수밖에 없다. 출신과 성장 배경, 이국에서의 일상과 체험도 일반적이지 않고, 이국에서의 견문 지식과 체험도 강항과는 사뭇 달랐기 때문이다.

임상원은 임진왜란 당시 동래에 살았던 한 인물은 만난다. 그는 12살의 나이로 왜적에 잡혀갔다가 27년 만에 쇄환하여 95세가 된 양부하였다. 임상원은 그의 기이한 삶을 직접 듣고 입전하게 된다. 서사의 전개는 임상원이 양부하의 기구한 삶을 요약한 것인데, 사실 임상원의 작품은 양부하가 자서(自敍)한 것을 축약해 옮겨 놓은 것이기도 하다.

양부하가 오랜 기간 이국에서 견문하고 체험한 내용은 다양하고 매우 풍부할 터인데, 그중에서도 임상원은 주로 외부에서 알기 어려운 에도 막부 성립 과정에서의 막전막후(幕前幕後)와 함께 에도 막부 내부의 흥미로운 역사적 사실, 여기에 이국의 내부 실상을 주목하여 서사로 담고 있다. 이러한 내용은 대부분 양부하가 직접 겪고 견문한 것이기는 하지만, 오랜 시간 체험한 숱한 기억 저편에서 끄집어낸 것이기에 정제되지 않은 날 것도 있고, 더러 과장과 사실이 뒤섞인 정보도 있을 수 있다. 같은 시간과 같은 공간에서의 체험이라 하더라도 체험자의 지식수준과 인지능력, 사유 방식과 견문 체험을 호출하는 방식 등 다양한 요인에 의해 뒤틀리고 변하기 때문이다.

그렇기는 하나, 양부하 27년간 일본에서 직접 겪은 실 체험과 오랜 기간 견문한 이국 관련 다양한 지식·정보의 총량은 적지 않았음에 틀림이 없다. 그 자신이 오랜 기간 이국 정치장의 중심에 존재하며 체험한 견문 지식·정보를 토대로 구술한 것임을 고려하면, 이는 서적을 통한 이국의 지식·정보 체득과는 전혀 다르다. 특히 쉽게 접근할 수 없는 공간에서의 체험과 견문 지식은 서적에서 획득할 수 있는 지식·정보에 비길 수 없다.

독특한 전쟁 체험을 경험한 양부하의 구술은 그 자체로 주변 인물이나 타자에게 전달되기도 하고, 「동래양부하전」처럼 기록을 거쳐 유통되기도 한다. 이익이 「동래양부하전」을 읽고 그 내용 일부를 『성호사설』에서 언급하고 있는 것[24]도 기록으로 유통된 하나의 사례다. 성호는 기록에 그치지 않고, 홍중효(洪重孝, 1708~1772)와의 왕복 편지에서 이를 다시 호출한다. 그는 양부하의 기이한 삶과 그가 전한 정보를 두고 "어떤 동래인을 다룬 전은 처음 보는 신기한 이야기이지만, 그는 직접 목격한 사람이니 어찌 믿을 만한 내용이 아니겠습니까. 반드시 그대와 함께 얘기할 수 있을 것입니다. 저는 이 내용을 보고서 느끼는 바가 있습니다"[25]라 하여 양부하의 일본 관련 지식·정보에 남다른 관심을 보이며, 홍중효에게 자신이 독서한 「동래양부하전」의 내용을 전해주기도 한다.

그런데 양부하가 구술한 내용에는 에도 막부 성립 전후의 다양한 막전막후를 포함하고 있어 흥미롭다. 이를테면 도요토미 히데요시〔豊臣秀吉〕 사후 일본의 정치 상황과 다이묘의 움직임을 비롯하여 도쿠가와 이에야스〔德川家康, 1543~1616〕과 모리 데루모토〔毛利輝元, 1553~1625〕의 관계, '세키가하라 전투〔関ヶ原の戦い〕'의 진행 과정과 이후 도쿠가와 이에야스의 정

24 李瀷, 『星湖僿說』 卷14, 「人事門」의 '양부하(梁敷河)'에서 임상원의 「동래양부하전」을 인용하며 양부하가 도요토미 히데요시를 모시면서 견문한 내용을 주목하였다. 그 줄거리는 어린 양부하는 양인에다 일본인과 비슷한 모습 때문에 도요토미 히데요시가 그를 총애하여 가까이 모셨는데, 중국에서 사신으로 온 심유경(沈惟敬)이 도요토미 히데요시와 대화하면서 그를 속여 독약이 든 환약을 계속 먹여 죽였다는 것이다.

25 앞의 책, 卷17, 「答洪聖源」, "萊人一傳, 刱聞可異, 渠乃目覩者, 豈非信傳? 必得與足下說者. 竊有所感也."

치적 등장과 사망 경위 등 에도 막부 성립 전후의 정치적 이면을 다루고 있다. 중요한 것은 당시 조선조에서 전혀 알 수 없던 이국의 정치권력 중심부의 정보를 상세하게 알려준 사실이다. 이와 관련한 역사적 사실 여부와 정보의 구체적 의미 등은 분석하는 자리가 아니기에 더 언급하지 않는다.

여기서 주목할 사안은 이익이 양부하의 자서와 강항의 『간양록』을 같은 위상에 두고, 그의 구술 내용이 보여준 일본의 체험과 견문 지식과 정보를 높이 산 점이다.

> 이에 양부하가 휘원(輝元)에게 환국할 것을 청하니, 휘원은 "내가 강토를 깎이고 식록이 적어 족히 군사를 기를 수가 없다"라 하고, 허락하고 또한 노첩(路帖)을 주었다. 양부하가 이에 길을 떠났는데, 우리나라 사람 중에 돌아가기를 원하는 남녀 80여 인을 데리고 뱃길로 대마도에 다다라 도주(島主)에게 말하여 고국으로 돌아왔으니, 이때 나이 39세였다. 당시의 전쟁과 풍속을 모두 목격했으나 문자를 몰랐기 때문에 그 연·월·인명·지명을 모두 일본어로 써서 알 수 없는 것이 있는데, 수은(睡隱) 강항이 저술한 『간양록』과 대조해보면 알 수 있을 것이다. 수은도 또한 포로로서 일본에 머물러 있던 사람인데, 한 사람은 문자로 쓰고 한 사람은 언어를 썼으나 서로 모의하지 않았음에도 앞뒤가 부합하니, 어찌 믿을 만한 일이 아니겠는가?[26]

인용문은 성호 이익이 「동래양부하전」을 읽고 견해를 밝힌 대목이다. 양부하의 귀국 과정과 피로인을 데리고 함께 귀국한 사실을 적시한 다음,

26 앞의 책, 卷14, 「人事門」, '梁敷河', "敷河, 說輝元請還國, 輝元曰: 吾壤削食少, 不足以養士也, 許之, 亦與路帖. 敷河, 行収思歸男婦八十餘人, 雇舡来泊馬島, 因說島主得歸, 時年三十九. 當時戰争及風俗, 皆目覩, 然不識一丁, 其歲月人名地號, 並用倭語, 有不可以詳者, 以姜睡隱看羊錄, 叅驗可得. 睡隱, 亦俘在島中者也. 彼以文字, 此以口舌, 不相謀而首尾符應, 豈非可信?"

그가 진술한 내용의 진위와 그 의미를 평하고 있다. 한문과 한글 등을 깨우치지 못하고 12살에 일본에 잡혀갔던 양부하는 오로지 자신의 일본 체험과 견문 지식을 일본어로 구술할 수밖에 없음을 밝히고 있다. 이런 사정을 이해한 성호는 양부하가 구술한 내용의 진위는 같은 시기에 일본을 체험한 강항의 『간양록』과 비교해본다면 확인할 수 있을 것이라 했다. 예컨대 인명·지명·연월 등을 구체적인 사실에 대입하여 비교하면 그 진위를 알 수 있다고 하며, 양부하의 구술에 신빙성이 있음을 확신한다. 여기에 그치지 않고 성호는 "한 사람은 문자로 쓰고 한 사람은 언어를 썼으나", 결론적으로 강항의 기록과 양부하의 구술은 모두 사실에 '부합한다'라고 강조했다. 이는 강항의 『간양록』을 두고 기록으로 본 일본의 지식·정보로, 양부하의 체험을 두고 구술로 본 일본의 견문 지식·정보로 인식한 것을 의미한다.

특히 여기서 흥미로운 사실은 임진왜란과 그 이후의 일본 집권층의 동태와 정치적 이면 등 에도 막부 등장 전후의 관련 지식·정보의 유통 경로와 확산 과정이다. 대체로 양부하의 이국 체험과 관련 지식·정보는 구술과 기록이 뒤섞이며 '양부하→임상원→이익→홍중효'로 이동하여 유통되고, 점차 확산하고 있음을 알 수 있다. 여기에는 이들이 양부하 자신은 물론 양부하의 이국 체험담을 주변 친지에게 구연으로 유통한 것은 확인할 수 없다. 이러한 구연은 기록으로 남아 있지 않기 때문이다. 이러한 구연과 기록을 두루 고려한다면 양부하의 이국 체험과 이국 관련 다양한 지식·정보의 유통과 확산은 더욱 많았을 것으로 보여진다.

이 외에도 외교 문제 해결을 위해 자신이 직접 에도 막부로 건너가 에도 막부의 울릉도 침입을 해결한 안용복(安龍福)의 사례도 있다. 이는 매우 이례적인 사건이다. 안용복은 무명의 민간인으로 일본어에 능한 데다 국경을 침범하여 울릉도를 점거한 에도 막부의 행태를 옳지 않게 보았다. 그는 마침내 사람을 규합하여 월경하여 울릉도를 쟁계하고, 에도 막부의 울릉도를 탈취하려는 간계를 저지한 바 있다. 무기로 다투는 전쟁은 아니지만, 안용복의 행위는 일종의 외교 전쟁에 나선 전사와도 같다.

당시 안용복은 조선의 관리임을 참칭하며 에도 막부와 외교협상을 직접 진행하여 외교적 난제를 해결하게 된다. 그 과정에서 그는 에도 막부의 정세 파악은 물론 에도 막부의 외교 방식과 입장 등 국내에서 전혀 알 수 없던 일국 너머의 다양한 지식·정보 등을 파악하고 국내로 귀국하여 알렸다. 특히 안용복은 울릉도를 지켜낸 외교적 성과에도 불구하고 실정법을 위반한 월경 죄로 심문받은 후 유배형에 처해진다. 그 과정에서 안용복은 자신이 파악하고 체험한 다양한 에도 막부의 지식·정보를 자세히 알려주었음은 물론이다. 더욱이 안용복의 이국 체험과 지식·정보는 당대 집권층은 물론 이후의 지식인에게까지 널리 알려지게 되는데, 그의 행적과 외교 활동은 『숙종실록』과 여러 인사가 안용복을 입전하거나, 안용복의 애국 행위를 기록으로 남기기도 했다.[27]

(2) 사행을 통한 서적 유입과 인적 교류

연행사와 지식·정보의 교류

임진왜란 이후 동아시아의 국제질서는 새롭게 잡혀 나간다. 임진왜란이 얼마 지나지 않아 연이어 일어난 병자호란의 결과로 청조와 조선조는 조공 책봉 체제로 재정립하게 된다. 이러한 국제질서의 결과는 조선의

27 안용복의 도일(渡日) 과정과 애국적인 외교 활동, 귀국 이후의 조선 조정의 처리 방식 등은 진재교, 「元重擧의 '安龍福傳' 연구: '안용복'을 기억하는 방식」, 『진단학보』 108, 진단학회, 2009, 231~261면; 「朝鮮朝 後期 文獻記錄을 통해 본 安龍福의 기억과 변주: 無名小卒에서 國家的 英雄의 탄생 과정까지」, 『한국한문학연구』 60, 한국한문학회, 2015, 274~298면.

연행사로 이어졌다. 병자호란 이후 청의 등장에 따른 동아시아 국제질서의 변화로 조선조는 청에 정기적인 사신을 보내는 방식으로 조공 책봉체제를 실천하게 된다.

조선조에서는 세폐사(歲幣使)·정조사(正朝使)·성절사(聖節使)와 같은 삼절겸연공사(三節兼年貢使) 또는 동지사(冬至使)·절사(節使)의 형태로 사절단을 파견하게 된다. 연행사의 구성은 사신단은 30명이었고, 종인(從人)은 일반적으로 250명 정도로 알려져 있다. 1755년(영조 31)에는 전체 사행에 참여한 인원이 541명에 이르러 물의를 빚기도 한다. 이 외에도 정사와 부사, 서장관 등은 자벽군관(自辟軍官)이니 자제군관(子弟軍官) 등과 같이 '~ 군관(軍官)'의 이름을 붙여 자제와 친지를 수행 인원으로 동행하는 사례도 많았다. 특히 17세기 후반부터 18세기 후반 사이에 서명응(徐命膺)·홍대용·박지원·박제가(朴齊家)·이덕무(李德懋)·유득공·김정희(金正喜) 등은 군관의 자격으로 연행사에 참가한 바 있다. 이들은 청조에서 강희·건륭 시기의 새로운 학술 및 학풍을 체험하고, 천주교와 서양 학문은 물론 다양한 서적과 관련 지식·정보를 견문한 것을 국내에 유통하였다. 이처럼 연행사에 참여한 인물은 사행 과정에서 청조와 청조가 수용한 서구의 다양한 지식·정보를 견문한 뒤, 이를 새로운 지식·정보를 생성하고 그것의 유통과 확산에 기여하기도 한다.[28]

연행에 참여한 경우, 이국 문물을 체험하고 이국 인물과 교류하거니와, 이때 사행원과 청조 지식인이 만나 새로운 지식·정보를 견문하고 소통하지만, 이국의 다양한 현장에서 직접 체험하고 견문 지식·정보를 획득하기도 한다. 특히 견문 체험을 통한 다양한 지식·정보를 획득하는 현장은 사행 과정의 노정과 북경이다. 사행 과정에서 견문하고 체험한

28 연행의 규모나 그 구성에 대한 전반적인 논의에 대해서는 김일환, 「조선 후기 중국 사행의 규모와 구성」, 『연행의 사회사』, 경기문화재단, 2005 참조.

곳곳의 노정은 이국의 풍물과 이국 민의 생활을 확인하는 현장이자 새롭고 풍부한 견문 지식을 접하는 장소이기도 했다. 문제는 사행 참여한 인물이 자신의 체험과 견문 지식을 기록으로 남겨 주변에 전하는 사례는 적고, 대체로 구연으로 주변의 친지에게 전한 경우가 많다는 사실이다.

그런가 하면 이국 체험을 통한 새로운 기술 문명의 견문과 이문물(異文物)의 체험을 두고 기록한 경우만 하더라도 서술자의 관심사와 시선에 따라 그 대상과 기록의 양상은 사뭇 달라지기 마련이다. 북경 천주당 관련 기록만 보더라도 서구 문물에 주목하지 않는 경우가 있고, 천주당 방문을 스쳐 지나듯 기록하기도 하며, 천주당과 관련 문물을 특기하기는 커녕 비판적 시선으로 포착하는 등 같은 장소와 같은 사안을 이처럼 다양한 시선으로 기록하기도 한다.[29]

이와 달리 이에 남다른 관심을 보이며 특별한 시선으로 주목한 사례도 있다. 이기지(李器之, 1690~1722)의 서술이 그러하다. 이기지의 천주당 방문 기록과 서양 신부의 내방으로 인한 서학 관련 기록은 위의 사례와는 사뭇 다르다. 부친 이이명(李頤命, 1658~1722)의 자제군관 자격으로 연행한 이기지는 『일암연기(一菴燕記)』에서 천주당에서 견문한 여러 이국 문물 등을 자세하게 기술하고 있다. 이를테면 서양 신부의 생김새와 풍모, 천주당의 건축 구조와 천리경과 자명종은 물론 서(양)화와 서양서의 장정(裝幀)과 그것에 적힌 알파벳 모양, 알파벳을 적는 도구와 쓰는 순서, 천주교와 서학 관련 서적, 서(양)화 관련 등의 지식·정보 등을 구체적으로 묘사하기도 한다. 특히 그는 자명종과 천리경을 비롯한 여러 관측기구의 정교함에 감탄할 정도로 남다른 관심을 보여준다.[30]

29 연행록에서의 천주당 관련 기록을 보면 이러한 실상을 알 수 있다. 신익철, 『연행사와 북경천주당: 연행록 소재 북경 천주당 기사 집성』, 보고사, 2013 참조.

30 李器之, 『一菴燕記』 권2, 9월 22일; 권3, 9월 29일, 10월 3일조에 자세하게 나온다. 이이명이 서양인에게 편지를 적어, 역법과 혼천의법, 유리 만드는 법, 창기와 만드는

이기지의 사례처럼 상세한 기록과 그의 견문 체험은 이후 연행에 참여한 인물들에게 북경 천주당 관련 풍부한 지식·정보를 제공해주었을 법하다. 하지만 그는 북경 천주당과 서구 문물 관련 체험을 생존 당시에 기록으로 남기지 못하고 말았다. 그는 1722년 목호룡(睦虎龍) 고변 사건으로 노론 사대신이던 부친인 이이명와 함께 죽게 된다. 따라서 이기지는 자신의 연행 체험을 주변에 기록으로 전파하기보다 구연으로 먼저 알렸을 법하다.[31]

연행에서 다양한 이국 풍물과 문물을 체득할 수 있는 가장 대표적 현장은 북경의 천주당과 유리창이다. 청조의 북경에는 네 곳의 천주당〔동당, 남당, 북당, 서당〕과 선교사와 신부를 비롯하여 러시아와 안남, 유구의 사신 등 수많은 외국 사신을 만날 수 있는 장소였다. 또한 원·명을 이어 청조의 수도가 되어 정치와 경제의 중심지이자 고도로서도 볼거리가 많은 명소이기도 했다.

특히 조선조 후기 연행 사신이 반드시 들르는 중요한 북경의 관광 코스의 하나도 유리창이다. 이곳은 서적을 비롯하여 서화와 골동, 진기한 약재와 안경 등 서구에서 흘러들어온 물건 등 온갖 물화가 집적된 풍물 시장이자, 볼거리가 많은 명소였다. 또한, 연행 사신이 18세기 전후에 청조 문사와 만나 교류하는 곳이기도 한바, 유리창은 인적 교류와 문화를 소통하는 가교 역할을 한 장소였던 것이다. 조선조 후기 연행 사신이 유리창을 들르는 중요한 이유가 바로 청조 곳곳에서 간행한 서적의 집적과 판매·유통의 장소로 인식하였기 때문이거니와, 당시 사행에 참여한 인사 대부분은 유리창에서 다량의 최신 서적을 구입하곤 했다.

법 등을 묻기도 한다. 이기지 지음, 조융희·신익철·부유섭 옮김, 『일암연기』, 한국학중앙연구원출판부, 2016 참조.

31 이기지의 『일암연기』는 그가 사망한 1722년 이후, 39년이 지난 1759년에 그의 아들 이봉상(李鳳祥)이 정리하여 주변 인물에게 알려진 것으로 보인다.

그런데 조선조 후기 중국 서적의 국내 유입은 대체로 몇 가지 경우가 있다. 청조가 하사한 경우와 조선조에서 바친 경우,[32] 사대부 지식인이 청조 인사와 교류하며 주고받은 경우, 마지막으로 사행 경로에서 서적을 구입하는 경우다. 연행 과정에서 사신이 구입해오는 서적은 공식적, 비공식적 경로를 포함해 상당한 수량을 차지한다. 심지어 청조에서 금서로 지정한 해당 서적도 구입해오는 경우도 적지 않다. 다음 언급은 그러한 정황을 잘 보여준다.

① 유리창은 명나라 때 동창(東廠)이라 일컫던 곳이다. 호동(衚衕) 어귀에 또한 이문(里門)이 있고 문을 들어가니 책 가게가 있다. 각각 당호를 명색을 나눠 '숭문당(崇文堂)', '문수당(文殊堂)', '성경당(聖經堂)', '명성당(明星堂)', '문성당(文星堂)', '유당(裕堂)', '취성당(聚星堂)', '대초당(大招堂)', '유무당(有無堂)', '문무당(文武堂)', '영화당(英花堂)', '문환재(文煥齋)' 등이라 하니 모두 열세 가게나 된다. 다 두 겹집을 짓고 안팎으로 여러 탁자를 사면으로 높게 쌓았으며, 집 위에 또한 누각을 만들었으니 한 가게에 쌓인 것이 수만 권이 넘을지라. 책 목록을 상고하니 태반이 명나라 때 이후 문집이요, 태평성대에 유익이 될 것이 많으니 모두 전

---

32 김창업의 『노가재연행일기』 卷5, 2月 初六日條를 보면 다음과 같은 구절이 나온다. 김창집의 자벽군관으로 연행에 동행한 김창업이 예부에서 황지(皇旨)로 서책을 전달해주는 내용과 함께 조선의 시부와 잡문을 바치라는 내용을 다음과 같이 적었다. "황지를 전하기를, "너희 나라에는 서책이 적고 청조에는 새로 나온 책이 많으니, 이제 4부를 주노니 헐거나 상하게 함이 없이 가져가 국왕에게 전하라. 동국의 시부와 잡문을 짐이 보고자 하니, 이후에 오는 사신에게 보내도록 하라" 하였다. 한편 이 말을 전하며 한편 환관들이 책을 안고 나와서 시랑 오른쪽에 서서 통관에게 주며 각서의 첫 권을 열어 사신에게 보이며 말하기를, "제목은 모두 황제의 친필입니다" 하였다. 그 책은 『연감유함(淵鑑類函)』 20투(套), 『전당시(全唐詩)』 20투, 『패문운부佩文韻府』 12투, 『고문연감古文淵鑑』 4투, 모두 370권이었다〔遂傳旨曰, 爾國書冊少, 淸朝多新書., 今賜四部, 毋壞傷, 歸致國王. 東國詩賦雜文, 朕欲覽, 可付來使, 一邊傳此言, 一邊宦官抱書來. 立于侍郞之右, 以授通官, 開各書頭卷, 示使臣曰, 題目, 皆皇帝筆云. 其書淵鑑類函二十套, 全唐詩二十套, 佩文韻府十二套, 古文淵鑑四套, 共三百七十卷也〕."

에 듣도 보도 못하던 것이다. 우리나라가 책을 사는 법은 이전에 나온 것을 해마다 구하기 때문에 저들이 우리나라 사람을 만나면 값을 많이 불러 비싸지게 된다. 그러므로 우리나라에서 책을 귀하게 여기는 것을 짐작할 수 있다. 이 가게 외에 또한 두세 곳이 있으나, 그다지 볼만하지 않다. 책 가게는 모두 우리나라의 『동의보감(東醫寶鑑)』을 곱게 책으로 꾸며 서너 질 없는 가게가 없으니, 저들이 귀하게 여기는 바였다.[33]

② 재선(在先)·건량관(乾粮官)과 함께 천주관에 구경을 나갔는데, 마침 주인이 없어 자세히 보지 못하였다. 관상권(觀象圈)을 지나 순성문(順成門)으로 나와 유리창에 가서 전일에 보지 못했던 책방 서너 군데를 들렀다. 도씨(陶氏)의 소장은 매우 훌륭했는데 오류거(五柳居)란 현판을 걸었다. 도씨는 스스로 말하기를, "책을 실은 배가 강남에서 와 통주(通州) 장가만(張家灣)에 닿았는데, 내일이면 그 책을 이곳으로 수송하여 올 것이고 책은 모두 4천여 권이 될 것이다" 하므로, 우리는 그 서목을 얻어서 돌아왔다. 거기에는 내가 평생 구하려 하던 책뿐만 아니라 천하의 기이한 여러 책이 매우 많았으므로 나는 비로소 절강(浙江)이 서적의 본고장이라는 것을 알았다. 여기에 온 뒤 먼저 근일에 발간된 절강서목(浙江書目)을 구했었는데, 이 도씨서목(陶氏書目)에는 절강서목에 없는 것도 있었다. 그러므로 나는 그 서목을 적어 재선에게 주고 당나라 원외랑(員外郞)의 관(館)으로 가서 악(樂)을 논하였는데, 그는 대개 중지 1촌(寸)을 척(尺)으로 삼는다는 설을 따라 정세자(鄭世子)의 악서(樂書)를 철론(鐵論)이라 하였다. 인품도 매우 깨끗하여 속티가 없었다.[34]

③ 『홍서(鴻書)』 20권, 『산해경(山海經)』 4권, 『열미필기(閱微筆記)』 10

33 徐有聞, 『국역 무오연행록』 권2, 무오년(1798, 정조 22) 12월 22일. 한국고전번역원, 한국고전종합DB 참조.

34 李德懋, 『국역 청장관전서』 권67, 「入燕記下」, 정조 2년 5월 25일.

권, 『명감(明鑑)』 20권, 『장회당집(壯悔堂集)』 10권, 『송애문초(松厓文鈔)』 8권, 『가어(家語)』 2권, 『일지록(日知錄)』 12권, 『시주소시(施注蘇詩)』 16권, 『사마온공집(司馬溫公集)』 24권, 『역대유시(歷代儒詩)』 40권, 『대경당집(帶經堂集)』 24권, 『광사유취(廣事類聚)』 16권, 『패해(稗海)』 80권, 『삼위전서(三魏全書)』 42권 등은 모두 연경의 서사에서 사 온 것이다.[35]

①은 서유문(徐有聞, 1762~1822)의 한글 연행록 일부다. 서유문은 1798년 10월에 삼절연공 겸 사은사(三節年貢兼謝恩使)의 서장관으로 다녀온 바 있다. (2)는 이덕무의 언급이다. 그는 1778년 사은진주사(謝恩陳奏使)의 서장관이던 심염조(沈念祖)의 종인(從人)으로 연행하고, 박제가는 사은 겸 진주 정사(謝恩兼陳奏正使)인 채제공(蔡濟恭)의 종인으로 다녀온 인물이다. (3)은 1831년 동지정사(冬至正使)로 연행한 정원용(鄭元容, 1783~1873)의 언급이다.

서유문은 유리창의 대형 서점 13곳을 일일이 거론하고, 그곳에 수만 권이 쌓인 규모와 그 책의 내용을 개략적으로 언급한다. 유리창은 18세기 말에도 동아시아 서적의 출판 유통을 주도하는 곳이라는 사실을 보여준다. 인용문은 유리창 서점에서 조선본 『동의보감』을 책으로 다시 꾸며 판매하는 것을 적시하고 있거니와, 유리창에서 이국 서적인 『동의보감』을 서점의 주요 품목이 판매하고 있음은 흥미롭다.

②는 1778년의 상황이다. 이덕무는 '오류거'라는 서점과 그 주인을 소개하고, 서적 출판의 중심지 절강에서 간행된 서적이 유리창으로 공급되는 상황을 특기하고 있다. 이덕무와 박제가는 이 서점에서 희귀한 서

35 鄭元容, 「袖香編」, 「燕京貿書」, "鴻書二十卷 · 山海經四卷 · 閱微筆記十卷 · 明鑑二十卷 · 壯悔堂集十卷 · 松厓文鈔八卷 · 家語二卷 · 日知錄十二卷 · 施注蘇詩十六卷 · 司馬溫公集二十四卷 · 歷代儒詩四十卷 · 帶經堂集二十四卷 · 廣事類聚十六卷 · 稗海八十卷 · 三魏全書四十二卷, 此貿來於燕肆者也."

목을 보고 강남의 출판문화 상황은 물론 절강에서 인쇄된 다양한 서적이 북경을 거쳐 유통되는 상황을 인지하고, 이러한 출판문화에 강한 인상을 받는다. 청조에서 서적출판이 가장 융성한 절강의 간행 서적이 유리창에서 판매되고, 연행 사신은 이곳에서 서적을 구입한다. 여기서 특히 주목할 점은 조선 측 사신과 청조 지식인의 새로운 서적의 구입 시기가 거의 시차 없이 이루어진다는 사실이다.

이를테면 청조 지식인과 연행사가 유리창 서점에서 강남의 신간 서적을 구입하는 경우 시기적으로 앞서거니 뒤서거니 할 수 있는데, 더러 연행사가 관련 서목을 보고 먼저 사 오는 경우가 생기기도 한다. 대체로 연행사는 필요한 경우 신간 서적의 간행 즉시 구매하는 경우가 많아 서점 주인은 연행사에 예정 신간 서목과 신간 서적을 연행사에게 먼저 제공하는 경우마저 있었다. 이처럼 유리창을 통한 청조의 출판 시장은 조선조 학예(學藝)의 장과 거의 시차 없이 연결된 사실을 여실히 알 수 있다.

③은 동지사로 청에 다녀왔던 정원용이 북경에서 사온 서적의 서목을 적은 내용이다. 정원용이 북경의 서점에서 사 온 서적은 15종 328권인데 적지 않은 양이다. 유리창에서의 서적 구입은 19세기 중엽에도 지속해서 이어짐을 알 수 있다. 위에 언급한 『열미초당필기(閱微草堂筆記)』의 저자 기윤(紀昀, 1724~1805)은 『사고전서(四庫全書)』를 편찬한 총찬수관이자, 장기간 예부상서로 있던 인물이다. 기윤은 연행 사신을 맞는 예부의 수장인데다 당시 박학과 고증학으로 명성을 얻고 있었다. 그는 18세기 연행사에 참여한 인물과 가장 많이 교류한 바 있어서, 18세기 조선조 지식인과 서울의 학술 및 문예 동향도 너무도 잘 알고 있었다.[36] 그러다 보니 그의

36 연행에 참여했던 홍양호와 아들인 홍희준(洪羲俊, 1761~1841), 박제가·이덕무·유득공 등은 물론 서형수(徐瀅修, 1749~1824)·서유구 등과 두루 교유하였다. 그는 박학과 고증으로 주목을 받은 데다, 『사고전서』 총 찬수관을 지낸 이력으로 교유한 조선조 학자들의 중국 서적 관련 지식·정보를 제공하고 구해주기도 하였다. 그런가 하면 이

『열미초당필기』는 18세기 이후 사대부 지식인이 중요한 독서 대상으로 주목받기도 한다.

그런데 조선조 후기 연행사가 구입하고자 한 서목에 고염무(顧炎武, 1613~1682)의 『일지록(日知錄)』이 들어있다. 『일지록』은 사대부 지식인의 필독서로 주목받은 바 있지만 청조에서 금서로 취급하여 쉽게 구할 수 없었다. 고염무는 명나라가 망한 후 만주족에 저항하는 의용군에 참가한 바 있으며, 청이 지배하자 벼슬하지 않고 절의를 지킨 인물이다. 그는 전국을 돌아다니며 학자들과 교유하고, 경학·사학·문학 분야의 다양한 분야의 저술을 남기며 청조 고증학을 주창한 바 있었다. 하여 청조는 반청 지식인이 남긴 『일지록』의 간행을 금지하고, 그의 저술을 금서로 묶어 검열을 통해 이의 유통을 막고자 했다. 이러한 청조의 검열과 금서 조치에도 『일지록』은 은밀하게 유통되었고, 18세기 중엽에 오면 유리창 서점에서도 공공연하게 팔게 된다. 연행 사신은 이를 사서 국내에 유통한 바 있다. 이덕무의 언급을 보자.

> 『일지록』을 고심하며 구하기를 3년이나 계획하고 힘쓰다가 이제서야 비로소 남이 비장해둔 것을 얻어 읽어 보니, 육예의 글과 백왕(百王)의 제도와 당세의 힘쓸 일의 근거를 대고 고증한 것이 분명하였소. 아! 고영인(顧寧人, 고염무)은 참으로 옛날을 바로잡은 큰 선비요. 돌아보건대, 지금 세상에 그대가 아니면 누가 이 글을 읽을 것이며, 내가 아니면 누가 다시 이 책을 초(鈔)하겠소. 우선 4책을 보내니 잘 간수하여 보기 바라오.[37]

들과의 교유를 통해 조선조 학술과 문예를 파악하고 일부 인물의 학술과 문예를 평하기도 하였다. 특히 서형수는 「기효람전(紀曉嵐傳)」(『명고전집(明皐全集)』 권14)을 지어 그의 학술과 삶을 서술한 바도 있다.

37 李德懋, 『雅亭遺稿』 卷6, 「與李洛書書九書」, "日知錄苦心求之, 經營三年, 今始 紬人之祕藏讀之. 六藝之文, 百王之典. 當世之務 訂據明析. 嗟乎顧寧人, 眞振古之宏儒也.

이덕무는 3년 만에야 비로소 고염무의 『일지록』을 구해 읽고 이것을 초록해 보관해두었는데, 이서구(李書九, 1754~1825)의 요청으로 초록한 『일지록』 일부를 보낸다고 했다. 이어서 『일지록』을 독서한 소감과 함께, 『일지록』을 통해 고염무의 굉유적(宏儒的)인 면모를 확인하였음도 밝힌다. 여기서 그는 『일지록』을 독서하고자 하는 이서구의 안목을 높이 사는 한편, 어렵사리 구해 초해둔 『일지록』을 빌려주면서 남보다 앞서 구해 읽은 자부심을 은근히 드러내기도 한다.

위에서 이덕무는 고염무를 굉유로 주목하고 있듯이, 기실 고염무는 견결한 삶의 자세와 함께 탁월한 학문적 성취를 이룬 바 있다. 때문에 사대부 지식인은 『일지록』을 비롯하여 그가 남긴 저술의 열독은 물론 『일지록』을 특기하여 남다른 관심을 표한 바 있었다.[38] 이처럼 『일지록』은 조선조 후기 사대부 지식인에게 특별한 지적 자극을 주었던 것이다.

통신사와 지식·정보의 교류

문물교류와 인적 교류는 조선조와 에도 막부의 사행에서도 광범위하게 일어난다. 조선조 후기 두 나라 간의 교류는 임진왜란 이후 조선조와 도쿠가와 막부의 외교 관계의 회복과 직접적 관련이 있다. 도쿠가와 이에야스는 에도 막부를 연 뒤 조선과의 외교 관계를 복원할 필요를 느꼈고, 조선 정부도 피로인 쇄환 문제 등의 이유로 에도 막부와 외교 관계를 정상화할 필요가 있었다. 조선조는 이후 12차례에 걸쳐 에도 막부에 통신사를 보내며 외교 관계를 정상화하고, 에도 막부도 왜관을 열고, 통신사를 요청하는 등 인적·물적 교류를 재개하게 된다.[39] 당시 조선조에서

顧今世非足下, 誰可讀此, 非不佞, 誰復鈔此? 四冊先爲持贈, 實玩如何."

38 18세기 후반부터 19세기까지 『일지록』의 독자층은 늘어났다. 정약용을 비롯하여 홍석주(洪奭周)와 홍길주(洪吉周) 형제, 김정희(金正喜) 등이 탐독하고 이를 토대로 다양한 논의를 펼쳤다.

하네가와 도에이(羽川藤永)가 그린 「조선통신사래조도(朝鮮通信使來朝圖)」(고베시립박물관 소장)

에도 막부에 보낸 통신사의 규모는 연행사의 규모를 상회한다. 『통문관지(通文館志)』에 따르면, 그 규모는 521명 이내 인원이 참여한 것으로 기록하고 있는바, 연행사의 2배나 되는 규모다.[40]

그런데 당시 통신사의 경우, 연행사와 달리 제술관과 서기의 역할을

39 조선조 정부가 에도 막부와의 소통 방식은 통신사행 외에도 대마도에 파견한 문위행(問慰行)이 있다. 문위행은 조선조 후기에 대일 외교를 수행하는 친선에서 여러 가지 실무를 하여 통신사행과 함께 주목할 수 있다. 이 문위행은 통신사행과 달리 평균 4~5년에 한 번씩 파견되어 정기적 사행의 성격을 지녔고, 1811년 역지사행(易地使行) 이후에도 지속하였다. 이러한 점에서 외교적 의미가 있지만, 대마도의 공간에서만 활동하고 다양한 일본 지식인과 교류나 소통을 하지 못하였으므로, 문예와 학술의 소통이라는 점에서 통신사행의 그것과 본질적인 차이가 있다. 문위행은 홍성덕, 「朝鮮後期 對日外交使節 問慰行 硏究」, 『국사관논총』 93, 국사편찬위원회, 2000, 참조.

40 김지남 저, 김구진·이현숙 번역, 『국역 통문관지』, 세종대왕기념사업회, 1998, 281~284면.

중시하고, 문재를 소유한 인사를 구성원으로 선발한다. 이는 일본 문사들과의 수창과 필담의 요구가 많기 때문이다. 실제 500여 명의 인사 중 일본 문사와 교류한 인사는 많지 않고, 줄잡아 10여 명 내외인데 대부분 제술관과 서기, 의원 등 중간계층이 다수를 점한다. 이들이 일본 문사와 수창에 응대한 빈도는 상상을 초월할 정도로 많다.

그렇다면 조선조 후기 통신사에 참여한 제술관이나 서기가 일본 문사와 수창하고 필담을 나눈 숫자는 얼마나 될까? 1763년 계미통신사의 일원으로 참여한 원중거(元重擧, 1719~1790)는 스스로 천여 명의 일본 문사를 만났다고 술회한 바 있다.[41] 남옥(南玉, 1722~1770) 역시 일본 사행에서 만난 이가 천 여인이라고 적고 있다.[42] 남옥의 「창수제인(唱酬諸人)」(『일관기(日觀記)』 권4)에서 거론한 것만 보더라도, 자신이 창수한 이들의 이름과 호 등을 자세하게 나열하고 있는데, 열거한 인물만 500여 명을 헤아릴 정도다.

이들 중간계층은 에도〔江戶〕까지 가면서 숱한 일본 문사와의 수창은 물론 에도 막부의 서적출판과 유통 상황을 견문하거나, 그 과정에서 다양한 이국 문물과 문화를 견문하고 체험하기도 한다. 특히 에도 막부의 출판문화가 상당할 정도로 활황이며, 그 수준이 높음에 놀라기도 한다. 예컨대 계미통신사에 참여한 이언진(李彦瑱, 1740~1766)이 사행 도중에 창작한 시가 귀로 때 이미 인쇄되어 유통되고 있었던[43] 점을 고려하면, 당

41 瀧鶴臺 外, 『長門癸甲問槎』, "往還四五千里, 所接文人韻士, 千餘人", 『東遊篇』, "筑之東武之西, 三四月之間, 揖讓一千餘人, 唱酬二千餘篇."

42 大典顯常, 『萍遇錄』, "秋月: 僕背歷貴邦數千里州郡, 遇人士僧道殆千百, 所唱和詩章爲千餘篇."

43 박지원은 「우상전(虞裳傳)」에서 이언진이 통신사에 참여하여 창작한 시를 두고 "우상의 이러한 시들은 모두 후세에 전할 만하다. 나중에 머물렀던 곳을 다시 들렀더니 그새 이 시들이 모두 책으로 인출되었다고 한다〔詩皆可傳也, 及旣還過所次皆已梓印云〕"라 하여 통신사행의 임무를 마치고 귀로 과정에서 들러 짓거나 수창한 시가 이미

시 일본의 출판문화는 실제로 상당한 수준이었음을 알 수 있다. 통신사에 참여한 구성원도 이러한 정황을 확인하고 에도 막부의 출판문화를 새롭게 주목한 바도 있다. 사행 도중에는 오사카〔大阪〕의 서점에서 조선본 서적을 재간행하여 상업 출판의 현장도 목도하기도 했다. 대판 서점에서 판매하는 조선본의 경우, 대개 임진왜란 과정에서 약탈하고 수집한 것과 역관이나 동래 왜관을 통해 일본으로 흘러 들어간 것을 재간행한 것으로 볼 수 있다.

당시 에도 막부의 출판업자가 조선본을 간행한 대상 서적에는 조선 정부의 기밀을 담고 있는 사례도 적지 않았다. 타국에서 이러한 서적의 유통을 인지한 조선조 정부는 이 문제를 국정의 주요한 이슈로 삼기도 했다. 국가 차원의 정보를 담고 있는 조선본 서적이 에도 막부 사회의 유입을 확인하고, 국내 중요 서적의 국외 유출을 법령으로 금할 것을 논의하여 실제 이를 시행한다. 다음은 이와 관련한 저간의 사정을 언급한 내용이다.

> ① 1. 관수(館守) 오가와 마타사부로〔小川又三郞〕이 37번 서장(書狀)으로 다음과 같이 보고하였다. 동래부사의 요청으로 훈도 이첨지(李僉知)가 서부(書付)한 서적과 시계를 아무쪼록 급히 구해달라고 요청했습니다. 이에 이첨지가 가져온 서부를 제출합니다. 이 서부에는 왜판(倭板)이 있는 것은 왜본(倭本)을 희망한다고 하며, 만일 왜판이 없으면 당본(唐本) 중에서 마멸이 조금도 없는 것을 원한다고 합니다. 시계 건은 높이 3척 정도의 시계를 희망하며, 가격은 은 2매 또는 3매 정도에 해당하면 좋다고 되어 있습니다. 서물(書物) 가운데 왜본도 없고 당본도 없는 서물이 있으면(왜본도 당본도 없는 경우에는) 가지고 있는 것을 건네주도록

인쇄물로 간행되었다고 말하고 있다. 당시 일본의 출판문화의 성황을 볼 수 있는 대목이다.

동래부가 희망하고 있으므로, 아무쪼록 신속히 구해달라고 합니다. 서물의 책명과 수량은 다음과 같습니다.

각(覺): 1. 『성리대전(性理大全)』 1. 『대학연의보(大學衍義補)』 1. 『강감대성(綱鑑大成)』 1. 『사강(史綱)』 1. 『송명신언행록(宋名臣言行錄)』 1. 『발명강목(發明綱目)』 1. 『대성통보(大姓通寶)』 1. 『직방외기(職方外記)』 1. 자명종(自鳴鐘) 이기(貳機), 시계지사(時計之事).

계(計): 훈도(訓導) 이첨지 갑신 오월 일[44]

② 숙종 38년 임진년(1712)에 서적을 몰래 파는 것을 금하도록 정하였다. 영의정 서종태(徐宗泰)가 계를 올려 아뢰기를 "근자에 교리 오명항(吳命恒)이 주달한 바에 의하면 이번 통신사가 우리나라 서적이 왜국으로 많이 들어간 것을 보았다고 합니다. 서적의 매매를 금하는 것은 본래 정해진 법은 없으나 만일 상역이 몰래 팔지 않았다면 왜인이 어디서 그것을 얻었겠습니까. 『징비록(懲毖錄)』도 들어갔다고 하니 이런 책을 어찌 왜인들이 보게 한단 말입니까. 모두 일절 금해야 할 것입니다. 그러나 한만한 문집, 복서 등의 서적 및 중국의 서적과 같은 것은 반드시 하나같이 금할 것은 아닙니다. 지금부터는 법으로 정해서 사승(史乘)과 문집은 일절 엄금하되, 이를 어기고 파는 자는 잠상(潛商)의 법률로

44 「朝鮮より所望物集書」 숙종 30년(1704) 6월 18일 기록.
"一. 館守小川又三郎方より三拾七番の書狀ニ申越候者東萊所望の由にて訓導李僉知申聞候は、此書付の書物並に時計の義何と楚急に相備候様にと願申候則李僉知持参仕候書付差上申候. 此書付の内倭板有之候分は倭本を望に被存候由、若倭板無御座候ハヽ唐本の内に而摩滅少し茂無御座本を■ ……중략…… ■時計之義ハ高サ三尺者ケり之時計望ニ被存、値段ハ銀弐枚か三枚か■候得者宜御座候由、右書物の内倭本にも唐本にも無之書物御座候ハヽ有之書物の分を御渡被下候様にと東萊望の義ニ御座候間、何と楚早々御渡被下候得べしと申越候に付、書物外題員数左記之.
覺: 一. 性理大全 一. 大學衍義補 一. 綱鑑大成 一. 史綱 一. 宋名臣言行錄 一. 發明綱目一. 大姓通寶一. 職方外記一. 自鳴鐘貳機, 時計之事.
計: 訓導 李僉知印 甲申五月 日 右寶永元年六月十八日之日帳." 이 내용은 김강일, 「倭館을 통해서 본 조선 후기 對日 求請物品: 〈朝鮮より所望物集書〉를 중심으로」, 『일본역사연구』 34, 일본역사연구, 2011, 126면에서 재인용. 번역은 일부 윤문하였음.

다스려야 합니다. 한만한 문집이나 긴요하지 않은 책을 판 사람은 그다음 법으로 헤아려 적용하는 것이 어떻겠습니까?" 하였다. 임금이 말하기를 "당초 원래 서적의 매매를 금하지 않았기 때문에 이렇게 흘러 들어가는 폐단이 있었다. 중국 서책을 제외한 우리나라 역사에 대한 문적은 모두 엄하게 금할 것이요, 또한 변방의 신하들에게 일일이 조사하게 해서 만일 발각되는 일이 있으면 계문한 뒤에 그 경중에 따라 임금의 명령을 받아 죄를 정하도록 하라"고 하였다.[45]

③ 왜인들의 지혜로움이 날로 트이니, 옛날의 왜가 아니다. 이는 나가사키〔長崎〕에서 상선을 타고 드나드는 왜인들이 저 강남의 서적을 들여오는 것에 기인한다. 우리나라의 책이 왜국에 전해진 것 또한 많다. 무진년(1748) 통신사의 사행에서 여러 서기가 왜의 유자들과 필담을 나누었는데, 기국서(紀國瑞)라는 이가 말하였다. "『고려사(高麗史)』, 『여지승람(輿地勝覽)』, 『고사촬요(攷事撮要)』, 『병학지남(兵學指南)』, 『징비록』, 『황화집(皇華集)』, 『보한재집(保閑齋集)』, 『퇴계집(退溪集)』, 『율곡집(栗谷集)』을 보았다"라고 하였다. 또 상월신경(上月信敬, 호는 전암(專庵))은 "양촌(陽村)의 『입학도설(入學圖說)』, 회재(晦齋)의 『구경연의(九經衍義)』, 이황의 『성학십도(聖學十圖)』, 『계몽전의(啓蒙傳疑)』 『주서절요(朱書節要)』, 『천명도(天命圖)』, 『자성록(自省錄)』, 이이의 『성학집요(聖學輯要)』, 『격몽요결(擊蒙要訣)』, 『계몽보요해(啓蒙補要解)』를 보았다"고 하였다. 다른 책들이 왜국에 유포되는 것은 별 관계가 없겠으나, 『병학지남(兵學指南)』과 『징비록』에 이르러서는 우리의 비서들이니 어떤 간사한 자가 왜관

45 『增正交隣志』 卷4, 「志」, '禁條', "領議政徐宗泰所啓, 頃因校理吳命恒所達, 今番信使見我國書籍多入倭國. 書籍之禁, 素無定制, 而若非商譯潛賣, 倭人, 何從而得之乎? 懲毖錄亦入去云. 此等之書, 豈可使倭人見之乎? 皆當一禁, 而至若閒漫文集卜筮等書及中朝書籍, 不必一例禁斷. 自今定式, 如史乘及文集一切嚴禁, 犯賣者, 以潛商律論. 閒漫文集及不緊書式, 參用次律何如? 上曰: 當初元無書籍之禁, 故有此流入之弊, 除中原書册外, 國乘文籍并爲嚴禁, 且令邊臣一一搜檢, 如有現發者, 啓聞後從其輕重, 稟旨勘罪." 번역은 한국고전번역원, 한국고전종합DB 참조.

에다 몰래 이 책들을 팔았는지 알 수 없다. 왜가 일찍이 『지봉유설』의 말을 망령되이 인용하여 울릉도를 자신들의 땅이라 하였으니 이 일이 족히 감계가 될 만하다.[46]

①은 17세기 후반의 상황이다. 17세기 후반부터 두 나라의 외교가 정상화되자, 조선조는 동래와 왜관 및 대마도를 매개로 다양한 방식으로 에도 막부와 서적을 주고받는다. 하나의 사례로 「구무(求貿)」[47]를 보면 알 수 있다. 1660년부터 1690년까지 대마도가 구청했던 조선본 서적으로 『동의보감』이 자주 등장하는데, 막부의 요청에 따라 대마도가 『동의보감』을 요구한 것으로 보인다. 조선조도 1697년에 명의 이시진(李時珍)이 편찬한 『본초강목(本草綱目)』을 대마도에 요청하기도 한다. 『본초강목』은 하야시 라잔〔林羅山〕이 1606년(경장(慶長) 11년) 나가사키〔長崎〕에서 구입한 이후 1637년(관영(寬永) 14년)에 화각본(和刻本)을 간행하고, 이후 1672년까지 6차례나 간행할 정도로 동아시아 본초학 분야의 필독서였다.[48]

이 외에도 『분류기사대강(分類紀事大綱)』을 보면 조선조는 1697년 왜관을 통해 화본(和本) 『본초강목』 50부를 수입하여 내의원에 내려 보내는데, 이때 왜관은 대마도로에서 이것을 구입해 조선 정부에 바쳤다. 그런가 하면 에도 막부는 대마도를 통해 의학서를 구해달라는 요구를 심심치

46 柳得恭, 『古芸堂筆記』 卷5, 「我書傳於倭」(『栖碧外史海外蒐佚本』 10, 아세아문화사, 1986), "倭子慧竅日開, 非復舊時之倭. 盖緣長崎海舶, 委輸江南書籍故也. 我書之傳於倭中者, 亦多. 戊辰通信時, 諸書記, 與倭儒筆談. 有紀國瑞者云, 見高麗史·輿地勝覽·攷事撮要·兵學指南·懲毖錄·皇華集·保閒齋集·退溪集·栗谷集. 又有上月信敬者云, 見陽村入學圖說, 晦齋九經衍義, 退溪聖學十圖·啓蒙傳疑·朱書節要·天命圖·自省錄, 栗谷聖學輯要·擊蒙要訣·啓蒙補要解, 他書之流, 布倭中無甚關係. 至如兵學指南·懲毖錄, 乃是秘書, 未知何許姦人潛賣於倭館. 倭曾引芝峯類說中語, 妄認鬱陵島, 此事, 亦足監戒."

47 典客司 撰, 『邊例集要』 卷12에 나옴.

48 三木榮, 『朝鮮醫學史及疾病史』, 思文閣出版, 1961, 359면 참조.

않게 하였고,[49] 조선조 또한 국내에 구하기 어려운 의학서를 요구한 바도 있다. 더러 조선조는 에도 막부가 설치한 「어문고(御文庫)」의 존재를 알고, 내의원에 필요한 중국 의학 서적을 에도 막부에 요청하기도 한다. 이는 간행할 때의 비용과 서적 가격 등을 고려하여 상대적으로 값이 싼 화본의 서적을 왜관을 통해 구입하였기 때문이다. 두 나라 간에는 의학 서적 등을 두고 활발하게 교역한 것이다.[50] 이처럼 두 나라는 외교 관계를 정상화한 이후, 정식 외교 방식으로 필요한 서적을 교역한 바 있었다. 무엇보다 조선조는 전란 과정에서 없어진 이러저러한 국고 문헌을 보충하기 위해 대마도와 에도 막부를 통해 화본을 구입한 것이다.

흥미로운 점은 동래부가 중국과 일본에서 간행된 『직방외기』[51]는 물론 자명종을 구하는 등 서구 문물을 구입하는 창구로 왜관을 활용한 점이다. 『직방외기』는 1623년에 예수회의 이탈리아 선교사 알레니〔艾儒略〕가 한문으로 저술한 세계지리도지다. 이 저술은 세계 각국의 지리와 문화의 상세한 정보를 담고 있는데, 이를 주목한 사대부 지식인은 서학의 중요한 성과로 이를 인식하고 읽었던바, 『직방외기』는 예수회 신부의 종교적 신앙이나 서교 관련 불신과 오해의 해소에도 적지 않은 역할을 하게 된다. 특히 서양의 과학 지식에 관심을 가진 지식인은 이러한 서구 문물의 국내 유입과 유통을 계기로 새로운 서구의 지식·정보 획득은 물론 서구 문물의 우수성도 새롭게 주목하기도 한다.

49 『分類紀事大綱』 26책(1집), 「朝鮮御誂物御調物集書」 참조. 『分類紀事大綱』은 대마도가 막부에 보고하지 않고 내부 업무에 참조하기 위해 작성한 왜관과 일본 사이의 외교 사례를 기록한 것인데, 특히 무역 관련 실무나 사례를 적어 당시 무역품과 함께 그 물품 내역을 알 수 있다.

50 이 부분은 김강일, 「倭館을 통해서 본 조선 후기 對日 求請物品: 〈朝鮮より所望物集書〉를 중심으로」, 『일본역사연구』 34, 일본사학회, 2011, 123~125면.

51 이 책은 국내에 번역된 바 있다. 천기철, 『職方外記: 17세기 예수회 신부들이 그려낸 세계』, 일조각, 2005 참조.

그런데 ①에서 제시한 여러 서적의 주문서에 「화본(和本)」이 있으면 구한다는 언급은 흥미롭다. 이러한 언급을 보면 조선조 정부와 당시 지식인도 에도 막부의 출판문화의 활황은 물론 중국본과 화본 등 일본에서 간행한 서적의 상세한 정보를 알았을 가능성이 크다. 따라서 동래부에서 화본을 요구한 것은 화본 자체의 관심이라기보다 해당 서적의 구입을 위한 것으로 보인다.

인용문에서 제시한 『발명강목(發明綱目)』은 『자치통감강목(資治通鑑綱目)』이며, 『강감대성(綱鑑大成)』은 모두 46권으로 송의 사마광(司馬光)이 찬하고 주희(朱熹)와 강지(江贄)가 주를 단 것인데, 명나라에서 1570년 간행되었다. 이들 서적은 진작 국내로 들어온 바 있지만, 임진왜란 이후, 중국에서조차 이 서적의 구입이 쉽지 않았기 때문에 동래부에서 왜관을 통해 「화본」을 구하려 한 것이다.

②는 18세기 초의 상황이다. 18세기에 오면 통신사의 파견과 문위사 등을 통해 국내 서적의 일본 유입도 상당하게 되고, 왜관과 대마도를 통한 일본 서적의 국내 유입도 많아진다. 특히 (2)에서는 국내 본 중요 서적이 일본으로 흘러 들어간 저간의 사정을 확인할 수 있다. 앞서 언급한 바 있듯이 국고 문헌의 유출은 에도 막부의 요구로 대마도가 조선 정부에 주선하여 유출된 것도 있지만, 역관의 서적 무역을 통해 에도 막부로 유출된 경우도 많다. 1748년 무진통신사행의 종사관으로 사행하였던 조명채(曺命采, 1700~1764)는 "일찍이 들으니, 우리나라 서적 중에서 『징비록』·『고사촬요』·『여지승람』 등의 책자는 이미 이전에 들어왔다 하고, 이제 들으니 『병학지남』·『통문관지』가 새로 이 땅에 들어왔다고 한다. 이 모두 훈도(訓導)와 별차(別差)가 뇌물을 받고 구해준 것들인데, 국법을 두려워하지 않고 이 무리가 농간을 부리는 폐단이 이와 같으니 몹시 원통하다"[52]

52 曺命采, 『奉使日本時聞見錄』 乾, 「4月 十三日丙寅」, "曾聞我國書籍中, 懲毖錄攷事撮

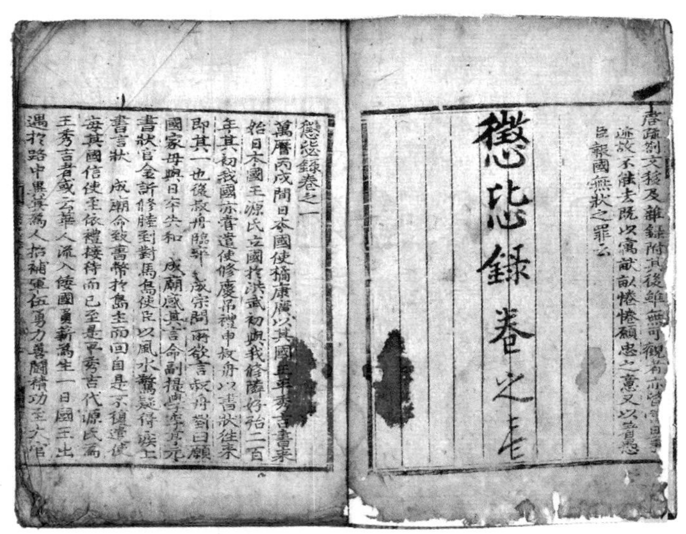

『징비록』(국립중앙박물관 소장)

라 하여 『병학지남』·『통문관지』처럼 국가 기밀을 담은 서적마저 에도 막부로 유입되는 현실을 개탄하고 있다.

당시 에도 막부에 서적을 판 존재는 바로 동래부에서 왜어와 왜 무역 업무를 담당하던 훈도와 별차다. 이들 왜학훈도(倭學訓導)와 당상 역관(堂上譯官)이 뇌물을 받고 법을 어기면서까지 국고 문헌을 왜인에게 준 것이다. 그러다 보니 국고 문헌의 국외 유출은 사회적 문제로 부상하게 된다. 이에 조선조는 이 문제를 심각한 것으로 인식하고 법으로 국고 문헌의 해외 유출을 금하게 된다. 더욱이 숙종을 비롯한 조정 중신은 유성룡의 『징비록』을 비롯하여 수많은 국고 문헌이 에도 막부로 유출되는 심각성을 인식하고, 만약 마음대로 국승(國乘)을 유출할 경우 사형에 처할 수

要輿地勝覽等冊子, 前已入來, 而今聞兵學指南, 通文館誌, 新入此地云. 此皆訓別輩受賂覓給者, 而不畏邦憲, 此輩之奸弊如此, 萬萬絶痛."

있도록 조처를 한다. 이와 함께 중요하지 않은 문집이나 복서와 중국 서적 따위는 굳이 금하지 않았지만, 서적 무역 과정에서 사승(史乘)을 비롯한 조선의 중요 서적은 팔지 못하도록 금하고, 이를 어기는 자는 잠상의 법률로 다스린다고 공포한다. 이처럼 조선조 후기 정부는 국고 문헌의 해외 유출 문제에 대응하기 위해 법령을 새롭게 제정하면서까지 이 상황을 수습하려 한 것이다.[53]

사실 에도 막부를 대상으로 법을 제정하여 국내 서적의 해외 유출을 막는 행위는 이해할 수 있지만, 국내 서적의 금수 조치는 일종의 금서의 그림자를 짙게 드리우고 있다. 금수는 사고파는 것을 막는다는 점에서 일견 국내외 서적 유통의 금지를 그 안에 내장하고 있기 때문이다. 국가적 차원에서 해외 서적의 판매는 물론 구매를 금지하는 일종의 '검열'과 같은 의미를 깔고 있다. 조선조 정부는 마음만 먹으면 언제든지 국내 서적의 국외 반출을 핑계로 국외 서적의 국내 유입과 유통마저 검열하고 통제할 가능성을 열어둔 것이다.

사실 특정 서적의 국외 반출을 문제 삼아 법을 제정하여 이를 강제한 상황은 이미 적지 않은 조선본이 왜관이나 통신사행을 통해 일본으로 대량 흘러 들어간 사례가 적지 않다는 방증이기도 하다. 여기서 조선본 서적이 에도 막부로 유출된 이후 에도 막부의 서점이 이러한 서적을 간행한 것은 에도 막부 내부에 이미 조선본을 주목한 독자층이 존재하고 있었다는 것을 보여주는 사례라는 점도 함께 주목할 만하다. 이를테면

53 당시 숙종을 비롯한 조정에서는 국고 문헌의 유출을 심각하게 받아들이고 엄금하였다. 영의정 서종태의 계(啓)를 받은 숙종은 처음에 "국승(國乘)에 관계된 책은 매우 중요하므로 사형에 처할 것이며 그 나머지는 참작하여 처리하는 것이 좋을 것이다"라고 하면서 여러 신하의 의견을 구하였다. 이에 좌참찬(左參贊) 조태채(趙泰采), 병조판서(兵曹判書) 최석항(崔錫恒), 이조참판(吏曹參判) 윤지인(尹趾仁), 대사헌(大司憲) 조태동(趙泰東) 등이 헌의(獻議)하여 범법의 처리를 결정하였다. 『邊例集要』 卷5, '禁條' 참조.

조선본 독자층의 존재는 에도 막부 지식인의 조선 인식을 보여주는 구체적 사례로 읽을 수도 있지만, 상호 소통의 토대를 마련해주는 것이기도 하다는 점에서 의미가 있다.

③은 조선본이 일본으로 흘러 들어간 구체적 실상이다. 앞서 언급한 바 있듯이 국승에 속하는 『고려사』, 관찬서 『여지승람』·『고사촬요』·『병학지남』 등과 개인 문집인 『보한재집』·『퇴계집』·『율곡집』 등이 이국에서 두루 유통되는 상황의 지적이다. 타국이 보아서는 안 되는 『병학지남』과 『징비록』까지 에도 막부에서 유통하는 것은 이미 국고 문헌의 상당수가 에도 막부 지식인의 독서물이 되었다는 것을 의미한다. 국내에 없던 서적마저도 에도 막부에 유통되고 있는 것을 보면, 당시 에도 막부에서 유통되던 국고 문헌의 규모가 상당하였음을 알 수 있다. 이이의 『계몽보요해』는 당시 국내에 잘 알려지지 않은 서적이지만, 에도 막부의 문사가 이를 거론하고 있는 것은 그러한 상황의 단적인 예다. 에도 막부 지식인이 이이의 경학 저술을 주목하고 이를 수집하는 태도는 에도 막부 지식인의 학적 욕구의 표출일 테지만, 이는 이국 지식인의 조선 관련 지식·정보의 획득이라는 점에서 주목할 만하다.[54]

54 이에 대한 저간의 사정은 이덕무의 언급에 자세히 나온다. "『동국통감(東國通鑑)』, 『삼국사(三國史)』, 『해동제국기』, 『지봉유설』, 『이학통론(理學通論)』, 『주서절요』, 『동의보감』, 『징비록』, 『진산세고(晉山世稿)』, 『퇴계집』, 『율곡집』이 모두 일본에 들어갔다. 무진년, 일본에 통신사가 갔을 때 자가 단장(丹藏), 호가 전암(專菴)인 오사카〔大阪〕 사람 상월신경(上月信敬)이란 자가 물었다. "양촌의 『입학도설』, 회재의 『구경연의』, 퇴계의 『성학십도』, 『계몽전의』, 『주서절요』, 『천명도』, 『자성록』, 율곡의 『성학집요』, 『격몽요결』, 『계몽보요해』가 모두 귀국 유현(儒賢)의 저서인데, 그 뒤 또 어떤 사람이 저서로 도를 호위했습니까?" 이러한 서적들이 이미 일본에 들어갔기 때문에 단장의 말이 그러했던 것이거니와, 그중에 『계몽보요해』란 우리나라에서는 듣지 못한 책이다. 『춘관지(春官志)』(이맹휴(李孟休)가 지었다)에 이렇게 되어 있다. "왜가 얻고자 청하는 서적은 『오경대전(五經大全)』, 『사서대전(四書大全)』, 『주자대전(朱子大全)』, 『십삼경주소(十三經注疏)』, 『퇴계집』, 『동문선(東文選)』, 『동의보감』 따위로 이루 헤아릴 수 없지만, 『양성재집(楊誠齋集)』, 『오경찬소(五經纂疏)』, 『문체명변(文體

한편, 통신사행에 참여한 인사도 에도 막부 문사의 서적과 에도 막부에서 간행한 서적을 국내로 들여오기도 한다. 이를 계기로 일부 사대부 지식인은 에도 막부에서 간행한 여러 서적과 일본 문사의 저술도 읽게 된다.[55] 예컨대 남용익(南龍翼, 1628~1692)은 1655년 통신사의 종사관으로 다녀온 바 있다. 그가 사행 과정에서 『일본기(日本紀)』·『속일본기(續日本紀)』·『풍토기(風土記)』·『신사고(神社考)』·『본조문수(本朝文粹)』 등의 서적을 읽고 괴탄하고 박잡하여 볼 만한 것이 없다고 평가한 것도 하나의 사례다.[56]

그런가 하면 다이텐 겐조〔大典顯常, 1719~1801〕의 『평우록(萍遇錄)』을 보면 계미 통신사에 참여한 제술관과 서기, 의원과 역관[57] 등은 다이텐 겐조를 비롯하여 에도 막부 여러 인사와 수창하거나 필담으로 교류한 바 있다. 이때 성대중(成大中)은 카메이 로〔龜井魯〕[58]를 만나서, 그의 『동유집(東遊集)』을 구해 읽었음을 적고 있다.[59] 남옥 또한 나와 로도〔那波魯堂〕로

明辨)』, 『주장전서(周章全書)』, 『문장변체(文章辨體)』, 『소학자훈(小學字訓)』과 여동래(呂東萊)의 『속대사기(續大事紀)』 등의 서책은 우리나라에 없는 것이기 때문에 허락하지 않았다." 『靑莊館全書』 卷59, 「盎葉記」 6, '東國書入日本', 이 내용은 이덕무가 다른 문헌을 인용하여 언급한 것이다. 하지만, 일본 지식인들이 거론한 『계몽보요해』의 존재 여부는 확인하기 어렵다고 하더라도 그들의 독서 폭과 서적 수집에 대한 태도를 읽을 수 있으며, 양국 간의 서적 유통과 전파를 엿볼 수 있는 대목이라는 점에서 유의미하다.

55 일본 서적은 주로 통신사행에 참여한 인사들에 의해 국내로 유입되는데, 그 유입 상황의 개략적인 면모에 대해서는 하우봉, 「조선 후기 실학자의 일본 관련 문헌 정리와 고학 이해」, 『한국 실학과 동아시아 세계』, 경기문화재단, 2004 참조.

56 南龍翼, 『聞見別錄』, 「風俗」, '文字', "書籍則有日本記·續日本記·風土記·神社考·本朝文粹等書, 而怪誕駁雜, 皆無可觀者."

57 당시 『평우록』을 보면 필담에 참여한 통신사행 인물은 다음과 같다. 제술관 남옥, 서기 성대중, 서기 원중거, 서기 김인겸, 영장(營將) 유달원(柳達源), 양의(良醫) 이좌국, 판사(判事) 이언진(李彦瑱), 처사(處士) 조동관(趙東觀) 등인데, 이언진은 판사로 기록되어 있지만, 사실은 왜역(倭譯)을 위한 역관이었다.

58 카메이 로〔龜井魯〕의 자는 도재(道載), 호는 남명(南溟)이다. 1763년 겨울에 통신사행은 남도(藍島)에 23일간 머물렀는데, 이때 의원인 귀정로 등과 시문을 수창했다.

부터 『조래집(徂徠集)』을 건네받고 그 값을 치르는 등[60] 일본 문사의 문집과 저술을 구하기도 한다.

이처럼 통신사행에 참여한 인사는 에도 막부 문사와 교류하며 서적을 구해 읽고, 일국 너머에서 이국 문물의 새로운 지식·정보도 획득하기도 했다. 『평우록』은 이런 모습을 잘 포착하고 있다. 당시 조선조 지식인은 일본의 역사 지식을 구체적으로 체득하기 위해 노력을 아끼지 않았다. 성대중의 사례가 그러하다. 그는 오사카〔大阪〕 근처에 있는 도쿠가와 이에야스의 주둔지를 확인하기 위해 도요토미 히데요시와의 정치적 대립을 질문하자, 다이텐 겐조는 『난파전기(難波戰記)』를 언급하면서 두 다이묘의 대립과 이후의 전개 과정을 자세하게 설명해준다. 이를 들은 성대중은 『난파전기』를 구하고자 했으나 끝내 뜻을 이루지 못하고, 일본 역사 지식의 탐구도 멈추게 된다.[61] 이처럼 사행에 참여한 조선 측 인사는 에도 막부 문사에게 자신이 알고자 한 지식·정보를 체득하기 위하여 필담과 서적 구입 등을 통해 이를 실현하고자 했다.

그런가 하면 에도 막부에서 간행된 조선 서적을 구해 국내에 들어온 사례도 있다. 김이교(金履喬, 1764~1832)는 1811년의 통신사행 과정에서 『이퇴계서초(李退溪書鈔)』를 구해온 적이 있다. 이 서적은 에도 막부 지식인이 조선의 학자로 가장 주목하였던 퇴계의 서찰을 판각하여 출판한 것이다.

---

59 大典顯常, 『萍遇錄』 卷上, 「五月三日」, "龍淵曰: 僕前過筑州, 遇龜井魯, 見其東遊集, 已知有世肅麗王輩."

60 같은 책, 卷上, 「五月五日」, "秋月曰: 魯堂贈我以徂徠集, 不言價. 我自問知其價, 送白金於宏僧, 使之傳魯堂."

61 같은 책, 卷上, 「五月 三日」, "龍淵曰: 牧方江上, 是權現住軍之地也, 今其廢壘荒井, 尙可記指否. 余曰: 大抵浪華數十里間, 多古戰場. 吾未能纖悉, 有難波戰記者, 具載豊臣松平革命之事. 淵曰: 戰記可得一見否. 余曰: 當今不許刊行, 無由奉呈. 淵曰: 戰記誰所著. 余曰: 不記其人. 有數十卷, 以國語記之, 縱使公等得看, 亦不可解曉, 衲亦未有熟閱."

홍석주(洪奭周, 1774~1842)는 김이교가 구해온 이 서적을 보고 난 뒤, 이 서적은 퇴계가 『주자대전』의 서간 중에서 중요 부분을 발췌하여 편찬한 『주자서절요』를 모방한 것이라 평한 바 있다.[62] 이처럼 사행에 참여한 여러 인사는 에도 막부에서 간행되거나 유통되던 서적을 국내로 들여와 유통하였던 것이다.

특히 에도 막부에서 간행한 서적의 국내 유입 상황은 한치윤(韓致奫)의 『해동역사』와 이덕무의 『청령국지(蜻蛉國志)』를 훑어보면, 18세기까지의 에도 막부 서적의 국내 유통 상황을 자세히 알 수 있다. 이덕무는 『청비록』에서 통신사행에 참여한 사신이 구입한 일본 문사의 시집이 국내에 유통되는 구체적인 사례를 기술한 바 있다. 다카노 란테이〔高野蘭亭, 1704~1757〕의 문집 『난정집(蘭亭集)』[63]도 그중 하나다. "내가 일찍이 평양을 유람할 적에 함구문(含毬門) 밑에 있는 오생(吳生)의 집에서 『난정집』을 보았는데, 이는 곧 일본 시인의 시로서 사조가 기위웅건(奇偉雄健)하여 설루(雪樓) 이반룡(李攀龍)의 경지에 이르렀다"[64]고 언급하며 그의 시를 고평했다.

또한 이덕무는 다카노 란테이의 문인이 지은 그의 묘지명을 인용하면서, 다카노 란테이가 오규 소라이〔荻生徂來〕에게 수학한 것을 주목하기도 한다. 이 글에서 그는 오규 소라이의 뛰어난 점을 주목하고 시에도 재능이 있음을 기술한다. 이어서 다카노 란테이는 17세에 실명했음에도 1만여 편의 시를 지었음에도, 현재 남아 있는 시는 1천 수에 지나지 않

62 洪奭周, 『鶴岡散筆』 卷5, "金相國公世奉使至日本, 見有書名李退溪書鈔者, 購之以歸. 余嘗獲覽之, 卽李文純公書牘選本. 日本人刻而序之, 以倣文純公所編朱子書節要者也."

63 남옥 또한 계미사행 시 일본인 이다이라〔井平〕으로부터 『난정집』을 선물로 받아서 국내로 들여왔다. 여기에 대해서는 『日觀記』, 甲申 3월 11일 항목에 나와 있다.

64 李德懋, 『국역 청장관전서』 권32, 「청비록」 1, '日本 蘭亭集', 한국고전번역원, 한국고전종합DB 참조.

음을 언급하고 있으며, 만년에 이반룡을 추종하여 그의 시 정신을 체득하였음도 함께 기록하고 있다.[65]

이 외에도 이덕무는 18세기에 평양에서 일본 문사의 문집을 발견할 정도로, 일본 서적의 유통은 광범위한 공간에서 이루어지고 있음을 거론하고 있다.

다른 사례를 더 들어본다.

> ① “곤륜학사(昆侖學士) 최창대(崔昌大)에게 전송하는 서문을 지어주기를 부탁하였더니, 그가 때마침 병으로 붓과 벼루를 덮어 둔 지 오래였다. 서가에 있는 『백석시초(白石詩草)』 한 권을 꺼내어 나에게 보여주며 말하였다.”[66]

> ② “왜서의 이름으로 『화한명수(和漢名數)』 책 두 권이 있는데, 바로 우리 숙종 경오년에 가이바라 아쓰노부〔貝原篤信〕가 쓴 책입니다. 제가 사신 갔다가 온 이의 집에서 잠시 빌려 보았는데 금방 찾아가버렸기 때문에 올려 드릴 수가 없어 한탄스럽습니다.”[67]

①에서 신유한은 1719년 통신사행을 가기 전에 최창대(崔昌大, 1669~1720)에게 송서를 부탁하니, 최창대는 뜻밖에 『백석시초』를 건네주고 있다. 신유한이 건네받은 『백석시초』는 아라이 하쿠세키〔新井白石, 1657~

---

65 같은 글, 같은 곳. 그리고 다카노 란테이〔高野蘭亭〕 한시의 작법과 경향은 郭穎, 「『東瀛詩選』に見られる兪樾の修改−高野蘭亭の『蘭亭先生詩集』との比較を通して」, 『中国中世文学研究』 52, 中国中世文学會, 2007, 55~68면. 『난정선생시집(蘭亭先生詩集)』의 권말에는 석선식(釈禅軾)의 발문에 따르면 명대 문인 이반룡의 시를 추상(推賞)한다고 하였지만, 곽영(郭穎)은 이반룡은 물론 명대 시인의 영향을 크게 받았음을 밝히고 있다.

66 申維翰, 『海游錄』 卷上, “乞序於昆侖學士, 公時以病閣筆研, 出架上白石詩草一卷示余曰; 此乃辛卯使臣所得來日東源璵之作也.”

67 安鼎福, 『順菴先生文集』 卷2, ‘書’, 「上星湖先生書」, 戊寅, “倭書, 有和漢名數爲名者二卷. 卽我肅廟庚午年, 貝原篤信之所著也. 轉借于奉使人家, 卽爲推去. 故不得納上, 伏歎.”

1725〕[68]의 시집이다. 최창대는 통신사행의 송서를 대신하여 신유한에게 일본 문사의 시집을 주고 있는데, 이는 에도 막부 문사와 수창과 필담에 도움이 되도록 에도 막부 시인의 시집을 건네준 것이다. 이 시집은 1711년 신묘 통신사행의 정사로 참여한 조태억(趙泰億, 1675~1728)이 아라이 하쿠세키에게 받았다. 이후 최창대가 이 시집을 입수하고 이를 다시 신유한에게 전달한 것이다.[69]

성완(成琬, 1639~?)이 1682년 통신사행의 제술관으로 참여하여 아라이 하쿠세키의 시집에 서문을 써 주면서 그와 교류한 것을 고려하면, 아라이 하쿠세키의 시는 당시 조선조 지식인의 시야에 포착되어 이미 알려진 것으로 볼 수도 있다. 기실 신유한은 통신사행 과정에서 수많은 문사와 수창한 바 있다. 최창대가 송서를 대신해 아라이 하쿠세키의 시집을 신유한에게 선물하여 사행에 실질적인 도움을 줄 것을 기대한 안목은 이채롭다.

어쨌거나 최창대는 신유한이 통신사행에 가면 반드시 에도 막부 지식인과 문예로 수창할 것을 고려해, 송서 대신 이 시집을 건네주고 있다. 『백석시초』는 '조태억(통신사행)→최창대→신유한'의 경로를 통해 유통되면서 에도 막부 지식인의 문예가 조선조 지식인에게 확산되고 있음을 보여준다. 실제 이를 읽은 신유한은 아라이 하쿠세키와 함께 동문수학했던 아메노모리 호슈〔雨森芳洲〕를 만나 원활한 교류를 할 수 있는 계기를

---

68 1686년 당대 최고의 주자학자 기노시타 준안〔木下順庵, 1621~1698〕의 문하가 되었고, 당시 동문수학한 인물로 아메노모리 호슈〔雨森芳洲〕, 무로 규소〔室鳩巢〕, 기온 난카이〔祇園南海〕 등이 있었다. 그의 삶과 행적 등은 성대중의 『청성잡기』 권4, 「성언(醒言)」, '원여(源璵)'에 나온다. 성대중의 증백조(曾伯祖)였던 성완이 1682년 통신사행의 제술관으로 참여하여 아라이 하쿠세키〔新井白石〕의 시집에 서문을 써주며 교류하였다.

69 아라이 하쿠세키〔新井白石〕가 조태억에게 준 바로 그 시집인지, 아니면 전사한 것인지는 알 수 없다.

얻기도 한다.[70]

이처럼 통신사행을 통해 유입된 에도 막부 지식인의 시가 국내에 유통되면서 다음 사행을 위한 이국의 문예 지식의 중요한 정보로 전해지고, 이후 통신사행에 참여한 인사는 이를 적절하게 활용하여 사행의 임무를 수월하게 완수하게 된다.

②에 등장하는 『화한명수』는 가이바라 아쓰노부〔貝原篤信, 1630~1714〕[71]가 지은 유서이자 일종의 사전이다. 이 유서는 1692년에 초간된 뒤 여러 차례에 걸쳐 증보되어 속간된 바 있다. 『화한명수』를 보면 상권에는 천문(天文), 절서(節序), 지리(地理), 인기(人紀), 인사(人事), 신지(神祇) 등 여섯 분야, 하권에는 역세(歷世), 형체(形體), 동식(動植), 기복(器服), 경적류(經籍類), 관직류(官職類), 수량류(數量類), 의가(醫家), 불가류(佛家類) 등 9개 분야로 총 15개 분야로 분류하여 어휘나 구절을 배치하여 설명하고 있다.

위에서 안정복은 성호에게 편지를 적으며 『화한명수』의 존재를 알리고 있다. 안정복은 통신사행에 참여한 인사로부터 카이바라 아쓰노부의 『화한명수』 2권을 독서했음을 밝히자, 성호는 안정복에게 이 서적을 요청한다. 요청을 받은 안정복은 자신의 책이 아닌 데다 미처 초록해두지 않고 반환했음을 말한 다음, 자신이 독서한 내용 일부를 편지에 적어 보낸다. 이 편지를 읽은 성호는 재차 이 유서를 보기 위해 홍중징(洪重徵,

---

70 申維翰, 『海游錄』 卷上, 「7月 19日」, "余問白石公無恙乎, 儀曰; 公何以識此人? 余謂辛卯使臣平泉趙侍郞, 卽得其人詩草, 歸以示我. 每稱才華不離口, 儀回語雨森東曰; 趙侍郞長者, 可感至意. 又問公見其詩何似? 余曰; 婉朗有中華人風調, 卽手頂而謝曰; 昔在木先生門下, 與白石同衿友也. 幸蒙君子嘉賞, 甚荷甚荷, 但恨其人病謝事杜門已久. 公今至江都, 必無以見."

71 가이바라 아쓰노부〔貝原篤信, 1630~1714〕는 에도시기 유학가로 이름은 아쓰노부〔篤信〕, 자는 시세이〔子誠〕이다. 처음 호를 손켄〔損軒〕이라 하였다가 은거한 이후 호를 에키켄〔益軒〕이라 하였다. 일찍이 나가사키〔長崎〕와 교토〔京都〕, 에도〔江户〕 등지에 유학하며 주자학에 심취했으나 만년에는 주자학을 멀리했다. 그는 박물학과 본초학을 연구하여 저술을 남긴 바도 있다.

1682~1761)에게 편지를 보내 이 책의 소재처를 확인하고, 만약 소장하였다면 보여주기를 간청한다. 여기에 그치지 않고 성호는 편지의 말미에 자신의 이러한 뜻을 홍중효(洪重孝, 1708~1772)에게 전달해 달라고 부탁을 하고 있다.[72] 여기서 새로운 이국 서적을 독서하기 위한 성호의 노력과 참다운 독서인의 모습을 엿볼 수 있다.

국내 인사의 주목을 받은『화한명수』의 국내 유통은 통신사행→안정복→홍중징(홍중효) 등을 거치며 국내에 유통되고 있음을 알 수 있다. 이『화한명수』는 통신사행을 통해 국내에 유입된 이후 이러한 경로를 거치며 다수의 사대부 지식인이 읽고 이국의 새로운 지식·정보를 체득하였던 것이다.

3. 서적 유통과 지식·정보의 확산: 몇 가지 사례

임진왜란은 조선의 서적과 출판문화를 일거에 파괴한 재앙이다. 국고 문헌의 망실, 서적의 국외 유출로 인한 결과는 참담했다. 그나마 국내에 남아 있던 서적도 불에 타거나 흩어지고 만다. 전란 이후 조선조는 망실된 서적의 복원이 절실하였다. 이에 조선조 조정은 남아 있던 국내 서적을 수집하고, 국고 문헌을 재정리하고 재간행하는 것을 전란 복구의 중요한 과제로 삼게 된다. 당시 국가적 차원에서 문헌을 수습하기 위해 노력한 대목은 다음에 잘 드러난다.

72 李瀷,『星湖全集』卷15, 書,「答洪錫余」, "聞有和漢名數一書至國, 日本人所撰, 極有可觀. 或有可求處耶? 如使入把, 幸傳與鄙人看. 縷息將絶, 結習猶存, 自笑自憎. 此意亦付囑於聖源大夫. 不宣."

① 만력 임진년 여름에 왜구가 경성을 함락하여 나라도 망하고 집안도 망하는 바람에 공사 서적들이 모두 깡그리 없어졌다. 계사년 여름에 왜구가 물러가고, 그해 겨울에 성상이 경성으로 돌아왔다.[73]

② 비망기로 일렀다. "옛날 전란이 지난 후 버려진 서적을 구입한 것은 의의가 있는 것이다. 우리나라는 문헌의 나라로서 불행하게도 흉적에게 잔파 당하여 중외의 서적이 모두 망실되어 남은 것이 없다. 전에 일찍이 하서하여 구입하게 하였는데도 널리 구입하여 올려 보내지 않았으니 매우 부당한 일이다. 사민들의 집에 어찌 볼 만한 서책이 소장되어 있지 않겠는가. 경은 다시 다방면으로 널리 구하되 그중 동국에 관계되는 서적은 더욱 힘써 구하고, 서법 등의 서책도 아울러 구해 올려 보내게 하라. 서책을 바친 자는 마땅히 논상할 것으로 각 도에 하유하라."[74]

①은 심수경(沈守慶, 1516~1599)이 언급한 내용 일부다. 그는 35세 때 실록편찬 사업에 참여한 바 있어, 국가 재건에 국고 문헌의 수습이 무엇보다 중요하다는 사실을 잘 알고 있던 인물이다. 그는 임진왜란으로 국고 문헌은 물론 자신이 보유한 서적도 망실되었음을 주목하고 있다.

②는 선조의 언급이다. 전란의 수습 과정에서 국고 문헌이 해외로 흘러 들어가거나 망실되었기 때문에 이후의 수습책을 언급하고 있다. 그는 이를 위해 사민(士民)들의 집에 소장된 서적과 우리나라와 관련 있는 서적을 수집하여 국고 문헌의 보충과 함께 수습의 기초로 삼아야 함을 강조한다.

조선조 정부의 이러한 정책 시행으로 국고 문헌과 망실된 서적도 점진적으로 확충하게 된다. 이와 함께 국가적 차원에서 민간의 서적을 구

73 沈守慶, 『국역 대동야승』, 『견한잡록』, 고전번역원, 1971.

74 『선조실록』 선조 32년 기해(1599, 만력 27) 8월 11일 정해조.

입할 뿐만 아니라, 망실한 국고 문헌을 간행하여 보충하기도 한다. 그리하여 17세기 후반에 오면 적지 않은 국고 문헌의 확충을 이루게 된다. 특히 청조와 외교 관계를 재정립하자, 조선조는 정기적인 사행을 하게 되고, 사행 과정에서 청조의 숱한 서적을 수입함으로써 문헌을 크게 확충하게 된다.[75] 그러다가 18세기에 오면 사행을 통한 서적 수입은 거의 활황을 이룰 정도가 된다. 여기서 18세기의 서적구입 사례를 한번 보기로 한다.

① 재선과 함께 유리창에 있는 오류거란 책방에 들러 강남에서 배편으로 온 기서를 열람하였다. 서장관이 나에게 부탁하여 수십여 종의 책을 구입하였는데, 그 속에는 주이준(朱彝尊)의 『경해(經解)』와 마숙(馬驌)의 『역사(繹史)』 등 희귀본 외에도 모두 좋은 책들이었다.[76]

② 대판에 서적의 많음은 실로 천하의 장관인데 우리나라 여러 명현의 문집 중에서 왜인이 높이고 숭상하는 것은 『퇴계집』만 한 것이 없다. 그래서 곧 집마다 외고 모든 선비가 필담으로 물음에 반드시 『퇴계집』을 첫째로 삼았다. 도산서원이 어느 고을에 속하는지 묻는 이가 있었고, 또 선생의 후손이 지금 몇 사람이나 있으며, 무슨 벼슬을 하고 있는가를 묻기도 하고, 또 선생의 생전 기호도 묻는 등 그 말이 심히 많아서 다 기록하지 못한다. ……중략…… 우리나라와 관시를 연 이후로 역관들과 긴밀하게 맺어서 모든 책을 널리 구하고, 또 통신사의 왕래로 인하여 문학의 길이 점점 넓어졌으니, 시를 주고받고 문답하는 사이에 얻은 것이 점차로 넓기 때문이었다. 가장 통탄스런 것은 김학봉(金鶴峯)의 『해사록(海槎錄)』, 유서애(柳西厓)의 『징비록』, 강수은(姜睡隱)의 『간

75 중국에서 서적의 유입 상황에 대해서는 김영진, 「조선 후기 중국 사행과 서책 문화」, 『연행의 사회사』, 경기문화재단, 2005, 237~290면.

76 李德懋, 『국역 청장관전서』 권67, 「入燕記下」, 정조 2년 5월 28일.

양록』 등의 책에는 두 나라 사이의 비밀을 기록한 것이 많은 글인데, 지금 모두 대판에서 출판되었으니, 이것은 적을 정탐한 것을 적에게 고한 것과 무엇이 다르겠는가. 국가의 기강이 엄하지 못하여 역관들의 밀무역이 이와 같았으니 한심한 일이다. ……중략…… 성여필(成汝弼)의 백부 성완이 일찍이 임술년 사신 행차의 제술관이 되어 왔었는데 그가 남긴 글을 모아 『임술사화집(壬戌使華集)』 한 질을 출판하여 나에게 보였는데, 그때의 사신 및 제술관·서기들의 모든 시편이 갖추어져 있어 한 자와 한 마디 담화가 상세히 다 기록되어 빠짐이 없었고, 모든 왜인이 부르고 화답한 글도 또한 모두 추가로 기록되어 있었다.[77]

①은 이덕무의 언급이고, ②는 신유한(申維翰, 1681~752)의 『해유록(海游錄)』에 나오는 대목이다. ①에서 이덕무는 박제가와 함께 유리창의 서점을 방문하여 강남의 절강에서 배편으로 도착한 기서를 열람하고, 서장관의 부탁을 들어주기 위해 서적 구입 과정을 기술하고 있다. 이덕무가 주이준의 『경해』와 마숙의 『역사』 같은 희귀본은 물론 함께 구입한 서적도 모두 좋은 것이라 기술한 점을 보면, 당시 널리 알려지지 않은 최신 서적임을 추측할 수 있다. 특히 강남에서 유리창으로 막 도착한 서적을 구입한 것이라는 점에서, 조선조 지식인들은 청조 지식인에 앞서 신간 서적을 구하고 있음을 알 수 있다.

②는 신유한의 언급이다. 전체 글 가운데 중요한 부분 세 곳을 인용하였다. 대판은 장관을 이룰 만큼 서적이 많다는 사실, 조선 문집도 많다는 점, 그리고 일본인이 『퇴계집』을 최고로 치고 퇴계 관련 세세한 사항을 인지한 사실 등을 포착하고 있다. 또한 에도 막부와의 무역은 서적상도 관계가 있다. 서적상은 역관과 연결되어 조선본 서적의 일본 유입에 역할을 하기도 한다. 신유한은 여기서 통신사의 왕래로 일본 문학이 점

77 申維翰, 『국역 해유록』, 11월 4일(임신), 민족문화추진회, 1974 참조.

차 넓어진다는 점, 조선본 중에는 국가 기밀을 담고 있는 김성일의 『해사록』, 유성룡의 『징비록』, 강항의 『간양록』 등의 저술도 있다는 것을 적시하고 있다. 또한, 국가 기밀을 담고 있는 『해사록』, 『징비록』, 『간양록』 등은 이미 오사카〔大阪〕에서 간행되어 널리 유통되고 있다는 사실과 함께 통신사가 수창한 시집도 현지에서 출판되고 있는 상황 등을 두루 거론하고 있다. 무엇보다 18세기 에도 막부 출판문화의 활황과 조선본을 읽을 정도로 다양한 독서층이 존재한다는 사실은 앞서 언급한 바 있듯이 통신사행이 그 역할을 한 바 있다.

여기서 조선본의 에도 막부 유입에 역관이 간여하고 있다는 사실, 조선 문사의 저작이 에도 막부에서 상업 출판으로 간행되어 유통된다는 점, 통신사행에 참여한 문사와 수창한 일본 문사의 기록을 상업 출판으로 간행하여 판매하고 있다는 점은 음미할 대목이다.

위에서 보듯이 지식·정보는 새로운 환경에서 실체험한 것, 견문한 것을 토대로 획득한 것, 때로 서적에서 습득한 것을 통해 타자에게 알리거나 유통한다. 이중 우리가 뚜렷하게 인지하는 것은 서적을 통해 유통되는 다양한 지식·정보다. 여기서 서적을 통해 지식·정보를 획득하고, 여기에 독자의 사유와 가공을 거쳐 기록됨으로써 다시 타자에게 유통한다는 사실을 주목할 필요가 있다. 이와 달리 체험하거나 견문한 지식·정보를 구술로 타자에게 전달할 경우, 그때의 지식·정보의 전달은 제한적이며, 지속성과 유통 공간의 확장성도 떨어진다. 더러 구술을 토대로 한 지식·정보를 기록으로 재전환하여 간행하여, 이를 유통하는 사례도 있다. 하지만 조선조 후기에 이러한 사례를 발견하기란 쉽지 않다.

그렇다면 기록을 통해 형성된 새로운 지식·정보가 어떠한 과정을 거쳐 다시 가공되고, 지식·정보의 형태로 다시 생성되어 문예와 학술 장에서 다시 유통되고 확산해나가는지 살펴보자. 여기서 몇 가지 사례를 들어본다.

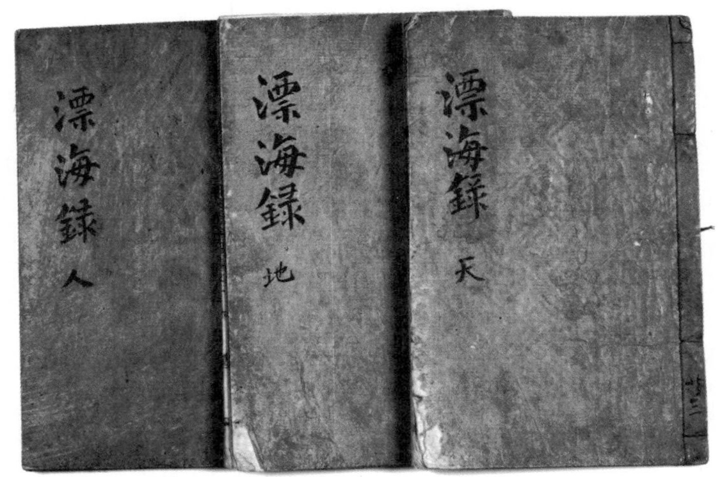

『표해록』(국립제주박물관 소장)

우선 최부(崔溥, 1454~1504)의 『표해록(漂海錄)』이다. 『표해록』은 조선인의 중국 표류 체험을 기록한 것이다. 사대부 지식인이 중국을 표류하고 조선의 시각으로 중국의 문화와 지역 내부 사정을 포착한 사례는 드물다. 그런 점에서 중국 내부를 가로지르는 여정을 통해 직접 견문한 지식과 명대 지방의 속내와 그 이면을 다양한 시선으로 기록하였다는 점은 주목할 만하다. 이 표류기는 국내 유통을 넘어 에도 막부로까지 흘러들어가, 에도 막부 지식인의 중국 관련 지적 호기심을 불러일으킨 바 있다. 이를테면 최부의 이문화 체험 공간은 중국이며 저자는 최부인데, 에도 막부에서 상업 출판을 한 사실은 흥미롭다. 동아시아 공간에서 일국적 시야를 넘어 동아시아의 시각으로 삼국 간에 지적 교류가 일어난 셈이다.

특히 이 책은 국내보다 에도 막부에서 먼저 가치를 인정받고 상업 출판의 대상으로 주목받았다. 최부의 『표해록』은 처음 에도 막부 시기

『당토행정기(唐土行程記)』[78]로 번역되어 간행된 바 있다. 1769년 6월에 일본어 초역의 『당토행정기』가 간행된다. 그 과정에서 황도서림 등 4개의 서사(書肆)의 협력이 있었다. 역고(譯考)한 사람은 세이켄〔淸絢〕이다. 세이켄의 본명은 세이타 탄소우〔淸田澹叟〕이고, 그는 경도(京都)의 유명한 유가 후예인 이토오〔伊藤〕 가(家) 출신으로 이토오 류슈〔伊藤龍州〕의 아들이다.[79] 이토오 류슈는 원래 하리마〔播磨〕의 세이타 가(家) 출신인데, 탄소우는 부친인 생가 쪽의 성을 이어받아 세이타로 하였다고 한다. 당시 세이타 탄소우〔淸田澹叟〕는 후쿠이〔福井〕 번(藩)의 번유(藩儒)로 있으면서 많은 저작을 남겼는데, 『당토행정기』도 그중 하나다.

여기서 『표해록』 자체에 관심을 두고 서술하려는 것은 아니다. 에도시대 지식인이 최부의 『표해록』을 발견하고, 이를 통해 중국의 지식·정보는 물론 조선 지식인의 시각과 사유 방식, 나아가 동아시아 삼국을 비교 대상으로 삼은 점을 주목하고자 한다. 1769년에 상업 출판으로 간행된 이 책이 다시 개정판의 형태로 『통속표해록』으로 재출간 된 것에서 에도시대 지식인들 사이에 『표해록』이 널리 읽히고 회자 된 상징적 저술임을 알 수 있다. 상업 출판으로 성공한 이 책의 유통을 통하여 조선과 중국에 관한 지식·정보가 에도시대 지식인 사이에 광범위하게 일어났음

78 이에 대해서는 조영록, 「근세 동아 삼국 전통사회에 관한 비교사적 고찰: 최부의 『표해록』과 일력 『당토행정기』를 중심으로」, 『동양사연구』 64, 동양사학회, 1998; 박원호, 「日譯 『通俗漂海錄』 『諺解本 漂海錄』」, 『崔溥 漂海錄 硏究』, 고려대학교출판부 2006 참조.

79 세이타에 대해서는 『近世隨想集』(「日本古典文學大系」 96, 岩波書店, 1965)에 수록된 나카무라 유키히코〔中村幸彦〕의 해설 참조. 宮嶋博士, 「崔溥 『漂海錄』의 日譯 『唐土行程記』에 대하여」, 『대동문화연구』 56, 성균관대학교 대동문화연구원, 2006, 30~31면에서 재인용. 미야지마 히로시〔宮嶋博士〕는 이 논문에서 에도 시대 일본 유학자의 생각을 고찰하였다. 이를 통해 에도 시대 유학자들의 일본 중심주의를 규명하고 있는 바, 이는 유교적 보편주의와 일본 중심주의의 분열이라는 일본 유자들의 이중성이며, 나아가 이를 일본의 정체성에 대한 분열 현상으로 읽고 있다.

을 알 수 있다.

그런데 이 책은 최부의 중국 기행을 일본어로 번역하여 명나라의 여러 풍물과 실상을 밝히고, 여기에 번역자 자신의 비평을 가하는 방식을 취하고 있다. 여기서 우리는 전근대 동아시아 삼국 관련 지식·정보가 어떠한 방식으로 이동하여 전파하는가 하는 구체적인 사례를 확인할 수도 있다.[80] 에도시대 지식인이 조선과 중국을 이해하고, 동아시아를 인식 단위로 자국을 성찰함으로써 객관적 자국 인식을 표출한 사실은 예사롭지 않다.

다음으로는 중국의 서적이 국내로 들어와 널리 유통된 사례를 한번 보기로 한다. 왕세정(王世貞, 1526~1590)의 필기 저작인 『예원치언(藝苑巵言)』이 그것이다.

> ① 사구(司寇) 왕세정이 『예원치언』[81]을 저술하면서 참고 자료로 삼은 것들이 승암의 것을 조술하여 그대로 본뜬 것들이 많은데, 승암을 들먹인 것이 열에 다섯이라면 승암의 단점을 헐뜯은 곳이 절반이 넘고 있어 내 항상, 조술하고 본뜨고 또 헐뜯고 있는 것을 이상하게 여기고 있다.[82]

> ② 왕원미(王元美, 왕세정)의 『예원치언』에, "대력 연간에 신라국에서 글을 올려 청하기를, '소부자(蕭夫子) 영사(穎士)를 스승 삼게 해 달라' 하였고, 원화 연간에는 계림의 상인이 원진(元稹)·백거이(白居易)의 시집을 팔라고 하며, '동국의 재상들이 백금으로써 시 한 편과 바꾸는데, 위작일 경우에는 바로 구별해낸다'라고 말하였다. 그리고 가정 초에는 조선

80 이 책에서 세이타는 '고왈(考曰)'의 형식을 부기하여 자신의 견해를 밝히고 있거니와, 이를 통해 에도 시대 지식인의 중국과 한국 인식을 볼 수 있다.

81 왕세정이 저술한 시문평론서인데, 8권 2책의 현종실록자본(顯宗實錄字本)이다.

82 申欽, 『象村先生集』 卷22, 「鐵網餘枝序」.

국에서 상언하여, '원컨대 관서의 여(呂) 아무개, 마(馬) 아무개의 문장을 반시하여 격식을 삼게 해 달라'라고 했다" 하였다. 대력·원화 연간의 일로 말하면 혹 있을 수는 있겠지만, 가정 연간에 이르면 우리나라의 문물이 이미 갖추어졌으니, 이른바 여 아무개, 마 아무개 하는 것은 누구를 가리키는지 모르겠지만 어찌 반시를 요청하는 데까지 이르렀겠는가? 만약 그 사람들의 글을 얻어 읽고 싶었다면 한 행인으로 하여금 돈을 싸 가지고 가서 사 오게 하더라도 족했을 것이며, 글을 올려서 얻는 것을 기다리지 않았을 것이니, 그 믿을 수 없는 것이 이와 같다. 우리나라에는 전적이 갖춰지지 못한 까닭에, 비록 본국의 고사일지라도 매양 중국 사람들의 협설(頰舌)을 의빙해서 증거를 삼고 있으니, 매우 가소로운 일이다.[83]

③ 또 우스운 일이 있으니 명나라의 규봉(圭峯) 나기(羅玘)[84]는 시문을 지음에 각고의 사색을 하여 매양 큰 나무의 높직한 가지에다 둥지를 얽고 사다리로 올라가서 며칠 동안을 지내고서야 이루었는데, 이를 일러 '노을의 사색에 하늘의 생각'이라 하였다. 일찍이 남의 묘문을 지어 주면서 그 아들에게, "내가 자네 부친의 묘지문을 지으면서 네댓 번이나 죽을 뻔했네"라 하였다. 이 때문에 왕엄주(王弇州, 왕세정)는 『예원치언』에서, "지금 세상에 전하는 『규봉고(圭峯稿)』는 모두 나무에서 떨어져 죽을 뻔하다가 얻은 것이다" 하였으니, 사람을 포복절도하게 한다. 규봉 그 자신이야 비록 나무에 떨어져 죽을 만한 것이겠으나 그의 글은

83 李瀷, 『星湖僿說』 卷29, 「詩文門」, '鷄林鬻詩', "王元美藝苑巵言云: 大曆中, 新羅國, 上書請以蕭夫子穎士爲師." 元和中, 鷄林賈人, 鬻元白詩云: 東國宰相, 以百金易一篇, 僞者, 輒能辨. 嘉靖初, 朝鮮國, 上言願頒示關西呂某馬某文, 以爲式. 大曆元和事, 容或有之, 至於嘉靖, 則我國之文物既備, 所謂呂馬, 未知誰指, 而豈至於請頒耶? 如欲得其文而讀之, 使一行人, 齎金往鬻足矣, 不待上書而後得也, 其不可信如此. 東人典籍不具, 雖本國故事, 每憑華人頰舌爲證, 甚可笑也."

84 규봉(圭峯) 나기(羅玘)는 명나라 남성(南城) 사람으로 자는 경명(景鳴)이다. 『규봉문집(圭峯文集)』이 있다.

일컬을 만한 것이 없으니 이는 곤궁하기만 하였을 뿐이다.[85]

왕세정의 『예원치언』은 명나라 서정경(徐禎卿)이 찬한 『담예록(談藝錄)』과 엄우(嚴羽)의 『창랑시화(滄浪詩話)』의 미비점을 보충해 만든 6권의 필기 저술이다. 주로 문인과 문예 관련한 단편적 언급을 참고하여 소개한 다음, 여기에 자신의 의견을 덧붙여놓았다.

제시한 인용문은 시대 순으로 『예원치언』을 언급한 사례를 배치한 것이다. ①은 신흠(申欽, 1566~1628)의 언급이다. 『예원치언』의 기록은 승암(升菴) 양신(楊愼, 1488~ 1559)[86]의 기록을 참고했음을 밝히고 있다. 여기서 신흠은 왕세정이 양신의 저술을 참고했음에도 그를 비난한 태도를 문제 삼는다. ②는 이익(李瀷, 1681~1763)의 언급이다. 『예원치언』을 인용하며 신라의 사례와 경주 지식인들의 탁월한 감식안과 중국 시인의 시를 후하게 인식한 점, 원진·백거이의 시집을 구매하려 한 일, 그리고 무명의 조선 문인을 기준으로 삼아 부당하게 조선 문단을 폄하한 인식을 문제 삼고 있다. ③은 홍한주(洪翰周)의 언급이다. 규봉 나기의 고사를 들어 왕세정이 『예원치언』에서 나기를 기록한 것은 다소 우스꽝스러울 정도라며 의아해한다고 하면서 그러한 서술을 넌지시 비판하고 있다.

주지하듯이 왕세정은 이반룡과 더불어 고문사를 주창하여 당시 '이왕(李王)'으로 병칭되었고, 이반룡, 사진(謝榛), 양유예(梁有譽), 종신(宗臣), 서중행(徐中行), 오국륜(吳國倫) 등과 후칠자(後七子)로 활동한 바 있다. 그는

85 洪翰周, 『智水拈筆』 卷3, "又有可笑事, 明羅圭峯玘, 作文苦思, 每於大木高枝, 搆巢梯上, 坐臥幾日乃成, 謂之霞思天想. 嘗爲人作墓文, 謂其子曰, "吾爲尊公誌文, 瞑去四五度矣." 是以王弇州 『藝苑危言』曰, "今世所傳圭峯稿, 皆樹顚死去之所得", 令人絶倒也. 圭峯則雖樹顚死去, 文亦無可稱, 是困而已."

86 양신(楊愼, 1488~1559)은 명나라 중기의 학자·문학자이다. 자는 용수(用修), 호는 승암(升菴)이다. 1511년 과거에 장원급제하여 한림원 수찬을 지냈다. 경학과 시문이 탁월하였으며 박학하기로 이름이 높았다. 저서에는 『단연총록(丹鉛總錄)』, 『승암집(升菴集)』 등이 있다.

의고주의를 선창하여 조선조 문단에 큰 영향을 끼친 인물이기도 하다. 『예원치언』은 원래 12권인데, 앞의 8권은 시문에 대한 평론이고, 뒤의 4권은 사곡과 서화 등의 평론이다. 왕세정은 권수에서 서창곡(徐昌穀)의 『담예록(談藝錄)』과 엄우(嚴羽)의 『창랑시화(滄浪詩話)』에서 미진하고 불비한 점을 거론하며 이 책을 통해 보완하겠다고 언급하고 있다. 이어서 그는 고대부터 명대까지의 시문과 시문평 등을 수록한 뒤 자신의 의견을 덧붙인다. 그런데 시평과 문평 가운데 시를 평한 부분이 2/3, 문을 평한 부분이 1/3 분량을 차지한다.

조선조 후기에 오면, 시문평을 수록한 앞의 8권만 간행되고, 나머지 사곡과 서화의 비평과 자신의 의견을 개진한 4권은 간행되지 못하였다. 당시 조선조 지식인은 그의 시문에 대한 감식안과 비평안을 무엇보다 주목했기 때문이다.

여기서 주목할 점은 『예원치언』이 조선조 후기 문예 공간에 수용되면서 다양한 시기에 수차례 간행된다는 사실이다. 이는 이 비평서가 조선조 후기 문예 공간에서 시공을 넘어 독자를 형성하면서 유통되었음을 의미한다. 예컨대 『예원치언』은 관찬의 방식으로 현종실록자본(顯宗實錄字本) 8권 2책이 간행된 바 있으며, 뒤이어 목판으로도 다시 간행되기도 한다. 이처럼 다양한 방식으로 간행된 사실은 사대부 지식인의 지속적 관심 속에 시문 비평서의 전범으로 인식된 것일터, 이는 왕세정의 시평을 모범으로 삼아 이를 활용하고자 한 것과 무관하지 않아 보인다.

남용익은 『호곡만필(壺谷漫筆)』에서 「왕엄주시평초(王弇州詩評抄)」라는 제목으로 인용하고, 홍만종(洪萬宗, 1643~1725)도 『소화시평(小華詩評)』의 자서에서 이것을 언급한 것도 구체적인 사례로 이해할 수 있다. 이수광은 『지봉유설』에서 『예원치언』을 인용하며 문과 부의 관계를 비롯하여 두 장르를 뚜렷하게 인식한 점, 두시를 언급하면서 활용한 점, 그리고 중국 역대 왕들의 시를 예로 들며 자신의 문학론을 펼치며 활용한 사례 등도

같은 맥락으로 이해할 수 있다.[87]

그런가 하면 남공철(南公轍, 1760~1840)은 『예원치언』을 인용하며 「난정계서(蘭亭禊序)」의 유래를 거론한 바 있다. 그는 왕희지의 필체인 「난정계서」의 경우, 당나라 태종이 너무 애호하여 그의 무덤에 함께 묻게 되는 저간의 사정을 거론한 뒤, 이후에 남아 있는 왕희지 필체의 탑본은 그 값이 비싼 정황 등도 함께 거론하고 있다. 모두 『예원치언』을 근거로 자신의 이러한 논지를 펼쳤다.[88] 이어서 이규경(李圭景, 1788~?)도 『오주연문장전산고(五洲衍文長箋散稿)』에서 복식 제도를 논하면서 『예원치언』을 근거로 고금의 관건제도(冠巾制度)를 변증의 논거로 제시하기도 한다.[89]

이처럼 조선조 후기 사대부 지식인들은 200여 년 동안 『예원치언』을 주요 독서 대상으로 인식하여 이 저술을 적극적으로 활용하며, 문예비평의 중요한 논거로 삼고 있다. 『예원치언』은 오랜 시간에 걸쳐 조선이라는 문예 공간에서 명대 지식·정보와 관련 조선조 사대부 지식인의 지적 탐구의 중요한 대상이자 문예비평을 위한 전범으로, 한편으로는 문예비평을 위한 필독서로 비상한 주목을 받았다.[90]

---

87 李睟光, 『芝峯類說』 卷8, 「文章部一」의 '文評'과 卷9, 「文章部二」 '詩評', 그리고 卷10, 「文章部三」의 '御製詩'에서 이수광은 『예원치언』을 인용하면서 문장과 시, 그리고 어제시에 대한 사례를 제시하고, 문학에 대한 자신의 입장을 드러내고 있다.

88 南公轍, 『金陵集』 卷23, 「書畵跋尾」, '王右軍帖墨刻', "蘭亭禊序, 唐文皇初得之, 命趙模, 馮承素, 諸葛貞之流, 搨本以賜諸王. 後禊序入玉匣, 從葬昭陵. 搨本存人間者, 尙數萬錢, 若定武石刻. 歐陽率更所搨本, 留禁中, 獨爲完善. 契丹德光携以之北, 至殺胡林而棄之, 宋慶曆中, 韓魏公壻李學究得之, 其子負官緡. 宋景文以帑銀輸取官庫,甚愛重之, 非貴游不易得. 熙寧間, 師正出牧. 厭其多請乞, 乃另摸一本以應人, 而其子紹彭, 竊易古刻, 歸於湍流左右, 劖損二筆以爲識. 大觀中, 紹彭子嗣昌, 進御府, 置宣和殿. 金狄之亂, 不知所在. 然則定武本有三, 未損本初搨也. 損本紹彭所留也. 不損本定武再刻也. 鑑賞者, 當以此辨之. 出弇州藝苑巵言"

89 李圭景, 『五洲衍文長箋散稿』, 「人事篇」, '古今冠巾制度辨證說'.

90 왕세정과 조선조 후기 문단의 구체적인 관련성은 진재교, 「조선조 후기 文藝 공간에서의 王世貞」, 『한국한문학연구』 54, 한국한문학회, 2014, 139~170면.

또한 일부 사대부 지식인들은 『예원치언』을 다양한 기록을 적출하여 재편집하여 이를 유통한 바도 있다. 예컨대 편자 미상의 『침중비(枕中秘)』[91]는 『예원치언』의 일부를 필사하여 전한 저술이다. 『침중비』는 규장각〔奎中 2374-v.1-26〕에 소장 필사본으로 모두 26책이다. 어떠한 연유로 규장각에 소장되어 있는지 알 수 없지만, 인기(印記)에 가림(嘉林)이라는 기록으로 보아 개인 소장 자료가 규장각으로 들어간 것으로 보인다. 이를 고려하면 『예원치언』은 관각의 문인은 물론 재야의 문인에 이르기까지 광범위한 독자층을 형성할 정도로 널리 유통되었고, 시간이 지나면서 점차 유통의 범위도 넓어져 간 것으로 보인다.[92]

마지막으로 일본 문헌이 국내로 유입되어 널리 읽힌 경우를 한번 보자. 『왜한삼재도회(倭漢三才圖會)』가 그것이다.

> ① 왜왕의 궁은 동쪽으로 아직도 30리 거리에 있으니 또한 어성(御城)이라고 일컫는다. 궁궐의 크고 사치함은 『삼재도회』의 그림을 보면 알 수 있거니와 그것을 실제로 볼 수 있는 길이 없었다.[93]

---

91 『침중비(枕中秘)』의 목차는 다음과 같다. 第1-2冊: 宋人小說, 第3冊: 鶴林玉露〔羅大經(宋) 著〕, 第4冊: 歸田錄〔歐陽脩(宋) 著〕, 東坡志林〔蘇軾(宋) 著〕, 后山詩話〔陳師道(宋) 著〕, 第5冊: 老學菴筆記〔陸游(宋) 著〕, 藝苑巵言〔王世貞(明) 著〕, 第6-7冊: 紀錄彙編〔沈節省(明) 纂輯〕, 第8-9冊: 眉公秘笈〔陳繼儒(明) 著〕, 第10-11冊: 福壽全書〔陳繼儒(明) 著〕, 第12冊: 孤樹裒談, 第13-14冊: 詩文淸話, 第15-16冊: 昨非庵日纂(鄭瑄漢 奉輯), 第17-20冊: 鴻書(劉仲達 輯), 第21-24冊: 芝龕新編, 第25-26冊: 芝龕新編, 說令

92 이강(李矼)·이광(李磺) 형제의 시문을 모은 것으로 『가림이고(嘉林二稿)』가 있는데, 이들은 이수광의 6대손이다. 그리고 임천 조씨(林川趙氏)인 조원(趙瑗)·조희일(趙希逸)·조석형(趙錫馨) 등 삼세(三世)의 시문집에 여류시인 옥봉(玉峯) 이씨(李氏)의 시를 부록으로 함께 엮은 합집으로 『가림세고(嘉林世稿)』가 있다. 『가림세고』는 필사본으로 1704년에 간행이 되었다. '가림'이 어느 가문을 지칭하는지 명확하지 않으나, 이수광 자신이 『예원치언』을 소장한 것으로 보아, 본래 『침중비』는 이강·이광의 집에서 수집한 것으로 보이나, 명확하지는 않다.

93 남옥 저, 김보경 역, 『붓끝으로 부사산 바람을 가르다』, 소명출판, 2006, 369면.

② 왜국의 『삼재도회』는 그들의 풍속을 스스로 서술한 책으로 신숙주(申叔舟)의 『해동제국기(海東諸國記)』를 취하면서 가장 자세하다고 하였다. 또 명나라 사람이 지은 『오잡조(五雜俎)』의 설을 위하여 말하기를, "천하의 바깥 오랑캐 나라 가운데 조선보다 예의 바른 곳이 없고, 달단(韃靼)보다 부유한 곳이 없고, 왜노보다 교활한 이들이 없다"고 하였으니 왜의 풍속이 교활한 것은 왜인들도 스스로 잘 알고 있다.[94]

③ 호박은 팔구십 년 전에는 사람들이 심는 경우가 드물었고 먹을거리로 여기지 않았는데, 오직 절의 승려가 심어서 별미로 여겼다. 그 뒤 어떤 정승이 이를 매우 즐겨 먹어 상에 호박 반찬이 없으면 밥을 먹지 않았는데, 집에서 기름으로 부친 다음 식초를 얹으면 먹지 않다가 곧 새우젓을 곁들여 볶아 놓은 다음에야 먹었다. 호박은 이로 인해 세상에 널리 퍼지게 되었다고 한다. 요즘에는 새로운 요리법이 있는데, 돼지고기에 섞어 조리하면 아주 맛이 있다. 그런데 『왜한삼재도회』에 이르기를 "돼지고기와 섞어 삶으면 매우 맛이 있다"고 하였으니, 내가 생각하기에 이것은 은연중 서로 합치된 것으로 왜인 쪽이 먼저 하게 된 것이 아닌가 한다. 아니면 상순(尙順)[95]으로부터 얻어서 전해 온 것인가?[96]

④ 『화한삼재도회』에 의하면, 아란타(阿蘭陀, 네덜란드)에서 일본까지의 거리는 해로로 1만 2천 9백 리가 된다고 하였다. 상고하건대 홍모국(紅毛國, 영국)은 서북쪽 극변의 추운 나라로서 모두 7개 대주가 있는데, 아란타는 그중 하나로 지금은 7개 주를 합친 이름이 되었다. 그 나라

94 성대중 저, 홍학희 역, 『부사산 비파호를 날듯이 건너』, 소명출판, 2006, 147~148면.

95 상순(尙順)은 『왜한삼재도회』의 편자 데라지마 료오안〔良安尙順〕을 말한다.

96 李鈺, 『白雲筆』, 「筆之辛」, '談菜', "倭瓜則八九十年前, 人猶罕種, 而不業食, 惟寺僧蒔以爲味. 其後有一相國, 甚嗜之, 案無倭瓜菜, 則不能飯, 家爲油煎而和醋, 則不食也, 直以蝦酢拌炒之而後食. 倭瓜, 因盛於世云. 近歲有新法, 和豬肉作菜, 甚佳, 而倭漢三才圖會稱和猪肉烹, 甚美, 余不知是暗合而倭人先得之耶? 抑得之於尙順而傳之耶?"

임금은 고모파이아〔古牟波爾亞〕라 부르며, 그 나라 사람의 피부는 희고 모발은 붉으며 코는 높고 눈은 둥글면서 광채가 난다. 그리고 항상 한쪽 다리를 들고 오줌을 누어 그 모습이 마치 개와 같다. 의복은 대부분이 모직물이며 장식을 많이 꾸며 다른 것들보다 아름답다. 또 먼 나라와 교역하며 장사하기를 좋아한다. 그리하여 겹유파(咉嚁吧)에다 대관(代官)을 두었는데 그 대관을 세네라류〔世禰羅留〕라 부른다. 장삿배를 일본 및 여러 나라에 정박시켜 머물면서 통시(通市)하고는 10년에 한 차례씩 총수를 감정한다. 그리고 그 차관은 해마다 6월이나 7월에 나가사키〔長崎〕에 와서 출도(出島)에 임시 머물러 있다가 이듬해 봄에 에도〔江戶〕에 참석한 다음 주년이 되어 교대할 시기가 되면 6월이나 7월에 온 자와 교체해가는데, 〔원주〕이것은 곧 인질이다. 그 사람을 가비단〔加比丹, 데지마 섬의 상관장(商館長)을 이름: 필자 주〕이라 부른다. 〔원주〕그 차관은 폐지류(閉止留)라 부르고, 또 미이세모(米伊世牟)라 부르기도 한다. 모두가 횡서의 문자를 쓰며, 닭고기·돼지고기 및 여러 종류의 고기를 먹는데 모두 젓가락을 사용하지 않는다. 그리고 항상 면병(麪餠)을 먹으면서 그것을 일컬어 파모(波牟)라 하며, 마치 만두와 같으면서 속이 없는 것이다. 또 붕어고기에 돼지고기를 붙여 건포(乾脯)를 만들어서 그것을 나가모(羅加牟)라 하는데 찢어서 먹으면 맛이 좋다고 한다. 대개 음식을 먹는 시간에는 비관들이 풍악을 울리고 춤을 추면서 권한다. 그 예모가 이와 같으나 모두 장수하지 못하여 60세가 되는 자가 우리나라의 1백 세 되는 사람만큼이나 희소하다. 50세만 넘으면 그만 노쇠해져서 20세 미만인 자들이 대개 가업을 맡아 다스린다. 그리고 기질이 모두 재주가 있어 천문·지리·산술 및 외치 의료에 모두 능숙하다. 대개 아란타의 상선은 35 내지 36개국을 왕래하면서 모든 물품을 교역해오기 때문에 이품과 진기를 이루 헤아릴 수 없다. 동경·만라가(滿剌加)·섬라(暹羅)·겹유파(咉嚁吧) 등의 사람은 대개 중화인과 같은데도 아란타가 왕래하며 물품을 교역한다. 그리고 소문답라(蘇門答剌)·파우(琶牛)·방갈라(榜葛剌)·파사(波斯)·발니(浡泥) 같은 30여 국에도 아란타 사람이 항상 왕래한다. 대개 그 배는 여덟 개의 돛을 달아 대양의 순풍이나 역풍을 모두 관계하지 않는다. 또 곤륜층사(崑崙層斯)에 야인이 있어 그 몸이 흑칠과 같이 검은데, 나라 사람들이 밥을 먹여 유인해 상선에 팔아넘겨 노예를 만들었다. 그런데 지금 육아란타(六阿蘭陀)의 배안에 타고 온 사람을 보니 몸이 흑칠같이 새까만 사람이 있다. 세속에서 이를 흑방(黑防)이라 부르는데, 몸이 날래서 능히 담장 위로도 달린다. 대개 구려모(久呂牟)는 곤륜(崑崙)의 중국 발음이며, 방(防)이란 모발이 없는 사람의 통칭이다.[97]

⑤ 『화한삼재도회』에 이르기를, "한나라 성제(成帝) 하평(河平) 2년(기원전 27), 왜 수인(垂仁) 3년에 신라 왕자 천일창(天日槍)이 일본에 사신으로 갔는데, 도공 행기보살(行基菩薩)이란 자가 수행하였다. 그가 사람들에게 배감(坏坩, 기와를 굽는 가마) 만드는 법을 가르쳤다" 하였다. 『일본서기』에 이르기를, "진나라 태시(太始) 7년(271), 왜 응신(應神) 2년에 백제왕이 진손(辰孫)을 보내어 일본에 들어가 태자사(太子師)가 되었다. 그가 처음으로 서적을 전해주어 유풍(儒風)이 일어났다" 하였다. 『화한삼재도회』에 이르기를, "진나라 태강(太康) 5년(284), 왜 응신 15년에 백제 사신 왕인(王仁)이 『천자문』을 가지고 오니, 이에 유교가 처음으로 행해졌다"라고 하였다. 물부무경(物部茂卿)이 "선정 중에 큰 공덕이 있는 분으로는 왕인씨(王仁氏), 황비씨(黃備氏), 관원씨(管原氏), 성와씨(惺窩氏) 네 군자이다"라고 말하였다. 양나라 승성(承聖) 원년(552), 왜 흠명(欽明) 13년에 백제 성명왕(聖明王)이 사신을 보내어 석가상과 『번개경론(幡蓋經論)』을 바쳤다. 소아마자(蘇我馬子), 사마달(司馬達) 등이 모두 불도를 숭상하니, 이것이 불교 사원의 시작이다. 또 오경박사(五經博士), 의박사(醫博士), 역박사(曆博士) 등을 보내왔다. 『일본기』에 이르기

97 丁若鏞, 『국역 다산시문집』 권22, 「雜評」, '柳冷齋 得恭 筆記에 대한 評', 한국고전번역원, 한국고전종합DB, 1982.

를, "진 후주(陳後主) 지덕(至德) 원년(583), 왜 민달(敏達) 12년에 백제 사신 일라(日羅)가 제갈량 병법 64진을 성덕태자(聖德太子)에게 전해주었다" 하였다. 『화한삼재도회』에 이르기를, "수나라 문제(文帝) 인수(仁壽) 원년(601), 왜 추고(推古) 9년에 백제 중 관륵(觀勒)이 천문, 지리, 역본(曆本), 둔갑, 방술서를 바치니, 왕진(王陳)은 역법을 익히고, 고총(高聰)은 천문 및 둔갑을 배우며, 산석(山昔)과 신일(臣日)은 아울러 방술을 배웠다. 수나라 대업(大業, 양제(煬帝)의 연호) 6년(610), 왜 추고 18년에 고구려의 담징(曇徵)이 왔는데, 담징은 오경에 정통하고 단청에 솜씨가 있었으며, 또 종이와 먹 및 맷돌을 만들 줄 알았으니, 이것이 종이와 맷돌을 만든 시작이다. 수나라 대업 8년(612)에 백제 미마지(味摩之)가 동부진야신(童部眞野臣)의 제자인 신한(新漢)과 제문(齊文)에게 음악을 가르쳐서 두 사람이 그 음악을 전수받았다. 또 이 해에 백제국에서 온 번(煩)이라는 사람이 문둥병에 걸려 그 몸이 추하였지만, 긴 다리를 놓는 솜씨가 있어 180개의 다리를 만드니 오가는 도로가 비로소 소통되었다"라 하였다.[98]

논의를 위해 다소 긴 내용을 두루 인용했다. 거론한 『왜한삼재도회』는 중국의 『삼재도회』를 모델로 일본에 맞게 내용과 체재를 재구성하여 편집한 유서다. 저자 데라지마 료오안〔寺島良安〕은 사도 상순(寺島尙順)이라고도 한다. 상순(尙順)은 그의 호이며, 별호를 고림당(古林堂)이다. 17~18세기에 살았던 그는 의학자로 박학다식하여 서구 문화를 익혀 다방면으로 박식한 인물로 주목받은 바 있다.

이 책은 조선조 후기 사대부 지식인들이 일본 이해를 위한 입문서로 가장 널리 주목받았다. 국내로 유입된 이후 널리 유통되어 다수의 지식

98 李裕元, 『국역 임하필기』 권11, 「문헌지장편(文獻指掌編)」, '일본의 여러 학문의 시초', 한국고전번역원, 1999.

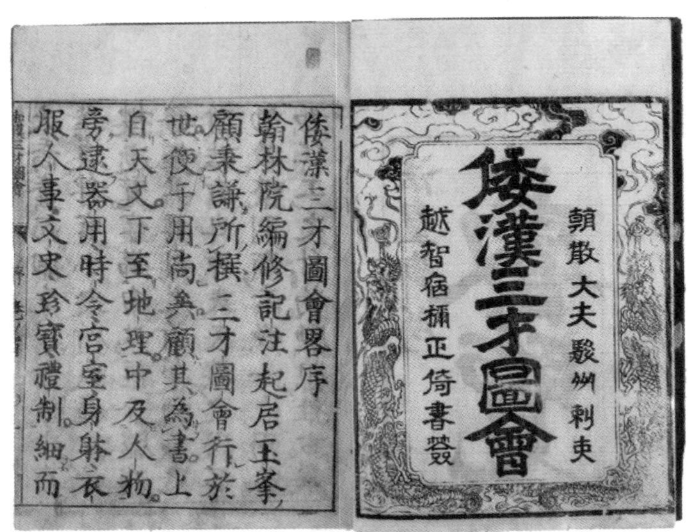
倭漢三才圖會

倭漢三才圖會畧序
翰林院編修記注起居玉峯
顧秉謙所撰三才圖會行於
世便于用尚矣顧其為書上
自天文下至地理中及人物
旁逮器用時令宮室身躰衣
服人事文史珍寶禮制細而

『왜한삼재도회』(서울대학교박물관 소장)

인이 일본학 입문서로 인식하고, 이를 독서한 바 있다. 실제 그림이 덧붙여진 이 책은 일본의 백과사전으로 불릴 정도로 내용도 풍부하며, 심지어 자국의 지식·정보는 물론 일본과 관련한 서구의 지식·정보를 기록한 것에 이르기까지 다양한 내용을 담고 있다.

①은 계미통신사의 일원으로 참여했던 남옥의 언급이다. 그는 『왜한삼재도회』와 함께 이 책에 수록된 그림을 통해 왜왕의 궁궐 위치와 그 규모는 물론 일본 국왕의 화려한 궁궐을 자세하게 기술하고 있다. ②는 성대중의 언급이다. 『왜한삼재도회』가 신숙주(申叔舟)의 『해동제국기(海東諸國記)』 일부를 참고하고 있는데, 성대중은 일본 풍속의 교활하고 천박함을 주목해 기술하고 있다.

③은 이옥(李鈺)의 언급으로, 인용 대목은 『백운필(白雲筆)』에 나오는 내용 일부다. 이옥은 젊은 시절 문체 문제로 성균관에서 쫓겨나고 평생

포의로 살며 불우한 삶을 산 인물이다. 이러한 이력을 지닌 이옥도 『왜한삼재도회』의 존재를 알 정도니, 이 책은 당대 사대부 지식인의 중요한 독서 대상 중의 하나임을 다시 확인할 수 있다.[99] 인용문에서 이옥은 『왜한삼재도회』를 인용하여 호박과 돼지고기를 함께 삶으면 맛이 난다는 새로운 조리법을 소개하고 있다. 호박과 돼지고기를 함께 섞어 조리하는 법은 조선조 후기 음식문화를 더욱 풍성하게 하는 데 기여한 것으로 보인다. 이국 서적이 제공한 정보가 실생활에까지 널리 활용되면서 식문화와 접속한 사실은 흥미롭다. 비록 시차는 있지만, 기실 새로운 이국의 지식·정보가 실생활에까지 활용된 것은 이처럼 새로운 서적의 유입과 유통이 있었기에 가능하였음은 물론이다.

④는 정약용의 언급이다. 『왜한삼재도회』를 통해 유럽의 생활과 문화는 물론 그들의 통상과 무역을 자세하게 소개하고 있다. 특히 네덜란드와 영국 지리와 그 나라의 언어와 인종의 생김새 등의 언급은 새로운 지식·정보를 넘어 새로운 서구 문명의 구체적인 길라잡이 역할을 한다. 언급한 횡서의 문자는 알파벳이며, 식생활에서 젓가락을 사용하지 않는 모습과 빵을 주식으로 하는 식습관이다. 지금 우리가 알고 있는 서양의 모습 그대로다. 이뿐만 아니라 노예무역을 소개하기도 하고, 일본에까지 잡혀 온 노예와 노예무역의 실상도 적시해두는 등 이전에 몰랐던 서구 관련 새로운 지식·정보를 호출하고 있다.

그런데 『왜한삼재도회』가 기록한 네덜란드는 서적에서 나온 것이 아니라, 에도 막부의 역사적 사실에서 나온 결과물이다. 17세기 중엽 에도 막부는 나가사키에 조그만 인공 섬 데지마〔出島〕를 서구와 접촉하는 특구

99 이옥은 검서관이었던 유득공과 이종사촌이었던 점을 생각하면, 유득공을 통해서 『왜한삼재도회』를 보았을 가능성이 없지 않다. 하지만 여기서 강조하고자 하는 것은 이옥과 같은 처지의 인물도 『왜한삼재도회』를 보았을 만큼 당시 지식인들 사이에 널리 퍼졌다는 사실이다.

로 지정하여 네덜란드에 권한을 부여하고, 이를 통해 서구 문명을 부분적으로 받아들인 바 있다. 에도 막부는 데지마를 통해 네덜란드의 문화는 물론 서구 의학과 같은 기술 문명을 지속적으로 수용했을 뿐만 아니라, 『해체신서(解體新書)』와 같은 해부학을 번역함으로써 이후 '난학(蘭學)'을 정립하기도 했다. 여기에 그치지 않고 에도 막부의 일부 지식인은 '난학'을 확산시켜 새로운 서구 문화를 현지화하는 데 주력한 바도 있다. 『왜한삼재도회』의 네덜란드 기술은 이러한 역사적 사실도 적실하게 반영한 것이다.

다산은 이러한 에도 막부의 서적을 통해 간접 확인할 뿐, 관련 사안을 직접 견문하거나 체험한 적은 한 번도 없다. 다산이 서구 문화와 함께 에도 막부에 스며든 서구 문물 수용을 간접 섭취하고, 이를 통해 자신의 견해를 제시한 것은 흥미롭다. 이처럼 서적의 수용과 이를 통한 새로운 지식·정보의 유통은 동아시아 지역에만 머물지 않고, 이제까지 경험한 바 없는 미지의 서구 세계를 이해하는 창구 역할을 하고 있음은 기억할 필요가 있다.

⑤는 이유원의 언급이다. 인용한 『임하필기』는 그 성격 자체가 한 주제를 두고 참고한 해당 지식을 두고 여기에 자신의 견해를 덧붙여 재배치한 방식을 취하고 있는 필기다. 이는 전형적인 차기 방식의 서술이다.[100] 위에서 이유원은 『왜한삼재도회』를 비롯하여 『일본서기』와 『일본기』를 두루 인용하고, 일본 관련 주제를 자신의 시각으로 분류하여 기록으로 남겼다. 여기서 그는 『왜한삼재도회』를 일본 관련 지식·정보의 창고로 인식할 만큼 중시하고, 이를 근거로 고대 한·일 간의 교류 상황을 상세하게 거론하고 있다.

이처럼 조선조 후기 사대부 지식인들은 『왜한삼재도회』를 통해 에도

100 차기 방식의 서술은 제3부에서 다시 논할 것이다.

막부의 다양한 문화와 지식·정보를 섭취하였을 뿐만 아니라, 지적 탐색과 간접 대화도 하였다. 『임하필기』뿐만 아니라 이규경의 『오주연문장전산고』와 서유구(徐有榘, 1764~1845)의 『임원경제지(林園經濟志)』도 『왜한삼재도회』를 인용하고 있다. 이렇듯 19세기에도 사대부 지식인은 여전히 『왜한삼재도회』를 일본 관련 지식·정보의 정전으로, 일본학의 입문서로 주목하고 있음을 알 수 있다.

여기서 규장각 소장의 『왜한삼재도회』의 판본도 주목할 필요가 있다. 이 서적은 81책의 목판본이다. 인기(印記)를 보면 '이왕가도서지장(李王家圖書之章)'으로 되어 있다. 왕실도 이 책의 중요한 독자였음을 알 수 있다. 이럴 정도니 『왜한삼재도회』는 당시 다양한 지식인들의 중요한 애독서이자 일본 관련 지식·정보를 알 수 있는 인기 도서였던 셈이다.

위의 사례처럼 중국 간행본이나 일본 간행본 중 일부 서적은 왕가와 관각을 비롯하여 지식인들 사이에까지 널리 퍼지는 경우는 적지 않다. 게다가 국내에서 이러한 서적 중 일부를 재간행함으로써, 이국의 지식·정보를 동시다발적으로 생성 유통하기도 한다. 여기서 알 수 있듯이 전근대 동아시아 공간에서 각국 지식인은 서적을 통해 간접 소통하고 다양한 방식으로 특정 서적을 소환하여 독서함으로서 이국의 지식·정보와도 호흡하였다. 여기에 그치지 않고 동아시아 각국의 지식인은 때로는 특정 서적을 매개로 상상의 공간에서 지적 대화를 나누기도 했다. 그 과정에서 이국의 지식·정보에 맞서 길항하고, 한편으로는 기왕의 자국 지식과 착종하며 그것을 수용하였다. 동아시아 공간에서 여러 국가의 지식인이 이러한 방식의 지적 대화로 삼았던 서적은 앞서 거론한 몇 가지 외에도 많이 존재하고 있음은 물론이다.

4. 서적과 견문 체험의 영향력

16세기 동아시아에서 발생한 임진왜란은 국제전이다. 조선조는 이 전란을 통해 막대한 피해를 보지만, 반면에 한반도의 전장 터에서 삼국의 다양한 인물이 만나고 인적·물적 교류의 기회를 얻기도 했다. 전란 기간 조선조 지식인과 다양한 계층의 인물들은 타국의 인물과 접촉하고 교류함으로써 예전에 없던 체험과 견문 지식을 획득하고 유통하기도 한다. 특히 동아시아 삼국의 지식인도 전란을 통해 상호 접촉하면서 인적 만남과 교류의 계기를 얻기도 했다. 이처럼 전란은 동아시아 삼국 상호 간에 새로운 지식·정보는 물론 이문화를 주고받는 데 토대를 제공한 바 있었다.

그런가 하면 전란을 전후로 동아시아 역내에서의 서적 유통은 약탈과 수집, 때로는 무역과 지식인 상호 간에 수수하는 형태로 일어난 바 있다. 전란 동안 숱한 체험과 견문 지식은 서적의 수집 및 유통과 겹치면서 다양한 지식·정보를 생성하고, 일국을 넘나들며 널리 유통되었다. 사행은 이러한 지식·정보의 생성과 유통을 이어 나가고 확산하는데 크게 기여하기도 한다. 무엇보다 사행에 참여한 다양한 계층의 견문 지식과 체험은 서적을 통해 획득한 것 못지않은 영향력을 내장하고 있었다. 단지 서적에서 기록한 것처럼 구체적인 정황을 확인할 수 없었을 뿐이다. 이러한 견문과 체험 지식은 지식의 생성과 유통, 그리고 확산을 촉진하고, 새로운 지식의 저변을 이루는데 기여하였을 것은 충분히 상상하고도 남는다.

17세기 동아시아 국제 질서의 재편으로 조선조는 청조 및 에도 막부와 공식적인 외교관계를 통해 사행의 방식으로 교류하게 된다. 사행은 조선조 수많은 계층의 인물이 이국의 문화를 만나고 다양한 견문 지식을 체험하고 획득하는 공적 공간이기도 했다. 사행에 참여한 인사들은 청조와 에도 막부 지식인과 지적 교류를 하고, 다양한 서적을 주고받는 등 폭넓은 교통을 가지게 된다. 기록으로 남기지 못한 이국 체험과 견문 지식은 구술을 통해 전달되기도 했다. 새로운 서적의 유통과 이국에서의 체험과 견문 지식은 새로운 방향의 학지를 열거나 이문화를 통해 개방적 사유와 일국 너머의 세계를 향한 시선을 제공해주기에 충분하였다.

하지만 체험과 견문 지식, 그리고 서적을 토대로 한 지식·정보의 상호 교류와 유통은 제한적일 수밖에 없다. 에도 막부 인사와의 교류 역시 마찬가지다. 통신사행은 부정기적인 데다 그 횟수도 적었기 때문이다. 이에 반해 연행사는 정기적인 데다 일 년에 2~3차례나 있었다. 하지만 이 역시 이국과의 장기간 전란이 가져다주는 전면적 교류와 지식·정보의 상호 소통에 비길 수는 없다. 무엇보다 사행은 정해진 기간과 인원에다 견문 체험도 제한적인 데다 사행 과정에서 구입하거나 주고받는 서적 또한 그다지 많지 않았기 때문이다.

게다가 조선조 후기 정부는 서적의 출판 유통은 물론 새로운 지식·정보를 관리하며, 사회 질서와 체제에 어긋나지 않는 서적만을 유통시켰다. 자유로운 서적 구입과 유통은 물론 새로운 사유나 내용을 담은 서적을 마음대로 유통하는 것조차 불가능했다. 그래서 서학서와 같은 유교 이념과 체제 유지에 엇나가는 서적은 권력으로 통제하고 그 유통을 금지하였다. 이런 상황에서 사대부 지식인조차 자신의 사유를 국가 질서에 견주면서 자기 검열을 할 수밖에 없었다. 이러다보니 다양한 서적을 자유롭게 구해 읽거나 이를 유통하는 것은 좀처럼 일어나지 않게 된다. 그 결과 전란이나 사행을 통한 새로운 지식·정보와 체험과 견문한 내용을 가감 없이 구술하거나 이를 전면적으로 기록하기란 쉽지 않게 된다.

17세기 이후에 동아시아 각국은 정도 차이는 있지만, 국가권력을 동원하여 금서정책과 검열로 지적 통제와 검열을 수시로 시행하기도 하고, 자국 서적의 외국 유출과 일부 서적의 국내 유입도 통제하기도 한다.

이러한 상황에도 불구하고 조선조는 사행을 통한 서적 유입과 유통은 지속적으로 있었다.

조선조는 사행을 통한 서적의 국내 유입과 다양한 체험, 그리고 이국에서의 견문 지식은 전면적으로 차단할 수는 없었기 때문이다. 그 결과 거시적으로 보면 사행에 참여한 다양한 계층의 인사가 청조와 에도 막부에서 인적 교류를 한 것은 지식·정보의 생성과 확산에 기여하는 방향에 일조한 것이라는 점에서 의미가 있어 보인다. 무엇보다 사행 과정에서 교류한 동아시아 각국의 지식인들은 자신들이 견문하고 체험한 이문화와 그 지식·정보를 기록하고, 체험과 견문 지식을 다양한 방식으로 유통한 것은 주목할 만하다.

이 점을 확인하기 위해 위에서 몇 가지 사례를 들었다. 『표해록』과 『예원치언』 그리고 『왜한삼재도회』가 그것이다. 이들 서적은 동아시아 각국 지식인의 독서를 통해 일국의 시공간을 넘어 널리 유통되었다. 따라서 이 서적을 통해 동아시아 공간에서 지식·정보의 전파와 유통의 구체적인 실상도 함께 살펴볼 수 있다. 그중 『표해록』은 조선조의 서적이 일본에 들어가 상업 출판으로 주목을 받은 한 예이고, 『왜한삼재도회』는 에도시기의 간행 서적이 조선 지식인들 사이에 널리 읽히다가 조선조 왕가의 장서로 정착할 정도로 주목받은 바 있다. 특히 왕세정의 『예원치언』은 현종실록자본으로 인쇄될 정도로 사대부 지식인들의 주요 독서 대상이 되기도 했다.

이는 몇 가지 사례지만, 이를 통해 조선조 사대부 지식인들은 동아시아 각국으로부터의 서적의 유입과 지식·정보의 획득, 그리고 유통을 통해 인식의 지평을 넓혀 나간 사실을 확인할 수 있다. 대체로 사행을 통한 서적의 유입과 유통, 각국 지식인들의 교류는 때로 학술과 문예의 길항을 촉발하기도 하고 때로는 착종의 주는 등 다양한 형태의 가교역할도 하기도 한다. 그런가 하면 각국의 지식인들 역시 이문화를 수용하여 때로는 이를 토대로 착종함으로써 새로운 학지 형성의 계기를 삼은 바도 있다.

여기에다 각국의 지식인은 특정 서적을 매개로 시공을 뛰어넘어 상상의 지적 공간에서 다양한 방식으로 그 내용을 소환하여 소통하기도 한다. 체험과 견문 지식, 그리고 서적을 통해 이루어진 지식·정보의 획득과 유통, 그리고 소비는 동아시아 공간에서 일어난 지적 대화의 다른 모습이기도 하다. 이러한 국내외에서의 인적 교류와 서적 유통, 그리고 문예물을 가교로 한 동아시아 지식인의 지적 대화는 지식체계와 가치 질서의 전환을 촉발할 인자도 적지 않게 내장하고 있었다.

| 제 2 장 |

연행록,
이문물의 견문과 기록 방식

2

1. 연행록의 몇 가지 전형

연경 갔던 사람들은 대부분 기행문을 남겼는데, 그중 3가가 가장 저명하니, 그들은 곧 노가재(老稼齋) 김창업(金昌業), 담헌 홍대용, 연암 박지원이다. 사례로 말하면 노가재는 편년체에 가까운데 평순하고 착실하여 조리가 분명하며, 홍담헌은 기사체를 따랐는데 전아하고 치밀하며, 박연암은 전기체와 같은데 문장이 아름답고 화려하며, 내용이 풍부하고 해박하다. 모두 스스로 일가를 이루어 각기 그 장점이 있으니, 이를 계승하여 기행문을 쓰려는 자가 또한 어떻게 이보다 더 나을 수 있겠는가? 다만 연혁이 달라져 기록이 이에 따라 차이가 커지고〔差舛〕, 도습을 피하다보면〔互避〕 상세함과 간략함이 혹 크게 차이가 나기도 한다.〔逕庭〕 두루 찾아보고 이리저리 대보며 서로 참조하여 절충하지 않는다면〔折衷〕 그 요령을 얻을 수 없으니, 보는 사람들이 흔히 이것을 결점으로 여긴다.[1]

1 金景善, 『燕轅直指』, 「燕轅直指序」, "適燕者, 多紀其行, 而三家最著, 稼齋金氏, 湛軒洪氏, 燕巖朴氏也. 以史例則稼近於編年, 而平實條暢, 洪沿乎紀事, 而典雅縝密, 朴類夫立傳, 而贍麗閎博. 皆自成一家, 而各擅其長, 繼此而欲紀其行者, 又何以加焉? 但其沿革之差舛而記載隨而燕郢, 蹈襲之互避而詳略間或逕庭. 苟非遍搜旁据, 以相參互而折衷之, 則鮮能得其要領, 覽者多以是病之." 번역은 한국고전번역원의 한국고전종합DB를 참고

1832년 동지겸사은사의 서장관으로 연행한 김경선(金景善, 1788~1853)의 기록이다. 김경선은 연행과 함께 산생된 많은 연행록 중에서 대표적인 것으로 편년체 방식의 『노가재연행일기(老稼齋燕行日記)』와 기사체 방식의 『담헌연기(湛軒燕記)』, 그리고 전기체(傳紀体) 방식의 『열하일기(熱河日記)』를 들고 있다. 이 셋은 연행록 전형(典型)이기 때문에 후대 연행록의 전범이 된다는 것이다. 김경선이 주목한 것은 연행에 참여한 많은 인사가 다수의 연행록을 남긴 사실과 연행록을 기록한 방식이다. 여기서 그는 같은 사안을 두고 다양한 서술 방식과 시선이 존재한다는 것을 주목한다. 이를테면 동일한 인문 지리와 견문 체험을 포착한 경우라 하더라도 연혁의 변경, 기록 과정에서의 차천(差舛), 전대 연행록과 다른 서술을 하려는 의식에서 오는 호피(互避), 동일 사안을 두고서 상술과 약술의 현격한 경정(逕庭) 등을 두루 언급하고 있다.

특히 김경선은 전대 연행록을 참고해 서술할 경우, 이러한 사정을 십분 고려해 서술할 것을 강조하는 한편, 서술을 위해 기존 연행록의 서술을 상호 비교하고 절충하는 데서 그 요령을 얻을 수 있다고 한다. 실제 기왕의 연행록을 훑어보면 김경선의 언급한 것은 전혀 과장이 아님을 알 수 있다.[2] 다양한 연행록은 비슷한 노정을 왕복 견문한 체험을 기록하다 보니, 적지 않은 부분에서 서로 엇비슷한 서술이 많았음은 미루어 짐작할 수도 있다. 동일한 노정과 비슷한 장소를 가다보면 기존 내용을 베껴 표절에 가까운 기록도 있는가 하면, 동일 대상임에도 상세하게 서술하거나 약술하기도 하는 등 얼핏 같은 대상의 기록임에도 서로 다른 서술인 것처럼 오해할 수 있다. 이뿐만 아니라 어떤 기록은 기록자의 체험

하여 어색한 곳은 윤문하였음.

2 그간 연행록 연구는 지속해서 있어왔고, 많은 성과를 낸 바 있다. 여기서는 일일이 그 성과를 거론하지 않고 논지에 필요한 경우 인용하고자 한다.

과 견문 지식을 토대로 한 것이라기보다 전대 여러 연행록 내용을 대폭 절충하여 하나의 연행록으로 서술한 사례마저 있다는 것이다. 김경선은 김창업, 홍대용, 박지원의 연행록을 예로 들면서 양식의 특징을 말했지만, 기존 연행록은 이 셋 연행록과 달리 저자의 개성을 표출하여 서술하기란 매우 어렵다는 것을 언급한 것이기도 하다.

김경선의 언급처럼 수다한 연행록은 대체로 편년체와 기사체, 그리고 전기체의 방식으로 구분할 수 있다. 그 내용을 찬찬히 파고들면 차천(差舛)·호피(互避)·경정(逕庭)·절충(折衷) 등의 양상은 물론 표절이나 관습적 서술과 같은 투식성을 보여주기까지 한다. 이러한 것 외에도 그 내용을 훑어보면, 풍문에 가까운 내용이나 개인의 전문이 있는가 하면, 실제 사건과 공식 문서를 토대로 한 것 등 다기한 사실을 확인할 수 있다.

그런데 연행록에서 다기한 사실을 수용할 경우, 너무 잡다한 지식·정보를 수록하다는 혹평을 받을 수도 있다. 이러한 혹평에도 불구하고 연행록은 오히려 당대 현실에서 생겨난 다양한 정보를 풍부하게 담은 기록이라는 면에서도 그렇고, 사실과 풍문, 전문과 체험을 잡다하게 기록한 그 자체가 시대상을 잘 반영하고 있다는 점에 의미를 둘 수도 있다. 이 경우, 연행 과정에서 동일한 인문 지리의 사안을 두고 기록자와 연혁에 따른 상이한 기술, 시차에 따른 견문 체험의 같고 다름의 서술 등을 확인할 수 있다. 이는 저자와 시기에 따라 지식·정보의 풍부함을 확인할 수 있다는 점에서 다른 작품으로 볼 여지는 있다.

이처럼 기존 연행록은 그야말로 각양각색의 내용과 특징을 보여주고 있다. 그러면 연행록은 이러한 풍부한 내용을 어떻게 기록하고 있으며, 기록한 내용을 어떻게 분류·배치하는가? 전문이나 풍문을 포함하여 풍부한 내용을 지식·정보의 범주로 볼 수 있다면, 연행록은 이러한 지식·정보와 어떻게 관계를 맺고 있는지 살펴보는 것도 연행록 독법의 하나의 시각이 아닌가 한다.

2. 견문 체험의 생성

연행록의 내용은 직접 체험한 견문 지식과 정보를 수집하여 이를 기록하는 데 그치지 않는다. 연행에서의 견문 지식과 체험 등의 내용이 연행록을 풍부하게 하지만, 이 외에도 연행에 참여한 인사들은 전대 연행록과 여러 문헌에서 관련 지식·정보를 취하여 자신의 연행록에 수용한 경우도 적지 않다. 연행록을 읽다 보면, 전대 연행록의 기록을 참고하는 것을 넘어 표절에 가까울 정도의 내용도 쉽게 발견할 수 있는 것은 이 때문이다. 이는 견문 체험 이외에 전대의 기록을 참조하고 자신의 견문 지식과 함께 이를 교직하기 때문이다. 이 점에서 연행록이 어떤 방식으로 견문 지식과 정보를 수집하여 이를 어떻게 기록하고 있는지 살펴보는 것은 전체 연행록 이해에서 중요하다.

주지하듯이 17세기 후반 이후, 조선조는 1년에 2~3차례 정기적으로 청조에 연행사를 보낸 바 있다. 연행에 참여한 인사들은 원활한 업무 수행과 무탈한 일정의 소화를 위해 필요한 지식·정보를 사전에 취하기도 한다. 사전 지식·정보의 취득을 위해 일부 연행록 읽기는 필요했을 터다. 이렇다 보니, 국가 차원에서도 연행에 보탬이 될 만한 연행록을 간행하여 연행 임무의 원활한 수행의 편의를 제공하고자 했다. 그 내용을 보자.

> 임금이 돈녕부 도정(敦寧府都正) 이진익(李鎭翼)에게 명하여, 인평대군(麟坪大君)의 문집 가운데 『연행록』[3]을 가지고 입시하게 하고, 교서관에 명하여 간행하게 하였다.[4]

---

3 이요의 문집은 『송계집』인데, 권5·권6·권7이 『연도기행』 上·中·下다. 『연도기행』은 일기 방식의 기록이다.

4 『영조실록』, 영조 49년 계사(1773, 건륭 38) 12월 2일 참조.

영조가 인평대군 이요(李㴭, 1622~1658)가 기록한 『연도기행(燕途紀行)』을 간행하여 유통할 것을 명한 대목이다. 교서관에서 연행록을 간행하여 유통시킨 것은 연행사의 편의를 제공하는 면도 있지만, 연행을 준비 중이거나 연행할 수 없는 인사에게 이국의 다양한 지식·정보를 제공하는 기능도 했다. 이러한 『연행록』의 유통으로 사대부 지식인은 연행록을 읽는 기회를 가진다.

『연도기행』을 남긴 인평대군은 인조의 셋째 아들이며, 효종의 동생이다. 병자호란 이후 1640년에 인질로 심양에 갔다가 이듬해에 돌아왔고, 1650년부터는 네 차례나 사은사가 되어 청조를 다녀왔다. 그는 평생 압록강을 열두 번이나 건넜다고 술회할 정도로 청조와 인연이 많고 청조 관련 지식·정보를 누구보다 많이 알고 있던 인물이다. 『연도기행』은 인평대군이 1656년에 사은사로 연행한 이후의 기록이다. 이 연행록은 이후 다른 연행록에도 자주 등장할 정도로 후대에 적지 않은 독자를 가지기도 한다. 독자 중에는 연행에 참여한 인사도 있었다. 이들은 흥미로운 독서물로 『연도기행』을 인식한 것을 넘어 연행 과정에서 필요한 일종의 가이드북으로 활용하게 된다. 한 사례다.

> 송산(松山)에 도착하여 왕(王)씨라는 사람의 집에서 말에게 꼴을 먹인다. 송산과 행산(杏山)은 명나라 때 청나라 사람과 수없이 싸웠던 곳이다. 『송계집(松溪集)』을 본 적이 있는데, 청나라 사람들이 우리나라의 정포(精砲) 수천 개를 빌려 송산의 승리를 거뒀다고 하니 강개한 마음 감당하지 못하겠다.[5]

노이점(盧以漸, 1720~1788)이 기록한 『수사록(隨槎錄)』의 한 대목이다.[6]

---

5 盧以漸, 『隨槎錄』, 1780년 7월 18일, "松山·杏山, 卽皇明時清人百戰之場地. 曾見『松溪集』, 則清人借我國精砲數千, 收松山之捷, 不勝感慨."

6 노이점 저, 김동석 역, 『열하일기와의 만남 그리고 엇갈림, 수사록』, 성균관대학교출판

노이점이 본 『송계집』은 다름 아닌 『송계집』에 있는 『연도기행』을 말한다. 그는 1780년 상방비장(上房裨將)의 자격으로 박지원과 함께 연행에 참여한 바 있다. 노이점은 『연도기행』을 통해 조선에서 동원된 정포 관련 정보를 읽고, 자신의 연행록에 이렇게 기록한 것이다. 정포는 명나라 총병 홍승주(洪承疇, 1593~1665)가 13만을 이끌고 금주성을 포위하여 청과 전투할 때 등장한다. 정포 관련 정보는 주로 이사룡(李士龍)과 연결되는데, 박지원도 『열하일기』의 「동란섭필(銅蘭涉筆)」에서 정포와 관련된 이사룡의 이야기를 기록하고 있다.[7]

위의 사례처럼 연행에 참여한 인사들은 연행 과정에서 기존 연행록이나 북경의 지리적 조건이나 풍물을 상세하게 기록한 문헌을 숙지하고 참여한다. 그리고 연행한 이후 자신의 연행록을 기록하는 과정에서 기존 연행록을 참고하거나 활용하기도 한다. 이는 이상봉(李商鳳, 1733~ 1801)의 『북원록(北轅錄)』에서도 확인할 수 있다.

이상봉은 연행을 준비하는 과정에서 기존의 사행 기록인 『하곡조천록(荷谷朝天錄)』, 『노가재연행일기』 등을 읽고 연행을 준비하였다. 게다가 출발 직전 북경과 주변의 역사·지리를 파악하기 위하여 주이준(朱彝尊, 1629~

부, 2015, 161~162면; 김동석, 『노이점의 수사록 연구: 열하일기와 비교연구의 관점에서』, 보고사, 2016 참조. 노이점은 다른 곳에서도 『연도기행』을 인용하고 있다. "내가 『송계집』을 본 적이 있는데 그 책에는 사람들이 '학야구천리(鶴野九千里)'라 하는데 지금 보니 과연 믿을 만하다. 그러나 이 말은 무엇을 근거로 한 것인지 알지 못하겠다." 이는 앞의 책, 115면.

7 이사룡은 1641년 청나라 용병이 되어 금주성 전투에 참전했다가 죽임을 당했다. 그는 전투에서 정포(精砲)에 총알을 넣지 않고 명나라 군사에게 쏘다가 발각되어 처형되었다. 이사룡 일화는 숙종 이후 정조대에 이르기까지 오랜 기간 동안 회자된다. 송시열과 정조는 이사룡을 춘추대의의 화신으로 주목한 바 있다. 하지만 박지원은 이사룡이 중화사상에 빠져 청나라에 저항하다가 스스로 극단적인 길을 선택한 것처럼 묘사한 반면, 남인인 남구만과 이긍익은 조선 병사들이 명나라 군사들에게 총을 쏘려고 하지 않자, 청나라 측에서 이를 문제 삼아 이사룡을 희생양으로 삼아 처형했다고 기록하였다. 이사룡의 고사를 두고 남인과 노론의 견해는 사뭇 달랐던 것이다.

1709)의 『일하구문(日下舊聞)』[8]도 초(抄)하여 간직하기도 했다. 이러한 사전 지식·정보의 파악은 과거 경험은 물론 북경의 인문지리를 사전에 알기 위한 것이자, 연행 관련 다양한 지식·정보를 획득함으로써 연행 임무를 철저히 완수하고자 하는 노력의 일환이었을 테다.[9] 이상봉은 연행 과정에서도 앞서 언급한 연행록과 『일하구문』을 참고하고, 자신의 연행록에 이를 인용하게 된다.

당시 연행에 참여한 인물 중 서장관의 임무는 남달랐다. 서장관은 연행 과정에서 이러저러한 사실을 문서로 올리는 임무와 함께 사행단을 두루 감독하고 감찰하는 직책이기에 누구보다 연행에 앞서 사전 준비를 철저하게 해야만 했다. 특히 서장관이 작성하는 문견별단(聞見別單)은 연행에서 중요하며 향후 대외정책을 정하는 기초 자료로 활용된 바 있다. 문견별단은 연행 과정에서 보고 들은 내용과 중요한 사건 등을 기록하여 승정원에 올린 일종의 외교 보고서였다. 여기에는 청조에서 견문한 사건·사고, 경제 상황, 민심의 동향, 정세, 풍문, 등 매우 다양한 이국의 지식·정보가 담겨 있었다. 이러한 문견별단의 작성은 주로 서장관이 하지만, 간혹 수역(首譯)이 작성하기도 한다. 따라서 서장관은 연행 과정에서 청조 관련 지식·정보를 비롯하여 자신의 견문 체험과 현장에서 떠돌던 풍문에 이르기까지 여러 소식에도 민감하게 반응할 수밖에 없었다.

8 주이준의 『일하구문』은 모두 42권이다. 일하(日下)는 청조 당시의 북경을 말한다. 주이준은 북경과 관련한 문헌을 정리하여 18 항목으로 나누어 다시 서술하였는데, 지리와 형승은 물론 성곽과 시장을 비롯하여 풍속과 물산 등을 두루 기술하였다. 18항목은 다음과 같다. 성토(星土), 세기(世紀), 형승(形勝), 국조궁실(國朝宮室), 궁실(宮室), 경성총기(京城總記), 황성(皇城), 성시(城市), 관서(官署), 국조원유(國朝苑囿), 교상(郊垧), 경기(京畿), 호판(戶版), 풍속(風俗), 물산(物産), 변장(邊障), 존의(存疑), 잡철(雜綴) 등이다.

9 李商鳳, 『北轅錄』 卷1, 「庚辰七月十二日」, "及行抄日下舊聞一冊, 入行橐, 將欲按此而遍覽燕都也"과 卷1의 「入京下程」, "五日一次, 出荷谷朝天錄" 그리고 卷2, 「三十日」, "金昌業燕行日記云, 安市城, 一統志曰, 在蓋州東北七十里, 去此蓋遠"라 하였다.

다음 인용은 이를 잘 제시하고 있다.

> 서장관의 직무는 전명(專命)할 뿐만 아니라, 더욱 상국을 관찰하는 것을 무겁게 생각한다. 그러므로 돌아와서는 귀로 듣고 눈으로 본 것을 조정에 기록하여 알려주는 것을 '별단(別單)'이라 하는데, 실로 옛날의 규례다. 이것은 주나라의 소행인(小行人)이 사방으로 사신을 갈 적에 풍속의 선악을 채집한 것을 각 한 책을 만들어 돌아와서 왕에게 복명하고, 춘추의 대부가 서로 조현과 교빙하는데, 또한 반드시 형정과 전례로 그 나라를 살피는 것이다.[10]

조선조 후기 서장관이 올린 별단은 공식 보고서이기도 하지만, 연행록처럼 묶여 유통되기도 한다. 서장관이 바친 문견별단은 보고서라는 틀에 갇혀 내용이 풍부하지 못하지만, 그 내용은 비교적 객관적이다. 대체로 외교 관례상 필요한 부분만을 축약·정리해 올리기 때문에 그 분량도 적고 내용도 풍부하지 못한 것이 사실이다. 반면에 서장관이 남긴 연행록은 문견별단에 비하면 훨씬 다채롭고 풍부한 내용을 담고 있다. 더러 자신이 올린 문견별단에 살을 덧붙여 연행록으로 남긴 사례도 있다.[11]

당시 서장관이 남긴 문견별단은 공적 보고서지만, 국정을 위한 중요한 외교문서이자 대청 관계 정책 수립을 위한 중요한 자료이기도 해서, 연행에 참여하려는 인사의 연행 준비의 필독 문서로서도 주목받았다. 이 점

---

10 趙寅永, 『雲石遺稿』 卷9, 序, 「送內兄洪癡叟學士(起燮)行臺之燕序」, "書狀之職, 匪專命而已, 尤以觀上國爲重, 故其回也, 以耳目之所及者, 錄聞于朝, 號曰別單, 實故規也. 此周官小行人, 使適四方, 所採風俗善惡, 各爲一書, 以反命于王, 而春秋之大夫, 相朝聘也, 亦必以刑政典禮, 覘其國者也."

11 서유문의 『무오연록(戊午燕錄)』(국립, 古3653-18)이 대표적이다. 이 연행록은 1798년 10월부터 1799년 3월까지 연행한 기록이다. 그는 국문본 연행록 『무오연행록』(6책)을 남겼는데, 국문 연행록인 『무오연행록』을 축약해서 1책의 한문 연행록으로 만든 것이 『무오연록』으로 보인다. 서유문이 서장관으로 올린 문견별단의 내용은 매우 소략한데 반해 그가 남긴 연행록은 내용도 풍부하고 청조의 다양한 지식·정보를 담고 있다.

에서 연행록과 문견별단은 청조 관련 다양한 지식·정보를 담고 있는 저장고 역할을 하는 기록이다.

또한 서장관은 연행 도중 수시로 장계를 올려 조정에 보고하는 임무가 있었다. 때문에 노정에 따른 그날그날의 상황과 사건을 수시로 파악하고 면밀하게 관찰할 수밖에 없다. 그래서 이해응(李海應, 1775~1825)은 "서장관은 으레, 연경에 들어가서의 일기와 듣고 보았던 사건을 써야 하는 책임이 있는데, 이제야 비로소 끝냈으므로 모두 압록강을 건넌다는 장계를 써서 띄웠다"[12]라 하면서 서장관 임무의 특징과 긴장감을 특기한 바 있다.

이해응은 서장관 서장보(徐長輔, 1767~1830)의 자제군관 자격으로 연행하는 처지지만, 곁에서 서장관이 파악한 정보와 견문 지식, 이를 장계로 올리는 과정을 상세하게 보았을 터이다. 이를 감안하면 『계산기정』에서 이해응은 연행 과정에서 보고들은 서장관의 견문 지식과 정보를 공유했을 가능성은 충분하다.[13] 서장보 역시 공식 문서인 '별단'에다 일부 견문한 내용을 덧붙여 연행록을 기록하고, 이는 이후 연행하는 자들의 참고문헌이 되었을 법하다.

그런데 조선조 후기 연행에 참여한 인사도 노정의 장소나 지명 등과 같은 지리 정보를 파악하기 위하여 지리서와 전대 연행록을 가장 많이 참고한 바 있다. 한 예로 홍만조(洪萬朝, 1645~1725)가 『관중잡록(館中雜錄)』에서 지리 문제를 두고 주관적 판단보다 문헌을 근거로 주장을 펼친 것에서 확인할 수 있다. 그는 다양한 문헌을 인용하여 지리와 연혁의 참

12 李海應, 『薊山紀程』 卷4, 1804년 3월 14일, "書狀官, 例有入燕日錄及聞見事件書寫之役, 今始就訖. 故修發畢渡江狀啓."

13 이해응의 『계산기정』의 내용상 특징은 이홍식, 「조청 지식인의 우연한 만남과 사적 교류: 이해응의 『계산기정』을 중심으로」, 『동아시아 문화연구』 47, 한양대학교 동아시아문화연구소, 2010, 7~36면.

고 자료로 삼는 한편, 주장의 객관성도 높이려 했다. 다음은 그러한 사례다.

> ① 『대명일통지(大明一統志)』를 살펴보면, 복주위(復州衛)의 동쪽 십 리쯤에 명산(明山)이 있다. 고구려의 왕자를 동명(東明)이라고 하는데, 그 산에 장사를 지냈다. 『성경지(盛京志)』에 이르기를 지금 복주(復州) 동쪽 이십 리 되는 곳에 동병산(東屛山)이 있는데, 묘가 인멸되어 고증할 수 없다. 한 때는 고구려 땅이어서 동명왕을 이 땅에 장사 지냈던가?[14]

> ② 『성경지』를 살펴보니, 고구려가 안시성을 다스렸는데, 당나라 태종이 고구려를 정벌할 때 설인귀가 백의로 성에 올랐다는 것이 곧 이 성이다. 세상에 전하기를 봉황성을 안시성이라 하는 자가 있는데 아마도 그것은 사실이 아닌 듯하다.[15]

홍만조가 주로 인용한 문헌은 『대명일통지(大明一統志)』·『금사(金史)』·『성경지(盛京志)』·『산해경(山海經)』·『심양강역지(瀋陽疆域志)』·『당시해(唐詩解)』[16] 등이다. ①에서 요동 땅에 산재한 옛 고구려 고적과 역사 지리에 의문을 품고, 이를 해소하기 위해 중국 문헌을 대거 인용하고 있다. ②에서는 옛 고구려 판도 안에 있던 안시성 관련 당 태종과 설인귀(薛仁貴) 고사를 언급한 다음, 안시성은 지금의 봉황성이 아님을 확인하고 있다.

그런가 하면 일부 연행록은 봉황성과 안시성을 두고 당과 역사적 연

---

14 洪萬朝, 『館中雜錄』, 「東明王墓在復州」, 『燕行錄選集補遺』 上, 성균관대학교 대동문화연구원, 2008, 223면, "按一統志, 在復州衛東一十理有明山, 高句麗王之子曰東明, 葬其山. 盛京志曰, 今復州爲東二十里, 有東屛山, 墓湮沒無考, 異時爲高麗地, 豈東明王葬此地歟?"

15 위의 책, 「古安市縣在蓋平縣」, "按盛京志曰, 高麗爲安市城, 唐太宗征高麗 薛仁貴白衣登城卽此. 世傳鳳凰城, 有安市城者, 恐非其實."

16 『당시해(唐詩解)』는 50권으로 명말청초의 학자인 당여순(唐汝詢)이 지었다. 당여순의 자는 중언(仲言)으로 화정인(華亭人)이다.

고가 있는 고구려를 역사의 기억에서 현재 시점으로 호출하여 지리적 연혁과 사건을 거론하기도 한다. 다음은 그러한 사례다.

> 안시성(安市城)은 책문에서 10리쯤 되는 지점으로 봉황산 위에 있었다. 산이 삼면으로 둘러쌌고 봉우리는 모두 뾰족하게 하늘을 찌르는 모습을 하고 있었다. 남쪽 일면은 조금 평평하여 문을 낼만했다. 고구려의 방언에 봉황을 안시라 하였기 때문에 안시성이라 이름 한 것이다. 당 태종이 천하의 군사를 동원해서 친히 정벌하다가 성주의 화살을 맞아 한쪽 눈이 먼 채 돌아갔으니, 용병을 지나치게 하는 자를 경계하는 본보기가 되기에 충분하다. 노가재가 "이것은 동명왕이 쌓은 것으로 안시성이 아니다"라 했는데, 안시성만 동명왕이 창건한 것이 아닐 수 있겠는가? 『일통지』를 상고하면 이것이 진짜 안시성이다. 그러므로 성에서 5리쯤 되는 곳에 주필산(駐蹕山)이 있다. 길옆에 서종맹(徐宗孟)의 묘사가 있는데, 버드나무가 우거지고 장원이 견고했다. 안시성주의 성명을 세상에서는 양만춘(楊萬春)이라고 전한다. 삼연(三淵) 김창흡(金昌翕)의 시에서도 그렇게 인용했다. 그러나 『월정만필(月汀漫筆)』에 이미 그것이 『당서연의(唐書演義)』에서 나온 것임을 변증했으니, 믿을 수 없다.[17]

이덕무는 1778년 연행 당시 직접 안시성을 보게 된다. 위에서 이덕무는 자신이 목도한 것이 옛 고구려 시기의 안시성이 맞는지 여부를 두고, 전대 기록에 견주면서 자신의 의견을 피력하고 있다. 먼저 노가재의 『연행일기』를 인용한 다음, 김창업이 제기한 동명왕의 안시성 축성을 부정

---

17 李德懋, 『青莊館全書』 卷66, 「入燕記」 上, 1778년 4월 14일, "安市城, 距柵門十里, 城在鳳凰山上. 山三面周抱, 峯皆戌削刺天, 超邁欲飛. 南一面稍平可門. 高句驪方言, 以鳳凰爲安市, 故名安市城. 唐太宗, 動天下兵, 親征, 爲城主所射, 眇目而還, 足爲黷武者之炯戒. 老稼齋, 以爲此東明所築, 非安市城. 安市城, 獨非東明所創乎? 案一統志, 此眞安市城, 故距五里有駐蹕山. 路旁有徐宗孟墓舍, 柳樹陰翳, 墻垣鞏固. 安市城主, 世傳姓名楊萬春. 三淵詩, 亦用之. 然尹月汀謾錄, 已辨其出於唐書演義, 不足取信."

한다. 대신 『일통지』를 근거로 지금 자신이 찾아서 보았던 안시성을 당시의 안시성임을 확신한다. 또한 그는 안시성주의 이름을 두고 세상에 회자되는 것과 김창흡의 시에서 인용한 양만춘이라는 이름의 근거도 의심한다. 윤근수(尹根壽, 1537~1616)가 『월정만필』에서 『당서연의』를 인용하여 안시성 성주 양만춘을 허구적 인물로 변증하지만,[18] 이 역시 근거가 박약하여 믿을 수 없다고 단언한다. 반면에 설화처럼 전해지는 당 태종이 화살을 맞아 한쪽 눈을 잃은 고사는 역사 사실로 인정하기도 한다.[19]

이처럼 이덕무는 전대 연행록을 근거로 자신의 견해를 내세우지만, 전대 연행록을 전적으로 수용하지는 않는다. 오히려 전대 연행록을 비판적으로 바라보며 자신의 견해를 덧붙이는 방식을 취하고 있다. 이는 앞에서 김경선이 말한 '호피(互避)'의 태도이자, 조선조 후기 차기체 필기[20]에서 흔히 보이는 기록방식과 비슷하다.

안시성과 양만춘의 문제는 이덕무의 언급 외에도 수많은 연행록이 이를 두고 다양한 시선으로 기록한다. 아래 내용은 그러한 사례다.

① 안시고성은 봉황성 동쪽에 있다. 『성경통지』를 살펴보면 "안시현은

---

18 尹根壽, 『月汀漫筆』, "安市城主, 抗唐太宗精兵, 卒全孤城, 其功偉矣. 姓名不傳, 我東之書籍鮮少而然耶? 抑朱氏時, 無史而然耶? 壬辰亂後, 天朝將官, 出來我國者. 有吳宗道謂余曰, '安市城主, 姓名梁萬春. 見太宗東征記云.' 頃見李監司時發言會唐書衍義, 則安市城主果是梁萬春, 而又有他人守將, 凡二人云."

19 李德懋, 『靑莊館全書』 卷32, 「淸脾錄」 一, '唐太宗眇目', "三淵送老稼齋入燕詩曰, '千秋大膽楊萬春, 箭射虬髥落眸子.' 案安市城主爲楊萬春, 出於唐書演義, 好事者爲之作姓名. 不足取信. 詳見月汀雜錄, 徐四佳云. 牧隱貞觀吟曰, '謂是囊中一物耳, 那知玄花落白羽.' 玄花言其目, 白羽言其箭. 世傳唐太宗伐高麗, 至安市城, 箭中其目而還. 考唐書通鑑, 皆不載, 當時史官, 必爲中國諱, 無恠其不書也. 但金富軾三國史, 亦不載, 未知牧老何從得此." 『청장관전서』는 한국고전번역원의 한국고전종합DB의 고전 번역서를 참조하여 어색한 곳을 윤문하였다.

20 차기체 필기의 글쓰기 방식은 진재교, 「19세기 箚記體 筆記의 글쓰기 양상: 『智水拈筆』을 통해 본 지식의 생성과 유통」, 『한국한문학연구』 36, 한국한문학회, 2005, 363~416면.

개평현에 있다. 당 태종이 고구려를 칠 때, 설인귀가 갑옷을 입지 않고 맨몸으로 성에 올라갔다"고 하였으니, 바로 이곳이다. 또 "봉황산 위에 돌을 쌓아 만든 고성이 있는데, 10만 군사를 수용할 수 있다. 당(唐) 태종(太宗)이 고구려를 칠 때 여기에서 잠시 묵었다"라고 하였으니, 바로 이 성(城)을 가리킨다. 그러나 우리나라 방언에 '봉'을 '안시'라고 한다. 그러므로 봉성에 있는 것을 '고안시(古安市)'라고 한다. 또 강하왕(江夏王) 이도종(李道宗)[21]이 "여기서부터 곧바로 평양까지 달려가면 900리이다"라고 하였으니, 노정이 이곳과 딱 들어맞는다.[22]

② 봉황성을 보기 위해 10리를 돌아서 안시성을 지났다. 이 성은 봉황성 안에 있다. 당 태종이 친히 고구려를 칠 때에 이 성이 여러 달 동안 항복하지 않았고, 성을 지키던 장수 양만춘의 화살에 왼쪽 눈을 맞았다. 당 태종이 회군할 때 양만춘이 성에 올라가서 절하고 사과하니, 태종이 명주 100필을 주었다 한다. 이 이야기는 김부식(金富軾)이 지은 『삼국사기(三國史記)』에는 실려 있으나, 『통감(通鑑)』과 『당사(唐史)』에는 기록되어 있지 않다.[23]

①은 홍양호(洪良浩, 1724~1802)의 언급이다. 그는 1782년에 연행 당시 안시고성을 두고 자신의 견해를 밝혔다. 홍양호는 설인귀가 맨몸으로 성에 올라간 곳을 안시고성으로 비정한다. 또한 봉황산 위에 10만 군사를 수용하던 곳과 당 태종이 고구려를 정벌할 때 묵었던 곳도 안시고성으로

21 이도종(李道宗)의 자는 승범(承范)이고, 섬서(陝西) 성기(成紀) 사람이다. 당조(唐朝)의 종실인물로 이세적(李世勣) · 설인귀(薛仁貴)와 함께 명장으로 일컬어졌다. 임성왕(任城王) · 강하왕(江夏王)에 봉해졌다.

22 洪良浩, 『燕遼雜記』, 「城郭」, "安市古城, 在鳳皇城東. 按盛京志云: '安市縣, 在蓋平縣. 唐太宗征高麗時, 薛仁貴白衣登城.' 卽此地. 又云: '鳳皇山上, 有壘石古城, 可容十萬衆, 唐太宗駐蹕於此.' 卽指此城. 然東人方言謂鳳爲安市, 故以在鳳城者爲古安市. 又江夏王道宗言: '自此直走平壤爲九百里.' 則程道與此地合矣."

23 徐慶淳, 『夢經堂日史』 제1편, 「馬訾軔征紀」, 1855년 11월 1일.

파악한다. 이어서 우리 방언을 근거로 봉황성을 안시성으로 추정하고 있지만, 안시성주 양만춘의 실존 여부는 거론하지 않고 있다.

이어서 1791년 자제군관의 자격으로 연행한 김정중(金正中)은 "안시성은 봉황성 주변 30리에 있는데, 안시가 쌓았다고도 하고, 혹 고구려의 말로 봉황을 안시라고 하므로 이름을 지었다고 한다"[24]라 하여, 안시성의 축성인물과 안시성이 봉황성이라는 타자의 의견을 제시하는 대신, 자신의 판단은 유보한다. 안시성의 축조 인물을 안시로 본 것은 새로운 견해지만, 안시성을 봉황성으로 본 것은 홍양호와 동일하다.

②는 1855년 연행 사절의 종사관으로 참여한 서경순(徐慶淳, 1804~?)의 연행록에서 뽑았다. 그는 안시성과 관련해 『삼국사기』를 거론하고 있으나, 실제 『삼국사기』에는 위에서 언급하고 있는 양만춘과 당 태종의 기록은 없다. 이는 서경순의 명백한 착오다. 같은 문제를 두고 다양한 근거로 각기 서술하는 것은 기본적으로 서술자의 시선과 견문 지식의 차이에서 온다. 그렇기는 하나 연행록에서의 다중 시선과 견문 지식의 차이는 연행록을 한층 풍부하게 해주는 측면도 있다. 여기서 김경선이 앞에서 언급한 바 있듯이 기왕의 연행록과 같음을 꺼려하는 기록 방식의 결과로도 이해할 수 있다.

기존 연행록 중에는 표절에 가까울 정도의 다른 연행록 내용을 인용한 것도 있고, 실제 특정 장소나 사건을 견문하지 않았음에도 전대 문헌의 내용을 절취한 연행록도 있다. 후대의 연행록에서 자주 볼 수 있는

---

24 金正中, 『燕行錄』, 「奇遊錄」, 1792년 3월 초1일, "安市城, 在鳳凰城邊三十里, 或云安市所築, 或曰高句麗方言, 鳳凰爲安市, 故名. 距柵門五里許, 望見野中有高山特立者, 名曰朔龍山. 張爲千峯, 拔地竦立, 環抱如屛, 缺其西以洩水堇通一車, 兩岸有石城遺址, 乃安市古城也. 遂緣崖而入其中, 豁然開敞, 可容數十萬衆, 四面石壁戍削, 高入雲際, 仰視之, 如坐大甕, 眞天設之金城. 中有大阜, 戴石突立, 其頂平正可張幄, 俯眺城外數十里, 蓋古之將坮也."

이러한 서술 방식은 연행록의 투식으로 이해할 수도 있다. 이를테면 김경선은 「유관별록(留館別錄)」(『연원직지』 권6)의 '조람교유(眺覽交游)'에서 "서산의 등 놀이 및 서양 추천은 노가재의 『연행일기』와 연암의 『열하일기』에서 보이지 않은 기관을 보충한다〔以西山燈戱及西洋鞦韆, 以補稼燕未見之奇觀也〕"라 한 바 있다. 그는 동일한 장소에서의 구경거리를 두고 전대에 기록하지 않은 기관을 주목하여 보충하고 있음을 밝혔다.

뿐만 아니라, 이 글의 말미에서 그는 "대체로 그 유람하고 교제하는 사이에 각자의 절차가 있지만, 이것이 가장 자세하기 때문에 전편을 옮겨 기록하여 고람을 갖추어놓았다〔蓋其游覽交際之間, 自各有節次, 而此爲甚悉, 故全篇移錄, 以備攷覽云云〕"라 하여 노가재의 『연행일기』와 연암의 『열하일기』를 참고하였음도 함께 언급하고 있다.

이처럼 김경선은 필요에 따라 기존 연행록의 내용을 대폭 인용하면서도 자신이 견문한 지식·정보도 함께 제시하는 방식으로 기록하고 있다.[25] 기존 연행록에서도 이러한 글쓰기 양상은 다양하게 확인할 수 있다. 같은 장소의 동일한 사안을 기록하다 보니 표절에 가까울 정도로 기존의 연행록이나 기록을 인용하기도 하고, 더러 지나치게 소략하게 발췌하여 전재하기도 한다. 심한 경우 자신의 기록 일부에 기존 내용을 가져다 재편집하는 방식으로 연행록으로 구성한 경우마저 있다.[26] 대체

25 이러한 사례는 『간정동회우록(乾淨衕會友錄)』과 이후의 기록에서도 확인할 수 있다. 『간정동회우록』은 1766년 6월 15일 홍대용과 김재행(金在行)의 공동 작업으로 여러 차례 수정·보완을 거쳐 『간정필담(乾淨筆談)』과 『간정동필담(乾淨衕筆談)』으로 계승된다. 그리고 이덕무의 『천애지기서(天涯知己書)』는 『간정동회우록』을 초록한 형태의 저술이다. 『간정동회우록』이 온전히 전하지 않는 상황에서도 그 영향 관계를 확인할 수 있다. 이처럼 기왕의 연행록은 홍대용의 사례에서 보듯이 『간정동회우록』·『을병연행록』·『담헌연기』를 필두로, 『간정필담』·『간정동필담』·『천애지기서』·『한객건연집(韓客巾衍集)』과 이후 여타 다양한 연행록에서 기록하고 있다. 이는 최식, 「텍스트로 바라본 燕行과 燕行錄: 燕行의 體驗과 享有」, 『대동문화연구』 88, 성균관대학교 대동문화연구원, 2014, 445~493면.

로 후대의 연행록에서 투식적 기록과 표절과 같은 내용은 이러한 사정을 반영한 것으로 보인다.

3. 견문 체험의 취사와 복수의 시선

『연행록』은 연행 노정에서의 체험과 견문, 전문과 사건, 이국의 다양한 풍물과 지식·정보 등, 균일하지 않은 수다한 내용을 담는다. 압록강을 넘어 북경에 도착하기 이전까지의 기록은 주로 노정에서의 체험과 견문과 관련한 내용이 주를 이룬다. 이 기록은 당시 연행 노정에 있는 각 지역의 풍물과 실상을 보여주지만, 한편으로는 당시 청조의 지역 경제와 일상 관련 다양한 지식·정보도 함께 일러주기도 한다.

주지하듯이 17세기 이후 연행은 청의 등장과 함께 새로운 동아시아 국제질서의 정립으로 이루어진다. 연행은 형식상 외교적 사안이지만, 실제로는 다양한 문물과 인적 교류가 이루어지는 문화와 경제교류의 장이기도 했다. 그래서 정기적인 연행은 연행 노정에 있는 지역 경제의 활성화와 함께 지역의 변화·발전에 적지 않은 영향을 주는 한편, 당대 청조의 지방사와 관련해 많은 지식·정보도 제공해준다.

> 압록강을 건넌 후에 이틀을 노숙하고, 책문에 들어간 뒤에야 비로소 참(站)에서 잤다. 그 참은 모두 30개인데 각 참마다 각각 찰원(察院) 하나씩을 설치하였으니 우리나라 사신의 거처를 위해서다. 그렇기 때문

26 이영득(李永得)은 1822년에 연행을 하였는데, 그가 남긴 『연행잡록(燕行雜錄)』의 경우 16책의 거질임에도 불구하고 이영득이 직접 견문 체험한 연행기록은 권6~권8에 해당하는 3책에 불과하다. 나머지는 국내외 지리서를 활용하여 '편집'한 것이다.

> 에 조선관, 유원관 등의 이름을 붙인 것이다. 그 30참이란 봉황성, 송참, 통원보, 연산관, 첨수참, 낭자산, 요동, 십리보, 심양, 변성, 주류하, 백기보, 이도정, 소흑산, 광녕, 십삼산, 소릉하, 고교보, 영원위, 동관역, 양수하, 산해관, 무령현, 영평부, 사하역, 풍윤현, 옥전현, 계주, 삼하현, 통주이다. 찰원은 거의 모두가 퇴폐했기 때문에 전부터도 늘 사가를 빌려서 자는 일이 많았다. 그래서 낮이나 저녁이나 한곳에서 머물면 그 집에 반드시 세를 내야 하는데 그것을 방전(房錢)이라고 한다. 이것을 종이나 부채 등 각종 물건으로 주었는데, 심술꾼들이 물건을 더 요구해서 혹은 다투는 일이 있는 것도 괴로웠다. 만일 한 참을 지나가려면 반드시 수행하는 여러 호인들에게 주선을 청한 뒤에야 갈 수가 있기 때문에 비용이 꽤 든다.[27]

이의현은 1720년에 동지사 겸 정조성절진하(冬至使兼正朝聖節進賀)의 정사로 연행한 바 있다. 이 시기 청조는 압록강에서 북경에 도착하기 전까지 조선의 연행 사절을 위하여 30여 개의 참을 설치하여 연행의 편의를 제공했다. 1720년대만 하더라도 참의 규모나 경제적 여건은 거론할 수 없을 정도로 미비한 데다, 참의 숙박시설 찰원은 실질적으로 제 기능을 다 하지 못하기 일쑤였다. 이러한 불편함은 다른 참의 경우에도 그 사정도 비슷했다.

이의현은 18세기 초 책문을 지나면서 "책문은 봉황산 남쪽에 있다. ……중략…… 책문 안에는 성장(城將)이 사는 집과 주식(酒食)을 파는 집이

---

27 李宜顯, 『庚子燕行雜識』 下, "渡鴨江以後, 兩日露宿, 入柵, 始宿于站所. **其站凡三十, 而每站各置察院一區, 所以處我國使臣也**. 故以朝鮮, 柔遠等館名之. 其三十站, 鳳凰城, 松站, 通遠堡, 連山關, 甛水站, 狼子山, 遼東, 十里堡, 瀋陽, 邊城, 周流河, 白旗堡, 二道井, 小黑山, 廣寧, 十三山, 小凌河, 高橋堡, 寧遠衛, 東關驛, 兩水河, 山海關, 撫寧縣, 永平府, 沙河驛, 豐潤縣, 玉田縣, 薊州, 三河縣, 通州也. 察院率多頹廢, 故自前每多借宿私家, 而無論晝夕站, 一處其家, 必有其價, 名曰房錢. 以紙扇等各種給之, 而刁蹬需索, 或至鬪鬨, 亦可苦也. 若欲越站, 則亦必周旋於護行諸胡後爲之, 頗有所費."

있다. 민가는 대략 3, 40호가 사는데 모두 풀로 지붕을 덮었다"[28]고 하여 책문과 봉황성까지 요동의 촌락 형성과 그 규모를 기록하고 있다. 그런가 하면 이의현은 귀국 길에 "구련성에서 봉황성까지는 산수가 아름답고 이따금 들이 펼쳐져 있다. 봉황성에서 낭산에 이르기까지 산은 높고 골짜기는 깊은데 여러 번 큰 내를 건넜고, 냉정(冷井) 10여 리를 지나서야 요동 평야가 나왔고, 여기서 400여 리를 더 가서야 언덕이 보이기 시작했다"[29]라 서술하고 있다. 마치 요동 평야를 오가면서 자연 풍광 이외에 다른 데 크게 관심을 두지 않은 것처럼 묘사하고 있다. 그의 시선이 자연 지리를 주목하여 오직 요동의 풍광을 언급한 것처럼 보이는 측면도 있지만, 거꾸로 책문과 봉황성 주변의 촌락이 제대로 형성되지 않았기에 그곳의 인문 지리에 관심을 둘 수 없는 상황도 있었을 테다.

그러면 18세기 초반 이후의 봉황성은 어떻게 변했을까? 두 자료를 통해 알아보자.

> ① 봉황성은 봉황산 남쪽 10리 들판에 있는데, 책문과 거리가 30 리이다. 벽돌을 쌓아 만들었는데, 높이가 4에서 5길이다. 벽돌성의 제도는 가로와 세로로 서로 간격을 두고 서로 어긋나게 쌓고 석회를 기름에 개어 그 틈〔縫〕을 메우는데, 먹줄을 치고 자른 듯 곧고 숫돌로 간 듯 매끄러우며, 견고하고 치밀하여 부술 수 없음이 돌 성에 비할 것이 아니다. 성문은 무지개처럼 반원형으로 만들었고 그 위에 문루(門樓, 초루(譙樓)) 2층을 만들었다. <u>성 밖에는 줄지어 상점이 있고, 금빛과 푸른빛의 단청이 휘황찬란하였으니, 성 안쪽은 미루어 알 수 있다.</u>[30]

28 李宜顯, 『庚子燕行雜識』 上, "柵門, 在鳳凰山之南. ……중략…… 門內, 有城將所處之屋及酒食店民居約三四十家, 而皆以草覆之."

29 李宜顯, 『庚子燕行雜識』 下, "自九連至鳳城, 山明水秀, 往往開野. 自鳳城至狼山, 山高谷深. 屢渡大川, 過冷井十餘里, 始出遼."

30 洪良浩, 『燕遼雜記』, 「城郭」, "鳳皇城, 在鳳皇山南十里野中, 去柵門三十里, 用甓築,

> ② 책문에서 봉황성까지의 거리는 삼십 리다. …… 멀리 단장한 성가퀴의 산뜻한 곳을 바라보니 평야 가운데 있으니 봉성의 장군이 진을 지키는 곳이다. 저 갑진년(1784)에 건륭황제가 산해관 밖의 여러 성을 고치고 수리할 것을 명하였다고 한다. 가는 길은 성안을 경유하지 않기 때문에 성 밖 楊氏의 집에서 잤다. 가게와 마을이 번잡하고 화려하기가 지극하였고, 매매하는 물건들이 각기 패를 표시하였다. 오고 가는 마차와 말이 벌집처럼 바글바글하였다. <u>이곳은 참으로 하나의 도회지였다.</u>[31]

①과 ②의 언급은 모두 봉황성 관련 기사다. ①은 1782년에 연행한 홍양호의 언급이며, ②는 1790년에 연행한 백경현(白景炫, 1732~1799)의 언급이다. 백경현은 중인이다. 홍양호는 먼저 봉황성의 규모와 벽돌로 축성한 제도와 성의 견고함에 관심을 표한다. 이어서 성 밖에서 화려하면서 줄지어 선 상점을 직접 본 뒤, 성안의 인가와 점포는 성 밖보다 더 번성하였을 것으로 추측하고 있다. 아마도 노정의 일정상 봉황성 안을 지나지 않고 밖을 지나가면서 견문한 것을 이렇게 기록한 듯하다.

백경현은 8년 뒤에 동일한 공간을 지나면서 그곳의 정경을 사뭇 다르게 서술하고 있다. 개축한 지 얼마 되지 않은 봉황성의 화려함과 웅장함, 이어서 도회지를 이룰 정도로 번성한 모습을 제시한 다음, 봉황성 주변의 촌락과 경제적 상황도 함께 포착하고 있다. 번잡할 정도의 대규모 촌락을 형성하고 있을 뿐만 아니라, 늘어선 가게는 저마다 상호를 붙일 정도

高四五丈. 甓城之制, 縱橫相間, 交互疊積, 石灰和油, 塡其縫, 直如繩削, 滑如礪磨, 堅緻不可毁, 非石城之比. 城門作虹蜺, 上爲譙樓二層. 城外列肆, 金碧照耀, 城內可推知也."

31 白景炫,『燕行錄』乾, "自柵門至鳳凰城, 三十里. ……중략…… 望見粉堞新鮮處, 在於平野之中, 卽鳳城將鎭守之所也. 粤在甲辰年, 帝命關外諸城修葺, 此城亦伊時修築云. 去路不由城中, 故下處于城外楊姓人家, 而廛房村閭, 極其繁麗, 賣買某物, 各有表牓. 行車過馬, 蜂聚蟻集, 此正一都會處也."

로 활황이다. 오고 가는 마차와 말은 벌집처럼 혼잡할 정도라 기록하였으니, 백경현의 눈에 비친 봉황성의 주변 촌락은 그야말로 도회지의 모습이다. 이는 백경현의 주관적 서술이 아니라 실제 모습을 견문하고 적은 객관적 서술이다. 18세기 초만 하더라도 촌락조차 없던 봉황성 주변 지역에 촌락이 형성되고 마침내 도회지처럼 발전한 모습과 경제적 활황을 주목한 것은 흥미롭다.

앞의 이의현 기록과 비교하면, 풍경은 전혀 다른 양상을 보여준다. 마침내 70년 만에 봉황성 안팎의 촌락 형성과 경제 활동은 상전벽해로 마치 천지개벽한 모습과 같다. 봉황성 주변은 시간이 지나면서 도회지로 성장하고 경제적으로의 활황이 조선의 정기적인 연행 사절 때문임은 속단할 수 없지만, 정기적인 연행 사절이 중요한 계기를 주었음은 미루어 짐작할 수 있다.[32]

다른 사례를 하나 더 들어본다.

> 새벽에 떠나서 육주하(六洲河)를 건넜다. 이 근원은 대사막(大沙漠)에서 나와서 중후소성(中後所城) 흘러들어 동쪽으로 육주하가 된다. 여기서부터 남쪽으로 20리를 흐르다가 바다로 들어간다. 중후소를 지났는데, 지나온 문 이름은, 동쪽은 윤화문(潤和門)이요, 서쪽은 열택문(說澤門)이다. 성은 함몰된 곳이기 때문에 그 쓸쓸함은 송산·행산과 다를 것이 없었지만, 인민은 많이 살고 있다.[33]

이요가 1656년 사은사로 다녀오면서 포착한 모습이다. 그는 중후소성

32 봉황성의 변화를 두고 실제 상황과 달리 서술자의 관심과 관찰의 시각 차이에서 올 수도 있지만, 기본적으로 지리에 관한 연행록의 기록은 사실 전달을 위주로 하는 경우가 대부분이다. 이 점에서 실제 상황을 기술한 것으로 보는 것이 타당할 것이다.

33 李㴭, 『燕途紀行』 中, 1656년 9월 11일, "曉發涉六洲河. 源出大漠, 流入中後所城, 東爲六洲河. 自此南注二十里入于海. 歷中後所, 所經門號, 東曰潤和, 西曰說澤. 城是陷沒處, 故其殘夷無異松杏. 人民則盛居."

을 언급하면서 이미 오래전에 함몰되어 쓸쓸해졌다고 서술한다. 중후소의 성은 비록 허물어졌지만, 그래도 적지 않은 사람이 주변에 거주하고 있다는 것도 함께 언급하고 있다. 이요는 그곳의 지역 경제 사정까지 구체적으로 언급하지는 않았다. 1656년 사행 당시는 청이 건국한 후 얼마 지나지 않은 시기인 데다, 청조가 1644년 심양에서 북경으로 입성한 뒤 산해관에서 심양 지역은 쇠락하던 시기이기도 했다.

더욱이 청조가 명 잔존 세력의 반란을 완전히 제압하면서 안정을 이룩하자 변방 요새를 포함한 주변 지역은 더욱 쇠락하게 되고, 심지어 지방 요충지의 성마저 무너지게 된다. 본래 영원위(寧遠衛)와 함께 요동의 요새이던 중후소 역시 마찬가지였다. 성 주변에 많은 민이 거주하고 있었지만, 변방 요새의 기능이 줄어들자 이와 함께 경제적 여건도 점차 나빠졌던 것이다.

이후 18세기에 들어오면 청조는 정치적 안정과 함께 생산력의 증대로 각 지역 경제도 함께 성장·발전하기 시작한다. 18세기의 중후소성 역시 마찬가지다. 연행록은 이러한 사정을 자세하게 기록하고 있다.

> 중후소성은 바로 명나라 때 요동 변방을 방비하기 위해 설치한 요새이다. 늘어선 가게와 넉넉한 백성이 신민둔(新民屯)[34] · 영원위와 거의 붙어 있다. 늘어선 가게 가운데 전모(氈帽, 모직으로 만든 모자)를 만들어 우리나라 사람에게 팔았는데, 그 이익을 독점하여 우리나라의 은자(銀子) 태반이 여기로 들어간다.[35]

---

34 신민둔(新民屯)은 청 순치(順治) 8년(1652) 순치 황제가 북경에서 심양으로 돌아가 조상에게 제사를 지낼 때, 하북성의 여러 사람이 순치 황제를 따라가며 수레를 밀고 짐을 메고, 처자를 데리고 심양으로 왔다. 그중 십 몇 호가 이곳에 정착하였고, 소신민둔(小新民屯)이라고 불렀는데, 나중에 '신민둔'이라고 이름을 고쳤다.

35 洪良浩, 『燕逡雜記』, 「城郭」, "中後所城, 卽明時關防, 舖肆富庶, 與新民屯·寧遠衛相埒. 舖中造氈帽, 以賣我人, 獨專其利, 東銀太半入於此."

1782년에 연행한 홍양호의 언급이다. 앞서 이요가 언급한 120여 년 이후의 기록이다. 중후소성의 축조 연원에 이어서 중후소성의 거주 상황과 경제 활동을 언급하고 있다. 홍양호가 주목한 것은 늘어선 가게와 모직으로 만든 전모 가게의 활황, 연행 사신의 전모 구매와 이곳 상인의 이익 독점 등이다. 특히 은자로 모자를 구입하는 것과 이 때문에 당시 조선조 은자가 불요불급한 소비 품목에 집중되어 허비되는 점도 함께 언급하고 있다. 홍양호의 언급은 하나의 사례를 들어 언급한 것이지만, 당시 중후소성의 경제적 활황과 인구 증가는 모자를 구입하는 연행 사절과도 관련이 있다. 위의 언급을 고려하면 중후소성의 전모상점이 전모를 전매하여 이익을 독점하고, 그 경제적 부가 지역경제 활성화는 물론 인구 유입을 촉진함은 미루어 짐작할 수 있다.

1832년에 연행한 김경선도 중후소성의 지리와 경제적 상황을 재차 언급한 바 있다.

> 다시 3리쯤 가서 중후소에 이르렀다. 상사, 부사와 함께 관제묘(별도로 「중후소관묘기」를 두었다)를 두루 보고, 성동(城東)을 거쳐 서문 밖에 이르러서 잤다. 이곳은 동리가 조밀하고 시사가 길을 끼고 있다. 그리고 입구에서 끝까지 3, 4리가 되는데 사람의 어깨가 서로 부딪혀서 갈 수가 없었으니, 이곳은 그 풍부하고 화려함이 심양의 다음 가고 산해관보다 낫다는 것이다. 길가에서 사향을 많이 파는데 모두가 가짜라고 한다. 중후소성은 점(店)에서 뒤로 1리쯤 되는 곳에 있었다. 둘레가 10리쯤 되는 것이 거의 완전하였고, 안에는 아문이 있다. 그러나 인가가 번성한 것은 성 밖보다 못하다고 한다.[36]

36 金景善, 『燕轅直指』 卷2, 「出疆錄」, 1832년 12월 9일, "又行三里, 至中後所. 與上副使歷觀關帝廟(別有中後所關廟記), 循城東至西門外止宿. 閭閻稠密, 市肆夾路, 首尾三四里, 殆肩磨不可行. 蓋其富麗, 亞於瀋陽, 而過於山海關云. 路中多賣麝香, 皆假品云. 中後所城, 在店後里許, 周可十里. 頗完全, 而內有衙門, 民戶之盛則不如城外云."

앞서 홍양호가 견문한 후 50년이 지난 상황이다. 김경선은 중후소와 중후소성의 안팎의 전체 모습을 포착하고 있다. 홍양호에 비해 인문지리를 구체적으로 서술하였다. 성 밖에는 많은 사람이 거주할 뿐만 아니라, 시장 또한 번성하고 있었다. 시사가 3, 4리에 즐비할 정도로 늘어서 있는데다 시장에 사람이 부딪칠 정도로 북적거린다고 하였다. 시장의 규모 또한 상당함을 보여준다. 물품의 풍부함과 화려함은 심양 다음 갈 정도라 한다. 하지만 성 안의 인가는 성 밖보다 번성하지 않다고 서술한다. 이는 요새의 중요성이 커질 때 성안도 함께 번성하지만, 요새의 기능이 없어지면 그만큼 성안의 중요성도 떨어짐을 보여준다. 1832년임을 고려하면 당시 상황의 실제 모습으로 보인다.

앞서 홍양호는 중후소성에서 모자 생산과 매매로 경제 상황의 활황을 주목한 것에 더하여 김경선은 모자 제작 과정과 판매 등을 구체적으로 적시하고 있다. 예전보다 모자 수요의 증가로 공장이 3개에서 5개로 늘어난 사실, 공장 규모가 30~40칸 정도의 대규모라는 점, 그리고 모자 제작 방법과 종사하는 인원과 조선 사절단이 구매하는 전 과정 등을 상세히 기록하고 있다.[37] 당시 중후소는 모자 제작과 공장 규모, 모자 판매량

37 金景善, 앞의 책, '모창기(帽廠記)', "모창이란 모자를 만드는 공장이다. 중국 사람이 쓰는 모자와 우리나라의 관모(冠帽)는 모두 여기서 생산된다고 한다. 밤에 성신과 함께 가보았다. 옛날에 듣기는 공장이 모두 셋이라고 하였는데, 지금은 다섯이다. 이것은 혹 인구가 날로 증가하여 모자를 쓰는 자가 더욱 많아진 때문일 것이다. 공장마다 넓이가 3, 40칸은 넉넉히 되는데, 그 한가운데에 몇 개의 큰 화로를 놓고 숯불을 피우니 그 열이 사람을 찌는 듯하였다. 모공(帽工)들은 모두 옷을 벗고 홑바지만을 입고 털을 타거나 털을 가져다가 모자를 만들고 있었다. 풀〔糊〕을 물에 타서 그 털을 적시어 손으로 비벼 만들고, 다시 비벼 대고는 또 불에 말리는데, 모자를 만들어가는 과정은 매우 쉽다고 하겠으나, 다만 어떤 물건으로 풀을 만드는가를 알지 못하겠다. 우리나라 사람들은 예약을 많이 하여 사기를, 혹 수천 립(立)에 이르는데, 중국에 들어갈 때에 머물러 예약하고 돌아올 때 실어오는 것이 관례라고 한다〔帽廠者, 造帽之鋪. 中國人所着帽子及我國之冠帽, 皆出於此云. 夜與聖申往見之. 舊聞共有三鋪, 而今爲五. 或因生齒日繁, 着帽者益衆故也. 每鋪廣恰爲三四十間, 當中置數座大爐, 熾炭火,

을 통해 상당한 규모의 상권을 갖추고 있는 도시로 성장했던 것이다.

이처럼 연행록의 중후소 기록은 시기별로 다르다. 대체로 17세기에서 19세기까지 중후소는 점차 발전하여 도시로 성장한 내력을 보여주고 있다. 그런 점에서 일부 연행록 기록은 청조 지방의 경제 동향과 함께 지방의 변모양상을 동시에 파악할 수 있는 지식·정보를 제공해주는 지방사 기록의 보고임을 보여준다. 연행록을 훑어보면 이러한 사례를 적지 않게 만나게 된다. 우리는 이를 통해 17세기 이후 요동 지역의 촌락 형성과 지역경제의 추이와 변화 양상을 구체적으로 확인할 수 있다. 연행록을 통해 청조 지방의 변화 과정을 확인할 수 있다는 것과 청조의 지방사와 지방 경제의 소중한 사료를 제공한다는 점에서 연행록의 일부 기록은 타자의 시선으로 본 청조의 지방사이기도 한 셈이다.

앞의 언급과 달리 연행 노정에 있는 일부 지역은 경제적 위축과 침체 사례를 보여주기도 한다. 별산점(鱉山店)의 송가장(宋家莊)은 그 하나다.

> ① 나산점(螺山店)에서 몇 리쯤 되는 길 좌측에 작은 성이 하나 들판에 있다. 성가퀴가 완전 견고하고 나무 그늘이 문에서 은은히 비친다. 명나라 말기에 송씨 성을 가진 사람이 이 지역은 사람과 물자가 풍부하다는 것을 알았다. 집에 하인들도 많아서 위급한 상황이 닥치면 집안을 보존하고 자신을 보호하려고 성을 쌓았다. 청병 및 이자성(李自成)의 반란에도 포를 잡고 성루를 견고히 지켜 모두 화를 면하였다. 북경이 함락된 후에는 해마다 1천금을 공물로 바치게 했는데도 한 성을 오로지 지켰고, 자식과 손자에까지 전해져 지금까지 이르게 되었다. 우리 사신 일행을 따라다니는 문서수발 병졸이 예전 신유년(1681, 숙종7년)

蒸炎熏人. 帽工皆脫衣, 只着單袴, 有彈毛者, 有取毛方造者. 以糊和水, 而漬其毛, 用手揑成, 且揑且爆於火, 而帽漸成樣, 可謂至易, 而但未知用何物作糊也. 我人多約買, 至或數千立, 例於入去時留約, 回還時輸來云]."

사행 당시 들어가 보니 성 둘레가 3·4리는 되더라고 하였는데, 이것이 바로 송자성(宋子城)이다.[38]

② 길에서 2리쯤 떨어진 들판에 작은 성 하나가 나왔다. 이른바 송가성(宋家城)이다. 전해오는 말에, "명말에 백만 거부 송가가 스스로를 지키기 위하여 사사로이 쌓은 성인데, 여러 차례에 걸친 청인의 공격에도 함락되지 않았다. 명나라가 망한 뒤에 항복하니, 화가 난 청인이 세공 만금을 내게 했으므로 드디어 가산이 쇠락하였다"고 하였다. 원건(元建)의 말을 들으니, 사행을 따라왔을 적에 성안에 가 본 일이 있었는데, 집의 규모가 아직도 웅장하더라고 하였다. 이 성에서 서쪽으로 5리 밖에 또 하나의 성이 이 성과 마주 보고 있는데, 역시 송가가 쌓은 것이다. 성안에 2개의 적루가 하늘 높이 치솟아 있었다.[39]

③ 송가성은 계주의 동쪽 삼십 리에 있다. 지난 3월 초 3일 계주에서 숙박하였을 적에, 내가 송가성을 가보려고 하였더니, 작은아버지께서 부사에게 청하여 같이 가자고 하였다. 그런데 부사는 말하기를, "내가 들으니, 송가는 명나라 세신으로서 명나라가 멸망하자 홀로 성을 지키고 항복하지 않았소. 청나라 군사는 여러 번 패전을 당하다가, 강희 때에 비로소 그 성을 깨뜨려 항복을 받았지요. 청나라는 그들이 성의 견고함을 믿고 명나라에 의리를 지킨 것을 분하게 여기고 그 성벽을 모조리 쳐부수도록 명했지만, 그 성벽이 어찌나 견고하였던지 끝내 헐어버리지 못하고 말았소. 그렇게 되자 해마다 은 1만 냥을 세공으로 바치도록 하여 곤욕을 주었지요. 그 후손들이 이로 말미암아 못살게

38 俞得一 지음, 임재완 옮김, 국역 『燕行日記草』, 9월 25일, 46면, 국립중앙도서관, 2010.

39 金昌業, 『老稼齋燕行日記』, 1712년 12월 24일, "世傳此家富鉅萬, 明末, 私築此城以自保, 淸人累攻不能下. 明亡後降, 淸人怒之, 令歲貢萬金. 因此家業遂衰云. 聞元建言, 曾隨使行, 往見城中, 房屋規模, 尙雄壯云. 此城西五里外, 又有一城, 與此相望, 亦宋家所築也. 城中有兩敵樓, 高入雲霄."

되었지만 그래도 대대로 그 성을 지키며 지금까지 벼슬길에 나오지 않고 있습니다. 우리나라는 명나라의 큰 은혜를 받았으면서도 먼저 청나라에 돌아가 복종하고, 이어서 개주의 전쟁에도 참여하였기에 그들 송씨는 매우 의롭지 못하게 생각하고 있어요. 때문에, 우리나라 사람이 혹 그들에게 가는 일이 있으면 모두 침을 뱉고 경멸하며 혹 물이나 불을 구하여도 주지 않는다고 하지요. 이번 우리는 조공하러 온 사행이니 어찌 조소를 받지 않겠습니까? 아마도 욕만 당할 것입니다"라고 하였다. 내가 말하기를, "그 말은 전한 자의 잘못입니다. 노가재 김창업 어른도 찾아가서 서로 만났다는 것이, 그의 일기록을 보아도 알 수 있습니다. 또한 송가에서 정말로 그러한 의리가 있다고 하면, 더욱 찾아보아야 할 일이 아니겠습니까"라고 말을 했으나 부사는 끝내 듣지 않았다.[40]

④ 길가에 송가장이 있다. 세간에서 전하기를, "송씨는 대단한 부자여서 명나라 말엽에 주부(州府) 모양으로 사사로이 성을 쌓았는데, 청인이 10만의 군사로 공격하자 송씨는 가동(家僮)과 장객(莊客)을 이끌고 성문을 굳게 닫으니, 병갑과 포시(砲矢)의 웅장함이 비록 청나라의 철기나 명적일지라도 늘 그를 못 당했다. 명나라가 망한 뒤에 나와서 항복하니, 청인이 곧 항복하지 않은 분풀이로 10만 금을 세공으로 바치게 하였으되, 송씨는 다른 물건은 소비하지 않고 촉한(蜀捍, 일명 경죽(庚竹))만을 팔아서 그 수만큼 바쳤다" 하니, 그 소문이 헛되지 않다고 하겠다. 지금은 늙은 과부가 그 재산을 다스리되 조금도 줄어들지 않았으므로, 사람들이 촉의 과부 청에 견준다. 온 성을 바라보니 둘레가 들판이고

40 洪大容, 『湛軒書外集』 권7, 『燕記』, "宋家城, 在薊州東三十里. 三月初三日, 宿薊州. 余將往焉, 季父請副使共往, 副使曰; 吾聞宋家, 皇明世臣,明亡獨城守不下, 淸兵累見敗, 康熙時始破降之. 憤其負固守義, 令剗破其壁, 堅不可毁而止, 命歲貢銀萬兩以困辱之. 其後孫, 雖因以殘敗, 猶世守其城, 不復仕進, 以我國受明厚恩, 首先歸服, 因有盖州之役, 爲甚不義. 是以我人或有至其家者, 皆唾鄙之, 求水火亦不與, 今吾輩貢行, 寧不見笑? 吾恐徒取辱焉. 余曰; 此傳之者過也. 稼翁, 亦相往見, 其日錄可考, 且令宋家眞有此義, 豈非我輩之愈益求見者乎? 副使終不聽."

좌우의 마을이 빽빽하여 도시를 이루었다.[41]

⑤ 나산점의 들 가운데에 송가성이 있다. 성의 둘레는 2리였다. 명나라 천계 연간에 송 씨는 이곳의 대성으로서, 종족 수백 명에 집안 재산 몇 만 전을 가지고 사사로이 이 성을 쌓고 종족을 모아 스스로 보호하였다. 성 중에 대가 셋 있는데, 높이가 각각 10여 길이며, 문 위에 누를 세웠다. 집 뒤에도 4층 고루를 세우고, 그 최상층에 금부처를 모셨다. 청인들이 들어와서 여러 번 공격하였지만 함락하지 못하였는데, 명이 망한 뒤 비로소 항복하였다. 청은 화가 나서 해마다 그 벌로서 은 1,000냥을 내게 하니 집안이 점점 패하였다. 그러다가 강희 말기에는 그 대신 마초(馬草) 1,000속을 내게 했다. 그때만 해도 성 중에 10여 대호가 모두 송씨였으며 노비들도 여전히 5, 6백 명이 있었다고 한다. 그러나 지금의 송성은 거의 다 쇠락하여, 송씨로 여기에 사는 사람도 몇 집에 지나지 않으며, 그나마 모두가 조잔하다고 한다.[42]

①은 1694년 8월에 유득일(俞得一, 1650~1712)이 서장관으로 연행하면서 지은 연행 일기다.[43] 17세기 말의 송가성의 상황을 전한다. 송가성의

41 金正中, 『燕行錄』, 「奇遊錄」, 1791년 12월 20일, "路左有宋家庄. 世傳宋氏富鉅萬, 明末私築如州府樣, 清人以金十萬攻之, 宋氏率家僮庄客. 堅閉城門, 兵甲之壯, 砲矢之雄, 雖清之鐵騎鳴鏑, 常出其下. 明亡後乃出降, 清人怒其不卽降, 使歲貢十萬金, 宋氏不費他物, 但賣蜀杆【一名庚竹】, 如其數貢之, 可謂名下無虛. 今老寡婦主其財, 少無虧損, 人比之於蜀寡婦清. 望之一城, 周遭在野而左右村落, 鬱然成邑."

42 金景善, 『燕轅直指』 卷2, 「出疆錄」, '宋家城記', "螺山店野中有宋家城, 城周二里. 明天啓間, 宋爲此地大姓, 宗族數百人, 家貲屢鉅萬, 私築此城, 聚宗族以自保. 城中建三臺, 高各十餘丈, 門上建樓, 家後又建四簷高樓, 最上層坐金佛. 清人之入也, 累攻不下, 明亡始降. 清人怒之, 歲罰銀千兩, 家計漸敗. 康熙末, 代輸馬草千束. 城中十餘大戶, 皆宋氏, 而奴婢尙有五六百人云. 今見宋城, 幾皆頹夷, 宋姓之居此者, 不過數家, 而皆凋殘云."

43 1694년 4월에 소론과 노론이 재집권하게 갑술환국이 일어나 그동안에 폐비(인현왕후)로 지내던 민씨가 다시 왕비가 되었다. 이 사실을 중국에 알리기 위하여 진주사 겸 주청사(陳奏使兼奏請使)에 참여하면서 지은 것이 바로 이 연행록이다. 당시 정사는

위치와 지리적 조건, 그 규모와 축성 내력을 자세하게 적고 있다. 명나라 말에 집성촌을 이룬 송씨 가문이 치부하게 된 과정과 이후 명나라를 침략한 청병에 저항하고 이후 이자성의 반란에도 투항하지 않고 수성한 과정을 밝혔다. 이어서 청의 건국 이후 청조의 과도한 세금부과에도 불구하고 집성촌을 여전히 유지할 뿐만 아니라, 큰 규모의 성곽을 유지하고 있는 상황을 비교적 소상하게 전하고 있다.

②는 1712년 김창업이 연행 노정에 있는 18세기 초의 송가장 상황이다. 김창업이 성을 바라보고, 송가성 규모와 함께 그 내력을 기록하고 있다. 김창업은 이 성의 축성과 내력을 전문하고 이를 요약해 실었다. 이곳에 거주하던 송씨는 명말 천계(天啓, 1621~1627) 무렵 거부가 되고, 청의 침공에 스스로 축성하여 저항하였다. 이후 청의 수차례 공격에도 함락되지 않고, 끝까지 청에 저항하다가 명이 멸망하자 비로소 항복하게 된다. 그리하여 청조는 그 보복으로 징벌적 성격의 조세를 부과하여 결국 가산이 기울었음에도 여전히 상당한 경제력을 유지하고 있다는 것이다. 이러한 내력을 전해들은 김창업은 무너진 송가성의 퇴락을 확인하면서도 집의 규모와 함께 "성안에 2개의 적루가 하늘 높이 치솟아 있었다"라 하여 무너진 성곽과 달리 하늘로 치솟은 적루의 기상을 포착하여 청조의 압력에도 굴하지 않은 송가성을 상징적으로 제시하고 있다. 여기서 성루나 망루라 하지 않고 '적루'라 표현함으로써 송가성의 저항 정신을 제시한 것은 예사롭지 않다.

연행 과정에서 대부분의 연행사행은 송가장을 지나가지만, 연행록이 송가성의 축성 내력과 반청 활동을 모두 기록한 것은 아니다.[44] 김창업

박필성(朴弼成, 1652~1747), 부사는 오도일(吳道一, 1645~1703), 서장관은 유득일이다.

44 이를테면 이원정(李元禎, 1622~1680)은 1660년과 1670년 두 차례의 연행 체험을 『연행록』과 『연행후록(燕行後錄)』(『귀암선생문집(歸巖先生文集)』에 실려 있는데, 계명대 동산도서관 소장본으로 모두 12권 6책이다)을 보면, "송가장을 지났다. 성문과 보

을 비롯하여 일부 연행록만이 송가장을 소환하여 주목하고, 여기에 견문한 지식·정보를 덧붙일 뿐이다. 그런데 여기서 김창업이 거부였던 송씨 가문의 내력과 축성, 반청 활동을 포기하지 않은 사실을 주목한 것은 자기 가문의 내력과도 무관하지 않다. 변방에 터 잡은 송씨의 이력을 전문하고 그것을 기록으로 남긴 것도 물론이려니와, 스스로 언표하고 있지 않지만 서술 과정에서 반청 의식을 언뜻 드러내 보인 것은 증조부 김상헌(金尙憲, 1570~1652)의 삶을 회상하고 거기에 빗댄 것으로도 보인다.

주지하듯이 김상헌은 병자호란 당시 반청의 선봉이 되어 척화를 주장하고, 호란 이후 심양에 압송당하는 고초당하는 등 반청의 대가를 톡톡히 치렀다. 김창업이 김상헌의 척화와 반청을 송가의 축성과 반청에 접속하여 호출한 것은 이때문일 수도 있다. 그래서 송가성을 서술한 말미에 퇴락한 송가성을 두고 "적루가 하늘 높이 치솟아 있었다"라 하여 하늘 높이 치솟은 '적루'를 다시 언급하고 있다. 이러한 언급에서 그는 증조부 김상헌을 상상하며 그 반청의 정감을 여기에 투영하고 있는 것이다.

③은 1765년에 홍대용이 기록한 내용이다. 홍대용은 서장관이던 숙부 홍억(洪檍, 1722~1809)의 군관 자격으로 연행하게 된다. 송가성 근처에 숙박하게 되자, 『노가재연행일기』를 기억하고, 숙부와 동행해 송가성에 가고자 했다. 하지만 당시 부사였던 김선행(金善行, 1716~1768)은 송가성의 내력과 함께 송가의 후손들이 청에 스스로 항복한 조선 사신을 대우하기

루를 보니 관부와 다름이 없었는데, 부자인 송씨들이 세거한 곳이라고 한다"(『연행록』 1660년 3월 4일조), "또 다리 하나를 건너 고수포(枯樹鋪)를 지나 봉산점(蜂山店)에서 아침을 먹으니 바로 부인(富人) 송가장의 북쪽 마을이다. 송가장의 성과 연못, 보와 누각의 웅장함은 하나같이 관부와 같으나 주인은 비루하고 촌스러우며 글자를 몰라서 족히 볼 것이 없다고 한다. 진무묘(眞武廟)가 고수포 산기슭에 있는데 이곳은 예전 사행 때 길에서 밥을 먹은 곳이다"(『연행후록』, 1670년 8월 6일조)라 하여 송씨 가문의 부(富)를 언급하고, 그 내력을 전혀 주목하지 않고 있다. 『연행록』과 『연행후록』(세종대왕기념사업회, 2016)은 김영진·조영호가 번역한 바 있다.

는커녕 침을 뱉고 질시한다는 이야기를 들어 함께 가기를 거부한다. 여기서 김선행의 송가성 언급은 김창업의 기록보다 상세하며 그 전모를 구체적으로 거론하고 있다. 김선행 역시 연행에 앞서 김창업의 기록은 물론 관련 사실을 두루 탐문하고 송가성의 내력을 익히 알았을 것으로 보인다. 하지만 김선행의 뜻밖의 반응에 홍대용은 김창업의 『노가재연행일기』의 기록을 언급하면서 송가성의 후손들은 연행사를 적대시하지 않는다고 설득하지만 실패하고 만다. 결국 홍대용은 송가성에 결국 들어가지 못하게 된다. 아무튼 연행사에 참여한 인사들에게 『노가재연행일기』는 연행 준비의 필독서임을 확인할 수 있다.

④는 김정중이 1791년에 기록한 것이다. 김창업의 기록 이후 송가성을 지나면서 그 내력을 포착한 사례는 자주 보인다. 여기서도 김창업의 기록과 같이 세간의 말을 인용하면서 송씨가의 치부와 반청활동을 포착하고 있다. 비록 그 내용은 풍문으로 전문한 것이지만, 전문한 줄거리는 김창업이 언급한 것과 대동소이하다. 특이한 점은 송씨가의 경제력을 거론하면서 늙은 과부의 치산에 주목한 사실이다.

청조의 많은 세공 징수에도 불구하고 가산을 유지한 그녀의 공적을 진시황 때의 부자로 이름난 과부 청에 빗대고 있다.[45] 김창업의 기록 이후 거의 80여 년이 지났음에도, 김정중은 전문한 내용을 상세하게 기록하는 한편, 송씨가가 가산을 유지한 내력을 재차 주목한다. 이어서 그는 송가성 좌우 마을이 빽빽하여 마을을 이룰 정도라 기록함으로써, 청조의 압박에도 굴하지 않고 송씨가의 경제력을 유지하고 있음을 주목한 점은 눈여겨볼 만하다.

45 파촉(巴蜀)의 과부 청(淸)은 선대의 재물을 잘 지키고 재물을 자신의 재물을 활용하여 침범을 받지 않았다. 진시황이 그녀를 정부(貞婦)라 하여 객례(客禮)로 대접하고, 여회청대(女懷淸臺)를 쌓았다.

이에 반해 ⑤의 김경선이 기록한 것은 앞의 사례와는 사뭇 다른 모습이다. 송씨가의 치부와 가문의 축성을 제시한 것은 같지만, 이제 가산을 유지하지 못하고 성마저도 퇴폐할 정도로 무너진 점을 주목한 것은 새롭다. 또한 그는 성중의 대호였던 송성(宋姓)마저도 흩어져 겨우 몇 집만 거주하는 데다, 그마저도 쇠잔한 사실을 포착함으로써 세월에 부침을 겪을 수밖에 없었던 한 가문의 역사적 흥망성쇠를 비장한 시선으로 주목하고 있다. 1832년의 기록임을 고려하면, 거의 40여 년 만에 송씨 가문은 예전의 가세를 유지하지 못하고 완전히 몰락해버리고 만 것이다.

이처럼 연행록의 기록을 통해 한 가문의 치부와 반청, 그리고 청조 치하에서의 가문과 가산의 유지, 이후 가문의 쇠락 등과 같은 역사적 변천을 확인할 수 있다. 이는 한 가문을 통한 미시적 접근으로 볼 수도 있겠다. 사실 조선조 후기 연행에서 만난 한 가문의 흥망 자체도 하나의 흥미로운 내용이지만, 이는 단지 가문의 흥망성쇠에 그치지 않는다. 한 지역 가문의 흥망성쇠를 통해 역사적·사회사적 의미로 바라볼 수 있고, 지방사와 경제사의 시각으로도 바라볼 수 있기 때문이다. 연행록에서 볼 수 있는 이러한 기록은 비록 한 가문의 내용이지만, 이러한 미시적 사례를 통해 거시적 차원의 역사적 해석도 가능하다는 사실은 주목할 만하다. 이를테면 송가성 관련 지식·정보[46]는 청조의 지역사(지방사)로 연결될 수 있다는 점에서 의미가 있다. 이는 타자의 기록으로 지방사를 재조명할 수 있어, 밖에서 본 중국 연구도 가능한 지점이기도 하다.[47]

46 송가성과 송가정의 기록은 박지원의 『열하일기』, 홍대용의 『담헌연기』, 서유문의 『무오연행록』, 김기성(金箕性, 1752~1811)의 『경술연행일기(庚戌燕行日記)』 등을 비롯하여 많은 기록에 나온다. 내용은 대동소이하지만, 위에 제시한 것이 연도별 추이를 가잘 잘 보여주고 있는 기록들이다.

47 실제 연행록에서 지금 중국의 동북지방을 연구한 사례도 있다. 王廣義·李奇奇, 「朝鮮燕行使者眼中的淸代中國東北地區形象」, 『중국사연구』 75, 중국사학회, 2011, 265~271면. 이 연구는 연행록이 중국 동북지구에 관한 많은 견문 내용을 담고 있어 중국

연행록에는 이 외에도 다양한 견문 체험과 정보가 존재한다. 그중에는 소문과 풍문에 가깝거나 사실 여부를 알 수 없는 내용도 허다하다. 그 때문에 기록 과정에서 취사선택해야 하는 경우도 적지 않다. 특히 당대 청조 정치 상황과 관련한 내용의 기록이 그러하다. 청조의 당대 정치 관련 정보는 연행사가 직접 견문한 것은 적고 대부분 청조 인사로부터 전해 들은 전문과 풍문이어서 관련 정보의 사실 여부를 확인할 수 없는 경우가 많다. 대부분의 청조 정치 상황과 정세의 기록은 청조가 공식적으로 제공하는 당보(唐報)와 조칙과 같은 문서를 통해 확인할 수 있지만, 이 역시 사실을 있는 그대로 전달하는 것은 아니다. 그래서 민감한 정세나 이와 관련한 정보는 주로 역관의 탐문, 사절단의 물품 구매를 중개하는 서반(西班)의 전언, 연행사와 접촉하는 다양한 인사로부터 전해 듣는 경우가 일반적이다.

박지원만 하더라도 청조의 다양한 현안 문제와 정치적 사안을 전하는 정보원 중 서반들이 전하는 내용을 다음과 같이 평한 바 있다.

> 역관이 그사이의 비밀을 알려면 반드시 서반을 통해야 하는데, 서반들은 황당한 이야기를 만든다. 그들의 말은 신기하게 꾸며 모두 괴괴망측하니 이것으로 역관의 남은 돈을 속여 타낸다. 시정은 아름다운 업적을 숨기고 나쁜 것들만을 꾸며 드러내고, 천재와 시변과 인요와 물괴 따위도 역대에 없던 일을 모았으며, 심지어 변새의 침략과 백성들의 원망에 이르기까지 한때 소란의 형상이 극에 달하여, 마치 나라 망하는 재앙이 조석에 박두한 듯이 장황하게 기록하여 역관에게 주면, 역관은 이것을 사신에게 바친다. 서장관이 취사선택하여 문견 사건을 만들어 별단에 써서 임금께 아뢴다.[48]

동북지구 연구에 중요한 역사 문헌으로 인식하였다. 또한 연행사가 청대 중국 동북지구를 묘사 서술한 것은 이 시기 동북 사회의 역사 변천을 반영하고 있다.

박지원은 서반의 손에서 나온 것은 조작된 정보가 많은데도 역관이 이러한 정보를 사서 삼사에 전달한다는 것이다. 서반으로부터 흘러나온 정보는 대부분 불확실하다는 것이 연암의 판단이다. 기실 서반이 전한 정보는 풍문에 가까운 것이거나 사실과 정보 출처가 불분명한 경우가 태반이어서 조선조 사신은 이들로부터 획득한 거짓 정보로 인해 농락당하는 경우까지 있다는 것이다. 1720년에 연행한 바 있는 이기지와 이의현이 정보의 대가를 받기 위해 서반이 문서를 위조하여 농간부리는 것을 고발한 것[49]도 이러한 상황의 반영이다.

그런가 하면 1801년에 연행하러 다녀온 이기헌(李基憲)은 "대개 우리 조선 사람이 다녀온 곳에서 각기 기록한 소문은 대부분 길에서 주워들은 것으로 그 진위를 파악하기 어려운 것이다"[50]라 하였다. 연행 과정에서 수집한 풍문과 도설은 불확실하고 그 진위를 알 수 없다는 발언도 이해할 수 있다. 연행록에는 이러한 불확실한 도설과 풍문을 다수 싣고 있는데, 이를 두고 모두 무의미한 것으로 치부할 필요는 없다. 이 또한 사실 여부는 정확하지는 않지만, 당대 정치와 사회 동향의 일부를 반영한 것으로 바라볼 수 있을 뿐만 아니라 이를 통해 당대의 이면사와 다중의 시선을 읽을 수도 있기 때문이다. 풍문과 도설은 연행록 작가가 직접 체험하

48 朴趾源, 『熱河日記』, 「口外異聞」, '別單', "且譯輩欲得此中秘事, 則因序班求知故此輩大爲謊說, 其言務爲新奇, 皆恠恠罔測, 以賺譯輩賸銀. 時政則隱沒善績, 粧撰秕政, 天災時變, 人妖物恠, 集歷代所無之事. 至於荒徼侵叛, 百性愁怨, 極一時騷擾之狀, 有若危亡之禍, 迫在朝夕, 張皇列錄, 以授譯輩. 譯輩以呈使臣, 則書狀揀擇去就, 作爲聞見事件, 別單書啓, 其不誠若此, 告君之辭."

49 李器之 저, 조융희·신익철 역, 『一菴燕記』, 한국학중앙연구원, 2016 참조, "數日前, 譯官使序班河哥探禮部文書, 則又得奏草一道而來, 其文曰云云, ……중략…… 今又如此, 此輩舞文弄法, 必是索賂之狀, 誠極痛惡. 譯輩傳提督言, 如傳喜報, 而其言未可信矣."; 李宜顯, 『庚子燕行雜識』 下, "我國人欲知燕中事情, 則因序班而求知, 輒作僞文書, 受重價而賺譯輩."

50 李基憲, 『燕行日記』, "大抵我東人所歷處, 各記所聞, 率多塗說, 而難得其眞類如此."

고 견문한 지식·정보와는 결이 다르지만, 연행록의 중요한 기록의 한 부분이라는 점에서 다른 의미를 부여할 수도 있기 때문이다.

4. 견문 체험의 배치 방식

연행록은 견문 체험한 지식·정보를 어떻게 구성하고, 어떻게 배치할까? 사행 과정에서 견문 체험하고 획득한 지식·정보를 분류하여 독자에게 제시하는 문제는 작가가 독자를 위해 구상하는 체계적인 분류와 배치에 연결된다. 연행록 작가가 내용을 두고 분류와 배치를 고민하는 그 자체는 하나의 지식 생성의 과정이기도 하다. 그렇다면 연행록은 작가가 체험하고 견문한 지식·정보를 어떻게 분류하고 배치하고 있을까?

우선 연행록에서 가장 흔히 볼 수 있는 것은 일기를 통해 견문 체험을 배치하는 방식이다. 이는 김창업의 『노가재연행일기』가 대표적이다. 앞서 김경선은 이를 편년체의 전형으로 주목한 바 있다. 연행 자체가 기행의 성격을 지니고 있으므로 노정에 따라 시간 순서로 기록하는 방식은 가장 일반적인 배치 방식이다. 김창업이 1712년의 연행 체험을 노정에 따른 시간 순서로 기록하고, 이를 '연행일기'로 제명하고 있다. 그 내용을 들여다보면, 김창업은 단순히 일기 방식만을 고집하지 않고 있음을 알 수 있다. 자신의 견문 체험과 지식·정보를 보여주기 위해 몇 가지 항목으로 나누어 체계화하고 있다.

① 「일행 인마 도강수(一行人馬渡江數)」
② 「산천 풍속 총록(山川風俗總錄)」
③ 「왕래 총록(往來總錄)」
④ 「일기(日記)」

크게 네 항목으로 나누고 있다. 견문하고 체험한 내용은 ④의 일기 구성에서 주로 다룬다.[51] 실제 김창업은 연행의 견문 지식과 사건을 비롯해 다양한 체험 정보 등의 기록을 대부분 일기로 기록하고 있다. 그런데 ①에서 ③의 항목은 본격적인 연행 체험과 견문 지식의 구체적 기록을 위한 길잡이 역할을 한다. 특히 ①에서는 사행에 참여하는 명단과 말의 두수, 사행의 의식 절차와 예단을 비롯하여 연행 과정에서의 공식 정보를 적고 있다. 이어서 ②에서는 이국의 지리적 특성과 이국문물, 풍속과 의복 제도 등을 종합하여 요약·포착한다. 반면에 ③에서는 서울에서 북경까지 왕래한 거리를 비롯하여 왕복 일수 등을 상세하게 기록하며, ④에서는 서울에서 북경을 거쳐 다시 서울로 돌아오는 여정을 날짜별로 포착하고 있다.

무엇보다 김창업은 연행 과정의 구체적인 정보나 견문 지식은 모두 날짜별로 기술하고 있다. 서술 방향이나 특이 사항을 비롯하여 특정 사건의 경우, 전후 날짜의 내용을 모두 읽지 않으면 그것과 관련한 구체적인 지식·정보를 쉽게 파악할 수 없다. 이런 점에서 일기 방식의 구성과 기록은 견문 지식과 정보를 손쉽게 파악할 수 없는 단점이 있다. 특히 작가의 관점과 연행 과정에서 획득한 특기할 내용이나 주요 사건의 상황을 파악하는 데 난점을 보인다.

그렇지만 『노가재연행일기』와 같은 구성과 견문한 지식·정보의 배치는 연행록의 일반적 형태다. 김창업과 함께 연행에 참여하여 연행록을 남긴 것에서 이러한 사례를 볼 수 있다. 최덕중(崔德中)이 그렇다. 최덕중은 1712년 동지사 겸 사은사(冬至使兼謝恩使)의 군관으로 종사한 뒤, 『연행록』을 남겼다. 그 역시 김창업과 같이 군관의 자격으로 연행하고 그 체험을 기록으로 남긴 것이다. 최덕중 역시 일기 방식으로 연행 체험을 기록

51 『노가재연행일기』 9권의 분량 중, 8권을 일기로 기록하였다.

하고 있지만, 김창업에 비하면 지식·정보를 구성하고 배치하는 것에서 훨씬 구체적이고 상세하다. 아래는 그가 제시한 연행 체험 내용의 전체 분류·배치 방식이다.

> ① 연행록〔서(序)에 해당〕
>
> 입책식(入柵式), 심양 교부 분납(瀋陽交付分納), 입경식(入京式), 입경 하정(入京下程), 표자문 정납(表咨文呈納), 홍려시(鴻臚寺), 연의(演儀), 조참의(朝參儀), 방물 세폐 정납(方物歲幣呈納), 하마연(下馬宴), 영상의(頒賞儀), 재회 물목(賫回物目), 상마연(上馬宴), 금번 사은 사기 예물(今番謝恩四起禮物), 입피지 급예단식(入彼地給禮單式).
>
> ② 노정기〔한양~연경〕
>
> ③ 동행록(同行錄)
>
> ④ 일기

①은 연행록의 서에 해당하는데, 사행의 배경과 그 동기를 요약하고 있다. ①의 서 다음에 이어지는 '입책식'부터 '입피지 급예단식'까지는 봉황성에 들어가는 절차와 심양에 예물을 분납하는 절차, 북경에 입성하는 예식, 청나라 관청이 조선 사절단에 공급하는 물품과 그 수량, 조선 사절이 청국 황제와 예부에 공문을 올리는 절차, 청국 황제의 알현을 위한 연습 등을 두루 기록하고 있다. 이어서 황제를 알현하는 의식, 우리 사절에 대한 황제의 예우, 방물과 세폐의 납부 절차, 청조의 예부가 조선 사절을 위로하는 연회, 청 황제가 조선 국왕과 사절 일행에게 물품을 상사하는 의식과 물품 및 수량을 기록하고 있다. 이 모두 연행 과정에서의 공식 행사에 필요한 절차와 의례의 기록이다.

②는 서울에서 연경까지의 노정기다. 서울에서 의주까지, 의주에서 봉성까지, 봉성에서 산해관까지, 산해관에서 북경까지 거리의 구체적인 정보를 상세하게 기록하고 있다. 구체적인 연행노선과 그 일정을 쉽게

알 수 있도록 배치하였다. ③은 동지사 겸 사은사에 참여한 인원의 관직과 직분, 성명을 기록하고 있다. ④는 1712년 11월부터 1713년 3월까지 약 4개월간의 견문 체험을 일기 형태로 기록한 것이다. 이 부분이 『노가재연행일기』처럼 가장 많은 분량을 차지한다.

그러니까 일기 형태의 연행록은 『노가재연행일기』의 구성과 배치 방식을 전범으로 삼은 뒤, 이 틀을 원용하여 약간의 변형을 가하여 구성하는 것이 일반적이다. 실제 일기 방식의 연행록은 『노가재연행일기』의 구성 방식에 약간의 변형을 하여 내용을 배치한 경우가 대부분이다. 이를테면 일부 목차를 조정하거나 구성 방식에서 『노가재연행일기』의 틀을 부분 변개하여 기록하고 있는 것이다.

이러한 사례는 이상봉(李商鳳, 1733~1801, 이후 의봉(義鳳)으로 개명)의 『북원록』에서 확인할 수 있다.[52]

『북원록』의 지식·정보의 분류와 배치

목차	항목
『북원록』 권1	일행인마입책수(一行人馬入柵數), 방물세폐수목(方物歲幣數目), 노정배참(路程排站), 입책보단(入柵報單), 연로각처예단(沿路各處禮單), 중로연향(中路宴享), 입경(入京), 입경하정(入京下程), 표자문정납(表咨文呈納), 홍려사연의(鴻臚寺演儀), 조참(朝參), 방물세폐정납(方物歲幣呈納), 영상(領賞), 재회수목(齎回數目), 고시(告示), 하마연(下馬宴), 상마연(上馬宴), 사조(辭朝), 산천풍속총론(山川風俗總論), 왕래총록(往來總錄), 경진칠월십이일(庚辰七月十二日), 11월
『북원록』 권2	11월, 12월
『북원록』 권3	12월, 신사년 정월

52 『북원록』의 내용과 특징은 김영죽, 「『北轅錄』의 1760년 北京기록: 子弟軍官과 동아시아 지식인 만남의 재구성」, 『대동문화연구』 90, 성균관대학교 대동문화연구원, 2015, 69~108면; 전수경, 「1760년 李徽中·李義鳳 부자가 만난 서구: 『北轅錄』을 중심으로」, 『민족문학사연구』 55, 민족문학사학회·민족문학사연구소, 2014, 9~32면.

목차	항목
『북원록』 권4	정월, 이월
『북원록』 권5	이월, 사월

『북원록』은 1760년 이상봉이 삼절겸연공사(三節兼年貢使)에 참여한 서장관 이휘중(李徽中, 1715~1786)의 자제 군관 자격으로 연행하고 남긴 연행록이다. 이상봉은 서장관 이휘중의 아들이다. 당시 성균관에 있으면서 부친을 모시고 연행하게 된다. 권1의 경우 사절의 공식적인 의례와 절차, 방물과 세폐의 납부 절차와 연희 등의 항목을 두었다. 이는 대체로 최덕중의 기록과 비슷하고, 산천풍속총론과 왕래총록을 기술한 항목은 김창업의 그것과 같다. 권2와 권3은 모두 일기 방식의 서술로 이 역시 앞서 언급한 두 사람의 기록 방식과 동일하다. 이를 보면, 『북원록』의 전체 구성과 분류는 마치 김창업의 『노가재연행일기』와 최덕중의 『연행록』을 각각 참조하여 이 둘을 섞어놓은 것과도 흡사하다.

이처럼 18·19세기에 나온 일기 방식의 연행록은 『노가재연행일기』의 분류와 구성을 기본으로 삼고 여기에 일부 항목을 첨부하거나 약간의 변형을 통해 내용을 배치하고 있다. 큰 틀에서 보면, 김창업과 최덕중의 분류·구성 및 배치 방식에서 크게 벗어나지 않는다. 사실 이러한 분류와 배치 방식은 연행 체험과 견문 지식을 기록하는 데 편리한 장점이 있지만, 연행 체험을 하나의 서사 작품처럼 구성하는 것과는 사뭇 다르다. 연행록 그 자체를 개성적인 작품으로 구성하는 형태도 아니어서 연행 체험의 체계적 기록과 견문 지식·정보를 역동적으로 보여주는 방식과는 거리가 있다.

이와 달리 연행 체험을 체계적으로 정리하여 배치한 경우도 있다. 이는 홍양호의 『연요잡기(燕遼雜記)』가 대표적이다. 『연요잡기』는 『이계집』에는 없고, 동양문고에 소장본에 실려 있다.[53] 『연요잡기』는 제명에서 알 수 있듯이 필기 방식으로 기술한 연행록이다. 필기 방식의 연행록은 이미 홍만조(洪萬朝, 1645~1725)의 『관중잡록(館中雜錄)』에서 그 형태를 확인할 수 있다. 홍만조는 1696년 사은부사로 연행한 뒤, 당시의 견문 체험과 지식을 각각 한시와 산문으로 남긴바, 『연사록(燕槎錄)』과 『관중잡록』이 그것이다. 『연사록』은 114제 149수의 한시로 연행 체험을 표출한 것인데, 한양에서 출발해 연경에 이르기까지의 노정에서의 풍물과 견문 체험을 형상화하였다.[54] 『관중잡록』은 연경의 옥하관에 체류하면서 연행 과정에서 견문한 지리와 각 지역의 풍속 및 제도 등을 기록한 것이다. 홍만조는 『관중잡록』에서 일부 내용을 항목별로 나누어 서술하고 있지만, 이는 전체 구성과 배치를 염두에 두고 기록한 것은 아니다. 예컨대 그는 일부 항목에 제목을 붙이고 있지만, 일부 항목에서는 붙이지 않고 있다. 여기서 이미 구성과 배치를 진지하게 고려한 기록이 아님을 알 수 있다.[55]

또한 이의현(李宜顯, 1669~1745)이 남긴 『경자연행잡지(庚子燕行雜識)』와 『임자연행잡지(壬子燕行雜識)』도 필기 방식 연행록의 일종이다. 이의현은 1720년 동지사 겸 정조성절진하 정사(冬至使兼正朝聖節進賀正使)로 연행한 체험과 견문 지식을 잡지 형태로 기록하고 있다. '잡지'의 명칭이 그러하듯이 이의현은 연행 과정에서 그때그때 체험한 내용과 견문한 지식·정보를 두서없이 기록하고 있다. 1749년에 연행한 유언술(兪彦述, 1703~1773)도 『연경잡지(燕京雜識)』를 남겼는데 이 역시 필기 방식의 기록이다.[56] 그

53 고려대학교 민족문화연구원 해외한국학자료센터에서 일본 동양문고를 소장처로 소개한 『耳溪先生三編全書』와 진재교의 해제 참조.

54 『燕行錄選集補遺』 上, 성균관대학교 대동문화연구원, 2008, 16면의 신익철 해제 및 222~229면 참조.

55 제목을 붙인 경우는 주로 지리와 관련한 것인데, '奉天府所屬, 錦州府所屬, 鳳凰城, 東明王墓在復州, 九原城, 古安市縣在盖平縣, 高麗城在遼陽州, 長白山, 關東人民賦役' 등으로 나누고 이후에는 제목 없이 서술하고 있다.

56 兪彦述, 『松湖集』 卷6 참조.

는 동지사의 서장관으로 연행하고 그때그때의 체험과 견문한 지식·정보를 기록하고 있는데, 실제 내용도 전혀 체계적이지 않고, 노정과 날짜도 전혀 고려하지 않고 내용을 배치하고 있다.

이들 연행록과 달리 홍양호의 『연요잡기』는 구성과 분류 방식이 체계적이며, 연행 체험과 견문한 지식·정보의 구성 방식도 독창적이다. 배치한 내용도 방향성이 있다. 특히 청조 문물의 우수함을 특기하여 이를 전달하려는 의식을 강하게 보여준다.

다음은 『연요잡기』의 구성과 지식·정보의 분류 및 배치 방식이다.

홍양호 『연요잡기』의 지식·정보의 분류와 배치[57]

목차	항목
『이계선생삼편전서(耳溪先生三編全書)』 권44	산천(山川)(42), 성곽(城郭)(20), 궁전(宮殿)(8), 사묘(祀廟)(11), 사찰(寺刹)(5), 누대(樓臺)(4), 고적(古蹟)(7), 풍속(風俗, 부기희(附技戲))[58](69), 물산(物産)(11), 사고전서(四庫全書)(1), 문과(文科)(7), 무과(武科)(1), 군영(軍營)(3), 전기(戰器)(6), 조운(漕運)(1), 조공(朝貢)(7), 전법(錢法)(3), 염법(鹽法)(2), 부세(賦稅)(1), 관세(關稅)(2), 노세(蘆稅)(1), 다세(茶稅)(1), 광세(礦稅)(2), 어세(漁稅)(1), 계세(契稅)(1), 채주(採珠)(1), 포초(捕貂)(1), 채삼(採蔘)(1), 목창(木廠)(1)
권45	습유기문(拾遺記聞): 오삼계사적(吳三桂事蹟)(17), 정지룡사적(鄭芝龍事蹟)(5), 서융사적(西戎事蹟)(9), 근세군도(近世群盜)(8), 역외제국(域外諸國)(9), 동북강계(東北疆界)(4) 문견쇄록(聞見瑣錄)(38)

57 괄호 안의 숫자는 각 항목의 칙(則) 수를 나타냄. 홍양호의 『연요잡기』는 정우봉, 「耳溪 洪良浩의 燕行錄에 나타난 중국 체험과 그 의미」, 『한국한문학연구』 63, 한국한문학회, 2016, 67~95면.

58 풍속 항목 안에 궁중에서 공연되었던 연희를 다룬 17칙은 1782년 홍양호와 함께 동지정사로 연행한 정존겸(鄭存謙, 1722~1794)의 『연행일기』의 기록을 덧붙여놓은 것이다. 이때 홍양호는 부사로 연행에 참여하였다. 당시의 연희 기록과 분석은 이창숙, 「燕行錄에 실린 중국 演戲와 그에 대한 조선인의 인식」, 『한국실학연구』 20, 한국실학학회, 2010, 131~173면.

홍양호는 두 차례 연행 뒤, 당시의 연행 체험을 각각 한시와 연행록 형태로 각기 남겼다. 『연운잡영(燕雲雜詠)』과 『연운속영(燕雲續詠)』은 1782년과 1794년의 연행 체험을 한시로 포착한 것이며, 『연요잡기』는 1782년에 연행한 뒤에 기록한 필기 방식의 연행록이다. 홍양호가 두 차례 연행 체험을 한시와 산문으로 구분하여 기록한 것은 흥미롭다. 특히 『연요잡기』에서 36개의 항목으로 나누어 연행 체험을 기록하고 있다. 청조 풍속을 다루는 데 큰 비중을 두고 기록한 것과 청조의 제도를 비롯하여 의식주 등의 일상사에 관심을 두고 있는 것은 예사롭지 않다. 무엇보다 성곽과 전기(戰器), 조운과 전법(錢法) 그리고 광세(礦稅) 등의 항목을 특기하여 배워야 할 점을 제시한 것은 이용후생을 지향하고 있어 그의 평소 사유가 이용후생에 있음을 알 수 있다.[59]

홍양호는 『연요잡기』에서 전체 서술의 방향을 쉽게 파악할 수 있도록 36개의 항목으로 배치하고 있다. 그는 연행에서 체득한 지식·정보를 체계적으로 분류하는 한편, 북학의 면모가 담긴 항목을 함께 제시한 것은 의미가 있다. 이는 연행 체험과 견문 지식을 객관적으로 전달하는 데 초점을 맞춘 의식의 일환이기 때문이다. 일기 방식의 연행록에서 흔히 보이는 주관적 감상이나 의론 위주의 기록과 사뭇 다른 방식이다.

이처럼 청조의 우수한 제도와 풍속 등을 객관적으로 포착하여 전달한 사례는 박제가의 『북학의』나 이희경(李喜經, 1745~1805 이후)의 『설수외사(雪岫外史)』 등에서 볼 수 있는 것이기도 하다.[60] 『북학의』나 『설수외사』는 이용후생의 뚜렷한 방향성을 가지고 연행 체험과 견문 지식·정보를 재구성하여 분류·배치한 것인데, 홍양호의 『연요잡기』 역시 마찬가지다.

59 홍양호의 사유와 이용후생의 양상은, 진재교, 『이계 홍양호 문학 연구』, 성균관대학교 출판부, 1999, 2장 참조.

60 진재교, 「조선의 更張을 기획한 또 하나의 北學議, 『雪岫外史』」, 『한문학보』 23, 우리한문학회, 2010, 417~448면.

연행 과정에서 체험하고 획득한 지식·정보를 체계적으로 제시한 점, 청조의 문물제도에 주된 관심을 표하고 있는 것에서 이들 연행록과 상동성을 보여준다.

한편, 앞에서 언급한 연행록의 지식·정보의 분류·배치와 다른 편집 방식은 『계산기정(薊山紀程)』에서 확인할 수 있다. 이 연행록은 구성과 분류 방식이 독특한데, 한시와 산문을 결합하는 방식으로 분류·배치를 한 점이 그러하다.[61] 구체적으로 『계산기정』이 지식·정보를 어떻게 분류·배치하는지 보자.

『계산기정』의 지식·정보의 분류와 배치

목차	항목	
『계산기정』 권1	출성(出城): 계해년 10월, 11월	「이가(離家)」 등의 한시 99수
	만도(灣渡): 계해년 11월, 12월	「용만관이발(龍灣館離發)」 등의 한시 59수
『계산기정』 권2	도만(渡灣): 계해년 12월	「장성점(長盛店)」 등의 한시 124수
『계산기정』 권3	유관(留館): 계해년 12월	「황도(皇都)」 등의 한시 185수
	유관(留館): 갑자년 1월, 2월	
『계산기정』 권4	복로(復路): 갑자년 2월, 3월	「옥하관이발(玉河館離發)」 등의 한시 78수
『계산기정』 권5	부록	행총(行總), 보단(報單), 연읍(沿邑), 관아(官衙), 세폐(歲幣), 식례(食例), 상사(賞賜), 공역(公役), 도리(道里), 산천(山川), 성궐(城闕), 궁실(宮室), 의복(衣服),

61 대체로 연행록의 구성은 연행시를 제외하면 일기, 잡록(잡지 등의 필기), 기(記)로만 이루어진 것과 이들을 혼합하고 있는 경우가 대부분이다. 혼합된 경우 편지나 필담을 비롯하여 기타 기록물이 들어가기도 한다. 이 경우, '일기+시', '시+잡록', '일기+기사', 시+일기+기사 등의 구성을 하고 있다. 물론 이를 부분 변주하여 구성한 사례도 있다. 신석우(申錫愚)의 『입연기(入燕記)』가 '기'를 중심으로 왕복 편지를 수록한 것이 대표적이다.

목차	항목	
		음식(飮食), 기용(器用), 주거(舟車), 풍속(風俗), 과제(科制), 축물(畜物), 언어(言語), 호번(胡藩), 공세(貢稅)

『계산기정』은 이해응(李海應, 1775~1825)의 연행록이다. 권1에서 권4까지의 구성은 견문 체험을 445수의 한시로 포착한 내용을 배치하고 있다. 전체 구성 모두 한시로 연행 체험을 포착한 것은 아니다. 권1에서 권4까지 '출성, 만도, 도만, 유관, 복귀'으로 나눈 다음, 그 하위에 '일기→표제(標題)→산문→한시(산문→한시)[62]' 방식의 기록을 보여준다. 일종의 '일기+산문+한시' 형태이다. 구성이 매우 독특하여 예전에 없던 새로운 편집 방식이다. 여기서 표제는 일기의 내용과 함께 노정에 따른 기행 장소와 견문 체험에서 특기할 만한 내용을 고려하여 정한 것으로 보인다. 이 표제는 시제의 기능도 할 만큼 당일의 견문 체험을 특징적으로 보여준다.

여기서 산문의 내용은 한시 앞에서 표제와 관련한 구체적 지식·정보를 제시하는 역할을 한다. 이 점에서 『계산기정』은 기행문과 한시를 결합한 특이한 연행록인 셈이다. 이러한 방식의 구성과 배치는 다른 관점에서 보면 '일기→표제→시서(詩序)→한시'의 구성으로 이해할 수도 있다. 어쨌거나 일기·표제·시서·한시를 결부한 구성을 따라가다 보면 날짜별 혹은 월별 노정도 쉽게 알 수 있고, 표제를 통해 그때그때의 정황을 파악할 수도 있다.

더욱이 이해응은 연행 과정에서 특기할 만한 저간의 상황을 시서〔산문〕에서 소상히 기록하고 있다. 한시를 제외하고 보면, 앞서 언급한 일기 방식의 연행록과 같다. 하나의 사례를 들어본다.

62 하루 일정 안에 한 수(首)의 한시가 있기도 하지만, 여러 수가 있는 사례도 있다.

① 권3 유관(留館)」

② 초이일 임진

③ ‘왕경문 명감재(王景文明鑑齋)’

④ 왕경문은 산동 사람으로 안경 만드는 것을 업으로 하는데, 그의 문에 ‘명감재’라는 편액이 걸렸다. 역관 중에 왕경문과 평소 알고 지낸 자가 있었으므로 그는 흔연히 영접해준 다음, 술과 안주를 마련하여 대접하였다. 드디어 그와 대략 필담하였는데, 대체로 그는 글을 잘 알고 기백이 있는 자였다. 의자 위에 ‘음악수법’이 있었는데, 황금으로 그릇을 만들었다. 그리고 위에는 처마가 있고 아래에는 바닥이 있는데, 수정 10여 줄기를 바닥에 드리워 심었다. 바닥을 좇아 자물쇠를 열면, 음악이 그 가운데서 나와 스스로 율조를 이루고, 드리워 심은 수정은 마치 물이 위로 계속 부글부글 솟는 것과 같았으나, 마침내 위로 솟은 흔적은 없다. 참으로 기이한 구경거리인데, 그것은 바로 서양 악기라고 하였다. 자본(字本)·서화·고동·필묵 등 점포를 이따금 둘러보았으나 모조리 다 보지는 못하였다. 저들에게도 역시 세배하는 규례가 있어, 어수선하게 오고 가고 하였다.

⑤ “왕생은 기절이 있어/손님 보고서는 술 받아 오네./웃으며 하는 말 산 동쪽 마을엔/차가운 봄날 매화를 일찍 보노라.”[63]

인용한 내용은 논의를 위에 번호를 붙여 제시하였다. 『계산기정』은 ①의 대항목부터 ⑤의 한시까지 산문과 한시를 섞어 배치하고 있다. ①

63 李海應, 『薊山紀程』 권3, 「留館」, ‘初二日, 壬辰’, “王景文明鑑齋, 王山東人也. 業造眼鏡, 門揭明鑑齋. 諸譯中, 有與王素知者, 王欣接延坐, 辦酒饌供之. 遂畧與筆談, 蓋能文識多氣節者也. 椅上有稱音樂水法者, 黃金爲器. 上有簷而下有底, 以水晶十數莖. 垂植於下底, 自底開鑰, 則音樂出其中, 自成調律, 而水晶之垂植者, 如水上湧, 綷綷不已, 而終無上湧之迹. 洵異觀也, 此乃西洋樂云. 字本, 書畫, 古董, 筆墨等鋪, 往往歷見, 而猶不可徧焉. 彼人亦有拜年之例, 往來紛紛; ‘王生多氣節, 見客沽酒來. 笑說山東里, 春寒早見梅.”

은 대항목이다. 앞서 언급했지만, 권1부터 권4까지는 '출성, 만도, 도만, 유관, 복귀'라는 대항목을 두고 있다. 주로 관사에 머문 시기에 견문 체험한 내용이다. ②는 관사에 머문 특정 날짜의 견문 체험한 일기 방식으로 기술한 것인데, 정월 초이틀의 기록이다. ③은 그날그날 견문한 내용의 표제이다. 역관의 주선으로 유리창에 있는 안경사 왕경문의 작업장인 명감재를 방문하여 필담은 나눈 것을 주목하여 '왕경문명감재'라는 표제를 달았다는 내용이다. ④는 이해응이 왕경문의 명감재에서 그가 작업하고 있는 현장의 모습과 함께 신기한 서양악기의 '음악수법'의 연주를 보고 감탄하고, 자본·서화·고동·필묵 등의 서화 골동을 감상하는 내용을 담고 있다. 일견 뒤이어 나오는 한시의 시서처럼 시 창작의 배경과 같은 기능을 한다. ⑤는 ④의 시서에 이어 이를 배경으로 창작한 한시다. 이러한 구성 방식은 대항목의 표제에서 한시까지 수미가 상관되어 그날그날의 견문 체험을 쉽게 파악할 수 있다.

요컨대『계산기정』은 기왕의 연행록이 연행 체험을 한시는 연행시로, 산문은 연행록으로 구분하여 기록한 것과 달리 한시와 산문을 결합하고 있다. 주관적 정감과 객관적 서술 태도를 결합함으로써 견문 체험과 지식·정보의 전달을 효과적으로 전달한다. 이 점에서『계산기정』은 한시와 산문을 교직한 편집을 통해 연행에서의 지식·정보를 새롭게 보여주는 연행록이다.

여기서 권5는 부록이다. 세부 항목을 제시에서 알 수 있듯이 모두 22개로 나누어 기록하고 있다. 이를테면 공역, 도리, 산천, 성궐, 궁실, 의복, 음식, 기용, 주거, 풍속, 과제, 축물, 언어, 호번, 공세 등과 같은 항목인데, 이러한 분류·배치는 연행에서 견문한 체험과 지식·정보를 비교적 객관적으로 제시하기 위해 고안한 것임은 물론이다. 이를 고려하면『계산기정』은 연행 과정에서의 체험을 한시로 표출하는 한편, 시서와 부록을 통해 견문한 지식·정보를 객관적으로 전달하려는 의식을 엿볼 수 있다.

이는 시로 그때그때의 정감을 표출함으로써 객관적 사실과 문학적 정감을 어우르는 독특한 방식이기도 하다. 외형적으로 운문과 산문을 함께 배치하고 있으나, 내용을 파고들어 보면 운문과 산문이 서로 넘나들며 연결되고 있는 것이다. 가독성과 함께 문학성을 고려한 방향으로 편집한 것임을 금방 알아차릴 수 있다.

김경선의 『연원직지』 역시 전대의 연행록에 비해 견문 체험과 지식·정보의 내용을 훨씬 체계적으로 분류하여 배치하고 있다.

『연원직지』의 지식·정보의 분류와 배치[64]

목차	항목
연원직지서(燕轅直指序)	
『연원직지』 권1	출강록(出疆錄) ○임진 6월, 7월, 10월, 11월
『연원직지』 권2	출강록 ○임진 12월
『연원직지』 권3	유관록(留館錄)〔상〕 ○임진 12월
『연원직지』 권4	유관록〔중〕 ○계사 정월
『연원직지』 권5	유관록〔하〕 ○계사 정월, 2월, 회정록(回程錄) ○계사 2월, 3월, 4월
『연원직지』 권6	유관별록(留館別錄)

64 또한 『연원직지』는 날짜별 기술 바로 밑에 마치 세부 항목처럼 기문을 두어 기술하고자 하는 바를 기문의 표제어를 달았다. 이를테면 권1에는 「구룡정기(九龍亭記)」·「압록강기(鴨綠江記)」·「책문기(柵門記)」·「영길리국표선기(英吉利國漂船記)」·「고려총기(高麗叢記)」를 비롯하여 42편, 권2에는 「심양세폐기(瀋陽歲幣記)」·「수양산기(首陽山記)」를 비롯하여 58편, 권3에는 「북경풍수(北京風水)」·「가방위치(街坊位置)」·「연경팔경(燕京八景)」·「시헌국기(時憲局記)」·「서천주당기(西天主堂記)」 등 23편을 수록하였다. 권4에는 「당자기(堂子記)」·「태양궁기(太陽宮記)」·「국자감기(國子監記)」를 비롯하여 50편, 권5에는 「지안문외관묘기(地安門外關廟記)」·「이마두묘기(利瑪竇墓記)」·「안시성기(安市城記)」 등 57편을 수록하였다. 모두 230편의 기문이다.

김경선은 1832년에 동지겸사은사의 서장관으로 연행한 뒤 『연원직지』를 남겼다. 그는 자신의 연행록을 두고 "의술가에 빗대면서 여러 의술가의 학설을 모아 종합하고, 증세에 따라 방문을 낸 직지방(直指方)과 같은 것이다"라 한 다음, 『연원직지』라 이름붙이고 있다. 그리고 "사행에 참여한 사람이 자신이 남긴 연행록을 본다면 사폐로부터 복명까지 불시에 어떤 일이 일어나면, 상고할 수 있고, 장소에 따라 참고하며 손바닥을 가리키듯이 길을 안내한다면 그 간편함을 자랑할 수도 있고 도움을 줄 수 있을 것이다"[65]라 하여 기존 연행록의 구성과 서술 방식이 사뭇 다른 것임을 예고해주고 있다. 곧 자신의 연행록이 사행의 진행 순서와 장소에 맞춰 기술한 것이기에 연행을 위한 맞춤형 기록이라는 것이다. 이는 후대 사행을 위해 체계적인 구성과 함께 내용을 일목요연하게 파악할 수 있도록 편집한 것을 두고 표출한 강한 자부심이기도 하다.

김경선은 이를 위해 전체 6권의 연행록을 '출강록', '유관록', '회정록', '유관별록' 등으로 나눈 다음, 그 아래에 일기 방식으로 재분류하고, 그 하위에 다시 연행 과정에서 주목할 만한 내용을 기문 형태로 다시 배치하였다.[66] 권6을 "견문한 일 중에서 한 곳에 붙일 수 없는 것을 기록하여 유관별록으로 이름하였다〔凡聞見之不可偏係一處者, 分類記之名曰留館別錄〕" 라고 밝히고 있다. 다음은 견문 체험을 기문으로 적은 하나의 사례다.

① 「유관록」

---

65 金景善, 『燕轅直指』, 「燕轅直指序」, "然則比之醫家, 此不過集諸家說, 而隨證立方, 如直指方耳. 故書成而名之曰, 燕轅直指, 凡六卷. 後之有此行者, 自辭陛暨反面, 無日不臨事而攷閱, 對境而參證, 有如指掌之按行, 則或可詡其簡便, 而不爲無助也否."

66 모든 연행록이 일자별로 기문을 배치하지는 않는다. 특별한 내용이 없는 날이나 기문으로 포착하기 어려운 내용의 그냥 있었던 일을 서술한 사례도 있다. 이를테면 권4 「유관록(留館錄)」 중(中)의 1월 2일과 1월 4일 조나, 권5의 「유관록」 하(下)의 계사년 2월 2일, 2월 6일 조 등의 기사가 그러하다. 그 외에도 더러더러 보인다.

燕轅直指卷之五
留館錄 下
正月十四日 朔陰晩晴 自館所發行行四十里至圓
明園宿
皇帝在圓明園以上元設戲令諸國使臣來參亦
例也因禮部知委飯後偕正副使由東安門入出
地安門循城而西歷見關帝廟十刹海火神廟北
藥王廟千佛寺仍出德勝門觀城閘水入處又行
數里至大鐘寺又行至圓明園(皆別有記)就所館自廚
房備進饍茹療飢訖與正副使聯步往見虎圈(別有
虎圈記)轉登一小阜領略其排布位置西苑又不啻
風斯下矣還歸所館夕飯後又聯步出門步月踏
過數處石橋縱觀燈炮(有元宵燈記及煙花記)夜深而返
見主家獨不放砲詰其故則以爲乏錢不能買取
遂令得給唐錢二百文買來十柄使放之主人稽
首拜謝
地安門外關廟記
所謂白馬關廟者實在於正陽門外而或以此當
之非也規模位置一如他廟而殿後又有一殿安
四座位版即關帝父祖曾高云西墻外又有一廟

燕轅直指卷之五 留館錄下

『연원직지』 가운데 「유관록」(부분)

② 계사년, 1월 13일 맑음. 관소에 머물렀다.

③ 정사, 부사와 함께 각기 부채, 빗, 종이, 먹, 환약 등을 내어 마두를 시켜 악라(鄂羅) 관인에게 주어 전일 은행죽〔杏粥〕을 대접해준 데 대해 사례하고, 아울러 그 죽그릇도 돌려주었다. 느지막이 성신(聖申)이 거리에 놀러 나갔다가 동쪽 4패루를 지나 조양문(朝陽門)을 돌아 나가서 황금대(黃金臺)·삼충사(三忠祠)를 둘러보고 돌아왔다. 그가 들려준 바에 따라서 기를 적는다.

④ 황금대기(黃金臺記)

황금대 옛터는 조양문 밖에 있다. 호(濠)를 따라서 남쪽으로 수백 보 지점에 이른바 황금대가 있다. 두어 길 무너진 언덕이 손을 보지 않아 거칠고 더러우니, 그것이 과연 고적인지는 모르겠다. 자세한 것은 이달 3일 금대사기(金臺寺記)에 보인다.

⑤ 삼충사기(三忠祠記)

황금대에서 남쪽으로 몇 리쯤 가서 대통교(大通橋)에 이르고, 대통교 곁에 사당이 있으니, 곧 제갈량, 악비(岳飛), 문천상(文天祥)의 혼령을 모신 곳이다. 뜰에 비석 둘이 있는데 다 만력 때 세운 것이다. 정전에 소상 셋을 안치하였는데, 가운데는 제갈무후, 왼쪽은 악비, 오른쪽은 문천상이다. 제갈량은 학창의(鶴氅衣)에 와룡관(臥龍冠)을 쓰고 손에는 우선(羽扇)을 잡았다. 악비는 갑옷을, 문천상은 복두(幞頭)를 썼다고 한다.[67]

앞서의 『계산기정』처럼, 인용한 내용은 논의를 위에 번호를 붙여 제시하였다. 『연원직지』는 ①의 대항목부터 ⑤의 기문까지 일기 방식과 기문을 섞어 배치하고 있다. ①은 대항목이다. 여기서 권1에서 권6의 연행록은 '출강록, 유관록, 회정록, 유관별록'의 대항목으로 나누어 제시해두고 있다. ②는 관사에 머문 특정 날짜의 견문 체험한 일기 방식으로 기술한 것인데, 다른 연행록에서도 흔히 볼 수 있는 일기 방식이다. 위의 내용은 정월 13일의 기록이다. ③은 그날그날 견문한 내용을 약술한 것인데, 은행 죽을 보내온 관인에게 답례한 사실과 시종 성신이 황금대와 삼충사를 둘러보고 들려준 배용을 적은 기문이다. ④와 ⑤는 각기 자신이 들은 내용을 토대로 황금대와 삼충사를 기문으로 엮은 내용이다.

이를테면 『연원직지』는 '~록⊃월일⊃기문'의 형태로 구성하여 독특한 편집 방식을 취하고 있다. 이때 기문의 표제어는 노정의 장소와 날짜를 고려하여 선정하고 있다. 기문의 전체 표제어는 모두 230개인데, 이 기문은 연행 일정에 따른 소항목의 표제어 역할을 한다. 그리고 하루에

67 金景善, 『燕轅直指』 권4, 「留館錄」 中, '正月十三日', "晴. 留館. 與正副使各出扇梳紙墨丸藥等, 送馬頭遣鄂羅館人致訊, 以謝前日杏粥之饋, 並與碗還之. 晚後, 聖申出遊街上, 行過東四牌樓, 轉出朝陽門, 歷見黃金臺·三忠祠而歸. 因其所述而記之. '黃金臺記; 黃金臺故墟在朝陽門外, 循濠而南數百武, 有所謂黃金臺者, 數丈頹阜, 荒穢不治, 未知果是古蹟也否. 詳見今月初三日金臺寺記.' '三忠祠記; 自黃金臺, 又南數里許, 至大通橋, 橋旁有祠, 卽諸葛武侯, 岳武穆, 文文山妥靈之所也. 庭有兩碑, 皆萬曆中所立, 正殿安三像, 中諸葛, 左岳, 右文, 而武侯衣鶴氅, 冠臥龍, 手執羽扇, 武穆甲胄, 文山幞頭云.'"

견문 체험한 내용을 하나의 기문에 포착한 사례도 있지만, 그 내용이 많을 경우, 여러 개의 기문으로 나누어 제시하기도 한다. 이처럼 김경선은 『연원직지』에서 연행에서의 견문 체험과 지식·정보를 쉽게 파악할 수 있도록 분류·배치하고 있다. 이는 그날그날의 견문 체험한 사실의 내용과 그것을 기문을 통해 결합함으로써 지식·정보의 객관적 전달은 물론 저자의 정감을 함께 교직해 냄으로써 독자의 시선을 사로잡고 있어, 적지 않은 울림도 함께 전하고 있다.

5. 연행록을 다시 읽기 위하여

머리글에서 김경선은 많은 연행록 중 "3가가 가장 저명하니, 그들은 곧 노가재 김창업, 담헌 홍대용, 연암 박지원이다"라 하면서 이들 3가의 연행록 글쓰기 특징을 편년체, 기사체, 전기체의 전형으로 파악한 바 있다. 이는 대부분의 연행록이 노가재 김창업의 『노가재연행일기』, 담헌 홍대용의 『담헌연기』, 연암 박지원의 『열하일기』의 글쓰기에서 벗어나지 않을 것이라는 단언이기도 하다. 그만큼 연행에서 체험과 견문 지식과 정보를 기존의 연행록과 달리 독창적으로 창작하기 힘듦을 의미한다. 기실 연행록의 홍수 속에 독자를 만나지 못한 경우가 있는가 하면 『열하일기』처럼 엄청난 반향을 일으킨 예도 있다.

익히 알려진 사실이지만, 여기서 잠시 박지원의 『열하일기』의 독자와 그 반향을 한번 보기로 하자.

> 이날 남직각(南直閣)은 성상의 뜻으로 편지를 써서 안의(安義)의 현감인 박지원에게 다음과 같이 유시하였다. "『열하일기』는 내가 이미 읽어

> 보았다. 다시 아정한 글을 짓되 편질이 『열하일기』와 비슷하고 『열하일기』처럼 회자될 수 있으면 괜찮겠지만, 그렇지 못하면 벌을 내릴 것이다.” ……중략…… 연경에 사신 가는 족형 금성도위(錦城都尉)를 따라 열하에 갔다 돌아와서 『열하일기』 20권을 지었는데, 탄식과 웃음, 노여움과 꾸짖음에다 우언이 버무려져 있었다. 그 가운데 「상기(象記)」, 「호질(虎叱)」, 「야출고북구기(夜出古北口記)」, 「일야구도하기(一夜九渡河記)」 등의 글은 극히 걸출하고 기이하여 당대의 사대부들이 전하여 베끼고 빌려 보는 것이 여러 해가 되도록 그치지 않았다. 이 책이 마침내 대궐에까지 들어가서 이런 분부가 있게 된 것이다. 연암은 우리들이 평소 친하게 종유하던 분이다. 그는 『열하일기』를 짓고 나서 그 이전에 쓴 글을 모두 없애 버리고, “이 『열하일기』만 있으면 나머지 글은 후세에 전할 것 없다”라고 하였다.[68]

남공철(南公轍, 1760~1840)은 정조의 편지를 대필한 뒤 연암에게 보낸 바 있다. 이 편지에서 정조는 『열하일기』와 같은 20권의 글을 짓되 연암체가 아닌 아정한 문체로 적을 것을 명하면서 단서도 함께 달았다. 아정한 문체의 20권 분량을 짓되, 사대부 지식인에게 『열하일기』처럼 독서인이 열독할 수 있도록 하라는 명이었다. 정조는 문체반정의 대상으로 『열하일기』를 지목했을 만큼, 『열하일기』는 당시 사대부 지식인들 사이에서 선풍적인 인기를 얻는데 머물지 않고, 마침내 정조의 귀에까지 알려지게 된다. 사실 정조의 특명은 실현 불가능한 일이기도 했다. 이는 연암에게 『열하일기』와 같은 연암체로 더는 글을 짓지 말라는 일종의 경고

68 柳得恭, 『古芸堂筆記』 卷3, 「熱河日記」, “是日, 南直閣以聖旨折簡, 諭安義縣監朴趾源, 若曰; 熱河日記乙覽已訖. 爲雅正之文, 編帙比熱河日記, 膾炙若熱河日記則可也, 不然有罰.” ……중략…… 隨族兄錦城都尉使燕, 遊熱河而歸, 著日記二十卷, 嘻笑怒罵, 雜以寓言。其象記, 虎叱, 夜出古北口, 日九河等篇, 恢奇, 一時士大夫傳寫借看, 數年而未已, 書竟徹九重, 是聖教也. 巖, 余輩素所周旋, 其著日記也, 削前日所爲文, 意以謂 “有此記則餘不足傳也.”

이자 회유임은 물론이다. 연암 스스로 다른 저작은 없애버리더라도 『열하일기』만 있으면 된다고 자부한 바 있다. 정조의 경고와 달리 연암은 『열하일기』를 일생의 역작이자 문예적 성취로 인식했다. 이처럼 연암의 경우처럼 연행록을 평생의 역작으로 인식하고, 여기에 문예적 역량을 쏟아 부어 기술한 사례는 드물다.

이와 달리 다수의 연행록은 얼핏 많은 내용을 담고 있는 듯 보이지만, 실제 기록을 살펴보면 전혀 그렇지 않다. 비슷한 노정에 동일한 지역의 견문 체험을 포착하고 있으나 기록 양상이 같지 않은 것처럼 보인다. 하지만 다수의 연행록은 중복과 투식에 가까운 상투성을 보여주는가 하면, 전대 연행록의 지식·정보를 활용하여 베끼기도 한다. 연행록의 작가 역시 연행에서의 체험과 견문 지식·정보를 활용하여 심혈을 다해 저술하기보다 그때그때의 견문 체험을 직서하는 경우가 대부분이다. 서술 과정에서도 전대 연행록이나 문헌에서 인용할 경우, 출처를 밝히고 전재하기도 하고, 출처를 밝히지 않고 자기의 기록에 녹여내는 사례가 있는가 하면, 표절에 가까울 정도로 베끼는 경우까지 있다.

게다가 일부 연행록은 자신이 직접 체험하거나 견문하지 않았음에도 기존의 기록을 베껴 자신의 연행록에 배치하기도 한다. 이러한 인용 방식은 지금의 관점으로 보면 표절에 가깝다. 따라서 수많은 연행록에서 작가의 개성과 솜씨를 확인하는 것이나 연행록의 개성을 발견하기란 쉽지 않다. 연행 시기가 다르고, 연행에 참여한 인사가 다르며, 저마다의 체험과 견문한 지식·정보가 달랐음에도 불구하고, 하나하나 따지고 들면 기록과 구성이나 편집 방식은 물론 내용에서도 대동소이하다. 이러한 기록과 구성 방식이 연행록 연구의 난점 중 하나다.

17세기 중반 연행을 시작한 이후, 서구의 충격 있기 전인 19세기 중엽까지의 숱한 연행록에서 작가 의식을 뚜렷하게 드러내거나, 새로운 구성 방식으로 견문 체험한 지식·정보를 제시한 것을 발견하기란 쉽지 않다.

그런 점에서 연구의 시각을 돌려 다른 방식으로 연행록에 접근해야 한다. 그러한 사례의 하나가 연행록과 지식·정보의 관련성이다. 그래서 여기서 연행 체험과 견문 지식·정보의 기록 방식과 그것의 분류·배치, 기왕에 축적된 연행 관련 지식·정보를 어떻게 구성하고 편집하고 있는가를 확인하는 것도 중요하다. 또한 연행록에서 확인할 수 있는 하나의 지식·정보나 사건이 후대로 가면서 다른 연행록에 어떠한 양상으로 정착되고 있는가를 통해 시대상과 역사적 의미를 규명하는 것도 의미가 있다.

현재 연행록 연구에서 개별 작가의 연행록은 그렇다 치더라도 연행록 전체를 두고 연구하고자 할 때, 어떤 시각으로 연행록을 꿰뚫어 보는 것이 유효하며, 또한 어떤 방법으로 연행록 연구에 임할 것인가? 이 문제의 답을 찾기란 쉽지 않다.[69] 연행록에는 문학적 요소는 물론 당대의 역사·문화를 비롯하여 정치·경제와 학술, 그리고 풍속과 일상에 이르기까지 풍부한 관련 지식·정보를 담고 있다. 이를 고려하여 연구의 시선과 방향도 다양해야 한다. 하지만 다수의 연행록은 단순한 개인 견문과 체험을 비롯하여 당대에 떠돌던 전문과 풍문은 물론 타자의 새로운 지식·정보에 이르기까지 다양한 시선으로 포착하고 있어 연구의 방향을 하나로 꿰뚫기란 쉽지 않다.[70]

---

69 연행록 연구에서 가문 중심이나 학파 중심의 연구도 가능하지만, 이 역시 연행록 일부를 이해하는 데 유효하고 전체를 아우르는 시각에서는 한계를 지닌다. 18세기 초반의 경우 노론 사대신 가문 출신이 연행을 지속하면서 연작에 가까운 연행록이 생성되고, 북학파 인물에 속하는 인사들의 경우, 북학파 연행록 등으로 볼 수 있으므로 '가문 중심'이나 '학파 중심'으로 연행록을 볼 수도 있다. 하지만 이후 연행록에 참가한 작자층이 다양해지면서, 특정 가문이나 학파 중심의 지적 결과물에 접근하는 데 한계가 있게 되었다. 이러한 시각은 전체 연행록을 바라보는 것과는 길을 달리한다. 기왕의 연행록 연구에서 붕당과 가문 중심의 연구는 김현미, 「연행록의 계보적 독해: 18세기 전반 노론 사대신 전주이씨 집안 연행기록의 개관과 관심 지향 분석」, 『동양고전연구』 62, 동양고전학회, 2016, 37~66면; 林侑毅, 『朝鮮後期 豊山洪氏 家門燕行錄 硏究』, 고려대학교 박사학위논문, 2019 참조.

이 점에서 연행록에서의 지식·정보의 분류와 배치와 같이 연행록의 구성 방식과 지식·정보의 관계를 파악하는 것은 연행록의 속살에 다가설 수 있는 유효한 지점일 수 있다. 연행록에서 확인할 수 있듯이 역사적 진실과 엇나가는 전문과 풍문의 기록을 비롯하여 견문 체험한 역사적 사실 등의 다양한 기록을 통해 당대의 정보와 지식 등을 풍부하게 담고 있음을 확인할 수 있다. 이는 정제되지 않은 원석과 같은 내용이지만 시대상과 사회상을 담고 있다는 점에서 사료적 가치를 지닌다. 이 점에서 연행록은 당대의 다양한 지식·정보와 관련성이 많다.

연행록이 축적한 지식·정보는 우리가 남긴 기록이지만, 타자의 시선으로 보더라도 유효한 지식·정보를 대거 담고 있다. 우리가 연행록의 미세한 부분까지 파고든다면, 청조 관련 사료가 기록하지 못한 새로운 기록의 보고로 독법할 수도 있다. 하여 조선조 지식인이 기록한 연행록은 청조와 조선조는 물론 상호 간의 다양한 내용과 함께 여러 인간 군상의 인식을 포함하여 다양한 시각의 접근이 가능하다.

구체적 사례로 청조 사료나 기록에서 볼 수 없는 당대의 이러저러한 이면의 모습과 청조 지방의 역사를 조명할 수 있다. 연행록을 통해 청조 사료가 볼 수 없던 관점과 자국 자료가 보여주지 못한 문제의식을 확인하고, 청과 관련한 연구의 새로운 방향을 탐색할 수도 있기 때문이다. 더 나간다면 연행록을 통해 안에서 본 중국이 아니라, 밖에서 본 중국 연구의 단초도 발견할 수도 있다. 이러한 연구의 방향이야말로 상투적인 연행록 연구 방법에서 벗어나는 하나의 길이 아닐까 싶다.

사실 연행록에는 눈여겨볼 만한 지식·정보는 물론 사적인 전문과 풍

70 이를테면 선교사와 서구의 지식·정보의 체험과 견문이 대표적이다. 이 문제는 신익철, 「18세기 연행사와 서양 선교사의 만남」, 『한국한문학연구』 51, 한국한문학회, 2013, 445~486면.

문에 가까운 기록도 들어있다. 풍문과 개인적인 전문은 지식·정보와 바로 연결되지는 않지만, 이 역시 당대 문화적 동향과 당대인의 욕망을 확인할 수 있는 내용이라는 사실이다. 지식·정보가 포섭하지 못하는 재미와 흥미를 담은 이러한 내용은 다른 시각으로도 독법이 가능하다. 그런 점에서 지식·정보를 연행록에 접속하는 것은 연행록을 새롭게 독법하기 위한 고민의 한 사례로 이해할 수 있다.

| 제 3 장 |

통신사행록, 이문물의 기록과 중간계층

3

1. 통신사행의 주역들

전근대 동아시아 지식인이 타자와 교류하는 것은 전란과 사행이 유일하다. 사행의 경우, 조선조 후기 연행사와 통신사가 거기에 해당한다. 사행은 대규모의 인원이 장기간 체류하면서 이국 문화를 견문하고 자국 문화를 타자와 소통하는 데 큰 역할을 한다. 사행은 외교적 행위지만, 두 국가 간의 문화 교류의 제도적 장치이다. 통신사는 참가인원과 기간, 사행 경로와 에도 막부의 거국적 대응 등을 고려하면 인적·물적 교류뿐 아니라 이문물(異文物)과 타자와의 새로운 지식·정보가 교섭하는 장을 제공한다. 이는 조선조와 에도 막부 간의 다양한 기록에서 확인할 수 있다.

통신사의 견문 체험을 기록한 조선조 지식인의 기록과 타자와 교류를 기록한 에도 막부 지식인의 필담창화집이 그것이다. 우리는 이 기록을 통해 인적·물적 교류의 구체적 면모와 타자와 관련한 새로운 지식·정보의 수용과 유통, 그리고 상호 인식의 단초를 파악할 수 있다. 특히 17세기부터 19세기 초까지 12차례의 통신사행에서 18세기에 4차례 이루어진다. 4차례의 기간 동안 전에 없던 광범한 인적·물적 교류는 물론 새로운 학지를 소통하게 된다. 그런가 하면 이 시기에 두 국가 지식인은 정치적 안정을 바탕으로 상호 이해의 폭을 확대하고, 상호 교류의 기록을 풍성하게 남긴다.

그런데 18세기 조선 통신사행에서 새로운 학지와 지식·정보의 획득과 유통, 물적·인적 교류의 주역은 삼사가 아니라 중간계층[1]이다. 제술관과 서기, 역관, 의원, 화원, 사자관 등은 통신사행의 공적 공간에서는 실무자지만, 사적 공간에서는 폭넓은 인적 교류는 물론 새로운 지식·정보를 획득하고 그것을 국내에 유통한 주역이다.[2] 이들은 공·사의 공간에서 인적·물적 교류와 함께 지식·정보의 메신저 역할을 함으로써 타자 이해에 많은 역할을 한다. 이 점에서 중간계층은 통신사행에서 문물교류의 주역이라 할 수 있다. 특히 이들의 역할은 18세기 조선조와 에도 막부 지식인 사이의 상호 인식에 기여한 바도 있다. 과연 18세기 조선통신사에서 지식·정보의 교류에 결정적 역할을 한 중간계층과 그들이 교통한 에도 막부 지식인과의 교류와 상호 인식의 양상은 실제 어떤 것일까?

1 여기서 중간계층이란 사행에 참여한 삼사(三使)의 사대부처럼 현달하거나 문한이 있는 가문의 자제군관 등이 아니라, 서얼 신분의 제술관(製述官)과 서기(書記)를 비롯하여 역관(譯官), 양의(良醫), 사자관(寫字官), 화원(畵員) 등의 전문 기술을 지닌 인물과 하급 무관이면서 한문 지식으로 이국에서 소통한 인물을 말한다. 이들이 교류의 실질적 역할을 한 교류 담당층임을 강조하기 위해 설정한 개념이다.

2 조선조 후기 문화에서 중간계층의 역할은 특별하다. 18·19세기 학술과 문예에 끼친 중간계층의 역할과 그 위상의 경우, 그들이 남긴 작품과 성과만으로 평가할 수는 없으며 일국 너머에서 보여 준 역할과 제반 사항을 두루 살펴 논해야 그 실상에 다가갈 수 있다. 특히 새로운 지식·정보의 국내 유입이나 생성 및 유통에 기여한 점, 이국에서 체험한 견문 지식 등을 국내에 전달하여 당대 사회에 미친 파장 등을 두루 고찰해야 한다. 여기에 일부 중간계층은 실제 견문 지식과 체험, 그리고 이국의 창을 통해 시각을 국내에 두지 않고 항상 시대조류와 호흡하고 세계사의 방향에 민감하게 인지하였다. 따라서 사대부 지식인들이 구축한 지식체계 속에 시각을 가두고 이를 근거로 중간계층의 문학과 문화 활동을 평가하는 것은 문제다. 일국 밖의 시각과 그곳에서의 활동도 함께 고려하여 중간계층이 남긴 자취와 역할을 평가할 때, 적실한 의미를 파악할 수 있을 것이다. 여기서의 논의도 이러한 인식의 연장선에 있다. 이는 이 책의 제5부 제3장 「나라 안팎에서의 중간계층」 참조.

2. 교류의 가교와 중간계층

중간계층은 통신사의 원역 구성에서 상당한 위치를 차지한다. 21인의 역관을 비롯하여 시문의 수창을 담당한 제술관과 서기 3인, 양의 1인과 의원 2인, 사자관 2인, 화원 1인 등이 그들이다.[3] 이들 중 사문사(四文士)로 불리던 제술관과 서기는 문학과 학예를 교류하고 이와 관련한 지식·정보를 주고받기도 한다. 반면에 의원과 화원 등은 문예 교류가 아닌 서로의 전문 지식을 소통한 바 있다. 그런가 하면 역관들은 통역을 통해 사행 공간에서 공·사적 관계를 적절하게 활용하여 인적·물적 교류는 물론, 서적 매매와 그 내부의 지식·정보를 견문하고 국내에 전달하기도 한다.[4]

대체로 중간계층은 외교상 공식 일정과 임무를 무사히 수행해야 하는 삼사와 달리 심리적 부담감이나 공식 일정에 크게 구애받지 않는다. 여유로운 시간과 심리적 여유 속에서 이들은 이국의 속내를 관찰하거나 다양한 인사와 만나 교류한다. 그런가 하면 이들은 이국의 문예와 학술장에서 폭넓은 지식·정보를 획득하고 지식·정보 생성의 발신자 역할을

3 한국고전번역원, 한국고전종합DB, 국역『增正交隣志』卷5의「通信使行」에 자세하게 나온다. 이를 참고하여 정리한 것이다. 또한 통신사의 원역 편성과 선발은 심민정,「조선 후기 통신사 원역의 선발실태에 관한 연구」,『한일관계사연구』23, 한일관계사학회, 2005 참조. 이들 중간계층 인물들이 통신사행 과정에서 다양한 활동을 하는 것은 문화사적 의미를 지닌다. 이에 대한 구체적인 언급은 허경진 외 엮음,『통신사 필담창화집 문학연구』, 보고사, 2011 참조.

4 조선 통신사에 참여한 역관은 다양하다. 당상역관·상통사·차상통사·압물통사·소통사·훈도 등이 사행에 참가하였다. 압물통사는 일본과의 교역에 통역을 담당하였고, 소통사는 훈도에게 일본어를 배우면서 상거래의 통역, 문서와 장부 정리, 통신사 수행원들과 일본인의 왕래 감시와 회계 등을 담당하였다. 또한 훈도의 지위는 낮았지만에도 막부의 내부 사정에 밝았다. 여기서는 당상역관·상통사·차상통사·압물통사·소통사·훈도를 모두 역관이라 칭한다.

한 바도 있다. 국내에서 이들은 차별적인 신분 질서와 지식 체계의 위계화 속에서 지식의 생성과 지식의 발신자 역할은 불가능하고, 지식 생성과 발신의 소수자나 주변부에 존재할 뿐이다. 통신사행의 공간에서 지식·정보와 관련해 이들이 보여준 활동과 역할도 국내와는 사뭇 다르다.

그렇다면 중간계층은 일국 너머 공간에서 어떻게 지식·정보 생성의 발신자로 주목받은 것일까? 우선 중간계층이 맡은 임무가 그 하나이며, 다른 하나는 가문이 구축한 인적 네트워크와 내부 인적 네트워크의 활용을 통해 여러 임무를 실행했기 때문이다. 특히 이들은 가문 안팎의 인적 네트워크를 토대로 이국의 지식·정보 획득의 수월성을 확보한바, 몇 가지 사례를 통해 이를 확인해보자.

서얼가문의 통신사행 참여 사례

본관	창녕(昌寧)	성완(成琬, 1682년 제술관) – 성몽량(成夢良, 1719년 서기) – 성대중(1763년 서기)
	전주(全州)	이봉환(李鳳煥, 1748년 서기) – 이명오(李明五, 1811년 서기)

역관가문의 통신사행 참여 사례[5]

본관	남양(南陽)	홍우재(洪禹載, 1682년 당상역관) – 홍순명(洪舜明, 1711년 상통사(上通事)) – 홍득준(洪得俊, 1811년 압물통사(押物通事))
	천녕(川寧)	현덕윤(玄德潤, 1711년 상통사) – 현덕연(玄德淵, 1748년 당상역관) – 현태형(玄泰衡, 1748년 차상통사(次上通事)) – 현계근(玄啓根, 1764년 압물통사) – 현의순(玄義洵, 1811년 당상역관) – 현식(玄烒, 1811년 당상역관)

5 조선 후기 역관 가문이 문위사행과 통신사행에 참여한 이력은 김두헌, 「조선 후기 통신사행 및 문위행 참여 역관의 가계와 혼인」, 『동북아역사논총』 41, 동북아역사재단, 2013, 299~355면 참조. 특히 역관들은 혼인관계를 통해 종횡으로 서로 연결되고 있으며, 설사 같은 혈족이 아니더라도 처가·외가·진외가 등으로도 연결되어 있다. 조선 후기 역관의 혼인과 통신사행 참여한 구체적인 정보는 필자가 기존의 연구 성과를 바탕으로 재정리한 것이다.

우봉(又峰)	김지남(金指南, 1682년 한학압물통사(漢學押物通事)) – 김도남(金圖南, 1682년 압물통사, 1719년 당상역관) – 김시남(金始南, 1711년 당상역관) – 김현문(金顯門, 1711년 압물통사) – 김홍철(金弘喆, 1748년 한학상통사(漢學上通使))
온양(溫陽)	정문수(鄭文秀, 1682년 상통사) – 정창주(鄭昌周, 1711년과 1719년 한학상통사)

위의 표는 통신사행에 참여한 대표적인 서얼과 역관 가문을 제시한 것이다. 제시한 중간계층 인사들은 가문과 혼인을 통해 종횡으로 연결되어 있고, 이국의 견문 체험을 가장 생생하게 안팎으로 소통할 수 있는 인적 배경을 지닌다. 이들은 통신사행에 참여하면서 안으로는 획득한 에도 막부 관련 지식·정보를 공유하고, 밖으로는 에도 막부 인사와 폭넓게 교류할 정도로 인적 네트워크를 구축하고 있었다. 통신사는 연행사와 달리 부정기이어서 왜학역관의 현장 경험 자체가 적다. 그래서 통신사행에서 절차와 의례와 같은 실무에 밝고 현장 경험이 풍부한 몇몇 역관 가문 인사의 참여는 필연적이다.

이들은 통신사행 과정에서 가문 안의 인적 네트워크는 물론 가문이 구축한 일국 너머의 인적 네트워크를 통해 사행에 필요한 지식·정보를 신속하게 획득하고 이를 활용하는 방식으로 에도 막부 인사와 소통했다. 가문이 구축한 인적 네트워크는 사행 수행 과정에서는 물론 에도 막부 인사와의 교류에도 큰 역할을 한 것이다. 이는 일부 서얼 가문 역시 마찬가지다. 이처럼 중간계층은 사행에서의 임무 수행, 이국에서의 지식·정보 획득, 에도 막부 인사와의 인적 교류 과정에서 선대가 구축한 인적 네트워크를 적극적으로 활용하였다.

구체적인 사례로 홍세태(洪世泰, 1653~1725)와 유후(柳逅, 1690~?)를 들 수 있다. 임술통신사(1682년)의 자제 군관으로 참여했던 홍세태는 신묘통신사(1711년)의 제술관으로 동행한 이현(李礥, 1653~1718)을 위해 자신이 교류한 일본 학자 야학산(野鶴山)을 소개한 일이 있다.[6] 무진통신사(1748년)의

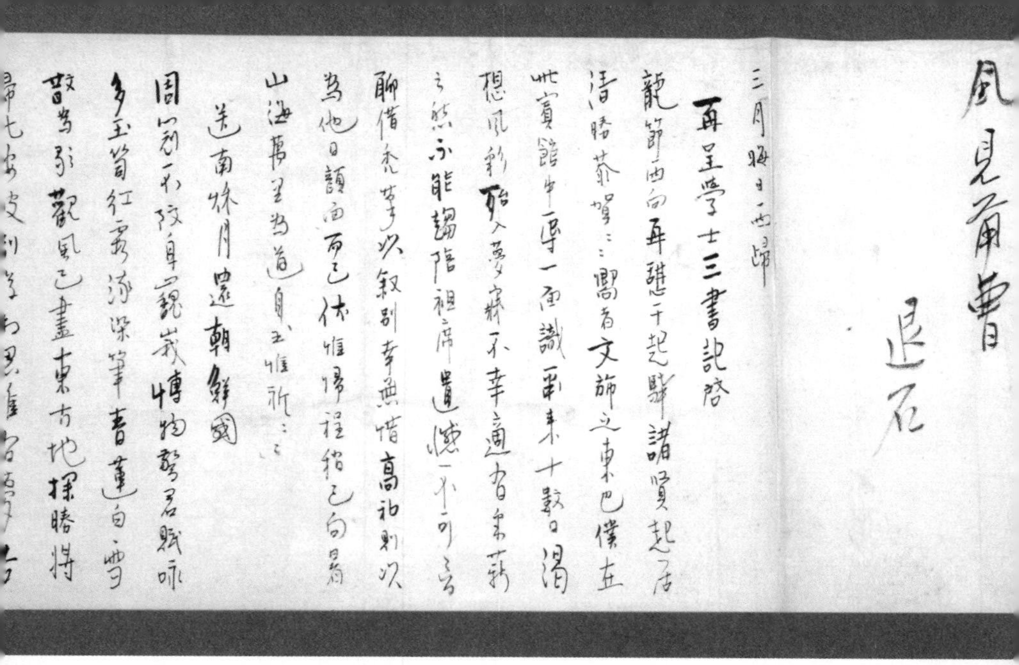

「계미통신사시고」(필담, 부산광역시립박물관 소장)

서기로 참가한 유후는 계미통신사(1763년)에 참여한 성대중과 원중거(元重擧, 1719~1790)에게 자신이 교류한 에도 막부의 인사와 관련 지식·정보를 소상하게 일러주기도 한다. 실제 원중거는 사행에서 유후가 소개한 인물과 만나 필담을 나누기도 했다.

당시 통신사행에 참여한 제술관과 서기는 사행 과정에서 문재로 일본의 문사들과 수응하는 임무를 주로 담당하지만, 이국 관련 지식·정보는 물론 그곳의 학예를 이해하려고 노력했다. 이때도 전대 통신사에 참여한 인사들이 관계 맺은 인적 네트워크를 비롯하여 그들의 경험과 견문 지식을 충분히 활용하게 된다. 대체로 가문의 인사나 주변 친지로부터 에도 막부의 인사를 소개받는 경우가 많았다. 계미통신사의 서기로 참여한 성대중은 "일본으로 사신 가는 것은 우리 집안 대대로 내려오는 직책인데,

6 洪世泰, 『柳下集』 卷9, 「與日本野鶴山書」 참조.

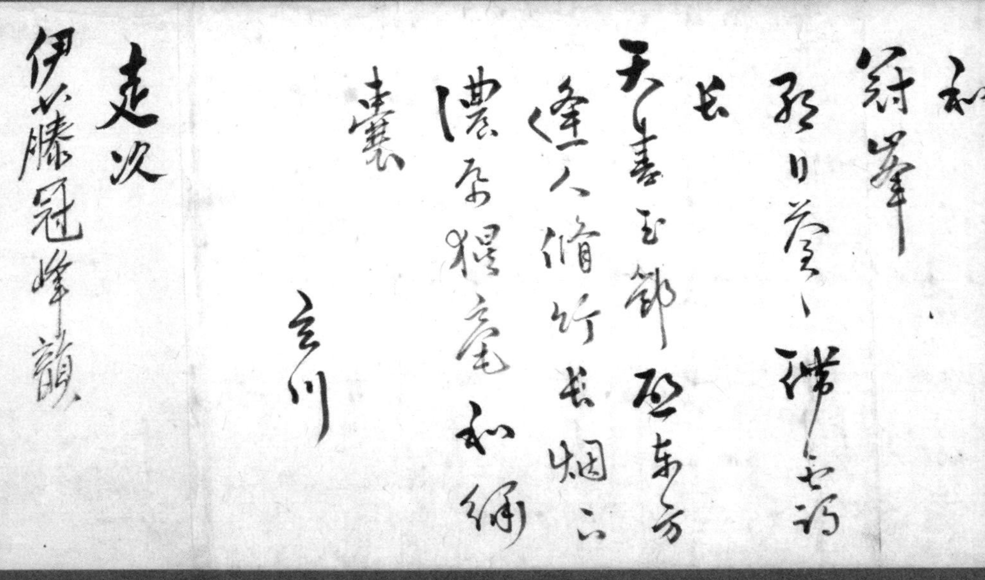

부친께서 연로하셔서 내가 비로소 가게 되었다"[7]라 언급한 것은 이러한 정황을 보여준다. 성대중의 언급은 창녕 성씨 가문이 제술관과 서기로 수차례 사행의 임무를 수행한 것과 관련이 있다. 이는 선대가 형성한 인적 네트워크와 사행의 견문 지식을 충분히 인지하고 있었기에 가능하였을 테다.

이들 인사가 획득한 이국의 지식·정보는 주로 선대의 견문 체험과 그들이 남긴 기록을 통해서다. 임술통신사(1682년)의 당상 역관으로 다녀온 홍우재(洪禹載)는 『동사록(東槎錄)』을, 김지남(金指南)은 『동사일록(東槎日錄)』을, 그리고 신묘통신사(1711년)의 압물통사로 다녀온 김현문(金顯門)은

7 成大中, 『日本錄』 癸未 8월 초3일, "東槎固吾世職, 親老而行於我始矣." 성대중의 언급으로 보아, 통신사행에 참여하는 것은 창녕 성씨가의 세직임을 확인할 수 있다. 당시 성완과 성몽량을 이어 성대중의 부친인 성효기가 사행에 참여할 차례였으나, 63세의 고령으로 참여할 수 없었다. 이 때문에 성대중은 연로한 부친을 대신하여 계미통신사행(1763년)에 참여하게 된다.

『동사록』을 남긴 것에서 알 수 있다. 후대 인사들은 이러한 기록을 통해 사행의 견문 체험과 이국의 지식·정보를 상세하게 포착하고 현장에서 적극적으로 활용하였다.

그런데 앞서 언급한 홍우재는 역관 명문인 남양(南陽) 홍씨 가문이고, 김지남과 김현문은 우봉(又峰) 김씨 가문이다. 두 역관 가문은 통신사행에 지속해서 참여한 바 있다. 이들이 남긴 기록을 훑어보면, 이국에서 만난 문사와 학자를 비롯하여 이국의 지식·정보를 대거 담고 있다. 그런 점에서 이들이 남긴 기록은 통신사에 참여하는 가문 내 인사는 물론 사행의 지침서 역할을 하기에도 충분했다. 이러한 기록 외에도 가문 내에서는 이국에서의 체험과 견문 지식을 다양한 방식으로 전해주었음은 미루어 짐작할 수 있다.

통신사행에서 제술관과 서기는 에도 막부 인사들과 교류에 적극적으로 응수한 주역이다.[8] 이들은 선배가 구축한 인적 네트워크를 활용하여, 에도 막부 인사와 만나 문예를 교류하며 이문화를 서로 소통하게 된다. 역관 역시 에도 막부 인사와 교류하지만, 이들은 에도 막부 인사와의 교류보다 이국 공간에서 인적 네트워크의 구축과 그들과의 소통에 방점을 두고 활동한 듯하다. 당시 세습직에 가까운 역관은 이국의 언어로 소통할 수 있어 이문화를 쉽게 접속할 뿐만 아니라 에도 막부 인사와의 교류는 물론 인적 네트워크를 손쉽게 형성할 수도 있었다. 또한 이들은 이렇게 형성된 네트워크를 활용하여 임무를 수행하고, 상호 인적·물적 교류의 메신저 역할을 자임한 바 있다.

이러한 역할을 한 대표적인 역관 가문으로 창녕성씨, 남양홍씨, 천녕현씨, 우봉김씨, 온양정씨를 들 수 있다. 이들 가문은 문위사행을 비롯하

8 후술하겠지만 이들 외에도 중간계층의 일원인 사자관이나 의원과 화원 등도 필담을 하거나 이국의 인사들과 교유하며 전문적인 지식·정보를 주고받는다.

여 통신사행에 정기적으로 참여하여 대마도와 에도 막부 인사들과 공·사적 관계를 맺고 교류의 토대를 구축하였다. 여기에 그치지 않고 이들 가문 인사는 안으로는 같은 역관 가문과 혼인 관계를 통해 통신사행과 연행사행에 빠지지 않고 참여하기도 한다. 역관 가문 간의 혼사는 일국 밖 인적 네트워크의 확장을 의미한다. 더욱이 역관 가문은 확장된 인적 네트워크를 통해 다음 사행에 참여하는 인사에게 자신의 네트워크를 연결해주는 역할도 했다.

이처럼 일국 안팎을 넘나들던 역관과 서얼 가문이 국내외에서 인적 네트워크를 구축하여 국내 인사에게 연결해준 자체가 타자와의 인적 물적 교류의 토대를 제공한 것이라는 점에서 의미가 있다. 여기서 중간계층이 타자의 지식·정보 획득과 타자 인사와의 교류를 위한 가교역할을 한 사실을 기억해둘 필요가 있다.

또한 통신사행에 참여한 중간계층이 물적 교류의 역할을 한 것도 주목해야 한다. 지식·정보와 관련하여 이들이 교역하거나 구입한 대표적 물품 중의 하나가 서적과 안경이다. 서적과 안경은 지식·정보의 확산과 유통에 필요한 도구다. 지식·정보의 상호 소통과 관련한 일차적 통로는 서적이다. 타자의 서적을 획득하고 이를 독서함으로써 자신이 획득한 지식을 국내 학예계에 유통하여 소비하는 것은 타자 이해에만 그치지 않고 타자의 새로운 지식·정보의 유통과 확산을 의미한다. 안경 역시 지식·정보의 축적과 유통 및 확산에 결정적 역할을 하는 문명의 이기다.[9] 익히 알려진 사실이지만, 연행사행도 그렇지만 통신사행 과정에서 역관은 서적과 안경의 구매와 유통에 깊이 관여한 바 있다. 한 대목을 보자.

38년 임진(1712)에 서적을 몰래 파는 것을 금하도록 정하였다. 영의정

9 안경과 지식의 관련성은 이 책의 제2부 제2장 「안경이라는 이기와 지식·정보」 참조.

> 서종태가 계를 올려 아뢰기를 "근자에 교리 오명항(吳命恒)이 주달한 바에 의하면 이번 통신사가 우리나라 서적이 왜국으로 많이 들어간 것을 보았다고 합니다. 서적의 매매를 금하는 것은 본래 정해진 법은 없으나 만일 상역이 몰래 팔지 않았다면 왜인이 어디서 그것을 얻었겠습니까?[10]

18세기 초에 자국 문헌이 일본으로 흘러 들어간 것을 금하자는 내용이다. 기해통신사(1719년)의 제술관으로 참가한 신유한도 같은 지적을 하고 있다. 신유한은 이국에서의 서적 밀무역은 통신사행을 활용하여 성행한 것이며, 통신사행에서 서적 밀무역의 결정적 역할은 역관이라고 적시하고 있다. 여기서 서적상이 역관들과 긴밀하게 연결해 나라 간의 책을 사고팔아 국내에 유통한 것의 역기능과 순기능을 함께 제시한 점은 흥미롭다.[11]

당시 국고 문헌의 유출은 주로 왜관과 통신사행에 참여한 역관들이 결정적으로 관여한 것으로 알려져 있다. 이들은 국고 문헌을 몰래 가지고 나가 에도 막부에 밀매하는가 하면, 이국의 책을 국내로 들여와 이익을 취하기도 했다. 국고 문헌의 해외 유출이 사회적 문제가 되자, 조정에서는 이를 법으로 금하는 방식으로 대응할 정도였으니, 역관의 서적 밀매 상황과 그 폐해를 알 수 있다. 때문에 조선조는 국고문헌의 해외 반출을 방지하기 위해 법을 제정하여 금지하기도 했다. 어쨌거나 국고 문헌의 유출과 타 국가 문헌의 획득은 타자 이해와 함께 타자와 학지를 소통한

---

10 국역 『增正交隣志』 卷4, 「志」, '禁條', 한국고전번역원, 한국고전종합DB 참조.

11 신유한, 국역 『해유록』 中, 11월 4일 임신조, 한국고전번역원, 한국고전종합DB 참조. "우리나라와 관시를 연 이후로 역관들과 긴밀하게 맺어서 모든 책을 널리 구하고, 또 통신사의 왕래로 인하여 문학의 길이 점점 넓어졌으니, 시를 주고받고 문답하는 사이에 얻은 것이 점차로 넓은 때문이었다. ……중략…… 국가의 기강이 엄하지 못하여 역관들의 밀무역이 이와 같았으니 한심한 일이다."

다는 점에서는 긍정적일 뿐만 아니라 자타 인식에 일정한 역할을 한다는 사실은 흥미로운 사실이다.[12] 실제 18세기에 오면 조선 통신사를 통해 에도 막부의 문헌이 국내에 적지 않게 유입되면서 일본 인식의 넓이와 깊이를 가져왔기 때문이다.[13]

한편, 중간계층의 지식·정보와 관련한 물적 교류의 상징으로 안경이 있다. 조선조 후기 안경의 등장은 독서계와 지식의 축적 및 확장 등을 둘러싸고 엄청난 영향을 주었을 뿐만 아니라, 안경 보급은 문화 전반에까지 영향을 끼친다. 서적과 마찬가지로 안경의 국내 유통과 확산 역시 통신사행과 관련이 있다. 조엄(趙曮, 1719~1977)은 『해사일기(海槎日記)』에서 '각처 사예 회예단(各處私禮回禮單)'에서 에도 막부로부터 받은 예단을 나눈 물목을 적고 있다.[14] 그 물목에는 사행단이 받은 안경도 있다. 조엄은 서기와 예방 3인에게 각각 예단으로 받은 안경을 1부 씩 나누어 주기도 한다. 예단은 상대국을 고려하여 자국 특산품을 선물로 주는 것이 일반적이거니와, 에도 막부가 사행단에 안경을 예단으로 준 것은 안경을 특산품으로 인식했기 때문임은 물론이다.[15]

18세기 에도 막부는 안경을 파는 가게가 적지 않았다. 에도 막부는

---

12 이 정황은 이덕무의 언급에 자세히 나온다. 국역『靑莊館全書』卷59,「盎葉記」6, '東國書入日本', 한국고전번역원, 한국고전종합DB 참조.

13 일본의 서적의 국내로 유입의 구체적인 사례는 이 책의 제1부 제1장「전란과 사행, 견문과 서적 유통」참조.

14 『증정교린지』卷5, '志'를 보면 1763년 계미통산사행에서 에도 막부로부터 받은 품목 중에 '안경 9면'이 나온다.

15 李德懋,『靑莊館全書』卷65,「蜻蛉國志」의 '異國'조에서 아란타(阿蘭陀)를 설명하면서 "아란타는 서북 끝에 있는 가장 추운 나라이며, 홍모국(紅毛國)이라고도 한다. ……중략…… 이곳의 토산물로는 성성피(猩猩皮)·산호주(珊瑚珠)·마노(瑪瑙)·호박(琥珀)·목내이(木乃伊)·안경(眼鏡)·나경(羅經, 나침판)·토규(土圭, 시계)·성호(星尺), 별의 도수를 측정하는 기계) 등이 있다"라 하였다. 일본 관련 기록이「청령국지」인데, 여기서 아란타의 특산품으로 안경을 들고 있다. 따라서 당시 에도 막부의 안경은 네덜란드산 안경을 토대로 만든 일본제 안경으로 보인다.

안경 제작기술도 뛰어났을 뿐만 아니라, 제품의 질 또한 우수하여 청조에 수출까지 할 정도였다.[16] 이때의 안경은 유리 안경이었음은 물론이다. 이 시기 일본산 안경의 국내 유통도 많아지는데, 국내 유통은 왜관과 통신사행에 참여한 역관과 관련이 깊다. 당시 역관은 무역으로 사행 경비를 충당하거나 치부한 사례도 적지 않은데, 그들이 무역한 품목에는 일본산 안경도 있었다. 역관을 상역이라 부른 것도 이 때문인데, 상역은 돈 되는 물품이면 가리지 않고 매매하거니와, 이들은 사행 공간을 활용하여 안경의 국내 유입과 유통에 간여한 것이다.[17] 그래서 서유구는 18세기 조선에서의 안경의 유통 상황과 중국과 일본산 안경의 유통과 품질 등도 두루 주목하여 비교하기도 했다.[18]

그런데 서유구가 언급한 중국과 일본산 안경의 국내 유입은 사행을 통해 유입된 것임은 물론이다. 연행사에 참여한 역관은 유리창의 안경포에서 안경을 구입하고, 통신사에 참여한 역관은 노정에서 안경을 구매하여 국내로 들여와 매매하였던 것이다. 이러한 다종의 국내외 안경의 전국적 유통과 보급에도 역관이 개입되어 있으며, 안경의 보급은 지식·정보 확산의 촉매제 역할을 하였다.[19]

---

16 에도 막부 안경의 유입과 제작, 그리고 수출에 대해서는 白山 晰也 著, 『眼鏡の社会史』, ダイヤモンド社, 1990의 4장과 5장 참조. 그리고 일본산 안경의 실물은 http://www.tamamizu-ya.co.jp/e02museum.html의 「玉水屋電子博物館」 참조.

17 역관을 두고 상역(商譯)이라고도 부른다. 이는 역관 무역 등 국내외의 다양한 물품을 구입하여 국내외 팔아 이윤을 챙기거나, 혹은 중간에서 거래를 도와주며 이익을 챙겼기 때문이다. 물론 안경의 구입과 국내 유통에 역관만 오로지 전매한 것은 아니지만, 18세기 통신사행이 안경의 국내로의 수입과 유통에 큰 역할을 한 것은 사실이다.

18 徐有榘, 『金華畊讀記』 卷7, "靉靆古未有也, 皇明時, 來自西洋, 詑爲奇寶, 價直一匹良馬. 今殆遍天下, 三家村裏挾兎園冊子者, 無不掛靉靆也. 夏月宜用水晶造者, 寒月宜用玻瓈造者, 水晶者, 寒月冷氣逼眼, 不可用也. 倭造者, 亦往往有佳品. 我國慶州, 亦出烏水晶, 可爲靉靆, 然琢磨粧造, 不如華倭之美也."

19 안경의 국내 유통과 그 사회사적 의미를 비롯하여 안경과 사행과의 관련성은 이 책의 제2부 제2장 「안경이라는 이기와 지식·정보」 참조.

3. 필담창화집과 이문물의 매개자

18세기 통신사행에 참여한 중간계층은 그때그때의 견문 체험을 사행록으로 남기는데, 당시의 교류 상황은 에도 막부 지식인과 필담을 나눈 필담창화집(筆談唱和集)에서도 확인할 수 있다. 사행 기록에서 확인할 수 있는 에도 막부 지식인과의 교류 양상과 중간계층이 이국의 지식인과 어떻게 지식·정보를 소통하고 있는지 살펴보기로 한다.

18세기 통신사행록

사행(使行)	신묘(辛卯) 통신사(1711년)	기해(己亥) 통신사(1719년)	무진(戊辰) 통신사(1748년)	계미(癸未) 통신사(1763년)
사행록(使行錄)	부사 임수간(任守幹) 『동사록』 2책 종사관 이방언(李邦彦) 『동사록』 2책 압물통사 김현문 『동사록』 1책	정사 홍치중(洪致中) 『해사일록(海槎日錄)』 2책 군관 김흡(金潝)[20] 『부상록(扶桑錄)』 1책 제술관 신유한 『해유록』 3책 막비 정후교(鄭后僑) 『부상기행(扶桑紀行)』 1책	종사관 조명채(曺命采) 『봉사일본시문견록(奉使日本時聞見錄)』 2책 자제군관 홍경해(洪景海) 『수사일록(隨使日錄)』 2책 미상 『일본일기(日本日記)』 1책 미상 『일관요고(日觀要攷)』[21] 1책 미상 『조선신사교환시서(朝鮮信使交歡詩書)』[22] 1축	정사 조엄(趙曮) 『해사일기(海槎日記)』 5책 제술관 남옥(南玉) 『일관기(日觀記)』 4책 『일관시초(日觀詩草)』 2책 『일관창수(日觀唱酬)』 2책 서기 성대중 『일본록(日本錄)』 2책 서기 원중거 『승사록(乘槎錄)』 4책 『화국지(和國志)』 3책 서기 김인겸(金仁謙)

사행(使行)	신묘(辛卯) 통신사(1711년)	기해(己亥) 통신사(1719년)	무진(戊辰) 통신사(1748년)	계미(癸未) 통신사(1763년)
				『일동장유가(日東壯遊歌)』 1책 한학상통사 오대령(吳大齡) 『동사일기(東槎日記)』[23] 1책 한학역관 이언진(李彦瑱) 『우상잉복(虞裳剩馥)』 1책 군관 민혜수(閔惠洙)[24] 『사록(槎錄)』 1책 기선장겸도통선감 『계미수사록(癸未隨使錄)』[25] 1책

20 기록한 인물의 직책이 '기선장 겸 도통선감(騎船將兼都統船監)'을 감안하면 무관의 고위직이 아니라 배를 관장하는 실무직에 있었던 것으로 보인다. 구지현은 『계미수사록(癸未隨使錄)』의 저자를 향반 출신인 변탁(卞琢)으로 추정하였다. 구지현, 「『癸未隨使錄』에 대한 재검토: 작가와 사행록으로서의 의미를 중심으로」, 『동방학지』 131, 연세대학교 국학연구원, 2005, 267~273면.

21 무인으로 수군절도사를 지냈다.

22 표제는 '명사록(溟槎錄)'으로 되어 있으나, 권수제(卷首題)는 '계미사행일기(癸未使行日記)'로 되어 있다. 제명(題名)은 권수제를 따라 '계미사행일기'로 하는 것이 옳다.

23 1748년에 조선통신사로 다녀온 박경행, 이봉환 등이 일본 방빈관(訪賓官)과 주고받은 수창시와 필담을 모은 자료인데 축으로 되어 있다. 규장각 소장(古軸 3441-24)이다.

24 국립 중앙도서관(BC古朝 63-13)에 소장되어 있다. 편자 미상이지만, 일본과의 외교관계를 약술하고, 노정과 통신사원액(通信使員額)을 비롯하여 주고받은 예단, 일본의 인물, 성씨, 풍속, 지리, 지명, 사찰 등을 기록하고 있다. 모두 실무적인 기록의 성격을 보여주고 있다. 이러한 실무 기록은 다른 사행기록과 비교하면 대체로 중간계층(제술관이나 서기, 역관 등)의 기술방식과 비슷하다. 이 점에서 이 기록은 통신사행에 참여한 중간계층의 인물이 기록한 것으로 보인다.

18세기 통신사행록을 제시하였다. 모두 4차례의 조선 통신사와 사행에 참여한 18세기 조선 지식인의 사행록을 도표로 정리한 것이다. 사행록을 남긴 작자의 직책과 기록물의 전체 상황을 살펴보면, 뒤로 갈수록 종수도 많아지고 기록물을 남긴 작자의 숫자도 늘어나고 있음을 알 수 있다. 18세기 4차례 사행 중에서 계미 통신사(1763년)의 사행록이 가장 많다. 위에 내용을 토대로 통신사에 참여한 인사들의 직책에 따른 종수를 도표로 제시하면 다음과 같다.

18세기 조선통신사행의 일본 사행록 작자의 직책과 종수

직책	삼사	제술관	서기	군관(막비)	자제 군관	역관	미상	합계
사행록	5종 13책	4종 11책	4종 10책	3종 3책	1종 2책	3종 3책	4종 3책 1축	24종 45책 1축

18세기의 통신사행록은 모두 24종 45책 1축이다. 17세기 중반 이후 통신사행 기록에 비하면 그 종수가 많을 뿐만 아니라, 중간계층의 사행록이 상당함을 알 수 있다. 사문사[26], 군관(막비 포함), 역관 등 중간계층이 남긴 종수는 모두 15종인데,[27] 삼사의 5종을 압도한다. 당대 사대부 지식인이 15종이나 되는 중간계층의 사행록을 얼마나 보았는지 확인할 수는 없다. 일단 종수만 보더라도, 중간계층이 에도 막부의 체험과 견문 지식

25 무관직에 있었지만, 통제사를 지냈으므로 중간계층은 아니다.

26 보통 제술관 한 사람과 서기 세 사람을 일컫는 말이다. 통신사행에서 이들 4인의 역할은 노정에서 일본 문사와의 시문 수창이 중요한 임무였기에 시문 능력이 뛰어난 사람을 선발하여 통신사행에 참여시켰다. 그래서 이들을 주목하여 '사문사(四文士)'라 불렀다.

27 작자와 편자 미상의 『일관요고(日觀要攷)』와 『조선신사교환시서(朝鮮信使交歡詩書)』 그리고 『계미수사록(癸未隨使錄)』 등은 모두 중간계층의 인물이 기록한 것으로 보인다.

을 기록하여 이를 국내에 유통해 새로운 지식·정보를 전달하는 데 중요한 역할을 했음을 상상할 수 있다.

그런데 통신사행 기록의 양상은 18세기 에도 막부 지식인이 남긴 필담창화집의 경우도 비슷하다. 조선 통신사에 참여한 인사들과 에도 막부 지식인이 수창하거나 필담한 인적 교류에도 중간계층의 참여흔적이 두드러진다. 필담을 나눈 내용 역시 중간계층이 참여하여 전문 지식을 중심에 두고 주고받은 지식·정보를 적지 않다. 의학 관련 내용을 두고 필담한 것이 대표적이다.[28]

여기서 18세기 조선조 지식인과 에도 막부 지식인이 필담창화한 기록의 규모를 확인해보자.

18세기 통신사행 관련 에도 막부에서 나온 '필담창화집'[29]

통신사	'필담창화집' 종수	비고
신묘통신사(1711)	『계림창화집(鷄林唱和集)』 등 24종	개인 시문집과 필담창화 이외 것은 제외
기해통신사(1719)	『남도고취(藍島鼓吹)』 등 25종	개인 시문집과 필담창화 이외 것은 제외
무진통신사(1748)	『한관창화편(韓館唱和篇)』 등 39종	개인 시문집과 필담창화 이외 것은 제외
계미통신사(1763)	『하량아계(河梁雅契)』 등 43종	개인 시문집과 필담창화 이외 것은 제외

28 여기에 대해서는 오준호·차웅석, 「18세기 한일 침구학의 교류: 조선통신사 의학문답 기록을 중심으로」, 『The Korean journal of maridian&acupoint』 23-2, 대한경락경혈학회, 2006, 1~18면.

29 일본 문사들이 기록으로 남긴 필담창화집의 목록의 정리와 내용 등의 요약은 李元植, 『朝鮮通信使の研究』, 思文閣出版, 2006; 高橋昌彦, 「朝鮮通信使唱和集目錄稿(一)」, 『福岡大学研究部論集』 A, 人文科学編, 2007; 高橋昌彦, 「朝鮮通信使唱和集目錄稿(二)」, 『福岡大学研究部論集』 A, 人文科学編, 2009; 구지현, 『통신사 필담창화의 세계』, 보고사, 2011의 연구 등을 참조하여 작성한 것이다.

18세기 통신사행과 관련하여 에도 막부에서 나온 필담창화집은 모두 131종인데, 뒤로 갈수록 그 종수가 많아진다. 위에서 확인할 수 있는 것은 계미통신사(1763년)의 필담창화집이 가장 많다는 사실이다. 이를 통해 18세기에 가장 활발하게 교류하였음을 알 수 있다. 앞서 조선 통신사에 참여한 조선 측 인사가 남긴 사행 기록 역시 1763년의 통신사행 관련 종수가 가장 많음을 확인한 바 있다. 위의 도표를 근거로 필담창화집에 보이는 중간 계층과의 관련 양상을 제시하면 다음과 같다.

18세기 통신사행 관련 '필담창화집'에 보이는 중간계층[30]

통신사	제술관	서기	역관	의원	화원	사자관	기타
신묘통신사(1711)	이현[31]	남성중(南聖重) 엄한중(嚴漢重) 홍순연(洪舜衍)	정창주(鄭昌周)	기두문(奇斗文)[32]	박동보(朴東普)	이이방(李爾芳)[33]	
기해통신사(1719)	신유한	강백(姜栢) 성몽량(成夢良) 장응두(張應斗)		백흥전(白興銓)[34]	함세휘(咸世輝)[35]		

30 에도 막부 인사들과 중간계층이 교류한 구체적인 정보는 단국대학교 동양학연구원 동아시아 역대문화교류 인물집성사업단 편(2013.11)과 기존의 연구 성과를 바탕으로 작성한 것이다.

31 『정덕화한창수록(正德和韓唱酬錄)』과 『신묘한객증답(辛卯韓客贈答)』에 제술관 이현과 3명의 서기가 필담한 내용이 나온다.

32 에도 막부의 의관인 기타오 슌포〔北尾春圃〕와 통신사행단의 의원 기두문(奇斗文)이 의학을 두고 문답한 기록이 『상한의담(桑韓醫談)』이다. 시문 수창은 없고 의학 관련 내용이 대부분이다.

33 이토 신야〔伊藤薪野〕의 『정덕화한창수록(正德和韓唱酬錄)』(1책)을 보면 제술관 이현(李礥), 서기 남성중(南聖重)과 엄한중(嚴漢重), 홍순연(洪舜衍), 양의 기두문(奇斗

통신사	제술관	서기	역관	의원	화원	사자관	기타
무진통신사 (1748)	박경행 (朴敬行)	이봉환 이명계 (李命啓) 유후 (柳逅)	황대중 (黃大中)	조덕조 (趙德祚) 조숭수 (趙崇壽)36 김덕륜 (金德崙)	이성린 (李聖麟)37 최북 (崔北)38	김천수 (金天壽)39	김계승 (金啓升)40 별서사 (別書寫)
계미통신사 (1763)	남옥	성대중 원중거 김인겸	오대령 (吳大齡) 이언진 이명지 (李命知) 유도홍 (劉道弘)	남두민 (南斗旻) 이좌국 (李佐國)	김유성 (金有聲) 변박 (卞璞)41		홍선보 (洪善輔) 반인 (伴人) 이민수 (李民壽) 예단직 (禮單直)

文), 사자관 이이방(李爾芳) 등이 참여하여 필담을 나누었다.

34 기해사행(1719년)에 의원으로 참가한 백흥전(白興銓)은 일본 의사들이 사행단이 묵고 있는 숙소를 방문하여 주고받은 시문과 의학 문답 등을 모아 정리한 내용이 『상한창화훈지집(桑韓唱和塤篪集)』에 보이고, 제술관과 서기 등과 함께 필담으로 수창한 『봉도유주(蓬島遺珠)』에도 등장한다.

35 함세휘는 직접 필담에 참여한 것은 아니지만, 일본 측의 요구에 응해 많은 작품을 남겼으므로 위에 제시하였다. 이는 홍선표, 「조선 후기 통신사 수행화원의 회화활동」, 『미술사논단』 6, 한국미술연구소, 1989, 187~204면.

36 『조선필담(朝鮮筆談)』에는 조숭수·조덕조·김덕륜 등이 참여하여 필담을 나누었고, 『대려필어(對麗筆語)』에는 조숭수가 참여하였다.

37 이성린(李聖麟, 1718~1770)은 1748년 통신사행의 공식화원 자격으로 참가하여 「사로승구도(差路勝區圖)」를 남겼다. 「사로승구도」는 현재 국립중앙박물관에 소장되어 있는데, 부산에서 우창(牛窓)까지를 그린 15점이 상권, 실진(室津)에서 「관백연향(關白讌享)」까지를 그린 15점이 하권으로 되어 있다. 그는 에도 막부의 풍물을 화폭에 담아와 타자의 정보를 회화로 알려주었으며, 회화를 두고 에도 막부의 인사들과 필담을 나누었다.

38 『조선필담』에서 노로 지쓰오〔野呂實夫〕와 본초학 지식을 얻기 위해 필담을 나누고 있다.

39 『장문무진문사(長門戊辰問槎)』를 보면, 제술관과 서기 이외에 사자관인 김천수(金天壽)가 참가하여 필담하고 있다.

40 김계승은 『대려필어』와 『조선필담』에서 의원인 스가 도하쿠〔菅道伯〕, 노로 겐조〔野

사문사(四文士)의 관련 기록이 다수다. 18세기 사행록에는 사문사가 에도 막부 문사와 수창한 것 외에도 필담을 나눈 내용도 상당히 많다. 이를테면 역관, 의원, 화원, 사자관을 비롯한 반인과 예단직 등이 필담을 통해 에도 막부 인사와 교류하고 있다. 특히 필담창화집에는 삼사와의 교류도 기록하고 있지만, 중간계층과 주고받은 내용이 압도적으로 많다. 무엇보다 의원과 화원 등 전문 기술을 지닌 중간계층의 활동이 흥미롭다.

이들은 일반적인 지식·정보가 아니라, 의학과 회화와 같은 전문 지식·정보를 중심으로 필담하며 서로의 지식·정보를 소통했기 때문이다. 이 과정에서 이들은 이국의 학지를 인식하는 것은 물론, 전문 지식·정보를 소통하며, 서구의 새로운 지식·정보 등도 획득하기도 한다. 특히 의학과 회화의 소통은 실용적 지식·정보의 소통과 획득이기도 하거니와, 획득한 전문 지식을 자국 지식·정보 창신의 도구로 활용할 수 있다는 점에서 의미가 남다르다. 이는 문예로 소통하는 것과 전혀 다른 상황이다. 통신사행 공간에서 중간계층이 새로운 지식·정보를 매개하고, 에도 막부 지식인과 상호 소통 과정에서 중요한 역할을 하는 것을 주목한 이유이기도 하다.

4. 지식·정보의 지정학: 복수의 타자 인식

무진통신사(1748년)의 종사관으로 참여하여 에도 막부 문화의 장점을 긍

呂實夫〕 등과 필담을 나누는데, 명필로 알려졌다. 여기에 대해서는 김형태, 『통신사 의학 관련 필담창화집 연구』, 보고사, 161~189면.

41 변박의 이력과 통신사행 시의 활동은 김동철, 「倭館圖를 그린 卞璞의 대일 교류 활동과 작품들」, 『한일관계사연구』 19, 한일관계사학회, 2003, 47~71면.

정적 시선으로 기술[42]한 조명채(曺命采, 1700~1764), 계미통신사(1763년)의 정사가 되어 고구마 종자를 일본에서 가져와 국내 재배에 성공한 조엄(趙曮, 1719~1777)[43] 등은 이국문물을 객관적으로 인식하고 수용한 대표적 사례다. 하지만 통신사행에 참여한 다수의 인사는 에도 막부의 문화나 그 내부를 정확하게 이해하지 못하고, 자 중심의 주관적 인식을 드러내는 경우가 많았다.[44] 이는 청조 문화나 내부를 이해하고 청조를 바라보는 시선과 사뭇 다른 방향이다. 지정학에 따라 사유를 달리하는 양면성이자 지식·정보를 바라보는 복수(複數)의 시선이다.

이러한 양면성에는 조선조 후기 지식인의 중화중심의 인식이 자리 잡고 있는 것과 무관하지 않다.[45] 일부 조선조 지식인은 지식·정보와 학예

---

42 국역『海行摠載』내의『奉使日本時聞見錄』坤,「聞見總錄」'總論', 한국고전번역원, 한국고전종합DB에서 조명채는 "볼만한 것은 기율이 있다는 것이다. 음률과 도량형은 온 나라가 하나같고, 무릇 온갖 일이 모두 정연하여 법도가 있다. 밭둑에 이르러도 모두 개간되어 한 이랑도 삐뚤어지지 않았고, 마을에는 재를 버림이 없고 똥이나 오물이 보이지 않으니, 그 규모를 따져 보면 모두 획일법에서 나온 것이다"라 하여 도량형과 논밭의 정돈과 사회적 기강 등의 일본 사회의 장점을 객관적으로 기술하고 있다. 여기서도 이국의 기술과 관련한 지식을 수용하는 단계에서 중간계층인 화원이 역할을 한다는 점을 주목할 필요가 있다.

43 이 외에도 조엄은 "성 밖에 수차(水車) 두 대가 있어 모양이 물레〔繅車〕와 같은데, 물결을 따라 스스로 돌면서 물을 떠서 통에 부어 성중으로 보낸다. 보기에 매우 괴이하므로 별파진(別破陣) 허규(許圭)·도훈도(都訓導) 변박(卞璞)을 시켜 자세히 그 제도와 모양을 보게 했다. 만일 그 제작 방법을 옮겨다가 우리나라에 사용한다면, 논에 물을 대기에 유리하겠는데 두 사람이 꼭 성공할지 여부를 알 수가 없다."(한국고전번역원, 한국고전종합DB, 국역『海行摠載』중 趙曮의『海槎日記』갑신년 정월 27일조 참조) 성안으로 물을 끌어들이는 수차를 직접 목격하고, 이것을 국내로 들여와 논농사에 활용한다면 그 효용이 적지 않을 것이라는 언급은 열린 인식이다.

44 조엄의『해사일기』에 "이른바 그들의 학술이란 대개가 이단에 가깝다. 호를 진사이〔仁齋〕라고 하는 이토 고레사다〔伊藤維貞〕이란 자는『동자문(童子問)』이란 책을 저술하여 정주를 헐뜯었다. 근래에 호를 소라이〔徂徠〕또는 겐엔〔蘐園〕이라 한 물쌍백(物雙栢, 자 무경(茂卿))이란 자가 있는데, 비록 본받아 이을 만한 것은 없지만 그 문장은 모든 사람에게서 뛰어났다"라 하였다. 이러한 타자에 대한 부정적 시각은 조엄만이 아니라 당시 조선통신사에 참여한 인사들도 비슷하였다.

를 두고 중심부와 주변부의 관계를 상상한 다음, 자(自) 중심의 관념을 구축하여 청조와 에도 막부의 지식·정보조차 다르게 수용·전파하려는 태도를 보여주었다. 더욱이 일부 조선조 지식인은 이국에서 수용한 지식·정보조차도 관념적인 자 중심을 강화하는 방향으로 가공하는 한편, 가공한 결과물도 주변에 유통하기도 한다. 이는 관념적 사유 속에서 자신이 지식의 발신자이자 발화자로 자부하며, 학술과 문예의 중심에 있다고 상상하는 일종의 정신 승리였다. 특히 통신사행에 참여한 조선조 지식인이 인식과 태도에서 특히 두드러진다. 현실 감각 없는 허구적 관념에서 나온 것임은 물론이다.

통신사행에 참여한 인사들이 에도 막부에서 타자와 타자 문화를 자 중심의 시각으로 인식한 것 자체가 에도 막부의 내부를 제대로 보지 못한 것이기도 하거니와, 이는 뒤틀린 사유 방식이자 관념적 자아 인식이다.[46]

그런데 사행에 참여한 조선조 인사의 타자 인식만 하더라도 그 결은 단일하지 않다. 몇 가지 사례를 통해 확인할 수 있다.

신묘통신사(1711년)의 한학역관으로 참여한 정창주(鄭昌周, 1652~?)는 오카지마 칸잔〔岡島冠山, 1674~1728〕[47]과 만나 필담을 나누면서 에도 막부와

---

45 이는 중화 중심의 사유를 무비판적으로 받아들이는 경우나, 소 중화와 조선 중화주의를 언급하는 것도 같은 맥락이다. 이러한 변형된 중화주의는 관념적 사유며, 객관적 태도는 아니다.

46 자중심의 자아 인식은 타자 인식에서도 관념성을 드러내기 마련이다. 자아를 객관화시키는 방법의 하나가 나를 타자화해 바라보는 것이다. 이러한 태도와 시각을 가져야 타자를 합리적으로 보거나 객관적으로 볼 수 있다. 이 점에서 타자 인식과 자아 인식은 다른 것이 아니라 서로 연결되어 있다.

47 오카지마 칸잔〔岡島冠山, 1674~1728〕은 유학자로 나가사키〔長崎〕에서 출생하였으며 초명은 명경(明敬), 뒤에 박(璞)으로 고쳤다. 호는 칸잔〔冠山〕, 자는 원지(援之)인데 뒤에 옥성(玉成)으로도 사용하였다. 처음 하기번〔萩藩〕의 통역을 맡았으며, 물러난 뒤 하야시 호코〔林鳳岡〕에게 주자학을 배웠다. 중국어에 능통하였고, 오규 소라이〔荻生徂徠〕와 친교하였으며, 오규 소라이에게 중국어를 가르쳤다. 그리고 『수호전』 등 백화소설의 번역과 중국어를 연구하였다. 중국어와 만주어, 몽고어 등의 학습서인

청조 사이의 사(私)무역을 두고 관련 지식·정보를 주고받은 바 있다.[48] 당시 정창주와 필담한 오카지마 칸잔은 하야시 노부아쓰〔林信篤, 1645~1732〕[49]의 문하에서 주자학을 배워 중국어 통역에 종사한 인물이다. 정창주는 중국어로 오카지마 칸잔과 대화하며 청조와 에도 막부가 해상 루트를 통해 사무역을 하는 사실과 그 횟수 및 규모를 구체적으로 확인하면서 새로운 지식·정보를 획득한다.[50] 나라 간 사무역 관련 사항은 조선 조정은 물론 개인이 파악할 수 없는 소중한 지식·정보다. 자신이 몰랐던 에도 막부와 청조 사이의 새로운 사실의 견문은 국가적으로도 중요한 지식·정보인 것이다.

이와 달리 무진 통신사(1748년)의 제술관으로 참여한 박경행(朴敬行, 1710~?)도 장문주(長門州)의 적간관(赤間關)에서 오다무라 로쿠잔〔小田村鄜山,

『당화찬요(唐話纂要)』 6권, 『당음화해(唐音和解)』 상·하, 『당역편람(唐譯便覽)』 5권, 『당어편용(唐語便用)』 6권 등을 지었다.

48 『鷄林唱和集』 卷3, "說曰, 口談昌周, 長崎一年來, 多少唐船, 耽閣幾多日子? 答說曰, 口談明敬 長崎一年來, 七八十隻唐船, 三四月間來了, 十二月回唐. 長崎有個舊規矩, 來早的早回去, 來遲的遲回去. 所以直到十二月 便都回唐去了. 說曰, 口談昌周, 長崎到南京, 或者到寧波, 或者到普陀山, 不知有多少路程. 答說曰, 口談明敬. 長崎到南京, 有三百餘里路 到寧波, 有三百餘里路, 到普陀山, 有二百餘里路 沒甚麽遠." 원문은 구지현, 『통신사 필담창화의 세계』, 보고사, 2011, 170면에서 재인용. 『鷄林唱和集』의 원문도 이 책에서 재인용하였다.

49 하야시 노부아쓰〔林信篤, 1645~1732〕는 그의 자는 직민(直民), 호는 봉강(鳳岡)·정우(整宇)인데, 다른 이름으로 우사랑(又四郎)·춘상(春常) 등이 있다. 에도 막부의 4대 장군인 도쿠가와 이에쓰나〔德川家綱〕 이후 8대 장군인 도쿠가와 요시무네〔德川吉宗〕에 이르기까지 5명의 막부장군 하에서 벼슬하였고, 특히 5대 장군인 도쿠가와 쓰나요시〔德川綱吉〕와 8대 장군인 도쿠가와 요시무네의 신임이 두터웠다. 태학두(大學頭)에 임명되었고, 막부의 문서 행정에 참여하면서 조선통신사를 영접하였으며 유학 발전에 크게 기여하였다.

50 당시 에도 막부는 청조와 정식 외교관계가 없었기 때문에 사무역의 형태로 교류하였다. 특히 나가사키는 청조의 강남 상인에게 신패(信牌, 무역허가증(貿易許可証))을 주어 제한적인 사무역을 허가하였고, 청조의 남경과 영파의 강남 상인들은 나가사키를 왕래하며 사무역을 하고 있었다.

1703~1766〕[51]과 만나 학술을 주제로 필담을 하게 된다. 하지만 박경행은 필담 과정에서 원활한 토론을 이어가지 못하고 만다. 정주학의 입장에서 자신의 주장을 펼치는 박경행과 이와 반대 견해를 지닌 오다무라 로쿠잔은 처음부터 생산적인 토론을 하기 어려웠다. 토론 당시 박경행은 주자학을 비판하고 고문사학을 주창한 오규 소라이〔荻生徂徠, 1666~1728〕와 소라이학〔徂徠學〕에 큰 관심을 표하지 않았다. 그 자신 소라이학의 실체와 오규 소라이를 사사한 오다무라 로쿠잔의 학문 성향을 존중하지 않았음은 물론 그의 학문에도 별다른 관심을 보이지 않았기에 학술적인 필담을 이어갈 수 없었다.

하지만 필담 과정에서 오다무라 로쿠잔은 박경행에게 에도 막부 학예의 흐름을 자세히 언급하고 있다. 오규 소라이가 40여 년 전에 고학을 주창하여 수많은 사람이 구름처럼 몰려 그 제자 중에 핫토리 난카쿠〔服部南郭, 1683~1759〕,[52] 다자이 슌다이〔太宰春台, 1680~1740〕,[53] 야마가타 슈우난〔山縣周南, 1687~1752〕[54] 등의 존재를 주목하여 언급하기도 했다. 이어서

---

51 오다무라 로쿠잔〔小田村鄜山, 1703~1766〕은 에도 중기의 유학자다. 본성은 산본(山本), 이름은 공망(公望)이다. 자는 망지(望之)인데 문보(文甫)·문조(文助)·이조(伊助) 등으로 통칭한다. 별호는 녹문(鹿門)이다. 고노 요테쓰〔河野養哲〕와 야마가타 슈난〔山県周南〕에게 배운 뒤, 에도에서 오규 소라이를 사사하였다. 번(藩)에 돌아온 후 번교(藩校)에서 가르쳤는데, 도하대선생(都下大先生)이라 불렸다. 저작으로 『부산집(鄜山集)』이 있다.

52 핫토리 난카쿠〔服部南郭, 1683~1759〕는 그의 성은 핫토리〔服部〕며 이름은 원교(元喬)다. 남곽(南郭)은 호다. 에도 중기의 유학자이자 한시인(漢詩人)이며 화가였다. 그는 오규 소라이를 사사하였고 그의 고제로 소라이에게 고문사학을 배웠다. 다자이 슌다이〔太宰春台〕와 함께 소라이〔徂徠〕 문하의 쌍벽으로 알려졌다.

53 다자이 슌다이〔太宰春臺, 1680~1740〕는 그의 이름은 순(純)이며, 호가 슌다이〔春台〕, 자지원(紫芝園)이며, 자는 덕부(德夫)이다. 에도 중기의 유학자이며 경세가다. 그는 오규 소라이의 제자로 박학다식하였고, 특히 경학에 빼어나 소라이학〔徂徠学〕의 경세제민론을 크게 발전시킨 인물이다. 시문과 와카〔和歌〕에도 장기가 있어 명성을 얻었다.

54 야마가타 슈난〔山縣周南, 1687~1752〕은 그의 이름은 효유(孝孺), 호는 슈난〔周南〕이

학술 외에도 아라이 하쿠세키〔新井白石, 1657~1725〕[55]의 한시를 언급하는 등 에도 막부 학예의 흐름을 충실하게 설명해준다.[56] 이러한 에도 막부 학예 흐름에 무관심했던 박경행은 상대방의 학술적 경향과 에도 막부 문예의 흐름에 특별한 관심을 보이지 않은 채, 오로지 자기주장만 펼침으로써 결국 필담을 이어가지 못하고 만다.[57]

이미 에도 막부의 학술은 신유한이 사행한 1719년과 사뭇 달라져 있었다. 이러한 흐름을 읽지 못했던 박경행은 타자의 새로운 학술에 무지

며, 자는 차공(次公) 혹은 소개(少介)다. 에도 중기의 유학자로 오규 소라이의 고제다. 조슈번〔長州藩〕의 번교(藩校)에 있는 명륜관(明倫館)의 이대목학두(二代目學頭)를 지냈으며 한시와 국사에 정통했고 교육자로 명성을 넓혔다. 소라이가 이름을 얻기 전부터 배웠고, 소라이학〔徂徠学〕과 고문사학을 보급하는 데 역할을 하였다. 에도 막부의 고학이 조선조로의 유입 경로와 당대 학계의 반향은 하우봉, 「조선 후기 통신사행원의 일본 고학 이해」, 『일본사상』 8, 한국일본사상사학회, 2005, 165~200면.

55 아라이 하쿠세키〔新井白石, 1657~1725〕는 이름은 군미(君美)며, 호가 하쿠세키〔白石〕이다. 에도 중기의 정치가이며 주자학자다. 학문은 주자학·역사학·지리학·언어학·문학 등에 다양한 분야에 걸쳐 있다. 시인으로 한시를 많이 창작하였다. 18세기 초 막부시대 일본의 설계자로 학자 겸 정치가였다. 1686년 당대 최고의 주자학자 기노시타 준안〔木下順庵〕의 문하가 되었고, 당시 동문수학한 인물로 아메노모리 호슈〔雨森芳洲〕, 무로 규소〔室鳩巣〕, 기온 난카이〔祇園南海〕등이 있었다. 그는 쇼군 후계자인 도쿠가와 이에노부〔德川家宣〕의 가정교사가 되었다. 이에노부는 1709년에 쇼군이 되었고, 아라이는 정책을 입안하였다. 조선 통신사의 접대가 막부의 재정을 압박한다는 이유를 들어 조선 통신사의 대우를 검소하게 했다. 이 건으로 동문이던 대마도의 번유(藩儒)였던 아메노모리 호슈와 대립하였다. 이 외에도 조선 문서에 장군가(将軍家)의 칭호를 '일본국대군(日本國大君)'에서 '일본국왕(日本國王)'으로 했다. 그의 삶과 행적 등은 성대중의 『청성잡기』 권4, 「성언(醒言)」, '원여(源璵)'에 나온다. 성대중의 증백조(曾伯祖)였던 성완이 1682년 통신사행의 제술관으로 참여하여 아라이 하쿠세키의 시집에 서문을 써 주며 교류하였다.

56 에도 막부의 고학이 조선조로의 유입 경로와 당대 학계의 반향은 하우봉, 「조선 후기 통신사행원의 일본 고학 이해」, 『일본사상』 8, 한국 일본사상사학회, 2005, 165~200면.

57 『長門戊辰問槎』 卷上, "答問, 矩軒: 貴國文華, 固已聞青泉, 而其間又三十年. 未知近來鳴國之盛者, 誰當主牛耳耶? 白石文人, 亦有傳其衣鉢, 而詩藻之外, 亦有留意于性學上耶? 幸爲細細示教如何. 答 鄜山: 此邦文學之盛, 四十年前, 有徂徠先生者, 以復古之學, 獨步海內, 從遊如雲, 嚆矢其間者, 東都有南郭春臺, 我藩有周南, 皆經學文章窺其蘊奥, 白石唯以詩藻鳴耳."

했기에 타자의 학술을 이해하거나 수용할 수 없었음은 물론이다. 게다가 오다무라 로쿠잔 역시 조선조 학술이 정주학 일변도라는 사실을 알게 되자, 에도 막부 학술 경향의 이해가 부족했던 박경행의 주장에 더 관심을 두지 않는다. 박경행의 타자 인식이 학술 주제의 필담을 가로막은 것이다. 이러한 조선조 지식인의 에도 막부 학술 인식의 무지와 정주학 일변도의 주장은 결국 에도 막부의 학술과 문예의 무지와 편견을 가질 수밖에 없었다. 이러한 무지와 편견은 이후 통신사행에서도 자주 나타나기도 한다. 계미 통신사(1763년)에서도 확인할 수 있다.

계미통신사행에 참여한 중간계층은 고문사학과 소라이학을 따르는 학자와 필담을 나누기도 한다. 소라이학은 기본적으로 선진고문과 성당의 시를 전범으로 삼아 고문사학을 주장하며 이를 통해 학문 세계를 구축하고, 사상적으로는 정주학을 비판하는 입장에 있었다. 당시 사문사는 소라이학 계승자와 토론하면서 박경행과 마찬가지로 타자의 학술을 객관적으로 인정하고 토론하려고 들지 않았다.[58] 오직 정주학의 시각에서 자신의 주장을 펼치는 데 주력했다.

원중거가 적간관에서 만나 필담한 다키 가쿠다이〔瀧鶴臺, 1709~1773〕[59]는 대표적인 소라이학 계승자였다. 원중거는 필담 과정에서 소라이학의 위험성을 인식하고, "정주학은 하늘 가운에 있는 해와 같아 정주학을 독실하게 믿지 않으려 한다면 모두 이단"이라 규정하고 정주학의 반대편에 선 소라이〔徂徠〕와 그 추종자를 몰아세우기까지 한다.[60] 이는 면전에서

---

58 일본에서 오규 소라이와 소라이학의 성립과 그 계승자가 조선 통신사를 통한 조선관의 형성은 이효원, 「荻生徂徠와 통신사: 徂徠 조선관의 형성과 계승에 주목하여」, 『고전문학연구』 43, 한국고전문학회, 2013, 447~476면.

59 다키 가쿠다이〔瀧鶴臺, 1709~1773〕는 에도 중기의 의사로 이름은 장개(長愷)다. 야마가타 슈난〔山県周南〕과 핫토리 난카쿠〔服部南郭〕에게 유학을 배웠고, 의학은 야마와키 도요〔山脇東洋〕에게 배웠다. 또한 불교와 와카〔和歌〕에도 능통했다.

60 『長門癸甲問槎』 卷一, "鶴臺, 非程朱而爲禪儒不取, 其學宗古經, 而不據註解, 以古言

스승을 비판한 격이니 다키 가쿠다이의 공분을 사기에 충분했다. 이에 다키 가쿠다이는 자신의 학술을 이단으로 모는 것에 격분하고 만다. 강호로 떠난 이들에게 따로 글을 보내, 자신의 솔직한 심정을 진술하며 불편한 심정을 그대로 드러내었다.

이 글에서 다키 가쿠다이는 "우리나라 인정과 풍속이 아름다워 충신의사와 효자정부가 흔해 노비도 충성을 다하고 창기도 절개를 위해 목숨까지 바치는 사례도 있는 데 반해 저 중화는 비록 성인의 나라이지만 사람이 간악함이 만이보다 심할 정도다. 명·청의 법률을 보니 실려 있는 법률 조항의 간악하고 속이며 흉악한 적용은 우리나라 사람은 하지 않는 것이다"[61]라는 논리로 자국 도덕성의 우위를 제시하며 명·청을 내려다 보면서 중화를 우선시하는 조선조를 우회적으로 비판하였다.

다키 가쿠다이는 중화라면 성인의 나라니 교화를 입어 흉악한 사람이 없어야 하는데, 법률 조항을 보면 전혀 그렇지 않다고 지적한다. 오히려 성인이 없는 우리가 인정과 풍속은 물론 심지어 노비와 창기까지 충성과 절개를 지킬 만큼 상대적으로 우월하다고 했다. 조선조 지식인이 맹신하는 중국 중심의 사유를 비판하며 자기 나라를 객관적으로 볼 것을 촉구한 것이다.

이어서 그는 "네덜란드〔和蘭〕의 남자가 한 여성만 사랑하고 걸식하는 사람이 없는 것은 중국이 미치지 못하는 것이다. ……중략…… 예전부터 나가사키〔長岐〕에는 120,130여 국에 이르는 서양과 남만의 배가 정박할 정도로 저세상에는 중국의 지리지에 나오지 않는 무수한 나라가 존재한

證古經, 似可信據. 玄川, 捨註解而讀經, 猶無相之瞽. 程朱之學, 如日中天, 不欲篤信程朱者, 皆異端也. 高明意見, 未知如何."

61 같은 책, 같은 글, "吾邦人情, 風俗之美, 盖出於天性, 忠信義士, 孝子貞婦, 比比而有奴婢盡忠, 娼妓死節之類, 亦不鮮矣. 彼中華, 聖人之國, 而其人之姦惡, 有甚於蠻夷者. 僕於明淸律而見之, 凡律條所載, 姦騙凶惡之甚者, 皆吾邦之人, 所未嘗及之也."

다. 이처럼 우주가 크고 나라가 많은 데다 각각의 나라에는 그 나라만의 도가 있어 국치민안(國治民安)한다"[62]라고 주장하기도 한다. 우주는 너무 커서 우리가 모르는 숱한 나라에서 배를 타고 세계 곳곳을 왕래하고 있으며, 그들 나라는 고유의 도로써 나라를 다스리고 백성을 편안하게 한다고 했다. 이 넓은 우주에 오직 한 나라만의 법도가 존재하지 않을 터, 중국도 한 나라에 지나지 않으며, 그들의 도도 세계 여러 나라 중의 하나에 불과하다고 하는 등 절대적 가치는 없다고까지 단언하였다.

그런가 하면 더욱 선명한 논리로 중국 중심 사유의 성찰을 다시 제기한다. "인도에는 브라만의 법과 불교가 병행하고, 서양에는 천주교가 있으며 기타 이슬람교와 라마법은 여러 나라가 그것을 가지고 있는데, 이러한 종교와 법을 새운 사람은 개국한 임금이며 하늘을 계승하여 법도를 세우고 이용후생과 성덕의 도를 세워 하늘을 대신해 백성을 편안하게 하였으니 국치민안을 다시 무엇을 구하겠는가? 이와 같으니 하필이면 중국만을 귀하게 여겨 이적을 폐할 수 있겠는가?"[63]라 하여 중국 중심의 중화 질서만이 절대적 가치를 지닌 것이 아님도 설파한다. 오직 중국만을 맹신하고 타자의 사유나 문화를 인정하려 들지 않는 사문사의 시각을 꼬집어 비판한 것이지만, 앞서 정주학을 존신하지 않은 소라이학과 그러한 학문을 두고 이단으로 비판한 것의 날 선 재비판인 셈이다.

다키 가쿠다이의 논리는 선명하고 타당했다. 그런데 논지를 펼친 행간을 읽노라면 감정에 치우쳐 있고, 과격한 감도 없지 않다. 정당한 학술

---

62 같은 책, 같은 글, "又如和蘭不二色, 國無乞食, 皆中國之所不及也. ……중략…… 自古西洋南蠻舟舶, 來吾長岐者, 百二三十國, 又見地球圖·坤輿外記, 而考諸明淸會典一統志, 其所不載者, 尙多矣. 宇宙之大, 邦域之多如此, 而其國各有其國之道, 而國治民安也."

63 같은 책, 같은 글, "乾毒有婆羅門法, 與釋氏之道, 幷行. 西洋有天主敎, 其他如回回敎, 囉嘛法者, 諸國或皆有之. 夫作者七人, 皆開國之君也, 繼天立極者也. 立利用厚生之道, 立成德之道, 皆所以代天安民也. 國治民安, 又復何求? 何必中國獨貴而夷敎之可廢乎?"

토론과 무관하게 먼저 소라이학과 자신의 학문을 '이단'으로 몬 격분의 표출이기는 하나, 곰곰이 따져 읽으면 정주학의 시각에 사로잡혀 타자의 학술을 일방적으로 재단한 조선 지식인을 향한 뼈아픈 지적이다.

다키 가쿠다이의 비판은 중화 중심의 사유로 학술 지식을 위계화하고 에도 막부의 학술적 성취를 하위에 배치하려는 조선 지식인의 관념적 우월의식의 비판임은 물론이다. 이는 중국 학술과 문화에 절대적 가치를 부여하여, 이를 타자에 전하려는 오만과 편견에 갇힌 타자 인식을 표출한 조선조 지식인의 왜곡된 인식의 각성을 촉구한 것이기도 했다. 어찌 보면 중국 학술에는 상대적 열등감을, 에도 막부 학술에는 상대적 우월의식을 지닌 당대 조선조 지식인의 민낯을 그대로 보여주는 대화였다.

원중거는 다키 가쿠다이로부터 비아냥과 비판을 받지만, 다른 글에서는 에도 막부 내부를 비교적 객관적으로 보려는 시선을 보여주기도 한다. 그 일부다.

> 대저 강호가 나라를 다스리는 방법은 첫째는 무력이요, 둘째는 법이요, 셋째는 지혜요, 넷째는 은혜로움이다. 인의와 예악, 문장과 정사는 하나도 존재하지 않는다. 그러나 거의 2백 년이나 8주가 편안하였고 인물이 번성하였으며 금지하는 영을 내리며 위아래가 서로 편안히 즐거워한다. 해내가 다리와 손바닥 사이에 있어 치우(蚩尤)의 용기나 지백의 지혜, 소진(蘇秦)의 변설이 있다 하더라도 또한 이름 없이 민간에서 말라죽을 것이니 분수를 범하고 기강을 범하려는 마음을 가질 수가 없다. 가령 풍신수길이 다시 오늘날 태어난다고 해도 또한 당연히 종노릇이나 하다가 늙어죽고 말 것이다. 이 같은 치적을 이룬 원인으로는 간결함, 검소함, 공손함이라고 말한다.[64]

64 원중거 지음, 이혜순 감수, 박재금 옮김, 『와신상담의 마음으로 일본을 기록하다: 和國志』, 소명출판, 2006, 80~81면.

원중거의 언급은 비교적 객관적이다. 유학과 과거제를 근거로 정국을 운영하는 조선조와 달리 무사 중심의 통치가 에도 막부의 정국 운영임을 파악한 것은 정곡을 얻었다. 에도 막부는 무사 중심의 통치에도 불구하고 사회 질서가 잡혀 춘추전국시대와 같은 약육강식의 시대가 아니라고 말하고 있지만, 200여 년 동안 인물이 번성하고 상하가 서로 화평한 시대를 유지하는 막부 사회의 실체는 제대로 몰랐다. 에도 막부가 인의와 예악, 문장과 정사와 같은 주자학을 통치 이념으로 하지 않는 이유는 물론, 에도 막부 지식인들이 조선의 과거제를 두고 빈번하게 질문하는 의도를 몰랐기 때문이다. 이를테면 원중거는 오랜 역사 기간 과거제를 활용하지 않고 사회를 통치하는 막부의 제도와 집권층, 무사 계급의 위상, 그리고 그 하부 계층의 역할을 두고 그 역사적 성격이나 막부 체제를 제대로 파악하지 못한 것이다.[65]

원중거도 타자를 정확하게 인식하고, 그 내부를 파고들어 객관적으로 보려는 시선은 없었다. 에도 막부 초기 지배 사상은 성리학이 아닌 병학이며,[66] 에도 막부 지식인이 주자학을 재발견하여 통치 이념으로 활용한 것은 18세기 말 이후로 알려져 있다.[67] 원중거가 에도 막부 사회를 일부

---

65 가마쿠라 막부 이래, 일본의 권력은 천황이 아니라 막부와 사무라이들에게 있었다. 에도 막부만 하더라도 쇼군이 중앙집권을 하는 막부와 지방 다이묘의 영지인 번이 있어 막번(幕藩) 체제를 유지하였다. 계급은 쇼군과 그 아래에 최고 계급인 무사, 다음은 생산자인 농민, 그 밑으로 수공업자와 상인층이 존재하는 구조였다. 무사는 지배층, 농민은 사회를 이끌어가는 생산자였지만, 수공업자와 상인은 천대받았다. 실제 막부 재정은 농민이 내는 세금으로 운영이 되었다. 원중거는 이러한 사회제도와 정치 원리를 몰랐던 것이다.

66 前田勉,『近世日本の儒學と兵學』, ぺりかん社, 1996 연구와 若尾政希,『"太平記"読みの時代』, 平凡社, 2012의 연구가 대표적이다.

67 츠지모토 마사시〔辻本雅史〕는 18세기 후반에 체와 용을 겸비한 성리학을 재발견한 것은 18세기 후반에 양명학이나 소라이학을 강하게 의식하면서 선택된 것인데, 그 이유를 다음과 같이 언급하고 있다. "조금 새로운 맛이 부족한 주자학의 전체적 세계관을, 안에이〔安永〕·덴메이〔天明〕 시기(1772~1788) 시기에 와서 왜 부활시킬 필요

인식하였음에도 불구하고, 내부를 움직이는 가치와 사회의 작동 원리를 이해하는 데까지 이르지 못한 것은 당시 조선조 지식인이 일반적인 타자 인식이기도 했다. 무력과 법으로 통치되는 에도 막부의 정치제도를 의아하게 보면서도, 치국으로 사회질서의 안정을 긍정하는 복수의 시선은 그래서 나오게 되었다.[68]

또한 계미통신사에 참여한 남옥과 성대중은 다이텐 겐죠〔大典筑常, 1719~ 1801〕와 필담하며 에도 막부의 중국 서적 수입과 그 상황을 견문하고, 에도 막부의 학지를 재인식하게 된다. 이들은 헤이안시대〔平安時代〕와 가마쿠라 막부〔鎌倉幕府〕, 이어서 전국시대(戰國時代)의 시기를 주제로 필담을 나눈 바 있다. 대전축상은 평씨 일족과 그 후예인 오다 노부나가〔織田信長〕와의 관계에 의문을 가진 성대중에게 답하는 대목에서 '청조의 천자는

가 있었는가. 단적으로 말하면 그것은 다름이 아니라 사회의 전체를 통일적으로 포섭하는 통합의 원리가 필요했기 때문이다. 그러한 의미에서 선택사항은 주자학 외에 없었고, 주자학을 확실히 유일무이의 「학통」으로 인식하였다. 이것은 약간 과장이 되겠지만 사회의 전체적 통합이라는 정치적 시점에 선(그런 의미에서는 소라이학적인 시점에 선) '주자학의 재발견'이라고도 불러야 할 사상사적 사건이었다. 게다가, 소라이학과 같은 법이나 제도에 의한 강제나 술책적인 방법에 의해서가 아니라 인심을 대상으로 민심에 내면화된 형태로서의 통합을 목표로 '발견'된 주자학이었다." 이 언급은 辻本雅史, 『近世教育思想史の研究』, 思文閣出版社, 1990, 221면 참조. 또한 이와 관련한 에도 막부 일본의 성리학 문제와 전체 논지는 미야지마 히로시, 「법으로서의 동아시아: 동아시아 연구의 의미와 전망」 3장, 2014년 동아시아학술원 국제학술회의 발표집, 2014 참조.

68 미나모토노 요시츠네〔源義經〕가 죽지 않고, 북쪽 북해도로 도망갔다는 설이 일찍부터 있었으나, 에도 시대에 이 전설이 더욱 확대되었던 것 같다. 『겸창실기(鎌倉實記)』(1717)는 「금사별본(金史別本)」이라는 책을 인용하여 미나모토노 요시츠네가 대륙에 건너갔다는 설을 소개하였다. 그리고 『국학망패(国學忘貝)』(1783)는 『고금도서집성』에 건륭제가 "朕姓源義經之裔, 其先出清和, 故號國清"이라 적고 있음을 말하고 있다. 그러나 이는 미나모토노 요시츠네가 세이와겐지(清和源氏)임을 이용하여 만든 허구이며, 「금사별본」 또한 위서로 알려져 있다. 이러한 전설은 당시의 러시아와의 관계로 북방영토에 대한 관심이 높아진 점을 반영한 것이라고도 한다. 더욱이 이 설은 명치유신 이후 미나모토노 요시츠네〔源義經〕이 칭기즈칸이라는 설까지 확대되어 일본의 대륙 침략의 한 근거로 작동하였다.

『고금도서집성』(규장각 소장)

미나모토노 요시츠네〔源義經〕의 후손'이라 언급하며, 『고금도서집성(古今圖書集成)』을 그 근거로 들며 자신의 주장을 펼친다.[69] 물론 청조의 천자가

---

69 『평우록』을 보면 다음과 같은 구절이 나온다. "타이라노 기요모리가 죽자 아들 타이라노 무네모리〔平宗盛〕는 우매하고 나약해서 천황을 무시하여 어지럽힘이 더욱 심해졌습니다. 여기에 미나모토노 요시토모〔源義朝〕의 아들 미나모토노 요리토모〔源賴朝〕가 가마쿠라〔鎌倉〕에서 군사를 일으키자 온 나라가 향응하였습니다. 이에 그의 동생 미나모토노 노리요리〔源範賴〕와 미나모토노 요시츠네〔源義經〕에게 평씨를 공격하게 했습니다. 타이라노 무네모리는 어린 천황을 끼고 교토를 빠져나와 서해로 달아났는데, 요시츠네가 그를 일곡(一谷)과 아카마가세키〔赤間關〕에서 격파하였고, 단노우라〔壇浦〕에 이르러 평씨 일족은 섬멸되었습니다. 하지만 여전히 하나 둘 남은 씨가 있어서, 그중 훗날 출세한 자가 오다 노부나가〔織田信長〕입니다. 대개 미나모토노 요시츠네가 병사를 쓰는 법은 처음부터 절제가 없고 다만 천운이 도와줬을 뿐인데, 일본 고금의 병가(兵家)들은 미나모토노 요시츠네를 제일로 삼습니다. 후에 형 미나모토노 요리토모에 의해 살해되었다고 하나, 사실은 에미시〔蝦夷〕로 달아난 것입니다. 근래에 또 기이한 소문이 있는데 지금 청조의 천자는 미나모토노 요시츠네의 후손이라는 것입니다. 이 사실은 『고금도서집성』에 나온다 하는데, 그 책은 제가 아직

미나모토노 요시츠네〔源義經〕의 후손이라는 설은 『고금도서집성』에 나오지 않는다.

여기서 주목할 것은 대전축상이 언급한 내용의 진위보다 『고금도서집성』의 유입과 이를 독서한 에도 막부의 독서문화다.[70] 에도 막부는 8대 장군 요시무네〔吉宗〕의 명으로 1763년 나가사키〔長崎〕를 통하여 『고금도서집성』의 초인본을 수입하고, 막부의 모미지야마 문고〔紅葉山文庫〕에 2부를 수장한 바 있다.[71] 반면 조선조는 그보다 뒤인 1777년에 정조의 명으로 겨우 1부를 수입하는 데 그치고 만다.[72] 1763년 통신사에 참여한 성대중과 남옥이 『고금도서집성』의 존재를 알았는지는 여부는 알 수 없다. 하지만 확실한 것은 이 거질의 백과사전이 에도 막부가 자국보다 먼저 수입한 사실과 에도 막부 문사들까지 이 내용을 안다는 점에 충격을 받았다는 사실이다.[73]

실제 기무라 겐카도〔木村蒹葭堂〕는 『겸가당잡초(蒹葭堂雜抄)』에서 『고금도서집성』의 목록을 베껴 놓은 사실을 감안하면, 다수의 에도 막부 지식

보지 못했습니다. 목세숙(木世肅)이 저에게 이렇게 말해줬는데 그 또한 전해 들었을 뿐입니다." 번역은 다이텐 지음, 진재교·김문경 외 옮김, 『18세기 일본 지식인 조선을 엿보다, 萍遇錄』, 성균관대학교출판부, 2013, 193~194면.

70 이 거질의 책은 청나라 강희제의 칙명으로 편찬된 총 10,000권에 이르는 중국 사상 최대 규모의 백과사전이다. 1701년에 편찬을 개시하여 1725년에 완성하였는데, 1728년에 동활자로 64부가 간행되었다.

71 洪翰周, 『智水拈筆』 卷1, 「古今圖書集成」, "余聞丙申購來時, 燕市人, 笑謂我人曰, "此書刊行, 殆過五十年而貴國, 號稱右文, 今始求買耶? 日本則長碕島一部, 江戶二部, 已求三件去矣." 我人羞媿, 不能答云."

72 당시 5,020권을 수입한 것으로 알려져 있다. 『고금도서집성』의 조선으로의 유입 상황은 김윤조 · 진재교 옮김, 『19세기 견문지식의 축적과 지식의 탄생(상): 지수염필』, 소명출판, 2013, 98~101면.

73 조선조 지식인들은 매년 연행하면서 청조의 출판 상황을 인지하고 있었기에 『고금도서집성』의 존재를 알았을 가능성이 크다. 그러나 우습게보던 일본 문사들이 거질의 『고금도서집성』을 자신들 보다 먼저 독서하고 이를 근거로 필담을 이끌어 간 것은 중간계층 인사들에게 지적 충격을 주기에 충분한 사건이었다.

인들이 이 『고금도서집성』의 내용을 읽거나 일부 내용을 파악한 것으로 보인다. 필담 과정에서 남옥과 성대중은 에도 막부의 중국 서적의 수입 상황을 인지하고, 동시에 에도 막부 문사의 독서 대상과 그들의 지적 역량을 재인식하였음은 미루어 짐작할 수 있다.

사문사 등이 보여 준 타자 인식과 달리 전문 지식에 종사하는 의원들은 에도 막부의 의학 지식을 바라보는 것은 사뭇 다르다. 이들 의원은 주로 의학 관련 전문 지식을 중심에 두고 필담을 나누며 교류하게 된다. 신묘통신사(1711년)의 일원인 의관 기두문(奇斗文)과 이노우 쟈꾸스이〔稻生若水, 1655~1715〕[74]는 본초학을 두고 필담할 기회를 가지게 된다. 본초학에 정통하였던 이노우 쟈꾸스이는 직접 식물을 가지고 기두문과 본초 관련 지식을 주고받는데, 인삼과 백부자의 구체적인 모양을 두고 그 진위를 상세하게 문답하였다. 기두문은 자신의 지식·정보를 토대로 질문에 답하는 등 새로운 차원에서 전문적인 학지를 소통하게 된다.[75] 사문사의 문답 방식이나 방향과는 사뭇 다른 객관적이고 상호 학지를 소통하는 전문 지식·정보의 교류였다. 이노우 쟈꾸스이의 질문도 약초와 관련 전

---

74 이노우 쟈꾸스이〔稻生若水, 1655~1715〕는 이름이 의(義), 자는 선의(宣義)이며 호는 쟈꾸스이〔若水〕다. 그는 본초학에 밝았고, 특히 물품을 감별하는 데 탁월한 재능을 발휘하였다. 『본초도익(本草圖翼)』을 편찬했는데, 중국 고전을 인용하여 본초(本草)에 사용하는 모든 약재의 특색을 서술하였다. 이토 진사이〔伊藤仁齋〕에게 유학을 배웠으며, 그의 제자인 니와 쇼하쿠〔丹羽正伯〕와 함께 박물서인 『서물류찬(庶物類纂)』 1,054권을 편찬하기도 했다. 이 책은 고금의 한적(漢籍)으로부터 식물·동물·광물·약물 등의 기사를 조사하여 3,590종의 기사에서 종류·분류를 정치하게 조사하여 26개 항목으로 분류한 이후에 재편집하여 한문으로 기술하였다.

75 『鷄林唱和集』 卷4, "問若水, 此樹葉有三尖, 冬月不凋, 春開細花, 結子大如大豆, 攢爲毬生靑熟紫墨色, 樹有脂膠, 凝香色赤, 名仙人掌樹, 答斗文, 此樹, 雖似仙人之掌, 亦非三代之藥也. 問若水, 人參苗狀, 據陶隱居謂, 根莖都似薺苨而葉少異, 唐本駁之云, 苗似五加而濶短, 莖圓有三四椏, 椏頭有五葉, 二說不同, 以何說爲近也? 答斗文, 上言是也. 問若水, 白附子苗狀如何? 艸烏頭有一種, 細莖如蔓, 問白花者, 不知此卽白附子否? 答斗文, 此白附子眞也."

문 지식이었고, 기두문 역시 전문 지식을 활용하여 대답하는 등 실질적인 상호 소통을 통한 필담을 하게 된다. 이들은 필담을 통해 선인장, 인삼, 백부자와 같은 본초학 관련 지식·정보를 주고받으면서 본격적으로 전문 지식·정보를 교감하였다. 의원이 본초학을 매개로 상호 소통하는 것은 의학지식의 교류를 통한 타자 인식이라는 점에서 특기할 만하다.

그런가 하면 계미통신사(1763년)에 참여한 의원 남두민(南斗旻, 1725~?)과 김인겸(金仁謙, 1707~1772)은 에도 막부의 의원 기타야마 쇼우〔北山彰〕와 해부학을 주제로 필담을 가진다. 기타야마 쇼우는 야마와키 도요〔山脇東洋, 1706~1762〕의 해부학 저술인 『장지(藏志)』를 거론하며 필담을 이끌었다.[76] 에도 막부의 해부학은 1634년 네덜란드와의 교역 이후 일본에 유입되었고, 이후 『해체신서(解體新書)』[77]로 이어진 것은 알려진 사실이다.

흥미로운 사실은 기타야마 쇼우가 서양 해부학을 전통 동아시아 의학과 다른 차원의 의술로 인식하고, 이를 논제로 남두민에게 질문한 점이

---

76 야마와키 도요〔山脇東洋〕는 에도 중기의 의원으로 이름은 상덕(尙德)이고 자는 현비(玄飛), 자수(子樹), 도작(道作)이라고도 불린다. 처음에 이산(移山)으로 나중에 동양(東洋)으로 호를 삼았다. 그는 실증정신(実證精神)을 잘 익혀 누구도 도달하지 못했던 인체해부를 시행하였다. 1754년 2월 7일에 관의 허락을 얻어 경도의 육각옥(六角獄)에서 처형당한 죄수의 사체를 해부하였는데, 소와 말을 도살하는 자를 시켰다. 사체는 머리 부분을 없애고, 그림은 문인이었던 아사누마 사에이〔浅沼佐盈〕가 그렸으며, 1759년에 『장지(藏志)』라는 이름으로 간행하였다. 그의 저서로 『양수원의칙(養壽院醫則)』과 『장지』가 있다. 여기에 대해서는 大塚恭男, 「山脇東洋」, 『近世漢方医学書集成』 卷13, 名著出版, 1979 참조.

77 『해체신서(解體新書)』는 1774년에 스기타 겐파쿠〔杉田玄白, 1733~1817〕, 마에노 료타쿠〔前野良澤〕, 나카가와 준안〔中川淳庵〕 등이 독일의 해부서를 네덜란드어로 번역한 것을 다시 일본어로 재번역하여 펴낸 것이다. 『해체신서』는 에도 막부 시기 난학(蘭學)의 상징적 저술이자 서구 문물 수용의 일대 사건이었다. 에도 막부의 지식인들은 이를 계기로 서양 문물을 전면적으로 재인식하고 수용하였다. 난학이 『해체신서』의 번역으로 시작하여 성립하고, 그 세계사적 의미가 열대 공간에서 일본·유럽의 문화적 접속이라고 밝힌 글이 최근에 나왔다. 이것은 이종찬, 『蘭學의 세계사』, 알마, 2014 참조.

다. 이는 해부학을 에도 막부 의술의 중요한 성과로 인식하고, 이를 조선 의술과 비교해보려는 의도가 있었다. 여기에 남두민과 김인겸은 동아시아 전통 의서인 『황제내경(黃帝內經)』을 거론하면서 인체 해부학을 기론(奇論)이라는 논리로 응수한다. 사실 음양오행과 『황제내경』을 의서의 바이블로 존신하던 처지로 서양 해부학의 우수성을 이해하기란 쉽지 않았다. 비록 남두민이 타자를 배려하여 해부학을 기론으로 표현하여 마지못해 긍정하는 척했지만, 해부하지 않고도 아는 것을 성인이라 하여 옹색한 변론에 그치는 것으로 필담을 이어간다. 사실 해부학을 기론으로 언급한 자체가 서구의 해부학과 기타야마 쇼우의 해부학 수용과 성과를 비판적으로 바라보려는 인식을 의미한다.[78]

그런데도 필담 과정에서 남두민과 김인겸은 인체를 직접 갈라서 장기를 확인하고, 『황제내경』의 오류를 지적하는 기타야마 쇼우가의 발언에 충격을 받기도 한다. 인체에 손을 대는 것 자체가 유교 사회에서는 있을 수 없는 일인 데다, 직접 인체를 갈라 장기를 확인하는 것 자체가 충격으로 다가왔을 법하다. 사실 해부학의 존재를 듣고 인지하는 것 자체는 그것의 비판 여부와 관계없이 서구의 새로운 지식·정보를 견문하고 인지한 일대 사건임에 틀림없다. 이에 앞서 무진 통신사(1748년)에 참여한 의원 김덕륜(金德崙)도 노로 지츠오〔野呂實夫〕를 통해 해부학은 물론 서양의 외과술을 견문한 바 있었다.[79]

78 北山彰, 『鷄壇嚶鳴』, 31~32면, "敢問 北山彰,"吾邦有好事之醫, 屠割官刑之死腸, 審視其藏府布置·名數·色澤, 著藏志論一篇. 云內經言府藏爲十二焉, 今已撿之, 知有九枚之藏. 大腸獨在, 不見小腸. ……중략…… 貴邦亦有此說耶? 足下所見如何? 丹崖讀之, 亦示退石, 少之有答. 貴邦學者, 好吐奇論. 未知其俗別有奇腸乎? 吾邦一準由軒岐舊則, 不復求新說. 割而知之者, 愚者爲也, 不割識之者, 聖者之能也, 君勿惑."

79 『조선필담』 상을 보면 노로 지츠오〔野呂實夫〕는 의원 김덕륜(金德崙)과 필담하며 서양의 외과술의 우수성을 소개한 바 있다. "이 나라 의원의 치료는 우리가 오랜 옛날부터 전해져 오던 방법이 있고, 중국 방법에 의거하는 것도 있는데, 탕약과 침구는 그

이처럼 통신사행에 참여한 일부 의원들은 에도 막부 의원을 통해 서양 의학을 어렴풋하게나마 인지함으로써 서구의 새로운 전문 지식·정보를 견문하고 인지하게 된다. 이들은 에도 막부에서 만나 교류한 인사를 통해 타자 인식의 새로운 방향을 확인했다.[80] 사실 타자의 전문적인 지식·정보를 통해 획득한 것은 전통적 사유나 의술과는 전혀 다른 세계의 새로운 지식·정보다. 이 점에서 통신사행에서 획득한 전문적 지식·정보는 타자를 재인식함과 동시에 서구의 과학세계를 향한 창의 역할을 하기에 충분하다. 하지만, 조선조 지식인은 자 중심에 갇혀 이러한 지식·정보를 객관적으로 인식하거나 수용하지 못하고 만다.

5. 상호 인식과 엇갈림

18세기 조선 통신사에서의 교류의 주역은 제술관과 서기, 의원과 같은 중간계층이다. 이들은 인적·물적 교류의 주역을 자임하며, 에도 막부 인사와 지적 교류를 한 바 있다. 이러한 학지의 교류를 통해 지식·정보를 소통하며, 타자를 인식하며 자의식도 표출했다. 이 과정에서 중간계층은 타자를 두고 주관적인 인식을 보여주기도 하고, 더러 객관적으로 인식하려고도 했다. 그런데 객관적 타자 인식의 결은 같지 않았다. 긍정의 시선을 보내는가 하면, 타자의 속까지 파고드는 객관적인 인식에까지 이르지

둘 중에 적절한 방법을 따라 행할 따름입니다. 옹종(癰腫)과 금창(金瘡)의 외과 치료 분야는 서양 치료 방법을 많이 쓰는데, 중국 방법보다 나은 것이 많은 듯합니다〔此邦醫治, 在吾古昔傳之法, 又有依唐法者, 湯藥·鍼灸, 從宜行之耳. 若癰腫·金瘡, 外治之科, 多用大西之法, 勝於唐法遠矣〕."

80 통신사의 의원 필담집과 관련한 연구 성과는 김형태, 『통신사 의학 관련 필담창화집 연구』, 보고사, 2011, 174~176면.

못하는 등 그마저 층위가 있었다.

대체로 18세기 통신사에 참여한 다수의 중간계층은 정주학 중심의 사유로 학술적 견해를 표출하는가 하면, 중국과 에도 막부의 학술적 성취에 엇갈린 시선을 보여주었다. 중국 학술의 수용을 지나치게 중시하면서도 이를 잣대로 오히려 에도 막부의 학술은 낮게 평가하는 등 이중의 시선을 표출하였다. 게다가 자 중심의 시각에 갇혀, 자신이 구축하고 인식한 지식·정보를 오직 에도 막부 지식인에게 전달하는 데 방점을 두기도 했다. 이는 자 중심의 지식 체계로 타자의 지식·정보를 위계화하고 그 하위에 타자를 재배치하려는 시선이다. 그 결과 에도 막부의 내부를 들여다보거나 타자의 학술과 문화를 진지하게 바라보려는 사유를 배제하게 된다. 이뿐만 아니라 타자를 바라보는 시선 역시 단일하지도 않고, 다양한 편차를 보여주기도 했다. 에도 막부 일부 지식인 역시 이러한 조선조 지식인의 시각과 태도에 비아냥거리거나 부정적으로 인식하였다. 이는 평등한 상호 인식의 간극이자 엇나간 타자 인식이다.

사실 통신사행에 참여한 실질적 교류 주체인 사문사는 에도 막부 문사들과 시문을 창화하고 필담을 나누는 데 지적 역량을 집중하느라, 타자의 내부를 객관적으로 바라보기란 쉽지 않았을 법도 하다. 사문사는 노정에서 에도 막부 문사는 물론 다양한 인사의 요구에 수응하여 문예 역량을 쏟아 부어야 했기 때문이다. 자연히 타자의 안 밖을 두루 살펴보거나 차분하게 에도 막부 내부를 들여다보려는 노력과 역량, 여기에 경중을 두고 상대에 응수하기란 쉽지 않았다.

그런가 하면 전문 지식·정보를 소유한 의원이나 화원 등도 기본적으로 타자를 향한 열린 생각과 개방적 자세는 적었다. 이러다 보니 타자의 내부를 깊이 파고들어 구체적인 실상에 접근할 만한 계기를 갖는다거나 타자를 객관적으로 인식하기란 불가능할 수밖에 없었다. 그나마 일부 의원은 서구의 해부학을 전문하고 이를 인지하는 등 서구 의학과 관련한 지식·정보를 확인하는 데 머물고 만다.

동시에 에도 막부 지식인의 타자 인식 역시 같은 맥락을 보여준다. 일부 문사들은 통신사행에 참여한 중간계층과 교통하며 새로운 지식·정보를 획득하려는 기회의 장으로 삼기도 하고, 더러 자신의 학지를 표출하는 기회로도 삼았다. 이 외에도 일부 에도 막부 지식인은 중간계층 인사를 치지도외(置之度外) 하는 시선을 보여주는 등, 에도 막부 지식인 안에서도 타자 인식은 다양한 양상으로 나타났다. 이를테면 통신사행을 동화(東華)의 빈객으로 바라보거나, 중간계층과의 시문 수창을 영예로 생각하는가 하면, 그들로부터 획득한 시문과 서화를 영광으로 생각하는 등 단일하지 않다. 이와 달리 조선 통신사를 일본의 조공 사절로 파악하는 경우도 있었고,[81] 자중심의 사유와 이러한 사유에 갇혀버린 통신사행에 시선을 두지 않고, 서구 문화를 옹호하는 인사들도 있었다.[82] 이처럼 에도 막부 지식인들도 타자와 타자의 문화를 두고 조선조 지식인과도 다른 의미에서 복수의 시선을 보여주었던 것이다.

사실 조선통신사에 참여한 일부 중간계층이 자중심에 갇혀 자국 문화를 우월한 것으로 인식하고, 이를 전달하려는 인식은 객관적이지 않다. 이는 타자의 내부와 학술 및 문예를 제대로 파악하지 못한 데서 온 관념적 사유에 지나지 않는다. 에도 막부를 향한 이러한 시선은 자중심의 사유라는 외피를 뒤집어쓴 우월의식이 타자에까지 투영된 결과다. 자국의 학술과 문예를 일방적으로 타자에 시혜하려는 인식과 지향이라는 점

81 이는 일본 중화주의나 일본형 화이사상을 근간으로 하는 발언이다. 일본 중화주의와 일본형 화이사상은 桂島宣弘, 『思想史の十九世紀: '他者'としての德川日本』, ぺりかん社, 1999 참조.

82 반중국(反中國)의 시각과 함께 서구를 긍정하는 경우는 모토오리 노리나가〔本居宣長, 1730~1801〕가 대표적 인물이다. 여기에 대해서는 가쓰라지마 노부히로 지음, 김정근·김태훈·심희찬 옮김, 『동아시아 자타 인식의 사상사』, 논형, 2009, 12~50면.

에서는 관념의 극치에 다름 아닌 것이다.

1711년과 1719년에 걸쳐 조선 통신사를 에도 막부까지 수행한 아메노모리 호슈〔雨森芳州, 1668~1755〕[83]의 언급은 의미심장하다.

> 조선은 오로지 중화를 배우려는 풍습이 있는데, 서적을 통해서 보더라도 특별히 중국의 것이라야 납득한다. 그러므로 서적을 읽고서도 열에 여덟, 아홉까지는 조선의 풍습도 미루어 짐작할 수 있다. 하여튼 학문이 없으면 이것도 불가능한 일이다.[84]

아메노모리 호슈는 조선어에 능통한 외교 실무자지만, 당시 조선을 이해하고 정확하게 인식한 조선통 지식인이자 지금으로 말하면 한국학 연구자다. 조선이 중국 중심에 갇혀 중국의 학술과 가치를 절대 기준으로 삼고 있다는 지적은 정곡을 찌른 뼈아픈 발언이다. 조선의 풍속과 학문은 중화를 통해 알 수 있다고 한 것은 내부까지 들여다본 객관적 타자 인식일 터, 이는 18세기 조선 통신사에 참여한 중간계층이 가져야 할 타자 인식의 방향이기도 하다.

그는 다른 곳에서 "많은 사람이 성신으로 교류한다고 말을 하는데, 이 글자의 뜻을 잘 모르고 말하는 경우가 많다. 성신이라는 것은 진실한 마음〔實意〕이라는 뜻이 있으며, 서로 속이지 않고 다투지 않으며, 진실을 가지고 교제하는 것을 성신이라고 한다"[85]라 하여 상호 교류의 중요성을

83 기노시타 준안〔木下順庵〕 문하의 수제자로 교토 사람이다. 이름은 동(東), 일명 성청(誠淸)이다. 자는 백양(伯陽), 호는 방주(芳洲) 또는 귤창(橘窓)이라고도 하였다. 그는 아들을 오규 소라이에게 배우도록 할 정도로 오규 소라이를 존경하였다. 대마도의 번유(藩儒)가 되어 통신사를 직접 전대하고 통신사에 참여한 문사와 교류하였다. 중국어와 조선어를 할 줄 알았기 때문에 통신사들과 가장 많은 교류를 한 인물이다. 이 점은 이노구치 아츠시 저, 심경호·한예원 역, 『일본한문학사』, 소명출판, 2000, 307~309면.

84 한일관계사학회 편, 역주 『交隣提醒』, 국학자료원, 2001, 35~36면.

특기한 바 있다. 타자의 존중과 정확한 인식은 상호 교류를 위한 길라잡이이자 상호 인식으로 나아가기 위한 첩경이다.

하지만 18세기 두 나라 지식인의 타자 인식은 이러한 데까지 이르지 못한다. 타자를 긍정하고 이해하려는 것보다 타자에 대한 편견과 부정적 시선을 드러내기 일쑤였다. 그러다가 1811년 역지통신사(易地通信使) 이후 조선 통신사행은 중단되고, 두 국가 상호에 대한 엇나간 시선과 인식의 간극마저 좁히지 못하게 된다. 이후 문위사행이 여전히 존재하기도 했지만, 이러한 엇나간 상호 소통 상황이 이어지게 된다. 19세기 중엽에 이르도록 조선조는 에도 막부라는 타자를 객관적으로 인식하지 못하고, 서구 동향을 외면한 것은 물론 관념적 시선만을 확대 재생산하기에 이른다. 그 결과 두 나라는 일본 멸시론과 정한론으로 충돌하고 만다.

85 같은 책, 같은 곳, 70면.

제2부

장서와 저술, 문명의 이기

| 제 1 장 |

홍석주가(家)의 장서와 독서력 그리고 필기

1

1. 19세기 경화세족과 필기 형성의 배경

18·19세기 새로운 지식·정보의 생성과 유통 공간을 촉발한 것은 서적의 대량 유입과 유통이다. 이 시기 사대부 지식인은 국내외 서적의 유통에 기대어 다양한 방식으로 독서하고, 이러한 독서 체험을 자신의 저작에 대거 활용한다. 청조에서 유입된 서적은 새로운 지식·정보를 담은 경우가 많고, 이를 선취하여 독서한다는 것은 문예와 학술 장에서 새로운 무기를 지닌다는 의미다. 그만큼 새로운 서적의 독서는 학예의 흐름을 선도하고, 새로운 관점에서 저술 활동을 할 수 있는 토대를 제공해주기 마련이다. 사실 다양한 국내외 서적 구득과 독서는 당대 정치적 위상과 경제력 토대는 물론 학예적 안목이 없으면 불가능하다.

이러한 조건을 두루 지니고 당대 학예장을 선도한 집단은 바로 경화세족이다. 18·19세기 경화세족은 정치적 위상과 경제력, 그리고 연행을 통해 새로운 서적을 쉽게 접하게 된다. 이들은 최신의 지식·정보로 무장함으로써 당대 학예장을 쥐락펴락한 바 있다. 심지어 새로운 서적을 서로 돌려보거나, 베껴둠으로써 풍부한 독서력을 보여주기도 한다. 실제 경화세족은 청조에서 서적을 들여와 가문의 컬렉션을 만드는 한편, 자신의 장서로 새로운 지식·정보의 유통과 확산을 북돋운 바 있다. 여기에 일부 경화세족은 자신의 풍부한 독서력과 학술적 역량을 발휘하여 필기를 저술하여 이를 유통하기도 한다. 이들이 저술한 필기는 당대 학술과 문예 수준과 새로운 지식·정보의 폭과 넓이를 보여주는 데 충분했다.

19세기 필기류 저술의 중심에 홍석주가(家)의 인물이 있다. 홍석주가는 19세기의 대표적 경화세족이다. 이 가문은 19세기 학술과 문예의 중심에 있으면서 필기 저술로 새로운 성취를 보여준다. 홍석주가의 사례를 통해 경화세족의 독서 환경과 독서문화의 실상과 그 의미를 확인할 수도 있다. 이는 당대 학술 경향의 한 경향을 이해하는 것이기도 하다.[1]

여기서 주목하려는 홍석주가 인물은 홍석주(洪奭周, 1774~1842)·홍길주(洪吉周, 1786~1841)·홍현주(洪顯周, 1793~1865) 형제와 이들과 재종간인 홍한주(洪翰周, 1798~1868) 등이다. 모두 홍석주가의 대표적 인물이다.[2] 이들이 남긴 필기 저술은 19세기 학술과 문예의 특징을 잘 보여준다는 점에서 주목할 만하다.[3] 홍석주는 『학강산필(鶴岡散筆)』(6권 5책)을, 홍길주는 『현수갑고(峴首甲藁)』·『표롱을첨(縹礱乙籤)』·『항해병함(沆瀣丙函)』[4]을, 홍한

1 경화세족의 일원이었던 홍길주(洪吉周)의 독서와 관련한 문제는 정민, 「중세적 인식론의 전환과 새로운 담론의 모색: 항해 홍길주의 독서론과 문장론」, 『대동문화연구』 41, 성균관대학교 대동문화연구원, 2002, 87~123면. 홍길주 산문과 학술 성향은 최식, 「항해 홍길주 산문 연구」, 성균관대학교 박사학위논문, 2005; 최식, 「沆瀣의 현실인식과 『춘추묵송』」, 『한문학보』 15, 우리한문학회, 2006, 105~136면; 김철범, 「연천 홍석주가의 학술과 문예: 연천 홍석주의 『記里經』과 지리의식」, 『한문학보』 15, 우리한문학회, 2006, 105~136면 참조. 그리고 홍길주의 『숙수념』은 최원경, 「沆瀣 洪吉周의 『孰遂念』: 지식과 공간의 인식」, 성균관대학교 박사학위논문, 2008 참조.

2 홍석주 가문의 독서와 문예비평에 대해서는 진재교, 「홍석주가의 독서 체험과 문예비평」, 『한국문학연구』 4, 고려대학교 한국문학연구소, 2003, 235~288면.

3 이에 대해서는 강명관, 「조선 후기 서적의 수집·유통과 장서가의 출현: 18, 9세기 경화세족 문화의 한 단면」, 『조선시대 문학예술의 생성 공간』 제3부, 소명출판, 1999에서 자세하게 다룬 바 있다.

4 『수여방필(睡餘放筆)』과 『수여연필(睡餘演筆)』은 『표롱을첨(縹礱乙籤)』에 수록되어 있고, 『수여난필(睡餘瀾筆)』과 『수여난필속(睡餘瀾筆續)』은 『항해병함(沆瀣丙函)』에 수록되어 있다. 이들 필기는 필사되어 당대 사대부 지식인들에게 읽히기도 하였다.

주는 『지수염필(智水拈筆)』(8권 4책)를 남겼다. 홍현주(1793~1865)는 필기를 남기지 않았지만, 그는 정조의 서녀 숙선옹주(淑善翁主)와 혼인한 영명위(永明尉)로 많은 서적을 소장한 장서가였다. 홍현주는 문예에도 남다른 안목과 저술을 남긴 바 있을 뿐만 아니라, 형제의 서적 수집과 독서에 많은 도움을 주기도 한다. 홍석주가 인사가 주합루(宙合樓)에 소장된 『고금도서집성』을 볼 수 있었던 것도 홍현주의 도움이 있어 가능했다.

2. 18·19세기 서적 유통과 홍석주가의 장서

국제전으로 치달은 임진왜란은 한반도를 쑥대밭으로 만들었지만, 동아시아 삼국의 인물과 지식인이 접촉함으로써, 이전에 경험하지 못한 다양한 지식·정보를 상호 체험하게 된다. 조선조 지식인은 전쟁에서나마 명나라 인사나 서적을 접하고 때로는 교류하기도 한다. 이를 계기로 조선조 지식인은 명나라의 서적을 인지하거나 명나라 학술 동향과 함께 그곳의 다양한 지식·정보를 신속하고 광범위하게 접하게 된다.[5] 전란 이후에도 중국으로의 사행은 이어졌고 병자호란 이후에도 지속된 바 있다. 사행에

이러한 것은 홍길주의 필기가 국내외 여러 도서관에 소장되어 있는 것에서 알 수 있다. 『현수갑고(峴首甲藁)』 10권(권9, 10 결(缺)), 『표롱을첨』은 16권, 『항해병함』 10권(권3 결), 그리고 홍길주의 문집에 해당하는 『숙수념』(16권 7책)도 필기로 볼 수 있다.

5 申欽, 『象村先生集』 卷57, 「天朝詔使將臣先後去來姓名, 記自壬辰至庚子」를 보면, 임진년부터 경자년 사이에 조선을 다녀간 명나라 15인의 조사(詔使)와 장신(將臣)의 이름, 그리고 그들의 간단한 행적을 적고 있다. 이 외에도 실제 조선에 파견되어 왔던 무장 외에도 문신들도 상당하며 이들은 전란 과정에서도 조선조 사대부 지식인과 교류하였다. 이 외에도 명의 송응창(宋應昌, 1536~1606)과 그 휘하에 있었던 오종도(吳宗道)와 장구경(張九經), 문신이던 형개(邢玠, 1540~1612) 등도 있다.

참여한 인사들은 청조 인사와 교유하거나, 중국 서적을 대거 구입하여 새로운 지식·정보를 획득한다. 다음은 이러한 상황의 언급이다.

> 조선인은 서책을 몹시나 좋아한다. 사신이 되어 조공 오는 사람을 5, 60人으로 한정하였다. 간혹 옛 전적, 새 서적, 패관소설 등 그들 나라에 없는 것들을 날마다 시중에 나가 각자 서목을 적으며, 만나는 사람마다 두루 물어서 구해 가는데 값이 비싸도 마다 않고 사서 돌아간다. 그러므로 도리어 그 나라에 소장하고 있는 이서(異書)가 많다.[6]

한치윤이 『해동역사』에서 한 언급이다. 한치윤은 진계유(陳繼儒, 1558~1639)의 『태평청화(太平淸話)』를 인용하며 사행에 참여한 조선의 사대부 지식인의 책 좋아하는 모습을 포착하고 있다. 사행에 참여한 문인들이 패관소설에 이르기까지 가격을 따지지 않고 수집에 열을 올리는 사실과 이러한 서적 수집 열풍으로 중국에 없는 이서가 조선에 존재하는 사실을 적었다. 진계유의 발언은 사실에 가깝다. 중국 사행에 참여한 인사들은 다양한 방식으로 다양한 서적을 구입해왔기 때문이다.

중국으로부터의 서적 구입은 몇 사례에서 알 수 있다. 허균(許筠, 1569~1618)과 이의현(李宜顯, 1669~1754)의 경우다. 허균은 두 차례의 사행에서 4천여 권의 중국 서적을 구입해왔으며, 이의현 역시 두 차례의 연행에서 1,416권의 서적을 사서 들여온 것은 널리 알려진 바 있다.[7] 특히 민성휘(閔聖徽, 1582~1648)는 사행 과정에서 배 한 척 가득 서적을 사서 왔을 정도였으니, 조선조 후기에 이르기까지 사행을 통한 서적 유입을 지속한다.

---

6 韓致奫, 『海東繹史』 卷42, 「藝文志」 一, ‘經籍’ 一, ‘総論’, “朝鮮人最好書. 凡使臣入貢, 限五六十人. 或舊典新書稗官小說, 在彼所缺者, 日出市中, 各寫書目, 逢人偏問., 不惜重直購回. 故彼國, 反有異書藏本. ……중략…… 太平淸話.”

7 이의현의 연행록인 『경자연행잡지』 하를 보면 자신이 중국에서 구득(求得)한 문헌 목록이 나와 있다.

> 숙민상서(肅敏尙書) 민성휘는 젊어 곤궁하여 독서할 때마다 매양 책을 빌리는 데 곤란을 겪었다. 과거 급제하여 현달하게 되자 책을 모으는데 뜻을 세웠다. 바닷길로 명나라 사행에서 돌아올 때 배 한 척을 채울 만큼의 책을 사서 돌아왔으니 그 많음을 미루어 짐작할 수 있다. 그 책들을 시골 전장과 서울 집에 나누어 보관하고 또한 따로 해양 산방에 보관했다. 읽을 수 있는 자에게 공개해 가져가더라도 묻지 않았으므로 해양 산방에 둔 것은 하나도 남아 있지 않고 시골의 전장에 보관한 것도 반 이상 잃어버렸다. 지금 자손들이 보관하고 있는 것은 대부분 겹치고 대부분 책은 없고 기록만 남아 있으며, 또한 한 질 전체가 흩어져 없어지거나, 한두 권만 남은 것도 있다. 장서 목록이 4책이 아직 남아있는데, 그 사이에 기문이서(奇文異書)의 이름이 많다고 한다.[8]

민성휘는 1628년에 숭정제의 즉위를 축하하는 부사의 자격으로 해로 사행을 한 인물이다. 그가 사행할 당시는 명·청 교체기인 데다 만주족의 요동 점거로 육로 사행은 불가능했다. 해로 사행임에도 그는 중국에서의 서적 구입에 남다른 노력을 보였다. 민성휘는 배 가득 서적을 구입해왔는데, 그것을 정리한 장서 목록이 4책이나 될 정도라 하니, 당시 서적 수량이 상당했음을 알 수 있다. 유만주가 주목한 것은 기문이서의 존재다. 지금 이들 서적이 손을 타 대부분 흩어졌지만, 그가 기문이서를 거론한 것은 흥미롭다. 기문이서는 구하기 힘든 서적이거나, 기이한 내용을 수록하여 국내에서는 쉽게 볼 수 없는 희귀한 서적을 의미하는 것이다. 비록 기문이서는 흩어졌지만 누군가의 손을 거쳐 모르게 구내에 널리

8 兪晩柱, 『欽英稽徵初本』 第一, 「丙午部」, 正月記, '1月 16日條', "肅敏尙書, 少窮讀書每艱於借書, 及登第貴顯, 決意蓄書. 水路朝天而回還, 時購書一舟, 泛海而至, 其多可推也. 分貯鄕廛京第, 又別貯于海陽山房. 公諸能讀者, 不問其取去, 以故山房之書, 無一存, 庄第所貯, 亦强半散佚. 今子孫所守者, 多疊有多虛錄, 亦有通一帙散佚, 而止餘一二卷者. 藏書目錄四冊尙存, 而間多奇文異書之名云."

유통된다는 점에서 보면, 새로운 지식·정보의 확산이라 볼 수 있다.

그런가 하면 성호 이익은 부친 이하진(李夏鎭, 1628~1682)이 연행 과정에서 수천 권의 책을 사 가지고 왔음을 적고 있다.

> 삼월에 비로소 조정에서 하직하고 연행 사신으로 가셨다. 평양에 이르렀을 때 연경에 상이 있다는 소식이 들려 조정에서는 왕손인 복평군(福平君) 연(㮒)을 불러들이고 공을 상경(上卿)으로 진향정사(進香正使)로 삼고, 부사를 별도로 차임해 뒤따르게 하였다. ……중략…… 귀국 시에 으레 선물로 내려주는 은과 비단을 모두 들여 고서(古書) 수천 권을 사서 돌아오셨다.[9]

이하진은 1678년 진위 겸 진향사(陳慰兼進香使)의 정사로 청에 갔다가 귀국할 때 하사받은 은과 비단으로 수천 권의 고서를 구입해왔다는 것이다. 연행에 참여한 대부분의 사대부 지식인은 연행 길에서 다량의 서적을 구입해 귀국하거니와, 당시 중국에서의 서적 구입은 특별한 일은 아니다. 이렇게 많은 서적이 청조에서 유입되다보니 청조로부터의 서적 유입이 당대 조선조 지식인의 장서와 장서루 형성에 결정적으로 기여하게 된다. 성호가의 장서도 이렇게 형성되었음은 물론이다.

연행에서의 서적 구입은 18세기를 거쳐 19세기에도 이어진다. 1831년 동지사로 청에 다녀왔던 정원용은 북경에서 사 온 서적의 서목을 적은 바 있다. 그는 『홍서』 20권, 『산해경』 4권, 『열미필기』 10권, 『명감』 20권, 『장회당집』 10권, 『송애문초』 8권, 『가어』 2권, 『일지록』 12권, 『시주소시』 16권, 『사마온공집』 24권, 『역대유시』 40권, 『대경당집』 24권,

9 李瀷, 『星湖全集』 卷67, 「先考司府大司憲府君行狀」, 한국고전번역원 『韓國文集總刊』 200, 151면, "三月始辭朝赴燕, 至平壤聞燕有喪, 朝廷召王孫福平君㮒還, 假公上卿, 銜爲進香正使, 別差副价, 追及于道. ……중략…… 及將還, 例有饋賜銀段, 乃擧以買古書數千卷以歸."

『광사유취』 16권, 『패해』 80권, 『삼위전서』 42권 등을 서사(書肆)에서 사왔음을 기록하고 있다.[10]

당시 사행은 서적 구입의 중요한 루트였다. 정기적인 연행은 서적 증대와 유통의 확대에 기여하게 된다. 연행 당시 연행사가 들렀던 명소 중의 하나가 바로 유리창이다.[11] 유리창은 국내에 없는 다양한 볼거리와 물품을 구비하고 있었기에 유리창의 서점은 연행사들에게 매우 흥미로운 곳이었다. 유리창과 서점은 서적 구매는 물론 다양한 새로운 물품의 구경, 청조 인사와 만나 교류하는 공간이기도 했다. 특히 사행에 참여한 조선조 지식인은 서점의 현황과 규모, 서적 판매 방식과 목록, 출판의 활황에 놀라기 일쑤였다. 공식 일정이 없는 인물은 역관을 앞세워 유리창을 방문하고 다양한 서적과 물품을 구입하고, 중국 각지에서 온 청조 인사와 교류했다. 청조 인사와의 교류를 통해 더러 유리창에서 구하기 힘든 서적 구입을 부탁하거나, 서적을 선물로 받기도 한다. 이러한 과정을 거쳐 국내로 유입된 서적 종류와 분량은 상상을 초월할 정도로 많았다.

그래서 18세기 후반 정조는 수많은 중국 서적의 유입을 거론하며 적지 않은 문제를 제기하는바, 위서와 패사소품의 유입을 지적하고 그 폐단을 문제 삼는다. 급기야 정조는 수많은 서적 유입으로 생겨난 폐단을 없애기 위해 새로운 서적의 국내 반입을 금지하는 한편,[12] 패사 소품의

10 鄭元容, 『袖香編』, 「燕京貿書」, "鴻書二十卷 · 山海經四卷 · 閱微筆記十卷 · 明鑑二十卷 · 壯悔堂集十卷 · 松厓文鈔八卷 · 家語二卷 · 日知錄十二卷 · 施注蘇詩十六卷 · 司馬溫公集二十四卷 · 歷代儒詩四十卷 · 帶經堂集二十四卷 · 廣事類聚十六卷 · 稗海八十卷 · 三魏全書四十二卷, 此貿來於燕肆者也."

11 이덕무의 「입연기」에 있는 '연시서사(燕市書肆)'를 보면, 유리창의 서사에서 구비하고 있던 서적의 종류는 물론 책방의 이름을 자세히 서술하고 있다.

12 정조는 성균관의 상재(上齋) 유생(儒生)의 학술과 풍속이 위서로 인하여 잘못되었고, 새로운 서적의 명가(名家)는 잡가(雜家), 소설가(小說家), 총서가(叢書家), 예완가(藝玩家) 등속이 열 명에 여덟아홉 명을 차지하고 있다고 하여 새로운 학술 경향을 비판하였다. 이를 위하여 정조는 책문으로 재시를 치르게 하였다. 정조는 이를 위하여

확산 방지를 위해 문체반정을 시행한 바 있다. 이는 무분별한 서적의 금수 조치와 함께 일종의 검열로 지배 질서에 반하는 서적 읽기를 금지하고 이러한 서적의 유입을 차단한 것이다. 사실 금수 조치와 문체 반정은 조선조 지식인의 사유를 기존의 지식체계 방식으로 포획하는 것으로 새로운 사유를 억압하고 사상을 통제하는 기능을 하게 된다.

이러한 조처에도 불구하고, 사행을 통한 서적 유입은 계속되었다. 19세기에 와서도 연행은 서적 구입의 루트가 된다. 이 시기에도 위서를 비롯하여 다양한 종류의 서적이 정조 사후 연행 사행을 통해 국내로 계속 유입하게 된다. 이런 상황을 두고 김매순(金邁淳, 1776~1840)은 "이 당시에 연경의 서사에서 흘러나온 중국의 서적들이 우리나라로 밀려 들어와 위작과 와설은 뒤로 갈수록 더욱 많아지고 경전의 뜻을 교묘하게 왜곡한 해설은 새로울수록 더욱 기이해졌다"[13]라 하여 연경의 서점에서 수많은 서적이 여전히 밀려들어 온 사실을 언급하고 있다. 그 결과 서적 유입과 유통의 확대로 서적은 좀이나 물고기의 먹이가 될[14] 정도로 늘어나 다종다기한 수많은 서적이 국내에 유통하게 된다.

연행을 통한 서적 구입은 홍석주가도 예외는 아니다. 홍석주는 1803년 사은사 서장관으로, 1831년 사은사 정사로 두 번 연행한 바 있다. 두 번째 연행에서 그는 서적 구득을 위해 남다른 노력을 하게 된다. 유희해(劉喜海, 1793~1852)가 청조 인사와 필담한 내용을 보면 홍석주는 호부낭중(戶部郎中)이던 유연정(劉燕庭, 유희해)에게 "보잘것없는 제가 평소 학문은

"燕价之路, 禁購新書, 亦職此之由. 今於策子大夫也. 又安得不以僞書爲問哉?"라 하여 연행에서의 신서(新書) 유입을 금지한 바 있다. 이러한 내용은 『弘齋全書』 卷51, 「策問」 4 '僞書【上齋生更試】' 참조.

13 金邁淳, 『闕餘散筆』, 「榕村第三」, "于斯時也, 燕肆唐板, 滚滚東出, 僞訛之撰, 逾後逾博, 巧曲之解, 逾新逾奇."

14 洪翰周, 『智水拈筆』 卷1, "然則書之多且易傳, 實繇於印槧, 而其不爲人所貴, 反爲蠹魚資, 亦繇於印槧者多矣, 豈非物極則當反者乎?"

부족하지만, 오직 책을 좋아하는 벽(癖)이 있습니다. 이번 사행에서 평생 보지 못한 희귀 서적을 구입하여 조금이나마 숙원을 보상받기를 바라는데, 저자 서점에서는 전혀 구하지 못하였습니다. 저에게 구할 길을 지도해주실 수 있을는지요?"[15]라 요청하여 자신이 원하는 서적 구입 방법을 묻기도 한다. 스스로 서적을 수집하는 벽이 있고, 서적 구입을 위한 갖은 노력을 다하는 모습이다. 이를 통해 홍석주의 서적 구입의 진심을 엿볼 수 있다.

실제로 연행 과정에서 홍석주는 서적 구입을 위해 백방으로 노력한다. 타각군관(打角軍官)으로 동행한 한필교(韓弼教, 1807~1878)는 장인 홍석주의 손발이 되어 서적 구입을 돕는데, 그 상황을 『수사록(隨槎錄)』 여러 곳에 적고 있다. 일례로 연행 과정에서 홍석주는 완원(阮元, 1764~1849)의 아들 완상생(阮常生)에게 편지를 보내 부친의 『십삼경교감기(十三經校勘記)』와 『연경실집(研經室集)』의 열람을 요청한 바 있다. 두 서적의 열람을 위해 먼저 자신이 저술한 『풍산세고(豐山世稿)』·『영가삼이집(永嘉三怡集)』·『상서보전(尙書補傳)』·『정노(訂老)』 등을 건네고, 그 답례로 마침내 원하던 『십삼경교감기(十三經校勘記)』와 『연경실집(研經室集)』을 구하게 된다.[16]

또한 홍석주는 28세의 절강성 학자 계경(季卿)을 만나 서적을 요청하기도 했다. 홍석주의 서적 구입과 관련한 필담 내용을 요약하면 다음과 같다.

① 서건학(徐乾學) 상서의 『자치통감후편』 1부가 있는데, 굉박하고 정

15 韓弼教, 『隨槎錄』 권6, 「班荊叢話」 下, '戶部郎中劉燕庭筆談', 10月 5日條, "鄙人少乏學術, 惟有嗜書之癖, 今行願購平生未見之書, 以少償宿願, 而市肆中絶難求覓. 未知可蒙指導鄙得津逮否?"

16 韓弼教, 『隨槎錄』 권5, 「班荊叢話」 上, '上使與永平知府阮常生往復書', 9月 14日條, 번역은 한국고전번역원, 한국고전종합DB 참조.

밀하기가 근고에 보기 드물다고 합니다. 비싼 값을 아끼지 않고 1본을 구입하여 돌아가고 싶은 마음 간절합니다. 왕완(汪琬, 1624~1691), 왕숭간(王崇簡, 1602~1678)과 같은 분의 문집은 전고를 본 적이 없습니다. 용촌(榕村) 이광지(李光地, 1642~1718)의 문집은 비록 1본을 가지고 있지만, 잡록은 미처 모두 갖추지 못하였습니다. 왕사정(王士禎, 1634~1711)이 지은 『거이록(居易錄)』, 『고부우정잡록(古夫于亭雜錄)』, 『분감여화(分甘餘話)』 등도 아직 보지 못한 것입니다. 지금 언급한 여러 서적 가운데 구할 수 있는 것이 있으면 가르쳐주시기를 바랍니다.

② 석암(石庵) 유용(劉墉, 1719~1804)은 명망과 공훈이 한 시대의 태산북두이니, 바다 건너 변방의 나라에서 또한 흠모하고 있습니다. 듣건대, 유집이 있어 또한 이미 간행되어 유포되었다고 하니, 한 질을 얻어 조선에 돌아가 보일 수 있겠습니까?

③ 남뢰(南雷) 황종희(黃宗羲, 1610~1695)가 지은 『명문안(明文案)』과 『명문해(明文海)』 두 서적도 또한 명성을 들었습니다만 미처 보지는 못하였습니다. 만약 구매할 수 있을 것 같으면 또한 구매하기를 깊이 바라는 바입니다.

④ 절강성 지방에 요수백(料水白)과 향계만(香季晚)이라는 이름의 벼의 품종이 있어 두 품종 모두 가뭄에 강하여 흉년을 면할 수 있다고 하는데, 정말로 그러한지 궁금합니다. 그리고 이 지방에서도 또한 그 종자를 구할 수 있는지요?[17]

당시 홍석주의 청조 인사의 만남을 주선한 것은 역관 이상적(李尙迪)이며, 이를 기록한 것은 사위 한운해(韓韻海)다. 홍석주는 한운해를 통해 서

17 같은 책, 같은 글, '韓季卿韻海筆談', 9月 26日條, 번역은 한국고전번역원, 한국고전종합DB 참조.

건학의 『자치통감후편』, 왕완과 왕숭간의 문집 전고, 이광지의 잡록, 왕사정의 『거이록』·『고부우정잡록』·『분감여화』 등을 요청한다. 홍석주가 요청한 『고부우정잡록(古夫于亭雜錄)』은 『부우정잡록(夫于亭雜錄)』[18]인데 왕사정의 필기 저술이다. 이 필기는 19세기 초까지 널리 알려지지 않은 저술인데, 홍석주가 이를 알고 요청한 것은 그의 박문을 알 수 있는 대목이다.

흥미로운 사실은 홍석주의 요청한 것에 볍씨가 있다는 점이다. 가뭄에 강한 신품종인 요수백과 향계만 등의 볍씨를 구하고자 한 것은 의외의 사실이다. 요컨대 홍석주의 관심사는 새로운 지식·정보의 획득이 가능한 서적에 머물지 않고 민생에 긴요한 볍씨에까지 시선을 돌리고 있어 주목을 요한다.

그런가 하면 홍석주는 이상적의 주선으로 유희해·한운해 등의 인사와 필담을 나누면서 자신이 원하는 서적을 지속해서 부탁한다. 이후 홍석주는 원하는 서적을 구하지만, 일부 비급(秘笈)은 구하지 못했다는 말을 듣고, 재차 구입을 요청하기도 한다. 이에 그치지 않고 유희해·한운해는 홍석주가 원하는 구입 목록을 보여준다면 주선하겠다는 말을 전하자, 홍석주는 원하는 서적을 다음과 같이 말하기도 한다. 아래 인용문은 필담 내용을 요약한 것이다.

> ① 구하고자 하는 것은 서건학의 『자치통감후편』, 오눌(吳訥)의 『문장변체휘선(文章辨體彙選)』,[19] 황종희의 『명문안』, 청나라에서 찬집한 『속

---

18 왕사정이 1605년 『향조필기(香祖筆記)』를 완성한 이후 다시 보고 들은 것을 채집하여 만든 책이 바로 이 책이다. 시가품평(詩歌品評), 문인일화(文人逸話), 전장제도(典章制度), 잡사(雜史), 의방(醫方) 등을 기록하였다.

19 『문장변체휘선(文章辨體彙選)』은 하복징(賀復徵, 1600~1631)이 편찬한 것인데, 경(經), 사(史), 제자백가(諸子百家), 산경(山經),지지(地志) 등의 각체의 문장을 분류해서 모은 총집이다. 모두 132류(類) 780권이다. 여기서 홍석주는 오눌(吳訥)의 『문장변

통지』입니다.

② "대략 사서 돌아가는 것이 있습니다. 그런데 몇 종의 비급은 구해보았지만 전혀 얻지 못했습니다." 이어서 "『기법(記法)』 3권은 서양 사람이 지은 것인데 장중승(張中丞)이 교정하였으며, 『이학전서(理學全書)』는 장백행(張伯行)이 지은 것이라는 말을 들었습니다."

③ "수심(水心) 섭적(葉適)과 애헌(艾軒) 임광조(林光朝) 두 사람의 문집을 또한 구할 수 있습니까?"

④ "무영전취진판본(武英殿聚珍板本)이 있습니까?"

⑤ "회해(淮海) 진관(秦觀), 완구(宛邱)의 문잠(文潛) 장뇌(張耒), 계륵(鷄肋) 조보지(晁補之), 동래(東萊) 여조겸(呂祖謙), 익공(益公) 주필대(周必大) 등의 문집 가운데 한두 권을 구입해가고자 합니다."

⑥ "근대의 명사 가운데 석궤(石簣) 도망령(陶望齡), 즙산(蕺山) 유종주(劉宗周), 석재(石齋) 황도주(黃道周) 및 국조의 정림(亭林) 고염무(顧炎武), 서당(西堂) 우통(尤侗) 등의 문집 가운데 또한 한 본을 구하기를 원합니다."

⑦ 이광지(李光地)의 『용촌전집(榕村全集)』 외에 또 경설과 잡지를 합하여 한 책으로 만든 것이 있어 『용촌전서(榕村全書)』라고 이름 한 것이 있는데, 이것을 서점에서 구할 수 있겠습니까?

⑧ "징군(徵君) 손기봉(孫奇逢), 도암(陶菴) 황순요(黃淳耀)의 문집도 모두 구입할 수 있겠습니까?"

⑨ 건암(健菴) 서건학의 『자치통감후편』은 구하지 못했습니다.[20]

임의로 번호를 붙였다. 홍석주는 유희해와 한운해에게 오늘의 문장

체(文章辨體)』와 하복징의 『문장변체휘선』을 착각하여 서적 구득을 요구하였다. 오늘의 『문장변체』 명대의 시문선집으로 문체론을 저술한 것이다. 『문장변체』는 정체(正體)와 변체(變體)를 구별하고, 모두 60개의 문체와 해당 문장을 수록하였다. 『문장변체』는 당윤희, 「명대 시문선집 『문장변체』의 문체론에 대한 고찰」, 『중국학보』 83, 한국중국학회, 2018, 67~91면.

20 韓弼敎, 『隨槎錄』 권6, 「班荊叢話」 下, '戶部郎中劉燕庭筆談', 10月 5日, 21日, 24日條, 번역은 한국고전번역원, 한국고전종합DB 참조.

선집인 『문장변체』, 관찬서인 『속통지』, 섭적, 임광조, 도망령, 유종주, 황도주, 고염무, 우통의 문집, 이광지의 『용촌전집』과 『용촌전서』, 손기봉, 황순요, 서건학의 문집 구입을 요청하고 있다. 요청한 서적은 남송대와 명·청대 문인의 문집과 시문선집, 역사서와 잡지에 이르기까지 다양하다. 게다가 홍석주는 평소 읽고자 한 서양서인 『기법』, 성리학의 내용에 주석한 장백행의 『이학전서』,[21] 그리고 『사고전서』의 일부 문집도 요청하고 있다. 요청한 서적의 구득 여부는 확인할 수 없지만, 다수 서적을 구입해 귀국한 것으로 보인다. 필담의 내용을 보면 한운해는 『자치통감후편』를 제외하고 대부분 홍석주에게 전달하고 있기 때문이다.

이 외에도 홍석주는 교유 인물로부터 서적을 선물 받기도 한다. 한운해는 왕사정의 『거이록』과 왕완의 『왕요봉집(汪堯峰集)』을, 유희해는 고염무의 『정림집』을 선물로 준다.[22] 귀국 후에도 홍석주는 한운해와의 교류를 통해 지속해서 서적을 주고받는다.[23] 위에서 보듯이 홍석주가 연행 과정에서 주된 관심사는 바로 서적 구입임을 알 수 있다. 그래서 그는 귀국 후에도 중국 서적의 구입에 시선을 거두지 않았던 것이다.

이뿐만 아니라 홍석주는 1840년 연행에 참여한 이정리(李正履, 1783~1843)가 구해온 거질의 『경세문편(經世文編)』[24]을 구해 읽기도 한다. 위원

21 『이학전서』는 장백행이 편찬한 성리학 관련 총서다. 『이락연원록(伊洛淵源錄)』, 『소학집해(小學集解)』, 『학규유편(學規類編)』, 『성리정종(性理正宗)』 등 선유의 저서에 주를 달고 교정하고 자신의 저서를 합쳐 총 70여 종을 만들었다. 『정의당전서(正誼堂全書)』라고도 한다.

22 韓弼敎, 『隨槎錄』 권1, 「日月紀略」, 10月 25日 癸卯條. 번역은 한국고전번역원, 한국고전종합DB 참조

23 洪奭周, 『鶴岡散筆』 권4, "余在燕都, 與浙人韓韻海相識, 旣歸猶時因使車通音問. 去年得崔文昌桂苑筆畊以遺韓, 韓亦以二卷書酬之. 其一閩人黎士弘所著仁恕堂筆記也. 其書雖近瑣記, 間多有前言往行, 可裨史氏闕者." 홍석주는 한운해에게 최치원의 『계원필경』을 선물로 주자, 그는 여사굉(黎士宏, 1618~1697, 초명은 여사홍(黎士弘) 필자주)의 『인서당필기(仁恕堂筆記)』를 보내주었다.

(魏源, 1794~1857)과 하장령(賀長齡, 1785~1848)이 편찬한 『경세문편』은 청조의 시무와 경세론을 집대성한 것인데, 고염무를 비롯한 600여 명의 경세 관련 글을 싣고 있다. 이 책의 간행 후 얼마 지나지 않은 시점에서 구해 읽고 있는 것에서 그의 서적 구입벽을 확인할 수 있다.

홍석주는 이 방대한 『경세문편』을 구해 읽은 뒤, 고증학에 빠진 청조 학술을 비판함과 동시에 이 서적의 가치도 함께 주목한다. 그는 일국 너머의 시선으로 『경세문편』을 비평하여 자신의 학술적 안목을 드러내

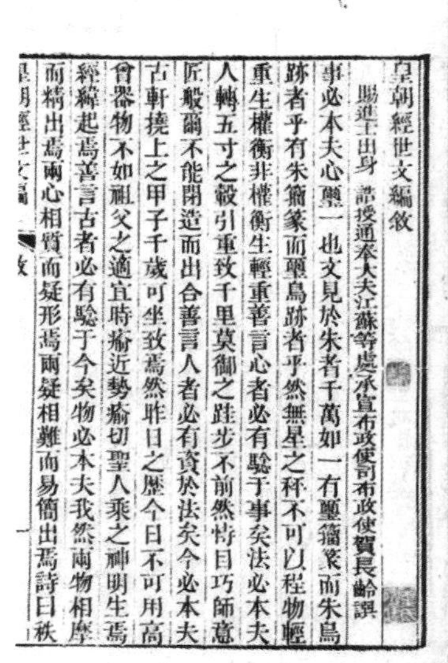

皇朝經世文編敘

賜進士出身 誥授通奉大夫江蘇等處承宣布政使司布政使賀長齡譔

事必本夫心蠆一也文見於朱者千萬如一有蠆籀篆而朱鳥

跡者乎有朱籀篆而蠆鳥跡者乎然無星之秤不可以程物輕

重生權衡非權衡生輕重善言心者必有驗于事矣法必本夫

人輔五寸之轂引重致千里莫御之跬步不前然恃目巧師意

匠般爾不能閑造而出合善言人者必有資於法矣今必本夫

古軒撓上之甲子千歲可坐致焉然昨日之歷今日不可用高

曾器物不如祖父之適宜時癒近勢癒切聖人乘之神明生焉

經緯起焉善言古者必有驗于今矣物必本夫我然兩物相摩

而精出焉兩心相質而疑形焉兩疑相難而易簡出焉詩曰秩

皇朝經世文編 敘

皇朝經世文編

道光丁亥新刊

『황조경세문편』의 제명과 서문(부분)

24 『경세문편』은 청나라 때 간행된 『황조경세문편(皇朝經世文編)』을 가리킨다. 이 서적은 도광 6년(1826)에 저술되어 이듬해 120권으로 간행되었는데, 2236편의 문장을 학술(學術), 치체(治體), 이정(吏政), 호정(戶政), 예정(禮政), 병정(兵政), 형정(刑政), 공정(工政)의 여덟 부류로 나누고 부류 아래에 세목을 두었다. 청나라 초엽부터 도광 연간 이전의 관청 문서, 저술, 논설, 상소, 서간 등의 문헌을 채록하였다.

기도 했다. 특히 비평하는 과정에서 실용에 도움이 되는 것으로만 보면, 『경세문편』보다 더 나은 것이 없다고 언급하는 등[25] 자신의 독서력과 학술적 안목을 토대로 청조 학술의 동향에까지 비평의 시선을 넓히기도 했다.

앞의 사례에서 보듯이 연행은 서적 구입의 중요한 루트였다. 그래서 연행에 참여한 인사들은 서적 구입의 청탁을 받는 일이 다반사로 있었다. 당시 서적 구입을 부탁한 사람들은 경화세족이나 유력 가문 인사를 비롯하여 연행에 참여한 인물의 친지였음은 물론이다. 홍석주가 인물도 마찬가지다. 무명자(無名子) 윤기(尹愭, 1741~1826)의 기록에 따르면, 홍현주는 수역에게 자신이 필요한 서적 구입을 청탁한 바 있음을 언급하고 있는데, 그때 요청한 서적은 『문헌통고』였다.[26] 이런 사실에서 홍석주가 인물의 국내외의 서적 구입 방식은 다양하고, 이러한 방식을 통해 가문의 장서를 마련한 것으로 보인다.

한편 홍석주의 동생 홍길주는 자신의 장서를 이렇게 언급하고 있다.

> "표롱각(縹礱閣)의 장서는 위로는 육경으로부터 아래로는 백가를 망라하니, 대개 천하에 읽을 만한 책은 모두 수장되어 있다. 커다란 장서각의 깊은 처마는 그 덕을 넓혀 주는 것이요, 비단 자수로 호화롭게 장정한 것은 그 문장을 아름답게 하는 것이며, 서가로 구분하고 첨축(籤軸)

25 홍석주는 1840년 이정리가 서장관으로 연행을 갔다가 돌아오면서 거질의 하장령과 위원이 편찬한 거질의 『경세문편』(820권)을 구해 읽었다. 洪奭周, 『鶴岡散筆』 권6, "近世中州之學, 太半爲攷證所誤. 東來之書, 尠有不侵詆宋儒者. 今歲庚子, 李審夫自北軺還, 得一書曰, 經世文編. 其書爲湖南人賀長齡魏源所輯書, 凡八百二十卷. 首數卷爲論學, 餘則皆應務致用之文, 尙辭華騖空言者不與焉, 故名之曰經世. 近代書籍之新出者, 殆不啻千百計, 求其有裨於實用, 亦莫有能過是矣."

26 尹愭, 『無名子集』, 「文稿」 14冊, '辛巳五月初八日收議', "中國有文獻通考之書, 其第二百九十四, 記朝鮮事曰 ……중략…… 道光元年辛巳三月, 冬至使李羲甲還來時, 永明尉洪顯周, 使首譯邊鎬, 購來是書."

을 표지한 것은 그 분변을 위한 것이다. 경부를 존숭하고 사부를 보좌하도록 하며, 자부와 집부를 그다음의 순서로 놓았는데, 그 등급을 밝힌 것이다. ……중략…… 어떤 방문객이 표롱각의 장서에 대해 "천하에 장서각은 많으나 그 권질이 이곳보다 풍부하고 장축(裝軸)이 이곳보다 호화스러운 곳이 몇 곳이 있는지 모르겠다"고 하였다.[27]

장서루의 규모와 모양, 서적의 종류와 배열 방식, 그리고 소장 서적의 양을 기록하고 있다. 표롱각의 존재 여부는 확인할 수 없으나, 홍길주가 서목을 남긴 사실과 인용문에서 방문객을 등장시켜 언급한 내용을 고려하면, 표롱각의 실존 여부를 떠나 자신의 장서에 자부심을 드러낸 것만은 확실해 보인다. 홍길주는 『숙수념』에서도 "오직 가족의 글만을 보관한 항해루(沆瀣樓)"가 있음을 언급할 정도로 남다른 장서루의 존재를 거론하고 있기 때문이다.[28] 가족의 저술이 누각을 채울 정도면, 나머지 소장 서적의 규모를 미루어 짐작할 수 있겠다.

그런가 하면 홍한주는 『지수염필』에서 19세기 대표적 장서가를 언급한 바 있다. 그는 당시 서적은 번다할 정도로 풍부하다고 말하고, 심상규(沈象奎, 1766~1838)의 장서가 4만 권이 넘고, 유하(遊荷) 조병귀(趙秉龜, 1801~1845)와 석취(石醉) 윤치정(尹致定, 1800~?)의 집에는 3·4만 권, 화곡(華谷) 이경억(李慶億, 1620~1673)의 만권루(萬卷樓)와 풍석(楓石) 서유구의 두릉리(斗陵里)에는 8천 권의 장서를 예로 들었다. 이어서 서울에 오랜 가문으

27 洪吉周, 『孰遂念』 第1觀 「爰居念 上」, 「縹礱閣記」, "縹礱是閣之藏, 上自六經, 下徧百家, 凡天下可讀之書, 無不在. 大屋深檐, 宏其德也. 綺匣繡裝,斐其文也. 架庋以別之, 籤軸以識之, 謹其辨也. 尊經佐史, 次以子集, 昭其等也. ……중략…… 其人曰, 藏書之屋, 天下多矣. 其卷裒之富於是, 裝軸之奢 於是, 又不知有幾所也." 『숙수념』의 체재로 보아, '표롱각(縹礱閣)'을 홍길주가 가상의 공간으로 설정하여 표롱각을 형상화한 것으로도 볼 수 있다. 하지만, 장서각의 존재 유무를 떠나 자신의 집안이 소장한 장서를 우회적으로 반영한 것이라는 점에서 홍길주의 소장 서적의 규모를 알 수 있다.

28 洪吉周, 『孰遂念』 第6觀, 「五車念 中」, "唯沆瀣之書室, 不藏它書, 惟家庭文字."

로 천 권이나 만 권의 서적을 소유하고 있는 자는 이루다 셀 수 없을 정도라고 언급하기도 한다.[29] 당대 이미 장서가로 널리 알려진 서유구는 홍석주가와 혼인 관계[30]로 연결될 뿐만 아니라, 이미 홍석주가 인물과 돈독한 관계를 유지하고 있어 서로의 장서를 쉽게 돌려 읽었을 것으로 보인다.[31] 두 가문은 서로의 장서를 배경으로 필요한 서적을 빌려 읽거나 새로운 지식·정보를 교환하는 방식으로 학지의 폭을 넓혀 나갔던 것이다.[32]

---

29 洪翰周, 『智水拈筆』 卷1, 「藏書家」, "天下書籍之繁富, 莫今日如, 蓋古今人粗解文字者, 莫不以著述自命, 凡所謂某集某書, 殆充棟宇汗牛馬. 又其枝辭蔓語, 無益而害道者, 及妖怪邪辟不經之書, 十居七八, 此皆有秦火, 則所當亟焚也. ……중략…… 雖以我國之褊小, 沈斗室公之績堂, 太過四萬, 趙遊荷秉龜·尹石醉致定二公之家, 亦不下三四萬卷, 其他鎭川縣草坪里華谷李相慶億之萬卷樓, 徐楓石有渠斗陵里之八千卷, 又其下也. 蓋京師故家, 有書之至千萬卷者, 指不勝摟."

30 홍석주 형제의 모친이 영수합 서씨(令壽閤徐氏, 1753~1823)다. 그는 달성 서씨가(達成徐氏家) 서형수(徐逈修, 1725~1779)의 딸이다.

31 서유구의 경우 홍한주도 그의 장서를 주목하고 있는데, 서유구가 읽고 있는 서적을 보더라도 장서의 규모와 그 독서광의 면모를 확인할 수 있다. 서유구의 『金華畊讀記』 권5를 보면, "華人之記東事之書, 槩擧之, 唐藝文志, 有失名氏奉使高麗記一卷, 裵矩高麗風俗一卷, 顧愔新羅國記一卷, 張建章渤海國記三卷. 通志藝文略, 有僧顔渤海行年記十卷. 文獻通考經籍考, 有失名氏雞林類事三卷, 王應麟玉海作孫穆撰王雲雞林志三十卷, 章僚海外使程廣記三卷, 徐兢高麗圖經四十卷, 玉海藝文類, 有吳拭雞林志二十卷, 明藝文志, 有宋應昌朝鮮復國經略六卷, 蕭應宮朝鮮征倭紀略一卷, 倪謙朝鮮記事一卷, 錢溥朝鮮雜志三卷, 龔用卿使朝鮮錄三卷, 魏季子集寧都先賢傳, 有董越使東日錄一卷, 列朝詩集, 有吳明濟高麗世紀一卷, 四庫全書總目, 有董越朝鮮賦一卷, 鄭若曾朝鮮圖說一卷, 黃洪憲朝鮮國紀一卷, 總十九種. 惟徐兢高麗圖經載在知不足齋叢書, 董越朝鮮賦載在昭代叢書, 余皆寓目. 黃洪憲朝鮮國紀, 翰林編修程晋芳家有藏本云. 鄭若曾朝鮮圖說, 范氏天一閣有藏本云. 其餘十五種莫知其存佚. 然如朝鮮復國經朝鮮征倭紀略朝鮮記事等書, 皆近代人所撰, 苟得其一二種, 其有資於考証東事, 豈淺尠也哉?"라고 기술하고 있어 서유구가 읽고 있는 대상 서적을 보더라도 장서가로서의 면모를 알 수 있다.

32 특히 풍석 서유구는 홍석주가 인물과 두루 친했지만, 홍길주의 문장에 호의를 보이며, 그의 문장을 읽고 좋게 평한 바 있다(洪吉周, 『睡餘演筆』 下, "徐楓石嘗見, 余中年作記傳數篇, 曰: "諸子之文, 后人有略倣之者, 而至純用其法, 則始於此文見之"). 또한 서유구는 홍길주의 『수여방필』과 『수여연필』을 가져가 읽은 뒤, 자신이 편찬하려고 했

홍한주가 미처 언급하지 않았지만, 대표적인 경화세족이던 홍석주가의 장서 또한 이에 못지 않았음은 물론일 터다. 이들이 남긴 독서록은 물론 홍석주의 서적 구입 노력, 부마인 홍현주의 서적 청탁 사례 등을 보면 홍석주가의 장서를 미루어 짐작할 수 있다. 홍석주와 홍길주 형제, 재종이던 홍한주는 이처럼 풍부한 가문의 장서를 활용하여 다양한 필기류를 저술하게 된다.

3. 홍석주가의 독서록과 독서법

홍석주가 인물은 독서록을 남긴다. 독서록은 독서한 서목과 관련 내용을 적은 글이다. 사대부 지식인의 독서록은 독서 후기처럼 독서한 내용을 기록하는 것이 일반적이다. 독서 서목과 함께 독서한 내용을 체계적으로 기록한 경우는 드물다.[33] 홍석주 형제는 특이하게도 이러한 독서록을 남기고 있어 예사롭지 않다. 홍석주는 『홍씨독서록(洪氏讀書錄)』을, 홍길주는 『서림일위(書林日緯)』[34]를, 홍현주 역시 『해거서목(海居書目)』을 남기고

던 『東國叢書』에 넣으려 했다. 서유구는 홍길주의 『숙수념』도 읽은 바도 있었다(『睡餘瀾筆』 下, "楓石聞余有放演兩筆, 求見之, 袖而去. 將錄入於所蒐東國叢書. 孰遂念亦爲此丈所覰見. 余平生自秘之苦心, 未免壞破了, 可恨").

33 유만주의 『흠영』은 일기의 형태로 되어 있어 정식 도서 목록이라고는 할 수 없지만, 자신이 서적을 구매한 상황이나 빌려 읽은 서적, 그리고 서적을 읽거나 독서한 서적 내용 의문 처나 소감을 밝혔다. 특히 독서한 서적을 일별로 기록해두고 있는 점은 흥미롭다.

34 이 책은 홍길주가 춘집(春集), 하집(夏集), 추집(秋集), 동집(冬集)으로 나누어 자신이 일 년 동안 날짜와 관련이 있는 구절을 기존에 읽었던 문헌에서 찾아 일력을 만들어놓았고 상단에 월령을 기술하고 있다. 읽은 책의 내용을 근거로 하였기 때문에 간단한 독서록의 역할을 한다. 이 책은 연세대학교와 고려대학교 도서관에 각기 소장되어

있다. 이러한 독서록을 통해 홍석주 형제의 독서 범위와 장서 규모를 가늠해볼 수 있을 것이다.[35]

먼저 홍석주의 『홍씨독서록』[36]을 보기로 한다. 이는 홍석주가 30대 중반까지 읽은 서적의 독서록이다. 여기서 제자백가와 술수서로부터 패관잡기와 황탄하고 정도가 아닌 내용에 이르기까지 다양한 서적의 독서 이력을 확인할 수 있다.[37] 이 독서록에서 홍석주는 서지사항을 밝히고 서적 내용을 비평까지 하고 있다. 대체로 이 독서록은 독서 체험을 바탕으로 기술한 것임을 확인할 수 있다. 여기서 자신이 읽은 것과 향후 읽고자 한 서적을 함께 기록해두었다고 고백하고 있는데, 독서록을 저술할 당시 홍석주는 37세였다. 이후 홍석주의 정치적 이력과 경제력 그리고 학술적 역량을 고려할 때, 읽고자 한 서적에 이미 읽은 서적을 합산하면 이 독서록에 기록된 것보다 훨씬 많았을 것임을 미루어 짐작할 수 있겠다.

홍석주의 외손인 한장석(韓章錫, 1832~1894)은 『홍씨독서록』을 이렇게 평하고 있다.

있다.

35 홍길주의 『현수갑고(峴首甲藁)』에 「해거서목서(海居書目序)」가 있다. 이를 보면 그가 읽었던 책의 종류와 양을 추측할 수 있다. 하지만 「해거서목」의 존재 여부는 알 수 없다.

36 『홍씨독서록』은 1810년 홍석주가 홍길주를 위해 자신이 읽은 서적과 읽어볼 만한 서적 424종을 선정하고 경·사·자·집으로 분류하여 저술한 것이다. 홍석주의 『홍씨독서록』의 서지학적 성과에 대해서는 리상용, 「'홍씨독서록' 수록 서적의 선정기준에 대한 연구」, 『서지학연구』 30, 서지학회, 2005, 247~281면. 홍석주가의 독서문화와 『홍씨독서록』의 구체적인 내용은 진재교, 「홍석주가의 독서 체험과 문예비평」, 『한국문학연구』 4, 고려대학교 한국문학연구소, 2003, 235~288면.

37 洪奭周, 『淵泉先生文集』 卷18, 「洪氏讀書錄序」, "余生六歲而知讀書, 今三十餘年矣. 蓋嘗有志於博學多聞之事, 而不得其要. 凡諸子百氏術數之書, 以及乎稗官雜記譎誕嵬瑣不經之談, 亦時時氾濫出入, 而稽古之典, 經世之務, 顧反有不暇及者, 中道而悟. ……중략…… 於是, 取凡余之所嘗讀而有得, 與夫所願讀而未及者, 列其目, 識其槪, 而告之曰; 天下之書可觀者, 亦多矣, 爾其勉之哉!"

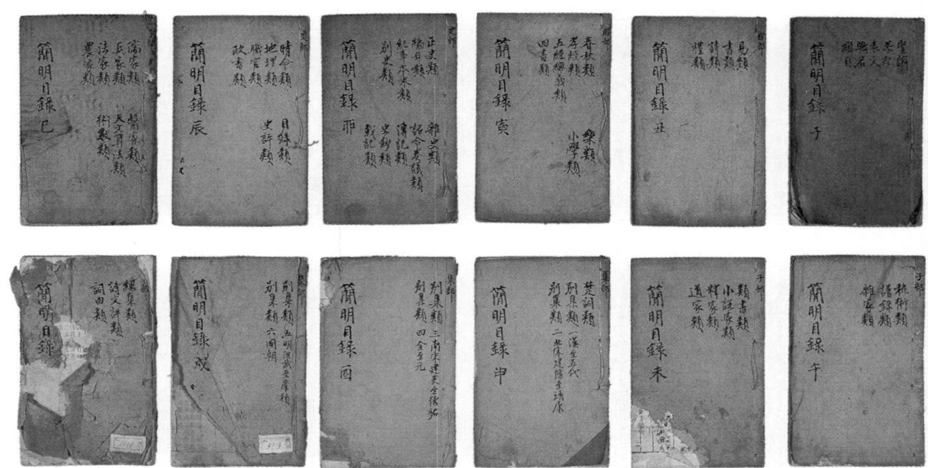

『흠정사고전서간명목록』(국립중앙박물관 소장)

『홍씨독서록』[38] 2권은 연천 선생과 중씨 항해공은 책상을 마주 보고 시를 강론하여 서로 함께 권면하였다. 위로는 육경과 제자서로부터 아래로는 구류(九流)와 백가에 이르기까지 섭렵하고 음미하지 않음이 없었다. 이에 이미 본 것과 보고자 했으나 미처 보지 못한 것을 취하여 그 제목을 나열하고 그 대강을 기록하였다. 『사고전서간명목록』의 사례처럼 자기 뜻으로 단정하여 박학하면서 요약을 원하였으니 훈(塤)과 지(篪)와 같이 형제간 우애가 깊고 학문의 독실하고 두터움을 볼 수 있을 것이다.[39]

38 위에서 한장석은 『홍씨독서록』을 2권으로 언급하고 있는데 반해, 한광수가 간행한 『연천집』(1911년)의 「年譜」, 庚午條에는 "作讀書錄. 先生錄平生所讀書籍之目, 分經史子集四部, 而論斷于下. 蓋倣於「簡明目錄」, 而去取甚精, 簡擇甚嚴, 約而悉, 醇而法, 僞學詭道, 咸見辨正. 眞讀書考古之金鏡也. 凡四卷"라 하여 4권으로 기록하고 있다. 2권본과 4권본이 있는 듯한데, 구체적으로 같고 다름을 알 수는 없다.

39 洪奭周, 『淵泉先生文集』 卷首, 「散書目錄」, "洪氏讀書錄二卷: 先生與仲氏沆瀣公, 對床講詩, 交相勸勉, 上自六經諸子, 下至九流百家, 無不氾濫咀嚼. 乃取其已見者與願見

홍석주가 홍길주와 함께 읽은 서적과 읽어 볼 만한 서적을 선정하여 「사고전서간명목록」에 따라 경·사·자·집으로 분류한 것이라 적고 있다. 이어서 한장석은 경전으로부터 백가제서에 이르기까지 그 제목과 내용도 요약했음을 밝히는가 하면, 『홍씨독서록』의 저술 과정을 통해 홍석주와 홍길주의 우애는 물론 학문적 동지의 면모도 주목하고 있다. 또한 한장석은 『홍씨독서록』을 두고 거취가 매우 정밀하고 간택이 매우 엄격하며 간략하면서도 두루 갖추었고 순정하면서도 법도가 있다고 평가한다.[40] 사실 이러한 평가는 홍씨 가문의 자부심과 학문적 역량을 드러내는 언급이기도 하다.

이 점은 홍길주가 『홍씨독서록』을 두고 한 언급에서도 잘 드러난다.

> 이것을 『홍씨독서록』으로 표제로 한 것은 이 책을 우리 형제가 지었기 때문에 적었다. 참으로 우리 형제가 여기에 힘을 쏟아 이루어 얻은 바가 있으니, 후세에 학문에 뜻을 둔 자는 모두 이것을 모범으로 삼고, 천하의 유자들도 이 독서록을 다투어 베껴 집안에 전하지 않을 사람이 없을 것이다. 또한 이는 홍씨 가문을 위하는 독서록에 그치지 않을 것이다.[41]

홍길주는 『홍씨독서록』의 경우, 여느 독서록과 달리 학문적 길라잡이의 위상을 지니고 있다고 하면서 단순한 도서 목록의 성격을 넘어 학자의 학문 입문서와 같은 기능을 한다고 평하고 있다. 이는 『홍씨독서록』을 학술적 성취의 하나로 인식한 것이다. 마치 학술적 시각으로 각 저술

而未及者, 則列其目而識其槩. 如簡明目錄之例, 斷以己意, 要其博而約也. 可以見壎篪之湛樂, 學問之篤厚矣."

40 『淵泉集』(한광수 발행본, 1911), 「年譜」, 庚午條.

41 洪吉周, 『峴首甲藁』 卷3, 「雜文記 三」, '題洪氏讀書錄後', "題之曰, 洪氏讀書錄者, 書由吾兄弟作也. 苟吾兄弟用力於斯, 因以獲有所造, 則后之志於學者, 咸以是爲則, 而天下之儒, 莫不爭寫是錄而家傳之, 又不獨爲洪氏之錄也."

의 특징을 포착하여 수준 높은 학술적 해제집의 전형으로 주목한 것이다. 홍길주가 『홍씨독서록』을 독서록의 전형으로 세상에 유통될 것으로 확신하는 것은 이 때문이다. 이 점에서 홍길주가 가문의 독서문화의 전통과 학술적 자부심의 전형으로 『홍씨독서록』을 추어올린 것은 지나친 찬사가 아닌 셈이다.

그렇다면 당시 홍석주가 읽거나 읽고자 했던 책은 어떤 것이었을까? 『홍씨독서록』에 따르면, 역경류 128권, 서경류 55권 119편, 시경류 95권, 예기류 1,188권, 춘추류 281권, 사서류 207권, 효경류 4권, 소학류 145권, 악류 207권, 역사류 4,486권,[42] 야사류 242권,[43] 패사류 513권,[44] 지류 2,996권,[45] 유가류 1,006권, 농가류 31권, 의가류 460권, 병가류 105권,[46] 노가류 33권, 법가류 51권, 잡가류 66권,[47] 천문가류 245권, 수술학류 34권, 예술가류 111권, 설가류 461권,[48] 소설가류 50권, 석가류 23권, 문집류 3,237권[49] 등, 472종 16,000 여권에 달한다. 37세의 홍석주가 이처럼

42 여기에는 중국 사폐(謝陛)가 지은 『계한서(季漢書)』의 권수가 표시되어 있지 않아 포함하지 않았고 또한 임상덕(林象德)의 『동사회강(東史會綱)』, 그리고 안정복의 『동사강목』, 『삼국사기』와 『고려사』 등의 권수도 포함하지 않았다. 이를 포함하면 홍석주가 역사류를 독서한 양은 훨씬 많아진다.

43 여기에도 권수가 표시되지 않은 윤형성(尹衡聖)의 『조야첨재(朝野僉載)』와 『연려실기술(燃藜室記述)』·『조야회통(朝野會通)』·『국조편년(國朝編年)』 등을 포함하지 않았다.

44 여기에도 이희조(李喜朝)의 『동현주의(東賢奏議)』, 그리고 『궐리광지(闕里廣誌)』, 왕무굉(王懋竑)의 『주자연보(朱子年譜)』, 송성명(宋成明)이 편찬한 『국조명신록(國朝名臣錄)』, 『용비어천가(龍飛御天歌)』, 유성룡의 『징비록』, 그리고 『장릉지(莊陵誌)』 등도 권수가 표시되어 있지 않아 포함하지 않았다.

45 여기에도 권수가 표시되지 않은 『여지승람(輿地勝覽)』 등은 포함하지 않았다.

46 여기에도 중국의 모원의(茅元儀)가 찬한 『무비지(武備志)』는 권수가 적혀 있지 않아 포함하지 않았다.

47 여기에도 진계유(陳繼儒)의 『복수전서(福壽全書)』도 권수가 표시되어 있지 않아 포함하지 않았다.

48 여기에도 성현의 『용재총화』도 권수가 표시되어 있지 않아 포함하지 않았다.

49 여기에는 권수가 표시되지 않은 『동문선』을 비롯하여 우리나라 문인들의 역대 문집과

다양한 종류와 많은 양의 서적을 읽거나 향후 읽으려 한 것을 보면, 그의 독서 범주와 함께 독서벽을 확인할 수 있다.

여기서 홍석주의 독서 범주를 구체적으로 한 번 살펴보자. 산학서와 천문, 의서를 비롯하여 명청조의 유수 학자와 문사인 왕수인, 귀유광, 왕사진, 방효유, 고염무 등의 문집, 왕세정이 편찬한 『예원치언』 등과 같은 문예 비평서까지 이른다. 여기에 그치지 않고 그는 경학 저술을 비롯하여 소학과 사전류, 야사류와 패사류 등도 주목한다. 그런가 하면 유가서와 제자백가서, 농서류와 병가류, 지리서와 술수학, 잡가류를 비롯하여 역대 한국과 중국의 역대 문인의 문집 등도 독서 대상으로 삼고 있다. 흥미로운 사실은 석가 항목을 따로 두어 불교 저술까지 독서 대상에 포함한 사실이다.

이뿐만 아니라 홍석주는 설가의 하위에 고증의 항목을 따로 설정한 다음, 홍매(洪邁, 1123~1202)의 『용재수필(容齋隨筆)』 74권, 왕응린(王應麟, 1223~1296)의 『곤학기문(困學紀聞)』 20권, 그리고 청나라 방중리(方中履)의 『고금석의(古今釋義)』 12권을 제시해두고 있다. 또한 유서 항목을 따로 설정하여 『예문유취』와 『삼재도회』각 100권도 함께 언급하기도 한다. 이는 일반 사대부 지식인에게 흔히 볼 수 있는 독서인의 모습은 아니다. 독서 대상과 대상 서적의 양을 보면 독서벽이라 불러도 전혀 이상하지 않을 만큼 많고 다양하다. 여기서 홍길주의 다독과 박학 성향을 엿볼 수 있다.

다음은 홍길주의 『서림일위』다. 이 독서록은 1829년 홍길주가 책력에 따라 표목을 정하고, 1년 360일 중 중국 전대 문헌에서 해당 날짜의 기록을 집성한 것이다. 청의 진가모(秦嘉謨)가 지은 『월령수편(月令粹編)』[50]과

고염무의 『정림집(亭林集)』 등의 독서물을 포함하지 않았다.

50 『월령수편(月令粹編)』은 진가모(秦嘉謨)가 편찬한 24권의 유서다. 음력 12개월의 월령(月令), 행정, 사물의 관련성을 기술하였고, 월령의 설을 모아 20문(門)으로 나누었다. 가경 17년(1812)에 간행되었는데, 진씨임랑선관(秦氏琳琅仙館)의 자각본(自刻本)

비슷한 면이 없지 않지만, 이것을 창신한 새로운 형태의 독서록임을 스스로 밝히고 있다. 홍길주는 『월령수편』과 비슷한 체제임을 언급하고 목차의 미비와 수집의 부족 등을 거론하고 있다. 하지만 해당 날짜의 기록을 보면, 홍길주의 겸사임을 금새 이해할 수 있다. 이 독서록은 중국 전대 문헌에서 해당 날짜의 기록을 집성하였으되, 월령과 세시 기록을 넘어 경전과 문집, 심지어 필기류 저술 등을 두루 섭렵하여 기술하고 있다. 여기서 그의 학술적 자부심을 읽을 수 있다.[51]

『서림일위』의 성격과 내용은 염재(念齋) 이정관(李正觀, 1792~1854)에게 서문을 부탁하며 언급한 데서도 기존 독서록을 창신한 것임을 잘 표출한다. 홍길주는 자신의 독서록을 이렇게 설명하고 있다.

> 『서림일위』 한 책은 유희에서 나온 것이라 학술에 도움은 없습니다. 또한 여기저기 모아서 엮은 것이라 체제가 뒤섞이고 거칠어 저술에 덧붙일 수도 없습니다. 다만 정력을 쏟은 것이라 차마 찢어버리지 못하고, 글 쓰는 이에게 초록을 시켜 모아 한 권의 책을 만들었습니다. 참으로 그대께서 수치스럽게 문장을 엮기에 부족할 것입니다. 하지만 '훌륭한 장인에게 쓸모없는 재료는 없고, 말을 잘 모는 사람에게 노둔한 말은 없다'라 들었으니, 그대께서 가만히 한번 읽어보시고 붓을 뽑아 들어 그 머리를 장식해주신다면, 해진 솜과 누더기가 온전한 한 필 비단으로 변하게 되지 않을 줄 어찌 알겠습니까? 그대께서 이 책을 읽는다면 반드시 순계(醇溪)가 함께 할 것입니다. 그래서 제가 순계께 부탁드

이다. 진가모의 실명(室名)이 '임랑선관(琳琅仙館)'이다. 이를 보면 진가모가 직접 간행한 것으로 보이며, 생몰년도 18세기 후반에서 19세기 초반의 인물로 보인다.

51 洪吉周, 『沆瀣丙函』 卷5, 『睡餘瀾筆』 上, "余於己丑春, 葺書林日緯, 自以爲刱古人所未及. 及翌年見中國人所撰月令粹編, 其義例恰同而標目尤備, 蒐羅尤博, 不覺茫然自失. 然攷其成書年月, 在余成童以後, 謂之同時可也. 未必遽謂之古人已有此耳." 『書林日緯』의 내용과 체재는 최식, 「沆瀣 洪吉周의 讀書趣向과 『書林日緯』」, 『대동한문학』 29, 대동한문학회, 2008, 435~436면.

리지 않고 그대께 부탁드리는 이유는 다만 거친 시렁과 낡은 글 상자 속에 쌍옥을 갖추고 싶어서입니다.[52]

유희에서 비롯한 것에다 체제가 뒤섞이고 거칠어, 굳이 저술이라 할 것도 없다는 식의 겸사의 말을 하고 있다. 이어서 스스로 정력을 쏟아부어 저술한 것임도 함께 내세운다. 정말 유희적 내용이었다면, 사람을 시켜 정서하거나 서문을 부탁하지도 않았을 터이다. 홍길주와 교유한 이정리와 이정관 형제에게 자신의 저술을 권한 것이나, 서문을 부탁한 자체가 자신의 학술적 자부심의 표출이겠다.

『서림일위』는 당시 적지 않게 유통되었던 것 같다. 먼저 『서림일위』를 두고 형제와 벗들이 10일씩 나누어 해당 시를 지은 것도 한 사례다. 홍석주 역시 10편을 짓는데, 두 편의 시가 『연천집』에 남아 있다.[53] 신석우(申錫愚, 1805~1865) 역시 그의 족질 등과 함께 『서림일위』를 읽었음을 밝힌 바 있다.[54] 이는 홍석주와 홍길주, 그리고 그의 주변 인물들이 『서림일위』를 두루 독서하고 있음을 보여주는 사례다. 홍길주의 독서록 저술은 홍현주에게 영향을 주었던 것 같다. 현재 남아 있지 않아 구체적인 사항은 알 수 없지만, 홍현주 역시 『해거서목(海居書目)』[55]을 지었기

52 洪吉周, 『縹礱乙幟』 卷6, 「與李盥汝書」, "日緯一書, 出於游戲, 無裨學術. 且其掇拾蒐抉, 體裁厖蕪, 不可自附於述作, 特以精力所敝, 未忍扯棄, 委小史鈔錄, 裒成一卷, 固不足以辱足下發揮. 然僕聞之, 良工無棄材, 善馭無駑駘. 足下試一閱之, 抽筆以賁其首, 安知碎絮弊衲不化而爲全疋錦也? 足下之閱此卷, 必與醇溪共之. 僕之不求諸醇溪而求諸足下者, 特欲於荒庋弊笥之中, 具有兩玨耳."

53 洪奭周, 『淵泉集』 卷4, 「憲仲攷三百六十日故事爲一卷, 名曰書林日緯, 約昆弟知舊, 各賦十日【選二】」 참조.

54 申錫愚, 『海藏集』 卷4, 詩, 「蘭亭修稧後千五百年癸丑暮春之初, 淹痾園屋, 端憂多暇, 族侄兩賢携示其蘭皐園亭詩, 求余批評. 欣然命丹鉛, 仍次其韻」라는 律詩 尾聯 夾註를 보면 "洪沆瀣以三百六十日故事編曆, 名曰書林日緯. 余曾以此卷示族侄故云爾"라 하여 申錫愚(1805~1865)가 자신은 물론 족질에게 『書林日緯』를 보여주었음을 밝히고 있다.

때문이다.

사실 서적 관련 지식과 독서 체험을 토대로 독서록으로 남긴 사실은 홍석주가의 소장 도서의 방대한 규모와 함께 그들의 학술과 문예적 역량이 없다면 불가능한 일이다. 그런 점에서 가문의 장서와 독서 체험을 학술적 차원에서 정리한 것은 가문 특유의 독서문화이자 학술적 에토스로 이해할 수 있다. 이 시기 경화세족들은 정치적 위상과 경제력을 바탕으로 문화적 자부심과 함께 그 자부심을 다양한 저술의 형태로 드러낸 바 있다. 독서록의 경우도 하나의 사례다. 홍석주가 인물이 가문의 소장 저서와 다양한 서적을 폭넓게 독서하고, 이러한 풍부한 저서에 담긴 지식·정보를 활용하여 일련의 필기를 저술한 것도 같은 맥락으로 이해할 수 있다.

여기서 홍석주가의 소장 서적과 이와 관련한 독서법도 함께 거론할 필요가 있다. 홍석주가 인물이 이 많은 서적을 어떻게 읽고, 이를 활용하여 다양한 저작 활동을 했는지, 독서법과 관련해 주목해야 한다. 새로운 서적의 대량 유통과 소장은 독서인의 호기심과 함께 정독에서 벗어나 독서법의 전환을 가져오게 마련이다.

대체로 홍석주가 인물은 다독을 부정적으로 보지 않은 것으로 보인다. 홍석주의 다음 언급에서 알 수 있다.

> 나는 여섯 살 때부터 책을 읽어 이제 30여 년이 되었다. 대체로 일찍이 널리 배우고 많이 듣는 것에 뜻을 두었으나, 그 요령을 얻지 못하여 무릇 제자백가, 술수서에서 패관잡기와 황당무계하고 쓸데없고 자질구레하며 불경스러운 이야기에 이르기까지 때때로 넘칠 정도로 드나들었다. 하지만 옛날을 상고할 경전이나 세상을 다스리는 임무는 도리

55 홍길주의 『현수갑고』에 「해거서목서」가 있다. 이를 보면 그가 읽었던 책의 종류와 양을 추측할 수 있다.

어 미칠 겨를이 없었다.[56]

어린 시절부터 '박학다문'에 뜻을 두고 갖가지 분야의 책을 '넘칠 정도로 드나들며' 읽었다고 고백하고 있다. 서적의 종류를 가리지 않고 닥치는 대로 마구 읽었다는 것이다. 이는 많은 서적을 소유하거나, 다양한 서적을 사들일 만큼의 경제적 능력이 있어야 가능하다. 홍석주가는 이미 이러한 조건을 갖추고 있었다. 젊은 시절부터 홍석주는 박학과 다문을 위한 독서에 중점을 두었다고 했다. 박학과 다문은 다양한 서적의 다독에서 나온다. 다독은 새로운 지식의 습득과 이를 체득하고자 할 때 볼 수 있는 독서법이다.

홍석주 형제의 다독은 부친인 홍인모(洪仁謨, 1755~1812)의 영향도 있다. 홍인모는 당시 정치가 권리를 오로지 하는 것을 보고 과거 응시를 포기하고 만다. 홍낙성(洪樂性, 1718~1798) 부부가 아들의 재주를 애석해했으나, 더는 과거를 강요하지 않았기 때문이다. 과거를 작파한 이후 홍인모는 다양한 서적의 독서에 몰두한다. 그는 경전과 역사서, 제자백가, 시가와 고문을 비롯하여 음양, 천문, 복서, 의약, 병법, 노자와 불경에 이르기까지 송독하며 읽는 등 다독에 진력하게 된다. 이러한 다독은 과거에 응시하려는 대부분의 사대부 지식인의 독서법과는 사뭇 다른 독서법이다.[57]

56 洪奭周, 『淵泉先生文集』 卷18, 「洪氏讀書錄序」, "余生六歲而知讀書, 今三十餘年矣. 蓋嘗有志於博學多聞之事, 而不得其要, 凡諸子百氏, 術數之書, 以及乎稗官雜記, 譎誕嵬瑣不經之談, 亦時時氾濫出入, 而稽古之典, 經世之務, 顧反不暇及者."

57 洪奭周, 『淵泉先生文集』 卷35, 「先考右副承旨贈領議政府君家狀」, "稍長, 聞識日益進, 每論事, 辭氣踔厲, 常屈四座人, 一時知府君者, 咸謂洪氏復出卿相矣. 而府君見時當路者, 專以權利, 相觸軋覆, 敗轍相踵, 且自度不能俯仰人顏色, 婉言巽辭以取容, 遂絶不治大科業. 孝安公及沈夫人, 惜其才, 屢勸之, 輒對曰, 兒性剛褊, 意有所不可, 輒不能忍, 而時方以直言爲諱, 使兒决科第, 當言路, 懼非門戶福也. 孝安公, 亦不能強. 府君, 繇是益專意古人之學, 自經史諸子歌詩古文, 以及陰陽時日卜筮醫藥孫吳老佛之書, 無所不誦讀, 唯不觀風水家書耳."

홍석주는 부친의 이러한 독서를 두고 '기박(旣博)'[58]으로 언급한 바 있다.

앞의 「홍씨독서록서」 후반부에서 홍석주는 다양한 서적에 '범람출입(氾濫出入)'하는 독서를 반성한다고 언급했다. 이어서 그는 독서록을 저술한 것도 동생 홍길주가 계고지전(稽古之典)과 경세지무(經世之務) 관련 서적의 독서는 물론 그 요체를 체득하기 위한 것임을 언급한 바 있다.[59]

홍석주는 젊은 시절 다양한 서적을 다독한 이후, 일정한 시간이 지나자 자신의 과거 독서법을 반성한 것과 맥을 같이한다. 이는 젊은 시절 자신이 다양한 서적에 '범람출입'하는 독서법에 쏠렸음의 고백이다. 이러한 고백은 동생 홍길주에게 자신의 전철을 밟지 말 것을 권한 것이지만, 강제한 것은 아니다. 스스로 언급하듯이 '박학'과 '다문'을 위해 다독은 필수적이기 때문이다. 더욱이 다독을 토대로 하는 박학과 함께 많은 체험을 통해 얻는 '다문'은 학자에게 필요한 지적 역량이다.

홍석주는 『학강산필』에서도 "세상에서는 늘 독서를 학문이라고 여긴다. 학문이란 본래 독서하지 않을 수가 없다. 그러나 독서는 학문의 한 가지 일이다. 학문은 독서에서 그치지만은 않는다"라 하고, 이어서 학자가 도를 구하는 것에는 방법이 세 가지가 있다고 하면서, 그 첫째가 엄한 스승과 좋은 친구를 따라 날마다 가르침을 듣는 것이며, 둘째가 고인의 책을 읽는 것이고, 셋째가 일을 맡아서 먼 곳에 유람하여 견문을 넓히는 것이다"[60]라 제시한 바 있다. 무엇보다 홍석주는 학문의 중요한 두 가지로 독서와 견문을 들고 있다. 그가 말한 독서와 견문은 위에서 말한 '박

---

58 같은 글, "府君讀書旣博, 且從仲父新齋公, 學古文辭法度."

59 앞의 책, 같은 글, "吾弟憲仲, 亦有志於學, 於經史諸書, 頗涉其崖略, 爲文章滔滔不窮, 苟勉焉不怠, 其所就, 蓋未可量也. 然憲仲才高而敏, 得之甚易, 吾懼其自足而止也, 又懼其如余之氾濫而不得其要也."

60 洪奭周, 『鶴岡散筆』 卷3, "世恒以讀書者爲學. 學固不可以不讀書. 然, 讀書者, 學之一事. 學不止於讀書已也. 余嘗謂, "學者之所以求道, 其事有三. 從嚴師良友, 日聞其指誨, 一也. 讀古人之書, 二也. 行役游覽, 以博其聞見, 三也."

학'과 '다문'에 호응하는 것임은 물론이다.

여기서 박학을 주목해보자. 박학은 다독을 기본으로 한다. 홍석주는 만년에 다독을 통한 박학의 추구를 경계했지만, 홍석주가 인물은 모두 다독의 독서 성향을 보여주고 있다. 특히 홍길주는 다독에 경도될 정도로 다양한 서적을 읽었다.

> 나는 말한다. "경전과 역사 등 좋은 책은 진실로 읽지 않을 수 없다. 나머지 책은 얻는 대로 보아 간혹 읽고 간혹 읽지 않아도 모두 안 될 것은 없다. 경전이 아니어서 무익하다고 말한다면, 전국시대 제자백가 이하는 모두 불태워야 마땅하고 소도(小道)라도 볼 만하다고 말한다면 근세의 자질구레한 총서나 잡다한 편찬도 모두 식견과 깨달음의 계발에 도움이 있는 곳이 있을 뿐이다."[61]

홍길주는 반드시 읽어야 할 필독서로 경사를 들고 있지만, 경사 이외의 서적을 독서할 것도 함께 언급하고 있다. 만약 경전만이 독서 대상이라면 경전 이외의 서적은 무익해서 분서를 해야 할 테지만, 실상은 그렇지 않다는 것이다. 경사 이외의 서적도 소도를 담고 있어 볼 만한 것이 있고, 쇄쇄한 총서나 유서와 같은 편찬서 역시 견식과 깨달음에 도움이 된다고 하였다. 소도를 긍정하고 식견과 깨달음의 계발에 다양한 서적이 필요하다는 것은 다독을 긍정하는 시선이다. 여기서 경사 이외의 서적은 정독이나 숙독이 아니어도 무방하다. 쇄쇄한 총서와 유서와 같은 거질은 정독과 숙독의 독서법으로 읽는다는 것은 사실상 불가능하다.

경사 이외의 서적을 읽기 위해서는 다양한 독서법이 필요하다. 그래서 홍길주는 "고인의 책 가운데 경사 부류는 한 글자도 허투로 읽어서는

61 洪吉周, 『睡餘演筆』 下, "余則曰: "經史等好書, 固不可不讀. 餘書隨得隨觀, 或觀或否, 都無不可. 以言乎非經無益則戰國諸子以下, 俱屬當燒, 以言乎小道可觀, 則近世叢瑣雜纂, 皆有助發識悟處耳."

안 된다. 나머지 책이나 자질구레한 책은 반드시 한 글자 한 글자 정밀히 궁구하여 심력을 베풀 필요는 없다"[62]라 한 것은 서종(書種)에 따른 다양한 독서법의 제기다. 경사의 독서는 한 글자도 허투루 지나쳐서는 안 되는 정독과 숙독이 필요하지만, 나머지 자질구레한 책은 한 글자 한 글자 정밀히 궁구하여 심력을 베풀 필요가 없는 독서법이 필요하다. 홍길주는 서적을 둘러싼 독서 환경과 독서법에 문제를 제기한 셈이다.

대체로 독서법은 소장 장서와 독서가의 지적인 능력과 안목, 사유와 서적의 대상에 따라 영향을 받는다. 다독에서는 정치하게 따지고 그 의미와 행간을 읽는 것보다 중요한 내용과 필요한 부분만 찾아 읽거나, 훑어보듯이 읽는 것이 중요하다. 다독은 경전처럼 한 구절, 한 글자를 정확하게 이해하고 음미하는 정독과 달리 많은 서적에서 필요한 지식·정보를 선택해서 음미하는 독서법이다. 이러한 독서법의 대두는 서적의 대량 유통과 장서가의 출현과 같은 독서환경의 변화가 배후에 작용하고 있다는 사실을 기억할 필요가 있다.

무엇보다 조선조 후기 필기와 유서, 총서와 총집의 유입, 사전류와 참고서적의 등장은 다독을 촉진하였다. 다독을 위해서는 각 서적의 특성에 맞는 독서법도 필요하다. 다종의 다기한 종류의 서적 유통과 이에 따른 다독은 특정 분야나 특정 지식의 전문화에도 기여하거나 박학과 고증학의 토대를 제공해주기도 한다. 홍석주가 인물이 남긴 필기 저술에서 보이는 박학과 고증[63]의 면모는 독서환경의 변화와 이에 따르는 독서

62 洪吉周, 『縹礱乙幟』 卷12, 『睡餘放筆』 上, "古人書如經史之類, 一字不可放過, 餘書或瑣瑣者, 不必一一精究以分心力."

63 홍석주 자신이 문집과 『학강산필』 등에서 고증학을 비판하고 있지만, 그것은 고증학 자체를 부정하는 것은 아니다. 스스로도 "내가 고증을 미워하는 것이 아니다. 앞세워 의리를 뒤로 하기"(『학강산필』 권3, "余非惡攷證也. 惡夫先攷證而後義理者也") 때문이라고 말한 바 있다. 기실 홍석주의 『학강산필』 곳곳에서 홍석주는 고증적 글쓰기를 하고 있다.

법, 그리고 당대 서적 유통 상황의 결과로 이해할 수 있다.[64]

위에서 잠시 언급했지만, 조선조 후기 다양한 분야 서적의 대량 수입과 유통은 독서법의 변화에 큰 영향을 끼친다고 했다. 대체로 경사를 독서할 때, 그 의미를 새겨가며 천천히 음미하는 정독, 뜻을 생각하며 천천히 새겨 읽는 숙독, 구절의 의미를 체득하기 위해 반복해서 읽는 복독(復讀)의 방법을 필요로 한다. 경전의 경우 단순한 독서에 그치지 않고, 경전 내용의 실천을 통한 인격 수양과도 직결되는 사안이기에 내용에 따라 정독과 복독은 물론 열독도 필요하다.

명나라 설선(薛瑄, 1389~1464)의 『독서록』을 필두로 『격몽요결』에 나오는 「독서장」은 물론 경전 독서를 위하여 수많은 '독서기'는 이러한 독서법을 강조하고 있다. 사대부 지식인이라면 학문과 교양, 그리고 과거와 사대부의 인간형 형성을 위해 입에 붙고 경전 구절의 의미를 체득할 정도로 경전의 내용을 익혀야 한다. 이를 위해서는 정독과 숙독을 하지 않을 수 없다. 이렇게 입에 붙을 수 있을 정도로 익혀야만 적재적소에 경전 구절과 의미를 시문에 활용할 수 있고, 일상생활에서도 그 경전의 내용을 수시로 소환하여 품성을 함양할 수 있기 때문이다.

특히 경사에서 난해한 짧은 문장이나 구절의 독서는 정독과 복독이 필수적이다. 끊어서 정치하게 읽고 음미하며, 반복해서 읽고 정확하게 이해하는 것이 필요하다. 김득신(金得臣, 1754~1822)이 「백이전」을 1억〔지금의 10만〕 3천 번을 읽고, 사서·삼경·『사기』·『한서』·『장자』·『한문(韓文)』〔한유의 문장〕 등은 적게는 수천 번에서 많게는 6, 7만 번씩이나 읽었다[65]

64 홍석주의 학술 성향과 그 지향에 대해서는 최석기, 「연천 홍석주가의 학술과 문예; 연천 홍석주의 학문성향과 『대학』 해석의 특징」, 『한문학보』 15, 우리한문학회, 2006, 39~82면; 허권수, 「연천 홍석주가의 학술과 문예: 연천 홍석주의 가문적 문학 환경과 문학성향」, 『한문학보』 15, 우리한문학회, 2006, 5~38면.

65 정약용, 『다산시문집』 권12, 「金柏谷讀書辨」, "金柏谷讀書記, 記讀諸書之數, 而史記

는 것은 이를 말한다.

더욱이 경사의 난해한 구절은 입에 붙도록 정독하는 것은 물론, 완전히 체득하기 위해 반복해서 읽는 정독과 복독은 필수적이다. 그것은 경사의 내용을 두고 개인적 의미를 찾거나 탐색하는 것에 방점을 두기보다, 기존 권위를 지닌 선현의 해석을 정독과 복독의 방법으로 음미함으로써 사대부의 인격과 인간형으로 나아가기 위한 독서법이기 때문이다.

여기서 흥미로운 사실은 홍석주는 경사를 독서하기 위해 '경전 한 책과 역사서 한 책을 순환해가면서 독서하는 '일경일사순환간독지법(一經一史循環看讀之法)'을 제안하고 있다는 점이다. 이는 경사를 위한 새로운 독서법이다. 그는 이러한 독서법으로 자신의 학문적 깊이를 심화시켰음을 언급하고 있다.[66] 경사의 독서를 위해 자신만의 독서법을 발명하여 읽은 것은 예사롭지 않다. 앞서 경사의 독서법을 간단하게 언급했지만, 경사 이외의 서적은 정독과 복독과는 다른 독서법이 필요하다. 서적의 내용에 따른 맞춤형 독서법도 고려해야 한다.

대량의 지식·정보 뭉치인 총집과 유서라면 정독을 통한 통독과 복독은 불가능하고 굳이 그렇게 읽을 필요도 없다. 방대하고 다기한 내용도 물론이려니와 이를 대하는 독서인의 자세와 인식도 경사의 그것과 사뭇

伯夷傳至一億一萬三千蓄【東人謂遍爲番】其讀三經四書史記漢書莊子韓文等諸書, 或六七萬番, 其少者不滅數千番." 한국고전번역원, '한국고전종합DB'.

66 洪奭周, 『淵泉先生文集』 卷39, 「講書問答」【戊辰己巳之交, 與舍弟憲仲及中表羣從約爲旬課, 講經史程朱書, 二三知舊, 亦有與其往復者】, "愚於年前, 嘗讀朱子書, 得一經一史循環看讀之法,心竊喜之. 經自大學爲始, 歷語孟中庸五經【語, 孟, 庸, 書, 易, 皆且讀且看, 詩則曾已成誦, 故只一覽而止. 春秋三禮, 皆一覽】 以及程朱書近思錄心經退溪集, 而今方再看朱書. 史自史記爲始, 歷兩漢, 三國, 六朝, 唐, 宋, 至于明史, 而復自資治通鑑爲始, 歷宋, 元, 明編年之史. 以及乎三國史, 高麗史, 國朝寶鑑, 野史諸種, 而麗史獨未熟記. 故今方再看麗史提綱, 其間所未見者, 獨遼, 金, 元三史耳. 然亦已畧涉其津涘, 知其不足費工夫也. 麗史若畢看, 則固當再看史, 漢或綱目, 而愚於史, 漢, 綱目, 固已再看或三看矣."

다를 수밖에 없다. 여기서 홍석주의 언급을 보자.

> 올해 경자년(1840년)에 이정리가 북경에서 돌아올 때 책 하나를 가지고 왔는데, 『경세문편(經世文編)』[67]이었다. 그 책은 호남 사람인 하장령과 위원이 편집한 책으로 모두 820권이다. 앞의 몇 권은 학문을 논한 것이며 나머지는 모두 실무에 대응하고 실용에 이바지하는 글로서, 화려한 글을 숭상하고 빈말을 늘어놓는 글들과는 관련이 없으니, 이 때문에 '경세'라고 이름 지었다. 근래의 새로 나온 책이 거의 수천 권에 이르는데, 실용에 도움이 되는 것을 구한다면 이 책을 능가하는 것이 없다.[68]

이정리가 북경에서 하장령과 위원의 『경세문편』을 국내로 들여왔다. 홍석주가 『경세문편』을 읽은 것은 67세이니 사망하기 2년 전이다. 820권이나 되는 거질을 모두 읽었는지는 확인할 수 없으나, "앞의 몇 권은 학문을 논한 것이며, 나머지는 모두 실무에 대응하고 실용에 이바지하는 글"이라 언급하고 있다. 이 언급을 보면 정독 방식으로 통독한 것 같지는 않다. 만년에 이러한 거질을 통독할 수도 없거니와[69], 『경세문편』 자체가 경사처럼 정독을 요하는 서적은 아니기 때문이다.

실제로 『경세문편』은 관방문서(官方文書), 주소(奏疏), 서찰 등과 같은 경세와 관련한 실용적 내용이어서 깊은 사색과 생각을 요구하지 않는다. 이러한 거질의 실용문 총집에 적합한 독서법은 바로 내용을 파악하기

---

67 『황조경세문편(皇朝經世文編)』은 문장 2,236편을 묶어 120권인데, 위에서 홍석주는 820권으로 언급하고 있다. 실제로 어떤 본을 보았는지는 확실하지 않다.

68 洪奭周, 『鶴岡散筆』 권6, "近世中州之學, 太半爲攷證所誤. 東來之書, 尠有不侵詆宋儒者. 今歲庚子, 李審夫自北軺還, 得一書曰, 經世文編. 其書爲湖南人賀長齡魏源所輯書, 凡八百二十卷. 首數卷爲論學, 餘則皆應務致用之文, 尙辭華騖空言者不與焉, 故名之曰經世. 近代書籍之新出者, 殆不啻千百計, 求其有裨於實用, 亦莫有能過是矣."

69 뒤에서 다시 언급하겠지만, 홍석주는 50대에 풍병(風病)을 앓아 눈이 좋지 않았다. 따라서 『경세문편(經世文編)』의 열독은 안경을 끼고 독서한 것으로 보인다.

위하여 대략 훑어 읽는 열독이 유효하다. 내용에 따라 빠르게 읽어 내려가는 속독도 적합할 수 있다. 또한 독서 후에 내용을 발췌하여 활용할 경우, 특정 주제와 문체별 내용을 찾아 읽는 선독도 유용할 수 있고, 필요에 따라서는 중요 대목만 집중해서 읽는 약독도 필요하다.

이처럼 19세기 다양한 서적과 다량의 총서류와 유서 등의 국내 유통은 한문 지식인의 독서법까지 변화를 요구하기에 이른다. 다양한 독서법의 등장은 서적의 증대와 유통의 결과였음은 물론이다. 각양의 서적을 읽기 위해 한문 지식인도 서적의 특성에 맞는 독서법을 선택할 수밖에 없다.

하지만 홍석주는 서적 하나라도 모르면 부끄러워하는 당대 학자의 다독 경향과 함께 박학을 비판하기도 했다. 이는 오로지 박학에만 힘쓰면 생각이 정밀하지 못하고 다스리는 것도 오로지 할 수 없다고 인식했기 때문이다. 그 대안의 하나로 그는 박학을 위한 다독보다 하나의 경전을 오로지 독서할 것을 요구하기도 한다. 이를 위한 구체적 방법도 언급하고 있는바, 세상에 다른 책이 없는 듯이 정독하고, 숙독하여 체득한다면 다른 책도 비로소 통달할 수 있다는 일통백통(一通百通)의 안을 제시한다. 이는 경전의 정독과 숙독을 통해 통달한다면, 경전의 이치를 토대로 다른 서적도 쉽게 통달할 수 있다는 것이 핵심이다.[70]

그런가 하면 다른 글에서 홍석주는 저서의 등급을 다섯으로 나누고, 가장 아래에 소설과 쇄기(瑣記)를 두고 있다. 그는 소설과 쇄기를 두고 재미 삼아 이야기를 나누는 심심풀이에 불과할 뿐만 아니라, 음란하고 외설한 말이나 괴상한 이야기 따위로 인식한다. 심지어 사람의 마음과

70 洪奭周, 『鶴岡散筆』 卷1, "今之儒者, 一書之不知, 則以爲恥, 氾濫涉獵, 唯博之是務, 其思之必不能精, 其治之必不能專. 且神太勞則昏, 精太用則耗. 以昏耗之神精, 而治不專之業, 雖欲求一書之粗通, 其可得乎? 專於一經, 若不知有它書, 及其渙然而融會, 亦未始不可盡通天下之書也."

의지를 방탕하게 하고 눈과 귀를 현혹하니 명교(名教)의 죄인이라고까지 혹평한 다음, 이들은 저서의 분류에 들어갈 수 없다고까지 비판한다. 이러한 혹평에도 불구하고 뒤이은 언급에서는 앞의 논지를 뒤집어 소설과 쇄기를 읽는 사람의 마음이 중요하다는 것을 강조하며, 그 쓰임을 긍정하기도 한다. 예컨대 진실로 그 마음이 자신을 반성하여 실질에 힘쓰는 데 있다면, 소설과 쇄기라 하더라도 덕을 바르게 하고 쓰임에 이르게 할 수 있다는 것이다.[71] 독서는 독서인의 마음에 달린 것이지 독서 대상인 서적 종류에 있지 않다는 것을 강조한 언급이다.

여기서 홍석주가 경사와 전혀 다른 성격의 소설과 쇄기를 두고 부정적인 측면을 강조한 것은 경사를 지나치게 소홀히 하고, 다독과 박학을 추구하는 당대 학자의 세태를 겨냥했기 때문이다. 소설과 쇄기를 전면 부정한 것이 아니라 그 효용성도 함께 언급함으로써 독서의 우선 순서를 정해 읽되, 경사를 먼저 독서한 뒤 소설과 쇄기를 나중에 읽어도 무방하다는 취지다. 홍석주가의 필기 저술에 소설과 쇄기와 같은 서적을 대거 언급하고 있는 것은 이러한 관점에서 이해할 수 있다. 이처럼 홍석주는 평생 다독을 추구하고 이를 행동에 옮길 정도의 독서벽을 지녔을 뿐만 아니라, 다양한 방법을 동원하여 새로운 서적을 구해 읽으려 한 진정한 독서인이기도 했다.

홍석주의 다독은 홍길주의 독서에서도 확인할 수 있다. 그 역시 다양한 서적을 읽은 바 있는 독서광이다. 중국의 지괴(志怪)와 『삼국지연의』와 같은 소설류는 물론 잡다한 필기류도 접한다. 그런가 하면 그의 시선

71 洪奭周, 『鶴岡散筆』 卷2, "古之著書者, 其高下大率有五等. ……중략…… 又其下, 則小說瑣記, 游談以破閒而已. 若淫媟之辭, 譎怪之談, 蕩人心志, 而惑人視聽, 則名教之罪人也. 又不足以與于著書之類矣. 古之著書者, 率有是五等, 其高與下固居可知矣. 繇讀書者言之, 則又當先觀其用心, 苟其心在於反己而務實也, 則雖小說瑣記, 亦有可以正德而致用者. 苟其心之泛泛而無所主也, 則雖六經四書, 亦不過爲破閒而止矣."

은 『소림광기(笑林廣記)』와 『태평광기(太平廣記)』을 비롯하여 청나라 화본 소설인 『환희원가(歡喜寃家)』에도 이른다. 그 역시 앞서 언급한 총쇄(叢瑣)와 잡찬(雜纂) 등에 이르기까지 두루 독서 대상으로 삼고 있다. 심지어 그는 구전하던 옛날이야기나 세속적 이야기 대부분은 중국 서적에 실린 것임을 지적하기까지 한다. 이는 중국에서 유입된 다양한 필기류 저술을 읽었기에 이러한 언급을 할 수 있는 것이다. 홍길주는 그 근거로 『소림광기』와 『환희원가』를 거론하고 있는데,[72] 이는 그의 학적 관심사가 박학에까지 이르고 있음을 반영한다. 여기에서 홍길주의 독서 방향도 함께 가늠할 수 있겠다.

여기서 잠시 경화세족은 물론 조선조 후기 사대부 지식인의 소설 인식을 거론할 필요가 있다. 사대부 지식인이 소설을 비판적으로 보았음에도, 여전히 다수의 사대부 지식인이 독서 대상으로 소설을 거론하는 것은 어째서일까? 사실 조선조 내내 홍석주가 인사의 소설 읽기처럼 사대부 지식인이 소설류를 읽은 뒤 이를 비판하는 패턴은 반복되어 나타나고 있었다. 이는 사대부 지식인이 복수의 시선으로 소설을 인식하는 것과 무관하지 않다. 그런 점에서 사대부 지식인의 소설 비판은 양면성을 지닌다.

조선조 사회에서 경전이나 역사서와 달리 소설이 담은 허구는 괴력난신과 비현실성, 여기에 방향성 없는 알 수 없는 힘을 가진 것으로 의심받기 일쑤였다. 하여 사대부 지식인은 소설을 두고 의심과 비난을 멈

72 洪吉周, 『縹礱乙幟』 권14, 「睡餘演筆」 上, '叢秘紀', "東國人街衖俚語, 及兒童婦女所傳之禦眠楯〔卽所謂古談, 俗稱俚牙其〕, 無不載於中國人所輯稗書之中, 如頭多虱者禁搔, 鼻流涕者禁拭, 眼眵者禁逐, 蠅相與說, 鹿角彎弓等說. 余於幼時聞於婢使輩, 后却於笑林廣記中見之. 又如大盜名一枝梅者, 或謂之李貞翼公爲將時人, 或謂之張大將鵬翼時人, 後却於歡喜寃家中見之. 外此如八十生男子非吾子一斗米三升諸說, 皆在中國書中而少有差異. 凡東國詼諧則皆歸之白沙李相公, 善決訟則皆歸之李羅州趾光者, 無一非中國書所載. 海居, 常忿然曰: '東國幷與一柄禦眠楯而不得有矣.'"

추지 않았다. 『수호지』 등에서 보듯이 소설의 허구적 서사는 현실과 연결되면서 상상력의 분방함과 함께 때로는 어떤 불온한 행동을 부추길 가능성마저 내장하기도 했다. 그래서 사대부 지식인을 비롯한 집권층은 소설의 허구적 서사 내에 당대 가치 질서와 사뭇 다른 두려워할 그 무엇을 지녔다고 인식한 경우마저 있었다. 사대부 지식인이 심리적으로 허구를 지향하는 서사와 소설을 백안시하는 것도 이러한 이유가 있었기 때문이다.

그런데도 일부 사대부 지식인은 허구적 상상력과 영원히 단절하지는 못하였다. 스스로 소설의 온건함과 불온함의 양면성을 인식하면서도 때로는 허구와 서사를 즐겨 읽기도 하고, 더러 소설과 서사로 자신의 정감을 표출하기도 했다. 조선조 후기에 집권층과 경화세족이 이러한 소설과 서사를 즐겨 읽은 것도 우연이 아닌 셈이다. 홍석주가 인물 역시 소설류를 포함하여 다양한 서적을 읽으며 거기서 획득한 지식·정보를 활용하여 필기와 저서에 담기도 했다.

여기서 또 하나 주목할 사안은 이들이 남긴 필기는 안경의 보급과 무관하지 않다는 사실이다. 홍석주는 "쉰을 갓 넘겼을 때 풍병(風病)을 얻어 입과 눈이 비뚤어졌다. 후에 조금 낫기는 하였지만, 잠깐 바람을 쐬면 눈 깜짝할 사이에 재발하려 했고, 다양한 처방도 소용이 없다"[73]고 스스로 고백한 바 있다. 홍길주 역시 나이가 들면서 "외워지지도 않고 더욱 정신이 흐려지고 눈이 침침해져서 종종 여러 번 보고서도 그 이름을 알지 못하는 경우까지 있다"[74]고 말하기도 했다.

풍병에 눈이 침침한데도 늙어서 독서하고 다수의 저술을 했다는 것은

73 洪奭周, 『鶴岡散筆』 卷2, "余甫踰五十得風疾, 口眼偏喎. 後雖少愈, 乍觸風, 輒瞤瞤欲再發. 胸腹四支皆浮高, 膈下有積氣, 捫之, 如覆椀. 勺水不能下, 小便祕結. 服滑石木通, 皆不效."

74 洪吉周, 『睡餘瀾筆』 中, "余素短於記誦. 近尤神耗眼鈍, 往往有屢見, 而不知其名者."

안경의 도움이 없으면 설명하기 힘들다. 19세기에 오면 값싼 안경이 전국적으로 대량으로 유통·보급되어 누구나 돈만 있으면 손쉽게 구할 수 있게 된다. 19세기에 이미 서울 도성 여러 곳에 안경 포가 존재하고, 누구나 살 수 있는 일상생활에 필요한 물품이 되기도 한다.[75] 홍석주가의 인물도 안경을 끼고 독서와 저술에 임했으리라는 것은 미루어 짐작할 수 있다.

기실 18·19세기의 안경의 보급은 한문 지식인의 독서에 혁명을 가져오게 된다. 한문 지식인이 안경을 착용하게 되자 다양한 독서법도 등장하게 된다. 서적의 대량 유입과 유통은 경사 중심의 정독과 숙독에서 벗어나 다양한 독서법을 불러온 사실은 앞서 거론한 바 있듯이 다독은 안경 보급에 따른 결과였다.

대체로 한문 지식인이 경사와 정전에 가까운 고문 등을 읽을 경우, 수동적 독서를 하기 쉽다. 기존 해석의 권위에 따라 제한된 인식과 경직된 독서 태도로 읽는 것을 강요당하게 마련이다. 이러한 독서법의 핵심이 바로 정독과 숙독이다. 특히 경사의 정독과 숙독은 기존의 가치와 이념에 맞는 내용을 암송하여 그것을 기억하고, 필요에 따라 수시로 호출하여 지식으로 활용한다. 때로는 그 내용을 통해 사대부의 인격 향상을 도모하기도 한다. 이 점에서 경사가 당대 질서에 순응하기 위한 독서법이라면, 경사 이외의 서적은 정독과 숙독을 필요로 하지 않는 경우가 많다. 서적의 대량 유입과 국내 유통은 서적의 성격에 맞는 다양한 독서법이 필수적으로 동반하기 때문이다.

특히 다독은 당대 질서에 순응하는 독서법은 아니다. 이념과 질서와 무관한 쇄쇄하고 잡다한 일상적 내용의 서적, 명물도수와 같은 다양한 물질을 포함한 총서류 읽기에 적합하다. 더욱이 주제와 내용에 따라 편

75 이 책의 제2부 제2장 「안경이라는 이기와 지식·정보」 참조.

집한 총집류 따위는 다독이 아니면 읽기란 불가능하다. 거질의 유서와 같은 지식·정보의 뭉치는 이전과 다른 방식의 편집과 지식·정보의 분류를 동반하기에 정독과 숙독과는 사뭇 다른 방법이 필요하다. 이때 요구되는 것 역시 다독이다. 앞서 언급했듯이 다독을 위해서는 열독, 속독, 선독 등과 같은 다양한 독서법을 호출할 수밖에 없다. 이처럼 조선조 후기에 널리 보급된 안경은 다독과 함께 독서와 저술의 혁명을 몰고 왔다. 한문 지식인에게 안경의 존재는 독서 방법의 전환과 함께 독서 시간의 연장과 만년 저작을 가능하게 만들기도 했다. 만년에 저술된 홍석주가의 필기 저작도 이러한 배경에서 탄생한 것임은 물론이다.

4. 홍석주가의 독서 체험과 지향

앞서 홍석주가의 독서록을 언급하였지만, 가문 내에서 가장 다독한 인물은 홍석주다. 홍석주의 『학강산필』은 다독을 토대로 나온 필기다. 그는 당대에 이미 '박학강기(博學强記)를 활용한 문장가'[76]로 주목받은바 있다. 다독은 홍석주 저술 활동의 토대가 된다. 정약용도 『매씨서평(梅氏書評)』을 완성하며 홍석주로부터 학술적 조언과 함께 관련 서적이 도움을 받을 정도로 홍석주의 다독과 서적 소장은 남다른 바 있었다.[77] 과연 홍석주가

76 김조순(金祖淳)은 문형으로 물망에 오르자 문형을 추천하면서 홍석주를 두고 "洪奭周之博學強記, 應用不窮, 臣不及也."(李裕元, 『林下筆記』 권31, 「旬一編」, '楓皐疏薦文衡')

77 정약용은 1818년 해배 이후 『매씨서평(梅氏書評)』의 원고를 홍현주에게 보냈다. 홍현주는 다산의 아들 유산(酉山) 정학연(丁學淵, 1783~1859)과 시를 주고받으며 교유하고 있었다. 홍현주는 이를 홍석주에게 건네주었고, 홍석주는 『매씨서평』을 읽은 뒤 다산에게 염약거의 『고문상서소증(古文尙書疏證)』을 볼 것을 권했다. 이어서 홍석주는 다산에게는 관련 서적을 보내 참고하도록 배려하였다. 이후 다산은 『매씨서

읽은 서적은 어떤 것이었을까? 앞서 『홍씨독서록』에서 독서 관련 대상 서적 규모를 확인했기 때문에, 여기서는 독서 경향을 알 수 있는 서적을 중심으로 거론한다.

홍석주는 어려서부터 『삼국지연의』를 탐닉하느라 사략 공부 과업을 등한시하였음을 고백한 바 있다. 백부 홍의모(洪義謨, 1743~1811)가 이를 질책하자 학업에 마음을 쏟았다고 한다.[78] 또한 어린 시절 홍석주는 할머니 곁에서 언문을 익혀 언문 번역서인 『언번여사서(諺翻女四書)』와 송나라 선현의 언행집 『자경편(自警編)』을 읽기도 했다.[79] 그는 어려서부터 다독했으며, 경사 위주 독서에 집중하여 정독만 고집하지 않았던 것이다.

그리고 홍석주는 명·청대 문단의 흐름을 이해할 수 있는 문인의 문집을 적지 않게 읽는다. 예컨대 당송파의 이론가인 귀유광(歸有光, 1506~1571)의 『진천집(震川集)』과 왕세정의 『사승고오(史乘考誤)』를 접하기도 한다. 그런가 하면 청언소품 작가로 널리 알려진 진계유(陳繼儒)의 『복수전서(福壽全書)』와 『독서경(讀書鏡)』, 고염무의 『일지록』과 방포(方苞, 1668~1749)의 『방망계선생전집(方望溪先生全集)』은 물론, 경학가로 이름난 염약거(閻若璩)와 모기령(毛奇齡, 1623~1713) 저술을 읽고 비평하기도 한다.

평』을 완성하며 홍석주 형제에게 감사의 뜻을 표한 바 있었다. 그리고 『수여연필(睡餘演筆)』 하에는 "然先生作尙書補傳, 至論古文處, 非不設疑而每微婉其辭. 蓋以爲說經於朱子之後者, 不可自信己見, 而果其說也. 茶山晩歲, 亦悔其立言之太激, 余親聞其言"라 하여 홍길주가 다산으로부터 직접 들은 말을 기록하고 있다. 다산이 만년에 경학에서 지나치게 과격하게 말한 것을 후회한다는 것인데, 아마도 다산이 중국의 다양한 서적을 보지 않고 저술한 것과 지나치게 자신의 주장을 과격하게 한 것을 두고 언급한 것으로 이해할 수 있다.

78 洪奭周, 『淵泉先生文集』 卷43, 「家言」 下, "孝獻公愛奭周甚篤, 然稍踰閑, 不少假辭色. 奭周六歲讀史畧, 日或課十數行, 一日得三國演義, 大樂之. 公召, 令受史畧數三過, 不能熟句讀, 公怒曰, 心馳於小說, 而忘其正業, 可乎? 掩書斥出之. 奭周, 大啼泣良久, 自是不敢復外騖矣."

79 洪吉周, 『鶴岡散筆』 卷2, "孩提先入之言, 往往爲平生之用, 古人愼蒙養, 有以也. 余幼時, 在先祖妣側, 祖妣常喜觀諺翻女四書及自警編. 余始學諺字, 亦時時竊覽之."

여기에 그치지 않고 그는 청나라 초기 문인의 문집과 저작도 상당수 읽고 있다. 다음은 그러한 사례다.

> 육농기(陸隴其)·고염무·왕완·왕사정 등 사대가 외에 용촌 이광지, 청상 왕숭간, 죽타 주이준 부자, 유재(裕齋) 위희(魏禧) 형제의 글, 염약거의 『석지(釋地)』, 소장형(邵長蘅)의 『변음(辨音)』, 이도량(李都梁)의 사서에 관한 저서, 서상서(徐尙書)와 진학사(秦學士)의 오례에 관한 저서 등은 제가 일찍부터 몰래 그 한 점을 엿보았습니다. 이후로 혹 명성을 떨치고, 문체를 드날리고 있는데도 제가 혹 보지 못한 사람이 있는지요? 기이한 뜻을 품고 암혈에서 울적하게 늙어 죽어가면서도 이름이 알려지지 않은 사람이 있는지요? 제가 이런 사람들을 귀 기울여 알기를 바라는 분들입니다.[80]

홍석주가 편수관이던 비난지(費蘭墀, 1769~1825)에게 편지를 보내 명말 청초 학자 중에 자신이 미처 읽어 보지 못한 서적을 부탁한다는 내용이다. 자신이 읽고자 한 것은 모두 명·청 시대 학술과 문단의 중요한 저술임을 밝히고 있다. 비난지에게 이 저서의 구득을 요청하는 행간을 자세히 들여다보면, 스스로 이미 명·청대 학술과 문단의 중요 인물과 흐름을 파악하고 있다는 것을 은근히 드러낸다. 자신이 파악한 것과 달리 혹 빠진 인물이 있다면 그들의 저작을 보고 싶다는 의도를 전달한 것이다. 이 행간에서 홍석주의 다독은 물론 일국 너머의 학술과 문예까지 파악한 그의 자부심을 엿볼 수 있다. 사실 이러한 자부심은 청조 학술 문예의

80 洪奭周, 『淵泉集』 卷16(『한국문집총간』 293), 「答費秀才書」, "自陸顧汪王四家以外, 如李榕村光地, 王青箱崇簡, 朱竹垞 之父子, 魏叔子之兄弟, 以及乎閻伯詩之釋地), 邵子湘之辨音, 汪武曺李都梁之四書, 徐尙書秦學士之五禮, 僕亦嘗竊窺其一斑矣. 繼此以往, 儻亦有蜚聲揚彩, 而僕之所不及聞乎至如懷奇抱異, 鬱鬱老死於巖巖之間, 而名湮沒乎無聞者, 尤僕之所傾耳而企也."

흐름과 그 공과, 학예 계를 주도한 인물의 저술에 정통하지 않으면 나올 수 없는 발언일 터이다.

특히 홍석주의 다독을 잘 보여주는 것은 『학강산필』이다. 『학강산필』에서 홍석주가 독서한 중국 저서의 대략을 제시하면 다음과 같다.

『학강산필』 소재 홍석주의 독서 대상 서적

편·저자	서명	성격	편·저자	서명	성격
미상(서한)	주비산경(周髀算經)	천문 역산서	유의경(劉義慶, 403~444)	세설신어(世說新語)[81]	필기
장창(張蒼, ?~B.C152)	구장주술(九章籌術)	수학서	도홍경(陶弘景, 456~536)	신농본초경 집주(神農本草經集注)	의서
허신(許愼, 30~124)	설문해자(說文解字)	자전	미상(한대)	이아(爾雅)	훈힐학서(訓詁學書)
원진(元稹, 779~831)	회진기(會眞記)	전기	송백(宋白, 936~1012)	문원영화(文苑英華)	시문선집
호인(胡寅, 1098~1156)	독사관견(讀史管見)	역사 비평서	왕보(王黼, 1079~1126)	선화박고도(宣和博古圖)	청동기보록(青銅器譜錄)
주밀(周密, 1232~1308)	제동야어(齊東野語)	필기	나관중(羅貫中, ?~1400)	삼국지연의(三國志演義)	소설
이시진(李時珍, 1518~1593)	본초강목(本草綱目)	의서	왕세정(王世貞, 1526~1590)	엄산별집(弇山別集)	문집
이마두(利瑪竇, 1551~1610)	기하원본(幾何原本)	한역서	장일규(蔣一葵)(명대)	요산당외기(堯山堂外紀)	필기
원굉도(袁宏道, 1568~1610)	원중랑집(袁中郎集)	문집	미상(만력)	동문주지(同文籌指)	산학서
진계유(陳繼儒, 1558~1639)	독서경(讀書鏡)	독서록	전겸익(錢謙益, 1582~1664)	목재초학집 유학집(牧齋初學集 有學集)	문집

81 『세설신어』는 청담(淸談)과 청언(淸言)의 연수(淵藪)로 일컬어진 필기로, 허균을 비롯하여 조선조 후기 문인과 학인들에게도 적지 않은 영향을 끼친 서적이다.

편 · 저자	서명	성격	편 · 저자	서명	성격
고염무(顧炎武, 1613~1682)	일지록(日知錄)	필기	여사굉(黎士宏, 1618~1697)	인서당필기(仁恕堂筆記)	필기
모기령(毛奇齡, 1623~1716)	서하전집(西河全集)	문집	주이준(朱彛尊, 1629~1709)	폭서정집(曝書亭集)	문집
왕사진(王士禛, 1634~1711)	대경당집(帶經堂集)	문집	웅사리(熊賜履, 1635~1709)	학통(學統)	전기집
부긍(傅恆, 1722~1770)	어찬시의절중(御纂詩義折中)(관찬)	『시경』 경의	기윤(紀昀, 1724~1805)	기문달공유집(紀文達公遺集)	문집
오성란(吳省蘭, 1738~1810)	예해주진(藝海珠塵)	총집	완원(阮元, 1764~1849) 校勘	연경실집십삼경주소(揅經室集十三經註疏)	문집 경학
미상(청대)	명춘루총설(明春樓叢說)	총서	하장령(賀長齡, 1785~1848) 위원(魏源, 1794~1856)	경세문편(經世文編)	유서

홍석주는 자신이 읽은 서적을 명확히 언급하지 않고, 내용의 대략만을 제시한 경우가 적지 않다. 그래서 구체적인 독서 이력을 확인하기는 힘들다. 자신의 독서 체험을 저술에 녹여 당대 학술과 문예를 비평하는 경우가 많은 것도 그러한 사례다.[82] 분명한 점은 홍석주가 독서한 대상으로는 경학 저술과 중국의 역대 개인 문집이 가장 많다는 것이다. 그가 명·청대 문집을 상당수 읽고 있는 데다 읽은 대상 서적 역시 매우 광범위한 것에서 알 수 있다.

82 『학강산필』 권1을 보면, "나는 일찍이 요새 사람들이 경전을 해석한 책을 몇 백 권 본 적이 있는데, 대체로 모두 고증을 논한 것으로 하나도 채택할 만한 것이 드물었다〔余嘗見近人說經之書, 幾數百卷. 大抵皆考證之論, 鮮有一可採〕"라 언급하고 있듯이 수많은 서적을 읽은 것으로 보이지만, 구체적으로 무엇을 읽었는지 언급하지 않고, 독서한 사실만을 말한 뒤 당대의 학술을 비평하고 있다. 이러한 모습은 『학강산필』 여러 곳에 나온다. 따라서 여기서는 자신이 읽었다고 한 것과 읽지 않으면 나올 수 없는 내용을 참고하여 중요한 독서 대상만을 제시하기로 한다.

그런가 하면 홍석주는 필기 소설의 원류인 유의경의 『세설신어』을 비롯하여 전기인 『회진기(會眞記)』와 『삼국지연의』 등의 소설을 읽고 있다. 대표적 산학서인 『주비산경(周髀算經)』과 『구장주술(九章籌術)』, 수학을 집대성한 『수리정온(數理精蘊)』을 읽고 있다. 여기에 서구의 산학서를 부연 설명한 『동문주지(同文籌指)』을 읽는 등 서구 문명에도 상당한 관심을 보인다. 청나라를 통해 들여온 서구의 과학기술 서적에도 남다른 관심을 보인 것은 흥미롭다. 서광계(徐光啓, 1562~1633)가 마테오 리치가 구술한 서구 기하학을 받아 적은 『기하원본(幾何原本)』 읽기도 같은 맥락으로 이해할 수 있다. 자연 과학 서적 외에도 그는 관찬서 『문원영화(文苑英華)』와 『사고전서총목』를 비롯하여 총서류와 총집류는 물론 19세기의 유서도 두루 읽고 있다. 여기에 청동기 관련 기록과 의서 등의 서적을 읽고 저술에 활용하기도 한다.[83]

위의 도표는 『학강산필』의 사례를 들어 제시한 것이지만, 홍석주의 문집인 『연천집』을 포함한다면, 그의 독서 대상 서적은 훨씬 더 많고 다양할 것이다. 이 경우, 『홍씨독서록』에서 거론한 대상 서적을 훨씬 상회함은 물론이다. 이처럼 홍석주의 독서는 대상과 분야가 넓고 다양할 정도로 다독을 지향하고 있다. 여기서 다독은 박학을 추구한 홍석주의 학적 토대라는 사실을 다시 확인할 수 있다.

홍길주와 홍한주 또한 다독을 중시한다. 홍길주는 지괴소설집인 포송령(蒲松齡, 1640~1715)의 『요재지이(聊齋志異)』[84]를 비롯하여 『삼국지연의』와 잡다한 필기류 저술을 두루 독서하고 있다.[85] 『소림광기』와 『태평광

83 『학강산필』을 보면 이 외에도 계유공(計有功)의 『당시기사(唐詩紀事)』, 전겸익의 『열조시집(列朝詩集)』과 같은 역대 시선집을 비롯하여 문자학, 사전류, 제자백가와 경학서 등 다양한 서적의 독서를 확인할 수 있지만, 여기서는 일일이 거론하지 않는다.

84 청나라 포송령의 저서로 신선과 여우·귀신·도깨비의 일을 자세히 묘사한 책으로 총 8권이며, 16권으로 더 상세히 나누기도 한다.

기』를 읽은 것도 이러한 사례다.[86] 홍한주 역시 포송령의 『요재지이』, 간보(干寶)의 『수신기(搜神記)』를 비롯하여 장독(張讀)의 『선실지(宣室志)』, 기윤(紀昀)의 『고망청지(姑妄聽之)』·『괴서잡지(槐西襍志)』·『초당필기(草堂筆記)』 등을 두루 읽은 바 있다. 여기에 그치지 않고 그는 『삼국지연의』를 비롯하여 『금병매』·『수호지』·『열국지』·『서상기』 등과 같은 명·청 시대의 대표적인 소설도 두루 읽는다.[87] 홍한주가 사대기서(四大奇書)를 포함한 소설을 읽고 비평한 사실과 그 내용을 비교적 소상하게 언급한 점을 고려하면, 홍한주의 소설 읽기는 당시 사대부 지식인의 독서와는 사뭇 다르다. 무엇보다 소설 취향이 매우 두드러진다는 점이다. 18·19세기 경화세족의 독서문화에 소설류가 중요한 자리를 점하고 있다는 사실은 주목할 만한 사안이다.

한편, 홍한주는 『지수염필』에서 명·청대 학자와 문인을 자주 비평한 바 있는데,[88] 이러한 비평은 그들의 문집과 저작을 독서한 이후 나온 발

85 洪吉周, 『縹礱乙幟』 卷11, 「睡餘放筆」 上, "近世中國人所撰小說, 如聊齋志異, 新齊諧艸堂筆記之類, 寔繁其目而無非志怪談幻, 可詫可駭" 그리고 다른 글에서 그는 어릴 적에 『삼국지연의』를 독서하였음을 밝힌 바 있다. 이는 洪吉周, 『縹礱乙幟』 卷14, 「睡餘演筆」 上의 "少時閱三國志演義, 至曹操, 敗於赤壁, 奔至華容, 大笑, '瑜亮無謀', 且曰, 若吾用兵時, 則當設伏於此云云"에 잘 나타나 있다.

86 『수여연필』 상에 이러한 기록들이 두루 산재되어 있다.

87 洪翰周, 『智水拈筆』 卷1(국립도서관본), "世傳作 『水滸傳』者, 三代爲啞, 未知信然. 然, 盖元末人施耐菴所撰云, 而北宋徽宗時, 楊么·方臘等諸盜, 作亂江淮間, 又有梁山泊諸賊, 張叔夜, 討平之, 斬獲劇賊宋江等三十六人, 卽其事之大槩, 而演義爲 『水滸志』. 然, 其意匠, 有可觀, 非能文, 不能爲此也. 其所謂及時雨·黑旋風等一百八號, 遂爲明末闖賊之藉手, 如八金剛·老犭回犭回, 名號皆怪駭. 又以是目之東林君子, 葉向高爲及時雨, 李三才爲托塔天王, 尤可駭也. 大抵演義之書, 是皆亂世之文妖也. 『列國志』 『三國志演義』, 未知誰作, 而 『西遊記』則邱長春所作, 『西廂記』則因元微之 『會眞記』, 演而爲之, 是王實甫·關漢卿兩人共作. 元代詩文, 詞曲極盛. 故, 亦有此等文字, 皆當付之焚如者也. 『隋唐演義』及 『女仙外史』等書, 又未知出於何人, 而 『金瓶梅』一書, 淫媟尤甚. 世傳爲弇州所作, 文人, 雖曰'遊戲翰墨', 弇州以父禍, 更不出仕, 位至南京刑部尙書, 爲萬曆間耆宿, 名重天下, 何至作此等不經文字? 殊可歎也."

88 같은 책, 卷4(국립도서관본), '淸初人文'. "世稱明熹宗天啓間, 五星聚奎, 故淸初人文甚

언이다. 홍한주는 명·청대 나온 저작을 대상으로 확대하여 구체적인 사안을 두고 비평하고 있다. 이는 홍석주의 다독과 비평안을 계승하여 더욱 독서를 심화한 결과로 보이기도 한다. 홍한주가 언급한 청조 문인의 경우, 당대 연경학예(燕京學藝)에서 이름난 인물도 있지만, 그렇지 않은 인물도 많기 때문이다.

이처럼 청조 문인을 대상으로 비평적 서술이 가능한 것은 청조 문인 관련 서적이 시차 없이 국내로 들어왔기 때문으로, 이러한 서적을 쉽게 접하지 못했다면 불가능했을 터이다. 홍석주가 인물이 명·청대 문인과 학자의 서적을 누구보다 손쉽고 빨리 구해 읽고, 이러한 독서력을 토대로 학술적 비평을 한 점은 특기할 만하다.

특히 홍석주가 인물이 당시 쉽게 보기 힘들던 『고금도서집성』을 반출하여 열람한 사실은 가문의 위상과 함께 폭넓은 독서를 보여주는 상징적 사건이다. 『고금도서집성』 전질의 열람은 부마인 홍현주의 후광이 있어 가능했다. 홍한주는 재종형의 집에서 『고금도서집성』을 보고 그 감회를 이렇게 적는다.

> 지난 정해년(1827) 여름, 익종(翼宗)이 대리할 때 내 재종형 해거공(海居公)이 왕의 사위로서 일찍이 사사롭게 모신 적이 있었는데, 공이 엎드려 아뢰기를, "신은 이미 각신이 아니니 『도서집성』을 일생 보지 못하였습니다. 한번 빌려주시기를 청합니다" 하니, 익종이 웃으며 허락하

多, 如湯潛菴贇·陸三魚隴其·李榕村光地·朱竹垞彝尊·王阮亭士禎·陳檢討維崧·施愚山閏章·徐健菴乾學·方望溪苞·毛檢討奇齡·侯壯悔方域·宋荔裳琬·兼濟堂魏裔介·熊澴川賜履·宋商丘犖·吳蓮洋雯·魏勺庭禧·葉方藹子吉·汪鈍翁琬·汪舟次楫·邵靑門長蘅·趙秋谷執信諸人, 皆以詩文名天下, 其中亦有宏儒鉅工, 彬彬然盛矣, 而是天啓以後, 明季人物之及於興旺之初者也. 如錢牧齋·顧亭林·吳梅村, 生於天啓以前, 故不錄. 然余每見諸人文辭, 無一人有忍痛含寃之意, 有若初不知逆順者然, 雖使能文章談義理, 終不能釋然也. 惟顧寧人·魏永叔, 卓然自立, 不啻若鸞鳳之運於寥廓者, 二人而已, 錢受之·吳駿公輩, 能不泚顙乎?"

고 액례(掖隷)에게 명하여 공의 집에 보내주었다. 공이 나를 불러 같이 열람했기 때문에 나 역시 한두 번 가서 그 대강을 보았다. 대개 청나라 성조 강희가 재임 중에 태학사 문숙공 장정석(蔣廷錫)에게 이 책의 편찬 책임을 맡도록 명하여 옹정 9년(1731년)에 책이 비로소 완성되었다. 역상·방여·명륜·이학·방물·경제의 6편, 32전, 일천 몇 백 몇 십 몇 부이다. 매번 한 가지 물건을 반드시 먼저 그림으로 나타내고 원류와 연기를 다음으로 하고 시문과 논설을 다음으로 하여 명목이 지극히 많으며 범례가 세밀하고 자세하여 참고로 열람하기가 매우 용이하다. 또 그림을 그린 것이 신묘하니 이전에 있지 않았던 하나의 위대한 유서이다. 『산당사고(山堂肆考)』[89]·『사문유취(事文類聚)』·『옥해유함(玉海類函)』[90] 등의 서적과 비교해본다면 하백(河伯)이 바다를 바라본 정도일 뿐이 아니니, 풍석이 한 말은 지나친 것이 아니다.[91]

홍석주가 인물이 청조의 출판문화를 집대성한 거질의 『고금도서집성』을 열람한 사실은 남다르다. 이 서적은 워낙 방대한 데다 역상·방여·명륜·이학·방물·경제의 내용과 그림의 교직, 원류와 연기를 다룬 방식, 시문과 논설까지 총집하고 있어 다른 서적이 감히 볼 수 없는 장관을 보여준다. 호한한 규모와 풍부한 내용은 다른 유서로서는 도저히 견줄

89 『산당사고(山堂肆考)』는 송나라 장여우(章如愚)가 편찬한 책으로 전집 66권, 후집 65권, 속집 56권, 별집 25권이다.

90 『옥해유함(玉海類函)』은 송나라 왕응린(王應麟)이 편찬한 책으로 총 200권이다. 여기에 『사학지남(詞學指南)』 4권이 첨부되어 있다.

91 洪翰周, 『智水拈筆』 卷1, "向在丁亥夏, 翼宗代理時, 余再從兄海居公, 以禁臠, 嘗私侍, 公伏地奏曰, "臣旣非閣臣, 『圖書集成』, 一生未見, 願乞一借." 翼宗笑許之, 仍命掖隷, 領送公第, 公招余同閱. 故, 余亦一再往, 見其綱領矣. 盖淸聖祖康熙中, 命太學士蔣文肅公廷錫, 摠裁是書, 至雍正九年, 書始成, 曆象·方輿·明倫·理學·方物·經濟凡六彙編, 三十二典, 部爲一千幾百幾十幾, 而每一物, 必先圖形, 次以源流緣起, 次以詩文論說, 名目極繁, 而凡例纖悉精詳, 攷閱甚易, 且繪事神妙, 前古所未有之一大類書也. 如以『山堂肆考』·『事文類聚』·『玉海類函』等書觀之, 不啻如河伯之望洋, 楓石云云, 非過語也."

수 없을 정도다. 그런 점에서 『고금도서집성』은 청나라 출판문화의 결정판으로 당대 청조 학술의 성취도 함께 파악할 수 있는 총집이다. 홍한주는 각신이 아니면 볼 수조차 없는 서적의 독서를 통해 얻은 체험과 감회는 남달랐을 터이다. 그가 『고금도서집성』을 열람한 것은 독서인으로서 참으로 행운이자 지적 감동이었다.

더욱이 왕가를 배경으로 한 홍석주가 인물은 중국 문인·학자의 저술을 수시로 들여와 서로 돌려보았을 뿐만 아니라, 당시 보기 어려웠던 일부 서적도 규장각을 통해 누구보다 먼저 읽었음은 물론이다. 이들이 명·청대의 저작을 두고 학술과 문예적 안목으로 비평한 것은 새로운 지식·정보를 담은 서적을 선취할 수 있기에 가능했다. 하지만, 청조 학술과 문예장의 흐름을 간취한 것은 이들의 다독을 바탕으로 한 학술적 자부심이자 학예적 역량의 표출이기도 했다.

홍석주가 인물처럼 19세기 일부 경화세족은 다양한 서적의 수집과 다독, 독서 체험을 통해 일국 너머의 학술과 문예장을 장악하고, 이를 비평적 시선으로 보았다. 여기서 당대 경화세족의 학술적 자부심과 함께 그들 특유의 문예적 에토스로 읽을 수 있지 않을까?

홍석주가의 독서는 여기에 그치지 않는다. 앞서 언급하였지만, 언문과 언해본까지 독서한 점이다. 홍석주는 언문 언해본인 『여사서』와 『자경편』을 몰래 읽을 정도로 독서에 진심이었다. 이는 개인적 취향도 있지만, 가학의 전통과 장서, 이를 서로 공유할 수 있는 학술적 역량, 그리고 독서 체험을 소통할 수 있는 학술적 분위기가 있어야 가능하다. 홍석주가 인물은 이러한 것을 토대로 가문 고유의 독서문화와 문예의 에토스를 형성한 것으로 보인다.

예컨대 이들 가문의 인물이 저술한 『학강산필』·『지수염필』·『수여방필』·『수여연필』·『수여난필』 등과 같은 필기류 저작은 가문의 독서문화 결과물이지만, 가문의 학예적 성취와 지적 역량의 표출이기도 하다. 이들 필기를 보면 홍석주가 인물은 기왕의 텍스트를 비판적 시선으로 읽는가 하면, 거기에 자신의 견해를 덧붙이는 방식으로 새로운 지식·정보를 생성하여 유통한 바 있다.

또한 이들은 독서하면서 서적이 담고 있는 의미와 사회적 함의를 비롯하여 개인적 체험과 학술적 경향 등을 이해하고 그 의미를 파악하는 한편, 서적 내용을 두고 새로운 지식·정보를 생성하기도 한다. 여기서 그치지 않고 홍석주가 인물은 독서한 서적 내용에서 자신만의 의미를 발견하고, 여기에 새로운 견해를 저술로 전환하기도 한다. 이러한 결과물이 바로 앞서 언급한 필기류 저술이다.

또한 홍석주가 인물은 자신들의 필기 저술에서 특정 사안에 자신의 견해와 생각을 차기 방식으로 정리하여 학술적으로 덧붙여 새로운 지식·정보로 배치하기도 한다. 주변 인물들이 이러한 필기를 읽고 활용하거니와, 홍석주가 인물의 필기는 새로운 지식·정보의 유통에도 기여하게 된다. 홍길주의 필기류 저술과 필기 성격의 문집을 서유구가 두루 읽고 새로운 총서에 활용하려 한 것도 같은 맥락이다.

> 풍석 서유구 어른이 내가 『수여방필』과 『수여연필』을 지었다는 소문을 듣고 빌려 달라고 청하기에 그것을 구해 소매 속에 넣어 가지고 갔는데, 그는 자신이 수집한 『동국총서』에 수록하려고 하였다. 『숙수념』 또한 이 어른의 눈에 띄어 내 평생 스스로 숨겨두고자 한 고심이 무너졌도다. 한스럽도다.[92]

풍석 서유구가 새로운 형태의 총서를 저술하기 위해 홍길주의 『수여방필』과 『수여연필』을 요청하여 홍길주가 이를 알고 건네주자, 이를 계기로

92 洪吉周, 『沆瀣丙函』, 『睡餘瀾筆』 下, "楓石聞余有方演兩筆, 求見之, 袖而去, 將錄入於所蒐東國叢書. 孰遂念, 亦爲此丈所覰見, 余平生自秘之苦心, 未免壞破了. 可恨."

자신이 누구에게도 보여주지 않던 『숙수념』 마저 빌려주게 되었음을 언급하고 있다. 홍길주의 『수여방필』과 『수여연필』 등도 차기 방식으로 정리하여 학술적 견해를 덧붙인 것임은 물론이다. 홍한주가 『지수염필』에서 홍석주와 홍길주의 필기를 비롯하여, 이덕무의 『청장관전서』, 서유구의 『임원십육지(林園十六志)』 등을 활용한 것이나 홍길주가 홍석주의 『학강산필』을 인용한 것도 같은 맥락으로 이해할 수 있다.

이처럼 19세기 경화세족은 최신의 간행본 총집과 총서는 말할 것도 없고, 쉽게 볼 수 없던 서적까지 독서함으로써 누구보다 빠르게 새로운 지식·정보를 획득하여 자신의 필기 저술에 녹여내었다. 여기에 그치지 않고 홍석주가 인물은 이렇게 획득한 지식·정보를 자신의 저술에 활용하는 방식으로 학술과 문예적 역량을 높였던 것이다.[93]

5. 홍석주가의 학술과 문예 비평

홍석주가 인물의 필기 저술은 자신들과 가장 가까운 시대에 장관을 이루었던 중국과 조선의 학술과 문예는 물론 시대의 동향에도 남다른 관심을 보인다. 심지어 국내외 학술과 문예의 동향과 흐름을 간취하여 비평함으

93 당시 총집류 필기류 저작은 일대 유행이었던 것 같다. 『지수염필』 권1을 보면 다음과 같은 내용이 나온다. "풍석(楓石, 서유구)은 만년에 『임원십육지』를 편찬하였는데, 대개 근세에 유행한 『산림경제(山林經濟)』를 따라 만든 것이다. 매우 많은 자료를 모아 지극히 많이 갖추어 풍부하니, 산거경제(山居經濟)의 서적이 될 만하다. 또 일찍이 우리나라 사람들의 필록(筆錄)과 만기(漫記) 수백 종을 모아 편집하여 『소화총서(小華叢書)』라 이름 붙였다. 항해(沆瀣, 홍길주)의 『숙수념』 같은 책이 모두 그 속에 들어 있었는데 미처 베껴 써서 책으로 완성되지 아니하여 풍석이 세상을 떠났으니 한탄할 일이다."

로써 일국 너머의 시선을 보여주기까지 한다. 홍한주가 『지수염필』에서 정조의 문체반정 경과를 정확하게 서술한 것[94]이나, 홍석주가 『학강산필』에서 "경전을 말하는 사람은 고증만을 숭상하는 것과 문장을 공부하는 사람들은 오직 소품문만 취해 모기령과 호위(胡渭, 1633~1714)를 정이(程頤)와 주자보다 더 높이 추존하고, 원굉도와 전겸익을 한유와 구양수, 이백과 두보의 자리를 뺏는 것을 보고도, 어찌할 줄 모르고 추종한다"라고 하여 국내외 학술과 문예를 연결한 뒤, "경전을 말하고 문장을 연구하는 사람들은 진실로 드물어 이러한 풍속에 끌려가고 있어 심히 우려할 만하다"[95]라고 언급한 것은 대표적 사례다.

게다가 홍석주가 소품문 유행은 국가 경세와 관련한 문체로 인식하여 그 문제점을 지적한 것[96]도 같은 맥락이다. 또한 "현사와 대부가 서화골동을 좋아하는 것은 고인의 제도와 고인의 유풍을 좋아하기 때문인데 그것을 망각하고 오직 옛것이라는 이유로 서화골동만을 좋아하는 것은 잘못된 것"[97]이라는 지적은 새롭게 부상한 서화골동 취향의 세태를 비판한 것인데, 이 역시 그러한 관점에서 이해할 수 있다.

그런가 하면 홍석주가 인물은 당대 문인의 성과를 객관적으로 평가하고 그 의의를 인정하기도 한다. 연암 박지원, 다산 정약용, 풍석 서유구, 추사 김정희 등 대표적 국내 학자의 인간적 면모와 학문 및 예술적 성취

94 洪翰周, 『智水拈筆』 卷2, 「正祖文體反正」 항목에 자세하게 나온다.

95 洪奭周, 『鶴岡散筆』 卷2, "譚經者唯尙攷證, 攻文者專取小品, 視毛奇齡胡渭尊於程朱, 而袁宏道錢謙益奪韓歐李杜之席, 駸駸乎將不知所底止矣. 今世之人, 能有志於談經攻文者, 固鮮矣. 其稍拔乎流俗者, 又率爲此習所引, 此亦世道之深憂也."

96 같은 책, 卷3, "陳詩凡十篇, 自衡門一篇以外, 類皆短促巧尖, 不見有平夷和雅之氣. 莪鷊苕甓, 其引物也瑣, 夭紹毄邁, 其造語也僻, 絶類後世所謂小品者. 文體之關乎國家, 有若是者, 可不重歟?"

97 같은 책, 卷1, "器玩書畵之古者, 賢士大夫, 往往多好之, 非好器玩書畵也, 好夫古也. 所貴乎好古者, 爲其可以觀古人之制度也, 爲其可以想古人之遺風也. 然此直古人之一端耳, 唯是之好, 而不知其有眞可好者, 則亦不足以言好古矣."

를 다양한 시선으로 비평한 것이 그러하다. 몇 가지 사례를 들어본다.

① 풍석 서유구는 자가 준평(準平)으로 판서 서호수의 아들이고, 문형을 지낸 보만재 서명응의 손자이다. 대대로 사륜을 관장하여 문한을 집안에 이어왔는데 풍석은 더욱 고문에 힘써 오로지 목재를 공부하였고 천문과 역학에 더욱 밝았다. 다만 시와 변려문은 애당초 힘쓰지 않아 다른 글에 미치지 못하였으니 대개 재주가 미치지 못한 것이다. 옛날에 시에 능하지 못한 사람으로는 비록 당송대가 중에서도 있었으니, 이고·황보식·소명윤·증자고 같은 사람이다.[98]

② 열수(洌水) 정약용은 남인이다. 영조 임오년(1762)에 태어나 정조 때 문과에 급제, 한림을 역임하여 벼슬이 승지에 이르렀으며, 70여 세에 죽었다. 그가 죽던 날 나는 항해공(沆瀣公)을 찾아뵈니, 공은 "열수의 죽음은 수만 권 서고가 무너진 것이다"라 하며 탄식했다. 대개 열수는 재주와 학문이 남보다 빼어나 경사와 제자백가 외에도 천문 지리와 의약 잡방에까지 널리 통했다. 13경에 모두 발명한 것이 있어 지은 책이 집에 가득했는데, 『흠흠신서』와 『목민심서』는 더욱 옥사를 다스리는 사람들에겐 유용한 글들이다. 그를 추사의 높은 재주와 실학에 비견해도 다만 나은 정도가 아니다. 비단 우리나라 근세의 사람뿐만 아니라 비록 중국에 놓아두더라도, 기효람과 완운대의 바로 아래에 있어도 충분할 것이다.[99]

98 洪翰周, 『智水拈筆』 卷8, "楓石徐公有榘, 字準平, 判書浩修子, 保晩齋文衡命膺孫. 世掌絲綸, 文翰傳家, 而楓石又力治古文, 專學牧齋, 又精於天文曆學. 但其韻語及騈儷, 始不致力, 遜於他文, 然盖才有不逮也. 古之不能詩者, 雖在唐宋大家亦有之, 如李翶·皇甫湜·蘇明允·曾子固 是也."

99 같은 책, 卷8, "丁洌水若鏞, 午人也. 英宗壬午生, 正廟時文科, 歷翰林, 官至承旨, 年七十餘卒. 卒之日, 余見沆瀣公, 公歎曰: "洌水死, 數萬卷書庫, 頹矣." 盖洌水才學絶人, 經史百子外, 天文地理, 醫藥禨方之書, 靡不淹該. 十三經皆有發明, 凡所著, 其書滿家, 如欽欽新書·牧民心書, 又皆爲按獄治民者, 有用之文字也. 此比之秋史高才實學, 不啻過之. 不但我國近世一人, 雖置之中國, 當在紀曉嵐·阮雲臺脚下, 有餘矣."

③ 척재 이서구는 관리로서의 재능이 있었고 문장에 능했다. 그의 시가는 더욱 정묘하고 빼어나 비록 연천의 노숙하고 진실한 데는 미치지 못하지만 날카로움은 그보다 나았다. 비유하자면 유종원에게 있어서의 한유에 해당할 것이다.[100]

④ 청나라 사람의 시로는 내가 고염무【고시·배율에 더욱 뛰어나다】를 가장 좋아하여 항상 "(고염무의 시는) 왕어양 보다 뛰어나며, 문장에는 응당 위희·왕완이 거벽이 될 것이다"라 하였다. 그런데 근세 원수원(袁隨園)은 재사가 탁월하여 이전 고인중에도 이런 자가 없을 것이다. 비록 간혹 법에는 순정하지 못한 것도 있지만, 요컨대 이는 사장의 강력한 적수이다. 만약 우리나라의 박연암이 중국에 태어났다면 응당 우열을 다투며 병립했을 것이지만 온 천하가 누구의 손에 들어갈지 알지 못하겠다.[101]

⑤ 근세 시인으로 많이들 참봉 이광려를 추대하여 뛰어난 인물로 생각하는 이가 많다. 그의 시는 고심하여 다듬어 결코 가벼운 시구를 쓰지 않았다. 그러므로 다작을 할 수가 없었고, 더욱 장편을 짓는 것은 적었다. 그러나 그가 마음을 써 홀로 조어에 이른 것은 또한 왕왕 옛사람에게 부끄럽지 않다.[102]

①, ②, ③은 홍한주의 『지수염필』에서, ④는 홍길주의 『수여방필』에서 ⑤는 홍석주의 『학강산필』에서 인용하였다. ①에서는 서유구가 다방

---

100 같은 책, 卷8, "李惕齋書九, 有吏才能文章. 其歌詩, 尤精絶, 雖不及淵泉之老實, 巉刻過之, 譬之退之之於子厚也."

101 洪吉周, 『睡餘放筆』 卷上, "淸人詩, 余最喜顧亭林古詩排律尤長, 恒以爲過於王漁洋, 文則當以魏叔子汪苕文爲巨擘, 而近世袁隨園, 才思超佚, 前無古人, 雖或未醇於法, 要是詞場之勍敵, 使東國之朴燕巖生於中州, 當旗鼓倂立, 未知鹿死誰手."

102 洪奭周, 『鶴岡散筆』 卷3, "近歲詩人, 多推李參奉匡呂爲上乘. 其詩刻意陶煉, 絶不爲膚率語, 以故不能多作, 尤尠爲巨篇. 然至其匠心獨造, 亦往往不媿古人."

면에 학적 관심을 보인 사실과 고문에 치력하여 문예의 성과를 낸 점, 변문과 시에는 특장이 없다는 사실 등을 나열하고 있다. 홍한주는 풍석과 남다른 교유를 할 정도로 각별한 사이임에도, 비교적 객관적 시각으로 그의 학술과 문예의 특장을 서술하고 있는 것이다.[103]

②에서 다산을 평가한 것도 비교적 객관적이다. 다산의 경학 저술과 학술적 업적을 고평하여, 이것을 연경 학예계의 석학이던 기윤과 완원에 비겨 추어올리고 있다. 여기서 홍한주는 19세기 조선조 학계가 이룩한 학술적 성취에 은근한 자부심을 표출하고 있다.

③에서도 앞의 사례처럼 이서구를 주목하고 있다. 관인으로의 그의 행정 능력, 나아가 그의 문장과 시가를 동시에 포착한다. 여기에 그치지 않고 이를 홍석주에 비겨 장단점을 논하는가 하면, 행정과 시가의 재능을 겸장한 이서구의 역량을 유종원과 한유에 견주어 고평하기도 한다. 이서구의 행정과 문예 역량을 객관적으로 파악하고 평가하는 시각은 매우 인상적이다. 무엇보다 자국 인물의 학술과 문예적 성취를 중국의 뛰어난 학자에 견주어 객관성을 담보하는 인식과 시각은 특기할 만하다. 홍한주가 정치적 입장과 학문적 사승 관계에서 벗어나 객관적 시선으로 대상을 평하는 것은 그만의 미덕이다. 특정 사안을 두고 비평한 것임에도 단순한 나열이나 균형의 비평안을 잃지 않은 것으로 받아들여지는 것은 이 때문일 것이다.

④의 연암을 두고 한 평가도 그런 측면으로 이해할 수 있다. 홍길주는 연암의 문장을 평하면서 그의 문장은 왕사진보다 뛰어나며, 위숙자·왕완과 견줄 수 있을 뿐 아니라, 원매와 자웅을 가리기 힘들 정도라고 고평하고 있다. 홍길주는 일찍부터 연암의 문장에 심취한 바 있을 정도

103 홍석주의 외가는 서명응→서호수→서유구로 이어지는 달성서씨 집안이다. 이 집안도 18·9세기의 대표적인 경화세족이다.

로 연암 문장의 애독자이자 비평가이기도 했다. 하지만 그는 연암 문장의 단순한 애호에 그치지 않고, 자신의 독서력을 토대로 객관적 시선으로 연암의 문학적 성취를 평가하고, 연경 학예장의 쟁쟁한 인사들과 견주어 그 위상을 언급하고 있다. 이러한 비평과 안목은 명·청의 다양한 서적을 독서하고 이를 토대로 일국 너머로 횡단할 수 있는 시야와 학적 역량이 없으면 불가능하다.

⑤에서 홍석주는 당시 인사들이 이광려의 시어 선택과 시 창작에서 고심한 것을 주목하여 그의 독특한 시 창작을 평하고 있다. 홍석주는 뛰어난 시인으로 이광려를 추대하는 것에 동의하며, 거기에 자신의 견해를 덧붙인다. 특히 의경과 시어 선택을 고심하여 가벼운 시구를 사용하지 않은 이광려의 솜씨를 주목한다. 이광려의 조어 능력은 특출하여 고인에게도 뒤지지 않는다고 언명하고, 그의 시 풍격을 높이 보고 있다.

이어지는 글에서 주희가 매요신(梅堯臣, 1002~1060)의 시를 두고 언급한 짧은 구절이지만, '한가소산(閒暇蕭散)'의 풍격과 운치가 있어 장편과 대작의 '분방(奔放)'에 못지않다.[104]라고 평한 것을 두고, 이 고평을 이광려의 시에 이월한다. 홍석주는 그만큼 이광려의 시를 높이 보고, 이를 주시한 것이다. 정밀하고 강한 개성의 어구를 구사하여 송대 최고의 시인 중 한 명으로 주목받는 매요신의 시에 견줄 만큼 이광려의 시를 인정한 것은 의외지만, 이는 홍석주 특유의 개성적인 안목이다.

이처럼 홍석주를 비롯하여 홍석주가 인물은 자신들의 필기 저술에서 중국과 자국의 문예 비평에 그치지 않고 국내외에서 최대의 화두로 등장하였던 박학과 고증을 두고서도 나름의 견해를 피력하고 있는 것이다.

---

104 이어지는 글에서 홍석주는 "朱子謂, 梅聖兪詩, 寂寥短章, 閒暇蕭散, 猶有魏晉以前高風遠韻. 盖自古詩家固有此一種風格, 不專以長篇大作奔放輸寫爲尙也."

18세기 이후 사대부 지식인은 학술적 차원에서 본격적으로 박학과 고증학을 이슈로 삼는가 하면, 19세기에는 송학과 한학을 두고 학술 논쟁을 벌이기도 한다. 홍석주가 인물은 자신들의 독서 체험을 통해 자신들의 필기에서 이러한 학술 논쟁을 상세하게 서술하고 있다. 그런데 이들은 학술 논쟁을 거론하면서 서울의 학술과 문예장을 넘어, 그 진원지인 연경의 학술과 문예장에까지 안목과 시선을 넓혀 나간 것은 이채롭다. 이들이 서울과 연경의 학술과 문예를 넘나들며 비평하는 것은 국내외의 학술과 문예의 흐름을 통섭하지 않는다면 나올 수 없는 감식안이자 학술과 문예적 역량이다.

홍석주의 『학강산필』과 홍길주의 『수여난필』 그리고 홍한주의 『지수염필』에서 이를 확인할 수 있다. 홍석주와 홍길주의 글을 먼저 제시한다.

> ① 근세에 송학을 하는 사람들이 오로지 훈고에만 힘쓰고 있다. 그 폐단은 지리하게 파헤치고 또 심하면 물외를 거론하고 공허에 빠져 징험할 수 없는 사건에 송사를 하고, 따질 수 없는 영역에 기준을 높이 세우고 있다. 한학을 하는 자는 그것을 징험하고자 하여, 드디어 끊어진 대쪽을 주워 모으고 깨어진 그릇을 찾아서 부지런하게 고증하는 것을 최상으로 삼고 있다. 두 가지는 같지 않으나 쓸데없기는 매한가지다.[105]

> ② 요즈음 한학을 하는 자는 모두 『고문상서』를 위서로 여긴다. 『고문상서』는 진실로 의심할 만하다. 그러나 예전 성인의 격언과 큰 가르침이 대거 그 속에 있다. 육경에 나열되어 학교에서 가르친 것이 이천년이나 되었으니 결코 그 모두를 들어 폐할 수는 없다. 『주례』와 같은

105 洪奭周, 『鶴岡散筆』 卷1, "近世之爲宋學者, 專以訓詁爲務. 其弊也, 支離破碎, 又甚者, 馳辭物表, 溺心空虛, 聚訟於無徵之案, 標高於不可詰之域. 爲漢學者徵之, 遂掯扶斷簡, 搜剔破器, 矻矻以攷證爲尙. 二者不同, 然其爲無用則一也."

책도 그 전수가 명확하지 않다. 서한의 제유도 유흠 이전에 한 사람도 그것을 이야기하는 이가 없었다. 편차를 구분하여 배치한 것에도 의심스러운 것이 매우 많으며, 『금문상서』와 『맹자』·『좌씨춘추』 등과 참고해보아도 모두 어긋나 부합되지 않는다. 그러나 고증하는 사람 가운데 감히 하나라도 이의를 가진 사람이 없는 것은 아마도 정현 때문이 아닐까?[106]

③ 근세 중국 경학은 오로지 주소를 숭상하니, 주소는 어찌 취할 것이 없겠는가마는 다만 잘못된 곳은 왕왕 이륜과 명교에도 크게 어그러진다. 송유의 경전 해설은 설령 조금 차이가 있더라도 다만 장구 사이의 소소한 문의에 불과할 뿐이며, 의리강상(義理綱常)에 이르러서는 일찍이 터럭 하나라도 어그러짐이 없었다. 우리나라 문사 중에 중국을 사모하는 자들은 간혹 정현과 공영달을 숭상하고 받들며 감히 한 글자도 비방하지 못하니 이상하도다.[107]

④ 참판 조두순이 중국에 사신 갔다가 돌아와 내게 중국이 한학을 숭상하고 고증을 좋아하는 폐단에 대해 다음과 같이 말하였다. "고증은 이미 말단의 학문이다. 오늘날의 고증은 오로지 자획(子畫)의 편방일 뿐이니, 고증에서도 또한 말단일 것이다." 또 말하기를 "한학과 송학은 서로 공격하고 반목하여 조정에서 붕당을 세우는 지경에 이르러, 천자 역시 조정할 수 없게 되었다."[108]

---

106 같은 책, 卷2, "近世爲漢學者, 率多以古文尙書爲僞. 古文尙書, 固可疑也. 然先聖人格言大訓, 多在其中. 列於六經, 立在學官, 垂二千歲, 決不可盡擧而廢之也. 若周禮一書, 傳授不明. 西京諸儒, 自劉歆以前, 無一人稱說者. 經晝制置之間, 可疑者甚多. 參之於今文尙書及孟子左氏, 又皆柢梧不合. 而攷證之家, 不敢一有異議者, 豈以鄭康成之故歟."

107 洪吉周, 『睡餘瀾筆』 下, "近世中國經學, 專尙註疏, 註疏豈無可取者, 而但其紕繆處, 往往大悖於倫彝名敎, 宋儒說經, 設有少差, 直不過章句間小小文義, 至義理綱常處, 未嘗有絲髮戾也, 我國文士志慕中州者, 或崇奉鄭孔, 不敢訾其一字, 異哉."

108 같은 책, 下, "趙參判元七, 使燕還, 爲余言中國崇漢學好考證之弊曰: '考證已是末學,

①과 ②는 홍석주의 글이고, ③과 ④는 홍길주의 글이다. ①에서 홍석주는 우리나라 학자가 송학과 한학의 폐단에 빠져 훈고와 고증에만 몰두하는 문제점을 지적한다. 송학과 한학의 연구 방법은 같지 않지만, 폐단에 빠져 극단으로 치달린다는 점에서는 같다는 것이다.

②에서 그 폐단의 하나로 한학에서 제기한 위서 문제를 본격적으로 언급한다. 그 사례로 『상서』(『서경』)를 들고 있다. 위서 문제의 핵심은 『고문상서』의 진위문제다. 일찍이 동진의 매색(梅賾)은 분서로 없어진 『고문상서(古文尚書)』 58편을 찾았고, 당의 공영달(孔穎達, 574~648)이 『오경정의(五經正義)』를 편찬하면서 매색의 『고문상서』를 토대로 금문과 고문을 모아 『상서』를 재구성한 것이 지금의 『상서』다. 이 『상서』를 두고 염약거(閻若璩, 1636~1704)는 「고문상서소증」을 발표하여 『상서』의 진위문제를 제기한 바 있었다. 그는 분서로 없어졌다가 출현한 『상서』의 위작을 의심하고 이를 고증하였다. 『고문상서』가 위서라는 사실을 밝힌 것이 바로 「고문상서소증(古文尚書疏證)」이다.

사실 『금문상서』와 『고문상서』의 합으로 이루어진 통행본 『상서』의 진위문제를 밝히려는 것 자체가 엄청난 충격이자 기존 경전 체제와 권위의 도전이다. 하지만 염약거는 이러한 신성한 경전을 실증적 연구를 통해 위서임을 밝혀냄으로써 청조 고증학의 성과를 알렸다. 이에 반해 모기령이 염약거의 고증과 달리 위작임을 반대하고 나서기도 한다. 모기령(毛奇齡, 1623~1713)은 「고문상서원사(古文尚書冤詞)」에서 『고문상서』가 진짜임을 주장하면서 『상서』의 진위문제가 당대 학계의 중요한 화두로 떠오르게 된다. 이처럼 『상서』의 진위문제를 두고 논쟁을 하자, 청조학계는 한학과 송학으로 다시 갈리게 된다.

今之考證, 惟字畫偏旁而已, 在考證中又爲末矣.' 又曰: '漢學宋學互相攻軋, 至立朋黨於朝廷, 天子亦不能調和.'"

그런데 홍석주가 인물은 『고문상서』를 둘러싸고 벌어진 진위 논쟁에 참여하며 각각의 견해를 밝히기도 한다. 일단 홍석주는 『고문상서』의 진위 논쟁을 비판적 시각으로 바라본다. 『고문상서』의 진위를 의심할 만한 것은 사실이지만, 그것 때문에 『고문상서』 전부를 폐할 수 없다는 것이 자신의 견해였다. 예컨대 『상서』의 전수 관계가 분명하지 않은 것처럼 『주례』 역시 『상서』와 마찬가지라는 것이다. 비록 『고문상서』를 위서로 의심할 수는 있지만, 이미 이천여 년 동안 유통되어 정전의 텍스트로 정립되어 있으니, 이를 부정하고 가르치는 것을 단번에 폐기하는 것은 지나치고 너무나 과격하다는 것이다.[109] 이러한 홍석주의 생각은 청조 학술계의 위서 논쟁의 비판은 물론 국내 학계의 위서 논쟁을 동시에 비판한 것으로 이해할 수 있다.

당시 정약용은 『매씨서평』에서 동진의 매색이 『고문상서』를 날조한 것을 밝힌 바 있는데, 홍석주는 다산이 미처 읽지 못한 염약거의 「고문상서소증」 읽기를 권함과 동시에 자신의 견해를 함께 전달하기도 하였다.[110] 어쨌거나 홍석주가 국내외 학계의 성과를 아우르면서 한학과 송학 논쟁과 고증학의 문제를 두고 자신의 견해를 제시한 것은 예사롭지

109 당대 학자 김매순은 홍석주의 견해와 사뭇 달랐다. 김매순은 매색이 전한 고문 『상서』가 위서임을 처음으로 의심한 사람은 바로 주자라고 하였다. 이를 위해 주자가 논거로 제시한 것은 고문 『상서』가 동진(東晉) 때에야 출현했다는 점, 『상서』 중 읽기 쉬운 것은 모두 고문(古文)이고 읽기 어려운 것은 모두 금문(今文)이라는 점, 그리고 수백 년 동안 벽중(壁中)에 있던 물건이 한 글자도 훼손되지 않았다는 점 등 세 가지를 들고 있다. 주자는 이를 근거로 고문 『상서』가 위서임을 확신하고 있었고, 단지 신중히 하려는 뜻에서 드러내놓고 언명하지 않았다는 것이다. 이는 金邁淳, 『臺山集』 卷16, 「闕如散筆」의 '尙書第二'에 자세하게 나온다. "而東晉以來, 梅本盛行, 諸儒爲其所壓, 不復致意於證辨. 至朱子始疑之曰: '某嘗疑孔安國『書』是假書.' 又曰: '孔『書』至東晉方出, 可疑之甚.' 又曰: '『書』凡易讀者皆古文, 難讀者皆今文.' 又曰: '豈有數百年壁中之物, 不訛損一字者.' 據此諸說, 則朱子平日之論, 庶可推知, 而未及質言剖決者, 盖存愼重之意也."

110 각주 77) 참조.

않다. 이는 최신 서적까지 다독하고 이러한 지식·정보를 장악한 학술적 자부심의 표출이자 다양한 지식·정보를 토대로 일국 너머까지 넘나드는 시각으로 학술적 쟁점을 평가한 결과로 보인다.

홍길주 역시 ③와 ④에서 청조 학술의 문제를 적시한다. 주소에만 집착하는 폐단과 함께 경전을 잘못 해석한 주소는 결국 이륜과 명교를 해치는 데까지 나아간다고 언급한다. 이는 주소를 바탕으로 하는 학술적 논쟁이 아니라, 주소만을 맹신하는 학자들의 편협한 시각과 학문 태도의 결과라는 것이다. 한의 정현과 당의 공영달이 주석한 주소에 치우쳐 경전을 이해하고, 나머지를 배제하는 학자들의 태도를 문제 삼은 것이다. 여기에 그치지 않고 홍길주는 당대 국내 학자도 주소를 일방적으로 존숭하여 잘못된 것조차 비판하지 않는다는 것을 들어 비판의 시선을 확장한다. 특히 편협한 학문 태도와 시각을 비판하는데, 이러한 태도와 시각은 학자가 지녀서는 안 되는 태도라 언급하기도 한다.

이어서 홍길주는 학술적 문제인 고증 한송 논쟁과 결부되며 급기야 정치문제로까지 비화하는 것을 극도로 경계한다. ④의 내용이 그러하다. 여기서 그는 학술적 입장 차지가 정치문제로 비화하는 폐단을 문제 삼고 있다. 한학과 송학의 분기는 학술 논쟁에서 출발하였지만 마침내 정치적 대립으로 치달려 천자조차 어찌할 수 없게 된다는 것이다. 학술과 정치는 엄연히 분리되어야 함에도, 서로 맞물려 여러 가지 문제를 낳았음을 비판적 시각으로 바라본 것이다. 이는 학술의 입장 차가 정치 장에 연결되면 언제든지 붕당으로 발전할 수 있다는 현실적 문제를 의식한 발언이기도 하다. 비록 중국 사례를 거론한 것이지만, 이 역시 남의 이야기가 아니라 당대 현실에서도 당연히 그럴 수 있다는 사실을 넌지시 암시하고 있다.

홍석주와 홍길주는 다른 곳에서 사대부 지식인이 한·송학에 빠져 박학과 고증에만 몰두하는 폐단을 누차 지적하기도 한다. 이러한 국내외의 학술과 문예를 횡단하며 비평하는 것은 서울과 연경 학예계의 최신의 동향과 그 흐름을 비교적 소상하게 이해하였기에 가능했을 터다. 여기서 일국적 시각을 넘나들며 학술과 문예장의 중요한 이슈에 주목하여 비평하는 데서 경화세족의 학술적 자부심도 강하게 읽을 수 있다.

그런데 홍석주가 청조 학술과 문예를 두고 한 비평은 독특하다. 이는 고염무를 비평한 사례에서 확인할 수 있다. 고염무의 저작은 18·9세기에 조선조 학계에 널리 알려진 바 있다. 그의 절조와 고증학적 경학 저술이 국내에 소개되자 사대부 지식인은 여기에 지대한 관심을 보임과 동시에 고염무의 저작은 상당한 독자층을 형성하게 된다. 뒤이어 고염무 저작의 독서는 19세기까지 이어지고, 그의 학술적 성취도 주목받게 된다. 하지만 홍석주는 당대 지식인에게 존숭을 받던 고염무도 다양한 관점을 고려해 평가해야 한다고 생각했다. 대체로 배청숭명(背淸崇明)한 고염무의 절조와 고증학을 주창한 학술적 업적만을 거론하는데, 이것만 보아서 안 되고, 이것과 함께 그의 문장도 정당한 평가를 할 필요가 있다는 것이다.

특히 홍석주는 고염무의 시문도 그의 절조 못지않게 뛰어남을 강조하며, 그의 시문을 왕사진이나 주이준 위에 두어도 무방하다는 사실을 환기한다.[111] 새로운 관점의 고염무 평가다. 이는 홍석주가 명·청 문단의 흐름을 꿰뚫어 보는 문예적 역량의 결과로 읽힌다. 홍석주의 다독과 풍부

111 洪奭周, 『鶴岡散筆』 卷1, "近世博學之士, 人皆以顧寧人爲稱首, 然但以其考證耳. 余謂寧人之於考證, 自是其一病, 其節義文章之卓然. 未必不反爲其所揜也. 詞章之士, 罕有能兼節義者, 陶元亮尙矣. 司空表聖, 謝皐羽之詩文, 未必能高出古人也. 尙論之士, 猶喜稱之, 豈不以其節哉? 皇朝鼎革之際, 文章之士, 全節而可稱者, 猶顧寧人與魏氷淑爲最, 氷淑之文, 世所推也. 寧人之文, 不免爲考證所揜而不見列於作家. 余嘗玩其所作, 雖不矜繁富而深醇雅潔, 實有非詞章之家, 所能及者, 其信筆短牘, 寂寞數語, 亦皆有凜凜忠義之氣, 使人聳然而起敬, 至其詩托意深遠, 命辭精煉, 直可求之於晉宋以上, 不論齊梁也. 顧其學不專於詞章, 不甚多作耳. 然視陶元亮司空表聖, 則亦不啻夥矣. 余故嘗謂品近世之詩文者, 當以寧人置諸王士禛, 朱彛尊之上, 今人未必不駭余言也, 百世之後, 必將有同余言者."

한 독서력에서 형성된 안목이 국내외를 아우르는 비평적 시각에 기여하였음은 두말할 것도 없다.

한편, 홍한주는 왕양명의 재능을 인정하고, 이탁오의 『장서』와 『분서』를 두고 비판하는 등, 명·청 학술을 두고 개성적 비평안을 보이기도 한다.[112] 여기서 그는 청조 학예의 초기 흐름을 정확하게 인식하고, 나름의 안목과 잣대로 평가하고 있다.[113] 이 역시 일국적 시각이 아닌 밖과 안을 넘나들면서 당대 문예와 학술을 비평하는 식견과 감식안이다.

그런가 하면 홍석주가 인물의 시선은 국내와 청조 학술과 문예를 넘어, 이제 세계사의 조류를 감지하고 그 흐름까지 전망하기도 한다. 다음은 몇 가지 사례다

> ① 〈1〉 남정원은 강희 연간 사람이다. 이미 서양 천주교가 천하에 가득 찼으며, 또 광동의 마카오〔澳門〕를 그들 족속이 터를 잡아 모여 사는 곳으로 삼았다고 하였다. 또 말하기를 천하 해도에 있는 여러 번국들 가운데 紅毛〔네덜란드〕, 서양, 일본 세 나라가 염려스럽다고 하였는데, 영국은 홍모 가운데 한 나라라고 하였다. …… 〈2〉 오랑캐들이 마카오에 들어와 산 것이 이미 백 년이 넘었으며, 그 나라의 부유함과 기교가

112 洪翰周, 『智水拈筆』 卷3, "然陽明, 實間世人, 其才學則不可廢也. 至於其門人王畿, 一傳而爲李贄, 猖狂自恣, 無復顧忌, 而贄之『藏書』『焚書』, 則其害尤滔天, 有甚於陸門之慈湖也."

113 같은 책, 卷4, "世稱明熹宗天啓間, 五星聚奎, 故淸初人文甚多, 如湯潛菴贇·陸三魚隴其·李榕村光地·朱竹坨彝尊·王阮亭士禎·陳檢討維崧·施愚山閏章·徐健菴乾學·方望溪苞·毛檢討奇齡·侯壯悔方域·宋荔裳琬·兼濟堂魏裔介·熊濆川賜履·宋商丘犖·吳蓮洋雯·魏勺庭禧·葉方藹子吉·汪鈍翁琬·汪舟次楫·邵靑門長蘅·趙秋谷執信諸人, 皆以詩文名天下, 其中亦有宏儒鉅工, 彬彬然盛矣, 而是天啓以後, 明季人物之及於興旺之初者也. 如錢牧齋·顧亭林·吳梅村, 生於天啓以前, 故不錄. 然余每見諸人文辭, 無一人有忍痛含寃之意, 有若初不知逆順者然, 雖使能文章談義理, 終不能釋然也. 惟顧寧人·魏永叔, 卓然自立, 不啻若鸞鳳之運於寥廓者, 二人而已, 錢受之·吳駿公輩, 能不泚顙乎?"

여러 번국들 중에서 패권을 잡고 있다. 서련, 영길리, 하란서와 같이 글자의 편방에 구자(口字)가 있는 것은 모두 그 속국으로 아라비아에서 갈라져 나온 후예들이라고 하였다. 이외에도 다스리고 막는 방책에 대해 논한 것 가운데 채택할 만한 것이 많다. 그러나 장견도가 이 책을 쓴 것이 건륭과 가경 연간이니 지금으로부터 꽤 오래 전이다. 지금 오랑캐들의 정세를 살핀다면 반드시 예전과 다른 것이 있을 것이다.[114]

② 구라파에는 英吉利〔영국〕· 紅毛〔네덜란드〕· 佛蘭三〔프랑스〕· 佛齊〔프로이센〕 등 여러 나라가 있는데 처음 서역의 별종에서 나와서, 서양이라 부른다. 조그마한 나라들이지만 각자 강대하여 배를 집으로 삼아서 만리 길을 날듯이 다니기를 평지보다 쉽게 여긴다. 그 사람들은 생각이 교묘하고 재주가 많아, 그들의 천문 · 역학 · 의약 · 종수(種樹) · 치포(治圃) · 작농(作農)과 기계를 제작하고 집을 짓는 것은 기이한 지혜를 드러내지 않음이 없어서 귀신도 헤아리지 못할 정도이니, 이전에 있지 않았던 바이고 만국이 아무도 할 수 없는 일이다. ……중략…… 경신년(1860년) 가을과 겨울 무렵 양인들이 연경을 함락시킴에 황제가 칠백리나 떨어진 열하의 이궁(離宮)으로 피신하여 해가 지나도록 돌아가지 못하였고, 신유년(1861) 7월, 황제는 끝내 열하에서 작고하였다. 양인들이 황성에 가득 차 천주당을 크게 세웠으나 다만 살상은 없었으므로 성안의 시장은 변함이 없었다 하니, 몹시 괴이한 일이다. 그 뒤 우리나라에서도 소문을 듣고 의심하고 겁을 내서 더더욱 양학하는 사람들이 있고 없고 불문에 부쳤다. 예로부터 이단은 다만 도를 해친다고만 일러

114 洪奭周, 『鶴岡散筆』 卷6, "鼎元在康熙中. 已言西洋天主教布滿天下, 且以廣東澳門爲盤居聚族之區. 又言天下海島諸番, 惟紅毛西洋日本三者可慮, 英吉利則紅毛之一也. ……중략…… 夷人寄于澳門, 已逾百載, 其國富饒技巧雄長諸番. 凡各番國, 若㖏, 若嗹, 若㖆咭唎, 嗊囒, 字偏旁從口者, 皆其屬國, 卽天方國之支流餘裔也. 此外所論控馭防戢之策, 亦多有可採. 然甄陶作此, 在乾隆嘉慶間, 距今已有年. 見今夷情, 亦必有異於前日矣."

졌을 뿐이었다. 불교가 비록 천하에 가득하지만 어찌 일찍이 이런 큰 변괴를 일으켰는가. 양인들이 크게 원하는 바는 본디 토지와 인민에 있지 않고 다만 그들의 종교를 유행시키고 그들의 물건을 교역하고자 하는 것이다. 그러나 양인 가운데서도 영국은 가장 표독스럽고 사나워 마치 맹수와 같아서 보통 사람의 심성이 없다. 근년에는 여송(呂宋, 필리핀) 한 나라를 공격해 멸망시켜 그 땅을 비우게 만들었다 하니, 극히 두렵고 놀랍다.[115]

③ 그런데도 근세에 중국인들이 대부분 아편연에 미혹되어 죽게 되어도 후회하지 않는다. 청나라 선종 도광(道光, 1821~1850) 연간에 엄한 형벌로 금지하였으나 죽임을 당하면서도 여전히 몰래 복용하였다. 이는 나방이 등불에 달려드는 것과 같을 뿐만 아니라 또한 일대 변고라 하겠다. 서양 사람의 하는 일은 어느 것이나 기묘하고 교활하기가 대체로 이와 같다. 비록 어진 군자가 왕위에 앉아 있더라도 어찌할 수가 없으니, 어찌 세운에 관계된 것이 아니겠는가? 청나라 사람 전조망(全祖望)의 『길기정집(鮚埼亭集)』에 「아편연부(鴉片烟賦)」가 있으니 참고할 만하다.[116]

115 洪翰周, 『智水拈筆』 卷1, "歐羅巴, 有英吉利·紅毛·佛蘭三·佛齊諸國, 始出於西域別種, 謂之西洋, 瑣里而各自强大, 以舟楫, 爲家宅, 飛行萬里, 易於平地, 其人巧思多才, 其天文·曆學·醫藥·種樹·治圃·作農, 造器械爲宮室, 靡不逞奇舞智, 神鬼莫測, 前古之所未有, 萬國之所不能, ……중략……而庚申秋冬, 洋人陷燕京, 皇帝, 至於出避七百里熱河之離宮, 經年不返, 辛酉七月, 竟崩於熱河, 洋人則充滿皇城, 大起天主堂, 然, 但無殺傷, 故城內市肆, 不變云, 殊可異也. 其後, 我國, 亦聞而凝怯, 尤不問洋學人有無. 自古異端, 但稱害道而已, 佛雖滿天下, 何曾爲如此大變怪乎? 洋人之所大願, 本不在土地人民, 而但欲其行其敎而交其貨也, 然, 洋人中英吉利, 最獰悍如猛獸, 無常人心性, 近年, 攻滅呂宋一國, 空其地云, 極可怖駭也."

116 같은 책, 卷7, "然而近世中國人, 多惑取, 底死不悔. 宣宗道光間, 嚴刑痛禁, 至於誅殺, 而猶爲潛服. 不啻如蛾之撲燈火, 亦一大變. 而洋人之事, 無不奇巧, 而凶狡多如此. 雖仁人君子在上, 無如何矣, 豈非世運之攸關者耶? 淸人全祖望『鮚埼亭集』, 有「鴉片烟賦」, 可考見也."

①은 홍석주의 글이고, ②와 ③은 홍한주의 글이다. 19세기 서세동점의 역사적 전환기에서 당시 사대부 지식인은 시대 조류에 둔감하였다. 그리하여 중국에서 일어난 아편전쟁과 중불전쟁 등과 같이 경천동지할 미증유의 사건을 견문하고 경악을 금치 못한다. 특히 두 전쟁을 일으킨 서구의 실체와 제국주의의 인식은 거의 백지상태나 마찬가지였다. 반면에 홍석주와 홍한주는 다독과 체험을 통해 이러한 세계적 조류를 파악하고, 이러한 문제에 자신의 견해를 적극적으로 제시하고 있다.

①에서 홍석주는 자신이 직접 체험한 것과 하장령과 위원이 함께 펴낸 『경세문편』 등의 서적 등을 읽고 서구의 동아시아 진출을 비롯하여 마카오 관련 지식·정보를 획득하게 된다. ①의 인용문 서두에 홍석주는 자신이 호서 관찰사로 재직할 때 영국〔英吉利〕의 배가 비인현(庇仁縣) 항구에 와서 잠시 정박한 일[117]을 호출하며 서구 열강의 동아시아 진출 문제를 언급하고 있다. 이어서 〈1〉에서는 『경세문편』 내의 남정원(藍鼎元, 1680~1733)의 글을 인용하며, 서구 열강의 중국 진출을 서술한다.

여기서 남정원은 17세기 후반과 18초의 광동 지역의 사실을 언급한 것이다. 그는 광동 지역에 천주교가 퍼지고 천주교를 전파한 서양인이 그곳에 터를 잡았다고 서술하고 있지만, 포르투갈인이 마카오에 오고 명조와 교역에 나선 것은 16세기 초의 일로 알려져 있다. 당시 동남아시아의 식민지에서 중국 근해를 내항하던 포르투갈인이 마카오에 거주지를 확보하면서, 중국과 일본의 무역 거점으로 삼았다. 그러다가 1557년에 그들은 광동 지역의 마카오에 영주 거류권을 획득함으로써 유럽인의 진출 거점을 본격적으로 확보하였던 것이다. 실제로 포르투갈은 청조에서

117 洪奭周, 『鶴岡散筆』 卷6, “丙子歲余待罪湖西巡察, 有英吉利大船來泊于庇仁縣海口. 吾東人未嘗聞英吉利爲何國, 傳說頗騷然, 會其一宿卽去, 遂無他. 余時考近世文獻, 得淸職貢圖言英吉利, 一名𠹌, 其地近紅毛荷蘭, 而不及知其詳.”

거류권을 획득하고, 마카오를 거점으로 가톨릭 포교와 금과 은, 도자기와 아편 등 중개 무역의 기지로 활용하고 있었다.

남정원의 기술은 이러한 정황의 서술인데, 다소 부정확한 면이 없지 않다. 홍석주가 남정원의 여러 기록에서 "천하 해도에 있는 여러 번국들 가운데 홍모(紅毛, 네덜란드), 서양, 일본 세 나라가 염려스럽다"는 사실을 주목한 것은 흥미롭다. 염려스러운 나라 중에 일본을 주목한 것도 특이하지만, 서양, 네덜란드와 함께 같은 위상에서 거론한 것은 더욱 그러하다.

홍석주는 〈2〉에서 18세기 복건성 출신인 장견도(張甄陶)[118]의 기록을 인용하며, 18세기 마카오의 상황과 서구 열강의 움직임을 구체적으로 파악하고 있다. 포르투갈인의 마카오의 정착이 100년을 넘은 사실과 함께 장견도의 기록은 건륭(1736~1796)과 가경(1796~1820) 연간에 나왔음도 함께 제시하고 있다. 그러면서 자신이 글을 작성하는 시간과 시기적으로 멀고, 서구 열강을 포착한 지식·정보도 전혀 새롭지 않다는 점을 언급하여 자신의 서술이 현실을 그대로 반영하는 것이 아님도 밝혔다.

그런데도 홍석주는 "다스리고 막는 방책에 대해 논한 것 가운데 채택할 만한 것이 많다"라 하여, 서세동점을 위한 방비책을 주목하고 있다. 나아가 "지금 오랑캐들의 정세를 살핀다면 반드시 예전과 다른 것이 있을 것이다"라 하여 시시각각 변화하는 서양의 동점과 시대의 흐름을 파악할 필요가 있음을 분명히 하고 있다.

이러한 홍석주의 서양 인식은 홍한주로 이어진다. ②에서 홍한주는 서구 열강의 과학기술을 먼저 주목하고 있다. "천문·역학·의약·종수·치포·작농과 기계를 제작하고 집을 짓는 것은 기이한 지혜를 드러내지

118 『청사고(淸史稿)』 권477, 「열전」 264를 보면, 장견도(張甄陶)는 1745년에 진사가 되어 서길사(庶吉士)로 선발되어 편수관(編修官)을 제수 받은 것으로 나온다. 이를 보면 대체로 18세기에 활동한 인물로 보인다.

않음이 없어서 귀신도 헤아리지 못할 정도"라 하여 과학기술의 우수성을 강조하는 한편, 그 선진적 문물에 긍정적 시선을 보여주기도 한다.

또한 그는 서구열강이 중국을 위시한 동양에 진출한 목적이 "종교를 빙자하여 교역" 하는 데 목적이 있으며, "한 나라를 공격해 멸망시켜 텅 비게 할 수 있는 것"으로까지 파악한다. 먼저 종교를 앞장세워 수탈하는 제국주의 기만술책을 인식하는 한편, 그 배후에 작용하는 가공할 무력도 함께 제기한 것이다. 여기에 그치지 않고 그는 서구 열강 중에 영국이 아편을 팔아 부(자본)를 축적하는 과정에서 갖은 수단과 방법을 동원한 것을 두고, "서양 사람의 하는 일들은 어느 것이나 기묘하고 교활하기가 대체로 이와 같다"라 하여, 제국주의의 실체를 비교적 정확하게 꿰뚫어 보고 있다. 이처럼 홍한주는 남다른 시대 흐름을 파악할 정도로 남다른 안목을 가졌다.

여기서 서구 문명의 가공할 힘을 정확하게 인식하고, 제국주의의 선봉에 있던 영국을 가장 가공한 나라로 지목하고 있는 것은 예사롭지 않고, 이러한 홍한주의 인식은 의미심장하다. 제국주의가 표면적으로 종교를 앞세우지만, 그 이면에서는 무력으로 침탈을 추구할 것이라는 의도를 지적한 것은 탁견이다. 제국주의의 본질을 꿰뚫고 있다는 점에서 시대 상황을 정확하게 인식하고 시대를 전망한 셈이다.[119] 이 점은 그가 의도한 것이든 그렇지 않은 것이든, 당대 세계 흐름의 정확한 인식이자 객관적 전망이라는 점은 부인할 수 없겠다.

119 이를 두고 임형택 교수는 『지수염필』(서벽외사 해외수일본, 아세아문화사 간행 영인본)해제에서 홍한주가 "물화의 교역이 식민지 경영으로 이어지는 면을 이해하지 못하고, 저들은 토지와 인민에 대해서는 별로 욕심을 내지 않는다고 아주 소박하게 생각한 것은 전혀 틀린 견해는 아니다. 그러나 서구의 과학과 이기에 경탄하던 저자의 의식 속에서 개화론적(開化論的)인 발상이 떠오르고 있는 점은 주목된다"라 지적하고 있다.

6. 경화세족의 독서력과 에토스

홍석주가는 19세기 문한세가(文翰世家)를 유지한 대표적인 경화세족이다. 홍석주·홍길주 형제, 홍석주와 재종간인 홍한주 등은 국내외의 다양한 서적을 수집하고, 누구보다 독서 체험을 폭넓게 함으로써 새로운 지식·정보를 선취하였다. 이들은 다양한 서적의 독서를 통해 독서력과 안목을 높였다. 홍석주가 인물은 가문의 장서를 토대로 다독함으로써 다양하고 최신의 지식·정보도 남보다 풍부하고 먼저 획득하였다. 다독은 박학과 고증의 토대로 독서 방법의 전환을 낳을 수밖에 없다. 다독은 경전과 역사서의 전통적 독서법인 정독과 숙독에서 벗어나 열독과 속독, 약독 등의 독서법을 형성시키는가 하면 독서계의 변화를 몰고 오기도 한다.

또한 홍석주가 인물은 가문의 장서와 독서력을 바탕으로 학술과 문예의 지식·정보의 폭을 넓히고 깊이를 다짐으로써 중국과 자국 학술과 문예장의 흐름을 파악하고, 이를 배경으로 활발하게 저술 활동을 했다. 이들이 일국의 안과 밖을 넘나들며 학술과 문에 문제를 끄집어내어 비평하는 것도 시차 없이 중국 서적을 접속하였기 때문이다. 이는 새로운 지식·정보의 선취가 없었다면 이러한 비평은 가능하지 않았을 터이다. 그 결과 이들은 일국 넘어 학술과 문예를 횡단하면서 고금의 학술과 문예 문제를 비평하거나, 세계 조류와 제국주의의 행보를 조망하는 데 그치지 않고 이를 비판적 시선으로 바라볼 수 있었다.

다양한 최신 서적의 독서를 통한 새로운 지식·정보의 선취와 당대 학술과 문예장에서의 영향력은 경화세족이라는 정치적 위상과 가문의 학술과 문예 역량과 결합하면서 나온 결과물이다. 그래서 이들은 풍부한 독서력과 지식·정보의 선취로 학문적 역량을 높이는 한편, 경화세족 특유의 에토스를 형성하고 필기류 저술에서도 이를 표출한 것이다.

특히 홍석주가 인물은 경화세족의 가문을 배경으로 한 독서환경에서 독서인으로 자처한 바 있다. 이들은 만년까지 독서인으로 살며, 다양한 최신 서적의 독서를 통해 경화세족의 에토스를 형성했다. 경화세족의 에토스 형성에는 안경도 중요한 역할을 하였다. 조선조 후기 한문 지식인의 독서와 필기 저술 은 안경을 배경으로 나온 사례가 많기 때문이다.

사실 홍석주가 인물이 남긴 필기 저술에서 보여 준 당대 학술과 문예의 인식은 대단히 개방적이며 객관적이다. 이 점은 이들이 남긴 필기에도 그대로 묻어나온다.[120] 일국적 시각을 넘어 자국의 학술과 문예를 타자에 빗대어 조망하고 비평하는 등 안과 밖을 넘나들며 학술과 문예를 객관적으로 비평하는 것은 이를 보여주는 것이거니와, 이는 홍석주가 인물의 학술적 미덕이기도 하다. 이러한 미덕도 최신 정보를 섭취한 독서력을 토대로 한 청조와 자국 학술과 문예의 흐름을 꿰뚫는 지적 역량과 학술적 안목이 없다면 할 수 없음은 물론이다.

필기에서 보여준 이들의 독서력과 지적 역량의 표출은 자신들의 의도와 무관하게 서양 제국의 다양한 정보와 물질문명의 소개,[121] 쇄쇄한 주변 일상의 관심과 명물도수 등과 같은 일련의 기록을 남긴다. 그 과정에서 거대 담론인 성리학적 가치와 지식 체계와 엇나가는 방향을 보여주기도 한다. 게다가 경화세족은 정치적 위상을 토대로 국가가 규정한 이념과 가치의 틀에서 유연한 사고를 할 수 있는 위치에 있어 다양한 서적을 누구보다 빨리 선취해 독서한 바 있다. 그러다 보니 더러 일정한 틀 내에서 국가가 생산하는 지식·정보를 소비하는 것과 다른 방향의 내용을 기록하기도 한다.

120 이들의 필기 역시 관심 있는 특정 주제와 의문 처를 소개하거나 비평하는 등 자신의 견해를 덧붙이는 차기 방식의 글쓰기로 보여준다.

121 홍석주와 홍길주가 자명종을 특기하여 기록한 것도 그러한 사례다.

그런가 하면 경화세족은 국가나 당대 사회가 일반적으로 추구하는 방식과 다른 지식·정보를 섭취하고 소비하는 방식은 물론 새로운 공간을 인지한 바도 있다. 이는 국가의 지식·정보의 검열과 통제로부터 일부 벗어남을 의미한다. 이들은 이러한 공간에서 획득한 새로운 지식·정보를 자신의 필기에 적지 않게 담았다. 이들이 포착한 일부 지식·정보는 자신의 의도와 관계없이 국가 주도의 지식체계의 틀을 해체하는 방향으로 작동할 인자를 내장하고 있었다. 이들은 몰랐지만, 기존의 이념과 가치관의 너머로 객관적 현실의 리얼리티 일부를 필기를 통해 제시한 것이다.

또한 홍석주가 인물은 독서 체험과 다독을 통해 새로운 지식·정보의 생성과 유통의 확산에 기여한 바 있다. 친지와 주변의 인사는 이들의 필기를 읽고, 다시 이를 주변에 전했기 때문이다. 이들이 저술한 필기는 대체로 박학과 고증을 지향한다. 홍석주는 고증학을 비판하면서도 도리어 고증의 자세로 『학강산필』을 저술하였다. 홍길주와 홍한주 역시 마찬가지다. 이들도 겉으로는 소설과 소품문을 비판적으로 바라보았다. 하지만 사회 질서나 유교적 가치와 무관한 소설과 소품문을 비평의 대상으로 올린 것 자체가 주목할 사안이다. 사실 소설과 소품문의 주목은 그것이 지닌 섬세한 언어, 단편적 문제로 접근하여 일상의 쇄쇄한 사안을 정감있게 포착하는 힘과 그러한 영향력을 담고 있어 문제적일 수 있다.

그들은 알게 모르게 이러한 영역의 선을 넘나들며 때로는 인정하고 때로는 비판했다. 그 결과 이들의 시선에도 불구하고 그 행간을 들여다보면, 문학으로 위장하여 인간의 정감을 현시하면서 감수성을 가로막았던 기제를 체득하고 이를 인식하기도 한다. 이 점에서 박학과 쇄쇄한 내용까지 아우르는 홍석주가의 필기 저작은 19세기 경화세족의 에토스를 보여줌과 동시에 성리학적 가치와 지식 담론의 폐쇄적 틀을 넘어서려는 새로운 인자를 동시에 내장하고 있어 흥미롭다.

무엇보다 홍석주가 인물의 필기 저술은 문화와 권력의 중심에서 그 가치와 질서를 추구한 경화세족의 학술과 문예의 방향과 다른 인자를 내함한 것은 아이러니다. 이들은 이러한 인자를 자신이 생성할 줄은 미처 몰랐을 것이다. 이러한 가능성에도 불구하고, 홍석주가 인물의 독서 체험과 그 인식, 그리고 비평적 시각은 오직 학술과 문예 쪽에 눈을 돌리는 방식에 그치고 말았다. 본질적으로 일정한 틀에 갇힌 경화세족 고유의 지적 취향에서 크게 벗어나지 않았던 것이다. 이들의 독서력과 안목은 경세와 현실 문제에 시선을 두고 이를 깊이 있게 다루거나, 체제의 여러 난맥상과 문제에까지 그 시선이 닿지 않았다. 19세기 체재 내부에서 일어났던 민의 삶과 다양한 민의 목소리와 동향, 그리고 자신들이 기대고 선 사회 질서와 가치체계, 신분 질서에 따른 위계화된 지식·정보 체계를 넘어서고자 한 시선은 전혀 드러내지 않고 있다.

요컨대 이들이 형성한 지식·정보는 새로운 서적의 독서를 통해 남다른 지적 역량을 발산시켰음을 보여주었지만, 결과적으로 특수 집단의 지적 취향에 머물렀다. 이런 점에서 경화세족의 독서문화와 독서력을 토대로 현실을 바라보는 시선은 자족적인 지적 세계에 그치고 만 느낌이다. 이는 경화세족의 학술과 문예적 에너지가 종국적으로 현실에서 마주 대할 수밖에 없는 모습이기도 하고, 당대 정치적 위상과 가문의 역량을 토대로 문예와 학술의 중심에 있던 그들의 에토스가 나아간 방향이자 역사적 귀결처일 수도 있다.

| 제 2 장 |

안경이라는 이기와 지식·정보

2

1. 안경이라는 존재

"신의 신비한 기적을 보라."[1]

16세기 초 덴마크 금화에 새겨진 문구다. 신이 내려준 선물을 이렇게 표현했다. 16세기 서양에서는 안경을 실생활에서 매우 유용한 것으로 취급하였을 뿐만 아니라, 문명의 도구로 인식하여 동전에 새길 정도였다. 나쁜 시력을 대체한 안경의 출현은 독서와 학술의 연장은 말할 것도 없고, 다양한 창작 활동과 일상생활의 변화를 가져오는 데 결정적 역할을 하게 된다.

안경은 또 하나의 눈이다. 안경은 나쁜 시력을 보완하며 독서와 지식의 습득에 많은 도움을 준다. 노안을 해결해주고, 독서와 지식의 습득과 창작 활동을 연장해 줌으로써 지식·정보의 생성과 축적, 그 확산을 촉진한다. 이 점에서 안경은 독서환경을 변화시키는 지식의 도구로 등장하게 된다.

그래서 성 아우구스티누스는 두 눈을 "세계로 들어가는 출입구"라고 극찬하였고, 토마스 아퀴나스는 시력을 "지식을 획득하는 감각 중에서

1 리차드 코손 지음, 김하정 옮김, 『안경의 문화사』, 에디터, 2003, 39면.

도메니코 기를란다요가 그린 「서재의 성 제롬」(1480) __ 독서대 아래 안경이 걸려 있다.

가장 위대한 것"이라고 했다.[2] 본다는 것은 세상을 알기 위한 전제다. 누구든 보는 것으로 지식을 획득하고, 그 지식의 힘으로 타자와 다른 자신의 존재를 확인하기도 한다. 이는 예나 지금이나 마찬가지다.

본다는 것은 세상을 알고, 세상에서 지식을 취하는 첫걸음이다. 인간은 보는 것으로 견문 지식을 획득하기도 하고, 독서를 함으로써 타자와 구별하여 자신의 존재를 인식하기도 한다. 이러한 견문 지식의 획득과 독서력의 제고에 가장 관련이 깊은 것도 안경이다. 안경은 노안이나 시력이 약해 잘 볼 수 없는 눈을 대신하는 역할을 한다. 이 점에서 안경은 이 세상에서 가장 유익한 문명의 도구의 하나다.

무엇보다 안경은 전근대 사회의 지식·정보의 획득과 확산에 결정적 영향을 한다는 사실을 주목할 필요가 있다. 견문 지식의 체험과 독서를 통해 지식을 획득하고 저술 활동을 하는 사대부 지식인에게 안경의 존재는 남다르다. 조선조 사대부는 신분적 위계질서와 지식체계에서 학지를 발신하는 주체인데, 학지 습득과 형성에 필요한 것이 독서다. 독서로 지식을 축적하고, 이를 통해 사회에 새로운 학지를 발신한다. 연암 박지원이 「양반전」에서 "讀書曰士, 從政爲大夫"라 하여 '사(士)'의 존재를 규정한 것도 이 때문이다.

조선조 후기 사대부 지식인의 독서와 바로 연결되는 것이 바로 안경이다. 안경이 없으면 장기간의 독서는 물론 축적된 오랜 학문적 성과를 저술로 이월하기 쉽지 않다. 사대부 지식인은 독서로 세상을 이해하고 다양한 저술 활동으로 자신의 존재를 증명하기에 더욱 그러하다. 만약 사대부 지식인이 약한 시력과 노안으로 독서할 수 없다면, 자신의 사회적 존재를 상실한다. 약한 시력과 노안 때문에 사대부 지식인이 '사'의 역할을 하지 못하는 것에서 벗어나 독서인으로 귀환시켜 주는 것도 안경이다.

2 알베르트 망구엘 지음, 정명진 옮김, 『독서의 역사』 세종서적, 2005, 47면.

조선조 후기 안경의 보급과 함께 사대부 지식인은 독서인으로 거듭나고 저술 활동과 함께 다양한 문예 활동을 하게 된다. 이 점에서 안경의 유통과 보급은 사대부 지식인의 학술과 문예는 물론, 나아가 당대 사회 전반의 문화적 변화와 추동에 적지 않은 영향을 끼쳤다.

사대부 지식인의 안경 착용은 16세기 후반에 시작한 것으로 알려져 있다. 17세기 초에 소수만 사용했다고 한다. 그러다가 안경은 18세기에 사행을 통한 대량 수입과 국내 안경제작 기술 발달로 널리 보급되었다. 돈만 있으면 누구나 손쉽게 안경을 구할 수 있게 되자, 다양한 계층에서 안경을 사용하기 시작했다. 광범위한 계층이 안경을 접하면서 조선조 후기 학술과 문예를 비롯하여 일상생활에까지 큰 영향을 주게 된다. 과연 안경이 조선조 후기 학술과 문예에 파장은 어떠했으며 학지에 어떤 영향을 끼쳤을까?

2. 안경의 보급과 지식인의 충격

조선조 후기 안경의 보급과 유통은 사행과 관련이 깊다. 일본에 간 통신사행은 물론 동래 왜관의 존재는 국내 안경 보급과 확산에 기여한 바 있다.[3] 심재(沈鋅, 1722~1784)는 『송천필담(松泉筆譚)』에서 임진왜란 당시 강화 회담에서 명장(明將) 심유경(沈唯敬)과 왜장(倭將) 현소(玄蘇)가 안경을 낀 사실을 언급[4]하고 있다. 현재 학봉(鶴峰) 김성일(金誠一, 1538~1593)의 유품

3 이는 뒤에서 재론할 것이다.

4 沈鋅, 『松泉筆譚』 卷1, "天將沈唯敬倭將玄蘇, 皆老人, 用眼鏡, 能讀細字. 盖海蚌之類, 以其甲製之云. 我國曾未之見而非水精之比. 方洲雜錄, "靉靆如大錢, 色如雲母, 老人目力昏倦, 不辨細書, 以此掩目, 精神不散, 筆畫倍明, 出西域滿利國云."

이 가장 오래된 안경의 하나로 알려져 있다. 대체로 16세기 중엽에 오면 이미 일부 사대부 지식인은 노안용 안경을 사용한 것으로 보인다.[5] 그러다가 청조와 조선조, 조선조와 에도 막부 간의 외교 관계와 사행이 본격화하는 17세기 이후 안경은 널리 보급되기 시작하게 된다. 하지만 17세기 초반만 하더라도 국내에서 제작한 수정 안경은 워낙 고가에다 제작 과정 또한 쉽지 않아 일부 사대부 계층만 사용했다.

조선조 후기 안경 보급에 결정적 역할을 한 것은 정기적인 연행이다. 조선조는 연행을 통해 청으로부터 안경을 수입하곤 했다. 17세기 동아시아 국제질서가 청을 중심으로 재편되면서 조선조는 청에 정기적으로 사행을 가는 한편, 에도 막부와도 국교를 정상화하고 통신사를 파견하게 된다. 이때 사행에 참여한 인사들은 이국문물을 주목하고, 국내의 수정 안경과 달리 품질이 뛰어나고 값도 비싸지 않은 외국 안경을 수입하기 시작했다. 사행을 통한 안경 수입은 국내 보급과 확산에 크게 기여하게 된다.

이시원(李是遠, 1789~1866)의 언급은 이를 설명한다.

> 옛날과 지금은 맞는 것이 다르지만 변통하는 것은 오직 사람에게 달렸다. 그렇다면 안경의 효과를 또한 속일 수 없다. 박물자의 말을 들어보면 '유리를 눈앞에 댄다〔琉璃籠眼〕'는 말이 『능엄경』에 나온다고 하는데, 그 안경이 우리나라에 유포된 것은 대개 만력 연간(1573~1620)부터이다. 지금은 마침내 사람마다 뿔송곳〔觿〕이나 숫돌〔礪〕처럼 휴대하고 다닌다.[6]

5 학봉 종택의 운장각(雲章閣)에 이 안경이 남아 있다. 이 안경은 중국산과 일본산과 다른 형태를 하고 있어 이미 16세기 후반에 조선조에서 안경을 제작한 것으로 보인다. 이 문제는 大韓眼鏡人協會 편찬위원회, 『韓國眼鏡史大觀』, 大韓眼鏡人協會, 1986, 120~126면과 금복현, 『옛 안경과 안경집』, 대원사, 2003, 22~26면.

6 李是遠, 『沙磯集』 冊2, 詩, 「送徐尚書敬祖以上使赴燕」, "古今異宜, 變而通之, 惟在於

이시원이 1852년 사은사의 정사로 연행하는 서염순(徐念淳, 1800~1859)에게 준 송시에 딸린 안경의 소개글이다. 안경을 착용하는 계층의 확산은 사행과 관련이 깊다는 점, 19세기 중엽에 대부분 사람이 안경을 휴대하고 다닌다는 점을 언급하고 있다. 19세기 중엽에 "사람마다 뿔송곳이나 숫돌처럼 휴대하고 다닐" 정도로 누구나 안경을 소유한다고 말하거니와, 이제 안경은 일상생활 속으로 파고들어 숫돌처럼 흔한 물건이 되었다.

위에서 이시원은 『능엄경』 같은 불경에도 안경이 나온다고 하여 그 기원을 언급하는데, 외국산 안경의 국내 유입 시기를 만력 연간(1573~1620)으로 제시한 것은 흥미롭다. 같은 글에서 그는 "안경이 시력을 보조하여 인문이 날마다 개발되고, 이후 더욱 공교로운 재능을 내었다〔靉靆助明, 卽人文日開, 後出益巧之事也〕"라 하여 안경의 효용과 보급된 뒤의 인문 상황의 변화도 함께 언급하고 있다. '인문일개(人文日開)'는 안경이 사회·문화에 끼친 파장을 주목한 언급이다.

이보다 앞선 시기 봉암(鳳巖) 채지홍(蔡之洪, 1683~1741)은 「안경명(眼鏡銘)」[7]에서 안경의 국내 유입은 임진왜란 이후 일본에서 건너온 것으로 추정하고, "늙은 선비 이 물건 없으면 거의 공허한 인생, 맑은 창에 책 마주 대하니 그 공 잊지 못하네〔老儒無此幾虛生, 晴窓對卷功不忘〕"라 하여 안경의 효능을 특기한 바 있다. 안경이 노안의 해결은 물론 노년의 독서에도 유용함을 함께 언급했다. 외국산 안경의 유입처를 일본으로 본 것은 앞서 이시원의 언급과 다르지만, 그 시기를 16세기 말로 추정한 것은 동일하다. 어쨌든 조선조 지식인이 국내 안경 보급과 확산에 중국과 일본에서

人, 則靉靆之功, 亦不可誣也. 聞博物者之言, 則琉璃籠眼, 見於楞嚴, 而其流布於東國, 盖自萬曆年間. 今則遂成人人觽礪之佩."

7 蔡之洪, 『鳳巖集』 卷14, 「眼鏡銘」, "對綴水晶瓊作圈, 侔彼二耀護兩眼. 玄花自祛目復朗, 如篦刮瞙視隔瞖. 字小成大眊者明, 誰撥我矇瞭而淸? 比無價散却老方, 空靑大藥但流名. 盖惟是物古未聞, 自歲龍蛇來東藩. 老儒無此幾虛生, 晴窓對卷功不忘."

유입된 안경이 일정한 역할을 하였음을 지적한 것은 흥미롭다. 위에서 채지홍이 언급한 안경은 노안을 위한 것이었음은 물론이다.

여기서 잠시 중국과 일본에서의 안경제작과 유통 상황을 알아볼 필요가 있다. 조선조 후기 중국과 일본산 안경이 대거 유통되기 시작한 것은 18세기부터다. 16세기 이후 중국과 일본은 서구와 접촉하면서 서구의 다양한 문화의 수용과 함께 안경제작 기술도 함께 수용하였다. 일본은 이미 1570년 나가사키항을 개항함으로써 남만무역(南蠻貿易)을 활성화하고, 이를 통해 서구와 다양한 품목을 교역하기 시작했다. 교역 대상 품목에는 안경도 있었다. 특히 일본은 16세기 후반부터 안경 수요가 많아지자 남만 무역을 통해 많은 수요에 대응하는데, 당시 수입한 안경의 수량은 적지 않았다. 1636년 에도 막부가 남만 무역에서 안경을 수입한 수량은 무려 38,421개에 달했다고 한다.[8] 이후 에도 막부는 17세기 중반부터 19세기 초까지 중국산 안경 수입을 지속하게 된다. 당시 한 번에 수입한 물량은 적게는 4개, 많게는 10,000개가량이나 되었다고 한다. 시기별로 수입한 수량은 들쭉날쭉하지만, 중국산 안경 수입량이 상당하였음을 알 수 있다.

앞에서 이시원도 언급하고 있지만, 국내에서 중국산 안경을 들여온 것과 중국이 남만 무역을 통해 에도 막부에 안경을 수출한 것은 중국의 안경제작 기술과 품질이 우수하다는 반증이며, 중국의 안경 생산 능력과 보급 상황도 보여주는 사례이기도 하다. 당시 중국은 만력(1573~1620)을 기점으로 동아시아 여러 국가에까지 안경 보급을 확대하고 있었다.[9]

8 白山晰也, 『眼鏡の社會史』, ダイヤモンド社, 1990, 83~84면.

9 명나라에서 이국 안경의 유입 경로는 중앙아시아와 서역 등 조공 국들이 조공 품에 안경이 들어 있는 것과 관련이 있다. 15세기부터 사마르칸트와 말라카, 티무르 왕국 등은 조공체제 속에서 명에 조공하였는데, 그 물품 중에 안경이 있었다. 이들이 제공한 안경이 중국 안경의 발전과 보급이 어떤 영향을 끼쳤는지는 확실히 알 수 없다. 하지

17세기 당시 광동(廣東)과 복건(福建) 지역 등은 안경의 산지로 이름이 났으며, 광동산 안경은 지역의 토산물로 알려질 정도로 전국적 명성을 얻기도 했다.

명대의 유명한 장서가 장훤(張萱, 1553~1636)은 『의요(疑耀)』에서 "복건과 광동 지역에 안경을 제작하는 이가 있으니, 노인들의 눈이 흐릿할 때 눈 가운데 매달면, 터럭도 즉시 분별할 수 있게 된다"[10]라 언급한 것은 이러한 상황을 반영한 것이기도 하다. 청나라 조익(趙翼, 1727~1814)의 『해여총고(陔餘叢考)』를 보면 당시 광동인이 우수한 안경을 제작하여 중국 전역에 보급한 사실도 기록하고 있다.[11]

그런데 포르투갈 상인이 마카오를 중심으로 교역하던 장소가 바로 중국 광동성과 복건성이다. 교역하던 품목에는 서양 안경도 있었다. 이들은 광주(廣州)에까지 이르러 중국인과 직접 교류하며 안경도 수출했다.[12] 이러한 사례는 일본에서도 확인된다.[13] 16세기 이후 아시아 지역에 진출한 네덜란드 동인도회사는 대만을 중심으로 각국과 교역하면서 안경도 함께 수출하게 된다. 이 교역은 포르투갈이 중국과 조공 관계에 묶여 제한된 물품 교역을 뛰어넘기도 했다. 이처럼 활발한 교역 과정에서 다종의 서구 안경이 동남아시아 여러 지역에 유입되고, 자연스럽게 동아시

만 조공품목에 있는 안경은 확대경인 볼록렌즈와 근시경인 오목렌즈 등 다양하였고, 기능에 따른 다양한 안경의 유입은 안경제작의 발전과 관련이 깊은 것은 사실이다. 이 내용은 한지선, 「明淸時代 안경의 전파와 유행」, 『역사와 세계』 47, 효원사학회, 2015, 6~11면.

10 張萱, 『文津閣四庫全書』 卷856, 『疑耀』 284면, "閩廣之間, 有制眼鏡者, 老人目翳, 以懸目中, 則毫髮立睹."

11 같은 책, 93~97면.

12 한지선, 「네덜란드 동인도회사의 기록을 통해 본 明末의 무역구조: 1620년대 月港무역의 변화와 澎湖事件」, 『명청사연구』 40, 명청사학회, 2013, 35~37면.

13 일본이 남만 무역을 통해 수입한 품목 중에 안경이 많은 비중을 차지한 것을 고려하면, 당시 광동 지역의 교역품에 안경이 있었음은 충분히 예상할 수 있다.

아 각국의 안경 제작기술도 향상되어 갔다.[14] 이렇게 보면 중국과 일본에서의 안경제작과 유통, 여기에 안경의 보급과 확산은 동인도회사의 교역이 큰 역할을 한 셈이다.

동아시아 공간에서 동인도회사가 활동한 이후 17세기부터는 조선조도 중국과 일본 안경을 본격적으로 수입하고 심지어 제작기술까지도 받아들이게 된다. 이후 청조는 안경 제작과 함께 안경의 보급을 확대한다. 이러한 상황에서 숙종대 어의를 지낸 이시필(李時弼, 1657~1724)은 4차례 연행을 한 뒤 중국의 안경제작 기술을 『소문사설(謏聞事說)』에 자세하기 남긴 바 있다. 그는 연행 과정에서 안경 제작하는 것을 직접 견문하고 의원의 시각으로 12가지 종류로 안경을 제작하는 원리를 음양과 편승(偏勝)[15]의 이론으로 설명하기도 한다.[16] 이처럼 안경과 관련한 다양한 인식과 지식이 생겨나면서 안경을 보는 안목도 생겨나고, 안경의 질을 품평하기도 하고, 용도에 따른 안경의 제작 요구도 다양하게 나타나게 된다.

---

14 한지선, 「明淸時代 안경의 전파와 유행」, 『역사와 세계』 47, 효원사학회, 2015, 1~31면.

15 편승(偏勝)은 한의학에서 음양 가운데 어느 한쪽이 왕성해진 것을 말한다. 음이 편승하면 양에 병이 생기고 양이 편승하면 음에 병이 생긴다고 하였다. 반면에 편쇠(偏衰)는 음양 중에서 어느 한쪽이 쇠약해진 것을 말한다. 양이 편쇠하면 외한증(畏寒證), 음이 편쇠하면 내열증(內熱證)이 발생한다고 한다.

16 李時弼, 『謏聞事說』, 「造眼鏡法」을 보면 "서양국의 유리 안경 같은 경우 사람들은 오직 노인에 적당하다는 것만 알뿐, 본래 멀리 보려는 기운을 위해 만든 것인 줄 모른다. 가장 정교한 것은 모두 12개의 렌즈를 12지(支)로 편성하여 한 벌로 만들어놓았다. 늙은이나 젊은이를 막론하고 그사이에 반드시 하나는 맞는 것이 있어서 아주 작은 털끝조차 볼 수 있으니 사람의 눈에도 12가지 종류의 음양의 왕성한 성질이 있다는 것을 알 수 있다. 그러므로 안경을 만드는 사람도 12가지의 연(鉛)과 료(料)를 배합하여 연(鉛)으로는 음정(陰精)을 북돋고, 료(料)로는 양기를 북돋게 한다〔如西洋國玻璃眼鏡, 人但知宜於老人, 而不知原爲望氣者設, 其最精者, 咸以十二鏡, 編十二支, 爲一套, 無論老少, 其間必有一者, 能察秋毫, 則知人眼有十二種偏勝. 故造眼鏡者, 亦以十二等鉛料配之, 取鉛以助陰精, 料以助陽氣也〕"라 하여 이미 18세기 초에 눈과 용도에 맞는 안경이 다양하게 존재하였음을 밝히고 있다.

이호민(李好閔, 1553~1634)이 「안경명」에서 "중국인은 맑고 깨끗한 양 뿔테〔羊角〕를 두 눈의 모양으로 만든다. 눈이 침침한 자가 눈앞에 놓아 책을 보면, 글자 중에서 세밀한 것은 크게 보이고 흐릿한 것은 뚜렷하게 보인다. 이를 안경이라 이름 붙인다"[17]라고 하여, '눈 거울'이라 불리는 중국 뿔테 안경의 품질과 안경다리가 있는 새로운 모양의 안경을 주목한 것도 우연은 아니다. 특히 당시 조선조에는 안경다리가 없는 코거리 안경과 실로 끈을 만들어 귀에 걸었던 실다리 안경이 유행했기 때문이다.

유상운(柳尙運, 1636~1707)의 시는 중국 안경의 성능을 잘 형상하고 있다. 그는 1682년 부사로 연행에 참여하여 연행 체험과 견문 지식·정보를 한시로 남긴 바 있는데, 그는 평소 노안이라 가는 글자를 볼 수 없는데다 해서조차 쓰기 힘든 처지였다. 연행 과정에서 안경을 착용한 뒤 그 기쁨을 "금비(金篦)로 눈의 막 씻어내어 눈 비비고 다시 보니, 가는 터럭조차 안경 안에 두루 들어오네〔會有金篦能刮目, 秋毫還入鏡中皆〕"라 하여 안경 착용 이후의 변화와 기쁨을 7언 율시로 표출한 바 있다.[18]

조선조 후기 사대부 지식인이 안경에 막대한 관심을 보이자, 17세기 이후 외국산 안경의 수입은 연행을 통해 더욱 많이 이루어지게 된다. 연행사에 참여한 인사는 연경에서 안경을 대거 들여오고, 유리창에서 다양한 안경을 구입해오기도 한다. 당시 북경 유리창은 연행 사신이 항상 들리던 곳의 하나로 이곳에는 서점과 함께 안경 포가 많았다. 이곳에 안경 포가 개설된 이후 건륭 연간에 오면 이전과 대비해 5배 이상 증가할 정도로 늘어나기도 한다. 안경 수요의 폭발적 증가에 따른 결과임은

17 李好閔, 『五峯先生集』 卷8, 「眼鏡銘」, "華人用羊角明潔者, 做如兩眼狀. 昏花者障眼看書, 則書之細者大, 漫者明, 是號眼鏡."

18 柳尙運, 『約齋集』 冊2, 「燕行錄」, '買眼鏡', "行年四十八年來, 閱盡悲歡眼力乖. 展卷看書妨細讀, 臨池作字不成楷. 欲親燈火花如纈, 却晒晴窓日恐霾. 會有金篦能刮目, 秋毫還入鏡中皆."

물론이다.[19]

1769년(건륭34, 영조45) 이문조는 『유리창서사기(琉璃廠書肆記)』에서 유리창교(琉璃廠橋)의 동편 시가지를 "서편보다 협소하지만 안경, 연통(煙筒), 일용잡물 등을 판매하는 노점들이 즐비하게 들어서 있어서 늘 북적대고 있다"[20]라 하여 당시 안경 포의 상황을 적실하게 기록하고 있다.

1798년 서장관으로 연행한 서유문도 유리창 구경거리를 주목하여 "안경포와 서첩포와 그림포가 또한 여러 곳이요, 각양 물화의 이름을 새겨 패를 세웠으니, 비록 두서너 달을 지냈어도 빠짐없이 볼 길이 없으며, 광대놀음과 요술 구경이 또한 이곳에 많은지라"[21]라고 언급하는바, 그는 유리창의 규모는 물론 안경을 파는 유리창의 볼거리를 흥미로운 시선으로 포착하고 있다. 이처럼 유리창의 안경 포는 연행 사신의 훌륭한 볼거리였고, 연행 사신은 이곳 안경 포의 중요한 고객으로 등장하게 된다.

그런가 하면 18세기의 유리창은 안경포와 서적포를 비롯하여 국내에서 볼 수 없는 희귀품을 파는 상점이 많이 있던 명소이기도 했다. 그래서 유리창은 국내와 외국의 여러 물화가 집적하는 거대한 교역의 장소이자 국내외 지식인이 만나고 문화가 교류하는 소통의 거리로도 주목받았다. 연행 사신이 유리창에서 각양각색의 인사를 만나거나 다양한 물화와 볼거리를 확인하는 문화 거리로 주목하거나, 이국의 물화를 구매할 수 있는 국제시장으로 인식하는 것은 이 때문이었다.

외국산 안경의 국내 유입에 따라 조선조 후기에 오면 안경 보급도

19 李興庭, 『鄉言解頤』 卷4 (『續修四庫全書』 1272), 上海古籍出版社, 1999, 204면, "數十年前, 琉璃廠眼鏡鋪不過數家, 今則不啻倍蓰矣."

20 李文藻, 『琉璃廠書肆記』(『叢書集成三編』 79), 新文豊出版公司, 1997, 393면, "琉璃廠街長二裏許, 東街有二十多家書肆, 以及賣眼鏡·煙筒·日用雜物的店鋪, 西街有七八家市肆." 유리창의 기록은 한지선, 「明淸時代 안경의 전파와 유행」, 『역사와 세계』 47, 효원사학회, 2015, 22면에서 재인용.

21 한국고전번역원, 한국고전종합DB, 국역 『戊午燕行錄』 권2, 1798년 12월 22일 조 참조.

점차 확대되기 시작한다. 국왕에서부터 사대부에 이르기까지 기능에 따른 안경을 찾고, 그것에 따라 안경 수요도 늘어나게 된다. 심지어 국왕 정조는 연행 사신에게 품질 좋은 중국산 안경의 구매를 지시하기도 한다. 다음은 그 언급이다.

> 내의원이 아뢰기를, "상께서 쓰실 안경과 곽향(藿香) 등 6종의 당재(唐材)를 잘 골라 사오라는 뜻을 작년 동지사가 들어갈 때 하교하신 대로 부사에게 통지하였습니다. 그런데 이번에 봉진(封進)한 안경은 품질이 좋은 것이 하나도 없고, 곽향 등 6종의 당재는 아직도 와서 바치지 않으니, 도리로 헤아려 볼 때 매우 한심합니다. 부사 조경을 우선 엄하게 추고하는 것이 어떻겠습니까?"[22]

위에서 정조는 1787년 동지부사로 연행한 조경(趙璥, 1727~1789)에게 질 좋은 안경과 약재를 구입해올 것을 명하고 있다. 귀국 이후 연행사가 적합한 안경을 사 오지 못하자, 내의원에서는 조경의 추고를 주청할 정도로 안경은 정치적 현안 문제가 되었다. 사행에 참여한 동지부사에게 국왕의 안경까지 사 올 것을 요구한 정황을 보면, 18세기 중국산 안경의 품질은 뛰어나고 용도에 따른 각양의 안경이 있었음을 알 수 있다. 내의원에서 정조의 안질을 위한 조치로 중국산 안경을 요청한 것은 당시 안경이 노안은 물론 안질과 관련해 다양한 용도로 쓰이고 있음을 알 수 있다.

위의 사례처럼 연행 사신은 자신이 사용하기 위해 국내로 안경을 들여 온 경우 외에도 타인의 부탁을 받고 구입한 경우도 적지 않다. 아제 안경을 구매하는 이유도 점차 다양해진다. 노안을 비롯하여 근시와 원시

---

22 한국고전번역원, 한국고전종합DB, 국역 『일성록』 정조 12년 무신(1788, 건륭 53), 4월 20일 참조.

등 용도에 따라 여러 가지의 안경을 구매했기 때문이다.

이처럼 청조에서 실제로 다양한 안경이 유통되었고, 연행사에 참여한 인사는 필요에 따라 다양한 안경을 수입하기도 했다. 홍대용이 북경의 남천주당 선교사로 흠천감에 근무하던 유송령(劉松齡)과 포우관(鮑友官)을 만나 대화 과정에 안경알로 문답한 것이나, 비장 이기성(李基成)에게 유리창에서 원시경의 구매를 부탁하고, 안경을 매개로 엄성(嚴誠)과 반정균(潘庭均)을 만나는 것은 구체적인 사례다.[23]

18세기 조선조에서 안경의 수요 증대는 일본산 안경의 유입도 한몫을 한다. 왜관 무역과 통신사행을 통해 일본산 안경의 국내 유입이 적지 않기 때문이다.

강세황(姜世晃, 1713~1791)은 "중국에서 온 것 또한 좋고 나쁨의 구별과 단단하고 무름의 차이가 있다. 또한 일본에서 만든 것도 아주 아름다운 것이 있는데, 수정 안경은 거의 드물고 유리안경이 많다. 우리나라 경주에서도 수정이 난다. 경주 사람들이 모양대로 갈아서 만들기는 하지만 제도가 혹 정밀하지 못하고 수정에도 흠이 많아서 결국 중국과 일본에서 만든 것만 못하다"[24]라 하여 동아시아 삼국의 안경을 두고 평하면서 일

23 국역 『담헌서』 외집, 권7, 『연기』, 「유포문답(劉鮑問答)」, 한국고전번역원, 한국고전종합DB 참조. 여기서 홍대용은 선교사가 낀 안경알이 수정으로 만든 것인지 의문을 가지고 질문하고 품질이 좋은 유리 안경임을 확인한다. 당시 국내에서 유통되던 안경은 주로 수정으로 만든 것이 많아, 이렇게 질문을 한 것으로 보인다. 서양 안경은 시력을 위하여 유리로 만들어 국내산 수정 안경과는 사뭇 달랐다. 또한 홍대용, 『담헌서』 외집, 권2, 「항전척독(杭傳尺牘)」 중의 '간정동필담(乾淨衕筆談)'에서 비장 이기성(李基成)이 원시경(遠視鏡)을 사기 위해 유리창에 갔다가 엄성과 반정균을 만나는 계기가 되는데, 이 만남의 가교 역할을 하는 것이 바로 안경이었다. 저간의 사정을 잘 정리해놓은 것은 정민, 『18세기 한중 지식인의 문예 공화국』, 문학동네, 2014, 31~44면.

24 姜世晃, 『豹菴稿』 卷5, 「眼鏡」, "自中國至者, 亦有美惡之殊, 貞脆之別焉. 亦産於日本有極佳者, 但日本之産則水晶絶罕而琉璃爲多. 東國慶州亦産水晶. 慶州人依樣磨造, 然製或失精, 水晶亦多疵, 終未若華與倭造也."

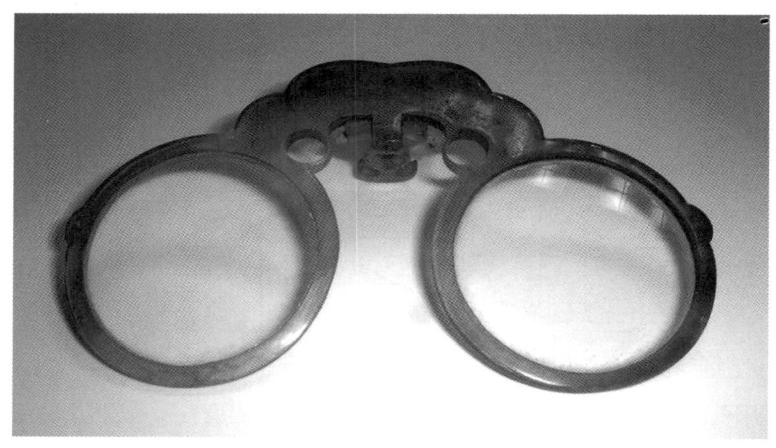

코다리 안경

본산 안경의 품질과 유리 안경의 우수성을 언급한 바 있다. 이처럼 18세기에 오면 국내산 못지않게 이미 품질 좋은 중국과 일본산 안경의 공급도 적지 않았음을 알 수 있다.

강세황이 동아시아 삼국의 안경 품질을 평하는 것 자체가 다량의 외국산 안경의 유입과 함께 국내의 안경 수요에 따른 안경의 보급이 확대되었다는 것을 전제로 나온 것이다. 그래서 그는 동아시아 삼국의 안경 중 국내산의 질이 가장 떨어진다는 사실을 적시하고, 일본의 안경의 좋은 품질과 특징을 함께 언급할 수 있었다.

당시 일본산 안경은 왜관 무역은 물론 에도 막부와의 외교 의례를 통해서도 유입되기도 한다. 『전객사일기(典客司日記)』를 보면, 차왜(差倭)가 올린 별폭(別幅)과 예물 중에 '금피안경일괘(金皮眼鏡一掛)'나 '김갑안경일개(金匣眼鏡一箇)', '금혁과안경일도(金革裹眼鏡一擣)' 등의 품목을 볼 수 있다.[25]

25 예컨대 『각사등록(各司謄錄)』 13의 『동래부접대등록(東萊府接待謄錄)』 5를 보면 차왜(差倭)가 올린 품 중에 안경이 포함되어 있다. 1747년(정유년) 차왜가 올린 「차왜다

이 품목은 에도 막부가 조선조에 올린 예물 중 하나다. 막부가 올린 예물에 일본 특산물이 많은바, 안경을 예물로 바친 것은 안경을 특산물로 인식하였기 때문이다. 실제로 에도 막부는 자국의 특산품으로 안경을 내세울 만큼 그 품질은 우수하였다. 통신사행에 참여한 인사들이 막부로부터 받은 회사례(回私禮)에 안경이 포함된 것을 고려하면,[26] 조선조나 에도 막부 모두 안경을 에도 막부 특산품의 하나로 인식하고 있다는 것을 알 수 있다.

안경이 널리 보급되면서 일부 사대부 지식인은 안경의 기능에 점차 관심을 보인다. 18세기에 오면 사대부 지식인은 독서와 저작을 위해 필요한 돋보기의 사용은 물론 용도에 따라 안경의 쓰임도 다양하게 존재한다는 사실을 인지하게 된다.

> 들으니 서양국에는 안경의 종류가 아주 많다고 한다. 작은 것을 크게 볼 수 있는 것도 있고, 빽빽한 것을 자세히 볼 수 있는 것도 있으며, 멀리 있는 것도 크게 볼 수 있는 것도 있다고 한다. 간혹 도구를 사용하여 정밀하게 그린 그림 한 폭을 취하여 환하게 비춰보면, 털끝과 자태가 살아 움직이지 않음이 없으니, 이 또한 신령스럽고 특이한 큰 작용이다.[27]

례후소정례단자差倭茶禮後所呈禮單子」의 '별록(別錄)'에 "貼金小屛風 壹雙, 溜漆簿匣, 壹備. 溜漆文匣硯 壹備, 彩畫六寸匳鏡, 貳面. 彩畫大層匣, 壹組. 彩畫八寸匳鏡, 壹面. 別眼鏡, 壹掛. 別紋紙, 佰片. 院玄藥鑵, 參箇. 朱竿煙器 陸握, 陳皮, 肆斤. 計"라 하여 여러 품목과 함께 별안경(別眼鏡) 일괘(壹掛)를 보냈다. 그 외에도 『전객사일기(典客司日記)』의 『각사등록(各司謄錄)』을 보면, 차왜가 접위관(接慰官)에게 준 예물 단자에 안경은 빠짐없이 등장한다.

26 1763년 계미통신사행에 참여한 인사들의 통신사행 기록 중의 '회사례(回私禮)'에 모두 안경을 기록해두고 있다. 또한 『증정교린지(增正交隣志)』 권5, '지(志)'를 보면, 1763년 계미통산사행에서 받은 품목 중에 '안경 9면'이 나온다.

27 兪晩柱, 『欽英元本』, 「乙巳部」, '十月記', 初3日, "聞西國靉靆, 種類甚多, 有視小能大, 視密能細, 視疏能粗者, 或取其界畫之畵一幅, 透照而視, 則纖毫態色, 無不活動, 斯亦

유만주(兪晩柱, 1755~1788)의 언급이다. 그는 조선과 달리 서양에는 용도에 따라 안경이 다양하게 존재한다는 사실을 인지하고 있다. 이러한 인지는 외국산과 국내산 등 다양한 안경의 보급과 유통이 있어야 가능한 일이다. 작은 것을 크게 볼 수 있는 안경, 빽빽한 것을 세밀하게 보는 안경, 멀리 있는 것도 크게 볼 수 있는 망원경 등을 하나하나 거론한다. 그런 다음, 자와 같은 도구를 사용하여 섬세하게 그리는 정밀화는 마치 색감과 자태가 살아 움직이는 것처럼 보이는데, 이를 두고 영이로운 현상의 특이한 작용이라 하며 감탄하고 있다. 털끝과 자태가 살아 움직일 정도의 정밀화를 그리기 위해서는 안경이 필수적임도 함께 언급하였다. 유만주는 기능에 따라 안경도 다양하게 존재한다는 사실의 인지에 그치지 않고 당시 안경제작의 수준과 유통 상황 등도 정확하게 인식하기도 한다.

> 내 생각에 안경이란 진실로 눈을 좋아지게 하는 것이니, 이것은 사람의 대단한 보물이다. 이것은 중국에서 만든 것이 있고, 우리나라 경주의 수호(水糊)에서 만든 것이 있고, 서양에서 만든 것이 있고, 일본에서 만든 것이 있다. 서양에서 만든 것이 최상품이고, 우리나라 동경에서 만든 것이 최하품이다. 생각해보니 요즈음 어질어질함이 심한 것은 필시 책을 볼 때 안경을 착용하지 않아서다. 요컨대 저자에서 잡다하게 가져다가 그 가운데 착용에 적합한 것을 택하고 가격에 구애되지 말아야 한다.[28]

안경은 사대부의 일상에서 보물로 인식될 만큼 그 효용은 막대하다고 적은 다음, 국내산 안경은 물론 수입품에 이르기까지 다양한 품종이 유통

靈異之大作用也."

28 兪晩柱, 『欽英稽徵初本』, 「丙午部」, '四月記', 29日, "議靉靆苟獲良者, 是人之大寶也, 是有中國之製, 有我東京水糊之製, 有西洋之製, 有日本之製, 而最上於西洋, 最下於東京. 想近日暈眩甚, 必以看書不用靉靆也. 要雜取市上, 擇其合服, 毋拘直本."

되고 있음을 밝혔다. 유만주는 중국산과 국내산을 비롯하여 일본산과 서양산 등을 거론하며, 그중 서양산 안경의 품질이 최상이고 국내산은 최하품으로 평하고 있다. 그런가 하면 18세기 국내 안경제작 기술의 낙후성과 함께 뛰어난 서양의 기술을 언급한 뒤, 기능에 따른 안경 구입도 함께 언급하였다. 무엇보다 독서를 위해서는 자신의 눈 상태를 고려해 가장 적합한 안경을 선택하되, 안경 값을 따지지 말아야 한다는 것이다. 유만주의 이러한 언급은 청조와 에도 막부로부터 수입된 외국산 안경의 값이 비싸지 않았기에 나올 수 있는 발언으로 보인다.

17세기 초만 하더라도 조선조에서 안경 1부는 말 한 필에 해당하는 고가였고, 안경을 구하는 것 또한 쉽지 않을 정도의 희귀품에 해당했다.[29] 그야말로 사대부는 안경을 귀중품의 하나로 인식하였고, 그 가격도 비쌌다. 그러다가 18세기에 오면 안경 가격은 점차 낮아지게 된다. 번암(樊巖) 채제공(蔡濟恭, 1720~1799)은 1794년 원자(元子, 뒷날 純祖: 필자 주)로부터 "안경, 담뱃서랍, 연통, 작은 등 긁개, 편지지, 붓"을 차례로 선물 받은 바 있다. 어린 원자가 사대부 일상에 유용한 편지지나 붓과 함께 안경을 선물할 정도면 18세기 말의 안경은 아주 고가품이거나 특별한 귀중품은 아니었을 터이다.[30]

실제 이 시기에 오면 수요에 따른 보급의 확대로 안경 가격은 크게 낮아지고, 외국산 안경도 많이 유통하게 된다. 이제 안경은 다양한 계층이 손쉽게 구할 수 있을 정도로 일상생활에서도 구할 수 있는 물품이 되었던 것이다. 김려(金鑢, 1766~1822)가 "상어 가죽 안경집의 수정 안경,

29 서유구의 『금화경독기』 권7에 "靉靆古未有也, 皇明時, 來自西洋, 詫爲奇寶, 價直一匹良馬"의 구절을 보면 알 수 있다.

30 蔡濟恭, 『樊巖集』 권2, 「御定榮恩錄」, "元子遊戲御座前, 見臣伏於前, 先以繡囊授, 臣起拜 元子亦拜. 俄又以眼鏡煙茶盒煙筒小梳子簡幅筆枝, 續續親授, 臣受輒拜, 元子亦隨以拜."

연경 시장에서 은한 닢[31] 주고 사 왔다네. 투명하고 맑아 티끌 한 점 없으니, 쓰고 보면 멀리 보여 가로막힘이 없다네"[32]라 한 것은 이러한 정황을 알려준다. 18세기 말에서 19세기 초에 오면 품질 좋은 중국산 안경도 한 닢이면 구입이 가능할 정도로 안경 가격이 떨어졌다. 이 무렵 국내의 안경포도 늘어났을 뿐만 아니라, 국내의 안경 제작기술 역시 높아졌다. 「동국여지비고(東國輿地備攷)」에 "안경방은 여러 곳에 있다"[33]라고 적고 있듯이, 19세기 중엽에 이미 서울 도성 여러 곳에 안경 포가 존재하고, 안경은 돈만 있으면 누구나 살 수 있는 물품이 된 것이다.

3. 독서환경의 변화와 지식·정보의 확산[34]

사대부 지식인이 독서와 저술의 지적 욕망이 없다면, 안경의 존재는 크게 중요하지 않다. 연암이 "讀書曰士, 從政曰大夫"라 사대부를 언급하듯 사대부는 우선 독서로 자신의 정체성으로 삼는다. 독서할 다양한 책이 있

31 정약용, 『다산시문집(茶山詩文集)』 권11, 「오학론(五學論)」을 보면, "중국 연경 저잣거리에 마술을 부리는 사람들은 은전 한두 닢을 받고 그 재주를 보여주는데, 역관이 해마다 매우 자세하게 말해주니, 또한 어찌 이 마술에 어찌 미혹되겠는가?〔燕市賣幻之人, 受銀一二銖, 呈其技, 象鞮歲語人甚悉, 又何惑焉?〕"라 하고 있다. 여기서 마술을 은전 한두 닢이면 볼 수 있다고 하는 것을 보면 당시 은전 한 닢은 큰돈이 아님을 알 수 있다.

32 金鑢, 『薄庭遺藁』 卷5, 「思牖樂府」 上, "水晶鏡眼鯊皮匣, 買來燕市銀一擘. 玲瓏瀅澈絶點瑕, 着了視遠無障遮."

33 국역 『新增東國輿地勝覽』 卷3, 「東國輿地備攷」 권2, 「漢城府」, '匠房'조에 나오는 기록이다. 한국고전번역원, 한국고전종합DB 참조.

34 이 장에서의 안경과 독서, 안경과 지식의 관계는 진재교, 「17~19세기 사행과 지식·정보의 유통 방식: 복수(複數)의 한문학, 하나인 동아시아」, 『한문교육연구』 40, 한국한문교육학회, 2013, 381~419면.

다면, 독서를 통한 학문을 토대로 종정(從政)의 구상을 하거나 저술로 축적한 자신의 학문을 증명하기도 한다. 이 점에서 독서는 사대부의 삶 자체이기도 하며, 만년에까지 독서를 하는 것도 이 때문이다.

심조(沈潮, 1694~1756)의 시 한 수를 보자.

琉璃鏡子二輪淸	유리 안경은 둥근 두 알이 맑은데
近視猶昏遠視明	가까운 것 오히려 가물가물 먼 것은 또렷하게 보이네
暮歲看書惟賴此	노년의 독서 오직 이 안경에 의지하니
慇懃相贈故人情[35]	은근하구나! 보내준 벗의 정이여

심조는 이사질(李思質, 1705~1776)이 보내준 유리 안경에 감사하며 이 시를 짓고 있다. 안경이 먼 것을 잘 볼 수 없던 자신의 눈을 대신해주기 때문에 예전에 불가능했던 독서도 이제 할 수 있다는 것이다. 전구의 '모세간서(暮歲看書)'는 친구 덕분에 독서하는 사(士)의 본분을 잃어버리지 않게 해준 벗에게 시를 지어 사례하는 심정의 표출이다. 사대부가 시력의 문제나 노안 때문에 독서와 저술을 할 수 없다고 생각해보라. 그러면 사대부는 삶의 의미와 존재에 깊은 회의를 가질 것은 자명하다. 이때 안경이 있다면 어찌 될 것인가? 아마도 사막의 오아시스처럼 생각했을 터이다.

앞서 이호민(李好閔, 1553~1634)이 "서지세자대(書之細者大)"라 하여 작은 글씨를 크게 볼 수 있는 안경을 주목한 바 있다. 또한 유만주는 "안경의 좋은 점은 가는 글자를 커다랗게 보이게 하니, 정연하고 시원하여 비평하고 열람하기에 매우 좋다"[36]라 하여 안경의 효용성과 함께 '평열(評閱)'에

35 沈潮, 『靜坐窩先生集』 권1, 「謝李子野寄眼鏡」

36 兪晩柱, 『欽英元本』, 「癸卯部」 10月 18日. "眼鏡之佳者, 細字令巨, 整整落落, 絶好評閱."

편리하다고 밝혔다. '평열'은 독서 과정에서 타인의 글을 비평하거나 글을 뽑을 때의 편리함을 말한다. 그러니까 독서와 저술 과정에서의 안경이 주는 효용성과 편리성을 주목하고 이를 극찬한 것이다.

조선조 후기 안경의 등장은 사대부의 독서환경을 크게 변화시킨다. 이제 누구나 몸에 항상 지니고 다니며, 필요할 때 꺼내 수시로 착용하기도 한다.

居然恃靉靆　가만히 안경에만 의지하며
重踰徑寸珠　경촌주보다 무겁게 생각했네
可笑蠹書蟲　우습구나! 책 속에 파묻혀 지내며
區區造次俱　구차하게 잠시라도 지니고 다녔다네
遺却豈天意　내버려 둔 것 어쩌면 하늘의 뜻인지
瞑目還老吾[37]　두 눈 어둡게 해 나를 늙은이로 돌려놓으려는 것인가

극옹(屐翁) 이만수(李晩秀, 1751~1820)는 서영보(徐榮輔, 1759~1816)가 놓고 간 안경을 보내주면서 시 한 수를 덧붙였는데, 그 시에 서영보가 수창한 것이다. 서영보는 전국시대 직경이 한 치나 되는 구슬과 같이 안경을 애지중지하고, 마치 자신의 몸처럼 소중하게 생각하며, 안경과 함께 책더미에 파묻혀 지냈다고 했다. 이런 안경을 벗의 집에 두고 보니, 자신은 앞조차 제대로 볼 수 없는 늙은이가 되어 마치 눈뜬장님 같다고 한다. 서영보는 안경 덕에 책 속에 파묻힐 수 있지만 안경이 없고 보니 눈뜬 시각장애인이라는 것이다. 이처럼 사대부 지식인은 안경 사용의 우선순위를 당연히 독서에 두었고, 안경은 항상 책과 함께 있게 되었다.

안경이 있어서 사대부 지식인은 노년에도 다양한 서적의 독서를 하고, 기왕의 독서력을 토대로 지적 역량을 저술로 발산하기도 한다. 나아가

37　徐榮輔, 『竹石館遺集』 2冊, 「屐翁以余遺靉靆還之而有 遂酬」

안경은 독서 시간의 연장과 독서의 깊이를 더해주는가 하면, 독서 방식을 바꾸게 하고 다양한 저술을 가능하게 함으로써 지식 장의 변화를 견인한다. 노년에 와서도 사대부 지식인은 독서를 통해 자신의 학술과 문예의 심화는 물론 활발한 저술 활동으로 새로운 지식의 생성과 축적, 나아가 그 유통과 확산에 기여하게 된다.

이처럼 사대부 지식인이 만년에 자신이 축적한 지식·정보를 토대로 필기류나 유서류 등의 저술을 생산한 사실은 안경의 보급과 관련이 있으며, 이는 주목할 만한 사건이다. 이를테면 이들 필기류 저술은 안경을 토대로 독서 시간의 연장과 함께 오랜 기간의 독서력으로 학술적 넓이와 깊이를 직조한 결과물이거니와, 안경은 사대부 지식인에게 학술과 문예적 축복을 선물했다. 이러한 현상은 17세기 이후 동아시아 공간의 한문 지식인에게 공히 일어나는 것임은 물론이다.

당시 조선조 후기 사대부 지식인은 사행을 통해 다양한 서적과 문물을 수입하고 유통한 바 있다. 정기적인 사행으로 다양한 서적의 국내 유입은 장서가의 출현과 함께 독서 열풍을 불러오기도 했다. 여기에 안경의 보급은 독서열을 더욱 자극하여 독서 욕망을 더욱 자극한 바 있었다. 더욱이 사대부 지식인의 독서 욕망은 저술 활동으로까지 이어지면서, 이들은 다양한 서적의 독서로 저술에 전념할 수도 있었다. 이 독서열과 다양한 저술의 탄생에 안경이 결정적 역할을 한 셈이다.

이 점에서 조선조 후기 독서와 저술, 지식의 생성과 축적, 그리고 새로운 학지의 탄생과 유통 등의 선순환 구조는 안경의 보급과 연결되어 있다. 무엇보다 안경은 단순히 노안의 해결에 그치지 않고, 조선조 후기 학술과 문예의 장을 창신하고 학술적 영향력도 상당했다. 이는 이윤영(李胤永, 1714~1759)의 언급이 잘 보여준다.

안경이 아니면 눈을 밝히는 데 도움을 받을 수 없고 책이 아니면 마음을 밝히는 데 도움 받을 방법이 없다. 그것을 이용하면 앎이 지극해지고[38] 행실이 바르게 되지만, 버려둔다면 식견이 어두워지고 심지도 어지럽게 된다.[39]

이윤영은 안경의 효용을 독서의 효용성에 연결시켜 논하고 있다. 안경을 착용하여 밝은 눈으로 정독하면 정독이 마음을 밝게 하여 결국 행동으로까지 이어진다는 논리다. 안경과 독서는 지식의 폭과 넓이를 확장하는 역할을 하며, 식견을 밝히고 심지를 바로잡는 데 도움을 준다고 했다. 이윤영이 안경과 독서의 관계에서 시작하여, 실천과 심지에 이르는 관련 양상을 언급한 것은 흥미롭다. 그의 언급처럼 안경은 지식의 축적과 확장에 연결되며, 지식의 축적과 확장은 결국 저술로 이어진다. 이 점에서 안경은 지식과 떼려야 뗄 수 없는 상징성을 지닌다.

앞서 언급한 바 있듯이 '사(士)'는 기본적으로 독서인이자 저술가다. '사'는 자신이 독서한 것을 토대로 자기 생각과 정감을 시문으로 포착하기도 하고, 새로운 지식을 축적하여 이를 토대로 저술 활동도 한다. 이러한 독서문화와 저술 환경에 안경의 등장은 획기적인 사건이다.

이제 안경은 사대부 지식인의 시력 저하와 노안을 해결하는 이기로 부상하면서 조선조 후기 다수의 사대부 지식인은 만년에 안경을 끼고 독서를 하게 된다. 독서 시간의 연장은 다양한 새로운 지식의 축적과 기록도 가능하게 만든다. 그 결과 일부 사대부 지식인은 만년에 자신들의 학문적 성취를 저술로 정리함으로써 지식의 확산과 유통에 기여할 수 있었다.

38 『대학장구』 경(經) 1장에 "사물이 이른 뒤에 앎이 지극하고〔物格而后知至〕"라고 하였는데, 그 집주에 "知至는 내 마음의 앎이〔吾心之所知〕 다하지 아니함이 없는 것이다〔無不盡也〕" 하였다.

39 李胤永, 『丹陵遺稿』 卷13, 「眼鏡銘」, "非鏡無以資明於眼, 非書無以資明於心. 用之則知至而行修, 舍之則識昏而志淫."

여기서 이익의 사례를 한 번 보자. 일찍이 성호는 안경의 효용성을 「애체가(靉靆歌)」로 노래한 바 있다. 이 시에서는 그는 "촌 늙은이 노쇠하여 눈마저 가물가물, 인력으로 늙은 눈을 젊은이 눈으로 바꿔놓는구나. 동전 같은 두 유리알 짐승 뿔로 만든 테, 가물가물한 눈에 걸치니 자연의 힘 발휘하네. 책상 가득 쌓인 책 밝게 마주 대하니, 파리머리 같은 글자도 하나하나 분별되네. 묻노니 이 물건 어디에서 얻었는가? 저 멀리 구라파에서 처음 들여온 거라네. ……중략…… 어리석은 사람은 눈동자 커졌나 의심하고, 소년들은 털끝 다투며 장난치네. 내 들으니 성인이 눈의 힘을 다 써서, 법도를 잇게 하여 이름을 전했어라. 오호라! 이 안경은 지극한 보배이니, 그 공은 천금보다 더 크다 하리"[40]라 하여 처음 착용한 안경의 체험에 감동하고, 시로 그 효용성을 찬탄하고 있다. 그런가 하면 성호는 명(銘)으로 다시 안경의 이기와 고마움을 인에 빗대어 극찬해 마지않는다.

> 내게 밝게 살피는 두 눈이 있었으니, 하늘이 부여한 것이 실로 많았도다.
> 원기가 쇠하여 어두워지자, 하늘도 어찌할 수 없었는데
> 다시 이렇게 밝고 통쾌한 물건을 낳아, 사람들에게 이용하도록 하니
> 노인 눈이 아니요 젊은 사람 눈이로다. 털끝만큼 작은 것도 볼 수 있으니
> 누가 이러한 이치를 알아내었나? 바로 구라파의 사람이도다.
> 저 구라파의 사람이여 ! 하늘을 대신하여 인을 행하였도다.[41]

---

40 李瀷, 『星湖全集』 卷4, 「靉靆歌」, "野翁衰朽明欲喪, 人力能敎老變少. 玻瓈雙錢角爲匡, 持暎昏眸發天巧. 羣書滿案炯相對, 一一可辨蠅頭小. 借問何從得此物, 初來遠自歐羅巴. ……중략…… 癡人錯疑眼孔大, 少年戲與秋毫爭. 吾聞聖人竭目力, 繼之規矩傳後名. 嗚呼至寶靉靆鏡, 厥功更大千金輕."

41 李瀷, 『星湖全集』 卷48, 「靉靆鏡銘」, "余有夫兩目之察, 天所賦者實多. 氣澌而昏, 天亦不能柰何, 又養此晶晶洞快之物, 俾人取以爲資, 非老伊少. 細可入於毫釐, 誰識此理? 有歐巴之人. 彼歐巴兮, 代天爲仁." 이 외에도 성호 이익은 『성호전집』 곳곳에서 안경을 다양한 시선으로 바라보고, 그 효용성과 함께 독서와 저술 활동에 필수한 이기임을

흔히 사물을 두고 명을 짓지만, 안경을 문명의 이기로 주목한 사례는 이례적이다. 밝은 눈을 되찾아 준 안경의 효능과 그것을 제작한 서구인의 기술에 감탄해마지 않는다. 노인이 안경을 끼면 시력을 회복하여 털끝만한 작은 것도 볼 수 있을 정도라 했다. 기력의 쇠락과 함께 눈이 나빠지는 것은 하늘도 어찌할 수 없는 이치인데, 안경은 이를 거스르고 젊은이의 눈으로 되돌려 놓는다. 이를 두고 성호는 하늘을 대신해 인을 행한 것이라 칭송한다. 그는 서구에서 제작한 문명의 이기를 전혀 이단시하지 않고, 도리어 유학의 덕목인 인에 빗대면서 구라파인의 기술과 솜씨를 극찬하였다. 그야말로 안경 예찬론이다.

성호는 품질 좋은 서양 안경을 벗 김이만(金履萬, 1683~1758)에게 선물로 받았던 것 같다. 선물로 받은 안경을 끼고 자신이 느낀 감동을 시로 적은 것이다. 일찍이 양산 군수 김이만은 눈이 나쁜 성호를 위해 서양 안경을 구해 편지와 함께 동봉해 보낸 바 있다. 이를 전해 받은 성호는 안경을 껴 보니 정말로 나이를 젊게 만들 정도로 잘 보이는 사실을 확인하고 그 경이로움을 글로 적기도 했다.[42]

털끝만 한 것도 볼 수 있게 만드는 안경. 안경은 노년기 독서 문제를 해결하는 첨병(尖兵) 역할을 한다. 사대부 지식인은 안경이 있어서 만년의 학문성과를 정리하고, 저술 활동도 하게 된다. 이제 안경은 사대부 지식인의 독서환경은 물론 학술에까지 변화를 견인하는 계기를 가져다 주게 된다.

표현하고 있다. 권2의 「謝仁叔兵使惠靉靆鏡」와 권3의 「挽李光遠 二首」 권4의 「簡仲綏」 등이 대표적이다.

42 李瀷, 『星湖全集』 卷4, 「簡仲綏」, "梁山太守勤念人, 昨有械封靉靆同. 知我衰遲眼眵昏, 兩規玻瓈落便風. 精思肇自歐羅巴, 巧制遠求日出東. 老子遮瞳忽驚疑, 蠅頭變大如發蒙. 暗室燈懸四壁明, 滄海月出氛翳空. 故人眞有住年術, 金鎞括膜還非工. 老馬爲駒乃今驗, 喜氣迴發神明通."

안경의 등장으로 사대부 지식인은 독서 시간을 연장함으로써 예전에 상상조차 할 수 없던 지식·정보의 축적과 확산을 불러온다. 안경은 독서와 저술, 지식의 확산에 혁명적 이기로 떠오른 것이다. 더욱이 안경의 광범위한 보급은 미시적 영향에 그치지 않고, 당대 문화 전반에까지 엄청난 영향과 변화를 가져다주기도 한다. 그래서 성호는 실제로 체험한 안경의 놀라운 경험을 주저 없이 명으로 포착한 것도 이러한 영향이 있었기에 가능했다.

노인 눈을 젊은이의 눈으로 만든 안경을 이기로 극찬한 성호의 언급은 과장이 아니었다. 이현일(李玄逸, 1627~1704) 역시 노년에 이관징(李觀徵, 1618~1695)에게 안경을 선물 받고 놀라운 효용에 감탄한 바 있다. 그는 와병 중인데도 편지를 적어 안경을 선물한 이관징에게 감사 인사를 건넸다. 편지에서 안경 덕분에 마치 시각장애인이 새로운 시력을 찾은 것과 같다는 소감을 생생하게 적고 있다. 이어서 병이 쾌차하면 반드시 찾아서 사례할 것도 약속하는데,[43] 그는 노안을 해결해준 고마운 감정을 행간에 잘 표현하고 있다. 특별한 노력 없이 침침한 눈이 밝아져 책장의 글씨마저 또렷하게 보일 때의 경험은 독서인의 입장에서 상상을 초월하는 기쁨이었을 것이다.

시력이 나쁘거나 노안을 지닌 독서인에게 안경의 등장은 신세계의 체험과 같다. 독서인이 안경을 착용한다는 것은 단순히 독서 자체에 머물지 않는다. 독서 이후 다양한 학술과 문예에 영향을 끼치기 때문이다. 지금도 그렇지만 안경은 휴대가 간편할 뿐만 아니라, 시간과 장소에 구애받지 않고 끼었다 벗었다 할 수 있어 사용 또한 편리하다. 안경은 미처 보지 못하던 사물과 주변의 관찰은 물론 그간 볼 수 없었던 새로운 세계

43 李玄逸, 『葛庵集』 卷8, 「答李三宰觀徵」, “送下眼鏡, 一掛昏眸, 頓還舊觀. 所謂賜之以旣盲之視, 何感如之.”

에까지 시선과 관심을 둘 수 있어 더욱 유용하다. 새로운 것의 관심과 관찰, 이를 통한 사색은 때로는 저술 활동의 원천이 되기도 한다.

그래서 조선조 후기 독서인은 안경을 소중한 이기로 주목하고, 이를 착용하면서 새로운 활기를 얻어 학술과 문예장에 임하기도 하였다. 독서 시간의 연장과 다독의 제공, 이를 통한 지식의 축적과 저술, 필기류와 유서 같은 거대한 저작의 산생 등이 그것인데, 이러한 것은 사실 안경이 없으면 불가능하다.

이제 조선조 후기의 사대부 지식인은 일상생활에서부터 독서와 저술에 이르기까지 안경의 효용성을 누구나 체험하게 되었다. 윤기[44]가 그러한 사례를 잘 보여준다. 그는 늘그막에 독서의 필수품인 안경을 구하지 못해, 시를 통해 안경의 구득을 원했다. 「증인멱안경(贈人覓眼鏡)」을 보자.

老夫平生癖於書　늙은이 평생토록 책에 미쳐서는
焚膏繼晷恣卷舒　등불 밝혀 낮을 이어 밤에도 맘껏 뒤적이고
抄謄又作蠅頭字　베낄 적에는 파리머리만큼 작은 글자로
細入毫芒日無虛[45]　세세하게 적어가며 하루도 빠짐없었다오
嘔肝弊精勞三彭　정성을 다하고 정신 소모하여 삼팽을 괴롭히고[46]

---

44 윤기는 20년간 성균관 유생으로 지냈으며 52세에 대과(大科)에 합격하지만, 이후 미관말직을 전전한 특이한 인물이다. 평생 독서인으로 자처하며 글을 썼는데, 시고(詩稿) 6책, 문고(文稿) 13책 등 모두 19책의 시문을 남겼다. 그의 문집인 『무명자집(無名子集)』은 한국고전번역원에서 번역하여 간행하였다.

45 국역 『無名子集』, 「詩稿」 册三, 「贈人覓眼鏡」, 한국고전번역원, 한국고전종합DB 참조. 번역서를 바탕으로 윤문을 하였음.

46 삼팽(三彭)은 삼시(三尸)라고도 하는 세 마리 벌레다. 상충(上蟲)은 뇌 속에, 중충(中蟲)은 이마에, 하충(下蟲)은 배에 있다 한다. 이 벌레가 사람 몸속에 숨어 있으면서 그 사람의 잘잘못을 낱낱이 기억했다가 경신일(庚申日)이 되면 그 사람이 잠든 틈을 타 하늘로 올라가서 상제에게 그 사실을 다 일러바친다. 때문에 도를 수련하는 자는 언제나 경신일이면 잠을 자지 않고 그 벌레가 못 나가도록 하는데, 이를 일러 수경신(守庚申)이라고 한다. 삼팽을 괴롭힌다는 말은 잠도 자지 않고 독서와 필사에 열중했다는 뜻이다.

揩昏拭曉祟五車[47] 침침한 눈 비벼댄 건 다 오거서 때문이네

시의 일부다. 자신은 독서광일 정도로 평생 독서인으로 살았고, 밤낮으로 책에 빠졌음을 밝혔다. 독서인의 삶을 실천한 윤기는 독서에 그치지 않고, 필요한 부분은 베껴 읽고 독서 후기와 같은 글을 남겼음도 말한다. 하루도 거르지 않고 독서하고 베끼고, 특정 부분은 차기하여 독서인으로서의 존재를 증명하고자 했다. 당시 윤기는 빈사(貧士)의 처지임에도 독서인을 자부하며 독서 내용을 초등(抄謄)하여 읽고 지식의 확충을 즐겁게 받아들인 것이다.

이어지는 구절에서 그는 "지금까지 오십년 동안, 부지런히 잘못된 글자들 분별 했다오. 요즘 들어 차츰 눈이 가물가물해져서, 서첨을 대할 때면 언제나 한숨만 나온다네. 한 점 한 획이 두셋으로 보여, 보고 또 보는데도 더욱 헛갈린다오"[48]라 하여 50세 무렵에 시력의 감퇴와 노안 때문에 독서는 물론 초록조차 못하는 괴로운 심정도 함께 표출한다. 이제 안경이 없으니 독서는 물론 이를 통해 지식을 획득하고, 저술 작업도 불가능하다는 것이다.

윤기처럼 당시 사대부 지식인들은 노년의 시력을 극복하고 독서인으로 자기 존재를 증명하기 위해 안경을 구하려 애쓴 사례도 적지 않다. 다시 「증인멱안경(贈人覓眼鏡)」의 마지막 부분이다.

朝暮若令置几案 아침저녁 서안에 안경을 놓아둔다면
寶愛奚翅獲瓊琚 애지중지하기란 어디 보옥을 얻은 것 정도겠소
我欲求之不可得 나는 구하려 해도 구할 수 없는데

47 尹愭, 『無名子集』 3책, 詩稿, 「贈人覓眼鏡」

48 같은 작품, "直至于今五十年, 矻矻豕亥與魯魚. 邇來漸覺視茫茫, 每對牙籤還欷歔. 一點一畫幻二三, 千看萬看愈趑趄."

世人兼蓄徒深儲　세상 사람들은 많이 보관만 하고 있다네
煩君爲覓西洋品　서양 물건 구해 달라 그대를 귀찮게 하오만
免敎眵昏送三餘　어릿어릿한 눈으로 삼여(三餘)[49] 시간 허송 않게 해주오

독서와 글 쓰는 작업을 위해 서안에 안경을 구비하게 된다면 보옥보다 더 소중히 간직할 것이라는 희망을 드러내며 안경 획득을 바란다. 위에서 윤기가 독서와 글쓰기를 위해 필요한 안경은 국내산이 아니라, 서양산이라고 밝힌 부분이 흥미롭다. 자신의 눈에 적합한 것은 서양의 안경이라 언급한 것은 서양의 수입 안경이 자신의 눈에 맞고, 품질도 좋다는 것을 반증한다. 당시 서양 안경의 보급 상황이 어떤지 잘 보여주는 대목이다. 빈사의 처지였던 윤기가 서양산 안경을 구입하는 것은 쉽지 않았을 터이다.

앞서 언급한 바 있듯이 안경은 저술 작업과 밀접한 관련을 지닌다. 정약용의 사례에서 이를 확인할 수 있다. 사실 유배지에서 다산의 학술적 성취는 안경과 밀접한 관련이 있다. 다산은 유배지 강진에서 두 아들에게 보낸 편지에서 "나는 가경 임술년(1802) 봄부터 곧 저술 작업을 업으로 삼아 붓과 벼루만을 곁에다 두고 아침부터 저녁까지 쉬지 않았다. 그 결과로 왼쪽 어깨에 마비증세가 나타나 마침내 폐인의 지경에 이르고, 눈의 시력마저 아주 나빠져서 오직 안경에만 의지하게 되었는데, 이렇게 한 것은 무엇 때문이겠냐?"[50]라고 하여, 나빠진 시력을 대신하여 안경에 의지하여 저술 활동을 매진했음을 고백하고 있다. 유배시기 다산의 학문

49 삼여(三餘)는 학문을 하는 데 가장 좋은 세 가지 여가(餘暇), 곧 해의 나머지〔歲之餘〕인 겨울, 날의 나머지〔日之餘〕인 밤, 때의 나머지〔時之餘〕인 비 내리는 날을 말한다.

50 한국고전번역원, 한국고전종합DB, 국역『茶山詩文集』권18,「示二子家誡」참조. 위의 글은 이 번역문을 근거로 윤문하였다.

적 저술은 안경이 없었다면 불가능했을 것이다.

또한 다산은 다른 글에서 안경이 없었다면 다양한 문헌의 독서는 물론 저술과 제자들의 교육도 없었을 것이라 토로하기도 하였다.[51] 다산이 유배지에서 자신의 학지를 저술에 녹여 독창적인 지식체계를 구축한 점, 다산학단(茶山學團)[52]을 구성하여 교육과 함께 자신의 학적 성취를 이들에게 이월한 점, 그리고 유배지 학술적 성취를 유통할 수 있었던 것도 안경이 있어 가능했다. 이뿐 아니라 다산은 해배 이후에도 안경을 착용하고 독서와 저술 작업에 몰두 한 바 있다.[53] 따라서 유배지 다산의 학술적 성과의 일부 공은 안경에 돌려도 무방하겠다.

이렇듯 조선조 후기 안경은 독서환경의 변화는 물론 다양한 지식·정보의 생성에도 기여한 바 있다. 조선조 후기 지식인은 안경 덕분에 독서기간이 늘어나고, 다양한 지식의 축적과 새로운 지식의 생성, 나아가 저술 창작과 유통을 할 수 있었다. 이를테면 조선조 후기의 안경은 독서를

51 정약용, 『다산시문집』 권20의 「답중씨(答仲氏)」를 보면 다산이 "이강회(李綱會)가 과거 공부를 그만두고 돌아와 발분하여 경학과 예학 분야에 몸을 바치고 있는데, 그를 가르치려다 보니 안경을 쓰지 않고는 임할 수 없게 되었습니다"라 언급하는데, 다산 자신의 저술은 물론 제자를 가르치는 데 안경을 필요한 이기로 인식하고 있음을 밝히고 있다.

52 '다산학단(茶山學團)'은 임형택 교수가 처음 제기한 바 있고, '다산학단'의 성과는 2008년 『다산학단문헌집성(茶山學團文獻集成)』의 이름으로 성균관대학교 대동문화연구원에 영인·간행한 바 있다. '다산학단'에서 유배시기 다산의 손발이 되어 저작활동을 도와주었던 제자로 황상이 있는데, 이러한 저간의 사정은 진재교, 「중세적 인식론의 전환과 새로운 담론의 모색 다산학의 형성과 치원 황상」, 『대동문화연구』 41, 성균관대학교 대동문화연구원, 2002, 27면~60면.

53 정약용, 『다산시문집』 권6, 「송파수초(松坡酬酢)」의 '우첩전운(又疊前韻)'은 해거도위(海居都尉) 홍현주의 연행길을 생각하며 홍석주와 수창한 작품인데, 여기서 다산은 "날이 차니 산 돌다리 지나는 손마저 없고, 천 권의 서책도 안경 한 쌍으로 섭렵하네. 쭉정이와 겨마저도 꿀맛 같음 이미 알겠고, 오히려 안경 쓰고 유지창(油紙窓) 마주한다네〔歲寒無客度山矼, 千卷書中眼一雙. 已識秕穅如蠟味, 猶張靉靆對油窓〕"라 하여 안경을 끼고 많은 책을 독서하였음을 밝혔다. 이 시의 창작시기가 1828년이니 다산의 나이 67세 무렵이다.

통한 새로운 지식의 습득과 축적, 다시 새로운 지식을 생성하여 유통하고 확산하는 선순환 구조를 구축하는 데 기여한 것이다. 이 점에서 안경은 조선조 후기 독서 환경과 지식생태계의 변화를 견인한 셈이다.

여기서 조선조 후기 새로운 저술로 등장한 총서류와 필기류 탄생과 안경과의 관계를 잠시 언급하고 넘어가고자 한다. 대체로 조선조 후기 필기류 저술은 주로 사대부 지식인의 만년의 학적 성취다. 만년의 학적 성취에 안경의 보급은 이를 가능하게 한 원동력이 되었다.[54] 사대부 지식인이 오랜 기간 독서한 내용을 만년에 다시 정독하면서, 그간 축적한 독서력과 지식의 축적을 통해 다시 특정 사안을 독법하고 여기에 자신의 견해를 덧붙여놓은 것이 필기와 유서다.

사대부 지식인은 노년기에 새로운 서적을 독서하는 것은 물론 이미 독서한 서적을 반복 음미하면서 예전에 미처 인식하지 못한 것을 재음미하거나 거기서 새로운 의미를 발견하기도 한다. 이때 사대부 지식인이 기존 지식에서 새로움을 재발견하여 필기와 유서에 포함하거니와, 이 역시 안경이 있어 가능하였다.

특히 사대부 지식인이 노년의 독서와 만년의 학적 성취를 필기와 유서로 학적 성취를 이루고자 할 경우, '독서→안경→저술(분류와 편집)'[55]의 과정을 거치는 경우가 많다. 이때 안경은 독서와 저술의 중간 다리 역할을 하며, 사대부 지식인의 원숙한 학적, 지적 역량을 저술로 전환할 수

54 조선조 후기 필기의 탄생과 지식·정보의 생성과 유통, 그리고 차기방식의 정리, 안경과의 관계는 필자가 여러 곳에서 이미 밝힌 바 있다. 이는 진재교, 「李朝 後期 箚記體 筆記 硏究: 지식의 생성과 유통의 관점에서」, 『한국한문학연구』 39, 한국한문학회, 2007, 387~425면. 그리고 진재교, 「18세기 조선통신사와 지식·정보의 교류」, 『한국한문학연구』 56, 한국한문학회, 2014, 359~392면.

55 이는 안경을 끼고 만년까지 독서할 수 있으며, 만년의 독서를 통해 획득한 지식을 저술로 전환할 경우 안경을 끼고 축적된 지식을 재정리하는 과정을 거쳐 저술(필기류나 유서)로 이루어지는 것을 이렇게 제시한 것이다.

있도록 한다.

그런가 하면 안경은 독서환경 변화와 학술적 성취에도 기여한다. 심지어 학술 논쟁의 비유물로 등장해 학술에까지 깊이 파고들기도 한다. 예컨대 한원진(韓元震, 1682~1751)은 인물성동이론(人物性同異論) 논쟁을 위한 비유로 안경을 거론한 바 있다. 「답김자정(答金子靜)」[56]에서 한원진은 김양행(金亮行, 1715~1779)과 편지를 주고받으면서 호락 논쟁(湖洛論爭)을 벌인 바 있는데, 이때 한원진의 나이 61세였다. 두 학자가 당대 학술계에서 차지하는 위상을 고려하면, 이 논쟁의 학술사적 의미와 파장은 적지 않다. 문제는 이들이 자신의 논쟁을 관철하기 위해 인물성의 같고 다름에 안경을 끌어들여 비유한 점이다. 한원진은 늙으막에 안경을 착용하여 그 성질과 효용을 너무나 잘 알고 있었기에 안경을 논쟁의 비유로 활용한 것일 터이다. 아마도 그는 안경에 빗대어 학술 논쟁을 하는 것 자체가 설득력이 있었을 것이라고 보았기 때문이다.

한 편지에서 한원진은 인물성 이론(異論, 호론(湖論))을, 김양행은 인물성 동론(同論, 낙론(洛論))을 주장하며 안경을 끌어들여 자신의 논지를 펼친다. 한원진은 미발시 마음의 상태를 비유하는 예시로 안경을 들고 있다. 안경은 본래 밝게 비추는 광명의 성질이 있지만, 안경의 품질은 차이가 있다. 이는 사람이 안경을 써보기 전에도 이미 갖추어져 있는 성질이므로

56 韓元震, 『南塘先生文集』 卷18, 「答金子靜」, "未發說, 前書蒙諭, 復欲此之爲說, 厭其支離, 欲遂置之. 旣而思之, 有不可不復者, 玆復更申前諭, 仰備擇蕘. 眼鏡未照之前, 光明之體皆同, 雖离婁之明, 無以辨其異同矣. 此猶心之未發, 虛明之體皆同, 雖鬼神莫能窺其際也. 眼鏡旣照, 有遠視不能遠視之不同, 此由於琉璃之品不同也. 然琉璃之品不同, 本自具於未照之前, 而不能遠視者, 比之能遠視者, 不得不謂之昏也. 此猶心之旣發, 有善惡之不同, 而善惡之不同, 由於氣稟之不同. 然氣稟之不同, 本自具於未發之前, 而發而爲不善者, 比之發而爲善者, 不得不謂之濁也. 鏡之未照, 已有不能遠視者之昏, 心之未發, 已有不能發爲善者之濁. 此豈非虛明皆同之中, 又有昏明不齊者耶? 氣稟之不齊, 不外乎淸濁粹駁四字. 而未發之時, 氣之偏全强弱, 未嘗不自在, 但不用事耳. 此卽所謂粹駁之不齊也. 粹駁之不齊旣如此, 則昏明淸濁之不齊, 亦可反隅而知之矣."

미발시의 마음 상태와 같다. 마음은 본래 잔잔하고 고요한 성질이 있지만, 사람마다 마음의 질적 차이가 있다. 이는 미발시에 이미 갖추어져 있는 성질인 것은 마치 안경의 품질이 사용 전에 이미 결정 나 있는 것과 같다는 논리로 안경을 비유로 들며 자신의 논리를 주장한 것이다.

회갑이던 한원진은 이미 안경의 기능과 효능을 익히 알고, 상대방인 김양행 역시 이를 충분히 인지한 상태였다. 학술 논쟁의 핵심적 비유로 안경을 등장시킨 것은 당시 사대부들도 안경의 기능과 효용을 알았기에 가능했다. 한원진의 나이를 고려하면, 자신이 직접 안경을 착용하고 그 체험을 바탕으로 논쟁의 비유로 삼았음은 물론이다.

이처럼 조선조 후기 중요한 철학적 핵심 논쟁에까지 안경을 활용하여 주장한 사실은 사대부 지식인이 안경을 착용하고 자신의 독서는 물론 학술 활동을 한 대표적 결과물인 것이다.

4. 일상에서 지식과 직무의 전문화

안경의 생산과 가격의 하락, 이에 따른 안경의 유통과 보급은 개인의 기능적 필요와 요구에 따라 다양한 분야에 변화를 가져다주기도 한다. 안경의 수요 증대와 안경의 보급에 따라 그 활용 또한 다양해진다. 가격 하락은 수요 증대에 큰 몫을 하였지만, 안경의 착용 방법과 간편한 휴대는 안경 보급을 더욱 촉진시킨 바 있다.

조선조 후기에 오면 안경은 사대부 지식인을 넘어 여러 계층의 생활에까지 널리 퍼졌다. 사대부 지식인의 전유물에서 벗어나 다양한 계층의 사용과 함께 일상에서도 변화를 불러온다. 예컨대 화원들도 안경을 끼고 창작에 몰두할 수 있어서 회화 발전에도 크게 기여하기도 했다. 화원의 경우, 시력 저하와 노안 때문에 나이가 들면 세필을 사용하여 화폭에 그리기 쉽지 않다. 하지만 안경의 등장과 함께 만년까지도 세필화를 그리고 왕성한 창작 활동도 할 수 있게 된다.

연암 박지원(1737~1805)이 『열하일기』에서 언급한 대목 일부를 보면 이러한 사실을 잘 알 수 있다.

> 「춘산등림도(春山登臨圖)」: 겸재(謙齋) 정선(鄭歚)의 자는 원백(元伯)이고 강희·건륭 연간의 사람이다. 나이 80여 세인데도 몇 겹 돋보기를 쓰고 촛불 아래에서 작은 그림을 그려도 털끝만큼도 틀리지 않는다.[57]

연암은 겸재 정선(1676~1759)이 진경산수로 중국에까지 그 명성을 떨친 사실을 먼저 주목하고 있다. 『열하일기』에서 자국의 그림을 거론한 것은 청조의 회화와 대비적으로 제시하려는 의도로 보이지만, 여기서 주목할 점은 겸재가 여든이 넘도록 화원으로 활동한 사실이다. 화원으로서의 명성과 여든이 넘도록 세밀한 붓놀림으로 독창적 회화 세계를 구축할 수 있었던 정선의 예술혼도 안경이 있어 가능했던 것이다. 몇 겹의 돋보기를 끼고 노필(老筆)을 운용하는 장면을 상상하며 겸재의 원숙한 경지를 극찬하고 있는 연암의 시선은 이를 말해준다. 위에서 연암은 정교한 필치를 화폭에 구사하여 만년에까지 예술적 성취를 이루었던 겸재의 솜씨와 안경을 함께 주목한 것은 흥미롭다.

최북 역시 안경의 도움을 받아 창작 활동을 한 대표적 화원이다. 남공철은 기이한 한 화가의 삶을 입전하면서 서두에서 최북의 외모와 그의 개성적 삶의 특징을 압축적으로 포착한 바 있다. 그 대목이다.

> 최북 칠칠이라는 사람은 세상 사람은 그 선조와 본관을 모른다. 이름을

57 박지원 지음, 김혈조 옮김, 『열하일기』, 돌베개, 2009, 356면.

파자하여 칠칠이라는 자로 삼아 세상에서 행세한다. 그림을 잘 그렸는데, 한쪽 눈이 멀어 항상 한눈에 안경을 걸고 다닌다. 옛날 그림을 잘 임모했으며, 술을 즐기고, 먼 곳에 기행 하는 것을 좋아하였다.[58]

남공철은 이름자인 북(北)을 파자하여 칠칠(七七)로 한 사실과 한눈에 외알 안경을 착용한 모습, 여기에 술과 기행을 좋아한 그의 개성적 특징을 포착하고 있다. 그런 다음 최북의 창작 동력을 술과 기행, 그리고 한눈이 멀었음에도 이름난 화가로 세상에 행세한 것을 입전의 주 내용으로 예시해 두었다. 이어서 최북의 개성적 창작 활동에 안경이 있었음을 언급했다. 최북은 한 눈이 먼데다 나머지 눈의 시력마저 시원찮았다. 안경을 끼지 않으면 창작조차 할 수 없었을 것이다. 남공철은 어쩌면 외알 안경을 낀 그의 모습에서 강렬한 예술적 혼과 화원 최북의 강인한 인상을 받았을 법도 하다.

신광수(申光洙, 1712~1775)도 「최북설강도가(崔北雪江圖歌)」에서 안경 낀 가난한 화가 최북의 모습을 이렇게 그린다.

崔北賣畫長安中　최북은 한양에서 그림을 파는데
生涯草屋四壁空　평생 초가집의 사방 벽이 휑뎅그렁
閉門終日畫山水　문 닫고 온종일 산수만 그리는데
琉璃眼鏡木筆筩　유리 안경과 나무필통뿐
朝賣一幅得朝飯　아침에 한 폭 팔면 아침밥 얻고
暮賣一幅得暮飯[59]　저녁에 한 폭 팔면 저녁밥 얻네

신광수는 1763년 정월 서울에서 최북을 만나 「설강도」 한 폭을 얻은

58 南公轍, 『金陵集』 卷13, 雜著, 「崔七七傳」, “崔北七七者, 世不知其族系貫縣. 破名爲字, 行于時, 工畫眇一目, 嘗帶靉靆半. 臨帖摹本, 嗜酒喜出遊.”
59 申光洙, 『石北先生文集』 卷6, 驪江錄〔下〕, 「崔北雪江圖歌」

바 있다.[60] 이를 계기로 그는 최북의 빈곤한 경제적 사정과 살림살이를 시로 포착하게 된다. 최북의 거처는 초가집에다 사방 벽이 텅텅 비어있을 정도로 빈곤하고, 가진 것이라고는 그림에 필요한 붓을 담는 필통과 안경뿐이다. 자신의 광기로 한쪽 눈마저 잃은 화가 최북의 삶에서 붓과 안경만이 유일한 회화 도구이자 재산의 전부다. 가난뱅이 화가 최북이 외알의 '유리 안경'을 소유한 사실은 주목할 만하다. 이는 안경의 보급 상황과 외알 안경의 존재, 그리고 다양한 안경의 존재를 알려주기 때문이다.

당시 보급된 안경은 유리안경보다 수정 안경이 많았다. 최북이 1747년(영조 23)에서 1748년 사이에 통신사를 따라 일본에 다녀왔다는 기록과 그의 경제적 빈곤을 고려하면, 국내에 유통되던 고가의 수정 안경이 아니라 값싸고 손쉽게 구할 수 있었던 일본산 유리 안경일 가능성이 크다. 다른 글에서 강세황이 '일본에서 만든 것은 수정 안경은 거의 드물고 유리 안경이 많다'[61]고 기술한 것에서 이를 유추할 수 있다. 가난한 최북으로서는 창작 활동은 물론이려니와 그림을 팔아 생계를 유지하는 처지에서 안경은 생존을 위한 그의 밥줄이자 예술창작에 필수적인 이기가 아닐 수 없었을 것이다.

이뿐 아니라 안경은 다양한 직종에서 활용하기도 했다. 의원들도 그 한 사례다. 의원 중 시력이 나쁘거나 노안의 경우, 병증 치료를 위해 안경을 착용하고 진료했다. 무엇보다 시력이 좋지 않은 의원이 시침할 경우 안경 착용은 필수적이다. 노안이 있는 내의원 어의가 옥체의 혈 자리에 시침할 경우 더욱 그러하다. 이는 그러한 사례다.

60 이 시의 "天寒坐客破氈上, 門外小橋雪三寸. 請君寫我來時雪江圖, 斗尾月溪騎蹇驢"라는 구절에서 이를 알 수 있다.

61 姜世晃, 『豹菴集』 卷5, 「眼鏡」, "自中國至者, 亦有美惡之殊, 貞脆之別焉. 亦産於日本有極佳者, 但日本之産則水晶絶罕而琉璃爲多. 東國慶州亦産水晶. 慶州人依摸磨造, 然製或失精, 水晶亦多疵, 終未若華與倭造也."

> 김동필(金東弼)이 말하였다. "혈 자리를 잡아 침을 놓는 것은 어떤 의원이 하시느냐? 영조가 말하였다. 권성징(權聖徵)은 눈이 침침하지 않으냐? 혈 자리를 잡는 것은 오중설(吳重卨)이 하고, 침을 잡는 것은 권성징이 하니, 그가 침을 잡을 때, 안경을 사용하고, 최태령(崔泰齡) 또한 들어와 보는 것이 좋을 듯하다.[62]

영조가 자신의 시침을 위하여 수의 권성징에게 안경 착용을 명하고 있다. 시침은 혈 자리에 정확하게 하는 것이 필수적이다. 그러려면 수의의 밝은 눈이 특히 중요하다. 영조는 수의의 시력에 의문을 제시하고, 안경 착용 이후에 시침할 것을 하명한 것이다. 영조가 내의원 수의에게 안경 착용을 명한 것을 보면, 궐내에 유사시 사용하기 위한 안경을 일부 배치한 것으로 보여진다.

사실 안경은 내의원뿐만 아니라 내외 관직에서 행정 처리를 위해서도 필요하다. 국왕의 국정 운영은 무엇보다 중요하다. 정조만 하더라도 안경을 착용하고 독서와 집무에 임한 바 있다. 그는 40대 초반부터 시력이 좋지 않아 안경을 착용하는데, 『일성록』을 보면 "몇 년 전부터 점점 눈이 침침해지더니 올봄 이후로는 더욱 심해져서 책에 쓰인 글자와 획이 대부분 분명하게 보이지 않는다. 정망(政望)에 낙점할 때에도 힘을 들여서 보

62 『승정원일기』 영조 5년(1729년) 6월 4일 정축, "東弼曰, "點穴執鍼, 何醫爲之乎?" 上曰, "聖徵眼不昏乎? 點穴則重卨爲之, 執鍼則聖徵爲之, 而聖徵執鍼時, 用眼鏡, 崔泰齡亦爲入見, 可也." 이 글을 보면 당시 신하들이 임금 앞에서 안경을 쓰지 못하고 하명에 있은 뒤에 필요에 따라 쓴 것으로 보인다. 『일성록』 정조 24년 3월 15일 조를 보면 정조는 "나는 시력이 점차로 이전 같지 않아 안경에만 의존하고 있다. 하지만 안경을 쓰는 것은 고례(古禮)가 아니니, 이것을 쓰고서 조정에 임하는 것도 보기에 거슬릴 것이다. 그래서 앞으로 친정(親政)에도 힘을 쓰기가 어려우니 이것도 걱정스럽다〔予則眼力漸不如前, 只恃眼鏡, 而眼鏡既非古禮, 則着此臨朝, 有礙瞻視. 故今後親政, 亦難強力, 是亦悶然矣〕"라 언급하고 있는 바, 안경을 끼고 정사를 보는 것은 고례가 아님을 언급하고 있다. 이를 고려하면 조정에서 안경을 끼거나 어른 앞에서 안경을 끼는 것은 예가 아니라는 사실을 알 수 있다.

아야 한다. 안경을 끼고 조정에 나아가면 보는 사람들이 놀랄까 봐 걱정스러워서 6월에 있을 친림하는 정사도 하기가 어렵다"[63]라 말한 바 있다. 정조는 독서와 행정을 위해 안경 착용의 필요성을 언급하고 있지만, 실제 안경을 착용하고 국정 운영에 임하는 것을 부담스러워했다. 여기서 흥미로운 것은 앞서 일부 언급했듯이 국사를 논하는 조정이나 공식 행사에서는 국왕은 물론 신하도 안경을 착용하지는 못한 사실하다.

또한 정조는 "지금은 새로 제수한 초기라 경연을 열어야 하지만 시력이 현토를 구분하기 어려워 부득이 소대만 행하였다. 시력이 이와 같아 안경을 쓰고 경연에 임하는 것은 일의 체모에 어긋나므로 앞으로 친정과 경연을 모두 하지 못할 것이다"[64]라 말하기도 했다. 앞서 정조가 조정의 공식 행사에 안경을 착용하는 것은 고례(古禮)에 어긋난다고 하였고, 여기서는 체모에 맞지 않는 일로 인식하고 있다.

그렇기는 하지만, 국가 대사에서 신료가 안경을 착용하고 행정을 처리하는 것은 용인하였다. 순조 초 대왕대비가 수렴청정 할 당시 훈련대장 이한풍(李漢豊)이 올린 흉서 사건의 처리를 위해 영부사(領府事)인 이병모(李秉模, 1742~1806)에게 안경 착용을 명한 사실에서 확인할 수 있거니와, 정사에 필요한 경우 신료들은 안경을 착용하여 임무를 수행한 것이다.[65]

시간이 지나자 점차 안경은 관직 생활의 행정 처리에 필수품으로 등장하게 된다. 빠른 문서처리와 명확한 판결은 선치(善治)의 전형인데, 이

63 『일성록』 정조 23년(기미) 5月 5日(임술), "年來漸覺眼昏, 今春以後愈甚, 書册字畫多不分明, 如政望落點, 亦費眼力, 而以眼鏡臨朝, 恐涉駭瞻. 故六月親政, 亦難爲之矣." 번역은 한국고전번역원 한국고전종합DB 참조.

64 『일성록』 정조 24년(경신) 4月 15日(정유), "今於新除之初, 當開經筵, 而爲眼力之難辨, 懸吐不得已. 只行召對矣. 眼力旣如是, 而着眼鏡臨筵, 有乖事體. 故自今以後, 親政經筵, 皆將不得爲之."

65 『일성록』 순조 1년(신유) 5月 20日(을미), "大王大妃殿, 敎曰; 大臣見之也. 命中官移燭于大臣之前, 仍敎曰; 燭下細字, 須着眼鏡而覽之也. 秉模等覽一張訖, 又覽一張."

를 위해서도 안경 착용이 필요했다. 남공철이 남선(南銑, 1582~1654)의 신도비에 적은 기록에서 이러한 정황을 확인할 수 있다.

> 공은 비록 늙었어도 성품은 힘든 것을 참고 일 처리를 지체하지 않는다. 관부에 앉을 때마다 안경을 끼고 문서를 다루어 유수같이 민첩하게 판결을 내린다. 저녁에 이르면 반드시 촛불을 켜고 책상 위의 문서를 보며 남은 것이 없어야 비로소 자리에서 일어난다.[66]

안경을 끼고 선정을 베풀었던 선조의 행적을 서술하고 있다. 남선이 빠른 일 처리와 판단으로 선정을 베풀었던 중요한 동력의 하나가 바로 빠른 일 처리인데, 그것을 가능하게 만든 것은 바로 안경의 존재였다. 남선은 안경을 착용하고 문서를 읽고 행정을 빨리 처리함으로써 선정을 베풀 수 있었다. 이처럼 조선조 후기 관인의 행정 처리에까지 안경이 깊숙하게 자리 잡게 된다.

이는 지방관의 행정에서도 마찬가지다. 지방 행정은 주로 아전이 담당하지만, 지방관이 소장이나 행정 문서를 정확히 읽고 처결하는 것도 매우 중요하다. 노안 때문에 문서를 제대로 읽지 못하거나 방치할 경우 아전의 농간으로 고을 민이 피해를 보기 때문이다. 이 경우 안경을 착용하면 이러한 우려를 줄일 수 있다.

남용익이 지방관이 안경을 빌리러 온 것을 두고 편지 말미에 시를 함께 적어 보낸 것도 이러한 맥락에서 이해할 수 있다. 남용익이 지은 칠언 절구를 보자.

> 察得民艱燭吏情　　백성들의 어려움을 살피고 아전의 실정에도 환하니

66 南公轍, 『金陵集』 卷15, 碑銘, 「吏曹判書兼知經筵義禁府春秋館事五衛都摠府都摠管世子右賓客謚貞敏南公神道碑銘」, "公雖老矣, 性能耐劇, 不留事. 每坐府, 帶靉靆治文書, 剖決如流. 至暮, 必燃燭視其案, 無留牘乃起."

使君爲政已能聲[67] 사또는 정사를 잘 처리하여 명성이 자자하네
猶憂未遍逃亡屋 유랑하는 백성의 집 두루 보살피지 못함을 걱정하여
更借壺翁眼鏡明[68] 다시 내 안경을 빌려 밝게 보라고 하고 싶네

지방관의 선정에 안경이 필요하다는 언급이다. 여기서 남용익이 거론한 안경은 볼록렌즈의 원시 안경인지 오목렌즈의 근시 안경인지는 중요하지 않다. 원래의 시력을 회복하여 선정을 베푸는 데 필요한 것이 안경이라는 사실이 중요하다. 남용익은 지방관이 고을 백성과 아전의 실태를 잘 파악하여 선정의 명성을 얻고 있지만, 앞으로도 안경을 끼고 고을 구석구석을 잘 살펴 유랑민이 생겨나지 않도록 당부하고 있다. 특히 전구와 결구에서 그는 안경을 잘 착용하여 행여나 있을지도 모를 유망민의 문제를 발본색원하기를 바라고 있다.

위에서 남용익은 선정의 도구로 안경을 주목하여 이를 비유적으로 거론하고 있지만, 실제 안경은 지방관이 행정 문서와 소장을 정확히 읽고 올바른 판단을 내리는 데도 유용한 이기였다. 이 점에서 위의 시에 나오는 안경은 이중적 의미를 지니고 있는 셈이다. 어쨌거나 안경은 조선조 후기에 오면 국가와 지방 행정 과정에서도 필요한 이기로 등장하는 것은 주목할만 하다.

한편, 안경의 광범위한 보급은 일상의 변화와 함께 사회 전체 문화를 새롭게 변화시키는 역할도 했다. 이면백(李勉伯, 1767~1830)이 「안경」에서 "내 어릴 적 시력으로 돌아가니, 눈에 신선과 인연이 있구나./구석진 책상에 먼지를 비로소 털어내고, 시커먼 종이의 글자들 다시 살아나네./이

67 능성(能聲)은 정사를 잘 처리하여 남에게 칭찬을 받는다는 의미다. 금나라 왕약허(王若虛)의 「송팽자승지임기주서(送彭子升之任冀州序)」에서 "吾子始践仕途, 而得李君者为长官, 彼其才干有馀, 而能声益著, 盖吾子之幸也"라고 하였다.

68 南龍翼, 『壺谷集』 卷8, 「地主借眼鏡, 戲書簡尾」.

웃 노인 와 구경하기를 요구하고, 나무꾼도 바라보더니 화들짝 놀라네./ 大臣들 일찍 착용했더라면, 그때그때 일어나는 일 밝게 처리했으리라"[69] 라 하여 안경 착용 이후의 시력 회복과 함께 예전에 없던 일신상의 변화를 표출하고 있다.

안경 착용으로 어릴 적 시력을 회복으로 책상의 먼지마저 보인 사실, 그만둔 독서를 다시 할 수 있는 것, 이웃 노인과 나무꾼이 안경을 착용한 뒤 화들짝 놀라는 점을 제시하고 있다. 그런 다음 미련에서 안경의 효용성을 개인 차원에 두지 않고, 대신들의 공적 공간인 정치 장에 연결한다. 비록 자신은 처사의 처지로 정치 활동을 할 수 없지만, 대신들에게 안경을 착용하여 시력을 회복함과 아울러 맑은 정치와 순발력 있는 업무처리를 해내기를 바라고 있다. 시인은 위정자의 정치와 행정에 안경을 연결하여 거론하는바, 이는 안경의 효용이 단순하게 개인적인 차원에 머물지 않고 사회적 파급력까지 있음을 암시한다.

이제 안경은 일상생활에까지 파고들어 다양한 변화를 가져오게 된다. 송준길(宋浚吉, 1606~1672)이 아들에게 보낸 편지의 한 대목을 보자.

> 전후에 보낸 너의 편지 모두 전해 받았다. 이곳에는 16일 종가의 분황제(焚黃祭)와 17일 시사(時祀)와 19일 우리 집의 분황제와 20일 시사를 모두 잘 지냈다. 노안이 안경의 힘을 빌려 근근이 몸소 개제(改題)하였다. 비록 글씨가 정하고 좋지는 못하지만 그래도 남의 손을 빌리는 것보다는 낫다.[70]

1660년 송준길은 한 편지에서 안경의 힘을 빌려 직접 가문의 대사인

69 李勉伯, 『岱淵遺藁』 卷1, 「眼鏡」, "還我童年視, 仙緣在眼睛. 幽牀塵始拂, 暗紙字重生. 隣老來要玩, 樵人望盡驚. 大官須早着, 時事照應明."

70 宋浚吉, 국역 『同春堂集』 卷15, '書' 「寄子」 庚子, 한국고전번역원, 한국고전종합DB.

분황제[71]를 마친 사실을 언급하고 있다. 예전 같으면 노안으로 뒷전에 물러나 남의 손을 빌려 집안 대사를 치러야 하지만, 안경 덕분에 직접 분황제를 주관할 수 있었다는 것이다. 유교 사회에서 개인은 독립적 개체가 아니라 가문의 일원이라는 의식을 무엇보다 중시한다. 가문의 유지를 위하여 가문 의식을 공유하고 가문의 공동 의례인 제례를 주관하거나, 여기에 참석하는 것은 조선조 후기 사대부 지식인의 중요한 대사였다.

그 때문에 가문의 중요 대사인 제례를 직접 주관하는 것은 매우 중요한 사안일 수밖에 없다. 송준길은 집안 대사를 치르는 데 안경을 활용하고, 그 덕에 제문을 직접 지어 분황제와 제의를 무사히 마쳤음을 적었다. 자신이 비록 늙었지만, 안경 덕분에 집안 대사를 무사히 마친 것에 은근한 자부심을 드러내 보이기까지 한다.

사실 안경의 보급이 사대부의 일상에만 영향을 준 것은 아니다. 18세기에 오면 사대부는 물론 다양한 계층에서도 용도에 따라 안경을 사용한다. 강세황의 언급을 보자.

> 근래 책 읽는 사람이 소중히 여길 뿐 아니라, 부녀자들이 바느질할 때라든가 직공들이 정교한 것을 만들 때 50이 못된 사람들이 모두 벌써 사용한다. 그러나 품질이 좋고 나쁜 것을 감별할 수 있는 사람은 또한 적고, 좋은 것은 값도 적게 나가지 않아서 쉽사리 구할 수 없다.[72]

독서는 물론 부녀자들의 바느질, 또는 직공들의 정교한 작업에도 안경을 활용한다는 것이다. 부녀자와 직공 등은 고가의 품질 좋은 안경을

---

71 증직할 때 내린 교지(敎旨)를 누런 종이에 한 통 더 복사하여 증직된 사람의 무덤에 가지고 가서 고유(告由)한 다음 불사르는 것을 말한다.

72 姜世晃, 『豹菴遺稿』 卷5, 「眼鏡」, "近來則非但爲看書者之所寶, 婦女之針線者, 工匠之細巧者, 年未及五十, 皆已用之. 然能別品製之佳惡者亦鮮矣, 而佳品則價亦不貲, 未易得也."

쉽게 사지는 못하지만, 이제 하층에서조차 필요에 따라 안경을 착용한다는 것을 특기하고 있다. 본디 안경은 사대부 지식인의 수요가 가장 많았지만, 18세기 후반에 오면 기능에 따른 다양한 안경과 고가로부터 저가의 안경에 이르기까지 두루 국내에 유통되면서 누구나 살 수 있는 일상품이 되었다. 다양한 수요의 발생에 따라 여러 기능의 안경 보급이 있음을 고려하면, 조선조 후기의 안경은 다양한 계층의 일상생활 속으로까지 파고든 것이다.

그런가 하면 18세기에 오면 안경은 일상생활에 그치지 않고 국방 분야에서도 등장한다. 경향(京鄕)의 군사들은 전쟁에 대비하여 바람과 티끌로부터 눈을 보호하는 풍안경(風眼鏡)을 지급받은 것에서 알 수 있다. 『만기요람(萬機要覽)』에서는 "난후창(攔後槍) 160자루, 풍안경 530면, 천리경 1면, 나팔 120지 89지는 경군과 지방군에게 나누어 준다"[73]라 적고 있다. 『만기요람』의 간행이 1808년임을 고려하면, 경군과 지방관에게 나누어 준 풍안경은 적어도 19세기 초 이전 상황이겠다. 이제 안경은 여러 계층의 필수품이자 국방의 중요한 품목으로까지 등장할 정도로 여러 방면의 필수품으로 부각하게 된다.

처음 안경은 사대부들의 독서와 학술을 위한 진리 탐구와 앎을 위한 중요한 도구로 주목받았지만, 시간이 지나면서 값이 싸지고 손쉽게 구할 수 있는 물품이 되자, 전혀 의외의 분야에서 안경을 활용하기도 한다. 일부 인사는 오락과 놀이 공간에서도 안경을 착용하여 유흥을 돋우기도 하였다. 김득신(金得臣)의 「밀희투전(密戲鬪牋)」에서 투전하는 노인이 실다리 안경을 낀 모습을 그린 것이나, 18세기 이후 수많은 민화나 책가도,

73 국역 『萬機要覽』, 「軍政編」 三, '禁衛營-軍器', "攔後槍一百六十柄, 風眼鏡五百三十面, 千里鏡一面, 喇叭一百二十枝, 八十九枝, 京鄕軍分給." 한국고전번역원, 한국고전종합DB 참조.

김득신의 「밀희투전」(© 간송미술문화재단)

그리고 유흥의 마당에 안경의 등장은 이를 보여주는 사례들이다. 이제 안경은 유흥의 마당과 민화 속에 등장할 정도로 여러 계층의 생활 속으로 파고들고 일상생활과 더욱 가까워지게 된다. 필요한 곳에 어디든 존재하고, 용도에 따라 누구나 손쉽게 사용할 수 있어 본격적인 안경의 시대를 맞이하게 된 것이다.

요컨대 안경은 지식의 도구로 조선조 후기 학술과 문예의 변화는 물론 일상생활의 변화 등 사회 문화 전반에까지 적지 않은 영향을 끼쳤다. 안경의 보급과 확대로 상층은 물론 하층에 이르기까지 문명의 이기로 등장함으로써 지식의 도구라는 이름에 값하는 데 충분하였다. 특히 안경의 보급은 다독과 독서 시기의 연장 등 독서환경의 변화를 불러오고, 새로운 지식의 축적과 다양한 저술을 가능하게 하였다. 전에 없던 필기류와 유서도 안경이 견인한 결과물 중의 하나다.

사대부 지식인들은 안경과 함께 노년에까지도 저작 활동을 이어감으로써 만년의 학술과 문예적 성취를 갈무리할 수도 있었다. 안경은 독서와 접속하면서 독서환경을 변화시키고 지식·정보의 축적과 생성, 이와 함께 새로운 학지의 생성과 확산을 견인하기도 했다. 조선조 후기 사대부 지식인은 지식의 도구로 안경을 인식함으로써, 안경은 학술사와 지식사의 관점에서도 특별한 위상을 지닌다. 이 점에서 안경은 조선조 후기 문화적 충격과 함께 사회사적 의미가 있는 것이다.

제3부

견문 지식과 체험, 새로운 기록 방식

| 제 1 장 |

차기와 차기체 필기의 탄생

1

1. 차기와 차기체 필기

조선조 후기에 집중적으로 보이는 필기류(筆記類), 유서(類書), 총집류(叢集類)를 비롯하여 사행록(使行錄) 등 일부 기록은 차기 방식으로 기록하고 있다.[1] '차기(箚記)'는 차록(箚錄), 잡기(雜記)라고도 하는데, 사전적으로 풀이하면 문인학자가 특정 사안을 주목하여 간단하게 적어놓은 메모 형태의 기록을 말한다. '차기'는 독서기(讀書記)의 일종이지만, 전근대 한자 문화권에서 볼 수 있는 글쓰기의 하나다. 오늘날의 독서 후기나 비망록과 비슷하다.

본디 차기는 송나라 때 자주 보이는데, 홍매(洪邁, 1123~1202)의 『용재수필(容齋隨筆)』이 대표적이다. 차기 방식은 고증학이 널리 확산하고 박학다식을 중시하던 청나라 때 가장 발달하여, 학술과 문예 등 다방면에 걸쳐 풍부한 성과를 차기로 기록한다. 17세기 고염무(顧炎武, 1613~1682)의 『일지록(日知錄)』이 차기 방식 글쓰기의 앞자리에 위치하며, 청대(清代) 조익(趙翼, 1727~1814)[2]의 『22사차기(22史箚記)』도 대표적이다.[3] 추사 김정희가

1 차기체 필기의 개념과 학술사적 의미는 진재교, 「19세기 차기체 필기의 글쓰기 양상: 『지수염필』을 통해 본 지식의 생성과 유통」, 『한국한문학연구』 제36집. 2005 참조.

열독한 옹방강(翁方綱, 1733~1818)의 『소재필기(蘇齋筆記)』도 18·19세기의 중요한 성과의 하나다.[4]

조선조의 경우 남명 조식(曺植, 1501~1572)의 『학기유편(學記類編)』은 차기의 한 형태다.[5] 이 저술은 "독서하는 여가에 선현들의 말과 행실 중에서 자신에게 절실한 것을 초록하여 엮어서 만든" 것인데, 단순 초록한 아니라 남명이 선현들의 말과 행실을 주목하여, "몸으로 행하고 마음으로 얻은 실질적인 것"[6]을 기록한 차기를 모아 놓은 것이다.

이러한 '차기'는 조선조 후기 경학 저술과 총서류 필기, 그리고 유서 등에서 두드러진다. 대체로 차기 방식의 서술은 경전의 독서 과정에서 기록한 독서록에서 자주 등장한다. 예컨대 김간(金幹, 1646~1732)의 『맹자차기(孟子箚記)』, 『논어차기(論語箚記)』, 『중용차기(中庸箚記)』와 김귀주(金龜柱, 1740~1786)의 『경서차록(經書箚錄)』 등이 대표적이다.[7] 이 외에도 윤광소(尹光紹, 1708~1786)의 『독서수록(讀書隨錄)』과 『간서수필(看書隨筆)』, 위백규(魏伯珪, 1727~1798)의 『독서차의(讀書箚義)』, 오희상(吳熙常, 1753~1833)의 『독서수기(讀書隨記)』 등이 있다. 특히 『독서차의』, 『독서수록』, 『간서수필』, 『독서

2 조익의 자는 운숭(雲崧, 耘松), 호는 구북(甌北)이며 만년의 자호는 삼반노인(三半老人)이다. 그는 원매(袁枚), 장사전(蔣士銓)과 함께 '강좌삼대가(江左三大家)'라 칭해졌으며, 사학(史學)에도 정통하였다. 청대의 대표적 역사고증학자로 차기체 필기를 남겼다. 그의 저술 35책이 현재 규장각에 남아 있다. 『첨폭잡기(檐曝雜記)』 6권은 차기체 필기류 저술이다.

3 차기 방식의 저술로는 청나라 건륭 59년에 간행된 송나라 홍매의 『용재수필』과 청나라 동치 8년에 황여성(黃汝成)이 고염무의 『일지록』을 주석한 『日知錄集釋』을 들 수 있다.

4 翁方綱, 『蘇齋筆記』 권1, "嘗見撰說部書者, 每多及於瑣屑怪異. 是以, 鄙意深戒不願作說部書也. 惟昔人有以經說爲之者, 而愚治經箚記, 已積成卷矣. 今就其必宜撮擧者, 或箚記所不能附入者, 偶筆一二焉."

5 鄭蘊, 『桐溪集』 권2, 「南冥曹先生學記類編後跋」, "乃於讀書之暇, 鈔錄前言往行之切於己者, 編爲此書, 以爲修省之地. 程夫子所謂考跡以觀其用, 察言以求其心者非耶?"

6 위와 같은 곳, "此皆先生所躬行心得之實, 而非空言也."

7 성균관대학교 대동문화연구원에서 간행한 『한국경학자료집성』 145책을 보면 경학 저술의 글쓰기 방식으로 '차기(차록)'를 차용한 경우를 많이 볼 수 있다.

수기』는 차기의 명칭을 사용하지 않고 있지만, 대체로 경전을 독서하고, 특정 주제나 의문 처에 자신의 견해를 남겼다는 점에서 앞서 언급한 차기의 서술 방식과 크게 다르지 않다.

이러한 차기 방식의 독서록은 경전 구절에 자신의 견해를 밝히거나, 선현의 주석에 의문을 제기하여 자기 생각을 덧붙이는 서술 방식을 취하는 경우가 일반적이다. 저자가 경전의 특정 구절이나 내용을 지목하여 자신의 견해를 서술할 때 차기 방식을 활용하여 의견을 제시하는 것이 가장 적합하다고 인식하였기 때문에, 사대부 지식인은 필기나 유서와 같은 글쓰기에 많이 활용한다. 이 차기 방식이 경학 저술에서 자주 보이는 것도 경전의 독서 과정에서 생긴 의문을 기록한 것과 관련이 있다. 하나의 사례를 보자.

> 때때로 글을 보거나 예(禮)를 고찰하다가 한두 개씩 차기한 것이 혹 없지 않은데, 그중에는 왕왕 전인(前人)이 말하지 않은 내용이 들어 있기도 하다. 나의 이런 말이 없으면 이 도리를 이해하는 데에 미흡함이 있음을 문득 느끼게 되는데, 그 누가 이것을 전할 수 있겠느냐? 그저 장독 덮개로나 사용하게 되더라도 이를 또 어찌하겠느냐.[8]

녹문(鹿門) 임성주(任聖周, 1711~1788)가 동생 임정주(任靖周, 1727~1796)에게 보낸 편지의 일부다. 임성주는 독서와 예를 고찰하는 과정에서 차기 방식을 활용해 전인이 발설하지 않은 자기 견해를 적어놓고 있음을 밝혔다. 그는 김원행(金元行, 1702~1772)에게 자신의 견해를 질의하기 위해 차기한 내용을 적어 보내기도 한다.[9] 그런가 하면 김창협(金昌協, 1651~1708)의

8 任聖周, 『鹿門集』 권11, 「答舍弟穉共」, "時因看書或考禮, 或不無一二箚記, 而往往有前人道不到者. 無此語, 便覺此理有闕, 而有誰能傳之耶? 只成覆瓿耳, 亦奈何." 번역은 한국고전번역원, 한국고전종합DB 참조.

9 앞의 책, 권2, 「答渼湖金公」, "如不直加揮斥, 許以平心商量, 則後當以一二箚記奉稟也.

재전제자(再傳弟子)인 임성주는 『농암잡지(農巖雜識)』에서 주목한 "이기이물(理氣二物)"과 관련한 네 조목에 공감하고, 자신이 공감한 조목을 다시 김원행에게 어떻게 생각하는지를 묻기도 했다.

이처럼 임성주는 경전의 독서 과정에서 생겨난 의문 처에 자신의 견해를 덧붙여 차기해두기도 하거니와, 이렇게 기록한 차기를 왕복 편지로 학술 토론을 하는 데 활용했다. 그는 기왕에 자신이 기록한 내용을 재가공하여 새로운 지식으로 전환하는 과정에서 차기 방식을 활용한 것이다.

구체적인 사례는 김창협의 『농암잡지』에서 확인할 수 있다.[10] 사실 『농암잡지』 자체가 김창협이 평소 차기해둔 내용을 만년에 정리한 것이고 보면, 그의 재전제자인 임성주가 김창협이 차기로 기록한 『농암잡지』의 일부 조목을 학술 토론에 활용한 것은 충분히 이해할 수 있다. 특히 『농암잡지』는 독서와 예를 고찰하는 과정에서 특정 사안에 자신의 견해를 덧붙여 새로운 지식으로 생성하는 과정을 보여준다. 이러한 차기 방식의 글쓰기는 『농암잡지』에서 자주 볼 수 있다.

차기의 활용은 경전을 독서한 내용에서 관심 사항이나 의문처를 기록하는 것 외에 다른 저술을 읽고 활용하는 사례도 있다. 사례는 다르지만, 이수광(李睟光)의 『지봉유설(芝峯類說)』을 읽은 후 그 일부를 뽑아 기록한 경우도 있다.[11] 사실 이러한 산절(刪節) 방식은 엄밀하게 말하면 특정 구

農巖先生雜識中, '世言理氣二物云云'以下四條極好. 窮理氣者, 不可不熟讀而深味之也, 未知以爲如何?"

10 金昌協, 『農巖集』 권11, 「答子益」, "昨留文字, 略見之, 發揮考亭之意, 固知不偶然, 而至如義理已大明, 無俟於費力講究者, 尤是近世紕繆之說. 比嘗有小箚記, 略論此二義, 而未究其說矣. 今玆所論, 儘詳且切, 足以警發聾聵, 非小補也."

11 이순인(李純仁, 1533~1592)은 『지봉유설』 권13, 「문장부(文章部)」 6의 '동시(東詩)', 권9, 「문장부」 2에 나오는 '시평(詩評)'에서 일부 시구를 뽑아 제시하고 있다. 이는 이순인, 『고담일고(孤潭逸稿)』 권4, 부록·잡저, 「지봉유설문장부 산절」 '지봉 이수광' 참조.

절을 선록(選錄)해놓을 뿐, 저자의 견해나 비평을 하지 않아 차기라기보다 차기의 전 단계라 할 수 있다. 이처럼 저자가 독서 과정에서 관심 부분을 선록한 뒤, 여기에 자신의 견해를 덧붙여 모아 두었다가 이후에 이를 편찬하면 차기체 필기로 성립하는 것이다.

그런데 차기 방식은 사실 독서기에 활용된 것만은 아니다. 『독서수기』의 차기 방식도 존재하지만, 단일 작품이나 잡록의 일부로도 존재한다. 이는 『농암잡지』와 성격은 같지만 특정 사안에 저자의 생각과 견해를 밝히고 있는 적은 분량의 잡지(雜識)에서도 확인할 수 있다. 예컨대 김창집(金昌緝, 1662~1713)은 경학의 의문처와 관련한 차기 방식의 잡지를 남겼는데, 모두 22조목이다. 이후 김창즙의 문집을 편찬한 김창흡(金昌翕)은 한 권의 책으로 묶지 못할 분량이어서, '잡지'가 아닌 '잡저' 하위의 항목에 22조목의 '잡지'를 설정하여 마치 부록처럼 배치하고 있다.[12] 유계(兪棨, 1607~1664)의 잡지도 마찬가지다. 유계는 경학과 격언을 두고 자기 생각을 밝힌 차기 방식의 잡지를 남기는데 모두 83조목이다.[13] 이 역시 저자가 경학 관련 의문 처나 자신의 견해를 밝힌 격언 등이거니와, 한 권의 필기저술로 편찬할 만큼의 분량이 아니어서 잡지로 처리하고 있다.[14]

여기서 언급할 점은 조선조 후기 지식인이 잡저와 잡지를 분리해 인

12 金昌緝, 『포음집(圃陰集)』 권5를 보면 「잡저(雜著)」 안에 다시 '잡지일록부(雜識日錄附)'라 한 다음,그 하위에 '잡지'와 '일록'를 첨부하였다. 이는 김창집이 자기 문집을 스스로 편찬하면서 이렇게 배치한 것은 아니다. 그의 사후에 남겨진 글을 수집하고 정리한 사람은 셋째 형 삼연 김창흡이다. 문인 유척기(俞拓基)가 경상도 감사로 나가게 되자 1726년 비용을 대어 운각활자(芸閣活字)로 6권 3책의 문집을 간행하였는데, 최종 산정과 교정은 조카인 김창업의 아들 김신겸(金信謙)이 맡았다.

13 兪棨, 『市南先生別集』 권7, 「잡저」, '잡지〔팔십삼조〕'

14 조선조 후기 대표적인 '잡지'의 사례는 남학명(南鶴鳴, 1654~1722)의 『회은잡지(晦隱雜誌)』, 윤순(尹淳, 1680~1741)의 『백하집』 권11 '잡지'에서도 확인할 수 있으며, 오희상(吳熙常, 1763~1833)의 『노주집』 권23, 「노주잡지」(4권) 등을 거론할 수 있다.

식한 점이다. 잡저는 그야말로 저자가 다양한 장르를 활용하여 붓 가는 대로 쓴 것이 다수를 점하는 데 반해, 잡지는 특정 사안이나 학술적 의문처를 두고 저자의 비평안과 견해를 첨부한 것이 다수라는 점이다. 그래서 조선조 후기 문집을 훑어보면 잡저와 잡지를 분리하여 제명으로 제시하거나, 잡저 안에 다시 잡지 항목을 설정한 사례가 적지 않은 것은 이 때문이다.[15]

척재(惕齋) 이서구(李書九, 1754~1825)의 「독시경잡지(讀詩經雜識)」도 같은 맥락으로 이해할 수 있다. 『척재집(惕齋集)』 역시 잡저와 잡지를 나누어 제시하고 있다. 「독시경잡지」는 잡저의 성격이 아니라 독서기의 하나로 인식하고 잡지로 제명(題名)한 것으로 보인다. 「독시경잡지」는 『시경』 관련 주석서와 저술을 읽다가 거기에 자신의 견해를 밝혀 놓은 일종의 독서기인데, 특정 사안을 차기 방식으로 기록하고 있다. 여기서 이서구는 『시경』을 주석한 저술과 『시경』관련 내용이나 작품에서 의문 나는 점을 끄집어내어 자신의 견해를 제시하는 방식을 취했다. 전형적인 차기 방식의 기록이다. 하지만 성책(成冊)할 만큼의 분량이 아니라서 제명을 달지 않았지만, 차기 방식의 독서기 성격을 지녔기에 특기(特記)하여 잡지라 하였다.

특히 이서구는 「독시경잡지」에서 시경학의 관점에서 장뇌(張耒, 1054~1114)의 『시설(詩說)』, 구양수(歐陽脩, 1007~1072)의 『모시본의(毛詩本義)』, 주감(朱鑑, 1190~1260)의 『시전유설(詩傳遺說)』 등의 저작을 읽고, 그 저작과 관련한 경학적 평가는 물론 자신의 견해도 함께 남겼다. 「독시경잡지」는 잡지라는 제명을 붙이고 있지만, 독서 후기의 성격을 지닌 차기다. 한 조목을 보자.

15 김창흡의 『포음집』, 유계의 『시남선생별집』, 오희상의 『노주집』, 한원진의 『남당집』 등 많은 경우에 잡저와 잡지를 분리하여 제명을 정하고 있다.

『시전유설』 6권은 주희의 손자인 주감이 편집한 것인데, 문집과 『주자어류』를 참고하여 교감해보면 중간에 빠진 문장과 틀린 글자가 많은데다가 간혹 빠뜨리고 기재하지 않은 것도 있다. 후서(後序)에 이른바 "「칠월(七月)」과 「사간(斯干)」의 두 시를 구자복(丘子服)에게 써 주었다"라는 것이 또한 본 내용에 덧붙이지 않았다. 대체로 옮겨 적은 자의 실수이다. 그러나 선생의 산견된 시설(詩說)을 이 책에 모아 놓았으니, 『시경집전(詩經集傳)』을 읽는 자는 참고해보지 않을 수 없다. 갑술년 12월 7일에 척재가 기록한다.[16]

이서구는 주희의 손자 주감이 편찬한 『시전유설』 6권을 읽으면서 『주자어류』와 비교 검토하고, 그것이 지닌 문제점과 시비를 가리고 있다. 여기서 이서구는 이 책의 일부에서 오류가 발견되지만, 주희의 『시경집전』에서 빠뜨린 것을 모아 놓은 장점도 있어 『시경집전』의 참고서 역할은 충분하다고 평하고 있다. 그런데 이서구의 『시경』 읽기는 몇 차례에 걸쳐 이루어진 것으로 보인다. 몇 차례 『시경』을 독법하는 동안 그때그때 독서기 형태로 기록해두고, 이후 잡지 형태로 묶은 것이 바로 「독시경잡지」인 것이다.[17]

그러나 조선조 후기에 보이는 다양한 잡지의 내용과 형식이 모두 차기 방식으로 포섭할 수는 없다. 저자가 붓 가는 대로 적어놓은 격언이나

16 李書九, 『惕齋集』 권8, 「독시경잡지」, "詩傳遺說六卷, 朱子嗣孫鑑所編, 以文集語類參校, 間多缺文誤字, 又或有闕漏不載者. 卽後序所云七月斯干二詩, 書遺邱子服者, 亦不附見, 蓋傳寫之過也. 然先生詩說之散見者, 會稡于此, 讀集傳者, 不可不參看也. 甲戌十二月七日, 惕齋識."

17 「독시경잡지」를 보면 1814년(甲戌年) 12월 7일과 8일, 그리고 1815년(乙亥年) 4월 16일과 17일, 그리고 6월 11일과 12일에 나누어 『시경』 읽기를 하고 있다. 『시경』 관련 조목도 6조에 지나지 않는다. 하지만 읽는 과정에서 의문 처에 다른 저술과 비교와 교감을 하면서 이를 토대로 자신의 견해를 밝히고 있어 조선조 후기 차기 방식의 전형적인 글쓰기를 하고 있다.

단문을 비롯하여 특정 사안을 두고 단평(短評)하거나, 그때그때 생각나는 사안에 자신의 견해를 적어놓는 등 다양하다. 오희상의 『노주잡지(老洲雜識)』 4권이 대표적이다. 『노주잡지』를 보면 노주가 평소 그때그때 생각한 것을 모은 것이다. 여기에는 독서기 형태나 특정 사안의 의론, 다른 저술을 활용한 학술적 쟁점 등을 주목하거나, 거기에 자기 견해를 제시하는 사례는 많지 않다. 평소 생각한 바를 격언처럼 제시하거나 학술적 쟁점과 무관한 단편적 내용을 두고 기술하고 있다. 하지만 더러더러 특정 사안을 두고 경전이나 선현의 견해를 인용하면서 여기에 자신의 견해를 덧붙이기도 한다. 한 조목을 보기로 한다.

> 재화는 사람이 함께하고자 하는 것인지라 그것을 오로지하면 어지럽게 된다. 따라서 예로부터 나라를 망하게 하고 집안을 해치는 것은 그 도가 하나가 아니지만, 그 끝나게 되는 요체는 일찍이 재물을 탐내어 만족하지 않는 데 연유하지 않음이 없다. 옛날부터 지금까지 그 폐단은 한 가지이니 『대학』의 '평천하장(平天下章)'에 '재용(財用)에 힘쓴다'는 그 뜻이 심원한 것이다.[18]

오희상은 재용을 두고 자신의 생각을 밝히고 있다. 재용은 사람에게 반드시 필요한 것이지만, 이것을 독점하려는 욕심 때문에 나라와 집안을 망친다고 했다. 재용을 독점하려는 마음은 끝이 없기 때문에 결국 재물을 다 차지하려는 욕망으로 인하여 집안과 나라, 세상이 다 어지럽게 된다는 것이다. 오희상은 재용의 순기능보다 역기능에 주목하고 이를 경계하고 있다. 그는 경계를 위하여 『대학장구』전(傳) 10장[19]을 호출하고, 이

---

18 吳熙常, 『老洲集』 권23, 「雜識」 一, "財者人所同欲, 而專之則亂也. 故從古亡國敗家, 其道不一, 而要其終則未嘗不由於瀆貨無厭. 往古來今, 滔滔一轍, 大學平天下章拳拳於財用, 其旨深矣."

19 "長國家而務財用者, 必自小人矣. 彼小人之使爲國家, 災害必幷至, 雖有善者, 亦無如

를 제시함으로써 재용의 진정한 의미를 제시하고 있다. 이 역시 차기 방식의 글쓰기임은 물론이다.

차기 방식의 서술이 경학에만 존재하는 것은 아니다.[20] 조선조 후기 지식인은 필기류 저작에서도 이를 자주 차용한다. 조각 글이나 메모 형태의 차기는 저자가 책을 읽거나 공부하는 과정에서의 의문점, 견문 체험과정에서의 특정 사안에서의 느낀 점, 특정 사안을 두고 생각할 점 등을 두고, 그때그때 자신의 견해를 적어둔 것이 많다. 저자는 오랜 기간 이러한 메모한 조각 지식을 모았다가, 만년에 잡다하게 차기한 지식 뭉치를 재정리하고 체계적인 분류와 편집을 거쳐 정돈된 저작으로 만든다. 이 과정에서 특정 사안에 덧붙인 저자의 견해를 수정하거나 없애기도 한다. 더러 이런 과정을 거쳐 새로운 형태의 지식·정보로 재탄생하기도 한다.

요컨대 저자가 평소 단편적인 특정 문제나 사안을 차기해두는데, 여기에는 저자의 사유와 학적 시야도 들어가 있기도 하다. 저자는 만년에 이러한 차기 방식의 지식 뭉치를 저술로 만드는 경우가 많다. 이렇게 탄생한 필기나 잡지, 유서는 차기 방식을 거쳐 저술로 성립하는 것이다. 저자가 특정 사안이나 문제를 주목하여 서술하고, 여기에 저자가 의견을 덧붙이거나 비평하는 서술을 차기 방식이라 한다면, 이러한 차기 방식으로 기록된 비망록이나 조각 지식의 메모를 뒷날 저자나 가공을 거쳐 총집한 것을 차기체 필기라 할 수 있다.[21]

之何矣. 此謂國不以利爲利, 以義爲利也"를 말한다.

20 강준흠(姜浚欽, 1768~1833)도 『독서차기(讀書箚記)』를 남긴 바 있다.

21 차기체 필기는 엄밀한 의미에서 장르적 개념으로 사용한 것은 아니다. 조선조 후기 필기에서 두드러지게 나타나는 차기 방식의 글쓰기와 이러한 차기를 총집한 학술적 성격과 저자의 학술적 비평 등을 고려하여 붙인 것이다. 조선조 전기 필기와 그 글쓰기 방식과 내용이 지향하는 성격이 다른 점을 주목하여 범박하게 규정한 것이다. 오해 없기 바란다.

차기체 필기는 전 시기 필기류 저술에 비해 특정 사안을 두고 저자의 학술적 토대를 근거로 비평하고 의논하는 경우가 많다. 특히 저자의 비평적 관점과 견해가 들어간다는 점에서 저자의 학술적 역량을 반영하는 것이기도 하다. 이러한 차기체 필기는 대체로 저자의 학술과도 깊은 관련을 지닌다. 조선조 후기 차기체 필기는 이미 축적된 다양한 지식·정보에 저자 만년의 학술적 역량이 투영된 결과물이 다수다. 이 결과물은 차기한 메모를 모아 편집한 것이기에 저자가 학술적 시야에서 가공과 분류, 재배치와 편집의 과정을 거쳐 성립하기도 한다. 차기체 필기 중에는 기존 서적과 견문한 것에서 발췌하여 상호 비교한 다음 여기에 저자의 의견 일부를 덧붙이는 경우도 많다. 이는 저자가 독서한 서적과 견문 체험한 것에서 새로운 가치나 의미를 확인하는 의미도 있다. 더욱이 권위를 지닌 여러 저자의 다양한 견해를 상호 비교·대조한 다음 자신의 견해를 덧붙임으로써 특정 사안의 문제와 쟁점에 쉽게 접근할 수 있다는 장점도 있다.

이 외에도 김육(金堉, 1580~1658)의 『유원총보(類苑叢寶)』처럼 기존 지식·정보를 단순 발췌하여 편집하거나, 『송남잡지(松南雜識)』처럼 견문 체험한 지식·정보를 저자의 편집을 거쳐 재배치한 사례도 있다. 이는 기왕에 산재한 다양한 지식·정보를 모아 하나의 공간에 분류해 재배치한다는 점에서 새로운 지식의 범주에 넣을 수도 있지만, 기존에 알려진 다양한 지식·정보를 재편집한 경향성을 보여준다는 점에서 지식사적 의미는 반감된다.[22] 그런가 하면 유희(柳僖, 1773~1837)의 『물명고(物名攷)』[23]처럼

22 단순 편집과 분류에 그치지 않고 기존 지식·정보에 다양한 전거를 들어 고증하거나 기존 지식·정보에 자신의 견해를 덧붙여 비평하는 방식이 차기 방식인데, 여기에 저자의 견해가 적다는 점에서 다른 차기체 필기와는 성격이 다소 다르다.

23 『물명고』는 서종이 다양한데, 모두 박물적 성격을 지닌 점과 자연 세계에 존재하는 사물을 중시하여 조수·초목·금석·수화(水火) 등을 분류하여 한글로 물명을 기록한

기존에 주목하지 않던 물명과 물질에 주안점을 두고 다양한 지식·정보를 제공한 것도 있다. 이는 관념의 사유가 아니라 눈에 보이는 사물과 물질의 세계를 사유한 결과물이라는 점에서 주목할 수 있다.

이러한 차기체 필기는 17세기~19세기에 집중적으로 출현한다. 여기에는 청으로부터 다양한 종류의 서적 유입과 유통, 독서를 위한 최대 발명품이던 안경의 등장으로 인한 다독과 속독의 가능,[24] 책쾌(冊儈)〔서쾌(書儈)〕의 활동[25]과 장서가의 출현, 사행을 통한 이국 체험과 이국 문물의

것은 동일하다. 유희의 경우, 대체로 유정류(有情類)·무정류(無情類)·부동류(不動類)·부정류(不靜類) 등 4부류로 나누기도 하고, 그 하위에 다시 우충(羽蟲)·수족(獸族) 등 15개 부류로 분류하였다. 여기에 한글 표제어를 1,660개나 달고 있다. 어쨌거나 당대에 등장한 새로운 물명을 포착한 것과 이러한 것을 기록한 점은 새로운 지식·정보의 제시라는 점은 다른 차기체 필기와 그 성격은 동일하다.

24 이 책의 제2부 제2장 「안경이라는 이기와 지식·정보」 참조.

25 구체적인 사례로 황윤석(黃胤錫, 1729~1791)의 『이재난고』와 유만주(兪晩柱, 1755~1788)의 『흠영』을 보면 책장수가 나온다. 정약용과 조수삼이 입전한 「조신선전(曺神仙傳)」의 조생도 책장수였다. 특히 유만주는 『흠영』에서 자신이 거래한 여러 명의 책장수를 기록해두었다. 책쾌 조씨, 책쾌 고(顧), 책쾌 공(共), 서객(書客), 책쾌 서(西) 등이 이들이다. 이들은 책을 중간에 중개하기도 하거나 다른 사람의 책을 빌려주기도 한다. 자신이 소유한 책을 파는가 하면, 다양한 서적의 소장 처와 소유자 등의 정보를 일러주기도 한다. 유만주의 경우 이들 책장수로부터 책을 구매하기도 하고 다양한 책의 정보를 알기도 하며, 빌려 책을 베껴두기도 한다. 책장수의 문제는 이렇게 가볍게 다룰 사안은 아니지만, 조선조 후기에 책장수의 활동이 적지 않았다는 사실만 언급하고자 한다. 당시 서울을 중심으로 이들 책장수의 활동으로 다양한 서적이 유통되었음을 확인할 수 있다. 그러나 1771년(영조 47년) 5월 20일 박필순이 청나라 주린이 지은 『강감회찬(綱鑑會纂)』에 왕실의 족보가 잘못되었다고 상소하자 이에 영조가 크게 놀라 사건의 진상을 캐어 관련자를 처벌하고 사신을 파견하여 변정(辨正)하였다. 당초 청의 진학(陳鶴)이 『명기집략(明紀輯略)』을 편찬하였는데, 주린이 이를 간추려 『강감회찬』을 지었고 여기에 조선 왕실의 족보가 어긋나고 무함하는 말이 있었는데, 이를 소유한 자와 판자를 모두 법류로 다스렸고, 그 과정에서 책장수가 많이 죽임을 당했다. 이는 『영조실록』 1771년 5월20일부터 6월 2일 기사에서 사건의 전말을 알 수 있다. 또한 유만주는 『흠영』 제5책, 「乙未部」 五月記, '初六日'에서 이 사건과 함께 책장수의 동향을 자세하게 알렸다. "辛卯五月, 大索明史. 以朱璘輯略有誣衊本朝語也. 李玄錫明史綱目, 有朱璘說, 原書特命洗艸綱鑑, 賣買人李羲天等, 皆被極刑, 冊儈皆於黑島爲奴, 令漢城府考索中外, 以綱鑑及明史, 爲名者焚燒之, 隱者以逆律. 論遣陳奏使金尙喆·尹東

유입, 물질문명의 체험과 인식의 지평 확대 등이 차기체 필기의 배경으로 작동한 바 있다.

기본적으로 차기체 필기는 저자의 견문 내용을 잡기한 점에서 한문학 장르로 말하면 필기다. 필기는 '붓 가는 대로'의 성격을 지니고 있듯이 다루는 소재와 영역은 매우 다양하고 넓다. 차기체 필기의 성격 또한 마찬가지다. 실제 차기체 필기의 소재는 인물의 성품이나 인물의 삶 속에서 주목할 만한 특기 사항, 독서 내용, 문예 관련 사항, 역사의 뒷이야기, 다양한 견문 체험, 자연 현상과 실생활의 공간, 이국 문물과 물질에까지 이른다. 이러한 소재와 관련한 사안을 두고 시시비비와 고증, 비교와 대조의 과정을 거치고, 여기에 비평의 시선으로 자신의 견해를 덧붙인다. 이런 점에서 단순한 푯 노트나 메모를 넘어 저자 만년의 학술과 문예적 성취와 관련성이 있다.

반계(磻溪) 유형원(柳馨遠, 1622~1673)은 자신이 저술한 『반계수록(磻溪隨錄)』의 후기에서 자신이 저술한 글의 성격을 다음과 같이 언급한 바 있다.

> 오른편의 약간의 조목은 간혹 고금의 전적을 읽다가 혹 생각이 미친 것에 따라 그것을 수록한 것이다. …… 이것은 세상에 내 주장을 내세우려는 것이 아니라, 곧 나의 사적인 차기로써 스스로 고찰하고 증험하기 위한 것이다. 오호라! 이 또한 부득이한 바가 있어서일 뿐이다.[26]

遲·沈頤之, 卞于淸人. 七月, 皇明正史成頒赦. 九月, 尙喆等還. 壬辰春, 敎南有容所撰明書正綱洗艸. 此後, 關係史記, 不敢私自纂輯, 事定爲令甲." 요컨대 이 사건으로 책장수가 대거 유배를 가거나 죽임을 당하여 당시 서적의 매매와 중개, 서적의 유통은 물론 서적 관련 새로운 지식·정보의 확산에 결정적으로 작용하였다. 결과적으로 영조의 이러한 조치는 학술과 문예는 물론 사회 전반에 적지 않은 부정적 영향을 끼쳤다.

26 柳馨遠, 『磻溪隨錄』 권26, 「書隨錄後」 "右凡若干條, 或讀古今典藉, 或因思慮所及, 隨得錄之. ……중략…… 此非立言於世也. 乃私爲劄記, 以自考驗也. 嗚呼! 玆亦有所不得已焉爾."

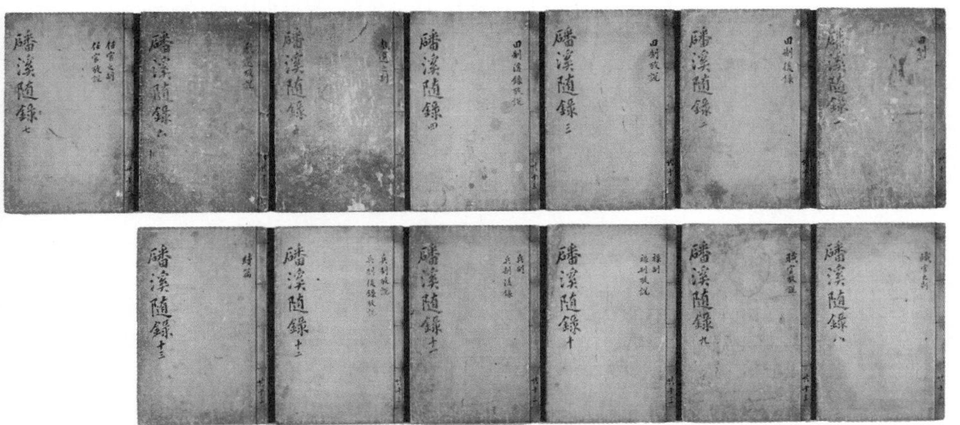

『반계수록』(국립중앙박물관 소장)

반계는 『반계수록』의 글쓰기를 두고, 자신의 주장을 세우기 위한 글이라기보다 차기의 성격을 지닌다고 규정하고 있다. 반계 스스로 『반계수록』을 차기로 규정하고 있는데, 그렇다 하더라도 『반계수록』은 반계가 독서 과정에서 생각나는 대로 단순하게 메모한 것이 아님은 물론이다. "한 가지 사례에서도 차례와 항목, 여러 가지 방향을 세우되 관례를 견줄 수 없고, 그 득실 처를 명확하게 할 방법이 없으면 이에 조목을 모두 나열하여 그 곡절을 모아두고 마음속으로 스스로 기록하여 그 빠지고 망실할 것에 대비해두었다."라고 제시하였듯이 『반계수록』은 그저 붓 가는 대로 쓴 성격을 훨씬 넘어서는 면모를 보여준다.[27] 실제 『반계수록』을 훑어보면 생각나는 대로 적은 글이 아니라 전체 틀과 항목, 전체 내용을 위한 분류를 구상하고 배치한 것임을 알 수 있다. 여기에 다양한 방계자

27 같은 책, 같은 곳, "一事之中, 緖目百方, 若不擬例, 無由明其得失之際, 乃敢條列, 掇其曲折, 以自識之於心, 而備其遺忘."

료를 전거로 대거나 활용한 다음 자신의 주장도 제시하고 있다. 메모한 지식을 단순 총집한 독서 후기와 달리 『반계수록』은 반계의 학술적 성취가 십분 묻어나오는 저술이다. 특히 『반계수록』은 특정 사안을 '차기' 방식의 글쓰기로 제시하면서 당대 현실개혁의 청사진과 구체적인 대안을 제시하는 등 학술적 성취도 함께 보여주고 있다.

이러한 차기 방식은 박제가의 『북학의(北學議)』 역시 동일하다. 『북학의』는 박제가의 연행록이자, 자신이 연행에서 견문한 다양한 지식·정보를 통해 자신의 구상을 밝힌 연행 체험의 결과물이기도 하다. 박제가는 「응지진북학의소(應旨進北學議疏)」라는 글에서 "하찮은 처지로 분수에 넘치는 은총을 입고 보니 얕은 식견의 보잘것없는 견해도 감히 숨길 수가 없었습니다. 삼가 제가 지은 논설과 차기를 기록하여 27개 항목에 49개 조목을 마련하여 이를 『북학의』라 이름을 지었습니다. 숭고하고 지엄한 성상을 모독하는 일이오나 살펴 취하시기 바랍니다"[28]라 언급하여 『북학의』의 성격을 제시한 바 있다.

『북학의』 자체가 국왕에게 올리는 글이기 때문에 '얕은 식견'에다 '차기', '논설' 등 겸양의 언사를 두었지만, 실제 『북학의』는 '차기체 필기'의 성격을 유감없이 보여준다. 기왕의 연구에서 언급하듯이, 『북학의』는 박제가의 학술적 역량과 연행에서의 선진 체험과 이문화로부터 체화된 경험을 종합하여 내 놓은 현실개혁론이다. 박제가가 『북학의』의 서술 방식으로 스스로 '차기'를 언급한 것은 현실개혁과 자신의 구상을 드러내는데 이러한 방식의 글쓰기가 매우 유용하다는 사실을 인식하였기 때문일 것이다.

이 외에도 홍만선(洪萬選, 1643~1715)의 『산림경제(山林經濟)』와 김창협

28 朴齊家, 『貞蕤閣文集』 卷2, 「應旨進北學議疏」, "葑菲之菜, 寔荷濫觴, 芻蕘之私, 不敢自隱. 謹錄所爲論說箚記, 凡二十七目四十有九條, 命之曰北學議, 瀆冒崇嚴, 庸備裁擇."

의 『농암잡지』, 서명응(徐命膺, 1716~1787)의 『고사신서(攷事新書)』, 이덕무(李德懋, 1741~1793)의 『앙엽기(盎葉記)』 같은 저술에서도 이러한 차기 방식을 확인할 수 있다. 그런가 하면 서유구(徐有榘, 1764~1845)의 『임원십육지(林園十六志)』와 이유원(李裕元, 1814~1888)의 『임하필기(林下筆記)』, 이규경의 『오주연문장전산고』와 유치범(兪致範)(19세기)의 『일신록(一哂錄)』,[29] 홍석주의 『학강산필(鶴崗散筆)』을 비롯, 홍길주가 저술한 일련의 필기류 저술 모두 차기체 필기의 모습을 보여준다.[30]

여기서 한 가지 거론할 점은 차기체 필기의 내용이 기존 문헌에서 인용한 것은 물론 이국에서의 견문 지식과 체험에서 온 내용도 풍부하게 담고 있다는 사실이다. 조선조 후기 대표적 경화세족인 김창협의 안동김씨 가문, 홍석주의 풍산 홍씨 가문, 서유구의 달성서씨 가문 인물의 저술에 차기체 필기가 많은 것은 우연이 아니다.[31] 이들 가문의 인물들은 가문의 정치적 위상을 배경으로 누구보다 사행 경험을 많이 하고, 사행을 통한 다량의 서적 구입과 사행 과정에서 신문물의 체험을 할 수 있었다. 여기에 연경이라는 창(窓)을 통해 다양한 이국 문물도 엿볼 수 있어, 새로운 지식·정보의 습득과 견문 체험 또한 많았다. 이를 계기로 이들은 이국 경험과 다양한 신문물의 체험, 서적의 구입과 수장, 다독과 전문(傳聞) 등을 통해 형성된 풍부한 지식·정보를 자신의 저작에 이월한 바 있다.

29 모두 25권으로 국가의 제도에 대한 것을 위주로 국방(國防), 세제(稅制), 목민(牧民) 등에 관한 것을 소항목으로 나누어 서술하고 있다. 이 역시 박학한 저술 형태를 보여주고 있다.

30 이를테면 홍길주의 『숙수념(孰遂念)』·『현수갑고(峴首甲藁)』·『표롱을첨(縹礱乙籤)』·『수여방필(睡餘放筆)』·『수여연필(睡餘演筆)』·『수여난필(睡餘瀾筆)』·『수여난필속(睡餘瀾筆續)』·『항해병함(沆瀣丙函)』 등을 말한다.

31 홍석주를 비롯, 홍길주, 홍현주와 홍한주 등은 19세기 대표적인 경화세족의 장서가로 다양한 독서 체험을 통해 다양한 필기 저작을 저술한 바 있다. 이에 대해서는 진재, 진재교, 「홍석주가의 독서 체험과 문예비평」, 『한국문학연구』 4집, 고려대학교 한국문학연구소, 2003, 235~288면.

이를 고려하면 차기체 필기의 등장은 서적의 유통과 새로운 독서 환경은 물론 학술과도 깊은 관련을 지닐 수밖에 없다.

2. 차기체 필기의 성립 과정

차기체 필기는 차기 방식의 메모를 축적하여 하나의 필기로 탄생한다. 대체로 저자의 가공과 분류를 거쳐 재배치하는 방식으로 성립하는 것이 일반적이다. 여기서 실제 차기체 필기가 어떻게 성립하는지 구체적으로 확인해보자. 차기체 필기의 선편은 지봉 이수광의 『지봉유설』이다. 이때 '유설'의 사전적 의미는 유별(類別)로 나누어 여기에 지봉의 견해〔설(說)〕를 붙인 것이라 할 수 있다. 이익(李瀷)의 『성호사설(星湖僿說)』 역시 마찬가지다. 『성호사설』은 성호가 자질구레한〔사(僿)〕 내용에 자신의 견해를 덧붙였다. 이규경의 『오주연문장전산고』는 앞의 사례와 다르게 자신의 견해를 선명하게 하고 자신의 주장을 객관적으로 하기 위해 모든 제목에 '~변증설'을 붙여, 변증을 통한 자신의 주장을 분명히 한 점에서 차기 방식의 정점을 보여주고 있다.

여기서 차기 방식의 선편을 잡은 이수광의 『지봉유설』에 나오는 한 조목을 보자.

① 『격치총서(格致叢書)』[32]에 이르기를 "두창(痘瘡: 천연두)은 처음에 한나라 광무 때에 마원이 남정하면서 오랑캐들에게 전염된 것이다"라고

32 명나라 호문환이 편찬하였다. 종수는 346종 또는 386종이라고도 하는데, 현존 본은 168종이다. 명나라 사람의 저작 위주로 명물을 고증한 책을 수록하였다. 조국장 등, 『문헌학대사전』, '격치총서', 광능서사, 2005, 806면

했다. ② 또한 우리나라 의방에는 "천포창(天疱瘡)[33]은 정덕(正德: 506~1521) 연후에 처음 중국으로부터 전염되어 온 것인데, 중국 또한 옛날에는 이 병이 없었으니 서역으로부터 온 것이다"라고 하더라. ③ 그런즉 병이 후세에 출현한 것도 많다. 근래 계축(1613), 갑인(1614) 연간부터 일종의 시열(時熱)이 있었는데, 증세가 심히 혹독하고 사나워 사망하는 자가 매우 많았다.[34] 사람들이 이르기를 당독역(唐毒疫)이라고 했는데, 전에 없던 증상이었다. 의사들은 옥온(獄瘟)이라고 하였다.[35]

지봉은 우선 ①의 사례처럼 『격치총서』를 읽다가 북적(北狄)에서 전염된 천연두에 관심을 가지고, 이와 비슷한 사례로 ②에서 16세기 서역에서 명으로 명에서 다시 조선으로 전파된 천포창을 거론하고 있다. 여기서 천포창은 지금의 매독이다. ③에서는 후세에 나와 유행한 병의 사례를 들어 자신의 견해를 피력한다.

여기서 지봉은 천포창을 언급하며 증세가 심하고 사망자가 속출하는데 전에 없던 증상이라고 제시하고 있다. 지봉이 관심을 가진 것은 풍토병이 아니라 공간을 넘어 전래한 전염병이기에 이를 소개한 뒤 자신의 견해를 붙이고 있다. 이처럼 『지봉유설』은 서적과 전문, 경험 등을 통해 획득한 지식·정보를 축적하고, 이러한 축적된 뭉치를 자신의 '설'을 붙여 분류하고 거질의 차기체 필기로 정립하였다.

그런데 차기체 필기로 성립된 『지봉유설』을 읽고 다시 차기 방식으로

---

33 천포창은 성병의 일종으로 오늘날의 매독이다. 이 병은 1500년대 초에 중국에서 우리나라에 들어왔는데, 중국도 서역을 통해서 유입되었다고 한다(『산림경제 권3「천포창」). 이 병은 양매창, 당독역, 옥온 등으로 불렸다.

34 이규경의 『오주연문장전산고』, 「인사편-인사류」, '마진변증설'에도 자세하게 나온다.

35 이수광, 『지봉유설』 권17, 「人事部」, "格致叢書曰: "痘瘡始於漢光武時, 馬援南征, 染得虜疫." 又本國醫方曰: "天疱瘡, 正德年後, 始自中朝傳染而來, 中朝亦舊無此疾, 出自西域"云. 然則病之出於後世者, 亦多矣. 近自癸丑甲寅年間, 有一種時熱, 証甚酷暴, 死亡甚衆, 人謂唐毒疫, 乃前所未有之証也. 醫者, 以爲獄瘟."

기록한 사례도 있다. 정동유(鄭東愈, 1744~1808)의 「서지봉유설(書芝峯類說)」[36]이 그것이다. 『현동실유고(玄同室遺稿)』에 실려 있는 「서지봉유설」은 모두 25칙이다. 정동유가 『지봉유설』을 읽다가 의문 나는 곳과 스스로 오류라 생각하는 내용을 차기한 뒤 자신의 견해를 덧붙였다. 비록 25칙의 분량에 지나지 않지만, 이러한 차기 방식의 기록이 축적되면 훗날 분류와 저자의 가공을 거쳐 필기류 저술로 성립할 수도 있는 것이다. 정동유는 『현동실유고』에서 「서지봉유설」 외에 아예 제명을 「차기」라 하여 7편을 제시하고 있는바, 독서 과정에서 의문을 가진 제도, 학설, 용어 등을 고증함으로써 자신의 견해를 밝히고 있다.

하지만 거질의 유서와 달리 적은 분량의 차기체 필기는 처음에는 공부와 독서를 통한 독서 후기와 같은 서술에서 시작하다가, 다양한 서적과 경험, 고증학의 방법을 동원하여 자신의 의견을 확실히 제시하는 차기 방식으로 발전하기도 한다.

여기서 잠시 차기 방식이 하나의 차기체 필기로 성립하는 과정을 살펴보자. 유만주(1755~1788)의 『흠영』의 한 대목이다.

> 『반계수록』에 호적의 전문(箋文)이 있는데, ① 부녀자들도 당연히 호적에 등재하여야 한다는 것을 말하였다. ② 혹자가 이것이 풍속을 어지럽힌다고 힐난하자, 반계는 해명하며 이렇게 말하였다. ③ "여자가 본래 이름을 숨길 이유는 없으니, 예법에 여자는 시집가서 비녀를 꽂는 것을 허락하고 이름을 짓는다고 하였다. 한나라와 진(晉)나라의 역사와 전기 살펴보면 왕후나 왕비라 하더라도 이름을 기재하였는데, 수나라와 당나라 이후에는 보이지 않는다. 우리나라 사대부가는 부녀자 이름

36 「서지봉유설」은 『주영편』에도 나온다. 鄭東愈, 『晝永編』, "偶閱芝峯類說首卷, 其誤處已不勝多, 以李公文章, 多年所述, 豈容紕謬至此? 必後人之以草稿入刊, 未善修正耳. 今摘數事, 正其謬誤, 非敢指摘古人以爲能, 欲以敎兒輩焉耳."

을 굳이 숨기는데 신주(神主)에 끼워 넣을 때도 그 이름 적는 여부의 타당함을 의심하니 이것은 습관과 습속의 촌스러움이다. 호적 작성과 같은 일은 천하의 인구수를 계통을 적어 임금에게 올리고 관청에 보존하여 후세의 자손들도 그 세계(世系)와 이름을 찾아볼 수 있는 것인데 어떻게 이름을 숨기고 쓰지 않을 수가 있겠는가?" ④ 나는 이렇게 생각한다. 이 주장은 제도를 크게 바꾸지 않고는 시행될 수 없다. 다만 중국에서는 호적을 만들면서 부녀자의 이름을 적는지는 잘 모르겠다. ⑤『반계수록』에는 또 사대부 집안의 부녀자들이 호적에 빠져서는 안 된다는 것을 이렇게 말하고 있다. "인구수를 기록하는 것은 예로부터 전장(典章) 제도의 큰 기강이었다. 그렇게 하지 않는다면,『주례(周禮)』의 직방(職方)에서 옹주(雍州)는 남자 세 명에 여자가 두 명꼴이고, 양주(揚州)는 남자 두 명에 여자가 다섯 명꼴이라고 한 것은[37] 성인(聖人)이라 하더라도 무슨 근거로 찾아내고 입증하였겠는가? 지금 호적을 만드는 것은 너무 소략한데 바로잡을 방법이 반드시 없는 것은 아니다."[38]

유만주는 22세 되던 1776년 12월23일부터 29일까지 반계 유형원(1622~1673)의『반계수록』을 통독하고 있다. 통독 과정에서 여러 관심 사안에 독서 후기를 남기고 있다. 위에 제시한 것은 그중 한 대목이다. 당시 유만주는『반계수록』은 물론 홍계희(洪啓禧, 1703~1771)가 지은 유형원

37 『주례』의 '직방' 항목을 보면 주나라 당시 전국 구주 백성의 성비를 언급한 것을 가리킨다. 예컨대 양주 '2남 5녀', 형주 '1남 2녀', 예주 '2남 3녀', 병주 '2남 3녀' 등과 같은 서술이다.

38 유만주,『欽英元本』「丙申部」12월 23일, "錄有戶籍䇳, 而謂婦女當書名于籍. 或以駭俗難之, 其辨曰: "女子本無沒名之理, 禮女子許嫁, 笄而字. 考之漢晉史傳, 雖后妃亦載其名, 隋唐以後, 乃無見焉. 至東國則士夫婦女, 牢諱其名, 至如神主陷中, 亦疑書名當否, 此乃習俗之野也. 至若版籍, 則紀天下人數, 獻于君上, 藏之公府, 後世子孫, 亦得以考其世系名諱者也, 安可沒名而不書乎?" 余謂此論, 自非大更憲制, 則不得行也. 第未知中朝版籍, 亦書婦女之名也. 錄又以士族女子之漏籍爲不可曰: "獻數書籍, 自古王典之大紀也. 不然, 如周官職方, 雍州三男二女, 揚州二男五女之類, 雖聖人何從而考驗乎? 蓋今之版籍踈畧極矣, 矯正之道, 未必無也."

의 전(傳)과 오광운(吳光運, 1689~1745)이 지은 행장도 함께 읽고[39] 그 독후감을 남긴 바도 있다.

위에서 보듯이 유만주는 호적에 부녀자를 작성하는 것과 이름을 기재할 것인가의 여부를 두고 『반계수록』의 견해를 주목하고 있다. 유만주는 먼저 유형원과 혹자의 견해, 여기에 자기 생각 등을 두루 나열한다. ①은 『반계수록』을 통독하면서 부녀자도 호적에 기재하여야 한다는 유형원의 견해를 주목한 것이다. ②는 이를 비판한 혹자의 견해며 ③은 혹자의 비판에 대한 유형원의 해명이다. ④는 반대되는 두 입장 관련 유만주의 생각이며, ⑤는 다시 호적에 부녀자의 이름을 기재해야 한다는 옛 전장제도를 거론한 유형원의 생각을 기록한 것이다.

대체로 유만주의 독서 후기는 유형원의 입장을 지지하지만, "제도를 크게 바꾸지 않고는 시행될 수 없다"고 하며 그 방향은 옳지만 실현 가능성에 의문을 제기하고 있다. 젊은 유만주가 현실적 조건을 들어 유형원의 견해를 유보한 것은 의외지만, 이처럼 독서 과정에서 특정 사안의 소개와 논란, 그리고 자신의 견해를 밝힌 것은 주목할 만하다. 요컨대 이러한 방식의 독서 후기가 바로 차기 방식의 글쓰기다. 만약 이를 축적하여 배치와 분류, 윤문과 수정 과정을 거치면 하나의 차기체 필기로 탄생되는 것이다.

다음은 독서 후기를 토대로 한 짧은 차기체 필기의 사례다.

> 나는 20세 이후에 비로소 차기 공부를 하였다. 모두 경전과 정자와 주자의 글을 읽다가, 내 의견에도 망령된 의심이 나면 적고, 간혹 스승과 주고받은 것과 벗과 강론한 것을 기록한 것이 약간의 양이 되었다. 오랜 벗과 왕복한 서찰의 경우 깨끗하게 베껴 쓰지도 못한 채 작은

---

39 같은 해 「병신부」 12월 29일 항목에 유형원의 전과 행장을 읽은 사실이 나온다.

> 대상자에 수습해두었는데, 거의 장독 덮개에도 적합하지 않을 듯하였다. 을해년(1755년) 옥사의 화를 당해 부자가 함께 모두 서울로 가서 문자를 조금 아는 한 서족(庶族)이 외당(外堂)을 지켰다. 서울에서 전해 들으니 서찰과 문적이 대부분 화를 입고, 인가는 대부분 불타버렸다고 한다. ……중략…… 간혹 흩어져 버리거나 타나 남은 것을 조금씩 수습하였지만, 비록 두서가 없는 것은 아울러 보존하던 것까지 버렸으니 또한 애석할 만하다. 뒤에 와서 또한 소회를 적고 붓 가는 대로 기록한 것이 있어 아이들이 모아 하나의 작은 책을 만들었다. 나는 몽당빗자루를 아끼는 마음으로(비록 하찮은 것이지만 소중함: 필자 주)의 뜻으로 번다한 것을 산삭하여 대략 차례를 더하여 합쳐 한 권을 만들었다.[40]

윤광소(尹光紹, 1708~1786)가 20세부터 적어 둔 독서기와 경전 주석의 자기 견해, 스승과 벗과 강론한 내용, 벗과 주고받은 서찰 등을 상자에 모았음을 밝히고 있다. 1755년에 일어난 을해옥사로 준소(峻少)였던 자신이 국문을 받게 되고, 그 과정에서 모아둔 것이 거의 없어졌지만, 남은 일부와 다시 기록한 것을 모아 책으로 만들었다고 한다. 서두에서 20대부터 차기를 남겼다고 하고, 이후 자신의 차기를 다 수습하지는 못했다고 했다. 하지만 윤회기(尹晦基, 1730~1790)와 윤노기(尹魯基) 두 아들이 일차로 수습하여 책을 만들고, 이것을 다시 윤광소의 손을 거쳐 1권의 「독서수록」으로 탄생하였음을 적었다.

이는 차기체 필기인 「독서수록」이 성립하는 과정을 상세하게 밝힌 것이다. 이를테면 「독서수록」은 독서와 경전, 강론과 편지 등에서 차기한

40 尹光紹, 『素谷先生遺稿』 卷15, 「讀書隨錄看書隨筆附」, '讀書隨錄序', "余自二十後, 始爲箚記工夫. 凡讀經傳洛閩文字, 有淺見妄疑則輒錄, 或記師席酬酌, 朋友講論, 有若干紙. 及知舊往復書札, 未及淨寫, 收之小簏, 庶不歸覆瓿矣. 乙亥之禍, 父子盡入京, 一庶族少文者守外堂, 傳聞洛下以書札文籍多被禍, 人家多燒去之. ……중략…… 其間或有段段謄去, 或有散落燼餘, 稍稍收拾, 雖不成頭緖, 而幷與其所存而棄之, 亦可惜. 後來亦有所記懷漫錄者, 兒輩裒爲一小編, 余以弊箒之義, 芟其繁衍, 略加次第, 合成一卷."

뒤, 여기에 저자의 산삭과 차례를 덧붙였음을 언급하거니와, 여기에는 저자의 비평안과 학술적 견해가 들어갔음은 물론이다.

그러면 「독서수록」에 비해 독서와 체험을 통해 보다 많이 축적된 단편의 지식·정보 뭉치를 하나의 차기체 필기로 성립하는 과정은 어떨까? 홍길주의 『수여방필』의 한 대목을 보자.

> 지난해 장단(長湍)에서 돌아올 때, 도중에 보고 들은 여러 가지 일을 이리저리 적어 상자에 넣어 두었는데, 다시 꺼내어 살펴보니 모두 자질구레하여 보존해둘 만한 것이 못되었다. 그중 오직 한 가지가 '신분(身分)'과 '색상(色象)'의 이야기에 보탬이 될 만하여 대략 빼고 고쳐서 여기에 기록해둔다.[41]

저자가 직접 견문한 지식·정보와 사건 등을 메모한 뒤, 상자에 넣어 두었다가 뒷날 메모한 내용을 다시 수습하고, 기록한 메모를 저자의 의견과 산삭을 거쳐 필기로 성립하는 과정을 보여주고 있다. 이처럼 메모와 같은 조각 지식은 저자 만년의 손과 생각을 거쳐 재분류하고 정리되는 경우가 많다. 오랜 기간 축적된 조각 지식은 저자 만년의 학술적 역량과 축적한 지식정보를 활용하여 특정 사안을 비판적으로 검토하거나, 새로운 시각의 의견을 덧붙여 기록으로 남기기도 한다.

사실 차기는 독서기의 일종이지만, 독서기에 머물지 않고 새로운 지식의 생성과 유통에 적지 않게 기여한다. 한편으로는 고증학과 관련을 맺기도 하고, 기왕의 필기류 저술의 학술적 시각과 지평을 넘어서는 새로움을 보여주는 등, 기존 권위와 사유의 담론에 맞서는 면모를 드러내기도 한다.[42]

---

41 박무영·이주해 외(역), 『홍길주 문집』 5, 『표롱을첨』(하) 권11, 「수여방필」 하, 17칙, 275~276면 참조.

차기는 주로 필기 저술에 자주 등장한다. 필기는 다양한 영역의 소재를 넘나들기 때문에 양식 자체가 확장성을 지닌다. 하여 저자는 특정한 사안에 흥미를 가진 소재를 비롯하여 인물들의 성품이나 혹은 인물들의 삶 속에서 일어나는 특기할 만한 일, 역사의 뒷이야기 등에 이르기까지 이러저러한 내용을 두루 담기도 한다. 차기체 필기 역시 독서 후기와 견문한 것을 주로 서술하기에 비교적 소재의 폭이 넓은 편이다. 이유원의 언급을 보자.

> 내가 숲속에 지어놓은 움막집에서 거처하고 있을 때의 일이다. 가을비는 추적추적 내리는데, 질병으로 시달리다 보니 계단 앞에 떨기로 돋은 대나무마저 쓸쓸하여 마치 수심 어린 빗방울 소리를 듣는 듯하였다. 책상 위에 둔 두어 폭의 종이를 끌어다가 평소에 글을 읽고 차록해놓았던 것 및 문헌의 자질구레한 것들을 붓 가는 대로 기록하여, 그것을 구실로 삼아 이를 『임하필기』라 하였다. 대체로 경전에 부연하여 설명해놓은 것과 조정의 일사(逸史)와 사대부들이 담소하여 나눈 여담을 뽑아서 기록해놓은 것도 있다. 구양자가 이르기를 "글을 배울 때는 책을 한정하지 말라"고 하였으니, 기록해놓을 만한 일은 훗날 고사가 된다. 이 필기에 대하여 어찌 대방가(大方家)의 푸대접을 받을까 혐의하겠는가? 대개 한가할 때 볼 수 있다면 그것으로 만족할 일이다.[43]

---

42 이러한 면모는 차기 방식의 유서와 총서류 등에서 잘 드러난다. 이수광(1563~1628)의 『지봉유설』과 서유구의 『임원경제지』 그리고 이유원의 『임하필기』 등에서 확인할 수 있다. 특정 사안을 평가하고 비평하는 등 자신의 견해를 덧붙이는 것이 이후 필기류 저술에서 일반화되었다.

43 李裕元, 「林下筆記引」, "余居林下廬. 秋雨不止, 疾病侵尋, 階前叢竹蕭蕭, 似聽愁滴. 取案上數幅紙, 信筆記平日讀書箚錄, 及文獻緖餘爲貢, 名曰林下筆記. 盖經傳之所附說, 朝廷之所逸史, 與夫士大夫談笑之餘, 攟摭而爲錄者, 亦有之也. 歐陽子曰; 學書勿限書, 事有可記者, 他時便爲故事,. 是記也, 何嫌乎見陋於大方之家? 我自爲閑中之覽則足矣." 번역은 한국고전번역원, 한국고전종합DB, 李裕元, 『국역임하필기』 1. 3면. 「임하필기인」

자신이 저술한 『임하필기』에 적은 인(引)의 일부다. 이유원은 『임하필기』의 성격을 자질구레한 것을 붓 가는 대로 기록해 모아 놓은 것으로 규정하고 있다. 자신이 평소 다양한 문헌을 독서하면서 특정한 사안을 적어 뽑아두었다가 차록한 것이 『임하필기』라는 것이다. 이 역시 차기체 필기의 전형적인 성립 과정을 보여준다.

위에서 이유원은 차록의 소재로, 경전을 부연 설명한 것, 조정의 일사, 사대부들이 담소하여 나눈 여담 등을 들고 있다. 하지만 『임하필기』를 훑어보면 이 외에도 매우 다양한 소재를 담고 있음을 알 수 있다. 이를테면 문학과 학술, 예술과 취미, 식물 등의 항목과 그것에 따르는 세목은 매우 많고 다양하다. 사실 『임하필기』 자체가 총서류의 성격을 지니기도 한다. 차기체 필기에 수록된 항목은 필기류에 따라 차이가 나지만, 대체로 항목이 많고 분류 역시 체계적이며 세분화 되어 있는 경우가 많다.

특히 차기는 하나의 지식에 대해 저자의 학문적 입장과 견문한 바를 토대로 문제점을 요약한 다음 그 사안을 비판적 시각으로 비평하는 경우가 일반적이다. 이 점에서, 차기는 저자가 문제점이나 의문처를 잊지 않기 위하여 단순하게 적어놓는 독서 후기나 비망록과 그 성격을 달리한다. 특정한 문제를 바라보는 비판적 읽기와 시각, 지식 문제를 다루는 태도, 그것을 비평하는 자세 등은 학술적이다. 뿐만 아니라, 기왕에 독서한 문헌을 근거로 고증하고 지식의 진위를 따지는 등 논쟁적인 글쓰기를 보여주기도 한다.

그런가 하면 일부 연행록에서 잡지 형태의 제명이 나오는 경우도 있는데, 이때의 사행록은 차기 방식으로 자신의 연행 체험을 기록하기도 한다. 이의현(李宜顯, 1669~1745)의 『경자연행잡지』와 『임자연행잡지』를 비롯하여 박지원의 『열하일기』내의 「성경잡지」등이 그러하다. 이것은 일기체 방식의 연행록이 아니라 견문한 특정 사안을 기술하고 여기에 자신의 견해를 덧붙이고 있거니와 차기 방식을 활용한 글쓰기다.

그런데 이러한 차기체 필기는 기왕의 축적된 지식을 분류하여 재배치하고, 가공과 편집을 거침으로써 새로운 성격의 면모를 보여주기도 한다. 이는 지식의 축적과 재배치를 통해 새로운 지식 정보의 생성과 함께 기왕의 지식체계를 일목요연하게 보여주고 것과 관련이 깊다. 19세기 고문의 대가로 알려진 김매순(金邁淳, 1776~1840)이 1839년에 지은 『궐여산필(闕餘散筆)』은 이러한 면모를 잘 보여준다.

> 내가 어른이 되어 서적에 종사하면서 듣고 보는 것에 이르러 의심스러워 잠시 제쳐 둔 것이 태반이었는데, 그 거칠게 추측하고 여러 말에서 설명해내고 여러 행위에서 견주어 본 것을 잔글씨로 적고 쌓아 둔 종이가 상자 속에 있었다. 계통이 없이 산잡하고 가끔 문드러지고 없어져서 고찰할 수 없었다. 그래서 내 아이와 이석장을 시켜 찾고 종류별로 모아 정서하여 6권으로 만들었다.[44]

『궐여산필』이 단순한 견문잡록에서 벗어나 체제를 갖추고 계통을 정리함으로써 차기체 필기로 산생하는 과정을 보여주고 있다. 체제를 갖춘 저술로 되기 이전의 『궐여산필』은 그저 단순한 독서 후기나 비망록처럼 의문 처에 자신의 견해를 두서없이 기록해둔 조각기록이나 메모 형태의 글에 지나지 않았다. 이후 저자는 기왕의 메모 형태에서 환골탈태하여, 계통과 분류를 정하고 단편적 지식을 재배치하여 체제를 잡음으로써 이전과 전혀 새로운 성격의 저술로 만들었다. 이는 곧 산만한 원고를 종류별로 모아 체제와 골격을 갖추고 고증한 다음 재정리하여 차기체 필기로 성립되는 과정을 보여주는 것이기도 하다. 『궐여산필』을 속속들이 살펴

44 金邁淳, 『臺山集』 卷15, 『闕餘散筆』(『한국문집총간』 294) "余結髮從事書籍, 聞見所及, 疑闕太半. 其粗有推測, 形諸言而擬諸行者, 蠅書累紙, 在篋笥中. 散雜無統, 往往爛缺不可考. 使兒子與李生碩章, 檢而彙之, 繕寫爲六卷"

보면, 김매순의 비평적 안목과 학술적 의견은 물론, 그의 지적 역량이 한껏 발산되고 있음을 여실히 볼 수 있다.

사실 조선조 후기에 나오는 필기류 저술은 대체로 『궐여산필』에서 보듯이 저자가 관심 있는 사안에 독서 후기의 메모 형태로 모아두었다가, 노년에 이를 보완하여 저작으로 만든다. 저작 과정에서 목차를 다시 잡기도 하고, 모아둔 메모를 분류별로 계통을 잡아 재배치하거나 자신의 의견을 덧붙이고 개고한다. 대체로 이러한 과정을 거쳐 하나의 학술 필기로 완성한다. 그런 점에서 차기체 필기는 저자 만년의 학술적 성취를 활용하는 경우가 많고, 이미 저자가 모아둔 지식·정보를 근거로 자기 생각과 견해를 덧붙임으로써 지식을 새롭게 재생산한다. 이 점에서 일부 차기체 필기는 특정 지식을 토대로 가공과 편집, 분류와 재배치에 자신의 견해를 덧붙이는 방식을 거친다. 이러한 과정은 일종의 지식·정보 형성과 생성의 회로구조를 보여준다.

또한 차기체 필기가 담고 있는 풍부한 내용과 지식·정보, 이를 통해 알 수 있는 사유와 인식은 저자 만년의 학예의 너비와 깊이에서 나오기 때문에 당대 학술의 경향을 보여주는 경우가 많다. 그런 점에서 차기체 필기는 당대 학술과 문예의 수준을 가늠할 수 있는 잣대의 역할도 한다.

이러한 사례는 홍석주의 『학강산필』, 홍한주의 『지수염필』, 이규경의 『오주연문장전산고』와 같은 차기체 필기에서 확인할 수 있다. 이들 필기는 모두 저자 만년의 저작이다. 저자가 오랜 기간 관심 깊은 소재와 의심나는 사안을 주의 깊게 관찰하고, 이를 체계적으로 정리한 저술이기도 하다. 의문처를 기술하는 방식 또한 학술적으로나 문예적으로 의미가 있는 사안을 구체적으로 끄집어내어 분석하고, 때에 따라 다양한 서적을 동원하여 고증하며, 거기에 자신의 견해를 덧붙이거나 비평하고 있다.[45]

45 홍한주의 『지수염필』의 성격과 그 특징에 대해서는 진재교, 「19세기 차기체 필기의

이러한 방식으로 저자가 관심 사항을 서술하는 가장 전형적인 모습은 『오주연문장전산고』다. 『오주연문장전산고』는 특정 사안과 소재를 두고 저자가 차기 방식으로 서술함으로써 지식·정보로 재탄생하는 과정을 잘 보여주는데, '안경'의 소재를 대표적 사례로 들 수 있다. 『오주연문장전산고』에서 '안경' 관련 지식·정보가 어떻게 기록되고 있는지 보기로 한다. 문장이 다소 길지만, 논의를 위해 전문을 제시한다.

> 靉靆者, 眼鏡之一名. ㉠〈① 字書本雲盛貌, 一作僾俙. ② 李登『聲類』, 僾, 音倚. 僾俙, 卽彷彿也. ③ 宋趙希鵠『洞天淸錄』, 作僾. 張自烈曰, 靆僞作, 老人不辨細書, 以此掩目則明. ④『百川學海』云, 出於西域滿利國【滿利之利, 似是剌字之誤也, 卽滿剌加國也】. ⑤ 元人小說, 靉靆出西域. ⑥『方輿勝略』, 滿剌加國出靉靆, ⑦ 皇明張寧『方洲雜志』, 嘗於指揮胡豅寓所, 見宣廟賜物如錢大者二, 絶似雲母, 以金相輪廓, 而衍之爲柄, 紐制其末, 合則爲一, 岐則爲二, 老人張于兩目, 字明大加倍. 又於孫景章參政所再見, 景章云, 以良馬易得於西域賈胡滿剌, 似聞其名爲僾逮【按僾逮, 靉之僞也】.〉[46] ⑧ 芝峯李睟光『類說』, ㉡〈引小說曰, 眼鏡, 老年觀書, 小字成大, 聞頃年, 天將沈惟敬, 倭僧玄蘇, 皆老人, 用眼鏡能讀細書文字, 乃我國所未曾見也. 眼鏡, 蓋海蚌之類, 以其甲製之

글쓰기 양상: 『지수염필』을 통해 본 지식의 생성과 유통」, 『한국한문학연구』 제36집, 2005 참조.

46 ㉠〈 〉의 내용은 이덕무의 『청장관전서』 권19, 『아정유고』 11, 「金直齋鍾厚」의 내용을 가져다 쓴 내용이다. 이덕무가 기록한 것은 다음과 같다. "序中靉靆二字, 案字書, 雲盛皃, 亦曰靉靆, 卽僾俙. 【李登聲類, 僾音倚, 僾俙彷佛也.】又洞天淸錄【宋趙希鵠著】曰靉. 【張自烈曰, 靆, 譌作靆.】 老人不辨細書, 以此掩目則明. 又元人小說, 靉靆出西域. 【方輿勝畧 滿剌加國, 出靉靆.】 又方洲雜志【明張寧著, 嘗以詔使來本國】曰, 嘗於指揮胡豅寓所見. 其宣廟賜物, 如錢大者二絶, 似雲母以金相輪郭, 而衍之爲柄紐, 合則爲一, 歧則爲二. 老人張于雙目, 字明大加倍. 又於孫景章所再見景章云, 以良馬易得于西域. 賈胡滿剌, 似聞其名爲僾逮. 【案此, 靉靆之譌】 考此諸說, 則借雲之僾俙, 爲眼鏡之名, 而自宋元已有之, 但不盛行. 故明宣宗時, 易以良馬, 今則人人用之矣."

云. 又按古闇文書, 以水精承日照之則可辨云.〉[47] 蓋芝峯, 亦未見眼鏡, 而但記傳聞. 故其說若是檮昧也. 取此諸說考之, 眼鏡之入中國, 自宋元已有之, 特不盛行也. 入于我東, 未知昉自何時. 意自萬曆以後, 盛於純廟中葉【⑨ 我王考『耳目口心書』, 眼鏡其種有三十餘】. 今則市井屠賈店驛傭保俱張之. ㉢〈南藥泉以爲自少時著之〉[48], 以養目力者, 乃格言也. 國俗以眼鏡爲尊貴前不得著. 少年賤者, 不得張, 是果禮節之濫觴也. 然夷考其儀, 則少與賤, 掛眼見尊貴, 似甚倨傲也. 如使靉靆出於中古, 則騷人墨客題詠者, 指難僂數。而特以晩出, 故入詩甚罕. 愚僅於⑩ 淸人安溪李光地『榕村集』見之, ㉣〈其曰「眼鏡賦」【其賦, 及余歲之方壯兮, 辨白駒之散花. 試玻瓈以著目兮, 如山行之霧遮. 越雒數之一週兮, 當堯夫之始娶. 忽有闇之自中兮, 知蟾蜍之何處云.〉[49] 餘不盡錄】. 略紀之, 以示近世始有入詠故事也. 遠西有造諸鏡規矩奇器圖, 但有名目而已. Ⓐ 我嶺南慶州府出水晶, 能解制鏡, 但知直視鏡, 未解老少遠近之異體樣朴厚, 迨不勝著, 近稍減薄, 而猶未解老少之別. 至於硝子【琉璃之一名】, 蔑如也. 西國以硝鏡爲上品, 製時退火氣, 故無熏眼之患. 眼鏡又有數種異樣, 阿蘭佗眼鏡, 倣大遠鏡【卽千里鏡】, 鏡球突出數寸, 宛如蜂目蟹睛, 照見極遠, 秋毫可數. Ⓑ【李祕書種德, 遞耽羅旌義宰, 渡海遇颶, 漂泊於倭之長崎島[50], 島有阿蘭佗館, 見阿蘭佗人著眼鏡, 凸出如蟹睛蜂目, 甚異云.】且中原有複鏡, 近亦流入鴨東. Ⓒ【複鏡, 近者自燕出來, 就眼鏡左右旁綴一鏡. 又或更疊一鏡於眼

---

47 ㉡〈 〉의 내용은『지봉유설』권19,「복용부」, '기용(器用)'에 있다. 이규경이 인용한 내용을 제시하면 다음과 같다. "小說曰; 眼鏡老年觀書, 小字成大. 聞頃年天將沈惟敬, 倭僧玄蘇皆老人, 用眼鏡能讀細書文字, 乃我國所未曾見也. 眼鏡, 蓋海蚌之類, 以其甲製之云. 又按故闇文書, 以水精承日照之, 則可辨云."

48 ㉢〈 〉의 내용은『청장관전서』권50,「이목구심서」3에 있다. 인용한 내용은 다음과 같다. "靉靆, 今之眼鏡也. 南藥泉自少時, 着眼鏡, 至老反不用, 而眼不少昏, 盖少者可用." 그런데 이규경이 "眼鏡其種有三十餘"라는 구절이 이덕무의「이목구심서」에 있다고 했는데 찾을 수가 없다.

49 이것은 이광지의「안경부」일부를 제시한 것이다.

50 이종덕이 표류한 사실은『일성록』순조 15년(1815) 12월 27일조에 나오는데, 그는 1816년 5월에 무사히 돌아온다.

鏡上. 亦取攝遠引近, 益于老眼云.】凡靉靆之飾, 有鶴膝, 蟲螽, 乙字之制. 大抵製鏡之法, 要不過攝引開拓, 惟在窈突正直長短厚薄之分, 其射線易像, 但有平行廣行遠近斜正之別也. ⑪ 詳見『天問略』, ⑫『遠鏡說』【二書竝載於 ⑬『藝海珠塵』中, 此書爲永明都尉收藏, 又有數處之藏云矣】.[51]

위에서 이규경이 안경을 위해 참고한 서적은 유서와 총서류와 같은 필기 저작이 많다. 이러한 저작을 열거하면 다음과 같다. ① 자서(字書), ② 위진대(魏晋代) 이등(李登)의 『성류(聲類)』, ③ 남송대(南宋代) 조희곡(趙希鵠)(1195~?)의 『동천청록(洞天淸錄)』, ④ 송대 좌규(左圭)의 『백천학해(百川學海)』, ⑤ 원인(元人)의 '소설(小說)', ⑥ 명대 정백이(程百二)와 오면학(吳勉学)이 선편한 『방여승략(方輿勝略)』(17세기 초), ⑦ 장녕(張寧)(15세기)의 『방주잡지(方洲雜志)』,[52] ⑧ 이수광의 『지봉유설』, ⑨ 이덕무의 『이목구심서』, ⑩ 이광지(李光地, 1642~1718)의 「안경부(眼鏡賦)」, ⑪ 오성란(吳省蘭, ?~1810)의 『예해주진(藝海珠塵)』[53] 등이다.

여기서 이규경은 『천문략(天問略)』과 『원경설(遠鏡說)』을 직접 인용하지는 않고, 『예해주진』에 실려 있는 내용을 재인용하고 있다. 이러한 재인용 방식은 차기체 필기에서 흔하게 볼 수 있는 것이기도 하다.[54]『천문략』은 포르투갈 출신의 예수회 선교사 양마낙〔陽瑪諾, Emmanuel Diaz

51 『오주연문장전산고』, 「인사편」, '애체변증설.'

52 「방주잡언」 1권을 말한다.

53 다양한 분야의 저술 206종을 총집하고 있으며, 여기에는 작자 미상의 『조선지(朝鮮志)』 2권도 실려 있다. 이 책의 소장처 중의 하나로 영명도위(永明都尉)를 들고 있다. 영명도위는 정조의 부마인 해거재(海居齋) 홍현주(洪顯周, 1793~1865)다.

54 특히 재인용의 경우, 책의 서명이나 저자가 틀린 경우가 많고, 인용한 내용이 실제 출처로 밝힌 책에 그 내용이 없는 등 출처 표기가 부정확한 사례가 있다. 또한 기록 과정에서 볼 수 있는 저자의 착각, 인용한 문헌 자체의 오류를 답습한 것 등 불명확한 경우는 매우 다양하다. 특히 이런 불명확성은 『지봉유설』이나 『성호사설』 등에서도 자주 볼 수 있는 사안이다.

(1574~1659)〕가 지었고, 『원경설』은 독일 출신의 예수회 선교사 탕약망〔湯若望, Adam Schall(1591~1666)〕의 저술이다. 위에서 이규경이 내용을 인용한 방식은 단일하지 않다. 본래 원전 내용을 거의 전재한 예가 있는가 하면 축약한 경우도 있고, 서적의 이름만 제시하고 내용을 인용하지 않거나, 때로는 다른 서적에서 기록한 것을 재인용 하는 등 다양하다.

이 외에도 이규경은 이수광의 『지봉유설』과 이덕무의 『이목구심서』 등 국내 서적을 인용하거나 ⒶⒷⒸ에서 보듯이 타자의 다양한 체험과 널리 알려진 내용을 전문한 것을 활용하기도 한다. 그런가 하면 ㉠㉡㉢에서는 인용 서적의 내용을 축약하거나 스스로 익히 알고 있다고 한 경우, 서적 이름만 제시한 뒤 안경 관련 지식을 기록하고 있다.

이처럼 이규경은 국내외 서적을 활용하며 관련 지식·정보를 축적하고 재배치하고 있지만, 더러 타자의 체험을 통해 획득한 관련 지식·정보도 활용하여 새로운 지식처럼 덧붙이기도 한다. 이를테면 나가사키〔長崎〕에 표류한 이종덕(李種德)이 인공섬 데지마〔出島〕에 있는 네덜란드 상관(商館)에서 획득한 안경 관련 지식을 적극 활용하여 새로운 지식·정보를 제공하고 있는 것이 하나의 사례다.

위에서 이규경이 활용한 서적은 그 분야가 매우 다양하다. 운서, 문물과 서화 관련 필기, 유서, 총서류, 지리지, 천문서와 과학 저술 등에 이르기까지 서종을 가리지 않고 가능한 관련 서적을 두루 참고하여 배치하고 있다. 동시에 이규경은 자신이 주목한 관련 지식 사이에 자신의 의견을 개진하거나 시비를 밝히고 변증하는 방식을 취하고 있다. 특히 이규경은 안경 관련 다양한 지식·정보를 축적하고, 그 토대 위에서 각양한 자료의 비교와 대조를 통해 고증한다. 이러한 고증을 통해 오류를 수정하고 시비를 가려 변증하는 등, 매우 다양한 방식을 동원하여 안경 관련 지식·정보를 재구성하고 이를 새로운 지식·정보로 전환하고 있는 것이다.

사실 위의 사례는 차기 방식 글쓰기의 전형으로 이해할 수 있지만,

다른 차기체 필기가 모두 이런 방식의 서술을 취하는 것은 아니다. 특정 사안에 저자의 견해를 덧붙여 가공하고 재배치하는 방식으로 새로운 지식·정보를 생성할 경우, 한두 서적을 인용한 뒤 저자가 비평하거나 시시비비를 가리고 자기 견해를 덧붙이기도 한다. 더러 관심사를 두고 타인의 경험과 자신의 견문지식·정보나 체험을 토대로 기록하기도 한다. 그런가 하면 관심사에 저자의 경험과 견문지식·정보와 함께 독서한 서적을 활용하여 재배치하는 등 다양하다.

이러한 차기 방식의 글쓰기는 특정 사안이나 관심사에 주목하되, 이미 존재하는데 미처 몰랐던 사실, 서적의 특정 내용과 구절을 두고 경험의 틀 안에서 설명하거나 비평하며, 저자의 견해를 덧붙여 배치하는 방식을 취한다. 그 과정에서 다른 시선과 관점, 다양한 견문 지식과 체험 등을 활용하여 지식·정보를 생성한다. 그러다보니 나와 타자의 시선과 사유가 뒤섞이는 경우가 흔하다. 그 과정에서 저자의 의도와 무관하게 다양한 근거 자료와 지식·정보가 틈입됨으로써 당대 가치체계와 사유를 넘어 새로운 지향을 보여주기도 한다. 이처럼 차기체 필기는 다양하게 존재하는 사실과 지식·정보를 집적하고, 그 자체를 주목하여 학술적 차원으로 비평하고 변증하는 것에 가치를 둔다는 점에서도 전시기 필기와 전혀 다른 면모를 보여주는 것이다.

3. 차기체 필기의 글쓰기 전략

차기 방식의 글쓰기는 기왕의 지식·정보를 갈무리하는 동시에 새로운 지식·정보를 지향한다. 차기 방식으로 저술된 필기는 수다한 지식·정보를 효과적으로 드러내기 위해 기왕의 분류와 다른 체계와 방식으로 지식·정보를 재배치한다. 기왕에 축적된 다양한 지식·정보를 어떠한 기준으로 재배치할 것인가 하는 문제는 분류를 넘어 당대 사회와 문화를 인식하는 문제와도 관련이 깊다. 특히 체험과 경험을 통한 견문 지식은 기왕의 성리학적 지식 체계나 가치 지향과 달리 물질문화에 주목하여 기왕의 지식·정보와 다른 가치와 의미를 지향하기도 한다. 이를 통해 필기 저자는 기왕의 지식 체계와 달리 지식을 세분하고, 새로운 분류체계를 제시함으로써 새로운 편집으로 지식·정보를 재배치하기도 한다. 여기에 그치지 않고 일부의 경우, 지식·정보의 수집과 축적 자체를 중시하여 거기에 의미를 부여하기도 한다. 또한 다양한 지식·정보의 축적과 증식을 하기도 하며, 기존의 것을 가공하여 지식·정보를 재생산하기도 한다. 이는 차기체 필기가 지식의 재생산과 유통에 간여하는 것을 넘어 당대 사회 문화와 밀접하게 연결되는 사안이기도 하다.

이러한 점에서 차기체 필기는 몇 가지 특징을 지닌다. 이 특징은 전 시기와 사뭇 다른 면모다. 여기서 차기체 필기의 특징 몇 가지를 거론해본다. 첫째, 차기체 필기는 기존의 사유 방식이나 이념적 가치의 구현을 넘어 새로운 경험과 체험을 통한 새로운 지식·정보를 담아내려고 한다. 장유(張維, 1587~1638)가 제시한 한 대목을 음미해보자.

> 세상 사람들은 단지 바다 위에만 신기루가 있는 줄 알지, 넓은 들판 가운데에도 신기루 현상이 있는 줄은 알지 못한다. 무변 출신인 어떤 고관 한 사람이 나에게 말하기를, "젊었을 적에 육진의 변방 고을을 지키고 있었는데, 언젠가 오랑캐 지역을 바라다보노라니, 아지랑이와 같은 기운이 자욱하게 일어나는 광막한 사막 한가운데에, 그야말로 바다 위에 나타난다는 신기루처럼 누대와 궁실 모습이 이따금 보이곤 하였다" 하였는데, 내가 그때 듣고서 괴이하게 생각하였다. 그러다가 뒤에 『사기』의 「천관서」를 읽어 보니, "바닷가에서 보면 신기(蜃氣)가 누대의 모양을 만들고, 광야 역시 그곳의 기운이 궁궐의 형상을 이루어

냈다" 하였으므로, 그의 말이 허망한 것이 아닌 줄 비로소 알게 되었다. 대체로 우리나라는 지역이 협소하여 광야라고 할 것이 없는 반면에, 오랑캐 지역은 광막한 들판으로 이루어져 있으므로 이런 현상이 가능하다고 한다.[55]

신기루의 언급이다. 신기루라는 자연 현상을 두고 장유는 서적에서가 아니라 자연에서 관찰하고 있다. 장유는 자연에서 체험하고 견문한 이러한 지식에 주목하는바, 한 무변 출신의 고관이 실제 체험한 경험을 듣고 이를 토대로 자신의 견해를 표출하였다. 신기루는 대기 중에서 빛이 이상 굴절을 일으켜 물체가 실제의 위치가 아닌 다른 위치에 있는 것 같이 보이는 현상이다. 지금은 신기루를 자연 현상의 하나로 이해하지만, 당시에 이러한 자연 현상을 이해하거나 구체적인 원인을 알기란 어려웠다. 더욱이 신기루는 지표의 공기가 몹시 차갑고 위가 따뜻할 때, 지표 부근의 기온역전으로 생겨나기 때문에 실제로 먼 곳의 실물이 떠올라 보이거나 거꾸로 보이기도 한다. 반대로 지면의 온도가 몹시 높을 때, 지표에 가까운 기층은 기온의 감률이 크기 때문에 노면에 물웅덩이가 있는 것처럼 보이기도 한다.

장유는 이러한 신기루 현상을 비교적 정확하게 인식하였을 뿐 아니라, 타인의 체험에서 나온 견문 지식을 통해 바다와 들녘에서도 이러한 현상이 나타나고 있는 것을 인지하고 있다. 사실 그는 이전에 들녘에서 나타나는 신기루를 직접 경험한 바 없으므로, 역사서의 전범인 『사기』 내용을 인용하며 자신의 논의를 정당화하고 있다. 말미에서 장유는 신기루는 바다와 광야에서도 일어나는 사실을 예시로 들며 자신의 견해를 제시하며 글을 맺는다.

55 한국고전번역원 한국고전종합DB, 『국역 계곡만필』 권1, 「광야역유신루(廣野亦有蜃樓)」 참조. 장유의 『계곡만필』 역시 차기체 필기로 거론할 수 있다.

사실 신기루는 자연 현상의 하나라는 점에서 기존의 관념적 사유 방식과 가치 구현의 논제와는 전혀 무관한 사안이다. 오히려 자연 과학적 의미를 내포한 지식의 한 형태다. 이 점에서 장유가 신기루를 논제로 삼아 문제를 제기한 것 자체가 새로운 지식 추구의 일단이기도 한바, 이는 기왕의 지식체계와 사회규범이 추구하는 지식의 축적과는 사뭇 다른 길이다. 이처럼 차기체 필기는 새로운 지식의 추구 외에도 문·사·자·집을 비롯, 경학과 문헌학, 고증학과 박물학, 역사지리학, 금석학, 서화, 고동(古董) 등 다양한 지식과 학술 정보를 두루 담고 있어 백과전서의 면모를 보여주기도 한다. 이러한 양상은 조선조 전기 필기와 사뭇 다른 모습이다.

조선조 전기 필기는 문인학자의 서재에서 형성·발전하고, 소재 역시 사대부의 주변 생활세계를 내용으로 한다. 그래서 조선조 전기 필기는 사대부 지식인의 생활 주변에서 견문한 것과 사대부 사회 내부의 이곳저곳에서 전문한 것을 붓 가는 대로 서술한 경우가 대부분이다. 그 결과 사대부와 관련한 일화나 시화와 관련한 기록 등의 내용이 많다. 그래서 새로운 지식·정보를 보여주기보다 기왕에 존재하던 사대부 지식인 주변과 그들의 문학 활동과 풍류, 사대부 관련 일화 등을 통해 사대부 안팎의 모습을 드러내는 경우가 대부분이다.

이에 반해 차기체 필기는 소재의 외연을 확장할 뿐만 아니라, 새로운 지식·정보와 다양한 경험과 체험, 견문 지식과 서적 정보 등을 다양하게 담는다. 소재의 풍부함은 말할 것도 없고 저자의 학술적 시각과 성취를 드러내는가 하면, 기왕의 가치체계와 어긋나는 물질문명과 새로운 사유를 보여주기도 한다. 이 점에서 차기체 필기는 학술적 성향을 뚜렷하게 보여주며, 저자의 박학다식과 저자의 학술적 욕망을 표출한다. 요컨대 조선조 전기 필기가 저자의 견문 내용을 토대로 한 기술이 중요 부분을 차지한다면, 차기체 필기는 저자가 체득한 지식의 넓이와 깊이를 종횡으로 보여주는 경우가 다수를 이루고 있는 것이다.

여기서 짚고 넘어갈 점은 차기체 필기가 명·청의 다양한 문헌의 유통과 고증학과도 밀접하게 관련이 있다는 사실이다. 고증학은 그 바탕에 폭넓은 독서와 지식을 전제하지 않으면 성립할 수 없다. 차기체 필기의 저자 또한 자신이 습득한 다양한 지식·정보를 근거로 자신의 관심사를 주목하여, 특정 사안과 의문 처를 비평적 시각으로 의론한다. 여기서 저자의 독서력과 학술적 시각, 그리고 고증학적 시야도 함께 파악할 수도 있다.

둘째, 차기체 필기는 체계적인 저술이 아닌 자유분방한 방식으로 시간과 공간, 체험과 경험을 넘나들면서 단편적 기록을 자유자재로 기술한다. 지유분방한 방식의 서술은 예전과 다른 새로운 소재의 발견은 물론 다양한 지식·정보의 생성과 그 확산에 기여한다. 이는 안경과 담배를 기술한 이용휴(李用休, 1708~1782)의 언급을 보면 잘 드러난다.

> 한 친구가 안경·편자·담배에 대해 "이 세 가지 물건은 언제 처음 시작되었고, 어느 책에서 보이는가?"라고 물었다. 내가 대답하기를 "옛날에 정주(汀洲) 장녕(張寧)[56]이 '안경을 지휘(指揮) 호롱(胡籠)의 집에서 보았으니, 대개 선조(宣祖)께서 하사한 물건이다'라 하였다. 애체(僾逮)는 곧 애체(靉靆)이니 지금 이른바 안경이 이것이네. 또 일찍이 한 권의 소설을 보니 이르기를 '애체경은 서양으로부터 나왔는데, 그 처음에는 안경 가격이 말 한 마리 값과 맞먹었으나, 후에는 점차 가격이 낮아져 은 한두 전에 이르렀다'[57]라 했다. 그리고 『서문장집(徐文長集)』에 이르기를 '광동·광서는 산이 높아서 말이 다니기에 불편하므로, 상인들이 말

56 장녕(張寧)은 명(明)나라 해염(海鹽) 사람. 자는 정지(靖之)이고 호는 방주(方洲)이다. 관직은 급사중(給事中)에 이르렀으며, 사적(事蹟)이 『명사(明史)』 본전에 실려 있다. 저서로는 『방주집』이 있다.

57 손승택(孫承澤)이 편찬한 『연산재잡기(硏山齋雜記)』에 보인다.

굽에 철초혜(鐵草鞋)를 채웠다'라고 했으니, 편자는 대개 여기에서 비롯된 것이다. 그러나 오직 담배는 단지 전설에만 있어 끝내 증명할 수 없다. 최근에 청나라 사람 가서(稼書) 육농기(陸隴其)의 「여기증숙조호암옹서(與其曾叔祖蒿菴翁書)」라는 글을 보니 '담배라는 물건이 옛날에는 없는 것인데, 명나라 말기에 처음 보였다. 오매촌(吳梅村)은 그것을 요사스럽게 여겼음이 『수구기략(綏寇紀略)』[58] 중에 보입니다'라 했다.[59] 『속본초(續本草)』에 이르기를 '담배와 술은 유래를 알 수 없는데, 혹은 백 가지 질병을 고친다 하였고, 혹은 창자를 마르게 하고, 병에 물들게 할 수 있다'[60]고 하였으니 이것이 그 증거다. 송나라 섭수심(葉水心)이 「조기원(曹器遠)을 전송하며」라는 시에 '마원동(麻源洞) 속의 경엽(瓊葉)에 비 내리니, 남초시(南草市)에 있는 갈꽃 가을이네'라고 한 것과 같은 것은 또 무슨 물건을 가리키는지 알지 못하겠다"라고 하자, 친구가 말하기를 "어찌 기록하여 뒷날의 상고에 대비하지 않는가?"라고 하기에, 내가 드디어 그것을 기록한다.[61]

'안경',[62] '편자', '담배'의 소재를 주목한 다음, 그 유래와 그것과 관련

58 『수구기략』은 청나라의 오위업(吳偉業, 1609~1671)이 편찬한 책으로 모두 12권이다. 『사고전서』에 보인다.

59 육룡기의 『三魚堂文集』의 「與曾叔祖蒿菴翁」에 나온다.

60 이용휴의 글에는 『속본초』라고 되어 있으나, 『怡曝堂集』을 보면 "烟酒不知所自, 或曰仙草疗百疾, 或曰能枯肠染疫, 然骛之于市, 倾刻不去手; 闺阁佳丽, 亦以此为餐. 香如柏, 功能于茶, 味逾于酒, 未有知其故者"라고 나온다.

61 李用休, 『惠寰雜著』 권6, 「三事」, "一友, 問眼鏡馬鐵南草, "此三者, 始於何時, 見於何書?" 余答曰: "'昔張汀洲寧, 見優逮於指揮胡춻家, 盖宣廟賜物也.' 優逮卽靉靆, 今所謂眼鏡者是已. 又曾見一小說云: '靉靆鏡, 出自西洋, 其始鏡直一馬, 後遞減至銀一二錢云.' 『徐文長集』云 : '兩廣山峻, 馬不便行, 商人, 加鐵草鞋於馬足.' 馬鐵, 盖昉於此. 惟南草, 只有傳說, 終無明證. 近見清人陸稼書隴其, 「與其曾叔祖蒿菴翁書」云: '煙之爲物, 終古所無, 明季, 始有之. 吳梅村以爲妖, 見於『綏寇紀略』中.' 「續本草」云 : '烟酒不知所自, 或曰療百疾, 或曰能枯腸染疾', 此其證也. 若宋葉水心適, 「送曹器遠」詩云: '廠源洞裡瓊葉雨, 南草市上蘆花秋者', 又未知指何物也." 友曰: "盍錄之以備後考?", 余遂錄之."

한 중국 측의 기록을 언급하고 있다. 특정 사안에 독서 내용을 근거로 비평하는 것은 차기체 필기의 전형적인 서술 방식이다. 우선 이용휴가 중국 서적의 독서가 매우 폭넓음을 알 수 있다. 위에서 자신이 독서 체험한 지식을 다시 배치하는 방식으로 안경과 편자, 그리고 담배의 시원과 관련한 지식을 보여주는 것도 그의 독서력의 반영이다. 이용휴가 인용한 서적으로는 명나라 학자인 장녕의 『방주집』[63]과 서위(1521~1593)의 『서문장집』, 육농기(1630~1692)의 「여기증숙조호암옹서」라는 편지글, 오위업(1609~1671)의 『수구기략』 그리고 송대 학자인 섭수심(1150~1223)의 『수심집』 등이다. 관심 사안을 기록한 짧은 서술인데도 적지 않은 서적 활용을 확인할 수 있다.

그런데 여기서 이용휴는 기왕의 지식을 재편집하는 방식으로 관련 지식을 요약하여 보여준다. 송대부터 청대까지의 서적에서 자신이 독서한 내용을 통해 시공을 넘나들며 안경, 편자, 담배의 지식을 열거하고 있다. 조선조 지식인은 이용휴가 기록한 안경, 편자, 담배의 지식·정보를 근거로 자신의 견해를 덧붙여 편집함으로써 또 하나의 지식·정보를 생성하기도 한다. 위에 제시한 '안경', '편자', '담배' 등의 소재는 성리학적 가치나 사유, 당대 규범과 상관이 없는 소품문의 소재에 가까우며, 일상적인 단편 지식·정보에 지나지 않는다. 일상적 소재를 논하는 것은 기왕의 성리학 가치나 규범을 다룬 무거운 내용과 다른 방향의 서술이다. 이처럼 일상적 소재의 글쓰기로 참신한 지식·정보를 생성하고 유통하는 것

62 안경의 전래는 임진왜란을 전후한 시기다. 당시 안경알은 유리가 아닌 수정을 갈아서 만든 것으로 이름을 애체라고 했다. 안경은 처음 명나라로부터 조선에 유입되었다가 1600년 초 경주에서 처음으로 안경을 제작한 것으로 알려져 있으며, 가장 오래된 안경은 학봉 김성일의 것으로 알려져 있다. 안경 관련 자세한 정보는 이 책의 제2부 제2장 「안경이라는 이기와 지식·정보」 참조.

63 장녕의 『방주집』 권26, 「잡언」에도 보이고 「방주잡언」에도 보인다.

자체가 차기체 필기의 중요한 특징 중의 하나인 것이다.

독서와 견문을 통한 지식·정보의 수집과 집적, 그리고 그 지식·정보의 비평과 같이 기존 지식·정보에 새로운 것을 덧붙여 논하는 서술 방식은 무제한의 지식·정보의 생성과 증식을 촉발한다. 이러한 서술 방식은 지식·정보의 대상과 외연을 넓혀 나가는 데도 기여한다. 그런 점에서 차기체 필기는 기존 양식으로 수용할 수 없는 다양한 형태의 단편 지식이나 메모 성격의 조각 지식·정보를 수없이 담는 역할도 하게 된다. 더욱이 이러한 서술 방식은 기왕의 지식체계와 지식 분류로 대응하기 어렵다는 점에서 다른 방향의 추구이다. 이는 새로운 지식 분류 체계와 지식의 재배치를 요구하는 것이기도 하다.

셋째, 차기체 필기는 독서와 다양한 경험과 체험을 통한 지식·정보의 생성과 축적의 결과물을 체계적으로 분류하고 정리함으로써 분류학의 발전에 기여한다. 대체로 조선조 후기 사대부 지식인이 가장 애독하였던 저술은 바로 중국에서 유입된 『옥해(玉海)』·『산당사고(山堂事攷)』·『사문유취(事文類聚)』·『태평어람(太平御覽)』·『삼재도회(三才圖會)』 등과 같은 분류학 성격을 보여주는 유서들이 많다. 이러한 유서의 유입과 독서는 조선조 후기 분류학 발전에 영향을 끼친 바 있다. 지식·정보의 집적과 증대는 기본적으로 지식·정보의 분류 체계와 정리의 문제를 제기한다.

특히 단편 지식과 메모의 축적물이나 그 관련 기록의 축적은 기왕의 분류 방식과 다른 분류 체계를 요구하기도 한다. 이러한 요구에 대응하기 위해서는 수다한 조각 지식을 체계적으로 담아낼 필요가 있다. 이처럼 새로운 지식·정보 발생의 문화적 배경과 기왕에 축적된 지식·정보를 재배치하려는 지적 요구의 결합은 유서류 내지 총서류 등장의 중요한 요인으로 작동하게 된다.

조선조 후기 유서의 등장과 유통은 기존에 없던 분류(학)의 생성과 발전을 촉발하는가 하면, 다양한 지식·정보의 분류와 재배치의 학술적 욕구는 유서류와 총서(집)류 등장을 견인하기도 한다. 이 점에서 메모와 같은 조각 지식의 등장과 유서와 총서의 출현은 상호 관련이 있는 셈이다.

그런데 독서나 견문 체험한 특정 사안을 두고 메모 방식으로 적어 집적하고, 여기에 비평하는 방식은 독서 후기나 비망기와 같은 형식이 적합하다. 조선조 후기에 오면, 이렇게 축적한 지식·정보를 총서류와 유서로 전환하는 경우는 적지 않다. 무엇보다 특정 사실과 사안을 두고 내용을 변증하거나 비평하는 과정에서 고증학을 활용하거니와, 이 점에서 유서류나 총서류는 고증학의 발전과 관련을 가진다. 이러한 사실은 윤성진이 쓴 「임하필기후발」을 보면 이를 확인할 수 있다.

> 책은 39권인데, 모두 16편으로 분류하였고, 매 편 몇 백 조항의 항목이 있다. 각 조항에는 반드시 제목을 두어 강령을 제시하였고, 일에는 반드시 근거가 있어 그 자취를 맡게 하였다. 널리 대응하고 곡진하게 해당시켜 날마다 쓰고, 늘 행하는 사이를 벗어나지 않으니, 한마디 말로 포괄한다면 '공(公)'이라 하겠다. 공적인 안목으로 바라보고 공적인 마음으로 생각하고 공적인 논리로 말을 한 뒤에야 비로소 이 '필기'의 요령을 얻게 될 것이다.[64]

『임하필기』나 『오주연문장전산고』와 같은 저작은 조선조 후기 지식을 집대성한 필기다. 대체로 전대 문헌의 지식·정보를 재편집하여 새로운 배치를 통해 지식·정보를 구성하게 된다. 이때 집적한 지식·정보를 편집하고 재배치할 때 문제가 되는 것이 분류 방식이다. 앞서 언급한 바 있듯이 이유원은 『임하필기』를 16편으로 분류하고 이를 편마다 다시 몇 백 조항의 항목으로 재분류하여 지식·정보를 새롭게 재배치한 바 있다.

64 이유원, 『국역 임하필기』 1. 4면, 「임하필기후발」, 한국고전번역원, 한국고전종합DB 참조. 이는 이 책의 제4부 제1장 「유서의 형성 과정과 지식·정보 분류」 참조.

이렇게 재편집한 지식·정보는 전대의 지식·정보의 집적과 재분류, 저자의 안목을 거쳐 성립한 것이지만, 지식·정보의 집적과 재배치를 통한 지식·정보는 이전 것과 사뭇 다르다. 이는 기왕의 틀에서 벗어나 새로운 모습으로 재탄생함을 의미한다. 요컨대 분류와 재배치, 그리고 편집은 새로운 지식·정보의 차원에서 논하더라도 무방하다. 이는 중요한 사안이다. 새로운 지식체계를 통해 기존 지식·정보와 다른 무엇을 보여준다고 생각해보면 금세 이해할 수 있을 것이다.

집적한 지식·정보를 새롭게 재배치하여 보여주는 문제는 지식·정보의 유통과 확산과도 연결된다. 이는 지식·정보를 새롭게 한다는 점에서 지식·정보의 재탄생과 관련이 있다.[65] 이를테면 기왕에 집적된 지식은 이전에 중시되지 않던 '날마다 쓰고 늘 행하는 사이를 벗어나지 않는' 일상적이고 생활 주변에서 확인할 수 있는 잡다한 지식·정보로 새롭게 탄생하는 것이 많기 때문이다.

지식·정보의 집적과 분류 자체를 중시하고 그것을 가치 있는 작업으로 인식하는 것은 기존 지식·정보가 지니는 권위나 가치와는 상당히 다른 모습이다. 그러므로 성리학적 분류 체계에 토대한 지식·정보의 위계질서와 배치, 그리고 그것이 지니는 가치와는 그 양상을 달리한다. 무엇보다 새로운 지식·정보를 다양하게 집적하고, 이를 새롭게 분류하고 체계화하는 것 자체를 의미 있는 것으로 인식하는 것이야말로 이조 후기 차기체 필기가 보여주는 중요한 미덕의 하나다.

---

65 『지봉유설』 범례를 보면 "○爲說共三千四百三十五條, 初出於臆記, 隨得輒書, 而篇帙旣夥, 始爲分類, 故或未免舛駁爾. ○所記, 出自古書及聞見者, 必書其出處, 而頗以妄意斷之, 其不言出處者, 乃出妄意者也. ○所引書籍, 六經以下, 至近世小說諸集, 凡三百四十八家. 所錄人姓名, 自上古迄本朝, 得二千二百六十五人, 具載別卷, 其或但稱姓某云者, 不欲斥名, 亦有所諱焉耳"라 되어 있는바, 성립 단계에서 분류를 고려하여 지식·정보의 가공을 거쳐 재배치하고 있음을 알 수 있다.

넷째, 차기체 필기는 저자의 폭넓은 독서 체험과 노년의 학예적 성취에 기반을 두고 기술하는 경우가 많다. 차기체 필기는 저자의 견문 지식과 체험에 더해 풍부한 독서로 다양한 지식·정보를 담고 있다. 그중에서도 독서를 통한 지식·정보의 습득이 가장 많다.[66] 대부분의 차기체 필기의 저자는 독서 과정에서 발생한 숱한 관심사와 의문처를 그때그때 기록하여 이 문제에 대응하고, 그 과정에서 자신의 견해를 덧붙인다. 앞서 언급한 바 있듯이 차기체 필기는 저자 만년의 저작이라는 점과 오랜 시간 축적한 조각 지식·정보를 산삭하고 윤문한 것이 많다. 이때 저자는 만년에 축적한 학술적 성취를 토대로 윤문과 개고를 거쳐 정리하게 마련이다.

한 사례를 보자.

> 또 하나의 책자를 만들고 싶었는데, 대략 일기와 같이 날짜별로 일을 기록하는 것이었다. 천문과 날씨, 시사와 견문, 그리고 자신의 출처와

---

66 특히 차기체 필기에서 자신의 견해를 덧붙일 경우 다양한 유서류를 참고한 경우가 많은데, 이러한 유서의 독서 현장은 유만주의 『흠영』에 잘 나타나 있다. 이를테면, "夜畢閱僿課"(『欽英雜記』, 「辛丑部」 十月記, 初3日), "議牧齋之文可抄也, 密翁之書可謄也, 星湖之僿可置也, 擇黑之志可淨也."(『欽英元本』, 「壬寅部」 十月記, 初5日), "夜閱星湖僿說類選【十冊】, 說李瀷所著也. 分天地·人事·經史·萬物·詩文五大編, 各編又有小綱標題, 周人尙文, 其獘也, 僿僿細瑣也. 其類選凡例云: '今編較原書, 幾取其半.' 嘗曰: 僿說乃數十年間, 閑思漫錄, 寧有統紀? 止待良友指陳得正耳. 又曰: 僿說本草, 儘多可刪, 今遇諸公判正, 吾之幸也. 須直加勘覈, 而其字句之未安者, 一任圈改, 不須問我, 其間議論, 或不無悖於義者, 簡而存之,則此非吾書, 諸公之書也."(『欽英集記』, 「辛丑部」 九月二十日)", "聞星湖僿說傳於世者, 只十二卷, 其全書多觸時語, 不可得以見云."(『欽英元本』, 「戊戌部」 閏六月 15日) 등이다. 유만주는 이익의 『성호사설』과 안정복이 『성호사설』을 재편찬한 『성호사설유선』의 독서 과정과 그 내용을 두고 자신의 평을 적고 있다. 이 외에 유만주는 이수광의 『지봉유설』과 유형원의 『반계수록』, 김창협의 『농암잡지』 등을 활용하여 특정 지식·정보를 두고 자신의 견해를 제시한다. 여기서 유만주가 이들 유서를 빌리거나 베껴서 본 것으로 보이는데, 확실하지는 않다. 어쨌거나 당대에 이름난 유서와 필기를 읽고 여기에 자신의 견해를 밝힌 것은 모두 차기 방식의 글쓰기라는 점에서 주목할 만하다. 앞서 언급한 바 있듯이 유만주처럼 독서 후기의 조각 지식·정보를 모아 정리하면 차기체 필기로 성립하는 것이다.

공부한 책, 일과 유람에서부터 집안의 자질구레한 일에 이르기까지 모든 것을 기록하되, 상세히 할 것인지 간략히 할 것인지는 마음대로 정한다. 친구를 만나 이야기를 나누다가 새롭게 들은 것이 있으면 기록하고 조용히 앉아 사색하다가 새롭게 깨달은 것이 있으면 기록하여 야사나 집안의 자취, 연보나 어록을 겸하게 하고, 지은 시문들도 각기 날짜에 따라 기록해두면 이 한 부가 나의 전서가 될 것이다. 그러니 따로 저술할 것도 없고, 별도로 문집을 간행할 것도 없다. 그러나 젊었을 때는 생각이 여기에 미치지 못했고 지금은 늙고 게을러져서 할 수 없으므로 여기에 기록만 해둔다. 훗날 문사 중에 반드시 가져다 쓸 사람이 있을 것이다.[67]

홍길주가 『표롱을첨』을 두고 한 언급이다. 저자가 젊어서 기록한 잡다한 지식을 만년에 재정리하여 하나의 책자로 만드는 과정을 보여준다. 『표롱을첨』에서 보듯이 차기체 필기는 오랜 기간 수집한 자료와 다양한 독서 체험, 만년의 학술적 성취를 토대로 기술하기 때문에 저자의 학술적 역량을 총동원하여 저술한다. 그 과정에서 기존 내용을 비교하거나 고증하는 등 나름의 비평적 감식안을 통해 관심사를 기술하는 경우가 많다.

이러한 양상은 김창협의 『농암잡지』에서도 알 수 있다. 김창협은 『농암잡지』에서 하나의 논제를 기술하면서 자신이 독서한 문헌을 밝혀놓거나, 그 시기를 기록해두고 있다. 만년에 독서한 자료를 두루 예시하고, 아울러 기록한 사안에 자신의 학술적 성취를 반영하여 기술했다. 김창협이 서술한 내용을 훑어보면 그가 젊은 시절부터 만년에 걸쳐 『농암잡지』를 완성한 사실을 금방 알 수 있다.

앞서 언급한 바 있지만, 김매순의 『궐여산필』과 홍한주의 『지수염필』

67 박무영·이주해 외(역) 홍길주 문집5, 『표롱을첨』(하) 권11 「총비기」 1, 62칙259~260면.

도 같은 경우다. 김매순은 64세 무렵에 『궐여산필』를 편찬하였고, 홍한주는 65세 무렵 전라남도 지도 유배 시절에 그간에 기록한 것을 『지수염필』로 완성한 바 있다.

다섯째, 차기체 필기는 전대에 비하면 학술적 성격과 고증학적 태도를 보여준다. 이는 저자가 학술적 의문처를 변증하거나 거기에 대해 자신의 견해를 밝히려는 것과 관련이 있다. 대부분의 차기체 필기는 저자의 경험이나 체험, 그리고 다양한 독서를 근거로 학술적 사안을 면밀하게 정리하거나, 고증학적 태도로 사안을 분석하고 비평한다.

다음은 홍석주의 『학강산필』 한 조목이다.

> 고증학이 진실로 독서하는 데 무익한 것은 아니다. 근세의 학자들은 오로지 이것에만 힘써 경전을 해설하는 자는 의리를 강론하지 않고 역사서를 읽는 자는 치란을 따지지 않는다. 오직 자훈의 같고 다름과 연월의 선후를 따져 밝히는 것을 부지런히 하여 평생의 계책으로 삼아 정력을 쏟아서 찾고 입술이 타도록 논쟁하며 종신토록 그칠 줄을 모르니, 그 또한 마음을 잘못 쓴다고 할 수 있겠다. 내가 일찍이 성해응과 함께 『사고전서총목』을 논구(論究)하였는데, 그 편지가 수백 마디 말이 되어 엎치락뒤치락 논쟁하였으니, 자못 스스로 '근세 학문의 폐단에 적중하는 것이라'고 여겼다. 그러나 그때 논쟁한 것은 전적으로 기윤(紀昀) 때문에 일어난 것인데, 기윤은 참으로 고증학에 깊이 천착하였다. 하지만 그의 문장의 견식과 이해는 참으로 다른 사람들보다 뛰어난 점이 있다.[68]

68 홍석주, 『학강산필』 권1, "考證之學, 固不爲無益于讀書也. 近世之學, 專以是爲務, 說經者, 不講義理, 讀史者, 不問治亂. 唯以字訓之同異, 年月之先後, 斤斤焉, 爲平生之家計, 弊精以求之, 焦脣以爭之, 終身仡仡而不知止, 其亦可謂枉用心矣. 余嘗與成海應龍汝, 論四庫全書總目, 有書累百言反覆抨擊, 頗自謂切中近世之弊. 然其時所論, 專爲紀曉嵐而發, 曉嵐固癖於考證. 然其文章識解, 亦實有過人者."

19세기 학술사의 중요한 쟁점 중의 하나였던 고증학을 두고 언급한 내용이다. 홍석주는 자신이 활동하던 19세기 전반 청과 조선 학술계와 학술 태도를 주목하고, 당시 가장 널리 성행하였던 고증학의 폐해를 지적하고 있다. 그는 성해응과 함께 『사고전서총목』을 독서하고, 이를 통해 고증학을 두고 상호 의견을 피력한 바 있다.[69] 당시 홍석주는 고증학의 폐단이 의리의 간과에 있다고 인식하고 송학의 의리를 강조하지만, 학문을 위한 고증의 방법론까지 부정하지는 않는다.

위의 언급처럼 학자들이 의리를 강론하거나 치란을 따지지 않은 채 한갓 자훈의 동이(同異), 연월의 전후만을 가지고 평생 논쟁하여 정신을 소모하는 폐단을 비판하였다. 홍석주는 이러한 고증학의 폐단은 청나라의 고증학에서 연유한 것으로 규정하고, 대표적인 인물로 『사고전서』 편찬 책임자인 기윤을 지목하고 있다. 기윤의 뛰어난 문장과 견식에도, 그의 고증학 태도가 의리를 우선시하지 않고 사서(史書)의 치란을 중시하지 않도록 부추기는 결과를 낳았다는 것이다. 이처럼 차기체 필기가 당대 학술사에서 쟁점이 되는 사안이나 인물을 거론하면서 그 학술적 공과를 비평하는 경우가 상당히 많다는 점은 주목할 사안이다.

이 지점에서 우리는 전 시기 필기가 문인학자들이 견문한 바를 단순히 기록하는 것에 비해 차기체 필기는 그 성격을 달리하고 있음을 재차 확인할 수 있다. 특히 차기체 필기는 저자의 관심사와 의문처의 경우, 학술과 학술사적 사례가 많다. 여기에 자신의 견해를 제시하거나 다양한 자료를 근거로 비평한다는 점에서는 확실히 학술적 성격을 보여준다. 이 점에서 학술 필기라 불러도 무방하다. 그런가 하면 전시기의 필기가 소

69 성해응, 『연경재전집』 권9, 「答洪淵泉(奭周)斥考證書」와 『淵泉集』의 「答成陰城書」에서 볼 수 있듯이 상호 편지를 주고받으면서 고증학에 대해 논란하였다. 홍석주는 고증의 폐단을 지적하고 송학의 의리를 강조한 반면, 성해응은 고증을 변호하고 한송의 융합을 주장한 바 있다.

재와 체제의 일관성이 적고 서술 방식 역시 견문 위주의 단순한 서술이 많은 반면, 차기체 필기는 저자의 오랜 기간 축적한 자료나 견문한 것을 관찰하거나 사색한 성과를 기록한다. 여기서 학술적 성격과 비평적 면모를 동시에 볼 수 있다. 또한 차기체 필기의 체제는 전 시기의 필기에 비해 저자의 학술적 지향을 잘 드러내고 있다는 사실도 함께 기억할 필요가 있다.[70]

끝으로 차기체 필기는 명물도수학(名物度數學)의 면모를 주목하기도 하고, 물질과 물질문화에도 많은 관심을 가진다. 다음의 두 글에서 잘 드러난다.

> (1) 나는 초야에 거처하여 단지 벌레나 물고기를 관찰하고 조사할 뿐이다. 그러므로 나무꾼이나 소 치는 아이들이 전해주는 벌레나 물고기의 이야기를 들으면 반드시 자세하게 기록해두었다. 고금의 인사들이 기록한 새나 짐승에 관련된 글을 읽으면 다시 초록하여 두었다. 그러한 것이 쓸데없고 이익이 생기지 않는다는 사실을 나 자신도 알고 있지만, 그러나 쓸데없고 이익이 생기지 않는 중에도 고거(考據)에 도움이 되는 이로움은 있다.[71]

> (2) 진실로 부류로 모으고 무리로 나누어서 사문(斯文)의 범주를 종주로 삼아 격물치지의 학문을 보호할 수 있는 자가 있다면 이 또한 성인의 무리일 터이니, 통달한 학자가 힘쓸 일이다. 내 벗인 이성지(李成之)는

70 문집의 경우처럼 계통이 있거나 체제가 잘 짜여 있는 것은 아니지만, 저자가 중요하게 생각하는 사안은 앞에 배치하거나 학술적으로 동일한 소재를 함께 두는 등 내적인 일관성을 유지하는 흔적을 보여준다. 이 점에서 전 시기의 그것과 상대적으로 비교해 언급한 것이다.

71 이규경, 『오주연문장전산고』, 권45, 「蝴蝶蜻蜉爲虫胎辨證說」, 452면, "余處艸野, 但知注虫疏魚. 故如聞樵童牧竪所傳虫魚之事, 則必細錄之. 如見古今人士所記, 鳥獸之文, 則更翻鈔之. 自知其无所用, 无所益, 然其无用无益中, 亦有可攷可據之益."

재능이 뛰어나고 학문이 넓은 데다 늙어서도 나태하지 않았다. 세상의 학자들이 명물도수를 급히 해야 할 공부로 여기지 않다가 갑자기 그러한 공부를 마주하게 되면 고루함을 한스럽게 여기는 자들의 존재를 병통으로 여겼다. 독서하고 궁리하는 사이에 눈이 머무르는 것이 있으면 바로 기록하여 문목(門目)도 이미 많아졌다. 드디어 여기에 전념하여 더욱 확대하여 위로는 천지처럼 위대한 것, 아래로는 꿈틀거리는 곤충같은 미물에 이르러 밝게는 인륜과 일상, 그윽한 것으로는 귀신과 부처나 궤이한 것에까지 두루 나열하지 않은 것이 없다.[72]

(1)과 (2)는 19세기의 글인데, 모두 명물에 대한 기록과 그것을 정리한 과정을 보여준다. 벌레, 물고기, 명물과 도수 등은 모두 일상생활에서 흔히 볼 수 있는 물질의 영역에 속한다. 직접 눈으로 보고 들을 수 있는 벌레와 물고기, 새와 짐승, 곤충과 미물, 인륜과 일용(日用)을 비롯하여 귀신과 부처, 이상한 것에 이르기까지 눈에 보이고 귀에 들리는 모든 명물의 기록을 초록해 두었다고 했다. 모두 눈에 보이는 명물에 대한 흥미로운 지식과 정보를 요약해서 정리한 것임을 밝혀놓고 있다. 이러한 명물의 기록과 지식·정보의 섭취는 자연과 사회의 다채로운 실상과 내용을 자세하게 정리한 다음 기록의 과정을 거침으로써 고거학(考據學)에 도움이 된다고 제시하고 있다.

사실 (1)의 『오주연문장전산고』 자체가 명물고증의 성격을 적실하게 보여주는 대표적 저술이다. 이규경은 기왕의 유서나 필기에서 볼 수 없을 정도로 다양한 명물에 주목하고, 고증을 통해 구체적으로 점검하여

72 金庭堅, 『才物譜』, 「才物譜序」, 아세아문화사, 1980, 3~4면, "苟有能類聚群分, 宗主乎斯文範圍, 而羽翼乎格物致知之學, 則是亦聖人之徒, 而通士勉焉. 吾友李成之, 才高學博, 老猶不懈, 病世之學士, 以名物度數爲不急, 而卒然有所値齎, 恨於孤陋者有之, 其讀書窮理之際, 有寓輒記, 門目旣多. 遂專意而益廣之, 上自穹然隤然之大, 下至夭喬喘蝡之微, 明而人倫日用, 幽而神佛詭異, 靡不蒐羅."

정확한 지식·정보를 밝혀놓았다. 이 점에서 다양한 명물의 고증과 학술적 성취를 유감없이 보여주고 있는 셈이다. 이러한 성과 역시 독서 체험과 견문 지식의 축적, 학문적 성취가 어우러진 결과물임은 두말할 나위 없다. (2)의 저술 역시 명물도수 공부의 필요성과 함께 이러한 명물도수의 성과를 기록한 이성지의 학문적 경향과 성과를 높이 사고 있다. 이러한 언급 역시 이규경의 지향과 같은 맥락이다.

요컨대 차기체 필기의 특징과 성격은 이러한 몇 가지 점에서 전대의 필기와 다른 성격과 서술 방식을 보여준다. 저자가 저술 내에서 제기한 특정한 사안의 경우, 자신이 견문하거나 독서 체험한 것을 그대로 기술하기보다 고증적 태도에 기반한 비평적 시각으로 조명하는 경우가 많다. 한 사안을 두고 저자는 반드시 다른 자료와 구체적인 근거를 통해 그 항목에서 기술된 내용의 진위와 시비를 가리고, 비평적 시각으로 자신의 주장을 펼치고 있다. 또한 각 항목을 기술할 경우, 앞에서는 의문처나 관심 있는 사항을 기술하고 관심사나 의문 사항을 두고 다양한 방법을 동원하여 비평적 안목으로 분석하는 경우가 많다.

저자 자신이 독서 체험에서 의문 나는 점을 주목하여 다양한 방계 문헌을 통해 해당 사안에 대해 반론을 펴거나, 문자학적 방법을 동원하여 비평하는 것도 같은 사례다. 이뿐만 아니라, 당대 학예의 동향을 예의주시하며 이를 일국적 시각을 넘어 기술한 사례 등도 같은 맥락으로 이해할 수 있다.

이러한 방식은 주로 다양한 자료 수집과 정리, 그리고 다양한 문헌을 동원하여 이루어지는데, 이 과정에서 고증학적 방법과 당연히 만난다. 이 점에서 차기체 필기의 글쓰기 방식은 18·19세기 고증학의 형성과 발전에 깊은 관련을 지니며, 당대 사회 문화의 동향을 적극적으로 반영하고 있다. 이는 학술사적 의미와 함께 중요한 문예적 양상을 보여주는 것이기도 하다.[73]

4. 차기 방식의 정리와 사례: 담배와 안경

조선조 후기 차기체 필기에 보이는 지식·정보는 서적이나 견문을 통해 생성되기도 하지만 실물의 체험을 통해 이루어지기도 한다. 그런데 견문 지식과 체험 정보도 필기에 정착되어 유통되기도 한다. 특히 이국 문물을 체험하고 새롭게 견문한 지식·정보는 남다른 주목과 관심을 받는다. 여기서 이국 문물의 대표적 사례인 담배와 안경을 통해 새로운 물질문화가 조선조 후기의 시공간 속에서 어떻게 유동하고 있으며, 이를 체험함으로써 어떤 사회적 파문을 주는지 살펴보자.

우선 기왕의 문헌 기록에 보이는 담배[74]와 안경 관련 기술을 도표로 제시하면 다음과 같다. 주로 17세기부터 19세기까지의 기록이다.

담배와 안경 관련 서술

작자	題名 [담배 관련 내용]	출전	작자	題名 [안경 관련 내용]	출전
① 李睟光 (1563~1628)	「食物部」의 '草'	『芝峯類說』 卷19	① 李睟光 (1563~1628)	'器用'	『芝峯類說』 卷19 「服用部」
② 趙慶南 (1569~1641)	『續雜錄』 卷2	『大東野乘』	② 柳尙運 (1636~1707)	「買眼鏡」	『約齋集』 冊2 『燕行錄』
③ 姜弘重 (1577~1642)	「甲子年」 10月 10日	『東槎錄』	③ 李時弼 (1657~1724)	「造眼鏡法」	『謏聞事說』
④ 許燉 (1586~1632)	「雜著」의 '南靈草戒'	『滄洲先生 文集』 卷2	④ 金昌業 (1658~1721)	2月 初6日	『老稼齋燕行日 記』 卷5

73 조선조 후기 차기체 글쓰기가 고증학의 형성 발전에 공헌한 바 있는데, 이는 중국에서 더욱 두드러진다. 중국에서의 '차기'와 고증학의 관련성, 차기체의 글쓰기 방식은 송명(宋明) 도학가들의 '대화체 글쓰기'와 달리 고증학의 중요한 글쓰기 방식이며, 고증학의 발전에 크게 기여한 바 있다. 이에 대한 언급은 벤저민 엘먼 지음, 양휘웅 옮김, 『성리학에서 고증학으로』, 예문서원. 2004, 353~386면.

74 담배와 관련한 자료와 재미있는 일화는 안대회, 『담바고 문화사』 2015, 문학동네 참조.

작자	題名 [담배 관련 내용]	출전	작자	題名 [안경 관련 내용]	출전
⑤ 張維 (1587~1638)	「南靈草吸煙」·「南草之用於世殆將如中國之茶」·「稱頌南草之虛實」·「世之攻南草者」	『溪谷漫筆』 卷1	⑤ 李瀷 (1681~1763)	「靉靆」등	『星湖僿說』 卷4, 「萬物門」
⑥ 金指南 (1654~1718)	「回槎錄」 등	『東槎日錄』	⑥ 南克寬 (1689~1714)	「金參判曆法辨辨」	『夢囈集』 乾
⑦ 任守幹 (1665~1721)	「江關筆談」	『東槎日記』坤	⑦ 南泰良 (1695~1752)	'器用', 『芝峯類說』에서 인용	『大東彙纂』 25柵 「工部」
⑧ 李瀷 (1681~1763)	「南草」· 「生財」 등	『星湖僿說』 卷4, 卷8 「萬物門」과 「人事門」등	⑧ 趙曮 (1719~1777)	「各處私禮回禮單」	『海槎日記』
⑨ 申維翰 (1681~?)	『海遊錄』 下 등	『海遊錄』	⑨ 洪大容 (1731~1783)	「乾淨衕筆談」	『湛軒書』 外集 卷2
⑩ 曹命采 (1700~1763)	「戊辰年」 3月 9日 등	『奉使日本時聞見錄』乾	⑩ 朴趾源 (1737~1805)	「傾蓋錄」· 「盎葉記」	『熱河日記』
⑪ 李用休 (1708~1782)	「三事」	『惠寰雜著』 卷6	⑪ 李德懋 (1741~1791)	「蜻蛉國志」 二	『青莊館全書』 卷65
⑫ 安鼎福 (1712~1791)	「雜著」의 橡軒隨筆' 下	『順菴先生文集』 卷13		「御製集」	『古芸堂筆記』 권6
⑬ 洪良浩 (1724~1802)	「北塞記略」 '交市雜錄'	『耳溪外集』 卷12	⑬ 兪晩柱 (1755~1788)	「十一月記」'初九日' 등	『欽英元本』 甲辰部 등
⑭ 李德履 (1728~?)	「記煙茶」	『江心』 안에 茶를 기록한 「記茶」가 함께 수록.	⑭ 張混 (1759~1828)	「平生志」	『而已广集』 卷14, 雜錄
⑮ 洪大容 (1731~1783)	「燕記」 '京城記略'	『湛軒書』 外集 권8	⑮ 徐有聞 (1762~1822)	12월 22일조	『무오연행록』 권2
⑯ 朴趾源 (1737~1805)	「太學留館錄」	『熱河日記』	⑯ 丁若鏞 (1762~1836)	「靉靆出火圖說」 「漆室觀畫說」	『與猶堂全書』 『文集』 卷10
⑰ 李德懋 (1741~1793)	「士小節」· 「蜻蛉國志」	『青莊館全書』 卷27, 卷65	⑰ 徐有榘 (1764~1845)	'靉靆古未有也'	『金華畊讀記』 卷7

작자	題名 [담배 관련 내용]	출전	작자	題名 [안경 관련 내용]	출전
⑱ 李喜經 (1745~?)	「纏脚」	『雪岫外史』 卷1	⑱ 閔魯行 (1782~?)	「大石山房十 友」: '密友'	『名數咫聞』 10冊, 卷17
⑲ 柳得恭 (1748~1807)	「淡婆姑」	『古芸堂筆記』 권5, 「淡婆姑」	⑲ 朴思浩 (1784~1854)	「春樹淸譚」	『心田稿』三 「應求漫錄」
⑳ 兪晩柱 (1755~1788)	12月15日 (辛未) 등	『欽英元本』 戊戌部 등	⑳ 金正喜 (1786~1856)	「雜識」	『阮堂全集』 卷8
㉑ 李鈺 (1760~1815)	『煙經』 권1 · 2 · 3 · 4	『煙經』은 4권 1책, 각 권 서문 있음 『梅花外史』	㉑ 金景善 (1788~1853)	12月 19日 '玉河館記'	『燕轅直指』 卷2 「出疆錄」
㉒ 徐有榘 (1764~1845)	「晩學志」卷5 '煙草'	『林園經濟志』	㉒ 李圭景 (1788~1856)	「人事篇」 '靉靆辨證說' 등	『五洲衍文長箋 散稿』 卷6
㉓ 李圭景 (1788~?)	「茶煙」의 '賓主吃 煙之儀辨證說'과 '煙草辨證說'	『五洲衍文長箋 散稿』의 「人事篇」	㉓ 李有駿 (1801~1843)	12月24日	『夢遊燕行錄』 上
㉔ 洪翰周 (1798~1868)	「痰破菰」	『智水拈筆』 卷7. 아편과 담배 서술	㉔ 任百淵, (1802~1866)	「鏡浯行卷」坤	『鏡浯遊燕 日錄』 卷2
㉕ 李裕元 (1814~1888)	「金光草」 · 「烟草始末」	『林下筆記』 卷28	㉕ 李裕元 (1814~1888)	「遠視靉靆」 · 「眼鏡」등	『林下筆記』 卷25, 卷32

담배와 안경 관련 기록을 연대순으로 배치하였다. 이 외에도 담배와 안경 관련 기록이 많지만, 일일이 거론하지 않고 흥미롭고 특징적인 기록만을 제시해두었다.[75]

75 청나라의 등장 이후 연행 사신이 이국 체험을 통해 견문한 기록 중, 홍대용과 박지원처럼 중국에서 이러저러한 견문을 적은 기록들이나 일본통신사로 참여한 인물들이 남긴 기록 등을 보면, 담배를 선물로 주고받는 사례, 그리고 담배와 안경과 관련하여 보고 들은 내용을 기록한 글이 많이 남아 있다. 위에 제시하지는 않았지만 담배와 안경을 읊은 작품도 상당수 있다. 그런데 일본통신사행에서 대마도에서부터 자주 지급받던 물목 중의 하나가 담배였고 사신에게 준 특산품 중에 안경도 있었다. 이러한 부분 기록과 조선왕조실록이나 개인 문집 등에 나오는 담배와 안경 관련 기록 등은 일일이 거론하지 않는다.

위의 내용을 보면 조선조 사회에서 담배와 관련한 지식·정보는 대략 17세기 초를 기점으로 나타나는 것을 알 수 있다. 17세기 초반 이후 담배의 흡연과 체험을 통해 관련 지식·정보가 확산하면서 다양한 서적에 정착한 것으로 보인다. 특히 담배의 전국적인 보급은 경험치를 동반함으로써 이와 관련한 다양한 지식·정보를 형성하게 된다. 17세기 이후 담배는 수요의 폭증과 함께 이국(異國)의 새로운 물질 문화로 주목받게 되자 사대부 지식인도 여기에 비상한 관심을 가지게 된다. 농민의 재배 방법과 경험, 흡연자의 다양한 경험치가 지식·정보로 전환되면서 담배 관련 내용은 증가하고, 이러한 내용은 시차를 두고 다양한 경로로 전파되었음을 알 수 있다. 그 과정에서 여러 계층의 흡연 사실과 함께 담배를 둘러싼 사회적 문제의 발생에 이르기까지 담배 관련 지식·정보는 비상한 주목을 받기도 한다. 그 결과 담배 관련 기록은 전 시기와 사뭇 달리 다양하게 나타나고, 기록 또한 풍부해진다.

그런데 담배 관련 새로운 지식·정보의 생성 · 유통은 그 자체에 그치지 않고 기왕의 지식·정보와 함께 새로운 경험과 사실이 덧붙여지면서 이전과 사뭇 다른 내용을 보여주기도 한다. 이제 담배는 관련 지식·정보의 생성과 유통 · 재생산 과정에 더해 여러 계층의 체험을 거치면서 새로운 지식·정보로 등장하게 된다. 하나의 물질 관련 지식·정보가 생성·유통을 통해 재탄생하는 회로의 모습과 흡사하다.

담배 관련 지식·정보의 내용은 차기체 필기의 모든 소재를 대변하는 것은 아니다. 하지만 저자가 차기한 담배 관련 지식·정보는 저자의 새로운 견해가 많고, 그것에는 알려지지 않던 새로운 사실을 제공한다는 점에서 새로운 지식·정보임에 틀림없다.

위의 사례에서 보듯이 담배 관련 서술은 다양하다. 담배의 전국적인 확산과 함께 다양한 양상의 기록을 확인할 수 있다. 시와 산문, 필기 등 여러 가지 문학 양식을 통해 담배 관련 내용을 풍부하게 담아내고 있다.[76] 이는 담배의 정보와 관련 지식을 드러내는 방식과 그 지식을 배치하는 방식의 다양함을 보여준다. 이는 하나의 사례를 통해 지식·정보의 생성, 변주, 유통을 확인할 수 있는 것이기도 하다. 이러한 과정을 거치면서 새로운 물질 관련 지식·정보가 덧붙여지고 더욱 다양해짐을 알 수 있다.

위의 기록처럼 담배 관련 지식·정보를 기록한 인물은 매우 다양하다. 당대 문단의 중심에 있던 인물은 물론, 실학자와 국왕, 그리고 지방의 무명 인물에 이르기까지 각계각층의 인물을 확인할 수 있다. 이 외에도 창계 임영의 「영남초(詠南草)」, 잠곡 김육의 「남초」, 설봉 강백년의 「남초」, 월촌 하달홍의 「남초삼십육운(南草三十六韻)」 등, 사대부 지식인이 시로 형상화한 사례도 있다. 그런가 하면 이옥(李鈺, 1760~1815)과 이희로(李羲老, 1760~1792)는 담배를 소재로 「남영전(南靈傳)」을 창작하기도 했다. 17세기 이후 담배는 관련 지식·정보의 단순 기록을 넘어 문인의 다양한 창작 소재로까지 주목받았음을 확인할 수 있다.[77] 이 역시 담배 관련 경험의 확대와 관련이 있음은 물론이다.

새로운 물질의 체험과 관련 지식·정보는 문학의 내용과 폭을 넓혀주는 데 기여하고 있거니와, 무엇보다 새로운 물질 지식·정보의 생성과 유통은 경험 세계와 맞물리면서 다양한 문학 양식에도 정착하고 있음을 알 수 있다. 이국 문화의 물질 관련 지식·정보의 생성과 유통 과정에서 문학이 틈입하는 사실은 당시의 문화적 동향을 반영하고 있다는 점에서도 흥미롭다.

---

76 담배와 관련한 문학 작품은 국문 시가에도 많이 나타난다. 가사작품으로 '연초가(煙草歌)'와 '남초탄(南草歎)' 등이 있으며, 민요 작품으로는 「담바귀타령」, 「담방구타령」, 「담바구타령」, 「답배타령」, 「담배노래」, 「담방구노래」 등이 널리 전승되고 있다.

77 담배와 관련한 선인들의 애정을 고찰한 것에 대해서는 김종서, 「옛사람들의 담배에 대한 애증」, 『문헌과 해석』 18호 2002년 봄, 215~229면.

담배 관련 지식·정보의 경우, 차기체 필기로 기록한 사례가 적지 않다. 필기는 새로운 지식·정보를 기록하기 좋은 양식이다. 물질 문화 관련 새로운 지식·정보에 저자의 견해를 덧붙이는 기록 방식은 필기를 대신할 양식은 없다. 조선조 후기 필기[78]에서 담배 관련 기록을 대거 확인할 수 있는 것은 이 때문이다. 이수광의 『지봉유설』, 장유의 『계곡만필』, 이익의 『성호사설』, 이덕리의 『강심(江心)』,[79] 이덕무의 『청장관전서』, 이옥의 『연경(煙經)』,[80] 이규경의 『오주연문장전산고』와 홍한주의 『지수염필』 등은 모두 차기체 필기인데, 여기에 '담배' 관련 내용이 들어있다.

그런데 이들 차기체 필기는 담배 관련 지식·정보를 기록하면서 전대의 내용을 참고하고, 자신의 견문 지식과 학술적 시선을 덧붙여 기록함으로써 새로운 지식·정보로 전환하기도 한다. 저자에 따라서는 자신이 주목한 사안을 새로운 개념과 항목을 설정하기도 하고, 이를 전체 저작 속에서 재배치하는 방식으로 지식·정보를 재생성하기도 한다. 이러한 분류와 편집은 물론 저자의 입김을 통한 지식·정보의 재배치는 학술적 신선함을 보여준 바 있다.

기록 과정에서 일부 저자는 자신들의 필기 내용을 새롭게 분류하여 배치하는 과정 자체를 중시하기도 한다. 분류 체계를 통한 지식·정보의 재배치와 가공이나 편집이 새로운 지식·정보의 하나이자 수단임을 인식했기 때문이다. 이수광의 『지봉유설』, 이익의 『성호사설』,[81] 이규경의

78 유서도 거시적으로 보면 필기에 속한다.

79 이덕리의 『강심』은 정민 교수가 소개한 바 있다. 『강심』 저자와 내용에 대해서는 정민, 「이덕리 저 『동다기(東茶記)』 차문화사적 자료 가치」, 『문헌과 해석』 2006년 가을, 통권 36호, 297~330면.

80 이옥의 『연경』의 경우, 김영진 교수가 이옥의 『백운필(白雲筆)』과 함께 『연경』을 새로이 발굴하여 이를 소개하고 이옥이 명청 소품을 창작한 하나의 사례로 제시한 바 있다. 이옥의 연경에 대해서는 김영진, 「이옥 문학과 명청 소품」, 『고전문학 연구』 제23집, 2003, 355~383면.

『오주연문장전산고』 등이 그러한 사례에 해당한다. 이들 필기와 유서의 저자는 견문 지식과 체험 독서를 통한 새로운 지식과 이문화를 수록하면서 어떠한 분류 기준을 세워 배치할 것인가를 두고 고민한 바 있다. 그 결과, 자기 나름의 방식으로 분류를 하고 거기에 이들 지식·정보를 재배치하였다. 사실 기왕의 지식 내용을 분류하고 배치하는 문제는 조선조 후기 총서류나 유서 등에서 흔히 볼 수 있는 사안이다.

총서류 저작에서 가장 중요한 것 중의 하나가 항목을 분류하고 이를 배치하는 문제다. 물론 담배와 관련한 지식 모두가 총서류 저작과 관련이 있다는 의미는 아니다. 하지만 이문화의 유입에 따르는 지식의 생성과 유통에서 이를 수용하여 자국 문화와 접속하는 과정에서 저자들이 이를 어떠한 시각에서 어떻게 기록으로 배치할 것인가 하는 문제는 중요한 사안의 하나임에 틀림없다.

조경남(趙慶南, 1570~1641)이 편찬한 『속잡록(續雜錄)』에 나온 담배와 관련한 한 대목을 보자.

> 남영초가 세상에 많이 사용되었다. 일명 담박괴(談博怪)라고도 한다. 4·5년 전에 그 종자가 일본에서 들어왔는데 남방 사람들이 가져다 심어서 부유하게 된 자가 많았다.[82]

---

81 『성호사설』의 경우 성호 만년에 편집하여 완성하였지만, 자신이 축적한 방대한 지식·정보를 어떻게 분류하고 배치할지 고민하다가 끝내 해결하지 못하고 안정복(安鼎福, 1712~1791)에게 이를 부탁하였다. 안정복은 이익이 5개 분야로 엮어 만든 방대한 분량의 『성호사설』 30책을 줄여 10책의 『성호사설유선(星湖僿說類選)』을 엮었다. 안정복은 「천지편(天地篇)」 1책, 「인사편(人事篇)」 4책, 「경사편(經史篇)」 4책, 「만물편(萬物篇)」과 「시문편(詩文篇)」을 합해 1책으로 하였다. 성호는 비록 분류 방식은 그대로 두었으나, 산삭하고 남겨둔 내용을 통해서도 책의 성격과 저자의 인식과 학술적 방향 등을 가늠할 수 있다. 그런 점에서 기존 내용의 산삭과 편집은 그것을 주관한 인물의 인식과 학술적 방향을 보여줄 뿐만 아니라, 책의 성격 가지도 새롭게 볼 수 있다는 점에서 편집 자체가 하나의 새로운 지식인 것이다.

82 민족문화추진회 간행, 『국역 대동야승·속잡록』, 1971 참조.

『속잡록』은 남원의 의병장 조경남이 쓴 야사다. 그는 임진·정유 두 차례 왜란의 체험을 『난중잡록』으로 기록한 후에, 광해군 4년(1612)부터 인조 16년(1638)까지의 역사를 모아 『속잡록』 4권을 편찬한 바 있다. 위의 기사는 광해군 15년(1622년) 1월의 기록으로 초기의 담배 관련 기록이다. 담배가 왜에서 들어온 사실과 담배의 이름, 그리고 이를 심어 부를 축적한 사례를 거론하고 있다. 이국에서 유입된 담배 관련 지식·정보를 주목하고 이를 간단하게 기록하였다.

여기서 이러한 이문화(異文化)의 한 사례로 담배 관련 체험과 지식·정보가 어떻게 생성·유통하는지 살펴보자.

(1) 담배는 왜국(倭國)에서 나왔는데, 어떤 사람은 왜국 여자의 남편이 담 천식에 걸리자, 그 여자가 항상 자기가 죽고 남편의 병이 낫기를 원했다. 그 후에 과연 무덤 위에 풀이 났는데, 그 남편이 그것을 뜯어서 연기를 들이마시니 병이 나았으므로 그 풀을 담박귀(淡泊鬼)라고 하였다. 또 담파괴(痰破塊)라고도 하는데 우리나라는 남령초라고도 하는데 곧 남초를 이르는 것이다. 『계곡만필』에 담배의 이롭고 해로운 것이 기록되어 있는데 해가 많이 기록되어 있다. 그러나 계곡 장유는 담배를 가장 즐겨 피웠기 때문에 선원(仙源) 김상용(金尚容)이 일찍이 인조에게 주청하기를 "전하께서는 장모(장유를 이름: 필자 주)가 취할 만한 것이 있다고 여기십니까? 하지만 신은 그에게 담배를 피우지 말라고 경계를 했지만 끝내 담배를 끊지 못하였습니다. 이것이 그에게 취할 만한 것이 없다는 하나의 단서입니다"라 하였다. 대체로 계곡은 선원의 사위였으므로, 매양 장인께 경계하는 말을 받고 끊으려 하였지만 하지 못했기 때문에 글로 그렇게 적은 것이다. 세상에 비변사의 관청에서 담배 대가 횡행한 것은 계곡으로부터 비롯한 것이라 전한다. 담배의 유행은 수백 년에 불과한데도 천하에 가득 찼다. 중국 및 왜노는 모두 잘게 썰고 푹 쪄서 말려 그 독기를 제거하지만, 오직 우리나라는 그 액기를 취하

여 풍성한 것을 진미로 여긴다. 심한 경우 맛이 매우 쓰지 않을까 염려하여 썰지도 않고 통째로 연기를 삼키기도 한다. 다른 나라는 흡연하는 오랜 시간도 단지 잔술을 마시는 시간과 같고, 간혹 대통과 같이 연잔(煙盞)의 옆에 조그만 구멍을 열어 불이 보이면 그친다. 우리나라는 지연시켜 오랜 시간 흡연하는 것을 맛으로 여기고 재가 다 탄 이후에야 그치니, 그 기를 소모하고 일에 방해되는 것이 더욱 심하다.[83]

(2) 왕사진(王士禛)이 『요로여서(姚露旅書)』를 인용하여 말하기를, "담배는 본래 타바코〔淡巴菰〕라고 하여 여송국(필리핀의 루손 섬을 말함: 필자 주)에서 나는데 장기(瘴氣)를 없앨 수 있다. 처음에는 장주(漳州), 포주(莆田) 등지에서 심었는데 근래에는 곳곳에 다 있다"라 하였다. 당시(唐詩)에서도 '서로 그리워함이 연초와 같네〔想思若煙草〕'라 하였으니, 당나라 때 이미 사용한 사람이 있었던 듯하다. 왕굉침(王肱枕)은 『인암쇄어(蚓菴瑣語)』에서 "담배 잎은 민중(閩中)에서 나왔는데, 변방 사람들의 한담(寒痰)에 이것을 쓰지 않으면 치료할 수가 없다. 그러므로 말 한 필로 담배 한 근과 바꾸기까지 하였다. 숭정 연간에 금지하였지만 잘되지 않았다"라 하였다. 우리나라는 인조(仁祖) 초기에 비로소 성행하게 되었다. 순조(純祖) 초기에 두실(斗室) 심상규(沈象奎) 공이 평안도 관찰사가 되었을 때 새로 난 잎을 가려 한 량(兩)으로 묶어 양초(兩草)라고 하였다. 근래에 또 초명색(草名色)이라는 것이 있는데, 바로 감사(監司)

83 李德履, 『江心』, 「記煙茶」, "煙茶, 出於倭國, 或言倭國女子之夫, 有病痰者, 女子常願, 身死而療夫病, 後果塚上生草, 其夫取其葉, 吸煙而病良已. 故曰淡泊鬼, 亦曰痰破塊. 我國謂之南靈草, 又直謂之南草. 溪谷漫筆記煙茶利害, 而害居多, 然溪谷取嗜之. 故仙源, 曾奏長陵曰, 殿下以張某, 謂有可取? 然臣戒其毋吸煙茶, 而終不能斷, 此其無可取之一端也. 蓋溪谷於仙源, 爲女婿, 而每受其戒, 欲斷未能, 故著之於筆也. 世傳備邊司廳中, 橫煙竹, 自溪谷始云.煙茶之行, 不過數百年. 遍於天下, 中國及倭奴, 皆細剉蒸乾, 祛其毒氣. 獨我國人, 取其液氣, 津津者, 爲珍味, 甚者, 不切而呑煙, 惟恐其不辛辣也. 他國則吸煙之久, 只如飮盃酒之頃, 或煙盞傍, 開小穴之中, 火現則止, 我國以遲延久吸, 爲味, 灰燼以後,已. 其耗氣妨事, 爲尤甚."

가 날마다 사용하는 것을 말하며 맛이 가장 좋다. 대체로 이 물건은 애당초 다른 나라에서 전해져 왔는데, 지금에 와서는 우리나라의 품질이 천하에 으뜸이 되었다. 그러나 그것의 폐해에 대하여 말할 것 같으면, 좋은 토지가 담배를 심는 터로 허비되고, 좋은 옥과 금이 흡연 도구를 만드는 데 허비되고 있다. 그리고 그 쓰임새라곤 사람들이 한가한 시간을 보내는 데에 있을 뿐이니, 무익한 물품으로서 이보다 더 심한 것이 없는데도 습속이 고질이 되어 마침내 없애기 어렵게 되었다. 나도 그것을 좋아하는 사람이라서 지금 막 흡연하면서 이같이 말하고 있다.[84]

(3) 연초【명품】어(菸)라 하고 배초(排草)라고도 하며 담파고(淡巴菰)라고도 한다(『해동농서』). 본래 연초는 여송국에서 나와 중국으로 들어왔는데, 명나라 만력 연간에 복건과 광동 지역의 사람들이 처음 심었다. 옅은 황색에 바탕이 가는 것은 금사연(金絲烟)이라 한다. 우리나라는 일본으로부터 얻었는데, 유구(琉球)에서 조회하러 왔을 때, 또한 공물로 충당하였다. 대체로 남쪽의 변방에서 나기 때문에 민간에서는 남초(南草)라 부른다. 매우 가는 것을 기삼이(岐三伊)라 하는데 이는 곧 왜구들의 말이다. 지금 관서에서 심은 것을 좋은 물건으로 치는데, 서초(西草)라 하고 향초라고도 한다. 【시기】 2월에 심고 5월에 옮겨 심는다(『화한삼재도회』). 【심고 가꾸기】 3월에 기름지고 습한 땅을 골라 충분히 밭을 갈고 심는다. 싹이 나기를 기다려 낮에는 덮어주고 밤에는 걷는다. 세 잎이 나면 옮겨 심을 수 있다. 먼저 심을 만한 땅을 갈되 건조하고 습한 정도를 적당하게 한 것이 좋은 땅이 된다. 땅 위에 상수리나무 잎을 많이 펼쳐놓고 쟁기질하여 덮는다. 비 온 후에 옮겨 심되 뿌리의 간격은 7~8촌 되게 한다. 뿌리를 내리기 전에 시들 염려가 있으므로

84 한국고전번역원, 한국고전종합DB, 이유원, 『국역임하필기』 6 제28권, 90~91면. 「춘명일사」, '담배의 시말.'

반드시 소나무 가지나 상수리나무 잎으로 해를 가려 보호해야 한다. 길이가 1척 남짓 되면 끝부분을 따주되 잎 6~7개만 남기고 날마다 순을 따서 기운이 분산되지 않게 한다. 잎이 크고 두터울 때 조금 황색이고 종기 같은 것이 많이 나 있으면 이것은 독이 오른 것이니 한낮에 잎을 따서 엮어 처마에 걸어두고 그늘에 말려야 한다. 처음 순을 기를 때 두 번째 세 번째 따는 것은 맛이 처음만 못하다(『증보산림경제』). **【치료하기】** 새싹을 딸 때 벌레를 제거하는 일을 매일 아침에 게을리 해서는 안 된다(『화한삼재도회』). **【거두어들이기】** 보통 잎을 딸 때 비가 막 개었을 때 따면 독이 밋밋하고 맛은 강하지 않으니 다시 며칠 기다린 후에 따야 한다(『증보산림경제』). **【종자 거두어들이기】** 8~9월에 줄기의 끝이 나와 늘어지고 나뭇가지의 사이에서 작고 흰 꽃이 피는데 적색을 띠며 열매를 맺는데 안에 가는 씨가 있고 황갈색이다. 작은 벌레가 있으면 그 씨를 먹으므로 벌레를 잡는 일을 부지런히 해야 한다. 그렇게 하지 않으면 종자를 얻기가 어렵다(『화한삼재도회』). **【제조】** 7~8월에 잎을 따서 짚을 덮고 대자리로 덮어준 다음 하룻밤 지나 잎을 취하면 작은 노끈 모양으로 짠 것 같다. 이를 햇볕에 말리고 하룻밤 서리를 맞히고, 다시 햇볕에 말리면 황적색이 되어 있는데 주름을 펴서 거둔다(『화한삼재도회』).[85]

85 徐有榘, 『林園經濟志』, 「晩學志」 卷5, '烟草'. "**【名品】**一名菸, 一名排草, 一名淡巴菰. 『『海東農書』 本産呂宋國, 其入中國, 在萬曆中而閩廣人始種之. 微黃質細者, 號爲金絲烟. 我東自倭得之, 琉球來朝, 亦充貢獻. 大抵出於南番, 故俗稱南草. 其切細者, 曰岐三伊, 此卽倭語也. 今以關西所種爲佳品, 號爲西草, 又曰香草.』**【時候】**二月下種, 五月移栽『和漢三才圖會』**【種藝】**三月間擇肥濕地, 熟耕下子. 候立苗, 晝蓋夜露. 已成三葉, 可移栽. 先治可栽之地, 以燥濕適中爲良. 就地上多布櫟葉, 犁掩之. 雨後移栽, 每根相去七八寸. 未着根前, 恐萎. 必以松枝櫟葉翳日護之. 待長尺餘, 掐去梢, 只留六七葉, 日摘筍, 使不分氣. 其葉旣大且厚, 色微黃痱磊, 是毒升也, 須就日中摘葉, 編懸簷下, 陰乾. 始養筍, 再摘三摘, 味不如初. 『增補山林經濟』**【醫治】**摘去新芽, 除蟲也, 每朝不可怠. 『和漢三才圖會』**【收採】**凡摘葉, 若於雨新晴之時, 則毒平, 味不猛, 須更俟數日而摘之. 『增補山林經濟』**【收種】**八九月莖頭出朶, 椏開小白花, 帶赤色, 結子, 內有細子, 黃褐色. 有小蟲, 食其子, 故辟蟲須勤, 否則難得其種. 『和漢三才圖會』**【製造】**七八月采葉

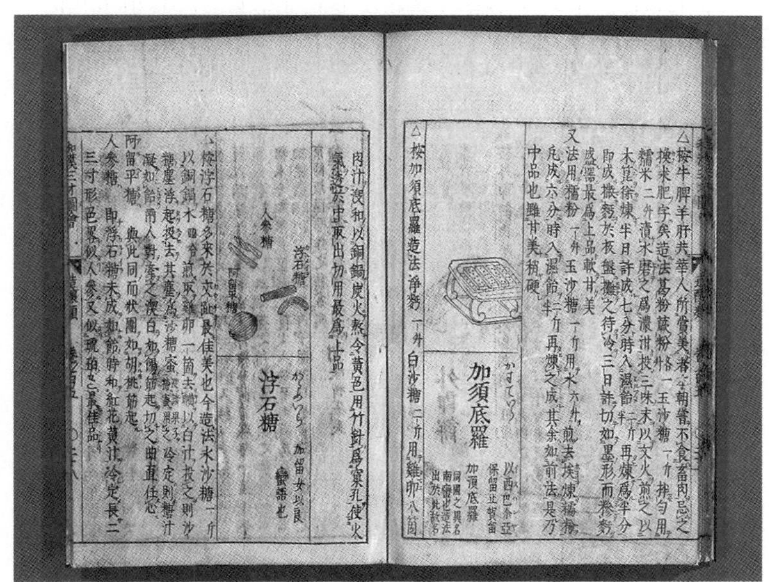

『화한삼재도회』

거론한 인용문이 다소 길고 번잡하지만, 논의를 위해 제시하였다. (1)과 (2)의 담배 관련 지식·정보는 장유의 『계곡만필』를 인용하였음을 밝히고 있다. 이문화의 대표적 명물인 담배를 주목하고, 시간을 두고 관련 내용을 기록한 것은 예사롭지 않다. 제시한 내용은 모두 담배 관련 지식·정보를 거론하면서도 흡연하는 풍속을 비판적으로 바라보고 있다.

(3)은 『해동농서』·『증보산림경제』와 같은 농서와 총서류를 참조하는 한편 데라지마 료안〔寺島良安, 1654~?〕이 편찬한 『화한삼재도회(和漢三才圖會)』[86]를 인용하며 서술하고 있다.

覆藁, 筵奩之, 一宿, 取出每一葉, 狹繩如編成而晒乾. 霜宿一夜, 復晒乾則成黃赤色, 擴皺收之." 『和漢三才圖會』

86 1713년 무렵 편찬된 『화한삼재도회』는 『삼재도회』를 근거로 자국 관련 내용을 덧붙

이들 필기는 대체로 담배의 명칭과 전래, 그리고 재배 등과 관련한 내용을 기록하고 있다. 특히 기존에 유통되던 서적을 활용하여 담배 관련 특정 내용을 인용해 재배치하고 있다. 저자들은 이를 통해 담배 관련 지식·정보의 유통 과정과 관련 사안을 체계적으로 보여주려는 방식을 취했다. 이러한 방식은 기왕의 내용에다 저자의 비평을 덧붙여 재배치하는 것인데 새로운 형태의 지식·정보를 보여주기 위한 편집이다. 특히 (1)에서 이덕리(1725~1797)는 동아시아 삼국이 담뱃잎과 흡연 방법이 다르다는 사실을 제시하여 일국을 넘어 삼국을 비교하는 시선으로 서술하고 있다. 어쨌거나 이들 자료는 각 사안에 저자 자신의 견문과 견해를 제시한 다음, 여기에 비평하는 형식을 보여주고 있다.

역사적으로 담배는 스페인의 식민지였던 필리핀이 동아시아에 전래하고, 우리는 일본으로부터 받아들인 것으로 알려져 있다. 이수광은 『지봉유설』에서 "담배의 이름은 '남령초(南靈草)'로 왜국에서 전래한 것"[87]으로 기술하였다. 이 언급으로 볼 때, 외국에서 수입된 담배는 거의 두 세기 만에 전국적으로 보급되었음을 알 수 있다. 당시 담배의 보급에 따른 흡연은 사회적 문제를 야기했거니와, 이후 흡연의 폐해는 지속해서 사회 문제가 되기도 했다. 이희경(李喜經, 1745~1805 이후)은 중국에서의 체험을 통해 삼액(三厄)〔전족, 변발, 담배: 필자 주〕의 하나로 담배를 주목한 바도 있다.[88]

(1)에서 (3)의 언급을 볼 때, 담배 관련 지식은 일국적 시공간을 넘어, 문헌과 견문을 통해 상호 교류하면서 확산한 것으로 보인다. 게다가 여

여 만든 일본식 백과사전의 형태를 띤 저술이다.

87 이수광, 『지봉유설』 권19, "談婆枯草名, 亦號南靈草, 近世始出倭國."

88 이희경, 『설수외사』 권1, 「전각(纏脚)」을 보면, 이희경이 연행에서 직접 경험한 담배를 두고 "識者曰, 末世人有三厄, 頭厄口厄足厄. 頭則薙髮也. 口則吸煙也, 足則纏迫也"라 하여 그 폐단을 지적하고 있다.

러 필기에서 담배와 흡연 관련 지식·정보가 다양한 양상으로 수용되면서, 여러 내용이 덧붙여지고 재분류되어 배치되면서, 새로운 모습으로 나타나기도 한다.

이 점은 안경도 마찬가지다. 안경 역시 이문화의 대표적 물명(物名)의 하나다. 다양한 필기 저술에서 안경 관련 지식·정보를 포착하고 있는데 대체로 실체험과 견문한 것을 토대로 기록하고 있다.

> 소설(小說)에서 말했다. "안경은 노년에 책을 보는데 작은 글자를 크게 만든다."[89] 근년에 들은 적이 있는데, 명나라 장수 심유경(沈惟敬)과 왜승(倭僧) 겐소〔玄蘇〕는 모두 노인이었는데, 안경을 착용하고 작은 글씨와 문자를 읽을 수 있었으니, 곧 우리나라에서 일찍이 보지 못한 것이다. 안경은 대체로 조개〔海蚌〕의 종류인데, 그 껍데기로 안경을 제작한다고 한다. 또한 고찰해보니 오래되고 희미한 문서도 수정으로 받들어 햇빛에 비추어 보면 분변할 수 있다고 한다.[90]

이수광은 먼저 소설로부터 안경의 특성과 관련한 지식·정보를 획득하였음을 언급하고 있다. 구체적으로 심유경과 왜승 겐소가 평양성에서

89 이수광은 『지봉유설』에서 자신이 정보를 획득한 지식·정보의 출전이 불분명하거나 기억나지 않으면 '소설'이라는 표현을 자주 사용한다. 진원룡(陳元龍, 1652~1736)이 편찬한 『격치경원』 권58의 「안경」을 보면, "명대의 유서인 『패사유편(稗史類編)』을 인용하면서 "稗史類編, 少嘗聞貴人有眼鏡, 老年觀書, 小字看大. 出西海中虜人得而製之, 以遺中國爲世寶也"라 적고 있다. 지봉이 청나라 진원룡이 저술에 참고한 명대의 유서 『패사유편』을 보았는지 여부는 확인할 수 없다. 한편 명대 장서가인 낭영(郎瑛, 1487~1566)이 편찬한 『칠수유고(七修類藁)』 속고, 「사물류: 안경」을 보면, "少嘗聞貴人有眼鏡, 老年觀書, 小字看大. 出西海中虜人得而製之, 以遺中國爲世寶也"라 되어 있다. 현재 『패사유편』은 어떤 성격의 책인지 확실하지 않지만, 『칠수유고』은 비교적 널리 알려졌기에 아마도 지봉은 『칠수유고』을 본 것이 아닌가 한다. 어쨌거나 지봉은 중국 쪽 유서와 필기를 보고 적은 것은 확실하다.

90 이수광, 『지봉유설』 권19, 「服用部」, '器用', "小說曰; 眼鏡老年觀書, 小字成大. 聞頃年天將沈惟敬, 倭僧玄蘇皆老人, 用眼鏡能讀細書文字, 乃我國所未曾見也. 眼鏡, 蓋海蚌之類, 以其甲製之云. 又按故闇文書, 以水精承日照之, 則可辨云."

강화회담을 하기 위해 안경을 끼고 만난 장면을 들고 있다. 이어서 그는 조개 껍질로 안경을 제작한다는 것과 수정으로 보면 잘 보이지 않는 문서도 분별할 수 있음을 거론하고 있다. 지봉이 말하는 안경 재료인 해방(海蚌)은 구체적으로 무엇을 말하는지 근거를 제시하지 않아 구체적으로 알 수 없다. 이 역시 다른 서적에서부터 정보로 얻은 것으로 보인다. 요컨대 이수광은 서적과 전언(傳言)을 통해 새로운 물질문명인 안경을 주목하고, 여기에 자신의 의견을 덧붙이고 있다. 수정을 들고 햇빛에 비춘다는 것은 수정을 둥글게 가공하여 렌즈처럼 만들어 햇빛에 비춘다는 의미일 터, 이 둥근 수정 알로 소자성대(小字成大)의 효과를 얻을 수 있다는 것이다. 여기서 이수광은 둥글게 가공한 수정 알이 안경과 같은 구실을 한다는 것을 넌지시 제시하고 있다.

이처럼 이수광은 실제 사례와 중국의 서적을 통해 새로운 물질문명인 안경 관련 지식·정보를 체득하고 여기에 자기 견해를 덧붙이는 방식을 취하였다. 『지봉유설』에서 이수광은 자신의 견해를 덧붙인 것을 고려해 '설(說)'이라 하였거니와, 관심 사안에 자신의 설을 덧붙이는 것은 차기 방식의 전형적인 글쓰기다.

이어지는 이익의 안경 기술은 구체적인 관련 지식·정보가 훨씬 구체적이고 풍부하다.

> 애체란 것은 세속에서 부르는 안경인데 자서(字書)에는, "서양에서 생산된다" 하였으나, 서양사람 이마두(利瑪竇)는 만력 9년 즉 신사년(1581, 선조 14)에 비로소 중국에 왔다. 나는 장녕(張寧)이 쓴 『요저기문(遼邸記聞)』을 상고하니, "지난번 내가 경사(京師)에 있을 때 호롱(胡籠)의 우소(寓所)에서 그의 아버지 종백공(宗伯公)이 선묘(宣廟)로부터 하사받았다는 안경을 보았다. 큰 돈짝만 한 것이 두 개인데, 형태는 운모(雲母)와 흡사하고 테는 쇠로 만들었으며, 자루와 끈도 있어서 사용할 때에 그 끝을 합치면 하나로 되고 가르면 둘로 된다. 노인들이 눈이 어두워 작

> 은 글자를 분별하지 못할 때 이 안경을 양쪽 눈에 걸면 작은 글자도 밝게 보인다"[91] 하였으니, 대체로 이 안경은 선종 때부터 벌써 중국에 들어왔던 것이다. 또한 "서양이 비록 멀지만, 서역 지대 천축의 모든 나라는 중국과 물화를 서로 통한 지 오래고 천축은 또 서양과 거리가 멀지 않다. 지금 형세로 보아 이 애채란 안경이 장차 중국으로 전해오게 된 것이고 가정에서도 반드시 갖출 것이다"라 하였다. 이는 서역의 만리국(滿利國)에서 생산된다.[92]

애체는 안경을 말한다. 이익은 여러 서적에서 안경 관련 지식·정보를 인용하며 안경 관련 사항을 두루 제시하고 있다. 자서를 통해 안경의 생산지는 물론 마테오 리치〔利瑪竇〕의 중국 입국을 연결해 안경의 중국 전래시기를 추정하였다. 이어서 이익은 장녕의 「방주잡언」과 근거를 밝히지 않고 중국 문헌 등을 근거로 내세우며 안경의 여러 사례를 예시하는가 하면 안경 형태와 효용 등도 두루 거론하고 말미에 자신의 의견을 덧붙인다.

특히 이익은 안경의 중국 전래 시기를 명나라 선종(재위 1425~1435) 기

91 이 내용은 『요저기문』이 아니라 장녕이 쓴 「방주잡언」에 나온다. "嘗于指揮胡礲寓所, 見其父宗伯公, 所得宣廟賜物, 如錢大者二, 其形色絕似雲母石, 類世之硝子, 而質甚薄. 以金相輪廓而衍之爲柄, 組制其末, 合則爲一, 歧則爲二, 如市肆中等子匣. 老人目昏, 不辨細字, 張此物于雙目, 字明大加倍. 近者又于孫景章參政所, 再見一具, 試之復然. 景章云: 以良馬易得于西域賈胡滿剌, 似聞其名爲僾逮. 二物皆世所罕見, 若論利用於人, 則火浣雖全疋, 亦當退處于僾逮也." 장녕은 세조 때 명나라 사신으로 조선으로 왔던 인물이다.

92 이익, 『성호사설』 권4, 「萬物門」, '靉靆', "靉靆者, 俗所謂眼鏡也. 字書謂出於西洋. 然西洋利瑪竇, 以萬曆九年辛巳始至. 余考張寧遼邸記聞云, 向在京時, 嘗於胡礲寓所, 見其父宗伯公所得宣廟賜物, 如錢大者二, 形色絶似雲母, 以金相爲輪郭, 而衍之爲柄, 紐制其末, 合則爲一, 歧則爲二. 老人目昏, 不辨細字, 張此物于雙目, 字明. 蓋此物, 自宣宗時已入于中土矣. 西洋雖遼絶, 而西極天竺諸國, 與中華通物貨, 久矣. 天竺距西洋不遠. 其勢必將傳至中土矣. 居家必備云. 出西域滿利國." 번역은 한국고전번역원, 한국고전종합DB 참조. 일부 어색한 곳은 윤문하였다.

간으로 보고 있으며, 서양에서 생산된 안경이 중국에까지 전래한 과정을 주목하고 있다. 그는 서양 안경의 중국 전래 배경을 두고 '서양과 서역의 교역'과 함께 '서역과 중국의 교역'을 거론하고 있다. 여기서 이익은 '서양→서역→중국'의 교역 단계를 거쳐 안경이 중국에 들어왔음을 밝히고 있는 것이다.

이뿐만 아니라 이익은 서양에서 전래한 안경이 향후 널리 보급되어 일반 가정의 필수품으로까지 보급될 것임을 상상하기도 한다. 이는 서구 물질문명의 영향력을 예단하였다는 점에서 흥미롭다. 스스로 안경을 끼고 그 효용성을 극찬하였던[93] 이익이 향후 안경의 보급과 함께 필수품으로 널리 퍼질 것이라고 언급한 것은 남다른 안목이다. 글의 말미에서 안경의 생산지를 만리국임을 밝히고 그 유래를 분명하게 한 것은 특유의 실사구시의 서술방식이다.

안경의 생산지 만리는 당시 말랄가국(滿剌加國)·만랄(滿剌)로 불렸는데,[94] 지금의 말라카다. 16세기 말라카는 국제 무역의 길목이자 바닷길의 중심지였다. 정화(鄭和, 1371~1433)가 선단을 이끌고 1409년 말라카를 방문했고, 말라카의 사신단도 1411년 중국을 방문했다. 중국과 말라카는 명나라가 해외 교역을 금지할 때까지 교류를 지속했다. 이후 16세기 초에 포르투갈인이 말라카를 통치한 이후 16세기 초부터 말라카인은 중국에 도착하기도 했다. 하지만 당시 포르투갈이 명과의 정식 교역을 허가받아 무역하는 것에 실패하자 주로 밀무역 형태로 교역을 하였다. 그러다가 1557년부터 명나라가 마카오를 포르투갈에 임대하면서 마카오는

93 李瀷, 『星湖全集』 卷48, 「靉靆鏡銘」, "余有夫兩目之察, 天所賦者實多. 氣澌而昏, 天亦不能柰何, 又養此晶晶洞快之物, 俾人取以爲資, 非老伊少. 細可入於毫釐, 誰識此理? 有歐巴之人. 彼歐巴兮, 代天爲仁."

94 이규경의 『오주연문장전산고』, 「人事篇」, '靉靆辨證說'을 보면 "滿利之利, 似是剌字之誤也, 卽滿剌加國也."라 하였다.

중국 쪽에 서양 문물을 전해주는 창구가 된다.

1628년에 포르투갈은 동인도회사〔East India Company, EIC〕를 세워 아시아와의 교역을 본격적으로 진행한다. 이익이 말미에 안경이 "서역 만리라는 나라에서 생산된다"라 한 언급은 당대의 상황을 정확하게 인식한 것은 아니지만, 이러한 시대 상황을 어느 정도 인식하고 나온 발언임은 짐작할 수 있다.

한편, 이덕무는 안경의 어원과 효능, 그리고 안경의 중국 전래를 상세하게 언급하기도 한다.[95] 그는 젊어서 안경을 착용하다가 늘그막에 안경을 벗어 버린 남국만의 사례를 흥미롭게 제시하며, 다른 시선으로 안경 관련 지식·정보를 서술하고 있다.

> 애체란 지금의 안경이다. 약천 남구만은 어렸을 때부터 안경을 썼다가 늙어서는 도리어 안경을 쓰지 않았는데 조금도 눈이 어둡지 않았다. 대저 젊은 사람이 사용해야 할 것 같다.[96]

이덕무는 나이 들어 안경을 쓰지 않은 남구만(南九萬)의 사례를 들면서 늙은이가 아닌 젊은이가 안경을 써야 할 것 같다고 적었다. 이는 안경의 종류가 다양하다는 것을 정확하게 인식하지 못한 결과다. 이미 18세기에 오면 원시와 근시를 위한 안경도 유통되고 있었다. 근시는 가까운 것이

---

95 그는 『청장관전서』 권19, 『雅亭遺稿』 11. 「金直齋鍾厚」, "序中靉靆二字, 案字書, 雲盛皃, 亦曰靉靅, 卽僾俙.【李登聲類, 僾音倚, 僾俙彷佛也.】又洞天淸錄【宋趙希鵠著】曰靉.【張自烈曰, 靆, 譌作靆.】老人不辨細書, 以此掩目則明. 又元人小說, 靉靆出西域.【方輿勝畧 滿剌加國, 出靉靆.】又方洲雜志【明張寧著, 嘗以詔使來本國】曰, 嘗於指揮胡豅寓所見. 其宣廟賜物, 如錢大者二絶, 似雲母以金相輪郭, 而衍之爲柄紐, 合則爲一, 歧則爲二. 老人張于雙目, 字明大加倍. 又於孫景章所再見景章云, 以良馬易得于西域. 賈胡滿剌, 似聞其名爲僾逮.【案此, 靉靆之譌】考此諸說則借雲之僾俙, 爲眼鏡之名, 而自宋元已有之, 但不盛行. 故明宣宗時, 易以良馬, 今則人人用之矣"라고 하였다.

96 이덕무, 『청장관전서』 권50, 「耳目口心書」 三, "靉靆, 今之眼鏡也. 南藥泉自少時着眼鏡, 至老反不用而眼不少昏. 蓋少者可用." 번역은 한국고전번역원, 한국고전종합DB 참조.

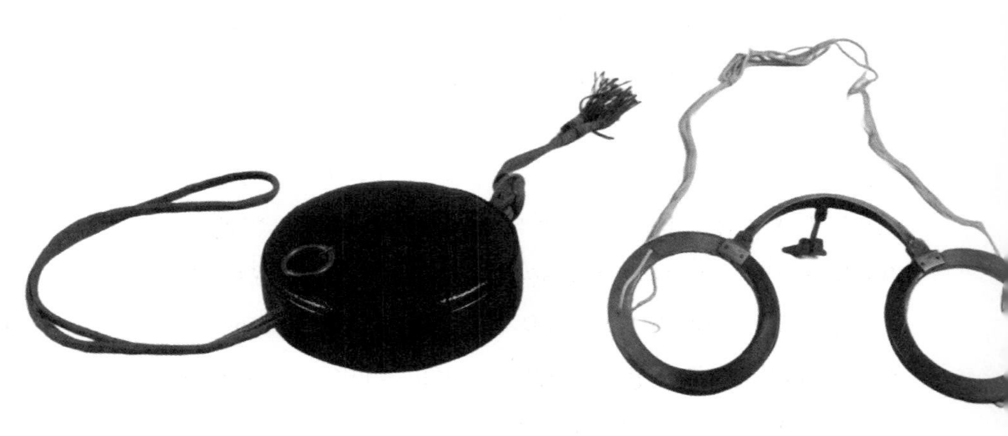

조선시대 실다리 안경 (국립민속박물관 소장)

잘 보이고 멀리 있는 것이 잘 보이지 않는 것이며, 원시는 멀리 있는 것은 잘 보이고, 가까이 있는 것은 흐리게 보이는 것이다. 남구만은 젊어 눈이 원시여서 원시 안경을 끼고 가까운 것을 보았지만, 늙어서 가까운 것이 잘 보이게 되자 안경을 벗었다는 것이다.

이러한 현상은 지금 주변에서 흔히 볼 수 있다. 이덕무는 사람의 눈에 따라 원시가 있을 수도 있고 근시가 있을 수도 있다는 이치를 정확하게 이해하지 못하였기에 '젊은 사람이 사용해야 할 것 같다'라고 언급하였다. 이러한 언급은 안경 관련 지식·정보의 부재에서 나온 발언이다. 이덕무가 남구만의 실제 경험담을 전한 것은 새로운 사실의 지식·정보의 제시지만, 여기에 부정확한 자신의 견해를 덧붙이는 방식의 기록을 보여주고 있다. 이 역시 차기 방식의 서술인데, 이는 저자의 주관적 판단을 덧붙여놓은 것이어서 고증적 면모는 없다.

안경과 관련한 다른 언급을 보자.

> 안경은 옛날에는 없었다. 명나라 때 서양으로부터 들어와 과도하게 기이한 보물로 여겨져서 가치가 좋은 말 한 필 값이나 되었다. 지금은 거의 천하에 두루 퍼져서 세 가구 사는 작은 마을에 토원책자(兎園冊子)를 끼고 있는 사람까지도 안경을 쓰지 않은 이가 없다. 여름철에는 수정으로 만든 것이 쓰기 알맞고, 겨울철에는 유리로 만든 것이 쓰기 알맞다. 수정은 겨울철에는 냉기가 눈에 어려 쓸 수가 없다. 일본에서 만든 것도 종종 좋은 제품이 있다. 우리나라의 경주에서도 오수정(烏水晶)이 나오는데, 안경을 만들 만하다. 그러나 연마하고 꾸며서 만드는 기술이 중국과 일본만큼 좋지는 않다.[97]

97 서유구, 『金華耕讀記』 권7, 「靉靆」, "靉靆古未有也. 皇明時, 來自西洋, 詫爲奇寶, 價直一匹良馬. 今殆遍天下, 三家村裏挾兎園冊子者, 無不掛靉靆也. 夏月宜用水晶造者, 寒月宜用玻瓈造者, 水晶者, 寒月冷氣逼眼, 不可用也. 倭造者, 亦往往有佳品. 我國慶州, 亦出烏水晶, 可爲靉靆, 然琢磨粧造, 不如華倭之美也."

서유구(徐有榘, 1764~1845)의 언급이다. 그는 다른 곳에서 언급하지 않은 안경 관련 새로운 지식·정보를 제공한다. 안경은 중국 전래 당시에는 보물로 인식되어 가격이 말 한 필이나 나갈 정도로 귀했다는 사실과 지금은 값이 내려 돈만 있으면 누구나 사서 착용할 수 있는 일상품이 되었음을 언급하였다. 세 가구 사는 작은 마을에서까지 안경을 볼 수 있을 정도라 언급한 것을 보면 당시 안경 보급 상태를 알 수 있다. 여기에 그치지 않고 서유구는 19세기 초의 안경의 품질과 계절에 따른 수요가 있을 만큼 안경 종류도 많음을 제시하고 있다. 이어서 수정 안경과 유리 안경의 보급에 따라 국내산은 주로 수정 안경이 많고, 안경 질은 국내산이 중국과 일본보다 상대적으로 좋지 않다고 말한다. 이는 국내 안경제작 기술의 낙후성 때문이라는 것이다.

서유구의 언급처럼 동아시아 삼국에서 생산되던 안경의 제작 기술과 품질은 앞서 강세황의 언급[98]과 유만주의 언급[99]에서도 확인할 수 있다. 이처럼 안경 관련 지식·정보의 확산이 임원 경제를 지향한 서유구의 시선에까지 들어온 것이다.

17세기 처음 새로운 지식·정보로 인식되던 안경 관련 기록은 후대로 오면서 다양한 방식으로 축적되고 확산되었다. 더욱이 기록 과정에서 안경 관련 지식·정보가 덧붙여지면서 널리 유통되면서 구체적인 지식·정보로까지 널리 알려지기도 했다. 물질 문화인 안경이 처음에는 전문(傳聞) 방식으로 알려지다가 보급의 확대와 함께 체험을 거치면서 관련 지식·

98 강세황, 『豹菴稿』 권5, 「眼鏡」, "自中國至者, 亦有美惡之殊, 貞脆之別焉. 亦産於日本有極佳者, 但日本之産則水晶絶罕而琉璃爲多. 東國慶州亦産水晶. 慶州人依摸磨造, 然製或失精, 水晶亦多疵, 終未若華與倭造也."

99 유만주, 『欽英稽徵初本』, 「丙午部」, '四月記', 29日, "議靉靆苟獲良者, 是人之大寶也, 是有中國之製, 有我東京水糊之製, 有西洋之製, 有日本之製, 而最上於西洋, 最下於東京. 想近日暈眩甚, 必以看書不用靉靆也. 要雜取市上, 擇其合服, 毋拘直本. 更想界畵之時, 何不辦置看書鏡, 而直泄泄爲?"

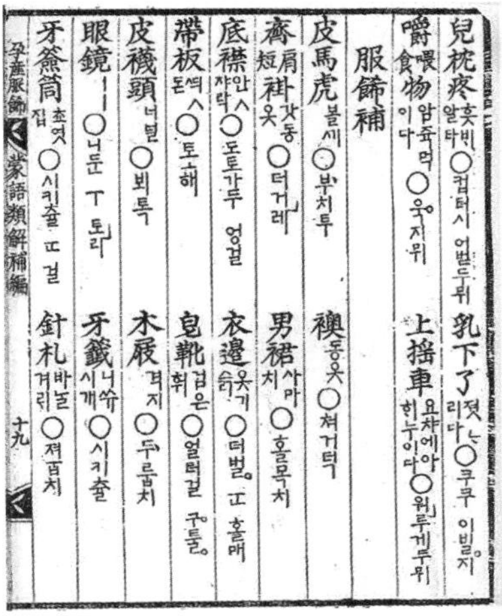

『몽어유해보편』 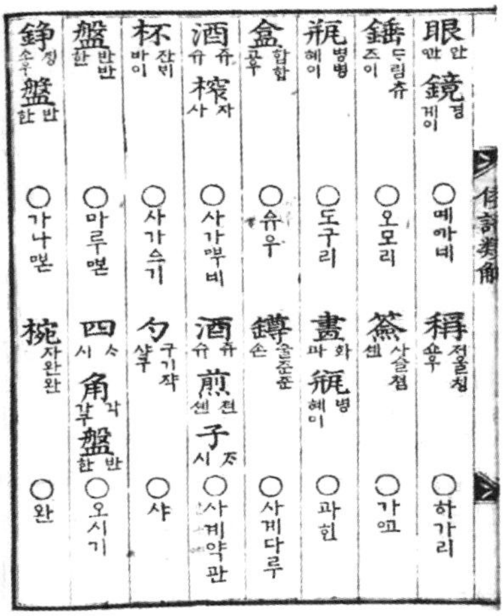 『왜어유해』

정보는 더욱 구체적이고 풍부해졌다.

예컨대 안경의 어원과 중국에 전래한 과정, 국내 수용과 확산, 안경의 착용과 효용, 안경의 가격과 보급 상황, 안경의 종류와 품질, 나라별 안경의 제작 기술에 이르기까지 다양하였다. 마침내 안경 관련 지식·정보의 확산은 역학서(譯學書)인 『몽어유해보편(蒙語類解補編)』(1790년)과 『왜어유해(倭語類解)』(1781년)에까지 실리기도 한다. 이제 안경은 외국에서 들어온 중요한 물질 문화의 하나로 주목받음과 동시에 역관의 교육서에까지 등장하고 보니, 외교와 일상에서도 반드시 알아야 할 중요한 지식·정보로 취급하게 된다.[100]

무엇보다 안경이라는 물질과 새로운 물명 관련 지식·정보가 실제 체험과 접속하고 일상생활에까지 파고들면서, 문명의 이기로써 뿐만 아니

100 『몽어유해보편』의 「복식보(服飾補)」(19장)에 안경이 수록되어 있다. 『왜어유해』 하에도 안경이 수록되어 있다.

라 사회와 문화의 다양한 변화를 몰고 온 것이다.

여기서 주목할 점은 특정한 물명 관련 지식·정보의 유통과 생성은 문헌을 거치거나, 견문 체험을 통해 기록으로 정착하면서 이전과 다른 모습의 지식·정보로 탄생한다는 것이다. 앞의 서술에서 보듯이 다양한 필기 자료를 통해 담배와 안경과 같은 새로운 물질문명이 어떻게 유통·확산하고 생활 속으로 파고들어 다양한 새로운 지식·정보로 전환해갔던가를 알 수 있었다.

그런가 하면 담배와 안경 관련 새로운 지식·정보는 경험의 세계와 기록을 거쳐 새롭게 생성 축적되면서 지식·정보로 재탄생하기도 한다. 그 과정에서 새로운 물질 관련 지식·정보의 생성과 유통은 더러 기존의 지식체계와 달리 성리학적 담론과 가치체계, 신분 질서가 구축한 것과 엇나가는 방향으로 나가기도 했다. 특히 새로운 물명의 경험과 견문 지식은 경험치를 축적하면서 물질의 가치와 효용성을 드러냄으로써 새로운 지식 장의 싹을 만들기도 했다.

조선조 후기에는 안경과 담배 외에도 자명종(自鳴鐘)[101]과 세계 지도, 글에서 드러나지 않은 수다한 경험과 체험을 통한 견문 지식과 새로운 물명과 물질을 발견할 수 있다. 이것은 관념의 지식이 아니라 일상과 체험에서 확인한 물질문화의 재인식을 강화하는 데 역할을 한다. 그런 점에서 물질의 재발견은 성리학적 사유나 담론을 균열하고 물질을 통한

---

101 자명종은 홍석주의 『학강산필』 권6에서 자세하게 다루고 있고, 홍길주 역시 『수여란필속(睡餘瀾筆續)』 하에서 『학강산필』을 거론하며 자명종의 원리와 시각을 알리는 방식을 특기하고 있다. 그런가 하면 홍현주는 『홍현주시문고(洪顯周詩文稿)』 권10(규장각)에서 「자명종」이라는 제명의 시를 지어 그 놀라움을 표출하였다. 19세기 대표적 경화세족인 이들 가문의 형제 모두 자명종을 주목하고 서양에서 온 새로운 물질문명이자 지식을 일러주는 사실을 기록한 것은 당시 자명종의 보급이 상당했음을 알 수 있는 대목이다. 이 역시 안경이나 담배와 같은 사례로 거론할 수 있지만, 더 거론하지 않는다.

새로운 인식과 사유를 향한 변화를 보여주는 싹이기도 했다.

사실 차기체 필기에서 자주 확인할 수 있는 명물도수와 물질의 다양한 기록은 관념의 세계에서 물질과 일상 세계의 관심에 방점을 두고 있다. 이는 일상에서 발견하는 물질이나 일상적 삶의 문제, 그리고 물적 조건이 현실 변화를 견인할 수 있다는 점에서 성리학적 관념적 담론과 길을 달리한다. 또한 차기체 필기의 지식·정보는 경학과 성리학적 거대 담론의 논제 자체를 사실과 시비를 따지는 변증의 대상 안으로 편재시키기도 한다. 이러한 것 자체가 새로운 학적 시선이다. 이는 조선조 후기 학술적 연구 토대인 '송학(宋學)/한학(漢學)'의 문제로만 볼 수 없도록 한다. 차기체 필기에서 보듯이 성리학의 사유나 경학의 거대 담론을 일상의 소재와 물질과 함께 섞어 배치한 것 자체가 위계화한 지식체계의 균열을 의미한다. 나아가 이는 지식·정보의 균등화 내지 보편화를 지향하는 방향이기도 하다. 이때의 지식·정보는 선후는 있지만 상하가 없는 동일 선상에서 지식·정보다. 지식·정보를 바라보는 이러한 방향은 기존 가치체계와 다름을 요구하는 것이자 새로운 길로 향해 나아가려는 움직임인 것이다.

5. 차기체 필기의 지향

조선조 후기 필기는 대부분 차기 방식의 글쓰기를 보여준다. 차기는 일종의 독서 후기나 메모 혹은 풋노트〔footnote〕와 같은 조각 지식의 형식을 취한다. 이러한 차기는 저자가 특정 주제에 대해 독서하고 견문한 사안을 비판적 읽기를 통해 비평하고, 독서 후기에 자신의 견해를 덧붙이는 방식으로 지식·정보를 축적하고 재생산한다. 조선조 후기 지식인은 단편적이고 조각 지식을 모아 만년에 저술로 전환하기도 하는데, 이때의 저술은 주로 저자 만년의 학술적 역량과 성취를 바탕으로 이루어진다. 이렇게 성립한 차기체 필기는 필사의 형태로 존재하는 경우가 대부분이다. 사대부 지식인 사이에 이러한 필기가 적지 않게 유통되기도 한다. 그래서 일부 지식인은 이를 빌려 베끼기도 하고, 그 자체를 비평하는 대상 자료로 삼는다. 더러 그 자료를 읽다가 특정 사안에 주목하여 중요한 자신의 논거로도 활용했다.

하지만 조선조 후기 지식인은 이러한 필기를 불변의 권위를 지닌 지식·정보로 인식하여 그 내용을 활용한 것이 아니라 자신이 미처 몰랐던 지식·정보를 담고 있는 참고서적으로 보는 경우가 많았다. 차기체 필기 저술을 두고 이렇게 인식한 것은 당대 지식인이 권위를 부여하여 쉽게 이견을 제시할 수 없던 경전 저술이나 역사서를 대하는 방식과는 사뭇 달랐다. 이뿐만 아니라 일부 지식인은 이러한 필기류 저술을 읽다가 특정 사안에 주목하고 다시 차기해 둠으로써 향후 다른 차기체 필기의 탄생을 예비한 바도 있다.

조선조 후기에 등장하는 차기체 필기는 저자 만년의 학술과 성취를 바탕으로 지식·정보를 생성·유통하고 또 하나의 새로운 지식·정보로 재탄생시킨다는 점은 전 시기의 필기와 다른 지점이다. 무엇보다 이 시기 다수의 필기류는 학술적 지향과 함께 다양한 외부 지식과 정보를 담아내고 있다. 기록 과정에서 저자는 실제 체험과 경험 세계를 토대로 열린 시선으로 일국 너머의 세계를 주목하기도 하고, 새로운 학술 흐름에도 관심을 보여주기도 한다. 이러한 사례는 '담배'와 '안경'의 경우에서 확인할 수 있다.

또한 차기체 필기는 작가가 특정 정보에 대한 단순 메모나 조각 지식을 집적하거나 기록해두는 방식을 뛰어넘어 지식의 재배치와 분류를 통해 새로운 지식체계를 향한 새로운 행보를 보여주기도 한다. 특히 국내외를 넘나드는 다양한 시선과 체험, 그리고 다양한 경험과 사유를 녹여내고 있는 점, 서적의 내용과 함께 존재하는 사실의 객관적 서술을 보여주려 한다는 점에서 이전 시기와는 전혀 다른 필기 모습을 보여준다.

이 외에도 차기체 필기는 지식의 분류와 재배치로 새로운 지식체계를 보여주거나 기존의 사유체계와 결별할 준비를 하는 등 새로운 사유의 발신(發信)에 간여하기도 한다. 이는 다양한 견문 지식과 체험, 독서를 토대로 물질문화와 명물도수를 향해 열려 있는 시선과 서술 등에서 확인할 수 있다. 이는 사대부 지식인의 새로운 행보라는 점에서 무척이나 중요하다.

| 제 2 장 |

차기체 필기의 사례: 『지수염필』

2

1. 『지수염필』의 성립과 성격

18·19세기의 필기류 저작은 차기 방식으로 저술된 것이 많다. 홍한주(洪翰周, 1798~1868)의 『지수염필(智水拈筆)』 또한 이러한 면모를 보여준다.[1] 『지수염필』은 기본적으로 필기지만 차기 방식을 통해 독서 후기나 다양한 견문 지식, 그리고 직접 체험한 정보 등을 담아내어 이를 학술적으로 갈무리하고 있다는 점에서 이전 시기 필기와 다르다.

차기 방식의 필기는 19세기의 경우 대체로 문한세가(文翰世家)의 경화세족에서 나온 경우가 많다. 홍석주(洪奭周, 1774~1842)의 『학강산필(鶴岡散筆)』과 홍길주(洪吉周, 1786~1841)의 일련의 필기 저작[2]과, 홍한주의 『지수염필』, 서유구(徐有榘, 1764~1845)의 『금화경독기(金華耕讀記)』와 『임원십육지(林園十六志)』 등은 19세기 경화세족의 학술적 에토스이자 풍부한 독서

1 『지수염필』의 기존 연구 성과는 이상동, 「홍한주의 『지수염필』 연구」(계명대학교 석사학위논문, 1997)와 김혜경, 「해사 홍한주의 '지수염필' 연구」(경북대학교 석사학위논문, 1999) 등이 있다. 홍한주의 가문과 그의 생애에 대해서는 진재교, 「『지수염필』 연구의 일단(一端): 작가 홍한주의 가문과 그의 삶」, 『한문학보』 12집, 2005, 326~351면.

2 『현수갑고(峴首甲藁)』, 『표롱을첨(縹礱乙籤)』, 『항해병함(沆瀣丙函)』, 『수여방필(睡餘放筆)』, 『수여연필(睡餘演筆)』, 『수여난필(睡餘瀾筆)』 등이 그것이다.

경험과 견문 정보의 결과물이다.

『지수염필』은 18·19세기 대표적인 경화세족이던 풍산 홍씨 가문의 홍한주가 장서와 학문적 배경을 토대로 저술한 것이다.[3] 이것은 19세기 중반, 경화세족의 일원이던 홍한주가 가문이 축적한 문헌과 자신의 독서 체험, 그리고 풍부한 견문 체험을 정리·가공한 것이다. 여기에는 저자의 관심 사항을 학술적 시각으로 비평한 내용을 대거 담고 있어 차기체 필기의 특징을 잘 보여주고 있다.

『지수염필』이 보여주는 차기 방식은 얼핏 보면 독서 후기와 같은 형식이다. 하지만 그 안을 들여다보면 단순한 독서 후기나 비망록을 넘어 저자의 학술적 지향과 성격을 선명하게 보여준다. 이는 저자가 풍부한 독서로 문헌과 지식을 수집하는 한편, 특정 사안을 주목하고 다양한 지식·정보를 동원하여, 의문 처와 관심사에 비평하고 거기에 자신의 견해를 밝혀놓은 것에서 알 수 있다. 이 점은 일반적인 '잡록' 내지 '잡기'와는 사뭇 다른 모습이자 중요한 특징이다. 게다가『지수염필』은 당대의 새로운 지식·정보를 대거 포함하고 있어 19세기 필기류 저작의 특징도 함께 보여준다.

『지수염필』은 홍석주의『학강산필』이나 김매순의『궐여산필』등과 마찬가지로 저자 만년의 저작이다. 평소 견문과 독서, 그리고 생활하면서 관심 깊거나 의문처를 관찰하여 메모해둔 것을 정리하고 편집한 저술이다. 여기에서 학술과 문예적으로 의미 있는 사안을 적시하여 분석하거나 비평하는가 하면, 더러 고증학적 방법을 동원하여 자신의 견해를 제시하기도 했다. 그런 점에서『지수염필』은 단순히 서재에서 짧은 시간

3 홍석주를 비롯, 홍길주, 홍현주와 홍한주 등은 19세기 대표적인 경화세족의 장서가로 다양한 독서 체험을 통해 다양한 필기 저작을 저술한 바 있다. 이에 대해서는 진재교, 「홍석주가의 독서 체험과 문예비평」,『한국 문학 연구』4집, 고려대학교 한국문학연구소, 2003, 235~288면.

에 서술한 것이 아니다. 저자의 풍부한 독서와 견문 체험을 토대로 한 것이거니와, 홍한주 자신이 축적한 지적 역량을 총동원하여 녹여낸 결과물이다.

홍한주의 『지수염필』이 국내외 다양한 서적의 독서와 그것을 배경으로 저술한 것임은 구체적인 사례를 통해 확인할 수 있다. 홍한주는 방대한 필기류인 송나라의 홍매(洪邁, 1123~1202)의 『용재수필(容齋隨筆)』[4]을 비롯하여, 『포박자(抱朴子)』와 『서경잡기(西京雜記)』, 그리고 『침중기(枕中記)』와 같은 전기(傳奇)와 같은 문학 작품 등 다양한 방면의 저작을 두루 독서한 바 있다.[5] 여기에 그치지 않고 그는 반계 유형원의 『반계수록』과 고염무(顧炎武, 1613~1682)의 『일지록(日知錄)』도 특기하여 저술에 활용한 바도 있다. 『반계수록』의 경우, 이미 조선조 후기 학술 장에서 공사(公私)에 도움이 되는 문헌일 뿐 아니라 후대에 반드시 전해질 경세서로 호평을 받은 저술이다.[6] 『일지록』은 고염무의 지사적 면모와 함께 고증학을 본격적으로 열어젖힌 저술로 주목받기도 했다.

특히 홍한주는 중국 서적을 폭넓게 읽었다. 그가 주소체(奏疏體)를 논하면서 왕엄주의 「차기」를 인용한 것도 하나의 사례인데, 이는 가문의 장서를 배경으로 다양한 종류의 서적을 독서한 결과물이기 때문이다.[7]

---

4 『용재수필』은 『수필』 16권, 『속필(續筆)』 16권, 『삼필(三筆)』 16권, 『사필(四筆)』 16권, 『오필(五筆)』 10권으로 되어 있다. 경사(經史)와 제자백가를 비롯해, 의술·점성술·산술·시문 등을 기록하고 있는데, 논증이나 고증이 상당히 정확한 것으로 알려져 있다.

5 홍한주, 『지수염필』 권1, 「著書」, "自古著書之多, 無如葛稚川, 盖洪之所著, 至四百餘卷. 然, 所傳者, 『抱朴子』·『枕中記』·『西京雜記』等數種外, 亦不多見. 宋之洪文敏公所著 『野處類稿』與 『夷堅志』, 余皆未見, 但見 『隨筆』一書, 『夷堅志』則不來我東而然耶?"

6 앞의 책, 권1, 「我國經世之書」, "其外都無新奇可觀, 而又有必傳而有資於公私, 可以考據者, 一則柳磻溪馨遠 『隨錄』也, 一則李厚菴萬運 『文獻備考』也. 磻溪 『隨錄』, 我國經世之書, 其力量經綸, 雖後千百年, 終當有可行之日, 『備考』則爲我國人者, 便於考閱典故, 不可一日無也."

7 홍한주 가문의 장서와 중국 서적 구득 상황은 이 책의 제2부 제1장 「홍석주가(家)의

그가 독서한 대상에는 필기 저술도 상당수 있다.[8] 이러한 그의 독서 체험이 『지수염필』의 내용에 바로 연결된다는 의미는 아니다. 홍한주가 주요 독서 대상으로 삼은 서적에 필기와 문학 작품을 비롯하여 당대에 구하기 힘든 다양한 서적을 대거 포함하고 있다는 사실을 지적하기 위해서다.

2. 홍한주의 독서와 『지수염필』의 활용 서적

19세기 대표적인 경화세족의 일원이던 홍석주 가문의 홍길주·홍현주 형제와 이들과 재종간인 홍한주 등은 대부분 필기저술을 남겼다. 이들 가문은 풍부한 경제력과 정치적 배경을 바탕으로 국내외의 서적을 구입하여, 서로 돌려보면서 당대 학술과 문화의 흐름을 주도한 바 있다. 이들 가문 인물의 독서 관련 저술도 이러한 사정을 잘 보여준다.

홍석주는 『홍씨독서록(洪氏讀書錄)』이라는 서목(書目)을 저술하여 자신의 독서 이력을 목록으로 남겼는데, 이 서목은 독서 대상의 서지 사항과 편저자, 그리고 내용과 이를 비평한 글을 정리한 일종의 해제집이다.[9] 홍길주는 1월부터 12월까지 날짜별로 거기에 맞는 고사나 시문을 찾아 일력으로 편찬한 『서림일위(書林日緯)』[10]를 남겼다. 홍길주가 남긴 이 책은

장서와 독서력 그리고 필기」 참조.

8 홍한주, 『지수염필』 권2, 「奏疏」 참조.

9 홍석주의 『홍씨독서록』의 서지학적 성과에 대해서는 리상용, 「'홍씨독서록' 수록 서적의 선정기준에 대한 연구」, 『서지학연구』 제30호, 『서지학회』 2005. 247면~281면.

10 이 책은 홍길주가 춘집, 하집, 추집, 동집으로 나누어 일 년 동안 날짜와 관련이 있는 구절을 기존에 독서한 것에서 찾아 일력을 만들어놓았고, 상단에 월령을 기술하고 있다. 읽은 책의 내용을 근거로 하였기 때문에 간단한 독서록 역할도 한다. 이 책은

일력의 형태를 띠고 있지만, 독서한 대상을 근거로 일력의 형태로 남긴 독서 목록집의 형태를 띠고 있다. 홍현주 역시 자신의 장서목록인 『해거서목(海居書目)』을 남기고 있어, 홍석주 가문 인사들의 독서 이력과 함께 장서 규모를 가늠해볼 수 있다.[11]

홍한주가 가문의 장서를 활용하여 『지수염필』을 저술했음은 미루어 짐작할 수 있다. 과연 홍한주는 어떤 서적을 읽고, 『지수염필』 저술에 활용하고 있는지 살펴보기로 한다.

『지수염필』 저술에 활용된 서적: 중국 서적[12]

편·저자	서명	성격	편·저자	서명	성격
葛洪(東晉)	西京雜記	筆記	干寶 (?~351)	搜神記	志怪
歐陽詢 (557~641)	藝文類聚	類書	沈旣濟 (750~800)	枕中記	傳奇
張 讀(唐代)	宣室志	志怪	高仲武 (唐代)	中興間氣集	詩選集
杜佑 (735~812)	通典	類書	元稹 (779~831)	會眞記	傳奇
陳翰 (唐代)	異聞集	傳奇集	蘇鶚 (唐代)	杜陽襍編	雜錄
李延壽 (唐代)	南史	史書	韋縠 (五代)	才調集	詩選集

연세대학교와 고려대학교 도서관에 각기 소장되어 있다.

11 홍길주의 『현수갑고』에 「해거서목서」가 있다. 이를 보면 그가 읽었던 책의 종류와 양을 추측할 수 있다. 현재 『해거서목』의 존재 여부는 알 수 없다. 홍씨가의 독서록은 이 책의 제2부 제1장 「홍석주가(家)의 장서와 독서력 그리고 필기」 참조.

12 제시한 내용은 『지수염필』에서 홍한주가 스스로 독서한 사실을 밝힌 것이나, 서술 내용상 특정 서적을 읽지 않으면 서술할 수 없다고 판단되는 사례를 중심으로 독서 대상을 적출하였다. 사대부 지식인이 학습 과정에서 통상 읽는 경전과 사서(史書)는 제외하였다.

편·저자	서명	성격	편·저자	서명	성격
歐陽修 (1007~1072)	歐陽公集	文集	文瑩 (北宋代)	湘山野錄	野史
蘇軾 (1037~1101)	東坡集	文集	鄭樵 (1104~1162)	通志	史書
洪邁 (1123~1202)	容齋隨筆	筆記	朱熹 (1130~1200)	朱文公大全	文集
葉蒙得 (北宋代)	避署錄話	筆記	葉蒙得 (北宋代)	石林燕語	筆記
呂祖謙 (1137~1181)	宋文鑒	詩文總集	元好問 (1190~1257)	中州集 唐詩鼓吹	詩選集
王應麟 (1223~1296)	玉海	類書	方回 (1227~1307)	瀛奎律髓	詩批評
文天祥 (1236~1282)	文山集	文集	馬端臨 (1254~1323)	文獻通考	類書
施耐庵(?~1370) 羅貫中(?~1400)	水滸志	小說	瞿佑 (1341~1427)	剪燈新話	傳奇
羅貫中 (?~1400)	三國志 演義	小說	余邵魚 (明代)	列國志	小說
方孝孺 (1357~1402)	遜志齋集	文集	薛瑄 (1389~1464)	讀書錄	讀書錄
楊愼 (1488~1559)	升菴本集 丹鉛總錄	文集 筆記	徐紘 (1490~1561)	皇命名臣琬琰錄	傳記集
吳承恩 (?~1582)	西遊記	小說	茅坤 (1512~1601)	唐宋八大家文鈔	散文選
徐渭 (1521~1593)	徐文長 全集	文集	李默 (明代)	孤樹裒談	小說集
李卓吾 (1527~1602)	藏書 焚書	史書 思想書	王世貞 (1528~1593)	四部稿	文集
王世貞 (1526~1590) 撰 董復表 輯	弇州史料	史料集	王圻 (1530~1615)	三才圖會	類書
陳繼儒 (1558~1639)	眉公秘笈	叢書	葉向高 (1559~1627)	蒼霞草	文集

편·저자	서명	성격	편·저자	서명	성격
袁宏道 (1568~1610)	袁中郎集	文集	陳仁錫 (1581~1636)	八編類纂 古文奇賞	總書
胡時化 (明代)	名世文宗	散文選輯	蘭陵笑笑生 (明代)	金瓶梅	小說
蔣一葵 (明代)	堯山堂外紀	筆記	錢謙益 (1582~1664)	列朝詩集 牧齋初學集 有學集	詩選集 文集
黃宗羲 (1610~1695)	明文授讀	散文批評	顧炎武 (1613~1682)	日知錄	筆記
尤侗 (1618~1704)	外國 竹枝詞	竹枝詞	施閏章 (1618~1683)	安雅堂集	文集
毛奇齡 (1623~1716)	西河全集	文集	魏禧 (1624~1680)	叔子集	文集
汪琬 (1624~1691)	堯峯集	文集	徐乾學 (1631~1694)	讀禮通考 憺園集	經學 文集
王士禎 (1634~1711)	精華錄 帶經堂集 池北偶談 香祖筆記 漁洋詩話	詩集 文集 筆記 筆記 詩話	熊賜履 (1635~1709)	學統	傳記集
褚人獲 (1635~1682)	隋唐演義	小說	蒲松齡 (1640~1715)	聊齋誌異	小說
彭定求 (1645~1719) 外	全唐詩	詩選集	沈德潛 (1673~1769)	國朝詩別裁集	詩選集
呂熊 (清代)	女仙外史	小說	計六奇 (清代)	明季北略	史書
楊述曾 (1698~1767)	通鑑輯覽	史書	全祖望 (1704~1755)	結埼亭集	文集
袁枚 (1716~1797)	子不語	小說	紀昀 (1724~1805)	姑妄聽之 槐西襍志 草堂筆記	筆記小說
陳夢雷 外 1725년 완성	古今圖書集成	類書	阮元 (1764~1849) 校勘	十三經註疏	經學

편·저자	서명	성격	편·저자	서명	성격
翁方綱 (1733~1818)	復初齋集	文集	賀長齡 (1785~1848) 魏源 (1794~1856)	經世文編	經世書

홍한주의 독서는 문·사·자·집을 포함할 정도로 다양하며, 당대 서적으로 구하기 쉽지 않았던 완원(阮元)이 교감한 『십삼경주소(十三經注疏)』와 하장령(賀長齡)과 위원(魏源)의 『경세문편(經世文編)』 등도 읽고 있다. 여기에 그치지 않고, 그는 대표적 유서인 『고금도서집성(古今圖書集成)』과 총서류인 진계유(陳繼儒)의 『미공비급(眉公秘笈)』 그리고 양명학 좌파의 대표적 인물 이지(李贄)의 『장서(藏書)』와 『분서(焚書)』를 읽는 등 열려 있는 시선으로 다양한 분야를 독서하고 있다. 특히 홍한주는 소설과 일부 필기소설을 독서한 후에 소설류에 부정적 시선을 드러내기도 한다. 하지만 이러한 시선은 이러한 서적을 읽기 위한 자기방어적 논리를 숨기고 겉으로 이를 비판한 측면도 없지 않다. 이러한 서적을 읽는다는 자체가 남다른 관심의 표출이자, 사유의 개방성을 동시에 확인할 수 있다. 한 대목을 보자.

> 요상한 여우, 괴이한 귀신 이야기는 황당무계하여 군자들은 말하지 않으나 예로부터 전해지는 바에 따르면 그런 일이 없지는 않았다. 그러므로 소설 중 『요재지이』는 태반이나 요상하고 미혹된 것이며, 간보의 『수신기』, 장독의 『선실지』, 근세 문달공 기윤의 『고망청지』·『괴서잡지』·『초당필기』 등은 모두 여우에 대한 것이 아니면 귀신에 대한 것이다. 귀신이란 실체가 없었고 그 변화가 기묘하여 사람들을 황홀하고 헤아릴 수 없게 하니, 하지 못할 것이 없음은 마땅하다. 또한 종종 시를 짓기도 하는데 귀신의 말은 반드시 기이하고 뛰어나니 더욱 이상하다.[13]

공자가 "불어괴력난신지괴(不語怪力亂神志怪)"라 한 이후 군자도 이를 말하지 않음을 먼저 제시한다. 이어서 이러한 내용을 담고 있는 지괴와 전기를 비롯하여 여우나 귀신 내용을 다룬 기이를 거론하며 부정적 시선을 드러낸다. 표면적으로는 지괴와 전기를 기이하고 이상한 것으로 보고 부정하지만, 실제로는 그러한 일이 있을 수도 있다는 식으로 은근히 인정하는 듯한 발언을 한다. 여기서 귀신과 여우의 미혹된 이야기나 그러한 서사를 긍정하는 시선을 엿볼 수 있다. 지괴와 전기를 읽고 감상하거나 소설류를 읽고 나름의 견해를 표출할 수 있는 것도 이러한 시선이 있기에 가능했을 터이다.

그래서 홍한주는 지괴와 전기, 연의소설과 장회체 소설에 이르기까지 소설사에서 두드러진 대부분의 소설 장르와 작품을 다양하게 읽고 있다. 이를테면 홍한주가 읽은 포송령의 『요재지이』를 이은 원매의 『자불어』는 청대의 대표적인 문언소설이며, 기윤의 『(열미)초당필기』는 대표적인 지괴소설이다. 여기에다 그는 간보의 지괴소설 『수신기』, 심기제의 전기소설, 『침중기』, 구우의 전기소설 『전등신화』, 연의소설 『열국지』와 『서유기』와 같은 장회체 소설 등도 두루 읽고 비평한다. 홍한주가 전근대 동아시아 고전의 소설 서사학에서 중요한 위상을 지닌 작품을 빠지지 않고 읽고 비평한 것은 주목할 사안이다.

그러면 『수호지』를 읽고 자신의 생각을 서술한 내용을 보자.

> 세상에 "『수호전』을 지은 자는 3대가 벙어리가 된다"고 하는데, 정말 그런지는 알 수 없다. 그러나 대체로 원나라 말엽 사람 시내암(施耐菴)

13 홍한주, 『지수염필』 권5, 「妖狐怪鬼」, "妖狐怪鬼, 其說荒誕, 君子不道, 而古今所傳, 不無其事. 故小說中聊齋誌異一書, 太半狐惑也, 干寶之搜神記, 張讀之宣室志, 近世紀文達之姑妄聽之槐西襍志草堂筆記等書, 皆非狐則鬼也. 鬼者虛耗, 其變化奇妙, 使人慌忽莫測, 宜其無所不能. 而亦往往有詩, 鬼語必奇絶, 尤可異也."

이 지은 것이라고 한다. 북송 휘종 때 양요·방납 등 여러 도적이 양자강과 회수 사이에서 난을 일으키고 또 양산박의 여러 도적이 있어서 장숙야가 토벌, 평정하여 극악한 도적 송강 등 36명을 베고 잡은 것이 그 일의 줄거리인데, 이를 연의하여 『수호지』로 만들었다. 그러나 그 의장(意匠)은 볼만한 것이 있으니, 문장에 능하지 않고는 이렇게 지을 수가 없다.[14]

조선조 후기 『수호전』의 유행에 따라 연의소설의 독서를 경계하기 위해, 이를 지은 자는 '3대가 벙어리가 된다'는 택당(澤堂) 이식(李植, 1584~1647)의 말을 인용한다. 하지만 이 언급을 내심 의심하며 '그런지는 알 수 없다'라 은근히 유보하고, 바로 작가가 시내암임을 지적하고 살짝 눙친다. 이 언급은 이식이 "세상에 전해지는 말에 의하면, 『수호전』을 지은 사람의 집안이 3대 동안 농아가 되어 그 응보를 받았는데, 그 이유는 도적들이 바로 그 책을 높이 떠받들었기 때문이라고 한다. 그런데 허균과 박엽 등은 그 책을 너무도 좋아한 나머지 적장(賊將)의 별명을 하나씩 차지하고서 서로 그 이름을 부르며 장난을 쳤다고 한다. 그런가 하면 허균은 또 『수호전』을 본떠 『홍길동전』을 짓기까지 하였다"[15]라고 서술한 것에서 왔다. 이식은 송강과 36명의 도적 떼를 미화한 『수호전』을 본떠 만든 허균의 『홍길동전』도 함께 비난한 바 있다.

이러한 비판적 언급에도 불구하고, 홍한주는 의장과 문장의 솜씨는 볼만하다라 언급한 것은 흥미롭다. 이 항목에서 홍한주는 『열국지』, 『삼

14 앞의 책, 권1, 「수호전」, "世傳作水滸者, 三代爲啞, 未知信然. 然蓋元末人施耐菴所撰云, 而北宋徽宗時, 楊么·方臘等諸盜, 作亂江淮間, 又有梁山泊諸賊, 張叔夜討平之, 斬獲劇賊宋江等三十六人, 卽其事之大槩, 而演義爲『水滸志』. 然 其意匠有可觀, 非能文, 不能爲此也."

15 李植, 『澤堂別集』 권15, 「散錄」, "世傳作水滸傳人, 三代聾啞, 受其報應, 爲盜賊尊其書也. 許筠, 朴燁等, 好其書, 以其賊將別名, 各占爲號以相謔. 筠又作洪吉同傳, 以擬水滸."

국지연의』, 『서유기』, 『서상기』, 『회진기』를 비롯하여 『수당연의』와 『여선외사』 등 중국 소설 서사학[16]의 주요 작품을 두루 거론하고 있다. 그러면서 그는 작자 문제와 함께 자신의 견해를 드러내고,[17] 그 끝에 『금병매』를 다음과 같이 언급하고 있다. "『금병매』라는 한 작품은 음탕하고 더럽기가 더욱 심한데, 세상에 전하기는 엄주(弇州)가 지은 것이라 한다. 문인은 비록 한묵(翰墨)을 유희한다고는 하지만, 엄주는 그 부친이 당한 재앙 때문에 다시 나가 벼슬하지 않다가 관직이 남경 형부상서에 이르고 만력 연간의 원로 학자로서 명성이 천하에 무거웠는데, 어찌 이런 불경한 작품을 짓는 데까지 이르렀을까? 몹시 한탄스러운 일이다"[18]라 하며 비판적 시선을 드러내기도 한다. 홍한주는 여기서 『금병매』의 작가를 왕세정(王世貞)으로 추정하고, 불우한 개인사의 울분한 심정을 한묵에 투영한 것으로 보고 있다. 이어서 홍한주가 원로 학자로 이름이 났고 존경받던 왕세정의 소설 창작 행위를 두고 몹시 한탄스러운 일로 규정하고 비판한 것은 흥미로운 대목이다.

주지하듯이 『금병매』의 작가는 난능소소생(蘭陵笑笑生)으로 알려져 있다. 난능소소생은 필명이다. 홍한주는 무엇을 근거로 왕세정을 『금병매』의 작가로 추정하고, 『금병매』 창작을 불경한 것으로 비판하고 있는지는 확실하지 않다. 어쨌건 홍한주가 『금병매』는 물론 『수호지』를 비롯하여

---

16 중국소설을 서사학의 관점에서 서술한 것을 말한다. 이에 대해서는 진평원 저, 이종민 역, 『중국소설 서사학』, 살림출판사, 1994 참조.

17 홍한주, 『지수염필』 권1, 「수호전」, "大抵演義之書, 是皆亂世之文妖也. 列國志三國志演義, 未知誰作, 而西遊記則邱長春所作, 西廂記則因元微之會眞記, 演而爲之, 是王實甫·關漢卿兩人共作. 元代詩文, 詞曲極盛. 故, 亦有此等文字, 皆當付之焚如者也. 隋唐演義及女仙外等書, 又未知出於何人."

18 같은 책, 같은 곳, "金瓶梅一書, 淫媟尤甚. 世傳爲弇州所作, 文人雖曰'遊戲翰墨', 弇州以父禍更不出仕, 位至南京刑部尙書, 爲萬曆間耆宿, 名重天下, 何至作此等不經文字? 殊可歎也."

『서유기』·『금병매』·『삼국지연의』 등과 같은 사대기서(四大奇書)를 두루 읽고 있다는 사실을 의외다. 정조의 문체반정 당시 반정의 대상으로 언급한 소설을 다독하고 이러한 문장을 주목하고 거기에 의미를 부여한 사실은 주목할 만하다.

또한 홍한주는 중국 문사의 개인 저술에도 관심을 가지고 집중적으로 읽은 바 있다. 왕사정이 그러하다. 홍한주는 왕사정을 두고 "시문에 두루 능했는데 시에 더욱 장기가 있어 천하의 문학 대가가 되었고, 도곡 이의현이 연경에 사신 갔다가 돌아올 때 처음으로 『천미집(蚕尾集)』을 가지고 들어온 이후에 알려졌으며 그 이전까지 그가 청나라 초기의 대가인 줄 몰랐다고 하였다"[19]라 하였다. 18세기 중엽까지도 사대부 지식인들은 주이존(朱彝尊)과 함께 '남주북왕(南朱北王)'으로 이름났던 왕사정을 잘 알지 못했음을 알 수 있다. 여기서 홍한주는 왕사정이 국내에 알려진 사실을 언급하는데 머물지 않는다. 이러한 위상을 지닌 왕사정을 알기 위해 그가 남긴 시문과 시화를 비롯하여 필기류 저술까지 구해 읽고 있다.[20] 자신이 주목한 특정 문사의 경우, 그가 남긴 저작을 두루 읽고 직접 비평하고 있는 것은 그만의 문예적 미덕이겠다.

그러면 홍한주의 국내 서적의 독서는 어떨까? 홍한주가 국내 서적을 읽고 『지수염필』에서 어떻게 활용하고 있는지 살펴보자.

19 같은 책, 권6, 「왕사정」, "王士禛, 字貽上, 後避雍正御名, 改爲士禎, 號漁洋, 又號阮亭, 淸康熙時人. 兼長詩文, 而尤長於詩, 爲海內文宗. 少時有秋柳四首, 盛傳吳下, 和者至數百人. 且爲牧齋所推許. 其蚕尾集南海集蜀道集漁洋集諸詩, 名篇傑句, 膾炙一世, 而至陶谷李相公赴燕回, 始以蚕尾集出來. 然我國人, 尙未知漁洋之爲淸初一大家也."

20 같은 책, 같은 곳, "漁洋所著, 有帶經堂集及池北偶談·香祖筆記·居易錄·分甘餘話·古夫于亭褋錄·漁洋詩話諸書, 余皆見之, 漁洋詩有論詩絶句三十七首, 效元遺山作, 而多秀句名論, 似勝遺山. 漁洋之兄西樵士祿, 亦善歌詩."

『지수염필』 저술에 활용된 서적: 국내 서적

편·저자	서명	성격	편·저자	서명	성격
金富軾 (1075~1151)	高麗史	史書	鄭夢周 (1338~1392)	圃隱集	文集
吉再 (1353~1419)	言行拾遺	言行錄	魚叔權 (中宗代)	攷事撮要	類書
申義慶 (1557~1648)	喪禮備要	經學	許筠 (1569~1618)	洪吉童傳	한글소설
金堉 (1580~1658)	海東名臣錄	傳記集	張維 (1587~1638)	谿谷漫筆	筆記
許穆 (1596~1682)	記言	文集	柳馨遠 (1622~1673)	磻溪隨錄	筆記
羅良佐 (1638~1710)	明村雜錄	雜錄	洪萬選 (1643~1715)	山林經濟	類書
金昌協 (1651~1708)	農巖雜識	筆記	閔鎭遠 (1664~1736)	丹巖漫錄	筆記
宋成明 (1674~?)	國朝名臣言行錄	言行錄	李縡 (1680~1746)	三官記 四禮便覽	筆記 經學
李喜壽 (1686~1744)	青野謾輯	野史	朴聖源 (1697~1757)	禮疑類集	類書
李宜哲 (1703~1778)	修書雜志	筆記	李匡師 (1705~1777) 李肯翊 (1736~1806)	燃藜室記述	野史
李萬運 (1723~1797)	增補文獻備考 紀年兒覽	類書 史書	金載久 (1726~?)	朝野會通	野史
李德懋 (1741~1793)	盎葉記	筆記	李長演 (1742~?)	朝野輯要	野史
正祖 (1752~1800)	弘齋全書	文集	丁若鏞 (1762~1836)	欽欽新書 牧民心書	刑法書 牧民書
저자 미상	朝野僉載	野史	徐有榘 (1764~1745)	林園十六誌	類書
金履喬 (1764~1832)	唐名臣錄	傳記集	작자 미상	鄭勘秘訣	編年體 雜錄

편·저자	서명	성격	편·저자	서명	성격
洪奭周 (1774~1842)	淵泉集	文集	沈能淑 (1782~1840)	小相詩文集	文集
洪奭周 (1774~1842)	學海 尙書補傳 三漢名臣錄 續史略翼箋 鶴岡散筆	抄寫本 經學 傳記集 史書 筆記	洪吉周 (1786~1841)	沆瀣集 孰遂念	文集 筆記

홍한주는 중국 서적과 마찬가지로 문·사·자·집을 두루 읽고 있다. 필기와 유서, 문집과 야사는 물론 언행록과 전기를 비롯하여 한글 소설인 홍길동전도 읽고 이를 평하고 있다. 특히 가문의 재종형인 홍석주와 홍길주가 남긴 글을 비롯하여 유형원의 『반계수록』, 장유의 『계곡만필』, 김창협의 『농암잡지』과 같은 필기, 잡록과 만록, 그리고 동시대인으로 구해 보기 어려웠던 서유구의 『임원십육지』, 정약용의 『흠흠신서』·『목민심서』 등도 두루 읽고 있다.

사대부 지식인이 평소 시선조차 주지 않던 『정감비결(鄭勘秘訣)』을 읽고 이를 비평한 것은 그의 독서 범위를 보여준다. 사실 예언서에 가까운 비결은 국운을 예언하거나 환란에 생명을 지키는 방법을 제시하고 있는 것이 일반적인데, 이러한 예언서를 읽고 비평하는 자체가 예사롭지 않다. 이는 독서 대상을 가리지 않은 그의 사유와 독서 태도에서 나온 것이거니와, 이러한 독서 태도 역시 사유의 개방성을 보여주는 지표다.

여기서 이덕무의 『앙엽기』와 정조의 『홍재전서』를 언급하고 이를 활용한 것도 주목할 만하다. 홍한주는 왕세정의 「제심철산문(祭沈鐵山文)」을 두고 "이 글은 환망(幻妄)에 가까워 유가(儒家)로서는 비난하겠지만, 그 광달한 견해와 초탈한 논리는 한번 읽어 봄에 툭 트여 상쾌하다. 뒤에 이아정(李雅亭)의 『앙엽기(盎葉記)』를 보니 이미 나보다 먼저 말을 해두었다"[21] 라 하여 독서광이던 이덕무의 독서 이력을 주목하는 한편, 자신 역시 이덕무의 『앙엽기』를 읽을 정도의 독서광임을 넌지시 밝히고 있다. 더욱이 홍한주는 「정종대왕문장(正宗大王文章)」 항목을 통해 『홍재전서(弘齋全書)』의 편찬을 상세하게 서술하는가 하면[22], 정조의 글을 직접 인용하며[23] 자신의 논지를 펼치기도 한다.

한편 홍한주의 독서 대상 서적에는 사대부 지식인의 필독서로 주목할 만한 것도 적지 않다. 그는 아무도 간행하지 않아 결국 묻혀버리고 마는 현실을 탄식하기도 한다. 대표적인 서적으로 『기년아람(紀年兒覽)』을 들고 있다.

> 후암(厚菴) 이만운(李萬運)은 또 『기년아람』 4권이 있는데 아정 이덕무가 도와서 이루었다. 그 고거(考據)가 정밀하고 상세하며 아동기년(我東紀年)을 아울러 붙이고 또한 역대전수세계도(歷代傳授世系圖) 및 국도(國都)와 군현(郡縣)을 함께 붙였다. 예로부터 기년의 서적 가운데 이토록 많이 포괄하고 또 갖추어진 책이 없었으니, 대개 근세에 전고에 박학한 선비로 두 학자만 한 이가 없기 때문이다. 그러나 끝내 한 사람도 간행하는 사람이 없으니, 학문을 숭상하는 나라라고 할 수 있을까?[24]

박학으로 이름난 이만운과 이덕무가 공동 저술한 『기년아람』의 가치

---

21 같은 책, 권4, 「왕엄주」, "此近幻妄, 儒家非之, 而其曠達之見, 超脫之論, 一讀爽然. 後見李雅亭『盎葉記』, 已先我言之矣."

22 같은 책, 권6, 「정종대왕문장」, "自古, 帝王之長於文詞者, 代各有之. 然, 終未見如我朝正宗大王, 雲漢文章, 博大昌明, 洵不失作家古文之規度, 嗚呼盛哉. 御製詩文, 摠二十二卷. 內閣諸公, 又較整各種諸書, 幷日得錄審理錄, 摠名弘齋全書, 合編一百卷, 納于健陵之幽宮, 又分貯景慕宮及內閣春坊等處, 亦歷代所未有也."

23 『지수염필』을 보면 홍한주는 정조의 어록인 『일득록(日得錄)』을 몇 차례 인용하며 논지를 전개하고 있다.

24 앞의 책, 권1, 「기년아람」, "厚菴, 又有紀年兒覽四卷, 雅亭李德懋, 助成之. 其考據精詳,幷附我東紀年, 又並歷代傳授世系圖, 及國都郡縣而附之, 凡自古紀年之書, 未有如此賅且備者, 盖近世博古之士, 無如此二儒故也. 然而終無一人, 刊而行之, 其可謂右文之國乎?"

와 그 효용성을 극찬하고 있다. 이 서적은 기년 관련 내용을 포괄하고 고거 또한 정밀하여 학문하는 사람이라면 으레 읽어야 하는 것으로 주목한다. 그럼에도 나라에서 이러한 서적조차 간행하지 않아 학자들이 그 존재 여부조차 모른다고 탄식하는 한편, 그 시선은 학문을 숭상하지 않은 풍토에 연결시켜 비판하고 있다. 이처럼 홍한주는 국내 서적을 두루 읽고 읽는 것을 넘어 사대부 지식인의 필독서인 경우, 미간행 서적의 간행도 강력하게 주장하고 있다.

3. 『지수염필』의 서술 방식과 특징

『지수염필』은 홍한주가 전라남도 신안군 지도로 유배를 가서 지은 만년의 저작이다. 제명의 '지수'는 유배지 '지도(智島)'에 있는 지호(智湖)를 이르는 말이고, 염필은 두보 시의 "죽난사념필, 동엽좌제시(竹欄斜拈筆, 桐葉坐題詩)"에서 나왔다. 여기서 『지수염필』은 지호에서 붓을 뽑아 자유롭게 기록한다는 뜻이니, 이미 제명에서 『지수염필』의 특징을 엿볼 수 있다. 『지수염필』은 겉으로 보기에 형식이 매우 자유로운 듯하지만, 구체적 내용을 훑어보면 내용을 고려하여 배치하고 있음을 금방 알 수 있다.

예를 들면 저자의 관심이 많고 중요하다고 생각하는 서적 관련 내용은 앞에 배치하고, 중국 인물 관련 내용을 뒤에 배치하는 등 나름의 분류와 배치 기준에 따라 책을 만들었다. 그런데도 『지수염필』은 각 항목의 편폭도 들쭉날쭉하고 내용 또한 일정하지 않다. 홍한주의 독서 대상이 그러하듯이 『지수염필』의 내용 역시 역사·정치·문화·사회·학술·인물·제도·문예는 물론 중국·일본·서양 관련 등 다양한 소재를 대상으로 기록하거나 비평하고 있다. 구성도 분권(分卷)을 하고 있지만, 각 권에 소제(小題)를 두지 않고 있으며, 항목의 제명을 붙이지 않은 채 251개 항목으로 나누어 기술하고 있다.

하지만 『지수염필』에서 홍한주가 가장 빈번하고 중요하게 다룬 내용은 서적 관련 부분이다. 이 내용을 강조하기 위하여 앞에 배치한 것으로 보인다. 하여 권1은 대부분 서적 관련 내용을 배치하고 있다. 이를테면 청조와 조선조의 관찬 사업, 문인들 시문집과 저술 기록과 문학 작품을 자주 언급한 것이 그 사례다.

학술과 문예, 그리고 인물을 평할 경우, 종종 자신이 읽은 서적을 거론한 다음, 이를 근거로 비평적 안목을 덧붙이고 있다. 서적 관련 내용은 전체 항목에서 반을 웃돌고 있다. 다른 내용도 견문 체험의 서술보다 다양한 서적의 독서를 바탕으로 자신의 견해를 덧붙인 것이 많다. 그런 점에서 『지수염필』은 저자의 다양하게 수다한 독서 체험과 긴밀하게 겹친다.

이를 고려하여 『지수염필』의 내용이 어떠한 특징을 지니고 있으며, 그 내용을 어떻게 배치하고 있는지 살펴보자.

(1) 동아시아 장서루와 출판문화 인식

홍한주가 『지수염필』에서 가장 주목한 것은 문헌의 간행과 학술 관련 지식·정보다. 『지수염필』 첫머리에서 제시한 '장서가' 항목[25]부터 그러하다. 서적 출판과 관련한 장서와 장서루(藏書樓)의 언급은 이러한 인식의 소산이다. 그는 "천하에 서적이 번다하고 풍부하기가 지금과 같은 시대가 없는데 이는 조금이라도 문자를 알면 저술한 결과로, 문집과 책 따위

25 본래 『지수염필』 어느 본에도 홍한주가 소항목을 따로 설정하지 않았다. 기왕에 영인본으로 간행하면서 소항목을 제시한 것을 편의상 그대로 제시해두었다.

가 거의 집을 가득 채우고 마소가 땀이 날 지경이다"[26]라고 기술하여, 당대에 서적의 보급과 출판·유통이 일반적인 상식을 초월할 정도라 제기한다. 여기에 그치지 않고 그는 이러한 서적의 증가로 "지리하고 쓸데없는 불경(不經)스러운 서적이 열에 일곱 여덟이니, 이런 것들은 마땅히 불태워버려야 할 것이다"[27]라 강조하면서, 일부 서적은 진시황제처럼 과감하게 분서할 수만 있다면 그렇게 해도 무방할 정도라 주장하기도 한다. 홍한주는 당시 출판의 활황과 문헌 증가와 함께 그 역기능을 포착하고 있는데, 19세기 서적의 유통 상황이 어떠한가를 여실히 보여준다.

출판문화와 서적의 유통 정보를 일국에 가두지 않고 동아시아로 넓혀 인식한 사실은 주목할 만하다. 이어지는 언급을 보자.

> ① 또 지금의 토판과 활자 인쇄법이 나오자 더 이상 편리하고 쉬워질 수 없을 정도가 되었다. 수나라의 가칙전(嘉則殿), 당나라의 여정전(麗正殿), 송나라의 숭문관(崇文館), 명나라의 황사성(皇史宬), 지금 청나라의 무영전(武英殿)[28] · 남서방(南書房) 같은 것이 모두 황제의 내부(內府)이니, 권질이 당연히 일만씩을 단위로 셀 정도로 많을 것이다. 그러나 사대부들의 개인 소장도 종종 7, 8만 권, 혹은 10여만 권이나 되니, 왕원미(王元美)의 엄산당(弇山堂), 서건학(徐乾學)의 전시루(傳是樓), 전수지(錢受之)의 불수장(拂水莊)과, 왕초문(汪苕文)·완운대(阮雲臺)·섭동경

26 홍한주, 『지수염필』 권1 「장서가」, "天下書籍之繁富, 莫今日如, 蓋古今人粫解文字者, 莫不以著述自命, 凡所謂某集某書, 殆充棟宇汗牛馬."

27 같은 책, 같은 곳, "又其枝辭蔓語, 無益而害道者, 及妖怪邪辟不經之書, 十居七八, 此皆有秦火, 則所當亟焚也."

28 무영전은 1673년에 설립되었는데 이것은 청조의 출판기관이다. 여기서 공인받아 나온 서적이 유명한 흠정본 『십삼경주소』다. 그리고 이 기관은 활자체와 채색인쇄 방식을 도입하여 출판하였는데, 『고금도서집성』도 여기서 간행을 하였다. 모두 150만 개의 동활자를 주조하여 1만 여권으로 만들었으니, 무영전은 그야말로 청조 인쇄문화의 중요한 장소였다.

> (葉東卿) 등이 모두 그렇지 않음이 없다. ② 비록 좁고 작은 우리나라에서도 두실 심상규의 적당(績堂)은 거의 4만 권이 넘었고, 유하 조병귀, 석취 윤치정 두 분의 집 역시 3, 4만 권 이하가 아니다. 기타 진천현 초평리의 화곡 이경억 정승 댁의 만권루와 풍석 서유구의 두릉리에 있는 8천 권이 또 그다음이다. 대개 서울에 있는 오래된 집안으로 천 권이나 만 권의 서적을 소유하고 있는 자는 손가락으로 이루다 꼽을 수가 없다. 우리나라가 이미 그러하니 문명이 바야흐로 성대한 일본과 유구(琉球)의 경우도 미루어 알 수 있다.[29]

인쇄기술의 발달에 따른 서적과 장서루의 증가, 장서가 등의 출현을 구체적으로 언급한다. 자국을 위시하여 청조와 일본, 유구까지의 상황을 함께 거론하고 있다. ①은 일국 밖의 사례다. 중국의 경우, 출판문화에 역대 왕조에서 서적을 간행하고 수장하던 곳은 물론, 명말청초의 이름난 장서가를 두루 거론하고 있다. 예컨대 원미(元美) 왕세정의 엄산당, 수지(受之) 전겸익(錢謙益, 1582~1664)의 불수장, 건암(建庵) 서건학(1631~1694)의 전시루, 초문 왕완(汪琬, 1624~1691)과 운대 완원(阮元, 1764~1849)의 초산사(焦山寺)와 영은사(靈隱寺)의 장서루를 들었다. 전대의 장서가와 장서루는 물론 동시대 인물인 동경 섭지선(葉志詵, 1779~1863)의 평안관(平安館)에 이르기까지 두루 거론하고 있다. 이들 장서루는 희귀본을 비롯하여 수많은 장서를 보관한 곳으로 후대에까지 주목받은 바 있다.

---

29 앞의 책, 권1, 「장서가」, "又今土板及活字出, 而其所便易, 至矣盡矣, 無以加矣, 如隋之嘉則殿, 唐之麗正殿, 宋之崇文館, 明之皇史宬, 今淸之武英殿 · 南書房, 是皆天王家內府, 卷帙宜以萬計, 而士大夫私藏, 亦往往至七八萬, 或十餘萬卷之多. 王元美之弇山堂, 徐乾學之傳是樓, 錢受之之拂水莊, 汪苕文 · 阮雲臺 · 葉東卿輩, 無不皆然. 雖以我國之編小, 沈斗室公之績堂, 太過四萬, 趙遊荷秉龜 · 尹石醉致定二公之家, 亦不下三四萬卷, 其他鎭川縣草坪里華谷李相慶億之萬卷樓, 徐楓石有榘斗陵里之八千卷, 又其下也. 蓋京師故家, 有書之至千萬卷者, 指不勝摟. 我國旣然, 則日本琉球之文明方盛, 推可知也者乎?"

동시대의 완원은 18·19세기의 대표적 고증학자다. 그는 자신의 장서를 바탕으로 『경적찬고(經籍纂詁)』·『주인전(疇人傳)』·『황청경해(皇淸經解)』 등의 편찬을 주도하고, 장서루를 설치해 희귀본 보존에 큰 역할을 한 바 있다. 무엇보다 대규모의 편찬 사업을 위해 각 지역의 장서루에 있던 장서를 적극적으로 활용하여 고증학을 발전시킨 것은 널리 알려진 사실이다. 여기서 홍한주가 장서루가 고증학에 영향을 주었음을 거론하듯이[30] 기실 명·청대의 고증학을 비롯하여 다양한 학술과 논쟁 등은 모두 장서와 활발한 출판문화를 바탕으로 만개하였다.

그런가 하면 ②에서 19세기 국내 경향에서 확인한 출판문화와 학술 동향을 소상하게 파악한 것도 같은 맥락으로 이해할 수 있다. 홍한주는 당대 장서가로 조병귀(趙秉龜, 1801~1845), 윤치정(尹致定, 1793~1874) 등을 주목하고 있다. 홍한주는 이들과 교유하거니와, 특히 서유구와는 연비가 있을 뿐만 아니라, 선배 학자로 존경하며 종유하였다. 실제 이들 장서가는 명·청대의 장서가와 어슷비슷할 만큼의 문헌을 소장하고 있었다. 모두 19세기 서적의 유통과 축적 상황을 잘 보여주는 언명이다. 이 대목에서 19세기 일부 사대부 지식인과 경화세족들의 서적수집과 장서가의 정황을 알 수 있다.

그런데 홍한주가 언급한 개인 장서루의 출현은 18·19세기 청으로부터 문헌의 대량 유입과 유통, 안경의 보급, 문헌의 차서(借書)와 필사 등을

30 명대의 가장 유명한 장서루는 범흠(范欽, 1506~1585)이 강남 영파(寧波)에 세운 '천일각(天日閣)'이다. 이 장서각루는 후대로 오면서 더욱 발전하여 가장 많은 문헌을 수장하게 된다. 이 덕택으로 '천일각' 장서 중 638종의 희귀본이 사고전서관으로 보내지고, 『사고전서총목』에 473종이 수록될 뿐 아니라, 최종적으로 96종이 『사고전서』에 수록되었다. 이 역시 완원과 관련이 깊은데, 완원은 천일각의 장서목록을 조사하여 모두 4천 종 53,000권 이상의 문헌을 소개한 바 있었다. 이 목록은 전대흔(錢大昕, 1728~1804)이 편집한 764건의 금석 목록까지 포함하여 1808년에 출간되었다. 이에 대해서는 벤저민 엘먼 지음, 양휘웅 옮김 『성리학에서 고증학으로』, 예문서원, 2004, pp.312~322 참조.

통해 다양한 방법으로 문헌을 축적하고 형성한 결과다. 19세기 경향의 유력가문 후예의 서적 구입은 그들의 정치적 배경과 경제력, 그리고 발전한 출판문화가 있어 가능했다. 하여 18·19세기 사대부 지식인은 장서루와 서적의 대량 유통을 토대로 학술과 문예의 쟁점이 될 만한 관심사에 의문을 제기하고 여기에 자신의 견해를 붙여 필기에 기록한 바 있다. 홍한주의 『지수염필』 역시 이러한 바탕 위에서 성립했음은 물론이다.

인용문에서 홍한주는 동아시아 출판문화를 차기 방식으로 서술하고 있다. 자신이 직접 견문하고 독서 체험을 통해 얻은 지식·정보를 근거로 인쇄술의 발달과 서적의 출판 유통 상황을 언급하기도 한다. "경·사·자·집과 같은 유익한 서적은 앞으로도 존재하겠지만 무익한 서적은 자연히 도태될 것"으로 언급한 다음, 이처럼 "서적을 많고 쉽게 전할 수 있는 것은 인쇄술의 발달에 말미암지만, 귀중본이 못되고 도리어 좀이나 물고기의 먹이가 되는 것 또한 인쇄술의 발달 때문이다"[31]라 비평하고 있거니와, 출판문화의 활황에 따른 순기능과 역기능을 함께 제시한 것이다.

또한 홍한주는 출판문화의 발전과 서적 간행과 장서, 그리고 서적의 유통 상황 관련 지식·정보를 구체적으로 서술하는 한편, 그 사실을 두고 자신의 견해를 덧붙이기도 한다. 말미에서 "사물이 극도에 이르면 마땅히 무로 되돌아간다"[32]는 순환 인식과 함께 당대 출판문화를 비평한다. 이러한 서술 방식은 전형적인 차기체 필기에서 흔히 볼 수 있다. 일단 홍한주의 비평적 시각의 적실함 여부는 논외로 하더라도 출판문화의 발달과 흐름을 정확하게 꿰뚫고, 이러한 상황 자체를 비평하는 시선과 안목은 『지수염필』의 미덕이다.

---

31 홍한주, 『지수염필』 권1 「장서가」, "雖曰 盛衰必然, 經史子集之不可無而必傳後者, 當與天壤俱弊, 至於無益而害道者, 亦當不待後之秦火而湮沒矣." 然則書之多且易傳, 實繇於印槧, 而其不爲人所貴, 反爲蠹魚資, 亦繇於印槧者多矣."

32 같은 책, 같은 글, "豈非物極則當反者乎?"

여기서 홍한주의 동아시아 출판문화 인식은 매우 구체적이다. 직접 독서한 서적은 물론 당대 출판문화 관련 지식·정보의 흐름까지 파악하지 못하면 불가능하다. 예컨대 청조의 강희제·옹정제·건륭제에 시행된 국가적 편찬 사업의 성과와 그 의미까지 정확하게 꿰뚫고 있는 것도 그러하다. 당시 강희제는 국가 재정을 들여 관찬 사업을 시행하여 수많은 서적을 간행한 바 있다. 『명사(明史)』, 자서(字書)로 『강희자전(康熙字典)』, 유서(類書)로 『연감유함(淵鑑類函)』, 문선(文選)으로 『고문연감(古文淵鑑)』[33] 등과 같은 출판물을 비롯하여, 『영물시선(詠物詩選)』·『패문운부(佩文韻府)』·『서화보(書畵譜)』·『고금도서집성』 등과 같은 방대한 문헌이 그 성과다.

홍한주는 이러한 청조 초기의 출판문화 흐름을 정치·문화사 시각에서 정확하게 포착하고 서술하고 있다.[34] 『명사』의 경우, 강희제 때 시작하여 건륭제 때 간행을 마쳤다. 이 사업에는 장정옥(張廷玉)과 서건학(徐乾學, 1631~1694)[35] 등 당대의 쟁쟁한 한족의 학자들이 참여하는데, 서건학은 대표적인 고증학자다. 홍한주는 청조의 국고문헌 편찬 과정과 흐름을 출판문화의 시각이 아닌 청조의 국가 운영의 관점에서 파악한 바 있다.

그의 이러한 출판문화 인식은 청조 출판문화의 성취인 『사고전서』의 편찬에서 확인할 수 있다. 이에 대한 홍한주의 언급이다.

> 또한 고종〔건륭제〕 때에 이르러 천하에 소장된 서적을 거두어 모아 경·

33 『고문연감』은 총 64권으로 청나라 강희 때에 서건학 등이 왕명을 받들어 편찬했다.

34 앞의 책, 권1 「纂輯」, "淸聖祖康熙時, 命張廷玉等, 纂修『明史』, 又命文學之臣, 纂定諸書, 字書則有『字典』, 類書則有『淵鑑類函』, 文選則有『古文淵鑑』, 又有『詠物詩選』·『佩文韻府』·『書畵譜』等書, 皆以佩文齋名之. 又於末年, 命蔣廷錫等, 纂『圖書集成』而帝崩. 其外, 亦多所纂, 不能盡錄."

35 서건학은 청나라 초의 학자. 자는 원일(原一), 호는 건암(健庵)으로 고염무의 조카다. 1670년 진사가 되어 벼슬은 형부상서에 이르렀으며, 『명사(明史)』·『대청일통지(大淸一統志)』·『고문연감』 등을 편찬했다. 저서에 『독례통고(讀禮通考)』, 『담원집』 등이 있으며, 당대의 장서가였다.

사·자·집으로 나누어 합쳐 인쇄하여 『사고전서』라 하고 다섯 질을 찍어서, 한 질은 문연각(文淵閣)에 두고 한 질은 문진각(文津閣)에 두었다. 또 한 질은 문원각(文源閣)에 두고 한 질은 문소각(文溯閣)에 두었으며 또 한 질은 편집한 여러 신하에게 나누어주었다. 다시 세 질을 등사하도록 명하여 양주(揚州) 문회각(文匯閣), 진강(鎭江) 문종각(文宗閣), 항주(杭州) 문란각(文瀾閣)[36]에 나누어 두고 사림을 시켜 나아가 베껴 쓰게 하였다. 대개 강소·절강 지역은 인문의 보고라 일컬어지는데, 이런 일에 이르렀으니, 이는 이전에 있지 않았던 큰 서적이었다. …… 그 뒤 인종 가경 연간에 또한 『전당문(全唐文)』[37] 500권을 편찬하였으니, 대개 서적이 점점 넓고 많아지는 것은 명·청에 이르러서 더할 수가 없게 되었다. 건륭은 『사고전서』를 편찬할 때 천하에 조서를 반포하여 각각 소장하고 있는 서적을 바치게 하여 등사한 다음 돌려주었다. 선성(宣城) 포정박(包廷博)이 바친 700종은 모두 내부(內府)에 없는 것이었으니, 개인 집에 소장한 것이 대단하지 아니한가. 지금 세상에 유행하는 『지부족재총서(知不足齋叢書)』라는 것은 바로 포씨의 총서이다. 근세의 운대

36 문연각은 내각의 하나로 명나라 때 설치되었다. 본래 남경에 있었으나 성조(成祖)가 천도한 뒤에 북경으로 옮겼다. 특히 이곳은 전적을 저장하고 천자가 강독하던 장소였다. 청나라 때에는 『사고전서』를 보관했으며, 북평(北平)의 옛 자금성 동남쪽 모퉁이에 있다. 문진각은 청대 내정(內廷) 사각(四閣)의 하나로 건륭 39년(1774)에 열하 승덕현(承德縣) 피서산장(避暑山庄) 만수원(萬壽園)의 서쪽에 건립했다. 『사고전서』를 보관했고, 뒤에 『사고전서』를 북경도서관으로 옮겼다. 문원각은 북평 서북 교외의 원명원(圓明園) 내에 있었으며 건륭 40년(1775)에 건립하였다. 문소각은 청대 내정 사각의 하나로, 요녕 심양의 청고궁(淸故宮) 안에 있으며, 건륭 48년(1783)에 건립하였다. 『사고전서』와 『도서집성』을 보관하였다. 문회각은 청대 강절(江浙) 삼각(三閣)의 하나로 건륭 47년(1782)에 강소성 양주 대관당(大觀堂)에 건립하여 『사고전서』를 보관하였다. 문종각은 강소성 진강현 금산사(金山寺)에 있으며, 건륭 연간에 건립했는데 『사고전서』를 보관하였다. 문란각은 절강성 항현 서쪽 호고산(湖孤山) 기슭에 있으며 문종·문회각과 더불어 강남 삼각으로 불린다. 건륭 연간에 세웠고, 『사고전서』를 보관하였다.

37 『전당문』은 청 가경 19년(1814) 황고(黃誥) 등이 왕명을 받들어 편찬한 책으로 총 1,000권이다. 3,042인의 작품 18,488편을 수록하였다.

완원에게 『완씨총서』가 있고 또 『십삼경교감기』 70권이 있으니, 이는 또 한 사람 문사의 개인적인 찬술에서 나온 것이다. 완원의 문도에 전사(全史)와 『십삼경주소』를 마치 자기 자신의 저술인 양 외울 수 있는 자가 70여 명이었다 한다.[38]

먼저 홍한주는 강소와 절강 지역을 인문의 보고라 주목한다. 이어서 청조가 『사고전서』를 초록하는 데 이들 강남 지역의 학자들을 동원하였다고 했다. 실제로 당대 청조 고증학의 발생과 발달에 기여한 지리적 공간은 바로 절강과 강소 등 강남 지역이다. 고증학의 주류는 경학을 중심으로 하는 절강 서쪽의 절서학파다. 이 파는 고염무를 종사(宗師)로 하는데, 이후 이 절서학파는 호위(胡渭)와 염약거(閻若璩)에 의하여 발전하다가 건륭·가경(1736~1820)에 이르러 혜동(惠棟)·전대흔(錢大昕)을 중심으로 한 오파(吳派)와 대진(戴震)·단옥재(段玉裁)·왕염손(王念孫)·왕인지(王引之)를 중심으로 한 환파(皖派)로 나누어지면서, 고증학의 전성기를 맞이한 바 있다. 이 지역의 고증학자는 『사고전서』 편찬 사업에 적극적으로 참여하면서 고증학의 학풍을 진작시키고, 이 학풍이 연경에 전달되어 청조 학술에 큰 영향을 끼쳤다.

위의 언급처럼 청조는 건국 후, 학술과 문예 사업의 정책을 펼쳐 나간 바 있지만, 이러한 국가 차원의 대규모 편찬 사업은 단순한 간행이 아니

---

38 홍한주, 『지수염필』 권1, 「纂輯」, "又至高宗, 收聚天下所藏書籍, 分經史子集, 合印爲一書, 命曰『四庫全書』, 榻五帙, 一置文淵閣, 一置文津閣, 一置文源閣, 一置文溯閣, 又一本, 分賜編輯諸臣, 又命更繕三本, 分置楊州文匯閣, 鎭江文宗閣, 杭州文瀾閣, 俾士林, 就以抄錄, 盖謂江浙, 爲人文淵藪, 至有此擧, 此前古所未有之大書籍也. ……중략…… 其後仁宗嘉慶間, 亦纂『全唐文』五百卷, 盖書籍之寖廣寖繁, 至明淸, 無以加矣. 乾隆編『四庫全書』時, 頒詔天下, 令各進藏書, 謄而還給, 宣城包廷博所獻七百種, 皆內府所無, 私室所貯, 不亦壯哉? 卽今行于世之知不足齋叢書者, 卽包氏叢書也. 近世阮雲臺元, 有『阮氏叢書』, 又有『十三經校勘記』七十卷, 此則又出一文士私纂, 而元之門徒, 全史註疏, 能如誦己言者, 爲七十餘人云, "

라 청조 집권자의 국정 운영을 위한 정치적 의도를 깔고 있다. 청조는 한족 학자들에게 자신의 문화를 지키고 이를 부흥시킨다는 명분을 내세워 국가적 출판 사업에 그들을 대거 참여시켰다. 이는 한족 지식인의 반청(反淸) 의식을 자국의 고전 문헌 집성과 출판문화 쪽으로 시선을 돌리게 한 것인바, 한족 지식인의 생각을 한족 문헌의 편찬·정리에 얽어매어 두려던 정치적 복선을 깔고 있었음은 물론이다.

당시 고염무 같은 학자들은 청조의 한족 지식인의 회유 정책에 협조하지 않았으나, 많은 한족 학자들은 여기에 참여하는데 머물지 않고, 일부 학자는 한족의 학술과 문예를 정리하고 부흥시키는 것을 사명으로 인식하고, 여기에 적극적으로 협조하기도 한다.

그래서 포정박은 절강의 염상(鹽商)으로 치부하여 항주에 장서루를 소유하고, 『사고전서』 편찬을 위해 자신이 소장한 희귀본 626종을 '사고전서관'에 기증한 바 있다. 포정박은 당시 유명한 장서가로 항주에서 『지부족재총서』를 간행하는 한편 출판문화에 남다른 안목을 가졌다. 더욱이 포정박이 추진하던 서적의 정리와 간행 사업은 그의 사후에도 이어져 모두 30집을 간행하기도 한다. 포정박의 개인 출판은 이후 학풍 쇄신과 고증학의 발달에 큰 역할을 하기도 하였음은 널리 알려진 바다. 완원 역시 마찬가지다. 그는 스스로 고증학의 후원자로 자임하면서 문헌 수집에 남다른 안목과 관심을 보였다. 그 역시 개인 장서루를 설치하는 한편, 학해당(學海堂)을 통해 『황청경해(皇淸經解)』 편찬을 주도하여 고증학 발전에 기여하기도 했다.[39]

그런데 청조의 이러한 출판의 활황은 강희제나 건륭제와 같은 황실의

39 완원은 학해당을 통해 『황청경해』 편찬을 주도하였고, 많은 고증학자들이 이 편찬에 참여하였다. 이 저서는 17·18세기 학자들이 저술한 서로 다른 180여 편의 저작으로 구성된 총서로, 모두 360책 1400여 권에 달하였다. 이는 19세기 초에 이룩한 고증학의 주요한 성과였다.

정책적 배려와 지원이 없었다면 불가능했을 터다. 청조는 무영전에 황실 장서를 적극적으로 수집하고, 출판 사업에도 재정 지원을 아끼지 않았다. 강희제의 지원으로 출판된 책만 하더라도 여러 분야에 걸쳐 15,000권을 넘을 정도니 당시 청조의 국가적 편찬 사업의 규모를 알 만하다.

특히 강희제는 한족 지식인을 관찬 사업에 끌어들여 정치적 안정을 도모하는 한편, 스스로 한족 문화를 부흥시킨 문화 군주로 자임하고자 했다. 『사고전서』도 이러한 배경에서 나왔다. 강희제 당대에 출판된 문헌은 그 양과 질에서 전대에 없는 학술적 성취를 보여주는 것은 그의 이러한 국정 운영과 깊은 관련을 지니기 때문이다.

청조의 국가적 편찬 사업을 두고 홍한주는 "그러나 중국 황제의 이러한 일은 대개 중국 인사들을 재갈을 물려 통제하여, 그들을 한미한 처지에서 팔뚝을 불끈 휘두르지 못하고 붓과 벼루에서 늙어죽도록 하려는 계책이다〔然, 聖祖此擧, 盖箝制中州人士, 使不得扼腕於白屋, 而老死筆硯之計〕"[40]라 한 주목한 것은 남다른 역사 인식에서 나온 발언이다. 홍한주는 청조 초기의 학술과 국가 주도의 편찬 사업의 목적과 방향을 정확히 꿰뚫고 있었을 뿐만 아니라, 국내외 문헌의 출판·유통 상황에 남다른 안목과 조예를 지녔기에 이렇게 서술할 수 있었다.

홍한주의 비판에도 불구하고 당시 『사고전서』 편찬은 상당한 낙수효과를 가져오게 된다. 편찬 기간에 각 지역의 유수한 학자들은 도서 수집에 열을 올려 장서를 수집하고 장서루를 건립하는 등 서적과 출판문화의 부흥에 일조하였다. 이러한 분위기 하에 수많은 장서가도 출현하게 된다. 이러한 현상은 조선조 내부로 이어지기도 한다. 정기적인 연행을 통한 중국 서적의 대량 유입과 유통, 안경의 보급과 서적의 필사는 장서루와 장서가의 출현을 북돋았기 때문이다.

40 앞의 책, 『지수염필』 권1, 「纂輯」 참조.

청조의 강희제와 마찬가지로 정조 역시 서적 편찬 사업은 서울과 일부 지역 학자의 도서 수집의 계기를 주었고, 그 결과 경화세족과 지방의 유력한 사대부가의 장서루도 출현하게 된다. 앞서 언급한 장서가의 서술도 이러한 시대적 분위기의 반영임은 물론이다.

여기서 출판과 학술의 흐름을 파악하는 홍한주의 인식은 일국적 시각을 넘어서고 있다. 청조와 조선조를 같은 선상에 두고 비평한 데서 알 수 있다. 특히 명·청의 출판문화의 융성과 당대 자국의 상황을 견주어 비평한 데서 두드러진다. 홍한주는 글의 말미에서 "중국의 학문이 성대하기가 대개 이러하다. 우리나라 사람으로서 학문에 넓고 재물에 넉넉한 자가 몇이나 있을까? 아마 중국에 비하면 백에 하나 정도도 못될 것이다"[41]라 거론하고 있다. 청조와 달리 조선조는 편찬 사업을 추진할 재정이 부족하다는 것과 이를 감당할 학자가 부족하다는 것을 말하고 있다. 이같은 발언은 자국의 출판문화의 수준을 비판한 언급이라기보다는 당대 조선조 출판 문화의 현실을 객관적 시선으로 제시한 것으로 보인다.

어쨌거나 홍한주의 청조 학술과 출판문화의 인식은 경화세족을 배경으로 나온 것이다. 구체적으로 다양한 문헌의 독서와 지식, 그리고 가문의 연행 경험 등을 통해 획득한 것이다. 예컨대 그는 경화세족인 가문의 일원이었기에 쉽게 열람할 수 없던 『고금도서집성』을 열람할 수 있었다. 이는 당시 부마였던 재종형 홍현주가 있어 가능했다. 금서로 쉽게 구할 수 없던 이지의 『장서』와 『분서』, 여기에 왕양명 저술과 『수호지』와 포송령의 『요재지이』 등과 같은 소설류 등의 독서도 경화세족이 아니었다면 불가능했음은 물론이다.

이러한 가문을 배경으로 홍한주는 청조에 간행된 수많은 총서와 거질

41 같은 책, 같은 글, "中國文學之盛, 類如是. 我東人之博於學侈於財者有幾, 殆不能十一於千百也."

의 관찬 문헌도 구해 읽고, 명·청 문인들의 문집과 동시기 학자 위원(魏源, 1794~1856)의 『경세문편』과 같은 청조 학자의 최신 저술도 읽었던 것이다.[42] 요컨대 홍한주는 가문과 자신과 교류한 주변 인사의 장서를 활용하여 최신 학술 동향과 서적 정보를 파악하게 되고, 다양한 국내외 서적을 통해 시대의 흐름을 인식하는 것은 물론 남다른 식견도 획득했다. 홍한주가 중국·일본와 함께 서구의 관련 지식·정보를 넘나들며 비평하고, 일국 밖의 소식을 어느 정도 파악한 것도 이러한 가문의 배경의 결과였다.

이뿐만 아니라 홍한주는 자국의 출판 문화 동향과 서적 관련 지식·정보도 소상하게 파악하게 된다.

> 우리나라에서 편찬한 서적 가운데 신심(身心)·성명(性命)에 유익한 것으로는 오직 율곡의 『성학집요』, 허준의 『동의보감』의 두 종류이니, 이는 근고(近古)에 이미 굳어진 의론이다. 그밖에는 도무지 볼만한 신기한 것이 없으나, 또 반드시 전해질 서적으로서 공사(公私)에 도움이 되며 참고하고 근거로 삼을만한 것으로 하나는 반계 유형원의 『수록』이요, 하나는 후암 이만운의 『문헌비고』이다. 반계의 『수록』은 우리나라의 경세서로서, 그 역량과 경륜은 비록 천백 년 뒤에라도 언젠가는 실행될 날이 있을 것이다. 『문헌비고』는 우리나라 사람이라면 전고를 상고하고 열람하는 데 편리하므로, 하루라도 없어서는 안 될 것이다.[43]

42 『지수염필』 권1의 「고금도서집성(古今圖書集成)」 항목을 보면, 재종형이자 부마였던 홍현주를 통해 당시 누구도 접근하기 힘들었던 『고금도서집성』을 열람하는 저간의 과정이 자세히 나오며, 소설류나 명·청 문인들의 문집과 소설류를 독서한 내용도 아울러 나온다.

43 홍한주, 『지수염필』 권1, 「我國經世之書」, "我國人所編之書, 其有益於身心性命者, 惟栗谷之 『聖學輯要』, 許浚之 『東醫寶鑑』二種, 此近古已言之論也. 其外都無新奇可觀, 而又有必傳而有資於公私, 可以考據者, 一則柳磻溪馨源 『隨錄』也, 一則李厚菴萬運 『文獻備考』也. 磻溪 『隨錄』, 我國經世之書, 其力量經綸, 雖後千百年, 終當有可行之日,

그는 유익하고 공사에 도움이 되는 저술로 이이의 『성학집요』, 허준의 『동의보감』과 유형원의 『반계수록』, 이만운의 『문헌비고』 등을 꼽고 여기에 학술적 의미를 부여하고 있다. 물론 제시한 저술의 성격은 각기 다르다. 이를테면 홍한주는 신심·성명의 방향의 성격을 지닌 것과 경세와 전고, 열람의 편리성 측면에서 실용적이어서 공사에 유익한 서적을 구분해 주목하고 있다. 제시한 3인의 저술은 철학적 문제, 몸의 건강, 경세, 그리고 학술의 도구적 역할을 하기 때문에 당국자는 물론 학자들에게도 유익한 내용을 담고 있다는 것이 홍한주의 생각이다.

이어서 그는 당대 출판문화의 동향도 정확하게 포착한다. 그는 영남 문집을 예로 들면서, 이 지역에 문집이 많아진 원인과 문집의 출간, 그리고 그와 관련한 이러저러한 저간의 사정을 소상하게 소개하고 있다.[44] 하지만 여기서 홍한주는 영남 문인의 무분별한 문집 간행을 비판적 시선으로 바라본다.

그는 "그 계획이 사대부의 명칭을 잃지 않으려는 데서 나왔으니, 가세가 한미하고 이미 조정에 벼슬할 수 없게 되어 진실로 문족을 보존하고 향리를 호령하며 편호와 구별되는 것마저 어려울 것이라 스스로 생각했기 때문이다〔其計出於不欲失士大夫之名稱, 自以家勢寒畯, 旣不得朝廷之科宦, 則實難保有門族, 號令鄕里, 區別於編戶故也〕"라 하여 문집의 출판 동기를 정확하게 간파하고 있다. 이는 홍한주가 영남의 지방관으로 재직한 경험에서 나온

『備考』則爲我國人者, 便於考閱典故, 不可一日無也."

44 같은 책, 권6, 「嶺南文集」, "近世嶺南人士, 動輒私設祠廟, 而鋟印文集, 是皆鄕先輩也, 非盡擧世知名之名流也. 其計出於不欲失士大夫之名稱, 而自以家勢寒畯, 旣不得朝廷之科宦, 則實難保有門族, 號令鄕里, 區別於編戶故也. 於是就其祖先中, 稍稱謹愿, 粗辨亥豕者, 掇拾平日詩句若書牘, 付之剞劂, 名曰 '某先生遺稿.' 仍又相與倡聚同邑及隣境多士, 謂以杖屨藏修之地, 鳩財搆屋, 募匠徒, 役民人, 皆一麾使令, 不日成造, 易如反掌. 轉相倣效, 遂稱某姓世德祠, 殆無邑無之, 瓦甍翼然, 磊落相望. 此皆朝家之所不聞, 世儒之所不知, 而嶺南爲甚, 遂成一大弊."

발언이기도 하지만, 국내의 문집 간행 상황 관련 지식·정보와 식견이 없다면 나올 수 없는 식견이다.

여기에 그치지 않고 홍한주는 국내 학자의 필기 저술과 총집류 간행에도 남다른 관심을 보여준다. 이는 필기류와 총집류 저술을 읽고 자신의 의견을 개진한 것에서 잘 드러난다.

> 풍석(楓石)은 만년에 『임원십육지』를 편찬하였는데, 대개 근세에 유행한 『산림경제』를 따라 만든 것이다. 하지만 더욱 많은 자료를 모아 지극히 많이 갖추어 풍부하니, 산거 경제의 서적이 될 만하다. 또한 일찍이 그는 우리나라 사람들의 필록(筆錄)과 만기(漫記) 수백 종을 모아 편집하여 『소화총서(小華叢書)』[45]라 이름 붙였는데, 항해(沆瀣)의 『숙수념(孰遂念)』 같은 책이 모두 그 속에 들어 있었다. 그러나 미처 베껴 써서 책으로 완성되지 못하였고, 풍석 또한 세상을 떠났으니 한탄할 일이다.[46]

서유구의 만년 저술인 『임원십육지(임원경제지)』의 편찬 과정과 그 성격을 언급하고 있다. 홍한주는 『임원경제지』가 홍만선(洪萬選, 1643~1715)의 『산림경제』를 전범으로 하였으나, 규모 면에서 이를 넘어서는 방대한 저술임을 제시하는 한편, 이와 함께 서유구가 거질의 『소화총서』의 편찬을 추진했으나 일부 자료의 수집에 그치고 끝내 완성하지 못하고 아쉬워한 사실도 함께 언급하고 있다. 이 역시 당대 학자의 저술 활동의 구체적인 정황을 파악하지 못하면 나올 수 없는 발언이다.

45 『소화총서』의 편찬 과정에 그 실상에 관해서는 김영진, 「조선 후기 실학파의 총서 편찬과 그 의미」, 『한국한문학 연구의 새 지평』, 소명출판, 2005, 965~979면.

46 앞의 책, 卷1, 「林園十六誌」 “楓石晩年, 編成 『林園十六誌』, 盖依近世所行 『山林經濟』, 爲之而益加裒輯, 捃摭極該贍, 可爲山居經濟之書. 又嘗編取我東人筆錄漫記數百種, 名曰 『小華叢書』, 如沆瀣公 『孰遂念』, 皆入其中, 而未及繕寫成書, 楓石亦捐館, 可歎也.”

여기에 그치지 않고, 홍한주는 '풍수서' 관련 정보의 견문과 비평,[47] 소설류 정보의 소개와 비평 등,[48] 다양한 서적의 유통 상황과 상세한 정보를 제시하여, 자신의 광범위한 독서력을 보여주기도 한다.[49] 이처럼 홍한주는 『지수염필』에서 다양한 서적의 탄생 과정과 사회적 의미, 나아가 출판문화와 관련한 지식·정보와 구체적인 정황 파악과 인식 그리고 그와 관련한 자신의 견해를 두루 제시하고 있다.

위에서 홍한주가 동아시아 출판 상황과 장서, 장서가를 두루 거론한 배경에 경화세족의 가문이 배경에 있었음은 앞서 지적한 바 있다. 여기서 홍한주 가문의 인물을 잠시 거론할 필요가 있다. 그의 재종형 홍석주와 홍길주 역시 새로운 서적 구입과 함께 다독을 실천한 인물이다. 모두 다양한 서적 소장과 독서를 무엇보다 소중하게 생각한 바 있다. 홍길주가 『숙수념』에서 가장 중요하게 다룬 것 중의 하나가 서적과 장서루다. 그는 『숙수념』 4관에서 7관까지 모두 서적 관련 내용을 싣고 있다. 홍석주 역시 자신의 독서목록을 제시할 정도로 서적을 중시한 바 있다.[50] 우리는 풍산홍문(豊山洪門)의 이러한 경향을 통해 19세기 경화세족의 학술

47 앞의 책, 卷7, 「風水書」 참조.

48 『수호지』와 『홍길동전』에 대한 소개와 이를 자신의 시각으로 평하는 것 등이 그 예다.

49 하나의 예로 『고금도서집성』이 간행되어 일본으로 흘러가는 사정도 제시하였다. "내가 듣건대 병신년(1776)에 『고금도서집성』을 사올 때 연경의 서점 사람들이 비웃으며 우리나라 사람들에게 말하기를, "이 책이 간행된 지는 거의 50년이 지났는데, 귀국은 문(文)을 숭상한다면서 이제야 사 가는지요? 일본은 장기도(長碕島)에서 1부, 강호(江戶)에서 2부 등 이미 3부를 구해갔습니다" 하니, 우리나라 사람들은 부끄러워 대답을 못했다고 한다."(앞의 책, 卷1, 「古今圖書集成」, "余聞丙申購來時, 燕市人, 笑謂我人曰, "此書刊行, 殆過五十年而貴國, 號稱右文, 今始求買耶? 日本則長碕島一部, 江戶二部, 已求三件去矣." 我人羞媿, 不能答云.")

50 홍석주가의 장서와 독서에 대해서는 진재교, 「홍석주가의 독서 체험과 문예비평」, 『한국문학연구』 4집, 고려대학교 한국문학연구소, 2003, 235~288면. 그런데 이러한 독서 취향은 견식의 추구와 관련이 깊다. 이조 후기 산문에서의 견식의 추구에 대해서는 김철범, 「이조 후기 산문론에서 '견식(見識)'의 문제」, 『한국한보』 제9집 우리한문회, 2003), 248~268면.

취향과 문화적 동향의 일단을 엿볼 수 있지만, 구체적으로 홍한주의 서적과 출판문화 역시 그의 가문 배경과 연결된다는 점을 지적하고자 한다.

(2) 동아시아 학예장의 인물 제시와 비평

『지수염필』이 보여주는 내용상의 특징은 중국과 일본 등의 학예계의 인물과 그들 학예의 비평이 많다는 점이다. 『지수염필』에서 가장 많은 항목을 차지하는 것이 학예와 이와 관련한 인물평이다. 중국 인물의 경우, 각 시대와 학파를 넘나들고 있다. 이를테면 주희(朱熹, 1130~1200)와 방효유(方孝孺, 1357~1402) 등 주자학과 관련된 인물을 비롯하여, 전겸익·왕사정·황종희(黃宗羲, 1610~1695) 등의 명말청초 학자, 고염무·모기령·기윤과 옹방강, 위원 등 18·19세기 연경의 학예장을 주도하였던 인물까지 두루 아우르고 있다.

홍한주는 명·청의 학자들을 우선 주목하였다. 먼저 양용수(楊用修)의 평을 보자.

> 명나라의 양용수는 널리 두루 통하기가 탁월하였는데 전북(滇僰)에 유배되어 수자리 산 30년 동안 달리 마음을 쓰는 일이 없었고 날마다 저술을 일삼아 저술한 바가 400여 종이나 되었다. 그러나 외지고 거친 변경이라 서적이 없어서 고증한 바가 어긋나고 틀리는 것이 많다. 그러므로 왕세정은 "양용수는 경전을 증명하는 데는 공교롭지만, 경전을 풀이하는 데는 거칠며 패사(稗史)에는 상세하지만 정사(正史)에는 소홀하니, 우주 밖의 것을 구하면서 눈앞의 것은 놓쳤다"고 하였다. 또한 결점을 지적한 것은 많으나 그의 소소한 찌꺼기만을 주워 모은데 지나지 않는다. 또, 지금 그가 저술한바 여러 서적 가운데 『함해총서(函海叢書)』[51]

51 『함해총서』는 청나라 이조원(李調元)이 편집한 것으로 모두 40함(函)이다. 한에서 명

등의 책에 많이 흩어져 실려 있는 것은 모두 유배지에서 서적이 없이 기억하고 외워서 이룬 것이니, 훌륭하지 아니한가. 내가 일찍이 본 바로는 『승암본집(升菴本集)』[52]에 『단연총집(丹鉛摠集)』[53]을 아울러 합쳐서 28책이나 되었다.[54]

양용수(楊用修, 1488~1559)의 본명은 양신(楊愼)으로 자가 용수며 호는 승암(升庵)이다. 홍한주는 『승암본집』과 『단연총집』의 독서를 바탕으로 기술하고 있는데, 양용수의 대략적인 삶과 학술적 업적을 객관적으로 제시했다. 이어서 잠시 왕세정의 글을 인용한 뒤, 양용수의 학술을 평하고 여기에 자신의 의견을 덧붙이는 방식을 취하고 있다. 이는 전형적인 차기체 필기 방식의 글쓰기다. 위에서 홍한주는 왕세정이 양용수를 비판한 것을 재비판하고, 왕세정의 평과 달리 자료의 부족과 오랜 기간 유배 생활에도 불구하고 많은 업적을 낸 양용수의 삶과 학술적 성취를 적극 옹호하고 이를 인정하고 있다.

양용수가 누구인가? 그는 일찍이 이동양(李東陽, 1447~1516)의 문하에서 수학했다. 무종(武宗) 사후 왕위 계승을 둘러싼 정쟁에서 부친이 패퇴하자, 운남(雲南) 영창(永昌)으로 쫓겨 가 그곳에서 30여 년간 노역에 종사하

대에 이르기까지 드물게 전하는 책들 중에서 백여 종을 선집하였고 아울러 자기가 저술한 10여 종을 합쳤다. 양신의 『승암경설』·『세설구주』·『산해경보주』 등이 실려 있다.

52 『승암본집』은 81권이다. 부(賦)와 잡문 11권, 시 29권, 경설(經說)·시화(詩話)·필기 잡저 41권으로 되어 있다.

53 『단연총집』은 69권이다. 여러 책의 異同에 대해 고증한 내용이 주를 이루고 있다.

54 홍한주, 『지수염필』 권1, 「著書」, "明之楊用修, 淹博絶倫, 而謫戍滇僰三十年, 無所用心, 日事著述, 所著至四百餘種之多, 然, 窮荒無書, 所攷證, 間多舛繆. 故, 王元美謂, "用修工於證經, 而疎於解經, 詳於稗史, 而忽於正史, 求之宇宙之外, 而失之眉目之前", 亦多摘疵, 然, 不過捃拾其畸零耳. 且今其所著諸書, 多散載『函海叢書』等編者, 皆在謫中無書, 記誦而成者也, 不亦壯乎? 余嘗見『升菴本集』, 並『丹鉛摠集』合付, 至二十八冊之多矣."

기도 했다. 장기간의 유배 기간에 오로지 독서와 수많은 저술을 남긴 바 있는데, 무엇보다 음운학에 밝아 고대의 음운을 분류하고 선진시대의 발음을 복원하는 데 힘써 일정한 성과를 내기도 했다. 무엇보다 양용수는 한학(漢學)과 고증학의 조류를 여는 데 크게 기여한 바 있다.

홍한주는 그가 남긴 저술을 두고 학술사적 의미까지 부여하지 않았으나, 위의 언급을 보면 그의 학술적 특징과 그 위상을 어느 정도 인지하고 있었던 것 같다. 특히 명대 중기의 학술적 성취를 자신만의 안목으로 평가한 것은 홍한주의 폭넓은 독서와 당대 학술의 지식·정보가 없다면 불가능하다.

다음 대목은 명·청 교체기의 학술과 인물을 두고 한 홍한주의 평이다.

> 서건학은 호가 건암(健菴)으로 고영인(顧寧人)(고염무를 말함, 필자 주)의 외조카이다. 강희(康熙) 때에 벼슬이 태학사(太學士)이며, 시문을 지은 것으로 『담원집(憺園集)』이 있다. 그의 처신과 관직에 관하여는 일컬을 만한 것이 무엇이 있는지 알지 못하겠다. 그러나 일찍이 그가 편찬한 『독례통고(讀禮通考)』를 보니, 나라의 예를 논하는 곳에서 "명나라 때에는 임금과 신하가 무식함이 이와 같았다."라고 했다. 또한 일찍이 상소하여 조선이 이미 내복(內服)[55]이 되었으니 마땅히 동일하게 변발을 해야 한다고 청했는데, 성조(聖祖)가 "마땅히 옛 풍습을 따라야 한다"고 하여 허락하지 않았다. 그러나 만약 그의 말과 같이 되었다면 우리나라는 아마도 변발을 면하지 못했을 것이다. 아! 건학이 비록 명나라 조정에서 벼슬하지 않았으나 그 몸은 대대로 벼슬을 해온 집안의 후예요, 대명(大明) 벼슬아치의 후손이다. 그러나 도무지 아버지와 할아버지를 생각하지 않고 차마 천자에게 올리는 글에 이런 말을 발설했단

55 내복은 본래 왕기(王畿) 이내의 땅을 말하는데, 여기서는 조선이 청나라의 속국이 되었음을 두고 일컬은 것이다.

말인가? 바야흐로 지금 한 가닥의 양기(陽氣)가 겨우 우리나라에 남아 있는 것을 기뻐하지 않을 뿐만이 아니라 도리어 끌어당겨 함께 빠지고자 하니 어쩌면 그리도 어질지 못하단 말인가? 일찍이 고염무와 같은 어진 사람에게 이런 조카가 있을 줄 생각이나 했으랴. …… 대개 건학은 우리나라 사람들에 대하여 좋지 않게 여기는 것이 많다. 그러므로 변발을 청한 것은 반드시 이런 일들에서 말미암지 않은 것이 없다. 예전에 듣건대 일본인 우삼동(雨森東)[56]은 문장으로 이름을 날렸는데 그 나라 사람들이 '일본의 소동파'라고 불렀다. 일찍이 관백(關白)에게 글을 올려 나라의 제도를 고쳐 조선의 의관 제도를 모두 따르자고 청하였는데, 관백이 크게 성을 내고 나라의 옛 법을 어지럽힌다고 하여 삼동을 죽였다고 한다. 그 일이 서건학과는 상반된다. 아! 저 건학은 중국 사람으로 도리어 섬나라 오랑캐만도 못하구나![57]

홍한주는 의리(義理)의 관점에서 서건학의 학술과 삶을 논하고 있다. 홍한주가 비판한 서건학과 그의 동생 서원문은 청나라 초기 강희제 통치 기간(1661~1722) 동안 국가적인 학술사업에 적극 참여하는 한편, 한족 학

---

56 우삼동의 초명은 준량(俊良), 자는 백양(伯陽), 호는 방주(芳洲)·귤창(橘窓)·상경당(尙絅堂)이다. 기노시타 준안〔木下順庵〕을 사사(師事)하였고, 관직은 대마번유(對馬藩儒)를 역임했다. 정주학을 종주(宗主)로 한 대유학자로, 조선어·중국에 능통하여 조선 사신의 접대를 전담했다. 저서에 『귤창다화(橘窓茶話)』, 『계빙사록(雞聘事錄)』, 『조선약설(朝鮮略說)』 등이 있다.

57 홍한주, 『지수염필』 권6, 「徐乾學」, "徐乾學, 號健菴, 顧寧人之甥也. 康熙時, 官太學士, 所著詩文, 有憺園集. 其行己居官, 未知有何可稱, 而嘗見其所編讀禮通考, 論邦禮處, 有曰, "明世君臣, 無識如此." 又嘗上疏, 請朝鮮旣爲內服, 當一體薙髮. 聖祖謂, "當依舊俗." 不許. 若如其言, 我國幾乎不免矣. 噫! 乾學雖未及受官於明朝, 其身則世祿之裔, 卽一大明衣冠之遺種也. 都不念乃父乃祖, 忍發此說於章奏乎? 方今一線陽氣, 僅在一隅我東, 而不惟不喜, 反欲援而胥溺, 何其不仁也? 曾謂亭林之賢, 而有此甥乎? …… 중략…… 大抵乾學於我國人, 多有不好. 故薙髮之請, 未必不繇於此等事矣. 昔聞日本人雨森東, 以能文著名, 其國號稱日本之東坡. 而嘗上書關白, 請改國制, 悉從朝鮮衣冠. 關白大怒, 以爲變亂祖宗舊法, 誅森東云. 其事與乾學相反也. 噫! 彼乾學以中州之人, 反不如島夷也."

자들의 학술적 후원자로 자임한 인물이다. 서건학은 1684년에서 1690년까지 『명사(明史)』 편찬관의 총재가 되고, 서원문(徐元文) 역시 1679년에서 1684년까지 『명사』 편찬에 참여한 바 있다. 이러한 학술 활동은 고염무가 청나라 학술사업에 참여하지 않고 명나라에 절의를 지킨 것과 사뭇 다른 태도다. 사실 학예적 시선으로만 보면, 서건학이 공식적으로 학자들을 후원한 사실, 수년간 『명사』 편찬의 총재로 임무를 수행함으로써 학계에 적지 않은 영향력을 끼친 일, 그가 이룩한 학술 성취 등은 의미가 없지 않다.

하지만 의리의 관점에서 보면 그 평가는 사뭇 달라진다. 홍한주는 조선인에게 변발을 강요한 서건학의 행위를 비판하는데 그치지 않고, 청조에 나아가지 않고 평생 학술에 전념하여 고증학을 개척한 고염무의 삶에 대비해 서건학의 출처(出處)와 학술적 성취를 폄하하고 있다.[58] 더욱이 일본의 유학자 우삼동이 조선의 제도를 주창하다 죽임을 당한 사실과 서건학을 비교하는 대목에 이르면, 홍한주가 서건학을 어떻게 인식했던가를 선명하게 엿볼 수 있다.

이 글에서 홍한주가 서건학과 고염무의 삶, 말미에 우삼동의 행위를 차기한 다음 마지막에서 "噫! 彼乾學以中州之人, 反不如島夷也"라 하여 우삼동과 서건학의 삶을 포폄하는 방식으로 자신의 의견을 덧붙이고 있거니와, 이 역시 차기체 필기 방식의 서술이다.

사실 홍한주가 서건학의 삶의 태도를 비판했음에도 불구하고, 객관적으로 보면 그의 학술적 위상을 부정적으로만 볼 수 없는 측면은 있다.

58 예컨대, 『지수염필』 권1의 「실학(實學)」에서 홍한주는 이광지의 글을 인용하여 고염무의 삶의 자세와 학술적 성취를 적극 추숭하였고, 권5의 '송재(誦才)'에서는 고염무의 암송하는 재능을 특기하였다. 이 외에도 홍한주는 『지수염필』 여러 곳에서 고염무의 학술적 성취와 그의 삶을 자세를 매우 추숭하였다. 그런데 홍한주뿐만 아니라, 19세기 서울의 학계는 고염무의 저술을 열독하고 그의 삶의 자세를 고평해 마지않았다.

홍한주 스스로 십여만 권의 문헌을 소장한 서건학의 '전시루(傳是樓)'를 장서루로 주목한 바 있듯이,[59] 서건학은 청조 초기 한족 문화와 한족 지식인의 후원자로 한족의 학술적 성과를 제고한 인물이다. 서건학이 문헌학의 발전과 한족 문화를 잇고 그것을 발전시키려 한 소명 의식과 문헌의 간행을 통한 새로운 지식·정보의 유통을 촉진한 점은 학술사적 의미가 있다. 홍한주가 『지수염필』 앞부분에서 서건학의 장서루인 '전시루'를 거론한 것은 이를 고려한 것으로도 보인다. 그런 점에서 홍한주는 서건학의 학술적 성취와 삶에서의 출처 문제를 구분해서 비평한 것으로도 볼 수도 있겠다.

홍한주는 여기에 그치지 않고 청조 초기 학예의 다양한 인물을 거론하며, 그들의 저술과 문예를 비평하기도 한다.[60] 나름의 안목과 식견으로 청조 학인들의 학술과 문예적 성과를 통시적으로 비평하고 있는 점은 특기할 만하다. 거론한 인물 중에는 연경학예(燕京學藝)계의 알려진 인물은 물론 그렇지 않은 사례도 있다. 여기서 홍한주의 독서 체험의 폭과 청조 문예에 대한 정보량이 어떠했던가를 재차 확인할 수 있다.

홍한주의 독서 체험과 안목은 자신이 경화세족의 후예라는 배경과 박학을 지향한 그의 가학(家學)과도 관련이 있다. 예컨대 홍한주가 왕양명의 재능을 인정하는 한편, 이탁오(李卓吾)의 『장서(藏書)』와 『분서(焚書)』를

59 앞의 책, 권1, 「藏書家」 참조.

60 같은 책, 권4, 「淸初人文」, "世稱明熹宗天啓間, 五星聚奎, 故淸初人文甚多, 如湯潛菴賓·陸三魚隴其·李榕村光地·朱竹坨彛尊·王阮亭士禎·陳檢討維崧·施愚山閏章·徐健菴乾學·方望溪苞·毛檢討奇齡·侯壯悔方域·宋荔裳琬·兼濟堂魏裔介·熊澴川賜履·宋商丘犖·吳蓮洋雯·魏勺庭禧·葉方藹子吉·汪鈍翁琬·汪舟次楫·邵靑門長蘅·趙秋谷執信諸人, 皆以詩文名天下, 其中亦有宏儒鉅工, 彬彬然盛矣, 而是天啓以後, 明季人物之及於興旺之初者也. 如錢牧齋·顧亭林·吳梅村, 生於天啓以前, 故不錄. 然余每見諸人文辭, 無一人有忍痛含寃之意, 有若初不知逆順者然, 雖使能文章談義理, 終不能釋然也. 惟顧寧人·魏永叔, 卓然自立, 不啻若鸞鳳之運於寥廓者, 二人而已, 錢受之·吳駿公輩, 能不泚顙乎?"

비판하며 중국 학예계를 아울러 비평하는 것도 다독을 토대로 한 박학과 가학을 배경으로 한 안목이다.[61] 일국적 시각을 넘어 인물 비평을 하는 것도 같은 맥락으로 이해할 수 있다.

특히 홍한주는 다산(茶山)과 추사(秋史)를 가장 존경한 바 있다. "근세의 우리나라 문인 가운데 열수(洌水) 정약용과 추사 김정희 등이 가장 박학하다고 일컬을 만하고 그 밖에는 또한 사람이 많지 않다"[62]라 하여 홍석주가 학자로 고평한 정약용과 김정희를 호출하여 두 사람의 학술을 평하였다. 정약용의 경우, 청조의 대표적 고증학자 기윤과 완원 못지않다고 존숭한바,[63] 당색을 뛰어넘어 객관적으로 평가한 비평안(批評眼)이자 자국 학술의 자부심을 보여준다. 여기에 그치지 않고『사고전서』편찬을 주관하여 연경학예계의 학술을 주도하였던 기윤과 고증학을 발전시킨 완원의 학술적 성취를 다산의 그것과 대비하여 평가하기까지 한다.

동아시아의 시선에서 국내외 인물을 평한 것인데, 이는 청조 학술과 다산의 업적을 대비하여 평할 만큼의 학술적 안목과 관련 지식·정보가 없으면 불가능한 일이다. 이 외에도 홍한주는 중국에 들어온 선교사인 이마두(利瑪竇, Matteo Ricci), 탕약망(湯若望, Johann Adam Schall von Bell), 육약한(陸若漢, Rodoriquez)이나 쓰시마 번에서 외교 담당관으로 활약한 아메모

61 같은 책, 권3, 「李贄」, "然陽明, 實間世人, 其才學則不可廢也. 至於其門人王畿, 一傳而爲李贄, 猖狂自恣, 無復顧忌, 而贄之『藏書』『焚書』, 則其害尤滔天, 有甚於陸門之慈湖也."

62 같은 책, 권8, 「中國人博學」, "淵泉文簡公嘗言: "近世我國文人, 如丁洌水 · 金秋史輩, 最稱博學, 其外亦無多人."

63 같은 책, 권8, 「丁洌水若鏞」, "丁洌水若鏞, 午人也. 英宗壬午生, 正廟時文科, 歷翰林, 官至承旨, 年七十餘卒. 卒之日, 余見沆瀣公, 公歎曰: "洌水死, 數萬卷書庫頹矣." 盖洌水才學絶人, 經史百子外, 天文地理, 醫藥禳方之書, 靡不淹該. 十三經皆有發明, 凡所著, 其書滿家, 如欽欽新書·牧民心書, 又皆爲按獄治民者, 有用之文字也. 此比之秋史高才實學, 不啻過之. 不但我國近世一人, 雖置之中國, 當在紀曉嵐·阮雲臺脚下, 有餘矣."

노리 호슈〔雨森芳洲, 1668~1755〕와 같은 이국의 인물을 평한 것도 일국 너머의 시선과 학술적 안목이 있어 가능했다.[64]

여기서 주목할 점은 전근대 중국과 한국의 여성 작가를 두루 소개하고 이들의 문학적 재능을 인정한 사실이다. 홍한주는 여성 가운데서도 출중한 능력을 지닌 인물을 평하면서 “어찌 유독 여자에게만 오로지 옛 법도를 요구하여 다만 그들에게 오직 술과 음식만을 의론하라 할 수가 있겠는가?”라고 반문한 뒤, 그 사례로 전근대 중국과 자국에서 문학적 재능을 발휘한 여성 작가를 제시하고 있다. 예컨대 『시경』「국풍」의 여성 작가, 반고(班固)의 누이 반소(班昭) 등을 적시한 것이 그것이다. 자국의 경우, 미암(眉菴) 유희춘(柳希春)의 처 송덕봉(宋德峯), 이옥봉(李玉峯)·허난설헌(許蘭雪軒), 그리고 시와 산수, 역학 등에 뛰어난 영수각(令壽閣) 등을 두루 거론하고 있다.[65]

이들 여성의 재능과 작품을 적극적으로 평가하고 그 역사적 의미를

64 홍한주가 자국 인물로 정도전을 비롯하여 당대의 추사 김정희까지, 그리고 족친과 교유한 인물은 물론 심지어 국왕 정조와 순조, 나아가 자신과 동시대의 19세기 인물과 여성 작가에 이르기까지 매우 다양하게 평하고 있다. 이 또한 같은 맥락에서 이해할 수 있다.

65 앞의 책, 권3, 「令壽閣徐氏」, “然, 其中往往有聰明出羣之才, 其所著作, 亦多傳後, 古聖王教人之法, 至秦漢, 幾盡廢棄, 則何獨於女子, 而專責古法, 但令惟酒食是議乎? 且國風諸詩, 多婦人所作, 葛覃卷耳之詠, 亦文也, 無論男女, 有人則有文, 亦易致之事 至於不循女, 則專攻文辭, 則流於駘蕩, 故遂爲閨閤中所諱. 然班昭是班固女弟, 而固歿後, 昭竟續成『漢書』, 而初出, 人多不能讀, 大儒馬融, 往伏閤外, 受而讀之, 其外一文一詩, 見於傳記者, 又不可勝數矣. 我國則世宗製訓民正音, 以教東俗, 盖爲東人不辨音韻, 故欲正之耳, 非爲女子書牘之資而設也. 然而其書易曉, 凡言語事情, 無所不形道, 故雖庸才闇識之賤女, 擧皆效習, 遍于國中者, 今四百年, 而遂爲一種婦女之文字, 誠可笑也. 然又或有穎異絶人之才, 則不無能詩文通經史之婦人, 如柳眉菴希春之妻·李玉峯·許蘭雪之類, 歷歷可知也, 如使此等婦女, 勸課教誨, 隨才成就, 一如丈夫之專門, 則安知無谿·澤·農·息之輩, 出於閨閤也? 以余親見言之, 余仲從叔足睡公夫人, 近世卓然之才也. 嘗所著詩文, 已載『令壽閤稿』中, 亦附入於我洪氏『世稿』之末, 然夫人, 性端嚴, 雖對子姪, 未或以文詞談論, 諸胤發之, 則黽勉答之而已. 且淹通算數, 諳習曆學幾何開方之法, 皆瞭然, 故淵泉沆瀣, 傳授有自矣.”

부여한 것은 기왕의 사대부 지식인과 사뭇 다른 홍한주 특유의 시선과 안목이다. 특히 여성의 문학적 재능과 작가적 개성을 주목하여 평한 자체가 개명적 인식의 표출이기도 하다. 경·사·자·집은 말할 것도 없고 소설류까지 넘나든 그의 독서 체험이 여성 재능을 새롭게 발견하고, 이를 긍정적으로 바라볼 수 있게 만든 계기를 마련해준 것이 아닌가 한다.

이어지는 대목도 같은 맥락으로 읽을 수 있다.

> 한나라 제영(緹縈)[66]은 그 아버지 태창령(太倉令) 순우의(淳于意)를 위해 편지를 올려 원통함을 하소연하여, 적몰(籍沒)되어 관비로 들어가 아버지의 죄를 갚기를 요청하였으니, 그 편지가 『전한서』에 실려 있다. 또 채문희(蔡文姬) 채염(蔡琰)은 채옹(蔡邕)의 딸로서, 재주와 식견이 부인 가운데는 고금에 가장 뛰어나서, 「십팔박가곡(十八拍笳曲)」[67]만 남긴 것이 아니었다. 그래서 조조(曹操)는 천금으로 오랑캐로부터 속신(贖身)을 해내었다. 한나라의 반첩여(班婕妤)[68]와 진(晋)나라의 좌귀빈(左貴嬪),[69] 당나라의 상관소용(上官昭容)[70] 역시 모두 재주와 풍회(風懷)가 있었다. 또 당나라 장건봉(張建封)의 첩 관반반(關盼盼)과, 『회진기』(앵앵전: 필자 주)에 나오는 최앵앵(崔鶯鶯), 촉기(蜀妓)인 설도맹(薛濤孟), 촉의 화예부인(花蘂夫人)과 비씨(費氏)도 있다. 송나라 이안거사(易安居士) 이청조(李淸照)는 조명성(趙明誠)의 처다. 사(詞)의 품격이 송나라의 절창

66 제영은 한 문제(文帝) 때 효녀로 아버지 대신 형을 받기를 청하였는데, 문제가 그 뜻에 감동하여 육형(肉刑)의 법을 폐지하였다.

67 「십팔박가곡」은 악부(樂府)로 금곡(琴曲) 가사(歌辭)의 이름이다.

68 반첩여는 한나라 반황(班況)의 딸로 재능이 있고 시가(詩歌)를 잘하여 성제(成帝)의 궁중에 들어가 첩여가 되었다. 작품으로 부(賦)가 남아 있다.

69 좌귀빈은 좌분(左芬)이다. 진(晉) 임치(臨淄) 여성으로 자는 구빈(九嬪)·사매(思妹)로 어려서 학문을 좋아하고 문장을 잘하였다. 무제(武帝)가 귀빈으로 삼고, 그의 문사를 좋아하였다.

70 상관소용은 당나라 여성으로 상관의(上官儀)의 손녀다. 총명하고 문장을 잘하였는데, 14세에 무후(武后)의 조명(詔命)을 담당하였다. 위후(韋后)가 패한 뒤 참수를 당했다.

> 이었고, 또 서화 감상을 잘해서 한 시대에 이름이 있었다. 또 남송 때 전당(錢塘)의 기생 엄예주(嚴蘂珠) 역시 가곡(詞曲)을 잘했다. 또 진(陳)나라 후주(後主)의 빈(嬪) 가운데는 여학사(女學士)가 있어서 모두 시를 잘 지었다. 또 청나라 소창(小倉) 원매(袁枚)는 여자 제자가 매우 많았는데, 모두 노래와 시를 잘했다. 그 시는 『수원시화(隋園詩話)』에 보인다. 또 근세 연천(淵泉) 김이양(金履陽)의 첩은 성천(成川) 기생 부용(芙蓉)이었는데 스스로 추수(秋水)라 호를 하였고, 참판 김덕희(金德喜)의 첩 금앵(錦鶯)은 원주 기생이었는데 스스로 금원(錦園)이라 호를 하였다. 추수는 근체시에 일가를 이루었고, 금원은 원숙한 맛은 추수보다 못하지만 모두 기생에 적을 둔 사람 가운데 뛰어난 인재들이다. 뒷날 시를 뽑는 작업을 하는 사람이 있다면 반드시 여관(女冠)의 다음에 붙여야 할 것이다.[71]

인용문이 다소 길지만 다 인용하였다. 고대 중국으로부터 청조에 이르기까지 서적에 실린 여성 작가와 작품을 주목하고 그들의 문재(文才)를 특기하고 있다. 중국의 여성 작가로 이름난 인물들을 통시적으로 파악한 안목은 남다르다. 홍한주가 자국의 여성 작가로 주목한 추수와 금원의 경우, 자신이 직접 수창한 체험을 바탕으로 그들의 시재를 고평하고 있어 흥미롭다. 서술 과정에서 해당 인물의 문재와 작품 취향을 들추어낸다거

71 홍한주, 『지수염필』 권3, 「婦女詩人」, "漢緹縈, 爲其父太倉令淳于意, 上書訟寃, 願沒入爲婢, 以續父罪, 其書載『前漢書』. 又蔡文姬琰, 邕之女, 才思在婦人, 冠絶古今, 非但有「十八拍笳曲」. 故曺瞞, 至以千金, 贖出虜中. 漢之班婕妤·晉之左貴嬪·唐之上官昭容, 亦皆有才藻風懷, 又有唐之張建封妾關盼盼, 『會眞記』之崔鶯鶯, 蜀妓之薛濤孟, 蜀之花蘂夫人費氏. 宋之易安居士李淸照, 趙明誠之妻也, 詞品爲宋代絶唱, 亦能鑑賞書畵, 名於一世. 又南宋時, 錢塘妓嚴蘂珠, 亦善詞曲. 又陳後主宮嬪, 有女學士, 皆能賦詩. 又淸袁小倉枚, 有女弟子甚多, 皆善謌詩, 其詩見『隋園詩話』. 又近世淵泉金公履陽妾, 乃成川妓芙蓉也, 自號秋水, 金參判德喜妾錦鶯, 原川妓而自號錦園, 秋水則近體成家, 錦園則圓熟遜於秋水, 而皆妓籍中奇才也. 後如有操選筆者, 必當附入於女冠之末矣."

나, 신분과 성별과 무관하게 그들의 시적 재능을 높이 평가한 대목 역시 홍한주 특유의 비평적 안목임은 물론이다. 당시 자신과 함께 수창한 기녀의 시적 재능을 두고 단순한 유흥마당의 재주로 여기지 않고, 시재를 지닌 개성적 작가로 파악하고 그들의 시적 능력을 부각한 것은 주목할 만하다.[72]

(3) 이국문물과 동아시아 인식

『지수염필』은 이국 물명의 정보는 물론 시대조류를 포착한 내용을 적지 않게 담고 있다. 이러한 지식·정보의 원천은 기본적으로 서적에 기대고 있으나, 자신이 직접 체험하고 견문한 것도 상당하다. 분량은 비록 많지 않으나, 이는 『지수염필』의 특징을 거론하는 데 빼놓을 수 없는 부분이다.

담배의 전래와 그것과 관련한 다양한 지식·정보를 보기로 한다.[73]

> 담파고(痰破菰)[74]가 무슨 풀인지 모르겠으나 여송국(지금의 필리핀: 필자 주)에서 처음 나왔다. 선조 임진왜란 이후 일본 사람에게 얻어 종자를 가져다 심었는데, 지금은 천하에 성행하고 있다. 이 이야기는 『계곡만필』에 자세히 보인다.[75] 담배는 대개 차의 일종으로 실제로는 정해진

---

72 그런데 글의 서두에서 역사적으로 주목할 만한 여성 작가를 제시하고 말미에서 "뒷날 시를 뽑는 작업을 하는 사람이 있다면 반드시 여관(女冠)의 다음에다 붙여야 할 것이다〔後如有操選筆者, 必當附入於女冠之末矣〕"라 하여 자신의 견해를 덧붙이는 것도 차기 방식의 서술을 활용한 글쓰기다.

73 담배 관련 지식·정보는 이 책의 제3부 제1장 「차기와 차기체 필기의 탄생」에서 상세하게 논했다.

74 담파고는 담파고(淡巴菰), 담파고(淡巴苽), 담파고(淡巴姑), 담파고(淡巴菰), 담파고(淡芭菰), 담파고(淡婆姑), 담파고(談婆枯)라고도 하는데, 오늘날의 담배〔tobacco〕를 말한다.

75 張維, 『谿谷漫筆』 권1, 「南靈草吸煙」·「南草之用於世殆將如中國之茶」·「稱頌南草之虛實」·「世之攻南草者」 참조.

> 이름이 없다. 그러므로 우리나라에서는 관서와 해서 지방에서 생산되는 것은 서초(西草)라 일컫고, 삼남 지방에서 생산되는 것은 남초(南草)라 부르며, 혹은 언(蔫) 혹은 어(菸)라고 부르지만 모두 알맞은 글자는 아니다. 총괄하여 논하면 그 풀은 반드시 좋은 밭에다 심어야 하니 곡식에 해가 되고, 정해진 때 없이 피워대니 기(氣)에 해가 된다. 금·은·동·철을 녹여 대통〔盞〕을 만들고 설대〔臺〕를 만들고 물부리〔嘴〕를 만들며[76] 또한 재떨이와 담배합을 만드는데, 그 제조법이 같지 않고 모양도 일정하지 않아 재물에 해가 된다.[77]

홍한주는 『계곡만필』에서 담배 관련 지식과 정보를 얻었음을 밝히고, 여기에 자신의 견문과 함께 평을 덧붙이는 형식을 취하고 있다. 이 역시 차기체 필기 방식의 글쓰기다. 실제 담배는 스페인의 식민지였던 필리핀을 통해 동아시아에 전래되었고, 조선조는 일본으로부터 받아들인 것으로 알려져 있다. 이수광은 『지봉유설』에서 "담배의 이름은 '남령초'인데 왜국에서 전래된 것"[78]으로 기술한 것도 같은 맥락이다.

외국에서 수입된 담배가 거의 두 세기 만에 전국적으로 보급되었음을 알 수 있는 대목이다. 홍한주는 담배 생산지에 따라 그 이름이 달리 붙여진 사실을 문자학적으로 자세하게 고증하는 한편, 기왕에 제시된 담배의 물명이 정확한 것이 아니라고 지적한다. 또한 담배에 필수적인 담뱃대와

---

76 담뱃대의 대통〔雁首〕·설대〔煙道〕·물부리 3부분을 말한다. 앞부분의 대통은 구부러진 끝에 담배를 담는 작은 통이 붙어 있고, 바닥에 작은 구멍을 만들어 설대와 이었으며, 물부리는 입에 물기 편리하도록 끝으로 갈수록 가늘다.

77 홍한주, 『지수염필』 권7, 「痰破菰」, "痰破菰者, 不知何草, 而始出於呂宋國. 宣廟壬辰後, 得之倭人, 取子以種之, 今則盛行於天下. 其說詳見谿谷漫筆矣. 盖茶荈之類, 而實無定名. 故在我國, 則産兩西者稱西草, 産三南者謂南草, 或稱蔫, 或稱菸, 皆非當字也. 統論則其草, 種必良田, 害於穀也. 吸無定時, 害於氣也. 鎔鑄金銀銅鐵, 爲盞爲臺爲嘴, 又爲承灰之器與盛草之盒, 其製不一, 厥形靡常, 害於財也."

78 이수광, 『지봉유설』 권19, "談婆枯草名, 亦號南靈草, 近世始出倭國."

재떨이, 그리고 담배를 넣는 합을 만드는 법도 상세하게 기록하고 있다. 하지만 담배를 향한 홍한주의 시선은 극히 부정적이다. 그는 곡식 농사에 해가 되고, 사람의 기(氣)와 재물에 해가 된다는 세 가지 이유를 내세워 담배는 사회적 효용 가치가 없는 것으로 판단하고 있다.

여기에 그치지 않고 홍한주는 담배는 사회적 역기능이 있을 뿐만 아니라, 문화적으로 심각한 문제를 안고 있다고 진단한다. 구체적으로 담배 때문에 예절을 해치게 되고, 늘 화재의 위험성을 안고 있으며, 입에 상처가 쉽게 나는 폐단을 들고 있다. 이러한 폐단은 사회적 문제를 일으키는 것은 물론 경제적 손실도 함께 초래한다고 지적한다. 그런데도 흡연인구가 점차 늘어나 이를 즐기지 않는 자가 천이나 만사람 가운데 한 사람일 정도로 점차 심각한 사회적 문제가 되어 가고 있다는 것이 홍한주의 판단이다. 또한 이러한 사회적 분위기에 편승하여 남녀·귀천·노소를 막론하고 모두 담배를 피우니, 그 부작용이 중국인들이 차를 좋아하는 것보다 심할 정도가 되었다고도 비판하기도 한다.[79]

하지만 그는 글의 말미에서 앞서 제시한 부정적 인식과 달리 다른 입장을 표하고 있다. 예컨대 담배는 독성이 없어 담배 때문에 요절한 사례는 없고, 담배 때문에 밭이 척박해져 백성이 굶주린 사례도 없을 뿐만 아니라, 식후(食後)와 유람, 행역 등에 담배가 있어야 '멋'이 있다는 식으로 논의를 이끌어가면서 흡연을 인정한다. 심지어 담배는 일상사에서 없을 수 없다는 논리를 펼치며 담배의 순기능을 옹호하는 발언까지 서슴없이 하기도 한다.[80] 어쨌거나 홍한주가 이국에서 들어 온 담배를 둘러

79 洪翰周, 『智水拈筆』 卷7, 「痰破菰」, "茶則煎飮, 此則燃吸, 同一食物, 而口含長竿, 謂涉不遜, 必避尊者長者. 故驕傲者冒犯, 責以無禮, 輒有彙緣是非. 且不謹則易致失火, 亦易刺喉. 且因此費損, 通一世言, 則耗財萬計, 爲害尤大矣. 然世之不嗜不好者, 僅僅千萬之一. 男婦貴賤老稚, 動輒攜持, 其弊, 甚於中州人, 設茶而遍一國者, 已數百餘年, 今則禁必不得, 令必不行也."

싼 다양한 양상을 직접 경험하고, 이를 사회·문화적 관점에서 비평하고 그 명암을 논한 것은 새로운 시선이자 안목이다.

아편에 대한 언급도 마찬가지다. 홍한주는 청의 전조망(全祖望)[81]이 지은 『길기정집(鮚埼亭集)』의 「아편연부(鴉片烟賦)」[82]를 참조하여 아편의 지식·정보를 기술하고 여기에 자신의 견해를 덧붙인다. 이 역시 차기체 필기 방식의 글쓰기다. 그는 아편의 주재료를 '앵속각〔罌粟角, 양귀비의 별칭〕'으로 제시한 다음, 자신이 견문한 바를 근거로 아편의 제조 과정도 함께 포착하고 있다. 여기서 상식에서 벗어날 정도의 아편 제조 과정을 주목하는데, 아동을 죽여서 만든 흡연용 아편연의 끔찍한 사실을 거론하고 있다. 이런 아편 제조는 도척도 차마 하지 않았을 것이라 규정하면서 역사에 유례가 없는 잔인하고 참혹한 일임을 비판하고,[83] 이어서 아편이 사람에게 주는 병리 현상과 사회적 폐단도 함께 적시한다.

다음은 그러한 사회적 폐단의 언급이다.

---

80 같은 글, "然草性平淡無毒. 故吸雖損氣, 未聞以此致夭, 種雖害田, 亦未聞以此田蹙而民飢也. 其飯後如厠看書對客遊覽行役, 無之不有趣且味. 故凡人之憂樂閒忙坐臥起居, 皆不可頃刻無此君. 但恨不早生六朝隋唐之世, 得一雅馴之名, 品題於李杜, 吟詠於韓白, 爲譜爲經, 如茶有陸鴻漸蔡君謨也."

81 전조망은 청초(淸初) 학자로 자는 소의(紹衣), 호는 사산(謝山)이다. 그는 황종희(黃宗羲)를 사숙하여 황종희가 완성하지 못한 『송원학안(宋元學案)』을 완성 시켰고 『수경주(水經注)』를 교감하였다.

82 홍한주, 『지수염필』 권7, 「鴉片烟」, "淸人全祖望鮚埼亭集, 有鴉片烟賦, 可考見也"라고 되어 있다. 『길기정집』은 내·외편을 합하여 98권 24책으로 1873년 간행된 책이다. 그런데 「아편연부」는 보이지 않고, 「淡巴菰賦」만 실려 있다. 아마도 기억의 착오로 보인다. 어쨌거나, 아편 관련 정보는 홍한주의 독서를 배경으로 한다는 사실을 알 수 있다.

83 같은 글, "鴉片烟者, 出於洋夷, 而必欲亡人國·亡天下乃已也. 其製, 未知雜取何物, 而盖鴉片烟爲主. 鴉片烟, 罌粟角之一名也. 嘗聞, 洋人必以十三四歲純陽童兒, 誘置一密室, 扃鐍其戶, 斷其飮食. 歷四五日, 乃設珍味盛饌, 令煖而薰其氣. 後縛其童置前, 持饌器, 觸近鼻孔, 俾嗅之. 兒欲食不食, 久飢虛乏奪氣, 則卽又解縛, 裸體散髮, 束足以 懸之, 自頭髮汗滴, 以器承取, 汗盡兒斃, 此絶汗也. 取其汗, 和以造藥云. 未知的然, 而此盜蹠之所不忍爲也."

> 약이 완성되면 그 낱알은 삼 씨만 한 크기가 된다. 복용법은 그 약을 새로 만든 담뱃대에 담고, 불을 붙여 덮개를 닫고는 사람을 눕게 하고 들이마시게 한다. 매번 연기를 들이마실 때 연기 한 점도 새지 않게 하여 다 타서 연기가 없어진 후에야 일어난다. 그 사람은 어질어질하다가 한참 후에 제정신을 차린다. 그런 뒤에는 몇 배나 총명해져 하루에 천 마디의 말을 암기할 수도 있으며, 조금만 먹어도 체증이 있는 자는 밥을 잘 먹을 수도 있으며, 걸음걸이가 절뚝거리던 자도 달리는 말을 따라잡을 정도로 달릴 수도 있으며, 양기가 말라 서지 않던 자도 하루에 열 명의 여자와 동침할 수도 있다. 그 쾌락을 다 하는 것이 뜻대로 되지 않는 일이 없다. 그러나 1년이 지나지 않아 그 능력이 갑자기 급감하여 도리어 본래의 기력만도 못하게 된다. 그러면 또한 반드시 이 약을 먹은 뒤에야 이전과 같게 된다. 그러나 재차 복용한 것도 반년에 지나지 않는다. 서너 차례 복용하게 되면 그 기간이 겨우 2, 3개월이며, 점차 수습(收拾)[84]조차 할 수 없는데 이르러 죽게 된다. 아마도 일생의 정력을 미리 뽑아 죽음을 재촉한 듯하다. 그런데도 근세에 중국인들이 대부분 아편연에 빠져 죽음에 이르러도 후회하지 않는다. 청나라 선종(宣宗) 도광(道光)(1821~1850) 연간에 엄한 형벌로 금지하였으나 죽임을 당하면서도 여전히 몰래 복용하였다.[85]

홍한주는 진통제나 정력제로 사용하는 아편의 순기능보다 오히려 역기능을 강조하고, 19세기 중엽 청에 가한 아편의 사회적 현상과 문화적

84 국립도서관 본에는 '수사(收捨)'로 되어 있다.

85 앞의 글, "藥成則其粒似麻子大, 而服法則取其藥, 盛新製銀烟臺, 燃火覆以盖, 令人臥以吸之, 每吸呑其烟, 不泄一點, 盡燒無烟乃起. 其人暈, 移時始醒. 其後則聰明倍蓰, 能日記千言, 少食痞滯者, 能健飯, 行步蹣跚者, 能走及奔馬, 陽痿不起者, 能日御十女, 窮其所樂, 靡不如意. 然不過一周年, 而其所能, 忽皆暴減, 反不如本來氣力, 則又必更服此藥, 然後如舊, 而再服者, 又不過半年, 至三服·四服, 則其間僅二三月, 漸至收拾不克而死. 盖預抽一生精氣, 而促之者也. 然而近世中國人, 多惑取, 底死不悔. 宣宗道光間, 嚴刑痛禁, 至於誅殺, 而猶爲潛服."

충격을 기술한다. 명(明)의 이시진(李時珍, 1518~1593)이 『본초강목』에서 이미 아편의 제조법과 약효를 언급하고 있으며, 아편이 방중술에까지 사용된 사실도 언급하고 있다. 특히 홍한주는 청조 사회의 아편 흡연 상황과 조정의 대책을 거론한다. 아편은 청조(淸朝)에서 17세기에 널리 유행하고, 1729년에는 아편의 폐해를 염려하여 담배에 아편을 섞어 피우는 것조차 금지한 바 있다. 그렇지만 아편 흡연은 점차 늘어나 통제 불능 상태에 빠진다. 조학민(趙學敏)은 『본초강목습유(本草綱目拾遺)』에서 청조인을 두고 대부분 사람이 아편을 흡연하고 있으며, 한두 번 아편을 흡연하다 결국은 끊지 못하고 정신과 육체적으로 피폐하여 패가망신하고 죽음에까지 이른다고 기술한 바 있다.[86] 이처럼 아편은 18·19세기 청조 최대의 사회문제였다.

홍한주 역시 아편 흡연의 결과 만성 중독으로 죽음에까지 이르게 된다는 사실을 주목하고 있다. 그는 같은 글에서 아편이 사람에게 끼치는 심각한 폐해와 아편의 사회적 부작용을 두고 "이는 나방이 등불에 달려드는 것과 같을 뿐만 아니라 또한 일대 변고〔不啻如蛾之撲燈火, 亦一大變〕"라 제시하는가 하면, 아편 만드는 기술을 두고 "서양 사람의 일들은 어느 것이나 기묘하고 교활하기가 대체로 이와 같다〔洋人之事, 無不奇巧, 而凶狡多如此〕"고 하여 서구 기술의 기묘함과 그 문화적 교활함을 들추어내고 있다.

이 글의 말미에서 홍한주는 아편 복용의 심각성을 인지하고 "비록 어진 군자가 왕위에 앉아 있더라도 어찌할 수가 없으니, 어찌 세운(世運)에 관계된 것이 아니겠는가?〔雖仁人君子在上, 無如何矣, 豈非世運之攸關者耶?〕"라 반

86 조학민, 『본초강목습유』 권2, 「火部」, '鴉片烟', "吸一二次後, 刻不能離. ……중략…… 初服數月, 猶可中止, 迨服久遇 輟, 則困憊欲死, 卒至破家喪身, 凡吸者面黑肩聳, 兩眼汨流, 腸脫不收而死."

문한 뒤, 서구 문화가 동아시아에 가한 문화적 충격에 위기의식을 가지기도 한다.

사실 홍한주가 위기의식을 느낀 19세기는 서구의 충격으로 동아시아의 국제질서는 물론 사회 전체가 흔들리던 역사적 전환기였다. 동아시아 각국은 서구 제국주의의 요구에 굴복해서 개항을 강요받거나 경제적 침탈을 당하게 된다. 그 결과 동아시아 세계를 지탱하던 조공 질서는 흔들리고[87], 마침내 동아시아 각국은 자본주의적 세계질서에 편입을 강요당하는 새로운 국면을 맞이하게 된다. 이러한 흐름에 결정적인 계기를 가져다준 사건이 이른바 청조와 서구 제국주의 세력 간의 충돌이었다.

청과 영국 간의 아편전쟁과 프랑스와의 중불(中佛)전쟁 등이 그 서곡이었고 전쟁의 결과 청조는 패배하였다. 이 사건은 동아시아 각국에 엄청난 충격을 주었을 뿐만 아니라, 동아시아 조공책봉의 질서를 근저에서 해체해 나갔다. 더욱이 19세기 조선조의 관료와 지식인들도 양이(洋夷)로만 여겼던 서구 제국이 청나라를 침략하여 패배시킨 사실에 경천동지할 충격을 받았지만, 정작 서구 제국주의의 정체는 거의 백지상태에 가까울 정도로 무지했다.

홍한주 역시 "양이가 북경을 함락하여 천자가 파천하였으니 이것은 또한 이전에 없던 일이다"[88]라 하여 1860년 제2차 아편전쟁으로 영국과 프랑스 연합군이 북경을 점령한 사실이 충격적이라는 듯이 기술하고 있으나, 서구 제국주의의 본질을 정확하게 꿰뚫어보지는 못한 듯하다. 그렇지만 제국주의의 실체에 전혀 무지한 상태는 아니었고, 어느 정도 인식하고 있었던 듯하다. 이는 홍한주가 서구 제국의 강대함과 그 원인을 정확

87 임형택, 『한국학의 동아시아적 지평』, 창비, 2014, 115~121면.

88 홍한주, 『지수염필』 권4, 「洋夷陷京」, "且洋夷陷京, 天子播遷, 此亦前古所無, 况自庚戌宣宗之崩."

히 제시한 것에서 알 수 있다.

> 구라파에는 영길리(英吉利)〔영국〕·홍모(紅毛)〔네덜란드〕·불란삼(佛蘭三)〔프랑스〕·불제(佛齊)〔프러시아〕 등 여러 나라가 있는데 처음 서역의 별종에서 나와 서양이라 부른다. 조그만 나라들이지만 각자 강대하여 배를 집으로 삼아서 만 리 길을 날듯이 다니기를 평지보다 쉽게 여긴다. 그 사람들은 생각이 교묘하고 재주가 많아, 그들의 천문·역학·의약·종수(種樹)·치포(治圃)·작농(作農)과 기계를 제작하고 궁실을 짓는 것은 기이한 지혜를 드러내지 않음이 없어서 귀신도 헤아리지 못할 정도이니, 이전에 있지 않았던 바이고 만국이 아무도 할 수 없는 일이다. 또 사람을 현혹하는 재주가 많아서 사람에게 재화로써 통상하고 사생(死生)을 가볍게 여기게 하여 비록 우부우부(愚夫愚婦)라 하더라도 그들의 말을 듣고 그들의 서적을 학습하면 곧 마음에 달게 여기고 나아가기를 즐겁게 여기기를 등불에 날아드는 하루살이같이 할 뿐이 아니다. 그래서 온 천하가 서로 빠지면서도 본디대로 돌아가기를 잊어버리게 만드니, 이 어찌 애통하기가 가장 심한 것이 아니겠는가.[89]

서구 강대국의 열거는 당시 실상에 맞는 언급이다. 위에서 홍한주는 서구의 강성함을 과학 기술, 기계의 개발과 기술의 발전에서 원인을 찾는 한편, 기술의 신묘한 경지는 만국의 어느 나라도 쉽게 따를 수 없음을 주목하고 있다. 이에 그치지 않고 홍한주는 통상술과 학문의 편이성과 수월성, 나아가 전교(傳敎)의 방법 역시 교묘하여 일반적인 대응책으로

---

89 앞의 책, 권1, 「西洋强大」, "歐羅巴, 有英吉利·紅毛·佛蘭三·佛齊諸國, 始出於西域別種, 謂之西洋, 瑣里而各自强大, 以舟楫, 爲家宅, 飛行萬里, 易於平地, 其人巧思多才, 其天文·曆學·醫藥·種樹·治圃·作農, 造器械爲宮室, 靡不逞奇舞智, 神鬼莫測, 前古之所未有, 萬國之所不能, 又多眩幻惑人之術, 使人通貨財輕死生, 雖愚夫愚婦, 聞其言習其書, 輒甘心樂赴, 不啻如撲燈之飛蛾, 幾乎擧天下胥溺而忘返也, 是豈不哀痛之最甚者乎?"

이를 막기란 쉽지 않다는 점도 함께 거론하고 있다. 이러한 서구의 기술 문명의 발전과 침탈은 청조에만 국한되는 것이 아니고, 19세기 중엽 조선조에도 그대로 적용할 수 있는 사안이었다. 그래서 홍한주는 "우리나라에서도 소문을 듣고 의심하고 겁을 내서 더더욱 양학(洋學)하는 사람들이 있고 없고를 불문에 부쳤다"[90]라 언급하여 당시의 현실 정황을 기술하기도 한다.

글의 끝부분에서 홍한주는 서구 제국이 아시아에 진출한 목적을 적시하여 제국주의의 본질을 간파하는데 이 대목은 그야말로 시대조류를 통찰하는 시선이다.

> 양인의 크게 원하는 바는 본래 토지와 인민에 있지 않고 다만 그네들의 종교를 행하게 하고 물화를 교역하려는 것이다. 그런데 양인 중에도 영길리(영국)는 가장 영한(獰悍)하여 일반 인간의 심성을 지니지 않은 맹수와 마찬가지다. 근년에 여송(필리핀의 Luzon섬)을 공멸해서 일국을 완전히 공지로 만들었으니 극히 두려운 존재이다.[91]

19세기 중엽 세계제국이던 영국의 존재를 분명하게 인식하는 한편, 서구 제국의 힘과 폭력성을 정확하게 인지하고 있다. 영국을 가장 가공할 제국주의 국가로 지목한 것은 흥미롭다. 전교의 이면에 숨겨진 경제적 수탈과 식민지화의 음모를 들여다보면서 제국주의의 본질을 주목한 것은 중요한 지적이다. 이러한 홍한주의 통찰력과 세계 인식은 수많은 서적을 독서한 독서력, 자신의 연경체험, 청이라는 창(窓)으로부터 획득한 세계 정보, 친지들로부터 견문한 세계의 지식·정보를 접하면서 형성

90 같은 글, "其後我國亦聞而凝怯, 尤不問洋學人有無."

91 같은 글, "洋人之所大願, 本不在土地人民, 而但欲其行其教而交其貨也, 然, 洋人中英吉利, 最獰悍如猛獸, 無常人心性, 近年, 攻滅呂宋一國, 空其地云, 極可怖駭也."

한 것임은 물론이다.

그런데도 '물화(物貨)의 교역'이 식민지 경영으로 이어지는 이면까지 정확하게 이해하지 못한 점, 제국주의자들이 토지와 인민에 별로 욕심을 내지 않는다고 파악한 점은 소박한 차원의 기술이며, 제국주의 실상과 어긋나는 언급이다. 하지만 서구의 과학과 기술에 경탄한 저자의 시선과 제국주의의 본질을 인식한 것은 주목할 만하다.

(4) 자국 문화사 쟁점의 몇 가지 견해

『지수염필』은 자국 문예의 쟁점이 될 만한 문제를 적지 않게 기술하고 있다. 우선 국문소설 『홍길동전』의 저자를 허균으로 확실히 밝혀놓은 점이다. 『홍길동전』을 허균의 저작으로 처음 언급한 사람은 택당 이식이다. 허균이 역모로 참형을 당한 사실과 국문소설에 그리 우호적이지 않았던 당시의 사정을 감안하면, 『홍길동전』을 본격적인 비평의 대상으로 언급한 자체는 의외라 할 수 있다. 지금 『홍길동전』의 저자라 하면 으레 허균으로 말하지만, 19세기 상황은 전혀 달랐다. 그래서 홍한주가 『홍길동전』의 작자로 허균을 밝힌 점[92]과 국문소설 『홍길동전』을 주목한 것은 남다르다.

홍한주는 『지수염필』에서 허균을 포함하여 그 집안의 형제자매를 싸잡아 '인요(人妖)'로 혹평[93]하고 있지만, 허균의 문학적 재능을 보는 시각은 매우 유연하고 긍정적이다. "그들 형제 중 허균의 시문은 더욱 절묘하며 청나라 사람 김인서(金麟瑞)[94]와 같은 부류이다.〔其中筠, 詩文尤妙絶, 如淸

92 홍한주, 『지수염필』 권7, 「洪吉童傳」, "世傳洪吉童傳, 亦筠作也."

93 같은 글, "許草堂曄, 宣廟時, 以耆宿爲東人領袖, 而其諸子荷谷篈·岳麓筬, 與筠皆以文辭名世. 女蘭雪軒, 世所稱許景樊, 而至登於淸人尤西堂「外國竹枝詞」者也. 其兄弟姊妹, 皆才勝無行, 儘人妖也."

人金麟瑞之類〕"[95]라 언급하고 있거니와, 그는 허균을 김성탄과 같은 위치에 놓고 그의 문학성을 높이 사고 있다.

또한 홍한주는 당시 가창되던 가곡(歌曲)과 관련한 몇 가지 구체적인 사실을 제시한 다음 여기에 덧글을 붙이고 있다. 19세기 가곡의 연행상황과 작자를 언급한 대목을 보자.

> 근래 교방(敎坊)에서 전하는 가곡은 또한 앞 시대의 어진 이와 명사(名士)들이 지은 것이 많다. 「어부사(漁父詞)」는 영남 선배인 판서 농암 이현보가 지은 것이다. 이 가사를 퇴계선생께 써서 보여주었던 까닭으로 『퇴계집』 속에 답서가 있고, 그 가사가 또한 편지 속에 들어있게 된 것이다. 또한 「처사가(處士歌)」는 진실로 퇴계선생이 지은 것이요 「장진주(將進酒)」는 문청공 송강 정철이 지은 것이니, 뒤에 변하여 「권주가(勸酒歌)」가 되었다. 또한 「관동별곡(關東別曲)」·「상사별곡(相思別曲)」은 모두 송강이 지은 것이다. …… 문충공 백사 이항복이 북청으로 귀양 갈 적에 철령을 넘다가 노래를 지었는데 그 노래가 지금 세상에 전하고 있다. 또한 「춘면곡(春眠曲)」은 숙종 때 교리(校理)를 지낸 나학천(羅學川)이 지은 것이다. 우조(羽調), 계면조(界面調), 농(弄), 편(篇)[96], 우락(羽落), 계락(界落), 후정화(後庭花)는 모두 가곡 중 정조(正調)에 속한다. 이른바 낙과 농이란 것은 소리가 굴러가나 느리지 않은 것이요, 편과 후정화란 것은 노래가 빠르게 끝맺어지는 것이다. 근래에 서당(西堂) 이덕수(李德壽),[97] 관양(冠陽) 이광덕(李匡德)[98]이 지은 것이 많다고 한다.

94 김인서는 명말청초의 문예 비평가 김성탄(金聖歎, ?~1661)을 가리키는 듯하다. 그는 『장자』·『초사(楚辭)』·『사기』·『두시(杜詩)』·『수호지』·『서상기』 등을 두루 비평하여 『성탄재자서(聖嘆才子書)』로 내놓았고, 그간 문학으로 간주되지 않았던 희곡·소설을 정통문학과 구별하지 않고 다루었다. 우리나라에도 영향을 미쳐, 이후 패관이나 소설을 비난하는 사람들은 나관중·시내암과 함께 늘 그를 수괴(首魁)로 지목하였다.

95 앞의 책, 같은 글.

96 가곡 중에서 '편(編)'을 말하는 것으로 편악(編樂)·편수대엽(編數大葉)·엇편(旕編)·우편(羽編) 등이 있다.

「행로군락가(行路軍樂歌)」·「매화가(梅花歌)」·「황계가(黃鷄歌)」·「백구가(白鷗歌)」 및 시조(時調)와 잡성(雜聲) 등에 이르러서는 소리가 모두 무식한 탕자(蕩子)로부터 나와 요사스럽고 음란하여 모두 윤리가 없으니 어찌 말할 수 있겠는가?[99]

19세기 중엽, 교방에서 가창하던 작품을 언급한 홍한주의 견해다. 「어부사」·「처사가」·「권주가」·「상사별곡」·「춘면곡」·「행로군락가」·「매화가(매화타령)」·「황계가」·「백구가」 및시조와 잡성〔잡가〕 등은 당시 교방의 레퍼토리다. 여기서 시조와 잡가 외에, 앞에 제시한 아홉 곡에 「죽지사(竹枝詞)」·「양양가(襄陽歌)」·「수양산가(首陽山歌)」 등을 추가하면 12가사가 된다. 위에서 홍한주가 뒤의 세 작품을 거론하지 않은 것을 보면, 당시 기방(妓房)에서는 12가사 중에 언급한 9곡만 유행했음을 알 수 있다.

---

97 이덕수의 본관은 전의(全義), 자는 인노(仁老), 호는 서당(西堂)·벽계(蘗溪), 시호는 문정(文貞)이다. 김창흡의 문인으로 1713년(숙종 39) 증광 문과에 병과로 급제하여 벼슬이 대제학이 이르렀다. 저서로 『서당집(西堂集)』 등이 있다. 이덕수는 마악노초 이정섭과 문학적 교유를 하였고, 가곡의 비평에 능했던 이정섭에게 자신의 글에 비평을 구한 바 있다. 이 점을 고려하면 이덕수가 가곡을 지었다고 한 언급은 신빙성이 있다. 이덕수의 문학론은 강민구, 「이덕수의 문학비평에 관한 연구」, 『한문학보』 제2집, 2000, 157~185면.

98 이광덕의 본관은 전주, 자는 성뢰(聖賴), 호는 관양(冠陽)이다. 탕평책을 최초로 주창한 박세채(朴世采)의 외손이자 뛰어난 소론계 '육팔진광(六八眞匡)' 문인학자 중의 한 명이다. 시와 변려문에 특장이 있었고, 사은부사로 연경에 다녀오기도 하였다. 1722년(경종 2) 정시문과에 을과로 급제하여 벼슬이 대제학에 이르렀다. 저서에 『관양집』이 있다.

99 홍한주, 『지수염필』 권5, 「國朝歌曲」 "近世教坊所傳歌曲, 亦多前賢名流諸公所作也. 故漁父詞, 是嶺南先輩, 聾巖李判書賢輔所作, 而以此詞, 書示退溪. 故退溪集中有答書, 其詞亦在書中. 又處士歌, 實退溪先生作, 如將進酒, 松江鄭文淸公作, 而後變爲勸酒歌. 又關東別曲, 相思別曲, 皆松江所作. ……중략…… 白沙李文忠公, 謫北青時, 行踰鐵嶺, 作歌, 其歌今傳于世. 又春眠曲, 肅廟時, 羅校理學川所作也. 羽調界面弄篇羽落界落後庭花, 皆歌曲中正調. 落與弄, 聲之轉而靡慢者也, 篇與後庭花, 歌之促而將闋者也, 而近世西堂冠陽, 多有所作云. 至如行路軍樂歌, 梅花歌, 黃鷄歌, 白鷗歌, 及時調雜聲, 皆出於無識蕩子, 妖淫而已, 全無倫理, 何足道哉?"

여기서 특기할 사안은 홍한주가 12가사 중에서도 각 작품의 층위를 두었다는 점이다. 이를테면 사대부 문인이 지은 작품과 '무식한 탕자와 요부들'에게서 나온 저속한 노래로 구분하고 있다. 전자의 작품으로 「어부가」·「처사가」·「권주가」·「상사별곡」·「춘면곡」의 5편을, 후자의 작품으로 「길군악」·「매화가」·「백구사」·「황계사」 등 4편을 들었다. 이 대목에서 12가사의 일부 작품이 16세기 이후 사대부 문인이 창작한 가사에 연결된다는 사실, 19세기에 오면 12가사는 사대부 문인들이 향유하는 작품과 그 이하 계층의 취향을 반영한 작품으로 분화되어 향유된 사실을 함께 알 수 있다.

당시 유행하던 곡조를 제시한 것도 흥미롭다. 홍한주는 19세기에 유행한 곡조를 구체적으로 적시하고 있다. 예컨대 가곡, 가사, 시조 등에서 유행하던 곡조로는 우조, 계면조, 농, 편, 우락, 계락, 후정화 등을 예로 든 한편, 낙과 농을 '소리가 굴러가나 느리지 않은 것'으로, 편과 후정화를 '노래가 빠르게 끝맺어지는 것'으로 설명한다. 12가사의 작자를 제시한 것도 주목할 만하다. 홍한주는 19세기 교방에서 유행하는 가곡 대부분이 전대의 현인과 명사들이 창작한 것이 많다고 언급하고 있다. 이어서 「어부가」의 작가가 이현보임을 언급하고, 이 작품이 『퇴계집』과 편지글에서 언급되고 있는 이유도 밝힌다.

여기에 그치지 않고 홍한주는 12가사 중에 그 작자가 밝혀지지 않은 「처사가」를 이황의 작품이라 언급하고 있기도 하다. 게다가 「권주가」는 정철의 「장진주」에서 전변한 것으로 보며, 「상사별곡」은 정철의 작품으로 보고 있다. 특이한 사실은 「춘면곡」의 작자를 나학천(羅學川, 1658~1731)[100]

100 나학천의 본관은 수성(壽城). 호는 창주(滄洲). 자는 사도(師道)이다. 영주 출생으로 부친은 첨지중추부사 수종(壽宗)이며, 통덕랑(通德郎) 수성(壽星)의 양자로 퇴계학파에 속하였다. 그는 1682년(숙종 8) 증광문과에 병과로 급제, 1688년 전적을 거쳐 병조좌랑·강원도도사를 역임하였다. 영남에서 이인좌(李麟佐)의 난이 일어나 북관

으로 비정한 점이다. 기존 12가사에서 이현보가 개작한 「어부사」를 제외하고 작자와 연대 모두 미상으로 알려져 있다. 비록 19세기에 가창되던 곡이기는 하지만 12가사 일부 작품의 원작자를 밝히고 있는 것은 유의미한 지적으로 보인다. 홍한주가 언급한 것을 따르면 12가사의 형성과 유행 시기는 16세기 이후부터 나학천이 생존하던 영조 대까지로 추정할 수 있다. 그런 점에서 12가사의 발생연대를 확인할 수 있는 언급이라는 점은 되새겨 볼 필요가 있다.

한편, 홍한주가 18세기의 가사 작자로 이덕수과 이광덕을 주목한 사실도 중요하다. 거론한 인물 모두 문형(文衡)을 역임하였을 뿐만 아니라, 당시 문장가로 명성을 얻은 인물이다. 홍한주가 이들을 유수한 가곡 작가이자 새로운 국문 시가 작가로 제시한 점, 유수의 문사를 가사 작자로 언급한 사실은 국문 시가사에 새로운 의미를 불어 넣고 있다.

홍한주가 조선조 후기 문학사의 주요한 이슈였던 '문체반정(文體反正)'의 과정과 그 의미를 주목한 것도 남다른 시선이다. 문체반정은 단순한 문체 문제를 넘어 정치·문학·문화사에서 중요한 의미를 지니는 사건이다. 문체반정의 직접적 계기를 만들었던 연암은 『열하일기』에서 '연암체'라는 독창적 글쓰기를 시도하여, 당시 문단에 선풍적인 인기를 몰고 왔다. 당시 정조가 패사소품(稗史小品)의 문체를 순정한 문체로 되돌리려는 의도는 표면적 이유였고, 그 이면에는 노론을 견제하기 위한 정치적 복선을 깔고 이 문제를 제기한 것으로 알려져 있다.[101] 홍한주가 이러한 정치적 맥락을 인식하였는지는 확인할 수 없다. 하지만 문체반정의 대상 인물

(北關) 사람들이 그를 난적(亂賊)으로 몰아 파직시키자, 고향에 내려가 있다가 난이 평정된 뒤 1729년 다시 병조참의, 형조참의, 좌승지가 되었다.

101 『열하일기』의 문체적 특징과 산문문학, 그리고 문체반정에 대해서는 김명호, 『열하일기 연구』 창작과비평사, 1990; 김혈조, 『연암 박지원 산문 연구』, 대동문화연구원, 2004 참조.

과 그 과정을 비교적 소상하게 기술한 사실과 이 문제를 강하게 의식한 것은 남다르다.

홍한주는 당시 순정한 고문과 반대되는 난삽한 소품 문체와 소설 문체를 사용한 인물로 남공철, 이상황, 남공철, 심상규 등을 지목하고 있다. 그들의 문체가 보여준 난삽한 특징을 나름대로 비판하는 한편, 정조가 이러한 문체를 지적한 객관적 사실을 제시하고, 문체반정을 지지하는 시선을 보여준다.[102]

하지만 그는 문체반정의 빌미를 제공한 연암 박지원의 『열하일기』와 그 문체를 두고 불온한 것으로 비판하지 않았을 뿐만 아니라 오히려 그러한 글을 쓴 연암의 내면을 이해하고 그 뛰어난 글쓰기를 적극적으로 옹호하는 시선을 표출한 것은 의외다.

> 『열하일기』 같은 글은 모두 유희적으로 완세불공(玩世不恭)의 뜻을 붙인 저작이니, 진실로 마음먹은 대로 펼쳐 보인 뛰어난 재능이다. 연암은 일찍이 사람들에게 말하기를, "황대경씨(黃大卿氏)의 문장은 면류관을 쓰고 패옥(佩玉)을 찬 채 길가에서 뻣뻣하게 굳어 있는 시신이고, 나의 문장은 비록 덕지덕지 꿰맨 누더기 차림이나 살아서 아침 햇살을 받는 거지다"라 하였으니, 대경이란 바로 강한(江漢) 황경원(黃景源)이다.[103]

---

102 홍한주, 『지수염필』 권3, 「正祖文體反正」, "正廟晩年, 又敎曰, "南公轍, 委靡不振之文, 沈象奎, 戛戛難解之辭, 李相璜, 噍殺尖新之語, 皆今日文體之變", 是責敎也. 金陵, 學歐文不及, 故綿弱而無力, 斗室, 尙奇才, 反爲病, 桐漁, 主小說, 酷好『西廂記』, 常曰, '凡有字之書, 見時雖好, 掩卷則已, 惟西廂一書, 見時好, 掩卷愈味, 想像肯綮, 不覺其暗然魂銷, 此韓·柳·歐·蘇, 不能爲, 左·國·班·馬, 不能爲, 二典·三謨, 亦不能爲, 雖對飯如厠, 手不停披, 豈非惑之甚而嗜之癖乎? 宜正廟之有是敎也."

103 같은 글, "如熱河記等書, 皆游戲玩弄之筆, 眞從心所欲之高才也. 燕巖, 嘗語人曰, "黃大卿氏之文, 冠冕佩玉, 而爲道旁僵屍, 吾文, 雖懸鶉百結, 猶能生坐, 負朝陽矣. 大卿, 江漢也."

연암의 문체를 황경원의 그것과 대비하며 긍정하고 있다. 황경원의 문장을 두고 겉은 그럴듯하나 속은 전혀 생동감이 없는 것으로 비판한 반면, 연암의 문장을 두고서는 겉은 거지와 같이 초라하기 짝이 없으나 속은 살아 움직이는 것으로 대비해 긍정적으로 보고 있다. 특히 홍한주가 문체반정의 대상이 되었던 문장가와 연암을 분리하여 비평한 점은 독특한 시선이다.

이어서 정조가 금릉 남공철을 시켜 연암이 전아하고 진중한 문장을 지어 바치도록 요구한 사실과 연암이 정조의 회유를 대해 끝내 거부하고 자신의 자세를 굽히지 않은 사실을 함께 기술한 것도 흥미롭다. 이는 연암의 인간적 기질과 연암이 자신의 문장을 어떻게 인식하고 있는지를 보여주는 대목이다.[104] 이는 문체반정 과정에서 보여준 연암의 인간적 면모와 삶의 자세를 구체적으로 알지 못한다면 기술하지 못했을 터이다. 홍한주의 언급을 통해 당대 연암체와 문체반정의 일단을 이해할 수 있는 데다 18세기 문학사의 한 국면도 구체적으로 파악할 수 있다.

여기에 그치지 않고 홍한주는 『수호지』와 『열국지』, 『삼국지연의』·『서유기』·『서상기』·『수당연의』,[105] 그리고 『여선외사』[106]와 『금병매』의 내용과 저자, 창작 배경 등, 소설사에서 이슈로 될 만한 작품을 두루 제시하고 있다. 나아가 19세기 판소리 12마당의 연행 현장과 수궁가의 근원

---

104 앞의 책, 권3, 「正祖文體反正」, "正廟又嘗以燕巖朴公文, 尙浮薄, 命南金陵, 使之勸喩朴公, 別裁典重文字製進, 而朴公終不奉教, 然, 燕巖, 亦自有古文詞之不失八家範圍者." 정조가 연암에게 순정문을 지어 바치면 문형의 자리도 기꺼이 줄 수 있다고 회유하는 대목이 나온다. 또한 문체반정과 연암의 관계와 이를 둘러싼 저간의 사정과 그 이후 연암의 대응 또한 연암의 아들 박종채가 지은 『과정록』에 자세하게 나와 있다.

105 나관중의 연희 소설로 처음 이름은 『수당지전(隋唐志傳)』이다.

106 청나라 여웅(呂熊)의 작품으로 청대의 대표적인 신마(神魔)소설이다. 신이하고 요괴적 소재가 많이 실려 있다. 이 작품은 고종 대에 한글로 완역되기도 한다. 한국학중앙연구원 장서각에 언해 필사본(45권 45책)이 소장되어 있다.

도 탐색하고 있다.[107] 홍한주의 언급을 통해 19세기 문인들의 소설 향유의 실상과 소설에 대한 시각,[108] 나아가 소설사의 배경과 지식·정보 등도 어느 정도 파악할 수 있다.

그런가 하면 『연려실기술』의 편찬자를 새롭게 제기한 점도 의미있다.[109] 『연려실기술』은 야사지만 조선조 정치 상황을 이해하는 데 많은 정보를 담고 있다. 기존에는 이긍익(李肯翊)의 저술로 알려져 왔다. 반면 홍한주는 『연려실기술』의 편찬자를 이긍익의 부친 이광사(李匡師)로 밝혀 놓았다. "우리나라에서는 원교(圓嶠) 이광사가 『연려기술』을 엮었다. 그 역시 끝에다 「별편(別編)」을 만들었는데, 그가 「전고(典故)」라 이름 붙인 것은 대략 『통전』과 『통지』의 전례를 따른 것이지만 모두 소략하고 거친 데다 완성된 책으로 이루지 못하였으니, 후암(厚菴) 이만운(李萬運)의 『문헌비고』가 상세·치밀하며 정심(精深)·박학(博學)함보다는 훨씬 못하다"[110] 고 하여 『연려실기술』이 완성되지 못한 채로 19세기 중엽까지 필사본으로 유통되었음을 분명히 밝히고 있다.

사실 『연려실기술』은 필사본이 여럿 존재하고 이본(異本) 간의 체재와 구성도 같지 않다.[111] 그래서 그간 편찬자를 확정하는 데 논란이 있어 온 것도 사실이다.[112] 홍한주의 이 언급이 어떤 본을 두고 말하는지 확언

107 앞의 책, 권5, 「童謠符驗」 참조.

108 앞의 책, 권1, 「水滸傳」 참조.

109 홍한주는 『지수염필』 권1의 「동국사서(東國史書)」와 「연려기술」에서 『연려실기술』의 편찬자를 이광사로 비정하고 논의를 펼치고 있다.

110 홍한주, 『지수염필』 권1, 「燃藜記述」, "我東則圓嶠李匡師, 撰『燃藜記述』, 又以其餘爲別編, 其稱「典故」者, 略倣通典通志之例, 而皆疎漏草率, 不成完書, 不如李厚菴, 文獻備考之詳密精博, 遠甚."

111 『연려실기술』의 이본은 매우 다양하다. 우선 그 체재와 구성이 단일하지 않을 뿐만 아니라, 영본이나 낙질이 많은 것을 제외하고도 30여 종이 넘는다. 그 소장 처도 대판도서관본을 위시하여 국내외를 망라하고 있다.

112 연려실기술의 편찬 시기와 편찬자에 대해서는 김세윤, 「조선 후기 사찬 사서연구」

할 수는 없다. 다만 『연려실기술』의 편찬 시기와 편찬자의 문제를 재검토할 여지를 만들었다는 점에서 홍한주의 언급은 의미가 있다. 예컨대 『연려실기술』에서 이광사의 몫과 이긍익의 몫을 구분하거나 이광사와 이긍익이 공동으로 편찬하였는지를 함께 살펴볼 계기를 준다는 점에서 그러하다.

4. 학술적 성취와 『지수염필』

홍한주의 『지수염필』은 기본적으로 필기지만, 조선조 전기의 그것과 달리 차기체 필기를 보여준다. '차기체 필기'는 18·19세기에 나온 필기와 유서에서 흔히 볼 수 있는 글쓰기 전략의 하나다. 단순한 독서기의 성격을 넘어 특정 사안에 전거를 대고 여기에 자신의 견해를 덧붙여 비평하는 방식을 취한다. 이러한 차기체 글쓰기의 성격은 『지수염필』의 각 조목의 내용과 거기에 대한 비평적 덧글에서 선명하게 드러난다. 이를 통해 홍한주의 박학한 지식과 풍부한 식견도 확인할 수 있다. 차기체 글쓰기는 그의 독서 체험을 토대로 형성되었을 뿐만 아니라, 가문의 지적 전통을 배경으로 나왔음은 물론이다.

『지수염필』은 세계사의 흐름을 일부 감지하는 내용을 보여주기도 하고, 일국적 시각을 넘어서 학술비평을 하는가 하면, 문학사의 중요한 쟁점을 제기하는 등 그야말로 홍한주의 개방적 시선과 인식의 개명성을 십분 보여주고 있다. 이는 열린 비평안이지만, 숱한 독서 체험과 풍부한

서강대학교 박사학위논문, 1992; 정만조 「'연려실기술'의 편찬 시기와 편찬자 문제 검토」, 『한국학논총』 제16호, 1993, 71~93면.

견문 지식의 결과물이자 기존 지식·정보를 기반으로 새로운 지식·정보를 생성한 것이기도 하다. 홍한주가 『지수염필』에서 보여준 비평적 덧글은 기왕 자신이 견문한 지식을 가공하여 자신의 비평안으로 새롭게 생성한 부분도 적지 않기 때문이다. 이 점에서 기존 지식·정보를 창신(創新)한 새로운 지식·정보의 유통이기도 하다. 사실 이러한 지식 생성의 순환은 차기체 필기에서 볼 수 있는 중요한 특징 중 하나이다.

반면에 『지수염필』은 부분적으로 청조 고증학의 면모를 보여주지만, 고증학을 토대로 기성의 담론체계를 해체하여 새로운 사유의 형성으로까지 나아가지 못했다. 단지 저자의 풍부한 지식·정보와 박학한 자신의 학술적 성향을 보여주는 데 머물고 말았다. 이를테면 홍한주의 박학한 지적 성향은 기성의 담론체계와 완전히 결별하고 기왕의 가치체계와 다른 신사유(新思惟)의 모색이나 인식론적 전환을 보여주지는 못하였다. 오직 다독과 박학, 그리고 고증을 추구하는 그 자체를 중시하고 여기에 매진한 것으로 보인다. 이는 홍한주를 비롯한 경화세족들이 보여준 유지주의(唯知主義)일 터, 어찌 보면 홍한주를 비롯한 조선조 후기 경화세족 특유의 학술과 문예적 에토스가 아닌가 한다.

그렇지만 『지수염필』은 중국에서 간행된 문헌을 거의 시차 없이 수용하고 이를 십분 활용하여 풍부한 지식을 표출했다. 더러 박학을 표출하기도 하며 문자학과 고증학적 면모를 보여주고도 있다. 사실 문자를 통해 고증하고 그것으로 전거를 대고 비평하는 것은 소학(小學)에 가깝다. 소학은 다소 쇄말적 경향을 보여주기는 하지만 이러한 소학은 학술과 문예를 비평하는 과정에서 지배적 관념체계인 주자성리학에 균열을 가하기도 한다.

그런가 하면 『지수염필』은 다양한 문헌의 섭취를 통해 부분적으로 세계사의 시대조류를 인식하고, 동아시아적 시각으로 학예를 의론하고 인물을 비평하는바, 이는 『지수염필』의 학술적 미덕의 하나다. 하지만 이러한 시각과 비평태도가 경세학적 인식하에 현실 문제를 겨냥하는 것으로까지 나아가지는 못한 채 현실 문제와 연동하지 않고, 오직 학술과 문예적 차원의 시선과 태도를 보여줄 뿐이다. 그런데도 『지수염필』은 사실을 적시하고 여기에 저자의 비평안을 통한 덧글 방식의 글쓰기로 지식·정보를 유통하여 새로운 지식·정보를 재생산한 점은 주목할 만하다. 『지수염필』의 이러한 지식의 생성 방식은 저자의 의도와 관계없이 일부 내용은 당대의 규범과 가치의 해체에 일조할 가능성이 있다는 사실을 기억할 필요는 있겠다.

제4부

지식·정보, 분류와 편집

| 제 1 장 |

유서의 형성 과정과 지식·정보의 분류

1

1. 유서의 등장과 그 배경

조선조 후기에 집중적으로 출현한 필기 중의 하나가 유서(類書)다. 유서는 집적된 지식·정보[1]를 분류하여 재배치한 것으로 지식·정보를 분류하여 독자에게 체계적으로 보여준다. 당대 지식인은 체험과 독서로 획득한 지식·정보를 축적·가공·정리하며, 이를 유통하고 소비하거나 새로운 편집 방식을 통해 지식·정보를 효율적으로 접근하도록 기록한다. 이러한 기록의 하나가 유서다. 유서는 축적된 수많은 지식·정보의 체계적 기록을 위해 등장한 분류의 결과물이기도 하다.

여기서 분류를 어떻게 체계적으로 할 것인가를 고민하는 자체는 새로운 지식·정보를 향한 학적 시야이자 학적 추구다. 이는 예전에 없던 학술 행위이기도 하다. 그렇다면 조선조 후기 분류와 지식·정보는 어떤 관련성을 지니며, 어떻게 분류하여 지식·정보를 재배치한 것이며 무엇을 보여주려고 했던 것일까?

흔히 유서는 지식·정보에 접근하는 가장 중요한 독서물의 하나로, 당

1 조선조 후기 유서와 관련한 지식은 주로 문헌을 통해 획득한 경우를 말하며, 정보는 저자가 문헌이 아니라 직접 경험하거나 견문한 것을 지칭한다.

대 지식인의 중요한 참고서적의 기능을 한다. 기본적으로 지식은 사유를 표출한 것이기도 하지만, 사유방식의 틀이기도 하다. 이러한 지식을 '유(類)'로 분류한 것 자체가 저자의 인식과 사유를 반영하고 당대 학술과 관련이 있다.

대체로 조선조 후기 유서는 이전에 중시되지 않던 일상적인 생활 주변에서 확인할 수 있는 잡다한 조각 지식의 뭉치를 체계적으로 정리하고 있다. 이러한 유서의 집중적 출현과 그 성립은 조선조 후기 책의 수입과 유통을 배경으로 성립한다. 유서가 담고 있는 다양한 형태의 조각 지식은 독서와 견문을 통해 형성되는 경우가 많다. 그 내용 또한 독서 후기의 성격이 강하며, 사대부 지식인의 독서환경과도 밀접한 관련을 지닌다.[2] 그런가 하면 유서는 편찬자가 자신이 축적한 지식·정보를 쉽게 검색하고 비교 가능하도록 기왕의 지식·정보를 재배치함으로써 독자에게 편리하고 유용함을 제공하기도 한다.

유서의 편찬자는 지식·정보의 집적과 분류 자체를 중시하고 그것을 가치 있는 것으로 인식하는데, 이는 기존 지식 체계의 권위와 가치가 사

2 조선조 후기 유서의 다양한 면모는 기존의 연구 성과가 있어 그것에 돌린다. 심경호, 「한국 유서의 종류와 발달」, 『민족문화연구』 47호, 고려대학교 민족문화연구원, 2007, 108~118면. 또한 조선조 후기 유서의 경우 중국의 유서를 참고하고 기술한 경우가 많다. 이에 대해서는 최환, 『한·중 유서 문화 개관』, 영남대학교출판부, 2008 참조. 최환, 「한국 유서의 종합적 연구(Ⅰ): 중국 유서의 전입 및 유행」, 『중국어문학』 41집, 한국중어중문학회, 367~404면, 2003a, 367~404면. 그리고 최환, 「한국 유서의 종합적 연구(Ⅱ): 한국 유서의 간행 및 특색」, 『중어중문학』 32집, 한국중어중문학회, 2003b, 65~97면. 중국 유서의 개략적 내용과 특징은 劉葉秋 저, 김장환 역, 『중국유서개설』, 학고방, 2005 참조. 특히 최환 교수는 중국 유서가 국내로 전입한 전모를 밝혀 놓았을 뿐만 아니라, 국내 유서의 경우 약 140 여종을 제시하고 이를 유편유서(類編類書), 운편유서(韻編類書), 자편유서(字編類書), 수편유서(數編類書), 시편유서(時編類書) 등으로 분류하고 있어, 현재 국내에 존재하는 유서의 종합적 면모와 개략을 파악할 수 있다. 하지만 여기서 거론하는 유서는 다양한 지식·정보를 담고 있으며, 저자의 분류 의식이 드러나고, 특정 사안에 저자의 견해가 일정 정도 들어 있는 필기를 말한다. 거시적으로 말하자면 유서는 필기의 한 종류로 보고 서술하고자 한다.

뭇 다른 길로 나아가는 단초다. 조선조 후기 여러 유서에서 확인할 수 있듯이, 유서에 수록된 내용은 기왕에 생성된 지식·정보를 새로운 서적이나 견문 지식의 출현으로 부정되거나 수정되기도 하고, 때로는 기존과 다른 시선으로 호출되어 그 의미가 재발견되기도 한다.

이 점에서 신구(新舊)의 지식·정보가 뒤섞여 있는 유서는 지식·정보의 가변성을 역동적으로 추동한다. 유서는 때로 체계화된 분류 방식에 따라 다양한 지식·정보와 결합하면서 새로운 모습으로 등장하기도 한다. 대체로 유서는 관찬의 저술도 있지만, 사대부 지식인이 남긴 경우가 많다. 이러한 유서의 등장 배경에는 수많은 이국 서적의 국내 유입과 유통이 자리 잡고 있다. 요컨대 조선조 후기 수다한 유서의 출현은 이국에서 간행된 서적의 국내 유통이 결정적 역할을 했기 때문이다.

조선조 후기 사대부 지식인의 중국 서적 구입은 중국에까지 널리 알려진 바 있다. 명말청초(明末淸初)의 비평가인 강소서(姜紹書)는 다음과 같이 언급하고 있다.

> 조선인은 책을 가장 좋아한다. 사신(使臣)의 입공(入貢)은 50인으로 제한되어 있지만, 옛 책 또는 새 책, 혹은 패관소설로 조선에 없는 것들을 날마다 시장에 나가 각각 서목(書目)을 베껴 들고 만나는 사람마다 두루 물어보고 비싼 값을 아끼지 않고 사 간다. 그래서 조선에 도리어 기이한 책들이 많이 소장되어 있다.[3]

조선 지식인의 서적 구입 열풍을 주목하고 있다. 중국에서의 서적 구입은 상상을 초월할 정도여서 아예 서목을 가지고 책을 구입하기도 하고,

3 姜紹書, 『韻石齋筆談』 卷上, "朝鮮人最好書. 凡使臣入貢, 限五十人, 或舊典, 或新書, 或稗官小說, 在彼所缺者, 日出市中, 各寫書目, 逢人遍問, 不惜重直購回, 故彼國反有異書藏本."

책값조차 개의하지 않을 정도라는 것이다. 이렇다 보니 중국에도 없는 이서(異書)가 조선에 있는 경우마저 생긴다고 한다.

중국에서의 서적 구입은 18세기에도 이어진다. 서유문(徐有聞, 1762~1822)은 사행 과정에서 유리창(琉璃廠)의 서사(書肆)에 들러 "책 목록을 상고하니 태반이 명나라 때 이후 문집이요, 태평성대에 유익이 될 것이 많으니 모두 전에 듣도 보도 못하던 것이다. 우리나라가 책을 사는 법은 이전에 나온 것을 해마다 구하기 때문에 저들이 우리나라 사람을 만나면 값을 많이 불러 비싸지게 된다. 그러므로 우리나라에서 책을 귀하게 여기는 것을 짐작할 수 있다"[4]라 하여 연행에 참여한 인사들이 듣도 보도 못한 신간을 해마다 구입해간다는 사실을 적고 있다.

그런데 조선조 후기 사행을 통한 서적 수입에 국왕 정조도 한몫한다. 정조는 당대 최고의 장서가였다. 그는 사행에 참여한 인사에게 중국 서적을 비롯하여 다양한 종류나 고가의 서적을 구해올 것을 명하고, 구입한 서적으로 자신의 '컬렉션'을 만든 바 있다.[5] 정조의 '컬렉션'은 검서관(檢書官)이나 초계문신(抄啓文臣) 등이 읽고, 다양한 국고 문헌의 편찬에 활용한 바 있다.

그런가 하면 당시 국내로 유입된 서적의 대량 증가로 장서가가 출현하는가 하면,[6] 다양한 서적의 독서를 통해 새로운 지식·정보의 획득과

4 한국고전번역원 한국고전종합DB, 국역『무오연행록』제2권, 무오년(1798, 정조 22), 12월 22일조 참조.

5 정조가 21세(1772년)부터 사망할 1800년까지 편찬한 문헌을 잘 보여주는 목록이『군서표기(群書標記)』다. 이는 문화 군주로서의 정조의 진면목을 보여주는 징표다. 그는 89종 2,490권에 이르는 책을 편찬하였고, 정조가 직접 편찬에 간여하지 않았지만, 편찬을 명한 문헌도 64종 1,501권에 이른다.

6 洪翰周,『智水拈筆』권1(국립도서관본). "雖以我國之編小, 沈斗室公之績堂, 太過四萬, 趙遊荷秉龜·尹石醉致定二公之家, 亦不下三四萬卷, 其他鎭川縣草坪里, 華谷李相慶億之萬卷樓, 徐楓石有榘斗陵里之八千卷, 又其下也. 盖京師故家, 有書之至千萬卷者, 指不勝摟." 번역은 홍한주 저, 진재교·김윤조 역,『19세기 견문지식의 축적과 지식의

유통을 활발하게 만들기도 한다. 당시 독서물은 명말청초 문인의 문집, 총서류와 총집류는 말할 것도 없고, 서학 관련 서적과 소설류에 이르기까지 다양했다.

그러다가 18세기에 오면 서적의 수입과 유통은 상상을 초월할 정도로 많아진다. 서적 수입으로 다종다기(多種多岐)한 서적이 유통되자 정조는 일부 서적을 겨냥하여 언급할 가치조차 없다고 비판하며, 무분별한 서적 수입을 비판한다. 그는 "학문이 정도(正道)에 무익하면 학문이 없는 것만 못하고 문장이 '실용'과 관계없는 것이라면 문장이 없는 것만 못하다"라고 하여 실용적이지 않은 서적의 수입과 유통을 문제 삼기까지 한다.[7] 특히 정조는 패관이어(稗官俚語)를 담고 있는 서적은 실용에 무익할 뿐만 아니라 그 내용은 사람의 마음마저 방탕하게 만들고,[8] 비리(鄙俚)·불경(不經)·용쇄(冗瑣)한 내용을 담은 서적은 눈만 기쁘게 하는 것으로 보았다.[9] 정조의 이러한 인식은 문체반정(文體反正)으로까지 이어져 당대 지식인에게 검열의 분위기와 그림자를 드리웠지만, 중국으로부터의 서적 수입과 국내 유통을 막을 수는 없었다.

19세기에 와서도 중국에서의 서적의 수입은 끊이지 않는다. 정원용(鄭元容, 1783~1873)이 연행에 참여하여 문집을 비롯하여 필기류 서적 등 290여 책을 구매한 것도 대표적이다.[10] 19세기까지도 여전히 다종다기한 종

탄생: 지수염필(상)』, 소명출판, 2013, 상권 참조.

7 정조, 「일득록」(『한국문집총간』 267), 195면, "學無益於正道, 不如無學；文無當於實用, 不如無文."

8 정조, 「일득록」(『한국문집총간』 267), 146면. "予雖不好聲色, 萬機之餘, 所消遣者, 惟是墳典而已. 而至於稗官俚語, 自幼至今, 一未嘗經眼. 蓋此等文字, 非但無益於實用, 其流之害, 移心蕩志, 有不可勝言. 世之不務實學而務外馳者, 予甚惜之."

9 정조, 「일득록」(『한국문집총간』 267), 181면. "近看燕中新購之書, 如禮樂兵刑錢穀甲兵等, 有實用者, 一不概見, 只以鄙俚不經冗瑣可笑之事, 苟求一時之悅眼."

10 鄭元容, 『袖香編』 권5, 「燕京貿書」, "鴻書二十卷, 山海經四卷, 閱微筆記十卷, 明鑑二十四卷, 杜悔堂集十卷, 松厓文鈔八卷, 家語二卷, 日知錄十二卷, 施註蘇詩十六卷, 司

류의 엄청난 서적이 국내로 유입되고, 사대부 지식인은 그야말로 서적의 홍수 시대를 맞이하게 된다.

> 천하에 서적이 번다하고 풍부하기가 지금 같은 때가 없었다. 대개 예전과 지금 사람들 가운데 조금이라도 문자를 아는 자치고 저술로 자신을 뻐기지 않은 이가 없다. 이른바 아무 문집이니 무슨 책이니 하는 것이 거의 집을 가득 채우고 마우(馬牛)의 땀을 흘리게 할 지경이다. 또한 지리한 말, 쓸데없는 이야기로 아무 도움 될 것은 없이 도리를 해치는 것들과 요망하고 괴이하며 사악하고 편벽된 불경스러운 서적이 열에 일곱 여덟이니, 이런 것들은 모두 진시황이 서적을 불태웠던 것과 같은 계기가 또 있다면 마땅히 빨리 불태워버려야 할 것이다.[11]

홍한주(洪翰周, 1798~1868)의 언급대로 19세기에는 불태워야 정도로 수많은 종류의 서적이 국내에 유통되고 있었다. 당시 유통된 서적 중에는 실용과 무관하고, 불경하고 분서(焚書)할 만한 서적이 열에 일곱 이상이라는 것이다. 하지만 이러한 서적 수입과 유통은 유서의 등장에 기여하게 된다. 조선조 후기 유서를 훑어보면 국내외의 다종다기한 서적을 인용하고 있는 데서 알 수 있다. 그러다 보니 유서에는 기왕의 가치체계나 사회질서와 무관한 각양각색의 지식·정보를 담고 있는 사례도 적지 않다. 각양각색의 지식·정보는 모두 대량으로 유입된 중국 서적과 유통이 없다면 생성될 수 없는 일이다.

대체로 수많은 서적의 국내 유통은 조선조 지식인에게 풍부한 독서물

馬溫公集二十四卷, 歷代儒詩四十卷, 帶經堂集二十四卷, 廣事類聚十六卷, 稗海八十卷, 三魏全書四十二卷, 此貿來於燕肆者也."

11 洪翰周, 『智水拈筆』 권1, "天下書籍之繁富, 莫今日如, 蓋古今人稍解文字者, 莫不以著述自命, 凡所謂某集某書, 殆充棟宇汗牛馬. 又其枝辭蔓語, 無益而害道者, 及妖怪邪辟不經之書, 十居七八, 此皆有秦火, 則所當亟焚也."

을 제공하기 때문에 독서인은 이들 서적과 쉽게 접속하게 된다. 그리고 수많은 서적을 접한 독서인은 당연히 그 독서법을 달리하는데, 경전이나 역사서의 독서와 다른 독서법을 취할 수밖에 없다. 이때의 독서 방법의 하나가 다독(多讀)임은 앞의 글에서 이미 언급한 바 있다. 19세기 고문가(古文家)로 명성을 얻은 홍석주(洪奭周, 1774~1842)는 젊은 시설부터 다독가였다.[12] 다독은 장서를 쉽게 접할 수 있는 환경이거나 장서를 소장하여 읽을 때 자주 활용된다. 장서가인 서유구(徐有榘, 1764~1845) 역시 당시 다독으로 저술 활동을 한 바 있다. 홍석주의 『학강산필(鶴岡散筆)』과 서유구의 『임원경제지(林園經濟志)』, 『금화경독기(金華耕讀記)』 등의 저술은 이러한 다독의 결과물이다. 서유구가 편찬하고자 한 『소화총서』 등과 같은 유서와 총집류도 다독이 없다면 불가능했을 터다.[13] 그런 점에서 필기와 총서류의 편찬과 기획은 다독을 토대로 한 대표적 사례다. 사실 다독은 박학(博學)과 관련이 깊다. 다독은 박학의 토대이기 때문이다. 다종다양한 책의 다독은 새로운 지식·정보를 획득하는 토대가 된다. 이 점에서 새로운 지식·정보의 획득을 추구할 때 흔히 볼 수 있는 독서법이 바로 다독이다.

다양한 서적의 다독은 정독(精讀)과는 방법을 달리한다. 경전과 성리학서나 역사서의 독서는 정독이 필수적이다. 이들 서적은 정독을 통해 끊임없는 행간과 그 이면의 의미를 음미하는 과정을 거쳐야 한다. 이를테면 경전과 역사서에 등장하는 관련 인물을 호출하여 존경심을 표하기도 하며, 때로는 경전과 역사서의 내용과 인물의 행적을 끊임없이 되뇌면

12 洪奭周, 『淵泉全書』 六, 「洪氏讀書錄」 오성사, 1982, 87면. "余生六歲而知讀書, 今三十餘年矣. 蓋嘗有志於博學多聞之事, 而不得其要, 凡諸子百氏, 術數之書, 以及乎稗官雜記, 譎誕嵬瑣不經之談, 亦時時氾濫出入, 而稽古之典, 經世之務, 顧反不暇及者."

13 洪吉周, 『沆瀣丙函』, 「雜著」, '曠如樓記', "公少讀書累千萬卷, 所纂述林園志, 小華叢書, 總累百卷. 今年七十有六, 致事郊居, 猶矻矻不休乎蒐補. ……중략…… 忽而思所讀書累千萬卷之外, 四庫之所充溢幾倍蓰, 忽而思林園志, 小華叢書之所未賅幾什百."

서 그 의미를 읽어내려고 하기 때문이다. 이러한 경전과 역사서의 독서법은 주희가 일찍이 언급한 바 있다. 『성리대전』에서 주희(朱熹)는 "학자가 『중용』·『대학』·『논어』·『맹자』 등의 사서(四書)를 공부하면서 만약 사서 공부에 착수하여 구절마다 글자마다 침잠하며 자기 일로 절실하게 여기며 투철하게 터득해나간다면, 일생 받아써도 다 쓰지 못할 것이다"[14]라 하여 무엇보다 정독을 강조했다. 이는 역사서도 마찬가지다. 이처럼 경전이나 성리서를 비롯하여 역사서 읽기에 가장 적당한 독서법이 정독인 것이다.

조선조 후기 다수 학자는 주자의 이러한 독서법을 본받아 자제와 제자들에게 강조하기도 한다. 이상정(李象靖, 1711~1781)의 언급은 이를 잘 보여준다.

> 주자(朱子)의 독서법은 『주자대전(朱子大全)』과 『주자어류(朱子語類)』 등 여러 책에 매우 많이 보인다. 그중 가장 중요하고도 절실한 것들을 모아서 너에게 준다. 너는 마음이 거칠고 기운이 분산되어 글을 읽을 때 힘써 읽지 않고 대충 하기 때문에 허다한 시간을 들여도 그 의미를 깨닫지 못하는 것이다. 진실로 이 독서법을 잘 이해하여 그 방법을 터득해야 한다.[15]

이상정은 아들의 '심조이기분(心粗而氣分)'의 독서 방법을 꾸짖는다. '심조이기분'의 독서 방법은 거칠게 대충 읽어 내려가는 조독(粗讀)과 상통한다고 보았다. 그래서 그는 정독하지 않으면 읽는 것이 거칠어 그 의미를

14 『性理大全』 卷54, 「學」 12, '讀書法', "學者, 於庸學論孟四書, 果然下工夫, 句句字字涵泳切己, 看得透徹, 一生受用不盡."

15 李象靖, 『大山集』 卷45, 「書與兒埦讀書法後」, "朱先生讀書之法, 見於大全語類諸書, 不啻多矣. 今最其尤切而要者以貽汝. 汝心粗而氣分, 讀書老草, 所以許多年未得其意味. 苟於此體會, 得其門路."

깨닫지 못하니, 주희가 말한 정독의 독서법 준용을 강조한다. 위에서 이상정이 언급한 '독서노초(讀書老草)' 역시 조독에서 벗어나지 않는다.

하지만 서적의 폭발적 국내 유입과 유통, 여기에 따른 다양하고 새로운 지식·정보의 양적 증대 상황에서 정독으로는 필요한 서적을 적시에 읽을 수 없다. 오히려 관심 정도에 따라 책을 훑어보는 수준으로 읽거나 띄엄띄엄 훑어 읽어 내려가는 조독, 서적의 내용에 따라 독서인이 필요한 내용이나 특정 부분을 골라 읽는 선독(選讀) 방식이 필요하다. 필기나 유서도 이러한 독서법을 배경으로 저술되었음은 물론이다.

유서는 '세상 지식·정보의 모든 것'을 담아내고자 하는 의식하에 기술된 경우가 많으며, 다양한 내용을 담고 있는 지식·정보의 창고다. 저자 역시 저술 과정에서 국내외의 필기와 유서는 물론 국내의 다양한 저술을 참고하는 경우가 다반사다.[16] 참고한 국내외의 서적 중에는 거질도 있다. 이러한 거질의 저술에서 필요한 지식·정보를 획득하기 위해 정독한다는 것은 불필요한 일이기도 하고, 현실적으로 가능하지도 않다. 저자가 유서의 지식·정보를 모두 획득하기 위해 거질의 필기류나 유서 따위를 정독한다는 것은 무의미하기 때문이다.

그래서 저자는 분류 항목과 전체 목차를 보고 필요한 부분을 선독하거나, 관심 가는 부분을 띄엄띄엄 읽기 마련이다. 유서를 저술하는 과정에서도 특정 관심사를 두고 고증하거나 사실관계를 확인하기 위해 기존 저술에서 특정 부분 관련 내용을 찾아 읽고 활용하면 그만이다. 유서의

16 조선조 후기 학자들이 가장 많이 읽은 대표적 유서를 들면 『사문유취(事文類聚)』(236권), 『문헌통고(文獻通考)』(348권), 『유양잡조(酉陽雜俎)』(20권), 『설부(說郛)』(210권), 『삼재도회(三才圖會)』(106권), 『당유함(唐類函)』(200권) 『예문유취(藝文類聚)』(100권), 『천중기(天中記)』(60권), 『산당사고(山堂肆考)』(240권), 『운부군옥(韻府群玉)』(20권), 『한위총서(漢魏叢書)』(251권), 『화한삼재도회(和漢三才圖會)』(105권) 등이다.

경우, 대체로 독서인은 기왕에 축적된 지식·정보를 체계적으로 배치하고 있어, 독자의 요구와 필요에 호응하는 선택적 읽기도 가능하다. 이때 선독 방식이 유효하다. 방대한 지식·정보를 담고 있는 유서는 특정 사안을 꼭 집어 읽고 참고하기에 편리하도록 분류하고 있어 더욱 그러하다.

이 외에도 유서는 기존 유서의 재인용과 축조(逐條) 방식으로 인용하는 경우가 많다는 점에서도 조독과 선독이 활용되기 마련이다. 이처럼 독서인이 원하는 지식·정보를 효율적으로 체득하기 위해 이처럼 다양한 독서법이 필요하다. 그렇기는 하나 방대한 저술이나 유서의 독서에 정독이 무의미하다는 것은 아니다. 독자의 필요에 따라 특정 내용에서 분석적 읽기와 정독이 당연히 필요하다. 하지만 여기서는 유서는 조독과 선독 방식이 가장 친연성이 많다는 점을 우선 주목한 것이다.

앞서 언급한 다독과 관련한 다양한 독서법은 경전과 성리서, 일부 역사서의 정독과 다르다. 대부분의 거질의 서적이나 유서와 같은 내용은 경전이나 역사서를 읽는 독자에게 일체화를 권유하지도 않고, 특정 내용을 읽고 그것을 실천하거나 사회 규범과 이념에 부합하는 인간형을 강요하지도 않는다. 유서에서의 조독과 선독은 실천성과 무관하며 지식·정보의 획득을 위해 읽기 위한 방법에 지나지 않는다. 이러한 독서법은 앞서 언급한 주자가 추구한 정독의 독서법과 그 길을 달리 하는 것이다.

이러한 다독이나 선독과 같은 독서환경의 변화와 지식·정보의 축적과 저술 활동에 결정적 변화를 가져다준 것은 안경의 등장과 확산이다.[17] 안경은 독서의 효용성은 물론 다양한 필기와 유서 출현에 적지 않은 영향을 끼친다. 필기와 유서는 저자가 만년에 저술한 경우가 대부분이다. 만년에까지 저자가 독서하고 저술하는 것도 안경이 없다면 불가능하기

17 안경과 독서, 독서환경과의 관계는 이 책의 제2부 제2장 「안경이라는 이기와 지식·정보」 참조.

때문이다. 이 점에서 안경은 지식인이 만년에까지 축적한 지식·정보를 바탕으로 유서의 저작으로 나아갈 수 있게 한 결정적 이기(利器)였다.

2. 차기 방식의 기록과 유서의 성립

필기는 사대부의 자기 정체성을 확인하는 장르다. 유서도 크게 보면 필기의 하나다. 본디 필기는 사대부의 서재에서 견문과 독서를 바탕으로 형성된다. 조선조 전기에 등장하는 필기가 대체로 그러하다. 하지만 조선조 후기 필기는 전대와 사뭇 다른 양상을 보여준다. 기본적으로 유서도 사대부의 서재에서 나온 것이기는 하지만, 그 성립과 내용은 전대의 저술과 사뭇 다르다. 편찬자의 실 체험이나 전해들은 견문 지식은 적고, 독서를 통한 지식·정보를 차기(箚記) 혹은 차록(箚錄) 방식으로 저술한 경우가 대부분이다.[18]

조선조 후기 필기의 대표적 사례가 바로 유서다. 이수광의 『지봉유설(芝峯類說)』은 조선조 후기 유서의 서막을 알린 저작이다. 『지봉유설』은 저자의 다양한 서적의 독서와 새로운 견문 지식의 체험 등을 기반으로 서술한 것이거니와, 기록은 차기 방식에서 크게 벗어나지 않는다.

사실 유서도 조선조 후기 필기와 같이 차기 방식의 과정을 거쳐 하나의 저작으로 성립한다. 조극선(趙克善, 1595~1658)의 『삼관기(三官記)』(4권)도 그 중 하나다. 『삼관기』는 심관(心官), 이관(耳官)(상·하), 목관(目官) 등으로 분류한 다음, 그 하위에 구체적인 항목의 표제어는 두지 않고 '권점(圈點)

18 차기와 차기체 필기와 관련한 것은 이 책의 제3부 제1장 「차기와 차기체 필기의 탄생」 참조.

〔○〕'을 두어 나누어놓았다. 이 점에서 유서의 성격을 보여주기도 한다. 『삼관기』는 당시 사대부 지식인의 독서상황과 이를 차록하여 기록하는 상황을 포착하고 있다.

> 나는 노둔하여 기억하는 성품이 없어서 어제 본 것도 지금에는 희미하고, 아침에 들어도 저녁에는 잊어버리고 만다. 여기에 매우 근심되어 대체로 독서하고 사물을 대할 적에 얻은 것이 있으면 혼미하여 잊어버리지 않고자 하여 적어서 기록하여 시용(時用)에 살펴보도록 한 것이다. 그러므로 맹자가 '마음의 기능은 생각하는 것'이라 말하였으니 그 마음에서 얻은 것은 심관에 붙였고, 귀로 들은 것은 이관에 붙였으며, 눈으로 본 것은 목관에 붙여 두고 이를 합하여 『삼관기』라 이름을 붙였다.[19]

『삼관기』는 주로 독서와 이문목도(耳聞目睹)한 내용을 담고 있다. 여기서 조극선은 독서와 견물응대를 『삼관기』의 성격으로 잡았다. 그중 심관은 사유를 통한 글쓰기 성향을 보여주고 있는데, 특정 사안에 자신의 견해를 덧붙이고 있다. 반면 이관과 목관의 내용은 저자 자신이 일상에서 포착한 내용을 위주로 서술하고 있어, 견문 지식이 어떻게 기록으로 정착되는지를 보여준다. 『삼관기』를 두고 남구만(南九萬)은 「장령조공행장(掌令趙公行狀)」에서 "무릇 독서하고 사물을 대할 적에 그 얻은 바를 차기하여 생각해 얻은 바는 마음에 붙였고, 듣고 본 것은 이목에 붙여 이를 『삼관기』라 하여 궁리(窮理)와 격물(格物)의 공부를 증험하였다"[20]라 하고 있다. 남구만은 차기 방식을 통하여 『삼관기』를 정리하고 있음을 선명히

---

19 趙克善, 『三官記』, 「三官記序」, "余魯無記性, 昨見而今迷, 朝聞而夕忘之, 深病于是, 凡於讀書應物之際, 有所得而不欲昏忘者, 書用識之, 時用省之. 仍念孟子心之官則思之語, 其得於心者, 屬之心官, 得於耳者屬之耳官, 得於目者屬之目官, 合而名之曰三官記."

20 南九萬, 『藥泉集』 권22, 「行狀」, "凡讀書應物之際, 箚記其所得, 而得於思者屬之心, 得於聞見者屬之耳目, 謂之三官記, 以驗窮格之功."

한 것이다.

남구만이 『삼관기』의 특징 하나로 '차기'를 언급하고 있는데, 조선조 후기 차기 방식의 저술은 필기와 유서에 두루 나타난다. 반계(磻溪) 유형원(柳馨遠, 1622~1673)의 『반계수록(磻溪隨錄)』은 일종의 유서이자 차기체 필기다. 성호(星湖) 이익(李瀷, 1681~1763)은 『반계수록』의 서문에서 "강령(綱領)의 웅대함과 절목(節目)의 세밀함은 보는 자들이 자득하는 데에 달려 있으니, 나는 군더더기 말을 하지 않겠다"[21]라 하여 『대학』의 강령과 조목처럼 체계가 잡혀 있어 췌언하지 않겠다고 하였다. 이 점을 고려하면 『반계수록』은 당연히 유서로도 주목할 수 있다.

18세기 나온 유서도 차기 방식을 활용하여 기술하고 있다. 성호 이익의 『성호사설(星湖僿說)』이 대표적이다, 이익이 스스로 언급한 대목을 보자.

> 옹은 한가로운 사람이다. 독서의 여가를 틈타 전기(傳記)·자집(子集)·시가(詩家)·회해(詼諧)나 혹은 웃고 즐길 만하여 두고 열람할 수 있는 것을 붓 가는 대로 적었더니, 많이 쌓이는 것을 깨닫지 못했다. 처음에는 그 비망(備忘)을 위해서 권책(卷冊)에 기록하게 되었는데, 뒤에 제목별로 그대로 배열하고 보니, 또한 두루 열람할 수 없어 다시 문별로 분류하여 드디어 권질(卷帙)을 만들었다.[22]

---

21 이익, 『성호전집』 권50, 「반계수록서」, "若其綱領之宏, 節目之密, 在覽者自得, 余不贅." 실제로 『반계수록』을 보면 전제(田制), 전제후록(田制後錄), 전제고설(田制攷說), 전제후록고설(田制後錄攷說), 교선지제(敎選之制), 교선고설(敎選攷說), 임관지제(任官之制), 직관지제(職官之制), 직관고설(職官攷說), 녹제(祿制), 녹제고설(祿制攷說), 병제(兵制), 병제후록(兵制後錄), 병제고설(兵制攷說), 병제후록고설(兵制後錄攷說), 속편(續篇), 보유(補遺), 군현제(郡縣制) 등으로 분류하고, 그 하위에 다시 항목을 두어 체계적으로 서술하고 있다. 성호가 말한 강령과 조목은 이를 두고 말한다.

22 李瀷, 『星湖僿說』, 「自序」, "翁乃優閒者也. 讀書之暇, 應世循俗, 或得之傳記, 得之子集, 得之詩家, 得之傳聞, 得之詼諧, 或可笑可喜可以存閱, 隨手亂錄, 不覺其至於多積. 始也, 爲其排忘, 錄之卷. 旣又爲之目列於端目, 又不可以徧閱, 乃分門類入, 遂成卷帙."

이익은 전기를 비롯하여 다양한 서적을 읽으며, 웃고 즐길 만한 그 내용과 열람할 수 있는 내용을 붓 가는 대로 적어 비망록 형태로 적어 두었다가 다시 문별로 분류하였음을 밝혔다. 독서 과정에서 웃고 즐길 만한 내용을 뽑아 붓 가는 대로 독자에게 열람의 기회를 제공했다는 것은 차기 방식의 서술을 말한다. 주지하듯이 『성호사설』은 이익 만년의 저술이다. 그가 평소 독서 과정에서 흥미롭거나 관심 있는 사안을 차록하여 독서 후기나 비망록처럼 두었다가 만년에 정리 과정을 거쳐 『성호사설』로 남긴 것이다.

한편, 조선조 후기 유서를 보면, 같은 사안을 두고 서로 어긋나게 서술한 사례도 있다. 이는 같은 사안을 다르게 독법하거나 저자의 사유방식에 따라 견해를 달리해 기록했기 때문이다. 여기서 독서와 견문을 통한 지식·정보는 절대적이거나 객관적이지 않다는 사실을 확인할 수 있다. 조선조 후기의 유서나 필기에 저자의 견해를 덧붙이는 부분에서 흔히 볼 수 있는 것이기도 하다.

과연 유서는 차기 방식을 어떻게 활용하여 서술하는지 몇 가지 사례를 통해 한 번 보기로 한다. 먼저 『지봉유설』이다.

> 영결리국(永結利國)(영국, 필자 주)은 극서의 외해에 있는데 낮은 매우 길고 밤은 겨우 2경(更)이어서 곧바로 날이 밝는다. 그곳의 풍속은 보릿가루만 먹고 가죽옷을 입으며 배를 집으로 삼는다. 네 층으로 배를 만들어서 쇳조각을 안팎으로 둘러싸는데, 배 위에는 수십 개의 대나무로 만든 돛대를 세우고 선미에는 바람을 일으키는 기계를 설치하며, 닻줄은 쇠사슬 수백 가닥을 모아서 만들었기 때문에 아무리 바람과 파도를 만나더라도 배가 부서지지 않는다. 전투에 대포를 사용하고 바다에 출몰하면서 겁탈을 자행하여 바다의 여러 나라가 감히 맞서지 못하였다.[23]

23 李睟光. 『芝峯類說』 권2, 「諸國部」, '外國'條, "永結利國, 在極西外洋, 晝則極長, 夜纔

영국 관련 서술 부분이다. 이수광의 서술은 인용 서적을 제시하고 있지 않아, 획득한 지식이 어디에서 왔는지 구체적으로 알 수 없다. 아마도 마테오 리치가 제작한 「곤여만국전도」나 중국에 유입된 서구의 관련 서적을 통한 견문 지식·정보의 획득으로 추측할 수는 있겠다.[24] 중국을 중심으로 한 공간과 다른 대륙이 존재하고 그곳에도 나라가 존재한다는 사실을 인식하고 서술하고 있다. 이렇게 서술한 자체가 이수광의 개방적 사유와 열린 태도의 일단이다. 사실 그의 이러한 기록은 이후 저술에 다양한 영향을 주기도 한다.

이를테면 유득공(柳得恭, 1748~1807)이 영국 관련 동향을 기술한 것도 『지봉유설』이 열어놓은 시야에서 크게 벗어나지 않아 보인다.

> 계축년(1793년) 연경에 사신으로 간 뇌자관(賚咨官)의 수본이다. "영길리국은 광동의 남쪽 해외에 있는데, 건륭 28년(1763)에 조공을 바치고 올해에도 조공을 바쳤습니다. 두목관(頭目官)은 마알구머니〔Macartney〕와 시당동〔Staunton〕 두 사람인데 그 나라 국왕의 친척입니다. 일행이 모두 7백 24명인데, 그중 1백 명은 경사(京師)에 왔다가 이어 열하(熱河)로 갔고, 나머지는 천진부(天津府)에 머물러 있습니다. 진공물(進貢物)은 19종인데, 제작이 기이하고 정교하여 서양인이 따를 수 없을 정도입니다. 9월 초에 천진의 해로를 따라 자기 나라로 돌아갔습니다." 여기까지가 수본(手本)의 내용이다. 상고해보건대, 이들은 곧 홍모이(紅毛夷)로서 왜(倭)가 길리시단〔christian〕이라고 부르는 자들이다.[25]

二更, 旋卽天明. 其俗惟喫麥屑, 衣皮裘, 以舟爲家. 四重造船, 以鐵片周裹內外, 船上建數十檣竹, 船尾設生風之機, 碇索用鐵鎖數百湊合以成, 故雖遇風濤, 不敗. 戰用大砲, 出沒行劫, 海中諸國, 莫敢相抗."

24 이수광은 『지봉유설』 권2 「제국부(諸國部)」의 '외국(外國)'조에서 중국에 사행한 이광정과 권희가 1602년에 제작된 마테오 리치(Matteo Ricci)의 「곤여만국전도」를 가져왔음을 언급하고 있다. 여기서 이수광은 「곤여만국전도」를 「구라파국여지도(歐羅巴國輿地圖)」라 적고 있다.

유득공이 저술한 『고운당필기(古芸堂筆記)』의 한 대목이다. 유득공이 1793년에 자문(咨文)을 가지고 간 뇌자관이 기록한 수본에 관심을 가진 것도 특이하거니와, 청을 방문한 영국 사신의 동향과 그들이 바친 정교한 진공물을 기록한 수본을 다시 인용한 것도 예사롭지 않다. 당시 유득공과 심교(心交)하였던 이덕무(李德懋, 1741~1793)가 『청장관전서(青莊館全書)』에서 『지봉유설』을 적지 않게 인용하였음을 고려하면, 그는 『지봉유설』의 내용을 익히 알고 있었던 것으로 보인다. 유득공과 이덕무 모두 사행 경험이 있어 북경의 창을 통한 서구 지식의 체험과 다양한 서적의 독서 등도 영국 인식에 영향을 주었음은 물론이다.

그런가 하면 정약용도 『고운당필기』에 평을 하는 형식을 취하면서, 당대까지 영길리와 관련한 다양한 지식·정보를 구체적으로 제시하고 있다. 아래는 「유영재득공필기평」의 내용이다.

> 그리고 홍모국(紅毛國)은 서북쪽 주변의 추운 나라가 되며 아란타(阿蘭陀)가 그중 1개 주라고 말하였으니, 그 땅은 구라파(歐羅巴), 리미아(利未亞) 사이에 있다. 서쪽 배가 본토에서 광동(廣東)까지 이르자면 구불구불한 수로가 9만 리나 되고 광동에서 일본까지 또한 수만 리가 더 될 것이니, 1만 2천 리는 분명 12만 리임에 의심이 없다. 아정(雅亭) 이덕무가 이르기를 '서남쪽 해중(海中)에 있는 것은 일본까지의 거리가 1만 2천 리이다'라고 하여 의당 서북쪽 극변에 있지 않을 것이라고 여겼기 때문에 이와 같이 의심한 것이다. 「곤여도(坤輿圖)」를 상고하면, 구라파의 서쪽에 불랑찰(拂郎察)이 있고 그 북쪽을 와란(喎蘭)이라 하니, 와란

25 柳得恭, 『古芸堂筆記』 권5, 「口英咭利」, "癸丑赴燕賫咨官手本: 曰口英咭利國, 在廣東之南海外, 乾隆二十八年入貢, 今年又入貢. 頭目官, 嗎戞口尒呢嘶噹■二人, 係是該國王親戚. 一行共七百二十四人, 其中一百人, 進京仍赴熱河, 餘留天津府. 進貢物十九種, 製造奇巧, 西洋人所不及. 九月初由天津水路回國. 手本止此. 按: 此卽紅毛夷, 倭呼吉利是段者, 是也."

은 아란(阿蘭)이다. 그 땅이 중국의 사막 북쪽 달단(韃靼) 땅과 위도가 같다. 그렇다면 서북쪽 극변에 있다는 것은 과연 믿을 만한 글이다. 근래에 청인(淸人) 장정부(莊廷旉)가 만든 지도를 보니 '영길리는 조그마한 섬으로 극서의 서쪽 파니아(把尼亞) 해중에 있어 마치 일본이 큰 바다 가운데 있는 것과 같아 와란이 아니다'하였다. 이 이론과 차이가 있다. 그 풍속은 오로지 상업으로 본업을 삼아 사해를 주류하면서 배를 집으로 삼는다. 그 리미아의 모든 연안 및 남인도 남쪽 연안, 곧 온도사탄(溫都斯坦)이다.[26]

정약용은 아예 유득공의 『고운당필기』에 평을 하고, 그 과정에서 서구의 여러 나라 지식·정보를 제시한 다음, 자신의 견해를 덧붙인다. 전형적인 차기 방식의 글쓰기다. 「유영재득공필기평」의 구성은 먼저 유득공의 『고운당필기』를 인용하고, 『왜한삼재도회(倭漢三才圖會)』에서의 서구 관련 지식·정보를 제시하고 있다. 이어서 이덕무의 「병지비왜론(兵志備倭論)」에서 기록한 아란타와 불랑기(佛郎機)의 지리 정보를 기록한 다음, 앞서 제시한 뇌자관의 수본, 그리고 여기에다 1797년 경상도 관찰사가 올린 이양선(異樣船) 관련 장계(狀啓)의 내용을 덧붙이고 있다. 이뿐만 아니라 기왕에 파악할 수 있는 서구 국가와 관련한 다양한 관련 지식·정보도 제시하고, 이를 토대로 논평을 하고 있다.

당초 서구 관련 인식의 단서를 제공한 것은 『지봉유설』의 외국부(外國部) 기록이다. 『지봉유설』의 외국부 기록은 동아시아 너머 새로운 대륙과 서구의 본격적인 관심을 촉발하고, 후대에 서구의 새로운 지식·정보를 확산시킨 계기를 준 것으로 보인다. 연행과 통신사행에서 서구와 그 관련 지식·정보의 부분적 획득도 있었지만, 이러한 방식을 통한 서구

26 丁若鏞. 『茶山詩文集』 권22, 「柳冷齋得恭筆記評」 참조, 번역은 한국고전번역원, 한국고전종합DB, 『다산시문집』 참조.

관련 지식·정보의 획득과 유통도 있었던 것이다. 서구 관련 지식·정보의 획득은 이양선이 한반도 근해에 출몰하여 서구인과 문물을 직접 견문하기 전까지 계속된다. 이처럼 조선조 후기 학술 장에서 『지봉유설』이나 『고운당필기』와 같은 유서는 새로운 지식·정보의 유통과 확산에 기여한 것이다.

다음은 조재삼(趙在三, 1808~1866)의 『송남잡지(松南雜識)』의 한 대목을 보자.

> ① 지봉 이수광은 "중국의 동해는 우리나라의 서해이니 밀물과 썰물이 있는 것이 당연하다. 우리나라의 동해는 본래 밀물과 썰물이 없었다. 이것은 이치 밖의 알기 어려운 일이어서 역대로 논변한 사람이 없으니 중국 사람들이 일찍이 우리나라의 동해를 보지 못했기 때문이다"라 하였다. 양만세(楊萬世)는 동해에 사는 사람인데 나에게 "북해가 북쪽에서 흘러 아래로 동해에 이릅니다. 밤낮으로 그치지 않기 때문에 바람이 고요한 날이라도 파도 소리가 멀리서 들립니다. 길게 흐르는 물은 밀물과 썰물이 없으니 형세 상 그런 것입니다"라 말해주었다.
>
> ② 성호 이익은 "영동의 바다에는 조수가 없다. 대개 왜의 땅은 원래 말갈에 속하니 흑룡강 밖의 한 지맥이 동쪽으로 뻗고 남쪽으로 뻗어 하이(蝦夷)에 맞닿으니 하이는 왜의 북쪽 경계이다. 왜의 지형은 동서로 길고 일기도(壹岐島)·대마도(對馬島)는 우리 땅과 마주하여 바다의 문이 된다. 그 가운데가 하나의 큰 호수가 되고 조수가 동남쪽에서 오는 까닭에 막혀서 올라오지 못한다. 이런 까닭에 물고기와 용이 사는 곳이 되고 해산물이 풍부하기가 여기만 한 곳이 없다. 고래가 장난치고 용이 잡아당기면 풍랑이 항상 일어 조운선이 다닐 수가 없다"라 하고 다시 "산해관(山海關)에서 동해까지가 5천여 리이고 그 영고탑(靈古塔) 동쪽이 3천 리이다. 그 물의 형세를 자세히 살펴보면 동북쪽에서 다 모이니 흡사 바닷가 평평한 땅과 같다. 지금 일본 동북쪽의 하이는 넓

고 펀펀하고 낮고 습한데, 북쪽으로 뻗어가다가 끊어지기도 하고 이어지기도 한다. 위로는 숙신(肅愼) 땅과 접하고 우리나라 동해는 잔잔한 호수가 되었으니 조수가 없다"라 하였다.

③ 내 생각으로 조수는 천지의 기운인데 어찌 길게 흐른다고 해서 이르지 못하며, 막혔다고 해서 올라오지 못하겠는가? 물이 많이 모이는 곳은 밀물이 밀려와도 증가한 줄을 모르고 썰물이 돼도 감소한 줄을 몰라서 그런가? 혹은 물의 성질이 아래로 내려가고 땅의 형세가 기울어져서 밀물이 밀려와도 사람들이 스스로 알지 못해서 그런가?[27]

장황하지만 길게 인용했다. 조재삼은 동해에 조수가 없는 것에 의문을 가지고 다양한 서적을 참고하여 자신의 견해를 밝힌다. 본래 '동해무조석(東海無潮汐)'은 전대의 『용재총화(慵齋叢話)』[28]나 『계곡만필(谿谷漫筆)』[29] 등

27 趙在三,『松南雜識』,「地理類·東海無潮」,"芝峯曰, 中國之東海, 卽我國之西海, 其有潮汐固矣. 我國之東海, 本無潮汐. 是理外難知之事, 而歷世無論辨之者, 中國之人, 未嘗見我國東海故也. 楊生萬世乃東海居人, 爲余言. 北海自北而流, 下至東海. 晝夜不止, 故雖風靜之日, 波聲遠聞. 長流水無潮汐, 其勢然矣. 星湖曰, 嶺東之海無潮. 盖倭地原從靺鞨, 黑龍江外一支, 迤東迤南, 接于蝦夷, 蝦夷者, 倭之北境也. 倭地東西長, 日岐對馬與我土對峙爲海門. 中間作一大湖, 潮從東南來, 故礙阻不止也. 是以魚龍之所窟宅, 海錯之富, 莫此若. 鯨戱龍拏, 風濤恒作, 漕不能運. 又曰, 自山海關至東海, 五千餘里, 其靈古之東, 已三千里. 詳其水勢, 盡匯於東北, 似是海堧低平之地. 今日本東北蝦蛦, 廣衍卑濕, 池走向北, 或斷或連. 上接肅愼之地, 而我國東海便成平湖, 所以無潮也. 愚以爲潮者, 天地之氣, 豈長流而不至, **燮**阻而不上也. 衆流之會, 或潮至而不知加, 汐退而不知減而然耶? 或水性下地勢**頉**, 潮至而人自不知而然耶?"

28 成俔,『慵齋叢話』,"潮水之往來有常, 朝曰潮, 而夕曰汐, 所謂信者, 不失其期也. 自越閩齊東遼瀋之境, 及我西南海, 潮皆一樣, 惟東海無潮, 中朝不知, 故先儒無議之者. 或云南方體柔用强, 故有潮. 北方體强用柔 故無潮, 或云潮之源出自中國, 我之西海近, 故潮所及, 東海遠, 故潮不及. 或云自東女眞之域, 沮洳連陸 達于東倭, 潮源出自扶桑, 過倭國而西, 潮至連陸之地迤回而南, 我之東海在其內, 故潮不及. 此三說, 未知孰是."

29 張維,『谿谷漫筆』卷1,「論東海潮汐之有無」,"我國東界一帶海水, 無潮汐, 故有東海無潮汐之說, 而古之人未嘗道也. 余嘗思其理而不可得, 竊意非東海無潮汐, 乃北海無潮汐也. 何以明之? 先儒以潮汐爲地之喘息 人之喘息也. 腹動而背不動, 地勢以北爲背而南爲腹, 腹有喘息, 而背無喘息, 其理則然."

에서도 언급한 바 있는 내용이다. 사실 조수의 문제는 관념의 영역 아니라 자연현상과 관련한 과학의 영역이다. 조재삼이 조수에 의문을 가진 것 자체가 흥미롭다. 자신의 견해를 제시하기에 앞서, 전시기의 유서에서 조수의 쟁점을 먼저 뽑아 제시하고 있다. 이미 분류된 지식·정보의 보고인 유서를 활용하여 제시한 자체가 새로운 지식의 생성이다.

조재삼은 ①에서 17세기 『지봉유설』의 논의 사항을 제시하고, ②에서 『성호사설』의 기록을 인용한 다음, 남아 있는 의문처나 석연치 않은 부분을 언급한 뒤 ③에서 자신의 견해를 첨부하는 방식으로 논지를 전개한다. 그는 북해가 흘러 동해에 이른 것이니 길게 흐르는 물은 조수가 없다고 한 이수광의 견해와 동해는 호수처럼 막혀 있어 올라오지 못한다고 한 이익의 견해를 이치에 맞지 않는 것으로 본다.

지금은 간조와 만조가 달의 인력이 지구에 미쳐 바닷물을 세게 끌어당겨서 일어나는 현상이라는 과학 상식을 알고 있지만, 당시 사대부 지식인으로서는 이 문제를 이해하기 어려웠다. 서해의 경우 대륙으로 막혀 있어, 모인 해수가 빠져나가지 못해, 만조 시에는 해수면의 높이가 굉장히 높아진다. 반면 동해는 사방이 막혀 있지 않아 해수면이 높아진다 하더라도 해수가 사방으로 빠져나갈 수가 있어 만조에도 해수면이 크게 높아지지 않기 때문에 마치 조석이 없는 것처럼 보이는 것이다.

따라서 ③에서 조재삼은 동해는 물이 많은 곳이라 물의 증감 현상을 감지할 수 없을 것이라는 것에 의문을 제기하는데, 가만히 따져보면 그의 의문은 실제 과학적 인식에 상당히 근접해 있다. 조재삼은 자신의 견해를 제시한 뒤에도 조석 관련 정보를 덧붙이고 있다. 예컨대 『심양기(瀋陽記)』, 『고려도경(高麗圖經)』, 『현중기(玄中記)』 등 중국 서적까지 활용하여 조수 관련 지식·정보를 차록한 뒤 이를 집중해서 배치한 것에서 알 수 있다.

이처럼 『송남잡지』는 특정 사안을 두고 국내외의 서적을 두루 제시함으로써 기왕의 지식·정보를 확장하고 새로운 지식의 생성을 보여주고 있다. 『송남잡지』처럼 다양한 인용문 뒤에 저자의 견해를 덧붙일 경우, 자국의 사례를 들어 비평하기도 하지만, 자국 지식을 포함하여 이국의 지식을 끌어들여 견해를 덧붙이는 방식을 취하기도 한다. 이러한 서술은 세계의 보편지식을 시야에 두고 자신의 견해를 펼쳤다는 점에서 의미가 있다.

흔히 필기나 유서에서의 차기 방식의 서술은 개별 사실을 재구성하여 기존의 지식·정보를 가공하거나 새롭게 확대하여 제시하는 경우가 많다. 이러한 방식의 지식·정보의 확대는 저자 자신의 독서 폭과 넓이, 그리고 새로운 사유의 표출이기도 하다.

또한 조선조 후기 유서는 학술적 사안을 두고 차록이나 차기 방식으로 정리하는가 하면, 기왕의 국내외 서적을 활용하여 자신의 견해를 제시함으로써 학술 장에 고증학적 지향을 보여주기도 한다. 흔히 기존 문헌을 근거로 비평하고 여기에 자신의 견해를 덧붙이는 방식으로 서술하거니와 유서에서 볼 수 있는 전형적 서술이다. 이른바 '이서증서(以書證書)'의 방식일 터, 이러한 방식은 고증학의 중요한 사례이자 한 양상으로 볼 수도 있다.

3. 분류 체계와 학술적 시야

차기를 통해 축적된 지식·정보는 전대의 지식·정보를 토대로 저자의 견해를 덧붙여 재배치하는 경우가 많다. 축적된 방대한 지식·정보를 효율적으로 배치하기 위해서는 기왕의 지식을 가공하여 새로운 편집 방식으로 분류하는 것이 필요하다. 방대하게 집적한 기왕의 지식·정보를 어떠한 방식으로 재배치할 것인가 하는 점은 지식의 유통과 확산을 촉진할 수 있다는 점에서 중요한 이슈다. 축적된 지식·정보에 효과적인 질서를 부여하여 제공함으로써 유통과 확산에 기여할 수 있기 때문이다.

지식·정보에 질서를 부여하여 체계적으로 정리하는 것은 저자의 학적 성취이기도 하지만, 독자를 상정하여 대화하고자 하는 학술 행위의 하나이기도 하다. 자신이 알고 있거나 알고 싶은 지식·정보를 어디에서 찾고 확인할 것인가 하는 문제 역시 학술적으로 중요한 사안이다. 이럴 때 지식·정보는 분류와 깊은 관련성을 가지게 된다. 지식·정보의 분류와 재배치, 나아가 내용에 어울리는 편집 방식은 기왕의 지식·정보와 새로운 지식·정보가 뒤섞여 전혀 새로운 방식의 지식·정보로 재탄생하기도 한다. 이 경우, 많은 지식·정보에 새로운 질서를 부여하여 새로운 학술과 문예의 출현을 촉진할 수도 있다는 점에서 유서의 위상을 확인할 수 있는 대목이다.

대체로 사물이나 지식 관련 정보를 대상으로 분류하는 것은 대상을 인식하고 사유하는 것을 의미한다. 유서에서 제시하고 분류한 지식·정보의 범주는 기본적으로 저자의 세계관과 사유방식의 학술적 체현이다. 기왕의 가치 체계와 같고 다름을 가늠할 수 있는 것 역시 지식·정보에 어떠한 질서를 부여하고 무엇을 포섭하여 분류하느냐는 문제와 관련이 있다. 새로운 분류로 지식·정보를 재배치하는 것은 그 자체 지식의 생성이기도 하지만, 기왕의 사유와 다른 방식의 모색이기 때문이다.

조선조 후기 유서는 대체로 서적의 독서와 견문 체험을 배경으로 지식·정보를 축적하고, 이를 재가공하여 배치한다. 유서에서 지식·정보를 재배치하기 위한 분류는 이 시기의 지식 체계와 새로운 사유의 단초를 확인하는 것이다. 이 점에서 유서의 분류체계 이해는 학술사 내지 지식사적 의미를 지닌다. 조선조 후기 지식·정보의 축적과 함께 유서의 저자는 분류 의식을 강하게 표출하고 있는 것도 학술사적 의미를 지닌다.

사실 분류 의식은 유서는 말할 것도 없고 총집류나 총서류에서 흔히 보인다. 총집류나 총서류는 기왕의 저술을 총집한 것임에도 기왕의 편집과 달리 새롭게 보여주기 위해 분류와 편집 방식을 보여주기 때문이다. 이는 유만주(兪萬柱, 1755~1788)의 경우에서 확인할 수 있다.

> 『통원설부(通園說部)』의 편목을 만들었다. 그 28목(目)은 "성력부(星曆部)·해악부(海嶽部)·씨족부(氏族部)·문사부(文史部)·기예부(技藝部)·전고부(典故部)·이송부(理訟部)·전벌부(戰伐部)·음악부(音樂部)·보장부(寶藏部)·요속부(謠俗部)·누관부(樓館部)·총묘부(塚墓部)·패식부(佩飾部)·금어부(禽魚部)·화목부(花木部)·시화부(詩話部)·변이부(變異部)·감응부(感應部)·영화부(靈化部)·전정부(前定部)·이적부(異蹟部)·선범부(僊梵部)·방술부(方術部)·점몽부(占夢部)·신괴부(神怪部)·배해부(俳諧部)·정염부(情艶部)"라 하였다. 그 차례는 주로 정(正)을 앞에, 기(奇)를 뒤에 놓았으며, 상(常)을 앞에 두고, 이(異)를 뒤에 놓았다. 갑오년(1774) 겨울에 나는 『통원설부』의 서문을 써두었는데, 그냥 버려두었더니 원고가 없어지고 말았다. 지금 생각나는 대로 기록하지만 다 적지 못한 것이 여전히 많다.[30]

통원 유만주가 『통원설부』를 편찬하기 위해 분류한 내용을 서술한 대목이다. 유만주는 자신이 적어 두었던 서문을 분실하였다고 했다. 실제로 『통원설부』도 남아 있지 않아, 유만주가 편찬하고자 한 것이 총집류 저술인지 유서인지 분명하지 않다. 아마도 저술을 기획한 뒤 착수하지 못하고 서문을 적어두었다가 분실한 것으로 보인다. 유만주는 『통원설

30 兪晩柱. 『欽英』 제3책, 「乙未部」, 三月 初3日 庚戌, "輯通園說部之目, 二十有八曰: '星曆部·海嶽部·氏族部·文史部·技藝部·典故部·理訟部·戰伐部·音樂部·寶藏部·謠俗部·樓館部·塚墓部·佩飾部·禽魚部·花木部·詩話部·變異部·感應部·靈化部·前定部·異蹟部·僊梵部·方術部·占夢部·神怪部·俳諧部·情艶部.' 其第次, 主先正後奇, 先常後異. 甲午冬, 余有序說部之文, 而便爾棄寘. 艸藁散佚, 今隨思錄之, 而其不記者, 尙多."

부』를 모두 28목으로 분류했음을 밝히고 있다. 28목의 분류를 보면 마치 세상의 모든 지식·정보를 담고 있는 분류 방식처럼 보인다. 유형에서 무형, 관념에서 물질, 우주에서 자연, 일상에서 의식주, 학술과 문예 등에 이르기까지 모두 하나의 항목으로 분류하고 있다. 특히 신선과 부처 등을 다루려는 선범부는 유교 가치와 상반되는 것이고, 신괴부, 변이부, 방술부 등 항목은 공자의 '불어괴력난신(不語怪力亂神)'의 명제에 어긋나는 것이다. 그런가하면 배해부, 정염부 등도 당대의 이념과 가치 지향과는 사뭇 다른 방향이다. 유만주가 기왕의 질서나 가치와 상반되거나 어긋나는 항목을 분류체계로 잡은 것 자체가 기왕의 체계와 사뭇 다른 분류의식의 소산이자 사유 방식임을 엿볼 수 있다.

그러면 실제 저술이 남아 있는 조선조 후기 대표적인 유서의 분류 방식을 확인해보고자 한다.

17~19세기 유서의 사례

편저자	① 이수광 (李睟光, 1563~ 1628)	② 김육 (金堉, 1580~ 1658)	③ 이익 (李瀷, 1681~ 1763)	④ 안정복 (安鼎福, 1712~ 1791)	⑤ 서명응 (徐命膺, 1716~ 1787)	⑥ 서유구 (徐有榘, 1764~ 1845)	⑦ 유희 (柳僖, 1773~ 1837)	⑧ 조재삼 (趙在三, 1808~ 1866)	⑨ 이유원 (李裕元, 1814~ 1888)
서명	『지봉 유설 (芝峯 類說)』	『유원 총보 (類苑 叢寶)』	『성호 사설 (星湖 僿說)』	『만물 유취 (萬物 類聚)』	『고사 신서 (攷事 新書)』	『임원경 제지 (林園經 濟志)』	『물명고 (物名考)』	『송남 잡지 (松南 雜識)』	『임하 필기 (林下 筆記)』
권수 분류	20권 10책 25부	47권 30책 27문	30권 30책 5문	건·곤(乾 ·坤) 2책 3류 3문	12권 17책 12문	113권 52책 16지	5권 1책	판본마다 차이 33류	39권 33책 16편
항목 분류	天文部 時令部 災異部 地理部 諸國部 君道部 兵政部	天道門 天時門 地道門 帝王門 官職門 吏　部 戶　部	天地門 萬物門 人事門 經史門 詩文門	天道類 地理類 動植類 臣道門 秋官門 冬官門	天道門 地理門 紀年門 典章門 儀禮門 行人門 文藝門	本利志 灌畦志 藝畹志 晩學志 展功志 魏鮮志 佃漁志	有情類 無情類 不動類 不靜類	天文類 歲時類 地理類 國號類 歷年類 外國類 人事類	四時香春館編 瓊田花市編 金石薙石墨編 掛劍餘話編 近悅編 人日編 典謨編

	官職部	禮 部			武備門	鼎俎志		嫁娶類	文獻指掌編
	儒道部	兵 部			農圃門	贍用志		喪祭類	春明逸史編
	經書部	刑 部			牧養門	保養志		姓名類	旬一編
	文字部	人倫門			日用門	仁濟志		科擧類	華東玉糝編
	文章部	人道門			醫藥門	鄕禮志		文房類	薛荔新志編
	人物部	人事門				遊藝志		武備類	扶桑開荒攷編
	性行部	文學門				怡雲志		農政類	蓬萊秘書編
	身形部	筆墨門				相宅志		漁獵類	海東樂府編
	語言部	璽印門				倪圭志		室屋類	異域竹枝詞編
	人事部	珍寶門						衣食類	
	雜事部	布帛門						財寶類	
	技藝部	器用門						什物類	
	外道部	飮食門						音樂類	
	宮室部	冠服門						技術類	
	服用部	米穀門						拘忌類	
	食物部	草木門						仙佛類	
	卉木部	鳥獸門						祥異類	
	禽蟲部	蟲魚門						稽古類	
		四夷門						理氣說	
		神鬼門						人物類	
								朝市類	
								方言類	
								花藥類	
								草木類	
								蟲獸類	
								魚鳥類	

위의 사례는 지식·정보를 비교적 풍부하게 담고 있고, 시기별 특징을 보여주는 유서를 중심으로 제시한 것이다.[31] 이들 유서는 다양한 방식으로 지식·정보를 축적하고, 축적된 지식·정보의 질서와 체계적 배치문제를 고민한 것이 대부분이다.

①의 『지봉유설』은 25부로 분류한 다음, 부(部) 하위에 다시 세부 항목을 배치하고, 다시 그 항목에 따른 내용을 서술하고 있다. 이수광은

31 권문해(權文海)의 20권 20책의 『대동운부군옥(大東韻府群玉)』도 전형적인 유서인데 저자가 1589년(선조 22)에 편찬한 것이다. 여기서는 조선조 후기의 유서를 대상으로 논지를 전개하기 제외하고 논하고자 한다.

이미 범례에서 『지봉유설』의 성립 과정과 분류 방식을 비롯하여 출처 관련 정보를 자세하게 언급하고 있다. 편질(篇帙)이 많아 3,450조(條)의 항목으로 분류할 수밖에 없는 이유도 함께 제시했다. 또한 348가(家)의 참고서적과 수록한 인명, 여기에 문견한 내용 출처를 함께 기술할 뿐만 아니라, 육경(六經)으로부터 소설(小說) 등에 이르기까지 348가의 서적을 인용한 사실도 함께 밝히고 있다. 여기에 그치지 않고 상고(上古)로부터 본조(本朝)에 이르기까지 『지봉유설』에서 언급한 인명 2,265인도 정확히 밝혀 놓았다.[32] 이러한 범례를 통해 『지봉유설』의 성격과 분류의식 등을 어느 정도 파악할 수 있다.

이어서 이수광은 『지봉유설』 서문에서 자신의 저술과 관련하여 방향성을 분명하게 밝힌다.

> 우리 동방은 예의로 중국에 알려졌고, 박식하고 고아한 선비들이 거의 이어져 나왔지만, 전기에 빠진 것이 많고 문헌에서도 징험할 수 있는 것이 드무니 어찌 애석하지 않겠는가? 대체로 역대로 소설과 같은 여러 서적이 있었던 것은 다문(多聞)에 도움이 되고 전고를 고증하는 자료를 위한 것이었으니, 또한 효용이 적다고 할 수 없다. 그런데 전조(前朝)의 『보한집(補閑集)』·『역옹패설(櫟翁稗說)』, 아조(我朝)의 『필원잡기(筆苑雜記)』·『용재총화』 등과 같은 책은 열 몇 사람의 것에 지나지 않으니, 그 사이 세상에 전할 만한 사적이 대부분 사라져버렸다. 내 희미하고 보잘것없는 식견으로 어찌 감히 함부로 저작집에 견줄 수 있겠는가? 간략히 한두 가지를 기록하여 버려지고 잊히는 데에 대비하는 것이

32 李睟光, 『芝峯類說』, 凡例, ○爲說共三千四百三十五條, 初出於臆記, 隨得輒書, 而篇帙旣夥, 始爲分類. 故或未免舛駁爾. ○所記出自古書及聞見者, 必書其出處, 而頗以妄意斷之, 其不言出處者, 乃出妄意者也. ○所引書籍, 六經以下, 至近世小說諸集, 凡三百四十八家. 所錄人姓名, 自上古迄本朝, 得二千二百六十五人, 具載別卷. 其或但稱姓某云者, 不欲斥名, 亦有所諱焉耳.

> 진실로 나의 뜻이다. 신괴와 관련된 일은 일절 기록하지 않았고, 옛사람의 시문에서는 간혹 근거 없는 내 의견을 섞었으니, 매우 참람되고 주제 넘는 것이 심한 줄을 잘 안다. 감히 내 생각이 옳다는 것이 아니니, 안목을 갖춘 이가 가려주길 바란다.[33]

먼저 이수광은 역사적으로 박식하고 고아한 선비가 많이 나왔지만, 전기와 문헌에서마저 빠뜨려버려 징험할 수 없는 것을 보완하기 위한 것이 하나의 저술 방향이며, 『보한집』·『역옹패설』, 조선의 『필원잡기』·『용재총화』 등의 필기 전통을 계승하기 위한 것이 또 다른 저술의 방향이라 하고 있다. 위에서 이수광은 자신의 저술을 필기를 계승한 것으로 보고 있다.[34]

그런데 "간략히 한두 가지를 기록하여 버려지고 잊히는 데에 대비하는 것이 진실로 나의 뜻이다"라 언급하고 있듯이 한두 가지 기록했다는 것은 자신의 관심 사안을 기록했다는 의미다. "옛사람의 시문에서는 간혹 근거 없는 내 의견을 섞었다"라는 것은 자신의 견해를 첨부했다는 의미다. 이는 특정 사안을 주목하고 거기에 의견을 덧붙이는 차기 방식의 글쓰기다. 따라서 이수광이 '유설'이라 이름을 붙인 것도 자신이 모은 다양한 해당 지식·정보를 분류하고 자신의 견해를 붙였다는 것을 의미한다. 그런 점에서 『지봉유설』은 분류를 고민하고 자신이 축적한 지식·정보 뭉치를 자신의 학적 시야 안에서 재배치한 것이다.

---

33 같은 책, 「芝峯類說序」, "我東方以禮義聞於中國, 博雅之士殆接迹焉, 而傳記多闕, 文獻鮮徵, 豈不惜哉? 夫歷代之有小說諸書, 所以資多聞證故實, 亦不可少也. 如前朝補閑集櫟翁稗說, 我朝筆苑雜記慵齋叢話等編, 不過十數家而止, 其間事蹟之可傳於世者, 率皆泯泯焉. 余以款啓劣識, 何敢妄擬於述作之林? 略記一二, 以備遺忘, 寔余志也. 若事涉神怪者, 一切不錄, 而於古人詩文, 間或參以臆見, 則固知僭越之甚, 然非敢以己意爲是, 惟具眼者擇焉."

34 조선 전기 필기의 저술 의식에 대해서는 임완혁, 「조선 전기 筆記의 전통과 稗說」, 『대동한문학』 24, 대동한문학회, 2006, 73~78면.

『지봉유설』(국립중앙박물관 소장)

실제 이수광은 독자의 가독성을 위해 『지봉유설』에 담긴 지식·정보 뭉치를 효율적 방식으로 분류·배치하고 있다. 이러한 분류와 배치는 이수광이 명(明)의 양종(楊淙)이 저술한 『군서고색고금사문옥설(群書考索古今事文玉屑)』을 참고한 것으로 보인다. 『군서고색고금사문옥설』은 양종이 만력(萬曆) 정유년(1597)에 간행한 유서인데, 여러 문헌에서 시문에 쓸 만한 어휘와 전고를 추려서 정리한 것이다.[35] 이수광은 『지봉유설』에서 『군서고색고금사문옥설』을 12차례 인용하고 있을 뿐만 아니라, 『지봉유설』 25부 중 천문부, 시령부, 지리부, 인사부, 성행부, 궁실부 등의 분류는 겹치기까지 한다.

이를테면 이수광은 자신의 분류체계를 정립하기 위해 양종의 분류 방식을 일부 참고한 다음 25부의 『지봉유설』로 창신한 것이다.[36] 특히 궁

35 汪廷訥, 『群書考索古今事文玉屑』, 「事文玉屑序」, "龍飛萬曆丁酉秋月, 新安汪廷訥昌朝父譔."

실부·복용부·인물부·신형부·언어부 등의 분류 항목 설정은 물질과 의식주와 같은 주변의 일상에서 쉽게 확인할 수 있는 사항을 시야에 넣고 있어 눈여겨 볼만하다.

『지봉유설』의 전체 내용을 보면 이수광이 축적한 수많은 지식·정보를 어떻게 분류하여 배치할 것인가 고민하고, 이를 체계화하여 배치한 것임을 금방 알 수 있다. 이를테면 그는 '우주→자연현상→지리→국가제도→인문→인간→의식주→동식물' 등의 체계를 염두에 두고, 이를 25부로 분류하고, 이를 다시 구체적인 항목으로 배치하는 방식을 취하고 있다. 천지에 인간을 참여시켜 인간의 제도와 문헌은 물론 사대부 지식인에게 가장 중요한 범주인 문장과 인간 삶의 핵심인 일상을 포함하는가 하면, 동식물도 하나의 부로 제시하여 분류함으로써 조선조 후기 유서의 전범을 여실히 보여준다. 이수광의 분류체계는 천체(天體)로부터 인간과 동식물의 순서로 배열하여 세상의 모든 지식·정보를 제시하는 방식인데, 매우 독특하다. 그렇지만 이러한 분류체계는 기본적으로 삼재론(三才論)를 기반으로 인간과 인간의 일상과 생활을 비롯하여 물질 등을 뒤로 돌리는 전통적 사유방식과 맥을 같이한다.

이처럼 이수광이 제시한 25부의 분류와 표제어 등은 새로운 지식·정보를 보여줌에도 기존의 분류 방식과 지식 체계의 틀에서 완전히 벗어나지는 않고 있다. 예컨대 천문과 지리를 앞세우고 인물과 인사를 뒤에 배치한 것이나 궁실, 복용이나 식물, 훼목, 금충 등을 뒤에 배치한 것은 물질세계와 인간의 일상사를 우선하지 않는 지봉의 인식과 사유방식을 보여주기 때문이다.

그렇기는 하지만 이수광이 「궁실부」·「복용부」·「인물부」·「신형부」·

36 이수광, 『지봉유설』과 『군서고색고금사문옥설』의 관련성은 임영걸, 「李睟光의 『芝峯類說』 연구」, 성균관대학교 박사학위논문, 2023, 40~52면.

「언어부」·「제국부」 등의 일상사와 의식주 관련 지식·정보를 소환한 것이나, 현실에서 경험할 수 있는 사물과 물질을 시야에 넣고 배치한 것은 의미가 있다. 이수광이 「신형부」를 두어 사람의 인체를 포착하고, 그 하위에 '용모', '심신', '외형', '모발', '몽매'조를 두어 설명한 것이 그러하다. 여기서 의서(醫書)를 인용하여 인체의 특징[37]을 서술하고, 객관적으로 존재하는 사람의 외형과 내장, 정신 현상인 꿈을 서술한 것도 개방적 사고와 과학적 인식의 단초로 이해할 수 있다. 이러한 일련의 분류와 배치는 자신이 오랜 기간 축적한 지식·정보를 새로운 기준을 세워 인식한 것이라는 점에서 흥미롭다.

무엇보다 이수광은 「제국부」에서 '본국'과 '외국'조[38]를 함께 둔 것은 특별히 주목할 점이다. 일단 학적 시야를 일국에 가두지 않고 열어 둔 것도 의미가 있지만, 자국과 중국 너머 새로운 세계를 사유하려는 인식의 지평도 남다르다. 세계의 조망하에 자국의 지리적 특징과 위치를 객관적으로 기록하려는 의식은 그야말로 전에 없는 새로움이다.

이러한 인식을 토대로 이수광은 '외국'조에서 동아시아를 비롯하여 동남아시아와 인도 등 서구의 국가를 포함하여 모두 53개국[39]이나 되는 문명 지역을 비교적 객관적으로 서술[40]하고 있다. 이수광이 여기서 세계

---

37 특히 '심신'조에 성리학적 사유의 언급도 하지만, 의서를 활용하여 심을 설명한 것은 지봉의 서술 태도와 인식의 단면이다. 심신을 서술한 대목에서 지봉은 "醫書云, 心竅方寸, 神明居焉, 蓋方寸者, 心之竅也. 徐庶所謂方寸地, 乃指心而言. 今人因此直以心爲方寸則未穩"라 하고 있다.

38 이수광, 『지봉유설』 권16의 「문장부」에 있는 '당시(唐詩)'조를 제외하면, 권2의 「제국부」에 있는 '외국'조의 분량이 두 번째로 많다. 이수광이 외국의 여러 나라를 기술하기 새로운 견문 지식과 서적과 지도 등 다양한 방식으로 지식·정보를 체험하고 이를 활용한 것으로 보인다.

39 『지봉유설』에 나오는 이국 지명의 고증은 정수일, 「『지봉유설』 속 외국명 고증문제」, 『문명교류연구』 2호, 한국문명교류연구소, 187~224면.

40 이수광은 1590년 성절사(聖節使)의 서장관(書狀官)으로 중국을 다녀왔고, 1597년에

지리를 서술한 것은 가장 최신의 지식·정보다. 이러한 서술이 사실에 부합하는지는 논외로 하더라도,[41] 다양한 세계지리를 광범위하게 서술한 것은 선구적 시선[42]임에 틀림없다.

더욱이 제국부와 그 아래에 '외국'조를 두고 그 하위에 세부 분류를 다시 설정한 것은 독자에게 세계 제국의 지식·정보는 물론 상세한 분류로 구체적 지식·정보를 보여주려는 학술적 욕망의 표출이다. 요컨대 『지봉유설』은 조선조 후기 유서 분류의 하나의 전범을 보여줌과 함께 독자를 향해 열린 모습을 보여준다. 이수광은 일국과 동아시아 너머 새로운 세계와 문명을 향해 열린 시야를 지향하고 있어 유서의 새로운 길을 제시한 것으로 보인다.

황극전(皇極殿)에 불이 나자 진위사(陳慰使)로 명나라에 갔는데, 이때 안남(安南) 사신 풍극관(馮克寬)과 옥하관(玉河館)에서 시를 수창하고, 대담을 나누면서 안남국의 역사적 배경, 과거제도, 기후, 산물 등의 지식·정보를 획득하였다(『芝峰集』 권8, 「安南使臣唱和錄」). 또한 1611년 주청부사(奏請副使)로 명에서 유구국(流球國)과 섬라국(暹羅國)의 사신과 교유한 바 있다(『지봉집』 권9, 「琉球使臣贈答錄」). 그런데 지봉은 자신이 홍문관 부제학 자리에 있을 때인 1603년 고명주청사(誥命奏請使)로 명나라에 갔던 이광정(李光庭)과 부사(副使) 권희(權憘)가 구하여 홍문관에 보낸 「구라파국여지도(歐羅巴國輿地圖)」 6폭 병풍을 열람하고, 새로운 지식·정보와 지도의 정교함에 감탄하였다. 이를 고려하면 『지봉유설』에 나오는 이 내용은 견문 지식과 서적을 비롯하여 지도 등을 근거로 기록한 것으로 볼 수 있다.

41 이수광이 외국 조에서 50여 개국의 지리적인 범위와 내용을 기술한 것은 이례적이다. 세계 인식을 토대로 지리적 범위를 제시한 다음, 중국, 일본, 동남아시아, 중앙아시아, 남아시아, 유럽 제국을 소개하고 있다. 또한 유교의 한자 문명권을 비롯하여 불교, 이슬람교, 기독교 문명권까지 소개하고 있다. 동남아시아나 서역의 일부 문화를 유교를 기준으로 비평하지만 자신이 경험하지 못한 부분은 비교적 객관적으로 기술하고 수긍하는 태도를 보였다. 하지만 세계 인식 태도나 지리 고증에 오류가 적지 않고 서양의 지리도 부정확한 기술도 있다. 이러한 기술상의 오류는 있지만, 이수광이 보여준 세계를 향해 열려 있는 인식과 구체적인 분류 항목을 제시하며 지식·정보를 배치한 것은 특별한 의미를 지닌다.

42 오상학은 『지봉유설』에 나와 있는 여러 나라의 외국 관련 기술을 두고 조선 후기 세계지리 인식의 선구적 업적으로 제시한 바 있다. 오상학, 「조선 후기 세계 지리지에 대한 시론적 고찰」, 『규장각』 43, 서울대학교 규장각한국학연구원, 2013, 247~252면.

②의 『유원총보』는 기본적으로 ①의 『지봉유설』의 분류 방식과 비슷하다. 서문에서 언급하고 있듯이 기존에 익히 알려진 중국 문헌을 참고하여 초록한 뒤 이를 분류한 다음, 다시 세부 분류를 통해 지식·정보를 배치하고 있다.[43]

> 지난날의 자취를 두루 살피는 데에는 송(宋)나라 축목(祝穆)이 편찬한 『사문유취』 만한 것이 없는데, 학사와 대부 가운데 이 책을 가지고 있는 사람이 적으니 하물며 먼 지방의 선비들이겠는가? 작년 여름에 내가 한가한 부서에 있으면서 비로소 이 책을 초록하면서 번잡스럽고 쓸데없는 것들을 빼 버리고 그 요지만을 남긴 뒤, 아울러 『예문유취』·『당유함』·『천중기』·『산당사고』·『운부군옥』 등의 여러 책을 가져다 표제에 따라 더하거나 빼고, 빠진 것을 보충하여 문장을 다듬었다. 한 질의 책 안에는 수백 권의 정수를 포괄하여 책 이름을 『유원총보』라 하였으니, 모두 46편이다.[44]

김육은 당대에 널리 알려진 중국 유서를 참고하였음을 언급한 다음, 범례는 『사문유취』를 본 떠 대목(大目)을 두고 그 아래에 항목에 따라 내용을 배치하여 분류했음을 밝히고 있다.[45] 『사문유취』가 74부로 나누고, 부 아래에 1,003항목을 배치하였다면,[46] 『유원총보』는 74부 하위에 27문

43 『유원총보』은 이미 일부 번역이 되어 구체적인 모습을 볼 수 있다. 김육 저, 허성도·김창환·강성위 역, 『유원총보역주』 1, 서울대학교출판문화원, 2009, vii 참조.

44 김육 저, 허성도·김창환·강성위 역, 『유원총보역주』 1, 서울대학교출판문화원, 2009, vii 참조.

45 「범례」를 보면 다음과 같이 언급하고 있다. "이 책은 전적으로 『사문유취』를 본떠 대제목 아래에 먼저 여러 책들의 중요한 말을 쓰고 다음으로 고금의 사실을 언급하였다." 김육 저, 허성도·김창환·강성위 역, 앞의 책, ix 참조.

46 『사문유취』의 분류는 다음과 같다. 天道部(18目), 天時部(34目), 地理部(21目), 帝系部(12目), 人道部(7目), 仕進部(25目), 退隱部(3目), 仙佛部(6目), 民業部(7目), 技藝部(12目), 樂生部(5目), 嬰疾部(3目), 神鬼部(2目), 喪事部(14目), 人倫部(42目), 娼妓部(1目), 奴僕部(1目), 肖貌部(16目), 穀菜部(4目), 林木部(7目), 竹筍部(2目), 菓實部(20

(門)을 두어 『사문유취』와 달리 분류하고 있다. 김육은 『사문유취』의 분류 방식을 그대로 모방하지 않고 분류항목을 통합하고 세분하거나 삭제하는 방식을 거쳐, 기왕의 지식·정보를 재배치하고 있는 것이다. 이는 『유원총보』 만의 특징을 보여주기 위한 저자의 노력이다.

그런데 『유원총보』는 지식·정보의 집적 과정에서 『예문유취』 외에도 『당유함』·『천중기』·『산당사고』 등, 중국 유서를 다양한 방식으로 차용해 활용하고 있다. 이 점에서 『유원총보』는 기본적으로 중국 유서의 재편집에 가까운 성격의 저술로 보여진다.[47] 그런가 하면 『유원총보』는 자신이 견문한 새로운 지식·정보를 제시하기보다 다양한 서적의 지식·정보에서 당대 실정에 맞는 내용을 뽑아 분류하여 재배치한 성격을 띠고 있다. 『유원총보』처럼 편집을 통해 지식·정보를 재배치하여 새롭게 편집한 것도 의미가 있다. 기존의 지식·정보를 가공하여 새로운 편집 방식으로 재배치한 것 자체가 새로운 형태의 지식·정보이기 때문이다.

여기서 『사문유취』의 초록 본의 등장도 흥미롭다. 조선조 후기 『예문유취』를 토대로 출현한 『사문유취초』·『고금사실유취(古今事實類聚)』·『문원유초(文苑類抄)』 등은 모두 초록 형태로 재편집되어 유통된 사례다. 이

目), 花卉部(26目), 鱗蟲部(4目), 介蟲部(3目), 毛鱗部(23目), 羽蟲部(36目), 蟲豸部(18目), 儒學部(14目), 文章部(36目), 書法部(8目), 文房四友部(7目), 禮樂部(3目), 性行部(29目), 人事部(40目), 三師部(9目), 三公部(5目), 省官部(26目), 省屬部(6目), 六曹部(30目), 樞密院部(12目), 御史臺部(9目), 諸院部(29目), 國史院部(16目), 諸詩部(22目), 諸監部(31目), 殿司部(13目), 諸庫局部(6目), 居處部(39目), 香茶部(4目), 燕飮部(12目), 食物部(10目), 燈火部(8目), 朝服部(7目), 冠屨部(13目), 衣衾部(12目), 樂器部(18目), 歌舞部(3目), 刷印部(2目), 珍寶部(8目), 器用部(17目), 東宮官部(27目), 睦親府部(2目), 王府官部(5目), 節使部(9目), 統軍司部(9目), 諸司使部(8目), 諸提擧部(5目), 路官部(31目), 縣官部(5目), 封爵部(7目), 府司部(8目), 監司部(4目), 宮官部(5目) 등이다. 이러한 분류 방식은 조선조 후기 유서에 적지 않은 영향을 준 것으로 보인다.

47 『유원총보』 초간본 645항목 중 『사문유취』의 내용과 443항목이 관련이 있을 정도로 상호 관련성이 많다. 여기에 대해서는 전혜진, 「'類苑叢寶'의 編纂과 刊行에 관한 書誌學的 연구」, 성균관대학교 석사학위논문, 2015 참조.

들은 『사문유취』를 초록한 편집본이지만,[48] 이러한 재편집 방식의 유서 역시 당시 독서인에게 새로운 독서물로 다가왔을 법하다. 이들 초록본 역시 『사문유취』를 재편집하여 지식·정보를 새롭게 보여준다는 점에서 보면, 중국 유서[49]를 창신한 유서로 이해할 수도 있겠다. 이러한 점을 고려하면 『유원총보』는 기왕의 서적을 인용한 재편집본 유서지만, 재편집의 방식으로 새로운 학지를 추구한 점에서 높이 살만하다.

③의 『성호사설』은 『지봉유설』과 달리 분류체계가 지나치게 소략한 데다 체계적인 질서를 갖추지 못하고 있다. 이익은 자서(自序)에서 다음과 같이 언급한 바 있다.

> 옹이 이 사설을 지은 것은 어떤 뜻에서였나? 단지 별다른 뜻은 없다. 뜻이 없었다면 왜 이것을 지었을까? 옹은 이에 매우 한가로운 사람이다. 독서의 여가에 세속을 좇아 간혹 전기·자집·시가·전문·회해에서 얻어 간혹 웃고 즐길 만하여 두고 열람할 수 있는 것을 붓 가는 대로 적었더니, 많이 쌓이는 것을 깨닫지 못했다. 처음에는 그 비망을 위해서 권책에 기록하게 되었는데, 이미 끝머리에 항목을 배열하고 보니, 또한 항목을 두루 열람할 수 없어 다시 문으로 나누어 분류하여 드디어 권질을 만들었다. 이에 이름이 없을 수 없어 그 이름을 「사설」

48 김영선, 「中國 類書의 韓國 傳來와 受用에 관한 硏究」, 『서지학연구』 26, 서지학회, 2003, 96~98면.

49 조선조 후기 유서의 경우 여러 측면에서 중국의 사례를 참조하고 있다. 이 분야는 최환 교수가 지속적인 연구 성과를 내었다. 최환, 「한국 類書의 종합적 연구(Ⅰ) 중국 유서의 전입 및 유행」, 『중국어문학』 41, 영남중국어문학회, 2003, 367~404면. 그리고 최환, 「한국 類書의 종합적 연구(Ⅱ) 한국 유서의 간행 및 특색」, 『중어중문학』 32, 영남중국어문학회, 2003, 65~97면. 중국 유서의 개략적 내용과 특징은 劉葉秋 저, 김장환 역, 『중국유서개설』, 학고방, 2005 참조. 특히 최환 교수는 중국 유서가 국내로 전입한 전모를 밝혀 놓았을 뿐만 아니라, 국내 유서의 경우 약 140 여종을 제시하고 이를 유편유서, 운편유서, 자편유서, 수편유서, 시편유서 등으로 분류하고 있다. 이를 통해 현재 국내에 존재하는 유서의 종합적 면모와 개략을 파악할 수 있다.

이라 붙인 것인데, 이는 형편상 그런 것이지 여기에 뜻이 있는 것은 아니다."[50]

유서는 지식·정보를 총집한 뭉치다. 이러한 뭉치는 단시간에 이루어지지 않는다. 저자의 오랜 독서와 견문 체험을 거쳐 형성된 결과물이다. 위의 언급처럼 유서는 저자의 안목과 학적 세례를 거쳐 탄생한다. 이러한 지식·정보의 뭉치는 차기 방식으로 기록한 비망록 형태가 많다. 이익은 이러한 지식·정보의 뭉치를 만년에 체계적으로 정리·분류하고 이를 재배치하였다.

조선조 후기에 등장하는 많은 유서는 성호의 고민처럼 축적된 많은 지식·정보 뭉치에 항목만 달아 배열하는 방식으로 정리되기도 한다. 겉으로 보면 거의 잡록에 가깝다. 이익은 이 때문에 이러한 지식·정보의 뭉치를 어떻게 효율적으로 분류하여 독자에게 제공할 것인가를 두고 고민하고, 그 결과 항목의 상위에 다시 문(門)을 두는 방식을 취한 것으로 보인다.

『성호사설』의 분류 방식은 유서의 전형적 분류 방식과는 거리가 있다. 다종다기한 방대한 지식·정보를 축적한 점은 소중하지만, 축적된 지식을 장악하여 체계적으로 이를 분류·배치하는 데까지 이르지 못하고 있다. 축적된 방대한 지식·정보의 양을 모두 제시하려다 보니, 그야말로 방대한 지식·정보 안에 갇힌 형국이다. 이익이 제시한 천지문－만물문－인사문－경사문－시문문의 분류도 지식·정보의 뭉치를 아우르지 못한 것은 마찬가지다.

50 李瀷, 『星湖僿說』, 「自序」, "翁之作是說也, 何意? 直無意. 無意, 奚其有此哉? 翁乃優閒者也. 讀書之暇, 應世循俗, 或得之傳記, 得之子集, 得之詩家, 得之傳聞, 得之詼諧, 或可笑可喜, 可以存閱, 隨手亂錄, 不覺其至於多積. 始也, 爲其排忘錄之卷, 旣又爲之目列於端, 目又不可以徧閱, 乃分門類入, 遂成卷帙. 又不可無名, 名之以僿說, 勢也非意之也."

『성호사설』의 방대한 내용을 고려하면, 5문 아래에 많은 세목을 배치하는 방식으로는 자신이 축적한 지식·정보의 내용을 체계적 분류로 포섭하지 못하는 것은 물론, 효율적인 배치를 하기란 쉽지 않다. 이익 자신도 이를 충분히 인지한 듯하다. 임종 직전인 1763년에 자신이 기술한 이 거대한 지식·정보의 뭉치를 효율적으로 분류하기 위해 순암(順菴) 안정복(安鼎福, 1712~1791)에게 계통을 잡고 재편집해주기를 요청하고 있기 때문이다.

이익으로부터 요청을 받은 안정복도 『잡동산이(雜同散異)』와 『만물유취(萬物類聚)』 등과 같은 유서를 남길 정도로 이미 유서에 깊은 관심을 가진 바 있었다. 자신이 남긴 53책의 『잡동산이』는 『성호사설』처럼 제대로 된 분류체계를 갖추지 못한 미정고본 상태인 것을 보면, 『성호사설』의 체계적인 분류 이후, 자신의 유서에까지 그 학적 경험을 접속할 가능성도 예상할 수 있겠다. 하지만 실제 그리하지 못한 것으로 보인다.[51] 어쨌거나 스승의 요청을 받은 안정복은 30책의 방대한 『성호사설』이 지나치게 번다하고 체계적이지 않음을 인식하고, 10권 10책으로 축약한 뒤 기존 내용과 항목을 재분류하여 배치하는 방식으로 정리하였다.[52] 이것이 바로 『성호사설유선(星湖僿說類選)』이다.

여기서 안정복은 '편(篇)→문(門)→칙(則)'의 방식으로 분류하여 『성호

51 안정복의 『잡동산이』는 53책이나 되는 방대한 유서이기는 하나, 미완성의 형태로 정리가 채 되지 않은 초고 형태다. 전형적인 유서의 내용은 물론 필기 성격의 글과 실기와 문집에 들어갈 만한 것 등을 다 수록하고 있어 전형적인 유서의 형태를 보여주지는 않는다. 따라서 여기서는 구체적인 논의 대상으로 삼지 않았다. 안정복 자필 필사본(규장각한국학연구원, 古0160-12)과 20세기 초에 조선총독부취조국(朝鮮總督府取調局)(奎7178)에서 필사한 것이 대표적인데, 모두 분류가 제대로 되어 지 않은 미정고본 형태다.

52 『순암집(順菴集)』의 안정복 연보를 보면 "三十八年壬午, 先生五十一歲. 十一月, 編次僿說類編. 星湖先生所撰, 屬先生刪正分類, 書凡十二卷"이라고 되어 있다.

사설』의 지식·정보 뭉치의 내용을 보다 선명하게 했다. 그는 『성호사설』의 '문'을 '편'으로 바꾸고 '편' 아래 다시 '문'을 두고, '문' 아래에 다시 '칙'을 두어 재편집하는 방식을 취한다. 사안에 따라 '칙'에 자신의 소주(小註)를 달아 독자를 배려하는 편의성도 추구하고 있다.[53] 요컨대 안정복은 문 상위에 편을 두어 3단계로 분류함으로써 체계적인 질서 안에 방대한 내용을 선별적으로 재배치하고 있는 것이다.

안정복의 분류와 재배치 방식이 『성호사설』의 지식·정보의 모든 내용을 담지는 못하지만, 훨씬 체계적인 분류와 배치로 『성호사설』을 탈바꿈시킨 것은 사실이다. 그리하여 『성호사설유선』은 일목요연하고 구체적 지식·정보의 접근이 용이해 졌다. 무엇보다 안정복은 '편→문→칙'의 방식으로 기왕의 내용을 선별해 제시함으로써 『성호사설』의 지식·정보의 뭉치를 체계적으로 선별하고 재분류한 것으로 보인다.

성호가 자신이 오랜 기간 축적한 모든 지식·정보를 효율적으로 보여주지 못했다면, 순암은 내용의 제시를 포기하고 자신이 구축한 체계적인 분류 방식에 포섭할 수 있는 지식·정보만을 취해 효율적 배치로 접근의 용이성을 추구했다. 지식·정보의 분류와 배치에서는 보여주려는 지식·정보의 양도 중요하지만, 체계적인 분류 방식과 배치를 통한 효율적 접근 또한 중요하다는 사실을 여기서 확인할 수 있다.

그런데 조선조 후기 유서의 분류에 적지 않은 영향을 끼친 것은 명말 사조제(謝肇淛, 1567~1624)의 『오잡조(五雜組)』다. 1616년에 간행된 16권의

53 안정복은 '천지편'에서 천문문·지리문·귀신문을 두고 그 아래에 113칙을 두었다. 그리고 '인사편'에서는 인사문·논학문·예제문·친속문·군신문·치도문·복식문·기용문·기예문을 두고 그 아래에 579칙을 싣고 있다. 한편 '경사편'에서는 경서문·논사문·성현문·이단문을 두고 그 아래에 494칙을 배치하였고, 만물편에서는 금수문과 초목문을 두고 그 아래에 30칙을 두었다. 시문편에서는 논문문·논시문을 두고 그 아래에 116칙을 싣고 있다.

『오잡조』는 천부(天部)(2권)－지부(地部)(2권)－인부(人部)(4권)－물부(物部)(4권)－사부(事部)(4권) 등의 5부의 분류 방식을 취하고 있다. 5부의 분류는 조선 후기 유서에서 가장 흔하게 볼 수 있는 분류 방식이기도 하다. 조선조 후기 유서를 보면 『오잡조』의 형식의 차용은 물론 그 내용을 인용한 사례도 적지 않다. 『성호사설』을 비롯하여 이덕무의 『청장관전서』와 이규경의 『오주연문장전산고』 등에서도 『오잡조』의 내용을 자주 인용한바, 여기서 조선조 후기 지식인의 애독서임을 확인할 수 있다. 위에 제시한 유서 중, 서유구와 이유원, 유희를 제외한 유서는 『오잡조』의 '천－지－인－물－사'의 분류 방식을 참고한 것으로 보인다. 대체로 '천－지－인－물－사'의 분류 방식을 토대로 이를 변형시켜 활용하고 있기 때문이다.

④의 『만물유취』는 3류(類) 3문(門)의 방식을 취하고 있다. 언뜻 보면 미정고 상태이거나, 건과 곤의 저자가 다를 수 있다는 의심이 들기도 한다. 지금 작자를 고증하는 자리가 아니기에 더 거론하지는 않는다. 어쨌거나 『만물유취』가 동식물과 관련하여 29항목을 분류하여 배치한 것은 흥미롭다. 천지인 삼재가 아닌 천과 지 사이에 인간의 일상과 동식물을 배치한 것은 유교적 가치를 준용하지 않고 있음을 보여주고 있다. 이는 성리학이나 사회제도 등과 같은 관념의 영역은 물론 사물과 물질의 영역에까지 관심을 가졌음을 의미한다. 이러한 방식으로 지식·정보를 분류·배치한 것은 지식사의 관점에서도 중요하다.

⑤의 『고사신서』는 어숙권의 『고사촬요(攷事撮要)』를 증보한 것이지만, 훑어보면 그것과 전혀 다른 책이다. 내용도 풍부하고 분류 방식도 훨씬 체계적이다.[54] 『고사신서』는 문(門) 아래에 항목을 설정한 것에 특장이 있다. 농포문·목양문·일용문·의약문 등의 분류는 일상생활에서

54 서명응의 『고사신서』는 박권수, 「규장각 소장 '攷事新書'에 대하여」, 『규장각』 36, 서울대학교 규장각한국학연구원, 2010, 1~25면.

활용할 수 있는 지식·정보며, 일상의 지식·정보를 중시하는 것을 의미한다. 게다가 서명응이 농포문을 두 부분으로 나누고, 농사와 식물, 그리고 식목 재배와 관련한 내용을 각 항목에 배치하고 있어 더욱 그러하다. 농작물과 식목의 중요성을 선명하게 드러낸 것은 예사롭지 않다.[55]

그런가 하면 목양을 중요한 지식·정보로 포착하여 새로운 인식을 드러내기도 한다. 목양문에서 양잠(養蠶)·양우(養牛)·양마(養馬)·양양(養羊)·양저(養猪)·양계아압(養雞鵝鴨)·양어(養魚)·양봉(養蜂)·양학(養鶴)·양야금(養野禽) 등 10개 항목을 제시한 것에서 알 수 있다. 이들 항목은 일상의 의식(衣食)과 밀접하다. 이는 실용과 실사구시(實事求是)를 중시한 서명응 인식의 이월일 터, 일상의 생생한 지식·정보를 제시한 것이기도 하다는 점에서 분류의 특장으로 거론할 수 있겠다. 여기에 일용문을 제시한 것도 흥미롭다. 의식주의 필수품인 의복과 음식, 채소와 과일, 물고기, 육고기, 차, 술 등을 서술한 것은 서명응의 실사구시 의식의 구체적 사례로 볼 수 있다.

제시한 의약문은 음식과 추위, 더위 등으로 인해 발생할 수 있는 질병의 대처 방법을 의약구급에 담고 있다.[56] 질병의 대처 방법과 구급의 의

---

55 서명응은 이 문의 상(上)에서는 점후(占候)·기곡(祈穀)·택종(擇種)·수분(收糞)·경파(耕播)·도명(稻名)·종도(種稻)·종서직속출(種黍稷粟秫)·두명(豆名)·종두(種豆)·마명(麻名)·종지마(種芝麻)·모맥명(牟麥名)·종맥(種麥)·종억이(種薏苡)·종목화(種木花)·종마저마(種麻苧麻)·종홍화(種紅花)·종람(種藍)·종소총서(種蔬總敍) 등 56개 항목을 제시하고, 하에서는 종수총서(種樹總敍)·종상(種桑)·종저(種楮)·종칠(種漆)·종송백(種松栢)·종측백(種側栢)·종괴(種槐)·종유(種柳)·종두채목(種頭菜木)·종률(種栗)·종호도(種胡桃)·종은행(種銀杏)·종리(種梨)·종도행리(種桃杏李)·종앵도(種櫻桃)·종목과(種木瓜)·종포도(種葡萄)·종노송(種老松)·종만년송(種萬年松)·종죽(種竹)·종화총서(種花總敍) 등 47개 항목을 엮고 있는데 12문 중에서 가장 많은 항목을 여기에 배치하고 있다.

56 이 문에서는 기동철약(忌銅鐵藥)·제약식기(諸藥食忌)·납약용법(臘藥用法)·해제중독(解諸中毒)·해일체음식독(解一切飮食毒)·해제과독(解諸果毒)·해제약독(解諸藥毒)·해석약독(解石藥毒)·해금약독(解金石毒)·해금은동석철독(解金銀銅錫鐵毒)·해

학지식을 상세하게 제시하고 있는데 다른 유서에서 볼 수 없는 독특한 분류 기준이다.

『고사신서』는 전대 유서와 사뭇 다르게 실생활에서 발생할 수 있는 의식주 관련 지식·정보를 대거 담고 이를 분류·배치하거니와, 이는 『고사신서』 특유의 개성이다. 『고사신서』가 실용성과 실생활에 밀접한 의식주 관련 지식·정보를 중시한 것은 미덕이지만, 이 역시 새로운 분류체계는 아니다. 『고사신서』의 전체 내용을 통섭할 수 있는 분류체계라기보다 천지인의 분류를 다시 세분하여 재배치한 것에 지나지 않는다. 다만 다양한 세상의 모든 지식·정보를 관념적인 가치 기준으로 분류·배치하지 않고, 국가 제도를 포함하여 일상생활의 관련 내용을 포섭하여 재배치한 것은 새로운 지식·정보를 보여주기 위한 서명응의 학적 시야로 이해할 수 있다.

⑥의 『임원경제지』는 여러 가지 면에서 독특한 면을 보여준다. 방대한 분량도 그렇지만, '임원경제'라는 제명과 분류 방식도 그러하다. 서유구는 「예언(例言)」에서 자신이 분류한 방식과 구성의 특징을 다음과 같이 밝히고 있다.

> 一. 내용을 구별하고 종류별로 모아 '지(志)'를 만든 것이 16편이니, 이것이 강(綱)이다. 각 지에는 대목(大目)을 두어 아래 내용을 거느리게 하였고, 대목 아래에는 세조(細條)를 두어 따르도록 하였다. 이 세조 아래에 여러 서적을 살피면서 내용을 채웠으니, 이것이 책을 구성한 예이다.[57]

마독(解馬毒)·해연훈독(解煙熏毒)·치탕화상(治湯火傷)·치견교(治犬咬)·치저교(治猪咬)·치묘교(治猫咬)·치서교(治鼠咬) 등 96항목을 담고 있다. 내용의 중간에 그림과 도표가 있다.

57 徐有榘, 『林園經濟志』, 「例言」, "分別部居爲志者十六, 此綱也. 於各志之內, 有大目領之, 大目之下, 有細條以從之, 於細條之下, 乃搜群書而實之. 此乃例也."

> 一. 여러 책을 살펴 정리하다 보니 절로 내용이 많아져서 뒤섞이기 쉬우므로, 글의 요지를 뽑아 서너 자 혹은 많은 글자로 표제를 붙였다. 첫머리는 테두리(〔 〕)를 둘렀고, 이어서 조사한 글을 채웠으며 끝부분에 인용 서명을 기록하였다.[58]

범례는 『임원경제지』의 구성 방식과 분류체계를 설명한 것이다. 홍한주(洪翰周, 1798~1868)는 『임원경제지』가 홍만선(洪萬選, 1643~1715)의 『산림경제』를 전범으로 저술하였지만, 규모 면에서 이를 넘어서는 방대한 저술이라고 언급한 바 있다.[59] 홍한주의 언급처럼 수록 내용과 규모 면에서 『산림경제』를 뛰어넘고 있을 뿐만 아니라, 내용 분류를 위한 체계성과 지식·정보의 재배치를 위한 새로운 질서도 제시하고 있다. 이 점에서 19세기 유서의 새로운 방향을 보여주고 체계적인 분류방식을 성취한 것으로 보인다. 사실 지식·정보의 체계화나 질서의 구축은 지식·정보 그 자체보다 중요할 수 있다. 지식을 범주화하고 체계화해야만 방대한 지식의 질서를 이해하고 다른 지식체계와의 관계도 파악할 수 있기 때문이다. 이러한 지식의 체계화를 가장 적실하게 보여주는 것이 바로 『임원경제지』인 것이다.

서유구는 『임원경제지』에서 강에 해당하는 부분을 16지로 나누고, 그 아래에 대목을 두고, 다시 그 하위에 세조를 배치하고 있다. 또한 내용을 일목요연하게 보여주기 위하여 지식·정보의 내용을 금세 알 수 있는 표제어를 뽑고, 마지막에 인용 서목을 붙이는 방식으로 전체를 구성해 두고

58 徐有榘, 『林園經濟志』, 「例言」, "旣搜群書, 自多浩穰, 易於滾雜, 故撮其書旨, 立爲標題, 或三四字或而多字, 安於其首加圈, 仍實以所搜之書, 書末塡以書名焉."

59 홍한주, 『지수염필』 권1, '林園十六誌', "楓石晩年, 編成『林園十六誌』, 盖依近世所行山林經濟, 爲之而益加裒輯, 捃摭極該贍, 可爲山居經濟之書. 又嘗編取我東人筆錄漫記數百種, 名曰『小華叢書』, 如沆瀣公『孰遂念』, 皆入其中, 而未及繕寫成書, 楓石亦捐館, 可歎也."

있다. 이러한 분류와 배치방식은 현대의 학문의 분류체계와 비슷하고, 저술에서 흔히 볼 수 있는 장절(章節)이나 그 하위의 항목과 같은 분류 방식과 같은 학문 지향의 질서를 보여준다. 세부 항목을 꼼꼼하게 따져 보면, 학문 분야별로 나누어 축적한 지식·정보를 분류한 것임을 알 수 있다. 지금의 분과학문 단위나 세부 전공의 분류와 같다. 이러한 분류와 내용의 배치는 그 자체가 체계적이고 합리적인 구성 방식이어서 학문 분류학으로 이해할 수도 있을 정도다.

무엇보다 『임원경제지』가 제시한 16개의 지는 자신의 범례를 따른 학술적 실천이다. 분류와 항목은 학문 간의 특성과 연관 관계, 순서와 체계성을 잘 보여준다. 이는 서유구의 '인(引)'에서 확인할 수 있다.

> 우리나라 사대부들은 고상함을 스스로 자랑하고 뽐내며 장사하는 것을 비루한 일로 여기기를 상례로 생각하니 고집스럽다. 혹 궁벽한 향촌에서 스스로 수양하며 가난한 무리가 많으니, 부모가 굶주리고 추위에 떠는 것도 모르고, 처자식이 꾸짖고 원망하는 것도 돌아보지 않으며, 손을 모아 무릎에 꽂고서 성리에 대해서만 고담준론 하니, 어찌 사마천이 부끄럽게 여길 바가 아니겠는가? 그러므로 양식을 구하는 방법을 강구하지 않으면 안 되지만 방법에도 구분이 있다. 농사가 근본이고 장사가 말단이다. 이 책이 「본리지(本利志)」에서 시작함은 농사를 중요하게 여긴 방도이고, 「예규지(倪圭志)」에서 마친 것은 장사를 말단으로 여겨 가볍게 여긴 것이다. '예규'라고 이름한 것은 계예(計倪)와 백규(白圭)[60]의 화식 기술을 취하기 위해서다. 팔도의 장시와 도리(道里)를 붙인 것은 화식하는 자가 무역을 하면서 기한을 맞춰야 할 적에 노정(路程)을 계산하여 통행하게 하고자 한 것이다.[61]

60 두 사람 모두 『사기(史記)』 권129 「화식열전(貨殖列傳)」에 보인다.

61 徐有榘, 『林園經濟志』, 「倪圭志引」 "我邦士大夫, 高自標致, 例以販賣爲鄙事, 固然矣. 或如窮鄉自修, 多貧窶之徒也, 不知父母之飢凍, 不顧妻孥之詈謫, 而攢手支膝, 高談性

「본리지」를 가장 먼저 제시한 이유와 「예규지」를 끝에 둔 이유를 제시하고 있다. 이는 서유구가 지식·정보의 경중을 고려하여 16지의 순서를 배치한 것임을 밝힌 것이다. 양식을 구해 생계를 유지하기 위해서는 농사를 본(本)으로 하고, 장사를 말(末)로 해야 한다는 발언은 임원 생활에서 중요한 순서의 제시다. 여기서 상업을 마지막으로 배치한 것에서 『임원경제지』 분류체계가 지향하는 바가 무엇인지 엿볼 수 있다. 마치 『사기』에서 화식열전을 뒤에 두는 것과 같은 맥락으로 보인다.

하지만 서유구의 의도는 『사기』와는 사뭇 다르다. 농업을 중시하는 사회에서 이를 본으로 하고 공리공담을 일삼는 것을 경계하는 데 방점을 두기 위한 것일 뿐, 결코 상업을 배제한다는 의미는 아니기 때문이다. 서유구 스스로 상업을 경시한다고 발언하고 있지만, 기실 상업을 위한 시장의 도로와 노정을 고려한 것을 보면, 그의 발언을 액면 그대로 받아들이기 어렵다. 이는 본이 되는 농업을 강조하고 공리공담을 비판하기 위한 일종의 레토릭으로 이해할 수 있겠다. 특히 서유구가 분류체계의 순서를 통해 강조하는 것은 성리학의 고담준론에 빠져 생계조차 고려하지 않은 당대 사대부를 향한 각성을 촉구하기 위한 것에서 나온 것으로 보인다.

『임원경제지』에서 서유구는 자신의 기획을 효과적으로 보여주기 위하여 지→대목→세조→표제어의 분류체계가 16지 전체에 관철되기를 원했다. 서유구가 방대한 내용의 『임원경제지』를 두고 하위분류를 통해 전체 내용의 배치를 구상하고, 목차에 적합한 내용을 배치한 방식은 여느 유서에서 유래를 찾아보기 힘들다. 이는 내용과 형식의 일치이자, 지식·

理, 豈非史遷之所恥乎? 故食之之術, 不可不講, 於其術也, 又有別焉, 農者本也, 賈者末也. 是書也, 始於本利, 重農之道也, 終以倪圭, 爲其末而輕之也. 其云倪圭, 取計倪白圭之術也. 附以八道場市及道里者, 欲貨殖者之趁期貿易, 計程通行也."

정보의 적실한 분류·배치를 통해 확인할 수 있는 서유구의 학적 성취임은 물론이다.

그런데 『임원경제지』의 세조는 표제어의 내용을 아우르고, 대목은 세조의 내용을 아우르며, 지는 대목의 내용을 아우른다. 지에서 표제어까지의 분류 단계나 내용을 수렴하는 방식은 체계적이며 하나의 완결된 구조다. 그런가 하면 각 표제어는 실사에 맞는 어휘로 그 내용을 포섭하고 있어, 마치 씨줄과 날줄처럼 지식·정보를 유기적으로 결합하고 있는 것처럼 보인다. 이는 임원 생활의 실천에 유용한 지식·정보를 효율적으로 접속할 수 있도록 배려한 것일 터, 『임원경제지』 특유의 미덕이다.

그런데 서유구는 표제어 하위에 기술한 구체적인 내용도 견문 지식을 단순하게 전재하거나 제시하는데 그치지 않는다. 특정 사안에 자신이 의문을 가진 경우, 다양한 문헌을 활용하여 대비하고 관련 사항을 고증함으로써 유서의 새로운 방향을 제시한다. 이는 『임원경제지』의 분류 방식과 서술에서 고증학의 한 모습을 읽을 수 있는 대목이다. 유서가 고증학과 만나는 지점이자 『임원경제지』가 보여주는 학술적 지평이기도 하다. 조선조 후기 유서의 학술적 성취로 고증학을 거론할 수 있겠는데, 유서와 고증학의 만남은 지식사에서도 의미가 있다.

예컨대 고증학과 유서의 만남은 홍만선의 『산림경제』에서 그 면모를 확인할 수 있다.

> 그 목차를 보면 복거(卜居)·섭생(攝生)·치농(治農)·치포(治圃)·종수(種樹)·양화(養花)·양잠·목양(牧養)·비선(備膳)·구급·구황(救荒)·벽온(辟瘟)·벽충(辟蟲)·이약(理藥)·연길(涓吉)·잡방(雜方) 등 총 16조인데 이를 묶어 『산림경제』라 명명하였다. 이 책은 고거(考據)가 정밀하고 정확하며 인증이 자세하고도 광범위하다. 이는 대개 사중(士中)이 국가를 살리고 백성을 다스릴 경륜을 화목(花木)을 기르는 것으로 표현한 것이며, 나라를 다스리고 세도(世道)를 맡을 경륜을 원포(園圃)를 가꾸는 것으로

나타낸 것이니, 사중은 산림에 있으면서도 마음은 경제에 두었다고 이를 만하다.[62]

위에서 홍만선은 임원 경제에 필요한 지식·정보를 16조로 분류하여 배치하고 있다. 16조 분류는 모두 일상의 삶과 경제생활에 필요한 항목을 끄집어내어 배치하고자 한 저자의 학술적 지향이다. 항목으로 제시한 16조는 『임원경제지』에서 16의 '지'와 같은 맥락이다. '산림'과 '임원'도 그렇지만, 이 유서의 학적 지향과도 일치한다. 특히 홍만선은 기왕의 지식·정보에다 자신의 견해를 덧붙여 정리하는 과정에서 고거와 증인(證引)을 언급하고 있다. 유서의 탄생에 고거(고증)의 방법과 관련성을 지녔음을 보여주는 것이다. 서유구의 『임원경제지』 역시 이러한 고거와 증인의 방법을 활용하듯이 조선조 후기 유서는 고거와 증인을 적절하게 활용함으로써 자신의 학적 지향도 함께 표출하고 있음을 알 수 있다.

조선조 후기 고증을 전면에 내세우며 유서를 지향했던 결정판은 이규경의 『오주연문장전산고』다. 본래 『오주연문장전산고』는 분류하지 않은 산고(散稿)의 형태로 존재하였는데, 민족문화추진회(현 한국고전번역원)에서 『성호사설유선』을 참고하여 「천지편」, 「만물편」, 「인사편」, 「경사편」, 「시문편」의 사례를 따라 5편으로 나누고, 이 5편을 다시 23류 176항으로 다시 나누어 내용을 그 아래에 배치한 것이다.[63] 이규경이 유서로 완성하지 못한 채 산고에 머물고 만 것을 유서의 형태로 환골(換骨)한 것이다. 『오주연문장전산고』은 19세 중반까지 가장 방대한 지식·정보를 망라한다. 항목 대부분을 '~변증설'로 구성하여 변증을 강조한 점은 다른 유서

62 洪萬宗, 『山林經濟』, 「山林經濟序」, "其目曰卜居也, 攝生也, 治農也, 治圃也, 種樹也, 養花也, 養蠶也, 牧養也, 備膳也, 救急也, 救荒也, 辟瘟也, 辟蟲也, 理藥也, 涓吉也, 雜方也, 凡十六條, 總而名之曰, 山林經濟. 考据也精而覈, 證引也詳而博, 蓋以活國而理民者, 移之於花木, 以經邦而體道者, 施之於園圃, 士中可謂跡山林而心經濟者也."

63 민족문화추진회, 「오주연문장전산고 교감 및 정리 사업 종합보고서」 2005, 참조.

에서 볼 수 없는 독특한 면모다.[64]

본디 조선조 후기 유서는 다양한 지식·정보를 축적하고 있어, 표면적으로는 '지식과 정보의 뭉치'라는 정체성을 지닌다. 유서가 다양한 지식·정보의 '집적과 뭉치'라는 이유로 일부 독자는 그 내용의 신뢰성과 형평성을 의심하기도 한다. 유서가 성립하는 과정에서 차기 방식을 활용하여 기술하는 것이나, 전대 문헌이나 견문 지식을 동원하고 고증의 방식으로 서술하는 것은 유서가 지닌 정체성과 관련이 있어 보인다. 19세기 이규경의 『오주연문장전산고』와 같은 유서가 고증학적 방법인 '변증'을 들고 나온 것은 이러한 지식·정보의 '집적과 뭉치'가 지닌 신뢰성과 형평성의 문제 제기에 대응한 결과로 이해할 수 있다. 이는 『오주연문장전산고』가 차기 방식과 변증으로 지식·정보의 신뢰성과 형평성을 보장받으려 했던 것과 무관하지 않다는 의미다.

⑦의 『물명고』[65]는 분류 방식이 특이하다. 유희는 이만영(李晩永)의 『재물보(才物譜)』와 『지보(地譜)』를 참고하여 표제어를 취사선택하고 있다. 유정류, 무정류, 부동류, 부정류 등의 대 항목으로 분류한 것은 이채롭지만, 분류한 표제어는 관념적이다. 오히려 하위에 제시한 14개의 항목이 실사에 가깝다. 예컨대 동물을 두고 우충(羽蟲), 수족(獸族), 개충(介蟲), 곤충(昆蟲)으로 나눈 방식이나, 자연계의 사물을 초(草), 목(木), 토(土), 석(石), 금(金), 화(火), 수(水) 등의 하위 항목으로 제시한 것이 그것이다. 하위 항목 자체가 물명 전체의 내용이기도 한 셈인데, 추상적 분류 하위에 실재하는 사물을 배치한 특이한 분류방식이다.

제시한 대 항목의 4분류는 표제어가 추상적이지만, 상호 관련성을 고

64 「독서동변의오기(讀書洞辨疑誤記)」 한 편만 유일하게 '변증설'이라 하지 않았다. 이규경의 『오주연문장전산고』의 성격, 변증, 고증학의 실천과 관련한 연구는 김채식, 「이규경의 『오주연문장전산고』 연구」, 성균관대학교 박사학위논문, 2009 참조.

65 유희의 『물명고』는 유희 지음, 김형태 옮김, 『물명고』, 소명출판. 2019 참조.

려한 것으로 보인다. 이 역시 편저자 인식의 표출이다. 사실 사물을 관념적으로 바라보는 인식에서 새로운 사유의 움틈은 어렵다. 그러나 물명을 제명(題名)으로 한 점과 자연 사계에 실재로 존재하는 사물에 방점을 두고 분류·배치한 것은 남다르다. 이는 관념적 지식·정보가 아니라 실재하는 인간의 삶과 물질을 포착한 것이다. 지식·정보의 중심이 추상의 세계가 아닌 현실 세계인 인간과 물질로 이동하였음을 보여주는 사례다.

⑧의 『송남잡지』는 33류 아래에 모두 4,437개의 항목으로 분류하고 있다.[66] 농정류에서 의묘법(醫苗法)·화종(和種)·마사(馬沙)·영모정(永慕亭)·압각수(鴨脚樹)·어공(御供)·곡총(穀總)·구황·병농지분(兵農之分) 등 9항목으로 분류한 것이나, 「화약류」(40항목)·「초목류」(54항목)·「충수류」(95항목)·「어조류」(70항목) 등, 당대에 알려진 동식물을 구체적 물명으로 제시하였다.[67] 33류의 제시는 『송남잡지』의 독자적 분류 방식이다.

천문류에서 어조류에 이르는 33류 분류 중, 각각의 류는 비중에 따른 순서를 둔 것이지만, 특정 가치에 따른 위계질서에 따른 배치는 아니다. 단지 천지인에 따른 우선순위의 제시일 뿐이다. 천문과 지리를 제외하면, 그 비중과 분량은 인사와 자연환경 등과 같은 물질이 압도적이다. 의식주는 물론 기술과 화약, 초목, 충수 등의 내용이 다수를 점하고 있기 때문이다.

이처럼 조선조 후기의 유서는 후대로 가면서 점차 관념적인 지식·정보에서 인간의 일상과 자연의 물질로 지식·정보의 내용이 이동하고 있다. 이는 ⑦의 『물명고』에서 이미 확인한 바다. 『물명고』에서는 아예 사물의 물명 자체에 초점을 맞춰 제명으로 하여, 제명에 따라 지식·정보

66 조재삼의 『송남잡지』는 완역이 되었다. 조재삼 저, 강민구 역, 『교감국역 송남잡지』, 소명출판, 2008 참조. 그리고 『송남잡지』와 관련한 종합적 연구 성과가 있었다. 양영옥, 「趙在三의 『松南雜識』 硏究」, 성균관대학교 박사학위논문, 2017 참조.

67 양영옥, 앞의 논문, 23~35면.

를 분류·배치하고 있다.

⑨의 『임하필기』는 분류 인식과 방식이 앞서 제시한 것과 사뭇 다르다. 후발(後跋)을 적은 윤성진(尹成鎭)의 언급에서 알 수 있다.

> 책은 39권인데 모두 16편으로 분류하였고, 각편마다 몇백 조항의 항목이 있다. 각 조항에는 반드시 제목을 두어 강령을 제시하였고 일에는 반드시 근거가 있어 그 자취를 믿게 하였다. 널리 대응하고 곡진하게 해당시켜 날마다 쓰고 늘 행하는 사이를 벗어나지 않으니, 한마디 말로 포괄한다면 '공(公)'이라 하겠다. 공적인 안목으로 바라보고 공적인 마음으로 생각하고 공적인 논리로 말을 한 뒤에야 비로소 이 '필기'의 요령을 얻게 될 것이다.[68]

『임하필기』의 성격과 분류 방식의 특징을 잘 설명하고 있다. 이유원은 전체 내용을 16편으로 분류한 뒤 각 편에 서문을 두고, 편의 제명을 단 이유도 함께 설명하고 있다. 편마다 어떻게 분류하고 있는지와 항목을 어떻게 배치하는가도 언급했다. 다른 필기나 유서와 달리 '편'으로 분류한 것도 그렇지만, 분류한 '편'의 표제어도 특이하다. 마치 개인 문집의 권차에 다는 제명의 방식과 같다. 이는 일곱 번째 「전모편」의 서문에서 확인할 수 있다. "책상〔丌〕 위에 책(冊)이 있는 것을 '전(典)'이라고 하고, 조정의 대정(大政)을 도모하는 것을 '모(謨)'라고 한다. 『대학연의(大學衍義)』는 제왕가(帝王家)의 전모(典謨)가 되는 책이기 때문에 선유(先儒)들이 반드시 인용하여 왕께 고하는 강령으로 삼았다. 이에 이 책의 예를 모방하여 먼저 조목을 세우고, 맨 위에 경전과 선유들의 말을 썼고, 그다음에 열성조(列聖朝)가 현자들과 문답한 내용을 써서 이 한 편을 만들었다"[69]라 한

---

68 『林下筆記』, 「林下筆記後跋」, 한국고전번역원 한국고전종합DB, 국역 『임하필기』 참조.
69 앞의 책, 같은 곳.

것은 그러한 방식을 언급한 것이다.

여기서 이유원은 전체 구성을 '편→강령→조목'의 분류 방식을 통해 내용을 배치하고 있다. 이러한 편찬과 분류 방식은 체계적이다. 특히 조목의 내용을 설명하는 과정에서 전대의 다양한 문헌을 인용한 다음, 이를 토대로 자신의 견해를 덧붙인다. 이는 고증적 방법을 거쳐 자신의 견해를 제시하는 방법이기도 하다.

조선조 후기에는 앞의 사례와 달리 실용 지식을 담은 유서도 등장한다. 이시필(李時弼, 1657~1724)의 『소문사설(謏聞事說)』이 그중 하나다. 이시필은 숙종의 어의(御醫)로 여러 차례의 사행으로 이국 문물을 견문하고 체험한 인물이다. 그는 이국에서 체득한 지식·정보를 기반으로 조선에 필요한 지식과 기술을 총집한 실용서인 『소문사설』을 편찬한 것으로 보인다.[70]

여기에서 이시필은 일반 민이 축적한 각종 지식·정보와 기술을 실생활에서 사용할 수 있도록 구체적으로 서술하고 있다. 일상생활에 필요한 부분을 '전항식(塼抗式)', '이기용편(利器用篇)', '식치방(食治方)', '제법(諸法)' 등 크게 4가지로 분류하고, 그 아래에 모두 240개 항목을 두고 있다. 각 항목은 모두 일상생활에서 필요한 내용이며, 대부분 의식주와 관련한 것이다. 여기에서 『소문사설』이 당대 의식주의 모든 것을 다룬 '실용 지식'의 유서임을 알 수 있다.[71] 『소문사설』처럼 유서에서 일상과 실용, 그리고 물질을 학적 시야에 둔 것은 새로운 경향이다.

주지하듯이 분류는 축적된 지식·정보를 재배치하여 종국적으로 지

70 이시필은 이 책에서 온돌 제작법인 '전항식'(2항목)과 생활도구 제작법인 '이기용편'(34항목), 그리고 음식으로 몸을 다스리는 '식치방'(38항목)과 과학 지식 활용법인 '제법'(166항목) 등으로 나누고 그 아래에 모두 240항목을 두었다.

71 이 책의 내용과 구체적인 정보는 이미 번역 출간된 바 있다. 이시필 저, 백승호·부유섭·장유승 역, 『소문사설, 조선의 실용 지식 연구 노트』, 휴머니스트, 2011 참조.

식·정보의 조직화를 지향한다. 그 과정에서 거시적인 방향을 보여주기도 하고 미시적인 방향을 보여주기도 한다. 때로는 이 둘의 결합을 보여주는가 하면, 중요한 지식과 덜 중요한 지식 사이를 구별하거나, 이를 적절히 안배하여 순서를 매겨 배치하기도 한다.

위에서 서유구의 경우를 제외하면, 대부분의 유서는 천·지·인을 분류 방식으로 받아들인 다음 천을 우위에 놓고 분류하는 방식을 고수한다. 이는 전통적 삼재론을 바탕으로 한 세계관의 표출이다. 삼재론은 자연과 인간을 아우르는 인식이라는 점에서 당시까지 축적한 '세계의 모든 지식'을 제시하려는 의식의 표출이다. 하지만 이러한 분류체계의 지향은 기본적으로 성리학적 사유의 연장선에서 크게 벗어나지 않는다.

하지만 앞서 제시한 유서를 보면 시간이 지나면서 저자가 축적한 지식·정보의 내용도 변하고, 축적한 지식을 분류·배치하는 방식도 점차 바뀜을 알 수 있다. 중요하고 확실한 지식과 그렇지 못한 지식을 구별하기도 하며, 편저자가 강조하려는 지향처를 어느 정도 뚜렷하게 표출하기도 한다. 여기서 성리학적 사유에서 점차 일상을 중시하고 실재 사물을 강조하는 방향으로 나아가는 경향성도 엿볼 수 있다. 이는 기왕에 축적한 지식·정보가 추동한 결과지만, 편저자의 인식도 이러한 것을 중시하는 쪽으로 점차 방향을 잡고 있음을 알 수 있는 징표다. 이러한 방향성을 선명히 보여주는 사례는 『임원경제지』에서 확인할 수 있거니와 이 흐름은 『지봉유설』 이후 지속해서 나타나는 경향이기도 하다.

여기서 무엇보다 주목할 사안은 유서의 기록 과정이다. 유서 역시 다른 필기 저술과 마찬가지로, 세부 항목의 기록은 대체로 균일하며 특별한 경우를 제외하면 분량에서 큰 차이를 보이지 않는다. 기록하는 방식 역시 차기 방식을 활용하고 있고, 견문한 특정 주제를 통해 비평이나 고증의 과정을 거쳐 유서로 정착한다. 이 점에서 유서는 내용과 형식의 균일함을 보여주거니와, 이미 지식·정보의 효율적 확산과 보편화의 가능성을 그 안에서부터 싹을 틔우고 있는 것이다.

이규경은 『오주연문장전산고』의 서문에서 "명물도수지술(名物度數之術)이 비록 성명의리지학(性命義理之學)에는 미치지 못하나, 또한 이단처럼 여겨 한쪽에 폐하고 강론하지 않는 것은 옳지 않다"[72]라 하여 명물도수지술를 성명의리지학에 영향력에 비할 바 아니라고 말한 바 있다. 비록 성명의리지학에 견줄 수는 없지만, 명물도수도 하나의 학문으로 간주할 수 있다고 하여 그 필요성을 인정하고 있다. 이는 『오주연문장전산고』의 방향성을 보여주는 중요한 지점이자, 조선조 후기 필기의 흐름과 방향을 제시하는 것이다. 이규경은 명물도수를 '학'이 아니라 '술'로 표현하고 있지만, 시대의 흐름은 기술지식을 중시하는 방향도 존재하고 있었다.

4. 분류와 배치의 사회사

조선조 후기 학술계에서 사유의 전환은 이미 유서 안에서 싹을 틔우기 시작한다. 조선조 후기 학술사에서 유서의 중요한 선물은 다양한 지식·정보의 폭넓은 축적과 효율적인 분류와 배치를 통한 새로운 방식의 지식·정보를 공유하려는 데 있다. 이때의 지식·정보는 그간 체제에 순응하지 않는 생각과 내용은 물론 현재의 관심거리가 일상이나 사물과 관련한 내용까지 아우른다. 이를테면 생각이나 감정을 다루는 것은 물론 물질과 사물도 아우른다. 유서는 이를 고증하고 비평함으로써 세상의 모든 지식·정보를 다루고 분류·배치하려는 의식을 표출한다. 이때의 분류·

72 李圭景, 『五洲衍文長箋散稿·序』, "大抵名物度數之術, 縱不及性命義理之學, 亦不可偏廢不講, 視若異端也."

배치는 일종의 지식·정보의 체계적인 제시이자 지금의 학문 분류와도 상통한다. 따라서 이러한 분류·배치는 일종의 지식·정보를 대하는 저자의 합리적 사유이자 과학적 행위의 단초라 해도 무방하다.

유서에 기록된 다양한 조각 지식·정보는 차기 방식의 기록을 통해 가공되고 다시 분류와 배치를 거쳐 새로운 지식·정보의 유통과 확산으로 나아간다. 그런가 하면 유서는 분류와 배치하는 과정에서 다양한 지식·정보를 고증과 비평의 방식을 거쳐 재가공하고 배치함으로써 내용과 형식의 균일함을 제시하거나, 지식·정보의 보편화를 지향하기도 한다.

조선조 후기 지식인은 유서를 통해 자신이 원하는 지식·정보를 쉽게 획득하기도 한다. 그런 점에서 유서는 독자를 상정하고 있다. 여기서 유서는 독자와 관련을 지닌다. 이 경우, 독자는 유서를 귀중한 참고도서로 바라보고, 그 역할을 인식하며 읽는다. 어찌 보면 유서의 저자가 곧 독자이기도 하다. 유서의 저자는 독자를 고려하여 지식·정보의 분류·배치하는 과정을 거치는데, 그 과정에서 그 역시 가상의 독자로 치환되어 분류와 배치를 고민할 수밖에 없다. 이 역시 유서의 저자가 독자인 것을 보여준다.

앞서 잠시 언급한 바 있지만, 여기서 유서에서 자주 확인할 수 있는 고증학의 의미를 언급해보고자 한다. 조선조 후기의 유서는 지식·정보의 축적과 분류를 고려하는 한편, 서술 과정에서 객관성을 담보하기 위해 고증학을 활용하여 그 내용을 배치한 바 있다.

그런데 조선조 후기 유서가 제시하는 중요한 지식·정보의 하나는 일상과 물질이 많다. 흔히 말하는 명물도수학은 이러한 지향을 보여준다. 이전에 주목받지 못했던 명물도수는 물론 기존 지식을 토대로 축적한 다양한 지식·정보는 분류를 통해 재배치된다. 이때의 분류·배치는 저자의 사유를 거치기도 하며, 시대의 변화를 반영하기도 한다. 그런가 하면 지식·정보의 재분류는 항상 저자의 사유와 시대 변화 속에서 새로운 서적의 내용과 견문 체험한 지식·정보를 수용하는 방식으로 이루어진다. 대체로 조선조 후기 유서를 통해 드러나는 지식·정보의 새로운 분류와 재배치는 당대 시대를 반영하고 있다. 명물도수와 물질이 중요한 분류의 하나로 등장하는 것도 이 때문이다.

명물도수를 하나의 학으로 인정하려는 경향은 조선조 후기에 이미 널리 인식되고 있었다. 이를 하나의 학으로 주목하고 적극적으로 옹호하는 학자가 적지 않았기 때문이다. 서형수(徐瀅修, 1749~1824)는 정조의 질문에 답을 하면서 "천하의 학문이 지금까지 모두 세 차례 변했습니다. 한나라 유자들의 훈고학으로부터 일변하여 송나라 유자들의 천인(天人)과 성명(性命)이 되었고, 송나라 유자들의 천인과 성명이 다시 한번 변하여 명나라 유자들의 고증학이 되었습니다. 비유하면 천도가 막히고 통하는 것이 반복되고 지덕(地德)의 강(剛)과 유(柔)가 반복되는 것과 같아서 그 형세가 그렇게 되지 않을 수 없는 것입니다. 이 때문에 송나라에서는 천인과 성명의 책이 지어졌고, 명나라에서는 명물도수의 서적이 나왔는데, 서로 도움이 되고 서로 신장시켜주니 어느 하나도 없어서는 안 됩니다. 서적이 옛날만 못하다는 이유로 저작이 날로 많아지는 것을 도리어 싫어하는 저 사람들은 다만 뭐가 중요한지를 모른다는 사실을 드러내는 꼴입니다"[73]라 하여 많은 서적의 유통을 적극적으로 옹호하는 한편, 시대 흐름에 따라 한유(漢儒)의 명물도수→송유(宋儒)의 천인성명→명유(明儒)의 명물도수를 제시하고 있다. 그리고 이것이 학문의 대세여서 송의 이학(理學)과 명물도수는 서로 도움을 주는 것이니 하나라도 버릴 수 없

73 徐瀅修, 『明皐全集』 권12, 「對策 · 載籍對」, "大抵天下之學, 至于今凡三變. 自漢儒之名物度數而一變, 爲宋儒之天人性命, 自宋儒之天人性命而又一變, 爲皇朝儒者之名物度數. 譬如天道之一通一復, 地德之一剛一柔, 顧其勢不得不然, 故在宋則天人性命之書作, 在明則名物度數之書出, 相資相長, 不可闕一. 彼以書籍之不能及古, 反嫌其著作之日富者, 多見其不知務也."

다고 하였다.

박제가(朴齊家, 1750~1805)도 요즘 사람의 재주를 명물도수로 바꾼다면 고문(顧問)에 대비할 수 있고, 학문을 도덕 문장으로 옮긴다면 태평 시대를 흥기할 수 있다고 제시하며 이덕무를 그런 사람으로 들었다.[74] 이덕무의 명물도수를 주목한 것이기도 하지만, 명물도수를 성리학의 도덕 문장에 견주고 있을 정도로 명물도수의 위상을 높이 인식하고 있음도 알 수 있다. 그런가 하면 박지원(朴趾源)도 이덕무의 고거변증(考據辨證)을 주목한 뒤, 그의 학문적 지향이 명물도수로부터 조수초목(鳥獸草木), 경제방략(經濟方略), 금석비판(金石碑版) 나아가 국조전장(國朝典章)과 외국풍토(外國風土)에 특장을 지녔음을 주목한 바도 있다.[75] 이처럼 조선조 후기 명물도수는 이제 학적 지위와 위상과 독자적 중요성을 인정받아 가고 있었다.

박지원이 이덕무의 고거변증을 거론한 뒤, 그 지향을 명물도수로 연결되고 있음을 거론하듯이 일상과 물질의 명물도수와 같은 지식·정보는 고증학을 통해 더욱 다양하고 깊이 있게 드러난다는 사실이다. 다음은 이와 관련한 구체적 언급이다.

> ① 명물가(名物家)와 훈고파(訓詁派)가 어지럽게 소소한 지식에 관한 공부에 정신을 소모했는데, 근세의 고증학에 이르게 되어서는 자질구레한 지식에 관한 공부가 더욱 심해졌고 그럴수록 격물치지와의 거리는 더욱 멀어졌다.[76]

---

74 朴齊家, 『貞蕤閣文集』 권1, 「送李懋官出宰積城縣序」, "嗟乎! 今之人有能易其才於名物度數, 則可以備顧問矣. 移其學於道德文章則可以興太平矣. 青莊李君由檢書擢積城縣監, 出入內外六年矣. 未嘗一見其道仕宦腴瘠, 顧好著書, 所至成帙, 古蹟名勝, 謠俗方物, 吏治民隱, 扣之如響, 其出無窮, 豈所謂易其才移其學者耶?"

75 朴趾源, 『燕巖集』 권3, 「炯菴行狀」, "著書善於攷據辨證, 嘗於鳥獸草木名物度數經濟方略金石碑板, 以至國朝典章外國風土, 莫不細究焉."

76 正祖, 『弘齋全書』 권107, 「經史講義」 44, '總經' 2, 한국고전번역원 한국고전종합DB, 국역 『홍재전서』 참조.

② 이에 경전을 근본으로 하고 역사서를 참고한 데다 시문도 두루 섭렵하고 고인의 언행도 충분히 갖추었으며, 국조의 전장, 항간에 떠도는 패설, 병가의 학설, 명물의 수효에 이르기까지 탁론으로 입증하고 자기의 의견을 덧붙여 모든 사리를 다 갖추고 조그만 장점도 다 바쳤다. 이 책을 보는 자는 마치 많은 옥을 보관하는 창고에 들어갔을 때처럼 현란하게 빛나는 옥들을 구경하기에 겨를이 없을 듯하다. 그러나 그 귀결점을 요약해보면 다 일용행사의 사이에서 벗어나지 않는다.[77]

①은 정조의 언급이며, ②는 「임하필기서(林下筆記序)」의 서문을 적은 정기세(鄭基世)의 발언이다. ①에서 정조는 소소한 지식과 결부되어 공부와 정신을 해치는 대상으로 명물과 훈고를 지목하였다. 여기서의 명물과 훈고는 고증학과 관련이 깊다. 정조는 고증학이 자질구레한 지식 위주로 공부하는 소학을 추구함으로써 격물치지의 대학 공부를 방해하는 것이라 인식하고, 이에 깊은 우려를 표했다. 명물학은 명물도수학 혹은 명물고증학이라고도 한다. 명물학의 학적 결과물은 대부분 고증학을 통해 유서의 형태로 정리되는 경우가 많다.

명물학 위주의 유서는 대체로 사물과 물질 혹은 일상과 관련한 지식·정보를 축적하고 축적된 지식·정보를 체계적으로 정리한다. 이는 일상에서 획득한 지식·정보를 수집하고 분류·정리하는 것과 관련이 있다. 따라서 정조의 우려는 당연히 당대의 현실과 상황을 반영하고 있는 언급이다.

②는 이러한 상황을 여실히 보여준다. 정기세가 『임하필기』를 두고 탁론으로 입증하고 자신의 의견을 덧붙이는 것이라 평하고 있다. 이는 차기 방식의 고증학적 방법으로 서술한 것을 고려한 언급이다.[78] 고증학

77 李裕元, 『林下筆記』, 「林下筆記序」, 한국고전번역원 한국고전종합DB, 국역 『임하필기』 참조.

의 대상이 되는 구체적 내용은 일용행사다. 이 일용행사는 거대담론이나 성리학적 사유와 거리가 멀다. 명물도수는 일용행사의 중요한 내용의 하나다. 일상 사물을 중심에 두고 고증학과 만나 내용의 객관성을 표출하기 때문에 명물 고증학이라고도 한다. 여기서 조선조 후기 필기와 유서는 고증학은 물론 일상에서의 사물이나 물질과 깊은 관련성을 지님을 엿볼 수 있다. 앞에서 정기세가 『임하필기』의 귀결 처가 일용행사에 있음을 언급한 것은 이를 말한다. 일용행사는 조선조 후기 필기의 중요한 내용의 하나로 다른 유서에서도 확인할 수 있다. 『임하필기』의 성격 역시 조선조 후기 유서의 그것에서 크게 벗어나지 않는다.

대체로 조선조 후기 유서는 일상을 초월하는 것이나 관념적 문제는 주된 관심에서 빗겨나 있다. 현실 생활에서 직접 경험할 수 있거나, 파악 가능한 일상과 물질의 영역에 방점을 둔다. 이는 조선조 지식인이 일반적으로 강조하는 상고주의와 같은 관념적 사유나 성리학의 거대담론과 결을 달리하는 지점이다. 유서와 일부 필기 저술이 일상에서의 유용성과 일상에서 견문할 확인할 수 있는 물질에 관심을 두고 고증학적 방법을 동원하여 기록한다는 점은 역사적 의미가 있다. 이것이 조선조 후기 유서의 중요한 학술적 성과이기도 하다.

그런데도 조선조 후기 유서를 포함한 일부 필기 내용과 그 성립을 두고 우려를 표명한 홍석주의 언급은 여러모로 의미심장하다.

> 대체로 고증을 앞세우고 의리를 뒤로하면 그 형세는 반드시 장차 정자와 주자를 쫓아내게 될 것이고, 정자와 주자의 도가 쫓겨난 뒤에는 그

---

78 필기와 유서에서의 차기방식의 서술과 차기체 필기는 진재교, 「李朝 後期 箚記體 筆記 硏究: 지식의 생성과 유통의 관점에서」, 『한국한문학연구』 39, 한국한문학회, 2007, 387~425면. 그리고 차기체 필기의 글쓰기의 구체적인 사례를 제시한 논문으로는 진재교, 「19세기 箚記體 筆記의 글쓰기 양상: 『智水拈筆』를 통해 본 지식의 생성과 유통」, 『한국한문학연구』 36, 한국한문학회, 2005, 363~416면.

> 형세가 또한 반드시 맹자에까지 이르게 될 것이다. 정자와 주자가 쫓겨나고 맹자까지 배척을 당하면, 그것이 한 차례 전환되어 위로 공자에게 미치는 것 또한 그 형세상 그리될 것이다. 오호라! 술잔을 들고 묵자를 미화하면서 시서(詩書)를 송설(誦說)하고, 스스로 유자라 칭하면서 공자가 공격을 받는데도 잠자코 있으면서 오른 소매를 걷어 그 형세를 돕게 된다면, 천하의 큰 변고가 오히려 이보다 더한 것이 있겠는가? 오호라? 또 고증학의 그 병폐가 이렇게까지 심한 데 이를 줄 누가 알았으랴![79]

홍석주는 고증학의 지향이 정자와 주자를 배척하는 것에 머물지 않고, 종국에는 맹자와 공자마저 배척할 것이라 우려하고, 그 심각성을 표하고 있다. 그는 고증학의 폐단을 말했지만, 그 저변에 당대 사유를 지배하고 있던 주자학과 나아가 기왕의 사유체계마저 해체하고 부정하는 인자가 내장되어 있음을 인지하고 이를 극도로 경계한다. 홍석주의 우려처럼 유서가 추구한 고증학의 방법과 명물학은 주자대전의 사유와 성리학적 질서와 그 방향이 다르다. 그렇지만 고증학이나 명물학이 기존 사유와 사회 질서의 아성에 바로 균열을 가하거나, 고증학 자체가 반주자학과 반성리학에 직결되는 것은 아니다.

문제는 그 안에 당대의 사유와 새로운 질서로 전환될 수 있는 싹이 있다는 데 있다. 고증학은 상고나 관념이 아닌 고증의 방법으로 경전의 오류를 다지고 파고들어 경전의 진위를 따지기도 하고, 명물과 훈고에 문제가 있었던 주자학을 비판하기도 한다. 그런가 하면 명물도수는 일상과 물질의 세계를 강조하고, 고증학을 통하여 일상과 물질의 사실을 변증

79 洪奭周, 『鶴岡散筆』 권6, "夫考證先而義理後, 其勢必將絀程朱, 程朱之道旣絀, 其勢又必及孟氏. 程朱絀矣, 孟氏斥矣, 其一轉而上及於吾夫子, 亦其勢也. 嗟呼, 操觚美墨, 誦說詩書. 自號爲儒者, 而恬然於吾夫子之受攻, 乃及右袒而助其勢, 天下之大變, 尙有過於是者乎? 嗟乎, 又孰知考證之學, 其流弊至此甚哉."

하는 과정에서 기존의 사유나 가치 질서와는 다른 방향으로 나아가기도 한다. 이처럼 조선조 후기 유서가 일상과 물질을 위주로 서술하는 방식과 고증학적 변증과 태도의 지향은 당대의 사유방식이나 가치 질서와 다른 방향의 인자를 내장하고 있는 것이다. 이 점에서 유서와 명물고증의 등장은 의미심장한 방향성을 보여준다.

하지만 조선조 후기 유서는 불행하게도 제한된 공간에서 유통될 수밖에 없다는 문제를 안고 있었다. 이러한 문제 때문에 유서는 유통을 통한 더 많은 새로운 지식·정보의 축적과 확산은 쉽지 않았다. 유서는 출판문화의 미성숙과 지식·정보의 유통 공간의 미비로 인해 제한적 공간에서 일부 독자만 만난다. 더욱이 유서는 필사로 전사(轉寫)되는 경우가 대부분이어서 이를 접할 수 있는 독자도 적었다. 처음부터 간행을 통한 대량 유통과 손쉬운 구득도 불가능했다.

유서의 편·저자들 역시 특정 사안을 두고 더 많은 지식·정보를 객관적으로 포섭하였지만, 개방적이고 수평적인 공간에서의 확산은 불가능했다. 폐쇄적인 지식·정보의 유통 공간이 걸림돌로 작용했다. 게다가 유서의 편·저자 역시 기왕의 사유방식에서 벗어나 새로운 지식·정보를 적극적으로 수용하는 데 시선을 돌리지 않았다.

그런가 하면 조선조 후기 지식 장은 가문의식을 바탕으로 하는 가학(家學) 전통의 중시,[80] 족보의 지속적인 편찬과 간행, 서원 창건을 통한 사승(師承) 관계의 확산, 친족 집단의 혈연 관계의 심화,[81] 그리고 붕당의

80 조선조 후기 대표적인 소론가 홍양호(洪良浩)의 경우가 대표적이다. 홍양호 가문은 아들 홍희준과 홍경모, 홍석모 등으로 이어지는 가문의식을 무엇보다 소중하게 인식하였고, 영조도 홍양호의 학문을 가학에 연원이 있음을 언급한 바 있다. 이는 진재교, 『홍양호 문학 연구』, 성균관대학교출판부, 1999, 2장 참조.

81 조선조 후기 친족 집단의 횡적 연계는 다양한 형태로 이루어졌다. 종중, 성회(姓會), 동규(洞規), 계회(契會) 등을 통하여 친족의 내부 결속을 다졌다. 이러한 현상은 서울은 물론 지방에서도 보편적인 방식으로 이루어졌다. 경향(京鄉)의 친족의식의 구체적

정치적 대립과 종적 네트워크 공간의 심화로 지식·정보의 유통과 확산을 가로막고 있었다. 이러다 보니 조선조 후기 공간에서 지식·정보의 생성과 유통의 구조는 폐쇄성을 띨 수밖에 없다. 이뿐만 아니라 국가의 금서 정책과 문체반정과 같은 검열, 상업 출판의 미비 등도 수직적 지식·정보 유통 공간의 공고화에 기여하였다. 결국 이러한 지식·정보의 종적인 유통 공간은 지식·정보의 횡적 확산을 통한 지식·정보의 확산과 보편화를 어렵게 만들고 만다. 사회·문화적 종적 질서의 강화로 유서는 서구의 백과 전서와 같은 길을 가기란 불가능했다.

그런데 유서는 서구의 백과전서와 같은 성격도 일부 지니고 있는 바, 여기서 이 점을 잠시 거론해보고자 한다. 조선조 후기 유서는 서적과 현장에서의 다양한 체험을 토대로 지식·정보를 축적하고, 누구나 원하는 지식·정보를 획득할 수 있는 방향성을 지녔다. 이 점에서 중세적 가치관에서 벗어나도록 한 서구의 백과전서와 그 양상은 같으면서도 다르다. 유서와 백과전서가 지식·정보의 분화를 촉진하고 중세 사회를 지탱하던 절대 진리인 이념과 신에서 벗어나려 한 점은 비슷하며, 그것은 역사적 의미가 있다. 유서가 유교가 지닌 관념성과 이념적 성향에서 벗어나려 했다면, 백과전서는 신 중심에서 벗어나 인간을 중심에 두고자 하였다. 그런 점에서 지식·정보의 지정학적인 의미 맥락은 비슷하다.

하지만 유서는 개인 차원의 저술에 그치고 지식·정보의 전면적 공유로 나아가지 못했다. 반면에 백과전서는 상업적 출판 자본과 만나 지식·정보의 분화를 촉진함으로써 지식·정보의 공유적 성격을 통한 보편화 길을 촉진한 바 있었다. 이러한 방향은 지식·정보의 분화를 통해 그 위

인 사례로는 박종천, 「조선시대 예안 광산김씨의 친족 활동: 契會와 姓會를 중심으로」, 『국학연구』 30호, 한국국학진흥원, 93~132면과 박종천, 「조선 후기 성호학파의 立後說과 친족의식」, 『민족문화연구』 65호, 고려대학교 민족문화연구원, 249~283면.

계화와 사회 변동을 촉진함으로써 대혁명의 토대를 제공하였다. 이 점에서 유서와 백과전서의 사회적 파장력과 향후 방향은 사뭇 달랐다.

유서만 하더라도 지식·정보의 분화와 보편화로 나아가는 길에 만난 장애물은 이것만 있지 않았다. 유서 자체도 축적된 지식·정보를 유기적이고 체계적인 방식으로 보여주는 데 한계를 지니고 있었다. 그리하여 지식·정보를 재발견하거나 새로운 지식·정보의 형성에 그다지 성공하지 못하게 된다. 유서는 당대가 추구하는 가치와 이념을 뛰어넘는 새로운 텍스트로 등장하여 학술 장을 견인하는 힘이 너무 미약했기 때문이다. 이러한 약점에도 불구하고 조선조 후기 유서의 본격적인 등장은 다양한 지식·정보 축적과 확산, 일상과 물질을 중시하는 인식을 제시함으로써 사유의 전환에 기여한 바도 있다. 이러한 양상은 조선 후기 사회의 종적 관계의 굳건함에도 불구하고 점차 종적 질서와 가치에 균열을 가하는 싹의 발아를 제공하기도 했다.

이 외에도 유서는 유교 성리학에 기초한 문·사·철의 관념적 사유나 비현실적인 지식·정보의 중심에서 벗어나고자 했다. 예컨대 일상과 동식물과 광물 등, 현실에 존재하는 물질의 내용을 구체적으로 인식하고 이를 대거 담아내는 방향으로 중심을 이동해가고 있었기 때문이다. 더러 기왕의 관념적 지식과 물질의 일상적 내용을 균분하게 재배치하는 방향으로도 나아갔다. 이러한 방향은 세상의 모든 지식·정보를 인식하는 것을 의미한다. 이는 관념 중심의 절대적 가치에서 벗어나, 지식·정보의 위계화가 아닌 배열과 순서에 따른 지식·정보의 평등한 재배치를 지향한 것이다. 유서의 분류와 배치가 지식·정보의 보편화에 중요한 토대를 마련해준 것은 조선조 후기 지식사와 학술사에서 적지 않은 의미가 있다.

끝으로 필기와 유서를 연구하는 시각과 방법을 언급해본다. 유서를 포함한 조선조 후기 필기는 기본적으로 국내외 서적을 통한 지식·정보의 획득과 다양한 견문 체험을 토대로 지식·정보를 축적하고 이를 학술적 시야로 재배치한 저술이다. 그러므로 연구 방법도 분과학문의 시각과 일국적 사유로 제대로 접근하기 어렵다. 오히려 일국을 뛰어넘는 시각이 유효하다. 이때 전근대 한자 문화권을 토대로 형성된 고전학과의 접속이 필요하다. 이를 위해 동아시아의 시각을 토대로 한 동아시아 고전학의 방법도 유효한 것이 아닌가 한다.[82]

82 동아시아 고전학의 개념과 연구 방법은 진재교 외, 『동아시아 고전학의 안과 밖』, 성균관대학교출판부, 2023, 「고전학 연구와 동아시아」 참조.

| 제 2 장 |

인물 정보의 집적과 분류: 인물지

2

1. 유서와 인물지

전근대 동아시아 문예장에서 지식인의 소통과 교유는 주로 한문을 통해 이루어진다. 한자 문화권에서 성장한 동아시아 각국의 지식인은 다양한 한문 고전과 한문으로 기록된 저술을 통해 자신의 학술과 문예적 성취를 확인한다. 이들은 이국의 인물과 만나 교류하는 과정에서 자신이 독서하고 익힌 한문 고전과 저술을 토대로 상대방과 소통하며 필담을 나누거나 새로운 지식·정보를 획득하기도 한다. 이처럼 조선조 후기 지식인은 독서와 견문 체험을 토대로 자신의 학지(學知)를 생성하고, 획득한 지식·정보를 저술하여 문예장에 유통하였다.

조선조 후기에 형성된 필기류와 유서는 저자의 견문 체함과 독서로 축적된 학지를 가장 풍부하게 담고 있는 양식 중의 하나다. 다양한 지식·정보를 대거 담고 있는 이러한 필기류와 유서에 접근할 때, 분과 학문의 시선과 방법, 혹은 일국적 관점으로 접근하면 그 실상에 제대로 접근하지 못한다. 오히려 다양한 학적 시야를 열어 두고 일국 너머의 관점에서 접근하는 자세가 필요하다. 동아시아 고전학[1]의 관점으로 필기의

1 동아시아 고전학의 개념과 범주에 대해서는 진재교, 「동아시아 古典學과 한문교육: 그

학술적 의미를 탐색하는 것도 유효한 연구 방법일 수 있겠다. 왜냐하면, 조선조 후기 필기와 유서는 동아시아 지식인이 한문 고전과 저술을 매개로 소통하거나 교통한 학적 결과물이기 때문이다.

사실 조선조 후기 필기는 다양한 분야의 지식·정보를 담고 있는 보고다. 필기의 양식적 특징이나 범주와 관련하여 그간 다양한 논의가 있었지만, 거시적 관점에서 볼 때 유서도 필기에 포함된다. 특히 조선조 후기 적지 않은 필기는 일정한 체계 없이 다양한 지식·정보를 담고 있는가 하면, 유서나 인물지와 같이 뚜렷한 편찬 의식을 가지고 특정한 지식·정보를 분류하여 재배치한 경우도 있다. 이때 인물지도 하나의 유서로 볼 수 있을 것인데, 조선조 후기에 등장한 새로운 방식의 유서이기도 하다. 다양한 양상을 보여주는 유서는 특정한 학문 분야로만 거론할 수 없을 정도로 지식·정보를 풍부하게 담고 있다.

필기가 담고 있는 다양한 지식·정보는 일국 내의 견문 지식과 독서로 형성되기도 하지만, 일국 너머의 견문 지식과 체험, 그리고 일국 밖에서 유입된 서적과 그것을 독서한 것을 기반으로 저술되고 유통되기도 한다. 이 점에서 필기가 담고 있는 다양한 지식·정보를 일국에 가두어 두고 논할 수는 없다.

조선조 후기 다양한 필기 저술[2] 중에서도 새로운 인간상과 관련한 저

시각과 방법」, 『한국교육연구』 42, 한국한문교육학회, 2014, 37~66면.

2 사실 필기는 넓게 보면 잡록(잡기), 시화, 소화, 야사, 일화, 잡기, 유서, 총서 등을 두루 포함한다. 기왕의 필기 개념과 유형 분류는 물론 필기의 장르적 특징을 두고 다양한 논의가 있었지만, 개념과 유형 분류를 명확하게 제시하지는 못한 듯하다. 이는 필기 장르 자체가 지닌 성격과 무관하지 않다. 거시적 차원에서 필기로 포섭한 것 중에서도, 좁게 보면 오히려 그 자체가 하나의 장르적 성격을 선명하게 드러내는 경우마저 있기 때문이다. 조선조 후기 필기는 더욱 이러한 양상을 보여주고 있다. 복합 양식의 특징과 개별 양식의 특징을 아우르고 있는 것 자체가 필기의 중요한 특징으로 볼 수도 있다. 이를 고려하면 하나의 기준으로 필기의 장르적 성격과 함께 그 유형의 분류는 쉽지 않다. 따라서 여기서의 논점은 필기의 유형 분류나 장르적 특징을 논리적으로 제시하려는

자의 학지를 보여주는 것은 인물지(人物志)다. 이것은 다양한 계층의 인물을 총집한 필기의 하나다. 인물지는 기왕의 지식·정보를 총집하고, 이 지식·정보를 활용하여 새로운 학적 시야를 연 특징을 보여준다. 이러한 인물지는 일국의 공간을 넘어 이국 인사를 아우르기도 하고, 하층민의 삶과 행적까지 수록하는 등 기왕의 인물전(人物傳)과 다른 모습을 지향한다. 더욱이 이국 지식인의 인물 정보를 파악하여 인명사전 형태로 엮거나, 이국 지식인이나 인물을 국내 인물과 함께 수록하는 것도 그러한 사례들이다. 이 점에서 인물지는 조선조 후기 사대부 지식인의 학적 시야를 보여주는 것은 물론 저술의 방향도 일국에 머물지 않고 있어 조선조 후기 필기의 새로운 양상을 드러낸다. 더욱이 이러한 인물지는 시대사를 이해하는 소중한 지식·정보를 제공한다는 점에서 중요하다.

2. 인물 정보의 집적 방향

전근대 동아시아 고전에서 사마천의 『사기』 '열전'은 인간을 역사의 중심에 올려놓아 역사적 전기(傳記)의 문을 열었다. 흔히 역사가 당대 인간의 삶과 그 활동을 모아 놓은 것이라는 명제만 소환하더라도 인물의 삶을 주목하는 것은 당대 역사의 지식·정보를 이해하는 중요한 경로를 확인하는 것이기도 하다. 한문 고전 전통에서 인물을 기록하는 방식은 『사기』 '열전'을 토대로 '전'의 양식으로 정형화되지만, 조선조 후기에 오면 인물

것이 아니다. 조선조 후기 필기 저술 중에서 지식·정보의 축적과 관련이 깊은 유서와 인물지를 통해 그 분류 방식과 함께 새로운 학적 방향을 가늠하고자 한다. 지식·정보의 축적과 그것의 분류를 통해 새로운 학적 지향이 무엇인가를 탐색하는 데 목적이 있다. 여기서는 필기의 장르 개념이나 유형 분류 등은 논외로 하고 구체적으로 거론하지 않는다.

전 외에도 다양한 시선과 방식으로 인물의 정보를 포착한 저술이 등장한다. 인물지도 그중 하나다. 이때의 인물지는 '전'이나 '비지전장(碑誌傳狀)'의 성격과 달리 필기류 저술에 속한다.[3] 인물지는 일차적으로 한 인간 개인의 역사이기도 하지만, 어떤 경우는 역사적 개인이기도 하다. 역사적 개인을 포착한 인물지는 조선조 후기 필기 저술의 다양성을 보여주는 중요한 사례다. 인물지의 등장은 국내외 다양한 계층의 인물이 역사적 부상하는 것에 호응하여, 일부 지식인이 이들 관련 지식·정보를 집적하여 표출한 것이다. 저자 개인이 타인의 요청으로 창작하는 비지전장과 달리 뚜렷한 의식과 목적을 가지고 창작한다. 이러한 인물지는 저자 개인의 견식과 학적 시야를 보여준다는 점에서 조선조 후기 지식인의 학적 욕망의 표출이기도 하다.

조선조만 하더라도 역사적인 명신과 명장, 혹은 학문과 행적으로 기릴 만한 인물을 주목하여 이를 인물지 형태로 서술한 사례는 적지 않다. 개인적 관심에서 저술하기도 하고, 어명을 받아 편찬한 인물지 등 다양하다. 이러한 형태의 대표적 인물지를 제시하면 다음과 같다.

조선조 대표적 인물지

편찬자	서명	권수	내용	기타
김용(金勇, 1413~1483) 편찬 후 16세기 증보	『군표일반(羣豹一斑)』	불분권 2책	삼국시대에서 선조(宣祖)대까지 인물 450여 인의 전기	한국국학진흥원 (30081)

3 조선조 후기에 등장하는 일부 인물의 지식·정보를 기록한 인물지는 저자 개인이 주목한 인물의 정보와 관련 내용을 특정한 양식을 따르지 않고 자유롭게 기술한다. 기왕에 알려진 기록이나 견문한 지식을 토대로 저자의 저술 방향에 맞게 인물의 지식·정보를 기술한다는 점에서 필기로 볼 수 있다. 인물지는 필기에 속하지만, 내용상 인물을 다양한 방식으로 분류하고 있다는 점에서는 유서이기도 하다. 이러한 인물지의 기술을 통해 저자의 식견과 학술적 시야를 확인할 수 있다.

편찬자	서명	권수	내용	기타
유희춘(柳希春, 1513~1577) 등의 홍문관 관원	『국조유선록(國朝儒先錄)』	4권 4책	학문과 행적이 드러난 김굉필(金宏弼)·정여창(鄭汝昌)·조광조(趙光祖)·이언적(李彦迪) 등의 저술 정리	국립중앙도서관(古貴 2510-146-18)
김육(金堉, 1580~1658)	『해동명신록(海東名臣錄)』	9권 9책	신라부터 인조대까지 명신 300여 인의 전기	동산도서관〔(이)920.951 김육ㅎ〕
박세채(朴世采, 1631~1695) 이세환(李世瑍, 1664~1752)	『동유사우록(東儒師友錄)』	원집 33권, 후집 4권, 보유 2편, 속집 26권, 후속집 15권 등 54책	유현(儒賢)의 행적을 각종 문헌에서 수집 정리	한국교회사연구소(교000.2 동67) 규장각(古1360-48a/古1360-48b)
정도응(鄭道應, 1618~1667)	『소대명신행적(昭代名臣行蹟)』	전집 6권, 후집 4권, 외집 4권, 별집 2권 등 8책	여말선초에서 인조대까지 명신 292인 행적 초록	국립중앙도서관(古2510-98-1-8)
이의현(李宜顯, 1669~1745)	『국조인물고(國朝人物考)』	본고 66책, 속고 8책 등 74책 (2책 결본)	여말선초에서 18C중반 2,091명 여성의 전기	규장각(奎11471)
송성명(宋成明, 1674~1740)	『국조명신언행록(國朝名臣言行錄)』	전집 12권, 후집 18권, 속집 1권, 별집 11권, 외집 13권 등 27책	여말선초에서 인조대까지 명신 406인 행적 초록	규장각(古4650-78)
홍양호(洪良浩, 1724~1802)	『해동명장전(海東名將傳)』	6권 3책	삼국시대에서 인조대까지 명장 55인의 전기	장서각(K2-484)
임천상(任天常, 1754~1822)	『해동명신지장집략(海東名臣誌狀輯略)』	10권, 불분권 6책 등 합 16책	조선조 명신 185인의 행장, 비지 등에서 초록	존경각(B09C-0108)
한치윤(韓致奫, 1765~1814)	『해동역사(海東繹史)』 내 「인물고(人物考)」	4권 (60권~63권) 2책 (22책, 23책)	고조선 인물에서 조선조 인물의 254인 전기	규장각(奎7931)

편찬자	서명	권수	내용	기타
정조의 어명으로 초계문신이 간행	『명신록(名臣錄)』	12권 12책	『국조명신록』에서 407인의 행적을 약전(略傳)	규장각(奎1690)
정조의 어명으로 초계문신이 간행	『인물고(人物考)』	25권 26책	『국조인물고』에서 가려 뽑은 1,805인 약전	규장각(奎4196)
남공철(南公轍, 1760~1840)	『고려명신전(高麗名臣傳)』	12권 6책	『고려사(高麗史)』에서 명신의 전기 초록	규장각(奎1673)
박성양(朴性陽, 1809~1890)	『국조명신언행록(國朝名臣言行錄)』(산보(刪補))	전집 8권, 후집 10권, 별집 11권, 속집 3권, 습유 등 30책	『국조명신언행록』의 내용 산삭 후 효종대 이후 활동한 명신 증보	규장각(古4650-32)

위에 제시한 인물지는 대체로 관찬의 성격을 지닌 경우가 많고, 시기를 보면 조선조 후기에 본격적으로 등장한다. 조선조 후기 사회적 공간의 느슨함과 유동성을 안정시키기 위한 국가의 지배질서 구축의 분위기와 맞물려 등장한다. 대상 인물은 역사의 공간에서 숨쉬고 살던 다양한 계층을 서술 대상에 두기보다 주로 당대 집권층을 시야에 두고, 국가 질서와 애국 활동을 한 신료를 중심으로 서술한 경우가 다수다. 역사적으로 주목할 만한 명신과 명장, 그리고 당대 통치 이념과 관련 깊은 학자와 현유(賢儒)의 삶을 재조명했다. 이는 종적 질서와 이념을 강조하려는 것과 무관하지 않다. 이 시기의 인물지가 관찬의 기록이 많다는 것도 그렇지만, 인물지에 수록된 내용도 국가 통치와 질서 국난에 직결되는 명신과 명장의 삶, 현유의 행적을 드러내는 데 주력한다. 이러한 인물지의 성격은 이미 책의 제명에서부터 선명하게 드러난다. '~명신록', '~명신전', '~명장전', '~유선록' 등이 그러하다.

인물지는 대체로 역사적으로 나라를 위해 애쓴 명신과 애국 명장, 조선조 통치 이념인 유학과 관련한 현유의 행적과 전기, 이들이 남긴 언행록이 대부분이다. 특정 시기의 명신, 현유의 삶과 행적을 주목하기도 하고, 후대의 문신과 무신 등 신료가 본받아야 할 역사적 인물을 주목하는가 하면, 이들의 삶과 행적을 살피기도 한다. 이를테면 명신과 학자의 활동과 행적을 비롯하여 당대 명신과 명유의 언행, 그리고 명장의 애국 활동에 이르기까지, 역사적 인물을 전기 방식으로 기록한 것이 대부분이다.

인물지에 수록된 대상 인물의 정보는 기존 역사서와 개인 저술, 행장과 비지 등의 기록에서 초록하여 해당 인물의 이력을 제시하는 방식을 취하고 있다. 대체로 나라와 임금, 국가 질서와 통치 이념을 위해 남다른 행적과 삶을 보여준 장면을 포착하여 전기 방식으로 서술한다. 따라서 인물지의 내용도 애국 활동과 당대 사회와 국가를 위해 헌신하거나 희생한 인물, 국난을 극복한 명장, 유학에 뛰어난 행적을 보인 현유의 삶과 그들의 언행록에 이르기까지 다양하다.

도표로 제시한 인물지는 한 개인이 특정 인물의 특정한 삶과 인물 정보를 기술하기도 하고, 어명을 받거나 관찬의 형식을 빌려 관련 인물의 지식·정보를 제시한 경우도 있다. 관찬의 경우 주로 홍문관의 재직 인물과 초계문신이 맡아 편찬을 주관했다. 그런데 이러한 인물지는 저술 목적에 따라 대상 인물의 범위가 넓지 않다는 점이다. 역사적으로 이름난 명신과 명장을 비롯하여 당대 학자로 명성을 지닌 인물 등에 한정되어 있다.

이들 인물지에서 대상 인물의 서술에 참고한 지식·정보는 편찬자가 발굴한 것을 제시한 것이라기보다, 행장과 비지를 비롯하여 사서(史書)와 개인 기록 등과 같이 기왕에 널리 알려진 저술에서 발췌하여 기록한 것이다. 대부분 편찬 목적과 방향을 고려하여 이들 자료에서 발췌하거나 초록해 인물지에 배치한 것이다. 그러다 보니 대상 인물은 지배계층 중심으로 뽑혔다. 중간계층과 하층민을 시야에 두거나 편찬자가 새로운 인물을 발굴하여 새롭게 주목하고 있지는 않다.

조선조 후기에는 이 외에도 인물 관련 지식·정보를 담은 인물지도 확인할 수 있다. 『좌계부담(左溪裒談)』[4]과 『동국문헌록(東國文獻錄)』[5] 등이 그러한 사례다. 이 저술은 『국조인물고』와 『국조인물지』[6]의 성격과 대체로 비슷하지만, 서술의 대상 인물은 다르다. 『동국승니록(東國僧尼錄)』[7]의 경우, 신라부터 조선조의 승려를 기록한 특이한 기록이다. 이 기록은 당대의 시대상을 드러낼 수 있는 다양한 인물의 집성이 아니어서 여기서 거론하지는 않는다.[8]

---

4 『좌계부담』은 17세기 말부터 18세기 중엽에 이르는 약 250여 년 동안의 사대부에 대한 간략한 전기 및 일화, 시화 등을 시대 순서로 편차하고 있는 인물지 성격의 저술이다.

5 『동국문헌록』은 버클리대 동아시아도서관 소장본이며, 상·하권 2책이다. 상권에서는 7편을 두었는데 황각(黃閣), 문형(文衡), 유림(儒林), 필원(筆苑), 도원(都元), 부원(副元), 등단(登壇) 등이다. 각 편 아래에 국왕별로 해당 인물을 연대순으로 배치하였다. 하권은 1편인데 봉군(封君)을 국왕별로 연대순으로 제시하고 있다. 대체로 각 인물의 정보를 간단하게 제시하고 있다. 또 하나의 『동국문헌록』은 버클리대 동아시아도서관 소장본이며, 4권 3책이다. 1권에서는 상신(相臣), 문형, 호당(湖堂), 규장(奎章)을 배치하였고, 2권에서는 공신(功臣), 청백(淸白), 기로(耆老), 남대(南臺), 남대품직(南臺品職), 남대학재(南臺學宰), 남대현관(南臺顯官), 남대대관(南臺大官), 필원, 화가(畫家)를 배치하였으며, 3권에서는 유림(儒林), 문생(門生), 명신을 배치하였고, 4권에서는 문묘배향(文廟配享), 태묘(太廟), 원우(院宇) 등을 배치하였다. 국왕별로 구분한 다음 연대순으로 각 인물의 자호(字號)를 비롯하여 간단한 인물의 정보를 제시하고 있다. 두 책 모두 고려대학교 해외한국학자료센터의 사이트에서 원문 이미지 파일을 볼 수 있다.

6 안종화(安鍾和, 1860~1924)가 1909년 간행한 3편 3책이다. 이 인물지는 정조의 어명으로 편찬한 『인물고』에서 가장 많은 내용을 가져왔고, 『국조보감(國朝寶鑑)』·『여지승람(輿地勝覽)』·『춘파일월록(春坡日月錄)』 등 다른 문집의 행장·비지 등을 참고하여 편찬하였다. 태조 조부터 철종 조까지 조선조 인물 3,000여 인의 행적을 초출하고 왕대별로 편차하고 있다.

7 『동국승니록』은 일본 동양문고 소장본이며, 1책이다. 명승(名僧), 시승(詩僧), 역승(逆僧), 간승(奸僧) 등으로 분류하여 신라, 고려, 조선조 승려에 이르기까지 연대순으로 해당 인물의 간략한 인물 정보와 행적을 소개하고 있다.. 현재 고려대학교 해외한국학자료센터의 사이트에서 원문 이미지 파일을 볼 수 있다.

8 이 외에도 고대 중국으로부터 명나라까지 중요 사적과 인물을 역대 사서에서 발췌하여 수록한 『사요취선(史要聚選)』이 있다. 이 『사요취선』은 초간본과 중간본을 비롯하여 방각본으로까지 간행될 만큼 조선조 후기에도 널리 유통되었다. 특히, 열전 부분의 경우 인물을 기록하고 있지만 대부분 중국 인물을 뽑고 있으므로 여기서는 논외로 한다.

3. 조선조 후기 인물지의 분류 방식

조선조 후기에 오면 사대부 계층의 인물을 총집한 인물지가 등장하는가 하면, 사대부에 국한하지 않고 특정 계층을 뛰어넘어 인물과 관련한 다양한 지식·정보를 기록한 사례도 등장한다. 예컨대 다양한 계층의 인물을 총집하거나, 다양한 계층의 각 인물의 지식·정보를 보여주는 인물지가 그것이다. 18세기에서 19세기까지 각계각층의 인물 정보를 기록한 대표적인 인물지를 제시하면 다음과 같다.

조선조 후기 대표적 인물지

편저자	이규상 (李奎象, 1727~1799)	성해응 (成海應, 1760~1839)	조수삼 (趙秀三, 1762~1849)	조희룡 (趙熙龍, 1789~1866)	박장암 (朴長馣, 1780~?)	유재건 (劉在建, 1793~1880)	미상	미상
서명	① 『병세재언록(幷世才彦錄)』	② 『초사담헌(草榭談獻)』	③ 『추재기이(秋齋紀異)』	④ 『호산외사(壺山外史)』	⑤ 『호저집(縞紵集)』	⑥ 『이향견문록(里鄕見聞錄)』	⑦ 『진벌휘고속편(震閥彙攷續編)』	⑧ 『아조인물휘고(我朝人物彙攷)』
권책	3권	4권	1권	1책	2집 6권	10권 3책	7책	5책
분류/인물	儒林錄(46人) 高士錄(9人) 文苑錄(70人) 梱材錄(5人) 書家錄(23人) 畵廚錄(19人) 科文錄(9人) 方伎錄(2人) 氣節錄(3人) 寓裔錄(10人) 譯官錄(13人) 良守令錄(11人) 孝友錄(3人) 膂力錄(6人) 風泉錄(5人) 靈怪錄(14人) 閨烈錄(12人)	崔致遠 晉州妓 桂月香 漁　父 曺德健 金溟鵬 李成龍 馬神仙 慶運宮宮人 韓保香 李守則 朴　淵 魚繼卜 黃　功 康世爵 金忠善 貴盈哥 慶河昌	讓金洪李 兪生 吹笛山人 宋生員 福洪 賣瓜翁 破石人 鹽居士 乞米奴 畬田僧 洪峯上 碧瀾丐者 汲水者 吾柴 空空 林翁 張松竹 雞老人 破衲行者 嚴道人 磨鏡躄者	朴泰星 朴受天 金壽彭 庚世通 李湘藻 金神仙 崔　北 李亶佃 金　億 林熙之 權孝子 李益成 金弘道 金鍾貴 朴永錫 金祏孫 金完喆 張友璧	郭執桓 陸　飛 吳穎芳 沈　初 袁　枚 金科豫 金科正 金　渟 李　點 博　明 李鼎元 李調元 潘庭均 祝德麟 唐樂宇 沈心醇 鮑紫卿 鐵　保	德行/經術(14人) 孝/忠(51人) 智(42) 貞烈(30人) 文學(71人) 書畫(33人) 雜藝(21人) 道/釋(25人)	姓氏 神童/聰明 通才 詩家/筆家 名書 閨英 烈女 嬪御/宮女 別室 娼妓 常賤 婢使 道流 禪家/女僧 居士/巫女 音律 陰陽 堪輿 卜筮 相人/相馬 工匠 忠臣 孝子 功臣 醫術 譯官	道學(10人) 節義(18人) 賢相(10人) 相臣(258人) 賢將(18人) 儒賢(28人) 文章(20人) 勳庸(28人) 名臣(1081人) 烈士(311人) 將臣(47人) 名武(99人) 儒林(494人) 逸士(72人)

	閨秀錄(2人) 18항목	李夫人 郭夫人 任夫人 金銀愛 賣粉嫗 玉 娘 柳氏妾 有 分 嘉山童 郭氏兒 張 翻 金聖基 金鳴國 釋致雄 洪世泰 李 泰 牛 尋 僞首坐 祁利袞 刑仙 등등	鄭樵夫 愛松老人 採藥翁 金琴師 負販孝子 姜聱士 鄭先生 古董老子 李達文 傳奇叟 中冷釣叟 報讎媳婦 弄猴丐子 嵇琴叟 三疊僧歌 勸酬酤 瘞埋翁 能詩盜婦 寒蟾 乾坤囊 無所不佩 崔院長 安聖文 孫瞽師 一枝梅 洪氏盜客 打虎人 金五興 彭繂羅 說囊 林水月 朴孝子 裴先達 朴鶬鶊 李總丱 啞挐閒 斑豹子 李仲培 洞口三月 酒泉婦 義榮 姜擢施 卓班頭 倒行女 萬德 統營童 金氏子 劉雲台 化漁婆 錦城月	金永冕 朴基淵 曺神仙 嚴烈婦 金 琬 李陽馝 姜致祜 李興潤 千壽慶 張 混 王漢相 李 同 金亮元 李在寬 劉童子 張五福 千興喆 嚴啓興 趙秀三 吳昌烈 申斗柄 田琦 聲山大師 朴允默	彭元瑞 紀 昀 翁方綱 吳省欽 吳省蘭 陳崇本 羅 聘 龔 協 孫星衍 洪亮吉 吳 照 蔣 和 張問陶 熊方受 錢大昕 錢東垣 阮 元 陳 鱣 黃丕烈 曺 江 등등		富人 宦官/宮奴 傔人 胥吏 賤人 奴隷 才諝 勇力 巨量 貌肖 形怪 唱優/談諧 奸巧 鬼神 亂逆 盜賊 50항목	忠孝紀聞 (84人) 技藝(43人) 方外異聞 (19人) 宗室(39人) 駙馬(20人) 外戚(34人) 奸凶(43人)

기타	18세기 각 계층 인물 262인	신라에서 18세기 인물 139인의 전기	하층인물 71인	여항인 42인	청조지식인 185인	여항인 287인의 전기	각 계층 인물 1,009인	각 계층 인물 2,776인

①에서 ⑧까지의 기록은 한 인물의 삶과 특이한 행적을 축약한 경우가 대부분이다. 저자의 견문 지식을 비롯하여 전대 문헌을 참조하여 기록하고 있다. 인물의 개인 정보는 물론 가계와 특징적 행적을 두루 담았다. 사실 각 인물을 포착한 방식과 서술 태도는 지금 인명사전과 비슷하다. 한 인물의 본관과 자호를 비롯하여 관직과 행적 등, 한 개인의 삶을 압축적으로 요약하여 제시하고 있기 때문이다. 인물지에서 기록한 개인의 가계와 자호, 본관 등의 제시는 전(傳)의 인정기술(人定記述)과 같은 성격을 지니지만, 인물의 이력이나 특이한 행적을 요약하여 서술한 점은 전과는 다르다.

①의 저자인 이규상을 제외하면, ②의 저자 성해응에서 ⑥의 저자 유재건까지 서얼과 서리 출신의 중간계층이다. ⑦과 ⑧은 저자 미상이지만 다양한 계층의 여러 인물을 대거 담고 있다. 수록한 인물은 ①~⑥의 인물과 비교할 수 없을 정도로 많다. 이규상은 한산이씨 노론계의 문한세가의 후손이다. 그는 당대에 관직에 진출하지 않고 저술 활동에 치력하여 『일몽고(一夢稿)』를 남길 만큼 뛰어난 문재를 소유하였다. 하여 자신의 견문 지식과 학적 역량을 토대로 당대 인물의 지식·정보를 충실하게 수집하여, 이를 『병세재언록』 안에 녹여내고 있다.

『병세재언록』은 18세기 각 계층의 각양각색의 다양한 262인의 인물 정보를 시야에 넣고 저술한 인물지다. 이규상은 각양의 인물을 체계적으로 제시하기 위하여 18개 항목을 두고, 그 아래에 각 인물을 적실하게 분류·배치해 두고 있다. 각 인물은 양반과 중간계층, 귀화인과 기술자를 두루 포괄하는바, 저자의 시선은 하층민과 중간계층은 물론 지배계층에까지 이르고 있다. 특히 규방의 인물과 여성 학자의 특이한 삶까지 포착한 것은 이채롭다.

여기서 이규상이 18개 항목으로 분류하여 인물을 배치한 것에 시선이 간다. 그는 일부 항목에서 한 인물의 삶을 포섭할 수 있는 소서(小序) 형태를 제시한 다음, 인물 관련한 지식·정보를 기술한다. 이러한 배치 방식은 제시한 분류 방식의 정당성을 보여주는 것인데, 항목 아래에 해당 인물의 배치 역시 동일한 의식으로 읽힌다. 하나의 사례를 든다.

> 깊은 규방에서 아름다운 행실을 숨기고 있는데, 어느 누가 알 수 있겠는가? 일가친척이 아니고는 제대로 쓰기 어렵다. 지금 기록하는 부녀자들의 사적의 내용은 대부분 나의 내외 친척의 일이다.[9]

18개 항목의 하나인 '규열록(閨烈錄)'을 둔 이유를 설명하고, 이어서 해당 인물의 행적을 기술하고 있다. 18개 항목의 순서를 보면 사대부를 앞세운 것도 그렇지만, 항목 간 인물 숫자와 배열 항목의 소속 인물을 두고 서술하는 방식은 균형감각을 잃고 있다. 그럼에도 당대 인물의 전체적인 조망이 가능하도록 분류·배치한 것은 남다른 의식의 소산으로 보인다. 더욱이 각 계층의 다양한 인물을 포섭하고 여성과 이국의 귀화인, 기술자 등에까지 그 시야를 넓힌 것은 시대정신과 병세의식을 보여준 점은 『병세재언록』의 미덕이다.[10]

---

9 李奎象, 『韓山世稿』 권31, 『幷世才彦錄』, 「閨烈錄」, "深閨潛光, 人孰知之. 非是姻婭族戚, 無以書之不誣. 今錄壼範, 多是余內外族親云."

10 이규상이 「병세재언록인(幷世才彦錄引)」에서 "우리나라의 땅이 삼천리라지만 사대부가 당파로 분열되고 나서는 나와 색목을 달리해 떨어져 있는 경우 몇 사람이나 가히 기록해 남겨야 할지 알지 못하고 있다. 나 자신의 이목을 따라서 기록한 것들도 곤륜산의 한 조각 옥이요, 계림의 한 가지 나무에 불과하다. 붓을 잡고서 문득 맥이 빠져 사방을 바라본다"라 하여 객관적인 시각에서 인물을 포착하려 한 것에서 알 수 있다.

특히 조선조 후기 처음 자명종을 제작한 최천약(崔天若)의 기술적 능력을 주목하고 「방기록(方伎錄)」에 실은 것은 이규상의 안목이기도 하며 열려 있는 학적 시야다. 이규상은 최천약의 전기와 삶의 이력을 전문(傳聞)한 것이 아니라 직접 만나보고 그의 삶의 내력을 듣고 기술한 것으로 보인다. 전문 기술자로 주목한 최천약의 이력 중에 자명종을 제작 부분을 보기로 한다.

> 영조가 편전(便殿)으로 들어오게 하고 자명종을 꺼내는데, 바늘이 하나 떨어져 있었다. "서울의 장인들이 아무도 손을 쓰지 못하는데, 네가 이것을 고칠 수 있겠느냐?"라 하였다. 나는 그것을 한번 보자 방안이 떠올라 바로 은을 다듬어 바늘을 만들어 꽂으니 부절(符節)을 맞춘 것 같았다. 영조가 찬찬히 보고서는 "천하의 뛰어난 솜씨로다"라 하며, 하교하기를 "너는 이 종을 본떠서 만들 수 있겠느냐?"라 하였다. 나는 자명종의 생김새를 두루 살펴보고 생각이 또한 잘 떠올라서 즉시 엎드려 "평생 처음 당해 보는 일이지만 구조를 훤히 알겠습니다"라고 아뢰었다. "숯이 얼마나 들겠느냐?" 하여, "20섬이면 족하겠습니다"라 하였다. 임금이 웃으며 40섬을 더해주었다. 자명종을 다 만들자 숯은 과연 거의 다 들었다. 이에 임금이 참으로 타고난 예지를 지닌 줄 알 수 있었다고 한다. 자명종이 우리나라에서 만들어진 것은 최천약으로부터 비롯되었다.[11]

「방기록」은 전문 기술자의 전기와 행적을 기록한 것이다. 이규상이 당대에 천시받던 전문 기술자인 최천약을 발굴하여 그와 관련한 정보와

---

11 李奎象, 『韓山世稿』 권31, 『幷世才彦錄』, 「方伎錄」, "英廟使進便殿, 出自鳴鍾落一釘者曰: "京城匠手, 皆莫敢措手. 汝能改釘否?" 余一見, 卽入意匠, 卽鍊銀釘, 釘之如合符. 英廟諦視曰: "天下良工." 仍下敎曰: "汝效鑄此鍾乎?" 余周覽鍾勢, 意亦順匝, 卽伏對曰: "平生初當刀刻役, 而意思則洞然." 命定治炭, 天若曰: "二十石足矣." 上笑, 加四十石. 治畢, 炭果僅足, 天若始知天縱之聖. 自鳴鍾之成於我國, 始於天若."

삶을 주목한 것은 남다르다. 특히 최천약은 조정의 기술직에 있는 누구도 고치지 못한 자명종을 단번에 고쳤다. 여기에 그치지 않고 그는 영조의 자명종 제작 요구에도 성공하여 바침으로써 당대 최고의 전문 기술자로 등극하기도 했다. 이규상은 역사의 뒤안길에 잊힐 뻔한 전문 기술자를 발굴하여 인물지에 실은 것은 예사롭지 않다. 특히 자명종 제작기술을 익혀 조선조 최초로 자명종 제작에 성공한 사례를 들어 최천약을 추어올리는 한편, 전문 기술자를 새로운 인간형으로 주목한 의미도 남다르다. 기술을 천시하던 현실에서 그 인식을 거두고 역사에 묻힐뻔한 전문 기술자를 기억하고 호출한 것은 주목할 만한 사건이다. 자신의 인물지에 전문 기술자 항목인 「방기록」을 두어 특기한 것은 『병세재언록』이 보여주는 방향이기도 하다.

성해응의 『초사담헌』과 조수삼의 『추재기이』는 이규상의 『병세재언록』이 보여주는 시선이나 서술방식과 사뭇 다르다. 성해응과 조수삼은 낮은 시선으로 시정(市井)의 여러 인간과 그들의 행적에 관심을 표하고 있다. 『초사담헌』은 주로 시대별 인물 배치를 중시한다. 이를테면 통일신라 말엽에서 18세기 중반까지 활약한 139명의 인물을 시대별로 포착하고, 이들 인물의 삶을 특기한 것이다.[12] 반면에 성해응은 의병 관련 인물, 여성 인물, 기녀 궁녀, 화가, 천민 등으로 나누는가 하면, 이들을 군으로 묶어 제시하고 있다. 하지만 인물의 분류 방식은 내적 논리에 따른 체계적인 서술로 보이지 않는다. 자신의 안목에 따라 시대별 인물을 주목하고 그러한 인물 정보를 축약하여 기록하고 있다. 대체로 인물의 사적(史的) 기록의 성격이 강하다.

그런데 『초사담헌』은 성해응이 살던 당대와 멀지 않은 시기의 하층

12 최근 성해응의 『초사담헌』은 번역이 되었다. 성해응 저, 손혜리·이성민 역, 『연경재 성해응의 초사담헌』, 〈해제〉, 사람의무늬, 2015 참조.

인물의 정보를 기술한 점은 흥미롭다. 의병장과 의병을 비롯하여 국가적 변란에 절의를 지킨 인물, 기녀, 노비, 무당, 궁녀, 향리, 백정, 어부, 은자, 화가, 악사, 승려, 품팔이꾼, 점술가 등 유교 이념과 가치의 범주에서 벗어난 인물을 대거 포함하고 있다. 여기에 그치지 않고 성해응은 중국과 일본에 이어 네덜란드 표류인의 행적까지 두루 주목한 것은 다른 인물지에서 볼 수 없는 특장이다. 무엇보다 여성 인물을 대거 수록하고 이들에게 상당한 시선을 두고 있다. 이를테면 그의 시선은 반가(班家)의 여성으로부터 민가의 여성, 기녀, 궁녀, 노비, 아전과 백정의 딸, 광대의 아내 등에 두루 미치고 있다.

요컨대 『초사담헌』은 주로 가부장제의 모순 속에서 희생당하고, 신분질서의 모순 속에서 최하층의 밑바닥에서 살던 인물들을 폭넓게 포착하는 특징을 보여준다. 여기서 중요한 것은 성해응이 사회적 모순을 인식하고 이들 여성의 삶을 포착하고 있는지 여부보다, 오히려 당대 사회의 질곡 속에서 이를 헤쳐나가며 살아가던 인물과 그 행적 자체를 포착한 사실이다. 여기에 타국의 인물인 박연(朴淵)과 어계복(魚繼卜) 등과 같이 일국 너머의 표착(漂着) 네덜란드인과 몽고인에 이르기까지 시선을 확장한 사실도 중요하다. 이는 이 인물지의 특징을 보여주는 사례다.

조수삼의 『추재기이』은 당대의 시정 공간 안으로 초점을 이동하여 특정 인물을 집중적으로 포착한다. 조수삼은 71인의 다양한 인물에게 눈길을 주고 있다. 『추재기이』가 포착한 인간은 조수삼이 살았던 시정의 뒷골목에 존재하던 다양한 인간 군상이다.[13] 이들의 삶과 인물 정보는 당대 사회가 추구하던 인간상과는 전혀 다르다. 좀도둑과 강도를 비롯하여 조방꾼, 거지, 부랑아 등과 같은 인물은, 당시 체제가 껴안지 못하거나 끌어

13 조수삼의 『추재기이』는 조수삼 저, 안대회 역, 『추재기이』, 〈해제〉, 한겨레출판, 2010 참조.

않을 수 없던 그야말로 소수자나 비주류다. 그런가 하면 방랑 시인과 차력사, 골동품 수집가, 술장수, 임노동자, 떡 장사, 비구니 따위도 주목하고 있다. 이들은 조선조 후기 시정 공간의 뒷골목에서나 만날 수 있는 시정잡배에 지나지 않는 인물들이다.

그런가 하면 도시 서울의 유흥 문화 속에서 푼돈을 팔며 살아가던 인물도 포착했다. 닭 우는 소리를 잘 내는 계노인(鷄老人), 소설을 낭독하는 전기수(傳奇叟), 해금을 켜는 노인, 구기(口技)에 능한 박 뱁새, 음담패설 전문가, 탈춤꾼 탁반두(卓斑頭), 원숭이 재주꾼, 백조요(百鳥謠)를 부르는 통영동이, 재담꾼 따위가 그들이다.

이처럼 조수삼은 하층민의 삶을 주목하지만, 서술 과정에서 어떻게 이들을 분류하고 배치하여 역동적으로 보여줄 것인가 하는 데는 크게 주의하지 않고 있다. 그가 포착한 인물은 당대 시정에서 쉽게 만날 수 있는 데다 대부분 시정의 하층민이기에 딱히 구별하거나 군을 지어 포착할 이유도 없었을 지도 모른다. 그렇기에 인물을 분류하고 배열한 순서는 존재할 수 있지만, 계층에 따라 배치를 달리하거나 인물의 경중에 따른 서술상의 위계는 없다. 그런 점에서 『추재기이』의 인물 분류와 배치는 대상 인물의 선명함과 역동성과도 무관하다. 어떤 순서에 따라 인물을 분류 · 배치하더라도 전혀 어색하지 않기 때문이다.

여기서 역관이던 조수삼이 시정의 뒷골목에 살던 하층민을 오로지 끄집어내어 인물지로 포착한 것은 예사롭지 않다. 중간계층의 의식을 뛰어넘어 시정의 뒷골목에서 만날 수 있는 인물 군상을 평전 방식으로 엮어 배치한 의식이 소중하다. 20세기에 와서야 비로소 하층민의 삶을 기록한 것을 감안하면 『추재기이』는 시대를 앞서 하층민을 기록한 인물지라는 점에서 조선조 후기 하층의 인물사라 해도 좋겠다.

이에 반해 조희룡의 『호산외사』와 유재건의 『이향견문록』은 모두 편저자와 같은 신분인 여항인을 대상으로 한 일종의 전기 모음집이다. 이

두 전기집은 인물지의 성격도 있지만, 그보다는 여항인에 의한 여항인의 서술로 여항인 특유의 에토스를 제시하고자 한 것에 방점이 있다. 그런데 『이향견문록』은 여항인의 에토스를 표출하려는 의지와 달리 그 분류와 표제어는 전혀 그렇지 않다. 앞부분에 '의례(義例)'를 두어, '덕행/경술', '효/충', '지(智)', '정렬(貞烈)', '문학', '서화', '잡예', '도(道)/석(釋)' 등의 표제어로 분류하고, 그 아래에 해당 인물을 배치하여 각 인물의 구체적인 삶의 행적을 밝히고 있는 것에서 알 수 있다.[14]

유재건이 분류한 항목은 여항인의 에토스를 담아내기에는 너무 낡은 틀이다. 표제어 또한 여항인의 삶을 적실하게 드러내는 것과 동떨어진다. 이를테면 '덕행/경술', '효/충', '정렬' 등의 표제어는 유교적 이념에 충실한 인간형을 드러내는 데 적합할 뿐, 조선조 후기 시공간에서 여항인 특유의 삶과 인생역정을 드러내는 것과 전혀 무관한 표제어다. 이러한 표제어야말로 여항인 특유의 삶과 개성을 제시하는 데 전혀 어울리지 않는다. 이 점에서 여항인 만의 인물 정보를 모아 분류하여 배치한 『이향견문록』은 내용이 추구하고자 하는 방향과 엇나가고 말았다.

⑤의 『호저집』[15]은 초정(楚亭) 박제가(朴齊家, 1750~1805 이후)의 셋째 아들 박장암이 찬집한 것으로 일종의 청조 지식인 인물 사전이다. 『호저집』은 박제가가 네 차례의 연행길에서 청조 지식인과 시와 편지로 결교(結交)한 관련 인물의 정보를 비롯하여 주고받은 글을 모은 것이다.[16] 여기서

14 「이향견문록의례」 참조. 유재건은 여기에서 10개 항목으로 분류한 이유와 그것에 따라 어떻게 배치하고 있는가를 자세히 밝혀 놓고 있다.

15 『호저집』은 최근에 2책으로 번역되어 간행되었다. 박장암 엮음, 정민 외 옮김, 『호저집』, 돌베개, 2022.

16 『호저집』은 1809년 박제가의 4번의 연행 과정에서 교유한 청조 인물과의 정황과 그들과 주고받은 작품 등을 모아 편찬한 것이다. 박제가가 연행 과정에서 교유했던 인물 관련 정보를 상세하게 기록하고 있어, 박제가를 비롯하여 당시 조선조 지식인이 청조 문인과 교유한 정황도 파악할 수 있다. 권수는 교유한 인물 정보를 인물 사전의 방식

주목할 것은 권수 부분이다. 여기서 1778년 박제가의 첫 번째 연행에서부터 1801년 네 번째 연행 동안 교유한 청조 지식인의 인물 정보를 마치 인물 사전처럼 요약, 정리한 것임을 밝히고 있다. 박장암은 박제가가 연행한 시기를 고려하여 청조의 인물 정보를 파악하고, 이를 시기별로 편집하여 독자의 편의를 고려하고 있다.

그는 범례에서 "여러 사람과 결교한 차례는 무술년과 신유년은 차례에 모두 근거한 바가 있으나, 경술년과 신해년은 선후가 서로 이어지고. 수미가 모호하기 때문에 우선 짐작해서 순서를 배치하였다"[17]라 하였다. 이를 보면 부친의 연행 시기를 고려하여 시기별로 인물을 총정리하고 있음을 알 수 있다.

박장암이 부친이 교유한 청조 인물의 어떤 정보를 담아내고, 어떻게 인물 사전 형태로 제시하고 있는지 살펴보기로 하자.

> 무술년(1778)의 것이 제1편, 경술년(1790)과 신해년(1791)의 것이 제2편, 신유년(1801)의 것이 제3편이다. 대체로 3편 안에 총 172인이 있는데, 사적이 간간이 빠뜨려졌거나 소략한 것이 많아 서책에서 찾되 분명하게 고증할 수 있는 것 외에는 간혹 편장의 낙관한 끝머리에서 얻거나, 간혹 낡은 종이의 흐릿한 말미에 뽑아 얻은 바가 겨우 열에 한둘뿐이다. 그러므로 어떤 경우는 다만 이름과 성은 있지만, 함께 자나 호가 없기도 하며, 어떤 경우는 성명과 자호가 있지만, 벼슬과 사실이 적막하여 상세하지 못한 것도 많다.[18]

으로 제시한 것이며, 권1, 권2, 권3은 주고받은 편지나 시문을 싣고 있다.

17 朴長馣, 『縞紵集』, 凡例, 一, "諸人結交次第, 戊戌辛酉則皆爲有第所據, 庚戌辛亥則先後相連, 首尾模糊, 故姑斟酌而序列之."

18 같은 책, 같은 곳, "戊戌爲第一篇, 庚戌辛亥爲第二篇, 辛酉爲第三篇. 凡三篇之內, 摠一百十人, 而事蹟間多闕畧, 其搜于簡冊斑斑可考之外, 或得於篇章款識之末, 或摘於敗紙模糊之餘, 所得才十之一二. 故或只有名姓而幷無字號者, 或俱名姓字號而爵里事實, 寂不可詳者, 多矣."

범례의 일부다. 권수에 모두 172명의 청조 지식인의 정보를 싣고 있다고 했다.[19] 실제 박장암은 3권을 통해 이들 172명의 청조 지식인들의 인물 정보나 부친과 교유한 내용을 구체적으로 적시해두었다. 어찌 보면 여기에 등장하는 172명의 청조 지식인은 박제가가 18세기 중반에서 19세기 초반까지 청조 인사와 교유한 인적 네트워크이지만, 한 사람의 교유라기에는 실로 놀라울 정도로 그 범위가 넓다. 이 시기 조선조 지식인이 청조 지식인과 교유한 범위의 전부라 하더라도 과언이 아닐 정도로 교유한 인물이 많다. 박장암이 『호저집』에 수록한 인물의 경우, 행당 인물의 전기를 비롯하여 주고받은 시문과 서찰, 제평에 이르기까지 두루 싣고 있다.

> 여러 인물의 열거한 이름과 사적은 전기의 사례를 따라 지었고, 사제와 붕우 관계의 근거한 절목에서는 상세하게 주석과 풀이를 더하고, 그 지파와 연원까지 밝혔다. 그 아래에 선군께서 지은 증별시와 회인시, 차운시와 제첩한 시 등을 이었다. 아울러 필담이 있는 사람은 각기 그 아래에 첨부하였다.[20]

박제가와 교유한 인물의 전기적 사실을 비롯하여 사제와 붕우 관계를 자세하게 제시하는 것은 물론 그 지파와 연원까지 기록했음도 밝히고 있다. 여기에 더하여 만약 주고받은 시를 비롯하여 차운하거나 그리움을 담고 있다거나 제화시와 필담한 사실이 있으면, 그 작품과 함께 구체적인 필담 내용까지 기록했다고 했다.

그런데 박장암은 『호저집』에서 부친과의 친소 관계와 해당 인물의 정

19 하지만 실제 항목을 제시하지 않고 거론한 인물까지 합치면 모두 185명이다.

20 朴長馣, 『縞紵集』, 凡例, 一, "諸人列名事蹟, 用傳記例爲之, 而於師徒友朋出處之節, 詳加註解, 明其支派淵源. 下係先君贈別擬懷題帖等詩. 幷有筆談者, 各附其下."

보를 파악할 수 있는 정도에 따라 청조 지식인의 기록은 상당한 편차를 보인다.[21] 당대 서울 학계와 연경 학계에 널리 알려진 인물이 있는가 하면, 오직 박제가와 사적 관계를 형성한 인물도 있다. 해당 인물의 서술도 상당히 불균형하다. 이러한 편차에도 『호저집』은 박제가가 연행에서 견문한 지식·정보와 다양한 견문 지식과 자료를 동원하여 교유한 청조 지식인을 두루 포착하고 있다. 내용 또한 18세기 후반 19세기 초반까지 활동한 청조 인물을 포섭하고 있어, 조선조 지식인과 교루한 청조 지식인의 인물 사전이자 문예사전이라 해도 틀린 말이 아니다. 이는 다른 어디에서도 볼 수 없는 『호저집』 만의 특징이다.

청조 인물을 기록한 구체적인 사례를 통해 『호저집』의 특징을 살펴보자. 하나의 사례다.

> 옹방강(翁方綱, 1733~1818)의 자는 정삼(正三)이며 호는 담계(覃溪)로 순천(順天)의 대흥현(大興縣) 출신이다. 건륭(乾隆) 임신년에 과거급제를 하여 관직은 내각학사(內閣學士) 겸 예부시랑(禮部侍郞)이 되었다. 학문이 크고 깊으며 서법에 빼어났다. 필의(筆意)가 종횡무진하고 뛰어나 서법의 정맥을 얻었다. 집에 석묵루(石墨樓)를 두어 양한(兩漢)의 금석문(金石文)을 수장하였는데, 장서루에 가득 찼다. 성품이 소식을 좋아하여 자칭

---

21 완원(阮元, 1764~1849)의 경우가 그렇다. 그와 관련한 정보는 자호와 출신을 비롯하여 약간의 저술만을 매우 짧게 소개하고 있다. 박제가와 교유의 밀도가 크지 않거나 교유 당시 정확한 인물 정보를 파악할 수 없어 서술을 소략하게 한 것으로 보인다. 하지만 완원은 『경적찬고(經籍纂詁)』(1799년)와 『십삼경주소교감기(十三經註疏校勘記)』(1806년)를 편찬한 대표적 고증학자다. 또한 경학 저술을 집대성한 『황청경해(皇淸經解)』(1829, 1,408권)를 편찬하여 고증학을 집대성하기도 했다. 뿐만 아니라 그는 금석학에도 뛰어난 업적을 남겼고, 그의 문집 『연경실집(揅經室集)』에서는 청나라 서풍에 큰 영향을 끼친 「북비남첩론(北碑南帖論)」과 「남북서파론(南北書派論)」 등을 수록하기도 했다. 특히 청조 학예계를 견인한 인물로 추사와도 교유가 깊다. 이와 달리 당대에 널리 알려지지 않은 인물을 비교적 상세하게 제시한 경우도 적지 않다.

소재학인(蘇齋學人)이라 하고 그 거처에 편액하기를 보소재(寶蘇齋)라 하였다. 평소에도 소동파의 삼상(三像)을 길게 걸어두었다.[22]

옹방강의 인물 정보를 기록한 대목이다. 서두에서 입전 방식처럼 자호와 출신, 급제 여부, 관력과 학문 관련 사항을 기술한 다음 개인과 관련한 개성과 학문적 특장을 기술하고 있다. 박장암은 부친과 교류한 인물의 정보를 간략하게 소개한 다음, 그 인물의 특징과 개성, 그리고 그와 관련한 학술적 지식·정보를 요약·정리하는 방식으로 배치하였다. 만약 부친과 교유한 인물의 관련 자료가 있으면, 첨부하여 제시하는 방식을 취하고 있다.

이러한 서술 방식은 지금의 단순한 인명사전의 면모를 뛰어넘어 교유 자료까지 덧붙여놓음으로써 특정 인물을 압축한 평전으로 보이기도 한다. 특히 교류 관련 인물의 개인 정보는 물론 교유 양상과 그의 문예적 특징과 성취까지 파악할 수 있어 단순한 인물 전기의 성격을 넘어서기 때문이다. 이 점에서 『호저집』은 18세기 후반 19세기 초반 박제가와 교류한 청조 지식인 인명사전의 성격을 넘어 간략한 특정 인물의 문예 특징과 평전을 함께 보여주는 종합적 성격의 인물지라 할 수 있다. 또한 『호저집』은 이 시기 조선 지식인과 교류한 청조 인물의 기초자료이자 문예사전이라 해도 무방하겠다.

⑦의 『진벌휘고속편』은 그 편찬자를 정확하게 알 수 없다. 대략 19세기 후반에 편찬한 것으로 보인다.[23] 저자는 『진벌휘고속편』를 50개 항목으로 분류한 다음, 그 아래에 인물을 배치하고 있다. 전체 분량을 고려해

22 朴長馣, 『縞紵集』 卷2, "翁方綱字正三號覃溪, 順天大興人. 乾隆壬申科擧, 官內閣學士兼禮部侍郞. 學問穹邃, 善書法, 筆意縱橫透得正脈. 家有石墨樓, 藏兩漢金石, 充棟溢宇, 性愛蘇自稱蘇齋學人. 扁其室曰寶蘇齋, 平居長懸東坡三像."

23 한영규, 「雜錄型 인물지 『震閥彙攷續編』 연구」, 『한민족문화연구』 55, 한민족문화학회, 2016, 131~164면.

볼 때, 50개 항목으로 인물을 분류하고 관련 정보를 배치한 것은 전체 인물의 정보를 아우르는 장점은 있지만, 분류 기준이 모호하다. 항목 선택과 항목에 따른 인물의 배치도 체계적이지 않다. 특히 분류 항목으로 제시한 표제어를 훑어보면 각 항목 간에 어떤 질서나 체계를 상정하고 설정한 것인지 불분명하다. 다만 성씨 항목을 먼저 내세운 것은 특이한데, 이는 대상 인물의 신분을 고려하지 않고 동일한 차원에서 모든 인물을 바라보려 한 편찬자의 의식으로 읽을 수도 있겠다.

여기서 각 항목으로 제시한 표제어와 그 배치 문제를 한번 살펴 보자. 각 항목은 편찬자의 관심에 따라 선후로 배열하고 있지만, 의외로 기왕의 가치와 이념으로 포섭하기 어려운 표제어를 함께 제시하고 있다. 당대 가치나 이념과 배치되는 간교(奸巧)·부인(富人)·난역(亂逆)·도적(盜賊) 등과 같은 표제어가 그러하다. 이들 표제어는 모두 당대 질서과 이념에서 탈주를 지향하는 어휘인바, 이 표제어 아래에 배치한 인물도 당연히 부정적 방향으로 서술하고 있다.

하지만 이러한 인물의 배치 역시 시대상과 당대 사회의 이면을 들여다볼 수 있는 맥락을 지닌다는 점에서는 의미가 없지 않다. 표제어 아래에 배치된 인물의 행적을 구체적으로 제시하고 있는 서술 방식도 음미할 대목이다. 특히 당대 이념으로 포섭할 수 없는 하층민이나 비주류의 행적과 정보를 축약한 『진벌휘고속편』은 『추재기이』의 방향과 맥을 같이 한다. 하지만 당대 이념과 가치를 뛰어넘어 당대 사회 질서 밖의 인물과 관련한 정보를 제시하는 시선은 『추재기이』와 사뭇 다른 방향이다.

편자 미상의 ⑧의 『아조인물휘고』는 모두 5책의 인물지다. 여기서 편찬자는 각 계층의 다양한 인물을 포섭하여 분류하고 있다. 『아조인물휘고』는 19세기 중반의 인물도 포함해 기록하고 있어 19세기 후반에 편찬된 것으로 보인다.[24] 편찬자는 모두 22개 항목으로 인물을 총집한 뒤 인물 정보를 분류하고 배치하고 있다.[25]

분류 항목은 다른 인물지에서도 확인할 수 있지만, '기예' 조에 풍수가를 배치한 점은 남다르다. 특히 『아조인물휘고』에서 풍수가로 주목한 대상 인물 중에는 무학대사(無學大師)가 있다. 무학대사는 여말선초의 이름난 풍수가로 조선조 건국 과정에서 풍수를 보고 한양을 수도로 정하도록 주청한 것은 알려진 사실이다. 이 외에도 17세기 이름난 풍수가인 이의신(李懿信)[26]과 18세기 인물인 박상의(朴尙宜)[27] 등을 제시한 것도 이채롭다. 여기에 전우치와 같은 환술가까지 포착하기도 한다.

요컨대 『아조인물휘고』는 역사의 이면에서나 거론할 수 있는 인물을 두루 포착하고 있는 특징을 보여준다. 이러한 인물 정보를 통해 역사의 속살까지 엿볼 수 있다는 점은 『아조인물휘고』가 지닌 내용상 특장이겠다. 재미있는 사실은 제시한 개별 인물 자체가 하나의 분류 항목이기도

---

24 1책의 '상신' 조에 박회수(朴晦壽, 1786~1861)를 언급하고 있는데, 박회수는 1859년에 좌의정에 올라 마지막 부분에 배치되어 있기 때문이다. 이를 감안하면 이 저술은 19세기 후반에 편찬된 것으로 보인다.

25 이 저술의 항목 분류는 다음과 같다. 1책은 도학(道學), 절의, 현상(賢相), 상신, 현장(賢將)이며, 2책은 유현, 문장, 훈용(勳庸), 명신(상)이고, 3책은 명신(하)이다. 그리고 4책은 열사(烈士), 장신(將臣), 명무(名武)이며, 5책은 유림, 일사(逸士), 충효, 기문(紀聞), 기예, 방외이문(方外異聞), 종실(宗室), 부마(駙馬), 외척(外戚), 간흉(奸凶) 등 모두 22개 항목으로 분류하고 있다. 그리고 각 항목의 구체적인 인물의 간단한 소개와 함께 이어서 관련한 내용을 적고 있다.

26 풍수가이자 술수가인 이의신이 1612년 9월 14일에 교하천도론(交河遷都論)을 제기하자 승정원에서 괴탄스럽고 근거가 없어 민심을 불안정하게 한다고 치죄할 것을 요청하였지만 광해군은 죄를 묻지 않았다. 이후 교하천도론이 공론화되어 조정의 파장을 일으킨 바 있다. 당시 광해군을 비롯하여 조정의 일부 인사들은 교하천도론에 관심을 가지고 실행에 옮기려는 구상도 하였다.

27 『국조방목(國朝榜目)』에서는 박상의의 아들 박광립(朴光立)을 1840년 식년시 문과에 급제한 것으로 기술하고, 이어서 그의 본관은 밀양이며 출생이 1777년으로 서술하고 있다. 박상의는 명문세가는 아니지만 양반인 점을 감안하면 풍수가로 평생을 보낸 인물은 아닌 듯하다. 선조 당시 풍수가로 이름난 인물로 이의신과 박상의(朴尙毅)가 있다고 알려져 있는데, 박상의(朴尙宜)는 바로 박상의(朴尙毅)를 이르는 듯하다. 서술 과정에서 이름자를 잘못 적은 것이 아닌가 한다.

하다는 점이다. 즉 편찬자가 모아 놓은 개별 인물의 총합이 바로 분류 항목의 총합이 되는 것이다.

그렇다면『아조인물휘고』에서 어떤 인물을 어떠한 시선으로 서술하는지 살펴볼 필요가 있다.『아조인물휘고』에서는 대체로 전대의 문헌을 참조하여 서술하고 있다. 반면에 특정 인물의 경우, 견문한 것을 토대로 인물을 소개하고 해당 인물과 관련한 이러저러한 사건을 제시하는 방식을 취하고 있다. 하나의 사례를 예시하면 다음과 같다.

> 이의신은 풍수의 설에 가탁하여 서울의 지기(地氣)가 쇠하여 이미 다하였다고 생각하여 광해군에게 교하(交河)로 천도할 것을 권하였는데, 백사(白沙) 이항복(李恒福)이 통렬하게 배척하여 그만두게 하였다. 인조반정 이후에 또한 요언(妖言)한 것을 퍼뜨렸다고 하여 주살되었다.[28]

이의신은 당대에 풍수가로 이름을 떨친 인물이다. 그는 임진왜란 이후 혼란한 상황을 틈타 광해군을 설득하여 교하천도론을 주장함으로써 당시 정국을 요동치게 만든 장본인이다. 편찬자가 이의신을 주목하여 '기예' 항목에 배치한 것은 역사의 이면을 담고자 한 의식을 가졌음은 물론이다. 여기에 당대에 이단시되던 전우치를 비롯하여 태조 대의 점쟁이로 이름을 얻었던 안식(安植)도 함께 서술하고 있다. 이 역시 같은 맥락에서 이해할 수 있다.[29] 이를테면 편찬자는 특정 이념과 정치적 시선은 물론 신분의식을 넘어서 인물을 바라보고 역사의 이면을 담고자 하였다. 이 점에서『아조인물휘고』는 기왕의 인물지를 뛰어넘어, 당대의

---

28 편자 미상,『我朝人物彙考』5책, "李懿信, 托風水之說, 謂漢京氣殺已盡, 勸光海遷都交河, 白沙李公痛斥乃止. 反正後, 亦以妖言誅死."

29 그가 조선조 초기 1차 왕자의 난에 정치적 문제를 예언한 것은『태조실록』태조 7년 무인(1398년) 8월 26일 기사를 보면 정도전과 점괘를 두고 대화하는 장면에서 확인할 수 있다.

이면을 조망할 수 있는, 이른바 '인물로 본 이면의 역사' 기록으로 이해할 수도 있겠다.

4. 인물지 속의 등장인물과 그 의미

조선조 후기 인물지는 일반적인 유서와 달리 당대에 주목받거나 주목받지 못한 소수자는 물론 국내외 다양한 인물 관련 지식·정보를 담고 있다. 조선조 후기에 오면 사대부 지식인과 여항인이 다양한 형태의 인물지를 편찬한다. 이들은 당대 사회의 주류적 인물에서부터 응달에 살던 소수자에 이르기까지 특정 계층에 시선을 고정하지 않는다. 오랜 기간 역사적 관심을 받지 못한 여러 계층의 인물과 여성, 나아가 이국의 인물에까지 관심을 기울이고 그들의 인물 정보와 삶의 개성을 포착하고 있다. 인물지에 수록된 대상은 기왕에 널리 알려진 인물도 있지만 새롭게 포착한 인물도 있다. 인물지를 통해 소환된 대상 인물의 지식·정보는 단순한 인물 사전을 넘어선다. 가만히 들여다보면 당대 역사의 역동성을 함께 엿볼 수 있다는 점에서 우리의 시선을 끈다.

이처럼 다양한 인물 관련 지식·정보를 충실하게 제공하는 이들 인물지는 기왕의 비지전장에 등장하는 인물과는 다른 인간형이다. 일부 저자는 기존의 사전이나 역사서의 인물전과 다른 방식으로 다양한 인물을 주목하고 인물 사전의 방식으로 재구성하기도 한다. 이러한 인물지는 중하층과 여성 인물은 물론 일국 너머의 이국 인물에까지 확장하여 관련 지식·정보를 제공하고 있다. 이는 이전에 없던 새로운 방향이다. 특히 이들 인물지를 통해 역사의 이면을 엿보기도 하고, 때로는 시대사와 일국 너머의 역사를 읽음으로써 역사적 성격도 확인할 수 있다. 이때 인물지는 단순한 인물 사전의 함의를 뛰어넘어 인물사로 이월되어, 인물로 역사를 확인할 수 있는 사료의 위상도 지닌다. 다양한 계층의 인물을 사적 영역 속에 포섭하는 이러한 인물지는 신분질서와 기성의 가치체계를 근간으로 하는 시선과는 사뭇 다르다. 기존 위계질서와 그러한 틀에서 인물을 바라보고 평가하는 기록에서는 볼 수 없는 내용과 방향을 보여주기 때문이다.

주지하듯이 역사에서 가장 큰 중심축은 특정 사건과 인물이다. 인물의 행적이 역사의 일부이며, 여러 인물의 행적을 종합한 것이 당대사의 일부이기도 하다. 그래서 인물의 탐구는 당대를 살았던 다양한 인간의 다기한 삶의 모습을 파고드는 것에서 시작한다. 조선조 후기 다양한 계층의 인물의 지식·정보를 제시하고 이들의 삶의 다기한 모습을 기록한 것이야말로 인물지가 지닌 미덕이자 조선조 후기 필기의 새로운 모습이겠다.

사실 전근대 한문 고전의 다양한 기록에서 역사적 시공간을 살았던 여러 계층의 인물 정보를 제시하거나 그 행적을 보여주는 사례는 많지 않다. 그에 비해 각양각색의 여러 계층의 인물을 포착한 인물지는 기존 사료가 보여주지 않은 역사의 이면과 또 다른 모습을 보여준다. 이는 역사를 움직이는 여러 계층의 모습과 관련한 지식·정보를 제공하고 있어 유의미하다. 특히 인물지는 기왕의 사료가 눈여겨보지 않던 각양의 인물 관련 지식·정보를 담고 있을 뿐만 아니라, 중하층의 인물 정보를 포착한 경우 개인의 정보와 사건 같은 관련 지식을 기록하고 있다. 이 기록은 그 자체 살아있는 역사의 일부가 된다. 이 점에서도 인물지는 소중하다. 더욱이 인물지의 편찬자는 단순한 인물 정보의 나열이나 인물전에서 흔히 볼 수 있는 당대 이념과 가치를 기준으로 삼지 않고, 편찬자 나름의 안목과 사유로 비평하거나 뚜렷한 목적의식을 표출하기도 한다. 이는 지금의 인물 평전과 흡사한 바 흥미로운 부분이다.

이처럼 조선조 후기 다양한 형태의 인물지는 당대 역사 공간에서 살아 숨쉬는 당대 구성원의 모습을 포착한 것이자 역사 저변에서 움직이는 다양한 인물의 지식·정보를 제공해준다. 인물지가 분류하고 있는 각 인물과 계층은 그 자체로 중요한 지식·정보의 범주가 되기도 한다는 점에서 인물 분류의 중요한 항목으로도 주목할 수 있다. 특히 분류 항목으로 주목받는 여러 계층의 인물은 기성의 가치체계에 얽매이지 않는 새로운 인간상을 보여주고 있어 역사적 의미를 내장하고 있기도 하다. 이는 인물지의 편찬자가 '어떠한 인물과 계층을 주목하고, 이를 어떻게 분류하여 인물지에 배치할 것인가?'라는 문제의식과 그 맥을 같이한다. 어쨌거나 인물지는 당대 역사의 이면은 물론 관찬 사료가 보여주지 않은 풍부한 시대의 이면과 시대상, 그리고 지식·정보를 제공한다는 점에서 소중한 자료다.

특히 국내외 여러 계층의 인물을 주목하고 이를 수록한 인물지는, 조선조 사회의 질서와 이념, 가치에 부합하지 않는 기록이다. 우리가 흔히 보듯이 역사적으로 당대 가치 질서와 사회 이념에 부합하는 인물 중심으로 기록한 것을 넘어서기 때문이다. 인물지에서는 주변에서 쉽게 만날 수 있고 일상에서 접촉하는 다양한 인물까지 소환하여 복수의 시선으로 포착하기도 한다. 그 결과 인물지는 당대 살아 숨쉬던 인물의 다양한 모습을 보여주는가 하면 당대 사회의 속살과 함께 여러 계층 인물의 존재 방식과 삶 자체를 포착한다. 이 점에서 조선조 후기 인물지는 단순히 인물 사전의 성격을 넘어 당대 역사적 진실의 한 면을 보여준다는 점에서 주목할 수밖에 없는 것이다.

제5부

이문물과 신지식, 중간계층의 등장

| 제 1 장 |

전란과 사행, 견문과 서적 유통

1

1. 사행과 지식·정보

17세기 이후 조선조 지식인들은 일국을 넘나들며 학지(學知)를 소통하였다. 육지를 통한 연행사(燕行使)와 바다를 통한 통신사(通信使)의 길을 통해서다. 조선조는 법으로 월경(越境)을 금지한 데다 해금(海禁)과 공도(空島) 정책까지 시행하여, 사행이 아니면 공식적으로 월경할 수 없었고 이웃나라 지식인과 만나 학지를 소통할 수 없었다. 간혹 표류하여 이(異)문화를 체험한 사례도 있지만, 매우 드물다.

17세기 이후 사행을 통한 이문화의 체험과 소통은 표류의 그것과는 차원이 다르다. 사대부 지식인은 육로와 해로를 통해 사행하며 지식·정보[1]는 물론 서적을 주고받고, 자신의 체험과 견문, 지식을 주변에 전달하

1 여기서 말하는 지식과 정보는 정치한 개념을 가지고 사용한 것은 아니다. 서론에서 언급한 바 있듯이 일반적 개념으로 사용한다. 조선조 지식인이 견문 지식과 체험에 손을 대거나 가공하지 않은 것과 일부 독서를 통해 얻는 원래 자료를 정보라 하고, 이러한 정보를 학술과 논리적 과정을 거쳐 익히거나 가공한 것을 지식이라 할 수 있다. 여기에 지식은 능동적인 것으로 사유를 거쳐 재구성되는 측면이 있지만, 정보는 수동적인 수용을 거쳐 기록되는 점에서 차이가 나기도 한다. 여기서 이런 개념으로 지식과 정보를 나누어서 사용하고자 한다. 그렇기는 하지만 조선조 사회에서 지식과 정보는 뒤섞여 그 경계가 불분명한 경우가 대부분이어서 이를 가르는 것 자체가 어렵

거나 더러 이를 가공하여 새로운 형태의 지식·정보를 생성·유통한다. 이 점에서 연행사와 통신사는 조선조 후기 지식·정보와 관련이 깊으며, 사행은 지식·정보의 유통과 소통의 길을 보여준다.

그런데 사행을 통한 지식·정보의 소통과 인적 교류로 학지를 소통할 수 있도록 한 존재는 누구일까? 우리는 일국 너머 인적 교류를 연결하고, 이러한 교류의 토대를 제공한 존재와 그들이 지식·정보를 전달하고 중개한 방식에 주목할 필요가 있다. 또한 사행에 참여한 지식인은 일국 너머에서 어떻게 지식·정보를 획득하며, 획득한 지식·정보를 활용하여 어떠한 새로운 지식을 생성하여 발화하고 있는가도 주목할 필요가 있다. 이는 지식사(知識史)에서 중요한 문제이기도 하다.

대체로 연행사는 정기적이지만, 통신사행은 단속적(斷續的)이다. 하지만 사행을 통한 이국 인사와의 교류와 내용은 다르지 않다. 사행에 참여한 사대부 지식인은 역관의 주선으로 이국 지식인과 교류하거나, 역관이 기왕에 구축한 인적 네트워크를 통해 이국 지식인과 접촉하는 경우가 많다. 역관 외에도 사행에 참여한 중간계층은 사행 과정에서 자신의 인적 네트워크를 형성하여, 다음 사행에 활용하거나 사행에 참여한 인사들에게 연결해주었다. 이는 동아시아 조공·책봉의 국제질서에서 주목할 점이다.[2] 그런데 연행사와 통신사에서 지식·정보와 관련하여 흥미로운

고 큰 의미도 없는 경우가 많다. 더욱이 지금은 지식과 정보 자체를 논하는 자리가 아니라 조선조 후기 사회에서 지시·정보와 관련이 있는 사회 계층과 지식·정보의 관계, 그리고 지식·정보의 사회적 기능을 중심에 두고 논의하는 자리다. 따라서 지식과 정보를 묶어 지식·정보로 사용하고자 한다. 다만 필요할 경우 앞의 개념 규정을 고려해 지식과 정보를 나누어 논지를 전개하고자 한다. 특정 서적의 내용을 두고 논한 경우를 포함한 몇 사례에서 그러하다. 이를 제외하면 지식과 정보를 지식·정보로 묶어 사용하더라도 논지에 큰 영향을 주지 않기에 지식·정보를 묶어 하나의 의미로 사용할 것이다.

2 엄밀하게 말하면 청조와 에도 막부는 조공·책봉체제 내에 있지 않았다. 에도 막부는 청조를 중심으로 하는 동아시아 국제질서에 편입되지 않고, 탈중화(脫中華)의 교린 체

존재가 바로 중간계층이다. 사행에 여러 계층이 참여하지만, 중간계층은 외교 실무나 전문적인 임무를 맡아 이국 지식인과 소통하고 인적 네트워크를 구축하는 경우가 많다. 역관과 의원을 비롯하여 서얼 등이 그러하다.[3] 이들은 사행을 통해 인적 네트워크를 형성하고, 이를 활용하여 지식·정보를 수집·전달·유통하는 역할도 한다. 위계화 된 자국의 사회제도와 질서 속에서 차별받던 중간계층이 더러 사행의 공간에서는 지식·정보의 발신자가 되어 이국의 학술과 문예의 장에서 유통한 예도 적지 않았다.

2. 사행의 두 길과 인적 네트워크

청조의 등장과 에도 막부의 성립으로 17세기 동아시아 국제질서는 새롭게 재편하게 된다. 조선조는 청조의 조공·책봉체제로 동아시아 국제질

제를 지향하였다. 반면에 조선조는 청조를 중심으로 하는 동아시아 국제질서 아래에 있으면서 조공·책봉 관계를 유지하고 있었다. 이에 반해 조선조와 에도 막부는 교린체제의 구조 내에서 통치자 간의 교린 관계를 유지하고자 하였다. 17세기 이후의 관계도 쓰시마 섬을 매개로 한 기미 교린을 하며 이전과 같은 틀을 유지하고 있었다. 그런가 하면 일본은 조선조와 '통신의 나라'로 관계를 맺고 중국과는 '통상의 나라'로 관계를 맺고 있었다. 통상관계를 제도적으로 인정하고 있다는 점에서 조공·책봉체제로 설명할 수도 있다. 여기에 대해서는 손승철, 『조선 통신사, 일본과 通하다』, 동아시아, 2006, 178면.

3 역관, 의원, 서얼 등을 중간계층으로 설정한 것은 조선조 후기 사회 구조에서, 그들이 처한 사회적 위치와 학술과 문예를 생성하여 발산하거나 향유하는 방식이 같다는 점을 고려한 것이다. 실제 사행에 비록 공적 위치는 다르지만, 역할은 비슷하였다. 특히 통신사행에서는 더욱 그러했다. 따라서 역관, 의원, 서얼 등을 중간계층으로 부른다. 이 외에도 화원(畵員)이나 사자관(寫字官) 등도 사행에 참여하지만, 사행에서 이들의 역할은 두드러지지 않아 논의에서 제외한다. 중간계층의 개념과 범주는 3장의 「나라 안팎에서의 중간계층」에서 구체적으로 논할 것이다.

청나라의 궁정화가 요문한·장정언이 그린 「만국래조도」_ 그림 밑에서부터 포르투갈 사신단, 코끼리를 탄 인도 사신단, 그 위로 갓을 쓴 조선사신단이 보인다. 청나라는 조선을 입조 사신단 맨 앞쪽에 배열해 문명국으로 대우했다.

서에 편입되어 매년 청조에 사신을 보냈다. 세폐사(歲幣使)·정조사(正朝使)·성절사(聖節使) 등의 정기적 사행이 그것이다. 청조와 외교관계를 정립한 이후 파견하는 연행사는 명대의 조천사(朝天使)와 사뭇 달랐다. 17세기 명·청 교체와 동아시아 국제질서의 재편은 사행에서 '조천(朝天)'이 '연행(燕行)'으로 이름만 바뀐 것은 아니다. 한족이 아닌 만주족이 중화를 지배한다는 사실에 조선조 지식인은 사행 자체를 예전과 다른 것으로 인식하기도 했다. 그래서 일부에서는 연행을 부끄러운 사역으로 여겼다. 존주대의(尊周大義)를 주창한 처지에서 연행은 중화 문명을 무너뜨린 오랑캐의 나라에 입조(入朝)하는 떳떳하지 못한 길로 생각했기 때문이다.

연행 초기에 조선조 지식인은 청조 지식인이나 관원을 만나면 형식적 만남에 그치거나, 청조의 정세 파악과 같은 공적 일에 그다지 관심을 두지 않았다. 심지어 청조 통역관의 부당한 뇌물요구에도 별다른 응수를 하지 않고, 외교적 문제가 있어도 역관에게 맡기는 것이 다반사였다. 사실 오랑캐의 나라에 사행한다는 것과 이를 부끄럽게 여긴 조선조 지식인의 인식과 태도는 현실을 부정하는 정신 승리에 지나지 않았다. 이러한 현실 인식과 태도는 어떠한 실익도 없는 행위였음은 물론이다.

실제 청과 외교 관계가 정상화 된 이후 연행 과정을 찬찬히 따져 보면, 공식적으로 정사, 부사, 서장관이 사행의 임무를 담당하지만 외교적 임무를 수행하고 임무를 완수하는 과정에서 결정적 역할은 역관이 한다. 역관은 청조 인사와 교류하며, 삼사(三使) 앞에 닥친 공·사의 일을 해결하고, 연행 과정에서 볼거리를 소개하고 서적 등의 물품 구매도 담당했다. 이러한 이유로 연행의 주연은 역관이라 해도 지나치지 않는다.

연행에서 역관의 규모를 통해서도 그 역할과 비중 정도를 확인할 수 있다. 영조 때 편찬된 『속대전(續大典)』의 '부연역관(赴燕譯官)' 규정을 보면, 사행에 참여한 역관의 경우, 적게는 6인으로부터 많게는 23인까지 참가한다고 기록하고 있다.[4] 연행사의 임무를 놓고 보면 역관의 수는 적지 않다.[5] 역관 외에 중간계층인 서리(書吏), 의원(醫員), 사자관, 화원, 군관(軍官) 등도 참가해 여러 실무 행정을 뒷받침한다는 점에서 사행 실질적 주역은 중간계층으로 볼 수도 있다.

연행 과정에서 삼사는 북경에서 공식적 행사나 의례 관련 일만 처리하고, 대부분의 실무와 외교 등의 여러 문제는 역관이 주도적으로 처리하는 경우가 많았다. 역관은 연행에 정기적으로 참여하는 데다 중국어 소통 능력을 갖췄고 외교적 관행 등의 실무에 익숙했기 때문이다. 더욱이 임무 수행 과정에서 역관은 청조의 관원을 비롯하여 다양한 계층의 인물과 지속해서 관계를 맺으며, 인적 네트워크를 구축하기도 하였다.

역관들 외에도 삼사의 친지로 참가한 서얼 역시 연행에서 청조 문사들과 직접 교류하며 인적 네트워크를 형성한 바 있다.[6] 18·19세기만 하더라도 박제가(朴齊家)·이덕무(李德懋)·유득공(柳得恭)·이희경(李喜經)·조수삼(趙秀三)·이상적(李尙迪)·박사호(朴思浩) 등 수많은 인물이 자제 군관이나 다른 직을 맡아 연행에 참여한 바 있다. 이들이 청조 인사와 친교를 맺고 교류한 것은 알려진 사실이다.[7] 이들 중 박제가는 4차(1778, 1790 5

4 『續大典』, 「禮典」, '雜令條' 참조.

5 실제로 역관은 상당수가 따라갔다. 한어 역관의 경우 현장 실습을 위해 정규 인원 외에도 참가하는 경우가 많았다.

6 청조와 조선조 문사들의 교류 양상의 최근 연구 성과를 소개하면 다음과 같다. 김명호, 「董文渙의 『韓客詩存』과 한중문학교류」, 『한국한문학연구』 26, 한국한문학회, 2000; 이군선, 「冠巖 洪敬謨의 中國文人과의 交遊와 그 의의: 1차 연행을 중심으로」, 『동방한문학』 23, 동방한문학회, 2002; 진재교, 「18세기 朝鮮朝와 淸朝 學人의 학술교류: 洪良浩와 紀昀을 중심으로」, 『고전문학연구』 23, 한국고전문학연구회, 2003; 이춘희, 「우선 이상적과 만청 문인의 문학교류 연구」, 서울대학교 박사학위논문, 2005; 김명호, 「해장 신석우의 『입연기』에 대한 고찰」, 『고전문학연구』 32, 한국고전문학회, 2007; 김용태, 「임오군란기 한중 문인의 교유 양상: 조면호·김창희의 활동을 중심으로」, 『한문학보』 17, 우리한문학회, 2007; 임기중, 『연행록연구』, 일지사, 2002; 후마 스스무 저, 정태섭 역, 『연행사와 통신사』, 신서원, 2008.

7 연행의 규모나 그 구성에 대한 전반적인 논의는 김일환, 「조선 후기 중국 사행의 규모와 구성」, 『연행의 사회사』, 경기문화재단, 2005 참조.

월·9월, 1801), 유득공은 3차(1778, 1790, 1791), 이덕무는 1차(1778), 조수삼은 6차(1789~1829), 이희경(1782~1799)은 5차, 이상적은 12차, 박사호(1828, 1837)는 2차에 걸쳐 연행하고, 이렇게 연속된 연행은 청조 인사와의 교류와 인적 네트워크 구축의 결정적 토대를 제공하게 된다.[8]

특히 박제가·이덕무·유득공·이희경 등 연암 그룹 인물은 국내에서 정기적인 교류를 통해 인적 네트워크를 구축하고, 연행에서 자신들이 구축해둔 인적 네트워크를 활용하여 청조 지식인과 교류하고, 더러 타인의 교류를 주선했다. 연암 그룹 인물의 연행을 살펴보면, 국내외의 상호 교류와 그룹 내 인물이 구축한 인적 네트워크를 통한 인적 연결 상황을 쉽게 알 수 있다. 이를테면 이덕무는 조수삼과 사제관계였고,[9] 박제가는 추사(秋史) 김정희(金正喜)를 소개한 바 있다. 추사는 이상적과 사제지간이며, 조수삼·이상적·박사호 등은 이미 국내에서 서로 교류하고 있었다. 여러 번 연행한 박제가와 조수삼, 그리고 이상적 등이 구축한 청조 인사와의 인적 네트워크는 청조 인사와의 교류에 가교 역할을 했다. 이처럼 연행에 참여한 인물은 국내에서의 상호 교류를 배경으로 나라 밖에서도 중간계층이 구축한 인적 네트워크를 적극적으로 활용하였다.

또한 연행에 참여한 인사는 중간계층이 소개해준 인적 네트워크를 통해 연행에서의 원활한 임무 수행은 물론, 새로운 서적 구매와 이문화 관련 지식·정보를 손쉽게 습득할 수 있었다. 이들이 청조 인사와 신교(神交)를 맺거나 인적·물적 교류를 원활하게 한 것도 중간계층의 네트워크가 있어 가능한 경우가 많았다.

8 심전(心田) 박사호(1784~1854)는 1828년에 연행한 뒤, 『연계기정(燕薊紀程)』을 저술하였다. 그의 문집 『심전고(心田稿)』가 있다. 박사호의 연행록에 대해서는 임영길, 「心田 朴思浩의 燕行과 韓中文學交流」, 성균관대학교 석사학위논문, 2008 참조.

9 조수삼의 국내외 교류 양상에 대한 것은 김영죽, 「秋齋 趙秀三의 燕行詩와 「外夷竹枝詞」」, 성균관대학교 박사학위논문, 2008 참조.

그러면 이들이 청조 학술과 문예계 인사들과 관계를 맺는 사례를 한 번 보기로 한다.

> 12월 15일 신유(辛酉). 맑음. 관에 머물렀다. 가서 나빙(羅聘)을 방문했는데, 나빙의 호는 양봉(兩峯)으로 문장지사(文章之士)다. 박제가는 일찍이 나빙과 친교를 맺었는데, 매양 그의 재능을 말하며 칭찬을 하였다. 내가 같이 가서 방문하고 싶어서 익경(翼卿)과 함께 따라갔다. 나빙을 보자 정성스럽게 맞이하면서 술을 차려 놓고 잘 대접해주었다. 박제가는 책상 위의 시서(詩書)의 두루마기 중의 하나를 뽑아 나에게 보여주면서 '귀취도(鬼趣圖)'라고 하였다. 내가 펼쳐서 보니, 수묵으로 귀신의 모양을 어렴풋하게 그렸고 그 아래에 서문과 시가 함께 있었다. 내가 박제가에게 묻기를 "누구의 작품인가요?"라 하니 박제가가 나빙을 가리키며 "그림과 글씨 모두 저 사람의 손에서 나왔습니다"라 하였다.[10]

승정원(承政院) 서리로 백경현(白景炫, 1732~1799)이 남긴 연행록의 한 대목이다.[11] 그는 경아전(京衙前)으로 1790년 동지사의 별견(別遣) 신분으로, 박제가는 별계청(別啓請)의 자격으로 연행에 참여하고 있었다. 백경현은 문서 작성의 실무를 담당하였거니와, 이는 당시 보기 드문 사례였다.

위의 내용은 백경현이 박제가와 함께 나빙(1733~1799)을 찾는 장면이다. 나빙은 양주팔괴(揚州八怪)의 한 사람으로 「귀취도」를 그려 현실을 풍자했는데, 백경현·박제가·나빙이 함께 본 그림이 바로 이것이다. 박제

10 白景炫, 『燕行錄』 2, 『燕行錄選集補遺』 中, 성균관대학교 대동문화연구원, 2008, 71면, "十二月十五日, 辛酉晴, 留館. 往見羅聘. 羅聘號兩峯, 文章之士也. 朴在先, 曾與之交, 而每稱道其才, 欲余同往訪之. 余與翼卿從之. 及見羅聘, 殷勤迎入, 置酒款待. 在先抽案上詩書軸中一軸, 而示余題曰鬼趣圖. 余披而觀之, 以水墨依微寫鬼形, 下有序與詩, 余問在先曰, 誰所作也? 在先指羅聘曰, 畵與筆, 皆彼兩峯手中之所出也."

11 4권 2책으로 성균관대학교 존경각 소장본이다.

가는 이미 1778년의 연행에서 이조원(李調元, 1734~1803)·반정균(潘庭筠) 등 청조 학자와 친교를 맺고, 이들의 존재와 학술적 성취 등을 서울 학예장에 소개한 바 있다.[12] 박제가는 나빙과도 망년지교(忘年之交)를 맺어 친교한 바 있는데, 이후 연행에서 백경현과 동행하여 나빙을 소개한 것이다. 이는 자신의 인적 네트워크를 통해 일국 너머 인사와의 교류를 주선한 것이다. 여기서 박제가는 백경현이 나빙과 해외신교(海外神交)를 맺는 가교자 역할을 한 셈이다.

18세기 후반 이후 사대부 지식인이 연행에서 만난 청조의 대표적 인물을 보면, 기윤(紀昀, 1724~1805)·이조원·반정균·옹방강(翁方綱, 1733~1818)·섭지선(葉志詵, 1779~1863)·완원(阮元, 1764~1849) 등이다. 이들은 연경 학예장에서 학술과 문예로 명성을 얻은 인물이다. 수차례 연행에 참여한 중간계층은 자신이 교류한 바 있는 이러한 유수의 청조 학자와 네트워크를 구축하고, 이를 토대로 연행에 참여한 인물을 연결해주거나 교류의 장을 마련해주었다. 이후 연행에 참여한 사대부 지식인은 중간계층의 소개로 청조 학예장 인사와 교류하게 되고, 자신들도 인적 네트워크를 구축하게 된다.

그런가 하면 청조 인사 역시 중간계층의 인적 네트워크를 활용하여 자신들의 시문을 조선조 지식인에게 건네주며 소통하거나, 신교를 맺어 교류를 지속하기도 한다. 대표적인 경우가 기윤과 옹방강이다.[13] 이들은

12 박제가는 4번의 연행에서 중국 지식인들과 친교를 맺은 인물이 180여 명이 넘을 정도다. 박제가는 『사고전서』의 편찬 책임자인 기윤 등과도 만나는 등, 중국의 석학들과 학연을 맺고 시·서·화를 주고받았다. 당시 청조의 학자 가운데 나빙은 박제가와 이별하게 되었을 때 매화 그림과 박제가의 초상화를 선물한 것으로 유명하다.

13 기윤과 옹방강의 경우, 연경 학예장에서 지적 소통자로 역할한 사례는 다음과 같은 글에서도 선명하게 드러난다. "중국의 장서가로는, 절강(浙江)에는 범씨(范氏)의 천일각(天一閣)이 제일이고, 연경(燕京)에는 효람(曉嵐) 기윤과 담계(覃溪) 옹방강이 제일이며 박식과 문장으로도 제일이다. 기미년 가을의 사행에 내각(內閣)에서 주자 관련

자신이 교류한 중간계층을 가교로 서울 학예장과 소통한 바 있다. 그리하여 자신의 저술과 지적 성취를 조선조 학예장 인사에게 전달하거나 자신이 습득한 다양한 지식·정보를 일국 너머에까지 발신하기도 했다.[14] 이처럼 두 나라 지식인은 중간계층의 중개로 상호 교류를 맺은 뒤 이를 지속한 경우가 적지 않았다. 교류 이후에도 학지를 소통하며 더러 해외 신교를 맺기도 했다. 이들이 시·공간을 뛰어넘어 교류하고 지식·정보의 상호 소통하며 원활하게 교류를 할 수 있었던 것도 중간계층이 있어 가능했다.

서 십여 종을 구매해오라는 명이 있었다. 이때 나도 연경에 들어갔었기에 직접 서점가에 가서 찾아보았지만 구하지 못하였다. 또 널리 지인들에게 물어보았으나 모두 없었다. 가장 나중에는 기효람을 찾아갔다. 이때 순황제(純皇帝)의 인산(因山)이 얼마 지나지 않았고 예부상서(禮部尙書)로 있던 효람은 산릉에서 오래도록 돌아오지 않았다. 서목(書目)을 보여주며 요청을 하니, 붓을 들어 그 서종들의 범례와 찬술인의 성명을 쓰는데 모두 자세하였다. 이어 말하였다. '이 책은 비록 모두 『사고전서(四庫全書)』 총목(摠目)에 들어가 있기는 하지만 애초 간행되지 않았으니 구할 수가 없습니다.' 또 말하였다. '이 중 몇 종은 현재 문생(門生) 아무개의 집에 있는데, 그 사람의 집은 절강에 있으니 꼭 편지를 보내 구해서, 훗날 인편에 부쳐드리겠습니다.' 몇 년 전에 비로소 사신 편에 보내왔으니, 그의 깊은 학식과 두터운 신의를 또한 알 수가 있었다. 그때 내가 옹담계를 찾아가 역시 구매해줄 것을 청하였는데, 옹담계는 『백석잡록(白石雜錄)』과 『옹계록(翁季錄)』 두 책을 가리키면서 말하였다. '이 책은 내가 꼭 사 드리겠습니다.' 그러나 그 뒤에 끝내 구하지 못하였다. 기효람은 말하였다. '『백석잡록』은 내가 산정한 것으로 비록 사고전서에 들어가긴 했지만 더 이상 다른 본은 없습니다.' 옹담계는 잘 모르고서 살 수 있다고 함부로 말하였으니, 박식과 풍도는 옹담계가 기효람만 못하다는 것을 알 수 있다."(이희경, 『설수외사(雪岫外史)』 '장서(藏書)') 참조. 이러한 언급에서 기윤과 옹방강은 조선조 지식인들에 중요한 지식·정보의 전달자 역할과 함께 발신자 역할을 했음도 확인할 수 있다.

14 이미 언급한 바 있듯이 조선조 후기 서울의 지식인에게 가장 널리 알려진 인물이 기윤과 옹방강이다. 특히 기윤은 『사고전서』 편찬의 책임을 맡기도 하였지만, 오랜 기간 예부상서로 있었기 때문에 공식적으로 연행 사신과 가장 다양하게 접촉하였다. 연행 사신에 참가한 조선조 지식인들 역시 기윤을 통해 청조 학예장의 지식·정보를 확인하거나 서적 등의 구입과 존재 여부를 자문한 바 있다. 구체적인 사례로는 기윤은 홍양호 가문의 사례에서도 알 수 있다. 이들 가문은 3대를 거쳐 일국을 넘어 지적 교류를 하는 등, 연경과 서울 학예장에 지식·정보의 전달자와 발신자의 역할을 했다.

그런데 사행 과정에 보이는 인적 교류와 관련 양상은 통신사의 경우에도 크게 다르지 않았다. 임란 이후 조선조와 에도 막부는 외교 관계의 정상화가 필요했다. 에도 막부는 정치적 안정을 위하여 외교 정상화가 필요했고, 조선조는 포로송환 문제를 해결해야 했다. 이러한 이유로 조선조와 에도 막부는 회답겸쇄환사를 포함하여 12차례 통신사행을 보내게 된다. 당시 통신사의 규모는 연행사행의 규모를 상회할 정도의 규모였다. 『통문관지』[15]에 대체로 521명의 인원이 기록되어 있는 것을 보면 그 규모는 연행사행을 능가하였다.

통신사행에 참여하는 인물 중에 중요한 역할을 하는 것은 제술관(製述官)과 서기(書記)다. 제술관과 서기의 선발은 연행사와 달리 문재(文才)를 고려하여 선발했다. 이는 일본 문사들과의 수창과 필담의 요구가 많았기 때문이다. 450명에서 많게는 500여 명의 통신사행의 참가인원 중 에도 막부 문사와 문예로 교류한 주역은 다름아닌 서기와 제술관이다. 정사, 부사, 서장관과 같은 삼사도 에도 막부 문사와 교류하지만, 서기와 제술관, 역관과 의원 등 줄잡아 10여 명 내외의 중간계층이 주로 에도 막부 문사와의 수창을 담당하게 된다.[16] 연행사와 달리 통신사행 역관은 10여 명을 넘어서지 않지만 그 역할은 연행사행과 어슷비슷했다.

> 교린(交隣)할 즈음에 국경을 나간 사신의 의사 표현이 오로지 역관의 혀에 의지한다. 당초 역관을 설치할 때 지극히 긴요하다고 여겼는데, 변괴가 있은 지금에는 더욱 역관의 선택이 중요하다고 믿어졌다.[17]

---

15 김지남 저, 김구진·이현숙 역, 『국역통문관지』 권1, 1998, 281~284면.

16 일본 통신사에 대해서는 이원식, 『조선통신사』, 민음사, 1991; 하우봉, 「조선 후기 통신사행원의 일본 고학 이해」, 『에도시대의 실학과 문화』, 경기문화재단 2005; 강재언 저, 이규수 역, 『조선 통신사의 일본견문록』, 한길사, 2005; 손승철, 『조선 통신사, 일본과 通하다』, 동아시아, 2006 참조.

17 趙曮, 『海槎日記』 五, 「五月初六日丁巳」, "交隣之際, 出疆之行, 居間辭意, 專憑譯舌.

1763년의 계미 통신사의 정사로 참여한 조엄(趙曮, 1719~1777)의 언급이다.[18] 에도 막부와의 교린에 의사 전달과 소통이 가장 중요한데, 이를 맡은 역관의 임무가 막중하다는 것이다. 인용문은 자신이 신임하던 장교 최천종(崔天宗)이 피살당한 사건이 일어난 후의 언급이다. 통신사행 과정에서 일어난 뜻밖의 사건과 일 처리 때문에 역관의 책무는 더욱 막중해졌기에 이러한 발언을 한 것으로 보인다. 그렇지만 역관의 경우, 사행 과정에서 외교와 실무의 역할은 실제로 막중했다.

통신사행에서 역관은 외교 실무를 담당하는 한편, 에도 막부 문사와의 교류를 주도하고, 그 과정에서 이국 문사와 인적 네트워크를 구축하게 된다. 통신사행은 단속적인 데다 참여 인원도 적지 않아 외교적 관례를 잘 아는 역관의 임무와 역할은 중요해질 수밖에 없다. 사행에 참여한 왜어(倭語) 역관의 숫자가 적어 특정 가문의 역관이 실무 연속성을 위해 통신사행에 항상 참여하기도 했다. 왜어 역관으로는 김지남(金指南, 1654~1718)과 홍희남(洪喜南) 가문이 대표적이다. 김지남 가문은[19] 가문 내에 72명이나 역과에 급제할 정도로 역관의 명가로 주목받았다. 김지남 역시 1682년 압물통사(押物通事)로 임술통신사행(壬戌通信使行)에 참여하여 에도 막부를 다녀온 뒤, 『동사일록(東槎日錄)』을 남긴 바 있다. 김지남의 사촌 김도남(金圖南) 역시 1682년에 통신사의 일원으로 에도 막부를 다녀왔다. 또한 1711년 통신사행에는 김지남의 사촌 김시남(金始南)과 아들 김현문(金顯文)도 참여하게 된다. 『동사록(東槎錄)』을 남긴 김현문은 김지남의 아

當初設置, 至爲緊關, 到今事變之後, 尤信其不可不擇也."

18 계미통신사의 관련 논의는 구지현, 『계미통신사 사행문학 연구』, 보고사, 2006 참조.

19 조선조 후기 대표적인 역관 가문인 김지남 가문의 활동과 그 위상은 김양수, 『朝鮮後期 中人 집안의 발전: 金指南, 金慶門 등 牛峰 金氏 事例』, 白山資料院, 2008; 김양수, 「조선 후기 사회변동과 전문직 중인의 활동」, 연세대학교 국학연구원 편, 『한국 근대이행기 중인연구』, 신서원, 1999; 백옥경, 「譯官 金指南의 일본 체험과 일본 인식: 東槎日錄을 중심으로」, 『韓國文學研究』 10, 梨花女大韓國文化研究院, 2006 참조.

들이자 김경문(金慶門, 1673~1737)의 동생이다. 1719년의 통신사행에는 김도남이 수역(首譯)으로 참여했다.

여기서 주목할 점은 김지남이 장남 김경문과 함께 1720년에 『통문관지(通文館志)』[20]를 편찬한 사실이다. 『통문관지』는 사역원에서 청조와 에도 막부의 사대교린과 통상의 여러 문제를 문헌으로 체계화하고 정리한 외교실무 지침서인데, 외교 실무에서의 김지남 가문의 위상을 알 수 있다. 이후 김지남의 증손 김건서(金健瑞)는 1802년 『통문관지』의 '교린' 관련 내용을 바로잡고 보완하여 『증정교린지(增正交隣志)』를 완성하였다.

홍희남 가문 역시 마찬가지다. 그는 이미 4차에서 6차까지 통신사행에 참여했으며, 그의 아들 홍여우(洪汝雨)는 6차에 부친과 함께 참여한 바 있다. 조카 홍우재(洪禹載, 1644~?)는 1682년에 김지남과 함께 참여하였으며, 홍우재의 조카 홍순명(洪舜明)은 1711년 통신사행에 수역으로 참여했다.[21]

이 외에도 역관은 아니지만, 서류(庶流)의 신분으로 제술관과 서기에 종사하면서 통신사에 참여한 창녕 성씨 가문을 주목할 수 있다. 창녕 성씨 가문은 1682년 임술사행(壬戌使行)의 제술관으로 참여한 성완(成琬, 1639~1710)을 비롯하여 1719년 기해사행(己亥使行)의 서기로 참여한 성몽량

---

20 사역원(司譯院)의 연혁과 중국 및 일본과의 외교 관계 사항을 정리한 책이다. 숙종 때 사역원 역관인 김지남과 김경문 부자가 찬수(撰修)하였다. 1636년(인조 14)부터 1720년(숙종 46)까지 85년간의 사대교린의 중요 문제를 연차 순으로 서술하고 있다. 처음에 8권 3책으로 찬수(奎731)하였는데, 이후 19세기 후반까지 여러 차례에 걸쳐 증보(增補)·속간(續刊)되었다. 처음 찬수한 후에 여러 번 편찬 증보하면서 사대교린 외교의 여러 사항을 정리·수록함으로써 사행에 참여한 인물이 외교 실무 관련 사항을 쉽게 열람하여 이해할 수 있는 편람의 역할을 하게 된다. 이 저술은 조선조 후기 외교사의 기초 자료이자 정치·경제·제도·지리·문화의 자료이기도 하며, 개항초기 외국과의 교섭을 연차 순으로 보여주는 중요한 사료다.

21 여기에 대해서는 이혜순, 「조선조 후기 사행 역관의 문화적 역할과 문학 세계」, 『조선통신사의 문학』, 이화여대학교출판부, 1996, 330~352면.

(成夢良, 1673~1735)과 1763년 계미사행(癸未使行)의 서기로 참여한 성대중(成大中, 1732~1809) 등을 거론할 수 있다. 이들은 창녕 성씨 가문의 유력한 인사들이자 문인으로서도 당대에 이미 명망을 얻고 있었다.[22]

성대중은 "일본으로 사신 가는 것은 우리 집안 대대로 내려오는 직책인데, 부친께서 연로하셔서 내가 처음으로 가게 되었다"[23]라 하여, 통신사행의 참여와 특정 가문의 세직(世職)이 관련 있음을 언급할 정도로 사행의 참여를 가문의 자부심에 연결하였다. 이봉환(李鳳煥, 1710~1770)과 이명오(李明五, 1750~1836) 부자[24]도 같은 맥락으로 이해할 수 있다. 이들 부자는 모두 1748년과 1811년의 통신사행에 참여했으며, 이명오는 김조순(金祖淳), 심상규(沈象奎), 김정희 형제 그리고 정학연(丁學淵, 1783~1859) 등과 교류하기도 했다.

당시 통신사행에 참여한 제술관 1인과 서기 3인은 사문사(四文士)로 주목받았다. 이들 사문사는 에도 막부 문사와 교류하며 문화사절단의 역할을 톡톡히 하게 된다. 실제 이들은 에도 막부 문사들의 비상한 주목을

22 성완은 『취허집(翠虛集)』 4권 2책을 남겼다. 그 중 「일동록(日東錄)」은 사행의 견문과 일본 문사와 창수한 한시 33수를 수록하고 있다. 성대중은 사행의 견문을 날짜별로 기록한 『사상기(槎上記)』(1책)와 일본의 인물과 문학 등을 기록한 『일본록(日本錄)』(1책)을 남겼다. 성몽량(成夢良)은 문집 6권이 있다고 하나 현재 전해지지 않는다. 별도의 사행 기록을 남겼는지는 확인할 수 없다. 여기에 대해서는 손혜리, 「成琬의 『日東錄』 연구」, 『한국실학연구』 17, 한국실학학회, 2009 참조.

23 成大中, 『日本錄』 癸未 8월 초3일, "東槎固吾世職, 親老而行於我始矣." 성대중의 언급으로 보아, 통신사행에 참여하는 것은 창녕 성씨가의 세직임을 확인할 수 있다. 당시 성완과 성몽량을 이어 성대중의 부친인 성효기가 사행에 참여할 차례였으나, 63세의 고령으로 참여할 수 없었다. 이 때문에 성대중이 연로한 부친을 대신하여 사행에 참여하게 된 사정을 엿볼 수 있다.

24 우념재 이봉환, 박옹(泊翁) 이명오, 동번(東樊) 이만용(李晩用, 1792~1863) 등 삼대(三代)는 이미 시인으로 이름을 얻었고, 이봉환은 초림체로 진작 주목을 받은 바 있다. 이들 삼대 시의 특징은 이현일, 「李鳳煥 三代의 七言律詩 연구」, 『한국한문학연구』 제58집, 2015, 167~207면. 이봉환의 초림체의 특징은, 신익철, 「18세기 중반 椒林體 漢詩의 형성과 특징: 이봉환을 중심으로」, 『고전문학연구』 제19집, 2001, 35~65면.

받았을 뿐만 아니라, 문예적 역량이 뛰어나 '화국(華國)'의 역할을 충실히 했다. 그런가 하면 사문사는 에도 막부 문사와의 수창은 물론 이들과 폭넓은 교류를 함으로써 사행의 임무 완수에 가교 역할도 한다. 특히 성대중 가문의 인사는 서기와 제술관 자격으로 통신사행에 지속해서 참여하여 에도 막부 관련 지식·정보를 체험하고 견문 지식을 획득할 뿐만 아니라 이국 인사와 교류로 문예적 명성도 얻은 바 있다. 그중 성대중은 귀국 후 연암 그룹 인사와 교류하며 자신이 견문하고 체험한 에도 막부의 다양한 지식·정보를 그들에게 제공해주기도 했다.

조선조는 통신사를 파견할 때마다 정사, 부사, 종사관 등의 삼사를 교체하지만, 교린과 외교 실무의 연속성을 고려하여 특정 가문의 역관을 자주 기용했다. 이는 연행과 달리 에도 막부에서 역관의 역할을 보다 중시했기 때문이다. 예컨대 김지남과 그의 자손들은 관례에 따라 통신사행에 늘 참여함으로써 일본 문사와 교류를 지속하는가 하면 에도 막부 인사와 인적 네트워크를 구축하기도 하였다. 이후 김지남 가문의 후예가 통신사행에 참여하게 되자 사행의 원활한 수행을 위하여 선대가 구축한 인적 네트워크를 활용하는 한편, 기왕에 구축한 인적 네트워크를 더욱 확장하게 된다.

그런데 이들 가문이 에도 막부 문사들과 관계를 맺는 방식과 인적 네트워크의 확장도 연행사의 경우와는 사뭇 다르다. 통신사행은 짧게는 몇 년, 길게는 수십 년에 한 번 가는 것이라 역관 명가라 하더라도 기껏해야 한두 번 통신사행에 참여하기 마련이다. 하여 자신이 구축한 인적 네트워크를 이후 통신사행에 참여한 인사에게 소개하거나, 아니면 서신을 적어 자신이 교류한 인물과 연결해주고 주선해주는 데 그치고 만다. 홍세태(洪世泰, 1653~1725)가 그러한 사례다.

홍세태는 1682년 부사(副使) 이언강(李彦綱, 1648~1716)의 자제 군관으로 임술통신사에 참여한 후, 1711년의 신묘통신사에 참가한 이현(李礥)을 위하여 에도의 유학자 야학산(野鶴山, 1638~1696)[25]에게 보내는 서신을 적어 전달해줄 것을 부탁한다.[26] 이는 이현을 야학산에게 연결해주려는 의도도 있었다. 홍세태는 통신사행 후에도 야학산과 교류를 지속한 바 있어 이러한 서신 교환이 가능했던 것이다. 이 외에도 사행 경험을 가진 인사들은 통신사행의 경험과 지식·정보를 다음에 참여하는 인물에게 전달함으로써 교류와 임무 수행에 도움을 주기도 한다.

1748년의 무진통신사 서기로 참여한 유후(柳逅)의 사례는 그중 하나다.[27] 당시 이덕무와 박제가는 유후와 원중거를 존장으로 존경한 바 있는데,[28] 유후는 박지원 등 연암 그룹과도 교류하고 성대중과도 친교를 맺고

---

25 에도시대 전기의 유학자로 히토미 치쿠도〔人見竹洞〕를 말한다. 본성(本姓)은 소야(小野), 이름은 절(節), 자는 의경(宜卿), 별호는 학산(鶴山)이다. 인경우원(人見友元)·인견학산(人見鶴山)이라고도 하였다.

26 홍세태, 『유하집(柳下集)』 권9, 「여일본야학산서(與日本野鶴山書)」 참조. 그런데 이현은 홍세태의 편지를 전달하려 했지만, 야학산은 이미 사망한 뒤였고, 대신 아들 기(沂)에게 전달하였다. 홍세태가 편지를 보낸 것은 야학산이 귀국 후에 시를 적어 보내왔기 때문에 답례로 편지를 적어 야학산에게 보내려 한 것이다. 홍세태의 편지를 받은 아들은 그 답서에서 부친의 사망 소식과 함께 홍세태가 요청한 자신의 소상(小像)은 지금 화재로 없어졌다고 하며, 소상을 화가 상신(常信)에게 부탁해서 그려서 보내주겠다고 적고 있다. 이러한 내용은 洪世泰, 『柳下集』 권5, "壬戌, 余從通信使赴日本, 在舘中日, 與野鶴山唱酬. 有畫師常信在傍酒酣, 於燈下墨筆畫余小像, 余遂持歸. 越明年秋, 鶴山寄余三十韻, 詩有同志多修契, 歸仁爭寫眞之句, 下註曰別後諸人屢畫公像, 使僕作贊語故云. 及至辛卯, 日本復請我使, 槎路載通. 余乃爲書寄鶴山, 以謝前詩之意, 而仍求其所畫像一本. 則鶴山已死, 其子沂答書曰; 父嘗使常信爲公寫眞四五幅, 今見災不存, 或在遠方, 急難取來. 常信老無恙在, 卽使之更寫一大幅, 而贊語則從遺集中得之, 代筆其傍云. 贊語卽五言短律, 輒次其韻. 仍以記之"에 자세하게 나와 있다.

27 제술관 박경행(朴敬行), 서기 이봉환·유후·이명계(李明啓) 등은 에도(江戶)에서 안동해(安東海), 추산림(秋山林), 전금실(田金實), 상월사재(上月思齋) 등의 문사와 교유하였고, 이때 주고받은 시문과 필담 등이 『연향사여(延享槎餘)』·『상한평경록(桑韓萍梗錄)』·『한사훈호집(韓槎塤篪集)』·『화한필담훈풍편(和韓筆談薰風編)』 등에 수록되어 있다.

28 이덕무, 『국역 아정유고』 권8, 附錄 「先考府君遺事」, 한국고전번역원, "선군께서 선배 중에 가장 심복하는 이는 취설(醉雪) 유후(柳逅)와 현천(玄川) 원중거(元重擧)인데, 이 두 분 역시 남달리 선군을 깊이 좋아하였다. 유공이 만년에 삼호(三湖)에 살게

있었다.[29] 박제가의 『정유시집(貞蕤詩集)』[30]을 보면 왕어양(王漁洋)이 세모(歲暮)에 회인시를 지은 것을 본받아 60여 명의 시인의 작품을 싣고 있는데, 여기에 유후의 작품도 함께 싣고 있다. 이러한 교류를 통해 유후는 1764년의 계미통신사에 참여한 성대중과 원중거에게 자신이 교류한 에도 막부 인사를 소개해주는 것과 함께 에도 막부 관련 견문 체험과 지식·정보를 그들에게 소상하게 일러주게 된다. 이는 원중거가 통신사행의 일원으로 갔을 때 유후와 관계를 맺은 인물과 재회하는 장면에서도 확인할 수 있다. 특정 인물을 거점으로 한 인적 네트워크의 확산이라 하겠다.

이처럼 통신사행에 참여한 역관과 제술관[31]·서기 등의 중간계층은 국내 인사와의 교류를 계기로 자신이 구축한 일국 너머의 인적 네트워크

되었는데, 선군께서는 도보(徒步)를 꺼리지 않고 찾아가 해가 져야 돌아오곤 하였다. 원공(元公)이 일찍이 그의 아들을 막내 누이에게 정혼(定婚)시키고 윤단성(尹丹城)에게 말하기를, '내 자부(子婦)가 아무개의 10분의 1만 닮는다면 내 또한 조금도 여한이 없겠다' 하였다."; 이덕무, 『국역 청장관전서』 권33, 「청비록」 2, '유취설(柳醉雪)', "취설 유후의 자는 자상(子相)인데, 용모가 청수하고 성품이 청한한 데다 수염이 아름다워, 헌칠한 선인(仙人)의 기상이 있었다. 그가 정묘년에 통신사 서기의 일원으로 일본에 갔는데, 장중하고 위의가 넘치는 그의 태도에 일본 인사들이 모두 공경하고 조심스러워했다. 계미년에 또 통신사의 일행이 일본에 갔을 때 일본 인사들이 그의 안부를 물었는데, 통역관이 '그 분은 벌써 작고했다'고 잘못 대답하자, 그 사람이 눈물을 줄줄 흘렸다. 원현천(元玄川)이 자세히 설명하기를, '지금 그분은 아무 탈 없이 건강하게 잘 지내면서 날마다 시를 읊조리므로, 사람들이 그를 '지행선(地行仙)'이라 일컫는다오'라 하자, 그 사람이 드디어 눈물을 거두고 기뻐하였다."라 한 것에서 확인할 수 있다.

29 成海應, 『硏經齋全集』 권49, 「世好錄」, '柳逅' 참조.

30 朴齊家, 『貞蕤詩集』 권1, 「戲倣王漁洋歲暮懷人六十首 幷小序」에서 60여 명의 회인시 중에 박지원·원중거를 비롯하여 중국과 일본 시인들이 모두 포함되어 있다.

31 제술관의 명칭은 숙종 8년(1682) 임술통신사행부터 나타났다. 이전에는 학관(學官), 이문학관(吏文學官), 독축관(讀祝官) 등의 명칭으로 통신사행에 참여하였다. 이는 통시사행 과정에서 각 지역의 문사와 필담창화(筆談唱和)와 같은 교류가 중요해졌고, 이를 위해 제술관의 명칭을 사용하게 되었다. 이 문제는 장순순, 「조선 후기 통신사행의 제술관에 대한 일고찰」, 『전북사학』 13집, 1990.

를 다음 사행에 참여한 문사에게 소개함으로써, 인적 교류의 중개자임을 자임했다. 이러한 중개 역할 덕분에 양국 지식인은 안팎으로 인적 교류를 지속하고 더 넓힐 수 있었다. 통신사행에 참여한 역관과 사문사 역시 앞서 구축한 인적 네트워크를 활용하여 에도 막부의 다양한 인사들과 관계를 맺고 수창(酬唱)과 필담(筆談)을 통해 문예를 소통하며 지속해서 교류하게 된다.[32]

요컨대 사행에서 일국 너머 인사와의 인적 네트워크 구축과 이를 통한 교류의 확산에 역할을 한 존재는 역관을 위시한 중간계층이다. 중간계층은 사행의 공간을 활용하여 에도 막부 인사들과 인적 네트워크를 구축하고, 이를 국내 인사와 향후 사행에 참여하는 인사들에게 연결해주었다. 이에 통신사행에 참여한 조선조 지식인은 이를 활용하여 일국 밖의 인사와 소통하고 폭넓은 교류를 하였다. 중간계층은 이러한 폭넓은 교류의 가교자 역할을 한 것이다.

3. 지식·정보·유통 메커니즘의 주역

18~19세기 사행에 참여한 중간계층의 인사들은 지식·정보의 전달자 또는 중개자 역할을 하거나, 스스로 이문화의 체험과 지식·정보를 수용하고 가공하여 지식·정보를 생성하는 발신자의 역할도 한다. 지식·정보의 전달자에서 발신자로서의 전환은 정기적인 사행이 토대를 제공해준 바 있다. 중간계층의 발신자 역할은 사행에서의 활동과 서적 구입에서도 확

32 통신사에서 역관의 존재와 작품은 이혜순, 「조선조 후기 사행 역관의 문화적 역할과 문학 세계」, 『조선 통신사의 문학』, 이화여자대학교출판부, 1996, 330~352면.

인할 수 있다. 당시 사행에 참여한 역관은 사대부를 대신하여 서적 심부름을 하거나 서적의 매매에 깊이 간여하고 있었다. 지식·정보는 보고 듣거나 체험을 통해 이루어지지만, 기록으로 남아있는 특별한 사례를 제외하면 이를 구체적으로 알 수 없다. 따라서 이국에서 얻은 지식·정보의 실제는 서적과 기록으로 남긴 것을 통해 확인할 수밖에 없다.

흔히 역관을 상역(商譯)으로 지목한다. 이는 역관이 무역으로 사행 경비를 충당하는 것도 있지만, 사행 과정에서 자질구레한 물품의 구입과 매매는 물론 인삼과 같은 고가품목 등, 다양한 형태로 무역행위를 하기 때문이다. 당시 역관의 중요한 무역 품목의 하나는 서적이다. 이이명(李頤命, 1658~1722)이 통신사행에 참가한 인사로부터 일본의 기노시타 준안〔木下順菴〕이 호학독서(好學讀書)하여 존경을 받고 있다는 사실을 듣고 서적 구매에 상역을 거론한 것도 하나의 사례다.[33] 사행 과정에서 역관이 서적 매매에 깊숙하게 간여하고 있음은 다음 여러 사례에서 알 수 있다.

> (1) 29일 신 등이 대마도주의 집에 가서 서로 만나보는 의식을 행하였는데 다만 예에 따른 말뿐이었고, 연회가 파한 후 신 등이 나와 쉬고 있었는데, 대마도주가 별지 한 폭을 보냈사옵니다. 거기에 적힌 말을 보니 대체로 일행을 엄칙(嚴飭)하는 뜻으로 앞서 도해(渡海)하였던 역관이 전한 것과 별로 다른 것이 없었사옵니다. 그중에 축전주(筑前州)에서 서적을 잠상(潛商)했다는 조목은 비록 그 실상이 어떠하였는지는 알지 못하오나 일이 극히 놀랍고 해괴하므로 이 별지를 베껴서 보내옵니다.[34]

33 李頤命, 『疎齋集』 卷20, 「雜著」 '漫錄', "辛酉, 通信使自日本還, 言倭人有木楨榦者, 能好學讀書, 居喪用家禮, 隣近或化之, 評論古今人物, 我國則以退溪先生爲首云. 盖似購見文集於商譯輩矣, 外夷中或有如此之人, 可奇."

34 洪禹載, 『東槎錄』, 壬戌年(1682, 숙종 8), 7月 初一日, "二十九日. 臣等往島主家行相接, 只是循例說話, 而宴罷之後, 臣等出就歇所, 則島主出送別紙一幅. 觀其措語, 皆是

(2) 본국의 각종 서책 등의 물품을 누설하여 사사로이 유통하는 자, 상국(上國)에 관계되는 일을 누설하는 자는 모두 형률에 따라 죄를 다스린다.[35]

(3) 재선과 함께 유리창(琉璃廠)에 있는 오류거(五柳居)란 책방에 들러 강남(江南)에서 배편으로 온 기서(奇書)를 열람하였다. 서장관이 나에게 부탁하여 수십여 종의 책을 구입하였는데, 그 속에는 주이준(朱彝尊)의 『경해(經解)』와 마숙(馬驌)의 『역사(繹史)』 등 희귀본 이외에도 모두 좋은 책들이었다.[36]

(4) 사람의 마음을 해치는 패설(稗說)과 잡기(雜記) 및 좌도(左道)와 이단(異端)과 같은 사람 마음을 홀리는 서책을 사 오면 그 폐단은 세도(世道)에 크게 관련이 되기 때문에 몇 해 전부터 엄히 금하고 신칙하였다. 근래에 자못 해이해졌다고 하여 작년과 금년에 서장관을 엄하게 처분하려 하였으나 우선 이번 사행을 보고 처분하려고 침묵하고 있었다. 비록 경전이라고 하더라도 향본(鄉本)이 읽기에 딱 좋다. 이 때문에 서책이라고 이름 붙은 것은 모두 사 오지 못하도록 했다. 다시 이런 뜻을 묘당에서 사신 일행 및 도신과 의주부윤(義州府尹)에게 엄히 신칙하게 하고, 일행 중에 이를 어기는 자가 있으면 먼저 서장관과 수역부터 엄히 따져 물을 것이다.[37]

嚴飭一行之意, 與前日渡海譯官所傳者. 別無異同是白乎矣. 其中筑前州潛商書籍一款, 雖未知實狀之如何, 而事極驚駭, 同別幅謄書輪上爲白乎旀."

35 『日省錄』純祖 10년,11월 11일 (임술)조, "本國各樣書冊等物, 透漏私通者, 係干上國之事漏泄者, 竝依律治罪."

36 李德懋, 『국역청장관전서』 권67, 「入燕記」 下, 정조 2년 5월 28일, 한국고전번역원,한국고전종합DB 참조.

37 『日省錄』正祖 20년, 병진(1796) 10월 15일(정해)조, "稗說雜記及左道異端, 蠱人心術之書册, 購貿之爲弊, 大關世道, 年來嚴加禁飭, 近頗解弛云. 昨今年, 書狀欲爲嚴處, 姑觀今行而含默矣. 雖以經傳言之, 鄉本正合看讀, 此所以以書册爲名, 幷令禁斷者也. 更以此意令廟堂嚴飭使行及道臣, 灣尹處行中, 若有犯者, 書狀官及首譯, 首先嚴勘."

(5) 우리나라와 관시(關市)를 연 이후로 역관들과 긴밀하게 맺어서 모든 책을 널리 구하고, 또 통신사의 왕래로 인하여 문학의 길이 점점 넓어졌으니, 시를 주고받고 문답하는 사이에 얻은 것이 점차로 넓어졌기 때문이다.[38]

제시한 글은 역관의 서적 밀무역과 서적 구입 관련 내용이다. ①, ②, ③은 모두 서적 구입 과정에서의 역관의 역할을 보여준다. 여기서 역관은 오직 서적 관련 중개 역할을 함으로써 지식·정보를 단순 전달한다. ①은 임술통신사행에 참여한 홍우재(洪禹載, 1644~?)가 장계(狀啓)를 올리기 위해 초(草)한 내용 일부다. 대마도주(對馬島主)의 접대와 함께 관례대로 별지를 보내왔는데, 별지 내용 중에 축전주에서의 서적 잠상을 적고 있다. 구체적인 것은 논외로 하더라도 대마도주가 보낸 별지를 베껴 장계를 올릴 만큼 서적의 잠상이 외교 문제로 떠올랐다.

서적의 잠상은 역관이 관여될 수밖에 없다. 서적 관련 내용을 파악하고 언어를 소통해야 잠상도 가능하다. 이는 사행에 참여한 구성원 중에 역관만이 할 수 있는 일이다. 이처럼 사행에서 서적의 중개와 매매는 역관이 주도하고, 이러한 역관의 역할 때문에 상역이라는 이름을 얻었음은 물론이다. 여기서 잠상이라 언급한 것은 국내 서적의 외국 유출과 외국 서적의 국내 유입을 모두 겨냥한 발언으로 읽힌다. 어쨌거나 역관이 서적 매매와 함께 서적 유통의 주역이라는 점에서 지식·정보의 전달자의 역할을 한 셈이다.

②는 예조가 순조(純祖)에게 올린 강정절목(講定節目)[39]의 한 부분이다.

38 申維翰, 『국역해유록』, 11월 4일 임신, 한국고전번역원 참조.

39 1636년(인조 14) 역관 홍희남과 대마도주가 '강정절목'을 협의한 이후, 1636년부터 1811년 마지막 통신사 파견까지의 통신사 파견 전의 준비 상황을 정리한 것이다. 이 '강정절목'에는 통신사의 일정을 비롯하여 외교 의식, 인원 구성, 공사예단(公私禮單)의 수량 등 제반 내용을 상호 의논하여 약속하는 항목이 두루 기술되어 있다.

본국의 각종 서책을 사사로이 유통할 경우 법에 따라 죄를 묻겠다고 적고 있다. 17세기 이후 다양한 서책의 일본 유출 문제가 발생하는데, 19세기 초에도 여전히 서적의 잠상을 문제 삼고 있는 것이다. 그만큼 서적의 잠상은 쉽게 해결하기 힘든 문제였음을 보여준다. 여기서도 잠상의 주범은 상역이다. 19세기에 와서도 잠상하는 행위를 법률로 다스리겠다는 언표는 서책 잠상을 통한 일본 유출이 일시적인 것이 아니라 구조적임을 보여준다. 비록 잠상의 형태로 지속해서 서적 매매가 이루어지지만, 이런 형태의 서적 매매와 유통은 조선조와 에도 막부 간의 지식·정보의 교류이자 소통이다. 서적이 불법의 형태로 두 나라 공간을 넘나들며 교류의 매개 역할을 한 것인데, 이러한 서적을 매개로 상호 간의 지식·정보를 중개한 역할은 역관이 있어 가능했다.

③의 경우, 이덕무가 서장관의 부탁을 받고 서적을 대신 구해주는 내용이다. 사대부 지식인이 사행에 참여한 역관을 통해 서적을 구입하거나 서적 구입을 부탁하는 것은 특별한 일이 아니다. 그 과정에서 역관은 대가를 받기도 하고 책값에 수고비를 얹는가 하면, 필요에 따라서는 역관이 상관에게 상납[40]하기도 했다. 혜환 이용휴의 「송조원정휘서수사은사부연(送趙院正徽緖隨謝恩使赴燕)」에서 역관에게 서적 구입을 부탁하는 사례를 볼 수 있고,[41] 황윤석의 『이재유고(頤齋遺藁)』에서는 자신이 필요한 『수리정온(數理精蘊)』과 『역상고성(曆象考成)』을 역관에게 부탁하는 모습도 보인다.[42] 조선조 후기 역관을 비롯한 중간계층이 여러 이유로 구입해온

40 동어(桐漁) 이상황(李相璜, 1763~1841)이 사역원의 제조로 있을 때에 연행을 다녀온 역관들이 제조가 좋아하던 패설류의 중국 서적을 많이 구해주었다는 사실이 그러한 사례다(李裕元, 『林下筆記』, 권27, 「春明逸史」, '喜看稗說' 참조).

41 여기에 대해서는 이용휴 저, 조남권·박동욱 역, 『혜환 이용휴 시전집』, 소명출판, 65면을 참조할 수 있다. 시에 등장하는 조휘서(趙徽緖) 역시 역관이다.

42 黃胤錫, 『頤齋遺藁』 권8, 「與李察訪心海書 丙戌」, "其中康熙年間所撰, 數理精蘊 · 曆象考成二書者, 聞是冠絶古今久矣. 春間已以此書購得之意, 奉聞座下, 以致題記壁間,

서적은 대개 국내에 없는 것이 많았다. 이 점에서도 역관을 포함한 서얼과 의원 등의 중간계층의 서적 구매는 새로운 지식·정보의 전달자의 모습이다.

④는 연행 사신이 청조에서 서적 수입을 금지하면서 내린 정조의 하교다. 연행에서 사 오는 서적에는 패설과 잡기는 물론, 통치 이념과 어긋나는 사교서(邪敎書)와 이단서가 많다고 비판하는 한편, 경서 역시 조선본이 읽기에 편리하니 굳이 중국 본이 필요치 않다는 것이 정조의 판단이다. 이러한 판단하에 정조는 청조에서 들어오는 일부 서적을 금지한다. 그런데도 중국 서적의 국내 유입이 근절되지 않자, 정조는 다시 하교를 내려 연행을 통한 모든 서적의 국내 유입을 금지하도록 조치한다. 정조는 서적의 수입 금지를 어길 시, 그 책임을 서장관과 수역에게 묻겠다고 했다. 연행의 행정과 실무 책임자는 서장관인데, 굳이 역관에게까지 책임을 묻겠다고 한 것은 어째서일까? 연행에서의 서적 구매는 역관이 아니면 불가능하기 때문이다. 해서 수역에게 죄를 묻고, 행정과 실무 책임을 맡은 서장관에게 관리 책임을 묻겠다는 것이다. 정조의 중국 서적 금지령에도 연행을 통한 중국 서적의 국내 유입이 여전히 이루어지게 된다.

여기서 연행을 통해 국내에 유입된 서적 중에는 패설과 잡기를 비롯하여 사교서와 이단서가 많다는 사실을 주목할 필요가 있다. 역관이 이러한 서적 구입을 주도했을 터인데, 역관이 사회 질서와 가치 체계와 사뭇 어긋나는 서적의 국내 유입에 관여한 점은 흥미롭다. 역관이 기존 지식·정보와 다른(비록 이단과 사교로 언급하고 있지만) 성향의 서적을 구입해 국내에 유통하였다는 사실은 지식·정보의 '단순 전달자'를 넘은 '적극적 유통자'의

探問雲觀, 盛意所存, 又欲使之覓諸燕市, 此所深感者也. 今幸座下在使价往來之路, 當冬至聘問之候, 似聞欲將撥出官橐, 付譯官購書以來. 其視世人汲汲求田者, 誠虫鵠相懸矣, 若遂不忘門屏之舊, 使得一覽二書之爲快. 如何如何."

모습을 보여준다. 서울의 문예와 학술 장에 기존 가치 체계와 질서에 어긋나는 서적을 구입하고 이를 국내에 유통한다는 자체가 지식·정보의 단순 전달자를 넘어서는 적극적 유통자로서의 행위이기 때문이다.

⑤의 경우, 신유한의 언급인데 흥미로운 발언을 하고 있다. 역관이 서적의 구매와 판매 역할을 확대하면서 문학의 길이 넓어지고, 시문의 발전에도 적지 않게 기여한다는 것이다. 국내 문학의 길이 넓어진 것은 서적 구득과 국내 유통, 여기에 통신사의 왕래와 통신사행에 참여하여 두 나라 문사가 서로 수창한 덕이라는 것이다. 이러한 역할을 실행한 존재는 바로 역관을 포함한 중간계층이다. 이 점에서 중간계층은 새로운 지식·정보의 적극적 유통자이자 한편으로는 이국에서 자신의 문예 역량을 발산한 문예의 발신자의 면모를 보여주는 셈이다.[43]

이처럼 사행에 참여한 역관이나 중간계층은 청조에서 유통하던 서적은 물론, 에도 막부에서 간행한 서적을 국내로 들여옴으로써, 외국 서적의 유통에 적지 않게 기여하게 된다.[44] 한치윤(韓致奫)의 『해동역사(海東繹史)』와 이덕무의 『청령국지(蜻蛉國志)』를 훑어보면, 일본 서적의 국내 유통 상황이 상당했음을 알 수 있다.

그런가 하면 역관을 포함한 중간계층 인사 중 일부는 오직 치부(致富)를 위해 서적 매매와 유통을 하는 경우도 적지 않았다. 이때의 치부는 합법적 공간에서 이루어지는 것이 아니기에 서적 품목과 국내 유통은 제한적일 수밖에 없다. 어쨌거나 동아시아의 공간 내에서 합법과 불법을 넘나들면서 서적을 매매하고 지식·정보를 중개하는 모습은 문화 교류의

43 중간계층이 자신의 문예 역량을 발산한 문예 발신자의 면모는 뒤에서 다시 논의할 것이다.

44 일본의 서적은 주로 통신사행에 참여한 인사들에 의해 국내로 유입되는데, 그 유입 상황의 개략적인 면모에 대해서는 하우봉, 「조선 후기 통신사행원의 일본 고학 이해」, 『에도시대의 실학과 문화』, 경기문화재단, 2005 참조.

측면에서 보자면 순기능이라 할 수 있다. 이처럼 서적 유통과 관련한 중간계층은 다양한 역할을 하고 있다.

한편, 일부 역관의 경우, 자국의 공간을 뛰어넘어 서적의 유통에 직간접적으로 간여함으로써 문예의 새로운 길을 열어주는가 하면 문예장의 발전에도 일정한 역할을 하기도 한다. 이는 국내에서 책을 판매하는 서쾌(書儈)의 역할과는 전혀 다른 면이다. 이국 문화와 이국 지식·정보의 전달과 국내 유통은 중간계층이 아니면 불가능하기 때문이다. 요컨대 중간계층은 청조나 에도 막부에서 유통되는 서적 상황과 문예의 흐름을 어느 정도 파악하고 있었다. 청조와 에도 막부의 문사들이 어떤 조선본에 관심을 가지는지의 파악, 일국 너머 문사들이 저술한 서적과 그들의 문예적 기호의 경향, 여기에 서적과 관련한 새로운 지식·정보 등을 견문하여 국내 지식인에게 두루 제공하였다. 이 역시 새로운 지식·정보의 유통과 생성의 중요한 방향이다.

하지만 조선조 사회는 지식·정보를 전달하고 생산하는 역할과 소비하는 역할이 기본적으로 분리되어 있었다. 신분에 따른 관료적 지식 체제 아래에서 사대부를 제외한 다른 계층의 지식인은 각 직분에 필요한 지식만을 전유하거나 이를 확대해나가는 것에만 관심을 둘 뿐이었다. 그래서 역관들은 새로운 지식·정보를 어디에서 얻을 수 있는지 알고는 있지만, 대체로 국내에서는 지식·정보를 발신하거나 생성하기보다 지식의 전달자와 유통자에 머물 수밖에 없었다. 반면 일부 사대부 지식인은 중간계층으로부터 전달받은 새로운 지식·정보 자체에 관심을 가지고 이를 축적·소비하거나, 가공을 거쳐 새로운 지식으로 생성·유통하기도 한다.

당시 사대부 지식인은 이국의 동향이나 지식·정보, 서적 관련 소식의 경우, 대부분 중간계층으로부터 전달받았다. 하지만 이마저도 자신이 구축한 가치 체계와 기준에 따라 이국으로부터 유입된 지식·정보를 취사선택하며 수용했다. 사실 지식·정보의 전달자와 소비자가 분리된 지식 체계 속에서 지식·정보의 확대를 통해 이익을 형성하거나, 이를 위해 존재하는 사회 집단의 출현은 어렵다. 이렇다 보니 중간계층 역시 지식·정보의 위계화된 유통 공간 속에서는 항상 하위 주체로 존재하여 자신의 지식을 발신하기란 불가능했다. 조선조는 국가나 지배 계층이 지식·정보를 전유하고 다양한 방식으로 이를 통제·검열하고 위계화하기 때문에 더욱 그러했다. 이러한 상황에서 국내에서 역관과 중간계층의 역할은 지식·정보의 충실한 전달자나 유통자의 성격을 벗어나기란 힘들기 마련이다.

4. 지식·정보의 발신자

중간계층이 단순 전달자를 넘어서는 경우도 적지 않았다. 자신이 직접 지식·정보를 수집하여 발산한 사례가 많기 때문이다. 중간계층은 스스로 지식·정보의 주체가 되어 누구보다 먼저 새로운 지식·정보를 찾아 나서거나 여기에 관심을 가지고 스스로 노력한 바 있다. 이 경우, 지식·정보의 생성과 함께 발신자가 되어 자신이 획득한 지식·정보를 유통하기도 한다. 강호부(姜浩溥, 1690~1778)의 사례가 대표적이다. 강호부는 이미 연행 당시 남당(南堂)과 동당(東堂), 두 천주당을 방문하고 천주당 관련 기사를 풍부하게 남긴 바 있다. 특히 그는 천주당에서 살아있는 듯 생동하는 서양화를 보고는 귀신이 변환하는 듯, 요괴의 오랜 재주인 듯하다고 감탄한다.[45] 그 정도로 새로운 서구 문물의 호기심을 적극적인 탐문으로

45 姜浩溥, 『桑蓬錄』 권2, 1727년 12월 29일조(『燕行錄選集補遺』 上, 대동문화연구원, 2008) 참조.

해소하기도 했다. 이러한 호기심과 이문화를 두고 보이는 자발적 행동은 누구도 쉽게 구할 수 없는 지도를 구하는 것으로 이월되기도 한다. 그 대목이다.

> 내가 수일 전부터 역관에게 요청하여 상세히 그려진 심양지도(瀋陽地圖)를 구하려 하였다. 대개 산해관(山海關) 서쪽은 옛 중국이니 그곳의 지세의 대략적인 것은 박람한 선비라면 대부분 잘 알고 있지만, 요하 동쪽은 옛날 우리나라의 강역인데도 문헌으로 징험할 수 없고 능히 아는 자가 없어 한스럽게 생각하고 있었다. 하물며 백두산이 중국에서 왔으나 아득하여 그 내력을 알지 못하니 또한 부끄럽다. 이 때문에 그곳의 지도를 이리저리 구하고자 날마다 재촉하고, 또 마땅히 후하게 가격을 쳐 주겠다고 하였다. 오늘 비로소 심양지도를 얻어 가지고 왔기에 보게 되었다. 비록 간략하여 상세하지는 않았지만, 동으로 압록강에서부터 서쪽으로 산해관에 이르기까지 바로 내가 얻어 보고자 하는 것이었고, 또한 산천의 대략적인 것을 이해할 수 있었다. 드디어 손으로 모사하여 일기책에다 넣었으니 이를 보는 자에게 예전 우리나라 국경이 어디서부터 어디에 이르는지와 우리나라 산천이 어디서부터 뻗어온 것인지를 알게 하려는 것이다【공이 손수 그린 지도는 언해된 책에는 실려 있지 않아 지금은 상고할 수 없다】.[46]

강호부는 강석규(姜錫圭)의 서자로 태어났다. 그는 1728년 동지겸사은사로 부사 이세근(李世瑾, 1664~1735)을 수행하게 된다. 강호부는 요동지방

46 姜浩溥, 『桑蓬錄』 권2(『연행록선집보유』 上, 대동문화연구원, 2008) 1727년 12월 초8일(기축) 509면: "余自數日前, 要於譯官, 購遼東地圖該備者. 蓋山海關以西, 則古中國也, 其地勢大略, 博覽之士多能知者, 而遼河以東, 則卽古我境, 而文獻無徵無能知者, 爲可恨. 況白頭山自中國而來, 漠然不知其來歷, 又可羞也. 以是之故, 遍求其圖, 日日促之, 又言當給厚直矣. 今日始得瀋陽地圖來, 故見之, 則雖略而不該, 然東自鴨綠, 西至山海關, 正吾所欲得者, 亦可領略山川大略, 遂摹入於日記冊, 使見之者知古我境之從某至某, 與我東山川所從來也【公之手摹圖本不載於翻諺本中, 今無可攷】."

을 지나면서 역사적 연고가 있는 요동지방의 지리를 인식하고 자국 강역을 확인하기 위해 역관을 시켜 요동지도를 구하기 위해 노력했다. 지도는 국가의 중요한 기밀에 속하는 것이어서 이국에서 쉽게 구할 수 있는 것도 아니고 구입 과정에서도 상당한 위험이 뒤따르게 마련이다. 그런데도 그는 위험을 감수하면서 요동지도 구입을 포기하지 않는다. 마침내 강호부는 역관을 설득해 지도 구입을 위해 노력한 결과, 적지 않은 돈을 치르고 심양의 지도를 구하는 데 성공하게 된다.

강호부가 구한 지도는 서적과는 다른 형태의 지식·정보다. 일종의 전문 지식을 담고 있는 기밀문서와도 같다. 지도는 시각 이미지 형태로 지식·정보를 담고 있어 서적과 달리 당대 국방과 실효성을 지닌다. 특히 해당 지역의 역사와 인문·지리 등 다양한 지식·정보를 종합적으로 볼 수 있는 지식·정보의 저장고이자, 국가의 중요한 자료이기도 하다. 그런 점에서 이국의 특정 지역의 지도는 해당 국가가 중요하게 관리하던 중요한 지식·정보를 담고 있어, 이를 구한다는 것은 단순한 개인 취향의 지식·정보 견문이나 체험과는 차원이 다르다. 더욱이 개인적으로 상당한 정도의 위험을 감수하는 행위임을 고려하면, 지도의 소재처를 파악하고 이를 구하려는 강호부의 노력은 예사롭지 않다. 이는 서적과 사뭇 다른 지식·정보를 대하는 인식일 터, 새로운 분야의 전문 지식에 관심을 가지고 지식·정보를 발신하려는 적극적인 모습이다. 여기서 중간계층의 새로운 시각과 태도를 확인할 수 있다.[47]

47 조선 후기 실록을 보면 역관이 연행 과정에서 타국의 지도를 구해 귀국 후에 국가로부터 포상을 받는 사례가 종종 있다. 그래서 조선 후기 연행에 참여한 역관이 이를 위해 지도나 문서 등을 구해 조정에 바친 예도 적지 않다. 이를테면 국내외의 국사와 관련한 여러 문서가 그러하다. 구체적인 사례로 청조가 해금정책(海禁政策)을 시행했기 때문에 해적(海賊)과 관련한 문서나 서적(西賊)이나 반적(叛賊) 관련 문서 등을 서반(序班)과 다른 청조 인물로부터 돈을 주고 매입하여 조정에 바치는 경우가 많았다. 그러다 보니 당시 조정에서는 바친 청조의 공식 문서가 확인되면 문서를 바친

중간계층의 이러한 노력은 얼핏 지식·정보의 수집 차원으로 볼 수도 있지만, 지식·정보를 단순 전달하는 역할과 다름은 분명하다. 이국에서 국가의 기밀문서에 속하는 지도에 관심을 가지는 사고나, 위험을 감수하면서 자신의 노력과 경비를 소비하면서까지 역관에게 끈질기게 부탁하여 획득하는 태도는 자신이 지닌 전문적인 지식·정보 자체를 주목하고 이를 중시한 결과다. 이 점에서 강호부가 서적과 다른 형태의 지식·정보에 관심을 가지고 그 자체에 관심을 둔 것은 남다른 의미가 있는 것이다.

연행사행과 달리 통신사행에서 새로운 지식·정보의 수집과 이를 발신하는 방식은 어떤 것인지 살펴보자.

> 역관 이언진(李彦瑱)이 "일찍이 듣건대, 40~50년 전에 서역(西域) 사람 야소동문(也蘇東門)이란 자는 이마두(利瑪竇)의 무리로 일본에 와서 그의 학문을 일본 사람에게 펴려고 하니, 일본에서 탄망한 것이라 하여 쫓아내고 각 주에 방을 걸어 의접하지 못하게 하였다 하였는데, 접때 대마도에서 그 방목이 여태까지 달린 것을 직접 보았습니다" 하므로 내가, "저들도 탄망함이 많으면서 도리어 남의 탄망함을 금하니, 그 또한 스스로 반성하지 못한 것이다" 하였다. 이마두가 지은 『이함(理函)』·『기함(氣函)』 등의 책이 천하에 두루 퍼졌는데, 그의 무리가 그 학술을 해

역관에게 가자(加資)해주는 경우도 있었는데, 더러 문서의 진위나 내용의 사실 여부를 정확하게 가리지 않고 가자해주었기 때문에 정치적 문제가 되기도 하였다. 하지만 역관이 바친 이러한 문서에 아무런 보상이 없으면 국가적 긴급한 사안에 대처할 방안이 없기 때문에, 조선조 정부는 오히려 일 처리를 허술하게 할 수밖에 없었다. 이러한 역관의 문서 구입과 가자의 상세한 정보는 이기지(李器之)의 『일암연기(一菴燕記)』 권3, 10월 12일 기록에 자세하게 나온다. 하지만 위에서의 강호부 경우는 이와 사뭇 다르다. 서반이 건네준 청조의 내부 문서를 돈을 주고 쉽게 산 것이 아니라, 위험을 무릅쓰고 이국땅에서 어렵사리 강역 지도를 구입한 것이다. 그 과정은 물론 구해온 지도의 실질적인 효용 가치와 의미는 전혀 다르다. 청조의 강역을 그린 지도는 그야말로 국가기밀에 속하는 것이기도 하지만, 자체가 개인의 학문적 열정과 특정 분야의 전문 지식이 없다면 그것을 어렵게 구하는 것 자체가 불가능한 일이기 때문이다.

외의 모든 나라에 넓히려 하니 이적(夷狄)이 중화(中華)를 어지럽히는 조짐을 더욱 알 수 있다.48

1719년의 기해통신사행의 제술관으로 참여한 신유한(申維翰, 1681~1752)은 아메노모리 호슈〔雨森芳洲〕와 마테오 리치의 천주교 포교와 서구 문물을 두고 대화한 적이 있다. 여기서 이언진(1740~1766)은 정사였던 조엄(趙曮, 1719~1777)에게 마테오 리치〔利瑪竇〕의 천주교 포교와 서구 문물 도입의 정보를 제공하고 있다. 『이함』·『기함』 등의 서구 서적과 에도 막부 내에서 이문물과 관련 지식·정보의 유통은 젊은 이언진의 이목을 끌 만했다. 이언진은 일본에 전파된 천주교와 서구 문화에 남다른 관심을 보이고, 그 상황을 파악하는 것은 물론 다양한 지식·정보를 수집하여 조엄에게 들려준 것이다. 여기서 이언진은 역관의 역할보다 이국의 새로운 지식·정보 그 자체에 남다른 관심을 가졌음을 엿볼 수 있다. 여기서 신유한이나 이언진 모두 새로운 지식·정보의 수집과 전달자 역할을 하기도 하지만, 한편으로 새로운 지식·정보를 획득하고 이를 남다르게 인식하고 수용하려는 자세를 보여주고 있다. 이언진이 서구의 지식·정보에 특별히 주목한 것은 이러한 태도가 있어 가능했다. 이는 지식·정보의 발신자로서의 모습이다.

사대부 지식인은 한문 고전과 문인의 학술과 문예에 관심을 가지지만, 일부 중간계층 인사들은 전통적인 학지 이외에, 이국의 다양한 지식·정보에 많은 관심을 가지기도 한다. 그래서 이들은 사행 과정에서 남다른 안목으로 이국의 새로운 지식·정보를 수집하고, 필요에 따라 이러한 이를 기록해두거나 국내에도 유통한 바 있다.

그래서 일부 일부 중간계층은 연행 과정에서 연경 학예장의 지식·정

48 조엄, 『海槎日記』 2, 12월 24일(병오), 『국역해행총재』, 한국고전번역원 참조.

보에 누구보다 민감하게 반응하고, 새로운 서적과 지식·정보와 견문 지식에도 남다른 관심을 보이기도 한다. 이는 유득공의 사례에서 알 수 있다. 유득공은 1801년 두 번째 연행에서 기윤을 방문하여 연경 학예장의 정보를 알고자 했다. 먼저 기윤에게 자신의 시문을 보여주며 평을 구하고, 그의 고조부 기곤(紀坤)의 저서 『화왕각등고(花王閣賸藁)』 한 권을 선물로 받는다.[49] 이어서 그는 유구에 사신을 다녀온 이정원을 만나 청과 유구·에도 막부 등과의 외교 관계를 알아보고, 진전(陳鱣, 1753~1817)을 만나서는 우리나라 학술 상황을 두고 토론하는 등 교류의 폭을 넓혀 나가게 된다.

진전은 당시 『설문해자정의(說文解字正義)』 30권을 저술한 훈고학(訓詁學)의 대가로 알려진 인물이다. 교류 과정에서 이덕무는 진전의 소개로 『맹자해의(孟子解誼)』·『소이아교증(小爾雅校證)』 등을 저술한 전동원(錢東垣, ?~1824)을 만난다. 전동원의 백부(伯父)는 건가학파(乾嘉学派) 고증학의 대표 인물인 전대흔(錢大昕, 1728~1804)이다. 이때 전동원은 『사고전서(四庫全書)』 교감을 위해 유득공의 저작을 요구하자, 유득공은 『발해고(渤海考)』 의례(義例)를 적어 주었다. 이처럼 유득공은 다양한 인적 네트워크를 통해 꼬리에 꼬리를 무는 방식으로 새로운 지식·정보를 확인하고, 자신의 지적 결과물을 이국 학자와 소통한 것이다.

그런가 하면 일부 인물은 자신의 체험과 견문 지식을 바탕으로 새로운 지식·정보를 재가공하여 서울 학계에 발언하고, 연경 학예장에 자신의 문예와 학적 역량을 전파하는 지식의 발신자 역할을 자처하기도 했다. 이국에서 자신의 저작을 간행하고 이국의 편찬서에 수록되는 경우도 같은 맥락이다. 이를테면 오성란(吳省蘭)이 『예해주진(藝海珠塵)』의 편찬 과정에서 『정유고략(貞蕤稿略)』을 수록함으로써 박제가라는 인물이 연경 학예

49 유득공, 『燕臺再遊錄』, 『국역연행록선집』, 한국고전번역원, 1976 참조.

장에 알려지게 되거니와, 이는 대표적 사례다.

당시 청조 학예장과 가장 많은 인적 네트워크를 가졌던 인물은 박제가다.[50] 그는 모두 네 차례에 걸쳐 연행한 바 있다. 네 번의 연행에서 수많은 청나라 학자와 문인을 만나고, 귀국 후에도 이들과 계속 연락을 이어갔다. 이를 통해 박제가의 인적 네트워크는 타의 추종을 불허할 만큼 넓어지게 된다. 실제 18세기 후반 연행에 참여한 다수 인사는 박제가의 인적 네트워크를 활용하기도 했다.

그런가 하면 청조의 이조원은 1801년에 『속함해(續函海)』를 편집·간행한 바 있는데, 이러한 인적 네트워크가 있어 이덕무의 『청비록(淸脾錄)』도 수록할 수 있었다. 19세기 이상적(李尙迪)이 연경에서 자신의 문집인 『은송당집(恩誦堂集)』을 간행한 것도 같은 맥락으로 이해할 수 있다.[51] 유득공의 『연대재유록(燕臺再遊錄)』을 보면, 이조원이 『우촌시화(雨村詩話)』를 편찬하면서 유득공과 이덕무의 저작을 수록하는 내용이 나온다. 이를 계기로 두 사람의 문학이 연경 학예장에 널리 알려지게 된다. 화가 나빙(羅聘, 1733~1799)이 유득공의 『이십일도회고시(二十一都懷古詩)』를 기윤으로부터 구해 필사한 뒤, 열독한 것도 같은 맥락임은 물론이다.[52]

이러한 것은 중간계층이 자신이 가공한 지식·정보의 발신자로 역할할 뿐만 아니라 동아시아 지식·정보의 중심부인 연경 학예장 인사와 소통한 사례들이다. 이 사례는 국내 학예장에서의 역할과 달리 중간계층의

50 박장암(朴長馣, 1790~1851 이후)은 『호저집(縞紵集)』에서 부친인 박제가가 청조 인사와 교류한 인물의 인물 정보와 그들의 성명과 자호, 벼슬과 사실관계 등을 기록해두었다.

51 조선조 후기 사행과 관련한 서적의 유입과 문화적 동향에 관련한 것은 김영진, 「조선 후기 중국 사행과 서책 문화」, 『연행의 사회사』, 경기문화재단, 2005 참조.

52 유득공의 『이십일도회고시』는 이덕무와 박제가가 가지고 연경에 들어가 기윤·반정균·옹방강 등과 같은 여러 문사들에게 소개하였다. 이 작품은 국내보다 중국에 먼저 알려져 주목을 받았다.

학술과 문예적 수준과 발신자로서의 면모를 알 수 있는 징표다.[53]

여기서 주목할 것은 일부 서얼 문사가 연경 학예장의 유수한 인물들과 대등한 관계에서 지식·정보와 학지를 교류한 사실이다. 이들은 교류를 통해 서울 학예장의 지식·정보를 전달도 하지만, 자신의 학술과 문예를 발산하는 주체적 발신자의 역할도 했다. 당시 사대부 지식인은 연경 학예장의 동향에 시선을 고정하여 거기서 생성된 새로운 지식·정보를 살피고 이를 수용하려는 경향이 강했다. 이에 반해 중간계층의 일부 인사는 연경 학예장의 새로운 지식·정보를 국내 학예장에 전달하고 중개하는 것을 넘어, 연경의 지식인과 교류하며 자신의 학예적 역량을 발산했다. 더욱이 이들은 신교(神交)를 통해 소통하였을 뿐만 아니라, 학술과 문예의 주체가 되어 연경과 서울 학예장의 지식·정보를 누구보다 신속하고 정확하게 주고받을 수 있도록 가교자를 자임하는가 하면, 한편으로는 지식·정보의 발신자 역할도 한 것이다.

그 과정에서 일부 중간계층의 저작은 이국땅에서 간행되어 연경 학예장에 유통되고 문예의 창작 주체로도 주목받은 바 있었다. 창작의 주체로 연경 학예장 인사와 소통하는 것은 의미가 남다르다. 전근대 동아시아 지식·정보의 생산지이자 발신지 연경에서 학자들과의 학술지식은 물론 문예 지식·정보의 소통은 예사로운 사건이 아니다. 연경 학예장에서 새로운 지식·정보를 체험하고 이를 자신의 학술과 문예 지식에 녹여낸 자체가 중요하다. 일국 밖에서 중간계층 스스로 지식·정보의 발신자를

53 유득공, 『燕臺再遊錄』, 『국역연행록선집』, 한국고전번역원, 1976, "내가 『우촌시화』 4권을 받아 가지고 사관으로 돌아와서 보니, 근래의 일을 기록한 것이 특히 자상하여 이무관(李懋官)의 『청비록』과 나의 구저(舊著)인 『가상루고(歌商樓稿)』도 역시 수록된 것이 많았다. 중국 사람이 동쪽 선비를 만나면 우리들의 성명을 선뜻 말하는 것도 이 때문이다."라 한 것에서 연경의 학예장에서 중간계층의 저작이 유통된 정황을 알 수 있다.

자임한 것을 다시 확인할 수 있다.

그런데 조선조 후기 사대부 지식인은 지식·정보와 관련하여 일정한 양상을 보여주기도 한다. 이들은 국내에서 끊임없이 명·청의 서적에 관심을 가지고, 그것을 통하여 지식·정보를 적극적으로 수용하거나 이를 가공하여 유통하며, 명·청의 지식·정보를 자기화하고자 했다. 이럴 경우 지식·정보의 발신자로서의 모습은 찾이 힘들다. 도리어 중간계층은 연행에서 연경 학예장의 인물과 소통하기도 하고, 지식·정보를 주체적으로 생성하여 그것을 연경 학예장에 발산하였다. 더러 연행 과정에서 자신이 기왕에 가지고 있던 인적 네트워크를 활용하여 지식·정보의 생산지 연경에서 아무런 제약 없이 지식·정보의 발신자로도 활동했다. 이 점이 18·19세기에 지식·정보와 관련하여 중간계층을 특별히 주목해야 하는 중요한 이유다.

이와 달리 문화사절단의 성격을 지닌 조선 통신사의 경우 참가한 인물의 학술과 문예 지식을 전달하고 드러내는 데 치중한다. 그 과정에서 일부 조선조 지식인은 에도 막부 문사들과의 교류를 통해 이국의 새로운 지식·정보를 획득하거나, 서로의 학술과 문예 수준을 계측하기도 하였다. 이는 에도 막부 문사가 상대적으로 강했다. 이들은 통신사행이 가는 곳마다 에도 막부 문사들은 조선조 문사와 수창하거나 필담하려고 했다. 일부 계층에서 조선조 문사의 시와 글씨를 받기 위해 갖은 노력을 아끼지 않은 것은 이러한 경향을 보여주는 것이다. 심지어 일부 인물은 조선조 문사의 시와 글씨를 가보처럼 여기는가 하면 조선조 문사와의 필담을 판각까지 할 정도로 존중했다.[54]

54 曺命采, 『奉使日本時聞見錄』 乾, 「4월 29일」, "大阪膳夫一倭, 携二櫃子, 來示製述書記曰; 鄙人自父祖, 世爲此役. 壬戌, 辛卯, 己亥三行時, 皆受製述書記之詩文, 作爲家寶矣. 因出示之, 錦粧牙軸, 卽五箇簇子. 其慕悅之誠可嘉, 故上房書記李鳳煥, 作小序, 書贈之. 又得見倭冊之所謂客館璀璨錄及蓬島遺珠錄, 卽己亥使行時, 製述書記之與日本

그런데 통신사행 당시 에도로 갔다가 오는 길에서 만난 수많은 지방 문사의 다양한 요구에 응수한 것은 제술관과 서기다. 이들 사문사는 다양한 문사의 요구에 호응하기 위해 하루에도 수많은 인사와 시를 수창하며 필담을 나누게 된다. 사문사는 글을 지어 주고 글씨를 써주는 방식으로 그들의 요구에 대응하면서 자신의 문예적 능력을 발산하였다.

구체적인 사례로 1763년 계미통신사행의 일원으로 참여한 원중거(元重擧)의 언급을 보면 상황을 짐작할 수 있다. 그는 통신사행 중에 일본측 문사 천여 명을 만난 것으로 술회하고 있다.[55] 남옥(南玉) 역시 원중거와 마찬가지로 자신이 만난 인사들이 천여 명임을 밝혔다.[56] 당시 에도막부의 여러 계층 인물은 마니아처럼 조선조 지식인과의 교류에 남다른 관심을 가질 정도로 조선통신사에 지대한 관심을 보였다. 남녀 모두 길을 가득 메우는 '조류(朝流)'에 가까운 모습을 보여줄 정도였다.[57] 조선조 문사들과 수창을 원하는 이들은 오사카〔大阪〕에서 에도에 이르는 동안, 통신사행의 경로 곳곳에서 만나려 한 것은 이를 말한다.

특히 오사카에서 두 나라 문사들이 수창하며 해외신교를 맺고 특히 한 폭의 그림으로 남긴 것은 압권이다. 그 장면의 하나다.

> 『겸가당아집도(蒹葭堂雅集圖)』 권축(卷軸)이 이미 완성되었는데, 목세숙(木世肅)이 그린 것이다. 그 뒤에 제시(題詩)한 사람이 7명이니 편효질(片

人酬唱筆談者, 而梓刻甚妙. 下陸後, 上中下官所騎馬有四等, 而必有換騎紛挐之弊. 故作馬牌踏印, 預爲分給之."

55 『長門癸甲問槎』, "往還四五千里所接文人韻士千餘人"; 『東遊篇』, "筑之東武之西, 三四月之間, 揖讓一千餘人, 唱酬二千餘篇."

56 大典顯常, 『萍遇錄』, "秋月, 僕背歷貴邦數千里州郡, 遇人士僧道殆千百, 所唱和詩章爲千餘篇."

57 조엄의 『해사일기』 '칠월초팔일조'를 보면 영조와 조엄과의 대화에서 영조의 질문에 조엄은 사신이 들어갈 때에 구경하는 남녀가 거의 길을 메웠다고 답을 한 다음, 성대중, 남옥, 원중거, 김인겸(金仁謙) 등이 천여 수의 시를 지었음을 밝히고 있다.

「겸가당아집도」

孝秩), 려왕(麗王), 복승명(福承明), 갈자금(葛子琴), 공익(公翼), 약수(藥樹), 그리고 주인 목세숙이고 끝에 내가 쓴 서문이 있다. 영목전장의 기문(記文) 또한 전부 옮겨 적어서 모두 약수를 시켜 가지고 오게 하였다. 제술관과 서기의 방에 이르렀는데, 추월이 마침 자고 있어서 약수가 흔들어 깨웠다. 잠시 후 용연(龍淵)〔성대중 호〕, 현천(玄川)〔원중거의 호〕도 모이니 서로 함께 기뻐하였다. 이윽고 『겸가당아집도』 권축을 꺼내어 주었다.

나: 목세숙이 신신당부하기를 이 그림은 급작스럽게 그려서 올린 것으로 배접하여 장식한 것 또한 정밀하지 않으니 아마도 여러 공의 뜻에 맞지 않을 듯하다고 하였습니다.

용연과 추월(秋月)〔남옥의 호〕, 현천이 펼쳐 보고 기뻐하였는데, 약수가 직접 옆에서 그 인물을 대략 가르쳐주었다. 내가 영목전장의 기문을 꺼내어 현천에게 주었다. 현천이 펼쳐서 한 번 쭉 읽어보고, 그 뒤로 여러 사람이 번갈아 가며 읽었다.

용연: 감찰(監察)이 "감히 조금이라도 지체하여 두 나라 사람들에게 누를 끼침이 있어서는 안 될 것이다"라 하였는데, 말의 뜻이 깊습니다. 그 깊은 의도가 무엇인지 듣길 청합니다.

나: 오늘 이별에 임하여 속된 이야기를 할 수는 없으니 청아한 이야기를 합시다. 허허!

용연이 웃으면서 말하였다.

용연: 말씀은 아름답지만, 뜻은 거짓이군요.[58]

---

58 大典顯常, 『萍遇錄』 上, 五月五日, "五日巳下, 至公館. 蒹葭集圖卷既成, 世肅畵之. 題詩其後者七人, 爲孝秩麗王承明子琴公翼藥樹主人世肅, 末有余序云. 傳藏記文亦得寫全, 俱使藥樹携之. 詣製述書記房, 秋月正寢, 藥樹搖覺. 既而龍淵玄川亦聚, 相與怡怡, 乃出雅集卷與之. 余曰: 世肅多多致言, 此一圖急卒寫上, 褙裝亦不精好, 恐不能中高意. 龍淵及秋玄披覽忻然, 藥樹自傍略指示其人物. 余出傳藏記文與玄川. 川披讀一遍, 爾後諸子代讀之. 龍淵曰: 監察曰, 敢有少留以累二邦之人, 有味哉其言, 請聞其奧. 余曰: 今日臨別, 不可果於俗談, 請淸之, 呵呵! 淵笑曰: 說則雅, 意則假."

1763년 계미통신사행에 참여한 성대중(1732~1809)은 『겸가당아집도』 1축을 선물로 받는다.[59] 그림의 길이는 4미터가 넘고, 시도 함께 적었다.[60] 그림을 그려 선물로 건네준 사람은 바로 오사카의 거상(巨商)이자 서화 수장가였던 목홍공(木弘恭)〔기무라 겐카도〔木村蒹葭堂, 1736~1802〕〕[61]다.

성대중의 요청으로 탄생한 『겸가당아집도』는 통신사에 참여한 조선 문사가 겸가당에 모여 일본 문사와 시문을 수창한 결과물 중의 하나다.[62] 겸가당에서 일본 문사와 교류한 조선조 문사는 문예의 발신자로 수창하거니와, 성대중은 이러한 면모를 화폭으로 담아주기를 요청했다.

당시 겸가당에 모여 일본 문사와 수창한 조선조 문사는 서얼 원중거(1719~1790), 김인겸(1707~1772), 남옥(1722~1770), 성대중(1732~1812), 역관 이언진(1740~1766), 무관 유달원(柳達源, 1731~1767), 양의(良醫) 이좌국(李佐國, 1734~?),[63] 사대부 조동관(趙東觀, 1711~?)[64] 등이다. 그중에서도 주도적 역

---

59 『겸가당아집도』의 제작 과정과 경위는 통신사 일행을 수행했던 교토의 승려 다이텐 겐조〔大典顯常, 1719~1801〕의 『평우록(萍遇錄)』에 자세하게 기록되어 있다.

60 본래 일본 문사가 지은 시는 7편이었지만, 귀국 후 2년 뒤에 성대중이 시 한 수를 더 적어 8편이 되었다,

61 목홍공의 이름은 홍공 혹은 공공〔孔恭, 공공(恭龔)〕이다. 자는 세숙, 호는 겸가당·손재〔巽齋, 손재(遜齋)〕이며 통칭은 츠보이야기치우에몬〔坪井屋吉右衛門〕라 부른다. 오사카에서 주조업에 종사하며, 한시와 본초학(本草學), 박물학(博物學)에 밝고 화란어·라틴어까지 공부했다. 또 그림과 전각(篆刻)에 조예가 깊어 장서를 수집하며 문인·학자와 교류하여 명성을 얻었다. 23세(1758)때 시문결사 겸가당을 조직하여 8년 동안 지속하였고 나중에 혼돈시사(混沌詩社)를 결성했다. 성대중의 요청으로 「겸가당아집도」를 그리고, 직접 새긴 인장을 교류한 조선 문사에게 선물하였다. 그중 성대중에게 준 것은 현재 오사카 마가사키시〔尼崎市〕 시립문화재수장고에 있다. 저서로는 『심씨화진(沈氏畵塵)』, 『산해명산도회(山海名産圖會)』, 『본초식물도휘(本草植物圖彙)』, 『일각찬고(一角纂考)』, 『겸가당일기』 등이 있다

62 당시 조선조 문사와 에도 막부 문사의 참여 인원과 서로 만나 수창하는 과정과 실상은 『평우록』에 자세하게 나온다.

63 1763년 계미통신사행에 양의로 의원 남두민(南斗旻) 등과 함께 참여하였다. 당시 일본의 의원들과 인삼재배법·약초·의술 등을 문답한 내용이 『화한의화(和韓醫話)』, 『왜한의담(倭韓醫談)』, 『상한필어(桑韓筆語)』 등에 수록되어 있다. 오사카의 관상가 니야

할을 한 인물은 성대중을 비롯해 원중거, 남옥 등과 같은 서얼이다.

이들은 이 모임에 제술관과 서기로 참여하지만, 일본 문사와의 교류를 주도하며 자신들의 문예 역량을 발산하는 등 문예의 발신자로 자임했다. 이는 통신사행에서 중요한 역할을 한 인물은 바로 제술관과 서기임을 보여주는 사례다. 사행 과정에서 에도 막부 문사와 수창에 대응하는 역할도 사문사가 주로 맡은 바 있다. 연행사에서는 이러한 광경을 찾아보기 힘들다.

연행사에 참여한 조선조 지식인은 주로 청조 인사와 필담을 나누며 교류하고, 서적 구득이나 문예와 학술 동향을 파악하는 등 청조 문예와 학술과 관련한 새로운 지식·정보의 파악과 획득에 초점을 두었다. 반면에 통신사행에서 서기와 제술관 같은 중간계층이 에도 막부 인사와 수창하며 자신의 문예와 학술적 지식·정보를 발산하는 주력이 되었다.

성대중, 남옥, 원중거 등의 문예 활동도 이러한 것에서 크게 벗어나지 않는다. 실제 이들은 오사카에 머무는 동안 기무라 겐카도를 비롯한 오사카 문인들과 두 차례 만나 수창하며 일본 문사와 교류를 시작하게 된다. 이들은 한 달간 머물며 「겸가당아집도」의 완성 과정을 확인하고 서문 내용을 검토하는 등 에도 막부 문사와의 교류에 남다른 관심을 가진다. 아마도 에도 막부 문사와의 교류에서 자신의 문예 능력을 발산한 결과물을 확인하고 싶어서 그랬을 터이다. 특히 성대중이 일본 문사와의 교류에 남다른 관심과 의미를 둔 것은 구성원 신분이 다양한 데다 진정한 의미에서 신교로 생각했기 때문으로 보인다.

마 다이호〔新山退甫〕가 조선인의 골격과 인상이 일본인과 다른 점에 흥미를 느끼고 관상을 보며 필담을 나눈 뒤에, 이를 정리하고 초상을 덧붙여 『한객인상필화(韓客人相筆話)』를 출판하였다. 이 필담에 이좌국과 남두민이 참석했으며, 니야마 다이호의 제자 마토〔馬東〕가 조선통신사 일행의 초상을 그렸다.

64 계미통신사 정사로 갔던 조엄(1719~1777)의 조카로 반인(伴人)의 자격으로 갔다.

양국 문사의 수창 과정을 『평우록』으로 기록한 대전현상(大典顯常, 1719~1801)은 "이역만리의 사귐에 감격하여 마음속에 쌓인 것을 밖으로 드러내지 않을 수 없어 「겸가당아집도서」를 짓는다"[65]는 말로 조선 통신사의 서기와 제술관을 비롯한 인물과 교유한 것에 감격을 표한 바 있다.

그래서 일본에서는 겐카도를 중심으로 한 이러한 자유롭고 평등한 학술 교류를 "문학공화국", 혹은 "지식 공화국"이라고 주목한 바도 있다.[66] 이는 전근대 신분제 사회에서 국경을 넘나들며 특정 공간에서 문예를 주고받고, 신분을 넘어 서로의 문예 지식과 정감을 주고받은 점을 주목한 것일 터, 이 점을 서구의 살롱 개념과 겹친 것으로 파악했다. 이를 고려하면 이들이 소통한 시공간을 문예 공화국으로 불러도 무방할 듯하다.

귀국 후 성대중은 일본 문사와의 만남과 그들의 문예 지식·정보를 전하는 한편, 통신사행에서 체험하고 견문한 에도 막부의 지식·정보를 주변 인사들에게 전해준다. 이덕무 같은 이는 성대중에게 「겸가당아집도」를 빌려보고 「겸가당아집도」의 제시와 서문을 소개하기도 하였다.[67]

여기서 중간계층을 비롯한 조선조 지식인의 시선은 연행에서 중국을 바라보던 시선과는 사뭇 다름을 확인할 수 있다. 연행에 참여한 조선조 지식인은 청조의 학예장을 중시하면서 학술과 문예 관련 지식·정보의 발신지로 인식했다. 반면에 에도 막부의 학예를 두고서는 등한시하거나 학술과 문예의 발신지로 인식하지 않았다. 통신사행에 참여한 인물도 사

65 大典顯常, 『萍遇錄』 下, 「蒹葭雅集圖序」, "其感於異域萬里之交, 不能無欝乎內, 而著乎外也, 作蒹葭雅集圖後序." 그리고 이덕무의 「이목구심서(耳目口心書)」와 「청비록」에서 시와 서문의 전문을 소개하고 있다.

66 이러한 문제의식은 다이텐 지음, 진재교·김문경 외 옮김, 『18세기 일본 지식인 조선을 엿보다, 萍遇錄』(성균관대학교출판부, 2013)의 해제에서 이미 언급한 바 있다. 목촌 겸가당의 성격을 두고 문학, 지식 공화국으로 규정한 것은 中村真一郎, 『木村蒹葭堂のサロン』, 新潮社, 2002 참조.

67 이덕무, 『靑莊館全書』 권52, 「耳目口心書」 五에 나온다.

행 과정에서 에도 막부 내부의 구체적인 지식·정보와 그 실상 파악에는 큰 관심을 두지 않았던 것 같다. 대개의 경우 교류 과정에서 상대적 우월감에 사로잡힌 채, 자신이 지닌 지식·정보를 에도 막부 인사에게 전달하는 데 힘을 쏟았다. 교류를 통해 다양한 문예 지식·정보를 길항하고 착종하는 방식으로 소통하여 자신의 문예와 학술 역량을 높이기보다, 자신이 지닌 지식·정보를 에도 막부 지식인에게 발신하는 역할에 치력했다. 중간계층의 인물도 에도 막부의 공간에서는 스스로 창작 주체가 되어 문예 역량을 발신하는 데 주저하지 않았지만, 이국에서의 새로운 지식·정보의 체험과 획득에는 그다지 시선을 돌리지 않았다. 당시 나가사키의 데지마〔出島〕에는 네덜란드 상관(商館)이 있었고, 에도 막부는 이곳의 상세한 정보를 풍설서(風說書)를 통해 얻고 있었다.[68] 하지만 중간계층은 여기에 전혀 시선을 두지 않았다. 이 점에서 연행사행와 통신사행에서의 중간계층의 역할과 그 역사적 의미도 사뭇 갈린다.

18세기 조선과 오랜 기간 외교적 실무를 담당하였을 뿐만 아니라 1711년과 1719년 두 번의 조선 통신사를 맞이하여 아메노모리 호슈의 언급은 새겨둘 만하다.

> 조선은 오로지 중화를 배우려는 풍습이 있는데, 서적을 통해서 보더라도 특별히 중국의 것이라야 납득한다. 그러므로 서적을 읽고서도 열에 여덟, 아홉까지는 조선의 풍습도 미루어 짐작할 수 있다. 하여튼 학문이 없으면 이것도 불가능한 일이다.[69]

68 풍설서는 막부에서 해외 정보를 얻기 위해 나가사키항에 입항한 네덜란드인에게 받은 보고서다. 이 보고서는 최근에 일부 번역이 되었다. 마쓰카타 후유코 지음, 이새봄 옮김, 『네덜란드 풍설서: 세계가 쇄국 일본에 전해지다』, 빈서재, 2023 참조.

69 한일관계사학회, 「조선과 일본의 풍습 차이에서 오는 오해」, 『譯註 交隣提醒』, 국학자료원, 2001, 35~36면.

그는 에도로 가는 조선통신사를 수행한 바 있다. 조선어에 능숙하고 조선 사정에 밝았다. 그의 식견을 고려하면, 이 발언은 중화와의 사대를 중시하고 이를 절대적 기준으로 삼은 조선조 지식인과 학문 성향을 꿰뚫어 본 것이다. 그의 시각은 조선조 문예와 학술의 실상을 정확히 파악하고 있다. 아메노모리 호슈가 조선 풍속과 문화 경향이 중화에 편향되었다는 점을 주목한 사실과 조선 풍속과 학문은 중화의 서적을 통해 간접적으로 충분히 알 수 있다고 언급한 것은 경청할 대목이다. 그의 지적은 당시 조선조 문사와 학자의 편향성과 중화 중심으로 경사한 태도를 비판한 것임은 물론이다.

시문에 뛰어나고 에도 막부 문예·학술 동향에도 밝았던 저간의 사정을 고려하면, 아메노모리 호슈는 자신의 문예적 성취를 조선조 문사에게 전달하는 것을 넘어 발신하는 면모도 동시에 보여준다. 그런데도 당시 통신사행에 참여한 문사가 아메노모리 호슈의 문예적 식견을 적극적으로 인식하거나, 그와의 인간적 교류를 통해 에도 막부 문예와 학술의 지식·정보를 객관적으로 받아들이려는 자세는 결코 보여주지는 못했다.

5. 중간계층 다시 읽기

동아시아 삼국의 사행에 참여한 역관과 중간계층의 경우, 지식·정보의 유통 관점에서 보면 그 역할을 전달자와 발신자로 구분할 수 있다. 지식·정보를 전달한 경우, 다시 '단순 전달자'와 '적극적 유통자'로 역할을 나눌 수도 있다. 여기에는 사대부 계층도 있지만, 일단 논의에서 제외한다. 특히 18~19세기 초에 청조와 에도 막부의 사행에 참여한 중간계층의 역할은 사뭇 달랐다. 사행에 참여한 중간계층은 청조와 에도 막부에서의 활동과 이국을 보는 시선도 달랐다. 청조에서의 중간계층은 주로 새로운 지식·정보를 수입하는 성향을 보였고, 에도 막부에서는 자신들이 인지한 지식·정보를 수출하려는 모습을 보여주었다.

그런가 하면 연행 과정에서 이들은 새로운 지식·정보를 견문하기도 했다. 이를 통해 중간계층은 사행의 공간을 활용하여 서적과 지식·정보를 수입하거나, 이국에서 체험한 견문과 지식·정보를 가공하여 새로운 지식·정보로 전환해 국내에 유통하기도 했다. 반면, 통신사행에서 중간계층의 활동과 시선은 사뭇 달랐다. 이들은 에도 막부 지식인들과 시를 수창하거나 문예를 창작하여 자신들의 역량을 과시하거나, 자신의 학술과 문예 역량을 전달하려는 성향이 강했다. 어쨌든 사행에서 지식·정보와 관련한 다양한 활동의 중심에 중간계층이 있었다.

중간계층은 사행에 정기적으로 참여함으로써, 사행이라는 공적 공간을 통해 사적으로 교류하며 인적 네트워크를 구축할 수 있었다. 또한 이들은 국내에서 교류한 인물을 나라 밖의 이국 인물에까지 연결하여 국내의 인적 네트워크를 넓혀 나간 바도 있다. '연암 그룹' 내의 인사들이 국내에서 구축한 인적 네트워크를 기반으로, 청조나 에도 막부로까지 넓혀 인적 네트워크를 구축한 것은 그러한 사례다. 당시 연행사에 참여한 박제가의 인적 네트워크는 이덕무와 유득공에 연결되면서 청조 인사와의 교류를 확장한 것이 특히 그러하다.

또한 통신사에 참여한 성대중과 원중거도 에도 막부 인사와의 인적 네트워크를 구축하여 연암 그룹에 소개한 바 있다. 18·19세기에 '연암 그룹' 인물만 네트워크를 구축한 것은 아니다. 사제지간의 사례도 있고, 가문의 사례도 있다. 김정희와 이상적은 사제 간으로 이어지고 김지남과 홍희남은 가문 내에 이어져 네트워크를 확장한 것과 같은 맥락이다.

특히 중간계층의 여러 인물은 이러한 인적 네트워크를 통해 이국에서의 활동은 남달랐다. 청조 학예장의 좌장이던 기윤으로부터, 이후 이조원과 옹방강, 심지어 유리창의 책방 주인들까지 상호 소통하며 교류하였다. 그리고 김지남 가문과 홍세태, 그리고 성대중 가문 등은 통신사행에 계속 참여하면서 에도 막부 인사를 조선조 지식인에게 소개하고 상호 연결하는 데 가교 역할을 하였다. 이처럼 중간계층은 일국 밖에서 구축한 인적 네트워크를 국내 인사에게 제공하거나, 인적 네트워크를 통해 가교 역할을 하는 방식으로 상호 교류의 폭을 넓혀 나가는 역할을 충실히 한 것이다.

더욱이 중간계층은 전근대 동아시아의 조공 책봉체제에서 사행에 참여하면서 일국 안과 밖으로 인적 네트워크를 적극적으로 구축하고자 했다. 이들은 이국 문물과 학술 정보와 같은 지식의 전달자 혹은 지식·정보의 중개자로, 때로는 새로운 지식·정보를 가공하여 유통하는 지식·정보의 발신자로 자임하기도 했다. 그 결과 이들은 국내외의 지식·정보를 잇고 소통하는 데 중요한 역할을 할 수 있었다.

통신사에 참여한 중간계층은 사행 공간을 통해 일본 문사들과 수창하고 필담을 나누는 방식으로 학술과 문예를 교류했다. 이들은 사행 과정에서 조선조 지식인과 에도 막부 지식인이 상호 소통하는 가교를 자임하거나, 이국의 지식·정보를 상호 소통하는 역할도 했다. 이를 토대로 두 나라의 상호 인식은 물론 자신이 획득한 지식·정보를 국내 학술과 문예장에 유통시켰다.

당시 통신사가 가는 곳마다 수많은 에도 막부의 인사들이 몰려들었고, 중간계층은 학예로 응수하기 위해 갖은 노력을 다한 바 있다. 이 과정에서 이들은 국내에서 쉽게 하지 못하던 자신들의 학술과 문예의 발신자가 되어 자신의 역량을 창조적으로 발산하기도 했다. 이 점에서 일국 너머에서 보여 준 중간계층의 지식·정보의 발산과 유통은 국내 상황과는 달랐다. 국내에서 사대부 지식인 중심의 위계화한 가치 질서에서 항상 지식·정보의 주변부나 하위 주체로 존재하던 것과는 사뭇 다른 방식이었던 것이다.

따라서 이들이 지식·정보와 관련을 맺은 양상과 역할을 일국적 시각으로 평가할 경우, 그 의미를 제대로 읽어낼 수가 없다. 18·19세기 일부 중간계층이 이국을 향해 시선을 열어놓은 것까지 포섭해야 한다. 그래야 중간계층이 일국 너머에서 자신의 문예와 학술적 역량을 발산하여 새로운 학술과 문예의 주체로 존재 방식을 찾으려 한 행보를 주목할 수 있고, 거기에 적극적 의미를 찾을 수 있다.

그런데 연행사와 통신사에서 지식·정보와 관련한 중간계층의 역할과 위상은 다소 차이를 보인다. 중간계층은 동아시아 지식·정보의 중심부였던 연경에서 지식·정보의 발신자로 자임한 사례도 있지만, 그보다 연경에서 견문하고 체험한 지식·정보를 서울 학계에 제공하는 경우가 상대적으로 많다. 하지만 에도 막부에서 중간계층은 주로 지식·정보의 발신자로 활동하고, 에도 막부 지식인을 향해 지식·정보를 발화하고 발신하고자 했다. 그래서 중간계층은 청조와 다르게 에도 막부에서는 서구의 지식·정보나 에도 막부에서 형성된 새로운 지식·정보에 적극적인 태도를 보여주지 못하게 된다. 그 결과 이문화나 이국의 새로운 지식·정보를 견문하거나 체험하여, 이를 서울 학예장에 전달하는 것에 소홀할 수밖에 없었다.

하지만 18·19세기에도 대부분의 중간계층은 연행에서 여전히 지식·정보의 발신자가 아니라 연경으로부터 유입한 새로운 지식·정보의 메신저 역할을 하는 데 그친다. 사대부 지식인은 중간계층이 중개한 새로운 지식·정보를 수용하지만, 위계화한 사회질서와 가치 체계 내에서 이를 재배치하는 방식으로 활용했을 뿐이다. 사대부 지식인 중심의 위계화한 가치 체계 안에 중간계층이 전달하고 발신한 지식·정보를 재배치하고 질서화함으로써 사대부 지식인의 지식 체계를 강화하는 데 활용한 것이다.

중간계층 역시 포함한 다수의 조선조 지식인은 중심부인 연경 학예장의 변화나 흐름을 주목하며, 그곳의 새로운 지식·정보를 수용하면서도 창신하는 데 나아가지는 못하고 만다. 이국에서 들어온 새로운 지식·정보를 국내의 학술과 문예장의 상황을 고려하여 적절하게 조정하고 자기화하는 방향으로 관리하는 데 머물렀다. 주로 지식·정보를 주체적으로 받아들여 새로운 지식·정보를 재생성하기보다, 받아들인 지식·정보를 활용하는 것을 중심적 과제로 삼았기 때문이다.

그렇지만 중간계층을 포함한 일부 지식인은 이국에서 받아들인 지식·정보(혹은 존재하는 지식·정보)를 수용하면서도 지배 질서와 가치 체계와 다른 방향의 지식·정보의 체계를 고민하고 제시하고자 한 면도 없지 않았다. 이러한 사례는 많지 않은 데다, 설사 있다 하더라도 조선조 후기의 견고한 사회질서와 가치 체계를 흔들 만큼의 동력을 가지지는 못했다. 더욱이 출판문화의 미성숙과 조선조 후기 사회의 종적 질서의 강화는 항상 새로운 지식·정보 확산의 걸림돌로 작동했다. 그런 점에서 조선조 후기 중간계층은 이국에서 지식·정보의 발신자 역할을 했지만, 지식·정보를 두고 사대부 지식인과 중간계층 사이의 역전 현상은 일어나지 못했다. 여기서 지식·정보와 관련한 중간계층의 역할과 성취, 그리고 한계를 동시에 확인할 수 있다.

| 제 2 장 |

이문물과 신지식의 발신자, 역관

2

1. 사행과 역관

청나라가 일어난 지 140여 년에 우리나라의 사대부들은 중국을 오랑캐로 여겨 수치스럽게 생각한다. 사신의 일을 받들고 가면서도 문서를 주고받는 일이나, 청나라 정세의 허실에 관해서는 일체 역관에게 맡겨 버린다. 지나는 길 2천 여리 사이에 있는 각 지방 장관이나 관문의 장수들을 비단 만나보지 않을 뿐 아니라, 그 이름조차 알지 못한다. 이로 말미암아 통관(通官)들이 공공연히 뇌물을 요구해도 우리 사신은 그들의 조종을 달게 받으며, 역관은 허둥지둥 명을 받아 거행하기에 급급하고, 마치 그 사이에 무슨 크고 중요한 일이라도 항상 숨겨져 있는 듯이 행동한다. 이는 사신들이 함부로 우쭐거리고 자기 편한 대로만 하려는 잘못에서 나온 것이다. 사신이 역관들에게 일을 맡기면서 지나치게 의심을 하는 것은 사람으로서 할 정리가 아니고, 그렇다고 지나치게 믿는 것 역시 옳지 않다. 만약 하루아침에 무슨 걱정거리라도 생긴다면 삼사(三使)는 묵묵히 서로 얼굴만 쳐다보고 한갓 역관의 입이나 올려다보고 말 것인가? 사신된 사람은 불가불 이에 대한 대처 방법을 강구하지 않을 수 없을 것이다.[1]

1 박지원 지음 김혈조 옮김, 『열하일기』 2, 2009, 돌베개, 274~275면.

『열하일기(熱河日記)』의 한 대목이다. 박지원(朴趾源)은 청의 등장 이후 벌어진 연행(燕行)의 실상을 정확하게 포착하고 있다. 그는 청조와의 외교 문제를 비롯하여, 연행에서 일어나는 모든 일을 오직 역관에게 맡긴 채 뒷짐이나 지고 있는 삼사의 안이한 인식과 무책임한 행태를 꼬집었다. 동시에 이러한 언급은 연행에서 역관의 역할이 막중하다는 것도 보여준다. 실제 연행에 참여한 역관은 적게는 6인으로부터 많게는 23인까지 참가하여 외교와 관련한 다양한 임무를 수행하였다.[2]

비록 역관은 연행사행에서 여러 문제를 일으키기도 하지만, 통신사행에서도 역관의 역할과 책임은 연행사행과 크게 다르지 않았다.[3] 여러 문

---

2 영조 때 편찬된 『속대전(續大典)』의 '부연역관(赴燕譯官)' 규정에 다음과 같이 되어 있다. 『속대전』, 「예전(禮典)」, '잡령조(雜令條)', "○동지사에 당상역관(堂上譯官) 2원(員), 당하역관(堂下譯官) 21원을 배정한다(만약 정승이나 종반(宗班: 왕실) 정1품이 사은사, 진주사를 겸할 경우 당상역관 1원을 더 배정하고, 당하역관 1원은 자벽(自辟 사신이 자의로 임명하는 것)하되 자벽에는 당상역관도 무방하다). ○사은사, 주청사, 변무사, 진하사, 진향사, 진위사에는 당상역관 2원, 당하역관 17원을 배정한다(더 배정하거나 자벽하는 각 1원은 이 수에 포함되어 있다. 진위사가 만약 정2품이면 더 배정하거나 자벽하는 인원은 없다). ○고부사(告訃使)에는 당상역관 1원과 당하역관 11원, 문안사는 당상역관 2원과 당하역관 4원(혹 각 3원씩으로 하기도 한다)을 배정한다. 대개 진주(陳奏), 변무(辨誣)와 혹 주선(周旋)하는 사건이 있게 되면 그 일의 경중에 따라서 1원이나 2~3원을 따로 계청하여 데려갈 수 있다."

3 조엄, 『해사일기』 갑신년 5월 16일자를 보면 다음과 같은 구절이 있다. "교린할 즈음에 국경을 나간 사신의 의사 표현이 오로지 역관의 혀에 의지하므로 당초 역관을 설치할 때 지극히 긴요하다고 여겼는데, 변괴가 있은 지금에는 더욱 역관의 선택이 중요하다고 믿어졌다." 또한 원중거의 『해사록』을 보면, "통신사행에는 커다란 폐단이 셋이 있다. 하나는 따라 가는 사람이 너무 많은 것이다. 둘은 역관의 권한이 너무 무거운 것이다. 셋은 교역하는 물품이 너무 많은 것이다. ……중략…… 상역들이 능한 일이라고는 이익을 얻고자 하는 것뿐이다. 저들이 평생 바라는 것은 다만 통신사 행차에 한 번 끼는 것이다. 소인이 이익을 보면 의를 잊어버리고 재물에 목숨을 바치면 몸을 잊게 되니 저들은 바야흐로 하늘을 미혹하게 하는 보물의 기운에 혈안이 되었다. 행중의 크고 작은 일은 모두 그들의 손에 맡겨지고 재물의 이익과 재화를 거느리는 권한은 모두 대마도 사람에게 돌아간다. ……중략…… 사행은 오직 그 손과 발을 오로지 상역에게 의지하니 비록 염라(閻羅)의 포로(包老)로 하여금 맡으라고 하더라도 그 간사함을 밝혀 그 모의를 깎아내지 못함이 있을 것이다"라고 기록하고 있다. 이는 원중거 지음, 김경

헌에서 역관의 권한이 너무 크고 폐단이 많음을 지적한 것을 보더라도, 사행에서 역관의 역할과 비중이 상당했음을 짐작할 수 있다. 사실 사행에서 역관이 없으면 정상적인 외교활동조차 할 수 없던 것도 사실이다.

그렇다면 사행의 주역을 역관이라 할 수 있는가? 18·19세기 사행에 참여한 역관의 역할을 보면, 그 질문의 답은 쉽게 풀린다. 역관은 사행에서 통역과 교류의 실질적인 역할을 하거나, 자신이 구축한 인적 네트워크를 활용하여 교류의 가교 역할도 한다. 또한 서적을 구하거나 서적 매매의 중개도 하고, 지식·정보와 관련해 다양한 역할을 펼치기도 한다. 이 점에서 사행의 주역을 역관으로 볼 수도 있다. 과연 그럴까? 18·19세기 사행에 참여한 역관의 활동을 통해 역관의 역할과 그러한 역할의 사회사적 의미를 찾아보기로 한다.

2. 지식·정보와 역관의 존재 방식

연행은 평균 일 년에 평균 두 차례 남짓 가게 된다. 때문에, 역관들은 주위 인사들로부터 서신과 선물의 전달과 서적 구입과 같은 사적 부탁을 많이 받는다. 이들은 이러한 사적인 부탁을 들어주는 것은 물론, 간혹 서적을 중개하며 이익을 취하거나, 자진해서 물품과 서적을 구입해 서울의 학예장에 유통하는 역할을 하게 된다. 당시 서울의 사대부 지식인이 가장 관심을 보인 것은 서적인데, 역관들은 서적을 국내로 들여와 그들의 요구에 부응했다. 이 점에서 18·19세기 역관과 새로운 서적의 유입과 유통은 밀접한 관련을 지닌다.

숙 옮김, 『조선 후기 지식인, 일본과 만나다』, 소명출판, 2006, 532~533면.

서유구(徐有榘, 1764~1845)의 『금화경독기(金華耕讀記)』 한 대목을 보자.[4]

우리나라 사람들이 중국 서적을 구하는 방법은 다만 책문에서 연경까지 하나의 길만 있어 역관에게 그 권한을 부여하지 않을 수 없는데, 역관이 부탁해서 구하는 곳이 또한 책방이나 필첩식(筆帖式)(만주어와 한문으로 작성된 문서를 번역하던 하급 관원: 필자 주)을 넘어서지 못한다. 나라 안에서 통행하는 책은 진실로 수레로 실어올 수 있으나, 촉 땅에서 각한 송판(宋板)과 절강 지방의 희귀본과 숨겨진 책들 같은 것은 무슨 수로 얻을 수 있겠는가? 하물며 관사에 머무르도록 제한되어 이목이 두루 미치지 못하니, 간혹 비싼 가격으로 구매해오는 것들은 본래 이미 서가에 있는 것들이고, 목록을 부탁하면 도리어 '없다'고 하므로 마침내 책을 사고자 하는 뜻을 사라지게 한다. 바라는 바가 꺾여 책을 모으는 한 가지 일도 왕왕 시작부터 그 뜻을 잇지 못하고 만다. 우리나라 상역이 연경의 시장에서 상품을 구입하는 것은 저 시장의 부상(富商)이나 대고(大賈)와 함께 하지 않는 경우가 없는데, 각기 서로 계약을 맺고 속칭하여 "주고(主顧)"라고 한다. 무릇 상품을 구입하는 일은 일체 주고에게 부탁하는데, 혹은 먼저 돈을 넘겨주고 뒤에 와서 그 값에 맞는지 따지거나, 혹은 미리 상품을 가지고 온 후에 보상을 행한다. 다방면으로 상조하고 자세한 사정을 서로 통해 구하지 못하는 것이 있더라도 끝내 구해서 반드시 얻는다. 내가 생각건대 책을 사는 것 또한 이를 본받는 것이 마땅하다. 매번 공물을 바치는 수레가 떠남에 서신과 폐백을 가지고 가 저곳의 감식안이 넉넉한 중국 문사들과의 교유를 맺고, 구하려는 책 목록을 미리 보내거나 혹은 삼오(三吳)나 칠민(七閩) 지방과 같은 곳까지 다른 사람을 통해 구한다. 간혹 기다리는 자는 시험 보는 해에 과거 응시자의 전대에 지닌 것을 구하며, 간혹 거간꾼이나 농단하

4 서유구의 『금화경독기』에 대해서는 조창록, 「풍석 서유구의 金華耕讀記」, 『한국실학연구』 19집, 2010 참조.

> 는 부류를 통해 벼슬아치나 대대로 벼슬하던 집안에 오래 보관된 것을 낚아서 얻기도 한다. 오랜 세월 동안 갈고 끊임없이 부탁하여 올해에 얻을 수 없으면 다음 해에 다시 구하고, 이번 사행에 부탁할 수 없으면 다시 다음 사행에 부탁한다. 작은 것을 얻었다고 뜻에 만족하지 말아야 하며, 처음 부지런하더라도 끝까지 게을리하지 말아야 한다.[5]

서유구는 청으로부터 중국본 서적의 유입 과정과 구입 방법, 그리고 그 과정에서 역관의 역할을 자세하게 언급하고 있다. 그는 역관과 책방, 그리고 하급 관리의 안목을 믿을 수 없다고 했다. 이어서 물품을 구입할 때 따로 전담 상인을 두듯이 감식안을 소유한 사람과 교분을 맺고 그 사람에게 전적으로 서적 구입을 의뢰해야 원하는 서적을 적시에 구할 수 있다고 말한다. 서유구는 중국 본 서적의 효율적인 구매 방안을 제시하지만, 중요한 것은 역관이 서적 구입에 결정적인 역할을 한다는 것은 변하지 않는다.

역관은 사행 과정에서 공적인 외교 문제를 처리하는 것을 우선시하지만, 사적인 무역 역시 무엇보다 중요하게 생각했다. 그들은 일정량의 인삼과 은을 지참하여 사행 경비로 충당하는 것을 허락받았기 때문에 합법적으로 무역을 할 수 있었다.[6] 위에서 역관을 상역이라 호칭한 것도 이러

5 徐有榘, 『金華耕讀記』 권5, 「儲書」, "東人之購求華本, 只有燕栅一路, 不得不寄其權衡于象譯, 而象譯之所從而求訪, 又不越乎坊肆與筆帖式耳. 海內通行之本, 固可郗車而載, 至於蜀刻浙笈, 稀種秘裒, 何從而得之? 況留館有限, 耳目未周, 或重直購來, 原已揷架, 或列目諉諉, 還言無有, 遂令意興索然, 願欲沮敗, 而儲書一事, 往往有不承權輿者矣. 我東商譯之販貨燕市者, 無不與彼中富商大賈, 各相証契, 號俗主顧, 凡販買貨物, 一切付之主顧, 或先與之直而後, 來責平, 或預齎貨物而後, 行償報. 多方相濟, 委曲相通, 有所不求, 求之必得. 余謂購書, 亦宜倣此. 每回貢軺之行, 郵筒將幣, 託契於彼中文士饒鑒藻者, 預致訪書目錄, 或轉求於三吳七閩等地. 或待者, 試之年, 求之於擧子, 囊索所挾, 或因駔儈壟斷之類, 釣得縉紳故家舊藏. 磨以歲月, 陸續寄來, 今歲未得, 則更求於明歲, 今行未寄, 則更托於後行. 勿小得而意滿, 勿始勤而終惰."

6 『만기요람(萬機要覽)』「재용편」 5, '연행팔포(燕行八包)'를 보면, 사행의 공식 인원이

한 역관 무역과 관련이 있어서다. 그래서 역관은 책문(柵門)에서 북경(北京)에 이르기까지 부상과 대고 등과 결탁하여 인삼을 팔아 이윤을 남기는가 하면, 때로는 국내에 필요한 중국 물품을 국내에 들여와 되파는 방식으로 차액을 챙겼다. 그들이 구매하여 이윤을 남긴 상품 중에 서적도 있었음은 물론이다. 통신사행과 연행에서 역관의 이러한 역할은 다르지 않다.

18·19세기 연행에서 서적 매매는 주로 청의 서반(序班)과 사행에 참여한 역관 사이에서 이루어진다. 서반은 서적 매매에 깊이 간여하고, 역관은 서반과 결탁하여 서적 중개를 하며 이득을 챙기는 경우가 많았다. 삼사를 비롯한 사대부 지식인 역시 역관을 통해 서적을 구입하거나, 부탁받은 서적을 구하기 위해 역관을 활용했다. 그래야 원하는 서적을 적기에 구할 수 있었기 때문이다. 특히 송판본이나 희귀본, 그리고 비서(秘書)를 구하기 위해서는 안목과 상당한 노력이 있어야 하지만, 이 역시 역관을 통하지 않으면 불가능했다. 심지어 구하기 힘든 물건이나, 청조 인사들과의 교류를 위해서도 역관의 주선은 필요했다. 역관의 주선으로 자신이 원하는 청조 인물은 물론 모르는 인물과의 교류도 가능했다. 서유구가 연행에서 서적 구득은 오직 역관의 손에 달려 있어 이들을 활용할 수밖에 없다고 적시한 것은 과장이 아닌 것이다.

이처럼 역관은 서적 매매에 관여하는 한편, 청에서 견문한 지식·정보를 다양한 방식으로 국내에 전달하는 역할도 하게 된다. 또한 역관은

은과 인삼 등을 가져가 사무역을 하는 팔포의 변천을 잘 설명하고 있는데, 중국 사행에서 역관을 포함한 공식 인원은 여비를 스스로 마련하는 대신 일정액의 은화를 가져갈 수 있었다. 조선조 초기에는 조정에서 은화 대신 1인당 인삼 10근씩을 가져가도록 했다. 이후 숙종은 인삼 1근당 은화 25냥씩 환산하여 사행 당상관과 당하관에게 팔포 정액으로 결정했다. 팔포는 여덟 꾸러미의 인삼 80근이 아니라 은화로 환산할 수 있는 가치 단위였다. 이 팔포는 사행의 공식 인원에게 주어진 무역 특권이었고, 이러한 공식적인 사무역을 가장 잘 활용한 존재는 역관이었다. 상역이라는 말도 그래서 나왔다.

남다른 식견과 안목으로 새로 간행된 서적을 국내에 소개하는가 하면, 자신의 학술과 문예적 역량을 마음껏 발산한 바 있다. 역관의 이러한 활동 자체가 지식·정보와 긴밀하게 연결되는 것이기도 하지만, 일국 너머 이국 인사와의 교류 양상을 보여주는 것이기도 하다.[7]

이를 고려하면 역관은 서적과 지식·정보와 밀접한 관련이 있음을 알 수 있다. 역관과 지식·정보의 관련 양상은 다양하겠는데, 어떠한 양상을 가지는지 살펴보자.

(1) 지식·정보의 전달자

전근대 지식·정보와 가장 관련이 깊은 것은 서적이다. 사대부 지식인은 서적을 통해 새로운 지식·정보를 가장 많이 얻는다. 그런 점에서 서적은 지식·정보의 보고다. 역관은 사대부 지식인이 읽고자 한 서적의 구입은 물론 지식·정보의 수입과 유통에도 깊숙하게 관여한다. 18·19세기 일국 너머의 지식·정보를 수입하는 공간은 연행사와 통신사행을 통한 이국이다.

연행사는 책문을 지나 산해관을 거쳐 북경을 왕복하는 공간이며, 통신사는 대마도와 오사카를 거쳐 에도를 왕복하는 공간이다. 역관들은 이러한 사행의 공간에서 서적을 구입하거나 새로운 지식·정보를 체험하고 견문한 지식을 서울 학예장에 전달했다. 서적과 관련한 그들의 활동은 국가의 명을 받아 구입하는 것에서부터 사적인 부탁과 개인 구입 등 여러 경우가 있다. 사적 부탁의 경우, 사행 이전에 이미 친지로부터 서적

7 조선조 역관을 비롯한 중간계층이 지식과 관련한 어떠한 역할을 하고 어떠한 인적 관계망 속에서 일국을 벗어나 지식 정보를 유통하였는가에 대한 고찰은, 진재교, 「18~19세기 초 지식·정보의 유통 메커니즘과 중간계층」, 『대동문화연구』 제68집, 2009, 81~112면.

구입의 부탁을 받거나 사행에 참여한 인사에게 부탁받는 등 그 사례도 다양하다. 역관이 여러 경로로 부탁받은 서적을 구하는 것도 어느 정도 학술과 문예 지식과 안목이 있어야 가능했음은 물론이다. 이때 역관의 역할은 부탁받은 서적을 구해주는 것에 그친다는 점에서 지식·정보의 단순 전달자의 역할을 한 셈이다.

몇 가지 사례를 보자.

> ① 수역(首譯)이 『흠정고금도서집성(欽定古今圖書集成)』 총목(總目) 10책과 목록 30질〔套〕을 가져왔는데 1만 권, 5천 책이었다. 건상전(乾象典)과 역법전(曆法典)을 보니 『천학초함(天學初函)』과 『수리정온(數理精蘊)』도 여기서 벗어나지 않았다. 직방전(職方典)과 변예전(邊裔典)에는 『일통지(一統志)』와 『광여기(廣輿記)』가 그 아래에 있었다. 산천전(山川典)이 300여 권이니 『명산장(名山藏)』이 미칠 수 있는 바가 아니다. 장상(將相), 공후(公侯), 간쟁(諫諍), 충렬(忠烈), 풍절(風節), 정사(政事), 경학(經學), 은일(隱逸), 규원(閨媛) 등 여러 전(典)들과 씨족전(氏族典)이 600권이다. 『이십일사(二十一史)』와 『만성통보(萬姓統譜)』도 포함시켰으며, 기록한 것이 매우 상세하고 상고하기에 매우 편하였다. 의복(醫卜), 성명(星命), 신선(神仙), 승니(僧尼)에 이르기까지 모두 갖추지 않은 것이 없었다. 박물(博物) 1편 또한 『삼재도회(三才圖會)』나 『도서편(圖書編)』, 『박고도(博古圖)』와 비교하여 논할 수 있는 것이 아니다. ……중략…… 처음 찍어 낸 것은 강희 때였지만 옹정 초년에 완성되었다. 천하가 큰데도 겨우 5본만 찍어냈는데 2본은 내부(內府)에 소장하고 2본은 친왕(親王)들에게 나누어 하사하였으며 1본은 부마(駙馬)에게 하사하였다. 오늘 본 책은 부마에게 하사한 것이었다. 이 책을 사려고 해도 가격이 이미 여러 해 동안 높아져 있었다. 아직 책을 산 사람을 보지 못한 것은 가격이 높기 때문이다. 수역이 총목을 얻어올 때 그 값을 물으니 대답하기를, '2,500냥이라 너희 나라 사람들이 살 수 있는 것이 아니다'라 하였다고 한다.[8]

② 강희제가 글씨를 잘 쓰는 관원에게 명하여 구경(九經)을 나누어 쓰도록 한 다음 인쇄하여 큰 보물로 여겼다. 심암(心庵) 조두순(趙斗淳)이 역관 이상적(李尙迪)에게 사 오도록 하였는데, 역관 이상적이 저자의 상점과 조사(朝士)의 집에 이르기까지 수소문하였지만 구할 수 없었다. 돌아오려고 할 때 한 사람이 팔기를 원하였는데, 완질이 아닌데도 700냥의 은을 달라고 하였다. 이 역관이 그러한 이유로 사가지고 올 수 없었다고 하니, 심암이 안타까워하면서 말하기를, "700냥의 은은 항상 있지만 그 책은 항상 있는 것이 아니다"라고 하였다.[9]

③ 저녁에 역관 최태상(崔台相)이 10여 종의 책을 가지고 왔는데, 그중에 『본초강목(本草綱目)』만 갖고, 나머지는 모두 돌려보냈다.[10]

④ 서반 두세 사람이 모두 책방의 책 장부를 가지고 왔다. 내가 살 만한 것을 글로 써주자 여러 서반이 다투어 와서 각기 그들의 책을 사라고 해서 내가 이에 응답하는 것이 매우 괴로웠다. 내가 다만 첫째 권이 어떠한지를 보고서 마땅히 살지 안 살지를 정하고, 서적의 매매는 곧 역관 최수명(崔壽溟)이 담당하는 것이니 그가 있는 곳에 가서 매매하기를 바란다고 했다. 대개 서책의 매매는 서반들이 관례에 따라 이를

8 李商鳳, 『北轅錄』 卷4, 「十八日 戊午」, "首譯, 以欽定古今啚書集成總目十冊, 目錄三十套來. 其爲卷一萬, 爲冊五千. 取乾象曆法典, 而天學初函, 數理精蘊, 不外是矣. 卽職方邊裔典而一統志, 廣輿記, 斯在下矣. 山川典三百餘卷, 非名山藏之可及. 將相公侯諫諍忠烈風節政事經學隱逸閨媛等列典氏族典六百卷. 又包得二十一史, 萬姓統譜, 而錄之甚詳, 考之甚便. 以止醫卜星命神仙僧尼, 亦莫不該備, 博物一編, 亦非三才啚會, 啚書編, 博古啚所可較論. ……중략…… 肇自康熙告竣於雍正初年, 而以天下之大, 僅得印出五本, 二本藏內府, 二本分賜親王, 一本賜駙馬, 此其本也. 此書欲售, 價已有年所向, 未見斥以價高也. 首譯之得總目來也, 問其價, 答曰, 二千五百兩, 非爾國人物, 所可辨得者云."

9 李裕元, 『국역임하필기』 제31권, 「旬一編」, 한국고전번역원, 고전번역종합 DB 고전번역서 『임하필기』 참조.

10 金昌業, 『老稼齋燕行日記』 1713년 정월 초 4일(壬午), 한국고전번역원, 고전번역종합 DB, 고전번역서 『노가재연행일기』 참조.

모두 담당했으며, 그 가운데 이윤을 남기는 일이 많다고 한다. 서반은 전부 절강(浙江)사람들로 다들 경박하고 사람을 잘 속여서 북방 사람에 크게 미치지 못한다. 김문수(金文秀)가 윤도(輪圖) 하나를 가지고 왔는데, 자못 정밀하고 좋아서 이를 샀다.[11]

인용문 내용이 들쑥날쑥하고 다소 길지만 논지를 위해 길게 인용하였다. 네 경우 모두 역관이 서적 매입에 간여한 상황의 포착이다. ①은 이의봉(李義鳳, 1733~1801)이 지은 『북원록(北轅錄)』의 일부다. 이의봉은 1760년 서장관이던 부친 이휘중(李徽中, 1715~1786)의 자제 군관 자격으로 연행을 다녀왔다. 위에서 그는 수역이 구해온 『흠정고금도서집성』 총목 10책과 목록 30질을 읽고 난 뒤의 그 규모와 내용의 상세함에 감탄하고 있다.

『흠정고금도서집성』은 옹정제 3년인 1725년에 완성하고 1726년에 어제서문(御製序文)을 짓고, 이어서 1728년에 동활자(銅活字)로 64부를 인쇄하였다고 한다.[12] 그런데 이의봉은 처음 옹정제가 5부를 인쇄하고, 그중

---

11 李器之, 『一庵燕記』, 『연행록선집보유』 上, 대동문화연구원, 2008. 1720년 9월 25일, "序班二三人, 皆持書肆帳籍而來. 余書當買者, 諸序班競來, 各言買渠冊, 余酬應甚苦, 吾但觀頭本之如何, 當定買不買, 而買賣則崔譯當爲之, 往其處請買賣云云. 盖書冊買賣, 序班例皆爲之, 而中多餘剩云. 序班盡是浙人, 皆輕佻詐薄, 大不及北方人. 金文秀持一輪圖而來, 頗精好, 買之."

12 내용과 간행 경위 등은 중국 고궁박물원(古宮博物院) 사이트 참조. 이의봉은 『고금도서집성』을 총 권수 1만 권, 5천 책이라 했지만, 정확하게는 1만 권, 5022책에 목록 40권이다. 이 책은 이후 2번 더 인쇄를 하는데, 2차인본은 '연자본(鉛字本)' 혹은 '편자본(扁字本)'이라 한다. 광서14(1884)에 시작하여 1888년에 끝마쳤다. 그리고 삼차인본은 '동문판(同文版)' 혹은 '광서판(光绪版)'이라 하는데, 광서16년(1890)에 시작하여 1894년에 마친다. 이 『고금도서집성』은 먼저 여섯 개의 휘편(彙篇)으로 나뉘어져 있다. 천체운동의 관측을 기록한 '역상휘편(曆象彙篇)', 천원지방(天圓地方)과 땅이 만물을 싣고 있다는 기록인 '방여휘편(方輿彙篇)', 예교 규범에서 규정 사람 간의 관계를 기록 '명륜휘편(明倫彙篇)', 각종 기예·방술·종교·동물·식물 등의 기록인 '박물휘편(博物彙篇)', 학술·사상 등의 '이학휘편(理學彙篇)', 경세제민·경제기초·건축 등의 기록인 '경제휘편(經濟彙篇)' 등이다. 이 휘편을 다시 32전(典)과 6,109부(部)로 세분하

부마에게 하사한 진본을 본 것이라 기록하고 있다. 이는 이 서적을 구해온 수역이 잘못 전달한 것이거나, 처음 이 책을 빌려준 인물이 수역에게 잘못 전해주었을 가능성이 있다.

흥미로운 사실은 이의봉의 『흠정고금도서집성』의 내용을 언급하면서 이지조(李之藻, 1571~1630)가 편집한 『천학초함』과 청나라 매곡성(梅穀成, 1681~1763)이 주편(主編)한 『수리정온』을 미리 인지하고, 이 저술이 『흠정고금도서집성』에 속해 있다고 언급한 사실이다. 이의봉이 이러한 서양 서적을 미리 인지한 것도 특이하지만, 이 외에도 고금의 성씨를 운(韻)으로 나누어 기술한 『만성통보』, 「천하여지전도(天下輿地全圖)」를 수록한 『광여기』 등의 존재를 인지한 것도 놀랍다.

이의봉의 폭넓은 서적 관련 지식·정보와 함께 학예 지식을 보여주는 것은 『흠정고금도서집성』인데, 이를 빌려 온 주체가 바로 수역이라는 사실이다.[13] 당시 옹정제가 부마에게 하사한 진본을 빌려와 보여준 사실은 특별하다. 이는 역관이 최신 서적 관련 지식·정보의 충실한 전달자의 전형적 모습이기도 하다. 이 점을 주목할 필요가 있다.

②는 조두순이 강희제의 명으로 편찬한 구경의 인쇄본을 구하기 위해 이상적에게 부탁하는 모습이다. 이상적은 역관으로 다수의 연행 경험을 토대로 구축한 자신의 인적 네트워크를 활용하고 있다. 그는 서사(書肆)와 조사의 집까지 수소문한 끝에 조두순이 구하고자 한 서적을 확인하기에 이른다. 하지만 완질이 아닌 데다 가격마저 너무 비싸 결국 구입

였다. 각 부의 근거 내용에는 휘고(彙考)·총론(總論)·도표(圖表)·열전(列傳)·예문(藝文)·선구(選句)·기사(紀事)·잡록(雜錄) 등으로 구분하고 있다.

13 이의봉의 『북원록』을 보면 한학상통사인 이양(李瀁)과 청학상통사 방태운(方泰運)이 나오는데, 이양이 청조 황실의 어보(御寶)를 견문하고 이의봉에게 이야기해주는 등 자신의 견문 지식을 거론하는 것으로 보아 『고금도서집성』을 빌려온 수역은 이양으로 보인다.

하지 않았음을 밝힌다. 하지만 이를 간절히 원하던 조두순은 못내 아쉬워 했다. 중국의 서적 유통 상황과 서적의 상태를 잘 알던 이상적은 낙질(落帙)의 서적을 고가로 매입할 수 없었다고 언급하며 조두순의 아쉬움을 달랬다.

조두순은 자신이 구하고자 한 서적을 이상적에게 부탁하고, 부탁받은 이상적은 자신의 인적 네트워크를 활용해 서적을 탐문하여 찾아낸 것 자체가 지식·정보의 충실한 전달자의 모습이다. 이상적은 당시 유통되는 중국 서적 가격마저 충분히 판단할 만큼 중국 서적의 유통 상황과 그 흐름을 꿰뚫고 있었다. 그는 중국 서적 관련 안목을 지녔던 전문가기에 부사의 요청에 호응한 것임은 물론이다.

③은 노가재 김창업이 서적을 사기 위해 역관에게 부탁하고, 역관이 가져온 서적을 선별해 사는 모습이다. 김창업은 자신이 살 만한 책을 역관에게 구해오도록 하고, 그중에서 선별하여 서적을 사고 있다. 모든 역관이 사대부 지식인의 요구에 응할 수 있는 것은 아니다. 서적 내용과 서적 관련 지식·정보를 어느 정도 파악해야 부탁받은 서적의 구매도 가능하고, 청탁자의 기대에도 부응할 수 있다. 모든 역관이 이러한 능력을 다 갖추고 있는 것은 아니다.

④는 역관에게 서적 구입을 일임하는 장면이다. 서반은 청조의 하급 관리로 주로 물품과 서적 매매를 주관하던 인물이다. 이들은 역관을 상대하며 서적 매매의 중개 역할을 하고 거기서 이익을 취했다. 연행에 참여한 사대부 지식인은 서반이 제공한 서적의 목록을 보고 구입하는 경우가 많았다. 서반은 연행 사신의 서적 구입을 독점하여 폭리를 취하는 경우가 적지 않았다. 역관은 서반을 상대로 서적 구매를 중개하거나, 때로는 이들과 결탁해 이윤을 챙기기도 했다.[14]

14 서반과 역관의 서적 매매의 정황과 이들의 관계는 다음을 보면 잘 알 수 있다. "서반

역관이 유리창이나 행로에서 서적을 구입하는 경우도 있지만, 어디까지나 이는 사적인 구입이고, 공적인 구입은 서반을 통해 이루어졌다. 이기지(李器之)가 "서적의 매매는 곧 역관 최수명이 담당하는 것"이라고 발언한 것은 역관들의 주요한 임무의 하나가 서적 구입임을 알 수 있는 대목이다. 역관이 사행에 참여한 인사와 주변 친지의 부탁을 받고 서적 구입에 충실히 임하는 그 자체가 지식·정보의 전달자 모습이다.

이를테면 황윤석(1729~1791)이 『수리정온』와 『역상고성』을 역관에게 연행 시 구해줄 것을 요청하는 것도 같은 맥락으로 이해할 수 있다.[15] 『역상고성후편』의 정확한 유입 시기는 알 수 없지만, 중국에서의 간행과 동시에 국내에 들어온 것으로 보인다.[16]

여기서 주목할 점은 역관이 새로운 서적을 중개함으로써 중개한 서적이 지식·정보의 단순 전달을 넘어서기도 한다는 사실이다. 역관이 전달해준 서적은 해당 분야의 창신에 기여하기도 하고, 기존의 가치 체계를

은 곧 제독부(提督府)의 서리로 오래 있으면 간혹 승진되어 지현(知縣)이 되기도 한다. 우리나라 사람이 연중 사정을 알려고 하면 이 서반을 통해야 알 수가 있다. 이들은 번번이 위조문서를 만들어 많은 값을 받고서 역관들을 속이기도 한다. 그들의 집은 대개 남방에 있다. 서책은 모두 남쪽으로부터 여기로 가져와서 이들이 매매를 담당하게 된다. 마치 우리나라에서 말하는 거간과 같은데 역관들이 또 그 중간에 끼어 있다. 사신이 책을 사려고 하면 반드시 역관들을 시켜 서반에게 구하는데, 이들은 상호간에 이익을 취하기 때문에 몹시 교분이 깊다."(『庚子燕行雜識』 雜識, 下. 한국고전번역원, 고전번역종합 DB, 고전번역서 『연행록선집』)

15 黃胤錫, 『頤齋遺藁』 卷8, 「與李察訪心海書」 丙戌, "其中康熙年間所撰, 數理精蘊·曆象考成二書者, 聞是冠絶古今久矣. 春間已以此書購得之意, 奉聞座下, 以致題記壁間, 採問雲觀, 盛意所存, 又欲使之覔諸燕市, 此所深感者也. 今幸座下在使价往來之路, 當冬至聘問之候, 似聞欲將撥出官橐, 付譯官購書以來. 其視世人汲汲求田者, 誠虫鵠相懸矣, 若遂不忘門屛之舊, 使得一覽二書之爲快. 如何如何."

16 정성희, 「조선 후기 서양 과학의 수용」, 『이재난고로 보는 조선 지식인의 생활사』, 한국학중앙연구원. 2007, 464면. 『역상고성』은 역관을 통해 국내에 유입된 것으로 보이는데, 이 책에 이어 『역상고성후편』도 곧 국내에 유입된다. 『역상고성후편』은 『역상고성』과 마찬가지로 역관이 구입해 국내에 유통시켰을 가능성이 매우 크다.

전환하는 계기를 만들어 주기도 한다. 이 점도 함께 주목할 필요가 있다.

소설 분야 역시 마찬가지다. 조선조 후기 다양한 중국 소설도 대부분 역관의 손을 거쳐 국내에 유통되었다. 『금병매(金瓶梅)』가 하나의 사례다. 『금병매』는 조선조 후기에 역관의 손을 거쳐 조선으로 들어온 뒤 수많은 독자와 만나게 된다. 1775년 영조 대에 신수(申綏)가 수역인 이심(李諶)에게 부탁하여 소장한 뒤 큰 파장을 몰고 온 바 있다.[17] 사실 사대부 문인들이 사행에 참여하는 역관에게 이러한 소설류 구입을 부탁하는 것은 흔한 일이었다. 『금병매』가 국내에 유통됨으로써 한문 소설의 창작과 방향에 영향을 준 것은 미루어 짐작할 수 있거니와, 역관의 서적 구입은 소설의 발전에도 적지 않게 기여한 셈이다.

그런가 하면 역관은 친지나 사대부 지식인으로부터 부탁받은 서적을 구하여 전달하는 역할도 충실히 이행한 바 있다. 역관이 전달하거나 구해준 서적들은 널리 알려진 것에서부터 새롭게 간행된 것에 이르기까지 매우 다양했다. 역관이 서적을 구매하여 국내에 전해준 것 자체는 지식·정보를 단순하게 전달하는 것 이상의 의미를 가지지는 않는다. 하지만 역관들은 의식하지 못했을지라도, 그들이 건네 준 일부 서적은 지식·정보의 전달을 넘어 때로 새로운 지식·정보의 생성과 유통에까지 영향을 미쳤다.

(2) 지식·정보의 중개자

역관들은 새로운 서적을 통해 지식·정보를 획득하거나, 외국에서 직접 보고 들은 새로운 견문 지식을 체득하여 이를 서울 학예장의 사대부 지

17 李圭景, 『五洲衍文長箋散稿』, 「小說辨證說」, "譯人金慶門入燕, 有人潛道之如此, 其書絶貴. 我英廟乙未, 永城副尉申綏, 【平山人, 相晩子】使首譯李諶, 始貿來一冊, 直銀一兩, 凡二十冊, 版刻精巧."

식인과 주변 인사들에게 중개하는 경우가 많다. 이들은 자신이 직접 체험한 내용과 보고들은 견문 지식·정보를 국내에 유통함으로써 새로운 지식·정보의 확산에 기여한 바 있다. 그런 점에서 역관들은 지식·정보의 중개자 역할을 하는 셈이다.

몇 가지 사례를 보자.

① 동어(桐漁) 이공(李公)은 평일에 손에서 놓지 않고 항상 보는 책이 곧 패설이었는데, 어느 종류인지를 따지지 않고 신본(新本)을 즐겨 보았다. 그 당시 역원(譯院)의 도제조를 겸대(兼帶)하고 있었는데, 연경에 가는 상역들이 앞다투어 서로 사다가 그에게 바쳐 수천 권이나 쌓였다.[18]

② 수역관 이언용(李彦容)이 『어제전운시(御製全韻詩)』 4책을 구하였다. 이는 곧 지금의 황제가 그 선조의 어려웠던 창업(創業)을 서술한 것으로 동(東)·동(冬) 이하의 운(韻)을 차례로 달아 고시(古詩)를 모방하여 짓고 각각 제목을 달았으며 또 주해(註解)가 있는데 우리나라의 『용비어천가(龍飛御天歌)』와 흡사하고 신이한 사적이 많다. 또 강홍립(姜弘立)의 투항한 일을 기록하면서 강공열(姜功烈)이라고 잘못 기록하였으며, 또 나덕헌(羅德憲)·이곽(李廓)의 일을 기록하기를, "조선이 청을 섬기자 나씨·이씨가 복종하지 않았다" 하였다. 이 두 사람은 대개 무인으로 기미년 이후에 우리나라에서 청나라로 보낸 사신이다. 후금이 우리나라에 보내는 국서에 황제라 칭하였으므로, 두 사람은 그 글을 길에 버리고 돌아왔다. 우리나라의 사대부들은 이러한 대절을 지닌 두 사람을 알지 못하니 한탄스러울 뿐이다.[19]

③ 역관 오상채(吳尙采)가 영고탑(寧古塔)에 대한 주문(奏文) 한 통을 들

18 이유원, 『국역임하필기』 제27권 「春明逸史」, '稗說을 즐겨 본 일.'

19 이덕무, 『국역청장관전서』 제67권 「入燕記 下」, "정조 2년 6월 12일", 한국고전번역원, 고전번역종합 DB, 고전번역서 『국역청장관전서』 참조.

고 와서 보여주었다. 곧 작년 부도통(副都統)이 육진(六鎭)으로 나왔을 때 경개(梗概)를 적은 것이다. 육진 성지(城池)의 크기, 영고탑과 거리 등을 대략 논하였는데 필경 근거가 없는 말이었다.[20]

④ 역관 오지항(吳志恒)이 책 1권을 얻어 왔는데, 이름은 『대흥현지(大興縣志)』였다. 대개 북경성 안에 2현이 있는데, 동쪽은 대흥, 서쪽은 완평(宛平)이다. 북경성 동쪽 안팎에 있는 궁궐, 사단(祠壇), 촌방(村坊), 산천, 인물, 풍속이 모두 기재되어 있고, 그 지방에서 생산되는 화과(花果), 금수들도 모두 적혀 있었다. 이 책을 얻으니 더욱 바깥으로 나가고 싶은 마음이 생겼다. 드디어 백씨 김창집(金昌集)과 함께 정해진 수 외의 방물(方物) 중에 호조에 환납할 것을 제외한 것으로 이 책을 바꾸어 옥당(玉堂)에 보내기로 의논하였다.[21]

①은 동어 이상황(李相璜, 1763~1841)이 사역원 제조로 있을 때, 역관이 중국의 소설류를 국내로 가져온 모습을 포착한 내용이다. 연행을 다녀온 역관이 소설 취향이 있는 사역원 제조를 위하여 중국 패설류를 산더미처럼 사 가지고 왔다는 것이 흥미롭다. 이상황은 소설 문체를 좋아하여 김조순과 함께 정조의 문체반정의 대상으로 거론되었던 바로 그 인물이다.

이상황과 김조순은 1787년 예문관에서 숙직하면서 당송의 각종 소설과 『평산냉연(平山冷燕)』 등 청나라 소설을 보다가 정조로부터 심한 질책을 받은 바 있었다. 이에 정조는 두 사람에게 반성문을 요구했고, 이상황은 '힐패(詰稗)'란 연작시를 써서 명말청초 문인들과 소품문과 소설 등을

20 姜銑, 『燕行錄』, "譯官吳尙宩, 持寧古塔奏文一道來示, 卽昨年副都統出來六鎭時梗概也. 略論六鎭城池大小, 及去寧古塔道里遠近, 而畢竟無歸宿之語."

21 金昌業, 『노가재연행일기』 1713년 정월 초 6일(甲申), 한국고전번역원, 고전번역종합DB, 고전번역서 『노가재연행일기』 참조.

비판하는 논지로 반성문을 지어 바쳤다.

역관이 사역원 제조의 취향을 알고 비밀리에 소설류를 갖다 바친 것은 상관의 취향을 고려한 일종의 인정(人情)이겠는데, 역관이 상납한 인정은 이상황의 소설취향을 노린 셈이다. 상관을 위한 인정은 제조(提調)의 취향에 영합한 것이지만, 이는 당대 사대부 지식인의 독서 취향을 반영하는 것이기도 하다. 역관은 사대부 지식인의 당대 독서 취향을 알고 있었던 데다, 마침 제조의 취향도 거기에 부합하였기에 패설류를 구해와 국내에 유통한 것이다. 결과적으로 역관의 패설류 상납은 새로운 서적의 유통이라는 점에서 당대 사대부 지식인의 독서와 문학에 일정한 영향을 주었을 법하다. 이 점에서 역관의 행동은 문예 지식의 전달자 역할을 넘어 문인들의 새로운 문학 형성과 발전에 기여한 셈이다.

②는 수역 이언용이 청조의 건국 과정을 시로 엮은 『어제전운시』 4책을 구해 읽는 장면이다. 이언용은 누구도 주목하지 않은 서적을 구해 읽고, 연행에 참여한 사대부 지식인에게 이를 적극적으로 소개하고 알리고 있다. 귀국 후 서장관 심염조(沈念祖)가 이 서적을 임금에게 보고하고, 뒤이어 연행한 동지사(冬至使)가 이 책을 구입해오게 된다.

조선조 입장에서 청조 건국 과정의 파악은 중요한 정보이며, 이를 담은 서적의 구입은 필요한 일이다. 단순한 지식·정보가 아니라 국가적 관심사가 담긴 서적을 발굴한 안목과 그것을 독서한 이후 이를 삼사에게 알려 정부 차원에서 구한 일련의 과정도 흥미롭다. 이는 역관의 적극적 노력으로 이국의 공간에서 새로운 지식·정보를 담은 서적의 발굴과 국내 유통이 있어 가능했다. 여기서 새로운 지식·정보의 적극적 중개자의 모습을 발견할 수 있다.

③은 강선(姜銑, 1645~?)의 『연행록』 중 일부다. 강선은 1699년 사은사 겸동지사의 부사로 참여한다. 북경 숙소에 머물렀을 때 역관 오상채가 청의 영고탑을 관리하는 부도통이 황제에게 올리는 주문을 구해 와서

부사인 강선에게 보여주게 된다. 이 영고탑은 청의 발상지인 데다 조선의 육진과 가까운 곳이다. 주문은 이 지역의 성과 해자의 규모, 육진과 영고탑의 거리 등 중요한 군사 정보를 담고 있는 문서였다. 그것의 진위나 군사적 가치 여부와 관계없이 역관이 청의 중요한 군사 정보를 구해온 그 의식과 행동을 주목할 필요가 있다. 역관의 행동은 그야말로 새로운 지식·정보의 중개자로서 역할을 한 것이다.

④는 역관 오지항이 『대흥현지』를 구해와 연행에 참여한 인사에게 환대받는 장면이다. 역관이 북경 관련 지리지를 직접 구한 뒤, 북경성 관련 다양한 지식·정보를 파악하여 연행에 참여한 주위 인사에게 알리는 것 역시, 지식·정보의 적극적인 중개자의 면모다. 북경성 관련 내부 지식·정보를 기록한 『대흥현지』의 구입은 연행에 필요한 일이다. 연행에 참여한 인사는 물론 향후 연행에 참여 예정인 인사에게까지 그간 몰랐던 북경의 지식·정보를 손쉽게 제공한다는 점에서 그러하다.

김창집과 김창업이 북경성의 지식·정보를 담고 있는 『대흥현지』를 홍문관에 바칠 것인가 검토한 자체가, 새로운 지식·정보를 담고 있는 이 지리지의 가치를 인식한 결과다. 더욱이 청조의 수도 내부를 파악할 수 있는 지리지는 단지 연행의 가이드북을 넘어서는 의미가 있다. 청조 수도의 내부를 상세하게 파악할 수 있다는 점에서 국가 차원의 중요한 지리지였다. 이처럼 역관이 중개한 서적은 새로운 지식·정보의 생성과 창출에 기여하고, 더러 새로운 문예와 학술의 추동을 위한 기능도 했다. 이 점에서 역관은 지식·정보를 중개하는 역할을 충실히 한 셈이다.

그런데 여기서 주목할 점은 서적을 국내로 들여오는 데 역할을 하는 것도 역관이지만, 국내 서적을 국외로 반출하는 역할을 한 존재 역시 역관이라는 사실이다. 이는 통신사행에서의 역관에서 볼 수 있다. 역관들은 주로 일본을 상대로 국내 서적을 반출하는데, 대부분 국내에서 수집한 것을 밀무역하는 형태였다. 그 사례를 보자.

> 신유년에 통신사가 일본에서 돌아와서 말하기를 왜인 중에 목정간(木楨榦)이라는 사람이 있는데, 능히 배우기를 좋아하고 책을 읽어서 거상(居喪)에 가례(家禮)를 사용하니 인근 사람들이 감화를 입었다. 또한 고금의 인물을 평하는데 우리나라의 퇴계선생을 으뜸으로 친다고 말하였다. 대체로 상역들로부터 문집을 구해 본 듯한데, 외이(外夷) 중에서도 간혹 이와 같은 사람이 있으니 기특하다.[22]

이이명(李頤命)이 통신사에 참여한 인사들로부터 전해 들은 일본 학자 기노시타 준안의 이야기를 기록한 것이다. 초점은 목정간이 구해 읽은 조선조 학자들의 문집과 같은 서적을 언급한 데 있다. 목정간이 조선조 학자들을 평할 수 있는 것은 그들의 저술을 읽었기 때문일 터, 이들 국내 저술은 대부분 상역의 손에서 나왔다고 했다. 상역은 동래 왜관이나 통신사행에 참여하며 가져 간 서적을 밀매하는 경우가 많았다. 이러한 경로를 거친 서적이 일본 학자 목정간의 손에 들어간 것이다.

역관이 서적을 유출하고 밀무역으로 국내 서적을 국외로 반출한 것은 문제지만, 에도 막부에 지식·정보를 전달함으로써 두 나라 간의 학술과 문예의 소통과 교류를 제공한 점은 긍정적 측면도 없지 않다. 어쨌거나 서적을 둘러싸고 일어난 다양한 양상에 역관이 중요한 역할을 한 것은 부인할 수 없는 사실이다. 이 점에서 당대의 지식·정보와 관련해 중개자로서 역관의 역할은 의미가 있다.

22 李頤命, 『疎齋集』 卷12, 「雜著」 '漫錄' "辛酉, 通信使自日本還, 言倭人有木楨榦者, 能好學讀書, 居喪用家禮, 隣近或化之. 評論古今人物, 我國則以退溪先生爲首云. 盖似購見文集於商譯輩矣, 外夷中或有如此之人, 可奇."

부산포 동래 초량왜관 전경 (국립중앙박물관 소장)

(3) 지식·정보의 생성자

역관은 새로운 지식·정보를 체득한 것을 토대로 자신이 생성한 지식·정보를 유통함으로써 지식·정보를 생성하는 주체로 주목받기도 한다. 이 경우, 역관들은 지식·정보의 생성자 역할을 한다. 우선 어떻게 역관이 지식·정보를 생성하는지 그 과정을 살펴보자.

> 연행과 통신사행의 견문록은 사신의 별단(別單), 서장관의 문견사건, 재자관(齎咨官)의 수본(手本)을 합하여 한데 묶은 것이다. 그 들은 것은 거리에 떠도는 말이거나 상역이 뇌물을 써서 얻어들은 것으로 허구도 있고 사실도 있으며, 거짓도 있고 진실한 것도 있다. 그러나 그 중에 혹 채집할 만한 것이 있으면 모두 초록하였다. 또 『통문관지(通文館志)』와 『동문휘고(同文彙考)』에는 실려 있지 않은 사실들이 견문록에만 실려 있는 경우에는 견문록에 의거하여 문서를 작성하였으나, 견문록의 기록이 십분 믿을 만하다고 여겨 그렇게 한 것은 아니다.[23]

사행의 중요한 임무 중 하나가 이국에서 견문한 다양한 정보와 자국 관련 내용을 수집하고 이를 정리해 조정에 보고하는 것이다. 이러한 임무를 담당하는 것 역시 역관이다. 사행단이 국왕에게 올리는 사신의 별단[24], 서장관의 문견사건, 재자관의 보고 문서인 수본 등의 내용은 모두 역관의 손에서 나온다. 다산(茶山)은 역관이 수집한 내용에 진위를 가려 그중 기록할 만한 것을 담는다고 하면서, 역관이 수집한 견문 정보를 다소 부정적 시선으로 보고 있다. 문제는 그 내용의 진위가 아니라, 역관이

23 丁若鏞, 『茶山詩文集』 卷15, 「發凡」, "燕槎聞見錄, 卽使臣別單及書狀官聞見事件, 賫咨官手本之合爲一編者也. 其所聞, 或得於閭巷傳流之說, 或得於象譯行賂之地. 有虛有實, 有詐有誠. 然其中或有可採者, 皆抄錄之. 又或館志彙考, 竝無信文, 而事實惟載於聞見錄者, 不得不據此立文, 非十分徵信而然也."

24 사행에서 국왕에게 보고하는 정식 문서에 딸린 첨부 문서를 말한다.

이국에서 다양한 견문 정보의 수집 역할과 임무를 맡았다는 사실이다. 이 역할은 사행단의 누구도 대신할 수 없는 부분이다.

역관은 현지 언어를 이해하기 때문에 견문 지식과 체험 정도가 그렇지 않은 인물과 상당히 차이가 난다. 사행 과정에서 역관이 체험하고 견문한 지식은 있는 그대로 진술한 사례도 있지만, 자신의 사유와 지적 역량을 토대로 가공하여 이를 발산하기도 한다. 이때 역관은 지식·정보를 생성하는 바, 곧 지식·정보의 생성자 역할을 한다. 직접 체험하고 견문한 지식·정보의 수집과 가공을 통해 제공한다는 점에서 이국의 서적과 견문 체험한 것을 단순하게 전달하고 중개하는 것과는 다른 국면이다.

구체적인 몇 가지 사례를 보자.

> ① 안경은 서역(西域)의 만자가국(滿剌加國)에서 처음 나왔는데, 눈에 안경을 쓰는 것은 밝게 보기 위한 것이다. 진미공(陳眉公)이 이르기를, "모양이 대전(大錢)과 같은데, 옛날에는 단지 파려경(玻瓈鏡)만 있었다. 음은 모니(牟尼)이다"라고 하였으며, 『명사(明史)』에는 "영길리(英吉利) 일명 영규려(英圭黎)에서 나왔고 뒤에 수정경(水晶鏡)이 있게 되었다"라고 하였다. 순조 경오년(1810) 무렵에 역관이 학슬경(鶴膝鏡)을 사 왔고, 이 뒤로 세상에 널리 퍼지게 되었다.[25]

> ② 사행 오는 길에 취미(翠微) 어른이 동행한 사람들의 여러 작품을 거두어 모아서 몇 권을 만들고 사람마다 몇 수씩 선발하여 판각할 계획을 의논하였다. 취미 어른이 실로 그 선발을 주관하여 정선하려 하였는데, 번다한 것을 걷어내 불필요한 비용을 줄이기 위해서였다. 그런데 작품의 많고 적음과 남겨두거나 빼는 데 있어 여러 논의가 일치

25 李裕元, 『임하필기』 권25, 『春明逸史』, 「鶴膝眼鏡」, 한국고전번역원, 한국고전종합 DB 참조.

하지 않아서 마침내 각 15수를 선발하기로 결정하였다. ……중략…… 막 글자를 판각할 때 저들 가운데 면식이 있는 사람들이 다투어 보기를 청하였다. 비록 여러 부를 찍어도 두루 돌려보기 어렵다. 애당초 판각한 의도는 중국에 널리 알리려는 것이 아니고, 우리나라 사람에게 과시하기 위해서도 아니었다. 이번 사행의 여러 동반이 왕복하며 수창을 그치지 않고 처음부터 끝까지 즐거움이 변하지 않았음을 기록하여 훗날 조선으로 돌아가 때때로 바라보며 길이 친하게 지내자는 뜻이다.[26]

③ 담배는 남녀노소 안 피우는 사람이 없다. 그런데 담뱃잎을 꼭 잘게 썰어 말려 약간의 습기도 없기 때문에 눈 깜짝할 사이에 다 타 버리고 만다. 그렇지만 다시 거듭 피우지 않고 한 대에 그쳐 버리기 때문에, 진종일 피워 봐야 네댓 대밖에 되지 않는다. 담뱃갑을 연포(煙包)라고 하는데 모양은 우리나라의 수저 주머니와 같다. 재료는 가죽인데 혹 무슨 그림을 그려 놓기도 하고 또는 글자를 새기기도 한다. 세상에 전하기를 이 담배는 남방 지방에서 온 것이기 때문에 이름을 남초(南草)라 한다고 한다. 인조 때 처음으로 우리나라에 들어왔는데, 그때 값이 한 줌에 100문(文)이나 했다. 중국 사람들은 이것을 더욱 좋아한다. 그것은 평소 돼지고기, 양고기를 먹는 체질에 이것이 알맞기 때문이다. 그 후에 한 역관이 이 씨를 몰래 훔쳐다가 들어가 팔았더니 지금은 온 중국에 퍼져 있다 한다.[27]

---

26 任百淵, 『鏡浯行卷』 坤, 1837년, 「一月十七日 乙未」, "在途時, 翠微丈收聚同行諸作, 合爲數卷, 議選各人幾首, 以爲鋟梓之計. 翠微丈, 實主其選, 必欲精簡者, 爲其汰繁蕪也, 省冗費也, 而其於多寡存拔之際, 羣議不一, 末乃定以各選十五首, 作者凡八人. ……중략…… 方其開雕時, 彼中知面者, 爭相求見, 雖屢本未易遍也. 其初意刊板, 非欲廣布大邦也, 亦非爲誇示東人也, 以識今行諸伴, 往還不廢酬唱, 終始不渝歡悞, 他日東歸, 時時相看, 永以爲好之意."

27 金景善, 『燕轅直指』 卷6, 「留館別錄」, 한국고전번역원, 고전번역종합 DB, 고전번역서, '飮食' 참조.

④ 들으니, 언젠가 어느 통역관이 그들(러시아: 필자 주)이 사는 데를 가보니, 한 기구가 있는데 동그랗고 위는 평행하며 거기에 수십 개의 동그라미를 찍어놓았는데, 모두 분도(分度)가 있고 가운데서 소리가 쟁쟁(錚錚)하게 났다. 그것이 무엇에 사용되는 것인지 알지 못하지만, 아마도 후종(候鐘)의 종류인 것 같다고 한다. 그들의 습속과 인성이 이처럼 어리석고 무지하면서도 오히려 이렇게 기이한 기계가 있음은 또한 이상한 일이라 하겠다.[28]

⑤ 역관 황하성(黃夏成)이 의서(醫書)인 『적수현주(赤水玄珠)』 1질 51책을 사사롭게 사서 내의원에 바쳤는데, 내의원에서 일을 계문(啓聞)하니, 사역원(司譯院)으로 하여금 원하는 대로 시상하게 하였다.[29]

①~⑤는 모두 사대부 지식인의 서재에서 생성된 책상머리 지식·정보와는 결을 달리한다. 모두 체험과 견문 지식을 통해 현실과 접속하여 획득하고 가공한 새로운 지식·정보다.

우선 ①에서는 외국에서 건너온 안경의 전래를 비롯하여 파려경과 학슬경의 유입을 언급하고 있다. 먼저 이유원(李裕元, 1814~1888)은 명대의 학자 진계유(陳繼儒)의 언급을 제시하며, 유리거울인 파려경을 소개한다. 이어서 수정으로 만든 안경과 안경다리를 접을 수 있는 학슬경의 도입, 이후의 보급 상황을 거론하고 있다. 말미에 역관이 1810년 국내로 학슬경을 가져온 이후 널리 확산한 학슬경을 특별히 주목하고 있다.

위에서 안경의 전래와 보급 상황을 언급하는데, 안경은 18세기 후반

28 洪大容, 『담헌서』 외집 권7, 「燕記」, '藩夷殊俗', "聞譯言, 嘗見其居, 有一器正圓而上平, 上打數十圈子, 皆有分度, 中有聲錚錚, 不知其何用也., 似是候鍾之類. 其俗性之愚蠢如彼, 而尙有此奇器, 亦可異也." 한국고전번역원, 한국고전종합DB 고전번역서 『담헌서』 참조.

29 『경종실록』 경종 2년 임인년 (1722, 강희 61) 10월 11일 계해. 한국고전번역원, 한국고전종합DB, 조선왕조실록 참조.

에 오면 값비싼 수정 안경을 대체할 유리 안경의 보급이 이루어진다. 19세기 초에는 가격이 싸진 데다 접이식 안경까지 등장할 정도로 안경의 질이 높아지고, 그 활용도 더욱 많아지게 된다. 안경의 보급은 사대부 지식인을 비롯하여 독서인에게 독서 방법의 획기적 전환은 물론 오랜 기간 독서와 저술 작업을 가능하게 했다. 이 점에서 안경은 지식·정보의 확대에 결정적 역할을 하는 것이다. 더욱이 19세기에는 보관이 용이하고 쓰기에 편리한 접이식 안경인 학슬경으로 대체됨으로써 독서 방식과 일상에까지 큰 변화를 몰고 오기도 한다.[30]

이러한 학슬경의 도입에 역할을 한 인물은 역관이다. 역관이 학슬경을 국내에 들여와 널리 확산시킨 것은 단순한 것일 수 있지만, 다양한 분야의 변화를 고려하면 안경은 여러 계층의 일상을 바꾸는 계기를 만들어 준다는 점에서 사회적 의미가 적지 않다. 학슬경(鶴膝鏡)이라는 사물의 도입이 조선조 후기 일상의 변화를 견인하고 새로운 지식·정보를 생성한 역할을 한 셈이다.

②는 1836년 경오연행(庚午燕行)에 참여한 임백연(任百淵, 1802~1866)의 서술이다. 연행에 참여한 인물의 수창시를 선별하여 『상간편(相看編)』으로 간행하고, 간행 이유를 밝힌 부분이다. 『상간편』은 연행에 참여한 정사 신재식(申在植, 1770~1843)·부사 이노집(李魯集, 1773~?)·서장관 조계승(趙啓昇, 1794~?)을 비롯하여 이봉영(李鳳寧, 1793~1871)·최헌수(崔憲秀, 1793~?)·정환표(鄭煥杓, 1784~?)·임백연·이상적(1804~1865) 등의 시에서 15수씩을 가려서 만든 시집이다. 선별한 시는 모두 27제 120수다. 이 시집은 청조 시인 황작자(黃爵滋, 1793~1853)의 서문에 신재식의 발문, 그리고 한필교가 표제를 쓴 뒤 북경에서 목판본으로 간행하게 된다.[31] 이 시집에 시를 올

30 안경과 지식의 관계와 그 영향력은 이 책의 제2부 제2장 「안경이라는 이기와 지식·정보」 참조.

린 임백연은 서계(庶系)며 이상적은 역관이다. 사대부 지식인과 함께 연행 노정에 시를 수창하며 이들과 함께 이름을 올려 간행한 사실은 의외다. 여기서 사대부 지식인이 역관 이상적을 시반(詩伴)으로 인식하고 수창한 것은 문예의 창작 주체로 인정한 것임을 의미한다. 이는 서계인 임백연도 마찬가지다.

인용문 후반부에서는 『상간편』의 간행 이유를 밝히고 있는데, 오로지 연행에 함께한 인사와 친교를 위한 것이라 적고 있다. 임백연은 인용문 끝부분에서 "본의를 알지 못하고 억지로 헐뜯고 칭송하는 자들에게 무엇을 근심하고, 또한 무엇을 분별하리오?〔不知本意, 强生毁譽者, 何足恤也, 亦何足辨也?〕"라 하여, 당초 목적과 달리 간행 이후 벌어질 상황을 예견하고 복잡한 심정을 드러낸다. 사정을 모르는 인사들의 구설과 함께 사정을 아는 인사의 칭송이 엇갈릴 것이라 상상한 것이다. 이는 역관과 서계인 자신이 함께 시집에 들어간 것을 두고 예상되던 염려로 보인다. 어쨌거나 연행 과정에서 사대부 지식인과 시우로 수창하고 함께 시집을 낸 것은 문예 생성자의 전형적 면모다.

③은 담배의 중국 전래와 이후 상황의 기술이다. 여기서 김경선(金景善, 1788~1853)이 주목한 것은 담배의 중국 전래다. 비록 담배 재배법과 기술을 기록한 것은 아니지만, 일본을 통해 들어 온 남초〔담배〕가 한반도에서 중국으로까지 전파된 것은 주목할 만한 사건이다. 그런데 ③에서 역관이 남초의 씨앗을 중국에 내다 판 이후에 중국 전역으로 확산하는 과정을 언급한 것은 특별하다. 씨앗의 판매는 그 재배법도 함께 제공했을 가능성이 크기 때문이다.

여기서는 그 사실 여부는 논외로 하더라도, 역관이 담배씨를 중국에

31 任百淵, 『鏡浯行卷』 국역본에 있는 최식, 해제 참조. 내용은 한국고전번역원, 한국고전종합DB, 국역 『鏡浯行卷』 참조.

판 이후, 중국인의 기호를 일거에 바꾸고 있다는 점은 흥미롭다. 역관의 행위는 밀무역의 형태지만, 새로운 종자를 전달하여 이역의 풍습과 기호를 바꾸게 한 것은 누가 뭐래도 역관의 담배씨 제공에 있는 것이다. 이는 다른 차원에서의 새로운 물질 관련 지식·정보의 제공이자 새로운 문화의 생성과 확산이다.

④는 홍대용이 역관으로부터 전해 들은 러시아 관련 지식·정보다. 연행 당시 홍대용은 러시아와 같은 이역의 새로운 문화나 이역인의 존재는 전혀 몰랐다. 이러한 지식·정보는 러시아인과 생활 방식 등을 먼저 체험한 역관의 지식·정보에서 나왔다. 역관은 러시아인의 생활 방식을 익숙하게 체험하고, 자신의 견문 지식을 기억에서 소환하여 홍대용에게 전달하고, 홍대용은 역관이 전달해준 지식·정보에서 자신의 관심 사항을 다시 기억해 글로 적은 것이다. 홍대용은 역관이 전해준 지식·정보에서 시계〔候鍾〕의 일종인 이국의 물질 문화를 기억해내고 있다. 이는 홍대용이 이국 문물에 관심을 보인 결과일 터이다.

당시 이국 문물을 체험한 견문 지식을 가공·정리하여 홍대용에게 전해준 대표적 인물은 바로 역관 홍명복(洪命福)이다. 그는 홍대용이 남당을 방문하였을 때 유송령(劉松齡)과 포우관(鮑友官)과의 대화를 주선하였을 뿐만 아니라[32], 흠천감(欽天監)인 유송령, 포우관 등과 교유한 바 있는 인물이다. 심지어 홍명복은 홍대용의 서구 관련 문물의 질문에 막힘없이 응답할 정도로 서구 문물의 지식·정보도 남달랐다.

그런가 하면 홍명복은 1765년 홍대용과 함께 연행한 것을 비롯하여, 1778년에는 심염조·이덕무·박제가, 1780년에는 박지원, 1785년에는 박명원(朴明源), 1790년에는 서호수(徐浩修), 1792년에는 김정중(金正中) 등과

32 홍대용, 『담헌서』 외집 권7, 「연기」, 「유포문답」을 보면 홍명복의 주선으로 홍대용이 남천주당에 거처하던 유송령과 포우관이 만나는 장면이 구체적으로 서술되어 있다.

함께 연행한 바도 있다. 그 과정에서 그는 서구 관련 지식·정보를 소개할 만큼, 이문물(異文物) 관련 지식·정보는 물론 이국과 관련한 소식통 역할을 했다.

홍명복은 여러 기록에 보인다. 그는 여러 번의 천주당 방문, 유송령과 포우관과의 교유로 서구 이문화에 누구보다 소상하게 알았던 인물로 등장한다.[33] 그는 천주당의 건축 구조, 서양 악기와 자명종, 망원경과 관상대(觀象臺)의 의기(儀器), 세계지도 등 다양한 서구의 기술과 정보를 체득하고 이를 동행한 인사에게 제공하였다. 이처럼 홍명복은 서구 문물 체험과 견문 지식을 토대로 지식·정보를 가공·생성하고, 이러한 자신이 견문한 지식·정보를 연행 인사와 국내의 사대부 지식인에게도 유통했다. 이 점에서 홍명복은 지식·정보의 생성자인 셈이다.

역관의 천주당 방문과 서구 문물과의 접속은 앞서 연행한 역관 김순협(金舜協, 1693~1732)의 사례에서도 확인할 수 있다. 그는 단순히 천주당 방문을 통한 서구 문물의 접촉과 견문을 넘어 천주교의 핵심 내용을 기록으로 남긴다. 김순협은 1729년에 정사인 여천군(驪天君) 이증(李增)의 수행원 자격으로 참여했다. 특히 연행 과정에서 그는 남당과 동당을 두루 방문한 뒤, 남당의 모습을 상당히 자세하게 묘사한다. 남당을 방문한 뒤 적은 글에서 "예수의 다른 이름은 주님〔Deus〕이다. 이는 천지 만물을 창조하여 처음과 끝이 없을 때를 말한다. 한(漢)나라 애제(哀帝) 원수(元壽) 2년 경신년(BC 1년)에 여덕아국(如德亞國)〔유대국〕의 동정녀(童貞女)인 마리아(瑪利亞)의 몸에서 태어나 예수라고 일컬어지며 33년을 살다가 죽었다. 죽은 지 3일 만에 부활하고, 부활한 지 3일 만에 승천하였다. 그가 죽은 것은 사람

33 조선조 후기 천주당 방문에서 천주교와 신부를 만나 교류하고 다양한 서구 문물과 접촉한 상황은 신익철, 「18세기 연행사와 서양 선교사의 만남」, 『한국한문학연구』 51, 2013, 445~484면.

임을 밝힌 것이고, 부활하여 승천한 것은 하늘의 뜻임을 밝힌 것이다. 주님이 태어나거나 승천한 날과 그 시각에 7일간 제사 지내는 것은 『천학실의(天學實義)』 같은 책에 실려 세상에 전해지고 있다"[34]라고 하여 예수의 이름과 탄생 과정, 죽음과 부활, 그리고 승천과 제사 등 예수의 삶을 비교적 사실대로 기술하며 천주교의 교리도 함께 소개한다. 짧은 기술이기는 하지만 이국 종교인 천주교 관련 지식·정보의 핵심 내용을 정리해 두고 있다. 이는 그야말로 서구 문물의 핵심인 천주교와 구체적인 내용을 제시한 점에서 새로운 지식·정보의 생성자로서 모습이 선명하다.

⑤의 내용은 역관 황하성이 51책이나 되는 거질의 『적수현주』[35]를 개인적으로 구입한 뒤, 이를 내의원에 바친 사실을 제시한 것이다. 역관 신분으로 거금을 들여 의서를 구입해 내의원에 바친 것도 그렇지만, 구입한 의서가 기왕에 없던 것임을 알아보는 안목 또한 예사롭지 않다. 국내에 없는 새로운 의서를 국내에 소개한 것을 새로운 의학 지식·정보의 생성이다. 스스로 전문 의서를 직접 구해 국내에 유통함으로써 기존 의학 지식·정보의 발전에 도움을 준 것으로 보인다. 이 점에서 황하성의 『적수현주』 구입과 국내 유통은 특별한 의미를 지닌다.

(4) 지식·정보의 발신자

역관은 스스로 지식·정보의 발신자가 되기도 한다. 역관은 이국에서 견

34 金舜協, 『燕行日錄』 1729년 11월 26일조. "耶蘇之一名曰陡斯, 斯造天地萬物, 無終始形際之言. 漢哀帝二年庚申, 誕自如亞國童女瑪利亞, 而以耶蘇稱. 居世三十三年死. 死三日生, 生三日昇去, 其死者明人也, 復生而昇者明天也. 祭陡斯以七日, 及降生昇天等日刻, 有 『天學實義』等書行于世."(『연행록전집』 권38, 426~427면.)

35 『적수현주』는 1584년에 명나라 손일규(孫一奎)가 편찬한 것으로 한(寒)·열(熱)·허(虛)·실(實)·표(表)·리(裏)·기(氣)·혈(血)로 나누어 설명한 것으로 의학사에서도 중요한 저서이다.

문한 지식·정보와 체험 등을 서울 학계에 끊임없이 제공하는 역할을 넘어, 서울과 연경의 학예계를 향해 새로운 지식을 발신하는 역할도 한다. 이언진의 사례를 통해 확인할 수 있다.[36] 그는 18세기의 이단아로 계미 통신사행에 참여한 바 있다. 사행 과정에서 그는 에도 막부 문사들과 필담을 통해 자신의 문학적 역량을 마음껏 발휘하기도 한다. 이언진은 "이 세계는 하나의 거대한 감옥/ 빠져나올 어떤 방법도 없네〔此世界大牢獄, 沒寸木可梯身〕"[37]라 하여, 자신의 현재 처지를 읊조린다. 그런가 하면 스스로 지식·정보의 발신자 내지 생산자로 자임하고, 자신의 역량을 마음껏 발휘한다. 그는 사행 도중에 에도 막부 문사와 필담을 하게 되는데, 그 과정에서 왕세정을 비롯하여 중국의 서적을 장악한 자신의 문재를 에도 막부 문사에게 표출한다. 필담에서 보여준 이언진의 발언은 지식·정보의 발신자적 면모를 유감없이 보여주기도 한다.[38]

일찍이 박지원이 「우상전(虞裳傳)」에서 "우상(이언진의 字: 필자 주)의 시들은 후세에 전할 만하고, 통신사행 당시 머물렀던 곳을 다시 들렀더니 그새 우상의 시가 모두 책으로 인출되었다"라고 했을 정도로 그는 이국에서 시적 재능의 발산은 물론, 현지에서는 시집이 간행될 만큼 시적 재능

---

36 이언진의 『호동거실』의 분석과 그 지향을 밝힌 것으로는 박희병, 『저항과 아만』, 2009 돌베개, 12~42면. 박희병 교수에 의하면, 『호동거실』은 주자학 너머의 세계를 전망하고, 인간의 평등성이 인정되며, 조선이라는 국가를 그 근저에서 허물며 그 너머의 세계를 전망한 인물로 평가하고 있다.

37 이언진의 『호동거실』 169수.

38 정민, 「『東槎餘談』에 실린 이언진의 필담 자료와 그 의미」, 『韓國漢文學研究』 32, 2003, 87~123면과 高橋博已, 「李彦瑱の横顔」, 『金城學院大學論集, 人文科學編』 제2권 2호, 2006 참조. 다카하시 히로미 교수에 따르면 계미사행 당시 일본에 남은 필담 자료 중 이언진과 관련 자료는 가메이 난메이의 『앙앙여향(泱泱餘響)』과 오쿠다 쇼사이〔奥田尚齋〕의 『양호여화(兩好餘話)』, 미야세 류몬〔宮瀨龍門〕의 『동사여담(東槎餘談)』과 미아이 쇼안〔今井松庵〕의 『송암필담(松庵筆談)』, 우치야마 리츠사이〔內山栗齋〕의 『율재탐승초(栗齋探勝草)』 부록과 미나미카와 킨케이〔南川金溪〕의 『금계잡화(金溪雜話)』 등 6종이라고 한다.

을 발신했다.

이언진은 에도 막부의 문사들과도 수차례 필담한 바 있다.[39] 이언진과 필담한 대표적 인물은 유의(儒醫)였던 가메이 난메이〔龜井南冥, 1743~1814〕이다. 그는 당시 약관의 나이였지만, 이후 별도의 학파를 이뤄 진서(鎭西)를 주름잡는 학자로 성장하기도 한다.[40] 이언진이 그와 필담하며 지식·정보의 발신자로서 관심을 표한 것은 서적이다. 필담 과정에서 가메이는 이언진의 만부서목록(萬部書目錄)의 질문에 나가사키〔長崎〕에서 『흠정고금도서전서』를 본 일을 언급한 바 있다. 『고금도서집성』의 조선조 유입은 1776년인데, 일본에는 나가사키와 에도 막부에 조선보다 먼저 유입되었다.[41]

여기서 주목할 점은 이언진이 필담 과정에서 삶의 지향을 밝힌 사실이다. 이언진은 자신이 지닌 세 가지 소원을 언급하며, '천하기서(天下奇書)', '천하가사(天下佳士)', '천하명산수(天下名山水)'라 언급하고 있다. 그가 에도 막부에서 가장 먼저 보고자 한 것은 일본의 가사(佳士)와 기서였다. 앞서 에도 막부 문사에게 서적 목록을 요청한 것도 자신의 이러한 지향을 보여주는 것이다.

이언진이 천하의 가사(佳士)를 만나고 천하의 기서를 보며, 천하의 산수를 본다는 것은 자신의 시선이 국내에 머물지 않고 있음을 의미한다. 신분에 따른 지식의 위계화로 인해 자신의 문예와 학술적 역량을 발휘하지 못하는 데다, 스스로 지식·정보의 주체가 되지 못하는 국내 상황을 인식한 발언일 터이다. 사실 조선조는 역관이 아무리 뛰어난 문예와 학

39 인용하는 자료와 번역은 정민, 「李彦瑱과 日本文士의 王世貞 關聯筆談」, 『동아시아문화연구소 국제학술회의 논문집: 1763년 계미 통신사행과 동아시아 문화 접촉』, 2010, 참조.

40 이노구치 아츠시 저, 심경호·한예원 역, 『日本漢文學史』, 소명출판, 2000, 394면.

41 『고금도서집성』의 조선과 일본 유입의 사정은 홍한주(洪翰周)의 『지수염필(智水拈筆)』 권1에 자세하게 나온다.

술 역량을 지녔더라도, 지식·정보의 발신자나 주체로 대우해주지 않았다. 사대부 지식인은 위계화한 지식의 체계 속에 이언진과 같은 역관이 지식·정보를 발화한 것조차 그 하위에 배치하고 적절하게 관리할 뿐이다. 오직 지식·정보의 발신자가 아니라, 기능인으로 역관을 인식하고 대우했다. 사대부 지식인은 시종 자신의 가치 체계와 기준에 따라 지식·정보를 취사선택하거나 이를 편집하여 위계화한 지식 체계의 틀 안에 역관과 같은 중간계층의 발화된 지식·정보를 가두었다. 이런 상황에서 이언진에게 조선 사회는 '하나의 거대한 감옥'일 수밖에 없다.

이와 달리 통신사행의 공간에서는 자신의 문예 역량을 마음껏 발산하는 문예의 발신자로 등장한다. 이언진은 에도 막부 문사와 함께 왕세정을 비롯하여 중국 문예장의 동향을 토론하면서 스스로 지식·정보의 주체가 되어 문예 역량을 표출하기도 했다. 이는 에도 막부 문사와 왕세정이나 이반룡(李攀龍)을 주제로 문예 논쟁을 하는 과정에서 잘 드러난다. 논쟁 과정에서 이언진은 자신의 문예 지식과 역량을 유감없이 발휘하고, 지식·정보의 발신자임을 명확히 한다.

김조순은 이러한 이언진의 능력을 누구보다 주목한 바 있다. 그는 이언진을 입전한 「본전(本傳)」에서 이를 선명하게 포착한 바도 있다. 일본 인사들이 5백 자루의 부채를 가져와 5언 율시를 요구하자, 이언진이 먹물 몇 되를 다 써서 부채를 모두 율시로 메운 일이며, 부채 500개를 가져와 다시 기억력을 시험하자 이언진이 막힘없이 적은 내용을 틀리지 않게 읊조렸다는 사실 등을 두루 기록하고 있다.[42] 이언진이 사행 일정을 마

42 金祖淳, 『松穆館燼餘稿』, 「本傳」(韓國文集叢刊 252, 490면), "一船中多能文士, 然神捷無有過彥瑱者. 日本人素狡, 每我使往, 輒羣至索翰墨, 或預搆詩文, 多至屢千百言, 卒出求和, 冀以困之. 我人亦不欲詘, 必揮灑副之, 然亦患其太迫. 及彥瑱至, 羣倭持五百箑, 索五言律. 彥瑱卽磨墨數升, 且吟且書, 俄頃而足. 羣倭環顧驚喜, 復持五百箑, 請曰: '已服公才思, 願試公記性.' 彥瑱又且念且書, 如錄己言, 指間颯颯起秋雨聲, 須臾擲

치고 오사카로 돌아왔을 때, 이미 그가 지은 시문이 출판되었을 정도라는 점은 에도 막부 문사들의 평가를 보여준다. 여기서 이언진은 지식·정보의 주체자로 우뚝 서서, 문예 지식·정보의 발신자로 자리매김됨을 알 수 있다.

스승인 이용휴가 누군가 이언진의 재능을 묻는 자리에서 손바닥으로 벽을 문지르며 "벽을 어찌 걸어서 건널 수 있겠는가? 그는 이 벽과 같네"[43]라 답한 것도 같은 맥락에서 이해할 수 있다. 여기에 그치지 않고 이용휴는 "세상에 알려짐을 구하지 않았다. 알 만할 사람이 없었기 때문이다. 남을 이기려고도 하지 않았다. 자신을 이길 만한 사람이 없었던 까닭이다"[44]라고 고평하여 제자의 능력과 자부심을 주목하여 문예의 발신자임을 주목하였다. 이용휴는 일국이 아닌 세상에 내놓아도 손색이 없는 제자의 모습을 당당한 문예의 주체자로 인정한 것이다.

추재(秋齋) 조수삼(趙秀三, 1762~1849) 역시 같은 맥락에서 논할 수 있다. 그는 국내에서 이미 송석원시사(松石園詩社)의 활동으로 시명을 얻고 있었다. 조수삼은 6차례나 연행하여 많은 청조 지식인과 교유하며 일국 밖에서는 이미 문예의 발신자로 자부한 바도 있다. 그는 국내에서 중간계층과 함께 동인활동은 물론, '원유지(遠遊志)'[45]와 '관주지지(觀周之志)'[46]를 지

筆整襟而坐, 日未晡, 而書千箋, 賦五百律, 所記誦亦如之. 倭愈驚歎吐舌, 以爲神也."

43 李德懋, 『青莊館全書』, 『淸脾錄』, "惠寰洞洗凡陋, 別具靈異, 橫竪今昔, 眼珠如月, 幾乎東方, 無一操觚摛翰者, 獨深許虞裳, 心無間然. 人或問虞裳之藝, 惠寰輒以掌摩壁曰: "壁豈可步涉哉? 虞裳猶壁也."

44 李用休, 『松穆館燼餘稿』, 「松穆館集序」(문집총간 252, 487면), "不求知於世, 以世無能知者, 不求勝於人, 以人無足勝者."

45 趙秀三, 『珍珠船襍存』 권1, 「外夷竹枝詞」, "就其外夷列傳, 冥蒐遠求, 核擧無遺, 則喜自語曰, 安得身具羽翼, 徧翔其地. 審與此書同也否. 既又自思曰吾國中爲幾里, 而未能盡吾觀焉. 豈可寄想廣漠, 徒爲唐喪之歸哉. 毋寧著之篇章, 以作慰遣資 ……중략…… 噫! 余誠如未登屋後山, 先論泰華也. 聊且藏之巾衍, 以識余平生遠遊志也. 乙卯孟秋, 經畹山人敍."

향하고자 했다. 조수삼의 이러한 시선은 일국 안을 벗어나 밖을 향하는 의지의 표출이다.

어떤 글에서 그는 "남자로 태어나 천하에 뜻을 두어야 하건만, 조그만 구석에 태어나 몸을 펴지도 못하는"[47] 국내 현실을 답답해하며, 일국 안의 공간에서 탈출하고자 했다. 그 답답함은 국내에서 자신의 체험과 견문 지식, 그리고 자신의 문예 역량과 주체적으로 발산시키지 못하는 현실에 있었다.

사실 조수삼은 사대부 지식인이 서적을 통해 지식·정보를 생성한 것과 다른 차원에서 지식·정보의 주체가 되어 발신하고자 했다. 그것은 이국에서의 체험과 그곳에서 견문한 지식·정보를 통한 저술 활동과 저작이다. 조수삼이 「외이죽지사(外夷竹枝詞)」를 창작한 것 역시 이러한 의지의 표출로 이해할 수 있다.[48]

조수삼은 「외이죽지사」에서 83개국의 풍속과 문물을 형상하고 있는데, 이는 음미할 대목이다. 세계 지리지를 상상하며 창작한 이 작품은 비록 『방여승략(方輿勝略)』[49]을 토대로 한 것이지만 밖을 향한 의지를 표출하고 있다. 이 작품은 새로운 방향에서 지식·정보의 발신자가 되고자 한 조수삼의 염원을 담고 있다. 그는 서문에서 "어떻게 하면 이 몸에 날개

46 趙秀三, 『經畹總集』, 「燕行起程(小引)」, "歲己酉冬, 蘆上李相國膺專對之命, 掄載筆之任, 謬以余謂有文字之責, 而畀其事. 余雖愧無華國之手, 而夙有觀周之志, 於是乎出而不辭."

47 같은 책, 같은 글, "男子生而志四方, 況生乎褊隅者, 局而不得伸; 窄而不得闢, 終遂淪沒與壤蟲井蛙同歸, 則吁亦哀哉!"

48 조수삼의 연행과 「외이죽지사」에 대해서는 김영죽, 「秋齋 趙秀三의 燕行詩와 「外夷竹枝詞」」, 성균관대학교 박사학위논문, 2008 참조.

49 『방여승략』은 명대 정백이(程百二)가 찬한 지리서이다. 정백이는 신안(新安) 사람으로 자는 유여(幼輿), 원명은 여(輿)이다. 정백이의 『방여승략』은 『사고금훼서총간(四庫禁燬書叢刊)』에 수록되어 있는데, 『사고금훼서총간』은 『사고전서』와 『속수사고전서』에 싣지 못하였던 금서와 훼서들을 모아 간행한 것이다.

를 달아 그곳까지 날아가 이 책과 같은지 살펴볼 수 있을까?"라고 자문한 것은 이러한 인식의 소산이다. 또한 '우리나라가 몇 리나 되는가? 그런데도 내가 아직 다 보지 못했거늘 어찌 광막한 세계를 그리워하며 헛수고한단 말인가. 차라리 글로 써서 위로하고 풀어버리리라"[50]라고 한 언명도 같은 맥락으로 보인다.

그런가 하면 19세기의 대표적인 역관 시인 이상적도 같은 맥락에서 이해할 수 있다. 그는 누구보다 계찰(季札)을 존숭하였다. 계찰은 춘추전국 시대에 이름난 외교가다. 계찰은 여러 나라를 다니며 외교활동을 펼치며 여러 나라에 외교 능력을 보여준 상징적 인물이다.[51] 이러한 인물의 존숭은 역시 일국 밖을 향한 시선이자 의지의 표출이다. 이러한 의지로 이상적은 당시 보기 드물게 연경에서 자신의 문집을 간행하여, 청조 지식인에게 지식·정보의 주체자임을 알렸다. 조선조 지식인의 경우 시문 일부를 중국에서 간행한 적은 있지만, 생전에 자신의 문집을 중국에서 간행한 것은 유래가 없는 일이었다.[52] 이렇게 청조에 알려진 이상적의 문집은 일상적인 간행에 머물지 않고, 단번에 '해내에서 구하고자 해도 얻기

50 趙秀三, 『珍珠船襍存』 권1, 「外夷竹枝詞」, "就其外夷列傳, 冥蒐遠求, 核擧無遺, 則喜自語曰, 安得身具羽翼, 徧翔其地. 審與此書同也否. 旣又自思曰吾國中爲幾里, 而未能盡吾觀焉. 豈可寄想廣漠, 徒爲唐喪之歸哉. *毋寧著之篇章, 以作慰遣資* ……중략…… 噫。余誠如未登屋後山, 先論泰華也. 聊且藏之巾衍, 以識余平生遠遊志也. 乙卯孟秋, 經畹山人敍."

51 이상적의 『은송당집』 권1의 「독서」를 보면 그가 계찰을 평생 존숭하고 있음을 알 수 있다. 계찰은 일찍이 상국에서 사신으로 가서 현지의 고급 관료들과 두루 사귀면서 주악(奏樂)을 보고 열국의 치란과 흥망성쇠를 알았다는 박학다식한 인물이다. 뿐만 아니라 그는 서군(徐君)의 묘지를 찾아가 그가 부러워하던 보검(寶劍)을 풀어서 나무 위에 걸어놓고 떠난 심성의 소유자다. 사마천은 이러한 계찰을 "연릉계자(延陵季子)의 어진 덕행의 마음과 도의의 끝없는 경지를 우러러 경모한다"라고 평한 바 있다.

52 이상적의 문학적 성과와 청조 문사들과의 문학적 교류에 대해서는 이춘희, 『19世紀 韓·中 文學交流: 李尙迪을 중심으로』, 새문사, 2009 참조. 홍석주, 홍길주, 홍현주 형제가 생전에 자신의 문집 일부를 『영가삼이집(永嘉三怡集)』으로 간행한 적은 있지만, 중국에서 간행한 경우는 이상적이 처음으로 보인다.

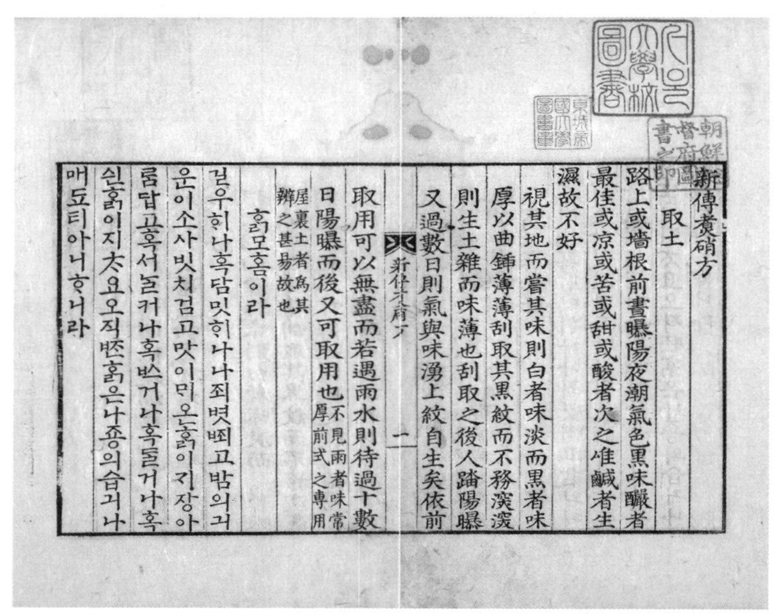
新傳煮硝方

取土

路上或墻根前晝曝陽夜潮氣色黑味䶣者最佳或凉或苦或甜或酸者次之唯鹹者生濕故不好

視其地而嘗其味則白者味淡而黑者味厚以曲鍤薄薄刮取其黑紋而不務深深則生土雜而味薄也刮取之後人踏陽曝又過數日則氣與味湧上紋自生矣依前取用可以無盡而若遇雨水則待過十數日陽曝而後又可取用也 不見雨者味常厚前式之專用屋裏土者爲其辨之甚易故也

ᄒᆞᆰ모홈이라

길우ᄒᆡ나혹담밋ᄒᆡ나나죄볏뙤고밤의긔운이소사빗치검고맛이미온ᄒᆞᆰ이ᄀᆞ장아름답고혹서늘커나혹쓰거나혹ᄃᆞᆯ거나혹싄ᄒᆞᆰ이지ᄎᆞ요오직ᄧᆞᆫᄒᆞᆰ은나죵의습긔나매됴티아니ᄒᆞᄂᆞ니라

『신전자초방』

어려운' 책으로 주목받아 청조 문단의 비상한 관심을 끌게 된다. 그 결과 그의 문집은 청조 학술과 문예의 중심지의 하나이자 출판문화의 발원지인 강소(江蘇)와 절강(浙江)을 비롯하여 청조 전역으로까지 유통하게 된다. 이 점에서 이상적은 지식·정보의 주체가 되어 해외로까지 자신의 문예 역량을 발신한 셈이다.

문예 지식의 발신자가 아닌 실용지식을 발신한 사례도 있다.

> 우리나라의 염초(焰硝) 굽는 법은 완풍군(完豐君) 이서(李曙) 당시부터 길가의 흙을 가져다 대신 쓰는 법을 알았으나 품질은 좋지 못하였는데, 역관 김지남이 연경의 서점에서 『자초신방(煮硝新方)』을 사 들여오면서 효과가 크게 드러났다. 우의정 윤시동(尹蓍東)의 말로 인하여 염초 굽는 법을 다시 정비하고 그 책을 중간(重刊)하면서 『신전자초방(新傳煮硝方)』

이라 이름 붙였으니, 이 또한 막중한 군수(軍需)를 위해서이다.[53]

역관 김지남(1654~1718)이 연행 과정에서 구해 온 『자초신방』 관련 내용이다. 김지남이 화약제조 방법을 기록한 서적을 구입한 것은 지적 호기심의 충족을 위해서가 아니다. 김지남이 조정에 바치는 과정과 이후 『신전자초방』으로 중간되어 국가 정책으로까지 이어지는 과정은 사실 극적이다. 그가 법으로 금지된 화약제조 방법을 기록한 서적을 몰래 수집하여 조정에 바친 것은 생명을 담보로 한 위험천만한 일이었다. 화약제조 방법은 국방의 기밀이었기 때문이다. 목숨을 걸고 김지남이 청조에서 가져온 이 서적은 남구만(南九萬)의 건의에 따라 1698년(숙종 24)에 관찬서로 간행하게 된다. 이후 100년이 지나 우의정 윤시동(1729~1797)의 건의를 받아들인 정조는 1796년(정조 20) 중간하여 『신전자초방』이라 한 뒤 이를 군영에 널리 배포하기에 이른다. 위에 제시한 내용은 정조의 언급인데 그러한 경위를 담은 발언이다.

김지남이 구입해온 『자초신방』이 100년 후 다시 『신전자초방』[54]으로 중간되는 과정은 윤시동의 건의와 국방에 누구보다 진심이었던 정조의 남다른 안목이 있어 가능했다. 정조는 1796년 『신전자초방』을 간행하여 군기시(軍器寺)를 통해 널리 반포하는데, 이 서적에 실린 염초 제조 방법은 매우 경제적이면서 품질도 뛰어나 국방에 매우 유용했다. 예

53 正祖, 『弘齋全書』 권164, 「日得錄」 文學4, "我國煮硝之法, 自完豐知取路上土代用, 品猶不精. 譯官金指南, 購求於燕肆, 功效大著, 因右議政尹蓍東言, 又修明之, 重刊其書, 名之曰新傳煮硝方. 此亦爲軍需之重也."

54 영조 대에도 영의정 홍봉한(洪鳳漢)이 입시하여 『자초신방』을 시험하는 문제를 논의하면서 직접 제조하도록 한 뒤, 그 효능을 확인하고 있다(『비변사등록』 144책, 영조 39년1763년 11월 16일조 참조). 그런데 『신전자초방』에서는 화약제조 방법을 10조로 설명하는데, 각 조마다 국문으로 번역하였다. 권말에는 김지남이 1698년(숙종 24)에 북경에서 얻은 『자초신방』을 1796년(정조 20)에 군기사인 무고(武庫)에서 인반(印頒)하는 그 경위를 적고 있다.

전 방법보다 공역(功役)을 적게 투입해도 염초를 몇 배나 얻는 데다 염초의 품질도 좋아 폭발력이 강하였기 때문이다. 땅굴에 둔 채 10년 동안 장마를 겪어도 습기로 못 쓰게 되는 문제도 없고, 길옆의 흙을 취하고 초목을 불태운 재를 이용하기 때문에 간편하면서도 효능 역시 뛰어났다. 그래서 윤시동은 화성(華城)에 군기를 비치할 때, 이 방법으로 염초를 구울 것을 건의했던 것이다.[55]

위의 사례처럼 김지남이 구입한 서적은 사대부 지식인의 독서 대상이 아니라 국방을 위한 실용서이자 지침서였다. 단지 독서 대상으로 머물지 않고, 실제 국방 정책에 반영되어 유효한 무기체계로까지 활용된 것이다. 염초 제조 덕분에 국방 예산의 절감과 국방력 증진에 막대한 도움을 주었으니, 김지남이야말로 부국강병을 위한 실용지식의 적극적 발신자인 셈이다.

기존의 지식·정보와 전혀 다른 차원의 발신자도 있다. 천주교의 지도자가 되어 집권층에 포교하여, 기존 지배 질서와 유교적 가치를 넘어 새로운 사유와 사회질서를 바란 경우다.

> 서양인 범세형(范世亨, 앵베르(Laurent-Joseph-Marius Imbert, 1797~1839))·나백다록(羅伯多祿, 모방(Pierre-Philibert Maubant, 1803~1839))·정아각백(鄭牙各伯, 샤스탕(Jacques Honoré Chastan, 1703~1839))과 정하상(丁夏祥)·유진길(劉進吉)을 추국(推鞫)하고 베었다. 정하상은 신유사옥 때 정법(正法)된 정약종(丁若鍾)의 아들로서, 양술(洋術)을 가계로 삼고 유진길·조신철(趙信喆)과 주무(綢繆)하여 양한(洋漢)을 맞이해 와서 신부(神父)·교주(敎主)를 삼았으며, 또 김·최 두 어린이를 서양에 보내어 그 양술을 죄다 배울 것을 기필하였다. 유진길은 역관이고, 조신철은 종〔徒隷〕이었다.[56]

55 『신역 정조실록』 정조 20년(1796, 병진) 5월 12일조 참조.

『국조보감(國朝寶鑑)』을 보면 기해사옥(己亥邪獄)의 핵심 인물인 역관 유진길의 포교 활동을 두고 "이전에 상역 유진길이란 자가 서양인 앵베르〔范世亨〕 등을 우리나라에 데리고 들어와서 교주라 일컬으며 국내에 잠적한 일이 있었는데, 이때 이르러 발각이 되자 이들을 체포하여 국문해서 모두 법대로 처리하도록 명하고 척사윤음(斥邪綸音)을 중외에 반포하였다"[57]라 적고 있다. 신유사옥에 이어 기해사옥으로 천주교도가 참형을 당한 정황을 기술한 것이다.[58]

위에서 언급하고 있듯이 이 사건을 주도한 인물은 유진길(1791~1839)이다. 그는 1831년 역관으로 홍석주의 사행에 한학상통사(漢學上通事)로도 참가한 바 있던 인물이다. 유진길은 역관 신분으로 세도정치의 정치적 실세였던 김유근(金逌根, 1785~1840)과 밀접한 관계를 맺고, 1839년 기해사옥 직전 김유근의 천주교 세례를 인도한 인물로 널리 알려져 있다. 그는 세도 정권을 두고 안동 김씨와 풍양 조씨의 정치적 대립 과정에서 정치적 실력자를 뒷배로 삼아 포교 활동을 하는가 하면, 당상역관까지 품계가 높아졌음에도 국내에 신부를 불러들이는 등, 적극적인 종교 지도자로 변신하여 활동했다. 이러한 유진길의 모습은 이제 지식·정보의 발신자를 넘어 새로운 가치와 사회질서를 위한 길라잡이인 셈이다.

---

56 『憲宗實錄』 憲宗5年, 己亥(1839) 8月 14日條 참조.

57 『國朝寶鑑』 권84, 憲宗朝 2, 「己亥五年」, "先是, 有象譯劉進吉者, 引西洋人范世亨等, 東來, 稱爲敎主, 潛跡於國內, 至是發覺. 命捕獲鞫之, 並置之法. 下斥邪綸音于中外."

58 유진길의 포교의 전말과 함께 활동한 인물의 구체적인 활동은 이규경의 『오주연문장전산고』 권53, 「경사편－석전류」 '척사교변증설(斥邪敎辨證說)'에 나오고, 『사변일기(事變日記)』 63책(장서각), 「도광19년, 초7일, 8일, 9일, 12일, 13일에 공초 내용이 자세하게 나온다.

3. 역관의 재발견과 그 의미

> 역관으로 말하면, 대개 사대교린 때 뜻을 전달하기 위해 설치한 것이니 국가에서 구해 쓰는 것 또한 매우 중요하다. 우리나라의 의관을 한 사람으로 나랏일에 힘을 다하니 죄를 짓더라도 법규대로만 적용해 시행할 수는 없다. 이미 임명한 뒤에는 마땅히 의심하지 말아야 할 것이다. 그들을 대하는 도리 같은 것 또한 마땅히 성실하고 미덥게 해야 하는데, 가만히 동행하는 사람을 살펴보면 문득 모리하는 상역(象譯)이라 하고 흔히 일본 사람들과 부동한다고 의심하니, 어찌 그리도 헤아리지 못하는 것이 심한가? 지금 세상에서 노역하는 자로 '이익〔利〕' 한 글자를 벗어나는 자가 무릇 몇이나 되겠는가?[59]

계미통신사행의 정사로 참여했던 조엄의 역관 인식이다. 기본적으로 역관은 사대교린을 위한 실무 전문가다. 그래서 이국과 관계를 맺고 외교 관계를 위해 필요한 존재다. 일국 밖에서 관계를 맺고 교섭하는 것은 당연히 상대가 있다. 따라서 자국의 시선으로만 바라보거나 자국의 입장에서만 사안을 처리할 수 없기 마련이다. 이국과 상대하다 보면 반드시 여러 문제가 생긴다. 이러한 문제를 두고 국내 법률을 적용하여 문제를 일으킨 자에게 죄를 물을 수 없고, 오직 역관에게 맡겨 해결하는 것이 타당하다는 것이다. 그래서 역관을 모리배로 인식하는 것은 타당하지 않다고 했다. 조엄의 판단은 정확하다. 지식·정보와 관련한 역관의 역할도 마찬가지다. 모든 역관이 지식·정보와 관련하여 전달자나 중개자, 생성자나 발신자가 되는 것은 아니다. 그중 일부만 그런 역할을 했다. 그래서

59 趙曮, 『海槎日記』 2, 癸未年 「11月 27日 庚辰」, "至於譯官, 蓋爲事大交隣時, 通情而設置者, 則國家之需用, 亦甚緊要矣. 以我國衣冠之人, 效勞王事, 有罪雖不得照法施行. 既任之後, 正宜勿疑. 若其待之之道, 亦當用誠信, 而竊觀行中, 輒謂之牟利之象譯, 多疑符同於異類, 何其不諒之甚也? 今世上勞勞役役者, 得免於利之一字者, 凡幾人乎?"

그런 역할을 한 일부 역관은 일국 밖을 향해 항상 시선을 열어두고, 일국 밖의 다양한 지식·정보와 접속도 하였다.

조선조 후기 지식·정보와 접속한 역관의 역할은 단일하지 않다. 무엇보다 주목할 점은 역관 스스로 지식·정보의 주체가 되어, 국내외의 공간에서 지적 역량을 동원하여 지식·정보를 발신한 데 있다. 이 점을 특별히 강조할 필요가 있다. 홍세태(洪世泰, 1653~1725) 이후 여항문학의 구도를 새롭게 이해하기 위해서도, 역관이 지식·정보의 생성과 유통에 기여한 역할은 재음미할 필요가 있다.

실제 18·19세기 역관의 경우, 체험과 견문 지식은 물론 서적 정보를 다양하게 파악하여 누구보다 앞서 서적을 구하거나, 새로운 서적의 지식·정보를 사대부 지식인에게 전했다. 사대부 지식인은 역관이 제공한 서적이나 새로운 지식·정보를 섭취하지만, 지배 질서 내의 제도화한 존재로 보거나 한낱 기능인으로만 보기 일쑤였다. 사대부 지식인은 지식·정보의 중개자로만 역관을 인식했을 뿐이다. 그래서 역관이 제공한 새로운 지식·정보조차도 평가하고 취사선택하는 방식으로 수용하는 것이 일반적이었다.

하지만 역관들은 사대부 지식인과 달리 새로운 지식·정보를 어디서 견문하고 먼저 획득할 수 있는지 알았다. 이 역시 하나의 지식·정보임에 틀림없다. 사대부 지식인은 서적을 통한 지식·정보 자체에만 관심을 두었다. 기왕의 지배 질서 내에서 애써 새로운 지식·정보에 관심을 가질 필요성은 적었다. 이 점에서 역관은 사대부 지식인이 지식·정보를 대하는 태도와 사뭇 달랐다. 역관은 사행을 통한 지식·정보의 획득은 물론 서적을 통해서도 꾸준하게 새로운 지식·정보를 획득하였다. 역관은 그 중 일부를 사대부 지식인에게 제공했다.

조선조 후기는 여전히 지식·정보의 생산과 중개, 가공과 소비의 분리가 존재했던 사회였다. 이러한 사회질서 속에서 사대부 지식인은 지식·정보의 생산과 가공 및 소비를 한 반면, 역관은 전달(공급)의 위치에 머물 수밖에 없었다. 사대부 지식인이 위계화한 사회적 공간에서 지식·정보 생산과 공급의 역전 현상이 일어나기 위해서는, 역관이 지식·정보를 발화하여 발신자로 성장함으로써 스스로 지식·소비를 소비하거나 신분 질서에 따른 지식 체계를 넘어서야 한다. 그러나 여전히 18·19세기의 중간계층은 새로운 방식으로 지식·정보를 확산하는 구조를 구축하지 못했다.

하지만 이러한 역관의 역할과 위상은 어디까지나 국내를 기준으로 평가할 때 그러하다. 일국 밖에서의 상황은 사뭇 달랐다. 일부 역관들은 사대부 지식인의 가치 평가나 지식·정보의 판단과 관계없이 일국 밖에서 스스로 가치와 기준에 따라 지식·정보를 발화하고 이를 가공하여 발신했다. 스스로 지식·정보의 주체로 인식하고 지식·정보의 발신자로 활동한 것이다. 이 점에서 18세기 19세기의 역관은 특별한 존재임에 틀림없다.

일국 밖에서 이러한 역관의 역할을 고려하면, 여항문학의 성과도 재검토할 수가 있다. 그간의 여항문학 연구는 여항문학의 성과를 사대부 문학과 견주어 그 의미를 규명하는 방식을 취했다. 주로 사대부 문학과 견주어 그 독창성을 거론함으로써 사대부와의 거리 두기를 중심으로 그 성격과 성과를 언급하였다. 이러한 시각에서 보면, 어떠한 방식으로 언급하더라도 여항문학의 독창성은 사대부와의 거리 좁힘에 따라 유동할 수밖에 없다.

이러한 여항문학의 구도는 결국 일국 내에서 여항문학 자체의 독창적 세계의 구축에 주목함으로써 '창조적 성과' 혹은 '창조적 성과의 쇠퇴'와 같은 동시대 문화와 단절된 것으로 귀결되고 만다. 역관을 포함한 여항문학의 성과는 일국적 문예장 안에 가두고 평가해서는 안 된다. 이러한 시각은 결국 사대부 문학의 틀 안에서 상대적 거리를 측정하는 것에 지나지 않기 때문이다. 여항문학을 사대부 문학을 준거로 비교하는 이상, 그 방향은 결국 사대부 문학을 넘어서기보다 거기에 함몰하고 만다.

따라서 18·19세기 문학과 문화에 끼친 역관의 역할과 영향은 그들이 남긴 문학작품과 그 성과만으로 평가할 수는 없다. 그 문학작품을 포함하여 일국 밖의 새로운 지식·정보를 국내에 제공한 것은 물론, 일국 밖에서 추동한 문화적 역할과 문화 교류의 가교역할 등과 같은 사항을 두루 논해야 그 실상에 다가갈 수 있다. 새로운 지식·정보의 국내 유입과 생성, 그리고 유통에 기여한 점과, 일국 밖에서 체험한 견문 지식 등을 국내에 제공하여 당대 사회에 던진 파장을 두루 고찰해야 한다.

앞서 이언진은 천하의 기서, 가사, 산수를 "천하기서와 천하가사 및 천하명산수"를 언급한 바 있었다. 따라서 이언진이나 조수삼 등이 열린 시각으로 '천하'에 관심을 둔 그 시각과 지향을 주목하는 것은 물론 일국 밖의 시각도 고려하면서 역관과 역관의 위상을 재조명할 필요가 있다.[60] 여항문학의 성과 역시 일국 안과 밖을 두루 고려하여 평가해야 하는 것이 온당하지 않을까?

60 여항문학의 재평가 문제는 이 책의 제5부 제3장 「나라 안팎에서의 중간계층」에서 자세하게 다룬다.

| 제 3 장 |

나라 안팎에서의 중간계층

3

1. 조선조 후기와 중간계층

여항문학(閭巷文學)과 서얼문학(庶孽文學)은 조선조 후기 특별한 역사적 위상을 지닌다. 중인과 서얼이 문예와 학술의 주체가 되어 일국의 안팎에서 뚜렷한 성취를 내었기 때문이다. 이들은 전 시기에도 존재하지만, 일부 중인과 서얼이 문예와 지식의 생산 주체가 되어 본격적으로 등장한 것은 조선조 후기다. 제도나 관습으로 보면 중인과 서얼의 처지, 그리고 사회적 성격은 상이하다. 하지만 중인과 서얼의 존재는 사대부와 상민의 중간에 존재하고, 이들을 대하는 당시 사회적 인식과 통념도 별로 다르지 않다. 이 점에서 중인과 서얼은 동질성을 지닌다.

조선조 후기 이들의 부상은 사회·경제적 변화 과정의 역사적 산물이라는 점에서 이 둘을 분리해 바라보기보다 묶어 고찰할 필요가 있다. 무엇보다 중인과 서얼은 나라 밖에서 문예 활동의 주체로 등장하여 새로운 존재 방식을 보여주는가 하면, 나라 안에서는 때때로 지식의 생성과 유통 주체가 되어 존재를 드러내기 때문이다.

그래서 그간 중인계층의 문예적 성과를 여항문학으로 주목하고, 그 성취를 문학사에서 집중적으로 조명한 바 있다.[1] 서얼 문학 연구도 일부 성과가 있지만, 개별 연구에 머문 편이고, 문학사에서 객관적인 조명을

제대로 받지 못한 듯하다.[2]

조선조 후기 중인과 서얼은 활발한 문예 활동을 하고 괄목할 만한 성취를 내었음에도 사대부 중심의 위계화 된 가치 체계와 지식 질서 내에서 항상 하위에 존재하였다. 때문에, 자신들의 역량을 마음껏 발휘하거나 정당한 사회적 위상을 가질 수는 없었다. 이런 상황에서 일부 중인과 서얼은 나라 밖으로 우회하여 문예와 학술 활동을 통해 자신의 존재를 증명하거나, 문예적 역량을 발산하였다.

따라서 중인과 서얼의 정당한 평가를 위해 나라 안팎에서 이들이 보여준 문예와 학술적 성취, 나아가 지식의 생성·유통의 주체가 되어 발신한 성과를 함께 고려할 필요가 있다. 특히 조선조 후기 중인[3]의 역사적 성장과 서얼의 등장을 동시에 주목하고, 일국 밖에서 이들의 활동과 역할을 고려해야 한다. 이를 위해 조선조 후기에 부상한 중인과 서얼을 묶어 '중간계층'[4]으로 규정하고, 이들이 나라 안팎에서 보여준 문예와

---

1 대표적인 연구 성과는 정후수, 『조선 후기 중인문학 연구』, 깊은 샘, 1990; 강명관, 『조선 후기 여항문학 연구』, 창작과비평사, 1997; 윤재민, 『조선 후기 중인층 한문학의 연구』, 민족문화연구원, 1999 등을 들 수 있다.

2 대표적인 연구 성과는 김경숙, 『조선 후기 서얼 문학연구』, 소명출판, 2005; 손혜리, 『연경재 성해응 문학연구』, 소명출판, 2011을 들 수 있다.

3 사료를 보면 조선조 후기 중인의 명칭은 다양하다. 신유(新儒) 또는 중로(中路)라 부르기도 한다. 신유의 명칭은 『승정원일기』(탈초본, 고종 21년 6월 6일조)를 보면, "이교배(吏校輩) 중에서 외모가 전아하고 독습한 자(吏校之輩, 或有貌雅而讀習者則輒稱新儒)"라 하였고, 이의봉(李義鳳, 1733~1801)의 『고금석림(古今釋林)』 27, 「동한역어(東韓譯語)」에는 중인을 중로라 적고 있다. 중로는 원래 도성 안의 중로에 살았던 삼의사(三醫司) 관원을 일컬었다고 한다.

4 여기서 말하는 중간계층은 중인 중에 문예의 주 담당 층으로 언급되었던 여항인(경아전과 기술직중인)과 서얼을 함께 지목한 것이다. 기왕의 사료에서 관용적으로 '중서' 혹은 '중서층'을 부르는 말이다. 조선조 후기 중서는 중인과 서얼을 이르지만, 중인과 서얼 다수가 조선 후기 문예의 생성 공간에 참여하여 주목받지는 못했다. 일부만 문예로 자신의 존재를 드러내었다. 그래서 기왕의 연구에서도 문예를 담당했던 실상에 견주어 중인의 역할을 두고 여항인의 시각으로 주목하고, 이를 여항문학으로 규정하였다. 그런데 조선조의 경우, 거시적으로 보자면 반상제도 하에서 중인과 서얼은 사회적으로

학술적 성취를 확인할 필요가 있다.

2. 다르면서 같은 존재: 서얼과 중인

조선조 사회에서 제도적으로 보면 중인과 서얼의 직역과 신분은 엄연히 다르다. 중인은 조선조 사회에서의 위치는 누구보다 복잡하다. 양반과 비슷한 지위의 중인이 있는가 하면, 양인(상민)에서 중인이 된 사례도 있고, 심지어 천인에 가까운 지위를 가진 사례도 있다. 잡과(雜科)를 통해 진출한 기술직과 서리, 여기에 지방 아전인 향리의 사례처럼 중인 안에서도 다양한 직역을 가졌다. 그러한 이유로 직역에 따른 사회적 대우와 국가의 반대급부도 달랐다. 그만큼 같은 중인이라 하더라도 단일하지 않았다.

그 중간에 위치하였다. 중인의 경우 호적대장을 보면 그 성격이 잘 나타난다. 형리의 경우 호장(戶長), 인리(人吏), 영리(營吏) 등의 직역의 명칭이 나오고, 서울의 호적 대장의 경우도 이조배리(吏曹陪吏), 서리(書吏), 통덕랑(通德郞) 등의 직역 명칭이 등장한다. 이처럼 조선조 후기 호적대장만 보더라도 국가가 개인에게 역을 위해 부과한 국가적 신분 개념이라고 할 수 있다. 따라서 호적상 직역은 주로 양반과 상민, 그리고 노비를 위주로 작성되었다. 이러한 호적대장에서의 직역은 사회 통념상 인정되는 사회적 신분(양반, 중인, 상민, 노비)과 반드시 일치하지 않았다. 실제 조선조 후기의 신분은 고정된 것이 아니고 유동적이었다. 따라서 유동적인 조선조 후기 신분제에 호응하기 위하여 사료에 나오는 중서(층)보다 오히려 조선조 후기 사회에서의 역동성과 위상을 부각할 수 있는 '중간계층'을 설정하여 역사적 의미를 주목하는 것이 효과적인 파악일 수 있다. 사실 중인만 하더라도 다양한 명칭이 존재한다. 이러한 점 등을 고려하여 여기에서는 중간계층이라는 개념을 사용하는 것이 중인과 서얼의 유동적인 모습을 파악하는 데 유효하지 않을까 한다. 호적대장에서의 직역과 사회 통념상 인정되는 사회적 신분과의 불일치 문제는 송양섭, 「조선 후기 신분·직역 연구와 '직역체제'의 인식」, 『조선시대사학보』 34, 2005, 128~129면. 그리고 조선조 후기 서울의 호적 기록 사례는 권기중, 「조선 후기 서울의 호구 변동과 인구기록의 특성: 한성부 호구 자료를 중심으로」, 『한국학논총』 47, 2017, 225~232면.

반면 서얼은 양반 소생이지만 첩의 자식이어서, 양반에 속하지 못한 반쪽 양반이다. 이들을 흔히 '반쪽 선비[半士]' 또는 '일명(逸名)'이라 부르기도 한다. 서얼은 성리학적 명분론에서 적통이 아니어서 가족 내에서는 물론 사회적으로도 심한 차별을 받기도 했다. 양반 대우를 받지 못해 족보에서도 서(자)로 기재되거나, 심지어 기재되지 못하는 경우도 있었다. 사실 서얼이 양반 계층에 속하지 못한 것은 사회적으로 보자면 부당한 처사다. 이러한 부당함 때문에 서얼은 당대 현실에서 종종 중인과 같은 대우를 받았다.

서얼의 경우, 조선조에서는 1415년 서얼금고법(庶孼禁錮法) 시행 이후 양반 소생이라도 첩의 자식과 자손은 관직에 나아갈 수 없도록 했다. 『경국대전(經國大典)』의 제정 이후 서얼은 과거 응시 자격마저 박탈당하고 만다. 더러 관직에 진출한 사례도 있지만, 그마저도 부모의 출신에 따른 '한품서용(限品敍用)'으로 일정 품계 이상의 관직에 오를 수 없는 경우가 많았다. 관직에 오르더라도 겨우 사역원·관상감·전의감 등의 기술직으로 진출하지만, 기술직에 나아간 일부 서얼은 이후 중인 신분이 되는 경우마저 있었다. 이러다 보니 서얼과 중인은 간혹 '한품서용'의 시행 속에서 같은 신분으로도 만나기도 한다.

조선조 후기 서얼 수의 증가에 따라 과거 응시 자격과 관직 진출 요구가 빗발치자 영조는 서얼의 과거 응시를 허용하게 된다. 마침내 서얼의 과거 응시 제한은 풀리지만, 본격적인 관직 진출은 여전히 어려웠다. 설사 관직에 나가더라도 청직(淸職)의 임용은 이루어지지 않았다. 이처럼 조선조 후기에도 서얼은 제도상으로 관직 진출에 차별을 받았을 뿐만 아니라, 사회적으로도 사대부의 대우를 전혀 받지 못했다. 이 점에서 서얼은 본질적으로 중인의 사회적 처지와 크게 다르지 않다.

이러한 분위기 하에서 조선조 후기 사회는 법적 규정과 제도 속에서 중인과 서얼을 같은 범주로 바라보는 경우가 있고, 심지어 제도의 시행과정에서 중인과 서얼을 중서로 묶어 인식한 바도 있다. 그 사례다.

> 출신자의 자손, 중인·서얼의 자손, 음관(蔭官)의 자손들은 모두 유청군(有聽軍) 해당자로서 구전(口傳)에 의해 시행하고, 그 공음(功蔭)의 유무는 본도에서 사실을 조사하여 올려보냄으로써 구전에 참고가 되도록 한다.[5]

숙종 대 병조(兵曹)에서 양정(良丁)을 조사한 절목〔良丁查覈節目〕 10조 중의 하나인데, 병조에서 숙종에게 양정의 군역 문제를 아뢰면서 언급한 내용이다. 무과에 급제하고 벼슬을 받지 못한 출신자와 중인·서얼의 자손, 여기에 음관의 자손 등은 모두 보충대로 조직하여 포(布)를 받도록 한 사실을 적시하고 있다. '중서자지(中庶子枝)〔중인과 서얼 자손〕'라 표현한 것은 중인과 서얼을 동일한 시선으로 바라보는 것을 말한다. 양정에게 부여된 군역의 의무를 군포로 대납하는 병역제도에서 '중인과 서얼 자손'이라 기록하고 있으니, 이제 행정제도에서 중인과 서얼을 같이 인식하고 병역에 적용한 것임을 보여준다. 이 점에 주목할 필요가 있다.

또한 영조 대에 호적을 작성하는 행정 문서에서도 양반과 중서로 나누어, 중인과 서얼을 중서로 묶어 처리한 바 있다. 각 면의 수령이 관내의 면임(面任)·훈장(訓長)·향교(鄕校)의 유생 등에 내려 보낸 첩문을 보면 "양반과 중서 중에서 혹여 당사자가 호구로 있으면 관례에 따라 써서 바치면 마땅히 관인을 찍어 줄 것"[6]이라고 적고 있다. 이 역시 하나의 사례다. 지방 행정 단위에서도 중서를 같은 존재로 취급한 것이다. 이처럼 18세

5 『國朝寶鑑』 권42, 「肅宗朝」 二, '丙申; ○夏六月. 兵曹啓良丁查覈節目十條, 節目 …… 중략…… "一. 出身子枝及中庶子枝, 有蔭子孫, 並當爲有聽軍士, 口傳施行, 其功蔭有無, 本道查覈上送, 以爲口傳之地."

6 『嘉林報草』 英祖 14년(1738) 8월 초 4일, 「各面下帖」, "兩班及中庶中, 或有以當身戶口, 依例書納, 則當踏印以給次."

기에 오면 행정 문서는 물론 사회적 인식에서도 중서를 같은 존재로 인식한 것이다.

이러한 사례는 유수원(柳壽垣, 1694~1755)의 언급을 보면 더욱 분명하게 드러난다. 유수원은 자신의 사회 개혁론을 펼친 『우서(迂書)』에서 중서를 거론하며 같은 존재로 인식하고 있다. "또 양반이나 중서는 물론, 약간의 기력이 있는 상인(常人)이면 모두가 스스로 농사짓는 것을 크게 부끄러워 한다〔兩班中庶, 至于常人之稍有氣力者, 皆以自手農業, 爲大羞恥〕"라 기록하는가 하면, "이같이 양반에게서 이미 신용(身庸)을 징수하지 못하고 있는데, 중서인들 납세하려 하겠는가?〔旣不得徵出身庸於兩班, 則中庶其肯獨納乎?〕"[7]라 한 것에서 알 수 있다.

유수원은 조선조 후기 사회 개혁의 문제점을 펼치면서 중서로 묶어 개혁의 논지를 펼친 것이다. 양반과 중서, 상민을 묶은 것은 중인과 서얼을 바라보는 사회적 관습의 반영임은 물론이다. 조선조 후기 중인과 서얼을 중서로 묶어 인식하는 것이 사회적 관습으로 정착되었음을 보여주는 대표적 사례로 이해할 수 있다.

여기에 그치지 않고, 중서를 묶어 보는 관습은 중서층 내부에서도 확인할 수 있다. 서얼 출신 동곽(東郭) 이현(李礥, 1654~1718)은 중인과 서얼을 같은 계층으로 인식하고 동류의식을 우회적으로 표출하고 있다.

> 우리나라는 명분이 매우 정제되어서 소위 중인은 지위가 비록 사대부 대열에 끼어서 상민과 비교하면 매우 다르지만, 그들 가운데 간혹 여러 대에 걸쳐 등과하여 내외의 문호가 모두 빛나는 자들이라도 오히려 중인으로만 대우합니다. 우리나라는 인재를 쓰는 방법이 매우 협소합니다. 중인은 비록 문무과에 급제하더라도 현달한 직책이 허용되지 않

7 柳壽垣, 『迂書』 권1, 「總論四民」.

아서 늘 통한의 심정을 품고 있으며, 또한 문자에 종사하려 하지 않아서 역학(譯學)을 하며 생계로 하니 애석합니다.[8]

이현이 1711년 통신사의 제술관으로 가서 아메노모리 호슈〔雨森芳洲〕와 대화하면서 자국의 인재 등용 문제를 제기하며 한 발언이다. 서얼이던 이현은 우삼방주와 필담하는 과정에서 중인의 사회적 처지와 함께 명분을 중시하는 조선조 신분제 사회의 문제는 물론 인재 등용의 협소함을 제기하고 있다. 그 자신 서얼로 중인 신분의 처지를 누구보다 잘 알고 있었기에 이렇게 발언했을 터이다. 이현이 우삼방주에게 이렇게 말한 것은 신분적 한계와 사회적 불평등한 대우를 중인의 현실과 등치시켜 제기한 것으로 이해할 수 있다. 그는 중인을 위한 진술을 통해 서얼의 부당한 사회적 처지를 소환한 것이다. 이는 서얼의 처지에서 사회적으로 차별당하는 중인과 의식을 공유하고자 하는 의식의 소산임은 물론이다.

중인과 서얼을 같이 인식하는 경향은 조선조 후기 내내 이어진다. 영조 즉위년에 이광좌(李光佐, 1674~1740)와 심단(沈檀, 1645~1730)이 국상(國喪)에 상여를 메기 위하여 동원된 여사군(轝士軍)의 노역을 감하는 문제를 논의한 적이 있다. 이때 이광좌는 '중인서얼'을 거론하고, 심단은 사대부가의 서파(庶派)·의관·화사·역관·산원(算員) 등을 언급한다.[9] 어전 회의에서 국왕과 중신이 중인과 서얼을 같은 범주로 주목하고, 서파(서얼)의

8 雨森芳洲 編, 『縞紵風雅集』 권14, "東郭: 我國名分甚截, 所謂中人, 地位雖齒於士夫之列, 比常漢絶異, 而其中或有連世登科, 內外門戶俱赫然者, 而猶以中人待之. 我國用人之道, 甚隘矣. 中人雖登文武科, 亦不許華顯之職. 故常懷痛恨之心, 而亦不肯從事於文字, 爲譯學, 爲資生之計, 可惜."

9 『승정원일기』, 영조 즉위년(1724), 10월 1일 신미조. "光佐曰, 昨日所達鰥寡孤獨四窮, 民無率丁之人, 旣令減下轝士軍, 而庶孽中人中, 無率丁人, 不可使之爲之, 昨日擧條中, 中人庶孽四字, 添入, 何如? 上曰, 古規, 何如? 檀曰, 矜寡孤獨無率丁之類, 國朝古規, 元無責立轝士軍事, 而若士大夫家庶派·醫官·畫師·譯官·算員之屬無丁者, 亦不可責立矣."

존재를 의관·화사·역관·산원 등과 같은 처지로 바라본 사실은 흥미롭다. 그런가 하면 정조도 관직 제수를 위한 인재 천거와 통청을 거론하면서 서얼과 중인을 함께 거론한다. 인재 등용과 관직 제수를 언급하면서 중인과 서얼을 묶어 함께 처리할 것을 지시했다.[10]

이처럼 18세기에 오면, 사회에서는 중인과 서얼의 사회적 처지와 위상을 동일시하는 사례가 많아지게 된다. 이러한 시선은 조정과 국왕은 물론, 공적인 행정 문서 작성에까지 확산된다. 여기에다 서얼과 중인은 스스로 동질의식을 가지는 사례마저 적잖이 있었다. 그러다 보니 중서를 동류로 인식하는 분위기는, 중인이 통청을 요구할 때 하나의 논리적 배경으로까지 자리잡게 된다. 실제 '중서'라는 동질의식은 서얼의 통청 요구가 관철되는 과정에서 같이 거론되었기 때문이다.

19세기 중엽, 마침내 조선조는 서얼 통청을 반포하여 제도상 서얼의 신분 차별을 철폐하기 이른다. 서얼의 통청은 저절로 온 것은 아니다. 서얼들이 직접 나서 청관의 자리에 오를 수 있도록 정부에 끈질기게 요구한 결과다. 철폐 과정도 단번에 이루어진 것도 아니다. 조선조는 1727년 정유절목과 1823년 계미절목을 발표하고, 이후 1851년 4월에 마침내 허통을 발표했다. 19세기 중엽에 와야 비로소 서얼도 과거 응시를 통하여 합법적으로 고위직에 오를 수 있게 된다.

중인 또한 서얼의 통청 반포를 계기로 자신들도 서얼처럼 통청해줄 것을 호소하였다. 다음은 중인이 올린 호소문의 일부다.

---

10 『通塞撮要』卷4, 正祖(1791), "用人無方, 卽施措之先務, 太學之序齒, 猶屬之修明舊典. ……중략…… 五衛將則文之吏曹, 玉堂, 武之宣薦, 與中庶無不通融. 騎士將, 不但有曾前受敎, 其窠亦甚等閒, 則士夫武弁外, 絶不擧論, 近來惟王漢禎及關西人一二人爲之者, 雖見之, 其外未之聞焉. 事之無義, 莫甚於此. 此意, 大臣知悉, 申加嚴飭兩營. 此後中庶有薦, 有地處, 有履歷人勿拘, 通融擬望, 一以爲疏鬱之政, 一以廣用人之方事, 言于廟堂."

최근에 이르러 우리와 같이 중인의 부류에 속하였던 서얼들은 정부의 크나큰 은혜를 입어 교괴무선(交槐武宣)의 직에 나아가는 데에 아무런 지장을 받지 않게 되었습니다. 서얼조차 혜택을 입고 있는 마당에 왜 기술직에 종사하고 있는 우리만 유독 은혜를 받지 못한단 말입니까. 참으로 억울한 일이 아닐 수 없습니다. 우리가 당하고 있는 이러한 억울한 일에 대하여 상께 호소하고자 합니다.[11]

서얼이 중인 부류에 속한 것을 명시한 다음, 기술직 중인인 자신도 서얼처럼 문·무과에 급제한다면, 승문원과 선전관(宣傳官)에 진출할 수 있도록 길을 열어 달라는 호소다. 중인들 스스로 서얼을 기술직 중인으로 인식한 것은 흥미롭다. 사실 기술직 중인을 서얼과 같은 하나의 범주로 인식한 것은 이미 이중환(李重煥, 1690~1752)의 기록에서도 확인할 수 있다. 이중환은 『택리지(擇里志)』에서 "서얼 및 잡색인이 중인 일층이 된다〔庶孽及雜色人, 爲中人一層〕"라 언급한 바 있다. 잡색인(雜色人)은 기술직 중인을 말한다. 이중환은 기술직 중인과 서얼을 중인계층의 한 범주로 인식한 것이다.

여기서 중인과 서얼의 존재를 언급한 것은 그 둘의 같고 다름을 따지자는 것이 아니다. 당대 현실에서 서얼과 중인을 같은 범주로 묶어 인식한 사실과 서얼과 중인 스스로 같은 부류임을 인식한 점을 명확히 하기 위해서다. 조선조 후기 사회 분위기는 물론 제도적으로 중인과 서얼을 함께 인식한 점을 밝히고, 이를 배경으로 중인과 서얼의 문예적 성취와

11 「通淸資料 제1통문」, 이는 송만오, 「1851년의 중인 통청 운동과 조선 후기 중인층의 동향」, 『전주사학』 8집, 2001, 149면에서 재인용. 중인통청의 전개 과정과 여기에 참가한 구체적인 중인 정보는 이 논문에서 자세하게 밝혔다. 「통청자료」는 하버드대 연경도서관 소장의 『상원과방(象院科榜)』에 수록되어 있다. 이 자료의 내용과 중인통청은 한영우, 「조선 후기 中人에 대하여: 철종조 中人通淸運動 자료를 중심으로」, 『한국학보』 45, 1986, 66~89면.

학술을 같은 장에서 논하기 위해서다.

조선조 후기 중인과 서얼의 신분은 다르지만, 사회적 처지와 당대인의 인식은 같았다. 여기서 이 둘을 묶어 중간계층이라는 개념으로 파악하고자 한다. 이는 이들의 문예와 학술적 성취를 어떠한 시선으로 바라보아야 하며, 역사적 성취와 그 의미가 무엇인지 재음미하기 위해서다.

3. 나라 밖에서 중간계층의 활동

중간계층은 구체적으로 어떤 존재인가? 앞서 심단이 어전 회의에서 중인의 범주로 의관·화사·역관·산원을 든 바 있다. 후대에 오면 다산 정약용은 의원·역관·율학(律學)·역원(曆員)·서화원(書畫員)·산수원(算數員) 등을 중인의 범주로 들었다.[12] 모두 경아전과 기술직 중인의 여항인이다.[13] 여기서 중간계층은 범박하게 말하면 기술직 중인의 여항인과 서얼을 포함하는 개념이다.[14] 따라서 나라 안에서 중간계층의 문예 활동과 성취, 그리고 그 의미는 기왕의 연구 성과에 돌리고, 이 자리에서는 나라 밖에서 중간계층의 문예와 학술 활동을 중심으로 주목하고자 한다.

기술직 중인은 17세기 후반에 이르러 역사적으로 부상한 계층이다.

12 丁若鏞, 『茶山詩文集』 권9, '議', 「通塞議」 참조.

13 여항인과 여항문학의 성과는 강명관, 『조선 후기 여항문학연구』, 창작과비평사, 1997 참조. 그리고 중인문학과 그 성과는 윤재민, 『조선 후기 중인층 한문학의 연구』, 민족문화연구원, 1999 참조. 여기서 여항인은 주로 기술직 중인임을 밝히고 있다.

14 중간 계층은 서얼 신분의 제술관과 서기를 비롯하여 역관, 양의(良醫), 사자관(寫字官), 화원(畵員) 등의 전문 기술을 지닌 인물과 하급 무관으로 한문 지식으로 소통할 수 있는 존재를 말한다. 교류와 지식과 관련한 실질적 역할을 한 존재임을 강조하기 위해 설정한 개념이다.

역관과 서얼의 부상은 국제적인 활동, 이를테면 사행에서 문예를 비롯하여 지식·정보의 활동과 관련이 깊다. 이들은 사행 과정에서 문예와 학술 활동을 통해 나라 안에서와 다른 자신의 존재를 드러내기 때문이다. 이는 조선조 후기로 오면서 볼 수 있는 특수한 현상이다. 서얼이 통청 요구를 하며 사회적 인식을 선명하게 하는 것도 조선조 후기에 이른 뒤의 일이다. 조선조 후기 이들은 뚜렷한 자기 인식을 통해 뚜렷한 계층을 형성하기도 하고, 사회적 주체로 등장하기도 한다. 이는 이들의 사회적 성장이자 역사적 진전을 보여주는 것이다. 조선조 후기에 이들이 나라 안팎에서 활동하며 자기 존재를 보여주는 것은 음미할 대목이다.

조선조 후기에 역관은 통역으로, 서얼은 서기와 제술관 혹은 자제군관의 자격으로 나라 밖의 사행에 참여하는 경우가 많았다. 이들은 나라 밖에서 문사와 만나 문예와 학술을 소통하며, 다양한 새로운 지식·정보의 습득은 물론 자신의 문예적 역량을 마음껏 발산하는 경우가 적지 않다. 이들은 사행 과정에서 나라 밖의 여러 문사와 교류하는 것에 그치지 않는다. 체험한 견문 지식과 안목으로 새로운 지식·정보를 체득하고 귀국 후에는 나라 안에 유통하여 문예와 학술계에 적잖은 영향을 준 바도 있다. 더러 나라 밖에서 체득한 해당 분야의 전문 지식과 실용 지식을 나라 안에 제공하기도 한다.

그런 점에서 사행 과정에서 이들의 체험과 견문 지식은 나라 밖의 문사와 교류한 외형적 모습과 다양한 새로운 서적의 국내 유입에만 초점을 맞춰 주목해서는 안 된다. 이것도 중요하지만, 이와 함께 견문 지식·정보의 체득과 제공이라는 무형의 영향력도 함께 중시해야 한다. 역관과 서얼이 나라 밖에서 다양한 인사와 교류한 폭과 넓이, 여기에 체험과 견문 지식이 다양할수록, 지식·정보와 관련하여 나라 안에서의 영향력도 커진다.

다음은 그러한 점을 주목한 발언이다.

> 심양으로 사신을 가는 자는 요양(遼陽)을 거쳐 간다고 들었네. 요양은 등주(登州)와 래주(萊州)에서 해로로 천 리 거리에 지나지 않기 때문에 남방의 문헌이 여기에 많이 있다네. 그대는 책방에 들어가서 살펴보게. 성인의 말과 현인의 말과 군자의 말과 문장가의 말과 제자백가의 말에서 패설과 쇄언에 이르기까지 반드시 모두 우리나라 사람들은 듣도 보도 못한 것일 터, 그대는 전심전력하여 웅장한 규모와 광범위한 내용을 널리 섭렵하시게. 문헌에 실린 옛말이 그대를 위한 말이 아니겠는가. 이제 심양에 가거든 연나라, 조나라 지방의 선비들을 방문하여 강개한 말을 듣고, 민중(閩中)과 절강 인사들을 방문하여 유가의 말을 들으시게. 문사들이 들려주는 오늘의 말이 그대를 위한 말이 아니겠는가. 그리고 돌아온 뒤, 그곳에서 들은 말을 나에게 들려주시게. 그대가 하는 말은 아마도 나를 위해 하려는 말이 아니겠는가? 내가 그대에게 말을 청해야 하니, 내가 무슨 말을 해주겠는가. 옛날 계찰이 조회하러 상국의 도성을 방문하였을 때 삼대의 음악을 보기를 청하여 품평하였다. 음악은 말을 꾸민 것이고, 꾸민 것은 실질의 나열이다. 그대가 실질적인 것에 먼저 힘써야 할 것이 계찰보다 더욱 많지 않겠는가?[15]

서형수(徐瀅修, 1749~1824)가 1778년에 심양으로 가는 유득공에게 준 송서(送序)다. 서형수의 숙부 서명선(徐命善, 1728~1791)이 심양문안정사(瀋陽問安正使)로 중국에 갈 때 유득공은 31세의 나이로 따라하게 된다. 이때 유득공은 중국행이 처음이었다. 서형수는 벗이던 유득공에게 서점에 들

15 徐瀅修, 『明皐全集』 권7, 「送柳惠風之瀋陽序」, "余聞使瀋陽者, 由遼陽. 遼陽之去登萊, 海路不過千里, 故南方文獻, 多在於此, 子試入其肆而觀之. 有聖人言, 有賢人言, 有君子言, 有文章言, 有百家言, 以至稗言瑣言, 必皆東人所未及聞者, 子乃壹意專志, 博涉其宗廟之美, 百官之富, 古之言, 其不爲子之言乎? 於是之瀋陽, 訪燕趙士, 聞感慨言, 訪閩浙人, 聞儒家言. 今之言, 其不爲子之言乎? 然後歸以所聞之言, 言諸余. 子之言, 其不爲余之言乎? 余實求子之言, 則余何言? 昔季札聘於上國, 請觀三代之樂而品題之. 夫樂, 言之文也. 文, 實之賓也. 子且實之先務, 其不有多於季札者乎?"

러 조선에 없는 책을 널리 구해보라고 조언한다. 이어서 '심양 지역의 여러 선비와 교유하여 당대 청조 현실을 탐문하며, 청조에서 획득한 다양한 체험과 견문 지식을 귀국 후에 들려줄 것'도 요청하고 있다. 말미에서는 유득공에게 실질에 많이 힘쓸 것도 당부한다. 유득공은 공식적 외교사절의 일원이 아니어서 공적 의례와 임무에 벗어나니, 이러한 상황을 적절하게 활용해 나라 밖의 지식·정보의 획득은 물론 체험을 권유한 것이다.

이러한 권유는 심양으로 가는 벗에게 전하는 덕담일 수 있지만, 이면에는 이국에서의 지식·정보와 견문 체험을 자신에게 알려달라는 부탁도 숨어 있다. 나라 밖에서 지식·정보와 관련한 유득공의 역할을 인식하고 이를 언급한 것일 터, 계찰보다 실질적인 것에 힘쓸 것이 많다는 언급도 그러한 인식의 연장이다. 이는 사행을 통해 새로운 지식·정보의 발신자가 되어 자신에게 새로운 지식·정보를 전달해 달라는 의미일 터이다. 계찰의 언급도 그 때문으로 이해할 수 있겠다.

주지하듯이 계찰은 사신으로 상국을 두루 방문하며 어진 이와 교유하고, 노나라에 가서 주나라의 음악을 듣고 열국의 치란과 흥망을 알았다고 한다. 그러니 유득공도 중국에 가서 청에 굴복하지 않은 '연조풍(燕趙風)'을 지닌 명나라 유민의 강개지사(慷慨之士)와 만나고, 유학의 도를 간직한 민중과 절강의 인사를 만나 시대 흐름과 정세를 탐문하고 자신에게 그것을 전해 달라는 것이다. 이 언급에 앞서 서형수는 귀국 후 유득공이 자신에게 하려는 말이 곧 자신이 묻고자 했던 것이니 송서에서 달리 할 말이 없다고 말하고 있다. 자신이 묻고자 한 것은 바로 유득공이 획득한 나라 밖에서의 지식·정보임은 물론이다.

몇 가지 사례를 통해 지식·정보와 관련한 중간계층의 구체적 활동을 더 확인해보기로 한다. 먼저 서얼 박제가의 경우다. 박제가의 셋째 아들 박장암(朴長馣)이 찬집한 『호저집(縞紵集)』을 보면, 당시 청조 지식인과 관계 맺는 외연과 그 폭을 알 수 있다. 『호저집』은 박제가가 청조 지식인과 시와 편지로 교류한 인물 정보와 주고받은 글을 모아 놓은 것이다.[16] 1778년 첫 번째 연행에서부터 1801년 4번째 연행까지 부친이 교유한 청조 지식인의 인물 정보를 시기별, 인명별로 정리해둔 인명사전과 같다. 여기서 박장암은 부친의 연행 시기를 고려하여 청조 인물의 정보를 파악하고, 시기별로 편집하였다.[17]

박장암은 『호저집』에서 172명[18]의 청조 지식인의 인물 정보와 그들의 성명과 자호(字號), 벼슬과 사실관계 등을 기록해두었다. 172명의 청조 지식인들의 정보와 부친과의 교유 내용도 구체적으로 실었다.[19] 172명은 박제가가 18세기 중반에서 19세기 초반까지 청조 인사와 교유한 인적 네트워크이기도 하지만, 어찌 보면 이 시기 조선조 지식인이 청조 지식인과 교유한 모든 인적 범위의 전부라 해도 과언이 아니다. 박제가가 교류한 172여 명이나 되는 나라 밖의 인적 네트워크는 나라 안에 있는 많은 사대부 문사들이 활용할 수 있는 지식인 사전 역할을 하기에 충분했다. 한어(漢語) 소통이 가능했던 박제가는 나라 밖에서 자신의 문예와 학술 역량을 마음껏 발산하며 지식·정보를 생성하여 발신하고 유통해 지식 생산의 주체자로 활동했다. 그러한 결과물이 바로 『호저집』에 실려 있는 172명의 청조 지식인이다.

그런데 박제가가 청조 지식인과의 교류를 통해 획득한 지식·정보는

---

16 『호저집』의 권수에서는 교유한 인물 정보를 인물 사전의 방식으로 제시하고 있다.

17 朴長馣, 『縞紵集』, 凡例, "諸人結交次第, 戊戌辛酉則, 皆爲有第所據, 庚戌辛亥則先後相連, 首尾模糊, 故姑斟酌而序列之."

18 하지만 항목을 제시하지 않고 거론한 인물까지 합치면 모두 185명이다.

19 앞의 책, 凡例, 一, "戊戌爲第一篇, 庚戌辛亥爲第二篇, 辛酉爲第三篇. 凡三篇之內, 摠一百十人, 而事蹟間多闕畧, 其搜于簡冊斑斑可考之外, 或得於篇章款識之末, 或摘於敗紙模糊之餘, 所得才十之一二. 故或只有名姓而幷無字號者, 或俱名姓字號而爵里事實, 寂不可詳者, 多矣."

현장에서 체험한 견문 지식과 교류를 통해 체득한 다양한 유·무형의 것임은 물론이다. 박제가는 이러한 인적 교류와 견문을 통해 체득한 지식을 토대로 새로운 지식을 생성함으로써 나라 안의 다양한 사대부 지식인에게까지 많은 영향을 끼쳤다. 박제가가 생성한 지식·정보는 국내에 유통되어 알게 모르게 새로운 문예와 학술의 자양분이 되었음은 물론이다.

그렇지만 박제가는 나라 안에서 사대부 지식인과 대립하여 자기 정체성을 확고히 하면서까지 자신이 체험한 지식·정보의 발신자로 자임하거나, 실현을 위한 적극적 행보를 보이지는 않았다. 그는 나라 안에서는 '연암(燕巖)그룹'[20]의 일원으로 참여하면서 그룹 내 여러 계층의 인사들에게 나라 밖에서 체험한 견문 지식을 활발하게 제공하는 데 머물고 만다. 박지원을 포함한 '연암그룹' 인사도 박제가의 해외 체험과 견문 지식을 통해 자신의 지식·정보로 만들어 문예에 활용하게 된다. 아마 박지원을 비롯한 '연암그룹' 인물의 글에서 박제가의 그림자가 언뜻언뜻 보이는 것도 이 때문이다.

역관 이상적도 마찬가지다. 그는 12차례나 연행에 참여하였다. 오랜 기간 청조 문사들과 교유하며 그 결과를 '회인시(懷人詩)'에 담았다. 모두 99수 가량 되는데, 「회인시」 28수, 「속회인시」 57수, 「서소편(西笑編)」 14수 등이 그러하다. 이 작품을 통해 이상적이 교유한 인물은 모두 98명임을 확인할 수 있다. 여기서 이상적이 '회인시'를 통해 나라 밖에서 어떠한 인물과 교류하고 어떤 생각을 표출하고 있는지 그 실상을 파악할 수 있다. 그는 '회인시'에서 자신의 시적 역량을 마음껏 드러내고 있을 뿐만 아니라 당당한 문예의 발신자로 자임하고 시인으로서의 자부심도 표출하고 있다.

20 연암 그룹은 오수경, 『연암 그룹 연구』, 월인, 2013 참조.

이상적이 연행한 횟수를 고려하면 나라 밖의 문사와 교류한 인물은 박제가에 비해 그다지 많지 않아 보인다. 박제가도 그렇겠지만, 이상적이 실제 대면하여 교류한 인물과 그 교류 양상은 글로 담지 못할 정도로 많았을 테다. 하지만 시문을 통해 확인할 수 있는 교류 대상은 그 얼개만 알 수 있을 뿐이다. 그들이 직접 대면해 어떠한 대화를 나누고 무엇을 교류하였는지는 자료로 남아 있지 않아 그 외연을 확인할 길이 없다. 기실 나라 밖에서의 체험과 견문 지식도 그 일부만 국내에 전달된 것일 터, 이를 고려한다면 단순히 기록으로 남은 교류 인물로만 지식·정보와 관련한 이들의 역할을 판단할 수는 없을 법도 하다.

이러한 양상은 통신사행에서도 마찬가지다. 『통문관지』를 보면 통신사행에 참여하는 인원은 대략 521명으로 명시되어 있다.[21] 규정상 통신사행의 규모는 연행사를 능가한다. 그런데 통신사에 참여한 인물 중 교류를 주도한 축은 주로 제술관과 서기 등 문재를 소유한 인사다. 여기서 이들의 역할을 주목할 필요가 있다. 이들이 통신사행에서 문화 교류의 주역으로 등장하기 때문이다.

당시 통신사행의 제술관과 서기는 대체로 서얼이 맡았다. 이들이 주로 에도 막부의 다양한 문사와 필담을 나누거나 수창하면서, 나라 밖에서 자신의 문재를 떨치는가 하면, 나라 밖에서 견문 체험한 기록을 국내에 유통함으로써 나라 안의 문예에까지 일정한 영향을 끼쳤다.

하나의 사례를 들어 본다. 1719년 기해통신사의 제술관으로 참여한 신유한과 그의 『해유록(海游錄)』이다. 같은 서얼 출신인 성대중은 "그의 『해유록』은 문장이 매우 뛰어나서 한 시대를 풍미하였다. 대체로 남쪽 땅 일개 선비로 30년 동안 도성의 문단을 주도하였는데 어찌 까닭이 없었겠는가?"[22]라 하여 신유한의 『해유록』의 위상과 함께 그의 문재를 주

21 김구진, 이현숙 번역, 『국역 통문관지』 권1, 1998. 281~284면.

목했다.

영조가 홍세태와 신유한이 통신사행 과정에서 일본에서 문재를 떨친 것을 알고 있었다는 사실은 흥미롭다. 1763년 계미통신사의 정사로 다녀온 조엄이 연석에서 사행 과정을 묻는 영조와 대화를 나누는 연화(筵話)에서 영조가 "남옥이 홍세태 · 신유한에 비하여 어떻던가?"라고 묻자 "시와 문에 다 잘하는 것이 있으며, 갑자기 지었으되 다 잘 지어내었습니다"[23]라 답을 한 바 있다. 이미 영조는 홍세태와 신유한 등이 사행에서 문재를 떨친 것을 알고 있었고, 이어서 남옥 역시 사행 과정에서 문재로 역량을 발휘했는지를 물었던 것이다. 영조가 주목한 것은 이들 서얼 문사들이 문학적 역량을 발휘하여 에도 막부에서 활약한 사실에 있다.

연암 박지원도 「서이방익사(書李邦翼事)」에서 신유한의 『해유록』을 인용한 바 있고, 다산 정약용도 「발해사문견록(跋海槎聞見錄)」과 「신청천문견록평(申青泉聞見錄評)」 등에서 『해유록』 내용의 장단점을 적시한 바 있다. 어쨌거나 조선조 후기 지식인들이 조선조 후기 일본 관련 다양한 지식을 풍부하게 담은 기록으로 『해유록』을 주목한 것은 흥미롭다. 이 점을 눈여겨볼 대목이다. 이는 에도 막부 관련 지식·정보를 『해유록』을 통해 확인하고, 이를 이국 지식·정보의 중요한 서적으로 인식한 사실을 보여주는 사례다.

그렇다면 이들이 에도 막부의 다양한 인물과 수창하고 필담을 나눈 인원은 얼마나 될까? 1763년 계미통신사의 일원으로 참여한 원중거는 거의 천여 명을 만나 교류했음을 밝히고 있다.[24] 남옥 역시 일본 사행에

22 成大中, 『青城雜記』 권5, 「醒言」, "然其海遊錄甚奇, 膾炙一世. 夫以南士一下士, 持一代文章, 柄於都下者三十年, 豈無以哉?"

23 趙曮, 『海槎日記』, 「筵話」, "上曰, 南玉比洪世泰 · 申維翰何如? 對曰詩與文, 皆有所長. 而倉卒所作, 皆能善成矣, 皆能善成矣."

24 『長門癸甲問槎』, "往還四五千里所接文人韻士千餘人", 『東遊篇』, "筑之東武之西, 三

서 만난 이가 천여 명이라고 하였다.[25] 그가 지은 사행 기록인 『일관기(日觀記)』(권4)의 「수창제인(唱酬諸人)」을 보면, 자신이 수창한 이들의 이름과 호 등을 자세하게 나열하고 있다. 남옥이 열거한 인물들은 대략 500여 명을 헤아린다고 했다.

이들이 체험한 경험과 견문 지식은 서책을 통해 확인할 수 있는 것 이상의 다양함과 넓이를 지닌다. 이러한 체험과 견문 지식은 귀국 후 나라 안의 사대부와 중간계층 내부의 지식·정보의 확장은 물론 문예와 학술장에까지 영향을 주었음은 충분히 짐작할 수 있다. 사실 나라 밖에서의 체험과 견문한 지식을 나라 안의 다양한 지식인에게 제공함으로써 영향을 끼친 사례는 세세하게 언급하지 않더라도 충분히 알 수 있기 때문이다.

나라 밖에서의 새로운 체험과 견문 지식의 체득은 처음에는 눈으로 보고 말을 하며, 다음에는 생각하며 글로 정리하는 과정을 거쳐 형성된다. 이러한 지식·정보의 전달 과정이 일반적이라면, 말로 하는 전달은 양과 확산 속도 면에서 글보다 월등하다. 이 점에서 이들이 체험하고 견문한 지식의 양과 질은 나라 안 사대부 지식인의 사유와 문예, 나아가 학술에까지 빠른 속도로 문예적 자양분을 제공하기에 충분했을 것이다.

특히 역관은 사행에 항상 참여하며 자신이 체험한 견문 지식과 나라 밖의 인사들과 교류하며 체득한 지식·정보가 가장 많다. 이는 일부 서얼 인사에서 확인할 수 있다. 지금 이 자리에서는 역관과 서얼과 같은 중간계층이 나라 밖에서 많은 인사와 교류하며 인적 네트워크를 형성하여 자신의 문예와 학술을 소통한 구체적 내용까지 거론하지 않는다.[26] 다만

四月之間, 揖讓一千餘人, 唱酬二千餘篇."

25 大典顯常, 『萍遇錄』, "秋月: 僕背歷貴邦數千里州郡, 遇人士僧道殆千百, 所唱和詩章爲千餘篇."

26 중간계층이 나라 밖에서 많은 인사와 교류하며 인적 네트워크를 형성하여 자신의 문

나라 밖의 인물과의 인적 교류와 그 외연을 거론하는 것 자체가 중간계층이 교류한 인적 네트워크 범주의 확인이다. 또한 이것은 나라 밖에서 중간계층이 활동한 범위와 실상임을 기억할 필요는 있다.

주목할 점은 중간계층이 자신들의 문예적 성과를 나라 밖에서 간행한 사실이다. 중간계층이 자신을 포함하여 주변 중간계층 인사의 문예와 학술적 성과를 갈무리하여 나라 밖에서 출간하는 것은 이례적이다. 이는 나라 안의 문예장에서 문예 작품을 소비하고 유통하는 상황과 무관하지 않기 때문이다.

대체로 조선조 사대부 지식인은 자신이 구축한 위계화한 지식체계와 문예 질서만을 중시하며, 자신이 생성한 지식·정보와 문예나 학술에만 그 가치와 유효함을 부여한 바 있다. 중간계층이 생성한 성과를 제대로 인정하고 평가하는 시선은 없고, 중간계층까지 아우르는 복수의 문예장을 인정하지 않는다. 사대부 지식인이 복수의 지식·정보를 인정하지 않는다. 중간계층의 지식·정보가 평등하게 평가받지 않는 상황에서 중간계층은 스스로 생성한 지식·정보를 주체적으로 소비하거나 발신하는 주체가 되지 못한다. 오로지 사대부 지식인이 구축한 지식·정보의 위계질서 내에서 하위에 배치되어 소비되고 만다. 중간계층은 사대부가 구축한 가치 질서의 하위 주체로 존재함으로써 자신이 생성한 지식·정보의 발화자가 아니라 그저 중개자의 역할에 머물 뿐이다. 사대부 지식인은 중간계층의 문예적 성취조차 객관적으로 평가하지 않음은 물론 필요에 따라 취사선택하고 배제하기 때문이다.

해서 나라 안의 지식·정보의 생성·유통·소비의 불균형을 인식한 일부 중간계층은 나라 밖에서 스스로 문예와 학술의 주체가 되고, 지식·정

예와 학술을 소통한 구체적 내용의 논의는 이 책의 제5부 제1장 「18~19세기 사행과 중간계층」 참조.

보의 발신자가 되려고 했다. 특히 역관은 이를 위해 자신들의 시문과 문집을 나라 밖에서 간행하여 자신의 문예적 역량을 나라 밖에서 유통하고 소비했다. 이 점을 주목할 필요가 있다.

사실 나라 밖에서 이국 문사와 필담과 수창을 하고, 자신의 문예적 역량과 학술적 성취를 발산하거나 시문집을 간행하는 것은 중간계층만의 전유는 아니다. 그렇지만 중간계층이 자신이 생성한 문예와 지식·정보의 주체가 되어 발신한 점, 나라 밖에서 한 문인으로 평가받고자 한 점, 이를 나라 밖에서 유통하고 소비함으로써 자신의 존재를 증명하고자 한 점은 무엇보다 소중하다.[27]

대표적인 사례가 사가(四家)다. 사가 중 서얼이던 이덕무·유득공·박제가 등은 연행 이전부터 홍대용을 통해 청조 문인에게 시를 보내는 등, 자신의 문예적 역량을 발산하고 있었다. 이들의 시적 역량을 알았던 유득공의 숙부 유금(柳琴, 1741~1788)은 1776년 연행사에 참가한 것을 계기로 이들의 시적 역량은 청조 문단에 널리 알리고자 했다. 유금은 이덕무·유득공·박제가·이서구(李書九)의 시를 선집하여 『한객건연집(韓客巾衍集)』을 만들어 청조로 가지고 가 이를 실현하게 된다. 마침내 그는 청조의 문인 이조원(李調元, 1734~1802)과 반정균(潘庭筠, 1742~?)에게 보내 서문과 평어를 받고 귀국했다. 사가의 시적 역량은 이미 나라 안에서도 명성을 얻고 있었다. 이후 청조 문사의 서문과 평어가 붙은 『한객건연집』은 당대 문인들의 애호와 주목을 받게 된다. 조선조 후기 시집 중에서도 가장 많은 사본(寫本)이 남아 있을 정도로 사가시는 18세기 나라 안팎에서 문인들의 애독서 중의 하나가 되기도 했다.

한편 사가 시인 중 이덕무는 1778년 박제가와 함께 연행하여 자신의

27 17세기와 18세기에 중간계층이 나라 안에서 자신들의 자의식과 정체성을 확인하기 위한 간행 작업을 많이 진행했다면, 19세기에는 나라 밖에서 많이 진행하였다.

저술인 『청비록』을 청조 문사에게 건넨 바 있다. 이조원에게 한 부를 보내주자, 이를 본 반정균은 산정(刪訂)을 한 뒤 축덕린(祝德麟)의 서문을 함께 보내주었다. 이후 이조원은 1795년 무렵에 『속함해(續函海)』를 편찬하면서 『청비록』을 수록하게 된다. 이조원이 『속함해』에서 동아시아 삼국의 시인과 대표작을 소개할 때, 『청비록』을 가장 많이 배치할 정도로 이덕무의 시안(詩眼)을 존중했다. 이처럼 이덕무는 나라 밖에서 자신의 저술을 청조 문사들에게 알리고, 자신의 문학적 역량을 발신한 것이다.

유득공의 『이십일도회고시』도 마찬가지다. 이 시집은 1785년에 전주(箋註)를 달아 편집한 이후, 1792년에 이덕무의 교정을 거쳐 정고(定稿)하고, 이후 다시 목판으로 간행된 바 있다. 유득공은 1790년 연행 시에 이 시집의 수고본(手稿本)을 가지고 가서 기윤(紀昀, 1724~1805)에게 증정하였다. 이후 이 시집은 옹방강(翁方綱, 1733~1818)의 손을 거쳐 조지겸(趙之謙, 1829~1884)에도 건네졌다. 1877년 조지겸은 『학재총서(鶴齋叢書)』를 간행하면서 이 『이십일도회고시』를 수록했다.

사가 시인 외에도 역관 우선(藕船) 이상적(李尙迪)도 1829년부터 1864년까지 모두 12차례 연행에 참여하면서 문예의 주체로 발신한 바 있다. 특히 그는 1847년 8차 연행에 참여할 당시 유리창에서 자신의 문집 『은송당집(恩誦堂集)』을 목판으로 간행했다. 1858년 연행에서는 부친 이정직(李廷稷, 1781~1816)의 시집 『천뢰시고(天籟詩稿)』[28]를 청조에서 간행한 뒤, 청조 문사에게 배포하고 그 일부를 국내로 들여오기도 한다. 이상적은 12차례의 연행 과정에서 다양한 중국 서적을 국내로 가져오는데, 특히 제주도에 유배된 스승 김정희를 위하여 연행에서 구입한 서적을 보내주기도 했다. 계복(桂馥)의 『만학집(晩學集)』, 운경(惲敬)의 『대운산방문고(大雲山房文

28 『천뢰시고』의 작품과 그 성취는 이현일, 「天籟 李廷稷 詩 硏究」, 『한국한시연구』 23, 2015, 313~356면.

庫)』, 하장령(賀長齡, 1785~1848)의 『경세문편(經世文編)』 등이 그것이다.[29]

이상적이 청조에서 구입한 『황청경세문편(皇淸經世文編)』은 전대의 경세서를 총집한 거질의 총서류다. 거질의 총서를 구입한 경비도 그러려니와, 이러한 서적을 주목한 안목과 이를 멀리 제주도까지 보낸 자체가 놀랍다. 이 저술은 129권 79책으로 1827년 청조 학자 하장령이 막료 위원(魏源, 1794~1857)과 함께 편찬한 것인바, 스승의 학술적 성취를 위해 필요한 서적을 파악하여 보낸 것임은 물론이다. 이는 최신 서적 간행 상황과 학술과 문예적 안목이 없으면 불가능하다. 이상적처럼 나라 밖에서의 출판 상황과 간행된 서적의 가치를 아는 것도 지식의 일종이다.

이처럼 이상적은 나라 밖에서 자신의 학술적 안목과 역량을 토대로 문예의 주체가 되어 발신하고, 남다른 서적 관련 지식·정보를 토대로 최신 서적을 국내에 들여와 유통하였다. 이러한 활동은 나라 안에서의 역관의 존재 방식과 역할과는 사뭇 달랐다. 주체적인 학술 활동이자 문예와 학술의 발신자의 모습이다. 이는 나라 안의 지식·정보의 생성·유통·소비의 불균형한 위계질서에서 역관의 존재 방식이나 위상과 다른 차원의 활동이자 모습임은 물론이다.

그런데 중간계층 인사가 해외 출판에 눈을 돌려 자신의 존재 방식을 재정립한 것은 19세기에 두드러지게 나타난다. 추사의 제자 김석준(金奭準, 1831~1915)은 역관 이언진의 문학적 역량을 호출하고, 그 성과를 청조에 알림으로써 문예의 발신자로 추어올렸다. 단지 과거의 시공간에서 호출하는 데 머물지 않는다. 1860년에는 청조에서 『송목관집(松穆館集)』의 간행을 주선하여 목판으로 된 문집 간행을 성사시키기도 했다. 이상

29 金正喜, 『阮堂全集』 卷4, 「書牘」'其五', "去年以大雲晩學二書寄來, 今年又以藕耕文編寄來, 此皆非世之常有, 購之千萬里之遠, 積有年而得之, 非一時之事也." 이러한 제자의 고마움에 '세한도'로 보답했음은 익히 알려진 바다.

적 또한 김석준과 마찬가지로 청조를 왕래하며 이언진의 시를 중국 문사에게 널리 알렸다. 나라 안에서 제대로 평가받지 못한 역관 이언진을 기억하고 청조 학계에서 그를 다시 소환한 것이다. 이러한 활동은 청의 학자 동문환(董文渙, 1833~1877)은 이언진과 유득공의 시를 뽑아 1868년에 『한객시록(韓客詩錄)』을 편찬하는 계기를 주었다.[30] 동문환의 편찬은 중간계층이 청조 인사와의 지속적인 교류와 문예 발신자의 안목이 있어 가능했다.

조선조 문사에 관심이 많았던 동문환은 장서가 집안의 후예로 서적 수집열이 남달랐다. 그는 박영보(朴永輔)와 박규수(朴珪壽)를 비롯하여 19세기 후반 역관으로 활동했던 김석준, 이상적, 이용숙(李容肅), 변원규(卞元圭, 1837~1896) 등과 교류하면서 그 폭을 넓혀 나갔다. 동문환이 조선조 문인의 저작 계획을 밝히자, 중간계층은 그의 간행 소식을 듣고 시문집을 보내 적극적으로 돕기도 했다. 간행을 위해 보낸 대상에는 이언진, 이상적, 이상적의 부친 이정직과 종숙 이정주(李廷柱), 그리고 김석준 등의 시문집도 있었다.

그런가 하면 동문환과 반대로 김석준은 청조 시인의 시문을 나라 안 문사에게 소개하기도 한다. 그는 『호해시초(湖海詩鈔)』를 편찬하여 18~19세기에 활동했던 청조 시인의 시문을 소개하고,[31] 서울 문단에 전해주었

30 李豫 편, 『韓客詩存』 書目文獻出版社, 1996, 316면과 334면 참조. 하지만 동문환은 『한객시록』을 편찬하지 못하고 병사하고 만다. 동문환은 조선조 문인들의 시문을 수집하여 『한객시록』으로 편찬하고자 하였다. 『한객시록』에 소개된 작품과 동문환의 19세기 조선조 문사와의 교류 양상은 김명호, 「董文渙의 『韓客詩存』과 韓中 문학 교유」, 『한국한문학연구』 제26집, 2000, 393~409면.

31 『호해시초』는 미국 하버드대학교의 옌칭도서관에 소장되어 있는데, 정몽성(程夢星)으로부터 실원(實源)까지 51명의 인적 사항을 약술하였다. 특히 청나라 시화집인 『포갈산방시화(蒲褐山房詩話)』를 인용하여 시와 생애를 기술하고 있다. 『호해시초』의 서지사항은 허경진·유정, 「以『湖海詩鈔』看清詩話的東傳」, 『동아 인문학』 제16집, 동아인문학회, 2009 참조.

다. 이는 단순한 문예 지식·정보의 전달에 그치는 것은 아니다. 당대 청조 문예의 흐름을 장악하고 시인의 특장을 파악할 수 있는 안목과 역량이 없으면 불가능하다. 나라 밖의 정황을 잘 알지 못하던 사대부 지식인은 할 수 없는 문예 지식의 발신과 유통이다. 나라 밖에서의 출판 활동은 사대부 지식인의 문예적 안목과 시야를 넓혀 주었다는 점에서 또 다른 지식·정보의 제공이자 발화자의 모습인 셈이다.

이 외에도 중간계층은 인적 교류와 출판 활동을 비롯하여 나라 밖에서 다양한 문예적 성취를 보여주기도 한다. 청조로부터 명필로 주목받은 사례도 그중 하나다. 만향재(晩香齋) 엄한붕(嚴漢朋, 1685~1759)이 바로 그러한 인물이다. 그는 경아전으로 태화전(太和殿) 동쪽 등화문(登化門) 옆의 '경화문(景化門)' 편액 3자를 적어 자신의 예술적 역량을 청조에 알린 바 있다. 그가 '경화문'의 현판 글자를 쓴 내력은 흥미롭다. 조선조에서 올린 자문(咨文)을 본 옹정제(雍正帝)가 해서(楷書) 필법의 정묘함에 감탄하였고, 이후 청조의 칙사가 조선에 입국해서 엄한붕에게 '경화문' 3자를 받아간 뒤 이것을 현판으로 만든 것이다.[32]

사실 엄한붕은 당시 어필(御筆)의 모사를 하명 받을 정도로 글씨에 뛰어난 인물이다. 이규상(李奎象, 1727~1799)은 『병세재언록(幷世才彦錄)』에서 18세기 서가로 그의 글씨를 주목한 바 있다. 비록 엄한붕은 나라 안에서 단순히 사자(寫字)로 이름을 얻었지만, 나라 밖에서는 사자를 뛰어넘어 뛰어난 예술가로 인정을 받은 것이다.

조선조 후기 중간계층은 사대부가 구축한 지식·정보의 위계질서 내에서 문예 지식·정보의 주체적 발신자가 되지 못하고, 문예와 학술 장에

32 이 내용은 엄한봉의 아들 엄계응(嚴啓膺, 1737~1816)이 지은 『약오가장(藥塢家藏)』의 「금금기실서(錦衾記實序)」에 저간의 상황이 나온다. 『약오가장』은 『閭巷文學叢書續集』 二, 성균관대학교 대동문화연구원, 2022, 293면.

서도 자신의 역량을 발산하는 데 근본적인 장벽이 있었다. 그래서 이들 중 일부는 나라 밖에서 자신의 지식·정보를 발사할 수 있는 공간을 찾거나, 일국 너머의 다양한 문사와의 교류와 출판을 통해 이를 실현함으로써 문예 지식의 발신자로 거듭난다. 그뿐 아니라 중간계층은 자신이 일국 너머에서 견문한 다양한 체험과 지식·정보를 나라 안에 유통하여 문예와 학술 장에 적지 않은 영향을 끼치기도 했다. 이것은 조선조 후기 문예와 학술 장에서 중간계층이 이룩한 또 하나의 성취임은 물론이다.

4. 지식·정보와 중간계층

나라 밖에서 체험하고 견문한 중간계층의 지식·정보는 당대 지식인의 인식을 확장하고 새로운 사유의 계기를 준 사례는 적지 않다. 이들이 사들인 서적을 통해서도 확인할 수 있고, 직접 체험하고 견문한 내용의 전문, 여기에 이국 인사와의 교류를 통해 체득한 문예 지식·정보를 나라 안에 전달한 것에서도 확인할 수 있다. 역관과 사행에 참여한 서얼 등이 나라 밖에서 간행된 서적을 국내에 들여와 새로운 문예의 생성에 기여한 것도 같은 맥락이다.[33] 역관은 서적 간행과 출판 정보를 잘 알고 있는 데다 구매를 전담했기에 누구보다 최신 서적을 쉽게 구매하여 나라 안으로 유통시킬 수 있었기 때문이다.

서유구(徐有榘, 1764~1845)는 『금화경독기(金華耕讀記)』에서 "우리나라 사

33 지식과 중간계층의 관련 양상은 진재교,「18~19세기 초 지식·정보의 유통 메커니즘과 중간계층」,『대동문화연구』 제68집, 2009, 81~113면; 진재교「18·19세기 동아시아와 知識·情報의 메신저, 譯官」,『한국한문학연구』 제47집, 2011, 105~138면.

람들이 중국 서적을 구하는 방법은 다만 책문에서 연경까지 하나의 길만 있어 역관에게 그 권한을 부여하지 않을 수 없다"[34]라고 한 것은 역관과 서적의 관계를 보여주는 단적인 예다. 서유구가 연행에서의 서적 구매가 오직 역관의 손에 달려 있다고 언급한 것은 전혀 과장이 아니다.

역관의 지식·정보와의 관계는 문예 서적에만 그치지 않는다. 실용지식의 획득과 확산 역시 역관과 관련이 있다. 역관이 자발적으로 사역원에 필요한 서적을 구입한 것은 좋은 사례다. 당시 역관은 사행에서 외국어 구사 능력보다 무역에 골몰하는 경우가 일반적인데, 청학역관(淸學譯官) 이석재(李碩材)는 이와 사뭇 다른 행보를 보였다. 그는 사행에서 만주어와 중국어, 표준말과 사투리가 뒤섞여 소통의 어려움 해결에 필요한 서적을 구입해 사역원에 바친다. 이석재가 구해 사역원에 바친 『비한절요(備漢切要)』는 중국어와 만주어의 원활한 통역을 위해 필요한 서적이었다. 이를 언문으로 번역해 역과 시험에도 활용할 만한 가치가 있다고 한 것은 이를 말한다.[35]

『비한절요』는 실용지식을 담고 있는 서적이지만, 역과 시험에 활용할 수 있을 정도의 유용성과 가치를 지녔다. 이 점에서 이석재가 구입한 『비한절요』는 사적인 독서 취향의 차원을 넘어선다. 자신이 구입한 서적이 국가 제도에 활용됨으로써 실용지식의 효용과 확산을 보여주는 상징

---

34 徐有榘, 『金華耕讀記』 권5, 「儲書」, "東人之購求華本, 只有燕柵一路, 不得不寄其權衡于象譯, 而象譯之所從而求訪."

35 『各司謄錄』 90, 「勅使謄錄」 1, 肅宗 31年(1705) 乙酉, "今四月初六日, 廻還冬至正使李, 副使李, 書狀李, 留待引見入侍時, 正使李所啓, 彼中衙譯輩, 丙子被虜人皆死, 卽今通官, 皆是其子孫之學習者, 言語生澁, 多未通情, 我國譯官能言者絶少, 皆以買賣爲心, 不復留意於言語. 且淸語華語相雜, 官話鄕話各異, 通語漸難, 若不各別勸奬, 前頭傳語之路, 殊甚可慮. 今行淸學譯官李碩材, 買得新刊備漢切要者, 將欲納于本院, 臣取看其書, 則彼國亦慮兩語相雜, 以漢語解淸語, 以淸語飜漢語, 極爲分曉. 若令該院, 飜以我國諺文, 用之於譯試, 則誠爲有益. 且李碩材之留心買書, 亦可尙, 令該院取其書, 用於保試, 買書人, 優等等第施賞, 以爲激勸之地何如. 上曰, 依爲之."

으로 주목받았다. 하나의 서적이 누구에게 도움을 주고, 사회에서 어떠한 역할을 했던가를 생각하면, 『비한절요』는 문예 지식 이상의 의미를 지니는 것이다.

그런가 하면 이국의 중요한 지식·정보를 수집한 역관도 있다. 청조의 중요한 정보가 담긴 진본 문서를 구하여 나라에 바친 사례도 있다. 사행에서 역관은 다양한 풍문을 듣기도 하고, 자신이 직접 중요한 지식·정보가 담긴 문서나 기록을 수집하기도 한다. 연행에 참여한 3명의 역관이 타국의 중요한 국가 문서를 구해 바친 것은 특이하다.

> 지금 4월 초6일에 동지정사 이이명, 부사 이희무(李喜茂), 서장 이명준(李明浚)이 연행 갔다 돌아와서 머물러 기다렸다가 임금이 불러 만나보는 자리에 정사 이이명이 아뢰기를 "저 중의 문서는 구입한 곡절은 이미 아뢰었습니다만 역관 박세화(朴世和), 안자신(安自新), 한흥오(韓興五) 세 사람이 전후로 사재를 내었는데 각각 80냥이었습니다. 대개 문서의 매입은 이 밖에 다른 방법이 없는 데다 이 길은 끊어질 수밖에 없습니다. 각각 쓴 비용이 많고 또한 이 문서는 진본이니 시상하지 않을 수 없습니다. 해당 조로 하여금 규례를 살펴 어찌할지 처리하게 하소서"라 하였는데, 윤허한다고 전교하였다.[36]

역관 3인이 청조에서 간행한 문서를 사비로 입수한 경위는 특별하다. 그들이 자발적으로 갹출하여 청조에서 흘러나온 진본 문서를 살 정도면, 그 자체 상당한 내용을 담고 있는 것으로 보인다. 연행에 동행한 정사 이이명이 그 가치를 알아보고 숙종에게 포상을 건의하는 것도 같은 맥락

36 『各司謄錄』 90, 「勅使謄錄」 1, 肅宗 31年(1705) '乙酉四月初六日', "今四月初六日, 回還冬至正使李頤命, 副使李喜茂, 書狀李明浚. 留待引見入侍時, 正使李所啓, 彼中文書, 購得曲折, 旣已陳達. 而譯官朴世和安自新韓興五三人, 前後所出私財, 每人各八十兩, 大槩文書購得, 此外無道, 此路不可不絕斷, 而各人所費, 亦不貲, 又是文書眞本, 不可不施賞, 令該曹考例稟處何如. 傳曰允."

이다. 여기서 중요한 것은 자비로 청조의 정부 문서 진본을 구하는 일은 오직 역관만이 가능하다는 사실이다. 이는 서적 구입과 다른 차원이다. 현지 사정을 모르면 할 수 없는 지식·정보의 획득이다. 사실 청조의 문서의 소장과 출처, 그리고 이를 구입하는 방법의 인지 자체가 중국어를 할 수 있는 역관의 특권이자 그들만이 보여줄 수 있는 일종의 지식이다. 역관이 자국에 필요하다고 스스로 판단하고 능동적인 자세로 이를 사서 올렸다는 점이 중요하다. 역관이 문서의 가치와 중요성을 알고, 국가에 필요한 진본 문서로 인식한 것은 남다른 안목이다. 이는 역관이 정치·외교와 관련한 지식·정보의 발신자가 된 것이다. 국가 경영에 필요한 지식·정보를 제공한 점에서 문예 지식과 다른 차원의 발신자로서의 모습이다.

통신사에 참여한 의원도 마찬가지다. 계미통신사(1763년)에 참여한 의원 남두민(南斗旻, 1725~?)과 김인겸(金仁謙, 1707~1772)은 에도 막부의 의원 기타야마 쇼우〔北山彰〕와 해부학을 주제로 필담을 나누며 새로운 서구 지식에 접속할 기회를 얻는다.[37] 당시 기타야마 쇼우가는 야마와키 도요〔山脇東洋, 1706~1762〕의 해부학 저술인 『장지(藏志)』를 거론하며 필담을 이끌어 갔다.[38] 에도 막부의 해부학은 1634년 이후 네덜란드와의 교역 이후 일본에 유입되고, 얼마 뒤 『해체신서(解體新書)』[39]로 이어진 것은 알려진

37 김형태, 『통신사 의학 관련 필담창화집 연구』, 보고사, 2011, 202~204면.

38 야마와키 도요는 에도 중기의 의원으로 이름은 상덕(尙德)이고 자는 현비(玄飛), 자수(子樹), 통칭 도작(道作)이다. 처음에 이산(移山)으로 나중에 동양(東洋)으로 호를 하였다. 그는 1754년 2월 7일에 실증정신을 바탕으로 누구도 도달하지 못했던 인체 해부를 시행하였다. 관의 허락을 얻어 교토의 육각옥(六角獄)에서 처형당한 죄수의 사체를 해부하였는데, 소와 말을 도살하는 자를 시켰다. 사체는 머리 부분을 없애고, 그림은 문인이었던 아사누마 사에이〔浅沼佐盈〕가 그리고 1759년에 『장지』라는 제목으로 간행이 되었다. 야마와키 도요와 『장지』는 大塚恭男, 『東洋医学入門』, 岩波書店, 1996, 22~31면.

39 『해체신서』는 1774년에 스기라 겐파쿠〔杉田玄白, 1733~1817〕과 마에노 류타구〔前野

사실이다. 흥미로운 점은 기타야마 쇼우가 서양의 해부학을 전통 동아시아 의학과 다른 차원의 의술로 인식하고, 이를 논제로 삼아 남두민에게 질문한 것이다. 이는 서양 의술을 수용한 해부학을 일본 의술의 중요한 성과로 인식하고, 조선 의술과 비교하려는 의도가 있었다.

여기에 남두민과 김인겸은 동아시아 전통 의서인 『황제내경(黃帝內經)』을 거론하며 인체 해부학을 기론(奇論)으로 치부해버리고 만다. 유학을 존신하고 전통 의학을 맹신한 조선조 의원들이 서양의 해부학을 이해하고 인정하기란 쉽지 않았으리라. 마침내 남두민은 필담 과정에서 해부학을 마지못해 긍정하는 태도를 보이는 척했지만, 필담의 말미에서 해부하지 않고 아는 경지를 거론함으로써 서양 해부학을 비판하는 방식으로 필담을 끝내고 만다. 서구의 해부학을 전혀 몰랐던 입장에서는 어쩌면 당연한 결론이었을지 모른다.[40]

하지만 필담 과정에서 남두민과 김인겸은 인체를 직접 갈라 장기를 확인하고, 『황제내경』의 오류를 지적한 기타야마 쇼우의 안목과 발언에 충격을 받는다. 어쨌거나 이들이 서구 해부학의 존재와 방법을 확인한 것은 새로운 지식·정보를 견문한 일대 사건임은 틀림없다. 에도 막부의 의원으로부터 전문한 것이기는 하지만 서구의 해부학 지식은 기왕의 의학 지식을 넘어서는 것은 물론 이의 배경이 되는 사유의 전환 가능성까

良澤], 나카가와 준안〔中川淳庵〕 등이 독일의 해부서를 네덜란드어로 번역한 것을 다시 일본어로 재번역하여 펴낸 것이다. 『해체신서』는 에도 막부 시기 난학(蘭學)의 상징적 저술이자 서구 문물 수용의 일대 사건이었다. 에도 막부의 지식인들은 이를 계기로 서양 문물을 전면적으로 재인식하고 수용하게 된다.

40 北山彰, 『鷄壇嚶鳴』, 31~32면, "敢問 北山彰; 吾邦有好事之醫, 屠割官刑之死腸, 審視其藏府布置·名數·色澤, 著藏志論一篇云. 內經言府藏爲十二焉, 今已撿之, 知有九枚之藏. 大腸獨在, 不見小腸. ……중략…… 貴邦亦有此說耶? 足下所見如何? 丹崖讀之, 亦示退石, 少之有答. 貴邦學者, 好吐奇論. 未知其俗別有奇腸乎? 吾邦一準由軒岐舊則, 不復求新說. 割而知之者, 愚者爲也, 不割識之者, 聖者之能也, 君勿惑."

지 내장하고 있는 중요한 지식·정보였다. 남두민과 김인겸으로서는 해부학을 견문한 자체가 나라 안에서 볼 수 없는 새로운 견문 지식이자 서구 전문 의학과의 접촉인 셈이다.

이에 앞서 무진통신사(1748년)에 참여한 의원 김덕윤(金德崙)도 노로 지쓰오〔野呂實夫〕를 통해 해부학과 서양의 외과술을 전해 듣는가 하면,[41] 계미통신사에 참여한 양의 이좌국(李佐國, 1733~?)은 네덜란드의 처방을 사오기도 한다.[42] 이처럼 통신사행에 참여한 일부 의원들이 에도 막부에서 서양 의학을 견문하고 인지한 것 자체가 기존의 의학 체계와 전혀 다른 것이자 전문 지식·정보기도 했다.

기, 음양, 오행으로 인간의 병리를 파악하고 치료하는 것과 달리 신체 내부의 장기를 직접 관찰하여 내부 구조와 장기 형태를 확인하는 해부학은 전통 의학과 너무 다른 지식체계였다. 이러한 견문 지식의 체험은 기존의 사유와 가치를 전복할 인자를 내장한 것이라는 점에서 보자면 매우 특별하다.[43] 더욱이 기왕의 지식체계와 전혀 다른 의학 전문 지식의 체득은 향후 밖을 향한 개방적 창의 역할을 할 가능성을 지니고 있었다. 이는 문예 지식의 제공과 사뭇 다른 실용 지식을 향한 발신의 행보일 터이다.

숙종의 어의 이시필(李時弼, 1657~1724)의 활동도 흥미롭다. 그는 여러 차례 연행에 참여하여 나라 밖의 문물을 견문하고 그 체험의 결과물을 『소문사설(謏聞事說)』로 정리한 바 있다. 어의에까지 오른 의원이 의학 전문서가 아닌 실용 지식의 서적을 저술한 것은 특이한 사례이다. 『소문사

41 『조선필담』 상(上)을 보면 노로 지쓰오〔野呂實夫〕는 의원 김덕윤과 필담하며 서양의 외과술의 우수성을 소개한 바 있다. "此邦醫治, 在吾古昔傳之法, 又有依唐法者, 湯藥·鍼灸, 從宜行之耳. 若癰腫·金瘡, 外治之科, 多用大西之法, 勝於唐法遠矣."라 하였다.

42 이 일은 원중거, 『승사록(乘槎錄)』 1764년 3월 10일과 11일 조에 보인다.

43 통신사의 의원 필담집 관련 내용과 연구 성과는 김형태, 앞의 책, 174~176면.

설』은 일상에 필요한 지식과 기술을 종합한 실용 지식을 담은 일종의 필기다.[44] 이시필은 여기서 각종 지식과 기술을 실생활에서 사용할 수 있도록 구체적으로 기술하고 있는데, 의식주 관련 내용이 대부분이다.

한편, 통신사행의 경우 18세기에 와서 에도 막부 지식인과 수창하고 필담하는 데 사문사 외에도 다양한 중간계층이 참여한다. 역관, 의원, 화원, 사자관을 비롯하여 반인(伴人), 예단직(禮單直) 등도 참여하여 에도 막부 인사와 교류한 바 있다. 필담창화집(筆談唱和集)을 보면 통신사의 삼사와 교류한 내용도 있지만, 중간계층과 교류한 기록이 압도적으로 많다. 여기서 의원과 화원 등 전문 기술을 지닌 중간계층이 통신사 교류의 주역의 하나로 등장한 것은 주목할 만하다. 이들이 나라 밖에서 상호 교류하며 소통한 지식·정보는 의학과 회화 등 실용 지식과 전문 지식이다. 필담에 참여한 인사들이 이국의 기술 습득은 물론, 상호 간에 공유할 수 있는 전문 지식으로 소통한 것은 현실에 활용할 수 있는 실용적인 것이었다.[45]

하지만 실용 위주의 전문 지식은 사대부 지식인의 시문과 경학 저술에 비하면 하위 지식으로 취급받거나 심지어 전혀 주목받지 못하고 만다. 신분적 위계질서로 구축된 사회 질서와 위계화한 지식체계의 분위기에서 사대부 지식인이 인정할 수 있는 지식·정보는 여럿일 수 없었기 때문이다.

그런데 이언진이 에도 막부 문사와 나눈 필담 내용은 새로운 지식·정보와 관련하여 예사롭지 않다.[46] 그는 나라 안에서는 한낱 역관에 지나

44 이 책의 내용과 구체적인 정보는 이시필 지음, 백승호·부유섭·장유승 옮김, 『소문사설, 조선의 실용지식 연구 노트』, 휴머니스트, 2011 참조.

45 진재교, 「18세기 조선 통신사와 지식·정보의 교류」, 『한국한문학연구』 제56집, 2014, 359~392면.

46 정민, 「『東槎餘談』에 실린 이언진의 필담 자료와 그 의미」, 『한국한문학연구』 32,

지 않았고, 사대부들은 그 이름조차 몰랐다. 하지만 나라 밖에서의 문예 활동과 성과는 '조선'이라는 나라 안에서의 사정과 너무나 다르다.[47] 이언진은 이미 일본에 가기 전에 두 번이나 북경에 다녀온 경험을 가졌다. 그런 점에서 그는 동아시아 삼국을 횡단한 경험으로 새로운 시각을 소유한 특이한 존재다. 이언진이 나라 안에 있으면서 나라 외부(조선이라는 체제 즉 조선이라는 패러다임의 밖)를 사유하고 일국을 넘어서서 월경(越境)을 감행한 것[48]도 중국과 일본 체험이 있어 가능했다.

이언진은 1763년 역관으로 계미통신사행에 참여하여 스스로 문예의 주체가 되어 문예와 지식의 발신자로 자임하게 된다. 사행 과정에서 이언진은 자신의 문예 역량을 마음껏 발휘하고 에도 막부의 문사로부터 극찬을 받기도 한다. 그는 왕세정과 중국의 서적을 두고 에도 막부 문사들과 필담을 나누고, 그 과정에서 자신의 존재를 뚜렷하게 드러낸 바도 있다. 연암 박지원도 「우상전」에서 이언진의 이 점을 주목하고 있다.

> 수백 년 동안 사신의 행차가 자주 에도〔江戶〕를 내왕하였다. 그러나 사신으로서 체통을 지키고 임무를 수행하는 데에 치중하느라 그 나라의 민요, 인물, 요새, 강약의 형세에 대해서는 마침내 털끝만큼도 실상을 파악하지 못한 채 그저 왔다 갔다만 하였다. 그런데 우상은 힘으로

2003, 87~123면.

47 박지원의 언급에서 알 수 있다. 박지원, 『연암집』 별집 권8, 「방경각외전·우상전」에서 연암은 "우상은 일개 역관에 불과한 자로서, 나라 안에 있을 때는 소문이 제 마을 밖을 벗어나지 못하였고 벼슬아치들이 그의 얼굴조차 몰랐다. 그런데 하루아침에 이름이 바다 밖 만 리의 나라에 드날리고, 몸소 곤어(鯤魚)와 고래와 용과 악어의 소굴까지 뒤졌으며, 솜씨는 햇빛과 달빛으로 씻은 듯 환히 빛났고, 기개는 무지개와 신기루에 닿을 듯이 뻗치었다〔虞裳一譯官, 居國中, 聲譽不出里閭, 衣冠不識面目. 一朝名震耀海外萬里之國, 身傾側鯤鯨龍鼉之家, 手沐日月, 氣薄虹蜃〕"라 하였다.

48 이러한 이언진의 외부적 시선과 조선의 월경은 박희병, 『나는 골목길 부처다』, 돌베개, 2010, 105~106면.

는 붓대 하나도 이기지 못할 정도지만, 그 나라의 정화를 붓끝으로 남김없이 빨아들여 섬나라 만 리의 도성에 산천초목이 다 마르게 하였으니, '붓대 하나로써 한 나라를 무너뜨렸다'라고 말하더라도 지나친 말은 아닐 것이다.[49]

박지원이 "붓대 하나로써 한 나라를 무너뜨렸다"라는 평가는 문예로 일본을 휘어잡은 이언진의 문예적 성취다. 에도 막부를 왕래한 대부분 사신이 내부의 실상을 제대로 파악하지 못한 채 그저 왕래만 한 것과는 사뭇 다르다. 붓대 하나로 문예의 주체가 되어 일본 문단을 평정한 이언진의 문예적 발신을 높이 산 것이다. 특히 이언진의 시가 당시 에도 막부에 열풍을 가져다준 것을 주목한 연암은 "나중에 머물렀던 곳을 다시 들렀더니 그새 이 시들이 모두 책으로 인출되었다고 한다.〔及既還過所次皆已梓印云.〕"[50]라 적어 이언진 열풍을 확인해주고 있다.

여기에 그치지 않고 박지원은 "우상 같은 자는 이른바 '문장으로 나라를 빛낸 사람'이라는 칭송을 받을 만한 자가 아니겠는가.〔如虞裳者, 豈非所謂華國之譽耶?〕"라 하여 나라 밖에서 나라를 빛낸 인물로 추어올렸다. 박지원이 이언진을 주목한 것은 다름 아니라 나라 밖에서 시재를 발휘한 그의 성취다. 박지원의 언급대로 이언진의 문예적 역량과 성취는 나라 안에서가 아니라 나라 밖에서 빛을 발했다.

나라 밖에서 이언진 문예는 근대계몽기에 새롭게 호출된다. 『대한협회회보』 10호는 이언진의 시 3제 4수를 싣고,[51] 그를 소개하는 끝에 이렇

49 朴趾源, 『燕巖集』 別集 권8, 「放璚閣外傳·虞裳傳」, "數百年之間, 使者冠盖, 數至江戶, 然謹體貌, 嚴使事, 其風謠人物險塞强弱之勢, 卒不得其一毫, 徒手來去. 虞裳力不能勝柔毫, 然吮精嘬華, 使水國萬里之都, 木枯川渴, 雖謂之筆拔山河可也."

50 위와 같은 책, 같은 곳.

51 예컨대 「일본도중소견(日本道中所見)」(2수), 「증선실제길야연심수(贈選悉齋吉野連尋遂)」, 「일양주중념혜환노사언(壹陽舟中念惠寰老師言)」 등이 그것이다.

게 주석을 붙여놓고 있다.

> 본전을 살펴보면, 이언진은 다른 이름이 상조(湘藻)이고, 자는 우상, 호는 창기(滄起)이다. 원릉(元陵) 계미년(1763)에 통신사를 수행하여 일본에 갔다. 오사카〔大阪〕 동쪽에는 중들이 기생처럼 많고 절들이 여관처럼 즐비한데, 그들이 도박에 돈을 걸듯이 시문을 지어 보이라고 요구하였다. 대개는 어려운 글제와 강운(强韻)을 내어 궁지에 몰려 했으나 우상은 한편으로 수창하고 한편으로 응대하여 붓이 날고 먹물이 춤추는 것이 마치 손가락 사이에서 가을비 소리가 이는 것 같았다. 구경하던 자들이 눈을 동그랗게 뜨고 혀를 내두르며 하늘이 내린 사람 같다고 말하였다. 이로 인해 이언진의 이름이 한 시대를 울렸으니, 우리나라에 비추어 이 같은 사람이 드물었다. 수백 년 동안 통신의 행차는 에도에 여러 차례 이르렀다. 그러나 사신으로서 체통을 지키고 임무를 수행하는 데에 치중하느라 그 나라의 민요, 인물, 요새, 강약의 형세에 대해서는 마침내 털끝만큼도 실상을 파악하지 못한 채 그저 왔다 갔다만 하였다. 그런데 우상은 힘으로는 붓대 하나도 이기지 못할 정도였지만, 그 나라의 정화를 붓끝으로 남김없이 빨아들여 섬나라 만 리의 도성의 산천초목을 다 마르게 하였으니, '붓대 하나로써 한 나라를 무너뜨렸다'라고 말하더라도 옳을 것이다. 우상 같은 사람은 어찌 나라를 빛낸 뛰어난 이가 아니겠는가!"[52]

여기서 본전은 박지원의 「우상전」을 말한다. 「우상전」의 내용을 대거

52 『대한협회회보』 10, 1909년 1월 25일자, "按本傳, 李彦瑱, 一名湘藻, 字虞裳, 號滄起. 元陵癸未, 隨通信使入日本, 大坂以東僧如妓, 寺刹如傳舍, 責詩文如博進. 類爲難題强韻以窮之. 虞裳, 左酬右應, 筆飛墨舞, 指間颯颯起秋雨聲. 見者皆瞠目吐舌, 詑若天人. 於是, 彦瑱之名, 噪一時, 要之東方, 罕有此人也. 數百年之間, 使者冠蓋, 數至江戶, 然謹體貌嚴使事, 其風謠人物險塞强弱之勢, 卒不得其一毫, 徒手來去, 虞裳力不能勝柔毫, 而吮精嘬華, 使水國萬里之都, 木枯川渴, 雖謂之筆拔山河, 可也. 如虞裳, 豈非華國之譽耶!"

인용하면서 나라 밖에서의 이언진의 활동을 주목한다. 박지원도 「우상전」에서 “우상은 일개 역관에 불과한 자로서, 나라 안에 있을 때는 소문이 제 마을 밖을 벗어나지 못하였고 벼슬아치들이 그의 얼굴조차 몰랐다. 그런데 하루아침에 이름이 바다 밖 만 리의 나라에 드날리고, 몸소 곤어(鯤魚)와 고래와 용과 악어의 소굴까지 뒤졌으며, 솜씨는 햇빛과 달빛으로 씻은 듯 환히 빛났고, 기개는 무지개와 신기루에 닿을 듯이 뻗치었다”[53]라 하여 에도 막부에서 이언진의 활약상과 뛰어난 문재로 명성을 얻은 사실을 특기하고 있다.

조선조 후기 사대부 문인들이 전혀 몰랐던 무명의 인물이 통신사행에 참여하여 문재로 사대부를 제치고 이국에서 명성을 얻은 사실에 방점을 두고 있다. 근대계몽기 『서북학회월보』에서는 이언진을 두고 “진화국대수(眞華國大手)라 위(謂)훌지로다”[54]라 평한 바 있다. 『대한협회회보』나 박지원 모두 나라 밖에서 문재를 날려 ‘화국’의 명성을 획득한 사실을 주목한 것이다. ‘붓대 하나로써 한 나라를 무너뜨린’ 화국의 명성과 이언진의 국제적 활동이 나라 안에서의 평가와 사뭇 다른 위상의 언급임은 물론이다.

이언진의 위상을 새롭게 호출한 근대계몽기 지식인들의 안목은 예사롭지 않다. 최남선이 박지원의 「방경각외전」 번역과 이언진의 한시를 『청춘』 창간호에 함께 싣고 이 둘을 조선 오백 년 소설과 시의 대표로 소환한 것은 흥미로운 대목이다.[55]

53 朴趾源, 『燕巖集』 卷8 別集 「放璚閣外傳」 ‘虞裳傳’, 참조. 번역은 한국고전번역원, 한국고전종합DB, 국역 『燕巖集』 참조.

54 『서북학회월보』 11, 1909. 4. 1. “李彦瑱은 一名 湘藻오 字는 虞裳이오 號는 滄起니 正祖朝人이라. 癸未에 隨通信使ᄒᆞ야 入日本ᄒᆞ니 日人이 聞其詩名ᄒᆞ고 爭求詩文ᄒᆞᄂᆞᆫ 딕 所至에 環者ㅣ 如堵ᄒᆞ야 類爲難題强韻而欲窮之ᄒᆞ되 虞裳이 左酬右應에 筆飛墨舞ᄒᆞ야 頃刻而盡ᄒᆞ니 見者가 皆瞠目吐舌ᄒᆞ야 詑若天人이라. 於是에 虞裳之名이 大噪一時ᄒᆞ얏스니 眞華國大手라 謂훌지로다.”

5. 중간계층을 읽는 두 시선

그러면 조선조 후기 나라 밖에서 중간계층의 역할을 어떤 점에 유의해서 읽고, 어떻게 보는 것이 타당할 것인가? 사행 과정에서 서구 문물을 접속하고 서구 문물을 대거 가져온 정두원의 사례를 통해 기록이 보여주는 표면적 사실과 그 이면의 의미를 동시에 확인해볼 필요가 있다.

> 진주사(陳奏使) 정두원(鄭斗源)이 명나라 수도에서 돌아와 천리경(千里鏡)·서포(西砲)·자명종·염초화(焰硝花)·자목화(紫木花) 등의 물건을 바쳤다. 천리경은 천문을 관측하고 백 리 밖의 적군을 탐지할 수 있다고 하였다. 서포는 화승(火繩)을 쓰지 않고 돌로 때리면 불이 저절로 일어나는데 서양사람 육약한(陸若漢)이란 자가 중국에 와서 정두원에게 기증한 것이다. 자명종은 매시간 종이 저절로 울린다. 염초화는 곧 염초를 굽는 함토(鹹土)이며, 자목화는 곧 색깔이 붉은 목화이다.[56]

실록의 기록이다. 여기서 중요한 것은 1631년 진주사로 명나라를 다녀온 정두원(1581~1642)이 육약한〔1561~1634, Rodriguez, J.〕을 만나 교류한 사실의 주목이다. 구체적으로 서구의 견문 지식을 획득하여 귀국 후 서구 신문물의 소개와 함께 새로운 물품을 조정에 바친 점을 높이 사고 있다. 정두원이 가져온 것은 천리경과 신식 조총〔수발총(燧發銃)〕을 비롯하여 자명종, 화약 재료인 염초 등이다.[57] 그중 천리경, 홍이포, 자명종은

55 한영규, 「20세기 전반기, 이언진 문학의 호명 양상」, 『반교어문연구』 제31집, 2011, 79~95면.

56 『인조실록』 인조 9년 신미(1631) 7월 12일(갑신)조, "陳奏使鄭斗源, 回自帝京, 獻千里鏡·西砲·自鳴鍾·焰硝花·紫木花等物. 千里鏡者, 能窺測天文, 覘敵於百里外云. 西砲者, 不用火繩, 以石擊之, 而火自發, 西洋人陸若漢者, 來中國, 贈斗源者也. 自鳴鍾者, 每十二時, 其鍾自鳴. 焰硝花, 卽煮硝之鹹土, 紫木花, 卽木花之色紫者."

57 육약한이 정두원에게 준 품목은 정두원이 올린 장계에 잘 나온다. "『治曆緣起』 1책,

예전에 동아시아에 없던 그야말로 신문물이다. 이 외에도 정두원은 다양한 서구 서적도 구해왔는데, 대표적인 것이 『직방외기(職方外紀)』다.[58] 여러 기록이나 기왕의 연구에서 정두원이 육약한과 만나 대화하고 서구 문물을 도입한 사실을 두고 조선인과 서양인 최초의 지적 대화임을 강조하고 그 역사적 의미를 주목한 바 있다.[59]

실록의 기록 역시 정두원의 교류와 활동을 주목하고 이 점을 주목하고 있다. 사행 과정에서 정두원의 활동은 역사적 사실임은 물론이다. 다수의 관찬 기록이나 사대부 지식인의 서술에서 이러한 정두원의 활동을 언급하고 있기 때문이다. 위에서 거론했듯이 사행 과정에서 보여준 정두원의 교류와 외국 문물에 열려 있는 안목은 당연히 평가해야 하지만, 이들의 만남과 교류를 주선한 역관의 역할 역시 간과해서는 안 된다. 정두원이 육약한을 만나기 위해 직접 나선 것이 아님은 당연할 터, 당시 정두원의 만남을 주선한 인물은 역관 이영후(李榮後)다. 여기서 그의 역할을 한 번 호출해보자.

> 지난번에 밝은 덕을 가진 당신을 사모하여 데리고 다니는 사람을 통해 감히 문후를 여쭈었는데, 특별히 대우를 해주시고 간곡한 가르침도 지

『天文略』 1책, 『利瑪竇天文書』 1책, 『遠鏡說』 1책, 『千里鏡說』 1책, 『職方外記』 1책, 『西洋國風俗記』 1책, 서양국에서 『神威大鏡疏』 1책 그리고 「天文圖 · 南北極」 2폭, 天文 廣數 2폭, 「萬里全圖」 5폭, 紅夷砲, 題本 하나였습니다." 『國朝寶鑑』 권35, 인조조 9년(辛未, 1631). 번역은 한국고전번역원, 한국고전종합DB 참조.

58 1623년 이탈리아 선교사 애유략(艾儒略)(Giulio Aleni, 1582~1649)이 편찬한 『직방외기』는 권수에 「만국전도(萬國全圖)」를 비롯하여 「북여지도(北輿地圖)」 · 「남여지도(南輿地圖)」 · 「아세아도(亞細亞圖)」 · 「구라파도(歐羅巴圖)」 · 「이미아도(利未亞圖)」 · 「남북아묵리가도(南北亞墨利加圖)」가 수록되어 있다.

59 정두원이 육약한과 만난 교류한 실상과 그 의미는 임형택, 「朝鮮使行의 海路 燕行錄: 17세기 東北亞의 歷史轉換과 實學」, 『한국실학연구』 9, 2005, 1~31면; 임형택, 「정두원과 로드리게스: 조선과 서양의 첫 만남」, 『21세기에 실학을 읽는다』, 한길사, 2014, 140~143면.

극하시니 이는 실로 우매한 저를 깨우쳐 개명(開明)의 경지로 나아가게 하셨습니다. 가르쳐주신 말씀을 계속 보자니 감사한 마음이 깊고도 깊습니다. 보내주신 『천문략(天問略)』과 『치력연기(治曆緣起)』 등의 서적은 이미 두루 훑어보았습니다. 서양인이 천도에 깊고 정밀함이 고금을 통틀어 특출하여 명조에 들어가 깊은 관심을 받고 등용되어 만고에 길이 남을 전적의 바탕이 되었음을 알게 되었습니다. 선생께서도 능히 왕의 적을 대적하여 역노를 섬멸하는 데 뜻을 두고, 홍이포〔火器〕 수리와 의군 모집에 응하여 수천 리를 멀다고 여기시지 않고 위급한 나라를 구하러 와 황제의 위엄을 도와 드높이고 오랑캐의 위세를 크게 꺾으셨으니 충성스럽고 의롭다는 명성이 가까운 곳과 먼 곳을 감동시켰습니다. 귀국의 인재들은 성대하여 천하에 명성을 떨칠 수 있음이 이와 같음에 더욱 감탄합니다. 부럽고, 부럽습니다.[60]

수역 이영후가 육약한에게 보낸 편지의 일부다. 그는 육약한을 만나기 위해 먼저 종인을 통해 만남을 청한 뒤 마침내 만나보게 된다. 육약한을 만난 이영후는 극진한 대접을 받았던 것 같다. 육약한과 대화 과정에서 이영후는 수많은 서구의 새로운 지식·정보를 듣고 감명을 받게 되는데, 그 정감을 '간곡한 가르침'에 '개명의 경지'를 체험했다고 고백하고 있다. 그는 육약한과의 대화를 통해 서양 천문학 저술인 『천문략』과 명말의 역법을 개수한 『치력연기』를 선물로 받게 된다. 이에 그는 이 서적이 고금을 통틀어 정밀함이 특출하여 만고에 길이 남을 바탕이 되는 것이라 극찬하기도 한다. 이어서 육약한이 홍이포를 수리하여 명에 도움을

60 서울대학교 규장각한국학연구원, 安鼎福, 『雜同散異』(古0160-12) 22冊, 「西洋問答」, '與西洋國陸掌教若漢書', "昨慕明德, 敢候從者, 獲承寵遇, 勤教亦至, 玆實提愚蒙, 進之開明之域. 飫眼訓辭, 感竦深切. 所授 『天問略』·『治曆緣起』等書, 覽既卒. 乃知泰西子精深天道, 獨出今古, 入于聖朝, 優被奬收用, 資不刊之典. 先生又能敵王所愾, 志殲逆奴, 繕火器·募義旅, 不遠數千里而赴難, 助揚神威, 大折虜勢, 忠義之聲, 感動遠邇. 益歎貴國人才之盛, 能鳴于天下也如次. 歆艶歆艶."

준 사실도 함께 주목하며, 이러한 뛰어난 인재를 많이 가진 포르투갈이 부럽다고 했다.

이어지는 내용에서 이영후는 「만국전도」를 통해 지구가 다섯 주로 나누는 것을 이미 들은 적이 있다고 하며 중국 땅의 천체 중심을 제기한다. 그리고 중국 중심을 토대로 한자 문화의 형성과 함께 그것이 만세에 전해져 왔음도 밝히고 있다. 그러면서 중국 밖의 다른 주에도 요순과 공자 같은 성인의 교화와 제도가 있는지 질문한다.[61] 그런가 하면 12중천은 그 모양이 모두 둥글며 각각 제자리가 정하여 있으면서 서로 에워싸서 그 속이 마치 양파〔蔥頭, 총두〕같다는 십이중총두지론과 함께 서양의 역법도 묻고 있다.

여기에 그치지 않고 이영후는 십이차(十二次)와 이십팔수(二十八宿)의 명칭은 어떤 근거로 알 수 있는지, 곽수경(郭守敬, 1231~1316)의 세차법(歲次法)이 일식과 월식이 맞지 않는데 서양 역법으로 이 어긋나는 문제를 해결할 수 있는지, 그리고 서양의 세차법과 세차의 수 등 서양 역법의 의문처 등을 상세하게 질문하기도 한다.[62]

이영후의 질문은 『천문략』과 『치력연기』를 읽은 것은 물론 중국의 전

---

61 같은 책, 같은 글, "鮲生, 東鄙幽介, 素性愚昧, 少以父兄之教, 粗事古人之學矣. 萬國全圖地球上分爲五州之說, 既得聞命. 然念中州之地, 正當天之中, 渾元淸淑之氣, 蜿蟺扶輿, 磅礴而鬱積者, 必於此焉. 故自古伏羲·神農·皇帝·堯·舜·禹·湯·文·武·周公·孔子之聖, 皆興於此, 有君臣父子之倫, 詩書仁義之敎, 禮樂·法道·衣冠·文物之盛, 傳之萬世而無敝. 抑中州之外, 亦有此等人物, 此等敎化, 此等制作乎?"

62 같은 책, 같은 글, "若夫術數·天文·曆法之流, 亦遵王制, 故皆出於古聖人所傳之學矣. 嘗聞天門家自蓋天以來渾天之說, 最爲相近, 中外之所宗信. 今有十二重蔥頭之論, 則抑前聖之未及知者耶? ……중략…… 三垣·二十八宿, 既有一天, 則五星之天, 皆無垣星耶? 別有星天, 則十二次·二十八宿之名, 何故而識之耶? 中國改曆, 自漢以來不知其幾, 而獨推前元太史郭守敬歲次之法爲得中, 未及四百年, 大道之差者幾度, 交食亦多不合. 唯貴國之算, 多有所驗, 則其深得乎精妙可見. 曆元必求其日月如合璧, 五星如連珠, 凡幾算耶? 歲差之數, 何爲定耶?"

통 천문학 지식과 서양의 역법을 이해한 토대 위에서 나왔다. 그의 질문은 해당 분야의 전문 지식을 질문할 정도로 구체적이며 학술적이다. 이영후의 질문에 육약한은 답서를 보내 자신의 견해를 밝힌 바 있다.[63] 이러한 상호 교류와 학술적 소통 이후 이영후는 정두원과의 만남을 주선한 것이다. 그래서 정두원도 조정에 장계를 바치면서 자신과 육약한의 만남을 주선한 이영후를 언급하면서 "신이 데리고 간 역관 이영후는 사람됨이 매우 정밀하고 자상하여 글에 능할 뿐 아니라 모든 일을 잘 궁리하는 까닭에 이영후를 시켜 가서 그 법을 묻게 하였더니, 상당히 그 묘리에 통하였습니다"[64]라 하여 이영후가 천문학과 역법은 물론 모든 일을 잘 궁리하는 역량을 지녔음을 주목한 바 있다. 실제 그는 인조 대에 이문학관(吏文學官)에서 가장 뛰어난 인물로 일찍부터 명성을 얻고 있었다.[65]

이영후는 정두원과 육약한의 만남과는 별도로 육약한과 다시 만나 천문학과 역법을 두고 전문 지식을 두고 토론한다. 만남 이후에도 서로 편지를 주고받는다. 이영후는 편지로 의문 처를 질문하고 육약한의 견해를 경청하는 등 활발한 학술적 견해를 주고받는다. 정두원과 육약한이 만나서 나눈 필담의 상세한 내용을 알 수는 없지만, 이영후와 같은 전문 지식을 토론하거나 특정한 학술적 사안을 두고 깊은 대화를 나눌 수는 없었을 것이다.

육약한이 정두원에게 서양의 문물과 과학지식을 상세하게 언급하고, 다양한 서양 물품을 그에게 건네준 것도 이영후의 주선이 있어 가능했다. 이영후가 서양의 전문 지식을 두고 육약한과 속 깊은 대화와 교류한 것

63 같은 책, 「西洋國陸若漢答李榮後書」 참조.

64 趙慶男, 『續雜錄』 3, 辛未〔下〕, "臣所帶譯官李榮後, 爲人十分精詳, 非但能文, 凡事善爲窮理. 故使榮後往問其法, 頗通其妙."

65 『承政院日記』, 仁祖 8年 10月 21日, "又曰, 今之吏文, 學(缺)孰優? 希賢曰, 李榮後最優, 權佖次"라 한 것에서 알 수 있다.

이 크게 작용했을 터이다. 이 점에서 조선조 지식인과 서양인 최초의 지적 대화는 정두원과 육약한이 아니라, 이영후와 육약한이라 해도 무방하다. 이것이 역사의 이면이며 기록의 속 내용이다.

이제껏 제시한 대부분의 글은 사대부 지식인과 관찬서에서 나왔다. 엄밀하게 말하면 그들의 시각과 입장에서 중간계층의 역할을 기록한 것이 다수고, 그 이면까지 들여다볼 수 없는 경우가 대부분이다. 따라서 기록 과정에서도 나라 밖에서의 중간계층의 모습을 축약하거나 빠뜨려 제대로 드러나지 못하고 만다. 지식·정보와 관련하여 중간계층의 역할을 확인하고 그것을 평가하기 위해서는 다른 시선을 가져야 한다. 기존 기록의 겉만을 보기보다 그 속까지 들여다보고, 그 의미를 찬찬히 재음미해야 한다. 그렇지 않으면 나라 밖에서의 중간계층의 역할과 나라 안에 끼친 영향을 제대로 평가할 수 없기 때문이다.

앞서 보듯이 숱한 사대부 지식인의 기록과 관찬서는 조선조 후기 공간에서 중간계층의 역할을 주목하는 경우는 드물다. 이러한 기록에서는 중간계층을 나라 밖에서 경제적 이익에 집착하는 집단으로, 혹은 사행의 완수를 위해 존재하는 실무자로, 아니면 삼사의 명을 받드는 수동적인 존재로 파악할 뿐이다. 사대부 지식인이 구축한 위계화된 지식 체계와 자신들이 구축한 가치 질서 안에 가두는 한, 중간계층이 자신의 존재를 인정받고 공정한 평가를 받기란 사실상 불가능하다. 사대부 지식인의 시선이 바뀌지 않는다면 나라 밖에서의 중간계층의 문예 지식과 학술적 성취도 인정받기 힘들다. 이는 신분 질서와 위계화된 지식체계에 따른 지식의 서열화가 가져다준 폐해다. 사실 중간계층과 사대부 지식인의 신분 질서와 위계질서의 간극은 조선조 사회의 제도를 개선하는 것으로 해결될 성질의 것이 아니다. 신분 질서의 해체와 함께 인식의 전환이 있어야 가능하기 때문이다. 설사 제도를 개혁하여 중인과 서얼의 사회적 차별을 없애더라도 사대부 지식인의 관념 속에 차별과 간극이 존재하는 한, 위계질서 또한 존재할 수밖에 없다.

이에 일부 중간계층은 이를 정확히 인식하고 나라 안에서보다 나라 밖에서 자기 존재를 발신하고자 했다. 이들은 나라 안과 사뭇 다른 생각과 활동으로 문예 지식·정보를 표출하고, 청조는 물론 청조에 와 있던 서구 인물과 교류하며 지식·정보의 주체자로 발신하고자 노력했다. 지식·정보와 문예의 주체가 되어 자신의 문예와 학술 활동으로 이국의 문예장에서 발화한 것이다.

19세기가 끝날 때까지 사대부 지식인은 학술과 문예장에서 위계화한 체계를 구축했다. 사대부 지식인은 단일한 지식체계와 가치를 형성함으로써 관련 지식·정보는 물론 문예와 학술장을 독점하였다. 여기에 그치지 않고 문예와 학술의 위계화 혹은 서열화를 통해 자신의 권위를 구축하고자 했다. 그 결과 스스로 생성한 지식·정보만을 유일한 것으로 규정하고, 중간계층의 지식·정보를 도외시하거나 배제했다. 당연하게도 그들은 지식·정보를 복수로 생각하지도 않았을 뿐만 아니라 자신이 생성한 지식·정보만을 유일한 것으로 인식했다.

그래서 사대부 지식인은 중간계층의 전문 지식 역시 자신이 구축한 질서의 하위에 배치하고, 그것마저 평등한 지식·정보로 바라보지 않았다. 가치 있고 유용한 전문 지식과 실용지식이라 하더라도 위계화한 가치 질서와 기성의 권위로 바라보고 취사선택했다. 그런가 하면 사대부 지식인은 나라 밖에서 유입되는 지식조차 위계질서로 구축된 지식·정보의 서열화했다. 이들은 상대적 우월 의식으로 중간계층의 지식·정보를 적절하게 관리하며 자기화하는 데 주저하지 않았다. 사대부 지식인은 이러한 방식으로 자신의 학문적 권위와 지식의 위계질서를 고착함으로써 지식·정보의 가치 체계를 유지한 것이다.

이처럼 사대부 지식인이 구축한 가치 질서 속에서 조선조 후기 사회는 새롭게 생성한 지식과 정보를 능동적으로 받아들이지 못하게 된다.

또한 이를 발산하거나, 재가공하여 다른 지식으로 생성·유통하는 선순환 구조를 만들지도 못했다. 이러한 환경에서 중간계층은 나라 밖에서와 달리 나라 안에서 지식·정보의 주체적 발신자로 존재하기란 불가능할 수밖에 없다.

더욱이 사대부 지식인은 나라 밖에서 받아들인 지식과 정보를 기존 가치와 질서 안으로 끌어들여 이를 활용하는 것에만 관심을 기울였다. 자신이 수용한 새로운 지식과 존재하는 지식조차도 새로운 시각으로 재가공하여 유통하는 것마저 주저하거나 적극적으로 확산의 장을 마련하지 못하였다. 나라 안의 정치·사회적 상황 속에서 그때그때 선택적으로 수용하는 데 그친 것이다.

그러다 보니 일부 중간계층은 나라 안에서보다 나라 밖에서 자신의 문예적 성취를 발산하는 데 노력을 기울이게 된다. 이때 지식·정보와 관련한 이들의 역할은 나라 안에서의 그것과는 사뭇 달랐다. 이 점을 함께 고려해야 중간계층의 문예적 성과의 정당한 평가를 논할 수 있다. 그런 점에서 학술과 문예에 양향을 끼친 중간계층의 역할도 나라 안에서의 성과만으로 평가할 수 없다. 특히 중간계층이 나라 밖에서 체험한 견문 지식 등을 국내에 전달함으로써 당대 사회에 끼친 영향도 함께 고려할 때, 중간계층의 정당한 평가와 위상도 새롭게 조명할 수 있을 것이다. 기왕의 경우처럼 사대부 지식인들이 구축한 지식 체계 속에 중간계층의 역할을 가두고 이를 근거로 평가하는 것은 너무나 일면적이고 일국적 시각이다.

이렇게 보면 중간계층이 나라 안에서 자신의 정체성을 정립하고, 다양한 지식의 발신자로 자임하려는 노력과 인식이 부족했던 것은 아닌 듯하다. 이들은 지식의 발신자가 되기 위해 나라 안에서도 적지 않은 방법으로 노력한 바 있다. 나라 밖에서의 체험과 견문 지식을 발신할 지식 장을 마련하고 이를 확산하지 못한 것이 문제라면 문제였다. 조선조 후기 일부 지식인도 나라 밖에서 서구의 과학지식 등과 접속하며, 중간계층의 활동에 공감함으로써 새로운 지식·정보의 확장과 새로운 장을 마련할 가능성은 있었다.

그런데도 조선조 후기 문예와 지식장은 여전히 위계화된 가치 질서에 눌려 그러한 결과로까지 이어지지 못하였다. 신분 질서에 기초한 사대부 중심의 서열화된 지식장이 끝내 이를 가로막았던 것이다. 새로운 지식·정보를 발신할 공간의 미성숙은 중간계층이 역사의 새로운 주역으로 발돋움하는 것을 저지했고, 자연히 중간계층의 역사적 성장도 지체되고 말았다. 역사의 기억에서 중간계층의 역할을 다시 소환한 것은 근대계몽기에 와서다. 최남선은 박지원과 함께 이언진을 조선 오백 년 소설과 시의 대표로 호출하였다. 서열화한 지식의 틀과 위계화한 가치 체계에서의 시선과 사뭇 다른 방향이었다.

제6부

지식·정보, 유통과 공론장

| 제 1 장 |

지식 · 정보, 유통과 사회적 공간

1

조선조 후기에 등장하는 다수의 필기와 유서는 다양하고 새로운 지식·정보를 담고 있다. 그런데 『지봉유설』, 『반계수록』, 『고사신서(攷事新書)』[1]를 제외하면 『성호사설』, 『임원경제지』 등의 유서는 필사본 형태로 남아 있다. 필사본의 경우, 단본(單本)으로 존재하므로 독자가 쉽게 구해 읽을 수 없어 유통을 통한 지식·정보의 확장도 기대하기 어렵다. 이러한 필기류 저술의 미간행은 기본적으로 조선조 후기 상업 출판환경의 미성숙함과 유통 공간의 협소함을 보여주지만 새로운 지식·정보의 유통과 확장을 막았다.

출판문화의 미성숙과 유통 공간의 협소함이 새로운 지식·정보의 유통과 확산을 가로막는 외적 장애물이라면, 종적(縱的) 사회 질서의 경직성과 폐쇄성은 지식·정보의 유통과 확산을 가로막는 내적 장애물이다. 종적 사회 질서의 구축은 임진·병자 두 전란이 가져다준 정치·사회적 산물이다. 이는 조선조가 전란 수습 과정에서 민심 이반을 다잡고 사회를 재건하기 위한 고육책이기도 했다.

1 이수광의 『지봉유설』과 유형원의 『반계수록』은 목판본이며, 서명응이 편찬한 『고사신서』는 활자본으로 간행되었다. 이 외에 조선조 후기 필기와 유서는 대부분 사찬의 성격을 지니기에 필사본으로 존재하는 경우가 많다.

17세기 전후로 동아시아는 국제질서를 재편한 바 있는데, 중국은 명·청 교체가 이루어지고, 일본은 에도 막부의 성립을 가져온 바 있다. 이에 반해 조선조는 국가를 재건하는 방식으로 동아시아 국제 질서에 대응하게 된다. 조선조는 사회를 재건하는 과정에서 주자학을 기반으로 하는 종적 관념과 예학의 구축으로 사회를 재정비하게 된다. 기본적으로 예(禮)는 신분과 종법의 위계질서를 떠나 성립할 수 없다. 주자의 사유방식과 『주자가례』는 이러한 위계질서와 종적 관념을 잘 반영하고 있다.[2]

당시 사회 질서의 재정비를 위해 주자학적 종적 사유체계를 구축하여 전란의 후유증을 수습하고자 한 방식은 점차 효과를 발휘하게 된다. 『주자가례(朱子家禮)』의 광범위한 보급과 함께 조상 받들기, 친족 결집 등과 같은 친족 공동체 의식의 확산은 이러한 방식을 상징적으로 보여준다. 무엇보다 친족의식의 강화는 예교(禮教) 질서의 심화와 종법(宗法)의 이상을 보편화하는 데 기여하기도 했다.[3]

2 조선조 후기에 오면 성호학파, 기호학파, 영남학파 등 모두가 『주자가례』를 토대로 다양한 주석서를 제시하면서 가례의 담론화를 추구하였다. 이러한 예제의 강조는 『경국대전』 이후 18세기에 오면 예제가 『주자가례』를 배후로 법제화되는 것을 의미하며, 한편으로는 종법적 질서의 재구성을 보여주는 것이다. 조선조 후기 주자가례의 다양한 주석서를 가례의 담론으로 인식하고 각 학파의 『주자가례』 주석서의 전변 양상을 고찰한 논문은 장동우, 「조선 후기 가례 담론의 등장 배경과 지역적 특색: 『주자가례』에 대한 주석서를 중심으로」, 『국학연구』 13, 한국국학진흥원, 2008, 105~120면.

3 조선조 후기 사회는 예를 중시하고 예교 질서를 구축함으로써 의례를 실천하고 종법적 이상을 보편화하고자 하였다. 이 과정에서 사족의 다양한 문화적 정체성, 이를테면 경화세족, 영남 남인과 소론 명문가, 근기 남인 등, 사회와 정치적 입장에 따른 향촌공동체의 예교 질서는 다양한 양상을 보여준다. 이러한 예교 질서의 추구는 종국적으로 종적 질서를 추구한다는 점에서는 동일하다. 이는 학단, 향약, 동계, 친족 등 학연, 지연, 혈연의 향촌공동체는 물론 학파 등 사족 공동체의 분화 양상에 따른 예교 질서의 변화 양상을 보여주기도 하지만, 큰 틀에서 예와 예교, 그리고 예교 질서는 종법과 종적 질서에 포섭되는 것을 보여준다. 조선조 후기 유교 의례의 실천과 종법적 이상의 보편화에 따른 다양한 사족의 향촌공동체와 예교 질서의 관련 양상은 박종천 외, 『조선 후기 사족과 예교 질서』, 소명출판, 2015 참조.

17세기 후반 이후 정치 상황도 국가 재건과 전란 휴유증의 수습 과정에서 이전과 사뭇 다른 방식으로 전개된다. 붕당정치와 같은 당론(黨論) 위주의 인재 등용을 추구하는가 하면, 이후 경화 사족의 관직 독점과 함께 세도정치로 귀결된다. 전란 이후 민의 역량과 에너지가 소진된 상황에서 이러한 집권층의 정치적 대응 방식은 국가 재건과 통치에 효과를 가져오기도 한다.

그런가 하면 이러한 정치·사회적 분위기에서 조선조 후기 '사림'의 존재는 경향(京鄕)을 아우르는 역할이 무뎌지고, 붕당의 심화와 경화세족의 관직 독점에 따른 경향 간 인적 관계망 형성과 지역 간 소통마저 현저하게 감소하게 된다.[4] 그 결과 다양한 인적 관계망의 위축과 단절은 물론 이를 기반으로 하는 지식·정보의 사회적 유통도 폐쇄적 경향을 보여준다. 이러한 사회적 분위기에 따라 종적 관념체계의 강화와 함께 종적 질서가 구조화됨으로써 종적 관념이 사회 전반에 관철되는 양상으로 나타나게 된다.

그렇다면 조선조 후기 종적 관념체계와 종적 질서의 강화는 실제 지식·정보와 어떠한 관련성을 지니고 있으며 구체적으로 어떠한 영향을 주었던가? 여기서는 종적 질서의 강화에 따른 지식·정보의 유통 공간과의 상관관계를 알아보기로 한다.

4 박현순, 「16~17세기 禮安郡 士族社會 硏究」, 서울대학교 박사학위논문, 2006, 166~194면.

1. 붕당정치와 종적 질서의 강화: 서원과 사승

17세기 이후 조선조는 붕당정치라는 새로운 정치 질서를 맞이하면서 종적 관념을 강화한 바 있다. 붕당정치는 정치권력의 향배에 따라 인적 관계마저 변화시킨다. 유몽인(柳夢寅, 1559~1623)은 붕당정치로 인한 붕우지도(朋友之道)의 변질과 인적 관계의 문제를 두고 이렇게 언급하고 있다.

> 성인이 붕우지도를 오륜에 넣은 것은 붕우를 위해 생사마저도 바칠 만큼 그 뜻을 무겁게 생각해야 한다. 하지만 지금 사람들은 이 의리를 중요하게 생각하지 않고 붕당으로 인하여 사론(士論)에 따라 여러 붕당으로 갈라지고 붕우지도도 갈라져 버렸다. 그래서 하나인 한 사당(私黨)에 속한 사람은 결국 다른 네다섯의 편당을 상대한 결과가 되고 말아 결국 임금마저도 저버리게 된다는 것이다. 이어서 한쪽에 소속된 자는 각자 하나가 되어 다른 넷과 다섯을 상대하니 임금 한 사람을 외롭게 하고, 한쪽을 고수하면서 진퇴하는 것을 절의라 여겨서 결국 그 절의는 임금에게까지 미칠 수 없다는 것이다.[5]

1604년 사행을 떠나는 이정귀(李廷龜, 1564~1635)를 전송하며 쓴 서문이다. 북인이던 유몽인은 벗인 이정귀에게 사행의 위로를 전하면서 붕당정치로 인하여 참다운 붕우지도가 무너지고, 사당의 폐해로 인하여 붕우를 오륜에 넣은 성인의 뜻마저 망각하게 된 현실을 지적하고 있다. 유몽인의 지적대로 이후 정치 현실은 붕당정치의 심화와 함께 사당에 따른 교

5 柳夢寅, 『於于集』 권3, 「贈李聖徵廷龜令公赴京序」, "聖徵乎! 聖人以朋友齒五倫, 其義顧不重乎? 莫大者死生, 猶或爲朋友許身, 矧其餘乎? 余未知今之世重斯義乎? 是何朋友之多岐乎? 自朝家士論相携, 朋友之道, 能皆可保終始乎? 交之道一也, 緣何而爲二乎? 二猶不幸, 緣何而爲四爲五乎? 其爲一其爲四五者, 自比而遂私, 能無負於一人乎? 入於一者, 各自爲一, 與四五敵, 爲一人者, 其不孤乎? 一之勢盛則一之勢衰, 守於一而爲進退, 自以爲節義, 其節義可移於一人乎?"

우관계의 확산으로 우도마저 변질되고 만다. 이러한 정치 현실에서 당파를 뛰어넘어 벗과의 참다운 관계를 맺기란 불가능해진다. 그 결과 벗과의 횡적 소통은 물론 붕당과 신분을 넘어서는 사귐은 그야말로 현실과 동떨어진 이야기가 되는 것은 물론, 사당을 위한 절의가 오히려 임금의 절의에 앞서게 되고 만다는 것이다.

조선조 후기 붕당정치는 교우관계의 축소와 함께 횡적인 관계 맺음의 위축에 그치지 않고 사회 질서 전반에까지 영향을 미친다. 이는 서원 설립에도 부정적인 영향을 미쳤음은 물론이다. 조선조 후기 사림은 관학의 쇠퇴에 대응하여 서원 설립을 통해 사대부 육성을 추구한 바 있다. 주세붕(周世鵬)과 이황(李滉) 등은 과거(科擧)에 매몰되어 성학을 도외시하는 사림의 학적 태도를 일신하고, 사대부 본디의 성격 회복을 위해 서원의 역할을 강조하는 한편, 이를 통해 관학의 쇠퇴를 극복하고자 했다. 이를 위해 이들은 향촌에 강학 공간을 열어 사림 교육에 힘쓰는 한편, 향촌 민의 교화로 사림의 정치·사회적 역할도 함께 높이고자 했다. 이런 취지로 설립된 서원은 사림 육성과 함께 향촌 사회에까지 긍정적 역할을 함으로써, 서원 설립은 이후 전국적으로 확대된다.

하지만 17세기 후반 이후 붕당정치가 격화되면서 서원은 당초 설립 목적에서 벗어나 변질되기 시작한다. 사림이 본격적으로 중앙 정계에 진출하면서 붕당 정국이 형성되자, 당파는 자당(自黨)의 정치적 목적을 위해 서원을 남설(濫設)하고, 서원을 통해 자당의 인적 관계를 구축하고자 했다. 17세기 후반 이후 사림은 서원 설립을 통해 혈연과 학연, 그리고 사승(師承) 관계를 강화함과 동시에 서원의 본래 목적마저 변질시키고 만다. 각 붕당이 혈연, 학연, 사승을 통한 자당의 정치적 위세를 표출하는 방식으로 서원을 활용하기 시작했기 때문이다.

정동유(鄭東愈, 1744~1808)는 이러한 붕당정치의 결과 학술마저 붕당정치와 연결되어 천하 후세 사람을 죽이는 결과를 낳았다고 하면서 그 폐단을 이렇게 말하고 있다.

> 대체로 학술이 한번 어그러지면, 결국 명성을 좇는 길로 들어서게 마련이다. 일단 명성을 좇는 것이 학파의 지침이 되면, 사람을 죽여 명성을 얻는 일도 서슴지 않는다. 이 때문에 명성을 탐하는 것과 이익을 탐하는 것은 똑같은 악행이지만, 폐해를 끼치는 정도는 명성을 탐하는 폐해가 이익을 탐하는 폐해보다 심하다. 우리나라는 중엽 이래 세도가 유독 극심하게 이런 재앙을 당하였다. 한 시대에 숭앙받는 명현으로 마음가짐이 화평하고 일을 공정하게 처리하는 사람이라도, 말류의 폐단이 생겨난 뒤에는 간사하게 거짓으로 둘러대며 하지 않는 것이 없다. 게다가 그 명현의 학술이 다른 것에 앞서 자기 당을 비호하는 것을 도의(道義)로 여기고, 남을 죽이는 것을 사업으로 삼아 이것으로 사람의 마음을 다잡고 이것으로 사람을 가르친다. 그렇게 하면 그것이 돌고 돌아 해를 끼치는 폐단은 또 어떤 지경이 되었는가? 그들은 남들의 죄를 성토할 때마다 의리라는 명분을 내세워 삼엄한 죄안(罪案)을 만들어내고 있다. 아아! '의리' 두 글자가 후세에 사람을 죽이는 칼과 도끼가 될 줄 누가 알았으랴? 생각할수록 가슴이 아프다.[6]

그는 조선조 후기 정치 장에서 진행된 붕당이 학술과 연결되어 나타나는 폐단과 그 실상을 밝히고 있다. 정동유는 학술의 논쟁이 학술장에 국한되지 않고, 붕당의 정치 장과 연결되어 학파의 외피를 뒤집어쓰고 서로 공격하는 폐해를 먼저 주목한다. 명성을 추구하는 학파는 학술이

6 鄭東愈, 『晝永編』 卷下, "盖學術一差, 終歸於循名. 夫旣以名爲家計, 則雖殺人而得名, 猶可爲也. 故貪名與貪利同科, 而及其爲害, 貪名之害, 反甚於貪利者, 此也. 至如我朝中葉以來, 則世道之被此禍偏酷. 凡一世所宗仰之名賢, 雖其秉心平恕, 做事公正, 及其末流弊生之後, 則回互詖辟, 當無所不至, 況其名賢之爲學術也, 先以護黨爲道義, 以戕伐爲事業, 以是處心, 以是敎人, 則其轉輾流毒之弊, 當復如何哉? 每見其聲罪人也, 必標擧義理之名, 構成森嚴之案, 嗚呼! 孰知義理二字, 爲後世殺人之刀斧也哉? 思之痛心." 『주영편』의 번역은 안대회 외, 『주영편』, 휴머니스트, 2016, 377~378면.

라는 이름을 걸고 사람을 죽이기까지 한다. 학파의 명성은 자당이 숭앙하는 명현의 학술적 성취에서 나오지만, 그 명현조차 그 이름값에 걸맞은 행동보다 자당의 비호를 우선시한다는 것이다. 여기에 그치지 않고 자당의 비호를 도의라 명분으로 삼고, 이를 상대 당을 헤치는 무기로 활용하는가 하면 심지어 죄안을 만들어 공격하는 행위를 의리라 하며 합리화한다는 것이다. 이처럼 조선조 후기 서원은 어그러진 학술장의 형성과 붕당 정치를 조장하는 공간이 되고 있었다. 실제 서원은 붕당 정치 현실과 결합하면서 학술의 정치화와 함께 당파 위주의 폐쇄적 공간으로 변질되고 만다.

마침내 붕당 정치가 본격화되면서 자당의 구성원은 서원 설립을 통해 내부 결속과 정치적 연결을 위한 인적 네트워크를 구축하고, 중앙 정계에서 정치적 영향력을 높이고자 했다. 이들은 자당이 건립한 서원을 위해 사액(賜額)을 요청함으로써 자당의 정치적 위상과 영향력을 높이는 데 치력하기도 한다. 여기에 그치지 않고 자당이 받드는 인물을 위해 이미 배향된 서원 외에 다른 곳에 다시 서원 건립을 추진하는가 하면, 이를 위해 서원 건립의 기준마저 무시하는 주장도 서슴지 않는다.[7] 실제로 17

7 『명종실록』 명종 21년 병인(1566) 6월 15일(갑술) 기록을 보면 다음과 같은 사관의 평이 있다. "史臣曰: 書院之設非古, 南方多有之, 爲學者藏修之所, 爲其世敎, 豈少補哉? 汝昌與金宏弼, 一時師友, 學問雖無傳者, 觀中廟追贈之擧, 亦近代大儒, 院以祀之, 有何不可? 第此時粉袍之輩, 不求諸心, 紛紛制作, 務出新意, 恐不能久也." 본디 서원은 도통을 지닌 대유를 배향하여 제사 지내는 곳이자, 학자들이 기거하면서 공부하는 장소라 언급하고 있다. 이어서 서원은 세교에 도움이 되지만 만약 도학 공부를 하지 않고 신의(新意)〔도학 공부가 아닌 것〕나 내는 것에 힘써 어지럽게 서원을 건립하다면 결국 서원은 남설로 인하여 그 기능이 오래가지 못할 것임을 예견하고 있다. 실제로 사관의 언급대로 17세기 이후 서원의 남설로 그 기능은 변질되었다. 실제 서원의 건립 장소는 주자의 백록동 서원과 같이 대유가 도를 강론하는 곳에 건립하는 경우가 많았다. 『명종실록』 명종 9년 갑인(1554) 10월 10일(정축)에서도 사관은 "周世鵬慨然以興起斯文爲己任, 作堂於先儒講道之處, 以爲多士讀書之所, 卽朱文公, 白鹿洞之遺意也"라 언급하고 있다.

세기 이후 조선조는 붕당의 정치적 이해에 따른 인물을 배향한 결과, 서원의 남설은 전국적으로 번져나가게 된다.[8]

18세기에 홍대용(洪大容, 1731~1783)이 "서원이 전국에 퍼져 있어, 거의 일 천도 넘는다. 모두 명현을 제향(祭享)하면서 강학하는 곳으로 삼는 것이다"[9]라 언급하듯이 18세기 후반에 들어서면 서원은 1,000여 곳을 넘어서게 된다. 선조 초에 기껏해야 10여 곳에 지나지 않던 서원은 19세기에 오면 거의 1,700여 곳에 이를 정도로 급증한다.[10] 이중 문중 서원이 다수를 차지하는데, 이는 특정 가문의 후손이 자신의 정치적 위상과 가문의 현창을 위해 서원 설립을 주도한 결과였다.[11]

성호(星湖) 이익(李瀷, 1681~1763)은 『성호사설(星湖僿說)』에서 "근세에 와서 그 조상이 조금만 이름 있는 벼슬을 하고, 그 자손이 현달한 자들이면 서원을 세우지 않는 자가 없으니, 그 폐단이 너무 심하다 하겠다"[12]라 언급할 정도로 당시 문중 서원의 남설은 사회적 문제로 떠올랐다. 초기 서원이 대현을 제향하며, 향촌 사림의 육성과 함께 향촌 사림의 공론장이라는 공적 기능을 가졌다면, 18세기 이후 서원은 정치의 공론장으로 변질

8 기왕의 서원 관련 연구도 이러한 면을 강조하고 있다. 서원의 연구 성과로는 정만조, 『조선시대 서원 연구』, 집문당 1997; 이수환, 『조선 후기 서원 연구』, 일조각, 2001; 윤희면, 『조선시대 서원과 양반』, 집문당, 2004; 이해준, 『조선 후기 문중서원 연구』, 경인문화사, 2008 등이 있다.

9 洪大容, 『湛軒書』 外集 권2, 「杭傳尺牘」, '乾淨衕筆談'. "書院遍國中, 殆過千數, 皆妥享名賢, 仍爲講學之所."

10 윤희면, 앞의 책, 84면 〈표 2-2〉 참조. 대체로 이 숫자는 서원과 사우를 합친 것으로 보이는데, 조선조 후기에 오면 서원과 사우의 구분이 분명하지 않다는 사실을 알 수 있다.

11 조선조 후기에 오면 동성의 동족 집단이 동족 마을에서 선조를 현창하기 위하여 문중 서원을 창건함으로써 자신들의 양반이라는 사회적 지위를 유지하고 과시하는 것은 물론 잡역과 환곡 면제 등 경제적 이익을 추구하였다. 문중 서원의 기능과 역할은 윤희면, 앞의 책, 141~142면.

12 이익, 『성호사설』 권11, 「人事門」, "近時則稍登名宦, 子孫貴顯者, 無不立院弊又甚矣."

되고 만 것이다.

무엇보다 정치적 위상을 지닌 문중이 서원 설립에 관여하면서, 서원은 붕당과 문중을 대변하는 상징물로 변한다. 게다가 일부 서원은 자당의 사승 관계를 지닌 인물과 문중 인물만을 받듦으로써 설립과 유지 과정에서 정치적 문제를 일으키기까지 한다. 이익은 이러한 여러 문제를 날카롭게 지적하고 있다.

> 우리나라에서는 이뿐이 아니라, 각기 색목을 정하여 나가고 물러가는 데도 서로 구별을 하며, 당파를 모으고 다른 당을 공격하는 곳으로 이용하고 있다. 또 맨 아래에 속하는 자들은 서원의 명부에 이름을 올리고 부역을 회피하는 곳으로 삼아 학문을 강론하는 것은 도외시하고 있으니, 그 폐단을 일일이 거론할 수도 없다. ……중략…… 수십 년 전에 조정에서 명을 내려, 한 사람을 위하여 서원을 거듭 세우는 것을 금지했으나 권문세가에게는 금지하지 못했다. 또한 금령이 내린 후에도 함부로 세울 경우, 훼철을 명해도 또 훼철을 모면하기를 도모한 자가 매우 많았으니, 법령의 문란함이 이와 같다.[13]

본래 설립 취지에서 벗어나 사회적 문제로 떠오른 서원의 난립 문제를 지적한 내용이다. 서원이 학문 강론의 장이 아니라 당파나 따지고 당쟁을 일삼으며 심지어 부역을 피하는 곳으로 전락하고 말았다는 것이다. 본디 하나의 서원에서는 한 분의 대현을 모셔야 하지만 유력한 권문세가는 이를 따르지 않는다는 사실과, 설립기준에 벗어난 서원을 훼철(毁撤)하라는 조정의 법령조차 따르지 않는 사례를 들어 서원의 난립을 비판하고 있다.

13 이익, 『성호사설』 권16, 「人事門」, "我國則不但此也. 定色目進退區別, 聚黨伐異之柄. 最下者, 錄名院籍爲逃役之竇, 講學爲度外, 其害不可毛擧也.數十年前, 有朝命, 禁一人而重設者, 然勢力之家, 不能禁, 又有禁後擅設者命毁, 而亦圖免極衆, 其無法如此"

이익의 지적대로 17세기 이후 붕당과 일부 가문은 정치적 위상 제고를 위한 도구로 서원을 활용하기 시작한다. 일부 권문세가는 서원 건립을 통해 가문의 결속과 학통의 공고화는 물론 자당의 정치적 입지 강화를 도모하고, 심지어 사액을 요청하는 등 정치적 행위마저 서슴지 않는다. 이러다 보니 당시 서원은 정치적 이슈의 중심에 놓일 수밖에 없게 된다.[14]

다음 언급은 이러한 사실을 극명하게 보여준다.

> 양호(兩湖) 사이에 황산(黃山)이 있다. 문원공(文元公) 김장생(金長生)의 문인이 황산은 바로 김장생이 일찍이 왕래했던 곳이라 하여 원우(院宇)를 창건하고 문성공(文成公) 이이(李珥), 문간공(文簡公) 성혼(成渾)이 김장생과 사승 관계라 하여 모셨다. 또한 이이·성혼의 연원을 찾아 고(故) 문정공(文正公) 조광조(趙光祖), 문순공(文純公) 이황(李滉)까지 함께 모셨다. 이때 와서 전라도 여산(礪山) 유생 송유광(宋有光) 등이 상소하여 사액을 청하였다. 조정에서는 원우가 중복으로 있다 하여 허락하지 않았다.[15]

김장생(1548~1631)의 문도가 스승을 위해 서원을 창건한 사실, 김장생이 율곡 이이와 우계 성혼과 사승 관계이므로 함께 배향한 사실, 그리고 이이와 성혼의 연원, 그리고 이들과 관련을 지닌 조광조와 이황까지 배향한 사실을 함께 제시하고 있다. 조선조 후기 김장생은 자신의 문하에 서인의 핵심 인물인 송시열(宋時烈)과 송준길(宋浚吉) 등 정치적 비중을 지

14 실제 이익의 언급은 『서원등록(書院謄錄)』을 보면 서원 건립의 허가와 이후의 서원 통제와 사원(祠院) 훼철 등을 상세하게 기록하고 있다. 이 기록은 특히 서원이 17세기 중반에서 18세기 중반까지 향촌 사림과 중앙 정치권력이 연결되면서 정치 활동의 중요한 역할을 하는 당대 정치 상황을 잘 보여주고 있다.

15 『현종실록』 현종 5년 갑진(1664년) 2월 26일(기미) 참조, 『현종실록』의 번역은 한국고전번역원, 한국고전종합DB 참조.

닌 학자를 두루 배출한 바 있다.

당시 충청도 사림은 1634년 김장생을 배향하는 돈암서원(遯巖書院)을 설립한 이후 1660년에는 사액을 받아 사림의 비상한 주목을 받은 바 있다. 하지만 충청도 일부 사림은 여기에 그치지 않고 김장생의 연고지였던 황산에 다시 사우를 건립한 뒤, 사액을 받기 위하여 황산과 연고가 없는 조광조와 이황을 끌어 들여 함께 배향하고자 했다. 이는 서원 본래의 취지와는 관련 없는 일종의 정치적 행위나 다름없다. 위에서 이익이 학적 문제와 무관한 정치 행위를 서슴없이 자행하는 행태를 비판한 바 있는 그러한 행위에 해당된다. 이처럼 17세기 이후 서원은 사승 관계를 무엇보다 중시하는 것은 물론 붕당정치와 같은 정치와 깊은 관계를 지니게 된다.

본디 서원은 사승 관계와 불가분의 관련이 있다. 윤선거(尹宣擧, 1610~1669)의 사례를 통해 뚜렷하게 확인할 수 있다. 윤증(尹拯, 1629~1714)의 부친 윤선거가 미촌(美村)에 강학 공간을 마련하여 제자를 양성하자, 그 옆에 이현로(李玄老, 1630~1687)와 윤증의 사촌형 윤절(尹哲, 1625~1662)이 서재(書齋)[16]를 짓고 함께 배우게 된다. 그런데 윤선거의 강학을 추동한 윤증과 윤석은 가문으로 이어지고, 송두장(宋斗章, 1634~1671), 나양좌(羅良佐, 1638~1710), 조득중(趙得重, 1637~1711), 백광서(白光瑞, 1638~?) 등은 윤선거와는 사승 관계다.[17] 이처럼 17세기 이후 서원에 참여한 인물 대다수는 사승 관계로 연결되지만, 이는 단순한 학문적 차원의 사승 관계를 뛰어넘는다. 대부분 정치적 입장을 같이하는 붕당으로까지 발전하면서 정치적·사회적 문제를 몰고 왔기 때문이다.

---

16 이때 강학 공간으로서의 서재는 서원과 거의 같은 기능과 역할을 하였다.

17 윤증, 『명재유고』 권35, 「李龍叟墓表」, "初先人之居美村, 遠近學者多歸之. 君與我堂兄修撰公, 刱鵲泉書齋以處之, 而常爲之主, 一時士友如宋子文, 羅顯道·趙士威, 白文玉諸人皆重之."

위에서 언급한 윤선거와 윤증 부자는 송시열과 정치적으로 대립하면서 결국 소론의 맹주가 되거니와, 당시 윤선거의 강학 공간에서 수학한 제자들은 정치장에서 벌어지는 붕당의 대립 공간에서는 붕당의 일원이 될 수밖에 없다. 이렇다 보니 조선조 후기 사림은 서원의 공간에서 형성한 사승이라는 종적 관계를 정치장으로 이월함으로써, 서원을 당파의 정치적 네트워크 형성의 공간으로 전락시키고 말았다.

숙종이 붕당의 배후 공간으로 서원을 지목하여 일부 훼철을 명한 것은 이러한 이유가 있어서였다. 하지만 숙종의 서원 훼철은 일시적인 미봉책에 그치고, 정치장으로 변질된 서원의 역기능을 근본적으로 막지는 못한다.

1732년 조현명(趙顯命, 1690~1752)이 향촌 사림을 육성하기 위하여 「권학절목(勸學節目)」을 반포·시행하면서 서원 설립은 다시 횡행하게 되고,[18] 18세기에 들어서면 서원 수는 다시 급격하게 늘어난다. 다산(茶山) 정약용(丁若鏞, 1762~1836)이 「영남인물고서(嶺南人物考序)」에서 중형 정약전(丁若銓, 1758~1816)의 말을 인용하면서 "영남은 그렇지 않아서 향교나 서원을 가숙(家塾)으로 알고 스승과 벗을 친척으로 여겨 떼를 지어 놀고 무리 지어 익혀 보고 느끼는 바탕으로 삼으니, 재질이 참으로 좋다면 어찌 이같이 성취하지 않을 수 있으랴"[19]라 언급하고 있다. 이는 당시 서원의 급증 현상을 적절하게 지적한 것임은 물론이다.

정약용 형제는 향교와 서원을 강학의 장소로 인식하고, 스승과 벗을 친척으로 여길 정도로 가깝다는 사실은 물론 무리 지어 강학하는 영남의 학문 분위기를 긍정적으로 서술하고 있다. 여기서 이들이 향교와 서원에

18 윤희면, 앞의 책, 348면.

19 정약용, 『다산시문집』 권13, 「嶺南人物考序」, "嶺南則不然, 以校院爲家塾., 以師友爲親戚, 群游曹習而資其觀感, 其材質苟善, 安得不成就如是也?"

서의 동문수학한 사실과 이들의 인적 결속력을 주목한 것은 음미할 만한 대목이다. 서원과 향교라는 공간에서의 인적 결속은 학문적 네트워크지만, 이는 협소한 공간의 집단적 결속이자 인적 네트워크라는 사실도 기억할 필요가 있다.

조선조 후기 사승 관계를 중시하는 향교와 서원에서 문도가 스승의 학문적 성취에 반대하고 이견을 제기하기란 사실 불가능하다. 종적인 사승 관계는 대체로 학통과 연결되어 있어, 비판과 반비판을 통한 학문적 소통과 지식·정보 공간을 형성하기란 쉽지 않다. 이러한 학통의 종적 질서하에서 엄정한 학술적 토론은 물론 학통을 벗어나 새로운 지식의 생성이나 새로운 사유의 싹 역시 움트기 힘들다.

조선조 후기 서원은 향촌 사림의 육성으로 관학의 역할을 대체할 수 있다는 명분을 밀치고, 사승 관계에 기대어 종적 질서의 강화에 기여하게 된다. 특히 17세기 이후 서원은 당파와 관련됨으로써 횡적 구성을 통한 새로운 지식 체계와 사유 생성의 토대가 되지 못한 채 종적 구성을 통한 배타적 공간으로 전락하고 만다.

이는 조선조 후기에 다양한 사례를 통해 확인할 수 있다. 한천정사(寒泉精舍)와 이를 이은 석실서원(石室書院)도 사례의 하나다. 도암(陶菴) 이재(李縡, 1680~1746)가 한천정사를 중심으로 강학의 공간을 마련한 뒤, 이간(李柬, 1677~1727)의 낙론(洛論)을 계승하며 제자들을 가르친 바 있다. 미호(渼湖) 김원행(金元行, 1702~1772)은 석실서원에서 이간의 학문을 계승하는 한편, 낙론계 학자인 이재와 김원행 등도 심곡서원(深谷書院), 한천정사, 석실서원에서 자신의 학술적 성취를 제자들에게 강학하였다.[20] 이때 강

20 붕당과 학문의 관련성의 경우, 이론의 심화나 논쟁을 통한 학문적 발전에 기여한 측면도 없지 않다. 여기서 이러한 면을 부정하는 것은 아니다. 다만 학문 주체 세력이 붕당과 결합하여 비개방적 면모를 보이는 것은 강학 공간에서 폐쇄성으로 귀결되어 결국 지식의 활발한 유동을 저해하고, 새로운 지식의 생성과 확산을 어렵게 한다는

학 공간인 서원은 노론(老論) 낙론계 학문의 근거지로 기능하였음은 물론이다. 이른바 학통의 계승을 위한 공간을 서원으로 인식했기 때문이다. 사승 관계로 이어진 서원은 학통의 종적 공고화에 기여하는 점도 있지만, 그 폐해 또한 적지 않았다.

서원의 사회적 역기능은 18세기에 들어오면 전국적으로 확대된다. 상주(尙州)의 도남서원(道南書院)[21]도 그중 하나다. 18세기 초·중반 식산(息山) 이만부(李萬敷, 1664~1732)와 청대(淸臺) 권상일(權相一, 1679~1759) 등은 향촌 사림의 육성을 위하여 서원 부흥에 적극적으로 노력한 바 있다. 이만부는 서원에서 강학 활동을 하며 향촌 사림의 육성에 매진하고자 했다. 그는 그 과정에서 서원의 문제점을 십분 체험하고 실상을 정확하게 인식하게 된다.

> 주자는 남강(南康)에서 백록동 서원을 개수(改修)할 것을 청하였고, 퇴계 선생은 풍기에서 백운동서원을 개수할 것을 청하는 데 그 정성을 다하였으니, 앞뒤로 서로 하나같이 헤아릴 수 있는 것은 무엇인가? 대체로 관학에서는 격식과 과문(科文)에 구속이 되지만 서원에서는 마땅히 여유롭고 한가롭게 강습하는 방법이 있다. 그러므로 서원의 설립은 남송과 우리 조선의 영남에서 가장 성하였던 것이니, 그 본의를 궁구해보면, 그것은 나라의 화민성속지도(化民成俗之道)에 어찌 작은 보탬만 되겠는가? 다만 세대가 멀어지면서 가르침이 해이해지고 풍속이 무너지고 말아, 지금의 서원을 보면 토지를 소유하고 한 곳에 민정(民丁 부역이나 군역에 소집된 남자)을 모아 놓았으니, 크게는 당론을 다투는 장소가

점을 주목한 것이다. 18세기 낙론 학풍의 계승은 권오영, 「18세기 洛論의 學風과 思想의 계승양상」, 『진단학보』 108, 진단학회, 2009, 194~226면.

21 1606년(선조 39)에 창건한 상주의 도남서원은 정몽주·김굉필·정여창·이언적·이황의 위패를 모셨고, 1616년에 노수신(盧守愼)과 유성룡(柳成龍), 1635년에 정경세의 위패를 함께 모셨다.

> 되어버렸고, 작게는 한담하며 밥이나 축내는 곳이 되어버렸다. 교화의 책임을 맡은 사람은 또한 마땅히 법도와 형세에 유의하여 잘못을 바로잡는 것으로 돌려놓음으로써 옛날 현인의 뜻을 저버리지 말아야 할 것이다.[22]

이만부는 34세 때 서울에서 낙향하여 상주에 은거하며 강학에 힘을 쏟게 된다. 여기서 그는 서원의 실상을 체험하고, 서원의 본디 목적을 회복하기 위하여 '화민성속지도'를 제창한다. 관학이 과문 위주의 학문에 주안점을 두는 것과 달리 서원은 화민성속을 지향하는 것을 방향으로 삼아야 하는데, 현재의 서원은 그렇지 않다고 하며 이를 바로잡고자 했다. 격식과 과거를 위한 사장학(詞章學)과 위인지학(爲人之學)을 추구하는 관학과 달리 서원은 성학(聖學)을 위한 성리학과 도학의 위기지학(爲己之學)을 실천하는 공간이어야 한다는 것이다.[23]

이어서 이만부는 퇴계가 1550년에 풍기군수로 재임하면서 '백운동서원'에 '소수서원(紹修書院)'의 어필(御筆)과 현판, 그리고 서적과 노비를 하사받은 것[24]을 거론하기도 한다. 서원이 향촌의 인재양성과 향촌 민의

22 李萬敷, 『息山續集』 권4, 「與趙時晦」, "朱子, 請修白鹿洞於南康, 退陶先生, 請修白雲洞於豐基, 致其眷眷, 先後一揆者, 何也? 蓋以校學有程式功令之拘, 而書院宜寬閒講習之方. 是以書院之設, 最盛於南宋與我朝之嶺南, 究厥本意, 其於國家化民成俗之道, 豈少補哉? 只緣世遠教弛, 風俗敗壞, 目今書院幷土田, 聚民丁于一處, 大則爲黨論爭奪之場, 小則作閒談討食之所. 掌敎化者, 亦宜夫留心度勢, 轉移糾正, 以不負昔賢之意也."

23 일찍이 기대승(奇大升)은 서원의 학문적 방향을 다음과 같이 언급한 바 있다. 『고봉전서(高峯全書)』 권2, 「옥천서원기(玉川書院記)」를 보면 "내가 들으니, 옛날의 학자는 '위기지학'을 하였는데, 지금의 학자는 '위인지학'을 한다고 한다. 자신을 위한 학문을 하면 성현에 이를 수 있고, 남을 위한 학문을 하면 겨우 과거에 급제하여 명예나 취하고 녹봉이나 얻는 것을 꾀할 뿐이니, 어찌 잘못이 아니겠는가?〔竊聞之, 古之學者爲己, 今之學者爲人. 夫學以爲己聖賢可至, 學以爲人, 則不過爲科名利祿計而已, 豈不戾哉?〕" 라고 적고 있다.

24 『명종실록』 명종 5년 경술(1550) 2월 11일(병오)의 기사를 보면 퇴계 이황이 백운동서원에 편액과 서적, 토지, 노비를 하사해줄 것을 청하고 있는데 조정에서는 다 따라

교화에 있음을 주목한 것이거니와, 같은 맥락으로 이해할 수 있다. 이만부는 무엇보다 선현의 실천을 강조하는 한편, 선현의 가르침에 부응하기 위해 향촌의 인재양성과 향촌 민을 교화하는 '화민성속지도'의 방향을 제안함으로써 서원 본래의 성격 회복을 추구하고자 했다. 그 과정에서 그는 서원이 토지를 소유하면서 군역을 면하는 양정의 도피처가 되고 있으며, 당론이나 다투며 밥이나 축내는 곳으로 전락해버린 것을 문제점으로 인식하게 된다.

이만부가 당론의 온상으로 서원을 주목한 것은 적실한 언급이다. 공자는 일찍이 "군자주이불비(君子周而不比), 소인비이불주(小人比而不周)"라 하여 붕당의 문제점을 경계한 바 있다. 서원이 성인의 가르침과 어긋나게 비이불주나 하며, 파당을 일삼고 사회적 문제를 일으킨 것을 비판한 것은 유교의 명분론으로 보면 정당한 주장이다. 이만부의 주장대로 조선조 후기 서원은 관학의 쇠퇴에 대응하여 향촌 사림을 양성한다는 긍정적 측면도 있지만, 붕당을 배후로 남설된 탓에 많은 폐단을 낳은 것도 사실이다. 숙종대 이후 국가가 서원 정책에서 창건과 훼철을 반복하며 대응[25]한 것도 서원의 양면적 기능과 무관하지 않아 보인다.

여기서 주목하고 싶은 것은 서원의 남설이나 사회적 기능의 양면성이 아니다. 서원의 남설은 종적 네트워크를 강화함으로써 지식과 학술장에서 부정적으로 작용한다는 점이다. 조선조 후기 서원은 사승 관계를 중심으로 하는 학연과 붕당의 인적 관계를 구축함으로써 학술 및 지식의 생성과 유통에 부정적 영향을 끼친 사실도 주목해야 한다. 조선조 후기 향촌 사림은 서원 건립 과정에서 중앙 정계와 연결하여 배향 인물을 자

줄 수는 없으나 편액과 서적 등 2~3건만이라도 특명으로 내려보낼 것을 언급하고 있다.

25 윤희면, 앞의 책, 67~101면.

당 중심으로 안배하는가 하면, 이런 방식으로 사승 관계를 강화하였다. 이러한 단선적이고 종적 인적 네트워크는 서원 공간의 폐쇄성을 낳았다.

그런데도 17세기 이후 정치적 배경으로 연결된 사승 관계는 종국적으로 학통이라는 명분을 내세워 종적인 학적 체계를 정립하고 그것을 공고화하는 방향으로 나아간다. 이처럼 종적인 학제 체계를 강화하는 서원의 공간에서는 새로운 학술 지식과 사유의 창출을 기대하기란 쉽지 않다.

여기에 그치지 않고 서원은 사승 관계와 가문, 붕당정치와 맞물리면서 종적 가치와 종적 사유를 강요하는 기제로도 작동한다. 서원의 폐단은 학술 장에서 다양한 학술적 공론을 배제하거나, 축소·왜곡하는 역할을 한다. 학술적 공론의 배제와 축소·왜곡은 새로운 학지의 생성과 유통에 부정적으로 작용하고, 새로운 사유의 형성을 어렵게 한다. 그런 점에서 17세기 이후 서원의 남설은 폐쇄적인 학지 공간을 형성한 셈이다.

그런가 하면 서원을 통한 자당 중심의 학통과 학연은 종적인 인적 네트워크로 귀착됨으로써 지식의 수평적 유통과 확산에 걸림돌로도 작용한다.[26] 그 결과 당시 사대부 지식인들은 특정한 일부 지식만을 폐쇄된 종적 공간 안으로 소비하고, 새롭게 생성된 지식·정보조차 학통과 학연 중심의 제한된 공간에서 유통하는 데 그친다. 이러한 학통과 학연 중심의 폐쇄적이고 종적 관계에 기반한 지식·정보의 생성과 유통 공간

26 조선 후기 우정론은 당쟁의 반성으로 등장한 것이 아니라 붕당정치의 사적 변천과 맥을 같이 하며 그것과 함께 대두되었다는 견해다. 16, 17세기 붕당정치 아래 나타난 당파적 입장과 개인적 입장의 대립은 당파의 규제를 넘어서는 교유를 정당화하거나 반대로 당파의 규제 안에서 소속원의 결집을 도모하기 위해 우정의 새로운 주의를 환기했다. 한편, 붕당정치의 구조 속에서 당파를 넘어선 연대와 당파의 결속이 모두 우정의 형태로 계발되었다는 주장(김수진, 「18세기 老論系 知識人의 友情論」, 『한국한문학연구』 제52집, 2013)도 있다. 붕당정치의 구조에서 당파를 넘어선 연대라던가 당파의 결속 등이 우정의 형태라 하더라도 이 역시 조선조 후기에 숱하게 나타나는 시회(詩會)처럼 제한적 공간에서의 교우였고, 본격적인 횡적 윤리와 가치로 등장할 만큼 당대 사회의 영향력은 미미했다.

은 사회적 역기능을 보여줄 수밖에 없다. 당연히 새로운 학지와 사유의 생성마저 쉽게 차단하는 결과로 이어지게 되는 것이다.

2. 종법 질서의 강화: 종법과 가학

조선조 후기에 종법 질서의 상징은 혈통의 존엄성을 표현한 상례(喪禮)에서 확인할 수 있다.[27] 현종 때 인조 계비인 조대비(趙大妃)의 상례를 둘러싸고 벌어진 두 차례의 예송(禮訟) 논쟁도 그 본질은 적통의 계승 문제와 관련한 왕권과 관련이 깊다. 대체로 종법 질서를 통해 사회를 재구성하는 과정에서 일어난 정치적 사건이기 때문이다. 상례와 함께 18세기 부상한 제례(祭禮)도 같은 맥락으로 볼 수 있다. 모두 적장자의 봉사를 둘러싼 종법 질서로 사회를 재구성하려는 역사적 표상이다. 종법 질서는 대체로 가문을 중시하고 적장자로 이어지는 종적 인식을 중시한다. 가문 내에서 가학의 계승은 가문의식과 종법 질서의 사회적 인식의 반영이기도 하다.

주자 성리학은 도통을 중시하듯이 사승 관계는 학맥으로 표출된다. 도통은 사승 관계를 통해 계승되고, 사승 관계는 학맥으로 이어진다. 이 점에서 도통과 학맥은 상호 밀접한 관계를 가지며, 조선조 사회에서 남다른 위상과 의미를 지닌다. 그런데 학맥은 가학[28]을 통해 이어지는 경우

27 상복의 경우 오복제도(五服制度)가 종법의 현실적 맥락을 상징한다. 상복에 다섯 가지로 차등을 두는 오복은 가족과 친척 사이에 친소와 원근이 있어 차등을 두는 것을 의미한다. 상을 당한 사람이 망자와의 관계에 따라 상복의 경중을 나타내고 상기(喪期)의 장단을 결정하는 것이다. 오복에는 참최(斬衰)·자최(齊衰)·대공(大功)·소공(小功)·시마(緦麻) 등이 있는데, 대공 이상은 친(親), 소공 이하는 소(疎)가 된다. 친소에 따라서 오복을 입는 기간이 각각 다르며, 상복의 재료도 달라진다.

가 적지 않다. 학문적 정체성을 선조의 학통에 두는 가학은 가문의식의 표출이자 계승이다. 흔히 가학은 친족집단을 결속하거나 가문의식을 강화하는 토대를 제공하기도 하고, 가문의 사회적 위상 정립과 가문 유지에도 일정한 역할을 한다. 가학은 가문의 인적 연결을 토대로 붕당정치와 연결됨으로써 정치·사회적 의미를 지니기도 한다.

대체로 조선조 사대부 지식인들은 친족에 엘리트 형성의 원리를 두고, 이들 엘리트가 역사적으로 정치적·문화적 환경 속에서 변화를 희망했다. 공동의 출계와 조상의 위신을 의식하며 친족을 결속함으로써 내구성 강한 사회적 구조와 네트워크를 만들고, 이를 통한 친족 구성원의 정치적·경제적 목적도 함께 추구하려고도 했다.[29] 친족의 결속으로 인적 네트워크를 형성하는 것은 사회의 종적 질서 구축과 종적 위계질서의 강화를 의미한다. 친족의 결속은 종법 질서의 틀 안에서 생성되는바, 학술장에서는 가학의 형태로 드러나기도 한다. 이때 가학의 계승은 가문 내에서 일정한 학문 전수의 과정을 거쳐 이루어지게 마련이다.

특정 가문에서는 '종약(宗約)'을 두어 후손의 가학 계승을 지원하기도 한다. 다음은 그러한 사례다.

> ① 종인(宗人) 중에 재학(才學)이 있는 자를 뽑아 스승으로 삼아 자제를 가르친다. 자제 중에 문리(文理)가 통하는 자를 장자(長者)로 삼아 동몽을 훈도한다.[30]
>
> ② 서책으로는 『오경(五經)』과 『사서(四書)』, 『근사록(近思錄)』과 『심경

28 가학은 조부나 부친을 비롯하여 친족으로부터 직접 가르침을 받는 것을 비롯하여 사숙하는 것을 두루 이른다.

29 마르티나 도이힐러 지음, 김우영·문옥표 옮김, 『조상의 눈 아래에서, 한국의 친족, 신분 그리고 지역성』, 너머북스, 2018, 20면.

30 尹舜擧, 『童土先生文集』 권5, '雜著'의 「宗約」, "就宗人中有才學者, 爲之師, 以敎子弟. 就子弟中通文義者, 爲之長, 以訓童蒙."

> (心經)』, 『가례』와 『소학(小學)』 등의 서적과 박학한 서적을 빠뜨려서는 안 되는데, 모두 의곡(義穀)과 묘 아래의 저전(楮田)에서 나는 것으로 마련한다.[31]

동토(童土) 윤순거(尹舜擧, 1596~1668)는 '종약'을 통해 선조의 봉제사와 종약을 튼실하게 하는 방안을 거론하고 있다. 그는 먼저 '정규모(定規模)'에서 친족의 동몽 교육의 구체적인 방법과 규모를 거론한 다음, '치전재(置錢財)'에서 동몽 교육의 재정확보 방안을 제시한다. 이어서 의전(義田)에서 생산되는 의곡으로 동몽의 학비와 서책의 충당 비용으로 하는 세부 조항까지 마련해두고 있다. 여기에 그치지 않고 윤순거는 일과(日課)와 월강(月講)을 정한 다음, 이이와 성혼의 교인지법(教人之法)을 준용하여 독서하는 차서(次序)와 방법까지도 자세하게 제시해 두었다.[32] 또한 그는 종약의 실천을 위해 "매해 봄가을에 종회를 열어 종약을 강의하여 밝힐 것〔每歲春秋, 設宗會, 講明宗約〕"을 제시하고 벌칙 조항까지 마련했다. 이를테면 유사가 일 처리를 잘못한 경우, 종인이 종약을 따르지 않거나, 멀리 있는 종인이 미리 알리지 않고 이유 없이 종회에 참석하지 않을 때 벌한다는 내용 등을 두루 적었다.[33] 이 외에도 종인 교육을 위한 스승 간택 방법,[34] 동몽 교육과 독서 범위까지 상세하게 언급하고 있다.

31 위의 책, 위의 글, "書冊, 五經, 四書, 近思, 心經, 家禮, 小學等書及凡博學之不可闕者. 皆以義穀及墓下楮田所收, 備置之."

32 위의 책, 위의 글, "課讀, 十歲以上, 日課, 三十以上, 月講. ○讀書次序, 栗谷先生教人之法, 先讀小學, 次讀大學, 次讀論語, 次讀孟子, 次讀中庸, 次讀詩經, 次讀禮經, 次讀書經, 次讀易經, 次讀春秋, 如近思錄, 家禮, 心經, 二程全書, 朱子大全, 語類, 間間精讀, 餘力, 亦讀史書. 凡異端雜類不正之書, 不可頃刻披閱云云. 牛溪先生教人之法, 又益之以庸學或問, 伊洛淵源錄, 延平問答, 理學通錄等書, 教學之法, 當依此而始終焉."

33 "凡有司, 不能事事者, 罰. ○凡宗人, 不遵宗約者, 罰. ○凡宗人在遠, 或有故不參者, 豫呈單子, 無緣不參者, 罰."

34 "就宗人中有才學者, 爲之師, 以教子弟. 就子弟中通文義者, 爲之長, 以訓童蒙."

가문 내에서 같은 교재와 교육 방법으로 종인을 가르치는 것은 종인에게 가학 의식은 물론 학문적 방향을 제시하고 구체적인 방안까지 마련한다는 점에서 주목을 요한다. 사실 종약에 따른 학문체계와 그 방향은 친족의식과 함께 학문 의식의 공유에도 기여하는 바 있다. 가문 내 인물은 이를 바탕으로 가학의 전통을 체득하고 이를 계승할 수 있다. 하지만 이러한 가학 의식과 종적 학문체계의 강화는 학문의 경직성을 가져오고, 개방적 사유로의 전환을 방해한다. 가학을 토대로 한 학술과 가문의식의 결합은 횡적 인적 관계와 사유의 개방성을 가로막을 가능성이 크기 때문이다.

그런가 하면 가학을 통한 학맥의 계승은 단순한 학적 차원을 넘어 학자의 정체성과 가문의 위상, 그리고 가문의 정치적 위상을 가늠하는 역할을 하기도 한다. 조선조 후기 정치 장에서 가학은 관직 진출에 영향을 줄 정도로[35] 중시되었기 때문이다. 그런 점에서 후손이 선조의 행장에서 가학을 거론하는 것[36]은 이러한 상황의 반영으로 볼 수 있다. 두 사례를 본다.

① 최창대(崔昌大)의 자는 효백(孝伯)이며 호는 곤륜(昆侖)으로, 문정공(文貞公) 최석정(崔錫鼎)의 아들이다. 그는 청명하고 고랑(高朗)하여 빛나기가 빙옥(氷玉)과 같았고, 가학을 계승하여 경전과 백가를 깊이 연구하였다.[37]

---

35 趙復陽, 『松谷集』 권11, 附錄, 「行狀」, "宋公曰, 趙某家學甚優, 宜久置經幄, 以備顧問, 上允之." 송시열이 가학을 잘 이은 조복양(趙復陽, 1609~1671)의 학문적 능력을 국왕에게 추천하자 국왕이 이를 윤허한다는 내용을 보면 당시 명문가의 후손들이 학적 전통을 잇는 것이 관직 생활에서도 중요한 계기가 됨을 알 수 있다.

36 尹舜擧, 『童土先生文集』 附錄, 「司憲府掌令童土先生尹公行狀」, "先生主張家學, 講誦讜議, 激昂感傷, 慨然有蹈海之志. 我先君, 卽先生之季弟也." 윤증(1629~1714)이 백부 윤순거(1596~1668)의 행장을 지으면서 백부께서 가학을 주장하며 당의를 외우고 읊으며, 고결한 지조를 지켰음을 언급하고 있다.

② 근세에 문충공(文忠公) 월사(月沙) 이정귀는 문장과 덕업으로 선조와 인조 연간에 크게 이름을 날렸다. 이조 판서 문정공(文靖公) 이명한(李明漢)은 가학을 이어받고 문단의 맹주가 되었으며 호가 백주(白洲)인데, 이들이 바로 군의 증조부와 조부이다.[38]

①은 사관이 적은 최창대(崔昌大, 1669~1720)의 졸기(卒記)다. 가학을 계승하여 경전과 제자백가를 연구한 사실을 특기하고 있다. 실록의 인물평에서조차 가학을 거론할 만큼 가학은 조선조 후기 학자의 중요한 평가 기준이자, 학술장에서 중요한 사안임을 알 수 있다. 당시 학자의 정체성과 학문적 성취는 가학과 사승 관계에서 출발하는 사례가 많았다. 이의현(李宜顯)이 어느 묘갈명에서 "나 스스로 부끄럽지 않으니, 가학과 스승의 가르침이었네"[39]라 언급한 사실이나, 송준길이 김집(金集)의 '시장(諡狀)'에서 그를 평할 때 기준으로 삼은 것이 바로 가학이라는 점도 같은 맥락에서 이해할 수 있다.[40]

②는 권상하(權尙夏)가 기술한 이하조(李賀朝, 1664~1700)의 묘표 일부다. 월사 이정귀(1564~1635)의 학문을 계승한 이명한(1595~1645)을 주목하고, 그가 가학을 계승하여 문단의 맹주가 되었음을 언급하고 있다. 실제 이명한은 가학을 계승하여 조부 이정귀와 부친 이일상(李一相, 1612~1666)의 뒤를 이어 문형을 맡은 바 있다. 가학을 이어받아 문단의 맹주에 오른 사실을 적시한 것은 가학의 계승 여부가 문단에서도 중요한 이슈임을

---

37 『肅宗實錄補闕正誤』, 숙종 46년 4월 戊午(22일)조. 한국고전번역원, 한국고전종합DB.

38 權尙夏, 『寒水齋集』 권32, 「縣監李公(賀朝) 墓表」, "近世有月沙文忠公諱廷龜, 文章德業, 大鳴宣仁間. 吏曹判書文靖公, 諱明漢, 承繼家學, 主盟文苑, 號白洲, 寔君之曾祖與祖也."

39 李宜顯, 『陶谷集』 卷14, 「承政院左副承旨李公墓碣銘 幷序」, "我自不愧, 家學師資."

40 『愼獨齋先生遺稿』 卷15, 附錄 下, 「諡狀」, "承累世積美之餘, 得詩禮淵源之傳. 以孝弟忠信, 爲立身之本, 窮理居敬, 爲進修之基. 其規模節度, 一以家學爲準則."

상징적으로 보여준다.

그런데 사승 관계와 가학의 사회적 맥락은 여기에 그치지 않는다. 서원 배향을 위한 명분으로 거론되거나, 학자로 발신할 수 있는 계기로도 작용한다. 다음은 그러한 사례다.

> ① 신들이 삼가 생각건대, 정호(鄭澔)는 바로 고(故) 상신(相臣)인 문청공(文淸公) 정철(鄭澈)의 현손(玄孫)으로서 선정신(先正臣) 문정공 송시열의 문인입니다. 가학에 이미 연원이 있을 뿐만 아니라, 사승 또한 학문의 요체를 이어받아 행동이 독실했고 조예 역시 정밀하고 심오하였습니다.[41]

> ② 신은 또 예전에 누차 과장에 나아갔으나 끝내 재주가 없어 스스로 그만두었습니다. 그런데 사람들은 또 가학에 전념하느라 과거 공부를 기꺼워하지 않는다고 의심하며 제멋대로 헤아리고 제멋대로 말을 전하여 점차 요행으로 명성을 얻어 이 지경에 이른 것입니다. 고금 천하에 어찌 이처럼 거짓된 일이 있겠습니까.[42]

①은 호서(湖西)의 유생 민혁수(閔赫洙) 등이 정호(1648~1736)를 충주의 누암서원(樓巖書院)에 배향하기 위해 올린 상소문의 일부다. 호서 유생들이 정호를 배향하는 논리로 내세운 명분은 가학의 연원과 사승 관계다. 정호는 가학의 연원이 있고, 사승을 통해 학문의 요체를 이어받았다는 것이다. 그가 말한 가학의 연원은 고조부 정철의 학문이며, 사승은 송시열 학문을 계승한 사실을 말한다.

②는 윤증의 손자 윤동원(尹東源, 1685~1741)의 언급이다. 자신은 능력

41 『정조실록』 정조 19년(1795), 4월 6일 기사 참조. 번역은 한국고전번역원, 한국고전종합DB 참조.

42 『승정원일기』 영조 3년(1727), 11월 17일 기사 참조. 번역은 한국고전번역원, 한국고전종합DB 참조.

과 실력이 부족하여 과시(科試)를 포기하였는데, 이를 두고 세간에서는 가학에 전념하느라 과장에 나아가지 않는다고 의심의 눈초리를 보낸다는 것이다. 이러한 여론으로 인해 결국 자신은 원하지도 않은 헛된 명성을 얻었음을 자탄하고 있다. 그런데 윤동원이 언급한 가학은 조부인 윤증과 증조부인 윤선거의 학문이다. 이처럼 가학의 계승 여부는 학술장에서조차 중요한 이슈가 될 정도로 특별한 의미가 있는 것이다.[43]

이와 달리 가학의 계승은 학문적 정체성은 물론 학문의 깊이를 더하는 중요한 요인이 되기도 한다. 정산(貞山) 이병휴(李秉休, 1710~1776)은 자신의 가학을 두고 "우리 숙부 옥동선생(玉洞先生)과 계부 성호선생에 이르러 은거하면서 뜻을 추구하고, 오로지 위기지학에 힘쓰며 조정에서 관직으로 불러도 나가지 않고 당대의 유종(儒宗)이 되셨다. 이것이 우리 집안 학문의 연원이다"[44]라 하며 스스로 가학의 전통을 자부한 것도 그러한 사례다. 정산은 가학의 연원을 옥동 이서(李漵, 1662~1723)와 성호 이익(1681~1763)에 두고, 자신이 이를 계승하였음을 밝히고 있다. 여기서 그는 가학을 정립한 이서와 이익을 당대의 유종으로 칭송하는 한편, 자신이 이를 잇고 있다는 자부심도 함께 드러낸다. 실제 이병휴가 언급한 학적 연원은 가학으로 전승되면서 종적인 학적 체계의 구축과 함께 가학의

---

43 『승정원일기』영조 즉위년 갑진(1724) 11월 19일 조를 보면 장령(掌令) 윤동수(尹東洙)가 국왕인 영조에게 자질의 부족과 병세 등을 이유로 사직하기를 청하면서 "일찍이 병을 앓아 과거 공부를 하지 못하였고 재주가 몹시 용렬하고 노둔하여 가학도 전수받지 못하였으니, 변변치 못하고 학식이 엉성하기만 한 사람입니다. 그런데 겉으로 글을 잘하는 사람인 양 헛된 소문만 불러와 갈수록 분에 넘치는 자리를 차지하니 앞길이 점점 힘들어질 것입니다"라 말하고 있다. 학문의 정립에 가학의 전수와 계승을 중요한 덕목으로 삼아 이의 전수 여부를 자신의 학적 성취와 연결하고 있을 뿐만 아니라 직임을 사직하는 명분으로까지 삼고 있다. 당시 학인들이 가학의 계승 여부를 무엇보다 중시하는 저간의 사정을 엿볼 수 있다.

44 李秉休, 『貞山雜著』, 「自序」, "至我叔父玉洞先生及季父星湖先生, 隱居求志, 專務爲己之學, 朝廷徵以官不就, 爲世儒宗, 此余家學之淵源也."

심화는 물론 학술적 깊이를 더하기도 한다.[45]

이처럼 가학의 계승은 종법 질서를 존숭하는 시대적 산물로, 친족집단 내부의 학적 소통에 기여하기도 하지만 가학의 지나친 중시는 학적 외연을 넓히거나 개방적 사유의 형성을 방해한다. 실제로 조선조 후기 학술장에서 가학의 중시와 존숭은 학문적 쟁점을 두고 논쟁할 경우, 장애물로 기능한 바 있다. 다음은 하나의 사례다.

> 그가 인물지성(人物之性)을 논한 것을 보면, 그 가학을 지키는 것이 너무 완고한 듯한데, 가령 "하늘이 덮고 땅이 실어 주는 것〔天覆地載〕도 형기의 운용이니 본연지성(本然之性)이 될 수 없다"라고 말한 대목에 이르러서는 더욱 할 말이 없습니다.[46]

녹문(鹿門) 임성주(任聖周, 1711~1788)가 이민보(李敏輔, 1720~1799)의 질문에 답한 편지의 내용이다. 임성주는 '인물성'을 두고 논한 이민보의 논리가 지나치게 가학에 기대고 있음을 언급하는 한편, '천부지재'가 본연지성이 될 수 없다는 대목을 거론하며, 이를 두고 가학의 맹신에서 오는 병폐라 지적한다. 여기서 학문적 논쟁의 시비는 논외로 하고, 가학의 맹신이 학술장에서 정상적인 토론을 방해한다는 임성주의 지적은 경청할 만하다. 가학의 지나친 맹신과 중시는 새로운 사유나 지식의 습득에 장

45 李漵, 『弘道先生遺稿附錄』, 「行狀草(李是鉷)」, "吾家性理之學, 實自先生刱始之, 星湖先生親炙其門, 而大闡斯文, 貞山公·萬頃公·木齋公·可山公, 又皆親炙於星湖而成德. 例軒公·錦帶公·柹軒公, 皆私淑於家學而"成道. 一變詞藻之習, 蔚爲詩禮之家, 溯其淵源, 先生實有造端肇基之功云." 육회당(六悔堂) 이시홍(李是鉷)은 성호 이익의 학문이 후손들인 정산 이병휴, 만경(萬頃) 이맹휴(李盟休), 목재(木齋) 이삼환(李森煥), 가산(可山) 이구환(李九煥), 예헌(例軒) 이철환(李喆煥), 금대(錦帶) 이가환(李家煥), 시헌(柹軒) 이재위(李載威) 등의 후손에게 이어지고 있음을 언급하면서 그러한 가학의 연원을 성호 이익에 있음을 밝히고 있다.

46 任聖周, 『鹿門集』 권5, 「答李伯訥」, "其論人物之性, 似是其家學, 守之太固. 至謂天覆地載, 亦是形氣運用, 不得爲本然之性, 則更無可說."

애가 될 수밖에 없다는 복선을 깔고 있기 때문이다. 이어지는 언급도 같은 논리다.

> 근래에 사람들의 견해가 넓지 못하여 혹 말이 가학에 이르면 문득 노한 기색으로 밉게 보는데, 이에 큰 소리로 꾸짖지 않고 도리어 욕되게도 미천한 사람에게 물으시니, 이와 같은 일은 응당 옛사람 중에서나 찾아볼 수 있는 것이라서 탄성을 금하지 못하겠습니다.[47]

이유원(李猷遠, 1695~1773)이 증조부 이휘일(李徽逸, 1619~1672)의 『존재집(存齋集)』 간행을 위하여 이상정(李象靖, 1711~1781)에게 자문한 내용이다. 학자들이 식견이 좁아 간혹 가학에 연결하여 의견을 내면 문득 노기를 띠며 증오하며 비판한다는 것이다. 가학의 비판은 곧 친족집단과 가문의 비난일 터, 그런데도 증조부의 문집 간행을 연소한 자신에게 자문하는 것은 이례적임을 밝히고 있다.

사실 조선조 후기 가학의 강조는 가문의식과 함께 당대의 정치적 맥락을 지닌다. 후손이 가학을 호출하여 강조한 것도 이러한 사회적 배경과 관련이 있다. 그런 점에서 가문의 현창을 상징하는 사우 건립과 문집 편찬을 두고 조상에게 바치는 기념물의 상징이라는 언급[48]은 주목할 만하다. 사우 건립과 문집 편찬이 외형적으로 드러내는 가문의 현창이라면, 가학의 계승은 내면에서 사유하고 체화하는 가문의 현창인 것이다. 가학의 계승을 효에 연결하는 시선도 있음을 감안하면,[49] 조선조 후기 가학의

---

47 李象靖, 『大山集』 권8, 「答李欽夫猷遠」, "近來人見不弘, 或語及家學, 輒怒色疾視, 而乃蒙不賜呵斥, 反辱採蕘, 如此事, 當於古人中求之, 蓋不勝歎嘖耳."

48 사우 건립과 문집 편찬은 선조를 현창하는 방식의 하나로 문중에서 가장 심혈을 쏟았다. 이는 잘 조직된 친족집단으로서의 자기 정체성을 확인하는 것이다. 마르티나 도이힐러 지음, 김우영·문옥표 옮김, 『조상의 눈 아래에서, 한국의 친족, 신분 그리고 지역성』, 너머북스, 2018, 633~641면.

49 權尙夏, 『寒水齋集』 권22, 「題兪孝子讀禮窩記後」를 보면 알 수 있다. "그러나 삼가

계승 자체가 사대부 지식인이 지켜야 할 덕목의 하나였음을 알 수 있다.

이처럼 조선조 후기 가학은 학문을 전승하는 역할도 하지만, 한편으로는 종적 학문체계를 구성하여 특정 공간에 학문적 성취를 가두는 역기능도 했다. 결국 이는 타자의 학문과 사유방식을 습득하거나 새로운 지식의 생성과 유통의 걸림돌이었다.

3. 종법 체계의 강화: 친족 공동체와 족보

조선조 사회에서 동족은 본디 성씨와 본관을 같이하는 부계의 혈연집단을 말한다. 16세기에 오면 혼인과 혈연을 기초로 하는 친족 네트워크 안으로 부계와 모계가 함께 들어온다. 부계와 모계를 구분하지 않은 동족집단의 경우, 조선조 후기에 오면 친족과 사돈을 합쳐 동족으로 인식했다. 이는 17세기 전반의 족보 간행에서 한 인물의 내계(內系)와 외계(外系)의 구별을 하지 않은 것에서도 알 수 있다.[50] 그러다가 18세기에 오면 부계 동족집단의 결합이 본격적으로 나타난다. 이는 종적 질서와 종법 체계의 강화와 관련이 깊다. 마르티나 도이힐러가 지적하듯이 조선조 사대부들은 엘리트 형성의 구성 원리를 친족에 두고, 이들 엘리트가 역사적

일찍이 보건대, 선사〔先師, 정호, 1648~1736〕께서 유군 부친의 자교당(慈敎堂)의 기문을 지으면서 주자 선생의 말을 인용하여, 반드시 글을 읽고 이치를 궁구해서 원대한 것을 힘쓰게 하고자 하였으니, 진실로 이같이 한다면 그 효도가 더욱 클 것이다. 유군은 이것을 가슴에 새기고 부지런히 힘써서 가학을 계승하기 바란다〔然竊嘗觀先師記其大人慈敎堂文, 引朱先生語, 必欲其讀書窮理, 以務乎遠者大者, 苟能如是, 其爲孝益大矣. 願兪君服膺孜孜, 以紹家學〕."

50 기시모토 미오·미야지마 히로시 지음, 『현재를 보는 역사, 조선과 명청』, 2014, 너머북스. 140~147면.

상황 속에 정치적 문화적 환경 속에서 자기 변화를 추구하였다. 이를테면 이들은 공동의 출계(出系)와 조상의 위신(威信)을 의식하고 친족을 결속시켜 내구성이 강한 사회적 구조와 네트워크를 만들고, 이를 통해 친족 성원들의 정치적·경제적 목적을 추구했다는 것이다.[51] 이처럼 조선조 후기 붕당정치의 심화와 함께 가문의식의 강화는 친족의 정치적·경제적 목적과 깊은 관련을 지니게 된다.

이 시기 가문과 친족 공동체는 유교적 친족이념의 이상을 토대로 사유하고 인맥의 폭도 넓혀 나가고자 했다. 그 결과 18세기를 거치며 사족 사회는 친족이념으로 사족 사회를 견고하게 만들지만, 한편으로 이 친족 이념은 개인을 구속하는 기제로 작동하기도 한다. 사족 사회에 정착된 친족 공동체와 친족이념은 친족 개인을 규정하고 개인의 인적 네트워크를 고착화하는 방향으로 나아갔기 때문이다. 이러한 분위기에서 사대부 지식인은 친족 공동체 의식의 확산과 함께 학파나 붕당과 같은 집단과 그 긴밀성을 더욱 강화해나가게 된다.

조선조 후기 친족의 후손은 개인적 선택과 관계없이 이미 형성된 친족과 선대의 인맥에 자동 귀속된다. 당초 인적 네트워크의 범위를 확장해주었던 친족 공동체는 시간이 지나면서 인적 네트워크의 폭과 사회적 활동 공간을 제약하는 벽으로 변질되고 만다.[52] 그런데도 사대부 지식인은 친족 공동체 의식을 토대로 한 인적 네트워크의 형성과 종적 질서의 구축에 별다른 이의를 제기하지 않는다. 오히려 친족 구성원들은 오히려 친족 네트워크를 통한 공동체 의식의 함양을 위해 힘쓴다.

종친회도 그러한 사례의 하나다. 임적(任適, 1685~1728)이 1725년 4월에

51 마르티나 도이힐러 지음, 김우영·문옥표 옮김, 『조상의 눈 아래에서, 한국의 친족, 신분 그리고 지역성』, 너머북스, 2018, 20면.

52 권기석, 『족보와 조선 사회』, 태학사, 2011, 185~222면.

함흥판관(咸興判官)에 부임하면서 종친회를 주선한 것이 대표적이다. 임적은 증왕고(曾王考)인 임의백(任義伯, 1605~1667)이 황해도 관찰사로 있으면서 종친회를 주선한 사례를 본받아, 자신 역시 함흥 부임지에서 종친회를 개최한 바 있다. 이 자리에서 그는 자기 가문을 '명족'으로 자처하는 한편, 함흥에 거주하는 종친회를 주최하여 친족 공동체 의식을 불어넣었다. 그 과정에서 임적은 서민으로 몰락한 종친 중 진영(鎭營)에 복무하는 8인을 찾아내어 영군(營軍)의 군적에서 빼내어 군역을 면제하는 특혜를 베풀기까지 한다. 이는 종친을 위한 특별대우였다. 여기에 그치지 않고 그는 이 모임의 정감을 시로 형상한 뒤 하나의 첩으로 만들고 직접 서문까지 적는다.[53]

임적이 첩의 서문에서 풍천 임씨 가문을 '명족'으로 자처한 것은 종친의 유대와 친족 결속을 위한 명분의 표출임은 두말할 나위 없다. 스스로 '임씨함산족회첩(任氏咸山族會帖)'을 작성한 것은 지속적인 종친 모임을 기대했기 때문이다. 그가 주도한 종친 모임은 친족 네트워크 구축이지만, 종친회를 빙자하여 일부 종친의 군역을 면제한 것은 지방관의 권력남용이자 뒤틀린 가문의식의 표출이기도 하다.

친족 공동체 인식은 화수회(花樹會)와 종계에서도 확인할 수 있다. 이 역시 친족 공동체의 다른 모습이기 때문이다. 성호 이익이 화수회를 개

53 任適, 『老隱集』 卷2, 「咸山族會序」, "吾任系出豊川, 自麗朝以來, 簪纓不絶, 世稱爲名族. 間有流落於鄕曲者, 而八路之中, 獨海西爲最繁, 盖豊川爲姓貫故耳. 歲乙巳, 余宰咸興, 莅事之初, 宗人之謁刺者頗衆, 嶺外千里, 忽逢吾百代之親, 其喜可知也. 獨其淪落旣久, 間或有庶而爲民, 而至或編於行伍賤役者有之, 悲夫! 越明年丙午, 上元之日, 設宗會于平近堂中, 會者八十餘人, 其亦盛矣. 觥籌交錯, 談笑從容, 忘其地主邑民之分, 而藹然有同宗相愛之情, 豈不至樂矣乎? 昔我曾王考按節海西也, 盡會宗族之居在道內者, 設宴于始祖御史府君墓下, 而悉除其編名軍籍者, 至今傳以爲美談. 今余之會, 雖不敢自比於先蹟, 而其同宗相樂之意, 盖亦有所承耳. 遂除其身繫營軍者八人於軍藉, 而圖畫會中諸宗, 列其名於下方, 或以詩詠歌其事, 而作爲一帖, 題之曰任氏咸山族會帖. 嗚呼! 吾子孫, 或有來是土, 而繼是會者, 必將有感於是帖."

최하고 「종계첩」을 만들어 서문을 지은 것은 이를 상징적으로 보여준다.[54] 1731년 이익의 증조(曾祖) 이상의(李尙毅, 1560~1624)의 후손이 정동(貞洞) 구택(舊宅)에서 화수회를 열고, 참석 인사의 인적사항을 기록하여 「종계첩」를 작성한 바 있다. 이 첩의 서문에서 종회 결성과 종약 등 친족 결속을 위해 애쓴 모습을 확인할 수 있거니와, 성호의 친족이 재산을 갹출하여 화수회의 재정적 토대를 마련한 것은 특기할 만하다.

조선조 후기 일부 문중은 종친회에 머물지 않고 종약을 만들어 종친의 결속과 친족 공동체 의식과 친족의식을 강화하고자 했다. 앞서 윤순거의 '종약'에서도 이미 확인할 수 있다. 이 시기 종약 제정으로 친족 공동체 의식을 높이려는 문중의 사례는 여러 자료에 보인다. 덕수이씨(德水李氏) 문중이 가문의 결속을 위해 만든 종약도 하나의 사례다. 이여(李畬, 1645~1718)는 종약의 서문에서 친족들의 종약 내용의 공유와 함께 선지(先志)의 추념(追念) 그리고 택당(澤堂) 이식(李植)의 학문적 전통을 계승할 것을 바라고 있다.[55] 이는 종약을 통해 친족의식을 고취하고 가학을 통해 가문의 자부심과 위상을 높이려 한 것이다.

사실 친족 공동체 의식의 단적인 표출은 다양한 형태의 족보 간행에

---

54 李瀷, 『星湖全集』 권49, 「宗契帖序」, "今我族人, 莫非同祖我先祖考. 主猶遷房, 歲事孔修, 下逮六世七世, 昭穆咸在, 濟濟祝將, 宛見得繫姓綴食之義, 旣曰休矣. 從此而益勉, 父詔子, 子又貽孫, 紹守成規, 以之垂遠, 則幾何不馴爲百世之宗耶? 是宜爲之條貫, 立之信誓, 禮勤而會數, 一如花樹之法, 無容曠闕然後, 方可以悠久不替也. 遂相與經紀, 捐錢數萬, 買田若干, 歲入而助其權讌, 宗約於是成矣. 歲辛亥春, 大集于貞洞舊第, 遠方之通譜者, 亦多聞風來觀, 與在客位以爲樂. 于斯時也, 荐閱變故, 人喪樂生, 而能兀自全完, 不犯世患, 劫燼滔波之餘, 得以歲時從容周旋, 不知有無限缺陷在, 莫不咨嗟歎賞."

55 李畬, 『睡谷先生集』 권10, 「德水李氏宗約序」, "嗟乎! 天旣不假年于白谷先生, 有子四益公, 又有志而早世. 幸今宗孫泰鎭, 質重而行淳, 奉烝禴之重, 居兄弟之長, 追念先志, 慨然興奮, 欲勖率同宗, 紹修舊業, 乃就澤風堂之前, 搆書齋, 奉遺訓, 立憲課督如右, 名曰德水李氏宗約. 其意誠盛矣, 其事誠美矣, 凡我諸子姪同約者, 能力遵先訓, 爲大儒爲文士, 在其人, 或荒怠志業, 止於面墻陷坑, 亦在其人, 可無勉乎?"

서도 확인할 수 있다. 족보는 문서로 관념적인 친족 공동체 의식을 체계화함으로써 타 친족집단과 구별하는 중요한 수단이자 친족 결속을 위한 배타적 상징물이다. 이 점에서 조선조 후기 수많은 족보의 간행은 특별한 의미를 지닌다. 다음은 그러한 상황을 잘 보여준다.

> 사람과 금수가 다른 것은 근본을 알기 때문이 아닐까? 사람의 근본은 부모일 뿐인데, 부모로 말미암아 위로 올라가면 백세(百世)도 모두 나의 근본이 되는 것이다. 주나라 때 소사(小史)는 나라의 기록을 관장하여 대대로 이어지는 세계(世系)를 엮어 소(昭)와 목(穆)을 분별한 것은 근본을 밝힌 것이다. 또한 대종법을 세워 방계와 지파로 하여금 모두 종통을 높이는 것을 알게 한 것은 근본을 무겁게 여기도록 하였다. ……중략…… 대체로 안을 말미암아 밖에 이르고 가까운 데를 말미암아 먼 곳에 미치는 것이 지극히 조상을 높이는 것이니, 그 근본을 알게 되는 것 또한 명확하지 않겠는가?[56]

정범조(丁範祖, 1723~1801)가 척형(戚兄)의 부탁을 받고 '십세(十世)'의 약보(略譜)에 붙인 서문이다. 정범조는 『주례(周禮)』 소사의 기록과 『예기』의 대종법[57]을 들어 종통을 강조하고 있다. 대종법은 조상의 제사를 통한 종법의 확인이며, 같은 조상의 제사와 같은 혈통이라는 의식의 상징이다. 여기서 종법은 친족 공동체 의식을 구현하는 방식의 하나다. 종통을 드

---

56 丁範祖, 『海左先生文集』 卷22, 「沈氏十世譜序」, "人道與禽獸異者, 非以知本哉? 人之本, 父母是已, 而由父母而上之, 雖百世皆吾本也. 周時小史, 掌定繫世辨昭穆, 明本也. 立大宗法, 使旁支, 皆知尊宗統, 重本也. …… 夫由內以及外, 由近以及遠, 尊祖之至也. 其爲知本, 不亦明乎?"

57 시조로부터 적장자로 이어지는 집안을 대종(大宗)이라고 한다. 대가 오래 지나도 그 시조를 체천(遞遷)하지 않고 제사를 모시는 것을 일러 대종법이라고 한다. 『예기』의 「대전(大傳)」에 "백세토록 체천하지 않는 종이 있고, 5세가 되면 체천하는 종이 있다"라 하였다. 공영달(孔穎達)의 소(疏)에서는 "백세토록 체천하지 않는 종은 대종이며, 5세가 되면 체천하는 종을 소종이다"라 하였다.

높이고 혈족의 근본을 중시하는 방법은 조상의 제사와 족보를 통해 실현하는 것이 일반적이다. 그래서 제사로 같은 조상을 높임으로써 혈족임을 인식하고, 족보로 자신의 소종래를 아는 것을 '지본(知本)'으로 제시하고 있는 것이다. '지본'의 명제는 족보를 간행하는 명분이기도 하지만, 종법을 통한 친족 공동체 의식을 추구하는 기본 논리이기도 하다.

일부 문중에서는 친족 공동체의 구현과 동질의식의 공유를 위해 여러 형태의 족보를 편찬하기도 한다. 성호 이익이 "지금 세상에 보첩의 학이 매우 성하다. 보첩은 시조 한 사람의 몸으로부터 백 명, 천 명의 후손으로 나뉜 계통을 질서정연하고 문란하지 않게 기록한 것으로, 비록 성이 다른 외손도 빠짐없이 수록한다"[58]라 하여 당시 분위기를 알려주고 있다. 18세기에 오면 파보(派譜), 세보(世譜)와 같은 족보를 비롯하여 조상을 그림으로 배열하는 보도(譜圖)가 출현하는가 하면, '십세보'처럼 일부 친족의 기록이나 특이한 방식의 족보도 출현하기도 한다.

특히 가문들 간의 정치적 대립의 결과로 탄생한 『피혐록(避嫌錄)』과 『피혐록(彼嫌錄)』 등은 예전에 없던 족보다.[59] 개인이나 가문 간의 원한 관계를 기록한 『세혐보』는 가문과 원한 관계를 지닌 특정 인물과 그 후손에 이르기까지 상세하게 기록하고 있어 정치적 색채를 띠고 있다. 이 『세혐보』는 붕당정치가 낳은 사생아이자, 당대 정치 장에서도 적지 않은 영향을

58 李瀷, 『星湖先生全集』 卷50, 「十世譜序」, "今世譜牒之學極明, 譜牒者, 自一人之身, 分之爲百千雲仍, 井井不紊, 而雖異姓外裔, 亦無不收載."

59 『피혐록』의 사례는 심노숭(沈魯崇)의 언급에서 확인할 수 있다. 안대회·김보성 외 옮김, 『자저실기: 글쓰기 병에 걸린 어느 선비의 일상』, 휴머니스트, 2014, 165면. 『피혐록(避嫌錄)』과 『피혐록(彼嫌錄)』은 경기도 박물관에 소장되어 있다. 붕당의 정치장에서 두 가문의 대립으로 인해 한 가문이 화를 입을 경우 두 가문의 인물은 교유는 물론 혼인을 하지 않을 뿐만 아니라, 세혐을 기록으로 남겨 후손에게 해당 인물을 잊지 말 것을 당부하기도 한다. 이러한 세혐 당사자를 기록으로 남긴 것이 바로 『피혐록(避嫌錄)』과 『피혐록(彼嫌錄)』과 같은 '세혐보'다.

끼치게 된다.

그래서 『세혐보』에 기록된 가문과 후손들은 정치적 사안을 두고 서로 대립하거나, 심지어 관료 선발 과정에서 서로 불이익을 주는가 하면, 같은 부서에 함께 근무하는 것마저 거부하기도 한다. 해당 가문의 후손들은 세혐으로 사직하는 것을 염치 지키는 행위로 인식하고, 정치적으로는 이 행위에 도덕적 정당성까지 부여했다.[60] 그래서 조상과 스승, 자당을 모욕한 가문의 후손과 정치적으로 대립하고 이들과 상대하지 않은 것이야말로 염치를 지키는 도덕적 행위이자 조상에게 효를 다하는 것이며, 스승에게 충을 하는 것이자 자당에 신의를 지키는 행위로 치부했다. 이는 유교 이념으로 피혐 행위를 포장하고, 그러한 행위 자체를 정당화한 정치적 행위일터, 『세혐보』가 바로 그 상징물이다.

사실 정치장에서 친족의식을 내세우고, 친족의 동질성을 강조하는 것은 친족 이외 집단을 배제하거나 차별하려는 잠재적 의식의 표출이다. 그런 점에서 '세혐보'는 이러한 배제와 차별의 결과물로도 인식할 수 있다. '세혐보'의 등장은 친족이라는 집단의식이 낳은 정치·사회적 모순의 하나이다.[61]

조선조 후기에 오면 『세혐보』 외에도 잠영보(簪纓譜)와 인척보(姻戚譜), 『역과보(譯科譜)』와 『의과보(醫科譜)』 등 동일 집단의식을 보여주는 다양한 보첩[62]도 나타나고, 북보(北譜)와 남보(南譜) 등의 당파보도 등장한다.

60 윤민경, 「조선 후기 '世嫌譜' 제작과 世嫌의 실제」, 『조선시대사학보』 84, 조선시대사학회, 2018, 223~263면.

61 '세혐보'의 사회적 역기능은 권기석, 「조선 후기 족보 入錄의 정치·사회적 의미: 족보가 갖는 '화이트리스트' 또는 '블랙리스트'의 兩面性을 중심으로」, 『조선시대사학보』 92, 조선시대사학회, 2020, 339~340면.

62 조선조 후기에 오면 양반은 물론 중간계층의 가문들도 자신의 존재를 알리기 위하여 다양한 방식의 족보를 편찬하였다. 양반만 하더라도 기본적으로 문과와 무과 급제자의 가계를 성씨와 본관으로 구별한 『문보』와 『무보』를 만들고, 명문 가문에서는 자신의

노론보인 '잠영보', 소론보인 '잠보', 남인보인 '남보', 북인보인 '북보' 간행 역시 친족집단의 폐쇄성은 물론 인적 네트워크의 경직성을 보여준다. 이 점에서 이러한 족보는 종적 질서의 구축과 깊은 관련을 지닌다.

이처럼 세혐보와 당파보는 친족과 당파와 같은 특정 소수 집단 중심의 인적 네트워크를 중시한다는 점에서 결과적으로 횡적 인적 네트워크의 공간 형성을 차단하는 기능을 한다. 다양한 족보의 간행과 유통 역시 친족과 동일 집단의식을 의식함으로써 횡적 네트워크를 통한 인적 관계를 차단한다. 새로운 지식·정보의 생성과 유통 공간의 창출은 물론 이를 통한 광범한 지식·정보의 확산과 소비도 위축시킨다. 더욱이 이러한 족보는 친족과 당파의 집단의식을 강화하는 쪽으로만 기능하는 것에 그치지 않는다. 정치장에서는 명분과 결합하면서 마침내 경세 논리로 확장되어 논란을 불러오기도 한다. 다음은 그 사례다.

> 『춘추좌씨전(春秋左氏傳)』에 '선왕이 봉토해주고 그 땅의 이름으로 씨를 명하였다'라고 하였고, 또 '소목공(召穆公)이 서주(西周)에서 종족을 규합

가문을 널리 알리기 위하여 『명세보(名世譜)』를 두는가 하면, 심지어 각 가문 소속의 당파를 구분하기 위하여 『당파보(黨派譜)』인 『잠영보』도 만든다. 『당파보』에서는 혼맥을 적절하게 관리하기 위하여 당파를 구별하여 작성하기도 한다. 구체적인 당파보도 등장한다. 남인 족보인 『남보』와 북인의 족보인 『북보』 등이 그러한 사례다. 이 외에도 『인척보』를 만들어 가문과 혼맥 등 가문의 연비 관계를 작성하기도 하고 자신의 가문과 원수 가문을 정리한 『세혐보』도 작성하였다. 『세혐보』는 『수혐보(讐嫌譜)』, 『피혐록(避嫌錄)』, 『피혐록(彼嫌錄)』이라고도 한다. 이 외에도 음직 출신의 인물들을 성씨별·본관별로 나누어놓은 『음보(蔭譜)』와 『음관세보(蔭官世譜)』 등이 있으며, 문·무·음의 삼반(三班)으로 관직에 진출한 인물의 십세(十世)를 기록한 『삼반십세보』 등이 있다. 중간계층도 자신의 가계를 정리하기 위하여 족보를 편찬하는데, 『성원록(姓源錄)』이 대표적이다. 특히 의관과 역관이 자신의 족보를 편찬하는데 역관의 족보인 『역과보』와 의관의 족보인 『의과보』가 그것이다. 이 외에도 의관과 역관의 가계를 함께 정리한 『의역주팔세보(醫譯籌八世譜)』를 비롯하여 역과에 합격한 인물의 가계를 기록한 『역등제보(譯等第譜)』, 역학 종사자로 부경체아직(赴京遞兒職)에 차임(差任)된 인물들을 성관별로 정리한 『등제팔세보』 등도 있다.

하였다'라고 하였고, 뒤의 논자도 '종법과 치법(治法)은 서로 좌우가 된다'라고 하였다. 그렇다면 족보를 편찬하는 것은 바로 종족을 규합하는 유법(遺法)이다. 이것이 어찌 오직 일개 성씨의 사사로움만 되겠는가. 그것은 진실로 국가의 치도를 보좌하는 것이다. 사마천이 『세가』를 지으면서, '서른 개의 바큇살이 하나의 바퀴통에 모여야 수레의 운행이 무궁하다. 군주를 돕는 고굉지신(股肱之臣)이 군주와 짝하였기 때문에 서른 개의 세가를 지은 것이다' 하였다.[63]

조경(趙絅, 1586~1669)이 『한양조씨족보(漢陽趙氏族譜)』의 중간(重刊)에 적은 서문이다. 그는 종법과 치법이 같은 차원임을 강조한다. 먼저 『춘추좌씨전』을 인용한 다음, 씨의 유래와 소목공이 종족을 규합한 사례를 근거로 들고 있다. 이어서 종족을 규합하는 유법이 족보편찬인데, 이는 한 성씨의 사적 차원을 넘어 국가의 치도를 보좌하는 것과 관련 있음도 제기하고 있다. 조경이 족보편찬의 종법 논리를 치법의 보완 논리로 호출한바, 그는 그 근거를 사마천의 『사기·세가』 30편에서 찾고 있다. 무엇보다 족보편찬의 논리를 국가 운영에까지 확장한 시선은 주목할 만하다.

족보편찬을 치도와 연결한 인식과 논리는 이후에도 계속 보인다. 남유용(南有容, 1698~1773)은 1758년 「의령남씨족보서(宜寧南氏族譜序)」에서 『춘추좌씨전』의 내용을 인용하면서 "종법과 치법은 서로 씨실과 날실이 되어 버려지지 않는다"[64]라 언급하고, 한장석(韓章錫, 1832~1894)은 자기 가문의 세계를 보도(譜圖)로 제시한 「보도서」 등에서도 그러한 논리를 보여준다.[65]

63 趙絅, 『龍洲先生遺稿』 卷11, 「重刊漢陽趙氏族譜序」, "左氏有言曰: '先王胙之土而命之氏', 又曰: '召穆公, 糾合宗族于西周', 後之論者, 亦曰: '宗法與治法相左右.' 然則修譜卽合宗之遺法也, 斯豈亶爲一姓氏之私? 其實輔國家之治道也. 太史公之作世家曰: '三十輻共一轂, 運行無窮, 輔拂股肱之臣配焉. 故作三十世家.'"

64 南有容, 『雷淵集』 권12, 「宜寧南氏族譜序」, "傳所稱, 宗法與治法, 相經緯而不廢者, 不其信矣乎?"

65 韓章錫, 『眉山先生文集』 권7, 「譜圖序 附譜圖」, "文獻之缺而中佚不傳, 其忘也忽焉.

남구만(南九萬, 1629~1711)이 족보편찬의 논리로 치국을 거론한 다음 언급한 것도 같은 맥락에서 이해할 수 있다.

> 내가 들으니 성주(成周)의 제도에 성을 받은 것을 관장하기 위하여 사상(司商)이라는 관직이 있었고, 세계를 정하기 위하여 소사라는 직책이 있었으니, 성씨와 세계가 국가의 정치에 무슨 상관이 있기에 관청을 만들고 관직을 세우기를 이처럼 거듭하고 또 많이 하였단 말인가. 내가 짐작건대 천하는 한 나라를 미루어 넓힌 것이요, 한 나라는 한 집안을 미루어 넓힌 것이요, 한 집안은 한 사람을 미루어 넓힌 것이다. 지금 한 사람의 몸이 성씨가 있어 그 적(籍)을 나타내고, 집안이 있어 그 종을 세우고, 족보가 있어 그 대수를 기록하여, 계통이 후세에 밝아져서 유풍이 그대로 보존되고, 친애하는 마음이 먼 선조에까지 미쳐서 남긴 가르침이 없어지지 않게 한다면 이는 한 사람의 교화가 한 집안에 이루어지는 것이다. 이렇게 되면 집안으로부터 나라에 이르고 나라로부터 천하에 이르러 교화가 점점 이루어짐이 손바닥을 뒤집는 것처럼 쉬울 것이니, 성왕이 나라를 다스림에 있어 성씨와 세계를 소중히 여긴 것이 어찌 아무 이유가 없겠는가. 이와 같으므로 족보를 만들어서 뿌리를 상고하고 계파를 분별함을 소중히 여기는 것이니, 이는 선조의 덕을 높이고 어짊을 본받아서 낳아주신 조상에게 욕됨이 없게 하기 위해서이다.[66]

聖人憂之, 著爲譜法, 始昉於周官小宗伯, 先王重本追遠之敎寓焉. 以是繫昭穆, 以是辨親踈, 百世如一日, 千萬人如一身. 故曰宗法與治法, 相經緯而不廢, 厥施不亦普歟?"

66 南九萬, 『藥泉集』 권24, 「族譜序」, "蓋聞成周之制, 掌受姓有司商之官, 奠繫世有小史之職, 姓氏族世, 何與於邦國之治, 而設職建官如是其重且複乎? 余意天下者, 一國之推也, 一國者, 一族之推也. 一族者, 一人之推也. 今自一人之身, 有姓而著其籍, 有族而立其宗, 有譜而紀其世, 使其統緖明於後, 而流風猶存, 親愛及於遠而遺敎不泯, 則是一人之化成於一族也. 夫然則自族而國, 自國而天下, 其化之漸成, 猶反手也, 聖王之治, 所以爲重, 夫豈徒然哉? 惟其如是, 故所貴乎修譜, 而稽其本源, 辨其系泒者, 爲其崇德象賢, 無忝其所生也."

남구만은 성왕이 성씨와 세계를 소중히 여긴 것은 치국과 관련이 있는데, 그 근거로 주나라가 사상와 소사를 두어 성씨를 관장하고 세계를 정한 사실을 들고 있다. 이어서 그는 대학의 '평천하'에서 '수신'까지도 결국 한 사람부터 미루어 점차 넓혀나갔음을 거론한다. 여기서 남구만은 평천하에 이르는 교화는 결국 족보를 통해 실현할 수 있다는 거창한 논리로 족보편찬의 당위성을 밝히고 있다. 한 집안에서부터 친족의 교화를 이룰 수 있고, 이것을 미루어 넓혀 가면 천하의 교화로까지 이어진다는 것이 그의 논리다. 이 논리의 이면에는 족보편찬의 중요성이 숨겨져 있음은 물론이다. 이처럼 족보편찬의 정당성을 치국에 연결하는 의식과 논리는 족보에 명분을 부여하는 것을 의미하는 바, 이러한 논리는 족보편찬의 확산에 적지 않은 역할을 한 것으로 보인다.

앞서 언급한 바 있듯이 종친회를 통한 친족 결속과 족보편찬은 혈연관계를 중시하고 종적 결속을 강화하는 데 기여한다. 하지만 친족 중심의 공동체 의식에 기반 한 유대 강화와 가문의 결속은 종적 질서를 강화함으로써 횡적 교류와 횡적 네트워크의 형성을 방해한다. 종적 질서의 추구는 친족이 아닌 인물과의 관계 맺음 자체를 배타적으로 보거나, 더러 자기 검열을 통해 타자와의 관계 맺음 자체를 거부하는 배경으로 작동한다. 이러한 종적 질서의 공간에서는 지식·정보의 유통과 소비, 나아가 새로운 지식의 생성은 형성되기 어렵다. 따라서 인적 네트워크가 혈연과 친족이라는 협소하고 배타적 공간에 갇혀있는 한, 지식·정보의 유통 공간 역시 제한적일 수밖에 없다. 이러한 제한된 공간에서는 횡적 질서를 통한 개방적 유통 공간의 형성은 불가능하기 마련이다.

| 제 2 장 |

횡적 질서와 지식·정보의 공론장

2

1. 교우의 발견과 횡적 가치: 갈라파고스를 넘어[1]

친족의 종법 체계 강조, 종적 관계를 중시하는 사회 질서의 구축, 그리고 종적인 인적 네트워크 형성은 기본적으로 종적인 사회 질서와 위계화를 강화한다. 조선조 후기 친족 결속을 바탕으로 하는 종법 체계의 공간은 문예와 학술 장과 연결되면서 마치 갈라파고스 공간과 같은 폐쇄적 양상을 보여준다. 갈라파고스 공간에서의 탈출은 기본적으로 종적 질서의 공간과 정치적 경직성, 나아가 신분적 위계화를 넘어서야 가능하다.

조선조 후기 공간에서 종적 질서를 토대로 형성된 갈라파고스와 같은 공간을 벗어나고자 하는 시도도 없지 않았다. 우정의 재발견과 새로운 우도(友道)의 인식이 그것이다. 일부 사대부 지식인은 교우론(交友論)을 통해 횡적 질서와 위계화로부터의 탈주를 꿈꾸기도 했다. 횡적 관계를 통

1 기본적으로 갈라파고스는 외부 영향을 받지 않고 고립적으로 생존해가는 것을 의미한다. 조선조 후기 종적 질서와 종적 관념을 가능하게 한 가문과 친족 등의 공간은 물론 횡적 관계를 중시한 시사(詩社)의 경우도 계층과 신분을 뛰어넘어 전면적인 개방적 성격이거나 열려 있는 인적 네트워크의 공간은 아니었다. 따라서 이러한 공간은 지식의 공유와 지식의 보편화를 위해 나아가는 공론의 장이 아니다. 기본적으로 그 공간 자체도 결국 종적 공간의 확대라는 점에서 폐쇄적 형태를 벗어나지 못하였다. 본고에서는 갈라파고스라는 표현을 이러한 맥락으로 사용하고자 한다.

한 새로운 질서의 추구는 학술과 문예의 신기운을 불어넣는 계기를 준다. 신기운은 지식·정보의 유통 공간의 형성은 물론 횡적 네트워크의 구축도 견인한다.

일찍이 지봉 이수광(1563~1628)은 우도의 붕괴를 지적하면서 "박혁(博奕)과 음주, 세리(勢利)로 사귀는 것은 하루나 한 달, 그리고 한 해를 넘기지 못하지만, 도의(道義)로 사귀는 것만은 종신토록 갈 수 있다. 지금 세상 풍습은 경계하고 간하는 풍도가 없어져 옛날 우도를 회복해야 한다"[2]라 한 바 있다. 도의로 교우하지 않은 무너져 내린 우도의 회복을 희망한 발언이다. 이수광이 제시한 우도의 회복은 조선조 후기로 오면, 도의와 다른 우정론으로 표출된다.

조선조 후기 우도를 호출하여 재인식하는 것은 어째서일까? 얼핏 책선(責善)과 과실상규(過失相規), 도의상면(道義相勉)의 회복을 촉구한 것으로도 볼 수 있지만, 거기에는 복선이 깔려 있다. 우도의 문제는 단지 우정론에 그치는 것은 아니다. 당대의 윤리의식과 맞물려 있다. 우도는 오륜의 하나인 데다 종적 윤리가 아닌 횡적 윤리를 지향하고 있다. 거기에는 군신, 부자, 부부, 장유의 관계처럼 종적 관계가 아닌 횡적 관계는 물론 새로운 횡적 윤리의식과 가치를 내장하고 있다. 이는 신분적 위계화나 종적 질서를 강화하는 윤리의식과 달리 횡적 관계와 횡적 윤리를 구현할 수 있는 우도의 재발견이다. 일부 사대부 지식인이 우도를 재발견한 것은 이러한 인식의 일단으로 이해할 수도 있다.

우도의 새로운 인식에 영향을 끼친 것은 마테오 리치〔利瑪竇; Matteo Ricci, 1552~1610〕의 『교우론』이다. 17세기 『교우론』의 유통과 함께 일부

---

2 李睟光, 『芝峰類說』 권15, 「人物部」 '師友', "博奕之交不日, 飮食之交不月, 勢利之交不年, 唯道義之交, 可以終身, 誠哉言也. 責善朋友之道也, 前輩相處, 必以過失相規, 以道義相勉, 吾猶及見之. 自時習一變, 以言爲諱, 朋友之際, 亦無規諫之風. 嗚呼! 古道今不可復矣."

사대부 지식인은 우도를 새롭게 독법한 바 있다. 주지하듯이 『교우론』은 우정의 개념을 간결한 대화체로 서술한 것인데, 간행 당시 큰 주목을 받지 못했다. 하지만 시간이 지나면서 중국과 조선은 물론 에도 막부에 이르기까지 동아시아 전역에 큰 영향을 준 스테디셀러로 부상하게 된다.

성호 이익은 마테오 리치의 『교우론』을 소개하면서 우도를 소환하고 이를 새롭게 인식한다.

> 집안에 『교우론』이란 외국 서적이 있는데, 그 속에 "벗이란 제2의 나이다.[3] 몸은 둘로 떨어져 있지만, 마음은 하나이기 때문이다.[4] 벗을 사귀는 진정한 맛은 상대방을 잃은 뒤에 더욱 잘 알게 된다.[5] 벗이 살아 있을 때는 장차 잃게 되나 않을까 걱정하고 죽고 나서는 여전히 살아 있는 것처럼 생생하게 떠오르는 법이다"[6]라는 내용이 있는데, 이 글을 읽어보니 진실로 뼈에 사무치는 말입니다. ……중략…… 그 책에 또 이르기를 "효자가 부친의 교우관계를 계승하는 것은 마치 생업을 이어받는 것과 같다"[7]라고 하였으니, 그 말 역시 참으로 생각해볼 만합니다.[8]

앞에서 이수광이 무너진 우도의 회복을 제기한 사실을 언급하였거니와, 사실 이수광의 발언은 당대 현실과 관련을 가진다. 이는 이마두의

---

3 이 언급은 『교우론』의 제1조목의 "吾友非他, 卽我之半, 乃第二我也"를 말한다.

4 이 언급은 『교우론』의 제2조목의 "友之與我, 雖有二身, 二身之乃內, 其心一而已"를 말한다.

5 이 언급은 『교우론』의 제66조목의 "良友相交之味, 失之後, 愈可知覺矣"를 말한다.

6 이 언급은 『교우론』의 제15조목의 "旣死之後, 吾念之無憂, 蓋在時, 我有之如可失,及旣亡, 念之如猶在焉"를 말한다.

7 이 언급은 『교우론』의 제4조목의 "孝子繼父之所交友, 如承受父之産業矣"를 말한다.

8 이익, 『星湖全集』 권29, 「答鄭玄老 甲戌」, "家有一卷外邦書交友論者, 有云友者第二我也. 身二而心一. 交際之味, 失之後愈覺. 其在時如將失, 旣亡如猶在, 讀之儘是刺骨之談也. ……중략…… 其書又云孝子繼父之交, 如承受産業. 其言亦實實可思." 번역은 한국고전번역원, 한국고전종합DB, 고전번역서 『성호전집』 참조.

『교우론』의 수용과도 일정한 관련성이 있다. 이수광은 사행에서 『천주실의(天主實義)』와 함께 북경에서 간행된 『교우론』[9]의 내용을 파악하고, 이를 『지봉유설』에서 인용하고 있다. 여기서 그는 '벗이란 제2의 나이다〔友者, 第二我〕'와 같은 『교우론』의 핵심 명제를 간략하게 소개하고 있는데[10], 지봉이 우도를 강조한 것은 일시적이지 않음을 보여준다.[11]

이수광의 언급 이후에도 사대부 지식인 사이에 『교우론』은 널리 유통되었던 것 같다. 위의 성호 언급도 그 연장선에 있다. 이익은 『교우론』을 읽고 그 핵심 내용과 몇 조목을 제시한 다음, "이 글을 읽어보니 진실로

9 『교우론』은 1595년 명나라 남창에서 1권 1책으로 간행하였다. 이때 풍응경(馮應京, 1555~1606)과 구여기(瞿汝夔, 1548~1610)가 『교우론』에 「각교우론서(刻交友論序)」와 「서역이공우론서(西域利公友論序)」의 서문을 붙였다. 이후 『교우론』은 북경에서 1603년 재판될 정도로 널리 알려졌다. 이 책은 1629년 청의 이지조(李之藻, 1564~1630)가 천주교 관련 서적을 모아 편찬한 『천학초함(天學初函)』에 수록되었고, 『사고전서총목제요(四庫全書總目提要)』의 잡가류존목(雜家類存目)에 소개되기도 하였다.

10 李睟光, 『芝峯類說』 권2, 「諸國部」, '外國', "歐羅巴國, 亦名大西國. 有利瑪竇者, 泛海八年, 越八萬里風濤, 居東粤十餘年. 所著天主實義二卷, 首論天主始制天地, 主宰安養之道. 次論人魂不滅, 大異禽獸. 次辨輪廻六道之謬, 天堂地獄善惡之報, 末論人性本善而敬奉天主之意. 其俗謂君曰敎化皇, 不婚娶故無襲嗣, 擇賢而立之. 又其俗重友誼, 不爲私蓄, 著重友論. 焦竑曰, 西域利君, 以爲友者第二我, 此言奇甚云. 事詳見續耳譚." 이수광이 『지봉유설』에서 『교우론』을 소개한 내용의 구체적인 사실은 노용필, 「李睟光·李瀷의 利瑪竇 『交友論』受容 樣相 比較 檢討」, 『中央史論』 제46집, 2017, 87~133면. 여기서 이수광이 인용한 내용은 초횡(焦竑)의 『속이담(續耳譚)』에 나오는 것이 아니라, 초횡의 문집인 『담원집(澹園集)』 권48, 「고성답문(古城答問)」에 나오는 것이다. 『담원집』은 『속수사고전서(續修四庫全書)』 1364책에 『초씨담원집』이라는 제목으로 수록되어 있다. 이수광이 『지봉유설』에 인용한 내용은 직접 문헌을 보고 차기한 것도 있지만, 적지 않은 부분은 잘못 전해들은 것이나, 저자의 저작을 착각하여 기술한 것 혹은 다른 문헌에서 재인용한 것 등 다양한 모습을 보여준다. 이수광이 『지봉유설』에서 『교우론』의 내용을 『속이담』으로 기술한 것도 그러한 사례의 하나다. 이수광이 문헌과 내용을 차기하여 기술한 과정에서 오류와 불확실한 전거를 밝힌 것은 임영걸, 「李睟光의 『芝峯類說』 연구」, 성균관대학교 박사학위논문, 2023, 제4장 '『芝峯類說』의 주요 지식·정보와 양상' 참조.

11 이수광이 전통적 시각에서 무너진 우도의 회복을 주장했지만, 당시 '우도'의 문제 자체를 인식하고 그 회복을 제기한 자체가 『교우론』으로부터 촉발한 것으로 이해할 수 있다는 것이다.

뼈에 사무치는 말입니다"라 하여 『교우론』이 제시한 적실한 내용을 말한 다음, 이어서 특정 조목을 두고 "그 말 역시 참으로 생각해볼 만합니다"라는 말로 그 내용에 공감을 표한다. 성호는 오륜의 논리와 사뭇 다른 윤리의식은 물론 교우관계의 새로움을 주목한 것이다.

당시 마테오 리치의 『교우론』은 전통적 방식이 아닌 새로운 시각으로 우도를 재해석하고 있다. 사륜(四倫)이 종적 관계를 토대로 종적 윤리와 그 가치를 추구한다면, '교우이신(交友以信)'은 종적 관계가 아닌 '신(信)'을 통한 관계의 횡적 평등성을 지향한다. 이 점에서 우도의 윤리의식은 물론 새로운 가치를 발견할 가능성이 있다. 이를테면 횡적 질서와 가치의 단초를 확인할 수 있는 것이다. 당대 사대부 지식인들이 『교우론』을 읽고 우도를 호출한 것도 이 때문일 터이다. 당시 교우관계에서 횡적 윤리의 새로운 가능성을 찾으려 한 것은 그 의미가 심중하다.

18세기에 오면 『교우론』은 상당히 유통되었던 것 같다. 이는 1711년 통신사행의 부사로 참여한 임수간(任守幹, 1665~1721)의 기록에서도 확인할 수 있다. 임수간은 정사인 평천(平泉) 조태억(趙泰億, 1675~1728)과 아라이 하쿠세키〔新井白石〕가 문답한 내용을 기록하면서 『교우론』의 존재를 주목한 바 있다. 그는 『강관필담(江關筆談)』에서 에도 막부가 천주교 문자를 금지한 이후에도 오직 마테오 리치의 『교우론』만이 남았다는 아라이의 말을 인용하며 문답을 이어간다. 임수간이 『교우론』의 존재를 몰랐다면 이러한 언급은 당초 불가능했을 터, 이미 『교우론』을 충분히 인지하고 있었기에 문답 과정에서 이렇게 말할 수 있었을 것이다.[12] 이처럼 18세기에 오면 상당수 사대부 지식인은 마테오 리치의 저술을 주목하고,

12 任守幹, 『東槎日記』 坤, 「江關筆談」, "青坪曰, 曾聞西洋古里國利瑪竇者到此, 有文字之留傳者云, 信否? 白石曰, 有交友論一篇耳. 天主法, 我國厲禁其文字, 故盡歸于火坑耳. 所謂交友論, 載在百川學海說郛等書者卽是."

IHS
TARTARIÆ PARS
CHI:
NA.
INDIA
OCEANUS CHINENSIS
ATHANASII KIRCHERI
CHINA
AMSTELODAMI,
Apud Johannem Janssonium à Waesberge et Elizeum Weyerstraet

아담 샬과 마테오 리치

심지어 사행 과정에서도 에도 막부에 유통되는 마테오 리치의 저술을 질문하기도 한다.

이는 단순히 관심 차원을 넘어 『교우론』에서 새로운 우도의 논리와 윤리적 발상을 발견하고 그 내용에 관심을 가진 것을 보여준다.

여기서 유만주(兪萬柱, 1755~1788)의 『흠영(欽英)』 한 대목을 보자.

> 태서(太西)의 마테오 리치의 우론(友論)은 매우 기이하다〔甚奇〕. 벗은 다른 사람이 아니고 나의 반이니 제2의 나〔我〕다. 그러므로 마땅히 벗을 제 몸처럼 소중하게 보아야 한다.[13] 벗과 나는 비록 두 몸으로 나누어져 있지만, 두 몸 안의 마음은 하나다.[14] 서로 필요하고 서로 돕는 것이 벗을 맺는 이유이다.[15] 효자는 아버지가 사귄 벗을 계승하기를 아버지의 산업을 이어받는 듯이 한다.[16] 평소 아무 일 없을 적에는 벗의 참과 거짓을 알기 어렵지만, 어려움에 임하면 벗의 실정이 드러난다. 일이 다급할 적에 참된 벗은 더욱 가까워지지만 거짓된 벗은 더욱 멀어진다.[17] 벗하기 전에는 마땅히 살펴야 하지만 벗한 뒤에는 마땅히 믿어야 한다.[18] 벗이 친구에게 물건을 보내주고 보답을 바란다면 벗이 아니니, 이는 시장의 교역과 같을 뿐이다.[19] 일의 형편은 헤아리기 어렵고 우의(友誼)는 기대기 어려우니, 금일의 친구가 뒤에는 혹 변하여 원수가 되기도 하니 삼가지 않을 수 있겠는가?[20] 각각의 사람은 각각의 일을

---

13 이 언급은 『교우론』 제1조목의 "吾友非他, 卽我之半, 乃第二我也. 故當視友如己焉"를 말한다.

14 이 언급은 『교우론』 제2조목의 "友之與我, 雖有二身, 二身之內, 其心一而已"를 말한다.

15 이 언급은 『교우론』 제3조목의 "相須相佑, 爲結友之由"를 말한다.

16 이 언급은 『교우론』 제4조목의 "孝子繼父之所交友, 如承受父之産業矣"를 말한다.

17 이 언급은 『교우론』 제5조목의 "時當平居無事, 難指友之真偽, 臨難之頃, 則友之情顯焉. 蓋事急之際, 友之真者, 益近密, 偽者, 益疏散矣"를 말한다.

18 이 언급은 『교우론』 제7조목의 "交友之先宜察, 交友之後宜信"을 말한다.

19 이 언급은 『교우론』 제9조목의 "友之饋友而望報, 非饋也, 與市易者等耳"를 말한다.

20 이 언급은 『교우론』 제13조목의 "人事情莫測, 友誼難憑. 今日之友, 後或變而成仇, 今

다 완전하게 할 수는 없다. 그래서 상제가 벗을 사귈 것을 명하여 피차 서로 돕게 하는 것이다.[21] 덕과 뜻이 서로 같아야 그 벗함이 비로소 견고해진다.[22] 벗은 의사(醫師)와 같으니, 의사는 병자를 정말 사랑하여 반드시 그 병을 미워한다. 병자는 그 병으로 해서 괴로워하고 있어서 의사는 그 병자의 몸을 차마 가만두지 못하는데, 벗이 친구의 악을 그냥 두어서야 하겠는가? 충간하고 또 충간해야 할 것이니, 어찌 그 귀에 거슬린다고 하여 머뭇머뭇하며, 어찌 그 이마가 찌푸려진다고 하여 염려하랴![23] 벗이 나를 잘 대해줌이 없는 것은 원수가 나를 해함이 없는 것과 같다.[24] 벗이 지나치게 칭찬하는 해악은 원수가 지나치게 헐뜯는 해악보다 오히려 크다.[25] 벗을 정할 적에는 나의 정해지지 않은 일에서 그를 시험해보면 벗으로 정할 수 있을지를 알 수 있다.[26] 벗은 옛날에는 높이는 명칭이었으나, 지금은 내다 파는 재화에 견주니 애석하다![27] 친밀한 벗을 많이 가지고 있는 것은 친밀한 벗이 없는 것이다.[28] 친구를 제 몸처럼 소중히 여기는 자는, 먼 자는 가까워지고 약자는 강해지고 근심이 있는 자는 행복해지고 병자는 나으며, 죽은 자도 오히려 살아난다. 하필 더 많은 말을 할 필요가 있겠는가?[29] 나에게

日之仇, 亦或變而爲友, 可不敬慎乎!"를 말한다.

21 이 언급은 『교우론』 제16조목의 "各人, 不能全盡各事, 故上帝命之交友, 以彼此胥助. 若使除其道於世者, 人類必散壞也"를 줄여 제시하였다.

22 이 언급은 『교우론』 제18조목의 "德志相似, 其友始固"를 말한다.

23 이 언급은 『교우론』 제20조목의 "交友如醫疾, 然醫者誠愛病者, 必惡其病也. 彼以救病之故, 傷其體, 苦其口. 醫者, 不忍病者之身, 友者, 宜忍友之惡乎?諫之諫之, 何恤其耳之逆, 何畏其額之蹙!"을 말한다.

24 이 언급은 『교우론』 제23조목의 "友人無所善我, 與仇人無所害我等焉"을 말한다.

25 이 언급은 『교우론』 제24조목의 "友者過譽之害, 較仇者過訾之害, 猶大焉"을 말한다.

26 이 언급은 『교우론』 제26조목의 "友之定, 於我之不定事, 試之可見矣"를 말한다.

27 이 언급은 『교우론』 제35조목의 "友者, 古之尊名, 今出之以售, 比之於貨, 惜哉!"를 말한다.

28 이 언급은 『교우론』 제40조목의 "多有密友, 便無密友也"를 말한다.

29 이 언급은 『교우론』 제43조목의 "視友如己者, 則遐者邇, 弱者強, 患者幸, 病者愈, 何必多言耶!死者猶生也"를 말한다.

두 벗이 있는데 앞에서 서로 싸우고 있다면 나는 그 사정을 듣고서 판단하지 않고자 하니, 그중의 한 친구가 나를 원수로 삼게 되는 것을 염려해서다. 나에게 두 원수가 있는데 앞에서 서로 싸우고 있다면 나는 오히려 그들을 위하여 그 사정을 듣고 판단해줄 수 있으니, 반드시 그 중의 한 사람은 나를 벗으로 삼게 될 것이다.[30] 친구의 친구를 벗으로 삼고 친구의 원수를 제 원수로 삼는 것이 벗에게 두터이 하는 것이다.[31] 상제가 사람에게 두 눈과 두 귀와 두 손과 두 발을 주신 것은 두 친구처럼 서로 돕기를 바라서다.[32]그 사람의 친구가 숲처럼 많다면 그 사람의 덕이 그만큼 성한 것을 알 수 있고, 그 사람의 친구가 새벽 별처럼 드문드문 적다면 그 사람의 덕이 그만큼 박한 것을 알 수 있다.[33] 내가 영화로울 때는 요청해야 비로소 오고 어려울 때는 요청하지 않아도 스스로 오는 사람이 바로 진정한 친구다.[34] 옛날에 두 사람이 동행하였는데 한 사람은 아주 부자였고 한 사람은 몹시 가난하였다. 혹자가 "이 두 사람은 그 우정이 아주 친밀하다" 하니, 두법덕(竇法德)〔Theophrastos, BC372~BC287〕이 듣고서 말하기를, "그렇다면 어째서 한 사람은 부자이며 한 사람은 가난한가?"라 하였다.[35] 사람이 친구가 없는 것은 하늘에 해가 없고 몸에 눈이 없는 것과 같다.[36] 벗은 가난할 때의 재물이며 약할 때의 힘이며 병들었을 때의 약이다.[37]

---

30 이 언급은 『교우론』의 제44조목의 "我有二友, 相訟於前. 我不欲爲之聽判, 恐一以我爲仇也. 我有二仇, 相訟於前, 我可猶爲之聽判, 必一以我爲友也"를 말한다.

31 이 언급은 『교우론』 제52조목의 "友友之友, 仇友之仇, 爲厚友也"를 말한다.

32 이 언급은 『교우론』 제56조목의 "上帝, 給人雙目雙耳雙手雙足, 欲兩友相助, 方爲事有成矣"를 줄인 것이다.

33 이 언급은 『교우론』 제61조목의 "視其人之友如林, 則知其德之盛. 視其人之友落落如晨星, 則知其德之薄"을 말한다.

34 이 언급은 『교우론』의 제64조목의 "我榮時, 請而方來, 患時不請而自來, 夫友哉!"를 말한다.

35 이 언급은 『교우론』 제95조목의 "古有二人同行, 一極富, 一極貧. 或曰, '二人爲友, 至密矣.' 竇法德〔古者名賢〕聞之曰, '既然, 何一爲富者, 一爲貧者哉?'"를 말한다.

36 이 언급은 『교우론』 제79조목의 "世無友, 如天無日, 如身無目矣"를 말한다.

번잡하지만 내용을 길게 인용하였다. 이 부분은 유만주가 독서 이후에 차기한 것이다. 유만주는 『흠영』에서 『교우론』의 핵심 내용을 다른 저서를 차기한 것과 달리 길게 발췌해 두고 있다. 왜 그랬을까? 유만주는 『흠영』에서 독서한 내용을 차기할 경우, 특정 사안이나 전체 저술을 짧게 제시하고 이를 논평하거나 자신의 의견을 제시하는 경우가 대부분이다. 위의 사례처럼 내용을 발췌하여 길게 소개하는 경우는 이례적이다.

위에서 알 수 있듯이 인용한 내용은 『흠영』이 보여주는 다른 저술의 독서차기 방식과 사뭇 달리 적고 있다. 위에서 유만주는 『교우론』의 핵심 조목 일부를 제시하였다. 이미 글의 서두에서 『교우론』의 내용을 '매우 기이하다〔甚奇〕'라 주목하고 서술을 시작하고 있다. 유만주가 『교우론』의 내용에 깊이 공명하였음을 알 수 있는 대목이다. 논평 대신 내용

---

37 이 언급은 『교우론』 제76조목의 "友也, 爲貧之財, 爲弱之力, 爲病之藥焉"를 말한다. 兪萬柱, 『欽英集記』 56책, 六月 6月 28日 庚辰. "太西利氏友論, 甚奇. 友非他, 卽我之半, 乃第二我也, 故當視友如己焉. 友之與我, 雖有二身, 二身之內, 其心一而已, 相須相佑, 爲結友之由. 孝子繼父之所交友, 如受父之產業. 平居無事, 難指友之眞僞, 臨難則友之情顯焉. 蓋事急之際, 友之眞者益近密, 僞者盡踈散矣. 友之先宜察, 友之後宜信. 友之饋友而望報, 非友也, 與市易等耳. 夫事情莫測, 友誼難憑, 今日之友, 後或變而成仇, 可不敬愼乎? 各人不能全盡各事, 故上帝命之交友, 以彼此胥助. 德志相似, 其友始固. 友如醫, 醫者誠愛病者, 必惡其病. 彼以捄病之故, 傷其體, 苦其口, 醫者不忍病者之身, 友者宜忍友之惡乎? 諫之諫之, 何恤其耳之逆, 何畏其額之蹙? 友人無所善我與仇人無所害我等焉. 友者過譽之害, 較仇者過訾之害, 猶大焉. 友之定, 於我之不定事, 試之可見矣. 友者古之尊名, 今出之以售, 比之於貨, 惜哉! 多有密友, 便無密友也. 視友如己者, 則遐者邇, 弱者强, 患者幸, 病者愈, 何必多言耶! 死者猶生也. 我有二友相訟于前, 我不欲爲之聽判, 恐一以我爲仇也. 我有二仇相訟於前, 我猶可爲之聽判, 必一以我爲友也. 友友之友, 仇友之仇, 爲厚友也. 上帝給人雙目雙耳雙手雙足, 欲兩友相助. 視其人之友如林, 則知其德之盛, 視其人之友落落如晨星, 則知其德之薄. 我榮時請而方來, 患時不請而自來, 夫友哉! 古有二人同行, 一極富一極貧. 或曰: "此二人, 爲友至密矣." 竇法德聞之曰: "旣然, 何一爲富者, 一爲貧者哉?" 人無友, 如天無日, 如身無目矣. 友也爲貧之財, 爲弱之力, 爲病之藥焉." 여기서 『교우론』의 해당 조목과 유만주가 제시한 내용을 비교해보면 본지를 훼손하지 않고 거의 전달하는 데 치중하고 있음을 알 수 있다.

소개에 방점을 둔 것도 같은 맥락이다.

여기서는 『교우론』의 내용을 분석하는 자리가 아니기에 구체적인 언급은 생략하고, 논지를 위해 몇 마디 언급해둔다.[38] 유만주는 『교우론』의 모든 내용을 기록하지 않고, 자신이 주목한 일부 내용만 뽑아 제시하고 있다.[39] 제시한 내용도 『교우론』의 본지를 충실히 반영하여 소개하였다. 『교우론』의 소개는 대체로 『교우론』의 순서를 따르고 있지만, (79) 조목과 (76) 조목만 『교우론』의 순서를 따르지 않고 (95) 조목 뒤에 덧붙였다. 아마도 차기 과정에서 처음에 이 두 조목을 지나쳤다가 다시 기억하고 그 내용을 뒤에 첨부한 것으로 보인다.

특히 『교우론』의 전체 100조목 중 25조목이나 제시한 것은 흥미롭다. 일부 조목만을 제시했지만 『교우론』의 핵심 내용 대부분을 아우른다. 이 역시 『흠영』에서 독서차기한 다른 사례와 비교하면 이례적으로 많은 인용이다. 『교우론』을 거론한 다른 저술에서 볼 수 없을 정도로 핵심 내용을 두루 수록하고 있기 때문이다. 이를테면 연암 박지원은 첫 조목인 "나의 벗은 타인이 아니라 곧 나의 반쪽이요 바로 제2의 나다〔友非他, 卽我之半, 乃第二我〕"라는 부분만을 특기하고 있을 뿐이며, 다른 경우도 『교우론』을 단순 소개하거나 몇 구절을 발췌하는 데 그치고 있다.

유만주가 선택하여 제시한 조목들은 흥미로운 내용을 많이 담고 있다. 이를테면 산업, 의자(醫者), 시(市), 송(訟), 화(貨), 재(財), 구(仇), 성(星), 림(林), 병(病), 빈부(貧富) 등의 어휘를 사용하여 교우관계를 비유한 조목을 대거 소개한 것이 그것이다. 이러한 어휘를 비유적으로 구사한 조목의 내용은 관념적이고 고답적이라기보다 현실에 착근(着根)한 것이 다수

38 『교우론』의 해당 조목은 각주에서 제시해두었다.

39 유만주는 25조목을 소개하면서 『교우론』의 제16조목과 제56조목만 일부 줄여 제시하고 나머지는 글자의 출입은 있지만, 원래 내용 그대로 소개하고 있다.

다. 생활공간에서 쉽게 접할 수 있는 어휘를 통해 우도를 비유적으로 설명한 것이 대부분이거니와, 이들 어휘는 일상의 경제생활과 삶에서 나온 개념어이기도 하다. 이는 기왕의 오륜의 지식 체계에서 형성된 어휘를 통해 교유 관계를 제시한 것과 전혀 다른 양상이라는 점에서 주목할 만하다.

『교우론』은 18세기에 이어 19세기에서도 주목의 대상이 되었다. 송강 정철의 8대손인 정재경(鄭在褧, 1781~1858)은 아예 제목을 「교우론」으로 잡고 우도의 중요성을 제시하고 있다.

> 토가 오행 중의 네 계절에 왕성한 것은 신이 사단 중에 분속한 것과 같다. 오행의 수, 화, 목, 금은 토가 아니면 어디에 우거할 것이며, 오상(五常) 중의 인, 의, 예, 지는 신이 아니면 성공할 수 없다. 그 조목은 붕우지만, 그 뜻은 성신(誠信)이다. 사륜의 끝에 있으면서 사륜의 안을 포괄하고 있으니 그 뜻은 가벼운 듯하지만, 실제로는 무겁고, 그 일은 작은 듯하지만, 실제로는 크다. 그러므로 죽고 사는 것보다 막대한 것이 없는데도 오히려 붕우에게는 자신의 몸을 허락하니 그 나머지에 있어서랴?[40]

앞서 유몽인(柳夢寅)이 「증이성징정귀령공부경서(贈李聖徵廷龜令公赴京序)」에서 언급한 것[41]과 박지원이 「방경각외전자서(放璚閣外傳自序)」에서 언급한 것[42]을 합쳐 놓은 듯한 논리다. 주자가 사단(四端)을 논하면서 언급한

40 鄭在褧, 『愼窩集』 卷4, '雜著', 「交友論」, "土於四時寄王, 信於四端分屬. 水火木金, 非土, 何所寓焉? 仁義禮智, 非信, 無以成功. 其目, 友朋也, 其義, 誠信也. 處於四倫之末, 而包乎四倫之內, 其義若輕而實重, 其事若小而實大. 故莫大者死生也, 猶於友朋許身焉, 況其餘乎!"

41 柳夢寅, , 『於于集』 卷3, 「贈李聖徵廷龜令公赴京序」, "聖人以朋友齒五倫, 其義顧不重乎? 莫大者死生, 猶或爲朋友許身, 矧其餘乎?"

42 朴趾源, 『燕巖集』 別集 卷8, 「放璚閣外傳自序」, "友居倫季, 匪厥疎卑, 如土於行, 寄王

"사단의 신(信)은 오행의 토와 같아서 일정한 위치가 없고 이루어지는 이름이 없으며 전일한 기운이 없지만, 수·화·금·목이 이것〔土〕을 필요로 하여 생겨나지 않는 것이 없다. 토가 사행에 있어서 있지 않은 데가 없고 사시에서 붙어서 왕성하니, 그 이치가 또한 이와 같다〔土於四行, 無不在, 於四時則寄王焉, 其理亦猶是也〕"[43]라는 논리를 활용했다. 정재경은 기존 주자의 논리를 접속하여 자신의 논리로 재구성하고 있다. 여기서 그가 교우의 핵심으로 파악한 것은 심교(心交)다.[44] 이 글의 제목을 「교우론」이라 한 것이나, 연암의 사유를 활용한 것을 보면 마테오 리치의 『교우론』과 전혀 관계가 없다고 할 수는 없겠다.

심지어 사대부 지식인이 아니 중간계층의 인물도 『교우론』을 읽고, 이를 유통한 사례도 있었다. 홍신유(洪愼猷, 1722~?)의 「제이마두우론후(題利瑪竇友論後)」를 보면 자세히 알 수 있다.

> 서양인 이마두가 『교우론』 한 편을 지었는데, 그 뜻이 깊고 절실하며 명확하고 알맞아서 이따금 고인도 발설하지 않은 뜻을 발설하여 세교로 삼을 만하지만, 오직 부자·군신·부부·장유에는 미치지 않았다. 그 뜻이 간혹 천륜을 드러내지는 않았으니 어리석은 남녀가 할 수 있는 데다 또한 성인의 가르침이 많았기 때문에 다시 군더더기 말이라 생각

四時. 親義別叙, 非信奚爲, 常若不常, 友廼正之, 所以居後."

43 이 구절은 주희의 『맹자집주』, 「공손추장구」 상에 보이다. "四端之信, 猶五行之土, 無定位, 無成名, 無專氣, 而水火金木이, 無不待是以生者. 故, 土於四行, 無不在, 於四時, 則寄旺焉, 其理亦猶是也."

44 이 글은 제목을 '교우'로 내세우고 있지만, 마테오 리치의 『교우론』에 기대고 있지는 않다. 논지는 면교(面交), 세교(勢交), 이교(利交)를 지양하고 심교를 지향할 것을 제시하였다. 이어지는 내용에서 "自夫季葉, 朋分黨成, 有利交勢交面交心交, 大槩有四. 何謂利交? 見利而如膠如桼, 見害而如越如秦是已. 何謂勢交? 紛紛逐逐, 成蹊於桃李, 寥寥落落, 蹤滅於松栢是也. 拍肩執袂, 滑稽相尙, 一言逆耳, 白眼視之, 非所謂面交乎? 會之以文, 責之以善, 忘形忘年, 如切如磋, 死生以之, 非所謂心交乎? 心交則無聞而面交也勢交也利交也"라 한 것을 보면 알 수 있다.

하여 그것을 말하지 않았던 것인가? 드디어 그가 말한 것을 말미암아 논의를 다하여 붕우가 오륜에 참여하는 까닭을 『교우론』의 끝에 적어 한 권을 만들어 몇몇 붕우에게 주고 아침저녁으로 열람하고 서로 권면하는 자료로 삼고자 한다.[45]

인용한 글은 기술직 중인 출신인 홍신유가 『교우론』을 읽은 뒤 발문처럼 쓴 제후다. 홍신유는 특이하게도 문과 출신이다. 부친이 왜어 역관으로 동래에 거처하였고, 1763년 계미통신사(癸未通信使)를 수행한 남옥(南玉, 1722~1770), 이봉환(李鳳煥, 1710~1770), 성대중(成大中, 1732~1808) 등과 교유한 바 있다. 홍신유는 부친과 교유한 인물을 통해 일국 너머 일본의 지식·정보를 체득하고, 자신의 사유도 넓혔던 것으로 보인다. 실제 그가 남긴 글에 일본 내용을 많이 기록해둔 것을 보면, 사유의 지향처가 일국에 국한되지 않았음을 알 수 있다.

위에서 홍신유가 말한 '우론'은 마테오 리치의 『교우론』이다. 그는 고인이 발설하지 않은 것을 언급하고 있지만 세교로 삼을 만한 점, 부자·군신·부부·장유 등을 교우와 함께 말하지 않은 점, 천륜을 드러내지 않았지만 우부우부(愚夫愚婦)도 쉽게 이해하고 실천할 수 있는 내용이라는 점을 주목하고, 이를 『교우론』의 미덕으로 꼽는다. 여기서 홍신유는 『교우론』을 읽고 그것에 담긴 논리적 참신함과 새로운 지식·정보를 수용한다는 개인적 공감에 그치지 않고, 자신이 읽은 새로운 지식을 벗에게까지 유통하겠다는 의지마저 드러낸다.

홍신유는 글의 끝머리에, 붕우가 오륜에 참여하는 까닭을 『교우론』의

45 『閭巷文學叢書續集』 一(대동문화연구원, 2022) 洪愼猷, 『白華稿』, 「題利瑪竇友論後」, "西洋人利瑪竇, 著友論一篇, 其意深切明剴, 間有發古人未發志, 足以爲世教也, 而獨不及於父子·君臣·夫婦·長幼. 其意無或以出於天倫, 愚夫愚婦之所可能, 而亦聖人之教多, 故不復贅爲之說歟. 遂因其言而竭論, 朋友所以參於五倫者, 書諸友論之末, 作爲一卷, 與若干朋友, 朝夕覽而爲相勉之資焉."

끝머리에 적어 한 권을 만들고 이를 붕우에게 주어 권면의 자료로 삼도록 하겠다고 언급하고 있다. 이 발언에 주목할 필요가 있다. 단순한 독서에 그치지 않고 자신의 의견을 덧붙여 한 권의 책으로 만들어 벗에게 유통하겠다는 것은 교우론에 공감하고 이를 널리 유통하겠다는 의지의 표출이다. 실제 자신이 정리한 『교우론』을 붕우에게까지 유통했는지는 확인할 수 없다. 하지만 기왕의 전통 윤리의식에 기반을 둔 지식과 다른 새로운 사유를 담은 저술을 붕우에게 전달하겠다는 것은 참으로 이례적이다. 『교우론』을 중간계층에까지 직접 알리겠다는 자세는 새로운 지식의 중개자 역할을 자임하겠다는 의미이기도 하다. 이는 『교우론』의 내용에 공감하지 않았으면 나올 수 없는 발언이다. 특히 사대부가 아니라 자신과 같은 처지의 중간계층에게 널리 알리겠다는 것은 사회사적 의미를 담고 있어 주목할 만하다. 이러한 사례에서 보듯이 마테오 리치의 『교우론』은 조선조 후기 사대부 지식인과 중간계층에까지 유통되면서 큰 영향력을 행사하였다.

게다가 일부 지식인은 『교우론』을 읽는 데 그치지 않고, 창작에서도 일부 조목과 어휘를 활용하여 문장의 자양분으로 삼았다. 옥동 이서(1662~1723)는 공재(恭齋) 윤두서(尹斗緖, 1668~1715)의 제문을 지으면서 "오호라! 하늘이 어찌 나를 돌보아주지 않으셨나요? 어찌하여 나의 친한 벗을 빼앗아갔으며, 어찌하여 나의 반쪽을 잘라가 버리셨나요?〔嗚呼! 天不祐我耶? 何奪吾第二我也? 何割吾一半身也?〕"[46]라 하여 '제이아(第二我)'와 '오일반신(吾一半身)'등의 어휘를 활용하며 친한 벗의 죽음을 안타까워했다. 이는 『교우론』 제1조목의 "나의 벗은 타인이 아니라 곧 나의 반쪽이요 바로 제2의 나다"를 변형하여 제문에 활용한 것임은 물론이다.

그런가 하면 『교우론』을 독서 대상으로 인식하지 않고, 이를 토대로

46 李漵, 『弘道先生遺』 卷5, 「祭尹恭齋文」

기존 우도와 다른 창신의 논리를 펼치며, 새로운 윤리의식과 사회적 가치의 가능성을 모색한 경우도 있다.[47] 널리 알려진 사실이지만, 연암 박지원(1737~1805)이 대표적이다. 박지원은 「방경각외전」 자서에서 "오륜 끝에 벗이 놓인 것은/보다 덜 중시해서가 아니라/마치 오행 중의 흙이/네 철에 다 왕성한 것과 같다네./친과 의와 별과 서에/신이 아니면 어찌하리?/상도가 정상적이지 못하면/벗이 이를 시정하나니/그러기에 맨 뒤에 있어/이들을 후방에서 통제하네"[48]라 하여 우도의 중요성을 제기한 바 있다. 연암은 우도가 오륜의 끝에 놓인 의미와 인의예지의 상도를 후방에서 통제하는 논리를 제시하면서 우도의 가치와 새로운 윤리로서의 가능성을 예리하게 포착한 바 있다.

실제 박지원은 문예의 공간에서도 '연암 그룹'[49]의 좌장이 되어 계층을 넘나들며 다양한 인물과 결속하여 창조적 문학예술을 추구하고, 동지적 행동을 추구한 바 있다.[50] 이러한 우도의 강조는 『교우론』을 실생활에 이월하여 실천한 결과로 이해할 수 있겠다.

특히 조선조 후기 사대부 지식인은 『교우론』의 요처로 '우자제이아(友者第二我)'를 꼽은 바 있다. 이수광은 '우자제이아'라는 구절을 두고 '이 말은 기이함이 심하다고 한다〔此言奇甚云〕'라 하였고, 박지원은 『교우론』에서 '우자제이아'를 비상하게 주목한 바 있었다. 이 구절은 『교우론』의 첫

47 조선조 후기 사대부 지식인들은 『교우론』의 내용을 활용하며 자신의 우정론을 다양하게 펼쳤다. 이는 18세기는 물론 19세기 자료에서도 확인할 수 있다. 우정론과 교우론의 전개는 이홍식, 「조선 후기 우정론과 마테오 리치의 『交友論』」, 『한국실학연구』 제20호, 2010, 263~298면.

48 『燕巖集』 別集, 권8, 「放璚閣外傳」, "友居倫季, 匪厥疎卑, 如土於行, 寄王四時. 親義別叙, 非信奚爲, 常若不常, 友廼正之, 所以居後." 번역은 한국고전번역원, 한국고전종합DB 참조.

49 오수경, 『연암 그룹 연구』, 한빛, 2003 참조.

50 임형택, 「朴燕巖의 우정론과 윤리의식의 방향: 「마장전」과 「예덕선생전」의 분석」, 『한국한문학연구』 1, 한국한문학회, 1976, 106면.

머리에 나오는 “나의 벗은 타인이 아니라 곧 나의 반쪽이요 바로 제2의 나이다. 그러므로 마땅히 벗을 나처럼 보아야 한다〔吾友非他 卽我之半 乃第二我也. 故當視友如己焉〕.”[51]라는 말의 축약이다. 또한 박지원은 「회성원집발(繪聲園集跋)」에서 “옛날에 붕우를 말하는 사람들은 붕우를 ‘제2의 나’라 일컫기도 했고, ‘주선인(周旋人)’이라 일컬었다. 이 때문에 한자를 만드는 자가 날개 ‘우(羽)’ 자를 빌려 벗 ‘붕(朋)’ 자를 만들었고, 손 ‘수(手)’와 또 ‘우(又)’를 합쳐서 벗 ‘우(友)’ 자를 만들었으니, 붕우란 마치 새에게 두 날개가 있고 사람에게 두 손이 있는 것과 같음을 말한 것이다”[52]라는 점을 특기하였다. 이러한 언급은 『교우론』의 논리와[53] 대동소이하다. 무엇보다 박지원은 『교우론』의 이 내용을 법고창신하여 횡적 윤리의식의 가능성을 모색하였거니와, 이는 『교우론』의 주체적 수용을 통해 이를 더욱 발전시킨 것으로 보인다.[54] 그는 『교우론』을 통해 기존 우도를 창신함으

51 번역은 마테오 리치 저작, 송영배 역주, 『교우론』, 서울대학교출판부, 2000, 7면.

52 朴趾源, 『燕巖集』 권3, 『孔雀舘文稿』, 「繪聲園集跋」, “古之言朋友者, 或稱第二吾, 或稱周旋人. 是故造字者, 羽借爲朋, 手又爲友, 言若鳥之兩羽而人之有兩手也.” 번역은 한국고전번역원, 한국고전종합DB, 고전번역서 『연암집』 참조. 이와 비슷한 논지는 『교우론』 제56조목의 “上帝給人雙目雙耳雙手雙足, 欲兩友相助, 方爲事有成矣”와 비슷하다.

53 『교우론』의 원주를 보면, “우(友)는 전서로 ‘우(𠬪)’로 쓰니 이는 곧 두 손으로서, 꼭 있어야지 없어서는 안 된다. 붕(朋)자는 고전(古篆)으로는 ‘우(羽)’로 쓰니 곧 두 날개다. 새는 이를 갖추어야 바야흐로 날 수 있다. 옛날 현자가 붕우 보기를 어찌 이와 같이 하지 않았으랴?〔友字, 古篆作𠬪, 卽兩手也. 可有而不可無. 朋字, 古篆作羽, 卽兩習也. 鳥飛之, 方能飛, 古賢者視朋友, 豈不如是耶?〕”

54 연암 박지원은 「회성원집발」에서 『교우론』을 전거로 삼고 있으며, 『열하피서록』에서도 마테오 리치의 교우론의 흔적을 분명하게 알 수 있다. 그가 남긴 「예덕선생전」이나 「여인(與人)」 뿐 아니라 「회우록서」 등에서도 『교우론』의 영향을 알 수 있다. 그러나 박지원의 우정론은 『방경각외전』의 「자서」에서 알 수 있듯이 우정의 중요성을 강조하고 그 지위를 격상시키고자 한 주자의 설을 근거로 삼았다. 박지원이 전통적 사상을 기반으로 서학을 주체적으로 수용하여 법고창신한 것으로 보인다. 그가 ‘당세의 벗’을 구하고 신분과 화이라는 위계화의 틀을 넘어선 우정을 추구한 것은 『교우론』의 한계를 넘어 사상적 발전을 이룬 결과라고 볼 수도 있다. 이 점은 김명호, 「燕巖의 우정론과

로써 새로운 횡적 윤리의 가능성을 엿본 것이다.

교우의 강조는 오륜의 종적 질서와 달리 붕우 사이의 횡적 질서와 가치의 주목이다. 이 점에서 오륜 중심의 윤리체계와는 다른 방향이다. 오륜의 덕목이 상하 간의 종적 윤리의식이라면, 붕우유신의 덕목은 횡적 윤리의 강조라는 점에서 종적 체계의 질서와 갈린다.[55] 이는 신분 질서를 뛰어넘는 넘어 횡적 윤리를 지향하거니와, 당대 사회 공간과 접속하면 위계화된 지식 체계의 방식과는 사뭇 다른 방향을 보여준다. 만약 이러한 방향이 확산한다면 다양하고 새로운 지식·정보의 생성·유통의 공간을 창출할 수도 있다. 이런 점에서 『교우론』의 유통은 새로운 사유와 횡적 질서의 움을 틔우는 가능성을 보여주는 것이다.

17~18세기 『교우론』과 같은 서학서(西學書)의 유통과 횡적 윤리의 모색은 조선조에만 해당하는 사안은 아니었다. 서구로부터 들어온 일부 서학서는 동아시아 각국의 사회 질서와 사유의 변화에 큰 영향을 끼쳤다. 서구 자연 과학의 성과를 담은 서학서의 유입과 유통은 동아시아 사회 질서의 전환으로까지 이어지기도 했다.[56] 이러한 사실은 에도 막부의 근대 이행 과정에서도 확인할 수 있다. 이를테면 동아시아에서 서구의 일부 서학서는 번역 과정을 거쳐 자국의 지식 장에 유통되면서 비상한 관심을 끌고 사회변화를 견인하였다. 에도 막부의 지식인만 하더라도 마테

西學의 영향: 마테오 리치의 『交友論』을 중심으로」, 『고전문학연구』 40, 한국고전문학회. 2011, 265~288면. 여기서 강조하고자 하는 것은 박지원의 사상적 발전의 성과에도 불구하고 기존의 우도를 재해석함으로써 우도의 횡적 윤리의 길을 열어놓았다.

55 임형택, 「朴燕巖의 우정론과 윤리의식의 방향: 「마장전」과 「예덕선생전」의 분석」, 『한국한문학연구』 제1집, 한국한문학회, 1976, 97~98면.

56 중국과 일본의 번역서와 근대와의 관련성은 이미 알려져 있다. 중국의 경우는 鄒振環 지음, 한성구 옮김, 『번역과 중국의 근대(影響中國近代社會的一百種譯作)』, 궁리, 2001 참조. 그리고 일본의 경우는 마루야마 마사오·가토 슈이치, 임성모 옮김, 『번역과 일본의 근대』, 이산, 2000 참조.

오 리치의 『교우론』은 물론 『기하원본(幾何原本)』, 『곤여만국전도(坤與萬國全圖)』 등을 비롯하여 『해체신서(解體新書)』[57]와 같은 과학지식을 담은 저술을 크게 주목한 바 있다. 이 중 일부 서학서의 번역서는 당대인의 삶과 당대 사회 분위기를 쇄신하는 데까지 영향을 주는가 하면, 새로운 지식·정보를 생성하면서 학술 장의 변화를 견인하는 등 큰 파장을 몰고 온 바 있다. 더욱이 번역자들은 번역 과정에서 서구의 이문화(異文化)를 적극적으로 수용함으로써 사회 전반에 변화의 바람을 불어넣기도 했다. 이러한 서구 과학지식을 담은 서학서는 문자의 단순 호환에 머무르지 않고, 새로운 사유의 호출과 함께 기존 종적 질서를 해체하는 데 기여하고, 기왕의 위계화한 지식 체계에 충격과 변화를 가져다주었던 것이다. 에도시기 난학의 성립도 그러한 결과물의 하나다.

이에 반해 조선조 후기 지식인은 새로운 지식·정보를 담은 서학서의 수용 과정에서 사유의 전환은 물론 새로운 지식·정보의 유통 공간마저 확보하지 못한 듯하다. 더욱이 상업 출판의 미성숙으로 인하여 새로운 지식·정보를 담은 서적의 유통도 제한적일 수밖에 없었고 새로운 지식·정보를 유통할 공론장 형성도 어려웠다. 사대부 지식인들은 관념의 세계가 아닌 현실과 삶의 공간에서 확인할 수 있는 다양한 물질세계와 명물

---

57 네덜란드를 통해 수입된 에도 막부의 난학(蘭學)은 자연 과학의 발전에 많은 영향을 끼쳤다. 난학의 상징은 『해체신서』다. 난학의 시작은 의학서에서 출발한다. 예컨대 1774년 마에노 료타쿠〔前野良澤, 1723~1803〕, 스기타 겐파쿠〔杉田玄白, 1733~1817〕, 나카가와 준안〔中川淳庵, 1739~1786〕, 가쓰라가와 호슈〔桂川甫周, 1751~1809〕 등이 네덜란드 의학서인 『해체신서』(전 5책)를 번역하여 에도의 스하라야 이치베에〔須原屋市兵衛〕에서 간행하였다. 스하라야 이치베에는 쓰타야 주자부로〔蔦屋重三郎〕과 함께 에도의 학술과 문화를 견인한 대표적인 출판사다. 『해체신서』는 독일의 Johann Adam Kulmus(1689~1745)의 『해부도표(Anatomische Tabellen)』라는 해부학 저술을 네덜란드의 G. Dicten이 번역한 『해부도표(Ontleedkundige Tafelen)』(1734년 판)를 중역한 것이다. 『해체신서』의 완역을 계기로 일본 의학은 비약적으로 발전하였고, 에도 시기 서양 학문을 받아들이는 분위기 형성에도 크게 영향을 주었다. 『해체신서』의 간행 경위는 마리우스 B. 잰슨, 장화경 옮김, 『일본과 세계의 만남』, 소화, 1999, 제1장.

도수를 풍부하게 담고 있던 유서와 필기류조차 쉽게 접할 수 없었다. 이러한 지식·정보의 사회적 유통 공간을 확보하지 못한 상황에서 이국의 견문지식과 정보의 유통은 사실 불가능하다.[58] 이러한 지식·정보의 생성과 유통은 성숙한 출판문화와 이를 소비할 수 있는 사회적 공간이 있어야 가능하기 때문이다.

2. 시사의 공간과 횡적 관계

조선조 후기 횡적 질서의 새로운 공간은 시사(詩社)의 공간에서 그 단초를 확인할 수 있다. 시사는 문예를 중심으로 한 인적 네트워크로, 구성원 간에 상호 소통을 기반으로 한다. 조선조 후기에 오면 경향(京鄉)을 아울러 크고 작은 시사가 존재했다.[59] 대부분의 시사는 시회(詩會)인데, 대체로 인적 네트워크를 형성하고 시 창작과 유흥으로 결속을 다졌다. 몇 가지 사례를 보자.

① 동악(東岳) 선생은 남산 아래에 이름난 정원과 대저택을 소유하였

58 이를테면 18세기 연행사들의 연행 체험에서 새로운 지식·정보로 주목받은 것 중의 하나가 천주당과 천주학 관련 지식과 정보다. 하지만 이러한 연행 체험이 18세기 연행록에 무수히 등장하지만, 천주당 관련 지식·정보 역시 공론장을 통한 확산은 이루어지지 못하였다. 18세기 연행사들이 기록한 천주당 관련 지식·정보는 신익철 편저, 『연행사와 북경 천주당: 연행록 소재 북경 천주당 기사 집성』, 보고사, 2013, 참조.

59 18~19세기 조선조 후기 다양한 시사의 존재와 활동은 도시 서울의 지리적 공간 속에서 형성되었고, 그러한 공간에서 동호인의 성격을 지니면서 문화 활동을 하였다. 18~19세기 서울 도성 안과 밖에 존재하였던 시사의 활동은 심경호, 「18, 19세기 서울의 도시문화와 연행예술의 역사 지리학적 연구: 조선 후기 시사와 동호인 집단의 문화 활동」, 『민족문화연구』 31, 고려대학교 민족문화연구원, 1998, 99~236면,

다. 처음 선생의 외가인 구씨(具氏)가 거주하였으나 선생이 구씨 집안의 제사를 받들면서 선생의 소유가 되었다. ……중략…… 날마다 당대 명사인 오봉(五峰) 이호민(李好閔), 석주(石洲) 권필(權韠), 학곡(鶴谷) 홍서봉(洪瑞鳳) 등 여러 공(公)과 단(壇)에 모이고 누(樓)에 모여 술자리를 베풀어 시를 지으니 사람들이 신선처럼 우러러 보았으며 순(舜)의 음악과 제곡(帝嚳)의 음악처럼 시를 암송하였다. 그 누각을 지목하여 시루(詩樓)라하고, 그 단을 시단(詩壇)이라 이름 지었다.[60]

② 나는 젊은 시절에 묘헌(妙軒) 이공(李公)(이규명(李奎明)을 말함)을 종유하였는데 공의 집은 북악산 아래에 있어 삼연 김공과 서로 가깝게 거처를 하였다. 그때 삼연께서 고시를 창도하여 낙송루(洛誦樓)를 열고 여러 사람을 불러 모았다. ……중략…… 망형지교(忘形之交)를 허락한 까닭에 두 공 사이에서 즐겁게 마음껏 놀 수 있었다.[61]

③ 만년의 한가한 때에 항상 술을 마련하여 손을 접대하였는데, 마을의 여러 공들과 시사를 결성하였다. 매양 좋은 계절을 맞이하면 술 단지를 손에 들고 뜻 가는대로 산 정상과 물가를 노닐었다.[62]

④ 시랑(侍郎)인 건옹(健翁) 김양순(金陽淳)이 시사를 결성하였는데, 경조윤 학산(鶴山) 윤제홍(尹濟弘), 판서 벽곡(碧谷) 김난순(金蘭淳), 태학사(太學士) 취미(翠微) 신재식(申在植)이 남루(藍樓)에 모였다. 또한 우산(愚

60 『桐江遺稿』卷5, 雜著, 「東園記」, "東岳先生, 有名園甲宅於南山下. 始先生外家具氏居之, 以先生奉具氏祀, 仍爲先生所有. ……중략…… 先生日與當世名流, 五峰, 石洲, 鶴谷諸公, 會于壇, 會于樓, 燕酣而賦詩, 人皆仰之如神仙, 誦之如韶英. 指其樓曰詩樓, 名其壇曰詩壇."

61 洪世泰, 『柳下集』 권10, 「妙軒詩集跋」, "余少時, 從妙軒李公遊, 公家北山之下, 與三淵金公居相近. 時三淵, 倡爲古詩, 開洛誦樓, 以招諸子, ……중략…… 許以忘形之交, 故得遨遊兩間."

62 宋煥箕, 『性潭先生集』卷26, 「判官申公墓表」, "暮年閒居, 常置酒接客, 與里中諸公結詩社, 每値佳節, 挈壺提箭, 隨意徜徉於山巓水涯."

山) 최헌수(崔憲秀)과 황파(黃坡) 정환표(鄭煥杓) 등의 여러 시인이 시사를 이었는데 풍류의 성대함이 예전에 비길 데 없었다. 문산(文山)이 그것을 기뻐하여 사포(史浦)의 시냇가로 옮기고 날마다 시에 종사하였다.[63]

⑤ 뜻을 같이하는 십여 인과 시사를 결성하고 수창하지 않는 날이 없었다. 일찍이 군부(軍府)의 서리가 되었을 때 밥을 먹으며 공복(公服)을 벗지도 않고 곧장 시사에 나아가니 당시 오건(烏巾), 홍포(紅袍), 백염(白塩), 청고(靑苽)의 모임이라 일컬었다. 평생 술을 마시지 않고 오직 남이 마시는 것을 즐거워했는데 매양 술잔이 오가며 사방이 거나하게 취하면 문득 높고 호탕하게 읊조리며 응답하면 사람들은 그가 홀로 깨어있는지 몰랐다.[64]

시사의 구성원은 당대 시인으로 주목받거나, 친족과 붕당의 인물, 향촌과 동향 인물, 관로에서 교유한 인물 등 다양하다. ①은 이안눌(李安訥, 1571~1637)의 후손 이석(李湙, 1701~1759)이 동악시단의 결성 과정을 서술한 내용이다. 일찍이 이안눌은 남산 기슭 아래 동쪽에 자신의 저택을 마련하고 그 근처 한 구역을 잘 꾸며 시단을 마련하였는데, 이것이[65] 동악시단이다. 이 시단은 이안눌을 맹주로 하고 오산(五山) 차천로(車天輅, 1556~1615), 석주 권필(1569~1612)이 참여하고, 현곡(玄谷) 조위한(趙緯韓, 1567~1649) 등도

63 張之琬, 『枕雨堂集』 卷6, 「柳文山小傳」, "健翁金侍郎結詩社, 鶴山尹京兆, 碧谷金尙書, 翠微申大學士, 聚于藍樓. 又有崔愚山, 鄭黃坡諸詩人承之, 風流之盛, 近古無比. 文山悅之, 移家史浦溪上, 日從事於詩."

64 金光翼, 『伴圃遺稿』, 「伴圃遺稿叙」, "與同志十餘人, 結詩社, 唱酬無虛日. 嘗爲軍府吏, 退食則不脫公衣, 直赴社中, 時稱烏巾紅袍白塩靑苽之會. 平生不飮酒, 獨喜人飮, 每觥籌交錯, 四座醺然, 輒高吟浩唱以答之, 人不知其獨醒."

65 李湙, 『桐江遺稿』 卷5, 雜著, 「東園記」, "蓋南山一麓, 蜿蜒東騖, 至於園之頂, 而若控若抱, 別作一區. 先生之號東岳, 以此也. 上有奇巖, 巖下稍夷曠, 可坐數百人. 因土爲壇, 圍以赤木松檜, 蒼凉蔥菀. 壇之左右, 有泉甘冽, 盛夏不渴. 起宅於壇之下, 宏闊軒敞, 就西廡而置高樓, 拓八窻, 俯臨都市, 禁苑蒼翠, 與萬井煙霞, 併在几案間."

시단의 구성원으로 참여했다.[66] 이안눌은 양관대제학(兩館大提學), 조위한은 참판을 역임하지만, 차천로는 첨정(僉正)에 그쳤다. 권필은 오로지 시인으로 명성을 얻어 백의제술관(白衣製述官)으로 명나라 사신을 접빈한 바 있다. 당시 이안눌은 벼슬의 고하를 가리지 않고 오직 시적 재능이 있는 인물 중심으로 시사를 결성하여 주목받은 바 있다. 이후 이안눌의 조카가 시단을 이어받아 백여 년 동안 지속했다.[67] 그러니까 이 시단은 오직 시 창작을 위한 모임으로 문예의 교류와 생성의 공간으로 후대에까지 시사의 상징으로 회자되었던 것이다.[68] 하지만 이 시사는 당파와 관직을 뛰어넘은 인물의 소통 공간으로 주목받았지만 오로지 시 창작을 위한 모임을 벗어나지는 않았다.

②는 여항 시인 홍세태(洪世泰, 1654~1725)가 삼연(三淵) 김창흡(金昌翕)이 맹주로 있던 낙송루시사를 서술한 내용이다. 낙송루시사는 1682년에 결성되어 1689년에 해체되는데, 삼연의 주도하에 이규명(李奎明, 1653~1686), 홍세태, 조정만(趙正萬, 1656~1739), 김창업(金昌業, 1658~1721), 김시보(金時保, 1658~1734) 등이 참여하고, 여기에 김창립(金昌立, 1666~1683), 유명악(兪命岳, 1667~1718), 홍유인(洪有人, 1667~1694), 홍중성(洪重聖, 1668~1735), 정용하(鄭龍河, ?~1702), 여항 시인 최동표(崔東標, ?~?)[69] 등이 구성원으로 활동했다.[70]

---

66 조경(1586~1669)이 지은 「현곡집서」(『용주선생유고』 권11)를 보면, "石洲, 東岳, 五山車氏, 以能詩聲最鳴於世, 而與翁結爲詩社"라 적고 있다.

67 李瀩, 『桐江遺稿』 卷5, 雜著, 「東園記」, "先生末年, 念其姪牧使公之無第, 一朝推是宅而與之, 白軒淸陰諸老, 咸有記述, 稱先生之高義焉. 自此壇苑樓榭, 牧使公主之. 四世相傳, 至今敎官公, 百餘年之間, 騷人墨客, 謂先生遺躅在斯, 來遊起慕, 徘徊歌詠者相屬. 但以歲月之消磨, 風雨之震騫, 樓圮而毁, 壇缺而剝, 駸駸乎失舊觀矣."

68 이유원(李裕元)의 「춘명일사(春明逸史)」에 있는 '동악시단'(『임하필기』 권30)을 보면 "東國詩家, 以李東岳稱, 居墨寺洞, 爲詩壇于上, 日與賓客賦詩, 名爲東岳詩壇. 其下築舍居之, 今皆墟矣, 只留石刻"라 하고 있는바, 이러한 언급에서 동악시단은 후대에까지 주목받았음을 알 수 있다.

69 그의 시는 『소대풍요(昭代風謠)』 권3에 「강화로중(江華路中)」이 실려 있다.

이 시사의 구성원은 친족과 주변 인물은 물론 여항인에 이르고 있다.[71]

이 시사의 구성원이던 여항 시인 홍세태는 신분과 처지, 학문적 성향이나 당파과 관계없이 오직 시적 재능으로만 망형지교를 맺었음을 회고한 바 있다.[72] 여항시선집(閭巷詩選集) 『해동유주(海東遺珠)』를 편찬한 홍세태와 여항인 최동표가 이 시사에 참여한 것이 흥미롭다. 이는 김창흡을 비롯하여 당시 사대부 지식인들이 시적 재능을 지닌 여항인을 시인으로 인정한 결과다. 시사의 공간에서 신분을 넘어 시로 소통하며 문예 취미를 공유한 것은 횡적 관계를 형성한 단초로 읽을 수 있다. 이는 전 시기에 볼 수 없는 것이지만, 이러한 횡적 관계가 새로운 문예의 공간을 생성한 것이 아님은 물론이다.

③의 내용은 향촌에서의 시사 활동의 언급이다. 송환기(宋煥箕, 1728~1807)는 서울에서 낙향한 설암(雪巖) 신광건(申光健, 1719~1793)의 시사 결성을 주목하고 있다. 신광건은 만년에 큰아들의 죽음을 계기로 호장(湖庄)으로 낙향하여 그곳에서 문사들과 시사를 결성하고,[73] 호서의 승경지에서 시작(詩作)과 음주로 시사 활동을 한 바 있다. 조선조 후기 낙향한 문사가 향반(鄕班)과 함께 시사를 결성하거나 향반의 문사가 주변 문사와 시사를

---

70 낙송루시의 구성원과 시사의 활동과 성격은 이승수, 『三淵 金昌翕 硏究』, 이화문화출판사, 1998, 2장 3절 2항. 그리고 김남기, 「洛誦樓詩社의 활동과 詩社의 의의」, 『한문학보』 제25집, 2011, 141~169면.

71 金昌翕, 『三淵集』 卷26, 雜著, 「金秀才傳」, "昌翕家, 白岳山下永慶殿東南, 作樓而名之曰洛誦. 登其上讀書, 昌立亦於其左, 作室而對之, 名重澤齋, 入而硏誦, 出則考業於樓下, 稍引里中子, 與共事."

72 洪世泰, 『柳下集』, 권10, 「妙軒詩集跋」, "余少時從妙軒李公遊. 公家北山之下, 與三淵金公居相近. 時三淵倡爲古詩, 開洛誦樓, 以招諸子, 而公同里並峙, 與之頡頏, 不相讓焉. 余於兩公, 卽同年生, 而一言道合, 如石投水, 許以忘形之交."

73 宋煥箕, 『性潭先生集』 卷26, 「判官申公墓表」, "先是哭長胤, 無意世務, 遂率眷歸湖庄, 優遊以度, 居五六年還京第"이라고 하였듯 맏아들의 죽음으로 낙향하여 호서(湖西)로 낙향하였다.

결성하여 교류하는 것은 자주 볼 수 있다.[74] 이때 시사의 구성원들은 향촌의 명승지나 누정 공간에서 음주와 음영(吟詠)을 위주로 상호 소통하는 것이 일반적이다.

④의 시사도 앞의 사례와 크게 다르지 않다. 건옹 김양순(1776~1840)은 남루에서 시사를 결성하자 취미 신재식(1770~1843), 벽곡 김난순(1781~1851), 문인 화가로 이름이 났던 학산 윤제홍(1764~1840), 황파 정환표(1784~?), 우산 최헌수(?) 등의 인물이 참여하게 된다.[75] 당시 여항 시인 문산(文山) 유기(柳起)[76]도 이 시사의 구성원으로 활동한다. 이렇듯 조선조 후기에 오면 시사에 시적 능력을 인정받은 여항인의 참여가 늘어난다. '풍류지성(風流之盛)'을 언급하고 있듯이 이들은 시사의 공간에서 '풍류'를 함께 하고 시적 정서를 교감하는 방식으로 교류한 바 있다. 하지만 유흥과 풍류를 뛰어넘어 새로운 공간으로 시사를 인식하거나 이를 추구하지는 않았다.

⑤는 여항 시인 김광익(金光翼, 1721~1772)이 군부의 서리로 지내면서 허서(許瑞),[77] 한욱(韓旭),[78] 김진태(金振泰),[79] 안상덕(安尙德),[80] 장도문(張道

---

74 19세기 지방 문인인 민재남(閔在南, 1802~1873)은 지리산 주변의 문사와 시사를 결성하여 농담과 익살로 서로의 회포를 풀었다. 이는 "鄙鄉之崔翰周, 權應洛, 余詩社也. 每以詼嘲相娛, 晉州之鄭奎元, 鄭泰元見識富贍, 丹城之李泰範, 柳景賢言論精切。安義之田秉淳, 著淳兄弟, 踐履貞實, 皆余少友, 時以往復資益"(閔在南, 『晦亭集』 卷4, 「與奇蘆沙」)에서 확인할 수 있다.

75 1836년 경오연행에 신재식(1770~1843)은 정사로 참여했고, 정사의 수행원으로 최헌수가, 부사 이노집(李魯集, 1773~?)의 수행원으로 정환표가 따라갔다. 서장관 종고(鐘皐) 조계승(趙啓昇)의 수행원으로 간 임백연(任百淵, 1802~1866)의 『경오행권(鏡浯行卷)』에 삼사(三使)와 이들과의 관계가 잘 나온다. 최헌수와 정환표는 시적 재능으로 삼사의 수행원으로 선발되었던 것 같다.

76 유재건의 『이향견문록』에 나온다.

77 그의 시는 『풍요속선』 권5에 「차한일헌한거운(次韓一獻閑居韻)」이 실려 있다.

78 그의 시는 『풍요속선』 권3에 「소축(小築)」·「조춘서대(早春西臺)」 등이 실려 있다.

79 그는 서리로 영조 대에 가객으로 알려진 인물이다. 그의 시는 『풍요속선』 권6, 「사인엄도중(舍人巖道中)」을 비롯하여 9수가 실려 있다.

文),[81] 장도순(張道純),[82] 김수경(金壽慶)[83] 등 동지 10여 인을 모아 결성한 시사의 모습이다.[84] 이 시사에 참여한 인물의 시 모두가 『풍요속선(風謠續選)』에 실려 있는 것을 보면, 여항인이 시사를 결성하고 음주와 음영으로 여항인의 정감을 표출한 것으로 보인다. 시사의 구성원이 시사에 참여하여 시를 짓고 그 결과물을 『난사철영(蘭社掇英)』으로 엮으려 한 것은 여항 시인의 개성과 여항인의 결속을 보여주기 위한 기념물임은 틀림없다. 하지만 시사를 통해 여항 시인의 존재와 시집을 알리고자 하는 방식은 사대부의 시사 활동과 크게 다르지 않다.

이 점에서 여항인의 시사의 방향과 공간 인식은 기왕의 사대부 시사의 성격과 겹친다. 그런데 시사의 형식은 사대부의 그것을 따르고 시사의 내용은 여항시를 추구한 것으로 이해할 수 있다. 여항의 시사는 여항인의 정서와 결속을 소통한 점에서 의미가 있지만, 시사에 머물고 만 점에서 공간의 확장성을 기대할 수 없다. 여항 시인이 시사의 공간을 통해 시적 소통을 넘어 새로운 사유를 모색하거나, 구성원의 확장을 통한 새로운 공간으로의 전환은 보여주지 못했기 때문이다.

그렇다면 조선조 후기 시사는 구성원의 결속을 통해 횡적 관계를 지

---

80 그의 시는 『풍요속선』 권5에 「중춘집서린정사(仲春集西隣精舍)」와 「만도강루(晩到江樓)」 등이 실려 있다.

81 그의 시는 『풍요속선』 권6에 「숙태고사(宿太古寺)」가 실려 있다.

82 그는 예조의 서리를 지냈으며, 『풍요속선』 권6에 「교외(郊外)」·「여관(旅館)」 등이 실려 있다.

83 그의 시는 『풍요속선』 권5에 「동교도중(東郊途中)」이 실려 있다.

84 金鎭恒, 『檗山全集』 二, 「先父君行狀」, "往在戊戌, 拜松溪安丈尙德, 則曰; 汝先稿所錄幾何? 對以無有. 公喟然曰; 昔我諸賢, 修禊于九曲精舍, 作一冊曰蘭社掇英. 將彙選唱酬諸作, 未及成而事多蹉跎. 老者多死亡, 少者或犇湊, 詩草之能完者, 尠矣. 曾過一酒肆, 則壁皆詩草, 而汝先稿率多, 心訝之, 今聞汝言, 汝之先稿, 果湮沒. 惜哉! 汝先人平生言志, 不傳於世也." 여기서 김광익이 안상덕을 비롯하여 여러 여항 시인과 구곡정사(九曲精舍)에서 난사를 열고, 이 시사에서 지은 시를 『난사철영』으로 엮으려 한 사실을 확인할 수 있다.

향하고, 이러한 횡적 관계를 토대로 새로운 사유와 가치를 모색하는 공간을 생성하지 못했던가? 결론부터 말하면 '그렇다'이다. 과연 왜 그렇게 되었을까? 이미 조선조 후기 시사 활동과 시사의 성격에서 그 답을 찾을 수 있다. 조선조 후기 시사 활동 자체가 음주와 음영을 위한 모임인 데다, 승경지에서 시회를 하는 경우가 대부분이다.

기본적으로 당시 시사는 유흥과 소비의 성격에서 크게 벗어나지 않는다. 앞서 ①의 "연감이부시(燕酣而賦詩)", ②의 "오유(遨遊)", ③의 "매치가절(每値佳節), 설호제용(挈壺提筩)", ④의 "풍류지성(風流之盛)", ⑤의 "굉주교착(觥籌交錯)" 등의 표현은 이를 보여주는 언명이다. 이들 어휘에서 유흥과 풍류로 상징되는 소비적이고 향락적 모습만을 확인할 수 있다. 이 점에서 조선조 후기의 시사는 그야말로 유흥적 공간에서 음풍농월의 정감을 소통하는 인적 관계에서 벗어나지 않는다.

이러한 시사의 성격과 지향은 조선조 후기에 있었던 수많은 시사에서 두루 확인할 수 있는 공분모다. 두 가지 사례에서 구체적으로 확인할 수 있다.

> ① 운와선생(芸窩先生)〔홍중성을 말함: 필자 주〕은 시로써 세상에 이름이 났는데 이미 명성이 높고 뛰어난 선비와 시사를 결성하였다. 매양 꽃 피고 달 뜰 때 거문고와 술병으로 실컷 마시는 모임을 약속하고 서로 창화하였는데, 글 쓰는 묘미는 대부분 백하 윤순의 솜씨에서 나왔다. 정해년(1707) 10월 16일에 여러분들이 저녁노을 낀 교동(校洞)의 임시 거처에 모여서 반달을 감상하고 서리에 핀 국화를 만끽하며, 운을 뽑아 시를 지어 칠언의 근체시를 두 번이나 차운하였다. 또 다음날 밤에 각 오언율시 한 수를 뽑았는데 백하가 시축에 병서하였으니 바로 이 첩이다. 그 자리에는 군수 조성수, 읍청헌 이진좌, 판관 홍구채, 사천 이병연, 귀락정 趙景命과 그의 막내 동생 정승 학암 조문명, 만하 윤유와 백하 윤순, 그리고 동계 홍중구다.[85]

② 모임이 이루어지자, 서로 더불어 다음과 같이 약속하였다. "살구꽃이 처음 피면 한 번 모이고, 복숭아꽃이 처음 피면 한 번 모이고, 한여름에 외가 익으면 한 번 모이고, 초가을 서늘할 때 서지(西池)에서 연꽃 구경을 위해 한 번 모이고, 국화가 피면 한 번 모이고, 겨울철 큰 눈이 내리면 한 번 모이고, 세모(歲暮)에 분매(盆梅)가 피면 한 번 모이되, 모임 때마다 술·안주·붓·벼루 등을 설비하여 술 마시며 시 읊는 데에 이바지한다. 모임은 나이 적은 사람부터 먼저 모임을 마련하여 나이 많은 사람에 이르되, 한 차례 돌면 다시 그렇게 한다. 아들을 낳은 사람이 있으면 모임을 마련하고, 수령으로 나가는 사람이 있으면 마련하고, 품계가 승진된 사람이 있으면 마련하고, 자제 중에 과거에 급제한 사람이 있으면 마련한다."[86]

①은 홍경모(洪敬謨, 1774~1851)가 집안에 전해오던 「예원진적(藝苑珍蹟)」을 보고 기록한 것이다. 홍경모는 고조인 홍중성(洪重聖, 1668~1735)이 시사에 참여한 정황과 시사의 구성원을 제시하고 있다. 홍중성은 김창흡 낙송루시사에도 참여한 바 있다.[87] 이 시사에는 조성수(趙星壽), 읍청헌(挹淸

---

85 洪敬謨, 『冠巖全書』 26책, 跋尾, 「藝苑珍蹟」, "芸窩先生以詩名于世, 旣與名公魁士結爲詩社. 每於花月琴樽, 縱酒約會, 唱予和汝, 而筆翰之妙, 多出於白下之手. 歲丁亥十月之旣望, 諸公會于晩霞之校洞僑第, 弄雲月啜霜菊, 遂拈韻賦詩, 得七言近體二疊. 於翌日夜, 各拈五言律一首, 而白下幷書于軸, 卽是帖也. 與其席者郡守趙公星壽, 挹淸軒李公眞佐, 判官洪公九采, 槎川李公, 歸樂亭趙公景命及其季鶴巖相公, 晩霞, 白下兩公, 東溪洪公重耉也."

86 丁若鏞. 『茶山詩文集』 권13, 「竹欄詩社帖序」, "會旣成, 與之約曰: "杏始華一會, 桃始華一會, 盛夏苽果旣熟一會, 新涼西池賞蓮一會, 菊有華一會, 冬大雪一會, 歲暮盆梅放花一會. 每陳酒殽筆硯, 以供觴詠, 少者先爲之辦具, 至于長者, 周而復之. 有擧男者辦, 有出宰者辦, 有進秩者辦, 有子弟登科者辦." 번역은 한국고전번역원, 한국고전종합DB 참조.

87 洪重聖, 『芸窩集』 卷1, 「叙別洛誦樓諸友」, "飛鳶入雲中, 適與飄風會. 雲鳥兩徘徊, 飄散六合外. 嘉會亮難遇, 數子亦是戾. 長歌送游子, 東路信無際. 玄雲起余懷, 北風吹君袂. 良驢不可縶, 翩翩出埃壒. 何由結綢繆, 願子念恩愛."

軒) 이진좌(李眞佐, 1667~1727), 홍구채(洪九采, ?~1719), 사천(槎川) 이병연(李秉淵, 1671~1751), 귀락정(歸樂亭) 조경명(趙景命, 1674~1726)과 그의 계제(季弟)인 정승 학암(鶴巖) 조문명(趙文命, 1680~1732), 만하(晩霞) 윤유(尹游, 1674~1737)와 백하(白下) 윤순(尹淳, 1680~1741) 형제, 그리고 동계(東溪) 홍중구(洪重耉, 1686~?) 등이 구성원으로 참여하였다. 윤유와 윤순은 형제며, 홍중성과 홍중구는 족친이며, 조경명과 조문명 역시 형제다.

시사의 구성원은 윤유의 별서인 교제(僑第)에서 "반달을 감상하고 서리에 핀 국화를 만끽하며, 운을 뽑아 시를 지었다〔弄雲月啜霜菊, 遂拈韻賦詩〕"라 언급하고 있듯이 좋은 계절에 시사에서 만나 시로 교류하며, 지은 시를 시축으로 만들어 문예의 정감을 소통한 것이다. 시사에 참여한 인사들은 오직 시 창작에만 몰두하고 동호인으로서 시적 취향을 공유하는 방식으로 개인의 정감을 표출하고 인간적 친밀감을 표했다. 시사의 공간에서 시적 재능을 주고받는 교류 외에 다른 방향의 교류는 없었다. 그런 점에서 이때의 시사는 유통의 공간이자 시적 정감과 시적 능력을 표출하는 심미의 공간으로만 등장할 뿐이다.

②는 익히 알려진 다산 정약용(1762~1836)이 참여한 죽란시사(竹欄詩社)다. 제시한 내용은 시사 모임의 규약이다. 규약에 따르면 시사의 성격을 '유종연오(游從讌敖)'에 두고, 친목과 유흥의 공간을 지향하고 있음을 보여준다. 계절이 바뀌거나 아들을 낳거나 고을살이 나가거나 승진하거나, 과거 급제한 자제가 있으면 부정기적으로 시사를 열고, 시사에서 창작한 시를 모아 첩을 만든다는 것이다.

정약용이 명례방(明禮坊) 자택 정원을 일부 잘라 시사를 마련하고, 구성원은 여기에서 "술·안주·붓·벼루 등을 구비하여 술 마시며 시를 읊조렸다〔陳酒殽筆硯, 以供觴詠〕." 시사의 구성원은 규약에 따라 계절별로 만나고 경사에 만나는 것을 원칙으로 하여 그때가 되면 시사에 들러 날마다 취하도록 마신 것이다. 여느 시사와 마찬가지로 죽란시사도 자당의 인물이 참여하는 친목계에서 벗어나지 않는다. 이 점에서 죽란시사는 동당의 구성원이 음주와 음영을 함께 하는 유흥의 공간이자 붕당의 친목모임인 것이다.[88] 자당의 비슷한 연배를 구성원으로 한 죽란시사는 자당의 인적 네트워크를 튼실하게 할 뿐, 친목 모임 이상의 성격은 없다.

이처럼 조선조 후기 시회나 시사, 음사(吟社) 등은[89] 대체로 사적인 친목 모임으로 유흥적 성격에서 크게 벗어나지 못한다.[90] 더러 도성을 벗어나 종족집단의 세거지를 중심으로 한 친족 모임의 시사[91]도 있지만, 대부분 도성에서 문예적 결속과 자당 문인의 결속을 다지는 경우가 많다.[92] 일부 시사는 문학 동인 간에 규약을 만들어 운영하거나, 자당의

88 丁若鏞, 『茶山詩文集』 권14, 「竹欄花木記」, "余家明禮之坊, 坊多公卿巨室, 故車轂馬蹄, 日交馳乎衚衕之間, 而無陂池園林, 足以供晨夕之玩者. 於是, 割庭之半而界之, 求諸花果之佳者, 揷諸盆以實之. ……중략…… 每朝退, 岸巾循欄而步, 或月下酌酒賦詩, 蕭然有山林園圃之趣, 而輪鞅之鬧, 亦庶幾忘之. 尹彝敍 · 李舟臣 · 韓徯甫 · 蔡邇叔 · 沈華五 · 尹无咎 · 李輝祖諸人, 日相過酣飮, 玆所謂竹欄詩社者也."

89 조선조 후기 시사의 경우 정기적인 모임은 물론 부정기적 모임이 있는가 하면, 적지 않은 시간 동안 지속하는 때도 있고, 얼마 지나지 않아 사라지는 시사 등 다양한 사례가 있다.

90 이미 널리 알려진 서울의 시사는 물론 향촌에서 결성된 수많은 시사 또한 동일한 성격을 보여준다. 이를테면 한경의(韓敬儀, 1739~1821)의 "晩而益就靜, 屛居台陰, 汎治園宇, 環植松菊梅竹等嘉卉, 左右圖書. ……중략…… 且與景香臺諸益, 結爲詩社. 間以游泳訪花隨柳, 浴乎風乎而歸, 以寫其磈磊. 其文酒風致, 寔香山後千古盛會也"(『菑墅集』 권5, 「進士李公行狀」)나 남공수(南公壽, 1793~1875)의 "服闋, 無意進取, 杜門端居, 日以書史自娛, 與鄕之名勝, 結爲詩社. 每良辰佳節, 攜與唱酬, 以陶寫其雅抱"(『瀛隱文集』 卷6, 「先兄朋厓府君遺事」) 등의 "間以游泳訪花隨柳, 浴乎風乎而歸"나 "每良辰佳節, 攜與唱酬" 등의 구절을 보면 알 수 있다.

91 안산(安山)에 거주하던 여주이씨(驪州李氏) 문인들이 1754과 1755년에 시회를 열고 하나의 책으로 묶었는데, 이철환(李嚞煥, 1722~1799)의 『섬사편(剡社篇)』이 그것이다. 『섬사편』은 안산에서 활동하던 표암(豹菴) 강세황(姜世晃, 1713~1791)을 포함하여 총 13인의 시 65편과 그림 2점, 발문에 해당하는 산문 1편을 수록한 일종의 시화첩이다. 『섬사편』의 존재는 당시 향촌에서의 문화공간과 향촌의 파토스를 보여주고 있다. 안산 지역의 시회를 주목한 『섬사편』의 연구는 박용만, 「18세기 安山과 驪州李氏家의 文學活動」, 『한국한문학연구』 25, 289~316면.

92 남인 층의 시사와 시회를 예로 들 수 있다. 채제공(蔡濟恭)은 1760년대 후반에 풍단시

공유의식을 토대로 시회와 유흥을 함께하는 공간의 기능을 하지만 이 역시 기왕의 시사의 성격에서 벗어나지 않는 것은 동일했다. 조선조 후기 대부분의 시사는 시사 공간을 개방하여 횡적인 인적 네트워크를 구축하거나 구성원과 시사 공간의 확장을 꾀하지 않는다. 제한된 인적 네트워크로 오직 구성원의 결속과 문예적 정감을 공유하는 동호인 성격을 지향할 뿐이다. 이 점에서 조선조 후기 시사는 학술과 새로운 문예를 생성하거나 동지적 결속을 통한 새로운 공간으로의 전환은 어려웠다.

드문 경우이지만, 당색을 뛰어넘어 문인들이 참여하거나, 간혹 사대부와 서얼 문인이나 여항인이 함께 참여하여 문예를 소통하고 인적 네트워크를 형성한 사례도 있기는 하다. 난사[93]와 연암 그룹의 백탑시사(白塔詩社)[94]의 사례가 그러하다. 이들 시사 역시 엄밀하게 말하면 기왕의 시사

회(楓壇詩會)를 주도하였고, 1770년대에는 종남사(終南社), 그리고 목만중(睦萬中)은 백사(白社)를 주도하였다. 그리고 1780년대에 목만중과 채제공은 함께 번사(樊社) 등 남인 그룹의 시회와 시사에 두루 참여하였다. 이러한 남인층 시사와 시회는 백승호, 「18세기 南人 文壇의 詩會-蔡濟恭, 睦萬中을 중심으로」, 『관악어문연구』 29, 관악어문학회, 2004, 377~397면.

93 난사는 18세기 후반에 남산의 자각봉(紫閣峯) 아래에서 결성된 시사다. 주요 구성원은 홍양호(洪良浩), 송재도(宋載道), 홍경후(洪景厚), 신광하(申光河), 홍병철(洪秉哲), 나열(羅烈), 성대중, 유한모(兪漢謨), 조윤형(曺允亨) 등이다. 약 5년간 시회를 가졌는데, 소론인 홍양호, 남인인 신광하, 서얼인 성대중, 그리고 처사로 있었던 송재도 등이 어울렸다. 신분이나 당색과 무관하게 문예로 맺어진 동인 집단임을 알 수 있다. 이들은 시회를 열어 거문고와 시 창작, 그리고 글씨를 쓰는 등 자신의 문예를 시회를 통해 발산하였다. 난사는 진재교, 『이계 홍양호 문학연구』, 성균관대학교 대동문화연구원, 1999, 62~82면.

94 백탑시사는 1760년대 중반부터 1770년대 후반에 걸쳐서 백탑 주위에 모여 살거나 이곳에 출입하면서 교유하며 시를 주고받았던 동인 집단이다. 신분이나 나이에 구애받지 않고 다양한 인사들이 참여하였다. 이덕무가 1766년에 백탑 쪽 대사동 본가로 돌아오면서부터 본격화되어 이덕무와 박제가가 중국에 가는 1778년까지도 계속 이어지다가 1779년을 고비로 쇠퇴의 길을 밟게 된다. 백탑시사의 동인은 원중거, 김윤겸, 서상수, 이진, 변일휴, 이덕무, 유금, 유곤, 백동수, 이희경, 윤가기, 박종산, 유득공, 이희명, 박제가, 원유진, 김용행, 이공무 등의 서얼 출신과 김용겸, 홍대용, 박지원, 이광석, 이광섭, 이재성, 이서구, 이정구 등의 사대부 등이 망라되어 있었다. 연암 그룹

성격에서 완전히 벗어난 것은 아니다. 시사를 통한 새로운 학예의 생성과 인적 네트워크의 확장을 통한 새로운 공간의 발견으로까지 나아가지 못했기 때문이다. 시사에 참여한 인적 구성원 역시 시사의 한정된 공간에서 구성원 간에 결속하며 학예를 소통하는 데 그치고 말았다. 결과적으로 조선조 후기 시사는 협소한 인적 네트워크를 형성하여 그들만의 리그에 머물고 만 셈이다.

그런가 하면 여항인의 시사도 존재한다. 앞서 이미 하나의 사례를 언급하였지만, 1786년에 성립된 송석원시사(松石園詩社)가 대표적이다. 이 시사의 중심인물인 장혼(張混, 1759~1828)과 비변사 서리를 지낸 신지흠(愼知欽, 1760~1818)도 참여하는데, 이때 신지흠의 나이는 17세였다.[95] 장혼의 조부 장필한(張弼漢)이 신지흠의 조부와 같은 동네에 살며 교유한 것을 계기로 삼대가 함께 강독한 바 있고, 이를 계기로 신지흠은 어린 나이에도 시사에 참여하게 된다. 당시 송석원시사는 장혼을 비롯하여 여항의 준재 13인이 시사의 동인으로 참여하고, 이후 대표적인 여항인의 시사로 거듭나게 된다.

흔히 송석원시사는 옥계시사(玉溪詩社)라고도 한다. 이 시사는 의원·역관과 같은 기술직 중인과 각사 서리와 같은 경아전(京衙前)이 주축이다. 1786년에 결성되어 30여 년간 존속할 정도로 18세기 여항문학의 중심지로 등장한다. 시사의 맹주 천수경(千壽慶)을 비롯하여 장혼, 김낙서(金洛書), 차좌일(車佐一), 박윤묵(朴允默) 등은 1년에 두 차례 전국 규모의 시회를

과 백탑 시사는 오수경, 『연암 그룹 연구』, 한빛, 2003; 안대회, 『18세기 한국한시사 연구』, 소명출판, 1999, 279~387면.

95 張混, 『而已广集』 卷12, 「祭愼汝長文」, "嗚呼! 子之王考, 與吾大父, 周旋同巷, 吾與子好, 寔有三世之講. 始遇子於弼雲峯下文翁書塾, 子時方志學日勤讀, 余以敬怠之訓爲爾勛, 暨丙午結詩社, 人凡十三, 皆一鄕髦懿. 子十七而名參, 余以蹇劣厠後列, 伊時子貧而我窮, 年殊而志匹, 夙成同道, 相詡相密."

개최하여 세인의 비상한 주목을 받은 바 있다.[96]

그렇다면 여항인이 대거 참여한 이 송석원시사는 기존의 시사와 다른 성격을 보여주는가? 송석원시사의 구성원이 여항인이라는 동질성이 있다. 이 시사는 유흥을 통한 수창, 문예의식을 공유하지만, 이 역시 여항인의 문예적 정감을 소비하는 데 그친다. 이 점에서 이 시사 역시 본질적으로 기존 시사와 성격은 같다.

요컨대 송석원시사는 횡적 인적 네트워크를 추구하거나 시사 공간을 개방하여 확장하려는 시도는 없었다. 기왕의 종적 질서에 갇혀 신분에 따른 위계화한 지식 체계에 도전하거나 새로운 학지 생성의 길로 나아가지도 못했다. 당시 여항인은 대체로 시사를 통해 신분 질서가 구축한 위계화한 지식 체계 내에서 사대부와의 거리를 좁히는 방식으로만 여항인의 정체성을 찾고자 했다. 시사를 통한 횡적 관계의 확장이나, 시사 공간을 활용하여 새로운 학지 생성과 사유의 전환을 추구하는 데까지 이르지 못한 것이다. 여항인 역시 사대부 지식인과 마찬가지로 유흥과 수창으로 소통하는 심미의 공간으로 시사를 인식하고, 유흥과 심미적 정서를 소비하는 공간으로 여길 뿐이었다.[97]

여기서 잠시 여항인과 에도 막부의 시사를 비교할 필요가 있다. 주지하듯이 조선조 후기 여항의 시사를 주도한 인물은 주로 기술직 중인이다. 이들 기술직 중인 중 일부가 시사에 참여하였다. 이들의 의식과 문화 향유 방식은 에도 막부의 기술직과 사뭇 달랐다. 이는 의원의 사례에

---

96 송석원 시사의 성격과 그 의미는 강명관, 『조선 후기 여항문학 연구』, 창작과비평사, 1997, 제2장 참조.

97 물론 모든 시사가 다 그렇다는 의미는 아니다. 신분과 붕당을 넘어서 횡적 교류를 지향한 사례와 신분을 넘어 다양한 사유를 공유하는 백탑시사와 같은 경우도 있었다. 그렇다고 하더라도 조선조 후기 시회나 시사, 음사 등은 기본적으로 유흥과 시를 토대로 하는 문예 동인적 결속이 강하다. 특히 비개방적이고 인적 네트워크의 확장성이 없다는 사실은 변하지 않는다.

서 알 수 있다. 에도 막부 의원은 조선조 의원과 다른 길을 걸었다. 이들은 시사에 적극적으로 참여하는 것은 물론 서학을 인식하는 태도도 조선조 의원과 달랐다. 이들은 난학을 수용한 뒤, 다수 의원의 집단 지성을 통해 해부학을 번역하여 새로운 학지를 열어젖힌 바 있다. 여기에 그치지 않고 이들은 횡적 결속의 강화를 위해 사숙을 열어 그 학지의 발산 공간을 형성하기도 했다. 무엇보다 자신들이 확보한 공간을 통해 서구 의학서를 번역하고 간행하여 보급함으로써 난학을 꽃 피우는 데 결정적 역할을 했다.

더욱이 이들은 다이묘〔大名〕의 후원을 받아 사숙을 열어 새로운 공론장을 확보하고, 여기에서 자신들이 획득한 난학의 지식·정보를 유통함으로써 서구의 과학지식을 빠르고 널리 전파하기도 했다.[98] 여기에 그치지 않고 이들은 난학에 심취한 다이묘의 후원하에 서구 번역서를 대거 간행하여 유통한 바도 있다.[99] 여기서 에도 막부 의원이 서구의 지식·정보의 보급과 확산에 기여한 것은 눈여겨볼 만하다.

이들이 자신의 전문지식을 토대로 횡적 인적 관계를 튼실하게 구축하여 공론장에서 서구의 새로운 학지를 생성하고 이를 통해 서구의 기술문화와 지식의 유통에 결정적 역할을 한 것은 일대 사건이다. 이들이 추구한 새로운 학지의 생성과 확산 방식은 같은 집단의 횡적 관계 속에서 새로운 서구 지식·정보를 공유할 수 있는 열린 공간을 확보한 점에서

98 예컨대 스기타 겐파쿠의 제자로 센다이 번〔仙台藩〕의 의사인 오쓰기 겐타쿠〔大槻玄澤, 1757~1827〕는 1785년 처음으로 난학 사숙인 지란당(芝蘭堂)을 에도에 설립하였다. 또한 그는 스승인 스기타 겐파쿠의 요청으로 개정 작업에 착수해 1798년 『해체신서』 증보판을 완성하였다. 그런데 이 증보판의 실제 간행은 1826년 『중정해체신서』(전 13책)라는 이름으로 이루어졌다고 한다. 특히 『해체신서』 간행 이후 난학은 의학 외에도 과학, 수학, 천문학 등의 분야로까지 확장되었다.

99 마루야마 마사오·가토 슈이치, 임성모 옮김, 『번역과 일본의 근대』, 이산, 2000, 185~188면.

의미가 있다. 이는 서구의 새로운 지식·정보를 공론장 안으로 수렴하는 방식이거니와, 그 자체 역사적 의미를 지니는 것이다.

반면에 조선조 후기 의원은 에도 막부의 의원과 사뭇 다른 행보를 보인다. 조선조 의원이 문예적 재능을 발산하여 시사에 참여한 사례도 드물지만, 이들의 시선은 전통 의학에 머물 뿐 새로운 서구 의학과 전문 지식에까지 시선을 두지 않았다. 그래서 일부 의원은 통신사행에 참여해 에도 막부 의원과의 필담 과정에서 서구의 의학 지식에 무지를 드러내고 만다. 에도 막부 의원이 거론한 서구의 해부학과 의술의 질문에 오로지 동아시아 전통 의학만을 강조함으로써 생산적인 대화를 이어나가지 못하는 것은 물론 새로운 서구 지식·정보의 획득할 기회조차 걷어차고 말았다. 이처럼 조선조 후기 의원은 서구 의학을 바라보고 서구 문물을 바라보는 시선과 태도가 에도 막부의 위원과 사뭇 달랐던 것이다.[100]

그렇다면 조선조 중간계층의 시사는 에도 막부 중간계층의 시사와 무엇이 같고 다를까? 조선조 후기 시사와 동 시기 에도 막부의 시사를 견주어 보면 몇 가지 점에서 흥미로운 사실을 확인할 수 있다. 조선조 후기 중간계층의 시사는 주로 한시를 중심으로 중간계층의 정감을 공유하는데, 이러한 점은 에도 막부의 시사와도 비슷한 측면이 있다. 이는 혼돈사(混沌社)나 1787년에 이치카와 간사이〔市河寬齋, 1749~1820〕가 주도한 강호시사(江湖詩社)를 보면 알 수 있다.[101]

강호시사에 참여한 가시와기 조테이〔柏木如亭, 1763~1819〕, 오쿠보 시부츠〔大窪詩佛, 1767~1837〕, 기쿠치 고잔〔菊池五山, 1769~1849〕 등은 한시로 문예를 소통하며 교류한다. 1765년 오사카에서 결성된 혼돈사도 마찬가지다. 혼돈사는 기무라 겐카도〔木村蒹葭堂, 1736~1802〕가 주도한 겸가당회(蒹葭堂

100 이는 이 책의 제1부 제3장, 「통신사행록, 이문물의 기록과 중간계층」 참조.
101 デジタル版, 『日本人名大辞典』, 市河寬斎 참조.

會)를 계승한 시사다. 이 시사에는 오사카의 거상이던 기무라 겐카도를 비롯, 유학자 가타야마 홋카이〔片山北海, 1723~1790〕, 라이 슌스이〔賴春水, 1746~1816〕, 칸 사잔〔菅茶山, 1748~1827〕, 코가 세이리〔古賀精里, 1750~1817〕와 선승(禪僧)인 다이텐 겐죠〔大典顯常, 1719~1801〕, 의사였던 사사키 로안〔佐々木魯庵, 1733~1782〕과 주물사(鑄物師)였던 다나카 메이온〔田中鳴門, 1722~1788〕, 무사(武士) 등 다양한 신분 계층의 인물이 참여한다. 한시에 재능이 있으면 모두 구성원으로 참여하였다. 그야말로 신분을 뛰어넘어 교유하며 인적 관계를 형성하는 공간이었다. 이후 혼돈사는 18세기 오사카 재야 지식인의 교류 공간으로 부상하고, 조선 통신사와도 인적 네트워크를 형성한 바도 있었다.[102] 이 시사의 구성원은 조선조 후기 시사의 구성원에 비해 훨씬 개방적이며 확장성을 지녔다. 특히 중하층의 계층이 시사에 참여한 점에서 조선의 시사와 다르다. 하지만 시사 공간에서 활동한 내용은 조선조의 시사와 다르지 않다. 두 시사 모두 한시를 중심으로 소통하고 횡적인 인적 관계를 형성하지만, 동지적 결속을 통한 새로운 학지의 형성으로까지 진전시키지는 못했기 때문이다.

이 점에서 조선조와 에도 막부의 시사는 서구의 살롱과 그 성격을 달리한다. 양(洋)의 동서가 당대 역사적 조건이나 물적 토대 등이 다르기 때문에 서구의 살롱과 시사를 단순 비교할 수 없는 것은 사실이다. 그럼에도 여기서 살롱을 시사의 비교 대상으로 거론하는 것은 문예 공간을 어떻게 인식하고 이를 활용하였는가를 언급하기 위해서다. 조선조와 에도 막부의 시사만 하더라도 다양한 계층이 시사에 참여하는 모습은 서구의 살롱과 비슷한 면이 있다.

하지만 살롱은 신분과 직업의 장벽을 넘어 철학과 학술을 비롯하여 다양한 학지를 공유하고, 대화와 토론의 공론장을 형성하여 계몽사상의

102 鄭敬珍, 「18世紀大坂における文人詩社の變遷」, 『일본연구』 27, 2017, 173~204면.

공간으로까지 나아갔다. 여기에 그치지 않고 살롱은 프랑스 혁명의 사상적 기반을 제공한 바도 있다.[103] 이 지점에서 시사와 살롱의 공간을 인식한 지향은 갈린다. 다양한 계층의 횡적인 관계가 지니는 역사적 의미도 다르다. 시사는 구성원의 시적 능력과 유미적 취향을 지향하는 유흥 공간에 머문 반면, 살롱은 다양한 인적 네트워크를 통해 새로운 학지와 사상을 공유하는 공간으로 확장했기 때문이다.

지식은 다양한 사유의 길항과 섞임을 통해 새로운 학지와 사유를 생성한다. 사유의 길항과 섞임은 횡적인 인적 관계를 통한 공론장에서 쉽게 일어난다. 하지만 조선조 후기 시사는 횡적인 인적 관계의 새로운 공간을 형성하지 못했고, 새로운 학지를 생성할 사회적 공간도 마련하지 못했다. 이 점에서 조선조 후기 시사는 시사에 참여한 구성원들만의 공간이었고 갈라파고스와 같은 성격을 지녔다. 제한되고 갇힌 공간은 관규(管窺)와 같이 좁고 종적 방향을 지니며, 새로운 학지의 유통과 확산을 가로막는다. 새로운 학지의 생성과 유통은 다양한 계층의 횡적인 인적 네트워크를 토대로 하기 때문이다. 개방적인 공론장에서만 다양한 지식·정보는 뒤섞일 수 있으며, 그 과정에서 새로운 사유도 탄생한다. 지식·정보의 뒤섞임은 위계화한 종적 질서를 넘어 다양한 계층이 넘나드는 공간에서 이루어진다. 경직된 종적 질서와 위계화된 지식 체계 속에서 새로운 지식의 생성과 확산은 어렵다.

마테오 리치의 저작이나 다양한 서구의 새로운 지식·정보도 그 내용의 신선함과 함께 시대를 전망하고 새로운 사유를 전환할 수 있는 인자를 지녔음에도 불구하고,[104] 종적 질서로 구축된 조선조 후기 학예의 공간에

103 서정복, 「프랑스 살롱의 기원과 문화적 역할」, 『프랑스문화예술연구』 9, 프랑스문화예술학회, 2003, 1~22면.

104 이를테면 「곤여만국전도」는 당시 중국·한국은 물론 동아시아 지식인에게 서양의 지리학과 지도의 제작 수준, 서양 세계에 대한 정확한 정보를 시각적으로 알려주는

서는 그 유통과 확산은 쉽지 않았다. 새로운 지식·정보는 조선조 후기 종적 사회 질서와 신분에 따른 지식·정보의 위계화, 여기에 상업 출판문화의 미비로 인하여 유통과 확산의 공간을 생성하지 못하고 말았다.

3. 사회적 공론장의 영향력

17세기 전란 이후 조선조는 국가 재건을 위하여 종적 체계를 통한 사회 질서의 재구조화를 지향하였다. 이러한 정치·사회적 분위기 속에서 서원과 사승 관계, 종법과 가학을 중시하는가 하면, 친족 공동체 의식을 고취하고 다양한 족보편찬을 통해 종적 질서와 체계를 심화하였다. 사회를 재구조화하는 과정에서 종적 질서의 방법은 의외의 효과를 냈지만, 새로운 지식·정보의 생성과 유통을 가로막는 폐쇄적 공간 형성도 동시에 일어났다. 이와 함께 국가의 지식·정보의 통제와 서적의 검열, 국가 통치에 필요한 서적 위주의 서적 간행과 보급, 상업적인 출판문화의 미성숙, 소수의 서점과 서적상의 존재 등은 새로운 지식·정보의 탄생과 확산

데 큰 역할을 하였다. 이뿐만 아니라, 지도의 여백에는 적도·북반구·남반구 등의 그림과 해설 등 지구, 천문에 관한 지식을 통해 새로운 서구의 과학 문명을 인식하게 만들었다. 마테오 리치는 15, 16세기 유럽에서 인쇄된 동판 지도와 중국의 여도 및 통지(通志) 자료, 그리고 여행 실측, 견문 자료 등을 참고해서 제작하였는데, 주로 메르카토르, 오르텔리우스, 플란시우스 등이 활약했던 16세기 후반 유럽 플랑드르학파의 지도자료를 주로 응용했다. 1708년(숙종 34) 조선조에서 이 지도를 모사하여 8폭 병풍으로 제작하였다(채색 필사본으로, 세로는 172㎝이고, 가로는 531㎝이다. 현재 서울대학교 박물관에 소장되어 있다). 이 모사본에는 근대적 기법의 서양식 세계지도로 경도와 위도선이 그려져 있다. 이를 통해 당시 중국 중심의 세계 질서 너머에 다른 대륙과 다양한 구가들이 존재한다는 객관적 사실도 확인할 수 있어 중국 중심의 사유에서 벗어날 수 있는 토대를 제공하였지만, 유통의 범위는 매우 제한적이었다.

을 가로막기도 했다. 특히 주린(朱璘)이 지은 『명기집략(明紀輯略)』의 국내 유통으로 인한 영조의 책장수〔書賈〕 숙청, 정조의 문체반정 등의 사건은 그나마 있어왔던 지식·정보의 유통과 확산을 차단하고 말았다. 이들 사건은 새로운 서적의 유통을 막음으로써, 이국 문물의 수용과 다양한 지식·정보의 섞임은 물론 새로운 사유 형성을 막는 결과를 가져왔다.

이러한 분위기에서는 명물도수를 비롯한 물질, 이국 문물 등과 같은 풍부한 내용을 담고 있는 필기류와 유서의 간행은 물론 유통을 통한 확산 역시 어려웠다. 그러다 보니 필기류와 유서는 여전히 필사본 형태로 제한된 공간에서만 유통되고, 오직 저자의 일부 친지만이 이를 빌려 보거나 베껴두는 방식으로 유통되었다. 이들 중 일부 필기와 유서 등은 저자가 새로운 사유로 체계적인 분류방식으로 편집하는 등 새로운 지식·정보를 추구하기도 하였다. 하지만 이러한 필기와 유서의 등장에도 불구하고 누구나 쉽게 이러한 저작을 접할 수는 없는 것이 현실이기도 했다.

요컨대 조선조 후기 사회의 종적 질서의 강화와 구축은 새로운 학지를 유통하고 확산하는 공간의 형성을 가로막은 것이다. 문예와 학술을 공론화할 수 있는 사회적 공간의 부재는 횡적 질서와 가치의 구축을 불가능하게 만들고, 그 결과 새로운 지식·정보도 제한된 공간에서만 유통될 뿐이다. 지식·정보의 보편화는 횡적 인적 네트워크를 통한 사회적 공간이 있어야 가능하고, 종적 질서와 신분 질서에 따른 위계화한 지식 체계에서의 탈주도 개방적이고 횡적인 유통 공간이 있어야 가능하다. 더욱이 지식·정보의 유통과 보편화는 사유의 섞임이 있어야 실현 가능하며, 횡적인 유통 공간을 토대로 다양한 지식·정보의 충돌과 착종 등을 거쳐야 새로운 사유도 형성될 수 있다.

'모든 지식의 해석'이라는 의미를 담고 있는 『백과전서(encyclopédie, 1751~1780)』의 편집자 디드로(Denis Diderot, 1713~1784)는 『백과전서』가 단순하게 지식을 모아 놓은 것을 넘어 사람들의 생각을 변화시킬 것이라는 점을 희망하였다고 한다. 18세기 서구에서는 디드로의 문제 제기가 얼마 되지 않아 현실화되었다. 상업 출판의 활황과 함께 누구나 지식에 쉽게 접속하고, 누구나 손쉽게 지식의 집적물을 활용함으로써 지식의 보편화와 대중화가 가능해졌기 때문이다.

하지만 조선조 후기 종적 질서가 낳은 지식·정보의 생성 공간은 갈라파고스와 다름없었다. 숙종 대 이후 국가의 통치 질서 강화는 종적 질서를 강화하는 방향으로 작동한 데다, 신분 질서의 사회적 관습과 인식은 더 무겁게 작동하고 있었다. 붕당정치와 경제력에 따른 사족의 분화는 오히려 사회의 종적 질서 강화로 이어졌다. 이러한 정치·사회적 분위기에서 일부 사대부 지식인은 자신의 정치권력과 사회적 특권을 유지하는 방식으로 대응하였고, 그 결과 차별과 배제는 오히려 심화하였다. 이들은 자신이 구축한 지식·정보의 위계화를 강화하면서 다양한 새로운 지식·정보도 자신의 정치권력과 특권을 해치지 않는 선에서 수용하였다. 하지만 그것마저 지식·정보의 위계화 안으로 재배치하는 방식으로 자신들이 구축한 지식·정보 체계와 장악력을 강화하였다. 이런 분위기에서 새로운 지식을 담고 있는 저술이나 다양한 서구 지식은 불온한 것으로 간주되거나 인식되어 독자와 쉽게 만날 수 없음은 당연했다.

더욱이 종적 질서에 연결된 지식·정보의 생성 공간은 새로운 학지를 향한 시선으로 확장되지 못함으로써, 결국 횡적 네트워크의 가능성마저 차단하게 했다. 종적 질서와 가치체계의 전복은 횡적 인적 네트워크를 통한 개방적이고 사회에서 공론장이 있어야 가능하다.

조선조 후기 횡적 질서와 가치를 추구한 교우론의 등장과 다양한 시사를 통한 새로운 횡적 공간의 가능성은 신분 질서에 기초한 위계화한 지식 체계를 균열하고 이를 넘어설 수 있는 창신의 움을 틔우고 있었다. 하지만 이러한 새로운 사유와 새로운 공간의 생성마저도 끝내 종적 질서를 뛰어넘지 못하고 말았다. 교우론을 통한 새로운 횡적 윤리의식의 전환과 새로운 지식 공간의 창출은 종적 질서의 강건함 속에서 그 실현 가능성이 크지 않았기 때문이다. 서원과 향교는 물론 사숙에서 신분 질서와 사대부 사회가 구축한 지식의 위계화와 가치 질서를 뛰어넘어 다양한 계층과의 사귐은 불가능했다. 게다가 조선조 후기 종적 질서는 비록 흔들리기는 했으나 해체될 만큼 허물어지지는 않았다. 이러한 종적 질서로 구축된 공간 속에서 지식·정보의 횡적 유통은 물론 활발한 인적 네트워크를 통한 교류나 학술적 소통도 지난한 일이 되고 말았다.

결론

예나 지금이나 지식·정보는 다른 어떤 것보다 중요하다. 현재 '여기 이곳'은 정보화 시대로 지식마저 정보로 전환되고, 지식·정보의 생성과 유통 방식마저 바뀌는 사회로 나아가고 있다. 이러한 사회에서 우리는 빅데이터와 생성형AI로 연결된 디지털 공간에서 지식·정보를 생성하고 소비하기도 한다. 정보로 구축된 디지털 문명 아래에서의 지식·정보는 시·공간의 장애물 없이 쉽게 이동하고 누구나 접근할 수 있다. 시·공간의 장애가 없는 디지털 공간에서는 나이와 성별 지위와 신분과 무관하게 손쉽게 새로운 지식·정보를 발신하기도 한다. 이제 지식·정보는 특정 집단의 전유물도 아니고, 지식·정보 자체에 상하나 위계가 존재하지도 않으며, 특정 계급 집단이 지식·정보를 발신하거나 관리하지도 않는다.

하지만 전근대 정치·사회적으로 지위가 고정된 사회에서 집권층은 이념과 지식 체계를 구축하여 권력을 행사한다. 푸코가 "권력 행사는 언제나 지식을 만들어내고, 지식은 늘 권력의 효과를 낸다"라 하여 권력과 지식 관계의 정곡을 찔렀듯이 지식 그 자체는 권력과 밀접한 관계를 지닌다. 조선조 사회 역시 마찬가지였다. 지배층은 스스로 구축한 지식·정보에 권위를 부여하고, 이를 확산하고 관리함으로써 질서를 유지하고자 했다. 지배층이 생산하지 않은 지식·정보는 거부하거나 무시하기도 했다. 때로는 이단이나 사문난적으로 몰기도 하며, 그것도 아니면 이미 자신이 구축한 지식·정보의 하위에 재배치하여 관리하는 방식으로 지식·정보를 전유했다. 이렇듯 조선조 지배층은 이처럼 지식·정보를 전유하는 방식으로 사회 질서를 유지하고, 지배체제와 권력을 행사한 것이다. 여기에서 조선조 사회를 이해하는 중요한 지점의 하나가 지식·정보인 점을 확인할 수 있다.

전근대 사회에서 국가와 지배층이 지식·정보와 관계 맺는 방식은 단수다. 이는 조선조 역시 다르지 않다. 과연 조선조 후기 지식·정보의 생산 방식과 유통은 어떻게 일어났고, 지식·정보의 유통 공간은 어떠했던가? 이제껏 앞에서 장황하게 서술한 것은 이 문제에 답하기 위해서였다. 이를 위해 지식·정보의 획득과 축적, 기록 방식, 지식·정보의 생성자와 유통 방식, 지식·정보의 유통 공간 등과 같은 범주를 정해 거점을 마련하고 이를 연결하여 답을 찾아 나섰다. 답을 위한 여정은 일견 지식·정보의 형성 과정과 유통을 통해 과거를 바라본 것이지만, 기실 지식·정보로 조선조 후기 사회를 들여다보기 위한 것이기도 하다.

이에 앞에서 국내외 공간에서의 견문과 체험, 독서를 통한 지식·정보의 획득, 그것과 관련한 지식·정보의 축적 방식과 저술, 한문 지식인 계층과 지식·정보와의 관계 등을 두루 언급했다. 필요에 따라 개인과 지식·정보의 관계를 다루는 사적 영역은 물론 사회와 지식·정보의 관계를 다루는 공적 영역에도 시선을 두었다. 그런가 하면 특정 학파나 사상과 관계없이 한문 지식인의 지식·정보 획득 과정과 축적 방식, 지식·정보를 기록하고 정리하는 과정에서 학적 시야와 지식·정보의 분류 방식을 주목하기도 했다. 때로는 지식·정보의 생성과 유통에 깊게 관여하고, 새로운 지식·정보를 발신한 역관과 중간계층의 역할과 역사적 의미도 거론했으며, 지식·정보의 사회적 유통 공간이 어떠했던가를 다루기도 했다.

이처럼 다양한 시선과 방향으로 지식·정보와 관련한 여러 문제를 다루었지만, 사실은 정치한 논리와 엄밀한 분석을 통해 지식·정보와 사회적 관계를 규명하지는 못한 듯하다. 다소 소략하고 거친 논지로 서술한 감이 없지 않다. 그러나 서술 과정에서 지식·정보의 생성과 축적, 유통과 확산을 통한 조선조 후기 사회의 변화 과정을 추적하는 시선의 끈을 놓지는 않았다. 해서 지식·정보로 조선조 후기 사회의 내부를 읽으려는 시선은 몇 가지 범주로 나누어 연구의 방향과 시선을 투사했다.

첫째, 지식·정보의 획득과 축적의 문제다. 대체로 조선조 후기 지식·정보의 획득과 축적은 견문과 체험, 독서를 통해 이루어진다. 사행을 통한 체험과 견문 지식의 축적은 물론 다양한 서적의 국내 유입과 독서를 통한 지식·정보의 획득 방식이 있다. 사행에서 획득한 지식·정보는 인적 네트워크를 통해 구전되거나 혹은 사행록에 기록되었다. 독서를 통한 지식·정보의 획득과 축적은 주로 사대부 지식인의 필기로 정착된다. 특히 사대부 지식인은 청조로부터 서적이 대량 유입되자 독서방식과 독서환경의 변화에 호응했다. 그에 따른 지식·정보의 획득과 축적 방식도 달리했다. 여기에 안경의 등장과 보급은 독서 문화의 획기적인 변화를 몰고 왔다. 다양한 독서법의 등장과 함께 박학과 고증학의 경향이 두드러지는가 하면, 필기·유서의 출현을 촉발하기도 했다.

이러한 분위기에서 사대부 지식인은 학술적 권위를 지닌 경전과 경학 저술, 역사 관련 서적 등에 편향된 독서법을 밀치고, 개인 취향에 따른 불특정 서적을 대량 읽는 독서방식을 발견하기도 했다. 그렇다고 사대부 지식인 모두가 경사(經史) 이외의 불특정 서적을 무턱대고 읽은 것은 아니다. 국내외 서적을 쉽게 접할 수 있던 경화세족이 주로 그러한 경향을 보였다. 그 과정에서 경화세족은 기존과 다른 독서법으로 다독하고, 독서 이후에 독서기와 독서 후기와 같은 독서록을 남기는가 하면, 다독을 통해 획득하고 축적한 단편 지식·정보를 모아 필기 저술을 남긴 바 있다. 경화세족이 필기 저술을 적지 않게 남긴 것은 가문의 정치·사회적 위상과 독서 방법과도 깊은 관련이 있다. 문벌과 문한세가를 배경으로 출현한 경화세족은 연행을 통한 이국 체험과 국내외의 다양한 최신 서적을 쉽게 접함으로써 남보다 앞서 지식·정보를 축적하고, 그 체험과 독서의 결과를 필기와 유서에 이월할 수 있었다. 이들이 조선조 후기 독서 문화를 견인하고, 필기·유서의 저술을 주도한 것은 사실이다.

사행록은 사행 과정의 일상적인 지식·정보, 물질과 기술의 지식·정보, 이국 문물의 지식·정보 등을 두루 담고 있다. 여기에는 자국의 지식·정보와 이국의 지식·정보가 충돌하고 길항하는 내용도 적지 않다. 이렇게 다종다기한 지식·정보를 서술하다 보면, 국내의 지식·정보와 일국 밖의 새로운 지식·정보 간에도 엇갈림과 갈등이 존재한다. 이는 연행사와 통신사행에서 조선조 지식인이 마주한 서구 지식·정보와 이문화(異文化)를 접촉하면서 마주하는 데서 확인할 수 있다. 이를테면 이전에 미처 경험하지 못한 서구의 견문 지식에 대단히 주목하고 흥미를 보여주는 사례도 있지만, 저자의 사유와 가치 기준에 따라 수용을 거부하거나 갈등하는 양상을 보여주기도 한다. 이는 지식·정보를 둘러싸고 일어나는 갈등 양상의 한 형태라 할 수도 있고, 새로운 지식·정보를 대하는 저자의 다양한 시선과 사유의 결과이기도 하다. 어쩌면 당연히 일어날 수밖에 없는 현상으로 볼 수도 있겠다.

그런가 하면 사행록에는 지식·정보의 지정학적 인식을 확인할 수 있는 대목도 적지 않다. 연행록에서 조선조 지식인의 청조 학예계를 향한 시선은 지식·정보의 수용자로서의 생각을 보여주는 사례가 많다. 간혹 지식·정보의 발신자의 시선으로 청조 문물을 하시(下視)하는 경우도 없지 않거니와, 이는 관념적인 자기 중심의 인식에 다름 아니다.

이에 반해 통신사행록에서 조선조 지식인은 에도 막부를 향해서 오직 지식·정보의 발신자로서의 모습만을 보여주려는 단성적(單聲的) 시선이 드러난다. 기실 조선조 지식인이 청조와 에도 막부라는 이국을 두고 각기 다르게 사유하는 것처럼 보이지만, 지식·정보를 통해 보여주는 지정학적 이중성은 실사가 아닌 관념성을 보여준다는 점에서는 어슷비슷하다. 사행록의 일부 기록은 객관적 다성성(多聲性)이나 다시선(多視線)을 토대로 한 지식·정보의 수용과 전파는 적다. 대부분 자중심의 단성성이자 단일시선의 관념적 사유에서 나온 지식·정보의 수용과 전파가 다수를 이룬다.

사행록이 보여주는 이러한 사유는 상상 속에서 학지의 중심부와 주변부의 관계를 설정한 다음, 관념적으로 중심을 구축하여 타자를 인식하는 방식이기도 하다. 이는 일종의 변형된 화이론과 같은 인식론이다. 모든 사행록이 다 그런 것은 아니지만, 사행에 참여한 다수의 조선조 지식인은 이국(청조와 에도 막부 등)에서 수용한 지식·정보를 객관적으로 보기보다 기존의 지배 질서와 지식 체계를 강화하는 방향으로 가공하여 수용하는 한편 이를 다시 배치하는 방식을 취하였다. 이는 자신이 지식의 발신자이자 중심에 있다고 관념화하는 것이거니와, 닫힌 인식의 다른 모습에 지나지 않는다.

사실 필기가 담고 있는 다양한 지식·정보는 당대의 가치와 질서를 떠받치던 경전과 역사서, 경세와 문예서 등의 지식·정보에 바로 견줄 수는 없다. 필기는 조선조 후기 지식인이 폭발적으로 증가한 견문과 체험, 독서 내용을 담아내기 위해 재발견한 양식이다. 이 양식은 조선조 후기 지식인이 지식·정보를 담고자 한 지적 욕구를 채우기에 적합했다. 여기에는 체제 순응의 내용과 맞지 않아 잊히거나 무시되고 억압된 생각은 물론, 과거의 인습과 제도를 변화시키고 전복하는 데 활용할 수 있는 내용도 적지 않게 담고 있다.

요컨대 조선조 후기 필기 등장의 중요한 사실은 지배 질서와 어긋나거나 당대 가치와 상반된 내용과 새로운 지향을 드러낸 점이다. 이러한 새로운 지향은 저자의 의도와 관계없이 그 모습을 보여주거니와, 대체로 자질구레한 조각 지식을 기록하고 체험과 견문한 것을 기록하는 과정에서 표출된다.

필기와 유서는 경험한 사실과 국내외 여러 분야의 서적과 특정 내용을 참고하여 기록한 결과물이다. 여기에는 저자의 일관된 사유를 거쳐 논리를 전개하는 다른 저술과 달리 하나의 저술에 여러 사유가 길항하며 충돌하고, 착종하는 등 일관성 없이 뒤섞여 있다. 시선이 겹치고 사유가 공존하는 지적 다성성 형태의 저술을 보여준다. 이는 '서적의 서적' 성격을 지닌 백과사전과 비슷한 성격이다.[1] 필기는 조선조 후기 지식·정보의 공론장에 기왕의 지식·정보의 체계와 기존의 가치 질서에 가두거나 재배치할 수 없는 내용을 흘려보내는 화수분 역할도 했다.

더러 다양한 체험과 서적의 독서를 통한 새로운 지식·정보의 획득과 축적은 기왕의 지식·정보 체계에 분속할 수 없는 새로운 지식 체계를 지향하기도 했다. 이국에서의 견문과 체험, 서구로부터 온 지식·정보, 물질과 명물도수의 다양한 내용은 기존과 사뭇 다른 새로운 지식·정보의 질서를 요구했기 때문이다. 전대에 없던 이러한 지식·정보의 출현은 널리 확산하거나 유통된 것은 아니어서 기존 지식·정보의 위계화를 흔들 정도의 괴력은 없었다. 중간계층의 등장으로 기존 지식·정보 위계화에 변화를 추동하지만, 그 변화와 속도는 대단히 느렸다.

둘째, 조선조 후기의 지식·정보의 생성 공간에 따른 지식·정보의 획득과 축적, 유통과 소비 등 지식·정보를 둘러싼 재생산의 문제다. 이는 연행록과 필기·유서 등에서 지식·정보를 어떤 방식으로 기록하고 있으며, 이를 어떻게 분류하여 배치하고 있는가라는 문제의식에서 나왔다.

1 디드로는 스스로 귀족주의에 인식론으로 도전하는 새로운 책을 만들어 대중적 지식의 네트워크를 만듦으로써 프랑스 혁명의 촉발 계기를 주었다고 하였다. 여기서 디드로가 말한 새로운 책이 바로 백과사전을 말한다. 알렉스 라이트 지음, 김익현·김지연 옮김, 『분류의 역사』, 디지털 미디어리서치, 2010, 220면.

필기는 여러 분야의 다양한 내용을 담고 있는 지식·정보의 저장고다. 다양한 견문과 체험, 독서의 결과를 반영한 필기는 수많은 조각 지식·정보의 뭉치이기도 하다.

조선조 후기 지식인이 오랜 기간 축적한 조각 지식·정보를 만년에 정리한 것이 필기와 유서다. 기본적으로 유서는 필기에 포함된다. 지식·정보의 뭉치인 필기와 유서는 분류와 관련을 가질 수밖에 없다. 지식·정보 뭉치를 어떻게 하면 효과적으로 배치하여 서술할 것인가 하는 문제는 필기·유서의 새로운 화두였다. 여기서 축적된 지식·정보 뭉치의 체계적 정리와 효율적 배치의 고민은 저자의 사유와도 직결되는 사안이기도 했다. 지식·정보 뭉치의 분류 자체가 저자가 사물을 인식하고, 그 사물의 개념을 표현하는 것이기 때문이다. 여기에는 새로운 지식을 향한 학적 시선을 내장하고 있다. 더욱이 저자가 겪한 경험적 사실과 획득한 지식·정보를 범주화하고 이를 체계적으로 분류하여 배치하는 방식으로 객관성을 담보하려는 것 자체가 새로운 지식·정보의 하나임은 물론이다.

기본적으로 분류는 인간의 사유를 반영하며 사물의 근본적 개념의 표현이다. 그런 점에서 저자가 지식·정보를 체계적으로 구성하기 위한 범주와 체계화는 지식·정보 자체만큼이나 중요한 의미를 지닌다.

조선조 후기 필기와 유서는 다양한 방식으로 축적된 지식·정보의 뭉치를 저자의 안목과 사유를 거쳐 차기 방식으로 기록된다. 이를 차기체 필기라 할 수 있다. 이는 조선조 후기 필기와 유서의 기록상의 특징이기도 하다. 차기 방식으로 정리한 필기나 유서 등은 특정 사안에 저자의 견해를 덧붙이고, 이렇게 축적된 것이 분류와 가공을 거쳐 정리된 것이다. 그런데 필기와 유서에는 새로운 견문 지식과 이국 문물 체험은 물론 서적의 독서 후기가 있는가 하면, 주변 일상과 자연 현상, 새로운 사물과 물질의 관심과 탐구, 심지어 저자의 사색과 사유에 이르기까지 수많은 지식·정보를 담고 있다.

특히 필기와 유서에서는 서적을 둘러싼 지식·정보의 문제, 견문과 체험을 통한 지식·정보의 획득 등을 두루 확인할 수 있다. 서적이 사회와 역사적 지식·정보를 반영한 것이라면, 견문과 체험은 당대 사회의 이러저러한 생동하고 활성화된 지식·정보를 반영한 것이다. 자질구레한 지식·정보 뭉치를 담은 필기와 유서를 두고 조선조 후기 지식인은 학술과 문예 욕구를 채워주기 때문에 도움이 된다고 주목하기도 하지만, 일부에서는 이러한 조각 지식·정보를 백안시하고 그 자체 학술과 문예와 무관하다고 인식하기도 했다.

그런데 필기와 유서의 저자는 기록 과정에서 선택한 특정 내용에 자신의 경험치와 사유를 투사하여 필요한 지식·정보를 요약하기도 하고, 견문과 체험, 독서 과정에서 획득한 지식·정보를 한곳에 모아, 체계적으로 정리하는 등 다양성을 보여주기도 했다. 이뿐 아니라 다양한 지식·정보의 기록을 통해 새로운 사유를 표출하거나, 기왕의 가치나 사유와 다른 새로운 지향을 보여준 바도 있다. 필기와 유서의 저자는 지식·정보를 기록하면서 의도치 않게 기왕의 가치와 어긋나거나 이념과 무관한 내용을 담거나, 불온하거나 사회 질서를 해치는 새로운 지식·정보를 담아내기도 했다. 예컨대 체제에 순응하지 않은 것, 기존 가치와 달라 당대에 묻히거나 무시되고 억압된 내용, 과거의 인습과 제도를 변화시키고 전복하는 데 활용할 수 있는 내용, 현재보다 이후에 주목받을 만한 지식·정보 등에 이르기까지 다양한 지식·정보를 기록했다.

필기와 유서의 저자가 이러한 지식·정보에 비평적 시선을 두고 기록으로 남긴 것은 주목할 만하다. 무엇보다 주관적 생각이나 관념의 세계를 다루는 것이 아니라 물질이나 사물에 주목하고 이를 고증하거나 새로운 시선으로 바라보는 것은 예사롭지 않다. 물질과 사물을 주목하고 학술적 시선으로 비평하는 것은 관념에서 벗어난 시각이자 새로운 사유의 실천이라는 점에서 중요한 사안이다. 이는 조선조 후기 필기와 유서가 조선조 후기 사회의 변화를 읽을 수 있는 중요한 지점이다.

셋째, 조선조 후기 사회와 지식·정보의 생성·유통과 관련 있는 주체의 문제다. 조선조 후기 사회의 지식 체계 내에서 지식·정보를 생성하고 발신하며 소비하는 주체는 대체로 사대부 지식인이다. 이들은 사회 질서와 가치를 생성하는 한편 자신의 정치·사회적 위상을 배경으로 국내의 학술과 문예장에서 지식·정보 생성의 주체자로 자임했다. 이들은 지식·정보를 전유하면서 위계화하고, 이를 상이하(上而下)의 방식으로 유통했다. 하지만 일국 밖에서의 상황은 국내의 지식·정보 지식·정보의 지식 체계와는 사뭇 달랐다. 국내에서는 사대부 지식인 자신이 구축한 학술과 문예장에서 지식·정보를 전유했지만, 일국 밖에서는 중간계층이 오히려 주도적으로 지식·정보를 생성하고 전파하는 역할을 마다하지 않았다.

대체로 사행 과정에서 역관은 종종 지식·정보의 발신자로 혹은 주체가 되어 새로운 지식·정보를 획득하여 이를 국내에 전파하기도 하고, 일국 밖에서 스스로 발화하기도 했다. 연행사행과 달리 통신사행에서는 서얼과 역관이 제술관과 서기로 참여하여 자신의 문재(文才)를 발휘함으로써 문예의 발신자로 자임한 바도 있다.

이처럼 사행에 참여한 일부 중간계층이 지식·정보와 관련하여 보여준 생각과 행동은 전 시기와 사뭇 달랐던 것이다. 조선조 후기 중간계층의 등장은 지식·정보의 체계와 위계화에 의문을 제기하였다. 이들은 사대부 지식인이 주도했던 지식·정보의 위계화와 상이하 방식의 전파에 의문을 제기하고, 일국 밖에서 스스로 지식·정보의 발신자가 되어 지식·정보를 발화하기 위한 노력을 아끼지 않았다. 일부 중간계층은 나라 안과 사뭇 다른 생각과 활동으로 나라 밖에서 문예 지식과 학술적 견해를 표출했다. 스스로 지식과 문예의 주체가 되어 자신의 문예와 학술 활동을 통해 새로운 지식을 발화함으로써 지식의 발신자가 되려고도 했다.

이처럼 중간계층이 나라 밖에서 체험한 견문 지식 등을 국내에 전달함으로써 당대 사회에 끼친 영향도 함께 고려할 때, 중간계층의 정당한 평가와 위상도 재조명할 수 있다. 기왕의 연구처럼 사대부 지식인들이 구축한 지식 체계 속에 중간계층의 역할을 가두고 이를 근거로 평가하는 것은 너무나 일면적이고 일국적 시각이다. 중간계층의 지식·정보 생성·유통은 국내외에서 중개자나 발신자로 양면성을 보여주듯이, 그들 학술과 문예의 평가도 양면성을 두루 고려하여 파악해야 그 진면목에 다가설 수 있다.

그런데 지식·정보의 생성·유통과 관련한 국내 상황은 일국 밖의 환경과 사뭇 달랐다. 사대부 지식인은 중간계층이 국내외에서 획득한 지식·정보를 두고 자신이 구축한 지식·정보의 질서를 기준으로 수용 여부를 결정하였다. 자신이 수용한 일부의 지식·정보라 하더라도 기존에 구축한 지식·정보의 체계와 가치를 고려하여 위계화한 질서 안으로 재배치하는 방식으로 조정하였다. 주목할 만한 학술과 문예의 지식·정보라 하더라도 구축한 기존 체계와 가치에 어긋나거나 위계화의 범주에서 벗어나면 큰 관심을 두지 않거나 배제해버렸다.

당시 중간계층이 이국에서 체험하고 견문한 지식·정보에는 새로운 지식·정보는 물론 서구의 다양한 신문물과 이문화가 대거 포함한 경우가 적지 않았다. 사대부 지식인은 이러한 다양한 지식·정보를 수용하고 이를 지식·정보 질서의 창신에 활용하거나 하이상(下而上)의 공론장 형성으로 환원하는 데 별 관심을 보이지 않았다. 사대부 지식인과 중간계층 모두 사회적 처지에 따라 당대 문화를 바라보고 인식하는 것이 달랐기 때문에 지식·정보를 대하거나 바라보는 시선 또한 같지 않았다.

중간계층은 국내에서 신분 질서에 따른 문화적 관습과 사회적 통념을 받아들이는 경향이 일반적이었고, 기존 지식·정보 질서의 위계화를 뛰어넘어 새로운 지식·정보 체계를 기획하거나 기왕의 지식·정보의 위계화에 문제를 제기하는 시선은 적었다. 이러한 분위기에서는 사대부 지식인의 지배적인 지식·정보의 위상과 중간계층의 종속적인 지식·정보는 상존할 수밖에 없다. 그러다 보니 이 둘의 평등과 역전 현상은 일어나지 못하고 만다. 중간계층 이하에서 생성한 어떠한 지식·정보도 그것의 가치여부와 무관하게 언제나 종속적 위치에 존재하였다. 조선조 사회체제와 신분 질서 내에서의 이러한 양상은 두 계층의 사회적 권력 관계를 보여주는 것이기도 했다. 때문에 사대부 지식인이 구축한 지식·정보의 질서에 종속적 위치에 있었던 중간계층의 지식·정보는 사대부 지식인이 쉽게 잊어버리게 되고, 그들이 생성한 지식·정보의 유통과 확산은 어려웠다.

대체로 전근대 사회에서 지식·정보는 권력의 창출과 영속성과 관련성이 깊다. 지식·정보를 선점하고 장악하는 것은 권력의 향배와 관련을 지니기 때문이다. 조선조 후기 사회에서 지식·정보를 독점하고 재배치하여 위계화하는 것도 권력 유지를 위한 것임은 물론이다. 사대부 지식인이 구축한 지식·정보의 위계화는 위와 아래, 중심부와 주변부, 신분에 따라 차별을 두었다. 이 차별에서 발생하는 주종적 위계화는 횡적 지식·정보 체계 구축을 통한 새로운 지식·정보의 확산과 다양한 사유를 방해하기 마련이다.

사대부 지식인은 이러한 종적 위계화로 차별적 인식과 관습을 확산함으로써 중간계층이 국내외에서 생성하고 발화한 지식조차 위계화한 지식 체계 안에 재배치하는 것을 정당화했다. 나아가 이들은 이러한 지식·정보의 유통과 소비 방식을 구축함으로써 지배체제를 구축하고 사회 질서를 유지하려고 했다. 지식·정보의 사회적 위계화와 함께 이를 고착화한 사회적 분위기와 관습 속에서는 역관이나 서기, 제술관과 같은 중간계층은 한낱 지식의 중개인 역할에 머무를 수밖에 없었다.

넷째 지식·정보의 생성·유통과 관련한 사회적 공간의 문제다. 조선조 후기 정치 체제는 임진·병자 두 전란 이후 사회 질서의 재구축을 위하여 종적 질서의 강화로 사회를 안정시키고, 지식·정보도 그러한 정치 체제 안에서 관리하였다. 이때 사대부 지식인은 지식 체계를 위계화하고, 지식·정보의 주체자이면서 발신자이자 관리자로 나섰다. 조선조 후기 사회의 종적 질서와 사대부 지식이 구축한 지식 체계 안에서의 지식·정보는 불평등하다. 차별적이고 불평등한 지식 체계 속에서 어느 계층도 지식·정보의 발신자가 되기는커녕 사대부 지식인이 구축한 지식체계 안에 포섭당하고 만다.

지식·정보와 관련하여 조선조 후기 사회의 공간은 횡적 네트워크를 구성하고, 유통과 확산을 촉진할 정도의 변화는 없었다. 역관과 경아전과 같은 여항인의 성장도 있었지만, 이들 역시 지식·정보를 생성·유통할 사회적, 횡적 공간을 확보하지 못했다. 사대부 지식인 역시 마찬가지다. 서원이나 친족 공동체와 같은 강학 공간을 비롯하여 사승 관계와 가학, 종법과 족보 인식의 확산은 오로지 종적 질서의 강화를 가져왔고, 지식·정보의 생성·유통 역시 일정 공간에 닫혀 있었다. 닫힌 공간에서조차 새로운 지식·정보를 생성하기보다, 기존 질서와 체제 유지의 토대가 되는 주자 성리학적 가치를 존숭하고 학맥 중심으로 그 지식·정보를 소비하는 데 그치고 말았다. 마테오 리치의 『교우론』에서 횡적 윤리의 가능성을 발견하고 시사를 통한 횡적인 인적 네트워크 구축의 확산 가능성도 열어놓았지만, 끝내 수평적 확장을 통한 인적 네트워크로의 진전으로까지 나아가지 못하였다.

기실 지식·정보의 새로운 유통 공간은 특정 사안에 공동의 관심사를 두고 서로 다른 시선과 방식으로 접근하고자 하는 구성원이 존재할 때 형성된다. 하지만 조선조 후기 사회에 이러한 지식·정보의 사회적 공론장 형성은 힘들었다. 사대부 지식인이 구축한 지식·정보의 공간은 자신들 상호 간에 어슷비슷한 관심사를 두고 단일 시선과 단성의 방식으로 지식·정보에만 접근하였고, 다른 계층에서 발화한 지식·정보를 두고 하나 이상의 방식으로 수용하려는 개방성은 없었다.

무엇보다 조선조 후기 사회에서 붕당정치는 지식·정보의 사회적 공론장 형성 자체를 가로막는 배경으로 작동하였다. 정치적 붕당은 사족의 분화와 함께 지식·정보에서도 공간적·시간적 분파를 낳았다. 공간적 분파는 붕당 이외의 구성원 집단과 선을 긋게 하였고, 붕당 이외의 인물과 상호 소통하는 것을 제한하는 방식으로 붕당 간을 구별했다. 시간적 분파 역시 마찬가지다. 시간적 분파는 현재 존재하는 시간 이외의 과거와 단절하고, 심지어 현재와 과거의 경계를 긋거나 구분하려고까지 했다. 모두 이 시점에서 자당 중심으로 사유하는 편향성이 낳은 결과였다. 붕당정치로 인한 사족의 분화, 붕당의 분파성을 통한 공간과 시간적 배타적 구분, 타자와의 경계 지움은 지식·정보 공론장의 형성을 막고 폐쇄성을 강화시켰다. 이러한 공간에서는 지식·정보의 횡적·종적 이동은 물론 유통마저 제한될 수밖에 없다.

그렇다면 조선조 후기 사회에서 횡적 질서와 가치를 실현할 수 있는 사회적 공간은 왜 형성되지 못했으며, 새로운 지식·정보 체계의 생성이 힘든 이유는 무엇이었을까? 조선조는 17세기 국제적 전란을 겪으면서 국가 재건과 사회 재정비 과정에서 주자 성리학과 같은 종적 정치·사회 질서를 체계화하는 한편, 종적 질서를 제도와 결합하여 사회 전반에 이를 관철시켰다. 이러한 기획은 조선조 사회의 안정화에 도움을 주지만, 횡적 지식·정보 공간 형성의 걸림돌로 작용하였다. 국가 재건 과정에서 조선조는 체제안정을 위하여 종적 가치와 질서 구축에 방해가 되는 어떤 것도 용납하지 않았다. 영조의 책장수의 대규모 처벌과 같은 행위, 정조의 패관소품(稗史小品)과 같은 서적의 금지 정책이나 문체반정도 이러한 분위기의 결과이며, 천주교 박해도 그 연장선에 있다.

종적 질서와 종적 이념의 가치 중시는 국가를 통치하고 사회 질서의 안정과 기성 권력의 유지에는 효율적이지만, 시대 변화의 능동적 대응을 가로막는 장애물이었다. 더욱이 종적인 사회 분위기는 서구 충격에 대응하는 과정에서 강한 중심성을 발휘하지만, 민란과 같은 내부 저항과 함께 밀려온 외부 세계의 충격에는 전혀 유연성을 발휘하지 못하였다. 그 결과 종적 질서나 가치를 뛰어넘어 새로운 지식·정보의 공론장 구축으로 이어지지 못하고 말았다. 만약 횡적 공간을 형성하여 지식·정보의 사회적 공론장을 구축하였다면 이때 비로소 지식·정보는 보편화로 나아가기 쉽다. 지식·정보의 보편화는 다양한 계층이 새로운 지식·정보를 수용하고 상호 소통할 때 가능하기 때문이다.

그런데 지식·정보 보편화의 걸림돌에는 한문과 국문의 이중적 어문 질서도 있다. 집권 사대부층과 상민, 남성과 여성 등은 신분과 성별에 따라 표기체계를 달리 사용함으로써 어문의 단일한 사용은 불가능했다. 사대부 지식인이나 중간계층은 주로 한문 표기로 지식·정보를 생산하고 소비했지만, 여성이나 하층민은 국문을 사용하였기 때문이다. 이처럼 신분과 성별에 따라 한문과 국문을 달리 사용함으로써 지식·정보의 생성과 유통, 그 소비 방식도 달랐다.

사회적 신분과 성별에 따른 어문체계의 상이함은 지식·정보의 확산을 가로막는 중요한 기제로도 작동했다. 더욱이 국문의 경우, 국문 자체의 어휘 부족과 어문체계 등으로 인하여 새롭고 다양한 지식·정보의 수용과 유통, 그리고 소비에 한계를 지녔다. 당시 하층민이 한문 습득을 하는 것 자체가 불가능하였고, 설사 습득하려 해도 단시간에 이루어지지도 않는 데다, 습득 자체도 큰 의미가 없었다. 하층민이 경제력을 토대로 신분상승과[2] 함께 한문 습득을 해도, 거기에 어울리는 교유나 문예 활동이나 학술 활동이 불가능했기 때문이다. 심지어 사대부 지식인이 구축한

2 단성 호적에서 상민이나 노비가 경제적 부를 통해 사회적으로 성장하여 유학(幼學)이 되거나 양반으로 상승하는 사례를 확인할 수 있다.

공론장에 중간계층조차 접근이 쉽지 않은 것이 현실이었다. 사대부 지식인은 이들을 대접하기는커녕 신분적으로 성장한 이들을 얕잡아 보고 천시하기까지 했다. 제도로 형성된 조선조 후기의 사회적 관습을 뛰어넘기란 이처럼 힘들었다.

더욱이 이중적 어문질서 아래에서 새로운 지식·정보조차 대부분 한문으로 기록되어 유통되었기에 여러 계층을 넘나들기란 불가능했다. 표기체계의 이중성에 따른 지식·정보의 이중성은 지식·정보의 위계화와 그 고착화를 보여주는 상징의 하나다.

조선조 후기 자료를 훑어보면 민과 노비가 경제력을 토대로 사회적 성장을 통한 신분 상승의 사례도 적잖게 발견할 수 있다. 이것이 곧 진정한 의미에서 신분 상승을 의미하거나, 신분제의 해체를 의미하는 것은 아니었다. 이들의 사회적 성장과 양반으로의 신분 상승에도 사회적 인식과 관습에 따른 차별과 구분은 다양한 양상으로 존재했다. 제도는 물론 사회적 관습과 인식의 해소가 있어야 진정한 의미에서 신분 해방일 터, 하층민은 신분 상승에도 불구하고 진정한 양반으로 행세하지 못하고 그 존재를 인정받지도 못했다. 그런 점에서 계층에 따른 이중적 글쓰기와 지식·정보의 위계는 종적 질서와 사회적 관념의 결과를 여실히 반영하고 있는 것이다.

이러한 사회적 분위기에서 지식은 하나가 아니고 여럿일 수밖에 없다. 이를테면 사대부의 학술적 지식과 하층의 일상적 지식, 사대부의 보편적 지식과 중간계층의 특수적 지식, 추상적 지식과 구체적 지식 등등. 모두 신분에 따라 지식·정보도 달랐음을 보여준다.

사실 같은 시공간에 여럿인 지식은 평등하지 않다. 지식·정보의 위계화에 따른 다중 지식·정보의 존재는 사대부 지식인이 중간계층의 지식을 거부하거나 인정하지 않을 수 있는 권위를 행사하도록 만든다. 이러한 권위는 사대부가 지배 권력을 활용하여 당대 질서와 가치체계를 주도

하고, 사회적 관념과 관습을 확대하고 고착화했기에 가능했다. 이처럼 지식·정보의 위계화를 설정하고 형성한 질서는 지식·정보의 확산과 보편화를 가로막는 역할을 했다.

조선조 후기 집권층 지배집단의 변화도 지식·정보의 횡적 공간의 형성에 걸림돌로 작용했다. 조선조 후기 사회는 소수의 사족 집단이 지배구조의 정점에서 권력을 독점하는 방식으로 나아갔다. 몇 가문이 권력을 독점하는 방식의 정치 체제는 유교 이념에 어울리는 지배 권력의 모습이 아님은 분명하다. 그렇다고 이러한 권력의 집중화는 조선조 후기 사회구조의 해체로 이어지거나 사회체제가 크게 흔들리는 징표를 보여주는 것도 아니다. 특정 계파와 가문의 권력 독점이 사족의 정치의 변형된 모습으로 보일 수는 있다. 하지만 당대 사회에서 보면, 반드시 비정상적인 것으로만 볼 수 없는 지점이 있다. 19세기의 민란과 소요에도 사회체제를 유지한 것은 본질적으로 사족 체제가 크게 흔들리지 않았다는 방증으로 볼 수 있기 때문이다.

이러한 사회체제의 유지는 호적대장에서도 확인할 수 있다. 호적대장은 국가의 필요와 목적에 따라 재구성한 부세 대장이어서 신분 파악의 자료로 곧바로 활용하기에는 부적절하다.[3] 18세기의 호적대장은 국가의 징수 대상이 개인에 부가하는 방식이어서 신분과 직역이 대체로 일치한다. 하지만 18세기 후반 징수 방법의 변화를 맞이하면서, 신분과 직역은 일치하지 않게 된다. 국가가 개인에게 군역을 부가하는 방식이 아니라 마을에 할당 인원을 부가하기 때문에 사회적 신분과 직역의 엄밀한 상관성을 파악할 수 없기 때문이다. 따라서 호적대장을 통해 신분변동과 바

3 金建泰, 「朝鮮後期의 人口把握 實狀과 그 性格: 단성현 호적분석」, 『대동문화연구』 제39집, 2001; 鄭震英, 「18~19세기 戶籍大帳 '戶口' 記錄의 검토」, 『대동문화연구』 제39집, 2001; 孫炳圭, 「戶籍大帳의 職役記載 양상과 의미」, 『역사와 현실』 제41호, 2001 참조.

로 연결하는 것은 합리적이지 않다.[4] 여기에 18세기 말까지 중서층 이하가 양반으로 상승한 사례가 드물다는 연구,[5] 조선조 후기 향촌에서의 지배력은 특정 가문이 주도했다는 연구[6] 등도 조선조 후기의 사회 질서가 해체되거나 사족 체제 역시 근본적으로 크게 흔들리지 않았음을 보여주고 있다.

앞서 언급한 바 있듯이 조선조 후기 사회 질서의 유지는 유교 사회를 떠받치고 있던 의례[7]와 일상 생활에서 신분 질서에 기초한 유교적 관습 등이 여전히 힘을 발휘하고 작동한 것과 무관하지 않다. 조선조 후기 사회 질서와 함께 양반과 중서층, 양반과 상민의 문화, 여기로부터 형성

---

4 "비 양반층에서 유학으로 성장한 많은 이들이 지역 내부에서 양반 대우를 받지 못했다는 점을 생각한다면 유학의 증가를 양반의 증가로 등치시켜 신분변동으로 이해하는 관점은 재검토할 필요가 있다. 노비들의 신분 해방은 분명 신분 질서 해체의 확산 과정에 있었지만, 더 상위 계층으로의 성장은 불안정하기도 하였다. 비 양반층의 사회적 성장과 양반 지향에도 불구하고 그들에 대한 차별과 구분은 언제든 다양한 양상으로 나타날 수 있었다"는 언급이나 "양반이 법적으로 규정된 신분이 아니듯 양반이 지닌 특권을 공유하거나 그들의 생활양식을 모방하는 사람들이 늘어나고 있었다는 점이다. 결국, 조선조 후기 신분제의 주요 흐름 가운데 하나는 차별과 배제를 통한 양반층의 보수적 대응하에서도 양반이 가진 특권의 하향 확산과 비 양반층의 양반 모방 확산에 있었다. 신분제 변동이나 해체를 근대 이행의 근거로 보는 선험적 인식에서 벗어나는 것이 필요하다"라는 견해는 경청할 만하다. 이러한 시각의 견해는 권내현, 「19세기 조선 사회의 계층 이동 양상」, 『대동문화연구』 제103집, 2018, 207~231면; 「성장과 차별, 조선 후기 호적과 신분」, 『대동문화연구』 제110집, 2020, 8~30면.

5 林學成, 「17·18세기 丹城地域 住民의 身分變動에 관한 연구」, 인하대학교 박사학위논문, 2000 참조.

6 특정 지역이기는 하지만 경상도 단성현의 경우 16세기 이래 거의 400여 년 동안 향촌 사회를 지배하고 영향력을 행사한 안동권씨, 성주이씨 등 8개 성씨가 지배권을 행사한 것에서 알 수 있다. 이는 金俊亨, 「조선 후기 丹城地域의 사회변화와 士族層의 대응」, 서울대학교 박사학위논문, 2000 참조.

7 김성우는 조선조 후기 지배 양반을 '호적상 유학 직역의 등재와 족보 보유'와 '유교적 의례의 준행과 다양한 특권'을 기준으로 규정하고 18~19세기 조선조 사회를 계서제(階序制)로 보면서 다만 반상제에 제약을 받은 신분제적 계서제로 파악하고 전통 시대 한국 사회의 구조적 특징으로 규정하였다. 이는 김성우, 「18~19세기 '지배 양반' 되기의 다양한 조건들」, 『대동문화연구』 제49집, 2005 참조.

된 사회적 규범 등은 여전히 상존하여 여러 계층의 삶을 여전히 규정하고 있었다. 19세기에 와서도 여전히 국가의 통치 시스템과 사회 질서는 크게 흔들리지 않고 작동하고 있었던 것이다. 조선조 후기 현실이 그렇다 보니 지식·정보의 분화와 확산, 상층·하층 지식·정보의 섞임을 통한 새로운 지식·정보의 재생산과 그 확산의 토대가 되는 사회적 공론의 공간은 형성되기가 어려웠다.

이미 지적했듯이 조선조 사회는 집권층과 일부 사족 집단이 지식·정보를 독점했다. 집권층과 일부 사족 집단은 체제 유지와 사회 질서의 안정을 위해 지식·정보의 관리가 필요했다. 전근대 지식·정보의 독점과 집중은 사회체제와 국가 운영을 위한 중요한 거점이다. 그래서 조선조 집권층은 사회 질서와 가치에 반하는 지식·정보의 경우, 국가권력을 동원하여 검열하고 이를 통제했다. 국가권력에 순응하는 지식·정보는 유통하지만, 국가권력에 저항하는 지식·정보는 검열이라는 무기로 제한한 것이다. 이처럼 집권층이 지식·정보의 유통과 확산의 통제권을 가지고 있지만, 때로는 통제권 안팎에서 새로운 지식·정보가 권력에 저항하거나 전복의 동력으로 등장하기도 한다.

어떤 지식·정보는 시대와 상황에 따라 부정되기도 하고, 때로 호출되어 새로운 의미를 지닌 것으로 재인식되기도 했다. 여기에는 시대를 변화시키는 지식·정보가 있는가 하면, 당대인의 사유를 억압하거나 실생활에서조차 억압 기제로 작동하는 지식·정보도 존재했다. 이렇듯 지식·정보는 시대와 상황에 따라 가변성과 다면적 성격을 지닌다. 그러기에 조선조 후기 국가와 집권층은 효율적 통치를 위해 지식·정보를 적절하게 당기고 풀어주며 관리했다. 새로운 지식·정보나 하층이 획득한 지식·정보의 경우, 자신들이 구축한 위계질서의 틀 안에서 용인하였고 이를 넘어서는 경우 자신이 구축한 지식 체계 안에 끌어들여 이를 결합하는 방식으로 관리했던 것이다.

사실 조선조 사회의 지식·정보의 체계와 위계질서는 사실 지배 질서와 연동된 사회·문화적 산물이다. 이때의 위계질서는 처음부터 사대부 지식인이 기획한 것은 아니다. 조선조 사족 체제의 등장 이후 사족 간의 상호 작용과 해당 문화의 가치에 따라 시간과 공간 안에서 만들어진 것이다.[8] 그러므로 조선조 후기 지식·정보의 위계화도 사족 체제가 처음부터 기획한 것이라기보다 사족 체제 내에서 사족 집단이 전유한 학술과 문예가 상호 작용한 것을 토대로 형성된 결과물에 가깝다. 예컨대 조선조 후기의 경우, 사족 집단 내의 붕당을 비롯하여 종적 학통과 가학, 그리고 사족 상호 간의 횡적 교유 등의 상호 작용을 통해 지식·정보의 위계질서를 구축한 것이다.

그런데도 조선조 후기 신분 질서에 따른 지식·정보의 위계화에서도 횡적 질서를 통한 새로운 지식·정보의 확산이 없지는 않았다. 이러한 모습은 중간계층의 활동, 사행록과 필기에서 그 싹의 일부를 확인할 수 있다. 그렇다면 이러한 싹이 종적 공간을 뛰어넘어 과연 횡적으로 전파되고 여러 계층에까지 수용되었을까? 이 질문에 대한 답은 부정적이다. 싹이 자라 씨앗을 널리 퍼뜨려 종적 공간의 담장을 넘어 횡적으로까지 확산하지 못했기 때문이다.

왜 그랬을까? 왜 조선조 후기 새로운 지식·정보의 유통과 확산은 전면적으로 일어나지 못했던가? 흔히 불안정성과 불확실성이 강한 시대에 새로운 창조적 에너지와 역동적 움직임이 일어나기 쉽다고 한다. 하지만 조선조는 유교적 이념을 토대로 정치와 사회 질서를 구축한 결과 사회 질서의 유동성과 변동은 적었다. 사족 체제의 불안정성은 존재했으나,

8 지식·정보의 체계와 위계질서는 지배 질서와 연동된 사회·문화적 산물이며, 위계화는 처음부터 기획된 것이 아니라, 특정 목적을 위해 설립된 조직 간의 상호 작용과 해당 문화의 가치에 따라 만들어지는 것이라고 한다. 이러한 주장은 피터 버크 지음, 이상원 옮김, 『지식은 어떻게 탄생하고 진화하는가』, 생각의날개, 2017, 54~55면.

그 체제 자체가 크게 흔들리지는 않았기 때문이다.

더욱이 이러한 사족 체제와 함께 세도정치의 독점적 지배구조는 지식·정보의 분화를 통한 새로운 지식·정보로 이어지는 선순환 구조를 형성하는 데 걸림돌이었다. 이는 새로운 지식·정보의 유통과 확산을 담보하는 횡적 공간을 얻지 못했음을 의미한다. 사족 체제의 굳건함과 신분 질서에 따른 사회적 관습, 그리고 지식·정보의 위계화는 여전히 작동하고 있었다. 새로운 지식·정보와 이를 확산하는 횡적인 사회적 공간의 형성은 결국 이 벽을 넘어서지 못하고 말았던 것이다.

참고문헌

1. 한국문헌

『明宗實錄』
『宣祖實錄』
『宣祖修正實錄』
『仁祖實錄』
『顯宗實錄』
『肅宗實錄』
『景宗實錄』
『英祖實錄』
『正祖實錄』
『純祖實錄』
『憲宗實錄』
『承政院日記』
『日省錄』
正祖, 『日得錄』
『迎接都監賜祭廳儀軌』
典客司 撰, 『邊例集要』
金健瑞 外, 『增正交隣志』
『各司謄錄』
趙璥 外, 『國朝寶鑑』
禮曹, 『書院謄錄』
平市署, 『各廛記事』

姜世晃, 『豹菴稿』
姜銑, 『燕行錄』
姜沆, 『看羊錄』
姜弘重, 『東槎錄』
姜浩溥, 『桑蓬錄』
權文海, 『大東韻府群玉』
權尙夏, 『寒水齋集』
金健瑞, 『增正交隣志』
金景善, 『燕轅直指』
金光翼, 『伴圃遺稿』
金鎭恒, 『蘗山全集』
金箕性, 『庚戌燕行日記』
金鑢, 『藫庭遺藁』
金邁淳, 『闕餘散筆』·『臺山集』
金奭準, 『湖海詩鈔』
金舜協, 『燕行日錄』
金堉, 『類苑叢寶』·『海東名臣錄』
金勇, 『羣豹一斑』
金在魯, 『續大典』
金庭堅, 『才物譜』
金正中, 『燕行錄』
金正喜, 『阮堂全集』
金佐明, 『歸溪遺稿』
金指南, 『東槎日錄』
金鎭恒, 『蘗山全集』
金集, 『愼獨齋先生遺稿』

金昌業,『老稼齋燕行日記』
金昌緝,『圃陰集』
金昌協,『農巖集』·『農巖雜識』
金顯門,『東槎錄』
金滃,『扶桑錄』
南克寬,『夢囈集』
南公轍,『金陵集』·『高麗名臣傳』
南九萬,『藥泉集』
南玉, 『日觀記』·『日觀詩草』·『日觀唱酬』
南龍翼,『壺谷集』·『聞見別錄』
南有容,『雷淵集』
盧以漸,『隨槎錄』
閔惠洙,『槎錄』
朴思浩,『燕薊紀程』
朴世采·李世瑍,『東儒師友錄』
朴性陽,『國朝名臣言行錄』(刪補)
朴亮漢,『强懶代筆』
朴長馣,『縞紵集』
朴齊家,『貞蕤集』·『北學議』
朴趾源,『燕巖集』·『熱河日記』
白景炫,『燕行錄』
方孝彦 外,『蒙語類解補編』
憑虛閣李氏, 『閨閤叢書』·『淸閨博物志』
徐慶淳,『夢經堂日史』
徐命膺,『攷事新書』
徐榮輔『竹石館遺集』
徐有榘,『林園經濟志』·『金華畊讀記』
徐有聞,『戊午燕錄』
徐瀅修,『明皐全集』
成大中,『日本錄』·『靑城雜記』·『靑城集』
成琬,『翠虛集』
成海應,『草榭談獻』·『研經齋全書』
成俔,『慵齋叢話』
宋來熙,『鷄山談論』·『鷄山談藪』
宋成明,『國朝名臣言行錄』
宋煥箕,『性潭先生集』
申光洙,『石北先生文集』
申錫愚,『海藏集』·『入燕記』
申維翰,『海游錄』
申欽,『象村先生集』
沈魯崇,『孝田散稿』
沈守慶,『遣閑雜錄』
沈鋅,『松泉筆譚』
沈潮,『靜坐窩先生集』
安鼎福,『順菴先生文集』·『東史綱目』·『雜同散異』·『星湖僿說類選』
嚴啓膺,『藥塢家藏』
吳熙常,『老洲集』
王德九,『皇朝遺民錄』
禹夏永,『千一錄』
俞棨,『市南先生別集』
柳得恭,『燕臺再遊錄』·『古芸堂筆記』
柳壽垣,『迂書』
劉在建,『里鄕見聞錄』
元重擧,『和國志』·『乘槎錄』
兪晩柱,『欽英元本』
柳夢寅,『於于集』·『於于野談』
柳尙運,『約齋集』
兪彦述,『燕京雜識』
兪致範,『一哂錄』
柳馨遠,『磻溪隨錄』
柳僖,『物名攷』

柳希春 外,『國朝儒先錄』
尹光紹,『素谷先生遺稿』
尹根壽,『月汀漫筆』
尹愭,『無名子集』
尹舜擧,『童土先生文集』
尹拯,『明齋遺稿』
李匡德,『冠陽集』
李圭景,『五洲衍文長箋散稿』
李奎象,『幷世才彦錄』·『韓山世稿』
李器之,『一菴燕記』
李基憲,『燕行日記』
李德履,『江心』
李德懋,『靑莊館全書』·『雅亭遺稿』·『入燕記』·『淸脾錄』
李德壽,『西堂集』
李萬敷,『息山續集』
李晩用,『東樊集』
李萬運,『文獻備考』
李孟休,『春官志』
李勉伯,『岱淵遺藁』
李明五,『泊翁詩鈔』
李秉休,『貞山雜著』
李鳳煥,『雨念齋詩文鈔』
李商鳳,『北轅錄』
李象靖,『大山集』
李溆,『弘道先生遺稿附錄』
李書九,『惕齋集』
李渷,『桐江遺稿』
李睟光,『芝峯類說』·『芝峯集』
李純仁,『孤潭逸稿』
李是遠,『沙磯集』
李時弼,『謏聞事說』
李植,『澤堂別集』
李邦彦,『東槎錄』
李彦瑱,『虞裳剩馥』·『松穆館燼餘稿』
李匡師·李令翊,『燃藜室記述』
李商鳳,『北轅錄』
李尙迪,『恩誦堂集』
李象靖,『大山集』
李畬,『睡谷先生集』
李鈺,『白雲筆』
李湝,『燕途紀行』·『松溪集』
李用休,『惠寰雜著』
李元禎,『燕行錄』·『燕行後錄』·『歸巖先生文集』
李裕元,『林下筆記』
李有駿,『夢遊燕行錄』
李胤永,『丹陵遺稿』·『灝尾編』
李宜顯,『庚子燕行雜識』·『壬子燕行雜識』·『陶谷集』·『國朝人物考』
李頤命,『疎齋集』
李瀷,『星湖僿說』·『星湖全集』
李廷龜,『月沙集』
李廷馨,『東閣雜記』
李重煥,『擇里志』
李震興,『掾曹龜鑑』
李忠翊,『椒園遺稿』
李夏鎭,『六寓堂遺稿』
李海應,『薊山紀程』
李玄逸,『葛庵集』
李好閔,『五峯先生集』
李徽逸,『存齋集』
李興庭,『鄕言解頤』
李喜經,『雪岫外史』
任百淵,『鏡浯遊燕日錄』

任相元, 『恬軒集』·『郊居瑣編』
任聖周, 『鹿門集』
任守幹, 『東槎日記』
任適, 『老隱集』
任天常, 『海東名臣誌狀輯略』
張維, 『谿谷漫筆』
張之琬, 『枕雨堂集』
張混, 『而已广集』
鄭覺先, 『杜陵漫筆』
鄭道應, 『昭代名臣行蹟』
鄭東愈, 『玄同室遺稿』·『晝永編』
鄭元容, 『袖香編』
丁若鏞, 『梅氏書評』·『與猶堂全書』
鄭蘊, 『桐溪集』
丁範祖, 『海左先生文集』
鄭在褧, 『愼窩集』
正祖, 『弘齋全書』
鄭昌順, 『桴海錄』
鄭后僑, 『扶桑紀行』
趙絅, 『龍洲先生遺稿』
趙慶南, 『續雜錄』
趙克善, 『三官記』·『冶谷集』
曺命采, 『奉使日本時聞見錄』
趙復陽, 『松谷集』
趙秀三, 『秋齋紀異』·『珍珠船襍存』·『經畹總集』
趙曮, 『海槎日記』
趙緯韓, 『崔陟傳』
趙寅永, 『雲石遺稿』
趙在三, 『松南雜識』
趙熙龍, 『壺山外史』
蔡濟恭, 『樊巖集』
蔡之洪, 『鳳巖集』
抄啟文臣, 『名臣錄』·『人物考』
崔溥, 『漂海錄』
崔成大, 『杜機詩集』
韓元震, 『南塘先生文集』
韓章錫, 『眉山先生文集』
韓致奫, 『海東繹史』
韓弼敎, 『隨槎錄』
許墩, 『滄洲先生文集』
許篈, 『荷谷朝天錄』
洪敬謨, 『冠巖全書』·『重訂南漢志』
洪景海, 『隨使日錄』
洪吉周, 『孰遂念』·『峴首甲藁』·『沆瀣丙函』·『縹礱乙幟』·『睡餘瀾筆』·『睡餘放筆』·『書林日緯』
洪大容, 『湛軒書·外集』
洪萬選, 『山林經濟』
洪萬朝, 『館中雜錄』
洪奭周, 『鶴崗散筆』·『淵泉先生文集』·『淵泉集』·『洪氏讀書錄』
洪世泰, 『柳下集』
洪舜明, 『倭語類解』
洪愼猷, 『白華稿』
洪良浩, 『燕遼雜記』·『海東名將傳』·『耳溪 洪良浩 全書』
洪禹載, 『東槎錄』
洪重聖, 『芸窩集』
洪致中, 『海槎日錄』
洪翰周, 『智水拈筆』·『海翁詩文集』
洪顯周, 『洪顯周詩文稿』
洪羲俊, 『傳舊』
黃胤錫, 『頤齋遺藁』

編者未詳, 『嘉林報草』

編者未詳,『南譜』
編者未詳,『東國文獻錄』
編者未詳,『東國僧尼錄』
編者未詳,『北譜』
編者未詳,『三班十世譜』
編者未詳,『三班八世譜』
編者未詳,『讐嫌譜』
編者未詳,『我朝人物彙攷』
編者未詳,『譯等第譜』
編者未詳,『蔭譜』
編者未詳,『醫譯籌八世譜』
編者未詳,『日觀要攷』·『朝鮮信使交歡詩書』·『癸未隨使錄』
編者未詳,『簪纓譜』
編者未詳,『朝鮮信使交歡詩書』
編者未詳,『震閥彙攷續編』
編者未詳,『左溪裒談』
編者未詳,『通塞撮要』
撰者未詳,『癸未隨使錄』
撰者未詳,『甕算綱目』
撰者未詳,『日觀要攷』
撰者未詳,『日本日記』
撰者未詳,『朝鮮志』
編者未詳,『通塞撮要』

大韓協會,『大韓協會會報』
西北學會,『西北學會月報』

대동문화연구원,『茶山學團文獻集成』, 2008.
대동문화연구원,『燕行錄選集補遺』 2008.
대동문화연구원,『閭巷文學叢書續集』 2022.
대동문화연구원,『한국경학자료집성』 145책, 1999.

2. 중국 문헌

干寶,『搜神記』
姜紹書,『韻石齋筆談』
顧炎武,『日知錄』
紀昀,『閱微草堂筆記』
段成式,『酉陽雜俎』
董文渙,『韓客詩存』
謝肇淛,『五雜俎』
徐光啓,『幾何原本』
徐昌穀,『談藝錄』
徐渭,『徐文長集』
薛瑄,『讀書錄』
孫一奎,『赤水玄珠』
楊愼,『丹鉛總錄』·『升菴集』
楊淙,『群書考索古今事文玉屑』
王士禎,『香祖筆記』
王世貞,『藝苑卮言』·『弇州山人四部稿』
嚴羽,『滄浪詩話』
吳偉業,『綏寇紀略』
翁方綱,『蘇齋筆記』

王圻, 『三才圖會』
王應麟, 『玉海類函』
袁宏道, 『袁中郎集』
劉義慶, 『世說新語』
陸隴其, 『三魚堂文集』
利瑪竇, 『交友論』
李文藻, 『琉璃廠書肆記』(『叢書集成三編』 79)
李昉 外, 『太平廣記』
李豫 編, 『韓客詩存』 書目文獻出版社
張伯行, 『理學全書』
章如愚, 『山堂肆考』
張寧, 『方洲集』
張萱, 『疑耀』(『文津閣四庫全書』)
錢謙益, 『列朝詩集』
趙翼, 『陔餘叢考』·『檐曝雜記』·『二十二史史箚記』
趙學敏, 『本草綱目拾遺』
周密, 『癸辛雜識』
朱彝尊, 『日下舊聞』
陳繼儒, 『福壽全書』·『寶顔堂秘笈』
戚繼光, 『紀效新書』
蒲松齡, 『聊齋志異』
長齡·魏源, 『皇朝經世文編』
焦竑, 『續耳譚』·『澹園集』
祝穆 外, 『事文類聚』
胡廣 外, 『性理大全』
胡文煥, 『格致叢書』
洪邁, 『容齋隨筆』
黃汝成, 『日知錄集釋』

3. 일본 문헌

貝原篤信, 『和漢名數』
宮瀨龍門, 『東槎餘談』
龜井南冥, 『泱泱餘響』
今井松庵, 『松庵筆談』
南川金溪, 『金溪雜話』
瀨尾維賢 編, 『鷄林唱和集』·『桑韓塤篪』
內山栗齋, 『栗齋探勝草』
大典顯常, 『萍遇錄』
北尾春圃, 『桑韓醫談』
北山彰, 『鷄壇嚶鳴』
寺島良安, 『倭漢三才圖會』
山脇東洋, 『養壽院醫則』·『藏志』
杉田玄白·前野良澤·中川淳庵, 『解體新書』
奧田尙齋, 『兩好餘話』
瀧鶴臺 外, 『長門戊辰問槎』
雨森芳洲 編, 『縞紵風雅集』
朝比奈文淵, 『蓬島遺珠』
伊藤薪野, 『正德和韓唱酬錄』
越常右衛門, 『分類紀事大綱』
淸田澹叟, 『唐土行程記』
岩波書店, 『近世隨想集』(「日本古典文學大系」 96)

4. 단행본

강명관, 『조선 후기 여항문학 연구』, 창작과비평사, 1997.
강명관, 『조선시대 문학예술의 생성 공간』, 소명출판, 1999.
강명관, 『농암잡지 평석』, 소명출판, 2007.
강명관, 『조선시대 책과 지식의 역사』, 천년의상상, 2014.
강민구, 『조선 3대 유서의 형성과 특성』, 보고사, 2016.
구범진, 『병자호란, 홍타이지의 전쟁』, 까치, 2019.
구지현, 『계미통신사 사행문학 연구』, 보고사, 2006.
구지현, 『통신사 필담창화의 세계』, 보고사, 2011.
권기석, 『족보와 조선 사회』, 태학사, 2011.
금복현, 『옛 안경과 안경집』, 대원사, 2003.
김경숙, 『조선 후기 서얼 문학연구』, 소명출판, 2005.
기시모토 미오·미야지마 히로시 지음, 『현재를 보는 역사, 조선과 명청』, 너머북스, 2014.
김대중, 『풍석 서유구 산문 연구』, 돌베개, 2018.
김명호, 『열하일기 연구』, 돌베개, 2022.
김명호, 『홍대용과 항주의 세 선비』, 돌베개, 2020.
김양수, 『朝鮮後期 中人 집안의 발전: 金指南, 金慶門 등 牛峰 金氏 事例』, 白山資料院, 2008.
김용태, 『19세기 조선 한시사의 탐색: 옥수 조면호의 시 세계』, 돌베개, 2008.
김혈조, 『연암 박지원 산문 연구』, 대동문화연구원, 2004.
김형태, 『통신사 의학 관련 필담창화집 연구』, 보고사, 2011.
大韓眼鏡人協會 편찬위원회, 『韓國眼鏡史大觀』, 大韓眼鏡人協會, 1986.
민족문화추진회, 『오주연문장전산고 교감 및 정리 사업 종합보고서』, 2005.
미야지마 히로시 외, 『동아시아에서 세계를 보면?』, 너머북스, 2017.
미야지마 히로시 외, 『19세기 동아시아를 읽는 눈』, 너머북스, 2017.
미야지마 히로시 외, 『동아시아는 몇 시인가?』, 너머북스, 2015.
박종천 외, 『조선 후기 사족과 예교 질서』, 소명출판, 2015.
박희병, 『저항과 아만』 돌베개, 2009.
박희병, 『나는 골목길 부처다』, 돌베개, 2010.
박희병, 『범애와 평등』, 돌베개, 2013.
손승철, 『조선 통신사, 일본과 通하다』, 동아시아, 2006.

송재소, 『한국 한문학의 사상적 지평』, 돌베개, 2005.
송혁기, 『조선 후기 한문 산문의 이론과 비평』, 월인, 2006.
손혜리, 『연경재 성해응 문학연구』, 소명출판, 2011.
신익철, 『연행사와 북경 천주당: 연행록 소재 북경 천주당 기사 집성』, 보고사, 2013.
신익철, 『연행사와 18세기 한중 문화교류』, 한국학중앙연구원출판부, 2023.
심경호 · 이종묵 외, 『황화집과 황화수창』, 한국학중앙연구원출판부, 2022.
안대회, 『담바고 문화사』, 문학동네, 2015.
안대회, 『18세기 한국한시사 연구』, 소명출판. 1999.
오수경, 『연암 그룹 연구』, 월인, 2013.
윤남한, 『조선시대 양명학 연구』, 집문당, 1982.
윤재민, 『조선 후기 중인층 한문학의 연구』, 민족문화연구원, 1999.
윤재환, 『매산 이하진의 삶과 문학 그리고 성호학의 형성』, 문예원, 2010.
윤희면, 『조선시대 서원과 양반』, 집문당, 2004.
이수환, 『조선 후기 서원 연구』, 일조각, 2001.
이승수, 『三淵 金昌翕 硏究』, 이화문화출판사, 1998.
이원식, 『조선통신사』, 민음사, 1991.
이종묵 외, 『조선에 전해진 중국 문헌』, 서울대학교출판문화원, 2021.
이종찬, 『난학의 세계사』, 알마, 2014.
이춘희, 『19世紀 韓·中 文學交流: 李尙迪을 중심으로』, 새문사, 2009.
이해준, 『조선 후기 문중서원 연구』, 경인문화사, 2008.
이혜순, 『조선통신사의 문학』, 이화여자대학교출판부, 1996.
임기중, 『연행록연구』, 일지사, 2002.
임준철, 『전형과 변주』, 글항아리, 2013.
임형택, 『한국학의 동아시아적 지평』, 창비, 2014.
임형택, 『21세기에 실학을 읽는다』, 한길사, 2014.
정두희·이경순 엮음, 『임진왜란 동아시아 삼국 전쟁』, 휴머니스트, 2007.
정만조, 『조선시대 서원 연구』, 집문당, 1997.
정민, 『18세기 한중 지식인의 문예 공화국』, 문학동네, 2014.
정성일, 『朝鮮後期 對日貿易』, 신서원, 2000.
정우봉, 『조선 후기의 일기문학』, 소명출판, 2016.
정후수, 『조선 후기 중인문학 연구』, 깊은샘, 1990.
조국장 등, 『문헌학대사전』, 광능서사, 2005.

진재교, 『이계 홍양호 문학 연구』, 성균관대학교출판부, 1999.
진재교 외, 『근대 전환기 동아시아 전통지식인의 대응과 새로운 사상의 형성』, 성균관대학교출판부, 2016.
진재교 외, 『동아시아 고전학의 안과 밖』, 성균관대학교출판부, 2023.
최환, 『한·중 유서 문화 개관』, 영남대학교출판부, 2008.
한명기, 『임진왜란과 한·중관계』, 역사비평사, 1999.
한영규, 『조희룡과 추사파 중인의 시대』, 학자원, 2012.
허경진 외 엮음, 『통신사 필담창화집 문학연구』, 보고사, 2011.

三木榮, 『朝鮮醫學史及疾病史』, 思文閣出版, 1961.
白山晰也 著, 『眼鏡の社会史』, ダイヤモンド社, 1990.
前田勉, 『近世日本の儒學と兵學』, ぺりかん社, 1996.
若尾政希, 『"太平記"読みの時代』, 平凡社, 2012.
辻本雅史, 『近世教育思想史の硏究』, 思文閣出版社, 1990.
大塚恭男, 「山脇東洋」, 『近世漢方医学書集成』 巻13, 名著出版, 1979.
桂島宣弘, 『思想史の十九世紀: '他者'としての德川日本』, ぺりかん社, 1999.
大塚恭男, 『東洋医学入門』, 岩波書店, 1996.
デジタル版, 『日本人名大辞典』, 市河寬齋.
李元植, 『朝鮮通信使の研究』, 思文閣出版, 2006.

5. 논문

강민구, 「이덕수의 문학비평에 관한 연구」, 『한문학보』 제2집, 2000.
구지현, 「『癸未隨使錄』에 대한 재검토: 작가와 사행록으로서의 의미를 중심으로」, 『동방학지』 131, 연세대학교 국학연구원, 2005.
권기석, 「조선 후기 족보 入錄의 정치·사회적 의미: 족보가 갖는 '화이트리스트' 또는 '블랙리스트'의 兩面性을 중심으로」, 『조선시대사학보』 92, 조선시대사학회. 2020.
권기중, 「조선 후기 서울의 호구 변동과 인구기록의 특성－한성부 호구 자료를 중심으로」, 『한국학논총』 47, 2017.
권내현, 「성장과 차별, 조선 후기 호적과 신분」, 『대동문화연구』 제110집, 2020.

권내현, 「19세기 조선 사회의 계층 이동 양상」, 『대동문화연구』 제103집, 2018.
권오영, 「18세기 洛論의 學風과 思想의 계승양상」, 『진단학보』 108, 진단학회. 2009.
김강일, 「倭館을 통해서 본 조선 후기 對日 求請物品: 〈朝鮮より所望物集書〉를 중심으로」, 『일본역사연구』 34, 일본역사연구, 2011.
김건태, 「朝鮮後期의 人口把握 實狀과 그 性格: 단성현 호적분석」, 『대동문화연구』 제39집, 2001.
김남기, 「洛誦樓詩社의 활동과 詩社의 의의」, 『漢文學報』 제25집, 2011.
김동철, 「倭館圖를 그린 卞璞의 대일 교류 활동과 작품들」, 『한일관계사연구』 19, 한일관계사학회, 2003.
김두헌, 「조선 후기 통신사행 및 문위행 참여 역관의 가계와 혼인」, 『동북아역사논총』 41, 동북아역사재단, 2013.
김명호, 「董文渙의 『韓客詩存』과 한중문학교류」, 『한국한문학연구』 26, 한국한문학회, 2000.
김명호, 「燕巖의 우정론과 西學의 영향: 마테오 리치의 『交友論』을 중심으로」, 『고전문학연구』 40, 한국고전문학회. 2011.
김명호, 「해장 신석우의 『입연기』에 대한 고찰」, 『고전문학연구』 32, 한국고전문학회, 2007.
김성우, 「18~19세기 '지배 양반' 되기의 다양한 조건들」, 『대동문화연구』 제49집, 2005.
김세윤, 「조선 후기 사찬 사서연구」, 서강대학교 박사학위논문, 1992.
김수진, 「18세기 老論系 知識人의 友情論」, 『한국한문학연구』 제52집, 2013.
김양수, 「조선 후기 사회변동과 전문직 중인의 활동」, 연세대학교 국학연구원 편, 『한국 근대이행기 중인연구』, 신서원, 1999.
김영선, 「中國 類書의 韓國 傳來와 受用에 관한 硏究」, 『서지학연구』 26, 서지학회, 2003.
김영죽, 「『北轅錄』의 1760년 北京기록: 子弟軍官과 동아시아 지식인 만남의 재구성」, 『대동문화연구』 90, 성균관대학교 대동문화연구원, 2015.
김영죽, 「秋齋 趙秀三의 燕行詩와 「外夷竹枝詞」」, 성균관대학교 박사학위논문, 2008.
김영진, 「이옥 문학과 명청 소품」, 『고전문학 연구』 제23집, 2003.
김영진, 「조선 후기 실학파의 총서 편찬과 그 의미」, 『한국한문학 연구의 새 지평』, 소명출판, 2005.

김영진, 「조선 후기 중국 사행과 서책 문화」, 『연행의 사회사』, 경기문화재단, 2005.
김용태, 「임오군란기 한중 문인의 교유 양상: 조면호·김창희의 활동을 중심으로」, 『한문학보』 17, 우리한문학회, 2007.
김일환, 「조선 후기 중국 사행의 규모와 구성」, 『연행의 사회사』, 경기문화재단, 2005.
김종서, 「옛사람들의 담배에 대한 애증」, 『문헌과 해석』 18호 2002년 봄.
김준형, 「조선 후기 丹城地域의 사회변화와 士族層의 대응」, 서울대학교 박사학위논문, 2000.
김채식, 「이규경의 『오주연문장전산고』 연구」, 성균관대학교 박사학위논문, 2009.
김철범, 「연천 홍석주가의 학술과 문예: 연천 홍석주의 『記里經』과 지리의식」, 『한문학보』 15, 우리한문학회, 2006.
김철범, 「이조 후기 산문론에서 '見識'의 문제」, 『한국한보』 제9집, 우리한문학회, 2003.
김현미, 「연행록의 계보적 독해: 18세기 전반 노론 사대신 전주이씨 집안 연행기록의 개관과 관심 지향 분석」, 『동양고전연구』 62, 동양고전학회, 2016.
김혜경, 「해사 홍한주의 '지수염필' 연구」, 경북대학교 석사학위논문, 1999.
노영구, 「선조대 『紀效新書』의 보급과 진법 논의」, 『군사』 34, 국방부 군사편찬연구소, 1997.
당윤희, 「명대 시문선집 『문장변체』의 문체론에 대한 고찰」, 『중국학보』 83, 한국중국학회, 2018.
리상용, 「'홍씨독서록' 수록 서적의 선정기준에 대한 연구」, 『서지학연구』 30, 서지학회, 2005.
미야지마 히로시〔宮嶋博士〕, 「법으로서의 동아시아: 동아시아 연구의 의미와 전망」 3장, 2014년 동아시아학술원 국제학술회의 발표집, 2014.
미야지마 히로시〔宮嶋博士〕, 「崔溥 『漂海錄』의 日譯 『唐土行程記』에 대하여」, 『대동문화연구』 56, 성균관대학교 대동문화연구원, 2006.
민덕기, 「임진왜란 중의 납치된 조선인 문제」, 『임진왜란과 한일관계』, 경인문화사, 2005.
박권수, 「규장각 소장 '攷事新書'에 대하여」, 『규장각』 36, 서울대학교 규장각한국학연구원, 2010.
박용만, 「18세기 安山과 驪州李氏家의 文學活動」, 『한국한문학연구』 제25집, 2000.

박원호, 「日譯『通俗漂海錄』『諺解本 漂海錄』」, 『崔溥 漂海錄 研究』, 고려대학교 출판부, 2006.

박종천, 「조선 후기 성호학파의 立後說과 친족의식」, 『민족문화연구』 65호, 고려대학교 민족문화연구원, 2014.

박종천, 「조선시대 예안 광산김씨의 친족 활동: 契會와 姓會를 중심으로」, 『국학연구』 30호, 한국국학진흥원, 2016.

박현순, 「16~17세기 禮安郡 士族社會 研究」, 서울대학교 박사학위논문, 2006.

백승호, 「18세기 南人 文壇의 詩會-蔡濟恭, 睦萬中을 중심으로」, 『관악어문연구』 29, 관악어문학회, 2004.

백옥경, 「譯官 金指南의 일본 체험과 일본 인식: 東槎日錄을 중심으로」, 『韓國文學研究』 10, 梨花女大韓國文化研究院, 2006.

서정복, 「프랑스 살롱의 기원과 문화적 역할」, 『프랑스문화예술연구』 9, 프랑스문화예술학회, 2003.

손병규, 「戶籍大帳의 職役記載 양상과 의미」, 『역사와 현실』 제41호, 2001.

손혜리, 「成琬의 『日東錄』연구」, 『한국실학연구』 17, 한국실학학회, 2009.

송양섭, 「조선 후기 신분·직역 연구와 '직역체제'의 인식」, 『조선시대사학보』 34, 2005.

신로사, 「원중거의 '화국지'에 관한 연구」, 성균관대학교 석사학위논문, 2004.

신익철, 「18세기 연행사와 서양 선교사의 만남」, 『한국한문학연구』 51, 한국한문학회, 2013.

신익철, 「18세기 중반 椒林體 漢詩의 형성과 특징: 이봉환을 중심으로」, 『고전문학연구』 제19집, 2001.

심경호, 「한국 유서의 종류와 발달」, 『민족문화연구』 47호, 고려대학교 민족문화연구원, 2007.

심경호, 「18, 19세기 서울의 도시문화와 연행예술의 역사 지리학적 연구: 조선 후기 시사와 동호인 집단의 문화 활동」, 『민족문화연구』 31, 고려대학교 민족문화연구원. 1998.

심민정, 「조선 후기 통신사 원역의 선발실태에 관한 연구」, 『한일관계사연구』 23, 한일관계사학회, 2005.

양영옥, 「趙在三의 『松南雜識』 研究」, 성균관대학교 박사학위논문, 2017.

오상학, 「조선 후기 세계 지리지에 대한 시론적 고찰」, 『규장각』 43, 서울대학교 규장각한국학연구원, 2013.

오준호·차웅석, 「18세기 한일 침구학의 교류: 조선통신사 의학문답기록을 중심으로」, 『The Korean journal of maridian&acupoint』 23-2, 대한경락경혈학회, 2006.

윤민경, 「조선 후기 '世嫌譜' 제작과 世嫌의 실제」, 『조선시대사학보』 84, 조선시대사학회. 2018.

이군선, 「冠巖 洪敬謨의 中國文人과의 交遊와 그 의의: 1차 연행을 중심으로」, 『동방한문학』 23, 동방한문학회, 2002.

이상동, 「홍한주의 『지수염필』 연구」, 계명대학교 석사학위논문, 1997.

이창숙, 「燕行錄에 실린 중국 演戱와 그에 대한 조선인의 인식」, 『한국실학연구』 20, 한국실학학회, 2010.

이춘희, 「우선 이상적과 만청 문인의 문학교류 연구」, 서울대학교 박사학위논문, 2005.

이현일, 「李鳳煥 三代의 七言律詩 연구」, 『한국한문학연구』 제58집, 2015.

이현일, 「天籟 李廷稷 詩 硏究」, 『한국한시연구』 23, 2015.

이혜순, 「조선조 후기 사행 역관의 문화적 역할과 문학 세계」, 『조선 통신사의 문학』, 이화여대학교출판부, 1996.

이홍식, 「조선 후기 우정론과 마테오 리치의 『交友論』」, 『한국실학연구』 제20호, 2010.

이홍식, 「조청 지식인의 우연한 만남과 사적 교류: 이해응의 『계산기정』을 중심으로」, 『동아시아 문화연구』 47, 한양대학교 동아시아문화연구소, 2010.

이효원, 「荻生徂徠와 통신사: 徂徠 조선관의 형성과 계승에 주목하여」, 『고전문학연구』 43, 한국고전문학회, 2013.

임영걸, 「李睟光의 『芝峯類說』 연구」, 성균관대학교 박사학위논문, 2023.

임영길, 「心田 朴思浩의 燕行과 韓中文學交流」, 성균관대학교 석사학위논문, 2008.

임완혁, 「조선 전기 筆記의 전통과 稗說」, 『대동한문학』 24, 대동한문학회, 2006.

林侑毅, 『朝鮮後期 豐山洪氏 家門燕行錄 硏究』, 고려대학교 박사학위논문, 2019.

林學成, 「17·18세기 丹城地域 住民의 身分變動에 관한 연구」, 인하대학교 박사학위논문, 2000.

임형택, 「朴燕巖의 우정론과 윤리의식의 방향－「마장전」과 「예덕선생전」의 분석」, 『한국한문학연구』 1, 한국한문학회. 1976.

임형택, 「朝鮮使行의 海路 燕行錄: 17세기 東北亞의 歷史轉換과 實學」, 『한국실학연구』 9, 2005.

장동우, 「조선 후기 가례 담론의 등장 배경과 지역적 특색－『주자가례』에 대한 주석서를 중심으로」, 『국학연구』 13, 한국국학진흥원, 2008.
장순순, 「조선 후기 통신사행의 제술관에 대한 일고찰」, 『전북사학』 13집, 1990.
전수경, 「1760년 李徽中·李義鳳 부자가 만난 서구: 『北轅錄』을 중심으로」, 『민족문학사연구』 55, 민족문학사학회·민족문학사연구소, 2014.
전혜진, 「'類苑叢寶'의 編纂과 刊行에 관한 書誌學的 연구」, 성균관대학교 석사학위논문, 2015.
정만조, 「'연려실기술'의 편찬 시기와 편찬자 문제 검토」, 『한국학논총』 제16호, 1993.
정민, 「『東槎餘談』에 실린 이언진의 필담 자료와 그 의미」, 『한국한문학연구』 32, 2003.
정민, 「이덕리 저 『동다기(東茶記)』 차문화사적 자료 가치」, 『문헌과 해석』 2006년 가을, 통권 36호.
정민, 「李彦瑱과 日本文士의 王世貞 關聯筆談」, 『동아시아문화연구소 국제학술회의 논문집: 1763년 계미 통신사행과 동아시아 문화 접촉』, 2010.
정민, 「중세적 인식론의 전환과 새로운 담론의 모색: 항해 홍길주의 독서론과 문장론」, 『대동문화연구』 41, 성균관대학교 대동문화연구원, 2002.
정수일, 「『지봉유설』속 외국명 고증문제」, 『문명교류연구』 2호, 한국문명교류연구소.
정성희, 「조선 후기 서양 과학의 수용」, 『이재난고로 보는 조선 지식인의 생활사』, 한국학중앙연구원, 2007.
정우봉, 「耳溪 洪良浩의 燕行錄에 나타난 중국 체험과 그 의미」, 『한국한문학연구』 63, 한국한문학회, 2016.
정진영, 「18~19세기 戶籍大帳 '戶口' 記錄의 검토」, 『대동문화연구』 제39집, 2001.
조영록, 「근세 동아 삼국 전통사회에 관한 비교사적 고찰: 최부의 『표해록』과 일력 『당토행정기』를 중심으로」, 『동양사연구』 64, 동양사학회, 1998.
조창록, 「풍석 서유구의 金華耕讀記」, 『한국실학연구』 19집, 2010.
진재교, 「동아시아 古典學과 한문교육: 그 시각과 방법」, 『한국교육연구』 42, 한국한문교육학회, 2014.
진재교, 「元重擧의 '安龍福傳' 연구: '안용복'을 기억하는 방식」, 『진단학보』 108, 진단학회, 2009.
진재교, 「李朝 後期 箚記體 筆記 硏究: 지식의 생성과 유통의 관점에서」, 『한국한문학연구』 39, 한국한문학회, 2007.

진재교, 「조선의 更張을 기획한 또 하나의 北學議: 『雪岫外史』」, 『한문학보』 23, 우리한문학회, 2010.
진재교, 「朝鮮朝 後期 文獻記錄을 통해 본 安龍福의 기억과 변주: 無名小卒에서 國家的 英雄의 탄생과정까지」, 『한국한문학연구』 60, 한국한문학회, 2015.
진재교, 「조선조 후기 文藝 공간에서의 王世貞」, 『한국한문학연구』 54, 한국한문학회, 2014.
진재교, 「중세적 인식론의 전환과 새로운 담론의 모색 다산학의 형성과 치원 황상」, 『대동문화연구』 41, 성균관대학교 대동문화연구원, 2002.
진재교, 「『지수염필』 연구의 一端: 작가 홍한주의 가문과 그의 삶」, 『한문학보』 12집, 2005.
진재교, 「홍석주가의 독서 체험과 문예비평」, 『한국문학연구』 4, 고려대학교 한국문학연구소, 2003.
진재교, 「17~19세기 사행과 지식·정보의 유통 방식: 複數의 한문학, 하나인 동아시아」, 『한문교육연구』 40, 한국한문교육학회, 2013.
진재교, 「18세기 朝鮮朝와 淸朝 學人의 학술교류: 洪良浩와 紀昀을 중심으로」, 『고전문학연구』 23, 한국고전문학연구회, 2003.
진재교, 「18세기 조선통신사와 지식·정보의 교류」, 『한국한문학연구』 56, 한국한문학회, 2014
진재교, 「18·19세기 동아시아와 知識·情報의 메신저, 譯官」, 『한국한문학연구』 47, 2011.
진재교, 「18~19세기 초 지식·정보의 유통 메커니즘과 중간계층」, 『대동문화연구』 68, 2009.
진재교, 「19세기 箚記體 筆記의 글쓰기 양상: 『智水拈筆』을 통해 본 지식의 생성과 유통」, 『한국한문학연구』 36, 한국한문학회, 2005
최석기, 「연천 홍석주가의 학술과 문예; 연천 홍석주의 학문성향과 『대학』 해석의 특징」, 『한문학보』 15, 우리한문학회, 2006.
최식, 「텍스트로 바라본 燕行과 燕行錄: 燕行의 體驗과 享有」, 『대동문화연구』 88, 성균관대학교 대동문화연구원, 2014.
최식, 「沆瀣의 현실인식과 『춘추묵송』」, 『한문학보』 15, 우리한문학회, 2006.
최식, 「항해 홍길주 산문 연구」, 성균관대학교 박사학위논문, 2005.
최원경, 「沆瀣 洪吉周의 『孰遂念』: 지식과 공간의 인식」, 성균관대학교 박사학위논문, 2008.

최환, 「한국 유서의 종합적 연구(Ⅰ): 중국 유서의 전입 및 유행」, 『중국어문학』 41집, 한국중어중문학회, 2003.

최환, 「한국 유서의 종합적 연구(Ⅱ): 한국 유서의 간행 및 특색」, 『중어중문학』 32집, 한국중어중문학회, 2003.

하우봉, 「조선 후기 실학자의 일본 관련 문헌 정리와 고학 이해」, 『한국 실학과 동아시아 세계』, 경기문화재단, 2004.

하우봉, 「조선 후기 통신사행원의 일본 고학 이해」, 『일본사상』 8, 한국일본사상사학회, 2005.

한영규, 「雜錄型 인물지 『震閥彙攷續編』 연구」, 『한민족문화연구』 55, 한민족문화학회, 2016.

한영규, 「20세기 전반기, 이언진 문학의 호명 양상」, 『반교어문연구』 제31집, 2011.

한영우, 「조선 후기 中人에 대하여: 철종조 中人通淸運動 자료를 중심으로」, 『한국학보』 45, 1986.

한일관계사학회, 「조선과 일본의 풍습 차이에서 오는 오해」, 『譯註 交隣提醒』, 국학자료원, 200.1

한지선, 「네덜란드 동인도회사의 기록을 통해 본 明末의 무역구조: 1620년대 月港 무역의 변화와 澎湖事件」, 『명청사연구』 40, 명청사학회, 2013.

한지선, 「明淸時代 안경의 전파와 유행」, 『역사와 세계』 47, 효원사학회, 2015.

한태문, 「조선 후기 통신사 사행문학 연구」, 부산대학교 박사학위논문, 1995.

허권수, 「연천 홍석주가의 학술과 문예: 연천 홍석주의 가문적 문학 환경과 문학 성향」, 『한문학보』 15, 우리한문학회, 2006.

홍선표, 「조선 후기 통신사 수행화원의 회화활동」, 『미술사논단』 6, 한국미술연구소, 1989.

홍성덕, 「朝鮮後期 對日外交使節 問慰行 硏究」, 『국사관논총』 93, 국사편찬위원회, 2000.

郭穎, 「『東瀛詩選』に見られる兪樾の修改一高野蘭亭の『蘭亭先生詩集』との比較を通して」, 『中国中世文学研究』 52, 中国中世文学會, 2007.

鄭敬珍, 「18世紀大坂における文人詩社の變遷」, 『일본연구』 27, 2017.

高橋昌彦, 「朝鮮通信使唱和集目錄稿(一)」, 『福岡大学研究部論集』 A, 六(八), 人文科学編, 2007.

高橋昌彦, 「朝鮮通信使唱和集目錄稿(二)」, 『福岡大学研究部論集』 A, 九(一), 人文科学編, 2009.
高橋博已, 「李彦瑱の横顔」, 『金城學院大學論集, 人文科學編』 제2권 2호, 2006.
王廣義 · 李奇奇, 「朝鮮燕行使者眼中的清代中國東北地區形象」, 『중국사연구』 75, 중국사학회, 2011.

6. 번역

가쓰라지마 노부히로 지음, 김정근·김태훈·심희찬 옮김, 『동아시아 자타 인식의 사상사』, 논형, 2009.
가토 슈이치·마루야마 마사오, 임성모 옮김, 『번역의 근대』, 이산, 2000.
강재언 저, 이규수 역, 『조선 통신사의 일본견문록』, 한길사, 2005.
金萬重 저, 심경호 역주, 『西浦漫筆』, 문학동네, 2010.
김동석, 『노이점의 수사록 연구: 열하일기와 비교연구의 관점에서』, 보고사, 2016.
김육 저, 허성도·김창환·강성위 역, 『유원총보역주』 1, 서울대학교출판문화원, 2009.
김윤조 · 진재교 옮김, 『19세기 견문지식의 축적과 지식의 탄생(상): 지수염필』, 소명출판, 2013.
김지남 저, 김구진·이현숙 역, 『국역통문관지』 권1, 세종대왕기념사업회, 1998.
나리타 류이치 외 지음, 연구 공간 수유+너머 '일본 근대와 젠더 세미나팀' 옮김, 『근대 知의 성립』, 소명출판, 2011.
남옥 저, 김보경 역, 『붓끝으로 부사산 바람을 가르다』, 소명출판, 2006.
노이점 저, 김동석 역, 『열하일기와의 만남 그리고 엇갈림, 수사록』, 성균관대학교출판부, 2015.
다이텐 지음, 진재교 · 김문경 외 옮김, 『18세기 일본 지식인 조선을 엿보다, 萍遇錄』, 성균관대학교출판부, 2013.
데틀레프 블룸, 정일주 옮김, 『책의 문화사』, 생각비행, 2015.
로버트 단턴 지음, 주명철 옮김, 『책과 혁명』, 알마, 2014.
리차드 코손 지음, 김하정 옮김, 『안경의 문화사』, 에디터, 2003.
마루야마 마사오·가토 슈이치, 임성모 옮김, 『번역과 일본의 근대』, 이산, 2000.
마르티나 도이힐러 지음, 김우영·문옥표 옮김, 『조상의 눈 아래에서, 한국의 친족, 신분 그리고 지역성』, 너머북스, 2018.

마리우스 B. 잰슨 지음, 장화경 옮김, 『일본과 세계의 만남』, 소화. 1999.
마쓰카타 후유코 지음, 이새봄 옮김, 『네덜란드 풍설서: 세계가 쇄국 일본에 전해지다』, 빈서재, 2023.
마테오 리치 저작, 송영배 역주, 『교우론』, 서울대학교출판부, 2000.
뤼시앵 페브르, 강주헌·배영란 옮김, 『책의 탄생』, 돌베개, 2014.
홍길주 저, 박무영·이주해 외(역), 『표롱을첨』(하), 태학사, 2006.
박장암 엮음, 정민 외 옮김, 『호저집』, 돌베개, 2022.
朴趾源 지음, 김혈조 옮김, 『열하일기』, 돌베개, 2009.
벤저민 엘먼 지음, 양휘웅 옮김, 『성리학에서 고증학으로』, 예문서원. 2004.
성대중 저, 홍학희 역, 『부사산 비파호를 날듯이 건너』, 소명출판, 2006.
성해응 저, 손혜리·이성민 역, 『연경재 성해응의 초사담헌』, 사람의무늬, 2015.
俞得一 지음, 임재완 옮김, 『국역 燕行日記草』, 국립중앙도서관, 2010.
스즈키 도시유키 지음, 노경희 옮김, 『에도의 독서열』, 소명출판, 2020.
스티븐 로저 지음, 신기식 옮김, 『읽기의 역사』, 지영사, 2011.
심노숭 지음, 안대회·김보성 외 옮김, 『자저실기: 글쓰기 병에 걸린 어느 선비의 일상』, 휴머니스트. 2014.
알렉스 라이트 지음, 김익현·김지연 옮김, 『분류의 역사』, 디지털미디어리서치, 2010.
알베르토 망구엘 지음, 정명진 옮김, 『독서의 역사』, 세종서적, 2005.
원중거 지음, 이혜순 감수, 박재금 옮김, 『와신상담의 마음으로 일본을 기록하다: 和國志』, 소명출판, 2006.
劉葉秋 저, 김장환 역, 『중국유서개설』, 학고방, 2005.
유희 지음, 김형태 옮김, 『물명고』, 소명출판. 2019.
이기지 지음, 조융희·신익철·부유섭 옮김, 『일암연기』, 한국학중앙연구원출판부, 2016.
이노구치 아츠시 저, 심경호·한예원 역, 『일본한문학사』, 소명출판, 2000.
이시필 저, 백승호·부유섭·장유승 역, 『소문사설, 조선의 실용 지식 연구 노트』, 휴머니스트, 2011.
이용휴 저, 조남권·박동욱 역, 『혜환 이용휴 시전집』, 소명출판, 2002.
장동유 저, 안대회 외, 『주영편』, 휴머니스트, 2016.
조수삼 저, 안대회 역, 『추재기이』, 한겨레출판, 2010.
조재삼 저, 강민구 역, 교감·국역 『송남잡지』, 소명출판, 2008.
존 맨 지음, 남경태 옮김, 『구텐베르크 혁명』, 예지, 2003.

陳平原 著, 이종민 譯, 『중국소설 서사학』, 살림출판사, 1994.
찰스 밴 도렌, 박중서 옮김, 『지식의 역사』, 갈라파고스, 2012.
천기철, 『職方外記: 17세기 예수회 신부들이 그려낸 세계』, 일조각, 2005.
鄒振環 지음, 한성구 옮김, 『번역과 중국의 근대(影響中國近代社會的一百種譯作)』, 궁리, 2001.
커크 헤리엇 지음, 정기문 옮김, 『지식의 재발견』, 이마고, 2009.
피터 버크 지음, 이상원 옮김, 『지식은 어떻게 탄생하고 진화하는가』, 생각의날개, 2017.
피터 버크, 박광식 옮김, 『지식의 사회사 1·2』, 민음사, 2017.
한일관계사학회 편, 『역주 交隣提醒』, 국학자료원, 2001.
후마 스스무 저, 정태섭 역, 『연행사와 통신사』, 신서원, 2008.

한국고전번역원, 한국고전종합DB, 『국역 계곡만필』, 1997.
한국고전번역원, 한국고전종합DB, 『국역 다산시문집』, 1982.
한국고전번역원, 한국고전종합DB, 『국역 담헌서: 외집』1974.
한국고전번역원, 한국고전종합DB, 『국역 대동야승』, 1971.
한국고전번역원, 한국고전종합DB, 『국역 대동야승 · 속잡록』, 1971.
한국고전번역원, 한국고전종합DB, 『국역 동춘당집』, 2008.
한국고전번역원, 한국고전종합DB, 『국역 만기요람』, 1971.
한국고전번역원, 한국고전종합DB, 『국역 무명자집』, 2014.
한국고전번역원, 한국고전종합DB. 『국역 무오연행록』, 1976.
한국고전번역원, 한국고전종합DB, 『국역 신증동국여지승람』, 1970.
한국고전번역원, 한국고전종합DB, 『국역 아정유고』, 1981.
한국고전번역원, 한국고전종합DB, 『국역 연행록선집』, 1976.
한국고전번역원, 한국고전종합DB, 『국역 일성록』, 2007.
한국고전번역원, 한국고전종합DB, 『국역 임하필기』, 1999.
한국고전번역원, 한국고전종합DB, 『신역 정조실록』, 2019.
한국고전번역원, 한국고전종합DB, 『국역 청장관전서』, 1981.
한국고전번역원, 한국고전종합DB, 『국역 증정교린지』, 1997.
한국고전번역원, 한국고전종합DB, 『국역 무오연행록』, 1976.
한국고전번역원, 한국고전종합DB, 『국역 해유록』, 1974.

찾아보기

1. 인명

가

나

다

마

바

사

아

자

차

타

파

하

2. 서명 및 작품명

가

나

다

마

바

사

아

자

차

타

파

하

기타

3. 역사 용어 및 기타

가/나

다/마/바

사/아

자/차

타/파/하

총서 知의회랑 arcade of knowledge 을 기획하며

대학은 지식 생산의 보고입니다. 세상에 바로 쓰이지 않더라도 언젠가는 반드시 인류에 필요할 지식을 생산하고 축적하며 발전시키는 일을 끊임없이 해나갑니다. 오랫동안 대학에서 생산한 지식은 책이란 매체에 담겨 세상의 지성을 이끌어왔습니다. 그 책들은 콘텐츠를 저장하고 유통시키며 활용하게 만드는 매체의 차원을 넘어, 인간의 비판적 사유 능력과 풍부한 감수성을 자극하는 촉매의 역할을 충실히 해왔습니다.

이와 같은 '책을 읽는다'는 것은 단순히 지식과 정보를 습득하는 데 멈추지 않고, 시대와 현실을 응시하고 성찰하면서 다시 그 너머를 사유하고 상상함을 의미합니다. 그러므로 '세상의 밑그림'을 그리는 책무를 지닌 대학에서 책을 펴내는 것은 결코 가벼이 여겨선 안 될 일입니다.

이제 우리는 다양한 방식으로 존재하는 지식과 정보, 그리고 사유와 전망을 담은 책을 엮어 현존하는 삶의 질서와 가치를 새롭게 디자인하고자 합니다. 과거를 풍요롭게 재구성하고 미래를 창의적으로 기획하는 작업이 다채롭게 펼쳐질 것입니다.

대학의 심장부에 해당하는 도서관이 예부터 우주의 축소판이라 여겨져 왔듯이, 그곳에 체계적으로 배치된 다양한 책들이야말로 이른바 학문의 우주를 구성하는 성좌와 다름없습니다. 우리는 그 빛이 의미 없이 사그라들지 않기를, 여전히 어둡고 빈 서가를 차곡차곡 채워가기를 기대합니다.

앎을 쉽게 소비하는 시대를 살고 있지만, 다양한 앎을 되새김함으로써 학문의 회랑에서 거듭나는 지식의 필요성에 우리는 공감합니다. 정보의 홍수와 유행 속에서도 퇴색하지 않을 참된 지식이야말로 인간이 가야 할 길에 불을 밝혀줄 수 있기 때문입니다. 앞으로 대학이란 무엇을 하는 곳이며, 왜 세상에 남아 있어야 하는 곳인지 끊임없이 되물으며, 새로운 지의 총화를 위한 백년 사업을 시작하겠습니다.

총서 '知의회랑' 기획위원

안대회 · 김성돈 · 변혁 · 윤비 · 오제연 · 원병묵

총서 知의회랑 arcade of knowledge 총목록

001 기업 처벌과 미래의 형법: 기업도 형법의 주체가 될 수 있는가
김성돈 지음 ○ 2018년 세종도서 학술부문

002 표상의 언어에서 추론의 언어로: 언어표현이 의미하는 것은 무엇인가
이병덕 지음 ○ 2018년 대한민국학술원 우수학술도서

003 동양 예술미학 산책: 동아시아 문인들이 꿈꾼 미의 세계
조민환 지음

004 한국 영화에 재현된 가족 그리고 사회: 〈미몽〉에서 〈고령화 가족〉까지
강성률 지음 ○ 2018년 세종도서 학술부문 · 2019년 인재저술상 수상도서

005 개인적 자유에서 사회적 자유로: 어떤 자유, 누구를 위한 자유인가
김비환 지음 ○ 2019년 대한민국학술원 우수학술도서

006 시민종교의 탄생: 식민성과 전쟁의 상흔
강인철 지음 ○ 2019년 세종도서 학술부문

007 경합하는 시민종교들: 대한민국의 종교학
강인철 지음 ○ 2019년 대한민국학술원 우수학술도서 · 제1회 용봉최재석학술상 수상도서

008 식민지 문역: 검열/이중출판시장/피식민자의 문장
한기형 지음 ○ 2019년 세종도서 학술부문 · 제11회 임화문학예술상 수상도서

009 제러미 벤담과 현대: 공리주의의 설계자가 꿈꾼 자유와 정의 그리고 행복
강준호 지음 ○ 2020년 대한민국학술원 우수학술도서

010 세계관 전쟁: 근대 중국에서 과학신앙과 전통주의 논쟁
이용주 지음 ○ 2020년 세종도서 학술부문

011 빌리 브란트와 김대중: 아웃사이더에서 휴머니스트로
최영태 지음

012 충절의 아이콘, 백이와 숙제: 서사와 이미지 변용의 계보학
김민호 지음 ○ 2021년 세종도서 학술부문

013 중국인의 오브제: 답삿길에서 옛사람들의 눈과 마음을 읽는다
전호태 지음

014 고구려 벽화고분의 과거와 현재: 한국 역사문화예술 연구의 관문, 고구려 벽화고분들과 만나다
전호태 지음

015 동양의 광기와 예술: 동아시아 문인들의 자유와 창조의 미학
조민환 지음 ○ 2021년 세종도서 학술부문

016 조선 불교사상사: 유교의 시대를 가로지른 불교적 사유의 지형
김용태 지음 ○ 2021년 대한민국학술원 우수학술도서 · 제12회 원효학술상 수상도서

017 수용소와 음악: 일본 포로수용소, 아우슈비츠, 테레지엔슈타트의 음악
이경분 지음 ○ 2021년 세종도서 학술부문 · 제62회 한국출판문화상 최종 후보작(학술저술)

018 임진왜란: 2년 전쟁 12년 논쟁
김영진 지음 ○ 2021년 세종도서 학술부문 · 조선일보 선정 올해의 책10

019 한국의 여신들: 페미니즘의 신화적 근원
김화경 지음 ○ 2022년 대한민국학술원 우수학술도서

020 시인의 발견, 윤동주
정우택 지음 ○ 2022년 세종도서 학술부문

021 고대 한국의 풍경: 옛사람들의 삶의 무늬를 찾아서
전호태 지음 ○ 2022년 세종도서 교양부문

022 과거제도 형성사: 황제와 사인들의 줄다리기
하원수 지음 ○ 2022년 대한민국학술원 우수학술도서

023 동남아시아 도시들의 진화: 인간과 문화를 품은, 바닷길 열두 개의 거점들
한광야 지음 ○ 2022년 대한민국학술원 우수학술도서

024 감정의 귀환: 아리스토텔레스의 감정론 연구
한석환 지음 ○ 2022년 대한민국학술원 우수학술도서

025 학문이 서로 돕는다는 것: 현상학적 학문이론과 일반체계이론의 이중주
박승억 지음 ○ 2022년 세종도서 학술부문

026 로마 공화정 중기의 호민관: 공화 정치의 조정자
김경현 지음 ○ 2022년 세종도서 학술부문

027 문화 상징으로서의 인용음악: 현대음악의 상호텍스트성 미학
오희숙 지음 ○ 2023년 세종도서 학술부문

028 음악과 과학: 피타고라스에서 뉴턴까지
원준식 지음

029 일제 사진엽서, 시와 이미지의 문화정치학
최현식 지음 ○ 2023년 대한민국학술원 우수학술도서

030 중국사상과 죽음 이데올로기: 나는 존재하는가
정진배 지음 ○ 2023년 세종도서 학술부문

031 조선조 서예미학: 서예는 마음의 그림이다
조민환 지음

총서 知의회랑 arcade of knowledge 총목록

032 청대 중국의 경기변동과 시장: 전제국가의 협치와 경제성장
홍성화 지음 ○ 2023년 대한민국학술원 우수학술도서

033 반구대 이야기: 새김에서 기억으로
전호태 지음 ○ 2023년 세종도서 교양부문

034 증오를 품은 이를 위한 변명: 증오의 사회학, 그 첫 번째
엄한진 지음 ○ 2023년 대한민국학술원 우수학술도서

035 전쟁자본주의의 시간: 한국의 베트남전쟁 담론과 재현의 역사
김주현 지음 ○ 2024년 대한민국학술원 우수학술도서·교육부 학술연구지원사업 우수성과 50선

036 민중, 저항하는 주체: 민중의 개념사, 이론
강인철 지음 ○ 2024년 대한민국학술원 우수학술도서

037 민중, 시대와 역사 속에서: 민중의 개념사, 통사
강인철 지음

038 문학이 정의를 말하다: 동아시아 고전 속 법과 범죄 이야기
박소현 지음 ○ 2024년 대한민국학술원 우수학술도서

039 중세 서유럽의 흑사병: 사상 최악의 감염병과 인간의 일상
이상동 지음 ○ 2024년 대한민국학술원 우수학술도서

040 일제 사진엽서, 식민지 조선을 노래하다
최현식 지음 ○ 2024년 세종도서 학술부문

041 한국 시화사
안대회 지음 ○ 2024년 대한민국학술원 우수학술도서

042 30년의 위기: 탈단극 시대 미국과 세계
차태서 지음 ○ 2024년 대한민국학술원 우수학술도서

043 근대를 살다: 한국 근대의 인물과 사상
김경일 지음

044 민중은 이야기한다: 20세기 한국 민중 서사
김경일 지음

045 광장의 문학: 격변기 한국이 읽은 러시아, 해방에서 개방까지
김진영 지음

046 포크 모더니티의 언어들: 민속의 전회를 위한 분석 코드들
이영배 지음

047 닫힌 텍스트, 갇힌 여성들: 계몽의 시대, 여성 담론과 여성교육
김경남 지음

048 지식과 조선: 사회를 읽는다
진재교 지음

출간 예정

도시마을의 진화 한광야
제국의 저항자들 이평수
조선 노장철학사 조민환
고대 로마 종교사 최혜영
한국 아동 잡지사 장정희
조상을 위한 기도 심일종
성균관과 문묘 현판의 사회사 이천승
한국의 사회계층 장상수
김태준, 식민지 국학 이용범
서양 중세 제국 사상사 윤 비
일제 강점기 황도유학 신정근
'트랜스Trans'의 한 연구 변 혁
위계와 증오 엄한진
조선 땅의 프로필 박정애
예정된 전쟁, 병자호란 김영진
북한 직업 사회사 김화순
제국 일본의 해체와 동아시아 영화 함충범
J. S. 밀과 현대사회의 쟁점 강준호
문학적 장면들, 고소설의 사회사 김수연
제주형 지역공동체의 미래 배수호
식민지 학병의 감수성 손혜숙
제국의 시선으로 본 동아시아 소수민족 문혜진
루쉰, 수치와 유머의 역사 이보경
남북한 공통-시 읽기 최현식
피식민자의 계몽주의 한기형
국가처벌과 미래의 형법 김성돈
제국과 도시 기계형
플라톤의 『테아이테토스』 연구 정준영
출토자료를 통해 본 고구려의 한자문화 권인한

지은이 진재교陳在敎

성균관대학교 한문교육과와 동아시아학술원 교수로 재직하고 있다. 성균관대학교 사범대학 학장·대동문화연구원 원장·동아시아학술원 원장 등을 지냈다. 한국 한문학의 영역을 넓히고 고전 번역에도 노력을 기울이면서 동아시아 고전학의 새로운 지평을 모색해나가고 있다.

주요 저서로 『이계 홍양호 문학연구』, 『이조 후기 한시의 사회사』, 공저로 『문예 공론장의 형성과 동아시아』, 『학문장과 동아시아』, 『동아시아 고전학의 안과 밖』, 함께 옮긴 책으로 『정조어찰첩』, 『북학 또 하나의 보고서, 설수외사』, 『19세기 견문 지식의 축적과 지식의 탄생, 지수염필』, 『금화경독기』 등이 있다.

知의회랑
arcade of knowledge
048

지식과 조선
사회를 읽는다

1판 1쇄 인쇄 2025년 3월 20일
1판 1쇄 발행 2025년 3월 30일

지 은 이 진재교
펴 낸 이 유지범
책임편집 현상철
편 집 신철호·구남희
마 케 팅 박정수·김지현

펴 낸 곳 성균관대학교출판부
등 록 1975년 5월 21일 제1975-9호
주 소 03063 서울특별시 종로구 성균관로 25-2
전 화 02)760-1253~4 팩스 02)762-7452
홈페이지 http://press.skku.edu

ISBN 979-11-5550-656-1 93810

값 43,000원